清诗别裁集（上）

沈德潜◎编

吉林出版集团股份有限公司

目　录

原　序 …… 1
凡　例 …… 2

卷　一 …… 6
钱谦益 …… 6
王　铎 …… 13
方拱乾 …… 13
张文光 …… 17
吴伟业 …… 18
龚鼎孳 …… 29

卷　二 …… 35
曹　溶 …… 35
许承钦 …… 38
陈之遴 …… 38
周亮工 …… 38
赵进美 …… 40
彭而述 …… 41
孙廷铨 …… 43
李　雯 …… 43
高　珩 …… 44
宋之绳 …… 46

梁清标 …… 46
王崇简 …… 49
李　滢 …… 50
杨思圣 …… 51
魏裔介 …… 52
魏象枢 …… 53
赵　宾 …… 53
李　霨 …… 54
王紫绶 …… 56
冯　溥 …… 57
宋　琬 …… 57
蒋　超 …… 64
王　熙 …… 65
宋徵舆 …… 65
邓　旭 …… 66
季振宜 …… 67
李　敬 …… 67
缪慧远 …… 68
曹垂燦 …… 69
沈永令 …… 70

卷　三 …… 72
施闰章 …… 72
季开生 …… 80
董文骥 …… 81
王广心 …… 82
王　庭 …… 85
周体观 …… 86
卢　纮 …… 87
周茂源 …… 87

许缵曾 …… 88
沈　荃 …… 90
汤　斌 …… 91
程可则 …… 92
曹尔堪 …… 96
顾大申 …… 97
王士禄 …… 99
金渐皋 …… 103
李来泰 …… 104
黎士弘 …… 105

卷　四 …… 106
王士禛 …… 106
冯云骧 …… 117
丘象升 …… 118
严　沆 …… 118
汪　琬 …… 120
曹申吉 …… 123
刘体仁 …… 124
秦松龄 …… 125
闵　叙 …… 128
王　揆 …… 128
丁　澎 …… 129
王日藻 …… 134
董　含 …… 134
彭　襄 …… 135
沈自南 …… 136
王泽弘 …… 136
陆鸣珂 …… 138
方兆及 …… 138

卷　五 …… 140
钱陆燦 …… 140
计　东 …… 141
吴兆骞 …… 142
孙　旸 …… 147
田茂遇 …… 149
曾　畹 …… 149
章在兹 …… 150
陈廷敬 …… 151
邹祇谟 …… 158
高　晫 …… 158
李念兹 …… 159
徐文烜 …… 160
张一鹄 …… 160
李天馥 …… 161
孙一致 …… 162
钱中谐 …… 163
许　虬 …… 163
王又旦 …… 165
祁文友 …… 168
严允肇 …… 168
顾　岱 …… 172

卷　六 …… 173
徐元文 …… 173
叶方蔼 …… 173
彭孙遹 …… 177
黄与坚 …… 179
郑日奎 …… 180

田　雯 …… 180
董　俞 …… 183
宋实颖 …… 185
曹贞吉 …… 185
崔　华 …… 186
赵　澐 …… 187
马世俊 …… 187
张玉书 …… 188
叶映榴 …… 190
孙　蕙 …… 190
吴　光 …… 193
王维坤 …… 194
徐延寿 …… 195
褚　篆 …… 196
赵士喆 …… 196
毛如瑜 …… 197
刘献廷 …… 197
喻　指 …… 201
徐振芳 …… 201
张　杉 …… 202
沈道映 …… 202
陆元辅 …… 204
陆宗潍 …… 205
余思复 …… 205
侯方域 …… 205
冒　襄 …… 206
陆元泓 …… 206
徐　波 …… 207
金人瑞 …… 207
侯　涵 …… 208

刘逢源 …………………………………………………… 208
吴兆宽 …………………………………………………… 208
闵麟嗣 …………………………………………………… 209
吴嘉纪 …………………………………………………… 210

卷　七 ……………………………………………………… 215
沈　磐 …………………………………………………… 215
蒋平阶 …………………………………………………… 216
李邺嗣 …………………………………………………… 218
彭孙贻 …………………………………………………… 219
王猷定 …………………………………………………… 220
黄虞稷 …………………………………………………… 220
许　友 …………………………………………………… 220
戴本孝 …………………………………………………… 221
戴移孝 …………………………………………………… 222
曾传燦 …………………………………………………… 224
萧　诗 …………………………………………………… 225
赵　潜 …………………………………………………… 225
毛会建 …………………………………………………… 226
董以宁 …………………………………………………… 226
陈子升 …………………………………………………… 227
何嘉延 …………………………………………………… 228
张可度 …………………………………………………… 228
沈钦圻 …………………………………………………… 228
梁　逸 …………………………………………………… 232
阮旻锡 …………………………………………………… 233
陶　澂 …………………………………………………… 234
赵与梗 …………………………………………………… 237
董　阊 …………………………………………………… 238
郁　植 …………………………………………………… 238

王　概 …… 241
徐　柯 …… 242
文　点 …… 242
陈　珏 …… 243
陆　进 …… 243
朱尔迈 …… 244
韩纯玉 …… 244
魏际瑞 …… 246
王遵坦 …… 247
胡　介 …… 247
朱　徽 …… 248
舒忠谠 …… 248

卷　八 …… 250
屈绍隆 …… 250
陈恭尹 …… 254
董道权 …… 257
任元祥 …… 258
侯开国 …… 259
周在濬 …… 259
柳　文 …… 260
夏熙臣 …… 260
蒋　泩 …… 261
吴　炎 …… 261
吴祖命 …… 262
姚文燚 …… 262
吴　绮 …… 262
黄　云 …… 264
宗元鼎 …… 265
潘　高 …… 266

恽日初 …………………………………………… 269
方膏茂 …………………………………………… 269
张　宸 …………………………………………… 270
汪志道 …………………………………………… 270
路鹤徵 …………………………………………… 271
王懋忠 …………………………………………… 271
范　超 …………………………………………… 272
柴绍炳 …………………………………………… 272
沈　谦 …………………………………………… 273
虞黄昊 …………………………………………… 274
陆　圻 …………………………………………… 274
毛先舒 …………………………………………… 275
张　丹 …………………………………………… 276
陆嘉淑 …………………………………………… 277
郭襄图 …………………………………………… 278
顾万祺 …………………………………………… 278
卢元昌 …………………………………………… 278
胡渭生 …………………………………………… 280
吴　殳 …………………………………………… 281
谭吉璁 …………………………………………… 281
朱克生 …………………………………………… 282
俞南史 …………………………………………… 282
黄九河 …………………………………………… 283
王孙晋 …………………………………………… 283
韩　畕 …………………………………………… 283
王邦畿 …………………………………………… 284
梅　磊 …………………………………………… 285
钱　曾 …………………………………………… 285
吴物荣 …………………………………………… 286
卓尔堪 …………………………………………… 286

卷　九 …… 288
黄　垍 …… 288
严我斯 …… 288
周　弘 …… 290
张　英 …… 291
曹　禾 …… 293
劳之辨 …… 294
赵士麟 …… 294
盛符升 …… 295
刘梁嵩 …… 297
方殿元 …… 297
吴元龙 …… 300
钱芳标 …… 300
缪　彤 …… 302
张玉裁 …… 303
董　讷 …… 304
魏麐徵 …… 304
汪懋麟 …… 306
颜光敏 …… 308
乔　莱 …… 311
方象瑛 …… 313
陈玉璂 …… 314
傅昂霄 …… 315
徐乾学 …… 316
张鹏翮 …… 319
王　掞 …… 319
王士祜 …… 320
孟亮揆 …… 320
李振裕 …… 321

赵申乔 …… 322
许孙荃 …… 322

卷　十 …… 325
叶　燮 …… 325
卢道悦 …… 330
顾贞观 …… 331
韩　菼 …… 333
王鸿绪 …… 336
徐　倬 …… 337
李基和 …… 340
徐元梦 …… 341
成　德 …… 342
邵　瓒 …… 344
彭定求 …… 345
胡会恩 …… 346
翁叔元 …… 349
陈锡嘏 …… 350
王顼龄 …… 351
张榕端 …… 352
王吉武 …… 352
高层云 …… 355
叶舒崇 …… 357
许承家 …… 358
汪　霦 …… 358

卷十一 …… 359
毛奇龄 …… 359
李因笃 …… 364
尤　侗 …… 368

陈维崧 …… 375
严绳孙 …… 382
庞　垲 …… 383
汪　楫 …… 383

卷十二 …… 387
朱彝尊 …… 387
潘　耒 …… 394
徐　釚 …… 403
李澄中 …… 405
徐嘉炎 …… 406
陆　棻 …… 406
丘象随 …… 407
钱金甫 …… 408
倪　粲 …… 408
袁　佑 …… 408
高　咏 …… 409
范必英 …… 410
冯　勗 …… 411
王　昊 …… 412
邓汉仪 …… 413
孙枝蔚 …… 414
傅　山 …… 416
盛　枫 …… 416
陈王猷 …… 418

卷十三 …… 419
赵执信 …… 419
李孚青 …… 424
王材任 …… 425

沈朝初 …………………………………………………… 426
梅　庚 …………………………………………………… 427
彭宁求 …………………………………………………… 427
金德嘉 …………………………………………………… 428
许汝霖 …………………………………………………… 428
史　夔 …………………………………………………… 430
冯廷櫆 …………………………………………………… 434
周金然 …………………………………………………… 436
王九龄 …………………………………………………… 437
尤　珍 …………………………………………………… 438
吴　苑 …………………………………………………… 440
宋　荦 …………………………………………………… 442
高士奇 …………………………………………………… 445
吴兴祚 …………………………………………………… 446
谢重辉 …………………………………………………… 447
孔传铎 …………………………………………………… 449
孔尚任 …………………………………………………… 449
丁　炜 …………………………………………………… 450
吴秉谦 …………………………………………………… 451
孙元恒 …………………………………………………… 451
江　闿 …………………………………………………… 451
戴　梓 …………………………………………………… 452
孙宝侗 …………………………………………………… 453

卷十四 ……………………………………………………… 454
周　篔 …………………………………………………… 454
俞　玚 …………………………………………………… 455
顾有孝 …………………………………………………… 456
顾　樵 …………………………………………………… 456
周　肇 …………………………………………………… 457

顾 湄 …………………………………………………… 458
许 旭 …………………………………………………… 458
王 撰 …………………………………………………… 459
王 抃 …………………………………………………… 460
王 摅 …………………………………………………… 460
王曜升 …………………………………………………… 463
王曾斌 …………………………………………………… 464
袁启旭 …………………………………………………… 464
李良年 …………………………………………………… 464
黄 始 …………………………………………………… 466
叶世佺 …………………………………………………… 466
恽 格 …………………………………………………… 467
佟世临 …………………………………………………… 469
陈维岳 …………………………………………………… 469
锺映渊 …………………………………………………… 469
马世杰 …………………………………………………… 470
金 侃 …………………………………………………… 470
徐 夜 …………………………………………………… 471
丁耀亢 …………………………………………………… 473
张实居 …………………………………………………… 473
张笃庆 …………………………………………………… 477
钱柏龄 …………………………………………………… 482
吴 麐 …………………………………………………… 482
吴 雯 …………………………………………………… 484
冯 樾 …………………………………………………… 488
杨 岱 …………………………………………………… 489
刘淑颐 …………………………………………………… 489

卷十五 …………………………………………………… 491
邵长蘅 …………………………………………………… 491

张　宫 …… 498
陆次云 …… 499
章静宜 …… 502
顾景星 …… 504
汪徵远 …… 505
汪洪度 …… 505
汪洋度 …… 508
彭始奋 …… 508
陶　窳 …… 509
查　容 …… 510
潘　镠 …… 511
彭　桂 …… 512
彭　极 …… 515
吴之振 …… 515
李　载 …… 516
崔岱齐 …… 516
庞　鸣 …… 517
周稚廉 …… 517
洪　昇 …… 518
毛师柱 …… 520
无名氏 …… 522

卷十六 …… 523
陈学洙 …… 523
李国宋 …… 526
李　馥 …… 527
史骐生 …… 528
蓝启肃 …… 528
马之鹏 …… 528
徐元正 …… 529

汪 灏 …… 530
施何牧 …… 530
黄 庭 …… 531
梁佩兰 …… 533
汤右曾 …… 536
唐孙华 …… 540
田从典 …… 545
赵 俞 …… 546
陶元淳 …… 549
史申义 …… 550
吴 暻 …… 552
徐 宾 …… 553
董思凝 …… 554
石为崧 …… 555

卷十七 …… 556
孙致弥 …… 556
张尚瑗 …… 558
查 昇 …… 561
陈大章 …… 562
陆 寅 …… 565
沈名荪 …… 567
惠周惕 …… 568
杨中讷 …… 572
陈鹏年 …… 572
黄叔琳 …… 574
高孝本 …… 575
姚弘绪 …… 576
程文正 …… 577
姚士陛 …… 577

顾图河 ……………………………………………… 578
吕履恒 ……………………………………………… 580
陈　璋 ……………………………………………… 585
张逸少 ……………………………………………… 588

卷十八 ……………………………………………… 589
高其倬 ……………………………………………… 589
佟法海 ……………………………………………… 594
周起渭 ……………………………………………… 595
焦袁熹 ……………………………………………… 597
谢方琦 ……………………………………………… 598
何　梅 ……………………………………………… 599
沈　育 ……………………………………………… 600
王　焜 ……………………………………………… 601
许　遂 ……………………………………………… 602
李永祺 ……………………………………………… 602
周士彬 ……………………………………………… 602
严虞惇 ……………………………………………… 603
姜宸英 ……………………………………………… 604
汪士鋐 ……………………………………………… 606
徐　发 ……………………………………………… 607
陈　莪 ……………………………………………… 607
宋聚业 ……………………………………………… 609
鄂尔泰 ……………………………………………… 610
张　远 ……………………………………………… 613
魏　坤 ……………………………………………… 616
沈天宝 ……………………………………………… 617
汪　绎 ……………………………………………… 618
张廷玉 ……………………………………………… 620

卷十九 …… 622
杨汝榖 …… 622
陆　师 …… 623
许迎年 …… 625
杨守知 …… 626
徐昂发 …… 626
查嗣瑮 …… 631
徐永宣 …… 632
蔡　望 …… 634
陈沂震 …… 634
许　湄 …… 635
费洪学 …… 636
刘师恕 …… 636
秦文超 …… 637
黄　任 …… 637
陈睿思 …… 639
王式丹 …… 641
钱名世 …… 643
刘　岩 …… 643
蒋廷锡 …… 646
张自超 …… 649
何　焯 …… 650
吴廷桢 …… 650
吴瞻淇 …… 653
章藻功 …… 654

卷二十 …… 655
查慎行 …… 655
陈至言 …… 661
岳　端 …… 663

博尔都 …………………………………………………… 664
喻成龙 …………………………………………………… 664
曹　寅 …………………………………………………… 665
揆　叙 …………………………………………………… 665
钮　琇 …………………………………………………… 666
于养志 …………………………………………………… 668
管　抡 …………………………………………………… 668
陶孚尹 …………………………………………………… 669
张养重 …………………………………………………… 670
陈学泗 …………………………………………………… 671
沈受宏 …………………………………………………… 672
陆　韬 …………………………………………………… 675
方登峄 …………………………………………………… 676
蒋　楛 …………………………………………………… 679
濮　淙 …………………………………………………… 679
杨　宾 …………………………………………………… 680
王　戬 …………………………………………………… 681
顾希喆 …………………………………………………… 682
许　润 …………………………………………………… 682
毛世楷 …………………………………………………… 683
杨　模 …………………………………………………… 684
沈　畯 …………………………………………………… 684
吴启元 …………………………………………………… 685
沈锺彦 …………………………………………………… 686

卷二十一 ………………………………………………… 687
沈绍姬 …………………………………………………… 687
张衍懿 …………………………………………………… 689
孙中岳 …………………………………………………… 690
王誉昌 …………………………………………………… 691

谢志发 …… 691
姜实节 …… 692
吴祖修 …… 693
陈　炳 …… 695
文　掞 …… 696
冷士嵋 …… 697
李必恒 …… 697
沈曾成 …… 702
孙元衡 …… 703
蒋景祁 …… 703
朱载震 …… 704
陈于王 …… 704
王丹林 …… 705
顾嗣协 …… 707
李　寅 …… 708
王　锡 …… 708
俞　曩 …… 712
刘石龄 …… 712
黄中坚 …… 714
沈　廉 …… 714
翁　荃 …… 717
盛　远 …… 718
沈自东 …… 719
卜　焕 …… 719

卷二十二 …… 720
康乃心 …… 720
吴斯洺 …… 720
吴资生 …… 721
刘青藜 …… 721

王　苹 …………………………………………………… 723
吴士玉 …………………………………………………… 724
嵇曾筠 …………………………………………………… 725
宫鸿历 …………………………………………………… 727
俞兆晟 …………………………………………………… 727
蒋　纲 …………………………………………………… 728
郑任钥 …………………………………………………… 728
乔崇烈 …………………………………………………… 729
徐用锡 …………………………………………………… 730
张麟书 …………………………………………………… 730
缪　沅 …………………………………………………… 731
张大受 …………………………………………………… 733
惠士奇 …………………………………………………… 736
张　照 …………………………………………………… 741
秦道然 …………………………………………………… 741
李　绂 …………………………………………………… 744
方式济 …………………………………………………… 745
吕谦恒 …………………………………………………… 748
方　觐 …………………………………………………… 750
吴　翊 …………………………………………………… 751
张景崧 …………………………………………………… 753
蒋仁锡 …………………………………………………… 754
王时宪 …………………………………………………… 755
黎志远 …………………………………………………… 756

卷二十三 …………………………………………………… 757
王世琛 …………………………………………………… 757
沈树本 …………………………………………………… 758
徐葆光 …………………………………………………… 761
顾嗣立 …………………………………………………… 763

杜　诏 …… 765
王图炳 …… 767
程梦星 …… 769
舒大成 …… 771
林　佶 …… 772
黄师琼 …… 773
虞景星 …… 773
任兰枝 …… 774
杨绳武 …… 775
吴　襄 …… 775
唐建中 …… 776
张　梁 …… 777
无名氏 …… 778
谢遵王 …… 779
顾陈垿 …… 779
尤秉元 …… 782
张弘敏 …… 783
吴廷华 …… 784
徐陶璋 …… 785
凌如焕 …… 786
余敏绅 …… 786
杨士凝 …… 787
潘其燦 …… 788
翁志琦 …… 789
沈元沧 …… 790

卷二十四 …… 793
汪应铨 …… 793
张廷璐 …… 794
郑　江 …… 797

邹升恒 …………………………………………………… 798
宋　照 …………………………………………………… 799
王　恪 …………………………………………………… 800
王懋竑 …………………………………………………… 801
吴家骐 …………………………………………………… 802
华希闵 …………………………………………………… 802
萬邦荣 …………………………………………………… 803
郑世元 …………………………………………………… 804
厉　鹗 …………………………………………………… 807
方正瑗 …………………………………………………… 809
叶士宽 …………………………………………………… 811
许廷鑅 …………………………………………………… 812
田同之 …………………………………………………… 816
黄之雋 …………………………………………………… 817
储大文 …………………………………………………… 820
谢道承 …………………………………………………… 820
陆奎勋 …………………………………………………… 822
柯　煜 …………………………………………………… 823
蒋恭棐 …………………………………………………… 825
马维翰 …………………………………………………… 825
沈懋华 …………………………………………………… 828
鲁曾煜 …………………………………………………… 829
李　鍼 …………………………………………………… 829
甘曰懋 …………………………………………………… 830
王　恕 …………………………………………………… 831
邵　泰 …………………………………………………… 831
储雄文 …………………………………………………… 832

卷二十五 …………………………………………………… 833
蒋　深 …………………………………………………… 833

魏荔彤 …… 834
王　涛 …… 835
李　莲 …… 835
计　默 …… 836
汤　準 …… 836
徐善建 …… 837
王汝骧 …… 837
陈奕禧 …… 838
郭元釪 …… 839
顾文渊 …… 839
严启煜 …… 841
汪文桂 …… 841
汪文柏 …… 842
费锡琮 …… 843
费锡璜 …… 843
陈玉齐 …… 846
徐　兰 …… 846
沈用济 …… 848
毛张健 …… 854
毛　序 …… 855
陈培脉 …… 856
张锡祚 …… 858
邵曾训 …… 862
蒋延鋐 …… 863
殷誉庆 …… 864
李嶟端 …… 864
张元升 …… 865
夏　弘 …… 868
廖　燕 …… 868
刘祖启 …… 869

王文潜 …… 869
黄河澂 …… 870
翁　诰 …… 871
郁扬勋 …… 871
吴之骥 …… 872
先　著 …… 873
邵　陵 …… 874

卷二十六 …… 875
李　崧 …… 875
周龙藻 …… 876
周在延 …… 878
许世孝 …… 878
钱良择 …… 878
姚飞熊 …… 880
古　易 …… 880
顾　彩 …… 881
陆　葰 …… 881
王天骥 …… 883
陈　链 …… 883
朱　经 …… 884
徐　恪 …… 885
张　劭 …… 886
顾绍敏 …… 886
徐　夔 …… 890
郑　轼 …… 894
刘　震 …… 898
余　京 …… 900
秦应阳 …… 903
徐翔鹍 …… 904

叶肇梓 …………………………………… 904
汪绍焻 …………………………………… 905
邵锡荣 …………………………………… 906
钱锦城 …………………………………… 906
安　期 …………………………………… 906
许心扆 …………………………………… 907
戴　鉴 …………………………………… 907
王　肇 …………………………………… 908
王　琛 …………………………………… 908
萧赵琰 …………………………………… 909
汪天与 …………………………………… 909
吴瞻泰 …………………………………… 911
汪　衡 …………………………………… 912
计元坊 …………………………………… 912
徐志岩 …………………………………… 913
汪　煛 …………………………………… 915
许　玑 …………………………………… 915
钱嵩期 …………………………………… 916

卷二十七 …………………………………… 917
金志章 …………………………………… 917
姚　湘 …………………………………… 919
沈青崖 …………………………………… 920
邵锦潮 …………………………………… 921
曹庭枢 …………………………………… 922
陈祖范 …………………………………… 922
缪曰芑 …………………………………… 925
潘　果 …………………………………… 925
尹会一 …………………………………… 927
陶正中 …………………………………… 928

徐以升 …………………………………………… 928
金凤纶 …………………………………………… 929
王　峻 …………………………………………… 929
李重华 …………………………………………… 930
俞　荔 …………………………………………… 934
吕守曾 …………………………………………… 934
张鹏翀 …………………………………………… 935
曹　銮 …………………………………………… 937
刘青芝 …………………………………………… 938
吴履泰 …………………………………………… 938
曹一士 …………………………………………… 939
王绳曾 …………………………………………… 941
马朴臣 …………………………………………… 941
张映斗 …………………………………………… 942
沈荣简 …………………………………………… 943
张一鸣 …………………………………………… 943
高不骞 …………………………………………… 944
王时翔 …………………………………………… 945
赛音布 …………………………………………… 946
刘廷玑 …………………………………………… 946
蒋锡震 …………………………………………… 947
毛锡繁 …………………………………………… 948
施　瑮 …………………………………………… 949
顾　易 …………………………………………… 949
钱中枢 …………………………………………… 950
吴承泰 …………………………………………… 950
钱之青 …………………………………………… 951
张安弦 …………………………………………… 951
徐洪钧 …………………………………………… 951
缪　谟 …………………………………………… 953

蒋 溥 …… 953
朱奕恂 …… 954
王景琦 …… 955
侯 铨 …… 956
叶舒璐 …… 957
宋 乐 …… 959
郑玉珩 …… 960

卷二十八 …… 962
萬夔辅 …… 962
丘 迥 …… 963
乔崇修 …… 964
乔 肃 …… 965
叶永年 …… 965
方 还 …… 966
方 朝 …… 969
屈 复 …… 973
徐 珽 …… 975
程 鸣 …… 976
顾我锜 …… 976
龚 诚 …… 978
朱鼎鋐 …… 979
倪 濂 …… 980
王苍璧 …… 980
周 远 …… 981
高 炳 …… 981
朱厚章 …… 982
蒋梦兰 …… 984
方贞观 …… 985
谢芳连 …… 986

吴　诩 …………………………………………………… 988
孙　宏 …………………………………………………… 988
叶　锦 …………………………………………………… 989
熊良巩 …………………………………………………… 989
康　瑄 …………………………………………………… 989
孙阳顾 …………………………………………………… 990
吴学濂 …………………………………………………… 990
程　烈 …………………………………………………… 991
朱国汉 …………………………………………………… 991
刘正谊 …………………………………………………… 992
曹煜曾 …………………………………………………… 993
曹炳曾 …………………………………………………… 993
曹煐曾 …………………………………………………… 993
陈履平 …………………………………………………… 994
秦时昌 …………………………………………………… 994
朱肇璜 …………………………………………………… 995
朱　霞 …………………………………………………… 995
汪　沅 …………………………………………………… 996
周　瓒 …………………………………………………… 997
沈廷扬 …………………………………………………… 997
刘宗霈 …………………………………………………… 997
王　道 …………………………………………………… 998
沈　源 …………………………………………………… 998
赵关晓 …………………………………………………… 999
周振采 …………………………………………………… 999
孙　璜 …………………………………………………… 1000
王应奎 …………………………………………………… 1000
汤懋统 …………………………………………………… 1001
金　衡 …………………………………………………… 1002
赵　虹 …………………………………………………… 1003

汪 洋 …… 1003
王 泌 …… 1004
周 焯 …… 1004
陈 伦 …… 1005
朱 蔚 …… 1005
沈 炯 …… 1006
李天根 …… 1006
程 简 …… 1007
朱家瑞 …… 1008
石 年 …… 1008
蔡书升 …… 1008
于 鼈 …… 1009

卷二十九 …… 1010
沈荣儁 …… 1010
陈 份 …… 1011
钱之青 …… 1011
张若需 …… 1013
包 彬 …… 1015
倪承茂 …… 1016
陶善圻 …… 1017
钮汝骐 …… 1017
舒 瞻 …… 1018
陈景钟 …… 1019
张 进 …… 1020
梦 麟 …… 1021
孙贻武 …… 1023
吴 檠 …… 1023
蔡寅斗 …… 1024
林明伦 …… 1025

张　晼 …………………………………………………… 1026
张　钛 …………………………………………………… 1026
金义植 …………………………………………………… 1027
尤　怡 …………………………………………………… 1028
江　声 …………………………………………………… 1030
乔　湜 …………………………………………………… 1031
周天藻 …………………………………………………… 1031
孙　谟 …………………………………………………… 1032
陈灿霖 …………………………………………………… 1032
陆文铭 …………………………………………………… 1033
李　璧 …………………………………………………… 1034
马长海 …………………………………………………… 1034
金　綎 …………………………………………………… 1035
周　京 …………………………………………………… 1037
方肇夔 …………………………………………………… 1038
缪宗俨 …………………………………………………… 1039
洪嘉植 …………………………………………………… 1039
朱　瑄 …………………………………………………… 1040
周　杭 …………………………………………………… 1040
俞玉局 …………………………………………………… 1041
石　文 …………………………………………………… 1041
顾嘉誉 …………………………………………………… 1042
翁　格 …………………………………………………… 1042
陆苍培 …………………………………………………… 1043
殷再巡 …………………………………………………… 1043
华龙翔 …………………………………………………… 1044
刘瞻榕 …………………………………………………… 1045
冯嗣京 …………………………………………………… 1046
宋匡业 …………………………………………………… 1046
陆　淹 …………………………………………………… 1047

江宏文 …… 1047
陈叶筠 …… 1048
张　瑄 …… 1049
张嵩龄 …… 1049
程之鵕 …… 1050
席　镐 …… 1051
周孝学 …… 1052
李　果 …… 1052
韩　骐 …… 1055
高日新 …… 1056
马　位 …… 1057
程　樊 …… 1058

卷三十 …… 1059
允　禧 …… 1059
弘　瞻 …… 1061
德　普 …… 1061
恒　仁 …… 1061
高述明 …… 1062
高　斌 …… 1063
塞尔赫 …… 1063
康弘勋 …… 1064
鲍　鉁 …… 1064
李　锴 …… 1065
陈景元 …… 1066
程嗣立 …… 1067
高　岑 …… 1068
姚世钰 …… 1068
姚世钧 …… 1070
邵　岷 …… 1071

谢淞洲 …… 1073
吴定璋 …… 1074
黄子云 …… 1075
翁　照 …… 1079
钱源来 …… 1082
马曰琯 …… 1082
杨　濬 …… 1083
李　进 …… 1084
过春山 …… 1084
周永铨 …… 1085
周　準 …… 1088
盛　锦 …… 1091
汪　俊 …… 1097
朱受新 …… 1098
楼　锜 …… 1099
王大椿 …… 1100
李　葂 …… 1100
潘廷壎 …… 1101

卷三十一 …… 1102
徐　燦 …… 1102
方维仪 …… 1102
纪映淮 …… 1103
钱凤纶 …… 1103
毕　著 …… 1104
章有湘 …… 1105
钱敬淑 …… 1105
吴　琪 …… 1105
吴　绡 …… 1106
侯怀风 …… 1107

吴　氏 …………………………………………… 1108
倪仁吉 …………………………………………… 1108
方　琬 …………………………………………… 1109
范　姝 …………………………………………… 1109
熊　湄 …………………………………………… 1109
柴静仪 …………………………………………… 1110
王　慧 …………………………………………… 1112
徐　氏 …………………………………………… 1114
张　氏 …………………………………………… 1114
庞　畹 …………………………………………… 1115
范淑锺 …………………………………………… 1115
吴永和 …………………………………………… 1115
丁　瑜 …………………………………………… 1116
张令仪 …………………………………………… 1116
徐昭华 …………………………………………… 1118
孙　淑 …………………………………………… 1118
金　氏 …………………………………………… 1119
彭　氏 …………………………………………… 1119
周志蕙 …………………………………………… 1120
王　炜 …………………………………………… 1120
王瑶湘 …………………………………………… 1120
朱柔则 …………………………………………… 1121
马士骐 …………………………………………… 1122
张学典 …………………………………………… 1123
张凌仙 …………………………………………… 1123
顾　英 …………………………………………… 1124
周淑媛 …………………………………………… 1124
张　蘩 …………………………………………… 1125
沈树荣 …………………………………………… 1125
琅琊女子 ………………………………………… 1125

叶　榜 …… 1126
侯承恩 …… 1126
薛　琼 …… 1126
张　氏 …… 1127
倪瑞璿 …… 1127
袁九嫕 …… 1130
林以宁 …… 1130
陈　珮 …… 1130
蔡　琬 …… 1131
方　京 …… 1132
孔传莲 …… 1133
吴雯华 …… 1134
沈蕙玉 …… 1134
杨珊珊 …… 1135
姚世鉴 …… 1136
姚益敬 …… 1136
周淑履 …… 1136
吴　巽 …… 1137
钱纫惠 …… 1138
毛秀惠 …… 1139
许飞云 …… 1140
许孟昭 …… 1140
许楚畹 …… 1141
陈奇芳 …… 1141
周　巽 …… 1142
汪　瑶 …… 1142
吴若华 …… 1143
宋凌云 …… 1143
许　权 …… 1144
尹琼华 …… 1145

韩韫玉 …… 1145
杨克恭 …… 1146
金 顺 …… 1146
汪 璀 …… 1147
袁 机 …… 1147

卷三十二 …… 1149
戒 显 …… 1149
正 岩 …… 1149
南 潜 …… 1150
实 仍 …… 1151
显 谟 …… 1153
海 遐 …… 1154
同 揆 …… 1154
大 灯 …… 1156
大 瓠 …… 1156
函 可 …… 1157
本 源 …… 1157
大 宁 …… 1157
成 鹫 …… 1158
大 成 …… 1160
海 岳 …… 1161
天 定 …… 1161
大 健 …… 1161
僧 残 …… 1162
超 远 …… 1162
晓 音 …… 1163
性 休 …… 1163
德 元 …… 1163
通 岸 …… 1164

古　荣 ………………………………………………… 1164
智　朴 ………………………………………………… 1164
宗　渭 ………………………………………………… 1165
愿　光 ………………………………………………… 1167
溥　畹 ………………………………………………… 1167
元　龙 ………………………………………………… 1168
楚　琛 ………………………………………………… 1168
大　宁 ………………………………………………… 1169
元　璟 ………………………………………………… 1169
大　汕 ………………………………………………… 1171
睿 ……………………………………………………… 1172
然　修 ………………………………………………… 1172
岑　霁 ………………………………………………… 1173
德　亮 ………………………………………………… 1175
佛　旸 ………………………………………………… 1175
德　晖 ………………………………………………… 1176
超　源 ………………………………………………… 1176
妙　复 ………………………………………………… 1177
律　然 ………………………………………………… 1178
元　祚 ………………………………………………… 1178
明　印 ………………………………………………… 1180
尢　埰 ………………………………………………… 1180
俞　桐 ………………………………………………… 1181

原　序

国朝圣圣相承，皆文思天子。以故九州内外，均沾德教。馀事作诗人者，不啻越之镈，燕之函，秦之庐，夫人能为之也。予辑国朝诗，共得九百九十六人，诗三千九百五十二首。较之钱牧斋列朝诗选、朱竹垞明诗综，只及十之二三，于数为少。及观唐殷璠河岳英灵集云：自贞观及开元，共得二十二人，诗二百三十四首。高仲武中兴间气集云：自至德元年至大历末年，作者数千，选者二十六人。以予所辑较之，又于数为多。然而不嫌其少者，以牧斋、竹垞所选，备一代之掌故，而予惟取诗品之高也。不嫌其多者，以殷璠、高仲武只操一律以绳众人，而予唯祈合乎温柔敦厚之旨，不拘一格也。自问学殖疏浅，见闻狭隘，中间略作小传，远逊牧斋之详；略存诗话，远逊竹垞之雅。唯殷璠所云权压梁、窦终无所取者，敢窃比焉；高仲武所云苟悦权右取媚薄俗者，庶几免焉。书成，凡三十二卷，付诸剞劂，播诸艺林，或以为是而褒之，或以为非而斥之，或以为不烦褒斥而置之，一听乎当世之词人，予不得而知之矣。

乾隆二十五年仲冬日，沈德潜自题。时年八十有八。

此系增减第一次本也。初番刻本，校对欠精，错误良多，甚有评语移入他篇者，兹既一一改正。又，当代名流，搜罗未广，兹复增入诸家，以补从前阙略。稍加芟夷，不留平近，总求无戾乎风雅之旨也。重付开雕，质之艺苑。至南粤、西江翻刻，比初次刻本错字尤多，识者自能鉴诸。

德潜又识。

凡　例

诗之为道，不外孔子教小子教伯鱼数言，而其立言，一归于温柔敦厚，无古今一也。自陆士衡有缘情绮靡之语，后人奉以为宗，波流滔滔，去而日远矣。选中体制各殊，要惟恐失温柔敦厚之旨。

本朝御制诗，如日月经天，江河行地，千百世当奉全集为准绳，非臣子所敢选也。钱牧斋选明高帝以下诸帝诗，失尊君之体矣。兹编不敢采入三圣御诗，别于牧斋选本。

黄昆圃侍郎，多藏北方学者诗。王遴汝上舍，多藏南方学者诗。余从两处稛载而来，选中所收，几有十分之三。馀皆逐渐徵取，鳞次投赠，积久成多，以供采择。然四方万国，其边徼之远，不能遍收也。挂漏实繁，不无遗憾。

国朝选本诗，或尊重名位，或藉为交游结纳，不专论诗也。陈检讨箧衍集，较诸本为善，然只及康熙癸丑，以下阙如。兹补癸丑后八十馀年诗，而名位、交游之念。不扰于中，此差可自信者。

是选以诗存人，不以人存诗。盖建竖功业者重功业，昌明理学者重理学，诗特其馀事也。故有功业、理学可传，而兼工韵语者，急采之。否则人已不朽，不复登其绪馀矣。观者谅之。

人必论定于身后。盖其人已为古人，则品量与学殖俱定。否则，或行或藏，或醇或驳，未能遽定也。集中采取，虽前后不同，均属已往之人。

诗必原本性情关乎人伦日用及古今成败兴坏之故者，方为可存，所谓其言有物也。若一无关系，徒办浮华，又或叫号撞搪以出之，非风人之指矣。尤有甚者，动作温柔乡语，如王次回疑雨集之类，最足害人心术，一概不存。

诗不能离理，然贵有理趣，不贵下理语。陶渊明“汲汲鲁中叟，弥缝使其淳”，圣人表章六经，二语足以尽之。杜少陵“江山如有待，花柳自无私”，天地化育万物，二语足以形之。邵康节诗，直头说尽，有何兴会？至明儒“太极圈儿大，先生帽子高”，真使人笑来也。选中近此类者，俱从芟薙。

唐诗蕴蓄，宋诗发露。蕴蓄则韵流言外，发露则意尽言中。愚未尝贬斥宋诗，而趣向旧在唐诗。故所选风调音节，俱近唐贤，从所尚也。若乐府及四言，有越唐人而窃攀六代、汉、魏者，所云“虽不能至，心向往之”。

前代臣工，为我朝从龙之佐，如钱虞山、王孟津诸公，其诗一并采入，准明代刘青田、危太朴例也。前代遗老而为石隐之流，如林茂之、杜茶村诸公，其诗概不采入，准明代倪云林、席帽山人例也。亦有前明词人，而易代以来，食毛践土既久者，诗仍采入。编诗之中，微存史意。

诗人名下，未详生平者，只载其表字、省分、郡邑与夫科日官位之有无。若传志可考，轶事可传，诗话可引，或详或略，辄缀评论，使读者得其诗品，并如遇其为人。

卷中有科目者，一以科目之先后为次。无科目者，约以辈行之先后为次。

世祖十八年，俱先科目而后词人。圣祖六十一年，若准此例，恐辈行之先后。太相悬矣。故三分二十年，科目词人，相间次第之。世宗朝，及今上二十五年以前，仍准世祖朝之例。

人之无名位者，一生无他嗜好，惟孳孳矻矻于五字七字之中，而忽焉徂谢，苟无人焉表而章之，人与诗归无何有之乡矣。予与同人，远近徵求，志其生平，聊存发潜阐幽之意。

闺阁诗，前人诸选中，多取风云月露之词。故青楼、失行妇女，每津津道之，非所以垂教也。选本所录，罔非贤媛，有贞静博洽，可上追班大家、韦逞母之遗风者，宜发言为诗，均可维名教伦常之大；而风格之高，又其馀事也。以尊诗品，以端壸范，谁曰不宜。

国初诗僧，有弃儒而逃入禅学者，诗自激昂顿挫，铮铮有声。其后多习口头禅说，以偈为诗，即有稍知向学者，亦只奉弘秀集一类为金针，于源流升降，茫然于中也。广为搜罗，共得四十四人。中有能读儒书通禅理者，格外赏之。羽士二人，附释子之后。

初刻中，邮寄篇翰，时候不齐，有锓板将成，陆续远到者，科目辈行之先后，不能倒置也。因于三十二卷外，复辑补遗四卷。今俱叙入三十二卷中，并归正集矣。故卷数较少。而诗篇较多。

诗中有相沿误用者，如孤负之误辜负，李陵答苏武书“孤负陵心”，“陵虽孤恩”，杜诗“孤负沧洲愿”，韩诗“孤负平生志”皆是也。辜，罪也，与负不协。疑丞之误凝丞，左辅右弼，前疑后丞，疑谓有疑而问也。凝字何解？苍黄之误仓皇，北山移文“苍黄反覆”杜诗：“形势反苍黄”，昌黎文“值吾南逐，苍黄分散”，柳州文“数州之犬，苍黄吠噬”。宋人以后，始有仓皇。闺閤之误闺阁，史迁云“身为闺閤之臣”，文翁传“使传教令，出入闺閤”，注谓“内中小门也”。二字不专属之妇人，又相臣避尊居閤，故云黄閤老，宋后改为阁。诗中唐以前宜閤，宋以后宜阁。烂漫之误烂熳，烂漫见鲁灵光殿赋，说文、玉篇等书并无熳字。匡襄之误劻勷，匡襄犹赞襄也。劻勷，急遽貌。楚辞：“逢此世之劻勷”，杜牧诗“尘土惊劻勷”，昌黎有“新师不牢，劻勷将逋”语，如何混为一。误认滥觞为末流，家语：孔子曰：“江始出于岷山，其源始于滥觞。”滥，泛也，觞，酒杯也，言初出微，而下流始大也。近人多以滥为烂，以觞为伤矣。清和为四月，张衡归田赋“仲春之月，时和气清”，谢灵运诗“首夏犹清和”，言四月犹二月，故下云“芳草亦未歇”也。后人有“四月清和雨乍晴”句，失却犹字义矣。此类不可枚举。他如委靡靡上声字，百揆揆上声字之类，无平声者，误读平声。漕字、雍字、丈人行行字、冗长长字之类，有两音者，总读平声。卫有漕邑，平声；运漕之漕，去声。雍和辟雍，平声；雍州之雍，去声。行列之行，平声；辈行之行，去声。长短之长，平声；冗长之长，去声。朝请之请，非上声，宜读去声。汉律“春朝曰朝，秋曰请”，同靓音。宁馨之宁，非平声，宜读去去声。张谓诗：“家无阿堵物，门有宁馨儿。”东坡诗：“空使奸雄笑宁馨。”亦不可枚举。集中一一校正。恐外间溺于俗本，转以为讹，故一一论列之。

是集创始于乾隆乙丑，至戊寅岁告成镌刻，今岁庚辰，又复增删镂版，共经十六寒暑矣。然鲜见寡闻，虽殚苦心，只抽孤绪，恐无当于大雅之林也。四方学者，有谅予之愚，窾启未逮，所深望焉。

卷　一

钱谦益

钱谦益，字受之，江南常熟人。万历庚戌，赐进士第三人。国朝官至礼部尚书。著初学、有学二集。〇尚书天资过人，学殖鸿博。论诗称扬乐天、东坡、放翁诸公。而明代如李、何、王、李，概挥斥之；馀如二袁、锺、谭，在不足比数之列。一时帖耳推服，百年以后，流风馀韵，犹足詟人也。生平著述，大约轻经籍而重内典，弃正史而取稗官，金银铜铁，不妨合为一炉。至六十以后，颓然自放矣。向尊之者，几谓上掩古人；而近日薄之者，又谓澌灭唐风，贬之太甚，均非公论。兹录其推激气节，感慨兴亡，多有关风教者，馀靡曼噍杀之音略焉。见初学、有学二集中，有焯然可传者也。至前为党魁，后逃禅悦，读其诗者应共悲之。〇牧斋诗，如"吾道非欤何至此，臣今老矣不如人"、"屋如韩愈诗中句，身似王维画里人"，工致有馀，易开浅薄，非正声也。五言平直少蕴，故不录。

陆宣公墓道行

延英重门昼不开，白麻黄阁飞尘埃。中条山人叫阍哭，金吾老将声如雷。苏州宰相忠州死，天道宁论乃如此。千年遗榇归不归，两地孤坟竟谁是？人言藁葬在忠州，又云徽还返故丘。图经聚讼故老哄，争此朽骨如天球。齐女门前六里路，荞麦茫茫少封树。下马犹寻董相坟，飞凫孰辨孙王墓。青草黄茅万死乡，蝇头细字写巾箱。起草尚传哀痛诏，闭门自验活人方。永贞求旧空黄土，元祐青编照千古。人生忠佞看到头，至竟延龄在何许。君不见、华山山下草如熏，石阙丰碑野火焚，樵夫踞坐行人唾，传是崖州丁相坟。墓之附会与否不必论，重其人，不重其墓也。结语专及丁相坟者，以丁谓苏人，墓在苏州，故用反面衬托。前辈徵引，不同泛泛。

团扇篇

合欢团扇美人作，轻云如纨雪如素。裁成顾兔舒月波，画出乘鸾上天路。美人容华倾六宫，含羞却扇娇且慵。自分团栾赛明月，岂知摇动生秋风。碧天一夜秋如水，炎凉尽在君怀里。不怨秋风坐弃捐，却愁明月长相似。秋来明月正婵娟，别殿长门是处悬。从教妾扇经秋掩，但愿君心并月圆。君心如月不可掇，妾扇团团那忍割。可怜团扇无蔽亏，不比清光有盈缺。奉君清暑为君容，莫道恩情中路空。蛛丝虫网频垂泪，还感君恩在箧中。自注：张子寿赋白羽扇云：“纵秋气之移夺，终感恩于箧中。”盖公惧李林甫之谗而作。○此召对落职后诗也。眷念恩情，收藏笥箧，与小丈夫悻悻者异焉。

题宋徽宗杏花村图

宜春小苑春风香，宣和秘殿春昼长。帝所神霄换新诰，江南花石催头纲。至尊盘礴自游艺，宛是前身画师制。岁时婚嫁杏花村，桑麻鸡犬桃源世。杏花村中花冥冥，纥干山雀群飞鸣。巾车挈箧去何所，无乃负担趋青城。君不见、杏花寒食钱塘路，鬼磷灯檠风雨暮，麦饭何人浇一盂，孤臣哭断冬青树。

玉堂双燕行送刘晋卿赵景之两太史谪官

玉堂昼暖熏风香，双双燕尾摇仓琅，背飞并映银花榜，托宿交栖玳瑁梁。感君恩重巢君幕，顾影呢喃前复却，何当鸣梧比丹凤，且愿衔花效黄雀。啁哳辞归未忍归，差池掠羽试双飞。风回铃索声犹在，日过花砖候已非。珠帘十二秋风促，芦雪菰烟何处宿。明年社日早归来，簷口衔泥补君屋。为谪官者言，自宜以衔泥补屋望之。此立言体也。与团扇篇用意略同。

送福清公归里

甘陵南北久分歧，鹓鹭雍容彼一时。抗疏有人盈琐闼，顾名无阙省罘罳。恩牛怨李谁家事，白马清流异代悲。八载调羹心独苦，临行谆复外廷知。

鹗立朝端领搢绅，飘萧鬓发见风神。契丹使亦知元老，回纥占应见大人。代许孤忠留一柱，帝思耆德抚三辰。吴门咫尺邻闾阖，珍重东山五亩身。三四语比以文潞公、郭汾阳，史事须如此用。○诗作于万历季年，福清公，叶台山向高也。公在政府，士林倚以为重。后以不能救万爆死，又林汝翥忤奄，群奄辱及于公。公去，而东林君子无噍类矣。诗中“白马清流”，其有先见乎。

戊辰七月应召赴阙车中言怀

三年严谴望修门，随例趋朝又北辕。圣代故应无弃物，孤臣犹有未招魂。夕阳亭下人还过，端礼门前石尚蹲。重向西风挥老泪，馀生何以答殊恩。

寥廓高天一冥鸿，肯随乌鸟问雌雄。纷纷岂止容卿辈，碌碌何须笑乃公。赤汗马应空冀北，白头豕自愧辽东。郊原无限停车思，落日披襟得远风。

临城驿壁见方侍御孩未题诗

驿吏逢迎旧赭衣，生还今日是耶非。纶竿喜值金鸡放，华表真同白鹤归。抱蔓摘瓜馀我在，破巢完卵似君稀。循墙叹息看题句，淅淅秋风起夕扉。“抱蔓摘瓜”，言清流几尽，已独存也。“破巢完卵”，言进言被祸，身幸存也。

召对文华殿旋奉严旨感恩述事

宫廷初散鼠狐群，殷殷成雷又聚蚊。卷舌光芒仍炫耀，台阶气象向氤氲。伤心诏狱生春草，回首觚棱隔暮云。明主定无钩党禁，文华休拟作同文。自注：倪侍读鸿宝云：“文华殿宁可作同文馆耶？”

破帽青衫又一回，当筵舞袖任他猜。平生自分为人役，流俗相尊作党魁。明日孔融应便去，当年王式悔轻来。清宵吉梦还知否？万树青山早放梅。

猎猎寒风逼岁馀，柴门剥啄到双鱼。亲憎言禄催偕隐，友贱求名劝著书。薄俗休官如物故，畏涂削籍当迁除。夕阳亭下城西路，叹息何人返敝庐。劝著书者，劝其轻名勿著书也。〇崇祯元年，牧斋被召，思陵召对文华殿，欲用为相。温体仁讦其主浙试时，关节受贿，神奸结党，声色俱厉。思陵遂罢牧斋官。其实浙闱事，奸人绐为之也。后坐杖赎，不复用矣。诸咏作于涂中，今录三首，以存其概。

潞河别刘咸仲吏部

别绪乡心浩莫分，潞河风雨帝城云。能容放废惟良友，未忘京华为圣君。衰鬓数茎还去国，秋风一叶又离群。渭城歌罢休垂泪，逐客年来实饱闻。

题淮阴侯庙

淮水城南寄食徒，真王大将在斯须。岂知隆凖如长颈，终见鹰扬死雉姁。落日井陉旗尚赤，春风钟室草先朱。东西冢墓今安在？好为英雄奠一盂。自注：信母墓在东冢，漂母墓在西冢。

己巳八月待放归田感怀述事奉寄南都诸君子

留都文物汉西京，虎踞龙蟠集俊英。高庙神灵尝陟降，中朝佞幸敢纵横。琐闱月白锺山晓，乌府霜寒淮水清。望尽浮云天北极，长安应见泰阶明。

奉谒少师高阳公于里第感旧述怀

忽漫抠衣拜此堂，心期如梦泪千行。更阑尚说三条烛，坐久真惭数仞墙。孔思周情新著作，禹粮尧韭旧耕桑。明灯促席亲函丈，秋柝沈沈夜未央。语语是家居情事。

再镇危关锁钥长，一归寇盗总猖狂。心因忧国浑如醉，鬓为论兵半有霜。椽笔携将分子姓，靴刀留取压文章。入郊先问躬耕地，简较秋原几树桑。王西宁“鬓为胡笳吹作雪，心因烽火炼成丹”，意亦相同，而此觉雅音。

苍黄出镇便门东，单骑横穿万骑中。拊手关河归旧服，侧身天地荷成功。朝家议论三遗矢，社稷安危一亩宫。闻道边廷饶魏绛，早悬金石赏和戎。众以年老轻之，而社稷安危系于闲散之身，盖以挽回天下望之矣。〇孙文忠讳承宗，高阳人，牧斋座主也。以宰相任边事久，屡立匡复功。为奄人斗筲所厄，家居七年。崇祯十七年，城陷不屈死。诗中望其出而救时，非阿好也。此种诗可以证史，不徒辞章对偶之工。

岁暮杂怀

卒岁闲门有雀罗，流年徂谢意如何？看花伴侣青春少，种菜英雄白首多。佩剑定须悬旧陇，明珠只合换新歌。剧怜渭水垂纶叟，未应非熊鬓已皤。

夏日宴新乐小侯于燕誉堂

宝玦相逢沟水头，长衢交语路悠悠。西京甲观论新乐，南国丁年说故侯。春燕归来非大厦，夜乌啼处似延秋。曾闻天乐梨园里，忍听吴歈不泪流？此少年故侯也，激壮之中，自饶凄惋。于吴地宴之，故有末语。〇下皆有学集中诗。

送吴兴公游下邳兼简李条侯

落花飞雨搅邗沟，襆被奚囊感薄游。宝剑千金吴季子，长城半壁汉条侯。高榆耕垒连沧海，深柳书堂枕碧流。共话老夫应失笑，春深冒絮尚蒙头。

简侯研德并示记原

当飨休听暇豫歌，破巢完卵为铜驼。国殇何意存三户，家祭无忘告两河。击筑泪从天北至，吹箫声向日南多。知君耻读王裒传，但使生徒废蓼莪。王裒，无不许其忠孝者，此又翻进一层，倍觉新警。

东归漫兴

林木池鱼灰烬寒，鸳湖恨水去漫漫。西华葛帔仍梁代，东市朝衣尚汉官。白鹤遄归无石表，金鸡旋放少纶竿。招魂倘有巫阳在，历历残棋忍重看。自注：过南湖望勺园悼延陵君而作，其子贫薄，故有任西华之叹。〇赠人句云："半生花月张三影，两鬓沧桑郭四朝。"颇有风韵。

丙戌南还赠别故侯家妓人冬哥

绣岭灰飞金谷残，内人红袖泪阑干。临歧莫怅青娥老，两见仙人泣露盘。两见，谓甲申、乙酉两年。

天乐荒凉禁苑倾，教坊凄断旧歌声。临歧只合懵腾去，不忍听他唱渭城。

后观棋绝句

寂寞枯枰响泬漻，秦淮秋老咽寒潮。白头灯影凉宵里，一局残棋见六朝。

飞角侵边劫正阑，当场黑白尚漫漫。老夫袖手支颐看，残局分明一着难。此牧斋自伤末路也。残局自有胜着，只是人不肯寻耳。

读史记戏书

汉家争道孝文明，左右临朝问亦轻。绛灌但知谗贾谊，可思流汗愧陈平。与"可怜夜半虚前席，不问苍生问鬼神"一种笔墨。

故宫人

汉宫遗事剪灯论，共指青衫认泪痕。今夕惊沙满蓬鬓，始知永巷是君恩。亦是翻进一步法。

留题秦淮丁家水阁

舞榭歌台罗绮丛，都无人迹有春风。踏青无限伤心事，并入南朝落照中。苑外杨花待暮潮，隔溪桃叶限红桥。夕阳凝望春如水，丁字帘前是六朝。

村庄红豆花诗

金尊檀板落花天，乐府新翻红豆篇。取次江南好风景，莫教肠断李龟年。

王　铎

王铎，字觉斯，河南孟津人。天启壬戌进士。国朝官至大学士，谥文安。

近望牛头山

汉西郊野望牛头，滚滚寒云万顷流。钟磬不关兴败事，藤萝犹挂古今愁。树连山色低秦塞，水带军声别阆州。割据雄图忧后日，夕阳无语下寒丘。文安诗名甚著，然每入荒幻，如“山聋香殿彻，云猛石床平”之类，不可胜数。此章特取其明顺流利者。

方拱乾

方拱乾，字坦庵，江南桐城人。崇祯戊辰进士。国朝官少詹事，兼翰林学士。著有塞外、归国二集。〇宫詹寝食少陵，评点杜诗，分授学者，谓诗必从杜入，方有真性情；修饰辞华，不能登大雅之堂也。今读其诗，一如论诗之旨。

驱雀词

雀莫啄我蔬，我蔬种已迟。衰年事事钝，辛勤还后时。聊取生意足，宁独疗长饥！甲拆才如豆，不及邻家肥。肥蔬啄可饱，瘦蔬啄无遗。饥我不饱汝，两伤亦奚为？欲驱不忍击，短竿护疏篱。我蔬肥有日，除竿任汝飞。听汝嗷嗷音，生事同我微。观我观物，物我皆得，少陵夔州以后诗。

舂声

在家愁闻砧，砧声为客衣。在客愁闻舂，舂声为客饥。舂本非恶声，客耳自凄其。砧声砧者苦，舂声闻者悲。此地尽为客，室家亦羁縻。遘此八月霜，稻粱同草衰。稗种贱独早，皮尽乃得縻。十斗舂一斛，家家急朝炊。两舂一口资，廿口将安资？夜长月色苦，冷澹无光辉。声声相断续，远近闻一时。悲馀转成喜，得食谅不迟。便作笙竽听，天风任尔吹。转悲为喜一层，从真性情流出，意尽语竭时，忽然得此，绝处逢生机也。

补窗

纸窗如破衲，丛添针线迹。纤纤鱼鳞光，朝曦逗微隙。夜来朔风狂，洞然半分郗。寒威透旃裘，况乃敝衣帻。看囊久无钱，纸价贵逾昔。求全势所难，补罅情转适。平生鄙弥缝，于兹悟损益。渐暄飕亦温，安稳蓬蒿宅。旧研释冰痕，昼长聊点易。微云影太空，不碍虚生白。极琐屑事，发出安分乐天道理。

路遇李澹生冯炳文

皂帽冲风沙，晴天疑晦雾。睹君行路色，触我来时痛。握手万端生，醒眼三年梦。相赠绕朝鞭，前途慎珍重。

募僧收枯骨

兵戈二十载，枯骨尚如麻。中岂无才智，生原有室家，啼魂昏白昼，掩胔仗黄沙。何处烦冤尽，观空仰法华。仁人之心，仁人之事，仁人之言。

早　起

长夜厌朝眠，暾光到枕先。家无烦老事，人爱早晴天。研洗和冰墨，炉温隔夕烟。惺惺平旦气，孤坐倍泠然。第四语与“人间重晚晴”，各有名理。

掩柴门

柴门开亦静，无事手常关。晓露花争坼，斜阳牛自还。相看忘塞俗，久已负家山。偶忆雍陶句，开笼放白鹇。

九　日

郁郁连朝雪，萧萧九日晴。异乡谁送酒，令节但存名。目断天无极，风高沙自惊。莫嫌人迹远，雁迹罢南征。塞上九日诗，脱尽前人窠臼。

放　雉

万物爱生还，凌霄刷羽翰。自经罗网苦，益觉地天宽。文采无夸耀，飞翔得便安。故山谐伴侣，不羡女床鸾。写物写人，生枯双管齐下。

宁远温泉

温与探汤异，边城旧擅名。无心何自热，有本得长清。调燮功谁擅，寒暄理自平。衰年苦萧飒，一濯已春生。三四是体，五六是用，君子之德，大臣之度，并见二十字中。

晤林茂之时年八十五矣

群奉丈人行，相看若鼎彝。别时贫到骨，近日老能诗。结客前朝重，遗民后代知。嗟予随仗履，鬓发已如丝。是侠士，是诗老，是遗民，如读林茂之传。

旧鹤自注：余旧畜，己亥赠吉旋，今犹无恙。

老鹤迎人作意鸣，三年前是一般声。别来何物不经变，知尔于人无所争。旧侣分飞怜独立，故交相遇倍多情。卫廷岂少乘轩辈，谁卧长松梦玉京。多情人不作浮薄语，三四所感者大。

广　宁

医巫闾是望中山，指点残黎惨澹间。北镇祀谁凭享殿，南冠人尚恋榆关。光熹往事伤心久，刘杜征魂带血还。惭愧高冈祀李靖，纪功碑断藓花斑。刘杜谓刘綎、杜松，皆死于战者。

译使至高丽

天荒地老更谁邻，属国惊闻接海滨。豺虎窟多中土客，凤凰城是旧朝臣。泉刀重译旃裘雪，盐铁归装塞马春。试问为奴当日祖，流传洪範可能陈。

张文光

张文光，字谯明，河南祥符人。崇祯戊辰进士。国朝官按察副使。著有斗斋诗。〇副使诗得力于杜，有悲壮之声。

登汴城角楼

落日下层城，苍然远树平。乱云连岳碧，野火隔江明。狐兔盘深窟，蒹葭冷旧京。中原形胜地，画角起边声。

送吴六益诗人南归

尽此一杯酒，悠悠无限情。秋匀千树色，日落大河声。天地留风雅，衣冠老杜蘅。前途谁共语？孤剑自长鸣。“秋匀”，“匀”字极炼。“日落大河声”，何减李北地！

野　月

野旷烟初歇，孤辉更杳茫。长天笼远树，古渡泊空航。夜冷流民屋，春寒战骨霜。荷锄聊自慰，草露借馀光。

怀李龙衮

天高野戍雁声长，月满边城海雾黄。别后几时双涕泪，殊方经岁半冰霜。自甘白发为迁客，谁道青山非故乡。迢递梦魂千万里，思君一夜到龙荒。

送季天中秋日东行

千山落日淡高旻，万里秋风促去轮。自是圣朝无阙事，何妨天末有孤臣。霜侵列戍笳声急，云卷平沙月影新。我亦梧桐花下客，至今魂梦愧斯人。天中建言遣谪，故以诗送之。四语一气直下，神来之笔。

九月八日喜禹峰至

苏门别后几经霜，异地音书各渺茫。握手十年才一夕，惊心明日又重阳。江湖月冷鱼龙卧，边塞风高雁鹜翔。欲问元龙天下计，漫言中散旧时狂。

清淮晓发

老鬓萧条逐客程，秋风瑟瑟唤愁生。五更月照他乡影，万里河流故国声。落拓人当疑慢世，浮沈吾亦厌虚名。何时归去衡门下，竹杖芒鞋傍鹤行。

吴伟业

吴伟业，字骏公，江南太仓人。崇祯辛未赐进士第二人。国朝官祭酒。著有梅村集。〇梅村七言古，专仿元、白，世传诵之。然时有嫩句、累句。五七言近体，声华格律不减唐人，一时无与为俪，故特表而出之。〇梅村故国之思，时时流露。遣闷云：“故人往日燔妻子，我因亲在何敢死，不意而今至于此。”又病中词曰：“故人慷慨多奇节，为当年沈吟不断，草间偷活。”“脱屣妻孥非易事，竟一钱不值何须说。”读者每哀其志。若虞山不著一辞矣。此二人同异之辨。

鸳湖曲

鸳鸯湖畔草粘天，二月春深好放船。柳叶乱飘千尺雨，桃花斜带一溪烟。烟雨迷离不知处，旧堤却认门前树。树上流莺三两声，十年此地扁舟住。主人爱客锦筵开，水阁风吹笑语来。画鼓队催桃叶伎，玉箫声出柘枝台。轻靴窄袖娇妆束，脆管繁弦竞追逐。云鬟子弟按霓裳，雪面参军舞鸜鹆。酒尽移船曲榭西，满湖灯火醉人归。朝来别奏新翻曲，更出红妆向柳堤。欢乐朝朝兼暮暮，七贵三公何足数。十幅蒲帆几尺风，吹君直上长安路。长安富贵玉骢娇，侍女熏香护早朝。分付南湖旧花柳，好留烟月伴归桡。那知转眼浮生梦，萧萧日影悲风动。中散弹琴竟未终，山公启事成何用。东市朝衣一旦休，北邙坏土亦难留。白杨尚作他人树，红粉知非旧日楼。烽火名园窜狐兔，画阁偷窥老兵怒。宁使当时没县官，不堪朝市都非故。我来倚棹向湖边，烟雨台空倍惘然。芳草乍疑歌扇绿，落英错认舞衣鲜。人生苦乐皆陈迹，年去年来堪痛惜。闻笛休嗟石季伦，衔杯且效陶彭泽。君不见、白浪掀天一叶危，收竿还怕转船迟。世人无限风波苦，输与江湖钓叟知。此吊吴昌时也。昌时为选郎，依周宜兴延儒。宜兴败，而昌时至于弃市矣。篇中极言盛衰，如听雍门之琴，用意全在收束。

永和宫词

扬州明月杜陵花，夹道香尘迎丽华。旧宅江都飞燕井，新侯关内武安家。雅步纤腰初召入，钿合金钗定情日。丰容盛鬋固无双，蹴踘弹棋复第一。上林花鸟写生绡，禁本锺王点素毫。杨柳风微春试马，梧桐露冷夜吹萧。君王宵旰无欢思，宫门夜半传封事。玉几金床少晏眠，陈娥卫艳谁频侍。贵妃明慧独承恩，宜笑宜愁慰至尊。皓齿不呈微索问，蛾眉欲蹙又温存。本朝家法修清宴，房帷久绝珍奇荐。敕使惟追阳羡茶，内人数减昭阳膳。维扬服制擅江南，小阁炉烟沈水含。私买琼花新样锦，自修水递进黄柑。中宫谓得君王意，银镮不妒温成贵。早日艰难护大家，比来欢笑同良娣。奉使龙楼贾佩兰，往还偶失两宫欢。虽云樊嫕能辞令，欲得昭仪喜怒难。绿绨小字书成印，琼函自署充华进。请罪长教圣主怜，含辞欲得君王愠。君主内顾恤倾城，故剑还存敌体恩。手诏玉人蒙诘问，自来阶下拭啼痕。外家官拜金吾尉，平生游侠多轻利。缚客因催博进钱，当筵便杀弹筝伎。班姬才调左姬贤，霍氏骄奢窦氏专。涕泣微闻椒殿诏，笑谭豪夺灞陵田。有司奏削将军俸，贵人冷落宫车梦。永巷传闻去玩花，景和门里谁陪从！天颜不怿侍人愁，后促黄门召共游。初劝官家佯不应，玉车早到殿西头。两王最小牵衣戏，长者读书少者弟。闻道群臣誉定陶，独将多病怜如意。岂有神君语帐中，漫云王母降离宫。巫阳莫救仓舒恨，金锁雕残玉箸红。从此君王惨不乐，丛台置酒风萧索。已报河南失数州，况经少子伤零落。贵妃瘦损坐匡床，慵髻啼眉掩洞房。豆寇汤温冰簟冷，荔支浆热玉鱼凉。病不轻秋泪沾臆，俳徊自绝君王膝。苔没长门有梦归，花飞寒食应相忆。玉匣珠襦启便房，薤歌无异葬同昌。君王欲制哀蝉赋，诔笔词臣有谢庄。头白宫娥暗嚬蹙，庸知朝露非为福。宫草明年战血腥，当时莫向西陵哭。穷泉相见痛苍黄，还向官家问永王。幸免玉环逢丧乱，不须铜雀怨兴亡。自古豪华如转毂，武安若在忧家族。爱子虽添北渚愁，外家已葬骊山足。夜雨椒房阴火青，杜鹃啼血濯龙门。汉家伏后知同恨，止少当年一贵人。碧殿凄凉新木拱，行人尚识昭仪冢。麦饭冬青问茂陵，斜阳蔓草埋残垅。昭丘松槚北风哀，南内春深拥夜来。莫奏霓裳天宝曲，景阳宫井落秋愧。详叙田贵妃始末。凡贵妃之明慧，思陵之恭俭，周后之贤淑，袁贵妃之失欢，以及田氏前此之承恩，后此之夭折，一一可被管弦，几欲参长庆之席矣。唯“长者读书少者弟”句，未免稚气，而以伏后比拟周后，殊觉不于其伦。

雁门尚书行并序

雁门尚书行，为大司马白谷孙公作也。公代州人，地故雁门郡。长身伉爽，才武绝人。其用秦兵也，将凭岩关为持久，且固将吏心。秦士大夫弗善也，累檄趣之战，不得已始出。天淫雨乏粮，师大溃，潼关陷，独身横刀冲贼阵以没，从骑俱散，不能得其尸。公之出也，自念必死，顾语张夫人，夫人曰：丈夫报国耳，无忧我。西安破，率二女六妾沉于井，挥其八岁儿以去。儿逾垣避贼，堕民舍中，有老翁者善衣食之二年。公长子世瑞，重趼入秦，得夫人尸，貌如生。老翁归以弟，相扶还。见者泣下，盖公素有德秦人云。余门人冯君讷生，公同里人，作潼关行纪其事。余曾识公于朝，因感赋此什。公死而天下事以去；然其败由趣战，且大雨绝粮，此固天意，抑本庙谟，未可专以责公也。公之参佐，惟监军道乔公，以明经奏用，能不负公。潼关之破，同日死；名元柱，定襄人。

雁门尚书受专征，登坛顾盼三军惊。身长八尺左右射，坐上咄吒风云生。家居绝塞爱死士，一日费尽千黄金。读书致身取将相，关西鼠子方纵横。长安城头挥羽扇，卧甲韬弓不忘战。持重能收壮士心，沉机好待凶徒变。忽传使者上都来，夜半星驰马流汗。覆辙宁堪似往年，催军还用松山箭。尚书得诏初沉吟，蹶起横刀忽长叹：我今不死非英雄，古来得失谁由算？椎牛誓众出潼关，墟落萧条转饷难。六月炎蒸驱万马，二崤风雨断千山。雄心慷慨宵飞檄，杀气凭陵老据鞍。扫箨谋成频抚剑，量沙力尽为传餐。尚书战败追兵急，退守岩关收溃卒。此地乘高足万全，只今天险嗟何及。蚁聚蜂屯已入城，持矛瞋呼狂贼。战马嘶鸣失主归，横尸撑距无能识。乌鸢啄肉北风寒，寡鹄孤鸾不忍看。愿逐相公忠义死，一门恨血土花斑。故园有子音书绝，勾注烽烟路百盘。欲走云中穿紫塞，别寻奇道访长安。长安到日添悲哽，茧足荆榛见眢井。辘轳绳断野苔生，几尺枯泉见形影。永夜曾归风露清，经秋不化冰霜冷。二女何年驾碧鸾，七姬无冢埋红粉。复壁藏儿定有无，破巢穷鸟问将雏。时来作使千兵势，运去流离六尺孤。傍人指点牵衣袂，相看一恸真吾弟。诀绝难为老母心，护持始识遗民意。回首潼关废垒高，知公于此葬蓬蒿。沙沉白骨魂应在，雨洗金疮恨未消。渭水无情自东去，残鸦落日蓝田树。青史谁人哭藓碑，赤眉铜马知何处。呜呼！材官铁骑看如云，不降即走徒纷纷。尚书养士三十载，一时同死何无人？至今唯说乔参军。参军，序中名元柱，列传名高迁，互有异同。〇孙公先擒高迎祥，后几灭李自成，当时可倚以平贼者，惟卢忠烈公与孙公。自二公为权臣所抑，先后死而明遂亡矣。诗中详叙生平，与本传表里。惟公之败也，由于权幸催战，军无见粮，又大雨七日夜不止，此大关系。诗中再醒出几语，尤能动人。〇七言古，如雕桥庄、田家铁狮、松山哀等篇，皆有关系诗，而径路或有未清，故不概录。

画中九友诗

华亭尚书天人流，墨花五色风云浮。至尊含笑黄金投，残膏剩馥鸡林求。思白太常妙迹兼银钩，乐郊拥卷高堂秋。真宰欲诉穷雕搜，解衣盘礴堪忘忧。烟客谁其匹者王廉州，神姿玉树三山头，摆落万象烟霞收。尊彝斑剥探商周，得意换却千金裘。元照檀园著述夸前修，丹青馀事追营丘。平生书画置两舟，湖山胜处供淹留。长蘅阿龙北固持两矛，披图赤壁思曹刘。酒醉洒墨横江楼，蒜山月落空悠悠。龙友姑苏太守今僧繇，问事不省张两眸。振笔忽起风飕飕，连纸十丈神明遒。尔唯松圆诗律通清讴，墨庄自画归田游。一犁黄海鸣春鸠，长笛倒骑乌犉牛。孟阳花龛巨幅千峰稠，小景点出林塘幽。晚年笔力凌沧洲，幅巾鹤发轻王侯。润甫风流已矣吾瓜畴，一生迂癖为人尤，僮仆窃骂妻孥愁。瘦如黄鹄闲如鸥，烟驱墨染何曾休。僧弥〇用饮中八仙歌格，而绝异其面目，所以可贵。

雪中遇猎

北风雪花大如掌，河桥路断流澌响。愁鸱饥雀语啁啾，健鹘奇鹰姿飒爽。将军射猎城南隅，软裘快马红氍毹。秋翎垂头西鼠暖，鸦青径寸装明珠。金鹅箭褶袍花湿，捐酒驼羹马前立。锦靴玉貌拨秦筝，瑟瑟鬟多好颜色。少年家住贺兰山，碛里擒生夜往还。铁岭草枯烧堠火，黑河冰满渡征鞍。十载功成过高柳，闲却平生射雕手。漫唱千人敕勒歌，只倾万斛屠苏酒。今朝仿佛李陵台，将军喜甚围场开。黄羊突过笑追射，鼻端出火声如雷。回去朱旗满城阙，不信沟中冻死骨，犹有长征远戍人，哀哀万里交河卒。笑我书生短褐温，蹇驴箬笠过前村。即今莫用梁园赋，扶杖归来自闭门。

咏拙政园山茶

拙政园，故大弘寺基也。其地林木绝胜。有王御史者，侵之以广其基。后归徐氏最久。兵兴，为镇将所据，已而海昌相国得之。内有宝珠山茶几株，交枝合抱，花时巨丽鲜妍，纷披照瞩，为江南仅见。相国自买此园，在政地十年不归，再经谴谪辽海，此花从未寓目。余偶过太息，为作此诗。

拙政园内山茶花，一株两株枝交加。艳如天孙织云锦，赪如姹女烧丹砂。百年前是空王宅，宝珠色相生光华。歌台舞榭从何起，当日豪家擅闾里。苦夺精蓝为玩花，旋抛先业随流水。儿郎纵博赌名园，一掷输人等糠秕。后人修筑改池台，石梁路转苍苔履。曲槛奇花拂画楼，楼上朱颜娇莫比。斗尽风流富管弦，更谁瞥眼闲桃李。齐女门边战鼓声，入门便作将军垒。荆棘从填马矢高，斧斤勿剪莺簧喜。近年此地归相公，相公劳苦承明宫。真宰阳和暗回斡，长安日日披熏风。花留金谷迟难落，花到朱门分外红。一去沈辽归未得，百花深锁月明中。看园剩有灌花老，为道此花吴地少。宋代经今六百年，虬干成围更成抱。嘉宾开宴醉春风，火齐堆光上穹昊。于今忽作无主花，满地飘残竟谁扫！闻语还思出塞人，玉门关外无芳草。梦魂遥想故园花，未见名花颜色好。对花不语泪沾衣，惆怅花间燕子飞。折取一枝还供佛，征人消息几时归？读至后半，黯然消魂。后相国未曾归里。

悲歌赠吴季子

人生千里与万里，黯然消魂别而已。君独何为至于此，山非山兮水非水，生非生兮死非死。十三学经并学史，生在江南长纨绮。词赋翩翩众莫比，白璧青蝇见排抵。一朝束缚去，上书难自理。绝塞千山断行李，八月龙沙雪花起，橐驼垂腰马没耳。白骨皑皑经战垒，黑河无船渡者几。前忧猛虎后苍兕，土穴偷生若蝼蚁。大鱼如山不见尾，张鬐为风沫为雨。日月倒行入海底，白昼相逢半人鬼。噫嘻乎悲哉！生男聪明慎勿喜，仓颉夜哭良有以，受患只从读书始。君不见，吴季子！汉槎极人世之苦，然不如此，无秋笳一集，其人恐不传。天之厄之，正所以传之也。诗格从嘉州蜀葵花歌化出。

读史杂感

吴越黄星见，园陵紫气浮。六师屯鹊尾，双阙表牛头。静镇资安石，艰危仗武侯。新开都护府，宰相领扬州。此指史阁部出镇事。

莫定三分计，先求五等封。国中惟指马，阃外尽从龙。朝事归诸将，军输仰大农。淮南数州地，幕府但歌钟。此言马、阮当国，四镇跋扈事。

北寺谗成狱，西园贿拜官。上书休讨贼，进爵在迎銮。相国争开第，将军罢筑坛。空馀苏武节，流涕向长安。此言锻炼正人，上卿鬻爵，置国事于罔闻也。末二语谓遣左萝石议和事。

贵戚张公子，奄人王宝孙。入陪宣室宴，出典羽林屯。狗马来西苑，俳优待北门。不时中旨召，著籍并承恩。时选良家女，遍索名优，故诗中及之。

遇旧友

已过才追问，相看是故人。乱离何处见，消息苦难真。拭眼惊魂定，衔杯笑语频。移家就吾住，白首两遗民。起语得神，与“乍见翻疑梦”同妙。

家园次罢官吴兴有感

世路嗟谁稳，栖迟可奈何！官随残梦短，客比乱山多。闭阁凝香坐，行厨载酒过。却听渔唱响，落日有风波。读三四语，园次之轻官爱客，如或见之。今之恋官者，且逐客矣。

课　女

渐长怜渠易，将衰觉子难。晚来灯下立，携就月中看。弱喜从师慧，贫疑失母寒。亦知谈往事，生日在长安。

梅　村

枳篱茅舍掩苍苔，乞竹分花手自栽。不好诣人贪客过，惯迟作答爱书来。闲窗听雨摊诗卷，独树看云上啸台。桑落酒香卢橘美，钓船斜系草堂开。自写名士风流，渐入宋格矣。

过朱买臣墓自注：在嘉兴东塔雷音阁后，即广福讲院。

翁子穷经自不贫，会稽连守拜为真。是非难免三长史，富贵徒夸一妇人。小吏张汤看倨傲，故交庄助叹沉沦。行年五十功名晚，何似空山长负薪。三四语可括本传。诗如此作，方不落套。

台　城

形胜当年百战收，子孙容易失神州。金川事去家还在，玉树歌残恨未休。徐邓功勋谁甲第，方黄骸骨总荒丘。可怜一片秦淮月，曾照降幡出石头。此借台城咏南渡事。若出义山手，犹隐跃言之。

功臣庙

画壁精灵间气豪，鄂公羽箭卫公刀。丹青赐额丰碑壮，棨戟传家甲第高。鹿走三山争楚汉，鸡鸣十庙失萧曹。英雄转战当年事，采石悲风起怒涛。

秣陵口号

车马垂杨十字街，河桥灯火旧秦淮。放衙非复通侯第，自注：中山赐宅，改作公署。废圃谁知博士斋。易饼市傍王殿瓦，换鱼江上孝陵柴。无端射取原头鹿，收得长生苑内牌。梅村咏前朝事，沧桑悲感，俱近盛唐。

恭纪驾幸南海子遇雪大猎

君王射猎近长安，龙雀刀镮长宝鞍。立马山川千骑拥，赐钱父老万人看。霜林白鹿开金弹，春酒黄羊进玉盘。不向回中逢大雪，无因知道外边寒。颂扬中不失箴规，此惟唐人有之。

送曹秋岳以少司农迁广东左辖

秋风匹马尉佗城，铜鼓西来正苦兵。万里虞翻空远宦，十年杨仆自专征。山连鸟道天应尽，日落蛮江浪未平。此去好看宣室召，汉皇前席问苍生。

杂　感

武安席上见双鬟，血泪青娥陷贼还。不为君亲来故国，却因女子下雄关。取兵辽海哥舒翰，得妇江南谢阿蛮。快马健儿无限恨，天教红粉定燕山。此圆圆曲缩本也。原本叙事拖沓，因取此篇。

赠辽左故人

诏书切责罢三公，千里驱车向大东。曾募流移耕塞下，岂迁豪杰实关中？桑麻亭障行人断，松杏山河战骨空。此去虆臣闻鬼哭，可无杯酒酹西风。为海宁陈彦升相公作。时相公尽室谴戍，故作激楚声赠之。

短辕一哭暮云低，雪窖冰天路惨凄。青史几年朝玉马，白头何日放金鸡。燕支塞远春难到，木叶山高鸟乱啼。百口总行君莫叹，免教少妇忆辽西。

路出西河望八城，保宫老母泪纵横。重围屡困孤身在，垂死翻悲绝塞行。尽室可怜逢将吏，生儿真悔作公卿。萧萧夜半玄菟月，鹤唳归来梦不成。此章专为其太夫人作，“生儿真悔作公卿”，与潘黄门母同感。〇王渔洋称“陈卧子七律，沈雄瑰丽，冠古之才，惟梅村足以敌之”，固已先得我心。

登缥缈峰

绝顶江湖放眼明，飘然如欲御风行。最高尚有鱼龙气，半岭全无鸟雀声。芳草青芜迷远近，夕阳金碧变阴晴。夫差霸业销沈尽，枫叶芦花钓艇横。三语状湖之广，四语状峰之高。

与友人谈遗事

曾侍骊山清道尘，六师讲武小平津。云髦大纛星辰动，天策中权虎豹陈。一自羽书飞紫塞，长教钲鼓恨黄巾。孤臣流涕青门外，徒使田横客笑人。

西　子

霸越亡吴计已成，论功也合赏倾城。西施亦有弓藏惧，不独鸱夷变姓名。

龚鼎孳

龚鼎孳，字孝升，江南合肥人。崇祯甲戌进士。国朝官至刑部尚书，谥端毅。著有定山堂集。〇合肥声望与钱、吴相近，又真能爱才，有以诗文见者，必欲使其名流布于时，又因其才品之高下而次第之。士之归往者遍宇内。时有合钱、吴为三家诗选，人无异辞。惟宴饮酬酢之篇，多于登临凭吊，似应少逊一筹。

蠲租行追同元次山舂陵行韵辛丑年作。

皇帝将改元，制书诏所司。方春重民事，王政务急施。水旱兼盗贼，人气诚伤悲。万方惟正供，悉索亦已疲。新饷五百万，剜肉疗饥羸。国计在本根，毛附先存皮。民困必失所，拯溺焉能迟？丞相下郡国，一切蠲除之。先是加赋意，岂不哀穷黎？水衡算金钱，桥陵方告期。滇闽各用兵，军行粮辄随。朝廷尚恭俭，大事须藉资。痌瘝上帝心，四海宁尽知。况复州邑吏，鞭挞到孑遗。御史大夫言，陛下真圣慈。元元乐宽大，生息理可为。民贫不独富，斯义古所持。流离与死亡，号呼欲向谁。固知非得已，久大难权宜。我皇本尧舜，天听顷刻移。谏行膏泽下，千载明良时。煌煌社稷寄，辅导良不亏。君仁则臣直，拜手陈古辞。以文为诗，不加追琢。和次山韵，即神似次山。少陵亦有此体。

岁暮行用少陵韵。

天寒鼓柁生悲风，残年白头高浪中。地经江徼饱焚掠，夜夜防贼弯长弓。荒村哀哀寡妇哭，山田瘦尽无耕农。男逃女窜迫兵火，千墟万落仓箱空。昨夜少府下争牒，军兴无策宽蜚鸿。新粮旧税同立限，人不及格书驽庸。有司累累罪贬削，缗钱难铸山非铜。朝廷宽大重生息，群公固合哀愚蒙。揭竿扶杖尽赤子，休兵薄敛恩须终。

姑山草堂歌用少陵韵。

上书不踏金华省，苍头瘦马冲沙冷。拔剑不割金门肉，老寺残僧铛折足。姑山草堂天下重，松菊东篱阅晋宋。园宅全因宾客荒，才名未逐风尘用。嵚崎历落谁能嗤，烟波五湖足钓丝。秦淮垂柳楚州雪，病夫吟眺恒相期。重逢酒楼下，色定还惊疑。浩荡江海人，何意来京师。门巷疏花掩深酌，高城鼓角寒星落。总教世事属青云，但爱吾徒有丹壑。拂袖长辞骠骑府，脱粟安用公孙阁。卢龙叶堕边霜来，江南林涧还秋苔。知裘日暮何为哉！芒鞋竹杖无氛埃。留君不住羡君去，萧萧易水挥残杯。

樟树行用少陵韵。

古樟轮囷异枯柏，植根江岸无水石。风霜盘亘不计年，枝干扶疏讵论尺。望中转柁愁易过，道旁掉臂真可惜。其下萧瑟枫林青，其侧参差茅宇白。十年跃马桑乾东，双松诘曲慈仁宫。紫鸽翔舞避偃蹇，苍龙蜒蜿回虚空。今来荒野忽有此，数亩阴雪争天风。当时万幕驻金甲，大树飒沓开神功。勿言将压烦榱栋，傲睨高原川谷重。寒翠宁因晚岁雕，孤撑不畏狂澜送。地近军城耀水犀，天开阿阁巢云凤。自古全生贵不材，樟乎匠石忧终用。合肥时用杜韵，而能以意驱役，绝无趁韵之迹，所以高于众人。

飞来峡

浈水沿江曲，双崖浪欲吞。石欹崩峡口，云涌荡天门。地截蛟龙断，山埋日月昏。楼船飞渡后，惘惘失空村。

癸未十月初七日以言事下狱

社稷关元老，忧天语信狂。九重容折槛，万死待浮湘。鹿马人犹眩，龙蛇道已荒。贾生年少哭，终是岁岩廊。此崇祯时下狱也，亦为弹劾权贵，旋赦出。

吴郎南征赋别

一剑朱云得，今看出匣锋。饭难忘巨鹿，人不异卢龙。国士知弓冶，家声薄鼎钟。击奸兼破贼，吾欲卷书从。

感事和王子云韵

江潭摇落自行歌，威凤惊闻有罻罗。三黜风雷天意定，百年坏块主恩多。贾生岂爱投荒去，张禹终如折槛何。去国未收忧国泪，苍生十载望岩阿。

登晴川阁小饮

大别山前落照迟，丹梯百尺正逶迤。天连江汉迷烟艓，人傍星辰倒玉卮。岁晚不消芳草梦，路遥难约旅鸿期。寒风乍卷涛如雪，却忆淮南八月时。

登高风物郁苍苍，何处寒花发战场。吴蜀健儿犹裹甲，汉江游女自褰裳。中洲鹦鹉萋芳草，隔岸楼台受夕阳。满眼昆明消一醉，烽烟真不上渔航。

初归居巢感怀

失路人归故国秋，飘零不敢吊巢由。书因入洛传黄耳，乌为伤心改白头。明月可怜销画角，花枝莫遣近高楼。台城一片歌钟起，散入南云万点愁。六语用少陵意，何禁蕴藉。

秦淮社集白孟新有诗纪事和韵

放船烟水色苍然，尽谢朱门酒肉膻。落日凤台邀李白，离宫花谱泣伶玄。十年兰艾天难问，诸子膺滂事可怜。虎豹于今尽萧索，吞声还似九关前。时逆案既定后，大奸已除，而正士犹罹文网，故有此叹。

雪航侍御还朝

青霜一夕起鸳班，有客乘骢万里还。苜蓿夜肥西极马，葡萄秋入玉门关。盛名博望槎同远，往事朱游槛独攀。长为膺滂生意气，盈廷卿相已摧颜。

留别彦远自注：归自淮阴，为予停帆五日。

子夜吴趋锦瑟弹，人归江海各风湍。谁怜纵酒嵇中散，不异挥锄管幼安。名重尔偏藏著述，路穷吾转讳饥寒。西山薇蕨东山屐，输与时贤白眼看。

慰朱蒿庵都谏以言事谪官

掖垣封事朝朝下，谁并朱云折槛名。断狱已无于定国，上书空累窦游平。批鳞君肯谋妻子，引手吾终愧友生。一斥未须悲仗马，从来骐骥惯长鸣。愧己不能援引，而终望其不改直节，是古人心事。

蒿庵都谏谪官建宁

乍闻鸣凤下丹霄，捧檄重惊去路遥。当殿人谁同庆忌，谪官天许对皋陶。风霆正足旌狂直，禄秩将无点圣朝。到日岛门烽燧息，蕉红榕绿引轻桡。引用古典，天然队仗，是此老本领。

丘曙戒侍讲谪倅琼州

南武山川一叶舟，行看蜃气吐危楼。无天有海原奇境，挝鼓回帆亦壮游。地逼崖门春涨黑，啸清帘阁战旗收。相逢泷吏多嘲笑，笑汝如弦愧曲钩。即"九死南荒吾不恨，兹游奇绝冠平生"意。

寄彭禹峰方伯

得时鹰隼岂卑栖，行省威名播狄鞮。屐折围棋千帐静，檄成横槊万山低。军中转粟青天上，使者论功大夏西。柔远古惟恩信重，年来象马倦霜蹄。

生辰曲自注：时余在狱中。

琉璃为箧贮冰霜，谏草琳琅粉泽香。哭泣牛衣儿女态，独将慷慨对王章。庆夫人生辰也。芗泽之中，自有风骨。后日不受一品封诰，有自来矣。

上元词和善持君韵

紫雾晴开凤阙初，五侯弦管碧油车。芳闺此夕残灯火，独照孤臣谏猎书。

赠歌者南归

长恨飘零入洛身，相看憔悴掩罗巾。后庭花落肠应断，也是陈宫失路人。

百嘉村见梅花

天涯疏影伴黄昏，玉笛高楼自掩门。梦醒忽惊身是客，一船寒月到江村。脱去梅花窠臼，清绝超绝。

上巳将过金陵

倚槛春愁玉树飘，空江铁锁野烟销。兴怀何限兰亭感，流水青山送六朝。自是佳句。

题绛雪吴君画册

卖珠补屋意高闲，万叠烟霞拥玉颜。想像乱峰晴雪里，自临眉黛写青山。其人品高洁可知，林下之风，不止闺房之秀。

卷　二

曹　溶

曹溶，字洁躬，浙江嘉兴人。崇祯丁丑进士。国朝官至户部侍郎。著有静惕堂诗。〇芝麓长于近体，秋岳长于古诗，而古诗之中，五言尤胜，惟著述太多，不免良枯并见耳。芟而薙之，是在持择者。

韬光庵和高忠宪公韵

选日届山宇，意适常有馀。喧寂两无染，乃得还其初。古苇幽更绿，巢鸟鸣阶除。独往泉上游，人境忽已疏。檐表得微路，高下随所如。肃肃清昼阑，月出松林虚。解带聊宴息，岂曰非我居。见道语，不在忠宪公下。

答顾宁人

北鄙寡同俦，中情正枯槁。谬蓄四方略，救溺甚援嫂。束缚无所施，空堂对衰草。有美三吴杰，险要动深讨。良马碧玉鞍，兴到踏丰镐。熯土既经时，行李湿秋潦。西南征调繁，万里赋纳藁。囊有本务书，利病满怀抱。采掇及细流，访我平城道。艰辛戈戟间，匡坐说苍昊。撞钟得洪音，太朴去纤缟。汲古沃其根，枝叶倍姣好。下视班张徒，炫目但虚藻。是月凉露零，长边静杲杲。旨酒共话言，愁绪惄如捣。我性本浮游，悠忽将终老。外物丧本真，进德未能早。蒙君下针砭，宿疾期一扫。自知良独难，人鉴庶为宝。原本少陵，岂惟形似。写亭林有用之学可以济时，其人在焉，呼之欲出。

悯荒二首

寇祸烈兹土，举目无故观。百里一空城，蓬蒿郁相蟠。村妪土中出，肘肉伤雕残。生长不识布，石灰暖我寒。匍匐向前途，力尽酸肺肝。苦菜萌已晚，采之不能餐。撤屋备朝薪，露处难久安。边境既流离，内地何由完。宸聪听还卑，讨论穷众端。减赋息长徭，万方用腾欢。寇祸以后，复遭奇荒，一二语抵人千百言也。“久行见空巷，日瘦气惨凄”，同是一种笔墨。

游民轻去乡，担釜卧沟侧。未知何方好，奔走昧南北。无乃吏政苛，聊欲避所逼。持檄疾招来，计口给汝食。诚恐失初心，展转成盗贼。踉跄返前村，日影正曛黑。面目半已改，父子不相识。劝汝秉锄犁，陇上艺黍稷。妇女勿娇惰，轧轧当户织。壮者习弯弓，努力卫邦国。人事苟修持，天道岂终极。

堕驴行简叶星期

横山山人出无车，浩兴欲往锺山隅。葛衣炙日仅掩骭，腹底万卷聱牙书。奇书岳渎鲜能载，况此风雪桥边驴。雪昏石滑骤欹侧，前却俄顷纷趑趄。中途一蹶在平地，长耳狡诈奔荒墟。仕路艰危靡不有，陷阱往往生巾裾。万物之灵尽如此，驴也学步师其馀。山人前年宰邗邑，阳侯毒啮不得舒。堤成泽国始平陆，遍挽鱼鳖归耰锄。岂徒民疾快完聚，车马孔道皆安徐。无钱竟触长官怒，一朝谤箧遭驱除。多才自昔召倾覆，更乃傲骨丘山如。瘦驴效尤聊复尔，未若此辈深而狙。山人熟识倚伏理，细事那足烦嗟歔。长干六月暑气合，画桡宛转衔清渠。三日行药两日卧，趫健不异少壮初。慎勿悔此暂时失，诗肠遽使添郁纡。堕驴一笑古有诸，会看治象开皇舆。调笑长官，不顾面赤而食不下也。

李云田以虔州怀予诗见示奉答

避兵曾说到江东，十幅春帆下北风。烽火依然连郡国，文章真解误英雄。梦回老友蓬蒿里，泪尽军州鼓角中。岁月奔驰还话别，异时搔首望征鸿。

酬徐子能山人

武原狂客闭关居，花外新传尺素书。重见伟长留撰述，不教元亮擅篮舆。玉山暖映春风动，铁甲晴收水国虚。痛定较量流寓事，皋桥遗迹定何如？子能有软脚病，故以陶公之篮舆比之，措辞尔雅。

秋　柳

灞陵原上百花残，堤树无枝感万端。攀折竟随宾客尽，萧疏转觉道途寒。月斜楼角藏乌起，霜落河桥驻马看。正值使臣归去日，西风别泪望长安。一往风神，秋柳社中，应推高唱。

观工人琢砚

廿年裘马半从军，羞见羊家白练裙。自笑归装轻似叶，不妨多载岭南云。廉石事旧矣，一经驱用，转见其新。

南唐官务久雕零，海国重来倚玉屏。不信穷途知己在，一双鸜鹆眼常青。

许承钦

许承钦，字钦哉，湖广汉阳人。崇祯丁丑进士。

钱塘江观潮

惊涛直上海门西，欲卷青冥失会稽。银汉倒流乌鹊迴，雪山飞压凤凰低。灵旗百万驱雷鼓，强弩三千试水犀。霸气至今消不尽，素车白马驾虹蜺。从“越山浑在浪花中”化出，气足神完，无一闲句闲字。

陈之遴

陈之遴，字彦升，浙江海宁人。崇祯丁丑赐进士第二人，国朝官至大学士。

北固山

危磴侵云策杖遥，琳宫积翠拥苕峣。烟开铁瓮生残照，风起金山急暮潮。饮马几回虚割据，卧龙从古混渔樵。六朝佳丽依稀在，花月春江响玉箫。

周亮工

周亮工，字元亮，河南祥符人。崇祯庚辰进士，国朝官至刑部侍郎。著有赖古堂集。〇栎园爱才比于芝麓，众望归之，诗或未能相埒矣。兹录其情真韵远者。

江行杂感

逐客江干夜寂寥，无端铁笛起中宵。深秋梁苑新沙碛，明月清溪旧板桥。万里梦回千嶂雨，一帆风动五更潮。草堂空有农书在，桑柘如今尽已雕。

舟中与胡元润谈秦淮盛时事次元润韵

红儿家近古青溪，作意相寻路已迷。渡口桃花新燕语，门前杨柳旧乌啼。画船人过帘波动，翠幔歌轻扇影低。明月欲随流水去，箫声只在板桥西。秦淮盛衰，备著板桥杂记，诗中已见其概。

寒食后一日新乡道上示许傅岩

南镳西向浊河边，叹息时违境屡迁。半绽桃花全待雨，平飞柳絮欲为烟。敝车羸马吹新火，古道荒林拜杜鹃。烽燧十年归未得，却愁明发渡旃然。

靖公弟至

荒城兀坐对灯残，归计先愁百八滩。尔又远来余未去，高堂清泪几时干？此诗之真者。

喜蒋用弢至自闽南

海水群飞百丈高，同君城上拥弓刀。战瘢莫共灯前看，恐惹霜华上鬓毛。

赵进美

赵进美，字韫退，山东益都人。崇祯庚辰进士，国朝官福建按察使。○韫退长于论诗，王渔洋赠之以诗云：“风尘憔悴赵黄门，岭表迁移役梦魂。昨见端州书一纸，说诗真欲到河源。”

冬日田家二首

北风夜来息，茅宇觉微暖。比邻机杼鸣，平畴麦叶短。初日聚童稚，坐卧杂鸡犬。屋梁悬众耜，寂寞岁事晚。石寒溪流激，雪霁烧痕浅。疏林不隔烟，冬野能见远。飞鸿顾前渚，饥乌噪空坂。长啸登东皋，暮逐樵声返。“冬野能见远”，从“刈稻空云水”想出。

星尽晓色分，日出飞鸟外。高枝残雪压，寒村散微霭。田家门始开，篱落闻犬吠。草际风未定，树杪霞犹在。方见牛羊群，一一远岭背。农夫倚仗立，默念将卒岁。鸟雀鸣阶前，儿女笑窗内。八口饱新粒，未冬完官税。皎皎清溪水，飒飒幽林籁。板桥无屐迹，静与草舍对。时有旧邻家，拂石坐相待。

武昌杂感

朔风堕白日，水立天昼昏。江汉难分流，岁暮蛟螭尊。怒鳞拔巨浪，势欲无厚坤。鳣鲔亦跳梁，变化随山根。舟楫不可恃，客意谁与论。遥望耆旧里，丁彼汉运屯。我怀沔上翁，长歌归鹿门。

太 原

漠漠寒沙映戍楼，乱馀烽火未全收。天清句注连云起，木落汾河抱郭流。白草昼明吹角晚，黄榆风冷射雕秋。亦知万里轻行役，岁暮旌旗发旅愁。

梨 花

暮烟无语更依依，清影含春望欲稀。疏近琐窗留月照，寒垂网户见莺飞。共停阁外青丝骑，细舞灯前白纻衣。莫向后庭歌玉树，故宫风雨已全非。起结最佳，语超而韵远，此咏物体也，若少陵又成一格。

冬夜集梁园水堂

千门初月动笳声，秉烛虚堂夜气清。大漠风云乘塞入，危檐星斗落尊明。交情四海谁悬榻，天意中原未厌兵。亦有一丘堪自老，故园东去虎纵横。

南康登楼

返照临高阁，寒烟澹澹分。空城何所有，一半是匡君。唐人风格中近祖詠终南残雪。

彭而述

彭而述，字子籛，河南邓州人。崇祯庚辰进士，国朝官广西布政使。〇禹峰初成进士时，思陵校武命射，九发九中，后参熊文燦军。张献忠势穷伪降，禹峰力言其伪，乞即诛之，以杜后患。文燦意在苟安，受其降。献忠旋降旋叛，卒成大祸，由不用禹峰谋也。禹峰诗雄豪魁垒，有摩盾横槊之风。

卫藩旧邸遇酒南将军

又是悲秋日，初筵动旅情。若能为楚舞，何处得秦声。翠羽当轩媚，红妆耀甲明。兴亡无限感，洒泪忽沾缨。酒南，酒泉郡之南也。写女将如生。

别滇中寮友之官粤西

二月春风已送寒，诏书昨日下长安。宦游不谓边城苦，远别其如知己难。孝武石鲸昆水动，日南铜柱海光寒。鹧鸪亭子梅花驿，万里征人马上看。神完气足。

再登黄鹤楼

飞楼缥缈著江干，霜鬓登临记往年。隔岸春城浮槛外，乱帆斜日到樽前。山连秦蜀开荆甸，水下东南尽楚天。回首沧桑生感慨，孙刘兴废几茫然。

庚寅八月六日忆母

遗恨行舟阻太行，难堪此日又潇湘。安东未遂怜温峤，党锢无名耻范滂。万里依人空作客，十年遇主尚为郎。萧骚短鬓经秋日，雁杳江城忆故乡。怜己之不能事母，而又耻未与党人，可以悲其志矣。

鄂渚别赵兴宁柱史之官滇南

春城烟雨酒盈卮，大别山前赋别离。黔郡犹传秦岁月，昆明应识汉旌旗。千盘路上槟榔坞，一线天开瑇瑁池。他日益州来驿使，武昌云树足相思。

孙廷铨

孙廷铨，字枚先，山东益都人。崇祯庚辰进士，国朝官至大学士，谥文定。〇文定归田，乍过五十，居山庄，焚香却埽，日事著书，精琴理，得意忘言，兴寄弦指之外。

渝关道中

菀柳荒亭下，残碑古戍前。秋光晴到水，山色净于天。气变虫音急，河沉月影偏。鸣鸡催候吏，问渡石溪船。

咏 史

田叔归来窦后伤，萧条梁苑下微霜。一时宾客多枚马，不遣雄文悟孝王。

李 雯

李雯，字舒章，江南华亭人。崇祯壬午举人，国朝官中书舍人。〇云间六子，彝仲、卧子外，便推舒章。吴日千书其诗卷后云："庾信文章真健笔，可怜江北望江南。”盖悲其遇也。

横江词

江鸣牛渚矶，浪打三山曲。何处最伤心，春水平帆绿。平帆远落生暮霞，东风自吹桃李花。思君不见望江阁，夜夜江潮向妾家。何减崔国辅小词，可以怨矣。

经东阿怀曹子建

昔时曹子建，封邑在东阿。旷代无祠庙，空山对女萝。角弓愁势险，玉食恨才多。小雅斯人志，因风发浩歌。角弓十字，已尽子建一生。

太平寺闻子规

溪山月出满青林，杜宇千声怨碧岑。越国何年来蜀魄，离人此夜发吴吟。君为花鸟羁愁主，余有江湖浩荡心。同在天涯一相遇，太平钟鼓晓沉沉。

高　珩

高珩，字念东，山东淄川人。崇祯癸未进士，国朝官至吏部侍郎。著有栖云阁集。侍郎游山阴得句云：“筇杖古松流水外，蒲团修竹绪风间。”王渔洋命画作二图。

河　上

流水向人间，向水人亦尔。客心何淡淡，清波正齿齿。人境两萧然，太清游无始。劳劳车马尘，谁是沧浪子？简淡有味，近高忠宪。

使君怒

巡鹾使者来何许？平干太守颜如土。敲扑卒吏血满堂，豸冠诟厉如虓虎。卒吏附耳守再拜，事上礼仪聊具备。使者一笑回春阳，还朝荐尔真循良。如见其人，如闻其声。“地势使之然，由来非一朝”，令人兴慨无已。

闻舟师相语

天风争顺逆，人事有参差。昨我停舟处，知君得意时。读此诗，可以释人矜躁。

送阮亭东归时予亦有归志

青山约略有前期，犹听骊歌乱客思。少折都门东去柳，霜条留待我归时。

赠雪海姓郝，名浴。

西清重到侍垂衣，万死人从洱水归。正可极言天下事，莫言主圣谏书稀。雪海见吴三桂跋扈，上封事策其必反，三桂诬奏，流徙盛京。后三桂反，起官巡抚广西。

归舟杂兴

逐岸移舟屡转篷，乘流自可任西东。人生末路住方稳，何用登舟祝顺风。骤得志者读之，如炎月中服清凉散。

宋之绳

宋之绳，字其武，江南溧阳人。崇祯癸未赐进士第二人，国朝官翰林院编修。著有载石堂诗。

戊子人日寄怀陈南士

人日逢人少，相怜必故人。乱多天未厌，老至岁难新。尘雾荒村合，田庐鬼国邻。与君生计拙，寂寞返吾真。起连用三人字，不见其佻，“老至岁难新”，工于造句。

随跸杂记

殿门严鼓发，万灶撤周庐。绝壁成驰道，坚冰过属车。后尘询父老，初日指村墟。共识三驱意，何劳谏猎书。此不谏之谏。

车声方隐隐，夜色已苍苍。山势开天险，河流接大荒。人眠千嶂月，马啮万群霜。行幄东南近，风清禁漏长。

梅　花

一年蜡屐几回看，待到花开惜到残。漠漠冻云连近远，荒荒野月照清寒。于人疏落如无意，写尔高空正自难。记得遥山旧茅屋，破扉朽几一枝安。通体空写，为极熟题开一生面。

梁清标

梁清标，字玉立，直隶真定人。崇祯癸未进士，国朝官至大学士。著有蕉林诗集。

王铁枪

王铁枪，真男儿。人留名，豹留皮。河上血战志不移，梁运既去一木支。问破敌，期三日。谗毁既已行，大功那可必。斗鸡小儿事业成，国耻未雪宁偷生。朝梁暮晋者谁子？段凝之辈真如蚁。嗟乎！义士一死重太山，砀山朱三群盗耳。良禽栖木贵能择，将军之死亦可惜。表其忠勇，而惜其失身，此最持平之论。

送李蘅若同年之岭右

五岭天垂尽，曾经马伏波。气蒸飞鸟避，木合夜猿多。傜洞堪传檄，楼船尚枕戈。汉家铜柱在，事业莫蹉跎。

送萧都阃之云中

缓带翩翩早策勋，旌旄北逐雁鸿群。日高涿鹿消边雪，马渡飞狐起朔云。却敌吹笳刘越石，弯弓饮羽李将军。坐看紫塞烽烟绝，盾墨先驰露布文。

送张仲若司马开府云中

甲帐风清昼不欢，壮君三十早登坛。每烧北阙莲花炬，俄进西台獬豸冠。组练千群应变色，塞垣六月自生寒。居庸关外山形峻，涿鹿云开驻马看。比“幽州白日寒”更进一层。

送李吉津出塞

生别妻孥出塞门，严城哀角动黄昏。文章自昔憎时命，痛哭终当感至尊。汉吏多持廷尉法，中朝谁举鲍生旙。此行渐入龙庭去，不用投诗吊屈原。

送张伯珩同年按蜀

衔命西行白简寒，儒臣初著惠文冠。蚕丛惟有青磷起，伏莽当如赤子看。按部诸侯争负弩，洗兵三峡见安澜。兹行雨露沾殊俗，无复兴歌蜀道难。第四语即龚遂治渤海之心，末言蜀道非难，尤得立言之体。

包孝肃祠

孝肃祠堂剑珮闲，香花墩畔听潺湲。严霜落后瞻遗像，浊水澄时见笑颜。异代姓名童语习，中宵风雨鹤飞还。古今此地无关节，白日孤城冷蜀山。

拜张许六王祠归德即古睢阳。

名城蹀血共安危，道左飞尘剩古祠。六矢当年知号令，千秋为厉见旌旗。江淮力障孤军日，睥睨风生苦战时。每读昌黎书传后，伤心南八是男儿。

蕉林书屋绝句

澹烟晴日满帘栊，春色依依上小红。客为看花频载酒，海棠开否问东风。

柳敬亭南归白下

军中轶事语如新，磊落宁南百战身。为问信陵当日客，侯门谁是报恩人？

王崇简

王崇简，字敬哉，直隶宛平人。崇祯癸未进士，国朝官至礼部尚书。○公于国初奏明末殉难诸臣，在内范景文以下十三人，在外蔡懋德以下五人，皆当恤赠。议从祀，谓潘美忌功不当祀，张浚三任军政，皆大败，杀曲端，忌岳飞，亦不当祀，皆议论之正大者。说诗谓论格之正变，不如论声之正变，清和广大者为正，志微噍杀者为变也，亦最平允。

姚若侯至感赠

侧身天地岁时迁，岂意重逢北斗边。万里风波双眼内，三年悲喜一灯前。独官纵酒聊谐俗，何处狂歌可问天。莫向帝城怀往事，五陵松柏半荒烟。

新秋感兴

忆昔谁人秉国成，甘泉烽火岁频惊。盈庭聚讼惟钩党，伏阙求官藉论兵。坐使威权归北寺，遂令盗贼躏西京。五陵豪贵皆尘土，日暮青磷遍野横。党祸之兴，边庭之坏，宦官之毒，流寇之祸，一时骈集，虽欲不亡，其可得乎。

殉国曾闻有数公，犯颜敢谏向来同。卫宫几见杨文义，伏辇还逢嵇侍中。荆棘荒凉悲夜月，蟪蛄哀怨吊秋风。至今箕尾光难灭，古木寒烟恨不穷。此表殉国诸公。

渔阳秋色照桑乾，日暮沙飞雁度难。御苑金茎迷细草，上方银汉挂阑干。西风欲诉明妃怨，千载空歌易水寒。怅望高天成太息，数声清角月中残。

李　滢

李滢，字镜月，江南兴化人。顺治乙酉举人。著有敦好堂诗钞。

望罗浮歌

我闻博罗一山拔地起，邈绝霄汉横苍烟。何年蓬莱卷石浮海至，丹梯翠栈相钩连。自注：南越志：山本蓬莱一小峰，在海中，自会稽浮往与罗山合而为一。仙灵窟宅万古在，是为朱明耀真之洞天。其间琪花瑶草蔽崖谷，砰訇钲鼓鸣层巅。石楼玲珑员峤见，铁桥崒嵂青冥悬。五岭迢递不得到，梅花村畔魂梦牵。朅来道上闻玉女，指点金支璇阙虚无间。丰隆列缺，手劈坤维。水帘千丈，海风倒吹。葱蒨见怪竹，咿哑听碧鸡。更有蛱蝶大于斗，五色绚烂雌雄飞。下与三茅通洞壑，上与列宿争光辉。吁嗟乎！罗浮之胜有如此，只今相望疑尺咫。我欲移短筇，裹粮偕诸子。手弄罗浮之青霞，口餍罗浮之石髓。伏虎岩前天乐鸣，飞云塔外狂歌起。三更峰顶见海日，沧溟一片浮红紫。李白平生最好奇，浪传失足堕苍耳。何似青鞋布袜万里游，矫首扶桑接弱水。望罗浮，情无已。罗浮本仙人宫阙，写此题自应有飞仙之气。

武昌漫兴

辘轳呜咽夜无声，肠断阴云压楚城。巨鹿黄巾漂战血，寿阳白马拥残兵。鹃啼蜀道江涛冷，乌啄延秋劫火明。廿载疮痍多涕泪，故宫荒草暮云平。

登五老峰

灊霍岧峣漫比伦，自注：黄帝以灊、霍二山为南岳副，汉武帝以衡山遐远，乃徙南岳之祭于庐山、灊山。五峰拔起劈昆仑。泉流峭壁虹蜺挂，石压枯藤虎豹蹲。下界鸿蒙疑未辟，太空星汉欲高扪。读书头白匡山后，怪尔青苍万古存。

杨思圣

杨思圣，字犹龙，直隶巨鹿人。顺治丙戌进士，官四川布政使。著有且亭集。

入栈纪行

极望峰峦稠，云飞常没顶。空翠沾衣裳，堕作涧溪影。花鸟乱听闻，心眼细细领。晞阳射碧潭，石粼碎光炯。蒙笼阜成阴，树老身戴瘿。山鬼时一啸，肃肃毛发冷。前行隔后行，后岭迷前岭。

暮投黄牛宿，荒垣泄炊烟。树栅防虎过，昏黑灯火连。旅食敢求馀，菽麦性所便。屋角枕巨壑，水石声潺湲。劳生惊物役，忧心中夜煎。起坐当语谁，仗剑泪潸然。

栈云易为雨，朝行蒙雾露。崖树架连桥，奔流涧石怒。攀缘争一隙，时防马足误。山禽鸣翠屏，幽阴众壑赴。始知所历高，下见夜来路。壮怀在驰驱，漫自赋感遇。

客子悲远道，旅途未遑安。整装凌晨发，带雨度柴关。滩石相舂激，云生暗峰峦。步滑屡欹仄，衣湿何时干。强颜慰僮仆，谈笑轻波澜。中情默自伤，何能驾羽翰。胎原少陵入蜀诸诗，而不袭其面目。

飘风行

黄云覆天天梦梦，飘风撼地地欲动。百丈层冰结重阴，白日无色势澒洞。猎猎寒风杀气高，掠沙扑面利如刀。马毛猬磔雁声苦，鱼龙冻蛰狐狸嗥。燕南济北人蹙蹙，死者含冤生者哭。总有乐士那可移，奋飞不及鸷与骛。监门入告皇心伤，诏书十道被遐荒。可能遭此风霜岁，忍待明年春麦黄。

魏裔介

魏裔介，字石生，直隶柏乡人。顺治丙戌进士，官至大学士，补谥文毅。著有兼济堂集。国朝诸大典半属文毅奏议所定。学宗朱子，著有约言录、知统录诸书，风节侃侃，时称二魏，谓公及敏果公也。

薤露歌

波流汤汤，逝不竭兮。出日入月，景不灭兮。人命无常，递相阅兮。用意高于原辞。

将归操

河之水兮波洋洋，我不济兮非无梁，回车东望涕沾裳。

送宫紫玄归广陵

秋尽寒山出，羁人不可留。剑光冲暮雨，霜气冷征裘。蓟北黄金贵，淮南桂树幽。送君从此去，濯足大江流。

魏象枢

魏象枢，字环极，山西蔚州人。顺治丙戌进士，官至刑部尚书，谥敏果。〇公为本朝直臣第一，弹劾必匪人，如余司仁、刘显贵、程汝璞诸人是也。荐引必正人，如汤文正斌、陆清献陇其二公是也。任都御史时，特命巡察畿辅，攘除尤见风力。归田后，书数千卷外，无长物。尝笑曰："尚书门第，秀才家风。"又可想其清节矣。

甲申闯贼陷宁武关周总兵战死

自注："公讳遇吉，辽东锦州卫人，贼至，大战城下，死之。城陷，其妻某氏督妇女巷战，矢尽亦死。"〇三月初三日作。

大呼高帝出城闉，三百年来此一身。帐下投醪多战士，军前拔帜是孤臣。裹尸不愧真男子，擐甲曾闻有妇人。若使将军犹未死，彗芒那敢近中宸？末二语意，流贼李自成亦言之，见忠义之气能动寇贼也。同时武臣如刘泽清辈，不啻蛆虫粪秽矣。

哭　友

昔年乍去身犹健，昨夜空伤万里魂。海上鳄鱼骄白日，庭前鹏鸟下黄昏。遗书暗洒孤臣血，垂死仍衔故国恩。最是圣朝容直谏，许君骸骨葬平原。此贬官海南殁于戍所者。

赵　宾

赵宾，字锦帆，河南阳武人，顺治丙戌进士。著有学易庵诗。

海口柬李芳洲

积水流天外，茫茫万里秋。估船经岛国，潮响到城楼。浩荡乾坤小，奔腾日月浮。蓬莱君咫尺，果否有沧洲？

长安喜逢彭禹峰

湖海元龙气未除，雄心寂寞付樵渔。樽开北海新桑落，膝抱南阳旧草庐。倜傥指挥天下事，才华驱使古今书。含香朝罢门庭冷，扫径同君赋子虚。

送孙九畹佥宪蜀中

画省人空鸟昼啼，使君持节汉江西。驿亭虎斗惊乡梦，栈道蛇盘怯马蹄。荒服旧传盐井远，烽烟近报雪山低。蛮方万里归王会，漫向甘泉说碧鸡。虎斗蛇盘十四字，刻画写之，而一归于稳。

赠巢梅峰候调旋里

此日才听故国钟，风吹石岸冷芙蓉。河鱼晓进高堂膳，蜡屐晴登少室峰。十载还乡人老大，三春伏枕梦从容。草堂暂卧仍须出，未许香醪醉菊松。十载还乡，巢之旋里也。三春伏枕，己之怀巢也。

李　霨

李霨，字坦园，直隶高阳人。顺治丙戌进士，官至大学士，谥文勤。

舟发浦城

地形下东南，滩溜如箭疾。客行冲雾雨，扁舟仅容膝。鄰鄰沙痕高，齿齿石锋密。礧砢碍中流，巨细状非一。狭逼惊涛飞，深沸漩涡溢。舟楫巧纡避，簸荡神先怵。篙师一失手，势与洪流汩。眩眼杂卉稠，送客奔崖崒。骇奇豫初览，过险怕缕述。乘流怪浮生，坎止私愿毕。

初发都门

六年束吏舍，所向困局迫。出郊兹晨始，豁若樊笼释。望山怀故栖，遵途感新陌。回首魏阙高，尘沙黯将夕。微躯堕世罟，拮据事行役。岂无四方志，悲与亲爱隔。旷寂均苦乐，浮生安所择。起灭情无端，沉思莫能掷。宗法选体，不流入于剽轻，犹得谢公遗意。

枫 岭

枫岭与梨岭，南北相拱揖。石脉固潜通，蟠峙各独立。林木互纠纷，乱峰森𩨞𩨞。其巅判闽浙，风土隔邦邑。跻崖俯绝谷，转道仅微级。凌空危桥滑，束涧鸣溜急。负担尽游估，攀缘如蚁集。伤哉营微利，走险讵夙习。下见稻畦人，惊客举蓑笠。驰骛违所性，遭回增忧色。

喜晤孙星衡社丈述赠

昔判长安袂，烽烟障蓟丘。穷交惟我在，远道为君愁。岂意三年别，同为万里游。晤言如梦寐，於邑岂能酬。通体一气。

送杨贤甫副宪祀华岳江渎

圣代怀柔秩典章，首严岳渎奠金方。中丞暂假祠官节，宗伯亲颁御府香。挺秀三峰连汉畤，安澜万里下瞿塘。新秋莫讶无残暑，驿路风清白简霜。

王紫绶

王紫绶，字蓼航，河南祥符人。顺治丙戌进士，官翰林，出为浙江粮储道。著有知咫堂诗集。

送潘世衡内陟少宗伯

从龙仗策自关东，江上频行御史骢。钱穀暂烦萧相国，仪文终藉叔孙通。百年礼乐方开辟，一代车书欲混同。天子垂裳问民事，入朝应奏未央宫。

哭　师

生死亲营一亩宫，瓣香谁解为南丰。敢云狸首斑为美，常恐牛眠卜未工。门下易名萧颖士，帐前负笈马扶风。吹台赋罢人何往，呜咽黄流水自东。

高枕加餐二十秋，炙鸡絮酒冷松楸。凭将夫子呼杨震，不见藐孤哭邓攸。生死情难忘北面，往来路易恸西州。树头何必千金剑，岁岁为添土一抔。师为刘文奇，汴人，流寇困汴时，跳城而走者。蓼航少受经学，终身敬礼之，见所作墓志。

冯 溥

冯溥，字孔传，山东临朐人。顺治丁亥进士，官至大学士，谥文毅。○文毅力荐魏环极为名臣，在阁不诡随，不矫激。诗以雅正为主，不争长于字句之间。

汉文帝幸代图

汉帝当年歌大风，欢留父老乐融融。谁知将相和调后，更有君王赏宴同。每饭未尝忘巨鹿，故居犹是念新丰。旌旗十万云中驾，休拟登台出塞雄。从高帝歌风一气直下，第六语又复回环，结意见异于武帝之耀武。此种篇法，惟少陵有此，变化入神。

宋 琬

宋琬，字玉叔，山东莱阳人。顺治丁亥进士，官浙江按察使。著有安雅堂集。○观察天才俊上，跨越众人，中岁以非辜系狱，故时多悲愤激宕之音。而溯厥指归，仍不盭于中正，此诗中之变雅也。王新城称为“南施北宋”，惟愚山足以俪之，洵为定论。

先大夫讳日

坠叶岂更荣，流波无重回。哀哀古孝子，痛哭嗟瓶罍。喟余少薄祜，赋无凌云才。侧闻过庭训，爱惜如琼瑰。弱龄把铅椠，慈颜为之开。乾坤当百六，梁木忽然摧。譬彼玄鸟雏，巢倾雕梁灾。譬彼松下草，霜落成枯荄。自我歌鲜民，星纪凡屡该。况乃忝符节，陇山崔以巍。松阡渺何处，莫剪蒿与莱。飘萧生素发，膝下无婴孩。缅想夜台内，恻恻伤其怀。誓言守遗教，敢令官方乖。庶以清白风，稍酬罔极哀。叙述生平，而誓守庭训，以肃官方，是能遗亲以令名者，知循吏即是孝子。

赠蜀中李鹏海进士

昔君射策明光宫，腾骧燕市骅骝空。谁遣妖星逼天阙，鼎湖竟坠乌号弓。小臣攀髯死未得，重茧万里还乡国。剑阁嵯峨战血腥，豺狼窃据昏巴僰。八口凄凉何所归？穷途那免寒与饥。长镵作伴拾橡栗，短褐不完歌采薇。清渭滩头钓鲂鲤，诛茅结屋将已矣。亭边呵止故将军，驴背谁知前进士。青鞋竹笠秦川来，登高怀古羲皇台。酒酣拔剑鹳鹆舞，梦回巫峡秋猿哀。达人自古嗟飘荡，鼓刀而屠太公望。天子宵衣问隐沦，征书旦夕磻溪上。鹏海归于蜀乱之后，于其行也，作诗以怜悯而慰劳之。

从军行送王玉门之大梁

有客有客髯而紫，左挟秦弓右吴矢。自言家本关中豪，黄金散尽来江沚。年来倦上仲宣楼，裹粮且访侯嬴里。腰间匕首徐夫人，河畔荒丘魏公子。悬知吊古有深愁，慷慨登车不可止。自从盗决黄河奔，大梁未有千家村。烽火但增新战垒，尘沙非复古夷门。短衣聊向将军幕，长剑终酬国士恩。落日驱车临广武，春风试马出轘辕。丈夫佩印乃恒事，安能郁郁老丘樊？王郎顾我深叹息，一见欢喜如旧识。此行不但为封侯，人生贵在抒胸臆。江上杨花白雪飞，梁园芳草青袍色。盾鼻犹堪试彩毫，莺声聊为停珠勒。醉后狂歌气若云，军中教战容如墨。春风拂地车斑斑，起看明月揽刀环。平台宾客久零落，至今汴水空潺湲。怜予偃蹇风尘际，年来罄折雕朱颜。已知苦被雕虫误，强弩欲挽不可关。待尔他年分虎竹，相从射猎终南山。

诏狱行

秋官署中有老吏，能说先朝诏狱事。当时国是日纷纭，太阿柄倒归阉寺。天子高居问尚公，公卿标榜排清议。遂有群凶作爪牙，赞虎苍鹰最毛鸷。长乐宫前传片纸，金吾夜半飞缇骑。卫尉将军身姓许，提点官旗北镇抚。谳决惟增王甫欢，累囚难解张汤怒。洗垢新悬沈命法，挥毫已入追魂簿。甫闻北阙杀刘陶，旋见西亭尸窦武。白骨交撑裹赭衣，残骸谁敢收黄土。尔曹自谓盘根株，杀人狐媚夸良图。岂知神理有反覆，昊天明明安可诬。神奸脱距竟菹醢，亦有然脐当路衢。长安万姓歌且舞，卖钗鬻钏沽醍醐。海水群飞桑亩移，俯仰乾坤又一时。三君八俊俱尘土，膺滂田窦无坟基。彤管堪嗟酷吏传，青苔半蚀党人碑。我今何为淹此室，圜扉白日啼寒鸱。冤魂欲招不敢出，但闻阴风萧飒中心悲。中心悲，泪盈把。酹酒呼皋陶，皋陶竟喑哑。古来万事难问天，蚕室谁怜汉司马。君不见城上乌，啄人曾不问贤愚。新鬼衔冤向都市，年年寒食声呜呜。北镇抚，许显纯也。“洗垢新悬沉命法”以下六语，谓杨、左诸公毕命事也。从狱卒口中详述往事，而主意全在己之诏狱，宾意转详，主意转略，极见作法之变。

行路难

身不必贤良书，名不必茂才举。便便饱五经，讵若工三语。乡里小儿车上舞，大字新衔谒府主。三年前在廊下趋，白头老儒徒踽踽。汉家公卿半刀笔，平阳之后有丙吉。家家少牢祀鄼侯，有儿莫读天人策。驷马银鞍金作鱼，何足道哉二千石！

栈道平歌为贾胶侯尚书作

君不见梁州之谷钭与褒，中有栈道干云霄。仰手可以扪东井，下临长江浩汗汹波涛。大禹胼胝恐未到，帝遣五丁开神皋。巨灵运斧地维坼，然后南通巴蜀西羌髳。蛇盘萦纡六百里，千回万曲缘秋毫。悬车束马弗可以径度，飞腾绝壁愁猿猱。汉家留侯真妇女，烈火一炬嗟徒劳。噫嘻乎！三秦之人困征戍，军书蜂午如猬毛。衔枚荷戈戟，转粟穷脂膏。估客尔何来？万里竞锥刀。须臾失足几千仞，猛虎腹蛇恣贪饕。出险洒酒始相贺，磷磷鬼火闻呼号。泰运开，尚书来，恩如雨露威风雷。一呼集畚锸，再呼伐薪柴。醇醯浇山万夫发，坐看崄岩削尽为平埃。噫嘻乎！益烈山泽四千岁，火攻莫救苍生灾。昔也商旅鱼贯行，今也不忧狼与豺。昔也单车不得上，今也康庄之途足以走连辇。僰童巴舞贡天府，桃笙賨布输邛崃。歌豳风，击土鼓，贾父之来何晚哉！丰功弈弈垂万祀，经济不数韦皋才。中朝衮衣待公补，璇玑在手平泰阶。西望剑阁高崔巍，侧身欲往空徘徊。大书深刻告来世，蛟龙岌嶪磨青崖。金穿石泐陵谷徙，我公之功不与伏波铜柱同尘埋。贾中丞名汉复，平险为夷，因作歌以颂之，歌勒于观音碥崖石上。〇出后人手，几成德政歌矣。此服其笔力之大。

喜表弟董樵书至

数枉山中信，江湖问逐臣。怜予常作客，知尔尚依人。刀俎惊前梦，渔蓑老此身。故园风俗薄，犹有葛天民。

己酉过姜如农东莱草堂

拜杖端门下，孤臣命若丝。何堪天谴日，即是国亡时。谏草传梅尉，扁舟混子皮。似君幽隐处，独有白鸥知。姜以建言廷杖，谴戍宣城，明社旋屋矣，后终于吴，葬于宣城。

同时熊给谏，不异楚灵均。破衲称开士，残碑记党人。老从方外友，悟彼定中身。应据生公石，军持话宿因。熊给谏名开元，亦以劾周延儒被杖，后隐于僧，故次章连及之。

写 哀

执戟沾微禄，栖迟仰大官。累臣天不吊，圣主法终宽。宗祀哀羊舌，身名笑鼠肝。须眉真自靦，书札报任安。

冯唐墓

冯公昔未遇，执戟叹淹留。一荐云中守，能宽汉主忧。古碑荒藓合，高柳暮鸦秋。自笑为郎拙，萧萧欲白头。

送傅介侯督饷宁夏

贺兰西望郁嵯峨，使者乘春揽辔过。三辅征输何日尽，二陵风雨至今多。边城杨柳楼中笛，羌女葡萄塞下歌。君到坐传青海箭，不妨草檄倚琱戈。七子遗响，尤近沧溟。

狱中长至呈同系诸公时大驾有事南郊。

圜扉望断属车尘，闻道銮舆出禁闉。五夜斗杓初建子，孤臣霜鬓未逢辰。雉罗既说嗟何及，龙性谁言不可驯。犹有锺仪数行泪，南冠相对共沾巾。三四是活对法。

怀王敬哉自注：时黄河决济、兖间。

萧条岁月孰华予，行步徘徊靡所如。刀俎堪惊身是鹿，云宵还念食无鱼。但留东海栽桑地，敢作南山种豆书。闻道宣房薪未塞，欲从太史问河渠。

夏瑗公先生廿载浅土门人盛珍示卜地葬之以其夫人祔焉诗以志美

几年松槚缺经营，负土荒原赖友生。曾赋国殇哀翟义，竟无佣保付王成。月明大鸟来华表，剑合双龙卷素旌。二陆冤魂应共语，云车风马笑相迎。使事典切，六语见夫人祔葬，结但取冤魂及同为云间人意，机、云身分地位不必同也。

贺曾庭闻举孝廉庭闻，江右人，易名中秦榜。

谁言才子竟蹉跎，天马西徕万里过。名姓在秦张禄贵，文章入洛陆机多。汉廷佇奏凌云笔，羌笛争传出塞歌。陇上梅花凭驿使，好将双鲤下黄河。

同东云雏王心古诸君登华山云台峰

丹梯千仞倚嵯峨，万转盘纡出薜萝。少华西来朝白帝，太行东望走黄河。欲从玉女窥莲井，须向仙人借斧柯。襆被同君星汉外，方知天上白榆多。

华　岳

遥遥青黛削芙蓉，此日登临落雁峰。霄汉何人骑白鹿，天门有路跨苍龙。流沙弱水真杯勺，太白终南尽附庸。却忆巨灵开辟日，神功橐籥费陶熔。

松风谡谡步虚声，杖策高寻卫叔卿。星近祠坛光欲堕，月临仙掌夜偏明。扶桑万里天鸡曙，箭括三更石马鸣。谁信扬雄擅词赋，不将彩笔记层城。举头天外，才许落墨，不愧“五岳起方寸”语。

报唐采臣户部时自宁夏还朝

使君书札劝加餐，又报征车发贺兰。秦地关山留庾信，汉家盐铁问桓宽。飞鸿夜度朱弦冷，边马晨嘶白草寒。迁客陇头憔悴甚，故人传语到长安。

登西岳庙万寿阁

崔嵬杰阁玉为寮，白帝离宫倚绛霄。槛外河山三辅小，崖前觞豆百灵朝。明星环佩云来湿，仙掌芙蓉雨欲摇。会御长风凌绝巘，青鸾背上夜吹箫。

鹦　鹉

雕笼万里托征鞍，辛苦何辞行路难。幽阁恰添娇女伴，方音犹作部民看。且分薄俸供秔稻，莫遣春风瘁羽翰。流水陇头相忆否，朔云边月不胜寒。

送张蔚生明府之任剑州

栈阁崔嵬涪水西，芙蓉十二与云齐。几年汉使迷金马，万里江流见石犀。讲学文翁今再觏，勒铭张载有新题。相思愁杀峨眉月，山木苍苍杜宇啼。

九日同姜如农王西樵程穆倩诸君登慧光阁

塞鸿犹未到芜城，载酒登楼雨乍晴。山色浅深随夕照，江流日夜变秋声。上方钟磬疏林满，十里笙歌画舫明。空负黄花羞短鬓，寒衣三澣客心惊。悲壮沉郁。

刀　鱼

银花烂漫委筠筐，锦带吴钩总擅长。千载专诸留侠骨，至今七箸尚飞霜。

舟中见猎犬有感

秋水芦花一片明，难同鹰隼共功名。樯边饱饭垂头睡，也似英雄髀肉生。

蒋　超

蒋超，字虎臣，江南金坛人。顺治丁亥，赐进士第三人，官翰林院（编）修〔撰〕。著有绥庵集。〇绥庵素无宦情，自称前身峨眉老僧。遍游名山，后入蜀，殁于峨眉山之伏虎寺。

金陵旧院

锦绣歌残翠黛尘，楼台已尽曲池湮。荒园一种瓢儿菜，独占秦淮旧日春。极浓丽地，偏写得荒凉如许，感慨系之。

文殊院

紫玉屏风敞佛筵，诸峰如笏上青天。偶来山寺容无主，惊起白猿松际眠。

王　熙

王熙，字子雍，直隶宛平人。顺治丁亥进士，官至大学士，谥文靖。

春日扈从南海子观大蒐

上苑回春驭，传呼夜漏催，六龙云里下，八阵日边开。细草鸣鸾地，雄风买骏台。应如宸算远，不为诘戎来。

宋徵舆

宋徵舆，字辕文，江南华亭人。顺治丁亥进士，官至副都御史。○云间诗家推陈卧子、宋辕文、李舒章，卧子蹈海后，宋、李并名于时，未尝有所轩轾。

参军行

檀州军败沛南陷，铁骑西山逼云栈。九门辛苦坐公卿，按兵不动有高监。玉堂美人胡不平，上书北阙苦论兵。参军新命一朝下，单骑夜出长安城。是时主将卢司马，独将西兵兵力寡。不教国士死黄沙，别遣参军向城下。参军不行司马嗔，参军既行军伍陈。北向再拜谢至尊，曰臣象昇死国恩。鼓声阗阗军出垒，司马一呼创者起。三万边兵夜合围，孤军虽胜终斗死。朝廷颇轻死事功，翻疑讼疏多雷同。司马几受斫棺惨，参军一官成转蓬。呜呼权臣报复有如此，疆埸谁肯摅孤忠。此纪贾庄之败也。高监，名起潜，参军，杨廷麟。时枢辅杨嗣昌嫉卢忠烈正直，不与援兵，高起潜拥兵坐视，忠烈与大军战，重创死。嗣昌诬以降，又诬以遁，几至斫棺。廷麟力辨其冤，得免。忠佞颠倒如此，明社所以屋也。后参军亦以守城死。

下　滩

孤舟泻石滩，双桨下云端。浪涌分花落，涛惊溅雪寒。乱山皆曲向，飞渡却回看。千里无诸国，天南自郁盘。一起如睹巴船出峡图。

古　意

碧玉堂西红粉楼，楼中思妇忆凉州。咸阳桥上三年梦，回乐峰前万里愁。秦地烟花明月夜，胡天沙草白云秋。离魂不识金微路，愿逐交河水北流。酷似杨升庵塞垣鹧鸪词。

林天孙自漳州来见访天孙乃黄石斋先生弟子时黄先生被逮

燕市霜飞五月寒，投荒君子更南冠。谪同贾谊官仍夺，时异灵均死亦难。大涤春阴猿鹤怨，武夷秋雨薜萝残。自注：大涤、武夷皆先生讲学处。凭君归报金鸡信，重扫先生旧讲坛。

冬闺夜怨

落尽飞云暮色寒，黄昏北斗照阑干。可怜一片如霜月，惟有深闺独自看。

邓　旭

邓旭，字无照，江南寿州人。顺治丁亥进士，官翰林院检讨。著有林屋诗集。

钱塘看潮

夜发富春江，午缆钱塘岸。不见当时射潮者，天际烟波空浩瀚。须臾海门走匹练，白虹蜿蜿吐长线。渐看鳌背负山来，汹涌顿令天地变。龙吹笛，鼍击鼓，冯夷天吴江上舞。万斛舳舻如败叶，怒涛一卷送平浦。伊昔惟闻东流之水无尽期，沃焦澒洞为漏卮。云何已逝壑，而有还源时。应是伍胥文种恨不灭，无路叩天气填咽。故教雪浪排长空，古今嘘吸无时绝。

赠凤凰山咸庵禅丈庵名凰巢

万绿藏深壑，苔龛路几层。侧身同蚁进，牵臂学猿腾。累重缘留鬓，栖幽欲妒僧。半生迟引退，应悔镂春冰。

季振宜

季振宜，字沧苇，江南泰兴人。顺治丁亥进士，官御史。

潼关有感

兴亡非一代，形胜览层楼。渭水千年浊，秦山万里秋。豺狼互吞噬，盗贼化王侯。邮置无馀马，皇华不肯休。

李　敬

李敬，字圣一，江南六合人。顺治丁亥进士，官刑部侍郎。

清明泊瓜步阻雨

愁思如芳草，春程不断生。停云连野色，过雨挟江声。瓜步新添水，清明远送行。强从吴客语，归计羡朱樱。停云十字，渔洋赏之，谓其不减古人。

读水经注怀洞庭

坐倚巴丘俯洞庭，君山一十二峰青。不闻修竹来仙吹，但有孤鸿送客舲。欲辨水天惟北斗，若当风雨即南溟。旧游浩渺如春梦，兀看郦元注水经。

缪慧远

缪慧远，字子长，江南吴县人。顺治丁亥进士，官寿阳知县。〇经义推巨手，韵语亦复雅健雄深。

雉子斑

雉子斑兮，其羽煌煌，雄雌朝飞，阡陌相将。十步一啄，载飞载藏。谁为祸枢，体负文章。南山媒翳，北山罗张。樊笼既入，形容无光。恭承嘉惠，食以稻粱。尔虽小物，耿介莫当。局促一世，生不如亡。微命既释，感恩未央。迟迟春日，膏泽徜徉。愿同黄雀，衔环君旁。

友人过访

茸城愁绝各风烟，倾倒今朝倍黯然。坐上清歌闻子夜，人生行乐及丁年。三春会面常多阻，百罚深杯且共传。旧事凄凉言未尽，檐花落久雨纤绵。

有　感

湘水桃源欲问津，衣冠处处哭秋旻。宁同白马歼朝士，肯为黄巾赦党人。行泽楚臣应抱石，上书梁狱几全身。惊心南国添缯缴，解网还邀圣主恩。胸怀磈磊，以诗写之，尽成激楚之音。

烽烟海内尚兵鏖，奋褒论才得尔曹。紫塞重弹白翎雀，金门竞奏郁轮袍。苍茫梦里询蕉鹿，浮拍池中把酒螯。长啸独期千古事，咏怀何必反离骚。

忆辽左故人

生归何地更逢君，兰忌当门自昔云。东洛少年无贾谊，制科风汉独刘蕡。蓄厘种徙琼花绝，辽海魂啼杜宇闻。箧里故人封事稿，雨窗捡点泪纷纷。

曹垂燦

曹垂燦，字天祺，江南上海人。顺治丁亥进士，官遂安知县。

插秧词

桔槔未动商羊舞，老农出社迎猫虎。熏风灵雨及时来，秧水齐添土膏膴。针苗剪剪绿初齐，如卦行行立畛畦。陇畔柳浓斜挂笠，农歌声里鹁鸪啼。自辰至午不停手，厨下炊羹并剪韭。老翁提馌饷田间，瓮中更有新篘酒。日晚水田聚纠笠，移时火耨农功急。寄语食租衣税家，莫忘辛苦盘中粒。如卦句，所谓“立苗欲疏”也。

沈永令

沈永令，字闻人，江南吴江人。顺治戊子副榜，官高陵知县。〇初知韩城县时，汤文正为潼关道，以循良重之，其政治可知也。诗亦宗仰唐人，不染竟陵习气。

再次淮上对月

半年沙塞月，今夜映长淮。砧杵深闺梦，关山旅客怀。遥知灯下卜，敲断鬓边钗。何日花前影，清光共玉阶。“今夜鄜州月”，念闺中之怀远，此写客中之念家，境地相同，深情宛合。

咸阳寓中

老应甘弃世，壮已不如人。楚越燕秦路，东西南北身。镜中俱是雪，塞外不知春。何日沧江返，矶头稳钓纶。

秦　中

深秋沙草马长嘶，塞柳千条覆曲堤。水落渭河诸派合，天围华岳万峰低。旧游金谷云烟散，故国铜驼枳棘迷。紫气近来东望满，函关何用一丸泥。顾茂伦称此诗沉雄瑰丽，可追盛唐，其气象然也。下章亦然。

登　华

历历星辰尺五悬，洮云陇树望相连。天高西北长空尽，势控燕秦大地偏。烟杪一丸关百二，河流如线路三千。此身托足知何处？仙掌擎来霄汉边。

分水龙王庙

南为吴水北燕云，结伴登临喜得群。七十二泉从此合，三千馀路恰平分。安澜已下褒封诏，沉璧无烦草檄文。惟有仲宣行役苦，登楼久已悔从军。引汶水合七十二泉之水注于南旺，平分南北以利转漕，此宋礼从白瑛之议也。三四语真写得尽。

赠檗庵禅师

师为楚嘉鱼人，天启乙丑进士，筮仕吴令，晋吏垣。崇祯壬癸间，建言廷杖诏狱。沧桑后遂为僧。康熙乙卯，驻锡江城，距作令时阅五十寒暑矣。永令以昔年童子，受知门下，感赋是诗。

浮生阅尽几沧桑，独卧寒云拥竹床。百炼身犹馀铁石，万言字尚挟风霜。列朝文献征遗史，一代天龙护法王。士女争来瞻瑞相，使君故是宰河阳。檗庵即熊开元也。以弹周延儒廷仗，后为僧，门下士感慨赋之，如读本传。

卷　三

施闰章

施闰章，字尚白，江南宣城人。顺治己丑进士，官江西参议。康熙己未，召试博学宏辞，官翰林院侍讲。著有愚山诗集。○南施北宋，故应抗行，今就两家论之，宋以雄健磊落胜，施以温柔敦厚胜，又各自擅场。○王渔洋云："门人洪昉思问诗法于愚山，愚山曰：'子师言诗如华严楼阁，弹指即现，又如五城十二楼，缥缈俱在天际。余则譬作室者，瓴甓木石，一一俱就平地筑起。'洪曰：'此禅宗顿、渐义也。'"今观两家诗，此论确不可易。

警志诗

洋洋景运，六辔徂流。尔征尔迈，不我眷留。维帝赉予，靡德不具。既具既完，逝不我顾。拾穗虽利，不如躬耕；束炬夜驰，不如早行。鸱争腐鼠，凤餐竹食。翔视千仞，下罕雏匹。懿我祖考，争道策骥。腹我目我，遑敢陨坠。昔游东鲁，摄衣孔庭。俯仰瞻听，实迩仪型。匪哀匪慕，泣涕如雨。怆如亡子，初见父母。轨臻回赐，文企姬秦。不惭爝火，持照千春。陨霜警木，世难厉德。怀璧负途，智士不惑。猿则穴果，獭则祭鱼，谁为令人，不勤是图。皇皇朝夕，望晷心栗。如岸斯崩，如虎将咥。冉苦抱疴，颜不待耇。敬尔良时，并宵作昼。步步实践，归重下学，不落宋人尘腐，是曰诗品。

升天行

丹凤一双，乘云上翔。俯视八极，中路徬徨。一解。下尘小臣，心思太古。言叩天门，手击天鼓。雷雨昼迷，噤不得语。二解。天阊高高，高不可即。但见群仙，玉女侍侧，货财千亿。自注："黄金既成，货财千亿，役使鬼神，玉女侍侧。"见阴长生仙诗。小臣昧死顿首言：天阙清虚，安用货财千万亿，愿丐下土小民作衣食。三解。仙人持节，问汝何所求？小臣不愿富贵，愿假赤螭，游戏十洲。山无崩徙，河海安流，天子万年兵革罢，小臣鲁钝，但当贫贱长优游。四解。〇仙人犹重货财，此为小民衣食计。借题抒写，大臣心事，昭然若揭矣。

浮萍兔丝篇

李将军言：部曲尝掠人妻，既数年，携之南征，值其故夫，一见恸绝，问其夫，已纳新妇，则兵之故妻也，四人皆大哭，各反其妻而去。予为作浮萍兔丝篇。

浮萍寄洪波，飘飘东复西。兔丝附乔柯，袅袅复离披。兔丝断有日，浮萍合有时。浮萍语兔丝，离合安可知？健儿东南征，马上倾城姿。轻罗作障面，顾盼生光仪。故夫从旁窥，拭目惊且疑。长跪问健儿，毋乃贱子妻？贱子分已断，买妇商山陲。但愿一相见，永诀从此辞。相见肝肠绝，健儿心乍悲。自言亦有妇，商山生别离。我戍十馀载，不知从阿谁？尔妇既我乡，便可会路歧。宁知商山妇，复向健儿啼：本执君箕帚，弃我忽如遗。黄雀从乌飞，比翼长参差。雄飞占新巢，雌伏思旧枝。两雄相顾诧，各自还其雌。雌雄一时合，双泪沾裳衣。状古来未有情事，以比兴体出之，作汉人乐府读可也。无书无笔人，不敢道一字。

过翚岭

崇冈陟崚嶒，鸟道绕山腹。仰探白日短，俯瞰阴霞伏。鱼贯度行人，疲马艰踯躅。春晴多好风，吹我岩壑绿。农耕岭上云，妇饭溪中犊。羁心旷登陟，瘠土见风俗。华阳灵迹闷，杖策寻石屋。

早春三天洞至仙人岩

寒岩敛众妙，惠风荡疏木。洞穴无人居，玲珑辟华屋。春阴香乳流，谷温瑶草绿。出户见前峰，重云无断续。乘兴复杖藜，行歌散烦促。古树含丹葩，馀雪长灵瀑。僧扉凿阳崖，茶臼入深竹。采真客安往，怅望空山曲。

临江悯旱

瘠土嗟薄获，岁丰长忍饥。戎马况叠迹，田园成路蹊。荷锄代牛力，播种良苦疲。朱火肆燎原，禾稗同一萎。民乱如恐后，况乃驱策为。徒跣呼百神，呜咽致我辞：政拙未敢苛，召灾今则谁？云汉何皎洁，箕斗正参差。心知阊阖远，侧向高天啼。明日急刍饷，吞声重涕洟。岁丰长忍饥，即所云“乐岁终身苦”也。防民乱，惧召灾，呼天而诉，如读云汉正月诸变雅。

悲野雀

行经沂州，有饷鹌鸽者，哀其义，不忍食。或曰：

州人捕雀为业。嗟乎芜田不耕，罗及野雀，作诗示州人。

枌榆繁羽族，琐细无定名。所谋非稻粱，不与鸡鹜争。张罗始何日，遂使风俗成。机发尽掩覆，一罗歼群生。持此饮啄具，充君鼎俎烹。苦惭托体微，不足一杯羹。同类为啾啾，失侣长哀鸣。君辍筵上箸，请听檐外声。读末二语，虽老饕亦应动心。

新都戍自注：新安乱后，留戍以蒙古诸军也。

玉屏山草尽，练江江水浑。丈人看饮马，千骑如云屯。腰间横大箭，游戏走平原。射雁落云中，逐兔过田园。割鲜不须臾，腥血殷盘飧。汉儿刍秣久，相驯通语言。此辈尚猛鸷，好恶难具论。往年贼破郡，去年蹂榆村。驱除借厥力，到今防御存。居人远窜匿，白日黄尘昏。何时罢兵战，天河洗乾坤。即老杜留花门意。

祀蚕娘

华灯白粥陈椒浆，田家女儿祀蚕娘。愿刺绣裙与娘着，使我红蚕堆满箔。他家织缣裁罗襦，妾家卖丝充官租。馀作郎衣及儿袄，家贫租重还有无。蚕时桑远行多露，好傍门前种桑树。比张、王乐府，转见性情之正。

牵船夫行

十八滩头石齿齿，百丈青绳可怜子。赤脚短衣半在腰，裹饭寒吞掬江水。北来铁骑尽乘船，滩峻船从石窟穿。鸡猪牛酒不论数，连樯动索千夫牵。县官惧罪急如火，预点民夫向江坐。拘留古庙等羁囚，兵来不来饥杀我。沿江沙石多崩峭，引臂如猿争叫啸。秋冬水涩春涨湍，渚穴蛟龙岸虎豹。伐鼓鸣铙画舰飞，阳侯起立江娥笑。不辞辛苦为君行，梃促鞭驱半死生。君看死者仆江侧，火伴何人敢哭声。自从伏波下南粤，蛮江多少人流血。绳牵不断肠断绝，流水无情亦呜咽。末幅归咎新息，真无可奈何之辞。

岁崱峰

危楼矗立鼓山顶，目尽闽天万山影。磨崖上有紫阳书，光芒倒射扶桑冷。双江会合蛟龙游，三山灭没人烟浮。岛屿东看入海气，空青一发指琉球。洪涛忽起天地动，羲和返驾寒云愁。吁嗟乎！白日苦短，青鬓已斑。天风何泠泠，吹我骨珊珊。念欲乘风挥手去，八表万里何当还。鸾骖鹤驭良不远，鲸吞蚁斗谁能闲？回首大笑哀人间。

射乌楼行自注：为周栎园先生纪事。

越王城边乌哑哑，射乌楼头乌不下。周侯破寇此城头，到今杀气城乌愁。先皇丙申岁七月，寇来海畔盈山丘。疾如长鲸吞巨舟，城中号哭声啾啾。侯方解官听吏议，推守要害来乌楼。抗言立功须宿将，使贪使过皆保障。中有健手王老虎，陷阵摧锋气偏壮。群凶争踞豹头山，咫尺乌楼正相向。蚁附蜂屯顷刻间，何人敢立女墙上。周侯清啸决戎机，誓师慷慨裹铁衣。指顾中坚发大炮，须臾万骨黄尘飞。紫袍戎首正糜烂，一军气尽舆尸归。总戎援兵适继至，三山是日解重围。当途方略固多有，功成乃出闲官手，烽烟既息乌楼空，乌楼壮绩在人口。他年再集头白乌，射马还有周侯无？记事诗不嫌详尽，此觉勃勃有生气。以防乱作结，虑事尤为周详。

乱后和刘文伯郊行

斜日照荒野，乱山横白云。到家成远客，访旧指新坟。战地冤魂语，空村画角闻。相看皆堕泪，风叶自纷纷。

慈仁寺松

直欲凌风去，翻从拂地看。摧残经百折，偃仰郁千盘。老阅山河变，阴兼日月寒。支离尔何意，不厌卧长安。

溪　涨

溪涨全无岸，沙田又可哀。舟航浮郡郭，荇藻罥楼台。过雨重云黑，奔雷动地回。蛟龙横得意，白日向人来。

怀侯韩振蓝山

贫苦日相共，宦游天一涯。有官真似水，无梦不还家。五岭来山瘴，孤城接塞笳。别离春已暮，多恐鬓将华。

舟中立秋

垂老畏闻秋，年光逐水流。阴云沈岸草，急雨乱滩舟。时事诗书拙，军储岭海愁。洊饥今有岁，倚棹望西畴。

曲江得方学士苏翁先生书自注：时自塞外归，暂客广陵。

入塞仍羁旅，书来泪满缨。悲欢成隔世，衰白重关情。远窜全家在，生还万事轻。几时归客梦，安稳石头城。

叔父同弟阮迟予芜关次日予北发

小泊聚江干，帆开泪未干。路长催老易，家近恨归难。长大看吾弟，浮沉付一官。今宵浑不寐，倍觉夜漫漫。家近难归，老于宦途者知之，神明杜陵，乃有此种。

钱塘观潮

海色雨中开，涛飞江上台。声驱千骑疾，气卷万山来。绝岸愁倾覆，轻舟故溯洄。鸱夷有遗恨，终古使人哀。“气卷万山来”，五字千古。

顾宁人关中书至

旧迹满西京，高谈就友生。书曾搜孔壁，诗已变秦声。多难馀身健，新编计日成。别来头并白，望远不胜情。

过湖北山家

路回临石岸，树老出墙根。野水合诸涧，桃花成一村。呼鸡过篱栅，行酒尽儿孙。老矣吾将隐，前峰恰对门。“野水”十字、令穰、松年亦不能画，唐人“时有落花至，远随流水香”，同一自然。

雨　后

归田复多病，寒雨送三春。高柳不藏阁，流莺解就人。道心看物变，时论薄官贫。无限扁舟意，澄江满绿蘋。三四不让刘随州，渔洋取愚山五言近体为摘句图，为学者式也。

淳湖寻邢景之

四海倦游后，始知泛爱非。寸心如落木，逢尔复春晖。移榻连蔬圃，烹鱼出钓矶。清欢成信宿，不是醉忘归。

江行杂咏

鼓枻随渔父，乘槎老客星。莺声花屿暖，龙气雨潭腥。波绿澄湘浦，天青合洞庭。谁知渔子饭，绝胜五侯鲭。

望衡岳

衡山绝顶祝融峰，独峙天南抗岱宗。水国风雷虚岫出，炎方冰雪半岩封。斜阳欲辨烟中树，昨夜遥闻岳麓钟。好驻星轺看日出，卧翻云海荡心胸。

季天中给事以直谏谪塞外追送不及

策马送君君出门，朔风动地卷蓬根。孤臣抗疏甘身死，万里投荒是主恩。笳吹天山边月小，城连沙碛塞云昏。心知去国无多泪，肠断慈乌声自吞。以忠君爱亲表戍臣心事，老杜送人，往往如此。

登　岱

日观晴光傍午开，茫茫东见海为杯。九州积气峰前合，万里浮云杖底来。邹鲁山灵真莽荡，吴阊练影漫徘徊。昆仑不到终遗憾，欲驾苍龙首重回。

见宋荔裳遗诗凄然有作自注：君按察四川，会滇、蜀反，道梗，忧愤死。

好客生平酒不空，高歌零落痛无穷。西川终古流残泪，东海从今少大风。国士魂销多难后，离人望断九原中。张堪妻子应谁托，巢卵长抛虎豹丛。西川句，谓蜀人怀其政教，东海句，谓山左失一雅宗也。〇王渔洋有久不得荔裳妻孥消息诗，中云“九原悲马鬣，八口寄蚕丛”，此篇结语亦复云然，犹见古交道焉。〇张堪卒于官，无托妻孥事，此约略语。

苍梧云盖寺访无可上人

精舍萧疏山路斜，高人解组即袈裟。沧桑痛哭知无地，江海流离不见家。云暗苍梧飞锡杖。梦归秋浦泛仙槎。与君坐对成今古，尝尽冰泉旧井茶。上人，即方密之太史。

至南旺

客倦南来路，河分向北流。明朝望乡泪，流不到江头。过南旺分水，水俱向北，泪滴水中，不复到江也。宛似唐人声口。

送李万安罢官归里

岁暮归舟一叶轻，歌残酒罢泪双倾。滩声不是无情思，呜咽随君为送行。

季开生

季开生，字天中，江南泰兴人。顺治己丑进士，官给事中。著有出关草

尚阳堡即事口号

新烧悬崖净积莎，远随甲骑渡柴河。虎头在客休投笔，鸡肋从军漫荷戈。骨肉书传辽塞少，林泉话入故园多。边城老将秋霜下，夜半闻笳起自歌。五云长绕旧皇畿，万里孤臣寄翠微。极塞有山皆北向，重边无水不西归。鸡鸣梦讶参朝晚，乌哺心伤进膳违。宁惜茕茕沙雁影，阳回未得入关飞。忠孝之人，其言蔼如。

送左大来先生葬

重关不禁旅魂过，梦里看君渡塞河。白日总悲生事少，黄泉翻羡故人多。荒台啼鸟围松柏，废苑寒云锁薜萝。未遂首丘须浅葬，好留枯骨待恩波。宋辕文"时异灵均死亦难"，以死为幸，此云"黄泉翻羡故人多"，以死为乐，皆刻骨入髓语。

董文骥

董文骥，字玉虬，江南武进人。顺治己丑进士，官侍御。著有微泉阁集

真定客舍对雪

穷阴满太虚，积雪冻庭除。鸦点埋云树，童依宿火厨。君恩狐白厚，老病酒杯疏。江国寒梅早，垂垂已待予。纸上俱有寒意。

复过井陉口淮阴侯庙

背水千年庙，登坛百战功。至今思赤帜，何处吊藏弓。春雨

王孙草，灵风古木丛。淮阴年少子，终自笑英雄。渔洋极称五六语自然。

庚戌元日移家惠山舟中作

东风自信片帆斜，百里乡园路岂赊。爱听山泉因煮荈，并驱鸡犬是移家。未闻春鸟来樯燕，已见寒梅笑岸花。万国朝正看北极，十年拂雾马喷沙。

去年元日弃孤臣，赵北燕南滞病身。八口一舟迁易散，自注：家人先归。吴山楚水信难真。即看妻子还疑梦，高卧江湖又早春。只恐莺花饶笑我，拂衣斑鬓已如银。

十月初六发榆中夜抵鱼河驿

振野凉沙扑马飞，孟冬绝塞已风威。王程中夜鱼河宿，客路冲寒虎节归。边月黑时防失道，胡霜白处欲侵衣。南州此夕微暄暖，灭烛听鸿坐竹扉。

王广心

王广心，字伊人，江南华亭人。顺治己丑进士。○先生经义雕镂襞绩，时作骈体，而韵语疏畅条达，不以一律拘，贤者故不可测也。

送董苍水游楚粤

先朝直节董侍郎，锄奸拜杖投南荒。百粤山川恣吟啸，至今岩壑垂光芒。康乐登临千载绝，苍梧黯澹漓江咽。铁城铜柱漫崔嵬，木客山猿自清切。侍郎之后君也才，文章早压黄金台。时无孔融不荐士，天人三策空归来。丈夫壮志凌八极，越水吴山伤偪仄。潇湘万顷九疑烟，我有愁心荡空碧。兴来还看郁林山，八桂堂深客思闲。豆蔻晓风啼翠羽，桄榔残照落乌蛮。其间仕宦都贤者，酌酒论诗袖堪把。铜鼓峰前意慨慷，绿珠渡口人潇洒。劝君莫过柳侯祠，少年失足良可悲。劝君勿谒伏波庙，七十据鞍达者诮。人生功何必勒昆吾鼎，贵何必入中书堂。淋漓翰墨飞夜郎，如君侍郎名亦章。采罢丹砂好归隐，与君谷口话农桑。非贬柳州、伏波，劝其勿躁进勿恋勋名也。前辈立言，每不以颂而以规。

大梁行送林平子

燕山四月槐雨凉，酒徒击筑官道旁。骊驹欲鸣惨将发，为君慷慨歌大梁。大梁昔当全盛日，裂土苴茅建宗室。魏殿旌旗北斗翻，汴宫花石城东密。定王宪王皆好才，樊楼窈窕东堂开。诚斋旧帖龙文写，乐府新题凤管催。黄河如带萦天阙，舞榭歌钟几时歇。兔苑宾朋白雪樽，鹍弦士女金梁月。中原千里接神京，叔父勤土更勒铭。鸡犬愿随淮桂老，鱼龙忽厌蔡河平。一朝风雨金堤决，杀气苍茫鼓声绝。龙章十叶赤帝孙，却并铜人水中没。沧桑变易八九年，我来欲渡愁无船。宫阙崩颓半深泽，狐狸踉跳空荒烟。偶逢遗老驱豚出，端礼门中招共入。银楼藻井荇带穿，玉殿螭头土花涩。因言此殿西北隅，飞帘九仞凌清虚。浊河波浪埋不得，依稀绣栱临椒除。我登兰雪轩，更倚端清阁。空梁夭矫堕盘龙，古柏阴森少调鹤。下寻石洞风翛然，黄尘不到秋光先。云英既死梵灯灭，谁从此地求神仙？呜呼此景当年识，近日传闻更萧瑟，华栋都输少府钱，碧甍尽入空王宅。河山君到莫重论，艮岳吹台总不存。但得晴天看少室，短衣落日过夷门。大梁自流寇决河灌城后，王孙俱为波臣，臣民可知矣。登高眺览，百感茫茫，而以看少室吊侯嬴作结，想见作者胸次。

怀　友

昔日燕台侧，相为踏雪歌。君恩移白日，乡信断黄河。兰蕙秋偏歇，风霜晚较多。短衣吹觱篥，独奈岁寒何？

夏日招同毛子霞徐臞庵周金山赵双白张研铭汉度董苍水沈雪峰诸子集用双白韵

掉臂兵戈际，如君行路难。江山同放逐，歌哭互悲欢。市迹寻梅尉，乡心梦橘官。一身天地窄，只是酒乡宽。

夏日邀陈昌箕魂惟度许九日周釜山小集依韵酬陈昌箕

偶与仙翁草阁期，清尊碧簟昼栖迟。才名不忝三君后，人物能谈万历时。绮季行藏岩桂老，少陵家国杜鹃知。可堪日暮山阳笛，泪落江城自咏诗。

送向西昆使蜀

廿年不到西川路，捧诏今看使者行。乱后草堂江燕在，春华剑阁杜鹃鸣。桥边旧迹怀司马，山下新祠吊孔明。尚有焚香诸父老，相持杯酒话销兵。中两联俱凭吊古人，前用虚写，后用实写，不觉其犯。

直方夜过忆卧子谈诗

偶逢宋玉过西邻，把酒重论故国春。一榻早悬陈仲举，九歌亲授屈灵均。衣冠白社沉秋草，宾客黄初散洛尘。醉里寒星空自数，天门骑尾竟何人。直方即宋辕文，见谈诗之旨同，而立身立名，各行其志也。当于言外思之。

王 庭

王庭，字言远，浙江嘉兴人。顺治己丑进士，官山西布政使。〇五言清绝如韦苏州，不欲以学问才力胜人。

栈道中作

人行山上高，天在山中小。圆晖易沉夜，初阳迟报晓。马走山树巅，飞鸟出其下。云连深洞迷，石缺危桥架。七盘非险途，三秋足清景。日夕留泉声，谁能辨喧静。

雨 后

落日残雨馀，林树半昏黑。南山白云闲，澹然见秋色。冷风何凄凄，微微野烟息。归巢鸟更鸣，当户虫还织。惆怅独坐时，悠悠思何极。妙在淡然，不着痕迹。

潼 关

关门高锁处，飞鸟不能过。雉堞连群嶂，风烟俯大河。代更千战少，势在一夫多。入夜闻刁斗，军声壮若何！

晓 雨

独鸟鸣南园，晓来雨初息。空庭生秋阴，莓苔长寒色。只此已足。

周体观

周体观，字伯衡，直隶遵化人。顺治己丑进士，由翰林历官参议道。著有晴鹤集。

秋萤和韵

振羽知无力，疏狂乱客扉。低空不碍暝，违候亦能飞。露湿流光净，宵行抱影微。可怜秋色里，相映亦晖晖。“违候亦能飞”，五字可味。

大报恩寺逢友苍言别

正尔未能别，相逢暮景斜。久疏因在客，多病欲辞家。夜雨洗山骨，残春落涧花。祖衣休早付，待我过栖霞。

人日次徐州

泗上逢人日，长亭许更过。春云回白首，客梦度黄河。旧俗淮南异，前贤沛国多。至今小儿女，犹唱大风歌。

拨棹杂咏

不见当年刘克猷，西风吹泪过黄州。旧时江路能来否？落日招魂古驿楼。读此，使人增交谊之重。

卢 纮

卢纮，字元度，湖广蕲州人。顺治己丑进士。著有四照堂集。

望远曲

明知人不归，日日楼头望。人尚在天涯，只疑行陌上。陌上红尘逐日飞，何曾尘里见人归。经春历夏无消息，捡点秋风又寄衣。

周茂源

周茂源，字宿来，江南华亭人。顺治己丑进士，官处州知府。〇池北偶谈：“宿来以刑部恤刑，驻节雪苑。有山人得罪，别驾欲加以刑，山人诡言秋部执友，冀缓其责，实未尝谋面也。别驾谒周，问之。答曰：此余好友。山人得无恙，一时推为长者。”

过张文忠故第

赐第松台麓，元臣主眷优。天章悬废阁，相印没荒丘。议夺千官气，身无十世谋。立谈工巷遇，何似富民侯。此吊张江陵相也。江陵交冯保，逐新郑，是其罪；镇服九边，名实不混，是其功。神庙始则尊如父师，过于宠；后至削籍破家，又过于薄。诗中江陵之气焰，神庙之回惑，一一传出，末以张禹之柔媚得君作衬，江陵功罪俱见矣。

蓟门杂咏

十年襆被老诸郎，负病趋朝重慨慷。悬笔未消秦吏狱，持旌难发汉家仓。乡心橘柚寒烟外，旅馆芙蓉别苑旁。客至玄谈犹小剧，惊看青鬓欲如霜。以秋部出守，故有三四自讼语。

万壑秋涛碣石摧，舳舻夜覆白沟隈。蛟龙怒闪灵旗出，雁鹜群争玉粒回。天道九年频水潦，人烟三辅见蒿莱。司农筹国应多算，民立东南亦可哀。时应河决，粮艘覆溺，故望司农入告，民立，用“立我烝民”句意。

楼船诸将日蹉跎，转战仍闻禁旅多。瀕海未收苍兕甲，远人偏进白狼歌。谁教解缚归雍闿，莫更持书说赵佗。欲借片鸿聊问讯，家园杞菊近如何？此言诸藩未靖，而远人漫进白狼臣服之歌，忧心钦钦，于斯可见。

雨中诸子集予机山别业

樵采闲时学苦吟，身如越鸟峦平林。偶然花月春江夜，共此蒹葭秋水心。山市酒炉兵后少，草堂诗句雨中深。沉沉钟梵声俱寂，横笛还吹激楚音。

许缵曾

许缵曾，字鹤沙，江南华亭人。顺治己丑进士，官滇中按察。著有宝纶堂集。

游峨眉山歌

伊昔披山经，峨眉冠五岳。杰然镇坤维，苍翠万仞削。初疑宇内无此奇，今日所见更过之。乃知天地灵怪不可测，生平游览快意无如斯。既蹑飞龙岭，还登歌凤台，狂客已长逝，真人不复来。丹炉火冷鹤驾远，谭经石榻生莓苔。一步一惊诧，十步一徘徊。上有排空叠嶂翠欲滴，下有飞泉百尺声如雷。嶮岩鸟道崎岖入，天门一隙云光白。八十四盘最上头，婆娑万树清阴碧。探帝座，凌丹丘，白云飞扬，长风飕飗。积雪如严冬，凛冽披重裘。俯视岷江万里蜿蜒仅一线，蜀山千点参差罗列儿孙俦。花为优昙色，鸟作迦陵声，天香夜不散，法鼓昼长鸣。金轮忍土震旦推第一，赤髭白足灵机妙道真难名。须臾报道佛光现，苍茫云海蒸奇变。烂似庆云晕若虹，林岩五色增葱蒨。金桥突兀驾虚空，仿佛珠眉绀发容。忽然云散光亦灭，惟有朝暾荡漾倒挂金芙蓉。眷此灵异境，神魂欲飞越，远胜赤城梁，何数蓬莱窟。吁嗟蜀道之难难于上青天，几人能到峨眉巅。仙都佛国尽在此，请君莫惜多留连。飞腾灭没，后半尤为荒幻凌空，可云善学太白。

睢阳行

大江之南多木客，古树深篁丛窟宅。禹鼎销沉老魅骄，野火游光兆形魄。嘻嘻出出逞神奸，空梁夜啸霜天碧。年年里巷攘鱼腥，逡巡社公常避席。有时幻作美丈夫，乌帽猩袍服御都。山魈按拍斑狸舞，桂棹兰桡泛五湖。采莲女儿樊素口，木下三郎求配偶。宝马云骈天际迎，倾城颦笑供箕帚。从此民间勤报赛，爟火村村凝叆叇。豪门娶妇亦危疑，先奏神弦羞沆瀣。楞伽庙貌更崔嵬，绣幕珠帘霄汉开。兰堂处处笙歌竞，彩鹢朝朝鼓吹来。画屏广列夫人坐，清扬妙相垂倭堕。祝史乘机垄断张，阿母新来口侈哆。三吴今古如长夜，狐鸣篝火腾欺诈。蚩蚩不复畏三章，豚蹄斗酒求神赦。更有红裙白面郎，踏青拾翠游芳塘。长吏催科百不应，卖得新丝往上方。数百年来尚奸宄，江河日下谁能止。淫昏牲醴埒烝尝，跛觋妖巫餍羊豕。龙虎真人道行高，捡校功曹山鬼号。频年尺一到江左，揶揄玩愒如弁髦。睢阳学士金闺彦，夜深常侍明光殿。金符大旆挟风霆，冰心苦节绥南甸。长空郎月照江涛，於菟出走苍狼逃。木石之怪夔罔两，犹向人间索五牢。中丞飞檄榜通衢，沉其土偶庐其居。故鬼行新鬼窜，阴霾扫荡天清虚。君不见狄梁公西门豹，水沉三老焚祆庙。又不见旌阳尹昌黎伯，斩蛟驱鳄服以德。从来忠信孚豚鱼，千秋敦史铭金石。公令入朝带剑履，前席殷勤报天子。玺书赫濯神祗惊，日丽中天民受祉。有道之时鬼不灵，当今海内长如此。叙睢阳汤文正公除五通神事，淋漓畅快言之。末归到有道之世，其鬼不灵，尤极正大。〇龙虎真人以法驱之，转受揶揄，得此一衬，接入汤公，倍觉有力，此文章烘衬法也。

沈　荃

沈荃，字贞蕤，江南华亭人。顺治壬辰，赐进士第三人，官至礼部侍郎，谥文恪。著有充斋集。〇明宣德时，云间有二沈学士，大学士名度，小学士名粲，皆以善书得名，文恪，小学士后也，亦以书法见重于圣祖。

送雪龛兄任保宁

最忆阆中胜，云山到眼迷。地从巴水折，天入剑门低。夜月桐花艳，春风杜宇啼。池塘应有梦，乡思更凄凄。折字、低字，锤炼得之。

寄怀张冷石先生

溪上老人五柳门，廿年高卧住江村。义熙日月闲中纪，商洛衣冠乱后尊。秋老渔蓑吹铁笛，春回江岸撷芳荪。何时再访东轩下，浊酒黄花好细论。

送张箦山学士归庐陵

襆被萧萧出凤城，舻棱回首重含情。片言岂诩回天力，三宿仍辞去国名。圣德优容逾格外，臣心忠荩本生平。曲江风度应相忆，莫恋空山猿鹤盟。三四语传出直臣去国心事，此风人之旨，悻悻小丈夫未喻此也。

汤　斌

汤斌，字孔伯，河南睢州人。顺治壬辰进士，康熙己未，召试博学鸿词，官至工部尚书。乾隆中，补谥文正。有潜庵集。○是集以诗存人，不以人存诗，故有建竖功业讲明理学而诗不存者，文正为国朝第一流人，而韵语葩流，温温蔼蔼，洵为德人之言，因亟登之。

夏日咏怀

初夏朝气清，绿阴映竹阁。好鸟时来集，微风散林薄。养疴丰暇日，坐卧对云壑。图书纷几席，茗碗常间错，偶尔属篇章，怡情志简略。采药支短筇，寻泉踏芒屩。岂曰谢浮荣，明志贵澹泊。抗心怀古人，萧然有真乐。

赠李映碧先生

早年登朝宁，端笏拜彤闱。抗疏表孤忠，旭日丽黄扉。维时甘陵部，南北势相违。正色两不阿，岳岳世所希。元祐盛名贤，党论多是非。玄黄未息战，国是将安归。唯有哲人在，秉道还识几。石室留谏草，梦回尚依稀。

鲁国遗经火，口传赖伏生。九十秦博士，典谟赖以明。文献岿灵光，斗杓示景行。著述藏名岳，大义何峥嵘，虎观待鸿儒，丹诏下江城。老年难走趋，岂敢抗弓旌。抽书授使者，卷轴满巨簏。白云封岩谷，时闻鸾凤声。此征召而未出者，不言秉高节，而云老年难走趋，即杜陵“圣朝无弃物，老病已成翁”意，须如此立言。

送李子德奉旨归养

蓟门疏雨淡秋阴，惟尔斯行重古今。赋就上林才赐第，表陈东掖早抽簪。关河落照乡山迥，驿路鸣蝉野树深。到日高堂应戏綵，御香未散绕衣襟。

饮张尔成少参署中

高斋竹柏漏声残，促席停杯兴未阑。千里风尘惊短鬓，十年供奉忆同官。霜深卫水云帆壮，雪满天雄玉麈寒。北斗共瞻新气象，故人几许在长安？

赠吴湖州

仙郎起草最知名，几载褰帷雪上行。按部雨馀香稻晚，课农花发晓云轻。南宫书画添新谱，李相亭台续旧盟。闻道宾朋常满座，清尊真见古人情。

程可则

程可则，字周量，广东南海人。顺治壬辰会试第一，官兵部职方郎中，终桂林知府。著有海日堂集。〇湟溱诗俊伟腾踔，声光熊熊，亚于渔洋，品在公㦸、玉虬、钝翁诸公之右，称鲁、卫者惟西樵乎！后之选岭南诗者，只取屈、梁、陈，而不及程何也？

送家立庵太常归皖山

好爵洵可贵，不贪良独难。道德五千言，止足为真诠。汉时二疏志，千载称大贤。岂不念苍生，身遂名亦全。象齿何为焚？膏明将自煎。因君振遥策，怀古心悠然。

昔登白玉堂，文彩何郁郁？胄子承风规，诸儒禀芳躅。出持绝域节，入奉斋宫箓。一身为千秋，此事亦已足。浩然思故乡，悬车返初服。浮山七十峰，依稀作汤沐。辞达意足，五言正始。

送邵横庵之秦中

五月火云烧幽州，大风驱之云不流。昨夜雨来不盈掌，山鬼叫啸农为愁。远闻秦中黑霜下，化作蜫蠵飞满野。秦人瘠畏越人视，君今西去胡为者？道是终南山色佳，四时众壑鸣风雷。莲花百丈青到眼，骑龙直上昇仙台。君家昔人东陵老，种瓜却解尘缨早。我欲随君问故侯，何由共踏青门道。

送杨鄂州职方使安南

皇帝在位阅七载，九州四海歌太平。乌弋黄皮禀汉朔。旅獒越雉来周京。安南君长处炎徼，北面久已输忠诚。前年玺书予封爵，吾宗学士立庵。曾南征。归来陈风对宣室，为言此地无兵争。鹦鹉鱼游浪泊水，庵罗果熟安阳城。今年羽书忽驰至，族类不合仇相倾。蛮王更制略下邑，都尉倔强投昆明。凭陵三郡势莫敌，女无缫茧男无耕。触蛮之斗岂足计，只怜蹂躏忧苍生。相如谕蜀有往事，诏旨特简才臣行。职方亭亭起三楚，须眉如戟双瞳晶。

昔年执法昆弥道，近襄九伐尤峥嵘。大臣推毂立召见，至尊御殿亲书名。天语殷勤劳四牡，一时饯送来公卿。双旌翘翘出北阙，八座赫赫过南荆。乘秋直入交州郡，雕题负弩遥相迎。凭君片言谕大义，调和二氏无佳兵。功成上书报天子，不用京观封长鲸。伏波铜柱邈千岁，壮哉尔与同英声。呜呼！男儿万里远游志亦足，不尔蜗庐跼蹐虚吾生。以天语调和两氏，自应炜炜煌煌，“蛮触之斗岂足计，只怜蹂躏忧苍生，”是尊崇国体仁覆无外语。

送一灵上人归罗浮

罗浮仙窟宅，四百玉芙蓉。吾子今归去，栖迟第几峰？云霞天半落，鸾鹤夜深逢。何日携筇返，同看万壑松。

送纪载之备兵肃州

万古焉支路，迢迢欲上天。送君持汉节，吹角去防边。问俗清西海，题诗赉酒泉。羌戎群下拜，不敢向居延。不必奇崛，自是唐音。

送家立庵学士册封安南

自昔南交地，蛮烟万里馀。地经和仲宅，人习素王书。秬鬯分藩旧，苴茅锡命初。须令知汉大，不必问金车。

送徐庾清钱相园归越

良会竟难永，岁寒人尽归。谁怜故乡子，独采南山薇。把酒不终夕，浩歌徒揽衣。无能挽舟楫，恻恻拜斜晖。此种风格，最近徐昌穀，不在语句之工。

登虔州城楼

郁孤台畔暮烟空，与客登临起大风。马耳群山归睥睨，虎头全郡览崆峒。江通闽楚三千里，地跨东南百二雄。十载楼船纷下濑，兵戈今喜罢虔中。

送魏子存司李成都

谁说蚕丛不易行，春风三月马蹄轻。铜梁旧枕秦山险，玉垒新连楚塞平。芳草绿齐过汉水，杜鹃红尽到锦城。知君箧底多词赋，谕蜀文应似长卿。

花朝同林坦庵诸子集王蔗庵谁园饯谈蘧怀之京口次留别韵

宿雨连云拥去舟，送君还典鹔鹴裘。酒香满座难成醉，柳色依人欲上楼。偏与花时萦远梦，岂知莲社得新愁。东风万里怜芳草，一路题诗到润州。晚唐佳句。

赠卫醇谷

弱冠登坛已策勋，门多揖客重将军。高秋赌射盘生马，静夜焚香捡篆文。一日君臣真异遇，五陵兄弟自同群。挥毫试拟鄱阳帖，四座争传白练裙。

曹尔堪

曹尔堪，字子顾，浙江嘉善人。顺治壬辰进士，官侍讲学士。〇学士性英敏，所过山川阨塞，无不指掌形势，人与之游，凡姓氏里居官爵与所览诗文，积久不忘，即虞世南之行秘书，可移赠也。诗文顷刻成，同馆无与争捷者。

金鱼池歌仿杜乐游园体

池边风日足留赏，曲水平堤暗菰蒋。且驻巾车卧绮疏，启扃拂簟楸枰响。皎月楼开云母屏，商飚帘动珊瑚网。绀殿凌空青霭间，步虚声在青云上。飞汞烟沉道士炉，落霞闪映仙人掌。昼明金阙翠华临，驰道清尘畏来往。玳瑁鱼斑日应长，恍在江湖荡兰桨。名园岂似金谷奢，福地真如辋川爽。喜与诸公同赋诗，读骚痛饮良可师。今朝美酒注深爵，明日残花辞故枝。仕宦京华得高会，追欢胜景皆恩私。别后星河望渺渺，将离赠远遥相思。更馀千载悲秋泪，漆发丹颧非曩时。

宿　州

城破空濠在，郊寒木叶稀。数家非土著，一雁向云飞。晓月疏杨柳，清风老蕨薇。年来新战鬼，汙血几时归？

送宋荔裳少参之任秦州

腊雪街亭满，何时到巩昌。关山樽底月，斧钺帐前霜。阁暖调鹦鹉，花浓隐麝香。出门怜旧伴，白首尚为郎。

钱牧斋先生挽词

入世雄心老渐灰，昔年钩党竟摧颓。俊厨何救东京没，刁顾还从北渡来。天为文章留末路，人推碑版冠群材。先朝实录尤淹贯，多少微辞纪定哀。以史才推重之，言外可思。

季天中给谏病没于辽左赋诗吊之

撄鳞奏草动宸居，海内争传痛哭书。羝乳竟虚头白后，葵丹空照汗青馀。三春漠漠关云黯，千里茫茫塞草疏。蜕骨龙荒何日返，只怜化鹤到淮徐。

顾大申

顾大申，字震雉，江南华亭人，顺治壬辰进士，官工部侍郎。著有鹤巢诗存。〇云间自陈卧子后，诗格渐衰，鹤巢古今体气足神完，可以接武。

西洲曲

东风吹五两，忆郎西洲去。门宿武昌船，帆开岳阳树。去年下西洲，迟日独登楼。今年桃李花，红白浮巴丘。花开得结子，作客何穷已。春断莺啼中，妆成明镜里。朝上望夫山，纤手得红兰。盛以茱萸囊，结以翡翠盘。镂刻刀环形，鸳鸯双偃仰。寄悬腰间带，铜鞮莫轻上。

饮太白酒楼醉后走笔成篇

呜呼太白尔何游！应在飘飖碧落之倒景、芙蓉白玉之仙楼。乘云抱气蹑箕斗，骖螭浥汉骑长虬，世人即之杳难求，但见朱轩绣栱环城头。岱宗历历青扑面，黄河西来净如练，七十二君等飞电。地老天荒出酒人，狂歌直与天为邻，上殿捉笔力士嗔。背负盐鼎谁相存，就中赏音贺季真。独抱曲蘖看浮云，登楼日醉忘其身。西风野火衰草死，由来豪贵尽如此。我今把盏揖君起，相与酌酒问济水，古今醉醒那终始？何不高步穷紫烟，摘取列星当酒钱。斟酌海水常不干，开襟痛饮楼之巅，醉呼黄鹤回青天。凌虚缥缈，笔有仙气。

雪后登歌风台示沛令

一剑收秦鹿，秋风万里心。悲歌谁掩泣，壮士已成禽。井邑新丰旧，龙蛇大泽深。残碑埋野戍，雪后此登临。盛唐气魄。雪后只于末句点出，作法一变。

送沈绎堂编修迁大梁道

鼓角北风凉，双旌入大梁。十年悲瓠子，万马散敖仓。少府新沉璧，中原古战场。君行能卧治，未许薄淮阳。大梁汉淮阳国，即汲长孺所治也。不同泛然比例。

故　关

尽日常山道，雄关此郁盘。万山争一险，绝壁鸟飞难。马度黄云合，旗翻白日寒。论兵空有地，谁得更登坛。自注：井陉县有淮阴谈兵处石碣。

出平定州

忽尔危关豁，群然众岭低。山连雁门外，地出井陉西。乱石淹人迹，层冰怯马蹄。相逢故乡客，灯下手重携。自注：寿阳晤吴泰毓令君，故云。

始发良乡

上马频倾惜别杯，蓟门西去亦悠哉。地随督亢依山尽，河控桑乾入塞来。老去尚能持汉节，时清应不重边才。冰霜渐迩君门远，东望长安首重回。

秋雨移酌栎园舟中

云满东山急雨霏，移觞对酌两依依。荒城野戍鸣秋柝，海峤孤臣冷葛衣。醉后玄黄灯半烬，尊前风雨雁初飞。君看丰沛笙歌地，昔日高台今日非。

王士禄

王士禄，字子底，山东新城人。顺治壬辰进士，官吏部考功员外郎。著有西樵集。〇西樵，阮亭长兄，阮亭诗学所从出也。尝以非辜下狱，后遭母丧过哀，殉母死。读书有特识，谓坊本子贡诗传申公诗说并伪书，李维正序行，津逮秘书收之，皆误也。诗以才情擅长，运古而不见使事之迹，一时名家，故应敛手。

长平坑歌

虎狼之秦胡不仁，锐头小儿服振振。劫灰更促括也将，一战赵垒成埃尘。白骨岳积四十万，至今此地无青春。丹坞水绕发鸠麓，指点当年赵兵衄。土人往往坑旁耕，拾得残戈或断镞。镞头长以寸，戈头长以尺，持将磨向丹河沙，古血犹腥土花赤。省冤谷接武安台，南来遗迹仍崔嵬。应共髑髅山下月，夜深同对鬼磷哀。视陶中立长平戈头歌，较有魄力。

顾云美八分书歌

斯翁变体古文邈，斯翁，李阳冰语。斟酌其间八分作。中郎以还攻者稀，直数开元顾文学。于今苗裔仍东吴，短簿祠边旧栖托。我从笔阵推波澜，远绳乃祖真无怍。为言向来大有人，蹑汉追唐归宋郭。自注：宋比玉、郭圣仆。妙迹鄙人惜少见，徐子纷纷资力薄。乞君回笔书堂颜，鹊峙龙拏腕中落。当年海内无干戈，留都文物尤峨峨。不独槐市盛弦诵，兼复桃叶繁笙歌。入看祭酒解散髻，出醉美人金叵罗。雅负辨眼工小字，诗成自写无偏颇。尔时负贩重风雅，人传片楮兼金多。仙人昨过蔡经宅，清浅茫茫不堪索。虫刻居然非壮夫，萧条谁问韩陵石。儒衣僧帽顾阿瑛，老向江湖作逋客。醉书自署头陀苓，掷笔时时念今昔。此书珍重感君深，归来高揭南荣阴。卧看渴骥奔泉势，如见冥鸿避弋心。云美，名苓，吴中遗老，志高节坚，不独分隶篆刻上追古人也。一结如见其人，并如写其心。

诏罢高丽贡鹰歌

真人御极临八荒，百蛮九译皆享王。西旅之獒越裳雉，贡物各各因其方。海东俊鸟好毛质，铁爪金眸猛无匹。九都作贡来天家，特受韝鏇佐罘罿。晾鹰台上秋天高，乘时驱兽行蒐苗。羽骑骖驔翠华至，星旃云罕纷周遭。蒙鹖射熊未足羡，跋犀殪兕徒遮邀。是时摘绦试一纵，万人昂首瞻青霄。飞鸟狡兔失巢窟，委身洒血填君庖。至尊往往动颜色，玉虬回辔鸣萧萧。柔远传闻勤睿旨，诏罢奇毛自今始。行苇兼存践履慈，茁葭漫赋春田美。圣神举动殊寻常，此事悠悠古谁比？君不见虬须天子真英雄，受冻鹞死藏怀中。推扬盛德，语特沉挚，末二句从国雅本，音节似胜原作。

闻友人言林茂之先生尚未能葬

多寿林那子，风尘道漫尊。暮年双眼暗，儿日一钱存。死阙黔娄谥，生悲杜甫魂。桐棺还地上，何处故人恩？茂之尝纫一万历钱于衣带间，示不忘也。又尝自卜生圹于金陵，乃没后尚未能葬，宜其慨然于心。

裁衣曲

初罢清砧响，还劳素腕舒。残灯金粟尺，远道玉关书。白纻缝仍涩，红绵怨有馀。流黄明月路，何处逐轻车？可入升庵五言律祖。

忆莱杂诗

时复寻春郭，烟光纵目宽。山姿浓大泽，潮势汩三韩。小立抛藤杖，微吟侧箨冠。醉归还倒载，未厌海风寒。或疑第四语汩字所出，汪钝翁曰："'吴楚东南坼'，坼字、汩字，正以独造为奇。"见渔洋诗话。

晚　晴

鸣雨作还止，萧然开晚晴。雄风凉大壑，雌霓贯秋城。台送遥山碧，窗添夕照明。长空闻雁语，怊怅故园声。四语贯字，与“潮势汨三韩”汨字，同一生造。

故明景帝陵

景皇决策仗于公，定变支危社稷功。南内已殊渊圣没，绝沟何意鲁昭同。玉鱼杀礼虚幽寝，苍鼠惊人窜败丛。莫向空山纷感慨，十三陵树各悲风。当日以王礼葬，故有玉鱼杀礼之句。

上　党

雄藩上党古今名，形胜居然未易京。南睨河山俱在下，宵看星汉只疑平。义阳千载仍祠庙，夹寨当年剧战争。足底黑云天下脊，几朝车马赤霄行。

程昆仑招集万岁楼

千寻江阁引诸峰，多景登临策短筇。参佐风流如谢朓，楼台潇洒似王恭。三年梦里西津雨，半夜灯前北固钟。明日芒鞋别君去，城中遥望白云重。

赠张篑山学士

铜龙晓色破层阴，羡尔批鳞意独深。言听便为天下福，计违不负一生心。他时舄奕看青史，此日辉光烛翰林。我亦握兰东省客，浮沉徒愧二毛侵。

赋得丹凤城南秋夜长

丹凤城南秋夜长，关河寒近落微霜。不须锦字论长恨，自有清砧教断肠。破衲沙头鸿欲去，拂云堆上草初黄。伤心却羡城边月，犹照深闺玳瑁梁。

末丽词

冰雪为容玉作胎，柔情合傍琐窗隈。香从清梦回时觉，花向美人头上开。

金渐皋

金渐皋，字梦蜚，浙江仁和人。顺治壬辰进士，官汉阳知县。著有怡安堂集。〇怡安胜任剧邑，大吏方以才能荐，而翩然乞身，其风高矣。论诗谓泥古而拘，超今而袭，总期抒写性情。今披其集，果如其言。

冬日杂咏

日日愁仍揽镜看，楚人憔悴尚南冠。力微不任施横草，论定终当待阖棺。元亮晚途甘石隐，孔明早岁本龙蟠。救时事业须经术，莫遣苍生笑谢安。一生行藏，已见此章。

邗　江

画舸南游锦缆移，垂杨空有万条垂。二分明月仍今夕，十里珠帘异昔时。回望乡关迷咫尺，频年踪迹愧支离。可怜杨子桥边水，只与征人照鬓丝。此述兵燹后之邗江，故语多衰飒。

秦淮女郎卞云装侨居半塘八九年前曾过一面比来湖上见其案头有吴梅村诗册并虞山老人和章寻览情词不无今昔之感因窃取二老意并云装近事檃括成诗

芸帙缃函系所思，玉人郑重远相携。闷来只仗琵琶写，说处仍防鹦鹉知。破镜刀环寻旧约，琼枝璧月费新词。莫嫌大雅雕零尽，犹有春风属扫眉。

结绮临春恨未终，轻烟淡粉扫成空。还家江令头仍黑，避席崔娘脸自红。辽海鹤归无主墓，吴江枫冷未栖鸿。都将月地云阶梦，泣向荒田野草中。

不向长安斗狭斜，竭来水国傍蒹葭。曾探织女矶边石，再见玄都观里花。秋思潘郎惊鬓发，夜情白傅感京华。三千年后蓬莱路，知在琼楼第几家？制题云装是主，梅村、虞山是宾，诗意转注梅村、虞山也。飘零聚散，新故沧桑，言外句中，百端交集。

李来泰

李来泰，字石台，江西临川人。顺治壬辰进士，康熙己未召试博学鸿词，官翰林院侍讲。著有石台集。○先生文不肯一语犹人，诗独以平正通达行之，能者不拘一格。

中山贡使入朝纪事

却贡趋朝礼遇殊，碧眝魋结语乌乌。已闻圣主方焚玉，何用鲛人更泣珠。环海近添新郡县，中山已属旧疆隅。谨将域外名王表，添入天家职贡图。轻贡献而重朝服，立言有体。

荆公故宅

十年高卧此东峰，出处无端衅已丛。洛蜀党成疑误国，熙丰法敝竟缘公。争墩已赋三山石，记里犹传九曜宫。漫向春风寻旧泽，生平功过史书中。由言利而变法，由变法而绍述，由绍述而召乱，则宋家南渡，荆公有以致之也。临川人每多讳言，作者自存直道。

觉尘余故人子也以僧来谒书此赠之

昔年曾访王官谷，故苑飘零事已非。为问故人谁白发，忽惊孺子变缁衣。江湖远道难通回，丘壑终身不疗饥。太息廿年尘土梦，钝根未解箭锋机。

黎士弘

黎士弘，字媿曾，福建长汀人。顺治甲午举人，官宁夏副使道。

至西昌知周栎园先生无恙且得手书

他乡惊喜君还在，痛定开函泪更流。万死才回明主顾，孤儿犹属故人收。众中薄命谁能惜，意外微生荷独留。误尽闽南碑下客，无端北望哭西州。一气赴题，少陵有此章法，前代谢茂秦时亦有之。

卷　四

王士禛

王士禛，字贻上，山东新城人。顺治乙未进士，由司李入为曹郎，改翰林，官至刑部尚书。著有带经堂集。〇渔洋少岁，即见重于牧斋尚书，后学殖日富，声望日高，宇内尊为诗坛圭臬，突过黄初，终其身无异辞。身后多毛举其失，互相弹射，而赵秋谷宫赞著谈龙录以诋諆之，恐未足以服渔洋心也。或谓渔洋獭祭之工太多，性灵反为书卷所掩，故尔雅有馀，而莽苍之气遒折之力往往不及古人，老杜之悲壮沉郁，每在乱头粗服中也。应之曰，是则然矣。然独不曰欢娱难工，愁苦易好，安能使处太平之盛者，强作无病呻吟乎？愚未尝随众誉，亦非敢随众毁也。平心以求，录其最佳者，其有当众心与否，不及计焉。〇全集以明丽博雅胜者居多，然恐收之不尽，兹特取其高华浑厚有法度神韵者，觉渔洋面目，为之改观。

定军山诸葛公墓下作

高密起南阳，文终从高祖。暴系本见疑，数衄亦非武。堂堂诸葛公，鱼水托心膂。二表匹谟训，一德追伊吕。视操但如鬼，畏蜀还如虎。嗟彼巾帼徒，与公岂俦伍。紫色复蛙声，抵隙各为主。火井方三炎，赤伏更平声。典午。志士耻帝秦，祭器犹存鲁。阴平一失险，面缚忘奔莒。知公抱遗憾，龙卧成千古。峨峨定军山，悠悠沔阳浒。郁郁冬青林，哀哀号杜宇。耕馀拾遗镞，月黑闻军鼓。谯侯宁足诛，激昂泪如雨。起四语以萧何之下廷尉，邓禹之连败，归侯印绶，形武侯之一德一心，未尝挫衄也。火井三炎，谓高祖、光武、昭烈也。叙述忠义武烈及天命兴衰后，激昂凭吊，如有神助，此等诗典重高朗，即欲使之无传，其可得乎？

朝天峡

朝登嘉陵舟，日出羌水赤。履险倦鞍马，即次亦称适。黕黮双峡来，突见巨灵跖。崭岩无寸肤，青冥厉双翮。阴崖积龙蜕，跳波畏鲸掷。往往压人顶，骇此欲崩石。洞穴峡半开，兵气尚狼藉。蛇豕据成都，置戍当险厄。至今三十年，白骨满梓益。流民近稍归，天意厌兵革。会见賨卢人，烧畬开确踖。慷慨一扣舷，浩歌感今昔。风便黎州城，茫茫波涛白。渔洋五言俱近所选唐贤三昧一格，以不着圈点为主，所谓“羚羊挂角，无迹可求”是也。然不善学之，易开平庸之渐，独入蜀五言，俱宗仰少陵发秦州后诸诗，能状山川奇险，愚故舍彼取此。

龙门阁

众山如连鳌，突兀上龙背。鳞鬣中怒张，风雨昼晦昧。出爪作之而，神奇始何代。乱水趋嘉陵，波涛势交汇。万壑争一门，雷霆走其内。直跨背上行，四顾气什倍。夕阳下岷峨，天彭光破碎。咫尺剑门关，益州此绝塞。子阳昔跃马，妖梦成佁儗。音态碍。区区王与孟，泥首终一概。李特亦雄儿，僭窃竟何在？王谓王建子衍降于郭从韬，孟谓孟知祥子昶降于宋。

五丁峡

南穷石牛道，岩岩下云栈。三日招我魂，足踔目犹眩。岂知东苍州，耳目益奇变。始过金牛驿，樛嵑已凌乱。漾水从北来，劣足泛凫雁。举头嶓冢山，峨冠倚天半。大哉神禹功，从此导江汉。渐入五丁峡，谲诡骇闻见。斗壁何狞狰，十万磨大剑。攒罗列交戟，茫昧通一线。乱水殷峡中，鲛蜃喜澜汗。仰眺绝圭景，俯聆竞雷抃。九鼎铸神奸，到此百忧患。东方牧犊儿，竟使蚕丛判。我行忽万里，风土异乡县。身落大荒西，终赖皇天眷。咄咄复何言，艰虞一身贱。“仰眺绝圭景”，见峡高断日，非圭景所能测也。“俯聆竞雷抃”，言俯听涛声如奔雷也。孙樵蜀赋云：“临千仞之惊流兮，波澒洞而雷抃。”

天柱山

朝出玄武门，云垂雨忽冻。登登天柱山，千盘堕澒洞。峥嵘逾巴阆，槎牙过秦凤。陟岭如累棋，下谷疑入瓮。心俯尻益高，足缩目先送。敢嗟鸟兽群，稍喜徒旅众。我有大羽箭，丽龟辄命中。於菟昂其首，饮羽乃不动。道旁松合抱，巨可任梁栋。惜哉野蔓缠，不蒙匠石用。绝顶见岷山，青城亦伯仲。一气连诸蕃，三州实西控。太平幸无事，左髻时入贡。念彼松姚戍，坐甲苦饥冻。俯临陆海雄，仰视天宇空。长啸千仞冈，出险忽如梦。

海门歌

岷峨东下江水长，远从井络来吴乡，奔涛万里始一曲，古之天堑维朱方。北界中原壮南纪，鱼龙日月相回翔。中流一岛号浮玉，登高眺远何茫茫！长空飞鸟去不尽，江海一气同青苍。山外两峰远奇绝，双阙屹立天中央。左江右海辨云气，如为八裔分纪疆。江流到此一缚束，早潮晚汐无披猖。烛龙晓日出云海，山光照曜连扶桑。年来海戍未停罢，峨舸大舰来汪洋。胡豆洲前起烽火，徒儿浦上披裲裆。古闻京口兵可用，寄奴一去天苍凉。我愿此山障江海，七闽百粤为堤防。作歌大醉卧岩石，起看江月流清光。焦山东北有岛并峙，谓之海门。○诗忌直下，须中间一束，“江流到此一缚束”二语得此，境与诗俱见关锁矣。以下皆感时吊古。

丹徒行吊宋武帝

曲阿之北京口东，寄奴王者真英雄。新洲伐荻杀龙子，大业遂建丹徒宫。桓家小儿乱天纪，投袂勤王夜中起。摴蒱百万皆人豪，龙行虎步非凡理。从兹大运属彭城，中原赵魏归经营。硖口千军五龙涸，蓝田一战二崤平。南北推移几千载，太息雄图竟何在！宿麦寒原少昔人，神鸦社鼓成空塞。王气销残帝宅荒，悠悠江水不胜长。忠臣徒叹袁开府，天命还归萧建康。从创建及亡国，言以简胜。末路匪从苦心搜索而得，是曰神来。

故明景帝陵怀古景陵在天寿山东峰之下。

金山南临裂帛湖，荒陵十里鸺鹠呼。夺门事往二百载，行人过此犹欷歔。红墙剥尽古瓦落，莓苔溜雨生铜铺。老松离立色枯槁，但穴虫蚁馀根株。莪涂龙輴礼本杀，矧乃劫火经樵苏。咫尺天寿云气接，坏土独葬西山隅。洪宣老臣稍雕丧，国成一旦归刑馀。勃鞮之问史所贬，讵有宦寺干征诛。黄沙惨澹鼓声死，万乘一掷成累俘。国有君矣社稷重，孙申谋郑无差殊。白登城南翠华返，钱塘司马功难诬。纷纷南渡议和战，乃知计左非良图。同寅之占信奇中，朝衣东市嗟何辜？剑南归来西内闭，唐家父子输厩奴。处人骨肉事非易，子臧季札今则无。功罪千秋有特笔，九鼎一发须人扶。谥同泉鸠理太酷，纪年犹幸无革除。裁令流水良亦足，宁论玉匣还珠襦。欲落不落夕阳下，吊古且复留斯须。残碑灭没牛砺角，石貜横卧苍髯须。君臣一代尽宿草，雍门太息当何如？诗凡敷陈其事，易于率直，不如引古人事以代之，中引公孙申之另立公子繻，而郑伯反国为据，又引唐玄宗始居兴庆宫，后为李辅国劫迁西内以证之，又引子臧季札之相让以反证之，则论有本而不伤于直矣，然惟多读书者始能。○金山，即玉泉山也。漾沙金色，故名。○北狩后，徐埕主南迁之议，于谦痛哭止之。○景泰初谥曰戾。泉鸠，汉戾太子潜匿地也。

戴嵩牛图

一川莎草烟蒙蒙，晓来雨过开牛宫。三尺短棰两觳觫，午阴掉尾嬉凉风。一头摩角一头龁，寝讹有态何其工！江干笛材老烟竹，横吹仿佛穿林丛。绢素惨澹神理在，是耶非耶传戴嵩。田家风物宛在眼，但有耕作无兵戎。我行峨下逾万里，青衣江上平羌东。翠藤红树乱烟雨，风景略与图中同。一从羽书急滇海，瓯越秦楚交传烽。益都迢遥隔天末，旧游有梦寻巴賨。旄牛徼外阻王会，万蹄骄马高缠鬃。千村万落长荆棘，何时金甲销春农。童牛不牿可三叹，卷图风雨来长松。以画牛引起太平时田家风物，至吴、耿、尚三逆叛，而此景不复见矣。末以童牛不牿意作结，层层收束，是何本事！

秦镜词为袁松篱作

荧荧古镜双盘龙，流传本出咸阳宫。秦时明月至今在，剥落泥沙露光彩。当年秦并六国时，后宫闭置千双眉。守宫注臂镜照胆，三十六年君不知。华阴道上逢山鬼，辒辌东来祖龙死。美人钟鼓散如烟，此镜苍凉阅朝市。忆昔大收天下兵，十二金人初铸成。还令馀事作奁鉴，太乙下视蛟龙惊。刘兴嬴蹶何仓卒！金鉴千秋如一发。秦镜虚悬照胆寒，不照长城多白骨。自注：汉祖入咸阳宫，得方镜，广四尺九寸，照见五藏，见西京杂记。〇只末语另换一意，通体便不平直。

采石太白楼观萧尺木画壁歌

落帆向牛渚，直上太白楼。锦袍乌帽太潇洒，回看四壁风飕飕。萧生何年画此雪色壁，峰峦出没烟岚稠。元气淋漓真宰妒，江湖澒洞蛟龙愁。吴观越观上海日，苍烟九点横齐州。祝融诸峰配朱鸟，潇湘洞庭放远游。峨眉雪照巫峡水，匡庐瀑下彭湖流。须臾使我行万里，瞥如怒隼凌清秋。我生海隅近岱畎，西游曾上瞿塘舟。昨登五老弄瀑布，却临三峡窥龙湫。七十二峰身未到，苍梧已略天南头。太白游踪遍四海，晚爱青山采石聊淹留。丈夫当为黄鹄举，下视燕雀徒啁啾。尺木，名云从，当涂人。画泰岱、衡岳、匡庐、峨眉于太白楼壁。〇中间点过四大名山，后随用笔一束，然后将自己游历所至，与太白比並，仍归到采石，奔放谨严俱有。

漫 兴

漭漭荆襄地，当年割据州。营连九节度，星动五诸侯。已共长江险，应关上将忧。郭门传息壤，不障洞庭流。九节度，指郡王贝勒及诸将。〇时长沙守臣奔逸，贼遂有湖南六郡，旁煽诸蛮。

呜咽秦川水，秋风入鼓鼙。妖星躔陇右，大将出安西。陆陆将谁附，苍苍迥不迷。似闻宽大诏，不忍戮鲸鲵。大将，指图海也。

烽火传花马，将军发贺兰。天心诛叛亟，国法受降宽。衙帐青唐入，沙场白骨寒。乱臣谁贯死，史笔后人看。青唐地在黄河之曲。

不见离支熟，闽州驿骑来。大农师渐老，使者节难回。五岭烽相照，三山瘴未开。冥冥炎海外，目极钓龙台。

西北和亲国，王姬礼数殊。一朝忘甥舅，万里送头颅。露布明驼足，军锋落雁都。六师信神武，群盗敢枝梧。时噶尔噶亦叛，遣端郡王平之，故云。

海内兵尘满，乾坤正气孤。数公明大义，一死激顽夫。关塞青枫晚，英灵白日徂。他年看秉笔，得慰鬼雄无？此指守土死节如陈丹赤、杨三知、刘钦邻、徐诰、刘士英诸臣。〇新城五言律俱追琢工稳，此特取其苍莽雄杰者。

符离吊颍川侯傅公

跃马千山外，呼鹰百战场。自注：古百战道在宿境。平芜何莽苍，云气忽飞扬。寂寂通侯里，沉沉大泽乡。颍川汤沐尽，空羡夥颐王。自注：陈涉亦州人，汉高祖为置守冢。〇汉高于陈涉犹置守冢，况颍公之平蜀平滇，为功最巨，而卒以猜忌不免，明祖之待功臣，可云厚乎？用意全在反衬。

送张篑山学士归庐陵

回首觚棱别紫宸，孤舟遥下富川滨。谁令江外渔樵侣，争识先皇侍从臣。上殿似闻辛庆忌，行吟休拟楚灵均。千秋公议存青史，应为朝廷惜此人。学士名贞生，以建言被放，寻奉旨召用。

潼　关

潼津直上势嵯峨，天险初从百二过。两戒中分蟠太华，孤城北折走黄河。复隍几见熊罴守，弃甲空传犀兕多。汉阙唐陵尽禾黍，雁门司马恨如何？雁门司马谓孙传庭，孙因天雨催战而败，孙败，贼遂长驱入关而明亡矣。故结意及之。

雨度柴关岭

栈中新涨未归槽，百丈柴关水怒号。鸟语不闻深箐黑，马蹄直上乱云高。天垂洞壑蛟龙蛰，秋老牙须虎豹豪。谁积熏香东省客，戎衣斜压赫连刀。

沔县谒诸葛忠武侯祠

天汉遥遥指剑关，逢人先问定军山。惠陵草木冰霜里，丞相祠堂桧柏间。八阵风云通指顾，一江波浪急潺湲。遗民衢路还私祭，不独英雄血泪斑。

晚登夔府东城楼望八阵图

永安宫殿莽榛芜，炎汉存亡六尺孤。城上风云犹护蜀，江间波浪失吞吴。鱼龙夜偃三巴路，蛇鸟秋悬八阵图。搔首桓公凭吊处，猿声落日满夔巫。议论、格律、声响，无一不合，在北地、信阳诗中，定推上乘。〇八阵图有三，在夔州者，六十有四，为方阵法。

渡河西望有感

使者河源复却回，杖藜曾记到云台。高秋华岳三峰出，晓日潼关四扇开。星宿海从天上落，昆仑槎自斗边来。何时更访茅龙去，东望沧溟水一杯。华岳东北有云台峰，峰上望中原，见黄河从塞外来。〇通体是渡河后西望，故皆作追忆语，末思他日更往，有馀情焉。

寄李郧园尚书二首

闽天烽火达钱塘，太乙灵旗指越疆。文武共推周吉甫，勋名谁并郭汾阳。椎牛五夜千夫膳，射虎三秋百战场。今日罗平妖鸟尽，早闻忧国鬓如霜。

烂柯山上阵云低，太末城南月晕齐。飞檄直临彭岛外，纤尘不动浙江西。战袍血溅盘鹏鹊，雄剑霜寒淬鹔鹣。半壁东南功不细，天书频下武都泥。邺园，名之芳，耿逆叛时，总督浙江，闻变即移镇衢州，扼仙霞关，使贼不得逾岭窥江、浙，三四皆实录也。彭门岛连福建兴、漳，公檄使勿连海寇。

和徐健庵宫赞喜吴汉槎入关之作

丁零绝塞鬓毛斑，雪窖招魂再入关。万古穷荒生马角，几人乐府唱刀镮？天边魑魅愁迁客，江上莼鲈话故山。太息梅村今宿草，不留老眼待君还。徐健庵时为宫赞，为纳锾放还，此古道交也。梅村有送吴季子出塞诗，故云。

皖城怀古

清水塘边余阙祠，云霄浩气凛须眉。英姿飒爽犹横槊，古砌荒凉只断碑。鹤化千年非故国，鸡鸣十庙不同时。皖江便是田横岛，义士悲歌为涕洟。忠宣死于陈友谅，不死于明，然存此忠愤之心，则化鹤归来，必不与十庙功臣并馨祠祀者也。辞令挟议论以行，方是知人论世。

赵承旨画羊

三百群中见两头，依然秃笔扫骅骝。朅来清远吴兴地，忽忆苍茫敕勒秋。南渡铜驼犹恋洛，西归玉马已朝周。牧羝落尽苏卿节，五字河梁万古愁。三四已见命意矣，复以铜驼玉马一联作衬，词则凌空，意则锋刃，而更以苏子卿之不失臣节足之，赵王孙何处生活耶？人云诗中有史，此则诗有春秋。

余澹心寄金陵咏怀古迹却寄

千古秦淮水，东流绕旧京。江南戎马后，愁杀庾兰成。

国士桥

国士桥边水，千秋恨未穷。如闻柱厉叔，死报莒敖公。公不以国士遇叔，及公被难，叔以死报之；豫让之不死于范中行，而独死于智伯，未得为完人矣。此种诗有补名教。

石城桥示倪雁园太史

昔作秦淮客，朱楼赋洞箫。白头故人尽，重上石城桥。不言神伤，盛唐风味。

再过露筋祠

翠羽明珰尚俨然，湖云祠树碧于烟。行人系缆月初堕，门外野风开白莲。阐扬贞烈，易入于腐，故以题外着意法行之。高邮远近俱种白莲，二语得陆天随“月晓风清欲堕时”意。

秦淮杂诗十四首之一。

新歌细字写冰纨，小部君王带笑看。千载秦淮呜咽水，不应仍恨孔都官。自注：弘光时，阮司马以吴绫作朱丝阑书燕子笺诸剧进宫中。〇诸咏皆琐屑不甚关系，故独取此。

题尤展成新乐府

南苑西风御水流，殿前无复按梁州。飘零法曲人间遍，谁付当年菊部头？自注：展成乐府，顺治中曾进御览。

猿臂丁年出塞行，灞陵醉尉莫相轻。旗亭被酒何人识，射虎将军右北平。

千金匕首土花斑，儿女恩仇事等闲。他日与君论剑术，要离冢畔买青山。自注：题黑白卫传奇。

灞桥寄内

太华终南万里遥，西来无处不魂销。闺中若问金钱卜，秋雨秋风过灞桥。

马嵬怀古

巴山夜雨却归秦，金粟堆边草不春。一种倾城好颜色，茂陵终傍李夫人。伤其不得傍金粟堆也，以李夫人形之，便曲而有馀味。

秦中凯歌

新开麟阁赏元功，颇牧重看出禁中。此去西人须破胆，将军昨日下辽东。

天上黄河万里来，巨灵高掌抱云台。遥看丞相行营去，日射潼关四扇开。

泾原西北驻王师，尺一无烦介马驰。共道皇恩天浩荡，不教京观筑鲸鲵。

衮衣照路有辉光，班剑威仪出尚方。大将櫜鞬迎道左，万人鼓吹入平凉。

河西三将气如虹，百战功名次上公。诏下一时齐虎拜，汉朝争羡窦安丰。自注：将军张勇进爵靖逆侯，提督王进宝进奋威将军，总兵孙思克进凉州提督。

三月军锋次渭桥，旋看饮至紫宸朝。空言韩范威名大，五路何曾制曩霄。此为王辅臣即马鹞子之叛，秦、陇震动。大学士图海、靖逆侯张勇、奋威将军王进宝、提督孙思克讨平之，因作凯歌也。前明徐文长、沈嘉则诸凯歌，非不锋利，然皆书生之习未除，对此知为庙堂之作。

蜈矶灵泽夫人祠

霸气江东久寂寥，永安宫殿莽萧萧。都将家国无穷恨，分付浔阳上下潮。此昭烈孙夫人祠也。浔阳以上为刘，浔阳以下为孙，夫人之恨真无穷矣。

谒文忠烈公祠

精神如破贝州时，晚节犹能动四夷。天遣不同韩富没，姓名留重党人碑。如此作诗，才许不废议论。〇党人碑以司马光第一，文彦博次之，原本“留‘冠’党人碑”，拟易“重”字，谅渔洋亦不以为妄也。

冯云骧

冯云骧，字讷生，山西振武卫人，顺治乙未进士。

云 栈

山腰万仞露，下临不测渊。俯身窥栖鹘，举手接飞鸢。山头旧冰雪，闪闪挂飞泉。溪中万古石，跳珠溅潺湲。忽惊仄路绝，空行驾危椽。峰峰自回合，藤曼束荒烟。盘盘缘石壁，磴磴扪青天。遥看来往人，缥缈讶飞仙。更闻猛虎啸，当我踞层巅。劳臣有定限，岂敢惮艰难。匹马千山外，迢迢夕照前。

凤 岭

凤岭行来欲上天，此行无异作飞仙。红霞白日回头近，鸟道蛇盘独马穿。未断崩崖愁瀑水，半欹悬径仗危椽。侧身万仞峰巅过，秦蜀遥看两点烟。得“鸟道蛇盘”句，上句亦觉不平，作诗者宜知此法。

丘象升

丘象升，字曙戒，江南山阳人。顺治乙未进士。

清远峡

委折江如线，锋稜势益增。晓昏云气变，雷雨石痕崩。洞古空猿迹，庵荒暗佛灯。客心愁入暮，高峡尚层层。

苦竹渡

夕阳残影没，衰眼翳长空。树暗惊人语，溪寒避虎风。戒心齐击柝，野火乱烧丛。前路津门是，星华望未通。连上章能状奇险之境。

严　沆

严沆，字子餐，浙江馀杭人。顺治乙未进士，官户都侍郎。〇司农敛退谦抑，虽跻九列，不殊寒素，有讥弹其诗者，应时改定，远近称为德人。

送吴谨侯同馆谪广文还里作歌

击筑且斟燕市酒，浮云富贵吾何有。岩前碧树吐朱华，天上白衣幻苍狗。风翻易水横素波，送别聊为暇豫歌。松皮屈铁老山雪，鹏翮击浪凌溟河。辔龙吐凤留华省，授经博士官偏冷。梦回辇道记鸣珂，坐听辘轳初转井。西风冥冥吹白沙，尊前细雨开檐花。杜老乍簪青琐笔，郑虔本爱赤城霞。夺我凤凰池，未妨彭泽醉，兴来拄笏西山翠。自有哀吟动鬼神，长将诗卷留天地。不知璧水况金门，见说移官亦主恩。但看卧坦边韶腹，有日槎回博望源。“梦回辇道”二语，写其玉堂天上之感，末并望主恩之赐环，而出以微婉，不伤直致，得立言之体。

田凝只索画久不得报歌以代柬

我昔平湖弄秋水，酒酣最爱群峰青。兴来落笔写山色，泉石出没云冥冥。一日十纸不厌速，贵取绘意非传形。三春索米长安陌，马足涔泥滞行迹。西山玉河在眼前，神昏腕强真意隔。案头缃素委零乱，贵游尺一相催迫。必逢好友情性谐，吮墨含毫始光泽。首秋暑退风帘开，疏云细雨滋绿苔。玉碗烹茗泛香雪，十指拂拂神初来。故舒直干笔一放，试叠层岭烟齐回。须臾脱手天窅渺，此事原堪一朝了。不嗔濡滞嗜我真，相迟霜前看云峤。意得写神，人力不与，速则片刻，迟积岁时，不以日月计也。作诗作文亦然，然可与言者甚罕。

春日漫兴

吏隐淹微尚，栖迟帝里春。虚名惭谏草，薄禄慰慈亲。马度垣松直，莺啼苑柳匀。主恩殊未报，不敢慕垂纶。

补衮瞻天近，斑衣爱日长。生成看燕雀，战伐剩豺狼。纸笔儿谁好，柴桑妇不忘。闭门焚草毕，归梦五湖傍。三语冀物各得所，四语忧干戈未靖，报国空怀，养亲赊愿，真觉百端交集矣。

怀季天中辽左

万里边城问谪居，躬耕辽海意何如？龙沙更作投湘赋，凤阙长悬谏猎书。鸭绿流澌春水下，医闾积雪暮寒馀。柳条渐识阳和近，未必君恩雨露疏。

汪　琬

汪琬，字苕文，江南长洲人。顺治乙未进士，授户部主事，康熙己未召试博学鸿词，官翰林院编修。著有尧峰诗钞。○钝翁官部曹后，与王西樵昆弟诸人称诗都下，风格原近唐人，中年后以剑南、石湖为宗，后则颓然降格矣。兹择其矜贵有馀者，著于卷中，不使挦撦字面者以钝翁为借口也。生平穿穴经史，议论俱有根柢，虽被其龂龁者，终称许焉。

泊石湖有怀

江风逗馀凉，辍棹自成赏。谷口霞已开，洲心月初上。遥闻欸乃曲，知是渔人唱。独树影萧条，孤鸿色惆怅。不见故人来，时向烟中望。此章近孟山人，是钝翁中年作，描摹晚景，令读者如置身其间。

游邓尉山遇徐生

夙龄眷名山，抗志事游衍。葛弱容屡扪，梁危许孤践。风泉渺难寻，空翠纷莫辨。去美惜已遥，来奇望犹缅。馀霞互明灭，微云忽舒卷。袅袅薜萝衣，之子来何晚。道与寂寞会，志向崇深展。倘秉偕隐心，结庐讵在远。“去美”“来奇”二语，深于寻山者领之。○作者五言古过于直白，二章犹有言外音。)

玉钩斜

月观凄凉罢歌舞，三千艳质埋荒楚。宝钿罗帔半随身，蹋作吴公台下土。春江如故锦帆非，露叶风条积渐稀。萧娘行雨知何处，惟见横塘蛱蝶飞。

有客言黄鱼事纪之

三吴五月炎蒸初，楝树著雨花扶疏。自注：吴谚云："楝树花开黄鱼来。"此时黄鱼最称美，风味绝胜长桥鲈。忆昔东南全盛馀，海舶衔尾张网罛。公然满载返吴市，市中杂遝欢担夫。柳条贯鳃冰贮腹，数尾仅直千青蚨。豪门膳宰善烹治，剂以醯酱芼笋蔬。芳鲜顿觉溢几案，主宾下箸争欢呼。自从洲岛阻兵燹，鲸鲵窜逸稽天诛。诏书尺一禁航海，渔师安敢帆扬蒲。蛤蜊海母尚难致，况望此鱼供客需。老饕虽患食指动，畏触禁令生他虞。吴侬日夕叹且吁，有司束湿严锱铢。何当小丑就拘执，舢舻往返如通衢。趋趞风中贩鲜至，此鱼复得登庖厨。吾侪口腹讵足挍，但愿海晏波涛除。庙堂日俟羽书捷，戈船诸将今何如？此海氛未靖时作也。食物之细，传出东南兵防，末以羽书之捷望之，纤小题觉大有关系。

送再从侄处默

又向长安别，凄然动客愁。秋风吹远道，落日在孤舟。雁逐江烟下，潮冲楚树流。何时复相见，与续竹林游。贯长江诗，以"古戍落黄叶，浩然离故关"为上，以其格高也，篇中三四语亦然。

计甫草至寓斋

门巷何萧索，惟君步屧频。青云几故旧，白首尚风尘。身受才名误，文从患难真。耦耕知未遂，相顾倍伤神。十字为千古文人道之。

送人南游

长路应难问，君行况及秋。不知葭菼外，何处泊孤舟。远屿连云起，残潮漾月流。可怜南去雁，并作客中愁。

寄赠吴门故人

遥羡风流顾恺之，爱翻新曲覆残棋。家临绿水长洲苑，人在青山短簿祠。芳草渐逢归燕后，落花已过浴蚕时。一春不得陪游赏，苦恨蹉跎满鬓丝。此赠顾苓云美作也。云美，吴中高士，钝翁轻无位人，故不书其姓名。○三四工绝、秀绝，如此何碍宋诗。他如"白蛱蝶飞芳草畔，红蜻蜓立藕花中"、"柳条细似千行线，荷叶圆于半两钱"，景尽句中，不敢同声附和。

赋得宫人入道

翻因薄命爱长生，羽氅云冠再拜行。曾被玉皇教按曲，忽随金母学吹笙。颜逢錬液重疑艳，身为持斋转觉轻。从此幽栖如野鹤，万年枝上月空明。五六语妙于双关。

自乞天恩下玉墀，宫中女伴镇相思。羞题红叶传尘世，愿守丹炉事本师。垂手只携禳斗诀，点唇初习步虚词。此生无复昭阳梦，犹为君王夜祝厘。结意传出忠爱，合温柔敦厚之旨。

送魏子存之成都同西樵周量贻上

凤城垂柳为君攀，西去高轩指散关。望帝愁魂春树外，卧龙故垒夕阳间。天悬鸟道连三峡，地入蚕丛控百蛮。到日不妨频吊古，讼庭草长簿书闲。此犹近唐人体魄。

和李退翁侍郎读水经注忆洞庭之作

曾持使节远扬舲，落木层波共杳冥。泽畔有人哀郢客，云中何处降湘灵。雨过斑竹千丛绿，潮落芳兰两岸青。回首旧游今阻绝，不堪寂寞对遗经。

阻　风

独卧孤篷底，长途此夜穷。殷勤解留客，惟有石尤风。

姑苏杨柳枝词

腊尽寒威尚未销，浅黄轻碧影迢迢。费他烟雨知何限，只替东风染柳条。

白玉堂前发数枝，妆成每自下阶墀。中庭不是无花看，独为清阴立少时。全以韵胜。

过石坞

主宾无语似相忘，净扫青苔坐夕阳。乳燕飞飞蛙阁阁，楚萍谢絮满池塘。分甘馀话中，新城独取此诗，岂风神气味与之相近耶？

曹申吉

曹申吉，字澹馀，山东安丘人。顺治乙未进士，官贵州巡抚。〇兄升六长于诗，二曹齐名，时为安丘增重。〇吴逆反，公陷贼中，庚申夏，蜡书赴阙，密陈机宜，为贼所觉，劫归遇害。

武昌杂诗

隔岸晴川影，帆樯触浪奔。禹功江汉大，楚俗鬼神尊。地湿阴常盛，天低日易昏。荒洲犹寂寞，词赋拟招魂。“禹功”二句已尽楚中之天。

人日贵阳作

故里今年别，殊乡昨日春。看云遥爱日，纪岁乍逢人。泽国湘沅外，山城魑魅邻。野梅初应候，寒雨几经旬。赤帖千门换，雕题百帐驯。彩幡迎楚雁，铜鼓赛苗神。瘴疠崎岖地，艰危老大身。已甘沦井鬼，无复绘麒麟。蓂荚重开子，椒盘屡荐辛。牂牁更远，屈贾吊何频？暖律回穷谷，浮生托大钧。友朋偕僰道，词赋动芳辰。鬓好观青镜，心期理白蘋。凤楼歌舞处，望断属车尘。怀乡恋主，句烹字炼出之，体源应在老杜。

楚　南

偶向潇湘听断猿，斑斑千载泣龙孙。楚南近日苍生泪，不是当年帝子痕。

刘体仁

刘体仁，字公勇，河南颍川卫人。顺治乙未进士，官吏部考功郎。著有蒲庵集。〇公勇诗出以生新，每近于涩，嗜好应在东野，王渔洋屡称之。池北偶谈载公勇友某素喜琴，没数年，公勇一日挟姬过其墓，停车酹酒，使姬各操一曲，其风致如此。

送戴务旃游华山

夜谈太华奇，朝来理轻策。似子独往意，自然生羽翮。我无济胜具，心悬神仙宅。椓壁闻蚁缘，索度或猱掷。即至玉女盆，莲花岂堪摘？颇穷造化由，能识巨灵擘。一身出天地，笑看培塿积。归来毛髓异，定跨茅龙脊。起十字写探奇之勇，通体刻削，不肯犹人。

寄阮亭司理

离居才几日，兰叶春风生。门外即流水，片帆东下轻。野处寡新友，良辰多远情。思君如草色，迢递向芜城。

即　事

西湖小阁多延月，好友同舟半是僧。寄语江南老桑苧，秋山紫蕨忆行縢。顾华玉访孙太初时，湖中所见景象如是。

秦松龄

秦松龄，字留仙，江南无锡人。顺治乙未进士，入翰林，罢归。康熙己未召试博学鸿词，官谕德。○先生初入翰林，赋白鹤诗应制，中云："高鸣常向月，善舞不迎人。"上重其有品。

金陵司马行

宿迁旅次，何子日鸿述其先世遗事，请作是诗，兼送之别。

汝祖金陵小司马，移家始傍梁溪居。不事毛锥好说剑，男儿塞上当捐躯。襄阳法曹年少日，貂珰尽屈诸司膝。唯公倔强杀其奴，脱走京师归请室。请室朝朝复暮暮，手把阴符自笺注。百年兴废总瞭如，九边阨塞能指数。温旨重宽直节臣，芙蓉湖上几垂纶。援边忽奉勤王檄，应诏还留报主身。万金散尽酬死士，死士曾无一人死。偏师才出复回旋，西风泪落桑乾水。破耗军需罪不宥，权奸在路天无昼。锻炼谁当杨魏先，覆车几作熊王后。信邸龙飞再赦还，还家常忆玉门关。壮心未展英雄死，孙子飘零衣食艰。送君东行在歧路，努力功名莫返顾。浊酒今朝赠一觞，宿迁城外潇潇雨。“权奸在路天无昼”，熹庙之时何时耶？小司马之不死幸矣。详叙生平，可当小传，诗之诛奸谀发潜德者，我有取焉。

上熊雪堂先生

正系苍生望，先生未合闲。累朝看赤舄，两疏乞青山。直道安危后，深心去就间。盈盈章贡水，为照老臣颜。

潞河寒食

浮云北望怅何依，寒食馀威未减衣。柳色独随行骑没，桃花仍见钓人归。青烟禁烛谁家散，紫燕春泥到处飞。自别帝城多岁月，西山朝爽尚晖晖。此罢官出长安诗，予心犹逮，言下可思。

和吴弘人见赠之作

频年踪迹混樵渔，旧友还过慰索居。白首更逢多难后，青山重忆定交初。诗篇寂寞茅斋雨，怀袖苍凉绝塞书。自注：弘人出示令弟汉槎塞上书。尊酒共君秋夜醉，满庭清露湿芙蕖。

于忠肃公墓

定策当年奠帝京，墓门遥见半湖明。伤残松柏啼新鬼，寂寞祠堂卧老兵。宗庙有灵存社稷。英皇无意杀先生。古来遗恨钱塘水，又绕台山气不平。“英皇无意杀先生”，杀之者徐、石也，天顺异日之悔可见。

杂　感

烽火章江警急多，滕王楼阁转嵯峨。雕鞍晓日明珠玉，列帐秋风泣绮罗。坐算几闻黄石略，战酣谁奋鲁阳戈。司农日夜忧财匮，击鼓椎牛气若何？

授钺亲贤庙算强，旌旗万里作岩疆。周家同姓盟为长，汉制非刘爵不王。当日酬勋原异数，至今除患屡分防。堪嗟诸将功成后，不肯歌钟会未央。见前此异姓王之用，原为失策。

关陇车书此日同，相公拜命领元戎。屯边戍久推充国，纳土功宁比窦融。诏出中朝心独厚，恩颁西土庆何穷。圣人威德原兼用，干羽虞廷舞未终。时三逆连结，而郑寇亦复出没，征兵转饷，纷纷未定，故作者屡形于言。

荆南春日感怀

圣主崇文雅化新，天书初下访儒臣。汉廷有意尊经术，宣室何妨对鬼神。喜说图中求骏马，还看席上得奇珍。上林春色应如旧，憔悴当年献赋人。此为诏求鸿博而言。

把酒临江感慨多，西南天地正横戈。登楼有客依刘表，使粤何人下赵佗。浪接三巴声激壮，观名一柱势嵯峨。偶逢春昼无烽火，听得琵琶几曲歌。时南粤犹未平，故中怀有忧。

满　目

满目红旗载米船，西南何日罢戈鋋。输军未尽萧何策，忧国空思卜式贤。薄海遍供金革费，群公莫滥水衡钱。焦劳尚体君王意，救乱无如俭德先。

闵　叙

闵叙，字鹤臞，江南江都人。顺治乙未进士，官广西提学。

辑广西志略漫述

莫拟浮湘续楚歌，云山渺渺意如何？三唐迁客南中盛，两宋移官岭外多。人萃英华承雨露，天留碑碣宠岩阿。即今有士能耽隐，犹自青山卧薜萝。

卷甲曾闻捷若风，军威久镇百蛮中。如何偾帅皆黴货，多事中涓独总戎。经术筹边原理学，权谋制胜亦肤功。呼庚谁复搜军实，府海司仓自变通。

王　揆

王揆，字端士，江南太仓人。顺治乙未进士。有芝廛集。

送懒云道人还滇中

干戈未定欲何之？万里还家一衲随。湖海班荆无姓氏，风尘面壁有须眉。身当持钵飘零日，魂忆投诗恸哭时。故国鱼龙秋寂寞，不堪凭吊向昆池。

临清阻泊

河渠启闭问官程，闸吏威尊阻客行。晓塔晴开篷外影，夜涛寒上枕边声。沙昏鱼菜喧新市，日暗牛羊下旧城，瓦砾不堪寻故迹，愁听父老话承平。

读山翁大师新蒲绿依韵柬寄

江头父老话兴亡，蒲柳春光又十霜。徒有子规愁望帝，更无鹦鹉忆明皇。唐陵麦饭悲寒食，汉腊桑门祝上方。指示旁人尽流涕，讲堂钟鼓暮云黄。新蒲绿用老杜哀江头中语。唐陵麦饭，惟于桑门荐之，可悲孰甚。

偕伯氏周臣过织帘先生故居同顾伊人访陈确庵夜宿

草堂人去薜萝存，洒泪空招未返魂。犹见康成遗故籍，忽思元亮老孤村。青浮稻色秋间路，白照芦花月裹门。感旧愈难今夜别，追维生死对黄昏。织帘先生，顾麟士也。“康成故籍”，指麟士言；“元亮孤村”，指确庵言。确庵，名瑚。两先生皆志节士。末句“追维生死”，死谓麟士，生谓确庵，一语总收二人。

丁　澎

丁澎，字飞涛，浙江仁和人。顺治乙未进士，官礼部郎中。有扶荔堂诗。〇严灏亭云：“祠部少有白燕楼诗流传吴下，士女争相采摭以书衫袖，婺州吴之器有句云：'恨无十五双鬟女，教唱君家白燕楼。'为时倾倒如此。"

风霾行

今上御历十三载，三月旬日风昼晦。诏问有司灾异状，法部郎臣昧死对。臣闻汉帝除肉刑，醴泉溢出芝草生。秦时赭衣常塞路，日蚀星移失恒度。古来祥眚信有诸，刘向李寻数上书。丞相席藁请避位，帝曰咨尔言非虚。方今阳和布大泽，雌蜺昼见飞沙赤。冯夷击鼓蚩尤争，太乙灵坛诅风伯。秦川地震三辅霜，郡邑不敢追流亡。宿舂未给县官税，更烦征调徙敦煌。钩考参连不知数，谴责稍迟督邮怒。司空岁满城旦书，廷尉门填桁杨路。商王解网舜好生，圣朝尚德复缓刑。黄麻如飞赦书下，父老涕泣祈昇平。帝省斋宫天可变，风不鸣条世清晏。苍鹰乳虎投远裔，赤乌应集灵和殿。臣等披沥惶恐言，陛下圣明制曰善。时秋官滥刑，故因风霾之变而极言之，末言乳虎去而祥麟来，如来俊臣受诛而甘雨降也。仁人之言，其利溥哉！

题曾青藜尊人传后

莫为信陵土，宁作韩陵石。子昇碑记存荒烟，杯酒不浇公子宅。不见曾公古侠者，十岁能文兼跃马。赋就欲夺云梦田，剑击长凌武安瓦。灌夫弟畜朱家奴，乾坤何处容腐儒。竖子成名何足齿？天下英雄君与孤。干戈鼎沸若飞电，江南黄犊如席卷。慷慨谈兵尊俎前，草檄特膺公府荐。片纸能胜十万师，一身耻为三语掾。登床自许捉刀人，帐中莫使孙郎见。此时楼船横楚州，朝议下敢申同仇。指挥泣下袁开府，信誓直折宁南侯。功成不赏蹈沧海，鲁连遗风至今在。岁月俱因戎马驰，壮心不与沧桑改。徐庶还家为老亲，江湖把钓足闲身。少微星边忧处士，秋风原上动旁人。有子青藜与我厚，是父声名满人口。饮泣再拜前致辞，乃公佳传烦下走。猗嗟韩陵信陵掩秋雾，乌雀啾啾白杨渡。千古之名何有哉？贞珉长傍松楸树。予为此歌君莫悲，聊作阡铭表其墓。

送王山长还楚南

地尽三巴接，将归南雍州。天空一雁断，何处岳阳楼。橘树侵寒雨，猿声入暮秋。仲宣仍作客，更切望乡愁。诗取其格。

慰李琳枝侍御诏狱

抗疏今何事，身危直道难。忽闻收北寺，不敢问南冠。草莽臣无状，朝廷法屡宽。圣明知汝戆，频取谏书看。慰臣直望主恩也。“执政方持法，明君无此心”，一种立言之体。

初至靖安寄邸中诸旧友

万里从戎路，崎岖正此行。雁声孤断碛，虎气撼空城。泪尽惭儿女，身危仗圣明。刀镮何日约，回首玉关情。虎气五字，如见献贼破成都后景象。

东 冈

信是兴王地，城郊古木秾。鹳鸣三殿雨，猱挂二陵松。疏拙违明主，胼胝愧老农。吾庐荒径近，时见白云封。

送赵锦帆比部归汴州

携酒青门送客多，相看无奈别离何！漫愁关塞疲征马，从此乾坤有荷蓑。药鼎千年藏日月，云山一路少风波。天寒大泽行人断，独向夷门叩角歌。言锦帆归去后，草野方有耕凿之人，推重之至也。

送孙九畹备兵保宁

万里炎方尚枕戈，旌车八月下牂牁。猿声苦雾城边急，虎迹荒原战后多。僰道生傜能汉语，羌西诸将半渝歌。休言割据蚕丛远，滟滪秋高起白波。

报宋荔裳观察

风起卢龙急雁行，几年归梦度渔阳。髡钳季布藏车下，钩党符融泣路旁。马怯危桥流汩汩，鸖鸣横岭月苍苍。榆黄霜白惊秋晚，不敢逢人问故乡。

见　燕

杏叶新阴拂女墙，风吹小燕过池塘。相期定似逢寒食，乍见争如说故乡。弄影不教沾柳絮，衔泥何惜点琴囊。双栖并翅真怜汝，愁杀卢家春昼长。一语中燕之多情，与己之多情皆见，可云善作情语。

度岭见长城

岭坂风回树郁盘，长城如带雾中看。随阳雁断天疑尽，背日峰高夏苦寒。沧海不沉秦女石，浮云欲动楚臣冠。伊州一曲先挥泪，况是亲经行路难。登高临深，自有此种眼界。此种心胸奇警之语，自然涌出。

过长洲吴瑶如郡守招饮漫赋

悲歌燕市意何穷，汝向南行我向东。十九年归苏属国，二千石重汉吴公。他时苦忆淞江鲙，此夜愁闻塞北鸿。休傍姑苏问麋鹿，荒台空锁白杨风。三语谓己从靖安归，四语谓吴郡守也。酬应诗能泯酬应之迹，亦复可存。

送汪舟次检讨奉使册封琉球

孤悬鼊屿海涯间，襟带穷荒控百蛮。已奉春秋知正朔，何年南北并中山？自天宸翰龙鳞动，绕日珠旓豹尾斑。底事皇华念将母，乘风归路指刀环。本二琉球，后并为一，故问之。〇康熙戊戌岁，徐澂斋太史出使琉球，归省侍母，时作诗送行者必以出使省亲对举，推为合律，不知出使是主意，省亲只是旁及，殊失轻重也。此诗将母于结处一点，见前辈位置之妥。

送徐徵君电发辟召之京

此去朝辞林屋峰，布衣疏屧倍从容。眼中吾老非衰凤，足下人称是卧龙。应诏趋由丞相府，封章辟自大司农。知君芸阁诗成后，苦忆西堂旧植松。

望天寿山

高峰突兀散流霞，天外钟声一径斜。认道前朝功德寺，老僧还著旧袈裟。废兴之感，于言外领之，只旧袈裟三字，便觉黯然。

听旧宫人弹筝

银甲斜抛雁柱飞，玉熙宫里尚依稀。不须弹到回波曲，说着先皇泪满衣。此种竟是唐人绝句，于浑成中见风神，愈咀吟愈有味也。旗亭画壁，那能遗却？

塞上曲

百战洮河西备羌，合黎山外月如霜。白头老将沙场卧，尚说弯弓从武皇。

王日藻

王日藻，字印周，江南华亭人。顺治乙未进士，官湖南巡抚。

潘山人至自辽左

匹马南归道路长，相逢画阁话辽阳。窦家锦字诗难寄，苏氏河梁雁几行。秋尽陇云寒欲雨，阳回边草白于霜。汉廷亦下金鸡使，谁念当时折槛郎。

董　含

董含，字阆石，江南松江人。顺治乙未进士。著有艺葵诗集。

旅窗读汉书

提兵十万拥元戎，斩帅沉船意气雄。战斗八年能独霸，杀降三户竟无功。秦军已破漳河上，汉社初移渭水东。诸将膝行齐禀命，莫因成败笑重瞳。坑秦降卒二十余万，王汉王巴蜀汉中，使汉王得以还定三秦，项羽之败微显然矣。此云“莫因成败笑重瞳”，作者巧于立言，勿被瞒过。

登穹窿谒句曲行宫

山势苕峣欲到难，玉真宫殿拥千官。香飘下界青冥近，磬入诸天碧落寒。洞口断云朝放鹤，石根晴树暮栖鸾。金门羽客龙泥印，夜礼星辰上醮坛。

彭 襄

彭襄，字子赞，四川阆中人。顺治乙未进士。

书屈陶合刻后

变风以后数灵均，彭泽天然见性真。对酒不忘书甲子，怀沙空自叹庚寅。滋兰九畹心偏远，采菊东篱句有神。五柳三间异醒醉，何妨千载德为邻。分分合合，律细语工，与阝湛若“屈原贾谊”一章，莫能甲乙。

沈自南

沈自南，字留侯，江南吴江人。顺治乙未进士，官蓬莱知县。〇留侯居官清介自矢，以恩抚民，所著有艺林汇考、历代纪事考异、乐府笺题等书，钱牧斋称其书为经籍之禁籞，文章之圃田。

同韩倬次雪声远登快风阁兼寄怀绎堂

秋来杰阁共登临，极浦遥山入望深。吴苑弟兄欣聚首，梁园宾客最关心。蒹葭拂浪浑如雪，橘柚垂烟半似金。指点江乡尽图画，迟君墨妙一题襟。

春暮钱牧斋宗伯过访

登仙曾羡李膺舟，何幸兰桡复此留。下士昔传东阁盛，著书终许石渠收。花飞江上泥衔燕，柳绾亭边浪狎鸥。拟得三都待题品，当年玄晏最风流。

王泽弘

王泽弘，字涓来，湖北黄冈人。顺治乙未进士，官至礼部尚书。著有昊庐集。〇昊庐辞官后，移家金陵，既老，矻矻风雅，远近奉为总持者也。缘稿本未镌，渐次散失，故所收止此。

感　怀

千金购奇书，冥心耽诵读。有时探真源，古人在吾目。胡为老雕虫，中原正逐鹿。鸿飞何所逃，乌止谁之屋？孰居政事堂，覥颜窃钧轴。墙东有老儒，呼天方痛哭。此感前代大臣之非人，温体仁巨奸，后继以周延儒、魏藻德辈，欲国之不亡不可得也。有君无臣，儒生早已殷忧。

送陈心简之辽东

驱车独旅向三韩，九月秋风已渐寒。才道玉门生入稳，谁知铁岭放归难。长天积雪家何处，绝塞严冰路几盘。鸭绿江深终古恨，南来鸿雁报平安。

留侯祠

穀城山下草离离，追忆高风系所思。漫道留侯如女子，每看楚帝只婴儿。报韩志切逢黄石，翼汉功成赖紫芝。身退拂衣还辟穀，神仙原是帝王师。

易州使院詠松

去年手植新松树，碧叶青枝取次阴。干长凌云应有日，后人谁识岁寒心？果抱岁寒心，后人自有识者。

买　花

卖花担上露才干，野老移来满药阑。抛却故山花事盛，翻来燕市买花看。

陆鸣珂

陆鸣珂，字次山，江南华亭人。顺治乙未进士，官学使。著有使蜀诗草。

七盘上鸡头关

北栈行将尽，鸡头势转雄。七盘蚁旋磨，百折马行空。天险关山壮，人谋斧凿工。十年转战地，故垒动悲风。山川之险，须得奇警一联写之，此老杜遗法。

方兆及

方兆及，字子诒，江南桐城人。举人，官山东按察司佥事。著有天文官制诸书。诗稿散佚，兹于龙眠风雅中采取二章，等于吉光片羽。

刘　生

刘生可是高皇裔，任侠由来重汉京。六郡良家输浩气，五陵豪士属荒伧。雕龙雄辩金张馆，猎骑横穿卫霍营。死难报恩如饮食，一言投合此身轻。刘生，未详何代人。辞始于梁元帝，是六朝时乐府也。后人相沿咏之，篇中状其任侠纵横，已云曲尽。

铜雀妓

汉室金瓯非改步，曹公铜雀已成台。名姝俱匹英雄去，艳质惟邀妓女来。瑶席冷馀无霸气，繐帷空后有微哀。却怜疑冢纷如垤，欲望何从心早灰。此平调曲也，始于张正见。写其分香、卖履、嘱令登台望陵情事，奸雄末路，不独可丑，亦且可怜，作者不留馀蕴矣。

卷　五

钱陆灿

钱陆灿，字湘灵，江南常熟人。顺治丁酉举人。○湘灵为牧斋族子。然其诗不为虞山派所缚。别调独弹，戛戛自异。毗陵学诗者多宗之。

牡丹花下集同袁箨庵唐祖命方尔止张瑶星余澹心黄俞邰诸君子长句一首

前岁花时渡江去，去岁吴门三月暮。三度花开一度看，今看恰在金陵住。金陵旧是帝王都，岁岁花开如画图。此花又殿春风后，朱衣王谢相传呼。一筵醵费中人产，一花千人万人眼。金盘彩篮共贻赠，招邀名士分折柬。永和兰亭金谷园，月落檀板催金尊。百尺乌丝长到地，清辞艳句争飞翻。得所秾花易消歇，子规啼血栖宫阙。无复天彭百驮花，王孙五胜埋香国。花残人散可怜春，十处园林九处尘。欲往城南方耆旧，酒徒零落空芳辰。太史园中花百种，红欹绿捧花头重。花神有意洗汝迟，要勒词头固君宠。诸公同日看花来，邓生酒瓮还重开。廿年无此好事者，无诗不醉那能回。酒醉诗成花欲语，明岁花开待予汝。春雨春风作主人，鸾飘凤泊同羁旅。于一花之荣落，传国步之盛衰，中后跌宕淋漓，有对此茫茫百端交集之感。○天彭，山名。陆游有天彭牡丹记。五胜，犹金木水火土五德，言迭相胜也。

计　东

计东，字甫草，江南吴江人。顺治丁酉举人。○甫草负奇气，过郧下，见谢茂秦墓圮坏，尽橐中金为修墓；过顺德，知归震川尝佐郡，有厅记二篇，求遗址不得，乃入署旁废圃中瓣香再拜；至吴，称门生于黄孝子向坚，人共贤之。诗不苟作，时露胸中抱负。

宣府中元夜即事

边月新秋夜，哀音四面齐。战场多旧鬼，野祭有遗黎。柝乱愁人听，风惊倦鸟栖。遥遥天汉上，河鼓渐垂西。

任丘道中回望西山有感是日为新进士胪唱。

不尽西山色，苍茫远帝都。内廷传甲第，我舌问妻孥。寂寞隆中啸，悲凉督亢图。昔贤知未遇，时一哭穷途。极失意时，说来却有气骨。

宣府逢立秋是岁闰七月

秋气吾所爱，边城太早寒。披裘三伏惯，拥被五更残。风自长城落，天连大漠宽。摩霄羡鹰隼，健翮尔飞抟。

郧城吊谢茂秦山人

郧中怀古正秋风，词赋深惭谢氏工。生欲移家辞白雪，没随疑冢对青枫。诸王礼数何常绝，七子交期竟不终。自是贵游无远识，布衣未必叹飘蓬。王李始推茂秦为盟长，后称眇山人而黜之，见交道之不古也。后半大为布衣吐气。予有论诗绝句云：“眇目山人足性灵，诗盟寒后苦飘零。后来谁吊荒坟者，只有吴江计改亭。”改亭，甫草别号也。

答云间蒋驭闳

西陵原上忆经过，屈首从君学九歌。岂意边书惊御宿，遂令複壁老山阿。破家张俭飘零久，凭保王成辛苦多。今夕相逢还道故，数声鹤唳起庭柯。

吴兆骞

吴兆骞，字汉槎，江南吴江人。顺治丁酉举人，以科场事戍塞外。后赦归，旋卒。著有秋笳集。○汉槎傲岸自负，尝顾同辈述袁淑语曰：“江东无我，卿当独秀。”其不顾世眼惊可知也。乃无辜被累，戍宁古塔，比于苏武穷荒十九年矣。然缘此，诗歌悲壮，令读者如相遇于丁零绝塞之间，则尝人世之奇穷，非正使之为传人耶？诗可采者多，兹取其尤魁垒者。○汉槎阅历，倘以老杜之沉郁顿挫出之，必更有高一格者。此则“王杨卢骆当时体”也。然就此体中，他人未能抗行，宜为梅村首肯。

闰三月朔日将赴辽左留别吴中诸故人

蓟门三月柳堪折，玉关迁客肝肠绝。结束征车去旧乡，矫首天南恨离别。忆昨胥台事侠游，才名卓荦凌王侯。黄童雅擅无双誉，温峤羞居第二流。相将日向春江曲，阖闾墓前草初绿。彩鹢春风客似云，珠帘夜月人如玉。少年行乐恣游盘，夹道飞花覆锦湍。按歌每挟茱萸女，驻马频看芍药栏。筵前进酒题鹦鹉，一日声名动东府。拟从执戟奏甘泉，耻学吾丘能格五。去年谬应公车征，骏马高台几度登。自许文章飞白凤，岂知谣诼信苍蝇。苍蝇点白由来事，薏苡偏嗟罹谤议。赋就凌云只自怜，投人明月还相弃。身婴木索入圜门，白日阴沉欲断魂。北燕漫说邹生哭，东海谁明孝妇冤。衔冤犴狴悲何极，慷慨陈词对岩棘。幽怨空教托楚辞，严威竟已罹秦格。忽承恩谴度龙沙，边草茫茫去路赊。名列丹书难指罪，身投青海已无家。销魂桥畔谁相送，一曲芦笳自悲痛。皂帽惭非避世人，青山何处思乡梦。乡心日夜绕江干，江柳江花不复攀。万重关塞行应遍，十载交游见欲难。从此家山等飞藿，满眼黄云横大漠。自伤亭伯远投荒，却悔平原轻赴洛。一向冰天逐雁臣，东风挥手泪沾巾。只应一片江南月，流照飘零塞北人。比明妃远嫁，哀惨过之。篇中先叙少岁才华，故乡游宴，以次入蛾眉谣诼，万里投荒，有不堪南望者矣。与杨升庵宿金沙江锦津舟中别友诸作同一凄惋。

同陈子长夜饮即席作歌

豪气君未除，长啸轻远游。虽为辽海客，不识边城愁。青丝玉壶银凿落，中宵坐我碧油幕。海风吹天星动摇，边色横烟月澄廓。倚笛频惊出塞声，衔杯尚拟华年乐。黄龙东望沙茫茫，黑林树色参天长。此行应痛永垂别，他时相忆徒慨慷。爱君且复饮君酒，庭树摇摇挂珠斗。梦去难攀鹤市花，醉来聊折龙城柳。眼中万事尽飘蓬，尔我安能日携手。故园何处五湖滨，难后逢君意转亲。谁怜玄菟城头月，泣尽黄公垆畔人。辽海逢故人，又复踪迹飞蓬，旋当离别，有倍难为情者。读结语，令人同声悲咽。

同陈子长坐毡帐中话吴门旧游怆然作歌

辽城四月春风来，黄鹂啼树梨花开。陈生邀我郭南去，笑骑鞍马双徘徊。沙场黯黯日将暮，半醉归来解鞍卧。毡墙谁拨鹍鸡弦，弹作商声泪交堕。忆昨故乡百不忧，命俦啸侣吴趋游。裁诗每题白团扇，纵酒惟赌青羔裘。沙棠之桨云母舟，美人玉袖挡箜篌。金窗银烛月未午，清歌窈窕无时休。就中少年三五辈，徐郎顾子称风流。独孤侧帽倾士女，正平摇笔凌王侯。百年行乐竟谁在，凄凉边地伤离愁。只今相对休悒怏，人生苦乐犹回掌。陇西将军困醉尉，邯郸才人辱厮养。古来憔悴多名流，吾辈何悲弃榛莽。君才弱冠我盛年，可怜沦落俱冰天。旧游一别已如雨，阴关万里徒含烟。寄哀欲托庾信赋，赏音空忆锺期弦。金尊有酒且沈醉，何须惆怅风尘前。忆昨一段，以少年行乐形出，只今蕉萃作宽解语，弥不堪也。勿认作排遣看。

赠吴稚恭散骑自注：故恭顺侯勋卫。

白头吴叟何龙锺？先朝曾直华清宫。十年丧乱无人识，万里羁孤泣路穷。忆昨西京全盛日，子侯年少承殊泽。门下金鞍惯射生，楼中银管频留客。油碧香轮陌上骄，佩刀日护紫宸朝。从猎别分都尉马，奉车特赐侍中貂。山河举目须臾异，荆棘凄凉旧东第。仙人已叹海生尘，侯家宁保山如砺。几度天涯怨负薪，萧条绝塞讵逢春。梦里宫云雕辇路，愁中边草玉关人。玉关回首伤怀抱，短衣浊酒长潦倒。雀满门前翟氏悲，羊归陇上苏卿老。日暮哀笳四野闻，黄榆秋雪正纷纷。凭高欲纵乡关目，肠断南归雁几群。此故侯之后同在辽左，同不能归，因肠断于南飞之雁也。视青门种瓜人，不堪并论矣。

赠孔叟

孔叟侠者今白头，横戈曾事当阳侯。自注：崇祯中，叟以副帅事杨相国嗣昌。十年困顿蠮螉塞，五月不脱羔羊裘。征南幕府久零落，犹复雄名动寥廓。绝域魂销白雁书，沙场力尽斑丝槊。击衣不得心自哀，置铅无成目空矐。自注：甲申冬，欲刺李自成不克。可怜丧乱识凫毛，敢道精诚生马角。万里苍茫故国悲，侧身天地何时归。乡梦已迷三楚道，蛮烟休望九疑开。此日相逢把君手，倚仗班荆抚西缶。感旧应怜鬓上霜，悲歌且酌尊中酒。入关萧永正漂零，思赵廉公已衰朽。半酣起舞何慨慷，俯眉敛迹空摧藏。丈夫失意会如此，君今那必哀穷荒。与上一章同意，而赠吴作悲凉，赠孔作激壮。风调各别。

北　风

马上北风哀，黄云惨不开。寒摧龙碛断，声卷雁沙来。驿骑衣空寄，嫖姚战不回。何人吹筚篥，泪尽落雕台。

感怀诗呈家大人

棘寺阴沉树色长，故园何处泪沾裳。独怜积毁能销骨，无那衔冤易断肠。授简圜扉思夏胜，上书梁狱泣邹阳。金门咫尺招贤地，不得雄文达建章。此系狱时作，授经无人，上书无路，“疾痛惨怛呼父母”，信然。

寂坐匡床饮浊醪，临风愁听角声高。谤书何事腾三箧，壮士由来泣二桃。目断乡关空涕泗，心伤乌鸟自悲号。可怜一片江南月，永夜苍苍客梦劳。汉槎西曹杂诗自序云：“望慈闱于天际，白发双悲；忆少妇于楼头，红颜独倚。”读之，他人亦为哽咽。

出　关

边楼回首削嶙峋，筚篥喧喧驿骑尘。敢望馀生还故国，独怜多难累衰亲。云阴不散黄龙雪，柳色初开紫塞春。姜女石前频驻马，傍关犹是汉家人。自注：关前有姜女望夫石。

晚自鸡头崖至天龙屯

迢递回冈抱塞长，暮云归路剧羊肠。马嘶古碛塞沙白，鸦乱荒城夕照黄。病后关河空涕泪，战馀身世各苍茫。客游不异松花水，日夜滔滔下北荒。

九月八日病起有怀宋既庭计甫草因忆亡友侯研德宋畴三丁绣夫

岁晚霜清木叶愁，病馀蓬径愧淹留。紫台一别悲苏李，青草频年哭应刘。归梦关河长伏枕，客心天地各惊秋。明朝谁是登高侣，零落黄垆岂再游。怀贤伤逝，故园亦复神伤，况万里之外乎？所交与者皆慎交社中正人，作者品地，从此可见。

帐　夜

穹帐连山落月斜，梦回孤客尚天涯。雁飞白草年年雪，人老黄榆夜夜笳。驿路几通南国使，风云不断北庭沙。春衣少妇空相寄，五月边城未着花。寄衣，旧事也，道来自新。

五日阻水牛马河

五日驱车度极边，中宵移帐阻长川。波间不断千峰雨，林上争喧七涧泉。铁骑风沙行戍日，锦帆丝管旧游年。汨罗犹是江南地，始觉灵均未可怜。

小乌稽

连峰如黛逐人来，一到频惊暝色催。坏道沙喧天外雨，崩崖石走地中雷。千年冰雪晴还湿，万木云霾午未开。明发前林更巉绝，侧身修坂倍生哀。

奉酬徐健庵见赠之作次原韵

金灯帘幕款清关，把臂翻疑梦寐间。一去塞垣空别泪，重来京洛是衰颜。脱骖深愧胥靡赎，裂帛谁怜属国还，酒半却嗟行戍日，鸦青江畔度潺湲。此赎归后晤健庵尚书作，感激中自存身分，见古道交。

三月十二日河上口号

三月归鸿满塞天，流澌日暮尚凄然。自从身逐乌龙戍，不识春风二十年。

孙　旸

孙旸，字赤崖，江南常熟人。顺治丁酉举人。以科场事戍辽阳，后赦归。〇赤崖定多塞外诗，因未见稿本，无从采入。

春日北行夜泊江口

泛泛桃花水，春风路几千。月明寒食夜，人在广陵船。极浦迷乡树，孤蓬接远天。黄昏何处笛，吹绿一江烟。高格浑成。

还　家八首之三

岁岁还乡梦，今朝梦始真。到家仍作客，无地可容身。山色迎人好，湖光入眼新。廿年成底事，悔不早投纶。喜极还家，而无家可归，此种情事，服其真写得出。

弟妹何年别，盘餐此夕同。看来头尽白，语罢泪俱红。垂老重闻乱，还家旧业空。但能长聚首，不必问穷通。

少小离乡县，何堪老大归。出门童子问，见面故人稀。道路忘南北，溪桥半是非。青青山色在，犹到旧柴扉。三章真朴写情，不加追琢，应得力于少陵。

潞河遇尤展成

远道谁传尺素书，十年魂梦隔医闾。看来华发君相似，得隐青山我不如。异日才名齐屈宋，近时踪迹混樵渔。鼎湖一去无消息，狗监何因荐子虚。此赤崖放归遇尤悔庵作。时悔庵已罢北平司李，世祖屡叹为才子，而鼎湖上升，无人更为荐达，故末二语及之。

甲寅四月宋蓼天少宰以边才特疏荐余诗以谢之

百粤风烟控七闽，山公启事一时新。未能马革酬明主，肯为猪肝累故人。瑟向齐门知不好，履穿东郭自安贫。澄清事业须公辈，愿乞馀生伴钓纶。康熙甲寅，耿逆畔于闽中，时需边才，故少宰荐之。

送邓孝威南还

谁遣征书问鹖冠，又看薄毂出长安。到来京洛文章贵，归去江湖天地宽。碣石虚闻求骏骨，邗沟无恙把渔竿。临岐珍重加餐饭，白首休歌行路难。时孝威试鸿博不第，作诗送行，故有“归去江湖天地宽”句。

田茂遇

田茂遇，字髴渊，江南华亭人。顺治丁酉举人。

贫交行

古人不贫才不老，今人贫乃伤怀抱。古人结交重青云，今人弃置同秋草。今古人情何太殊？我来仗剑邯郸道。邯郸城中游侠多，邂逅相逢意气好。腰间脱剑且按歌，尊中有酒复倾倒。上堂拜母下揖嫂，与子缝裳复剥枣。君不见古来英雄不用为佣保，叩角行歌石皓皓。作者负气抱奇，于此一诗见之。

孤儿行

孤儿啼声何凄然！问汝啼何为？长跪答言：父为南海太守，居官清廉，不枉取一钱。鸣驺吹角，大吏巡边，前导到部势喧然。晨报谒不得前，夕报谒不得前。急从贩缯者，贳缣百联。献之幕府大不欢。曰此邦旧有百斛珍珠船。大吏朝去境，夕拜笺。守此海邦，另择名贤。乌白鹭黑，上下茫然。父羁南海不得旋，客死归黄泉。儿负嫠母，跋涉山川。乞食路间，望见大吏，鸣驺吹角仍巡边。猗嗟父骨归何年！音节全从古乐府出。乞食路间，后复望见大吏巡边，痛绝在此，警绝亦在此。

曾 畹

曾畹，初名传灯，字楚田，后更名畹，字庭闻，江西宁都人。顺治丁酉举人。〇有学集序庭闻诗，谓朝而紫塞，夕而朱邸。凉州之歌曲与凝碧之管弦，繁声入破，奔赴交作，令读者回易而不能自主。

麻平寺逢友人自楚至

空山留一寺，下马忽逢君。蜀道无长毂，征衣有栈云。秋边鸣细雨，谷口上斜曛。客自潇湘至，猿声似惯闻。

鸡头关

南山忽已尽，纳纳褒城春。汉水原通蜀，巴山不过秦。烧荒熊出坝，树密虎窥人。铭德昆吾者，还应问钓纶。

同僧登赤嶂

看碑寻赤嶂，采菊到黄州。雁气回秋渚，江声撼酒楼。兵戈双眼泪，吴楚一孤舟。萧瑟匡山客，应随慧远游。

刘　坝

乌龙江欲出，刘坝即闻波。哀壑笙竽奏，秦川鹦鹉歌。天应一线落，云入九层多。溪谷人民少，开荒近若何？言江远而先闻波声也。一起奇拔，通体字字刻削，不肯一语轻下。

章在兹

章在兹，字素文，江南吴县人。顺治丁酉副榜。〇我吴操选政莫盛于杨忠文公之同风，素文先生继之，每一部成，其序文文目，老媪仆人匿而不出，坊间演剧，予金始付之，此吴中佳话也。事载质亡集中。

将出金陵

昔日秦淮渡，高歌旧酒楼。今来江上月，独对帝城秋。壮志销投牒，微躯贱旅游。干将锋尽折，真悔觅封侯。以古诗体行律诗，崭然笔力。

都中杂兴之一

入洛诚多事，游梁亦已频。半生欢结客，一刺肯依人。不遇钟期听，何惭原宪贫。倚闾终日望，只是负慈亲。喜结客而不傍门户。其品可知，一结蔼然仁孝。

汉 武

调遣天兵过月支，蒲萄新发上林枝。初闻使者巡三辅，又命将军号贰师。越嶲楼船通属国，朔方烽火照征旗。羽林无数孤儿在，独向高台泣望思。

陈廷敬

陈廷敬，字子端，山西泽州人。顺治戊戌进士，官至大学士，谥文贞。著有午亭文编。〇泽州居馆阁，典文章，经画论思密勿之地几四十年，故其吐辞可上追燕、许。兹特取其典质朴茂者，著于卷中。

平滇雅三篇

岳　湖逐寇也。

岳湖洋洋，我武洸洸。谓南有藩，无敢撼我疆。岳湖滔滔，我武嚣嚣。谓南有藩，无敢阚我郊。一章

我疆大矣！我圉溢矣！芽蘖其间，竦棘合蝟。昔我南藩，化为异类。二章

帝如两大，以覆以载。推食以食，解衣以衣。迁之善地，勿剪勿拔。三章拔音佩。

彼惟狂昏，狡焉生心。肆为诛首，启戎于南。如螗奋臂，如蚋决眦。首仰臆张，如豖斯鸷。四章

惟帝咨嗟，惠威是崇。薄往禽之，孰佐予功。予矜下民，救此一方，取其残凶。是类是造，祃于临冲。五章

楛矢敦音雕。弓，我弓我矢，靡旌摩垒。兵无遗镞，耕无失耜。天堑茫茫，限此江水。既断其趾，且斩其頞。六章

盗负险阻，距趯跃踉。翾飞饥歉，羽翅以张。候在太白，占于天狼。我泾我陇，是震是惊。七章

维彼闽粤，波荡海垠，帝屡下顾，哀此垫昏。盗往连结，倚以父母。乃饵乃诱，乃为盗守。八章

帝援天予，铩羽截鳞。岭海革面，蒙羞来臣。禽慑于威，柔矶于恩。盗失厥助，飞魄殒命。九章

老雄野死，枭雏栖栖，巢湖饮海，倾摇于波。尔居觥觤，我步逶迟。大祖高骧，贼焉遁逃。十章

洞庭汤汤，岳阳峨峨。载驱载驰，爰拔厥家。十一章

惟人归德，惟帝之谟。穷经窟宅，是剪是屠。我武焯耀，式廓鬼区。百蛮万国，傒我来苏。十二章。第八章谓耿尚二逆助吴逆反也。第九章谓三桂既死，贼势渐衰，而我师以神武临之也。

湘东克衡也。衡盗倚为巢，克之武功将成也。

师渝于江，于湘之东。师如雷冯震，衡岳以攻。一夫为逆，多方则病。播虐抗有德，我人斯奋，卒归厥命。一章

归命伊何？衡人之灾，衡盗所家。追奔逐北，犀甲雕戈。虎旂龙节，天威所加。二章

帝臣如虎，帝师貔武。烈烈旍旌，渊渊金鼓，嶷嶷绥章，啴啴戎路，莫我敢拒。三章

右刈武陵，左扫星沙。磨崖岣嵝，我功孔嘉。戎马晨服，候烽夕遮。剿绝恶本，敢遗萌芽。四章

其恃枫木，其恃辰龙，震之拔之，自西自东。陟岭逾徼，于山于川。远招迩归，囚豪解颜。五章

东西合师，进次于沅。孽童日蹙，怙凶忍顽。左捣其虚，右攻其坚。载辟载袚，会于中权。六章

既克于沅，沅人婴婴。如日之升，如霖遇晞。以肉其枯，以勍其羸。式歌且舞，以乐我师。七章

南讫罗施，来迎壶浆。鸣鞞铜鼓，洗兵盘江。彼寇舆尸，昼匿宵奔。滇人荒荼，待我于门。八章

凡此滇功，惟天子乃成。古者推毂，梱外以行。今者决胜，一秉庙廷。孰是遗孽，而廑睿明。九章

师徒浑浑，渐集于滇，惟天威式监。官臣恪守，乃获其丑。保大定功，流声焉穷。十章。此专为克沅言之，沅克而诸蛮归化，遗孽退归于滇，不敢复出矣。

滇池盗伏于滇，师受圣策平之，武功成也。

滇池汹汹，帝乃平之。匪彼元戎，惟帝之功。高居北极，洞视下方，惟仁智勇，克靖万邦。一章

帝命臣塔，汝从西粤，急捣其窟。塔拜受命，衔枚束刃，环滇其来，龙骇鹏骞。军声轰然，如坠自天。二章

帝命臣里，汝往巴蜀，横剪侧入。里拜受命，量沙追蓐，有疾其驱，无暴我邦，踣栅跐垒，言壁其东。三章

帝命臣泰，汝从黔趋。惟此蝨贼，数载旷诛，汝将士用命，贼其敢逋。泰拜受命，于皇之训。四章

我旐我旗，于苗于蛮。度幕轻留，弥险蔽关。夺其阻隘，掀其篱藩。兽穷负嵎，我师固以完。五章

帝命我师，势为犄角，麾城撕邑，万里手握。维彼毂軉，敢抗乔岳。维彼萌枿，敢傲霜雹。六章

彼枿繁矣，于焉蟠根。雨露既濡，忘帝力之勤。圣人神武，施设芟夷。斮彼枭鹫，张我熊螭。七章

傫镡批亢，下甲陷坚。箕张翼舒，合围于原。兽穷于阱，人或兽哀。快彼凶丑，覆卵毁胎。八章

帝曰吁嗟！劳我人师。日费百万，大农不支。滇人望拯，如铺疗饥。载砺载攻，天策攸宜。九章

孟冬月杪，师薄于城。降旛夕竖，逆骇纵横。林野涂脑，邮驿递颅。滇人歌舞，于屋于衢。十章

夜半捷来，天心恻楚。闵怜下民，罹此荼苦。我将我师，于野暴露。布惠醻功，急疾如火。十一章

于庙于郊，其仪孔炽。华俎腯牲，永言昭事。都人士女，白叟黄童，叹呀嘻笑，祝我圣躬。十二章。

帝曰归来，予开明堂。制礼兴乐，登贤拔良。孩养无告，施厚仁滂。熙我庶绩，纲举目张。永万斯年，率由不忘。十三章。此篇为遗孽既平，武功告成而言。〇平滇雅三篇，平吴逆作也。康熙十二年冬，吴三桂反云南，明年，耿精忠反福建，既，尚之信反广南，相继应之，时诸将禀承庙谟，以次进讨。十五年，耿逆降。十六年，尚逆平。至二十年，章泰贝子、赖塔二将军下云南，吴世璠自刭死，云南平，时三桂已前死矣。三篇为吴逆言，而连及耿、尚，词气典重，与柳子厚平淮夷雅相埒，末归本天子好生，仁武不杀，犹柳雅意也。事详平定三逆方略。

赠孝感相公

十有四年春，惟三月日吉。枚卜择近臣，学士登密勿。搢绅

贺于朝，处士庆于室。佥曰帝知人，吾等夙愿毕。公无得志容，庭馆转萧瑟。公诚王者佐，生平学稷契。致君慕尧舜，自此见施设。铜扉半夜开，沙堤带月出。暮读书百篇，朝入语移日。劳瘁咫尺地，欲使万国活。时方事南征，戎马久未歇。黎元尚疮痍，原野恐骚屑。晴风卷旌旗，三农乍起坌。况我仁义师，忍此田间物。公为民请命，闻者感心骨。数日政事堂，丝纶慰饥渴。中朝相司马，姓字及走卒。身当画凌烟，名其悬日月。昔时同学人，翘首望回斡。“劳瘁咫尺地”以下，见兵戎未停，疮痍满野，而以为民请命，望之相臣，得古人赠言之体。

施愚山见寄长歌和答

阑珊夜雨鸡鸣号，关山梦回心魂劳。我所怀思渺天末，凉风一起秋萧条。美人昔赠相逢篇，吴绡三尺森琼瑶。今晨晓窗坐展玩，我欲报之情郁陶。忆昔相逢客京辇，城南华径纷招要。酒酣惆怅秋灯红，羡我鬓发漆黑同。即今倏忽别四载，头上已有霜枯蓬。眼前诸子几人在，浮云沟水驰西东。万事回头泪沾臆，人生朝露谁能必。楚泽难招宋玉魂，缑山不返王乔舄。自注：指荔裳、西樵。二子歌词自绝尘，声华烂漫今何益。男儿七尺良可哀，生存华屋终黄埃。儒术用世行已矣，浮名寂寞何为哉！不如放意游八极，扫除文字栖渊默。未断尘情忆远人，茫茫江水分南北。康熙初，公与西樵、渔洋、荔裳、愚山、顾庵、绎堂诸公时为文酒之会，号称极盛，而聚散存亡，人生难免，多情人不胜华屋山丘之感也。末归到扫除文字，栖心渊默，所见又高一格矣。

东山亭子放歌

东山望南山，百里堕我前。山亭横绝浮空翠，阑干缥缈临无地。我来气与霜天高，风尘归后寒萧骚。拂衣枕石每独往，垤蚁群笑沧溟鳌。百事回头如旧否？一片青山落吾手。倦客重寻冈上庐，童时旧种门前柳。尽扫西风万古愁，且倾落日三杯酒。君不见谢公高卧东山时，起为苍生已白首。昔时丝竹转凄凉，美人黄土今安有？百年我亦一东山，日夕樵歌动林薮。

分流水送人北归

分流水，流溅溅，行人到此寂无语，别泪滴作分流泉。我行南来几千里，多情送远北河水。北河相送去茫茫，南河相迎客路长。与君相别分流处，春草春花易断肠。命意遣词，如出唐人手。

渡江见焦山有作怀林吉人

江流近海迎朝暾，焦山苍苍当海门。忆君焦山古鼎篇，势凌海日倾江源。金山楼观特瑰丽，撞钟伐鼓风涛喧。我行再过焦山下，海云堂中空梦魂。兹山不到屡惆怅，怀惭竟践苏公言。惟我与君亦如此，知祢不荐昔人耻。只有思君日夜心，长江湛湛东流水。结另用意，而以不能荐贤为耻，相思不断，如水东流，犹见相臣心事。

三月三日同杨松谷泛舟沁水

始得方舟稳，沧波转路迷。涛声春昼外，寺影夕阳西。杨柳横桥暗，桃花夹岸齐。十年江海兴，与尔手同携。

晋　国

晋国强天下，秦关限域中。兵车千乘合，血气万方同。紫塞连天险，黄河划地雄。虎狼休纵逸，父老愿从戎。予少时，尤沧湄宫赞以午亭诗见示，读晋国一篇，爱其近杜。后读渔洋诗话，亦谓其独宗少陵，前辈先得我心，不胜自喜。

关　楼

壁垒高楼壮，旌旗古镇尊。塞风春不断，边日昼长昏。悲角关楼动，孤城海气翻。往来凭吊意，辞赋欲销魂。

张东山少司寇宅观弈

真见长安似弈棋，故山回首烂柯迟。古松流水幽寻后，清簟疏帘对坐时。旧垒沧桑初历乱，曙天星斗忽参差。只应万事推枰外，夜雨秋灯话后期。东坡少陵语，一经熔冶，无限风神。

出关门百里宿沙河站

关南沧海浮天白，漠北连峰拔地青。一片山河围鄣塞，几家烟火接边庭。辽歌调苦风还断，芦酒愁多夜易醒。却喜皇威临绝域，镇东山海关东门曰镇东。门户不须扃。

送少师卫公致政还曲沃

阁道云山仗外峰，朝回请急未从容。再来父老看司马，此去乾坤有卧龙。梦绕细旃闻夜雨，春回长乐远疏钟。知公未稳江湖兴，民隐还须达九重。

邯郸道上

炊熟黄粱已是迟，海门归路几人知。却怜朝市纷纷客，怕说卢生梦醒时。卢生之梦终有醒时，怕说殊无谓也。此等诗可当禅家棒喝。

邹祗谟

邹祗谟，字讦士，江南武进人。顺治戊戌进士。有远志斋集。

中秋京邸

此夜中秋月，清光十万家。吴歌闻隔院，边调入征笳。北阙横秋色，西山隐暮霞。故园丛桂树，应发昔年花。

清河县

客久归程近，乡心益不禁。春波高泗水，暝色下淮阴。漠漠寒林树，萧萧枉渚禽。黄河流不到，禹德叹弥深。今已淮不敌黄，非复曩时清河矣。读结二语，可胜慨然。

高　晫

高晫，字玄中，山西襄陵人。顺治戊戌进士。

目则山

削出目则山，矗起阿僰部，舍马从步入，路仄足迹聚。泥湿苔如镜，石锐势若拒。攀援断藤行，数起而数仆。山脚霞未明，山腰日已午。曲径从今日，草木自万古。丛丛回寒风，霏霏染翠羽。仿佛露祟冈，蛮营列山坞。废灶留残烟，道傍拾遗弩。泠然泉声落，似犹杂金鼓。盘顶云雾开，秀峰若可数。恍惚见吴山，慰此行路苦。未敢舒鸾啸，恐惊豺虎怒。极形山之险削，而兵戎未平意，即于眺望中见之，字字峭拔，不肯轻下。

寄答桑楚执见怀

短发空馀老大悲，三年一读故人诗。竹间残局完公事，塞外新编是宦资。自笑子长牛马走，谁怜杜甫凤凰饥。何时煮石青峰下，共跨黄羊侣鹿皮。

别宁州严靖公

碧树初寒万籁秋，昆明池畔动离愁。九年兰佩分香泽，一日征鞍赋远游。民力东南双涕泪，心旌日夜大江流。遥知别后相思梦，应到楼山最上头。炼句炼意。

李念兹

李念兹，字屺瞻，陕西泾阳人。顺治戊戌进士，官景陵知县。○有学集序秦人诗自李空同、文太清皆有车邻、驷驖之遗声。屺瞻行安节和，一唱三叹，有“蒹葭白露，美人一方”旨意，非秦声也。

登浮山

绝顶凭谁引，苍藤乍可攀。偶然临险地，不信在人间。古洞遥通棹，江光日侵天。东南百战后，登眺泪潺湲。“不信在人间”，登高时实有此想。

萤

不自惭微照，秋宵款款飞。乘阴稍腾上，化腐暂光辉。月暗时依砌，风生乱点衣。时危妨诵读，乾死旧书帏。

立春夜感怀

闻道花门信，甘州今尚围。城分犹拒战，兵久未成归。刁斗连边动，军书入塞飞。客怀无一可，愁绝盼春辉。

云

片片浮云去，愁人正望乡。东风吹送汝，几日到咸阳。怀归之作，自是唐音。

徐文烜

徐文烜，字又章，江南青阳人。顺治戊戌进士。

浙东别友人

岁晚催孤客，乡心逐小舠。来随江水远，去绕越山高。寒日淡霜野，阴风乱夕涛。感君多意气，不必赠绨袍。

张一鹄

张一鹄，字友鸿，江南华亭人。顺治戊戌进士，官滇南司李。

辰龙关

天地金汤险，由来王气锺。五丁开绝塞，二酉抱神龙。乱眼奇峰过，惊心暑瘴重。兴亡千古在，立马倚长松。

怀　人

西南诸国滇为大，六诏新开僰道平。应忆松江莼菜好，却将老眼看昆明。

李天馥

李天馥，字湘北，江南合肥籍，河南永城人。顺治戊戌进士，官至大学士，谥文定。著有容斋集。〇容斋以荐贤为己事，己未召试鸿博，所荐者为李太史天生、秦太史对岩。又清献陆公，猗氏邵公罢官，特汲引为名臣。馀单门寒素有文行者，必使之成其名，所谓其心好之，实能容之者。后大臣中绝无其人。

明景帝废陵

张段走灵帝，程鱼奔代宗。丧乱有其渐，式微丁数穷。总无全盛时，一旦婴愍凶。异哉王阉奴，挟帝出居庸。土木试一掷，举国纷相从。亲征竟蒙尘，身殉观军容。尔时微郕王，谁为奠寰中。八载修战守，庙社安钟镛。虏心绝要求，塞外归重瞳。嗟嗟夺门徒，甘心为首戎。复辟亦天意，群小冒奇功。忠良既诛锄，谥戾良非公。窀穸荒山麓，大礼靳树封。悠悠二百年，坏道馀乔松。皇仁念前朝，慨焉怆宸衷。置守禁樵采，魄毅安幽宫。傍陵三十户，户户野花红。隧道寒潭静，缭垣芳草空。独恨魏珰坟，东西峙宠岚。议论正大，足破夺门之奸，末有憾于魏珰之坟地相近也。后祁门张御史疏请削平，天下共快之。

侠　客

年少悲歌客，秋原落日情。快逢燕大侠，羞学鲁诸生。问世都难合，论交每不平。怀中三尺铁，风雨夕常鸣。

楼桑村怀古

衰草寒烟望里孤，楼桑遗迹未全芜。帝乡耻属黄初历，王气犹延赤伏符。国士风流曾据蜀，宗臣鱼水失吞吴。啼鹃旧恨蚕丛远，此地惟闻叫野乌。

美人曲

花气惹阳春，晴窗晃镜尘。画眉啼彻曙，愁杀画眉人。崔国辅小诗。

孙一致

孙一致，字惟一，江南盐城人。顺治戊戌赐进士第二人，官至侍读学士。著有世耕堂诗集。

赠唐陶庵先生

早投簪绂遂幽襟，偃卧蓬蒿足醉吟。衣履尚存耆旧色，须眉真见老成心。天涯故国忧方切，自注：时吴寇未宁。梦里华胥感自深。闻道欲归仍远适，云山何路许追寻。

钱中谐

钱中谐，字宫声，江南吴县人。顺治戊戌进士，康熙己未，召试博学鸿词，官翰林院编修。

读武帝内传

汉武求仙日，危楼四望开。漫传青鸟至，空候白云来。玉露虚芝馆，金风冷桂台。茂陵终寂寞，谁与望蓬莱。

白 雁

白雁初临楚泽来，孤飞正值苇花开。影迷积雪望难极，声入晓霜清更哀。闲共云烟相掩映，偶逢鸥鹭不惊猜。却疑玉塞辛勤久，历尽风霜毛羽摧。四语不刻画而自佳。

许 虬

许虬，字竹隐，江南长洲人。顺治戊戌进士，官绍兴知府。著有万山楼集

折杨柳歌

柳条三尺长，明日清明节。江南小儿女，采作流苏结。

千树宫墙柳，万朵道旁花。折柳在侬手，花飞到谁家。

居辽四十年，生儿十岁许。偶听故乡音，问爷此何语？竟是齐、梁间北国歌辞。

天池山访元叹门榜落木庵为寒河谭子笔

落木庵中卧老禅，寒河风雅笔如椽。垂来白发耽高隐，散尽黄金忆少年。十亩秋茶新雨后，半山霜蕨夕阳边。开元天宝诗亡后，欲问人间寡和篇。人以元叹为诗人，为老禅，其初实侠士也。四语为之传神。

河西关

去国何曾隔绛霄，幽燕襟带古迢遥。尾箕斜绾星千里，恒卫中分水二条。铁笛漫惊龙塞月，玉钗春怨凤城箫。还将清啸凭酬对，南北音书任寂寥。

黔中岁暮漫兴

紫电飞驰尽锦袍，悲风猎猎下城壕。夜闻北里歌声合，晓望南云杀气高。岂有功名如绛灌，独尊刀笔到萧曹。长安只在青天上，莫忆春明露井桃。

登黄鹤楼

黄鹤仙人不少留，洲名鹦鹉更堪愁。三湘登眺还吾辈，千古江山独此楼。汉口夕阳衔远岫，武昌寒郭浸春流。烧痕满地闲生感，回首烽烟野戍秋。如此襟抱，如此手笔，何不可作黄鹤楼诗！

携壶凭槛塞云横，怀古荆门镇重兵。春柳久荒陶侃垒，寒潮直上吕蒙营。沧桑尽付邯郸枕，烟月全销玉笛声。唯有芳洲春草色，年年还傍大江生。

将发荆州招李劬庵秦对岩话别次劬庵韵

荆蛮忽聚四方豪，睥睨城西幕府高。蹴踘撐蒱方合阵，竹头木屑有分曹。清商莫奏湘君曲，浊酒堪酬屈子骚。南北往还诚万里，百年物役一何劳。

和答钱宫声见怀

吴阊惜别雁书稀，春树春江雨色微。游子谁怜亲渐老，无家止有国堪依。青萍啸夜中原在，白日流空两鬓非。还忆长安同跃马，极边憔悴揽征衣。

王又旦

王又旦，字幼华，陕西郃阳人。顺治戊戌进士，官给事中。有黄湄集。○王渔洋谓幼华诗每变而益上，足以传世行远，又谓游太华、罗浮诗尤为警策。惜未得全集，于选本中采取，故所收止此。

苍龙岭

削壁突断绝，微径始跻攀。长虹驰远影，长落青冥间。迅飚两崖起，猎猎云气还。连峰若动摇，我行亦孔艰。天色扑莲花，瑶草何缟斓。陟危千万虑，旷望忽开颜。璇宫应不远，从此排天关。连山云合，而风鼓动之，真有动摇之势，予游黄山观云海亲见之，作者先已写出。

自千尺嶂缘猢狲愁行

清晨杖轻策，入谷二十里。倾崖骤合沓，梯栈空中倚。无翼如何度，艰难方此始。万状石硊硊，纷垂缡缅缅。攀缡踏危石，足顿不能起。岩屋照颓阳，层岑倒松梓。养力憩烟霭，乃知崎岖美。东南得高壁，路隘不任趾。乱峡无全天，坤轴忽崩圮。猿狖怯方啼，吾生怅何恃。太息展远眺，前途尚㟪𡾰。“乱峡无全天”十字，如出杜陵手。

夜坐仰天池

穷日凌岷崿，我行亦云疲。散发卧绝顶，疏星下清池。峻绝五千仞，晻翳何可窥。白云上下飞，深松罗四垂。欣无职事緤，得与山灵期。延伫不知反，风林露华滋。高视但青苍，一气回坤维。鸾鹤如可驭，终焉谢磷淄。

古鼎篇自注：鼎中一马一鼠，引吕氏春秋为证据，知周鼎也。

夜坐金景流房栊，一南一北云逢逢，谁为此者惊愚蒙？戴氏之鼎来河东，子水母土木火功。古色不辨贯与崇，翡翠青间玫齐红。饕餮怒张杂夔龙，蜿蜒之势何其工！中有一马方双瞳，其下隐约凭社虫。或云乾与艮相从，不然子午识夏冬。纷纭众说胡能同，鲁真齐赝空懵懵。何人博雅为谭宗，考图论世自镐丰。忆昔神庙称时雍，斯器原出蓬莱宫。天球河图与大镛，蜼敦纪甗争春容。金耶张耶椒房雄，乞而有之作清供。大梁左右兴兵戎，豪门散尽随霜蓬。零落不复求亡弓，呜呼治乱何匆匆！使我感叹填心胸。大烹杳矣难继踪，此物合依蒲苇丛。主人有阁名丹枫，阁之前后花纤茸。两耳三距位当中，玩视聊寄疏且慵。王生作歌纪始终，惭无长管摇白虹。焦山古鼎为严分宜取去，严败仍归焦山，此从乱离后失而复得，所感尤大也。前半刻画，亦见造句之奇。

晓渡望鄂州

晓雾压城头，苍茫古鄂州。风烟盘赤壁，波浪下黄牛。星动连江锁，旌高隔岸楼。由来征战地，不忍问东流。三四神勇。

赠梁峒樵水部

几载常含画省香，知君例作水曹郎。久辞请谒草侵户，近著河渠书满床。旧业六盘秦北地，臣躯九尺汉东方。那堪塞上烽烟暗，升斗朝朝问太仓。

送家叔季鸿先生游脽上谒后土祠

绿杨连岸晓风斜，东渡汾阴泛客查。天际两崖驰竹箭，春流三月涌桃花。黄云宝鼎沦衰草，绛气灵坛落暮鸦。旧事于今无可问，市楼酤酒是生涯。

故陈忠愍公福挽诗

阴风猎猎阵云低，雪满灵州动鼓鼙。绝寒名应传属国，前军星已落安西。五原未复精灵在，百口无归道路迷。萧飒惟闻哀痛诏，城门月出夜乌啼。

太史祠隔河望孤山

绝巘连云出，秋风隔水多。韩原中缺处，山翠压黄河。

祁文友

祁文友，字兰尚，广东东莞人。顺治戊戌进士，官工部主事。

过王园看花

千株红紫斗芳妍，春到频添酒债钱。任是打门官吏急，公家不税种花田。

严允肇

严允肇，字修人，浙江归安人。顺治戊戌进士，官寿光知县。著有石樵诗稿。〇石樵以同官累去官，后与同官遇，益厚礼之，人服其长者。诗古今体兼善，龚芝麓尚书谓其春容大雅，近代作者亦不多见，盖不妄许云。

古　风

世路真险巇，泰山起方寸。要盟矢天日，咄嗟不相信。耳馀刎颈交，祸机起夺印。武安倾魏其，杯酒遂成衅。睚眦按剑怒，磨牙雪馀恨。两虎不相下，报施理亦近。为国忘私仇，千秋思廉蔺。交道之险巇，为己私也，能如廉、蔺之为国，则公而忘私矣。主意全在一结。

穆陵关

驱车长城侧，税驾大岘南。崇墉当峭壁，雉堞开晴岚。晓日发扶桑，亭午日蔚蓝。萧梢谷风起，岧嵽林光含。战国恃形胜，纵横尚并兼。此地为扼塞，设险如崤函。寄奴一进军，广固空戒严。生逢承平日，往来驻征骖。父老顾我悲，横流涕渐渐。海岱古沃壤，力耕人所谙。无端被灾害，千里驱丁男。大东空杼轴，濒海无鱼盐。岂惟重民困，天意殊未厌。公私日殚耗，俗敝谁能堪。翘首怀古风，愿见盖与参。见生事扰民，不如黄老无为犹可治齐也。作法与前一篇同。

送宋荔裳按察四川

骢马出蓟门，驾言赴岷峨。前驱负弩矢，乘传相经过。剑门天下险，锦江翻白波。近代厄铜马，西川血成河。至今劳生聚，人少豺虎多。大夫秉邦宪，兢兢志靡他。外台持风纪，霜雪变阳和。文翁宽匪弛，武侯严不苛。蜀道易平地，巴渝起新歌。琴台与卜肆，古迹犹未磨。追从访扬马，道远将如何？极乱后宜以宽严相济处之，文翁、武侯其前事也。赠言之体如是。

哀淮人

驱车适海岱，日暮行人愁。饿夫相枕藉，老弱罗道周。挥涕前致词，淮楚是吾州。渠穿广陵道，水纳黄河流。舳舻来吴会，东北通咽喉。一朝河岸决，漫衍东南陬。百万为鱼鳖，何论田与畴？窜身来此方，苟活同蜉蝣。此方又荒旱，赤地谁锄耰。官吏责富户，朘削如仇雠。财赋一以空，猗顿皆黔娄。两地总困厄，一死夫何尤。听此肠寸结，泪下不可收。寄语当路子，闭籴非良谋。自注：时邻邦有闭籴之令。嗷嗷累千万，生理真可忧。昔闻富郑公，劝民贮乾糇。所在发廪给，去往俱自由。公私虽两困，危急庶有瘳。万邦苦饥溺，安饱亦足羞。何时灾沴息，躬耕乐行休。近来一遇天灾，当路救灾无术，惟浚富户，不知周官先重保富，盖富户乃贫民生活之源也。但为富户者亦须量力施仁，不可拥财自丰耳。若猗顿皆黔娄，则同尽矣。末劝官长师富郑公之救民，不知赵清献之越州救灾尤为尽善，详见曾南丰记中。

洗象行

长安六月车尘扬，都人倾城观洗象。黄门鼓吹前导行，玉河响闸流奔放。怒蹄蹴踏苍山颓，岧峣臃肿难为状。蛮童赤身跨象背，游戏波涛觉神王。须臾牵挽出水滨，长鼻一喷飞雪浪。吾闻此乃瑶光精，西域南荒配利兵。雄姿几耐身毒战，猛力可代苍梧耕。远人来朝贡天阙，含元仗下随簪笏。豆刍饱食三品料，剑珮班陈百官列。黄须健儿不敢骑，拱立阊阖生威仪。莫言材大难为用，驯扰听受谙职司。开元天子奏众伎，金羁锦缠舞玉墀。他日重逢禄山宴，努目不拜竟死之。近闻蛀贼陷京室，象房踯躅鸣声悲。渠虽雄长亦兽类，君臣大义犹能知。呜呼！君臣大义偏能知。前半形容洗象，人皆能之，后以兽类亦知君臣大义，见臣道之不可顷刻不明也，读末二语，为之凛然。

述　哀

母之生我日在角，络纬鸣机夜深作。歌成黄鹄不忍闻，大孤啼饥小孤弱。乱离伏莽乞馀命，十口流离窜丛薄。朝呻夜吟不暂休，骨肉幸免填沟壑。长养众雏毕婚嫁，慈帏未省含饴乐。当时奉檄心独喜，今我穷悴至于此。俯仰无因供菽水，衾影之间愧人子。去官无禄，不能供母氏菽水，犹为抱慚，况有禄而无母可供者乎？此种诗不忍作，亦不忍读。

观绳妓作

长绳罥竿高百尺，杨花雪落城南陌。美人冉冉化行云，细縠轻纨望空掷。冶袖双开舒锦臂，婆娑往来若平地。盘中小试飞燕舞，楼上惊看绿珠堕。回眸顾盼无限情，空里忽闻环珮声。天风吹入碧云去，始觉仙骨珊珊轻。轻躯上下无断续，舞罢腰肢新结束。燕钗堕地悄无声，背立当窗鬓云绿。抱得秦筝写春怨，歌唇宛转吴趋曲。吴歌楚舞绝可怜，谁家笑掷珊瑚鞭。唐人此题以“身轻一线中”五字尽之，妙于用简，此又妙于用繁。

白 下

白下援师聚，钟山薄伐新。三军随庾亮，一战走卢循。虎旅屯江岸，鲸波靖海垠。论功诸将在，哀此乱离人。此海寇郑成功已破京口，窥伺金陵，而提督梁〔化凤〕一战走之，后渐剪灭也。时有借从贼之名，僇及无辜者，故有落句。

诸将杂感

建国行师自古今，千秋理乱事相寻。云龙势合欃枪扫，汗马功成带砺深。不信蒯通能相背，可无孙武善攻心。山头廷尉空凝望，星拂招摇白日阴。

仙霞烽火照龙山，玉甑金庭弁卓间。慷慨孤臣提汉节，指挥诸将出雄关。蒙茸垒嶂潜师度，鼓角严城振旅还。劳苦西平功第一，江东坐镇羽书闲。三语范忠贞之不屈，四语李文襄之命将。

天彭井络望中遥，剑阁重关似建标。白帝城空王气尽，金牛峡险霸图销。汉廷却悔封雍齿，巴郡终须殄隗嚣。邛僰西南重置吏，不烦檄使下星轺。

款塞诸戎拥节旄，大开屯种刈蓬蒿。戴牛佩犊经营苦，画井分疆部署劳。岂为流移增国税，即看荒秽长田毛。戈船下濑今无事，壮士休论战伐高。大概为逆藩时事言，次章指耿逆，三章指吴逆，末章言宜屯田守御，永固疆圉也。风格从杜诗中出。

顾岱

顾岱，字泰瞻，江南无锡人，嘉定籍。顺治戊戌进士，官赣州府丞。

奉委进江背洞驻军赤坎招安贼三万有奇

匹马临江背，前旌近贼营。由来皆赤子，何忍作长平。地险归耕少，民顽入法轻。抚绥诚不易，先轨是阳明。秉心如此，体天地好生之心者也。彼白起阬长平卒至七十万人，项羽阬新安卒至二十馀万人，李广杀羌亦八百馀人，三人不全首领，天道然也。阳明破贼，剿而兼抚，故引以为先轨云。

卷　六

徐元文

徐元文，字公肃，江南昆山人。顺治己亥赐进士第一人，官至大学士。

登岁崱峰

高峰直上势崔嵬，闽越雄州一柱开。路转千盘随石笕，崖临百丈耸丹台。鸟飞天外山如镜，人到云中海似杯。便欲凌虚生羽翼，翛然绁马阆风来。

春日阅武召百官诣南苑

逶迤上苑帝城东，御辇巡临振武功。甲锁炼金寒白石，旗翻翠羽动春风。龙骧万骑军麾转，鹄立千官拜舞同。莫以清时忘战伐，至尊亲为挽雕弓。本朝王业基于武功，一结得安不忘危之旨。

叶方蔼

叶方蔼，字子吉，江南昆山人。顺治己亥，赐进士第三人，官至礼部侍郎，加本部尚书，谥文敏。〇文敏予告家居，有密陈其居乡不法者，上命抚臣察之，抚以乡评之实奏。上曰：“朕知其不如是也。”以文敏之盛德，为主上所深契，而谗犹不免，吁，可畏哉！卢雅雨云。

关陇平

关岭茫茫，陇流汤汤。纡徐逶迤，峥嵘崄巇。面蜀肘凉，辅车相将。狡焉启疆，震惊我一方。一章关岭兀兀，陇流潏潏。彼泾启戎，乃蠢兹蟊贼。为虺为蜴，为螟为螣。卬首张臆，助逆抗有德。如蜎之集，如豨之突。二章泾原既清，群贼大震。睢睢盱盱，延旦夕之命。帝命臣海，为陇民徙灾。帝命臣勇，师出自西陲。三章帝诏臣海，汝速涉坂。出彼朝那，为勇军援。掎之角之，沓之蹙之，除民之慝。俾妇子恬适，尚嘉乃绩。四章海涉河泾，言腾灞浐。秦山矗突，嵚崎陇坂。逾邠越凉，飞旓扬旆。扶舆猗靡，云罕綷縩。雍部阻长，敢惮痡瘏。式遏寇虐，以宁尔室家。五章勇自河西，衔枚疾指。来从酒泉，转战天水。矫矫虎臣，一乃心力。摧坚挫锋，荡彼蟊贼。兵车百万，汹汹雷震。横会方州，为行为陈。六章东西合围，贼在釜底。叶平其智斯竭，其魄斯夺。勇率其麾，崖诛谷讨。曰臣思克，曰臣进宝。赳赳奋武，为王干城。勇实帅之，桓桓于征。七章于征何所？于巩于临。道阻且长，蔽亏岑崟。罙入其阻，禽狝草薙。申用三驱，根株断刈。馀贼窜蜀，游魂犹悖。西夏以绥，贺兰其乂。八章胁从蚩蚩，亦孔之哀。宽其诛锄，予以惠来。维海维勇，刚克柔克。勇也帅师，为辟为祓。海也枚民，为揉为活。北地上郡，稽颡归命。如旱望霓，海实绥之。九章义威戢武，尊我西陲。剖蜩龂猬，人畏以怀。秦民嘘呵，化为讴吟。殄熄暴悖，克广德心。经战伐区，蠲除租赋。问孤吊死，起乃沉痼。廓我皇恩，义声先路。十章帝德振振，陇山既平。陇流既清，维天子之祯。陇山既伏，次黔粤滇蜀，敢不詟伏。如翰如飞，万里来威。十一章维臣之力，维师之武。絷缚巨憝，争刌脍脯，塞神人之怒。黔首喁喁，式歌且舞。亿万斯年，笃我皇景祜。十二章。○纪平王辅臣之乱也。辅臣本名马鹞子，向为流贼，李自成败后来降，改今名，官陕西提督。三藩之变，辅臣叛据平凉，秦、陇震惊，特命大将军图海讨之，时靖逆侯张勇、奋威将军王进宝、提督孙思克会讨，累战皆捷，惟平凉一城，腹背受敌，因请降，槛送入京，死于道，关、陇乃平。

海氛清

巨浸稽天，滔滔如何？天吴蛭像，倚以为家。有鲸有鳄，有蛟有鼍。摧橦决帆，血人于牙。中国有圣人，尔独扬其波。一章蠢兹蛙黾，亦杂此处。曰予胜国后，诞敢继其绪。藉瑕蹈衅，伺窥肘腋。结连蜂螫，载逞凶慝。离间我臣仆，盗据我疆场。二章于兴于泉，于汀于漳。乃扬沸汤，乃噪蜩螗。我有城郭，倏为沮洳。我有民人，倏为鳍鲔。忍死须臾，后来其苏。三章恭承帝命，建大将军旗鼓。我冠带之国，忍鳞介是伍。据我上游，张我罝罘。与子偕作，与子同仇。悉率左右，歼此群丑。四章暨暨藩臣，一心一德。讨贼自赎，不邛已恤。堑山堙谷，马腾舟驶。亲董其旅，以临蒙汜。陛下曲赦臣，臣敢不效死。五章将士和睦，有凫在藻。既获贼师，如饥斯饱。或拔其角，或脱其距。或斧其吭，或截其膂。贼穷见窘，无地自处。六章彼强者跳，我攘我逐。彼黠者穷，我殄我戮。神惎之毒，鬼速其覆。如探鷇鸟，如振槁木。非我黩武，取彼残已足。七章前徒既奔，凶渠束手。计无复之，狼奔鼠走。茫茫烟岛，为逋逃薮。仁无必取，义不尽杀。屏诸穷发。无污我王钺。八章四州士女，来迎王旅。君子维何？玄黄在篚。小人维何？饔飧在筥。复为王人，以耕以仕。叶。歌帝之德，诵王之武。九章帝德溥将，涵负吐纳。百谷来王，天与地沓。何人不绥，何物不怀。何戾不蠲，何善不嘉。皇仁熙熙，云何不来！十章皇帝在位，受天之箓。东西朔南，无思不服。其有不服，自婴显戮。献馘于泮，献俘于庙。武功既昭，文德用绍。史臣奏雅，来哲是诏。十一章〇纪平海寇郑氏之乱也。郑芝龙子成功结连残寇为东南患，王师讨之，党逆者归顺。成功死，子荒于酒色，势穷远遁，后归诚，海氛乃清。〇泽州平滇三篇似柳雅，此二篇似韩碑，各有得力。

吊铁崖墓

先生不可见，遗冢自斜辉。无复携红袖，还闻葬白衣。才销明主忌，老幸故人依。铁笛吹云起，犹疑踏月归。明太祖召铁崖至，旋放归，有“白衣宣至白衣还”句，用来恰好。

撰西樵考功志文毕寄阮亭户部

恍忽相随把袂时，幽明难间两心期。敢云下笔不加点，差喜临文无愧辞。比似束刍应恨薄，即同挂剑已嫌迟。自注：予诺阮亭请，逾岁始报。友生投契犹如此，况尔连根荆树枝。三语用祢衡语意，四语用蔡邕语意。

授职翰林学士感恩述怀

麻衣席帽满尘埃，亲荷先皇衅沐来。敢道齐贤留异日，屡称苏轼是奇才。自注：戊戌充贡士入都，先皇帝召见亲试，列名第八。己亥春再拭，拔第一。八月举南宫，九月胪传日，亲谕：“联如汝久，特拔汝为一甲进士。”又数对臣下称道文学。身离牛口惊还在，梦挽龙髯恨不回。今遇吾君重拂试，孤桐果否爨馀材。如此属对，脱口而出，无引用典实之痕。

彭孙遹

彭孙遹，字骏孙，浙江海盐人。顺治己亥进士，康熙己未，召试博学鸿辞第一。官至吏部侍郎。〇羡门词和气平，在唐人中最近大历十子，在十子中，最近文房。

雨中过白芒村寄高山人俨

春云生骤寒，溪上无人迹。石笋清相罗，烟翠纷可摘。欲持三尺绢，写此春山碧。却忆山中人，远在龙池宅。惆怅不同游，白芒风雨夕。

鱼梁滩下泊

暝色起何处？忽然云水昏。春烧如新月，远挂山一痕。寒禽呼木杪，暗中沸草根。遥见冥际火，知有林外村。孤舟欲栖泊，石溜浓云奔。羁旅一无托，菀结难自论。矫首眺天末，踯躅芳心魂。写晚景入神。

彭蠡夜泛

清浅宫亭水，溅溅百道流。残春风送客，终夜月随舟。野火沈葭苇，遥天挂斗牛。相依有鸥鹭，任意宿汀洲。四语在人人意中，而脱口新鲜，浑然无迹。

登湖口县城

一望烟波万顷明，女垣高与石根平。湖光尽日依楼堞，山色终朝满县城。寒岭无人孤鸟下，秋林欲雨数蝉鸣。何当便作移家计，终卧沧洲寄此生。领联语，身亲其境者，知其写照之工。

秋日登滕王阁

客路逢秋思易伤，江天烟景正苍凉。依然极蒲生秋水，终古寒潮送夕阳。高士几回亭草绿，梅仙一去岭云荒。临风不见南来雁，书札何由达豫章？

金陵怀古

杜宇啼残百感生，西风建业旧神京。诗成狎客遗簪会，酒泛诸郎按曲声。江外羽书空络绎，禁中刀敕正纵横。大官别有长生药，不假天台刺史行。二章皆言南渡时事，遗簪按曲，秘戏除官，而置兵防于不问，事势至此，不亡何待。

万里山陵万古愁，南司北部总悠悠。屠沽自立宫中市，灶养争除关内侯。肯向人间求故剑，谁从阙下问全鸠。姑溪幕府空貔虎，一夕龙车不可留。童妃、王之明事，迄无定论，诗人歌咏者俱以为真。

豫章城下送春有怀故园兄弟

城下烟波暮可哀，扁舟日夕更潆洄。一春又向他乡尽，千里曾无尺素来。野鹜孤飞烟里没，江帆相背雨中开。故园风景今何似，池草春花梦几回。

黄与坚

黄与坚，字庭表，江南太仓人。顺治己亥进士。康熙己未召试博学鸿辞，官詹事府赞善。有忍庵诗集。○钱牧斋序忍庵诗，谓长安金陵杂感诸篇，顿挫钩锁，缠绵恻怆，在韩致尧、元裕之之间。

辰龙关

郁盘鸟道中，忽睹巉岩削。双耸若天门，神工斧斤凿。攒剌剑戟横，摩厉成锋锷。青冥杳无垠，怪雨从空落。一径折霄光，绝壁尽倒却。千仞蹙孤危，不敢栖猿玃。攀跻坂益欹，数武困行脚。嗤彼铜马馀，持铩倚木阁。狼窜崄一隅，俄就官军缚。于今走轻车，亭午气颓索。白日景蔽亏，一步一狞恶。瞬息度层关，须鬓恐非昨。

闻　砧

万井西风下，城高一叶飞。可怜今夜月，重捣去年衣。听乱情交切，声疏力渐稀。异乡刀尺冷，多少客思归。悲怆之作，远客人几不能读。

金陵杂感

敕选良家降墨封，玉车轻幰进昭容。花开并蒂鸳鸯暖，酒醉同心琥珀浓。萧寺鼓鼙惊翡翠，蒋山风雪葬芙蓉。飘零故剑秋江上，回首长干冷暮钟。言敕选良家，而置故妃于僇辱也。叔宝无心肝，不至于此。

龙虎钟山百战雄，朔风吹浪下艨艟。雕戈压阵黄沙断，铁锁沈江赤烧空，鸩鹊观消春雪里，凤凰台冷暮云中。由来帝业终荒草，铜狄何曾峦汉宫。言神兵北下，而长江无备，以至亡国也。

沂州客店遇同乡友人

江郭萧条尚苦兵，讶君北走得班荆。地悬淮海艰消息，人历冰霜倍老成。同话寂寥皆逆旅，两经离乱即馀生。故园风物那堪问，但说梅花已系情。“人历冰霜倍老成”，即杜老“艰危气益增”意，少年柔脆，人应知之。

郑日奎

郑日奎，字次公，江西贵溪人。顺治己亥进士。

河南道中

风沙苍莽不知程，竟日荒郊客感生。廿载兵戎经百战，几家烟火聚孤城，断垣雨印狐狸迹，中泽霜凄鸿雁声。待拟绘图嗟未可，军书昨复报南征。

田　雯

田雯，字纶霞，山东德州人。顺治己亥进士，官至户部侍郎。著有山薑诗选。○山薑诗才力既高，取材复富，欲兼唐、宋而擅之，山左诗家中另开一径，然缘此不无少杂。兹择其极纯粹者采之，山薑有知，恐亦以后生为不妄也。

病愈早起成诗

雨过庭翠滋，一鸟发清籁。披衣趁朝曦，新晴涤埃壒。西轩青嶂叠，纵目收罨霭。晓廊取次行，心神颇融快。佳客时过从，绨袍迎户外。凭几理素琴，焚香诵梵贝。起二语写病起入神。

晚投卧佛寺宿

峰衔新月黄，云拥山容变。深谷一钟响，蔽亏烟树断。樵人语前浦，古寺隔幽涧。翠滴衣衫重，松黑黰黯窜。疏灯出深竹，依微露绀殿。井栏摘莀葵，僧厨供茗馔。偶来访支遁，吟栖有馀峦。夜半大壑鸣，风雨四山乱。

翠微寺

诘曲历石齿，沿溪树溟蒙。招提门何向，陂陀无人踪。峭崖立万仞，惆怅林路穷。岂知披榛莽，纡回流水通。一僧出汲水，竹屖行相从。长绠下深涧，砉豁惊潭龙。淅淅石湫雨，泠泠葛花风。前循略彴去，木杪闻清钟。

山脚晚行

水树色相映，净绿生衣裳。日薄无倒景，石髪有冷光。前入翠微寺，已过黄花场。贪行夕忘返，纤月吐东冈。古髯乔松下，矗矗如北邙。林昏叫寒鸱，风飕响枯桑。俯仰今昔人，千载心徬徨。作者五古每以才胜人，此四章录其清微幽远有遗音者。

送马谣

桑乾道，滹沱野，羽箭材官南送马。太仆火印何权奇，瘴乡不产龙媒姿。一行五百匹，日驰百里。农夫锉草，妇子汲水。健儿来何方，官帖十行。鞭箠在手，戟髯怒张。刍豆供给苦不足，猎犬韝鹰饱馀肉。送马者去吏索钱，农夫鬻牛妇子哭。写尽农家供官之苦，作新乐府读，近世采风无人，蔑由达之当宁矣。

缫车辞

朝饲蚕，暮饲蚕，桑树叶大蚕眠三。初长如蚁今成茧，乙乙上簇黄白满，缫车咿轧风中转。女十五，当户织。桃夭期，闻消息。帘幕半垂双燕飞，打叠新缣作嫁衣。

登采石矶太白楼观萧尺木画壁歌

太白楼上秋风寒，采石矶下波连山。长康不作僧繇死，何人攫弄秋毫端。力挽万牛啸两虎，袒衣跛扈青冥间。四壁四山拔地起，直从十指生烟峦。峨眉匡庐两对峙，西华东岱同跻攀。巨灵夸娥日月走，坤位乾窦神鬼盘。屋角雷雨势飞动，墙根涧壑声潺湲。牛渚白沙如蚁垤，天光破碎沧溟宽。蓝陈萧恽称大手，前追董巨凌荆关。尺木老人更奇绝，身驾大海骑虬鸾。秋来放眼忘远涉，凭陵万里开心颜。寺径蒙蒙松杉雨，芦花漠漠鼋鼍滩。顾盼无人相娱赏，高呼太白骑鲸还。可匹渔洋作，一结回顾，倍觉有力。

碧峣书院歌吊杨升庵先生

堁风茵露哀牢疆，山川瘴疠难禁当。新都公子老戍客，孤臣万里堪悲伤。当时世庙议大礼，撼门痛哭千夫强。仗节抗疏言娇娇，干触虿尾投蛮荒。程朱正论臣所执，今昔濮议谁斟量。大礼未定大狱起，批鳞折槛空激昂。逢君首事有璁萼，议论附会来丰坊。明堂秋飨复聚讼，分宜馀毒争拍张。呜呼先生遂不返，菁酋峒獠群相将。木弩含沙火云热，天教老啖红槟榔。吴粉傅面两丫髻，簪花拥伎何倘徉？都卢倒吹泼醉墨，僰儿观者如堵墙。羁魂漂流夜郎地，何异屈子沈沅湘。海庄故墟碧鸡麓，猩猩白昼啼书仓。巾杖逍遥须眉古，图画遗像生光芒。竹桧一径夹流水，菊乾枫落寒云黄。潮州儋耳同一辙，祠庙赑屃摩青苍。小子夙昔慕高节，况值奉命来黔阳。窃愿升阶更剪纸，招魂归送蚕凫乡。高吟死去谁怜句，令我涕泗徒滂滂。张、桂议礼，始犹近情，后则渐流险恶矣。篇中写诸奸之附和，升庵之轗轲，跌宕淋漓，神道气王，应推稿中压卷之作。

泊舟吴门寄汪苕文

渺渺太湖水，遥遥光福山。梅花一万树，窃窕非人间。思与尧峰叟，扁舟数往还。烟峦七十二，坐啸听潺湲。律体，可作吉风读。

董 俞

董俞，字苍水，江南华亭人。顺治庚子举人。有浮湘、度岭诸稿。〇康熙初，江南奏销案起，绅士同日除名者万馀人，苍水与其列。于是弃举子业，专心风雅正变，天欲使之为诗人也。

落花篇

东风绿遍芳洲草，春昼落花啼鸩早。片片朝萦上苑烟，毵毵夕覆长安道。长安美人惜落花，落花飞去堕谁家？晓看青镜愁红粉，暮掩珠楼泣绛纱。珠楼红粉须臾变，帝里繁华君不见。一夜飘飖长信阶，数枝零落昭阳殿。长信昭阳月影低，边笳横笛紫烟迷。渭城倡妇承歌扇，枌社游人拂马蹄。愿为舞蝶栖芳墅，愿作流莺隐翠堤。金堤玉墅几千里，黯黯馀香沉绿水。玳瑁筵前雪乱飞，珍殊帘外风先起。舞雪回风可奈何，春闺少女叹蹉跎。此时攀条垂玉筯，此时掩袂蹙双蛾。别有征夫泪沾臆，雁沙龙塞无消息。金谷园中不见人，玉门关外长相忆。落花落花诚可怜，尊前一曲箜篌弦。花茵醉卧不归去，明日重来应泫然。唐初体，全于缠联旋转处取神，卷中偶一存之。

赠西陵吴兴公自注：时僦居淮阴。

江城腊月雪花白，层冰峨峨照大泽。北风夜卷鸿雁号，念子犹为倦游客。君家正对天目山，江涛日夜鸣潺湲。翻然仗剑游淮泗，中都旧是兴王地。百战关河骨已枯，英雄割据何代无？昔人事业随流水，高歌击筑浮云徂。吴子生平重然诺，百年意气真堪托。肘后常悬数石弓，腰间屡吼千金锷。酒酣耳热兴飞扬，新诗往往凌寥廓。目下坎壈何足悲，人生富贵安可知？乌啼哑哑鼓声曙，明朝匹马下邳去。

和王南州听杨太常弹琴诗

雅乐沦江海，先皇旧赐琴。曲终尝变徵，愁绝不关音。风雨孤臣泪，乾坤逐客心。可怜家万里，西望白云深。太常名沂，明思陵时，以琴进御者。

泽　畔

泽畔行吟者，幽思托杳冥。孤帆收夕照，渔火乱春星。细雨寒潮白，疏烟晚岫青。殷勤怀远客，裘马日飘零。

宋实颖

宋实颖，字既庭，江南长洲人。顺治庚子举人，后召试鸿博放归，官扬州学博。〇既庭先生早得盛名，入都时，四方人士无不欲望见颜色，既为慎交社宗主，提唱后学，士林重之。尝作黜朱梁纪年图，学者服其议论之正。

八月十八日观潮

头白灯明急管催，高楼晴槛倚江开。潮声夜静千帆转，断岸风回万马来。吴越山川供醉眼，古今天地独登台。九秋萧瑟谁堪赋，滚滚词人庾信哀。七子声词，音节自高。

曹贞吉

曹贞吉，字升六，山东安丘人。顺治庚子举人，官礼部员外郎。著有珂雪集。〇商丘宋公极推作者游黄山诗，谓此山名作寥寥，向推虞山，今被实庵压倒矣。惜未能多见，只存文殊院一篇。

文殊院观铺海歌

蓬莱阁外海作山，文殊院外山为海。神物由来不易逢，天为吾徒浇块磊。白云一片涌空蒙，眼底千峰皆杳霭。只疑天一生水开穷荒，江汉朝宗此间汇。鳌身一抹映天黑，鲸波万里连渤澥。天都直可作员峤，莲蕊莲花馀蓓蕾。须臾长风吹散碧琉璃，潋滟茫洋竟何在？仙人游戏太神奇，我欲直上高空问真宰。得此起结，乃见作手。

花朝得家弟过江消息

使者乘秋泛画桡，重来不觉斗回杓。花明故国初啼鸟，人渡空江欲暮潮。万里山川供笔札，一天风雨过金焦。孤帆摇曳垂杨里，知在芜城第几桥？

登望海楼

杯勺沧溟望里收，百年觞咏几登楼。尊前忽觉来三岛，此外犹闻更九州。断岸雨晴天倒影，海门风急气成秋。摇摇坤轴浑难定，曾否金鳌背尚浮？

崔　华

崔华，字不雕，江南太仓人。顺治庚子举人。〇渔洋诗话摘其名句云："溪水绿于前渡日，桃花红似去年时。"又有"丹枫江冷人初去，黄叶声多酒不辞"，人目为崔黄叶。

拟宋如意和歌

羽声既凛冽，阴飔吹大荒。驱车过金台，目已无咸阳。余亦从此逝，无人燕市傍。目中无人。

浒墅舟中别相送诸子

溶溶月色漾河湄，晓起频将玉笛吹。同上邮亭忘别绪，独行驿岸解相思。白蘋江冷人初去，黄叶声多酒不辞。此路三千今日始，蓟门回首雪霜时。原本“丹枫江冷人初去”，丹枫、黄叶，不无合掌，拟易白蘋，崔黄叶以为可否？

赵 澐

赵澐，字山子，江南吴江人。顺治庚子举人。著有雅言堂诗。

喜弘人闻夏南还并忆汉槎

绮里由来有二难，无端相对作南冠。轮台诏下龙髯迥，华表归来鹤语寒。月夜一尊歌棣萼，春风双骑渡桑乾。何年恩到穷荒外，还向藜床问幼安。

马世俊

马世俊，字章民，江南溧阳人。顺治辛丑赐进士第一人，官翰林院侍读。〇状元对策，随题敷衍者多，先生独侃侃直陈，不负所学，制义皆有根柢。何义门学士云“我朝状元，前刘后韩，公居其间，鼎足为三”，非妄许也。诗品亦清正不凡。

吴季子挂剑处

公子归吴去，故人知此心。死生同白日，然诺岂黄金。一剑竟何往，高台自古今。君看碑上字，苔藓不能侵。不须名句，风骨自高。

古　意

紫塞三千里，征夫去不还。帘前新月上，似为寄刀镮。

陆　贾

莫问尉佗装，千金岂在眼。请看马上公，何曾事生产。

张玉书

张玉书，字素存，江南丹徒人。顺治辛丑进士，官至大学士，谥文贞。〇文贞古今文俱以风度胜，诗品亦然，令读者如饮醇醪，自然心醉。

谒项王庙宿迁县

项王祠枕长河水，拔山气沸惊涛起。阴森白昼啼鼪鼯，萧瑟西风黯菰米。座傍乌骓伏不鸣，馀怒犹欲乘云腾。想象悲歌出垓下，可怜遗恨迷阴陵。英雄坎壈识天意，失路东归亦何济？万户轻身赠故人，一死何颜见义帝？往事东流逝不回，雌雄壁垒空尘埃。君不见下相城头望丰沛，樵歌暮上歌风台。项王事业不成，在弑义帝，于自刎时提醒之，笔下有风霜之气。

息浪庵夜坐别叔敦让木诸子

短棹携樽触浪过，将离莫问夜如何。最怜帆远浮天阔，始信江空得月多。隐隐钟声千佛唱，星星岸火一渔蓑。荒鸡促曙行人去，回首双峰护薜萝。

寄李厚庵学士

几年峰火断江春，万里无诸战垒新。一自蜡丸通帝座，始知岭峤有孤臣。山城跃马荆榛满，书剑临戎涕泪频。迢递九天优诏下，清宵回首忆枫宸。表其进蜡丸陈破耿逆之功，然蜡丸更得之友人也。时文贞未以理学名，故不之及。

大阅恭纪

銮舆晓出传宫漏，万乘春蒐控玉鞭。十二羽林雕辇后，三千犀甲幔城前。招摇色映长堤直，华盖香凝禁树妍。脱臂饥鹰霜距疾，嘶风彀骑雪花拳。龙鳞乍晃云霄上，虎旅同趋日月边。褒鄂宗臣张左纛，薛岐帝胄领中权。衔枚受律连营肃，射柳分弓七札穿。霹箓声中看队列，铙歌曲里促觞传。丁宁诸将投戈日，长忆先皇讲武年。驷介踏云还紫禁，六飞扶日下青天。威驰塞北名王垒，风靖滇南涨海烟。指顾销兵资庙略，两阶舞罢谱虞弦。中间警句，摸之有棱，应制中之指南也。七言长律本非正声，存之以备一格。

送邱曙戒前辈之武昌

猿声夹岸听斜阳，江树苍茫接故乡。却较长沙归路近，行吟何事怨潇湘。即“圣主恩深汉文帝”意，是为温柔敦厚之遗。

挽马章民年丈

东庐旧筑翠微间，望里烟霞日夕还。几度欲归归未得，空馀遗恨满青山。辛苦中闺罢锦机，白头曾未识宫衣。可怜风雨寒灯梦，犹是书堂夜读归。

过金陵某将军营

六纛双旌隐画扉，月明霜白路人稀。燕归不识将军垒，犹认乌衣旧宅飞。飞入将军垒，更怜于百姓家矣，如此措语，最耐寻思。

叶映榴

叶映榴，字炳霞，江南上海人。顺治辛丑进士，官湖广参议道，死夏包子难，赠工部侍郎，谥忠节。

庚申夏至日起武威至张掖

武帝功成吏守边，伤心天末是居延。人家板屋风声里，思妇寒衣泪眼前。目断燕支愁见月，槎浮银汉渡经年。惭余不作征西将，药裹书囊信一鞭。

榆次道中

路出榆关西复西，荒原白草怪禽啼。经行百里无人迹，惟有秋风送马蹄。

孙　蕙

孙蕙，字树百，山东淄川人。顺治辛丑进士，官给谏。著有笠阳诗草。〇给谏为令安宜时，抚字心劳，领河务，上官谓苛令浚河，将中以非法，士民感愤，不呼而至者万馀人，负畚锸筑堤堰，两月之工，六昼夜成之，上官无以难也。士民绘图纪其事，志石中云尔。据此，可入循吏传中。

水口驿

危峡束急湍，怪状拥滩路。划然敞一门，石齿一一吐，舂声响奔崖，人语出深树。竹屋高连云，户户层巅露。午峰接檐前，炊烟杂山雾。居者如穴鼠，出若翻孤鹜。作息烽火馀，星散屯野戍。邮传今复增，力役连朝暮。虽称阛阓民，无地谋生聚。岸侧见樵苏，十九无完裤。潜语问土居，苦役兼苦赋。海上未厌兵，天远谁可诉？民苦赋役，同于鼠鹜，欲排云叫阊阖，而天远难闻，惟存此心而已。

安宜行

安宜罹灾亦云酷，鱼龙竞夺农夫屋。千寻巨浪漫荒塍，落日西风闻野哭。水田一线才可耕，勘荒使者责长牧。征粮下令严催科，不管贫家卖黄犊。前年卖女叹伶仃，今年卖儿更孤独。阿妻阿母还佣人，岂但医疮与剜肉。牵牛出门牛不行，空腹哀鸣何觳觫！低头语牛牛且前，官税差完免鞭扑。我闻此语增叹吁，仰视皇天白日速。呜呼！贫家母妻子女无还期，谁能恋此卑官禄。儿女既卖，母妻佣人，牵牛不行，而空腹哀鸣，官长忍加鞭扑耶？无可奈何，付之自责而已。〇“仰视皇天”句，全用杜诗，终不可训。

浚河行

黄河万里浪高举，贾让之谋世空许。璧马于今不效灵，风涛簸荡连楼橹。忆昔汉武通车书，朝臣建议开河渠。开元以后置仓舍，平分河渭称赢馀。汴宋营漕分四路，半作边储半国赋。斗门高堰筑埋城，历险逾滩计生聚。元人海运创伯颜，引汝绝济诚哉艰！明初海运旋亦废，会通始筑河淮间。年来漕渠失故道，百万金钱任侵冒。督河使者妄庸人，不解河防气桀骜。鞭挞小吏严程期，岂知畚锸皆疮痍。县令陈情不得达，自矜白简吾能持。柳下何曾畏三黜，百姓喧呼趋事疾。一夜荒城走万人，两月之工六日毕。安宜水涝原苦辛，力役谁复嗟劳人。犹幸三代直道存吾民。呜呼！犹幸三代直道存吾民。此给谏为河员时作也。两月之工毕于六日，尚成浚筑耶！河防之坏，自昔已然，当日督河使者不知谁何，惜无由起而问之。

秦川怀古

内史新丰不可求，长陵王气已全收。千盘鸟道归隆準，百战鸿沟割沐猴。风雨满天来渭北，麒麟遗冢自南丘。几经汗马劳诸将，紫塞黄榆起暮愁。

为姜勉中兄弟题谏草楼

杖血曾闻溅汉廷，孤忠旅望海云青。难回国步逃吴市，易了家缘问敬亭。失序雁鸿天漠漠，经时薇蕨雨冥冥。空馀十二封章在，梦绕铜驼几涕零。谏草楼诗成集，二章为最，以其无一字不典切也。结意尤微婉可思。

闻鼓山绝顶可望海外诸国欲登不果自注：上有天风海涛亭，朱文公题。

共说鼓山高出群，半天峦翠昼氤氲。岛藏诸国晴时见，风卷洪涛静夜闻。未得肩舆随度鸟，何时蜡屐踏层云。晦翁亭子空相忆，绝顶松篁望不分。三四渔洋极赏。

于忠肃公祠

出狩天王竟北征，烽烟已逼凤凰城。有君定国真长策，奇货难居始罢兵。南内邀功争复辟，西曹枉杀患无名。最怜一事公遗恨，不使前星羽翼成。以宋和议之失对照，于公功在社稷，真再造矣。诗中有史，掷地当作金石声。

吴　光

吴光，字长庚，浙江归安人。顺治辛丑赐进士第三人，官翰林院编修。有南山堂集。

泊湘口二妃庙是潇湘二水会处

泛楫楚江曲，辍棹潇湘涯。天水互澄廓，矧逢清秋时。霜明沙渚净，露寒岸草滋。芳蘅被长薄，修篁映素漪。月华临夜空，青山窈多姿。帝子渺何许，娅娟远水湄。逶靡回翠旌，仿佛骖文狸。苍梧白云去，洞庭丹枫衰。美人期不还，日落愁参差。睠彼湘竹吟，踌躇有馀悲。点缀九歌，自足远神远韵。

游招隐山六洞自注：洞曰朝阳、夕阳、白雀、嘉莲、南华、北牖。

攀陟情忘疲，洞壑洵回邅。朝阳开霏微，夕景映澄鲜。菡萏不可见，白雀徒空传。窈窕北牖室，演漾南华泉。虚窦显向背，隐磴潜亘绵。蔽亏欺日月，藏纳杳云烟。削凿太华小，淡濒神岛连。偶然二仪创，遂夺万古妍。寓真赏非一，寻异怀屡迁。浩荡观物化，聊谢区中缘。作者五古胎源二谢，然自能造句，不徒得古人之形。

游虞山韶音洞自注：在粤。

探奇寻古峤，巇窦临清濑。空谷响易奔，万窍咸竽籁。苔藓映崩壁，竹柏翳丛荟。冬夏鸣瑟商，昏旦变明霭。睠邈苍梧巡，逶迟翠华迈。骖虬纷巃嵷，羽旍森晻蔼。揽袂南熏亭，天风动衣带。月皓清湘流，云空九疑外，抗缅千载前，踌躇发深慨。

登昭州城楼即事

两江穿石壁，叠嶂倚孤城。舟向猿边下，人于鸟上行。岩幽谷雾暝，野旷戍烟平。薄暮楼笳发，栖栖旅客清。“千里江陵一日还”后，复得此奇险之句。

晴川楼

万古山楼对黄鹤，一身楚塞吟清秋。羲娥平向窗中过，江汉交回槛外流。深窟鼋鼍时隐见，盘涡鸥鹭静沉浮。祢衡李白今何处？日暮空悲芳草洲。江、汉交回的是此处，得此句，不嫌上句之泛。

王维坤

王维坤，字幼舆，直隶长垣人。顺治辛丑进士。

寄慰乾一落第

当年交臂许云龙，太息名高未易逢。我辈都非食肉相，古人常作酒家佣。三巴二月莺千啭，万里双鱼泪一封。何处相思不相见，梓江迢递剑门重。诸乾一，松江人，时幼舆在蜀中寄诗。

除 夕

眼底年光尽，家人真不来。西川兵火后，无复望乡台。(顺治朝科目止于辛丑，此下皆文人、才士、山林野老之诗。)

徐延寿

徐延寿，字存永，福建闽县人。有尺寸集。〇存永兴公𤊹之子，钱牧斋序其诗，盛称许之。

燕子矶

冯夷吹浪啮山根，云树千重暗白门。故垒尚闻双燕语，空江曾见六龙奔。杨花暮雪行人路，杜宇春风古帝魂。扣楫中流频唤酒，客情难遣是黄昏。哀福王之出奔也。渐渐麦秀，于言中言外见之。

建州符山寺别楚黄樊山甫

共借僧寮一榻眠，离家愁说两经年。断云古驿过樵水，凉雨孤舟忆楚天。千里别情芳草外，五更残梦落花前。城南歌舞今消歇，又见关山月上弦。

新淦县拜周公瑾墓

水畔巴丘古县开，周郎祠宇傍泉台。霸图当日成何事？才士无年实可哀。荆楚干戈终古恨，小乔环珮几时来？来涯孤客逢寒食，特为停舟酹一杯。霸图不成，由公瑾之早没，哀之深矣。

褚 篆

褚篆，字苍书，江南长洲人。邑诸生。〇苍书天爵自尊，淬砺古学，韩文懿公以父执敬礼之。康熙己巳圣祖南巡，召见于行在所，命书笺二幅，御书“海鹤风姿”赐之，时年已九十六矣，越岁卒。生平诗稿散佚，只存此篇。

归度仙霞岭

匹马劳劳苍翠间，千寻古栈度重关。天南气象开蛮府，岭上风云动越山。径走黄狐荒草合，村连红树夕阳殷。生民苦忆无家别，烟火萧条何日还？

赵士喆

赵士喆，字伯浚，山东诸城人。有观物斋集。〇伯浚去家不归，著建文年谱。董樵目中无人，然师事之，可以觇其品矣。

五平咏怀

阳春风初和，驱车游皇州。平原明朝辉，层城如云浮。高杨缘长川，丹霞栖琼楼。骊驹谁家郎？翩翩临清流。雕弓飞金丸，银鞍悬吴钩。从禽平陵东，还归倡家游。燕姬颜如花，琅玕为搔头。留君调新声，哀歌弹箜篌。清宵华灯张，辉煌罗衾裯。人生当为欢，谁能长忧愁。嗟嗟玄经儒，穷年无时休。创格，却极自然，不入游戏。

毛如瑜

毛如瑜，字贵甫，山东阳信人。著有太瘦生稿。〇贵甫曾挟策上书，为权幸阻抑而归，遂游五岳乃卒。

登北岳

恒岳嶙峋四望开，正逢春色气佳哉。风烟下瞰中原尽，形势遥从万里来。手接星辰依座近，身经虎豹扣关回。吾庐东岱登临旧，争长崔巍未易裁。

刘献廷

刘献廷，字继庄，广阳人。〇继庄于天官、地理、农田、水利、刑名、钱谷以及兵阵刀槊之类，无所不能，韵语其馀事也。然豪气飚驰，逸情云上，读其诗，可以想见其人。

怀　古

古之兵皆农，农富兵亦强。古人士皆农，农朴士亦良。兵农一以分，甲胄无馀粮。士农一以分，耒耜无文章。分之则两伤，合之则一理。请语当途人，治乱实此始。经生家安能为此言，即此可以觇其抱负。

泛　溪

白石何粼粼！清流自泥泥。信舟漾前溪，两岸饶蒲苇。日落秋风生，停桡吊山鬼。

题晖草斋

谁将堂上春，得比春日辉。日入光更出，亲老无重归。谁将人子心，得比庭前草。春风日日吹，草色年年好。从东野意翻进一层，诗到此才有关名教。

水仙操

天行海运旋宫音，万象回薄由人心。移情易性琴非琴，刺舟而去留深林，海水汩没鸟哀吟。余心悲兮无古今，援琴而歌泪淫淫。

赠张铁桥先生

我生燕山下，君住罗浮巅。相去万馀里，苍茫隔风烟。我年三十君七十，南溟绝塞谁通连？金阊忽相遇，会合非徒然。庞眉拄杖指天外，招我把臂谈重玄。我向空山抱幽独，三元厄运遭百六。耳闻沧海变桑田，长安夜听铜驼哭。南来踪迹访遗民，幸遇先生成信宿。先生腰下双青锋，闪烁跳跃如飞龙。自谓十年不曾试，宵光夜冷青芙蓉。延津神物有时合，为我一舞开心胸。君言当年不如愿，未必他年尝健饭。留挂丹房镇鬼魅，跨鹤吹笙从此变。先生画马非凡马，笔走房星自天下。世间骐骥总虚名，王良只向丹青写。写马君所易，写人君所难。清高深稳在闲楸，驽骀蹩躠充衣冠。画马不画人，画鸟惟画鹰。宇内神俊姿，妙手恣飞腾。君自粤东来，探奇几千里。俊物与名山，收贮奚囊里。囊中五岳空嶙峋，忽逢佳士为写真。娄东顾子称同调，虎头龙性谁能驯？与君相对两无语，双眉不点人间尘。肯染春风旧花鸟，位置精神向三岛。我生不识顾云臣，依稀错认丹霞老。自注：云臣小像酷似丹霞澹翁。典型落落如晨星，万事悲凉付秋草。别君流离迁向越，眼底旌旗互明灭。夺我金庭第九天，翻飞只忆南华蝶。西湖重遇又经春，笈里烟霞别有神。还期遍走齐州地，同作天台采药人。铁桥名穆，善画鹰马，不苟赠人。两奇士相遇，必有倾吐肝膈芒角流露者，篇中飞腾变灭，如白云从风，去来无迹，青莲流派，安得不属此人。

留别张鸿伯兼怀张非文和韵

舟楫吾将老，诗书世所轻。谁知天下士，漂泊亦无成。放眼空今古，虚怀向友生。北归心已足，不复悔南征。一气鼓荡，律体最高。

题潜籁轩和韵

玉峰有高士，痛哭寿山隈。铁马夜千里，麻衣时一来。自注：昆山顾宁人先生每至军都，必主潜籁。自从丹旐返，不复草堂开。珍重遗编在，沉吟日几回。

赠行西上人

铁骑穿云旧拓边，大江归去浪连天。五更梦醒荒祠下，百战人酣绣佛前。风急雁行排远岫，秋高鹏影落寒烟。与君共望中原路，衰草离离倍黯然。应是战将而隐于僧者。

赠杨子西

我溯三湘问楚材，与君披写共登台。乾坤不肯留残照，海岳无从问劫灰。莫讶青萍通夜啸，何妨白雪满头来。纵横且说当年事，尊酒淋漓亦快哉！黯黯残照，何计留之，茫茫劫灰，何从问之，泉明饮酒课耕，乃乐天安分之常也。

卧　病

风尘泉石两蹉跎，岁月催人委逝波。万事无成心力少，一生有几别离多。梦回弟妹依然失，病久交游谁更过。剩把新诗消永日，空床独坐强吟哦。古之伤心人乃有此言。

幽　居

王孙学赋小山招，意气崚嶒耿未消。燕市酒酣闻击筑，吴关人去忆吹箫。功名梦醒玄驹国，卜筑门临白马潮。回首故园千里外，江乡随地老渔樵。一肚牢骚，借幽居发出，此岂幽居人语耶！

赠向语可

天半峨嵋落照边，汉川东与蜀江连。万金散尽犹存骨，一剑长留岂学仙。秋水欣逢东海苦，马蹄难遇九方堙。穷途我自怜空手，洒泪相看大别前。

咏　史

朝横而夕纵，志本在温饱。敝裘先自愧，何论妻与嫂。足以服季子之心。

匕首西入秦，生死在眉睫。秦政非齐桓，如何欲生劫。明人有论，已畅言之，此括于二十字中，尤见明快。

治国与治军，卧龙岂两事。陈寿亦何知，还问司马懿。扫得痛快，如此作诗，何妨议论。

王昭君二首

六奇已出陈平计，五饵曾闻贾谊言。敢惜妾身归异国，汉家长策在和番。咎在陈平、娄敬，此正论也。〇元帝时匈奴已弱，帝不欲失信，非畏其强，此意诗家未曾道及。

汉主曾闻杀画师，画师何足定妍媸。宫中多少如花女，不嫁单于君不知。若故为自幸之辞，不怨深于怨矣。

题闺秀雪仪画嫦娥便面

素笺折叠涂云母，黛笔清新画月娥。莫道绣奁无粉本，朝朝镜里看双螺。

喻　指

喻指，字非指，江西南昌人。

石城晤林茂之

泽国烽烟逐擞貂，秣陵人事更萧条。山头牧马无春草，城下东风有暮潮。白发逢君疑再世，清尊为我话前朝。天涯便欲相依隐，何处空岩著野樵。五六语不必求工而身分自见。一气清空，亦从杜诗中出，世人学杜者，但求形似，得其皮毛耳。

徐振芳

徐振芳，字大拙，山东安丘人。

海陵寄李子效

淡淡长河落日愁，美人芳讯到沧洲。犹龙久矣逃尘世，牵犊公然饮上流。赤水有珠归罔象，碧天无际泛虚舟。班荆拟在云深处，一醉青莲海岳楼。

张　杉

张杉，字南士，浙江山阴人。

蒲坂道中

峻坂长驱匹马过，春风吹客奈愁何？重华不返苍梧驾，孤竹空传采蕨歌。北望云中迷紫塞，西来天上泻黄河。幽怀故国归何处，此日征衣泪更多。

沈道映

沈道映，字彦彻，江南华亭人。著有鸿迹轩稿。

讯鬌渊水西

幽人谷水耽高卧，江村长夏看云坐。清梦心随鸥鹭慵，独醒迹向风尘左，草阁萧萧六月寒，穷探学海倾波澜。千秋自取性情足，一编歌哭来无端。与君成别忽已久，不向西郊频握手。闻道惊涛没钓矶，为问渔竿无恙否？

送霄客南还

聚首无多日，天涯袂忽挥。苦将游子泪，洒向故人衣。落日河流急，寒枫驿路稀。与君俱作客，争奈不同归。“游子泪”、“故人衣”，极平平语耳，合用之，顿传出至情，知诗人所贵点化，不专求新。

野 泊

野渡夕维舟，寒潮正急流。雁声沙际月，帆影笛边楼。独客难为夜，孤心易感秋。百年同逝水，不尽古今愁。

登泖中潮音阁眺望有怀

峰头云气昼冥冥，蜡屐凭高试一停。湖面日翻荒岸白，海门天入乱山青。孤帆是处随渔网，长笛何人起鹭汀。谷水昆阴俱在眼，可怜二陆久凋零。

舟泊富林谒陈大樽先生墓

富林溪上一盘桓，墓道春阴泣汉官。未见丰祠传俎豆，空留皎日照衣冠。当年碧血青磷散，此地银涛白马寒。回首平陵松柏路，子规啼遍朔风酸。吊大樽先生，只传其精卫填海之节，而学术词章概从阙如，此立言得体处。

怀家雪峰

他乡苦忆病维摩，皂帽藜床岁月过。春到竹林无酒伴，悲来土室只高歌。柴桑甲子同元亮，笔冢风流继永和。谁共扁舟横铁笛，沧江闲理钓鱼蓑。

陆元辅

陆元辅，字翼王，江南嘉定人。〇翼王为黄陶庵先生入室弟子，学术志行不愧师门，所为诗亦复相似，钟、谭习气不能染也。

送袁重其归吴门

青眼沧桑阅逝波，百年世事足悲歌。尊前故旧凋零半，乱后文章感慨多。鲈脍正堪淹客棹，骊驹无奈向关河。凭君一寄昌亭泪，江左风流更几何？自注：时闻叶圣野之讣。

九日侯砚德病起招寻王氏南园自注：次老杜九日蓝田崔氏庄韵

干戈天地醉乡宽，令节招寻得暂欢。已喜高秋苏肺气，还愁短发落南冠。来宾白雁关河杳，无主黄花霜露寒。却忆先朝王相国，东篱采菊笑颜看。自注：南园为王文萧公种菊之处。

送文介石学博归滇南

滇客频年赋式微，今朝才见理征衣。三江日月孤臣老，六诏风烟万里归。山过碧鸡多戍鼓，星穷朱鸟近亲闱。好音为寄东来驿，莫道南天少雁飞。三诗值悲歌感慨之境，无志微噍杀之音，可以觇其所养。

陆宗潍

陆宗潍，字维水，江南嘉定人。翼王侄。

维扬舟次遇乡人南归

忽听乡音唤阿蒙，月明桥畔此浮踪。乘君下水归帆便，寄我平安第一封。与“复恐匆匆说不尽，行人临发又开封”同一天籁。)

余思复

余思复，字不远，福建将乐县人。○不远草书多从二王中出，予于京口屡见之，曾流寓于黄鹤山也，闻其非力不食，亦属志士。

赠　别

江水悠悠江蓼红，江云黯黯别离中。乾坤留眼观时变，湖海论心有客同。楚国谁能为玉泣，齐门何竟羡竽工。长安定有平安信，万里无忘寄朔风。

侯方域

侯方域，字朝宗，河南商丘人。有壮悔堂集。○朝宗以古文鸣，诗特其寄兴，识者比之皇甫持正、李习之、苏明允，最为惬当。

寄李舍人雯

金陵门外昔同游，归去衰迟有故丘。六季春城喧野雀，三山云气黯江楼。嵇康辞吏非关懒，张翰思乡不为秋。最是月明照颜色，平芜烟雨使人愁。

冒　襄

冒襄，字辟疆，江南如皋人。南渡时，用为推官，不就，以贡士终。有朴巢诗集。〇辟疆与宜兴陈定生、商丘侯朝宗矜名节，持正论，品覈执政，不少宽也。马、阮当国时，几罹于祸。后居水绘园，以友朋文酒为乐，远近高之。

寄吴梅村先生

盐官留滞叹蹉跎，遗老飘零事若何？万里烽烟横塞雁，五都荆棘没铜驼。遥瞻吴苑乡关隔，近接邗江涕泪多。闻道子山消息在，白头红豆只悲歌。

赠柳敬亭

忆昔孤军鄂渚秋，武昌城外战云愁。如今衰白谁相问，独对西风哭故侯。赠敬亭，并吊宁南，可作羽声歌之。

陆元泓

陆元泓，字秋玉，江南常熟人。〇秋玉无家，图己像于水墨中，自称水墨中人。

过河北刘塍先生墓

曾云归去总天涯，三尺荒坟万古家。若个年年吊寒食，半瓢清酒滴桃花。

徐　波

徐波，字元歎，江南吴县人。〇元歎少年任侠，后工诗，之楚中，交竟陵锺、谭二公，晚归老落木庵，以枯禅终。生平诗近锺、谭体，牧斋痛贬锺、谭，而于元歎独许之。

落　花

花意寒欲去，登楼送所思。将分春雨恨，似与故人期。野水断村路，孤烟生竹篱。吾徒从此逝，忍见艳阳时。落花习径，以生新之笔湔除之，李义山“高阁客竟去”一首后，复见此诗。

金人瑞

金人瑞，字若采，江南吴县人。诸生。

愁

江水流春不当春，江花江草故愁人。开头捩舵汝何往，击鼓鸣桡皆不伦。巫峡猿啼真迸血，楚天朝雨最通神。老夫欲寄精诚去，凭仗高风达紫宸。此拟杜作，似夔州以后诗。

侯　涵

侯涵，字研德，江南嘉定人。

送别鹭宾感家朝宗往事

阊阖门边酒共倾，依依酬劝忽分征。却愁此别成南北，谁道他时隔死生。十载黄垆豪士骨，千秋青史党人名。白头太傅肠犹热，手把家书倍怆情。自注：出朝宗遗札，多隔世事。

刘逢源

刘逢源，字津逮，直隶曲周人。

郭　泰

博带雍容七尺身，遨游郡国擅人伦。如何下士相模仿，只爱先生折角巾。

补锅匠

高隐昔传磨镜客，奇踪今见补锅人。若将姓字留天地，纵使巢由亦外臣。非薄巢、由，要见不留姓字为最高耳，必求其人以实之，毋乃凿乎？

吴兆宽

吴兆宽，字弘人，江南吴江人。

寄怀小修弟

万里江涛接郢城，上游节钺坐论兵。风清鼓角秋开幕，月照旌旗夜勒营。海内功名多难日，天涯兄弟别离情。只今汉上烽烟满，慷慨中流忆祖生。

闵麟嗣

闵麟嗣，字宾连，江南歙县人。著有卧雪诗草。○宾连喜游，踪迹几遍天下，所游皆有诗，而庐山一集，尤脍炙人口。缘未见全集，止录二篇。

空水阁

欲穷瀑水源，峡束忽无路。上有蛟龙居，下杂古今树。数石何渐渐，飞动令我惧。侧身入空冥，盘曲审跬步。阴森鬼搏人，日月如未曙。一阁踞其巅，青苍于此聚。山僧不常栖，终年白云住。双扉风为开，倚槛时一顾。晚来山雨晴，豁见湖光露。留连空明中，恍惚若有悟。起步得此，下信手写去，无不入妙。

玉渊潭

才过三峡桥，溪壑骇闻见。吁嗟此奇观，曲尽水之变。石忽不受水，水怒如激电。其势必斜飞，下与蛟龙战。渊深不敢窥，藓滑试一践。我有悠然心，六虚任周遍。对之神益闲，澒洞增馀眷。高歌扶杖归，习习风吹面。向游天台石梁，见瀑布激石，势怒回转，斜飞乱下，如万斛明珠，喷洒跳掷，时有语不敢轻吐。读此诗“石不受水”数言，恍置身石梁间也。

吴嘉纪

吴嘉纪，字宾贤，更字野人，江南泰州布衣。著有陋轩诗。○野人居泰州之安丰盐场，濒于海，刻苦成诗，人无知者。自周栎园侍郎盛称其诗，人争重之，由是陋轩之名与诸名家相埒。○渔洋诗以学问胜，运用典实而胸有炉冶，故多多益善，而不见痕迹。陋轩诗以性情胜，不须典实，而胸无渣滓，故语语真朴，而越见空灵。然终以无名位人，予持此论，而众人不以为然。然其诗具在，试平心易气读之，近人中有此孤怀高寄者否？

送吴眷西归长林

孟夏雨初霁，海村桑叶肥。小麦蕲蕲秀，雉来麦上飞。怅然远游子，顾盼思岩扉。十年困马足，四体悬鹑衣。世态已阅历，长策莫如归。蘗树无甘荫，冰壑无炎辉。从来高蹈士，不厌寒与饥。去去故山中，努力餐蕨薇。

长林何处所？泉洁山秀峙。暧暧人烟际，灌木四五里。枝上老鸦多，春来各生子。子幼含哺劳，子大雌雄恃。恩勤虽已极，骨肉一巢里。此时垂白母，望远闾自倚。行路稍欲稀，夕阳半山紫。儿今远归来，无米亲亦喜。末语，非至性人谁能道出。

赠汪秋涧

秋涧九尺躯，双腕最有力。自称草野臣，提刀能杀贼。家破仇未报，亡命走江北。黄金买红袖，将身委声色。荒淫不得死，聊复弄笔墨。欧虞及颜柳，生气盈丈尺。时贤慕绝技，他乡且谋食。怀中一片心，到老无人识。秋涧奇人，惟此奇笔足以传之，末语终莫定为何等人，所以为妙。

哀羊裘为孙八赋

孙八壮年已白头，十年歌哭古扬州。囊底黄金散已尽，笥中存一羔羊裘。晨起雪霏霏，取裘覆儿女。亭午号朔风，儿持衣而翁。风声雪片夜满牖，殷勤自解护阿妇。裘之温暖诚足珍，不得众身为一身。吁嗟乎！长安天子非故人，羊裘冷落对邗水。他年姓字齐严光，今日饥寒累妻子。

一钱行赠林茂之

先生春秋八十五，芒鞋重踏扬州土。故交但有丘茔存，白杨摧尽留枯根。昔游倏过五十载，江山宛然人代改。满地干戈杜老贫，囊底徒馀一钱在。桃花李花三月天，同君扶杖上渔船。谁家酒垆可赊饮，一钱先与人传看。酒人睇视皆垂泪，乃是先朝万历钱。桃花李花二语，偏写得兴高，游冶相似，而结意悲伤，传出麦秀渐渐之感，一篇主意全在此也。一裘、一钱，两篇是创格，亦是绝调。

朝雨下

朝雨下，田中水深没禾稼，饥禽聒聒啼桑柘。暮下雨，富儿漉酒聚俦侣，酒厚只愁身醉死。雨不休，暑天天与富家秋。檐溜淙淙凉四座，座中轻薄已披裘。雨益大，贫家未夕关门卧。前日昨日三日饿，至今门外无人过。

我昔三首效袁景文

我昔客途逢败兵，弦声旆影魂俱惊。残骑如狼散草莽，居人杂兔奔纵横。渔船贪利夜卖渡，金多方许载人去。暝色潜行曙则隐，口干肠饥我能忍。

我昔携家亟逃难，海云漫漫昼昏晏。野空蹄响贼马近，我船欲速行转慢。须臾燔烧闾里红，风漂船入芦港中。芦叶菰叶蔽男妇，引衣掩塞啼儿口。

我昔兵过独还家，畦上髑髅多似瓜。空村无声鸡犬尽，篱菊自放霜中花。天南伯兄天北季，惊魂弃绝故园地。夜寒鬼语聚稍稍，细雨还闻九头鸟。效景文而体源出于杜老，全以质胜。

劝酒歌赠乔边偕

蜡梅开花酝香发，亲戚携觯造门闳。造门闳，来劝翁，念翁遁迹楚云东。皂帽布裙临大海，芦花蒲叶多清风。清风萧萧，尘起奈何？未若蚁浮鹦鹉螺，由来酒乡可避世，请翁听我劝酒歌。

烛花漾漾酒满瓢，雪飞入檐见酒消。瓢与杓，引翁尝，念翁辛苦容貌苍。汾河恒岳家乡远，吴树淮堤歌思长。长歌复短歌，古调清泠泠，不如浊醪注瓦瓶。由来醒者多智虑，劝翁一醉安性灵。

桑田变易城市改，翁家书卷年年在。东壁卷，西壁书，中间惟应置酒壶。莱衣芰裳膝前侍，伟节慈明天下无。门户须开，明月欲来，瓮中又漉新熟醅。有书有子愿已足，翁不痛饮胡为哉！三章音节剧佳。

僻　壤

僻壤无春至，安知春已残。海云千里黑，塞雁一声寒。老去谋生拙，时危作客难。直西是乡路，日日出门看。

落 叶

枝上曾几日，夜来秋已终。又随天地意，乱下户庭中。不静月斜处，偏惊头白翁。何须怨摇落，多事是春风。小小题传出天运自然，不怨霜露而怨春风，见盛之始，已伏衰之机也。小家但工刻画，粗得形似而已。

送周雪客游新安

三秋寻老友，千里去新安。地主云中候，天都马上看。蓬生黄帝灶，鹤唳吕公滩。登眺须扶醉，深山瀑布寒。

挽鲍念斋有序

念斋讳辉祖，父梦斗，乙酉客芜城。四月兵屠城，辉祖在宛陵，闻父讣，时方九岁，往芜城寻父尸不得，笥中得父敝衣抱归，岁时泣祀，奉母守节。母死，哀毁成疾，因卜地以敝衣置棺中，招父魂，同母厝于南梁。栽树左右，日夕攀树枝哀号洒泣。逾年死，闻者莫不悲之。

独遘伤心祸，应为早死人。魂招衣当骨，泪尽子随亲。孤稚遗天末，三棺客海宾。手栽原上树，叆叆野阴新。“魂招”十字，浑括全意。

新 仆

语少身初贱，魂伤家骤离。饥寒今已免，力役意忘疲。长者亲难浃，新名答尚疑。犹然是人子，过小莫轻笞。语语从新字起意，一结仁人之言，蔼然动听。

内人生日

潦倒丘园二十秋，亲炊葵藿慰余愁。绝无暇日临青镜，频过凶年到白头。海气荒凉门有燕，溪光摇荡屋如舟。不能沽酒持相祝，依旧归来向尔谋。三四写清贫之况，五六状濒海之景，末点化熟语，脱口生新，庄子所谓“有道妻子皆得佚乐”，可以想其高风焉。

玉勾斜

莫叹他乡死，君王也不归。年年野棠树，花在路傍飞。

卷 七

沈 磐

沈磐，字石均，江南吴县人。诸生。〇家石均家灵岩山下，名未甚著。杨维斗先生会文二株园，取冠众人，揭案珠明寺前，时学使者适岁试，亦取第一，目其文为一郡之冠。自是四方人士争欲识石均矣。表此轶事，见前辈持衡之当，能使人引重云。〇七言近体如狮子搏象，必用全力，不求工于一字一句之间，西堂尤太史目为大家。

陈靖献公祠 自注：名迪宣，洪时礼部尚书，靖难兵入，不屈磔死。

强幹谋成祸乱纡，渔阳突骑竟长驱。运筹不少黄罗汉，坚壁难逢周亚夫。司马岂闻娴将略，秩宗何自绾兵符。宫车赴火君臣尽，一寸丹心逐鼎湖。叹齐、黄之无谋，而铁尚书之外，无能坚守者。

分茅蓟北控岩疆，鼙鼓谁教动范阳。自有长君图社稷，不劳叔父佐成王。丹心愿化千年碧，弱息难回百炼刚。自注：子六人俱被祸。缞绖何人轻慷慨，忠魂总赴白云乡。

六月霜飞杀气中，收孥令下市朝空。生无面目湛三族，死念君王哭两宫。精贯白虹随落日，魂归丹陛起悲风。宛溪旧接秦淮口，呜咽流澌水不东。

采石矶望开平王战处

咫尺江陵王气浮，东南根本治扬州。关中早劝高皇定，河内先从世祖求。狐鼠依山还背水，将军破釜更沈舟。只今寂寞长干路，杨柳蒹葭满目愁。

金陵漫兴

崎岖一马驻江干，叔宝聊开南极天。骤见蛟龙失云雨，已知燕蓟下楼船。旌旗昼闪三山外，壁垒星沈五校前。藩镇望风争款附，故将鸣镝射中坚。此见小朝廷之无人也。倚托四镇，而二刘反戈，亡岌岌矣。○张天禄从刘良佐后射黄得功中喉，故有鸣镝射中坚句。

元老宜参帷幄筹，谁令分阃镇扬州。庙堂决胜全无策，宰相临戎岂自由。百战馀生终殉国，九原遗恨在同舟。至今呜咽邗沟水，遍绕芜城哭未休。此专闵史阁部之殉国，见孤忠无助也。

江表初开南国疆，衣冠不数旧貂珰。那堪矰缴随鸿鹄，岂有梧桐集凤皇。党锢十年虚反覆，兴亡千载重凄凉。繁花泯灭乌衣巷，怨恨分明石子冈。马、阮借党人之名，戕虐士类，所谓人之云亡，邦国殄瘁也。

万马临江拥健儿，上游诸将半横尸。凤城夜启宫车出，鹊观尘飞汉祚移。张象望旗惊鼓噪，褚渊受爵愧期颐。诸公好去乘时会，莫入商山赋紫芝。宫车奔窜，国祚烟消，诸公不为袁粲，愿为褚渊矣。孟津不足道，虞山能毋怍于中乎！

蒋平阶

蒋平阶，字大鸿，江南华亭人。

送罗梦章比部省亲还蜀

归心遥系武功天，巫峡春风万里船。锦水有桑堪养母，邛关何地可筹边。云迷八阵愁鱼复，路转三巴泣杜鹃。自叹碧鸡词赋客，十年旌节竟空悬。

禹　陵

撬辇逢尧祀，垂裳拜舜年。剖圭开日月，瘗玉镇山川。南幸游方豫，东巡驾不还。衣冠辞岳牧，剑舄步神仙。寝庙春常闭，宫车夜自悬。千秋明德远，万众寸心虔。海阔沧江外，星临斗柄前。金茎留晓露，碧殿锁青烟。魍魉犹留鼎，蛟龙想负船。秦碑荒草合，汉畤白云连。苍水书难得，玄狐箓可传。按图通百粤，泪尽九疑天。铺叙有伦，不蔓不竭，此长律体也。陈、杜、沈、宋素称擅长，元、白滔滔百韵，才有馀而律不严矣。作者队仗自然，浅深合度，犹可望见初唐。

送李分虎之滇黔

万里南中路，春风入五溪。地分铜柱北，山险桂林西。树酒尊堪泛。箄船棹自携。关梁庄跻设，碑字武乡题。水出滇池倒，天临瘴岭低。鸟言通八部，绣面接诸黎。圣武初经略，征南振鼓鼙。三军持毕节，一战下和泥。荒服开州郡，穷边走寄鞮。阑干红罽入，歌舞白狼齐。汉使难重问，磨崖不可梯。乌蛮新幕府，属国旧朱提。君听南征曲，能令乡思迷。山深鹦鹉语，花老杜鹃啼。河外青蛉县，关前白马氐。还将碧鸡赋，迟尔到金闺。

李邺嗣

李邺嗣，字杲堂，浙江鄞县人。诸生。○平生以著书为事，著汉语、南朝续世说，语中寓笔削予夺，鄞人多师事之。诗品刊落凡庸，不肯一语犹人，浙人中独开生面者。

绣州孝女

女李氏，志在事亲，遂终身不嫁，年四十七。

远我父母，事人父母。谁无父母，谁有父母。一解。
少慕事亲，十年不字。长慕事亲，终身不字。二解。
谓我女子，谓我男子。宛然孝子，宛然处子。三解。
有父子伦，无夫妇伦。婴儿子后，惟此一人。四解。
暮雨梨花，年年寒食。麦粥一盂，父母之侧。五解。○古音古节，作者所创，可以当古乐府读。

出乌石山后失道

习僻厌平阡，歧道入榛莽。管足不肯回，牵拂坚初往。稍进不见天，竹叶大逾掌。隙处迷烟云，日脚不落壤。直躬碍枝干，渐伛安得仰。两袖竞翅张，冒棘先用颡。导者未识谁，后趾蹴前缅。人兽尽无音，但闻碎箨响。三里幸出丛，目光久矘瞛。始见樵子行，寸心翻惚恍。字字刻削，极苦乃得极甘，孟东野后，见此一人。

得　杖

既出贺险尽，瞻前乃复陡。小憩对古松，支离类此叟。策足耻言疲，恐落仆夫后。山人指爪强，折竹等蒲柳。怜予进一茎，兹意感君厚。忽若当颠危，倚仗得奇友。山魈不敢争，空潭戏蚴蟉。翼足渐以轻，影逐孤云走。笑谓同行人，腾岳等培塿。承上一首来，诗格亦从苦得甘。

自大嵩上二十里至福泉精舍

舍舟上樵径，晴眺分纤毫。循途凡屡盘，获奇随所遭。崩崖露云根，长风势渐饕。诸峦徐束体，始识身已高。在舆尚苦疲，何况舁者劳。斗上复稍垂，豁然辟林坳。老松得成鳞，岩土抽春毛。梵僧构幽栖，人龙同一巢。入门气得苏，豆笋罗山庖。到此惭浮名，徒为猿鸟嘲。“诸峦徐束体”四语，少陵手笔，亦是少陵心事。

囊云大师山居

夫子邈然去，孤峰自辟门。地容方丈洁，天护草堂尊。风节千春见，行藏两世论。荒荒西日下，梵磬肃朝昏。“天护草堂尊”一语，卓绝，能当此者，宇内曾有几人？

彭孙贻

彭孙贻，字仲谋，浙江海盐人。拔贡生。

螺川晤黄交侯共谈家难感愤书怀

干戈满地接山城，所在流亡苦甲兵。游子那堪天北望，孤舟应共雁南征。俱传栾布收彭越，相对黄公哭阮生。惆怅莫须论往事，岭猿已过第三声。

王猷定

王猷定，字于一，江西南昌人。选贡生。著有四照堂集。〇于一遭乱居广陵，以诗古文自负，书法亦在晋、唐之间。

螺川早发

月落秋山晓，城头鼓角停。长江流剩梦，孤棹拨残星。露湿鸥衣白，天光雁字青。苍茫回首望，海岳一孤亭。“大江流汉水，孤艇接残春”，渔洋赏费此度诗为十字千古，三四写舟行早发，亦复入神。

黄虞稷

黄虞稷，字俞邰，晋江人。诸生。〇俞邰以诸生召入修明史，食七品俸，当时以为盛事。

次林茂之先生八十自纪韵

八十才名遍九州，先朝遗老至今留。听谈旧事开元载，早识词人万历秋。藜杖寻诗荒径外，松风坐客小楼头。乳山咫尺能招隐，我欲从之一溯游。

许　友

许友，字有介，福建侯官人。著有米友堂集。〇钱蒙叟吾炙集称有介诗无句不妙，无字不妙，及读其所收，俱近浅率。今录二章，其七言一章，系诗观中采入者。

江行有饷予酒者

送酒荻花边，今宵醉晚烟。隔灯分夜话，曲枕学枯禅。暑气全归雨，潮痕半入天。芦中人不尽，结社在渔船。

送郑一作客

苔绣银刀佩古囊，鸡声勒马著衣裳。挥杯满目皆朋友，乱世逢场即故乡。断岸孤舟千里梦，晓天残月万家霜。悲予独自看花后，春柳深深冷草堂。

戴本孝

戴本孝，字务旃，江南和州人。布衣。著有前生馀生诗稿。〇池北偶谈载，务旃性情高旷，在京师时，夜与友人谈华山之胜，晨起即襆被往游。新城赠诗所云"洛阳货畚无人识，五月骑驴入华山"是也。诗近平直，兹录其集汉、魏集陶数章。

汉魏集律

感　怀

良时不再至，李陵。何乃太区区。无名。万事无穷极，阮籍。九州焉所如。曹植。忧心常惨戚，苏武。养志在冲虚。阮籍，愿化双黄鹄，无名。悠悠去故居。阮籍。

秋　残

良时忽一过，阮瑀。白日半西山。王粲。哀彼寒霜厉，马明生。

空令蕙草残。无名。微歌发皓齿，嵇康。时俗薄朱颜。曹植。奄若风吹烛，无名。人生一世间。徐幹。

送　别

远送新行客，孔融。中心摧且伤。徐幹。寒蝉鸣我侧，曹植。孤雁独南翔。曹丕。努力加餐饭，无名。随时爱景光。苏武。勉哉修令德，缪袭。别后莫相忘。曹植。

律　陶

赠野人

乐与数晨夕，区区诸老翁。贫居依稼穑，绕宅自蒿蓬。懒惰故无匹，箴规向已从。闲居三十载，乡里习其风。

课　农

所营非近务，相命肄农耕。井灶有馀处，林园无俗情。酒能祛百态，菊为制颓龄。遂令介然分，不为好爵萦。

田　家

少无适俗韵，甘以辞华轩。但道桑麻长，而无车马喧。服勤尽岁月，守拙归园田。终晓不能静，鸡鸣桑树颠。集陶胜于集汉、魏诸作，以陶有名句，汉、魏惟在气骨也。此章尤极自然。

葺山中田庐

素襟不可易，性本爱丘山。怀役不遑寐，躬耕非所叹。敝庐何必广，虚室有馀闲。岁月相从过，吾生梦寐间。

戴移孝

戴移孝，字无忝，江南和州人。布衣。○无忝，务旃之弟，志行相似，诗品高于乃兄。

从军行

南山射猛虎，北海斩长蛟。生平一双手，出门随所遭。男儿丁乱离，安忍坐蓬蒿。可怜太平人，低头弄钱刀。草木同腐朽，乌知贤与豪。作丈夫语。

喜遇方三素伯于长干

北客南归数千里，闻君适过长干寺。牵衣入寺历讯之，扁舟又向吴淞水。君数贻我书，我未识君面。肠中宛转如车轮，长江漫漫不相见。江上水凫入户啼，衰烟断柳风凄凄。横江破巢不忍归，天涯谁是心相知。正欲拏舟渡江去，闻君复就长干路。君出南城我入城，千万人中恰相遇。城头戎马骄且嘶，与君同著妇人衣。侈言得志此何时，可怜头发如青丝。酌酒寿君跽复起，郁郁钟山气还紫。莫遣腰下青芙蓉，化作双飞入江水。酒酣歌放不可休，记得昇州是蒋州。来朝同买钓竿去，矫矫万里随白鸥。历叙离合情事，曲折如话。“同著妇人衣”，为避乱也，用李密故实。

答人述先君旧事

莫道吴兴事，酸风刺骨寒。相知皆死别，无处问平安。故鬼千家哭，孤城百战难。当时衣上血，今日与谁看。无忝父名重，前朝推官，死难时，作绝命辞数章。

训　子

已入愚公谷，甘为郑子真。儿孙犹汉腊，晋魏有秦人，读易无如损，遗安一味贫。更嫌名累汝，笔砚不须亲。损先难而后易，以遏欲为主，遗安以贫，真能遗安者也，前民训子语皆切实。

牧　牛

吾道已沧洲，黄冠学牧牛。有书时挂角，作画笑笼头。短布逢长夜，逃名得上流。一声何处笛，吹尽古今愁。甯戚语、巢父事，运化自佳。

惜　誓

万古刀钚赤手磨，休将剑术责荆轲。一门争死无完卵，三户偷生作楚歌。不信青蝇还赐吊，堪悲黄雀自投罗。行看沧海扬尘日，才见西山木石多。

曾传灿

曾传灿，字青藜，江西宁都人。著有止山集。○青藜选本朝诗，名过日集，所选纯不胜杂，而人才略备，余于此窃有取焉。兄名畹，并以诗名，有双丁之目。

将立春同友郊外眺望

群动各有息，兹游成我闲。气交寒暖候，春到有无间。寒石自流水，夕阳多远山。离离林下屋，时见鸟飞还。

岁暮武陵别叶子九往京口

残腊无佳日，况当离别年。布帆从此去，江水正茫然。贫贱愁中路，风波乱后天。好将古今泪，寄与夕阳船。

萧 诗

萧诗，字中素，江南松江人。〇中素隐于梓人中，人以工役之，往役受直；待以诗人，则行朋友之礼。古人卖浆侩牛之伍也。惜其诗未能多见。

答董子绍舒

南村有遗叟，寂寞居河滨。一褐常见肘，数椽聊寄身。所志在不苟，食力甘苦辛。闲来把鱼钩，终日无纤鳞。晴霞映眉宇，野火光磷磷。坐久发清啸，怡然全我真。于此颇有得，勿谓原思贫。诗即自道生平，“所志在不苟，食力甘苦辛”，得陶公语意。

赵 潜

赵潜，字双白，福建漳浦人。有冷鸥堂集。

许九日以诗见访次韵

才独崎嵚气混茫，喜君同调即同乡。荔支家国烟芜在，鼙鼓乾坤道路荒。江上偶然逢月旦，笛中容易恸山阳。自注：为石斋先生。何时欲发娄江棹，千树梅花寄八行。自注：问讯梅村先生。

呈梅村先生

娄水龙门未易亲，休官无过隐之贫。苍梧往事馀双泪，白首名山只一人。鸥鸟欲分高士席，梅花能伴苦吟身。投闲自是千秋计，落日寒江理钓缗。苍梧往事，梅村诗中追念之，不似牧斋全不提起。

毛会建

毛会建，字子霞，江南武进人。

回雁峰

山到衡阳尽，峰回雁影稀。更怜归路远，不忍更南飞。

董以宁

董以宁，字文友，江南武进人。○文友与陈太史其年、邹进士讦士并有才子之目，生平急友朋难，奋不顾身，亦豪士也。

行路难

君言羞与樊哙伍，君言李蔡何足数。岂知人生亦有命，天下贤豪贱如土。况闻长安路，行者亦太苦。君不见卫霍功名由女弟，窦田失意因杯酒。一日不得西京欢，公侯将相难白首。后人更忆华亭鹤，前人已叹东门狗。何如五陵侠少年，红缰白马黄金鞭。弹丸落处胡姬笑，日日滥醉春风前。

席上看弄丸歌

临淄即墨天下闻，斗鸡走狗纷如云。我来作客喜结纳，唇舌不减楼君卿。银花之脯八带鱼，主人邀我饮半醺。当筵少年击鼍鼓，更一少年袒臂舞，足下红锦靴，腰间五色组。手持一丸摩云端，一丸未落复一丸。双丸将落承以顶，须臾重入云中看。更出七丸在肘后，两手承蜩左复右，旁有少年拍手嗤，大言此技安足奇。摩顶至地身倒悬，以足弄丸目不施。七丸上下声相击，击声一依鼓为节。是时我醉不欲眠，纷纷罗袖屏前列。前一人弄丸，已如庄生所云矣，后少年以足弄丸，而目不加施，尤为幻中之幻。诗如史公作传，毫发毕见，韵语中不意如此神奇。

渡 淮

黄河经北徙，千里背淮流。远树烟中暝，荒城天际浮。人归二三月，南去一孤舟。何处王孙钓，伤心古渡头。读“荒城天际浮”五字，为淮人伤心，今更堤高于城矣。

酬邹眉雪山右见怀

入市吹箫一酒杯，十年漂泊孝廉才。苏君说赵谋方用，庾信辞梁赋转哀。家本谈天开稷馆，心伤落日望燕台。莲花万仞飞鸿过，何处空传归去来。

闺 怨

流苏空系合欢床，夫婿长征妾断肠。留得当时临别泪，经年不忍浣衣裳。诗人写泪者多，无写到此者。

陈子升

陈子升，字乔生，广东人。县诸生，以荐举官给事中。〇乔生诗丽而有骨，原本义山，近代中可俪杨升庵。

昔昔盐

鸳鸯楼外乌欲栖，瑇瑁梁间燕吐泥。月晕圆随汉东蜯，天河倾向汝南鸡。万方仪态华灯出，一笑横陈翠帐低。愁见晓鸿征塞北，不知天将定辽西。

何嘉延

何嘉延，字奕美，浙江山阴人。

燕子楼

极目古徐州，斜阳睥睨愁。黄河闻改岸，红粉尚名楼。芳草长埋恨，悲风不待秋。尚书遗墓在，可有珮环游。地已变迁，楼名长在，一女子之贞，亦足不朽，可以风世矣。

张可度

张可度，字罽筏，江南江宁人。

庐山怀古

父居黄阁女崆峒，流水桃花石室中。无限炎威竟何在？成仙却让李腾空。自注：林甫女也。李白有送内之庐山访女道士李腾空诗。

沈钦圻

沈钦圻，字得舆，江南长洲人。邑诸生，赠内阁学士，兼礼部侍郎。○后学周準填讳。○国初诗沿明季馀习，多宗竟陵，先大父往复陶、杜，自摅胸臆，未尝求工而自中绳削。陆起顽太仆谓锺、谭之风流毒天下，不能濡染，沈生大是豪杰之士。太仆，先大父师也，不轻许人，当时以为笃论。

春日招诸生

春风来融融，好花自为开。好鸟林间鸣，求友声喈喈。我心适无事，触物俱和谐。鸟尚求其群，人岂无同侪。花下设杯酒，愿与诸子偕。中心谅有得，各自抒我怀。元化本大公，何用分形骸。春风沂水，无非天趣。

生 祠

虎丘七里塘，生祠何累累！榱栋高入云，丹雘纷陆离。连墙与接牖，屹然竖丰碑。下承以赑屃，上蟠以龙螭。华文表德行，大论抒猷为。某公居官日，曲折行其私。析利如秋秧，忘却民膏脂。文中颂清节，饮水迈伯夷。某公居官日，断狱无矜疑。五刑任喜怒，罔恤童与耆。文中颂仁爱，皋陶为士师。周览谀悦文，一例惭恧辞。旧有遗爱人，行政介且慈。行如打包僧，萧然去官时。士民走相送，各各涕涟洏。谁为建祠宇？惟留后人思。好官无生祠，墨吏有生祠。好官与墨吏，行人知不知。倾吐出之，如白傅秦中吟，辞气风骨，无一不肖。

除夕书事

匆匆岁欲尽，有客过我庐。云有急难事，强梁御诸途。一身惟赤手，何以还里闾。君能急人患，哀声为君呼。援手实我分，焉敢辞有无。所愧生计薄，末由足君须。倾橐赠之去，馈岁无留馀。恐乖家人意，欢颜对妻孥。妻孥知我心，笑言倍怡怡。依然煨榾柮，聊复换桃符。入夜四壁清，此心真晏如。

童奴石义托身于阮怀宁府中颇用事招家五弟衷赤往谓微官可得既至弟识乱徵时游倡楼示荒嬉不可用乃放归乍归而留都不复守矣喜其能识时自汙以免因赠以诗

都督满街走，职方贱如狗。自注：时童谣。此时乾坤入醉乡，君臣嬉戏同披猖。剪伐连枝折故剑，一网尽欲罹鸾凰。仆隶招邀吾弟去，人头畜鸣日相遇。寸心陡触大厦倾，厝火积薪难久驻。自荒于色耽倡楼，是乡足乐真温柔。香浓魄醉不知返，一笑似欲三年留。怀宁谓是妄男子，收拾行装子休矣。归来三月陪京亡，子婴奔窜继于枳。沙虫猿鹤总消沈，大地旋看换涂轨。吾弟依然把耒耕，闲中常话小朝廷。从今永断冠缨梦，抱犊眠云无限情。

赠徐元歎波

少年为侠客，万金散尽不少惜。中岁为诗人，远之楚泽哀灵均。归来慕隐者，脱弃浮荣如土苴。晚岁依空门，庵名落木归本根。我来访君荒山里，留客晚餐烹菊杞。夜寒襆被拥绳床，月满空堂疑积水。不是寻常话箭锋，生平披豁见心胸。卅年无限悲凉事，付与晨钟暮鼓中。赠诗竟作元歎小传，起手八语，立格甚奇，一结蕴含可思。

秦良玉遗像

缦缨银胄垂红绥，裲裆耀日风前披。满月粉颊扬青眉，绣旗飘翻拥长铍。谁人结束整队伍，知是石砫女土司。英雄自古出巾帼，投石战场壮颜色。当年平靖奢崇明，一骑红装万人敌。手持长绳入贼陈，缚贼归来向空掷。思宗季年纷战争，勤王誓师万里行。至尊一语表英武，“桃花马上请长缨”。自注：思陵赐诗中句。后来献贼入巴蜀，龆龀不遗横杀戮。勤王兵残势穷蹙，子丧弟死一身独。连斩六贼力已殚，拔刀自刎身不辱。忠勇义烈兼有之，女中张许谁能续。即今遗像馀桓桓，摧激人间壮士肝。愿将效死沙场女，追配从军古木兰。千古奇人，诗亦极力写之。〇明史谓良玉寿终于家，然先大父同时人，亦似有据，岂所云所闻异辞者耶？

梅

冰霜磨炼后，忽放几枝新。独立江山暮，能开天地春。自然空色相，谁与斗精神。野客闲相对，如逢世外人。脱尽窠臼，笼罩前人。

咏　史

卧薪尝胆日，纵饮擘笺时。但识凭江险，而忘厝火危。一堂争洛蜀，四镇角熊罴。此日王夷甫，清言或未宜。

君臣鱼水合，半壁且游嬉。殿上黄幡绰，宫中郭顺时。还须求故剑，慎勿剪连枝。野老瞻乌意，茫然空尔思。此留都时事也。不止“从臣皆半醉，天子正无愁”矣。须求故剑，勿剪连枝，草野自存公论。

后咏史

江山何止割鸿沟，白马青丝尚未休。貂到续馀惟狗尾，侯当封处总羊头。不容党锢逃张俭，只许烟花选莫愁。况是龙蛇互相斗，元戎若个赋同仇。

东周东汉竟如何？消息传来岂尽讹。嬉戏无如李天下，诙谐合有镜新磨。摸金使者征求遍，指鹿元臣炀蔽多。江畔野人空怅望，恐教荆棘卧铜驼。连上二章，小朝廷之亡亟亟矣，可云诗史，讵止隶事之工。

重阳后二日同叶圣野襄补登高

如此河山著此人，登高触绪总伤神。有朋共洒新亭泪，无扇能遮庾亮尘。白雁唳时来绝塞，黄花开日过经旬。传闻消息君知否？世外巢由作凤麟。

闻钱蒙叟尚书辞世

真共麻姑阅海桑，俄看文曜掩寒芒。石城众只哀袁粲，南部名曾重范滂。已陨柳枝空有室，时河东君随死，所居名我闻室。未荒红豆尚留庄。史才天与因多寿，转使词人咎彼苍。原其曾为范滂，正惜其不为袁粲也。末以天付史才宽之，若回护，若不回护，工于讽谕。

送杨曰补南还

去年春尽同为客，此日君归又暮春。最是客中偏送远，况堪更送故乡人。四层曲折，一气传写，又脱口而出，略不雕琢，是唐人绝句品格。

梁　逸

梁逸，字逸民，江南昆山人。著有红叶村诗。○逸民人与诗俱不入时，叶文敏序而传之，卷中意味稍薄，而氛块俱湔，翛然自远。

把酒桃花下

茅屋水声里，面面桃花红。深杯独浅酌，花落盈杯中。今日向花醉，明日枝头空。开落固有时，何用嗟春风。

泊舟古渡

渡头枫叶正飘零，驿外空传旧有亭。两岸云封千嶂白，五更霜落一灯青。涛声入枕愁先觉，寒气侵人酒易醒。莫向洞庭悲木叶，恐惊瑶瑟怨湘灵。

阮旻锡

阮旻锡，字畴生，福建同安人。

还 家

尽室遯江村，乍归未识路。却问路旁人，为指门前树。痴儿各长成，有弟亦同住。病妻久卧床，淹淹迫岁暮。独客苦思乡，还乡如客寓。二亲掩重泉，凄清感霜露。回首望禾江，旧庐杳无处。信宿不遑安，又复出门去。向于京口见无名氏诗，有“万里是乡家是客，三冬披葛夏披绵”句，写尽作客情事，读此诗尤觉黯然。

咏 薇

微雨春舒叶，严霜岁植根。一拳沧海曲，千载首阳魂。叹世君臣薄，闻风草木尊。商周日已远，采罢亦何言。咏高节也。不脱不粘，得老杜咏物体。

七忠祠

遗庙凄凉落照馀，诸公抗节竟何如？可怜苦战平都督，不及临戎铁尚书。风雨孤城犹黯淡，河山故国已丘墟。峨眉亭上题诗客，千载伤心论革除。

陶　澂

陶澂，字昭万，以生当季世，更字季，江南宝应人。著有湖边草堂、舟车等集。○陶处士诗，英伟沈挚，感时伤乱之作，以诗为史，直欲上溯杜陵。○董樵字樵，莱阳人，与陶季皆以一字为字。

当垂老别

枪云起西陲，阴翳纷四塞。地缺紫溟涨，天倾白日蚀。中原正格斗，东南括民力。宰相出凭兵，奔走不得息。江汉恃锁钥，矫矫虎而翼。尾大莫敢制，痈溃徒自戚，带甲十万人，秦越终异域。诸藩复流虐，淮泗苦毕弋。天子日深居，优诏还示德。侧闻京尹令，上奉司马檄。大募勇健儿，蹶张守隝壁。老夫年半百，须发尚黎黑。沃土弃蓬萧，诸男死锋镝。入为饥寒并，出为豺狼逼。不如事征战，横行寄胸臆。孤独饥寒，复为官长困逼，不如转战之冀幸于万一也。与少陵之“家乡既荡尽，远近理亦齐”，同一用意。○鲍明远有代古人题诗，当犹代也。

当新安吏

我生遘末造，天戒犹未央。连延三辅地，十岁九旱蝗。害气致晦蒙，妖星为欃枪。有时雨如血，疵疠见伯强。中原复凶饥，行者心尽伤。城郭渐芜塞，弱肉争豺狼。边境士易骄，脱巾呼癸庚。丝管敛且尽，国计何苍黄。守臣系安危，川决必有防。涓涓不能遏，泛滥日以长。蛾贼关西来，纵横入畿疆。诏纸下六郡，大义诚激昂。我亦良家子，戴履共一王。闻诏即自誓，肯复依旧乡。雄剑久挂壁，拂拭生辉光。持此报恩去，存殁惟沙场。

当石壕吏

结带事远方，六亲相决绝。明日疆场人，今日尊酒别。远人语六亲，此行勿啼血。丈夫急国难，草莽亦臣节。中宵闻点兵，慷慨荷长戟。落月光亏蔽，泉流水呜咽。同行各有类，宛马蹄踣铁。临敌愤欲前，贼势颇猖獗。至尊日西顾，屈指大献捷。嗟哉羊将狼，情事不可说。前日侦者至，愿即受羁绁。幕府为解颐，辕门尽欢悦。革面未旬日，仍复据其穴。全楚人刳屠，中州土崩裂。王孙屡婴祸，宰相实塞拙。悔罪独雉经，谁云是明哲。我本远戍人，顾此愤益切。进止莫敢议，吞声驻冰雪。流寇伪降旋叛，而枢臣刚愎自用，至全楚受屠，王孙被难，张献忠所云“借王以断杨嗣昌之头也”，计无复之，悔罪自经，而国事不可为矣。此种诗令读者可以论世。

当新婚别

忆昔妾未字，生小皆清门。相逢两无忌，比舍同六亲。十四年稍长，逡巡始畏人。十五值时难，风雨啼空村。十六今于归，媒妁无一存。前日府帖下，淮南大兴屯。王事不敢避，执殳行苦辛。君行在须臾，裀席难久温。君意岂独忍，奈此覆冒恩。黄巢犯东都，六宫如飘尘。至尊尚莫保，况乃惸穷身。裁缣作裲裆，密纻裹以纯。君情毋弃捐，妾有双泪痕。

将进酒

白日黯黯容易过，春风玉颜当奈何！君能忘忧我和歌，重倾迭酬金叵罗。腾凤脂，劈麟脯，炊珠羹，流玉醑。忧来填膺不能食，何如交欢及尔汝。君不闻闭关沉湎称达生，又不闻大呼狗窦千载名，人生不饮空独醒。

苦雨词

鄱江漭漭吹雨天，五月无禾成白田。桔槔虽具下力难，可怜来日无朝餐。辛勤终岁不得息，昨夜传闻羽书急。君不见东邻向壁哭未休，长男输役中男囚。

曹舍人寓斋闻捣衣作

广庭月白秋漫漫，主人有酒留客欢。谁家思妇罢织素，坐调清砧当夜阑。砧声断续露华湿，不闻门外莎鸡泣。同是天涯离索情，感时最有闺中急。力尽回房泪点多，遥怜此际蹙双蛾，西风入怀奈独何！

赠陈蔼公

往者曾读边令传，云是保定陈子作。才雄法赡有根柢，菁英满前气旁魄。我尝仿佛思其人，千里停云阻河朔。今年得遇恒山阳，斗酒论文慰萧索。忆余为客西复东，门前车辙无一同。高曾规矩久芜没，后人不识般倕工。君今著书已逾尺，况复身亲见兵革。一嚬一笑皆有由，岂是寻常老逢掖。莫言上策不见收，长安少年多彻侯。君才如此合贫贱，且醉醇酒吟清秋。君不见江河之势原东流。边令，米脂令边大绶也，曾发李自成祖茔，蔼公作传表之。

蛮触行

秋林湿尽土花碧，蜗牛延缘不逾尺。角中两大安如山，胡为相寻日相皃。东帝西帝齐与秦，当年自谓英雄人。一朝粘壁竟槁死，沛公出为汉天子。横览古今，何非蛮触，借齐秦以发其大凡。

陈思王墓

斜日下高树，秋风生细尘。可怜衰草地，犹是建安人。白屋更新主，青山结故邻。童童双桧在，风雨各千春。三四语为时所称。

题康郎湖忠臣庙壁

草昧龙争日，风云得武臣。乘时元赤帜，奋迹岂黄巾。羽檄绥南服，天垣动北辰。断蛇先谶楚，逐鹿后降秦。建业王居正，洪都战血新。旌旗迷过鸟，矢石骇潜鳞。借箸应无匹，焚舟若有神。阽危社稷重，仗节死生均。日月躔双璧，羌戎奠九垠。君恩五等锡，士气一朝伸。孙子圭璋在，春秋俎豆陈。白波吹浩漾，苍瓦覆嶙峋。往事今为烈，羁人感自真。临流独横涕，萧瑟对秋旻。视李北地作较典切，兼有骨力，此种全从杜陵得来。

赵与梗

赵与梗，字楚材，福建龙溪人。有珠谷剩草。

九日杂咏

寒食吊之推，端阳悲郢客。如何重九日，不祀陶彭泽？

董　阊

董阊，字隐僧，江南吴县人。

岁杪送青来游滇

远游当岁暮，为养反离亲。贫士千秋恨，依人万里身。丹崖盘鸟道，黑水暗龙津。嗟我犹羁旅，离筵倍怆神。

郁　植

郁植，字大本，号东堂，江南太仓人。诸生。〇东堂八岁应试作五伦论，吴梅村祭酒见而奇之。既长，研穷古学，为王新城尚书赏识。康熙己未，以博学鸿辞荐，未应试卒。诗体裁盛唐，不落元和以下，读悲歌六章，可以见其生平。

乌夜啼

碧梧坠露惊秋早，罗帏辗转愁难晓。乳乌啼断井栏西，闺中一夜青丝老。只可闺中伴我愁，乌啼切莫向边州。卢龙碛里征人在，多恐闻时也白头。

猛虎行

猛虎突出势恒怒，不住深山踞当路。风高月黑闻啸声，四野行人尽回步。一虎之猛尚可当，群狐假窃牙爪张。岂无壮士欲手搏，出门四顾心傍徨。耽耽尔威谁养就，昔犹昏暮今白昼。瞑目从教凡兽惊，肥身那管饥民瘦。虎兮虎兮知惧无？灞陵亭下秋草枯。飞将猝发金仆姑，石犹饮羽况尔乎？比高青丘作发露几许矣，然近日猛虎力量更大，飞将军恐亦敛手。

韩侯钓台

王孙昔钓长淮流，钓竿一掷重瞳愁。赤龙得水上天去，鐘室酬功付刀锯。汉家青史两钓台，千秋独为韩侯哀。何如客星早归钓，一别东都更不来。两钓台意思陈矣，作者说来偏见其新。

悲歌

男儿三十尚贫贱，土室低头事笔砚。落魄恐遭厮养辱，苦吟畏被妻孥见。冬日不炉夏不扇，坐穿一榻破万卷。西行发策献至尊，致身不受将军荐。由来绛灌谗贾生，胡用若曹弄柔翰。齐门挟瑟嗟徒工，独立荒郊泪如霰。

我欲归种襄阳田，背依高山面大川。妇馌男耕自怡悦，伏龙雏凤相周旋。不尔亦是桃源仙，桑麻鸡犬别有天。谁知此乐难再得，商羊旱魃迭弄权。东邻输租鬻小女，石壕夜呼横索钱。西家老翁徒壁立，惟忍冻饿长安眠。

旁人劝作洛阳贾，鲜衣如云马如虎。大儿羽林充宿卫，小妇邯郸善歌舞。明珠白璧家盈箱，昼攫锱铢夜勾股。啧啧猗顿独何人，却笑黔娄徒自苦。吾曹意气耻阿堵，挥斥黄金贱如土，安能踊跻屠沽伍。六章相连而下，古人篇法，起手甚健。

脱身从军向绝域，大食乌号悬两腋。部中不满五千骑，百战沙场尽辟易。尉佗系组明光宫，楼兰悬首长安陌。凯歌入关报天子，始信书生万人敌。一朝坐失幕府欢，缚下都船对刀笔。卫青天幸辄有功，李广数奇竟何益。

流沙北去弱水东，琅玕作树珠为宫。藐姑仙子冰雪容，导以翠节双青童。我欲从之问丹诀，直与天地同无终。秦王汉武皆英雄，楼船浩荡乘长风。狞龙吹水作山立，三千娇女沉渊中。骊山茂陵空白骨，不死之药何时逢？设想愈幻，愈幻愈妙。

学仙学剑两无成，为贾为农安足道。中心不羡黑头公，贫贱何妨邓禹笑。有琴耻向贵主弹，有门耻为丞相扫。流行坎止随所如，入世那能量枘凿。邺侯架上皆吾师，吾将终焉从吾好。此章总收，结穴在此。○不步趋少陵七歌，而风骨神味自合。

观灯行

新年半月雨不歇，连巷春泥马蹄没。差池已过赏灯时，金尊玉管花空发。娄东刺史趁新晴，特促然灯照夜明。珠箔舞残初见月，红窗歌转乍闻莺。六街九陌灯光晓，海城今夜春生早。不是官衙恣宴游，为民预祝秋成好。对景翻教忆去年，此时听雨正高眠。华灯却掩春宵寂，谁道秋来更可怜。九月十月风雨恶，到处田畴尽萧索。卖男鬻舍仅供粮，那有馀钱更行乐？闻说言官特疏求，减租诏下可无愁。不辞彻夜笙歌沸，及此风光乐未休。乐事无多忧转续，书生迂愿何时足。乞取蟠螭玉九枝，携来遍照流亡屋。点缀太平，忽忆去年愁惨，波澜层叠，哀乐无端，末二语可云歌以当哭。

柬顾亭林先生

惊喜相看问阿翁，少年连袂各头童。家从十五年前别，身在三千里外同。且注虫鱼潜砚北，任教车马过墙东。乡关耆旧多萧索，阅历如公道未穷。

登州城南楼柬张庆馀

高城遥对暮云平，独客登临感慨生。附郭尚馀三户在，几家能办十年征。霜清废垒寒乌集，月黑孤村野烧明。寄语子山休作赋，江南风景倍伤神。

客　晓

欹枕荒郊鸟乱啼，渐闻人语板桥西。愁边觅句天难晓，梦里还家路易迷。两岸茭芦千里雁，五更霜月一村鸡。吴侬到此肠先断，况复高城急鼓鼙。

读史偶感

兵压邯郸气欲吞，时危公子下监门。满堂珠履三千客，朱亥从来未受恩。与毛遂定纵同意。勋名尽室少齐肩，翻为椒房受祸偏。万乘不能求一女，当年最有日磾贤。霍氏功高，不及金之谨密，拈出两家，为千古鉴戒。

王　概

王概，字安节，江南江宁人。

题　画

湖干路僻无车马，葭菼苍苍凉到天。长日接䍠慵不著，草堂闲对鹭鸶眠。从渔洋诗话中采入。

徐　柯

徐柯，字贯时，江南吴县人。〇此文靖公次子、俟斋逸民弟也。始则风流跌宕，继归和光同尘。诗半入温柔乡语，与俟斋各行其是，岂所云“首阳为拙，柳下为工”耶？存诗二章，以志崖略。

早春园林感兴

已典春衣尽，还惊春色来。百花南向坼，一雁北飞回。浊酒从儿醉，轻罗任妇裁。平生萧瑟意，身世几悲哀。

欲雪限韵

惨淡庭松色，喧啾檐雀声。有苔封玉砌，无露到金茎。已厌浮云重，还看扬絮轻。应知陇上者，此际辍深耕。有寄小妇诗，中云：“香能损肺熏宜少，露渐沾花摘莫频。”一时传诵，摘录于此。

文　点

文点，字与也，江南吴县人。〇与也先生为文肃公孙，隐居竹坞，城市罕见其迹，工写山水，不轻许人，有贵介多方求之。已写就矣，闻其人恋官职不顾堂上，即随手裂破，其耿介如此。

呈芸斋先生

天宝开元事已陈，风尘宇内老遗民。偶谈先世频挥涕，为破家园只负薪。训子八行文不灭，自注：忠介公家书。讼冤一疏血犹新。自注：芸斋为父讼冤血疏。衣冠古朴人谁识，认是林宗垫角巾。芸斋即忠介公家子子佩先生也，一门忠孝，于赠答中，传写尽之，得立言之体。

渡 江

青山如故人，江水似美酒。今日重相逢，把酒对良友。

题曹叔则照

古井心情不起澜，画图犹著晋衣冠。形容莫诮吟诗瘦，曾见铜仙泣露盘。

陈 珏

陈珏，字比之，广东海阳人。

冬日同友人游南岩精舍留宿次达上上人韵

一路霜风落叶深，偶逢知己入空林。云停似欲依禅定，鹤立居然有道心。古洞灯微涵冥色，夕阳钟动出寒音。十年宰相浑闲事，聊与山僧和苦吟。

陆 进

陆进，字荩思，浙江馀杭人。

题宋高宗六字碑自注：碑书传忠广孝之寺。

云门野寺古禅关，片石峨峨烟霭间。一自翠华来胜地，常留宸翰纪名山。丹文不变千年色，碧藓难侵六字斑。堪笑花宫称广孝，君亲当日几时还？宋高不报父兄之仇，称臣称侄，其罪擢发难数矣。一结讥笑之中，严于铁钺。

朱尔迈

朱尔迈，字人远，浙江海宁人。○此亦王新城所赏识者，虽欠精警，而气体自不落小家。

葛洪丹井西寻唐顾逋翁读书台旧址

阴阴涧底花，落落岭头柏。苍苍云雾重，渺渺人家隔。相传葛稚川，烧丹此中宅。至今丹井间，红泉漱白石。石上台何高，栖迟合骚客。新藻洒芙蓉，英辞动金碧。千载人读书，余也忝后席。学仙仙未成，知音怀夙昔。独自抱琴来，慨焉终日夕。

铁陵庙

弱冠雅负奇，矢志凌云表。匹马佩弓刀，出自三关道。报恩功未酬，独立伤怀抱。归卧南山南，荒林迹如埽。更上铁陵关，往事尤悄悄。浮云卷大旗，落日耀空堡。嗟哉明武军！一往乱飞鸟。战血郁未消，化作山头草。枝枝带征魂，遗恨何时了？

韩纯玉

韩纯玉，字子蘧，浙江归安人。著有蘧庐诗。○子蘧系求仲子，求仲为汤霍林所累，不无失身之讥，子蘧终身抱憾，时时饮泣。

题李营丘风雪运粮图

自古尝称蜀道难，百步九折萦岩峦。何况严冬深雪里，寒氛晻霭逾千盘。前峰崒嵂矗天起，后峰连绵势未已。猿猱不度鸟不啼，悬崖无根谷无底。峨眉剑阁云万重，扪参历井摩苍穹。蛟龙蟠拏古木偃，螮蝀瓟𧊜飞梁通。此时何处来徒众，运粮千里挽输重。仆夫股栗泥没胫，车轮欲摧马蹄冻。谁能画者李营丘，秋毫细晰天为愁。心神自与元气合，笔力直与造化侔。营丘本属唐宗系，邦家正值凌夷际。隆准王孙泣路隅，纥干冻雀遥飞去。天宝以降传乾符，车驾几度留成都。汉阴馈饷骡背负，百官始得充朝铺。蜀道之难难若此！危途数困唐天子。当时写此非偶然，后来题者赵承旨。承旨亦是宋天潢，笔墨神妙真相当。徘徊叹赏最珍惜，似因弱宋悲残唐。唐郊宋社久荆杞，又曾再阅沧桑矣。书画还从世上传，乾坤旧事随流水。此卷经今八百年，卷中陵谷犹未迁。收藏印记亦屡易，令人对此情惘然。君不见自有书契来，陈迹悠悠皆可睹。空将哀乐感兴亡，凭吊环州一抔土。呜呼！岂必王孙心独苦。弱宋残唐，遥遥相应，见画与题画者无限经营苦心，不止笔墨之工也。人君尚德不尚俭意，于言外见之。

汉阳渡口作

汉阳窥鄂渚，夹岸走长虹。小艇双飞燕，中流五两风。一江分二郡，三国斗群雄。多少兴亡事，销沉向此中。自注：楚江小艇，一人掉两桨，名双飞燕。

玄墓山遇明孝廉徐昭法即别怆然有怀

邂逅逢君泪满襟，殷勤重话岁寒心。还元阁上秋风急，尹树堂前暮色侵。初服不随沧海变，高情长与白云深。暂时把臂还成别，欲访幽栖何处寻。自注：寺有还元阁、尹树堂，勿斋先生读书处。

魏际瑞

魏际瑞，原名祥，字善伯，江西宁都人。○此叔子长兄也。魏氏兄弟工古文，韵语非其所长，伯子虽多败阙，然时有生气。韩侯钓台云："曾说妇人偏只眼，空传霸主是重瞳。"赠人云："天地有时馀尔我，英雄无主笑曹、刘。"可以见其气概。

诸葛公墓

定军山下柏蒙茸，旷古精诚在此中。三尺孤坟犹汉土，一生心事毕秋风。孙曹未灭成何世，天地无知丧此公。千载伤情惟杜宇，年年啼血树头红。"三顾频烦"，"两朝开济"，举其在生时言，此举其既没后言，立论各有所主。

金　山

大江东下海门宽，万里奔流激箭湍。不信山从水底出，却疑身在画中看。龙窝灯火千株动，蜃气楼台一点寒。谁道风波不可涉，风波危处却平安。

江头别

白石山过紫石山，鸬鹚滩下鲤鱼滩。山山连接滩滩急，游子南还何日还！竹枝遗响。

王遵坦

王遵坦，字太平，山东益都人。随肃王平蜀，以军功得官，至四川巡抚。著愿学斋集。

雪浪滩

午枕不可竟，醒此惊湍声。堆雪耀昏夜，殷雷喧夏晴。譬诸磊落士，所鸣恒不平。笑彼清泠潭，泯泯含微明。

古　镜

世间铜臭久尘埋，圆璧千年出洛街。晓步相随双凤珮，晚妆应照九鸾钗。微茫斑驳云生面，错落光明月入怀。最好琼楼伴仙子，素娥斜捧上瑶阶。玉溪生体。

胡　介

胡介，字彦远，浙江钱塘人。有旅堂诗集。

吴梅村被征入都

海外黄冠旧有期，难教遗老散清时。身随杞宋留文献，代阅商周重鼎彝。满地江湖伤白发，极天兵甲忆乌皮。重来簪笔承明殿，记得挥毫出每迟。

幕府征书日夜催，宫开碣石待君来。归心更度桑乾水，伏枥重登郭隗台。花萼春回新侍从，风云气隐旧蓬莱。暮年诗赋江关重，输却城南十里梅。梅村之出，由于征召，诗中特为表白。

一尊雨雪坐冥蒙，人在汪洋千顷中。老骥犹传空冀北，春鸿那得久江东。榛苓过眼成虚谷，禾黍关心拜故宫。我亦吹箫向燕市，从今敢自惜途穷。榛苓、禾黍，动以西方彼美、靡靡行迈之思。

碧海黄尘事有无，此来风雪满燕都。遗京节度新推毂，盛世朝廷倍重儒。花暗凤池思剑珮，春深虎观梦江湖。悲歌吾道非全泯，坐有荆高旧酒徒。余书梅村诗后云："蓬莱宫里旧仙卿，自别青山悔远行。拟作栩阳离别赋，江南愁杀庾兰成。"恰如梅村身分，读此四章，尤觉用意微婉。

朱 徽

朱徽，字遂初，江西进贤人。

舟行雩都道中

春日既已暮，山溪水亦长。缘越殊未极，兹焉复理榜。川原霭回郁，触目纷万象。鸟啼山木暗，人语滩石响。雨外峰明灭，风前花偃仰。岫转失来踪，沙明得前朗。鱼跳碧潭中，猿引苍藤上。壁隙鬼神劖，石皴仙人掌。时或遇平旷，茅屋兀三两。予本倦游人，取次惬心赏。逢山拟便登，遇水欣长往。只此区中迹，已深霞外想。何时纵所如，悠然息尘鞅。

舒忠谠

舒忠谠，字鲁直，江西新建人。

滁州遇避寇人过江

半夜频呼起，寒风送我行。英雄消马迹，天地感鸡声。垒破才添戍，村空又避兵。始知班定远，不肯作书生。

卷　八

屈绍隆

屈绍隆，字介子，更名大均，一字翁山，广东番禺人。诸生。弃为僧，名今种，字一灵，后复为儒。著有翁山诗外。〇缪天自云："诗有俚语，经顾宁人笔辄典；诗有庸语，入屈翁山手便超。"洵为定论。〇翁山天分绝人，而又奔走塞垣，交结宇内奇士，故发而为诗，随所感触，自有不可一世之概，欲觅一磊落怪伟之人对之，艺林诸公竟罕其匹。〇诗外中七言古以古律句互用，无浩气健笔举之，少一片清锵金石声也。七言律高浑兀奡，不事雕镂，五言律如天半朱霞，云中白鹤，令人望而难即。大家逸品，兼擅厥长。

赠朱士稚

神虬乐泥蟠，鸿鹄安紫荆。飞腾亦何难，所贵忘吾形。子房久破产，一身如浮萍。英雄不失路，何以成功名。高歌送君酒，词采郁纵横。神仙尔何愚，犹未齐死生。明月在沧海，光华虚复盈。无怀千载忧，酣放聊沉冥。天地一尘垢，吾心独太清。"英雄不失路"二语，亦吊古，亦赠人，亦自道。

奈何帝歌

陈后主将亡国，锺山群鸟翔鸣，曰：奈何帝，奈何帝。

奈何帝，奈何帝，风流亡国亦足豪，美人相抱井中坠。可惜井中水不深，美人不死伤我心。泪痕化作胭脂痕，千秋漠漠苔花侵。苔花侵，美人墓在清溪阴。不死胭脂死清溪，可怜不作井中泥。国亡不恨恨惟此，山河不易一女子。竟说叔宝全无心肝，有何意味，妙以情语出之，使读者转见其可怜。

家园示弟妹

先人好种药，遗我神农书。与子理常业，参苓带雨锄。道从多病入，力是耦耕馀。莫叹生涯拙，韩康此隐居。

摄山秋夕作

秋林无静树，叶落鸟频惊。一夜疑负雨，不知山月生。松门开积翠，潭水入空明。渐觉天鸡晓，披衣念远征。天机自流，岂关人力。

木末亭拜方正学先生像

宗臣遗像在，对越孝陵云。周礼难为国，姬公竟负君。龙蛇迷旷野，日月在孤坟。莫问三杨事，忠良道各分。重臣之迁，叔父之篡，二语道尽，结意辞虽婉曲，意严斧钺，春秋之笔也。

灵谷探梅

几树傍朝阳，门名。犹承日月光。白头宫监在，攀折荐高皇。上苑樱桃尽，华林苜蓿长。春风空有意，先到独龙冈。

云州秋望

白草黄羊外，空闻觱篥哀。遥寻苏武庙，不上李陵台。风助群鹰击，云随万马来。关前无数柳，一夜落龙堆。“风助”，助字有力，“云随万马来”，与谢茂秦“风生万马间”，各极其胜。

鲁连台

一笑无秦帝，飘然向澥东。谁能排大难，不屑计奇功。古戍三秋雁，高台万木风。从来天下士，只在布衣中。一起突兀，三四十字成句，五六写台，结语见自己抱负。一只字，不许他人共为天下士也。有胆，有力。

自白下至槜李与诸子约游山阴

最恨秦淮柳，长条复短条。秋风吹落叶，一夜别南朝。范蠡湖边客，相将荡画桡。言寻大禹穴，直渡浙江潮。一气神行，太白后无继起者，此种诗，正以不著圈点为高。

广　昌

此地蜚狐塞，神京一线通。长城带天末，古戍接云中。马踏三秋雪，鹰呼万里风。河流声太苦，应为客途穷。

杜曲谒杜工部祠

城南韦杜滈川滨，工部千秋庙貌新。一代悲歌成国史，二南风化在诗人。少陵原上花含日，皇子陂前鸟弄春。稷契平生空自许，谁知词客有经纶。少陵诗史，人皆知之，原本二南，作者独拈出也。“词客有经纶”，只救房琯一节，朱子深许之。

人日衡阳舟中

人日雪霏霏，孤舟上翠微。帆随南岳转，雁背碧湘飞。知己惟长剑，还家复短衣。猿声如送客，薄暮更依依。

吊雪庵和尚

一叶离骚酒一杯，滩声空助故臣哀。金川自逐鱼衣去，玉殿谁教燕子来？一姓终怀亡国恨，三仁难得逊荒才。君臣泪滴袈裟湿，怅望台城日几回。

望晋恭王园

襟带河汾玉殿长，一朝弓剑委秋霜。将军死战哀宁武，帝子生降恨晋阳。马首关山空落日，城中歌吹动清商。悲风处处吹松柏，谁到并州不断肠。

蜀冈怀古和卓子任

玉槛珠帘总一丘，春魂多半在迷楼。蘼芜亦爱雷塘路，十月青青不肯秋。

陈恭尹

陈恭尹，字元孝，广东顺德人。著有独漉堂诗。〇广南三家，翁山擅长五律，药亭擅长七古，几无与抗行者，元孝自逊力量不及两家，而诸体兼善，七律尤矫矫不群，诗名鼎立，不虚也。向从明诗综入前代中，今考元孝之殇，在康熙中叶，仍三家并存。

日本刀歌

白日所出金铁流，铁之性刚金性柔。铸为宝刀能屈伸，屈以防身伸杀人。星飞电激光离合，日华四射曈曈湿。阴风夜半刮面来，百万愁魂鞘中泣。中原岁岁飞白羽，世人见刀皆不顾。为恩为怨知是谁，宝刀何罪逢君怒。为君昼盛威与仪，为君夜伏魍与魉。水中有蛟贯其颐，山中有虎抉其皮。以杀止杀天下仁，宝刀所愿从圣人。与药亭作用意各别，而尊崇中国指归略同，勿但赏其能作惊人语。

赠余鸿客

蜀犬不识日，群吠声狺狺。越人贱章甫，不以易文身。中原龙战二十载，万事反覆如朝昏。我行惊惧伏草莽，举国大笑为愚人。何来年少金陵子，肯道相思满人耳。三年觅我二樵间，一夕逢君五羊市。倾山倒海见胸臆，白日照耀肝肠里。羁贫无酒留君欢，对坐江楼饥不起。是时积雨江上晴，丹枫乱落寒蝉鸣。长风驾浪作丘壑，蜃楼海市相峥嵘。赵佗朽骨为黄土，陆贾诗书亦何补。朝台空有汉家名，浩叹今人不如古。今人古人间容发，举足之分邈燕越。眼前得丧等云烟，身后是非悬日月。怪君茂龄怀抱奇，严君风义兼能诗。曾窥一二每心折，安得天马无龙驹。荒城气黑落日短，强为吾子停斯须。如君意气复何道，所愿故心终不渝。

柏舟行为区母陈太君赋

柏舟两髦犹可仪，陶婴黄鹄曾双飞。夫人为妇已头白，眼中未识君光辉。自言生长大夫女，经史胸襟炳如炬。父母有命儿有心，纵不言承已心许。心期颉颃同一林，天教殊绝同辰参。人生意气贵一诺，妾宁负天不负心。妾父有男妾有姊，君家大夫只一子。有妻于俗得孤立，无妻为殇终已矣。素车白马入君门，由来为义非为恩。身安分命甘苦荠，半生衣枕无啼痕。当年十五今五十，嗣子成立皆有孙。呜呼！男儿陷胸绝脰死容易，就义从容人所畏。青闺冉冉盛年徂，寸心一矢终不渝。千金之剑赠墓树，至今谈者犹区区，何况赠以千金躯。乃知未仕报韩者，古今所以为丈夫。负天不负心，天指母氏，本共姜“母也天只”句，区大夫止一子，无妻不立后，则后绝矣。此陈太君能见大义处，诗中曲曲传出。

边　草

勿论荣与悴，今古恨无穷。雪散烧痕上，青归战血中。天长垂大漠，地远后东风。独有明妃冢，年年似汉宫。“青归战血中”，五字惊人。

秋　戍

汉皇犹自将，率土敢言劳。共命惟良马，馀生托宝刀。侵霜秋柝冷，占气夜天高。未见功成日，还家已二毛。

蜀　中

子规啼罢客天涯，蜀道如天古所嗟。诸葛威灵存八阵，汉朝终始在三巴。通牛峡路连云栈，如马瞿塘走浪花。拟酹昔贤鱼水地，海棠开遍野人家。王汉王于巴、蜀、汉中，汉于此兴，后主不能守蜀而汉亡矣。四语可与论古。

邺　中

山河百战鼎终分，叹息漳南日暮云。乱世奸雄空复尔，一家词赋最怜君。铜台未散吹笙伎，石马先传出水文。七十二坟秋草遍，更无人表汉将军。表扬才华，褫夺奸魄，论最平允。

隋　宫

榖洛通淮日夜流，渚荷宫树不曾秋。十年士女河边骨，一笑君王镜里头。月下虹蜺生水殿，天中丝管在迷楼。繁华往事邗沟外，风起杨花无那愁。

虎丘题壁

虎迹苍茫霸业沉，古时山色尚阴阴。半楼月影千家笛，万里天涯一夜砧。南国干戈征士泪，西风刀剪美人心。市中亦有吹箫客，乞食吴门秋又深。极熟题须一洗窠臼，此为得之。

送姜山上人游南岳

送师西去重低徊，曾上衡山绝顶来。夏帝碑芜虫篆遍，楚天峰断雁行回。灯前鬼芋穿沙出，霁后僧门凿雪开。正是到时二三月，上方明月下方雷。奇景得奇句写出。

发舟寄湛用喈锺裴仙湛天石

扶胥古渡水凄凄，雨后移舟望转迷。数口寄居秋草外，一身为客楚云西。家无兄弟依朋友，地夹河山畏鼓鼙。知己片言应不负，乱离妻女借提携。如面诉友朋，宛转关生，情文并至。

读秦纪

谤声易弭怨难除，秦法虽严亦甚疏。夜半桥边呼孺子，人间犹有未烧书。

董道权

董道权，字秦雄，浙江鄞县人。〇秦雄诗工于言情，层出不穷，有长袖善舞之态。

雪中答李杲堂

鄮陵孝廉重然诺，约我今秋醉桑落。先人有友官并州，我欲从之客雁丘。高堂有母缺甘旨，负米何辞数千里。杲堂李子忧我闭门饥欲死，告以远行为色喜。酌我黄金罍，赠我青铜钱。低徊不忍别，此别须经年。袖君之钱醉我酒，城东城北频回首。归来儿女候柴门，笑指瓶中不盈斗。牵衣问我欲何之？今年丰熟仍苦饥。爷未出门共仰语，爷既出门啼向谁？示儿袖中钱，故人佐行李。移与易米薪，且以救妻子。量米数薪堪作数日食，买舟无资行不得。他日仍登李子堂，李子为我作歌声苍凉。曳履依然守蓬荜，得酒且与倾壶觞。昨夜雪花如掌大，草阁严寒只僵卧。午馀日色照西窗，起把君诗读几过。窗前冰雪消有时，故人颜色长相思。友人赠钱为远行资，乃归易薪米，仍守蓬荜，贫士实有此苦也。仍复登友人堂赋诗饮酒，绝无羞涩，犹见古人交道。

王麟友同宿客舍志感

广陵城中夜击柝，广陵城头啼乌鹊。尔我相逢语正繁，僮仆无情睡先著。微风忽起摇灯光，轻寒稍觉侵衣裳。鼓声坎坎下三四，解衣灭烛眠匡床。与君展转各无寐，细数年来不得志。为惜天涯此日身，转忆先人旧时事。君家曾祖大司空，清名文誉闻江东。神光两朝焚谏草，燕齐百郡铭河功。闻讣朝廷倍惆怅，特命春官予祭葬。卮酒分出天府浆，墓道筑就东园匠。此时万国来车书，至尊别殿梦华胥。潼关烽火起仓卒，延秋龙斗争欷歔。若翁司空冢孙子，自拜国恩心国耻。策马请监丞相军，守城遂同丞相死。此时君作怀中儿，何处寻来马革尸。今逾二十善词赋，蓼莪开卷徒伤悲。吾翁若翁交最好，吾翁贤书年独早。七篇屡下南宫第，一裘敝尽长安道。负囊簪笔越王台，角弓铁骑吴山来。白眼世上谁共语？散发江湖只自哀。闭门著易忘暮年，把酒读史呼苍天。嗟我三十尚失意，山高著述何时传？若翁游魂归未得，吾翁买土葬无力。相逢此地喜欲狂，相看今夜愁如织。披衣起坐闻荒鸡，欃枪在天明月低。客舍相遭，追述累世交谊，忽悲忽喜，百感茫茫，自是意动神随之候。

任元祥

任元祥，字王谷，江南宜兴人。诸生。〇王谷与陈其年善，时其年著声艺林，王谷规其诗有才无情，以仓卒取办为才，好何、李、云间而不师杜老。持论如此，不独诗品之高，其直谅从可知矣。

善哉行

人生大难，车摧马烦。今日相对，皆当尽欢。一解。泛舟五湖，风波万端。上山采薇，虎视眈眈。二解。身受国恩，披发佯狂。愧无豫让，以报赵襄。三解。密雪闭门，饥寒苦侵。妻子相对，难与论心。四解。悲歌慷慨，惟有友朋。月落乌啼，旭日方升。五解。

寄侯朝宗

雪苑春阴度玉珂，大梁公子倚雕戈。市无朱亥经过少，客有於期慷慨多。落日千家翻白羽，桃花三月走黄河。风流江左遥相忆。潦倒尊前有放歌。可作羽声读。

侯开国

侯开国，字大年，江南嘉定人。

吴条闻来自娄东同泛舟锦峰饮于瞿园小阁

乘兴同移书画船，名园步步许流连。松林碍日常疑雨，鸟道穿云欲上天。山势北来当小阁，湖波南望接平田。酒阑无限沧桑感，话著开元各泫然。

周在濬

周在濬，字龙客，河南祥符人。著有摄山园诗。○

龙客系栎园侍郎次子，继述家学，惟恐不力，时有苏瓌有子之目。

送屈翁山返岭南

先生奇绝处，直似李青莲。心爱飞仙术，诗多游侠篇。千金轻一诺，孤剑历三边。归隐罗浮顶，梅花伴醉眠。如遇翁山，并如遇太白。

将归青齐先送云岩兄返大梁

太行南接黄河岸，一片帆开古汴州。欲去空劳亲串望，将归翻使弟兄愁。乱云碛里驱羸马，落日城边拥敝裘。叹息故园多难后，洪涛又报决商丘。

柳　文

柳文，字长在，四川遂宁人。

送施又黄还吴门

亲老游何远？长安羡尔归。西风悲落叶，征马恋斜晖。词赋无今古，烟霞少是非。渊明三径菊，留待护柴扉。

夏熙臣

夏熙臣，字无易，湖广孝感人。

施州卫寄所亲

环卫皆君长，东南尽筰邛。流官乘小驷，蛮妇织花賨。刀剑生睚眦，衣冠列附庸。不烦司马檄，尺土亦王封。

蒋　泩

蒋泩，字曙来，江南吴县人。著有三径草堂稿，文文肃序之，今并散佚，录扇头所书一篇。

登　岱

天门千丈立崔嵬，铁削双峰一径开。山界鲁齐盘地轴，禅隆秦汉剩仙台。黄河北绕青丘出，碧海东依紫塞回。欲倩卢敖九节杖，晴披阊阖望蓬莱。

吴　炎

吴炎，字赤溟，江南吴江人。○拟明乐府一卷，意欲追逐西涯，而中丞舌一章尤为矫矫。

中丞舌悲练子宁也。

成王走，周公帝，二三孤臣死不避。愿为良臣，良臣安可为；愿为忠臣，身亡赤族宁足悲。臣舌尚在天能嗤，臣舌虽割心难移。宫中尸，不可别，地上书，不可灭。金川玉屑留人间，何由独割中丞舌。

吴祖命

吴祖命，字邺衣，江南吴江人。

咏　史

天禄高然太乙藜，玉堂东畔石渠西。君王读罢贤臣颂，偏遣王褒访碧鸡。讥不能用贤也。咏史诗自应以议论行之。

姚文焱

姚文焱，字彦昭，江南桐城人。著有楚游诗。

赤　壁

天空木落石崔嵬，怀古凭轩倦眼开。山势欲奔吞浪住，江光不断抱城来。英雄气尽三分业，词客名高两赋才。只有文章传胜地，箫声鹤梦总尘埃。

吴　绮

吴绮，字薗次，江南江都人。由选贡生官湖州知府。著有林蕙堂集。〇薗次守湖州，擒治豪猾，喜宾客，四方名流过从赋诗游宴无虚日，卒以是去官。梅村赠诗云："官如残梦短，客比乱山多。"可以想其风趣矣。

程益言邀饮虎丘酒楼

新晴春色满渔汀，小憩黄鲈画桨停。七里水环花市绿，一楼山向酒人青。绮罗堆里埋神剑，萧鼓声中老客星。一曲高歌情不浅，吴姬莫惜倒银瓶。三四语写山塘风景如画。

赠赵莼客

闽客浮家泖水湄，孤踪不许俗人知。春衣典尽缘沽酒，晨突无烟独爱诗。晞发未忘文信国，论心长忆郑当时。何来忽作思乡曲，撷采幽香绝妙词。

见人扇头是友沂绝句怆然和之

歌版当年出绛纱，绿腰红袖尽铅华。只今便面春风在，曾向章台拂柳花。

入　署

平明初下紫宸班，锦署无营昼掩关。闲拂案尘思往事，一杯凉雪祭椒山。兵部有椒山题名，故祭之。

友人纳姬戏为催妆姬汪姓南人也。

蛱蝶轻罗押蒜金，灯前小立倚瑶琴。桃花潭水儿家住，只问郎情深不深。

题　画

怪石颓云势不平，西风卷出大江声。渔郎醉卧芦花里，笑指何人触浪行。

黄　云

黄云，字仙裳，江南泰州人。著有悠然堂集。〇仙裳负气慷慨，人以俗语俗事相嬲，辄谩骂之，群目为狂生。

江村春日

门前芳草路，春到有谁过？曙鸟喧寒樾，条风动绿波。性迂求世少，亲健得天多。莫讶将强仕，犹然隐涧阿。

经落帆亭是癸巳春与陈澹仙先生别处

故交十载散浮萍，槜李风烟此再经。今日独赍磨镜具，当时相送落帆亭。东门蚁酒春犹绿，南浦丝杨晚更青。只有寝园生宿草，鹧鸪啼处不堪听。

娄东修复前观察冯留仙先生祠宇

忆昔惊心丙子年，谁将只手独扶天。举朝半醉乌程酒，名士拚沉白马渊。党祸清时公又死，奸谋用后鼎俱迁。宁知宗社丘墟日。庙食东南肃几筵。明思宗朝，乌程温体仁当国，戕虐善类，小人多附比之，社之所以屋也。三四为记实语。

梁溪舟宿闻吴歌

鸡唱烟中乱桨鸣，梦回酒醒未天明。江南风景雕残后，才听吴歌第一声。

宗元鼎

宗元鼎，字定九，江南扬州人。著有芙蓉斋集。○定九爱洁，不减倪高士，为诗最重风调，而性情因之以出，非漫然语也。集中七言绝句，尤近中晚唐人。

早　秋

我行初出郭，新月似蛾眉。几夕望舒圆，今复蟾兔亏。匪独此朝夕，百岁亦如斯。怀情不能寐，徘徊向中墀。侧闻草虫鸣，仰望繁星垂。人言秋漏长，已觉衡汉移。千念未夜息，万感与朝期。长卿恒有疾，子云终何为。引领还踯躅，泪湿衣裳缁。

题郊居

茶灶声清响竹廊，小亭新构面横塘。渔夫晚唱烟生浦，桑妇迟归月满筐。一岭山花烧杜宇，满池春雨浴鸳鸯。篱边犬吠何人过，不是诗僧是酒狂。

冬日过甘泉驿

记得当年来古驿，马鞭带雪系楼前。双柑香溅佳人手，半臂寒添酒客肩。忽见荒堤摧暮草，空伤衰榭没寒烟。风尘满目深惆帐，却望谁家寄醉眠。记得，忽见，上下半篇，自成章法。双柑一联，渔洋谓似才调集中语。

百尺楼

素袜翩翩月一钩，凌云风致想高楼。江南歌舞寻常事，便遣曹彬下蒋州。连下章用意遣词，神似玉溪绝句。

吴音曲

璧月庭花夜夜重，隋兵已断曲阿冲。丽华膝上能多记，偏忘床前告急封。

留邹讦士

新开兰蕙正芳菲，初到鲥鱼入馔肥。最好流光是三月，如何抛却渡江归？

潘　高

潘高，字孟升，江南金坛人。著有南村集。○南村诗古淡生新，绝无雕饰，而自然合度，金坛诗人无出其右者。○渔洋诗话谓“陈其年与予书，云有潘高者，贫而工诗，久别无可言者，止此一物奉献。潘有寒食一绝云：‘黄鸦谷谷雨疏疏’”云云，今读其稿，格高者甚多，此篇止风调可听，恐非上乘。

初春有述

我生无他长，所耽惟种树。树中尤爱梅，为其能守素。守素有同心，相将老岩穴。花时犯清霜，坐到将残月。家园兴未足，寻梅过太湖。梅花如白云，茫茫路欲无。入山不忍尽，下山元独宿。钟清何处寺，花隐谁家屋。愿言寄吾友，一枝折寒林。微物何足贡，将此岁寒心。能守素，守此岁寒心也。一篇大旨如此。

送友人之中州有怀同社并陈子其年

临觞送君发，正值榴花时。雨过风萧然，空江浪迟迟。行行君所经，冉冉予所历。若宿伊阳村，为望嵩山月。致我平生友，寄我一行书。相看成契阔，鬓发复何如？陈子未相识，相思亦已久。为我一问之，知有南村否？归云带雁飞，清霜点客衣。旦晚有题字，应报溪南扉。

忆幼子

少年会有役，辛苦何足言。四十今过二，向后多衰年。拨弃悠悠情，当从予所便。夜分偶感触，顾影心悁悁。忆我去冬时，种麦来溪田。小儿才五岁，叱叱扬耕鞭。随我至溪畔，背我弄溪泉。日暮徐来归，持锄趋我前。今春忽假馆，僻近西山偏，牵衣频送我，正傍溪田边。溪水亦活活，溪麦亦芊芊。自从别家来，岁月如流迁。麦今已可刈，儿今谁共怜。我意欲反棹，遇事苦迍邅。怀乡方伫立，东望惟云烟。慈爱至情，委曲传出，无心学陶，去陶公未远。

晚上焦山绝顶至暮归宿山庄

初日江荒荒，晓烟不可罢。稍行见青螺，渐次辨兰若。人行穿鹘巢，路窄盘石罅。逾时攀险绝，早已惊衰谢。树古岩就穿，楼高云许藉。一尽巅崖趣，旋从别径下。落木响萧骚，寒潮势奔泻。欲归路非远，问渡风稍借。可怜江上月，先我在茅舍。酌酒劝影形，嗒然坐清夜。此首又近李颀、常建。〇本朝五言古，李杲堂每首刻峭，潘南村每首清真，求参立者，或难其人。

古　意

跨马塞北地，百战封一侯。钓鱼江南天，一竿占十洲。此事孰不知，大白为我浮。醉起唱铜斗，此乐君知否？能存此乐，散人胜万户侯矣。

留　别

水落溪田出，霜清下种时。烟中送人早，雨外到村迟。松隔谁家屋，花明是处篱。君今荷篆者，吾亦在东菑。

寄梵川诸友

柳暗溪南路，柴门第几湾？人随春水远，鸟带夕阳还。绿过孤村雨，青浮隔县山。徘徊芳草意，不尽暮云间。

杂　感

阴山沙砾卷云飞，战罢秋风咽鼓鼙。陇上空归都护马，城南尽哭羽林妻。萧关明月悲笳动，辽海孤烟杂部齐。远戍议添新介胄，不知猎骑过安西。

秦淮晓渡

潮长波平岸，乌啼月满街。一声孤棹响，残梦落清淮。金陵诗社诸名流咸在，赋秦淮晓渡，争胜者多长篇累幅。南村曰：“我年老才竭，只二十字也。”出示众人，皆敛手服，甚有袖诗不出者。金坛虞东皋云。

春　感

江水悠悠泛画桡，东风何处不魂销。春归万里无消息，又过垂杨旧板桥。

寒　食

黄鸦谷谷雨疏疏，燕麦风轻上鮆鱼。记得去年寒食节，全家上冢泊船初。

恽日初

恽日初，字仲升，江南武进人。

观王石谷画山水图歌

琴川王郎年正少，放笔往往称神妙。灵想寂与造化通。幽襟独写溪山照。看君得意时，意若旁无人，抽毫欲使群峰奔。踌躇顾盼久不下，素练忽破青山痕。谁剪罗浮烟，惊落华阴碧。势偃研北松，欲堕壁上石。冉冉岚气蒸，转目无留迹。营丘洪谷不可攀，人间久矣无青山。此时窥图发清赏，高兴半落云沙间。何处觅丹梯，何方种瑶草？烟霞四壁吾将老。援琴待扫十丈绡，坐我云边弄仙岛。

方膏茂

方膏茂，字敦四，江南桐城人。

归　家

此身拚永别，那意得生还。征骑才门外，喧声已户间，心含他日泪，眼认去时颜。啮臂知非梦，今朝真入关。喧声已户间，即少陵“邻人满墙头”意，工于脱化。

张　宸

张宸，字青琱，江南华亭人。官部郎。〇汪钝翁序青琱诗，谓其长于台阁体，梅村先生推许之，然官不越郎署，年不及耄期，甚为惋惜。今阅其稿，工稳者偏在愁苦之言，故舍彼取此。

送张翼西附马还京自注：时贵主已薨。

昨岁星霜共尔行，今年杨柳又啼莺。漳河铜雀淹新雨，燕市金台赴晓旌。我醉但题鹦鹉赋，君归重惜凤凰声。妆楼翠幕春无数，憔悴人间孙子荆。

楚中秋思

日落长沙枫树红，断猿啼处暮云空。可知昨夜乡关梦，身在寒烟万点中。

汪志道

汪志道，字觉先，浙江钱塘人。诸生。

杜茶村留饮书斋时有故宫人在座

浣花溪上话残春，诗句文章老更真。酒半一声河满子，不堪重见孟才人。与钱尚书赠冬哥作同一凄惋，而此于遗民席上见之，其情更深。

路鹤徵

路鹤徵，字湘舞，江南华亭人。

笼中鹦鹉

纵有云霄志，其如铩羽何！语言徒自巧，文采累人多。陇坂关河杳，雕笼岁月过。翠衿浑短尽，愁绝少陵歌。文采累人，一篇主见。祢正平后，柳柳州、刘连州，皆其人也。故君子有取于夷白。

王懋忠

王懋忠，字思冈，江南娄县人。邑诸生。

和宋既庭顾茂伦刘西翰沈石均沧浪亭诗

烟外吴山数点青，寒波渺渺抱空亭。国门尚奉将军令，海徼方高处士星。岂悔邹枚惟作赋，何妨申伏且专经。临歧不作杨朱泣，渔父沧浪曲可听。中四语酬赠四君子，而沧浪亭只于起讫见之，另成一体。〇时圈城令未除，齐娄二门间，皆屯兵所，故三语及此，后巡抚韩公世琦奏请撤之。

赠柳校书

一卷新词记啭莺，重来曲巷共逢迎。挑灯莫唱开元曲，花落江南涕泪横。与“岐王宅里”、“崔九堂前”之作，一种风神。

范 超

范超，字同叔，江南上海人。

雪滩钓叟歌

雪滩钓叟人不识，持竿日坐滩头石。渭水遭逢事有无，英雄老作江湖客。问尔垂纶定几年，笑而不答须飘然。知君原乏求鱼志，击楫还吟秋水篇，垂虹桥门七十二，君家恰在桥边住。茅屋斜开白板扉，钓船横系枯杨树。日落沙头增暮寒，江天风雪正漫漫。朝来冻合无鱼钓，好脱蓑衣当酒钱。此为吴江顾茂伦作。

柴绍炳

柴绍炳，字虎臣，浙江仁和人。〇西泠十子诗选，虎臣与毛稚黄为主，悯诗教陵夷，而斟酌论次，以期力追渊雅也。虎臣诗营构精坚，时嫌过密，兹特取其清疏淡荡者。

酬昆陵刘庆云湖上见赠

刘生才把臂，几载客钱塘。一见如相识，重游即故乡。春阴桑叶白，日暖柳花香。未遂湖山兴，高歌那断肠。桑叶非白，柳花无香，然古语云："杏花盛，桑叶白。"太白云："风吹柳花满店香。"诗人引用，皆有所本。

喜陆大景宣归河渚

征途几岁竭归来，庾信江南重可哀。春雨草连村市没，晓风花傍战场开。我思卖药仍无地，君定垂纶何处台？总是他乡成浪迹，故人相见且衔杯。

沈　谦

沈谦，字去矜，浙江仁和人。著有东江集。〇朱竹垞云："去矜少喜温、李，后乃循汉、魏之规矩，得初、盛之风致，其意贞而不滥，其声和而不流。"

引声歌

外极莽苍，内保精粹。至人不言，四时咸备。理不出身，道不在智。形体块然，神明所寄。虚心实腹，抱道守真。大化回薄，与仙者邻。运斡圆象，敷匝广轮。阴阳不害，庶得平均。可参予欲无言章及老子守其环中等意。

樵歌行自注：祖望自号西山樵夫，尝以渔父词赠予，故有此答。

西山樵夫方壮年，手持樵斧西山边。朝向西山石上坐，暮向西山云际眠。行人过者问樵夫，愿君共坐语斯须。美髯如戟好身手，虎狼不顾千金躯。深林杳杳白日落，请君且去住城郭。丰貂锦衣不识寒，肥肉美酒供大嚼。暂时俯仰谁复嗤？恐随霜露填沟壑。樵夫不答自微吟，东江渔者知我心。

送人之山东

君去游齐鲁，惟怜泣路隅？沙深埋马足，风利断人须。鼓楫河流隘，瞻云岳色孤。兰陵多美酒，愁绝更须沽。

晚　眺

川原望不极，孤客自登台。落日大荒远，平沙秋雨来。青门生事渺，白石壮心哀。归思西风后，空怜作赋才。

送友人北上

嗟君此行役，把酒一沉吟。驱马河冰滑，听鸡夜雨深。鼓鼙孤客泪，书札故人心。念母归应早，天涯弗滞淫。

虞黄昊

虞黄昊，字景明，浙江石门人。

杨柳枝辞

杨花如雪扑征衣，马上征夫苦忆归。曾向曲中回首望，而今真在路旁飞。清清浅浅，自足风神，此辞体也。

陆　圻

陆圻，字丽京，浙江钱塘人。〇渔洋诗话谓丽京晚年远游不归，或云在岭南为僧，名今龙，而朱竹垞太史谓其入武当为道士，终莫能定也。总之，不知所终云。

七夕有感

万里晴云淡素秋，海天东望更生愁。黄姑鸩鹊通斜汉，明月婵娟照戍楼。剖核谁当来阿母，吹笙何路问浮丘？可怜携手阑干泪，空拟归来尚黑头。

九　日

衰飒秋风朔气回，中原何地可登台？五湖极望层波渺，四野吹笳薄暮哀。江燕塞鸿纷自代，紫萸黄菊已徒开。最怜此日凭高处，短发萧萧照酒杯。

与歌者陈郎

落日横江老白蘋，同乡停问一相亲。未嫌李尉翻新曲，偏喜何戡是旧人。玉管漫吹秋月白，红牙曾按绮筵新。坐中恐有伤心客，莫唱伊凉水调频。

送朱生之秣陵

华馆张灯酒共斟，清霜朔雪昼阴阴。上方请剑高名著，广柳容人侠气深。醉后难忘公瑾曲，愁来独抱蔡邕琴。秦淮渡口花争发，莫负当年桃叶吟。应是侠士而为直臣者。

毛先舒

毛先舒，字稚黄，浙江仁和人。有东苑诗钞。〇渔洋诗话：余喜毛稚黄西施绝句云："别有深恩酬不得，对君歌舞背君啼。"此意未经前人道过。

孔北海融述志

炎炎当路客，奕奕朱门开。雄鸡无三号，冠盖纷沓来。志士大所营，漂漂穷无依。结根在累世，安能灼馀辉。历观古俊民，功成道何微！子牙尚阴谋，管仲器小哉！人生履国步，周道自我夷。猛虎扼其项，何况狐与狸。此身勤君父，安得慕夷齐。曲士矜一节，度外宁所希。宁为白玉碎，不为长伏雌。北海目中，直无曹瞒，经营国难，不慕夷齐，其素愿然也。宁玉碎而不为瓦全，故卒被祸。拟古诗，须设身处地为之。

裁衣曲

剪征衣，亲手作，君身长短何须度，肥瘦定然不如昨。新衣为君裁，旧泪为君落。还将铜斗细熨灼，莫使衣上沾猩红，君见泪痕不肯著。思路音节，近接青丘，远接文昌、仲初。

张　丹

张丹，一名纲生，字祖望，浙江钱塘人。有从野堂诗集。○此西泠十子中矫矫者，向共推其七律，而五古生辣结轖，终以此体擅长。

白竹村

路盘白竹村，崎岖探穷谷。居人八九家，林杪构破屋。下惟四柱立，亭亭不附木。仰视如鸟巢，夕暝梯云宿。楼动晚风吹，万竿如戛玉。已防虎豹害，复惧麋鹿触。我行多彷徨，不敢岐路哭。从者俱饥色，清潭聊手掬。吾语勿苦饥，餐松毛羽足。写竹屋荒陋如见。

涿州城

晓霜不在地，微白生牛背。遥望涿鹿城，巙然沙碛内。控緤走其下，壁立皆土块。此地古范阳，甲兵天下最。侧耳闻啼饥，伤心自我辈。野狼遇人嗥，苍鹰攫雉碎。生涯底如此，浩叹兹行迈。天下之险，可使有饥民耶？谁谓山野人不留心经国。

晏 城

小小古晏城，西对华不注。昔之晋郤克，逐马匝此处。我行实已懒，解鞍歇薄暮。鸱枭啸其群，老乌守枯树。不见古人迹，断碑委樵路。手摸苔藓痕，字句读未误。平仲之采地，缅然起思慕。奈何千载后，芜没如野戍！相望有远山，恐是齐朝儛。

登城西南隅次毛驰黄韵

野阔天高枫叶丹，凤凰城上倚楼看。苔深玉马秋逾静，露涩铜驼晓未干。南浦云屯千骑合，西陵木落万家寒。愁来鼓角霜前动，莫听征鸿去渺漫。

陆嘉淑

陆嘉淑，字冰修，浙江海宁人。

芜城感旧

花影莺声句偶传，无端真得玉人怜。刘郎前度身犹在，杜牧三生事惘然。银烛夜阑分险韵，画栏春半响么弦。玉钩斜外伤魂处，落尽桃花叫杜鹃。

郭襄图

郭襄图，字皋旭，浙江平湖人。

赠鲍子韶即送别

看君心事欲凌云，客里悲歌日易曛。每笑成名皆竖子，翻因长揖重将军。焦桐未尽留知己，白凤时吞只卖文。忆向五羊同叱石，燕台相见又离群。

顾万祺

顾万祺，字庶其，江南吴江人。诸生。

斗鸡坡

红粉宫中小队齐，花痕凝碧草萋萋。一从孙武归山后，不教三军教斗鸡。武备不修意，借斗鸡想出，可云浚发巧心。

卢元昌

卢元昌，字文子，江南华亭人。诸生。〇文子衡门两版，下帷著书，选定古文，不胫而走。为诗少欢娱之词，多愁苦之言，由生平遭际使然，而颂法常在少陵，故忧伤感愤，不知其然而然也。上海陈生龙岩为余述其梗概如此。

哭李在湄

汝书粘在壁，三载字依然。薄宦嗟无禄，投荒竟各天。老魂沾旅雪，客梦叫孤鸢。误汝真升斗，泉台恨肯捐。

薄宦天涯客，频年几个回。挑灯搜鬼录，把酒话泉台。后死青山在，馀生白发催。羊城李少府，丹旐早归来。第一章哭少府，此章痛逝者而行自念也。

北塘晚棹

悠悠北塘棹，落日转蓬科。留滞无安土，东南病把戈。江寒鱼罟静，月上虎踪多。去去勿复道，苍生可奈何？第五语，经所云“三星在罶”也。

沈友圣娄归述王维夏近况

鸡林今罢市，玄晏亦停披。天下书谁读？中原战未夷。干戈留短褐，贫贱养须眉。我有千秋业，嘐嘐杜甫知。

登吴六益藻野阁次韵

凭栏极望思苍茫，南北关山雁几行。万里故人偏海角，十年兄弟一匡床。欲谋土室真成狷，便哭穷途未是狂。爱尔灌园能乐志，楼前长种百株桑。故人海角，应指汉槎远戍。

群忠祠

徐海楼船卷土来，角声吹落暮云哀。将军卧鼓空城闭，国士搴旗战垒开。五尺汪童能破贼，三千瓦氏浪衔枚。自注：明世庙征瓦氏兵御倭，甚暴。先朝祠宇还香火。萧瑟寒鸦夕景催。此死倭寇之乱者。

次韵酬楚中杨长公学博伊父曾殉甲申之难

先生本是关西子，不信而今我道穷。小草一官悲薄命，文章万卷哭秋风。萧萧涿鹿双蓬鬓，寂寂玄亭独老翁。相对话残嵇绍节，尊前泪滴夕阳红。

哭箕儿

举目伶仃欲断魂，汝生惟此藐孤存。翻教衰祖为严父，休道无儿幸有孙。白首未抛苦海累，黄昏孰问寝门温。床头零落残书卷，几度青灯屋漏痕。

胡渭生

胡渭生，字朏明，浙江德清人。

吴山观潮

扶桑东极水云昏，溟涨连天入海门。白鹭千群沙际影，青螺数点雪中痕。石当罗刹声偏走，风折西泠势益奔。徙倚伍胥祠下望，鸱夷信有未招魂。白鹭千群，用枚乘语意，青螺句，即苏诗所云

"越山浑在浪花中"也。

吴 殳

吴殳，字修龄，江南昆山人。〇修龄著正钱录，又著围炉诗话，挥斥诸家，所为诗摹仿西昆，然重重襞积，獭祭而未归自然，与平日议论不相关照，所谓责人斯无难者也。存其佳者二章，以识大概。

秦

质子妖姬货可居，六王未毕已丘墟。鞭桥东去无灵药，骖乘西归有鲍鱼。黄犬泪中惭废立，白蛇醉里报驱除。当时早为秦非计，牧地为封食有馀。

蜀 汉

季世唐虞只此时，泗亭天壤哲人违。三交城下波声急，五丈原头日色微。西国无烟生火井，东邻有女落�矶。不关钟邓能缘险，黄皓谯周尽识几。落蟓矶，落字未妥。

谭吉瑄

谭吉瑄，字舟石，浙江嘉兴人。

吊战场

祁连山下草，寂寞少人烟。魂魄千年后，还思渡酒泉。言故鬼犹不忘归也。前人以"可怜无定河边骨，犹是春闺梦里人"为善作苦语，此篇正复相似。

朱克生

朱克生，字国桢，江南宝应人。太学生。著有秋厓集。〇王渔洋赠诗云："海内风骚调未孤，故人才笔妙珠湖。"即此可以想其诗品。

迟陈冰壑

非关长忆汝，舍汝欲谁亲？天地馀残腊，江湖剩几人。一杯驱岁月，斗室傲冬春。自有千年在，何须叹苦辛。一气直下，千钧笔力。

送陈子寿往河南

匹马游梁出帝乡，赠鞭重集酒炉旁。那堪旅舍逢离别，正值家园作战场。汴水月明沙雁过，蓟门霜动夜砧凉。伤心去住同摇落，不独悲秋泪满裳。分写河南、蓟北，而末以一语总承，格律甚细。

俞南史

俞南史，字无殊，江南吴江人。诸生。〇无殊，山人安期字羡长之子，羡长以博雅胜，无殊出以清空，父子各擅长也。

过顾茂伦村居

境以居人重，情因遇故深。酌泉偏爱淡，看竹共分阴。草木山中曆，桑麻世外心。闲吟忘永夜，明月照披襟。

黄九河

黄九河，字天涛，江南泰州人。

北上于袁浦发家书

丈夫志四方，不受儿女羁。苟怀万里志，劳勚何足辞。昨发海陵城，今宿淮水湄。附书于送徒，援笔中心悲。亲亡两弟弱，支户惟中闺。水旱岁频仍，全家常苦饥。官租宜早办，西畴勤耘耔。幼弟学易荒，肃恭承明师。回首望螺山，先垄草离离。远行恋所生，贫贱无归期。苟能行直道，何惧路险巇。长安多亲旧，音驿日夜驰。纸短苦意长，挑灯重封题。欠伸启篷窗，月落村鸡啼。直写八行中语，归到恋所生，行直道，即所云“明发不寐，蛮陌可行”也。

王孙晋

王孙晋，字左公，江南宝应人。

南　闽

久客欲归去，翻愁行路难。极天围万岭，平地落千滩。水立惊蛟斗，风腥哭虎残。悲歌烽火夕，流落恨儒冠。

韩　畕

韩畕，字经正，直隶宛平人。著有天樵子集。○朱太史竹垞序云："石耕终身不娶，比之牧犊子。五言清稳，自足名家。"予转取其七言，以其情韵缠绵，尤足动人也。

夜

出门寒辉看向圆，清宵白云多在天。归人已绝四邻静，老树叶陨风凄然。门前即是寒溪路，坦步徐吟过古渡。长桥立久人不知，明月相随自来去。

九日登鸡鸣山

闻道东篱菊已黄，无因移向酒尊旁。西风忽起野烟暮，落叶乱飞山树苍。雁带寒声归渚急，江涵秋水与天长。浮云遮尽登高眼，不许愁人望故乡。

雨中送春

绿草疏篱映水滨，清溪寂寂四无邻。一帘细雨仍飞燕，几日残花又送春。多病翻愁今夜酒，伤心如别故乡人。明年寄迹知何处？早向天涯慰苦辛。第六语，非古之伤心人不能道。

王邦畿

王邦畿，字说作，广东番禺人。贡生。

春　郊

闭门日以久，出郭尚鸣莺。为爱清溪色，春风百草生。云低沧海树，潮上夕阳城。何处山中叟，犹闻伐木声。钱、刘遗韵。

过易水

地入幽州白日沈，寒云莽莽水阴阴。亦知匕首无成事，只重荆轲一片心。剑术之疏，中心之义，尽于十四字中矣。纲目书荆轲为盗，未为平允。

梅 磊

梅磊，字杓司，江南宣城人。著有响山斋集。

秋 日

秔稻朝初熟，荷花晚更香。萤飞过竹暗，牛饭就松凉。斯世多充隐，吾徒半醒狂。爱从田父饮，杂坐亦何妨。王渔洋见田家饭牛，中有所感，因赋“牛饭就松凉”句。

钱 曾

钱曾，字遵王，江南常熟人。〇遵王注牧斋诗集，固博闻士也。诗流易有馀，不求警策，得牧斋一体。

蝶

曲廊回处正斜曛，弄影随风自作群。曾恃粉衣欺艳雪，几缘香梦惹行云。斜穿帘幕深深见，飞过池塘故故分。送得南园花草尽，正教愁杀杜司勋。

梅村先生枉驾相访酒间商榷绥寇纪略有感赋此

迢然影事未能忘，郑重停车问草堂。借箸漫言山聚米，引杯兼笑海生桑。秦关鹿走当年火，吴苑乌啼此夜霜。指点旧京愁历历，为公枨触恨偏长。

湘灵先生移居诗

甲子迁讹昔梦中，维桑回首又春风。吟怀平卷三分月，儒行虚留一亩宫。莫讶孟郊家具少，翻嫌徐邈酒枪空。往时文彩吾能记，容易人间著此翁。

吴物荣

吴物荣，字慎庵，江南吴县人。诸生。著有锦峰樵稿。

山　居

世事山居尽，衰年懒更加。鸟啼方梦觉，酒熟正梅花。天地容双鬓，渔樵共一家。溪边聊晚眺，倚杖数归鸦。三语“方”字，四语“正”字，不炼之炼，是为诗眼。

卓尔堪

卓尔堪，字子任，江南江都人。〇子任系靖难忠臣讳敬之后，代传清白，壮岁南征闽逆，为右军前锋。又尝辑胜国逸民诗成集，文武并娴，远近争高其行。

源 口

旌旗源口出，万马度沙头。山月开昏路，烽烟警素秋。前林围已破，断壑血能流。何日销征伐，春原看牧牛。

卷　九

黄　垍

黄垍，字子厚，山东即墨人。康熙癸卯举人。著有夕霏亭诗。

短歌行

龙蟠于泥，蚖其肆之。虎处于柙，爪牙安施？委巷之犬，吠声如豹。厫仓之鼠，口厌粱稻。太行居后，孟门居前。佥夫之心，君子畏焉。方寸之中，乃有五岳。磊砢嵚崎，五丁焉凿。精卫填海，愚公移山。为之在人，成之在天。

送屺公周邑侯南归

君从西郊来，旌旆光如电。父老遮道左，争欲识君面。君从西郊归，雪压荒丘树。独有春风发，送君千里路。不另下断语，而世态物情已尽于此。

严我斯

严我斯，字就思，浙江归安人。康熙甲辰，赐进士第一人，官翰林学士。著有尺五堂诗删。

十峰草堂歌为钱础日作

九龙之山环九峰，一峰一态如一龙。兴云出雨气磅礴，鳞甲欲动凌苍空。别有一峰伏而起，神奇夭矫为龙尾。世人咫尺不知名，古来畸士都如此。中有草堂绕烟萝，峰峰回薄青嵯峨。左图右史安乐窝，猿啼鹤唳山之阿。草堂主人抱龙德，或潜或见人不识。时时掉臂弄云霞，往往歌声出金石。旷怀雅好游名山，往来齐鲁尽跻攀。有时夜半登日观，双骑白鹿青云间。去年把臂历山麓，清诗万首酒百斛。今年款段走长安，不使缁尘涴素服。手持尺幅字琳琅，乞我题诗寄草堂。予本风尘落拓者，青鞋布袜思徜徉。安得投簪寻泛宅，五湖之曲烟光白。与君拄杖听鸣泉，夜向松窗读周易。一起神来，以下便一笔扫去。

嵺水谣

嵺之水兮清且涟，使君堂上坐鸣弦。嵺之水兮清且漪，使君郊外多耕犁。使君官庖食无肉，长须编篱种野蔌。使君侵晨寒无衣，老婢当窗织布机。使君寒，民五裤。使君饥，民含哺。升君之堂进君酒，有酒盈卮，有蔬盈豆，长老在前，稚子在后，俚语歌呼为君寿。清畏人知兮，何人勿知。吁嗟今之人兮，廉吏可为而不为。虽不明指使君为何人，然前后令嵺水者非陆清献公，不足当之也。结句有慨乎其言之。

闻砧曲

长安八月秋风起，长安门巷秋如水。闺中思妇罢鸣筝，一夜伤心千万里。前年荡子去从军，消息关山总不闻。黄龙塞上愁云断，丹凤城边落叶纷。平沙猎猎吹枯草，碣石霜飞寒信早。铁衣银碛苦思家，红粉空房愁远道。乌啼哑哑风凄凄，日暮寒砧到处迷。玉筯暗随声断续，凉蟾故逐影高低。青漆楼头雁初度，天寒梦断金微路。龙堆战士几人还，马革游魂竟何处？城西一带素车归，白骨沙场半是非。昨夜深闺犹记忆，开箱还捣旧征衣。

送絜庵家少司农致政归里

朝衣初脱拜君恩，归去田园喜尚存。七泽云深秋放艇，九峻花发夜开尊。毋劳清梦惊鱼钥，剩有闲身到鹿门。只恐熙时问遗老，不容瓢笠住江村。

周　弘

周弘，字子重，江南无锡人。康熙甲辰赐进士第三人，官侍读学士。

道旁叹

三月四月麦未熟，饿夫扶携领官粟。得粟村墟起爨烟，嫠妇何为道旁哭。自言幼本名闺姝，父母衣我红罗襦。十七嫁作儒家妇，足迹不出门中枢。夫亡十指难糊口，连岁凶荒断升斗。县帖纷纷催乐输，大儿枵腹披枷杻。小儿呱呱怀抱中，身死奚恤愁儿从。昨闻诏书发粟赈，匍匐哀告含羞容。安得有钱买胥吏，赈籍无名长官詈。踯躅中路不得归，以此悲伤洒血泪。我闻斯语愁心神，彼司牧者独何人。方看嫠妇泣东陌，又听悲怨来西邻。赈荒之弊，自昔而然，安得采风者陈之黼座。

己未二月二日午门听宣岳州大捷遇雪恭纪

荆南奏凯达神京，晓辟天阊瑞雪明。朱鹭铙歌翻郢曲，玉龙银甲洒春城。貂裘尚忆军前赐，鹅鸭曾喧夜半声。自此江湖空战垒，丰年有象课深耕。奏捷遇雪，语语合写。

湖南诸路大捷和宝坻杜相国韵

覆巢残孽剩遗雏，坦腹绯衣合谶符。士行高牙麇子国，岳侯奇捷洞庭湖。烽烟一夜天兵扫，汤火频年我后苏。橘渚枫洲初战定，关山片月笛中孤。

张 英

张英，字敦复，江南桐城人。康熙丁未进士，官至大学士，谥文端。著有存诚堂诗集。○本朝应制诗共推文端，入词馆者，奉为枕中秘，而风格性灵不系此也。特取高旷数篇，以著公之风概。

拟古田家诗

柴门拥溪水，溪响无朝昏。农夫荷锄倦，独倚秋树根。顾我田畴好，念我桑麻繁。脉脉不能语，感兹风雨恩。风雨岁时熟，古俗今犹存。遥指烟生处，亲戚满前村。稚子驱鸡犬，夜来忘闭门。何以酬清时？努力从田园。

昔爱诵豳风，亦常歌小雅。桑柘栖鸡豚，结庐在中野。春畲方扶犁，秋禾倏盈把。野老乐时和，高枕瓜棚下。田家老瓦盆，新醪月中泻。击鼓赛先农，调瑟娱方社。何必桃花源，此境足潇洒。风尘久误人，我岂悠悠者。

新晴土膏动，原上春草生。陂塘引硐壑，活活春水鸣。桑阴悦好鸟，布谷时一声。夜来饱饭牛，朝来从耦耕。耦耕一畦毕，淡泊心无营。偶然召邻叟，索取壶觞倾。高谈视天壤，把酒欢平生。面无忧喜色，胸无宠辱情。始知於陵子，灌园逃公卿。感风雨恩，忘宠辱念，寻常田父有此襟抱耶？题云拟古田家诗，公之寄托，盖在陶处士一流人矣。

读汉书

壮哉霍子孟，易置多英风。离席按剑时，发议惊群公。走马杜鄠间，曾孙方困穷。手挈天子玺，授之咸阳宫。海枯石可烂，孰能訾其功。珠襦黄金匣，甫葬茂陵东。狐鸣尚冠里，妻子烟尘空。秺侯杀弄儿，累世亢其宗。子孟庇阿显，九族罹悯凶。割爱与殉私，延促霄壤同。臣术惟敬慎，庶几保厥终。博陆、秺侯功业悬殊，而一则身后族诛，一则赏延于世，由殉私与割爱异也。指出敬慎以昭臣道，事君者其知所法诫焉。

读元道州贼退示官吏诗慨然有作

我爱元次山，诗篇独简质。短章如长谣，仁心自洋溢。至欲委符节，甘心就鱼麦。昔人志康济，岂云耽暇逸。置身君民间，无能澹忧恤。汗颜拖长绅，不如腰带铚。贤哲耻旷官，斯义久萧瑟。谁无湖畔山，浩歌抚遗帙。次山之欲归老江湖，非耽高隐，为不能救时恤民，不得已而甘就鱼麦也。康济之心，特为表出，近日司牧者尚敬闻此言。

严陵江

千嶂桐庐道，清风几溯洄。不知天子贵，犹是故人来。垂钓本无意，披裘亦浪猜。翻嫌人好事，高筑子陵台。王贞白诗后，赋严陵者，俱落坑堑，此篇不着议论，笼罩一切，可以追踪古人。

赠螺浮黄门次龚合肥韵

十年霜雪老黄门，抗疏群知国体尊。獬鹿折来真有胆，山龙补处自无痕。漫言盘错昭臣节，偏向风尘识主恩。亲见闾阎凋敝甚，郑图还与绘千村。

曹 禾

曹禾，字颂嘉，江南江阴人。康熙甲辰进士，己未召试博学鸿词，官至国子祭酒。〇余识其孙全伦，清门零落矣。既全伦旋没，访其诗不能多得，为之怃然。

秋夜述怀

空林叶摵摵，野犬声狺狺。彷徨忽四顾，中夜感古人。鸿蒙讵不乐，乌用施经纶！才贤既当权，造化辞苦辛。雷雨亦待治，云物非空陈。自有济世功，千古劳其身。牵犊者谁子，高蹈遗斯民。君子出而用世，则造化以权付之，欲不劳其身不可得也。千古圣贤心事，昭然若揭。

送友人还金陵

屑瑟秋风送客装，萧条木落更神伤。满天欲雪尊虚酒，昨夜初寒雁叫霜。马足远冲黄叶路，吟声徐入白鸥乡。江南景物关情甚，烟雨秦淮梦里长。

劳之辨

劳之辨，字书升，浙江石门人。康熙甲辰进士，官至副都御史。著有静观堂诗。

眺玄武湖歌

鸡鸣十庙衰草多，志公遗塔高嵯峨。远望大江千里之雪浪，近俯晴湖万顷之烟波。湖形北向称玄武，锦缆楼船斗歌舞。结绮临春迹已空，惟有澄泓一片无今古。闻说龙蟠王气真，徐党伟伐图麒麟。共球受日归天府，户册登馀藏水滨。周遭沆漭中台榭，瀺灂游鱼通港汊。仁民爱物本相兼，罟于渊者罚无赦。自注：明初置黄册于其中，禁人游玩。兔葵燕麦摇春风，细柳新蒲发故丛。鸳瓦已销金碧外，渔歌时起荻芦中。自古盛衰如转烛，六朝兴废同棋局。君不见钟山陵树来樵牧，射生收得银牌鹿。今古盛衰之感，借题发出，见有德易以兴，无德易以亡也。

赵士麟

赵士麟，字玉峰，云南河阳人。康熙甲辰进士，官至吏部侍郎。〇云南远隔万里，风诗难采，少宰诗亦不多见，故所收止此。

过安庄至镇宁

带绾轻裘上偃坡，栖霞尚近郁嵯峨。名通上国由庄峤，威镇诸侯自伏波。溪谷至今多瘴疠，人烟到处杂藤萝。为欣气候如秋杪，华盖桥西试一过。

黔阳怀古

罗施声教阻遐方，汉置牂牁达夜郎。天入炎荒时苦雨，途经冷驿夜无霜。马鞍观侧藏云坞，铜鼓山头祀竹王。千古犹思丞相泽，祠堂松柏自苍苍。

盛符升

盛符升，字珍示，江南昆山人。康熙甲辰进士，官御史。著有诚斋诗集。〇侍御少从夏考功彝仲游，与云间诸先哲相切磨。既出王新城尚书门，所诣益进。徐司寇健庵评其诗，谓原本少陵，诗外别有事在，非溢分语。

河上杂言

久矣悲鸿燕，谁堪问麦秋。飘零随远道，涕泪入孤舟。璧马年年事，河淮处处忧。却怜长算少，民命倚阳侯。民倚波臣为命，不堪问矣，尔时已然。

同阮亭先生遥和李侍郎读水经注忆洞庭韵

闻说巴陵倚洞庭，君山如画见图经。岷峨雪尽寒潭碧，云梦波连湖草青。九派微茫看楚泽，数峰仿佛拥湘灵。知君回首曾游处，远思萧然入杳冥。

中秋岱顶即事

身入云端云下垂，风雷南去日西驰。青霓断续斜阳外，碧海澄鲜子夜时。天柱独晴依上界，冰轮乍满半秋期。茫茫俯视皆尘雾，一片空明对玉池。

昌平山行有作

望帝何年泣草莱，漫留抔土锦山隈。恨馀亡国悲英主，礼备兴朝慰夜台。自注：顺治初建陵、置祠，有加礼。云暗苍梧千古痛，月沈湘浦二妃哀。神归石室传青史，龙驭长依风雨来。自注：思陵在锦屏山，亦称锦壁山，或称鹿马山，即田妃墓。○思陵以英敏勤政亡国，古史所无，章皇帝为之建陵置祠，尤旷典也。诗中表出，得扬颂本朝之体。

金陵怀古

重向南邦忆少年，宫门仿佛戍楼边。长陵松径来樵子，后苑湖阴宿钓船。故国几堪歌玉树，行人犹自怨金川。却怜山色依然在，灵谷苍凉倚断烟。人知有明南渡亡于荒嬉，不知金川门之入，国脉早伤也，此更推本言之。

南　征

太白秋明井鬼旁，兵占早已在炎荒。养成岁月营三窟，嵎负西南擅一方。莫遣金沙留蜀汉，岂容清浪接湖湘。由来制胜资全策，铜柱依然缅水阳。时尚逆有连结吴逆之势，颈联虑及之，非寻常经生家语。

洛阳怀古

风雨当年卜帝乡，土中还倚上游强。涧瀍合处开双阙，河洛分来会北邙。何地南宫临逝水，谁家西苑带斜阳。山川不共兴亡异，天外嵩高对渺茫。

冬日渡彭蠡过庐山下

几经溘浦惜幽寻，重向宫亭望远岑。云卧石门思北涧，花开莲社忆东林。三人一笑谁宾主，五老千秋自古今。惆怅吾衰劳梦想，几人游迹未销沉。

刘梁嵩

刘梁嵩，字玉少，江南江都人。康熙甲辰进士。

天险阁

旋折初惊大壑雷，凌空复上剧崔嵬。白云无际疑天尽，翠巘何年倚剑开。一路水从汾曲合，千层山抱雁门回。中原地势经西折，眺览重增庾信哀。

方殿元

方殿元，字蒙章，广东番禺人。康熙甲辰进士，官知郯城、江宁县，著有九谷集。○九谷著环书，自成一子，欲究天人窍奥，馀事乃作诗人也。然高华伉爽，依傍一空，品不在岭南三家下。

庐山玉渊

高峰入青冥，中断忽云树。屏风九叠间，飞泉半空注。奔腾过万山，至此陡欲住。惮赫侔雷霆，一旦失凭怒。有似千古愤，投入静者虑。两崖青翠映，空色交相寓。淡淡与天空，冥冥写秋素。窃窕散馀波，疑作江汉雨。幽光留人心，不觉白日暮。皎月上澄潭，此身在何处。极形奔泉陡住，比之填胸愤怒，忽入达士静观，古今辞人，未开此口。

褒斜道

褒斜道，三载烽烟令人老。嵯峨云栈四百里，其下黑龙江中水。北走三秦南走蜀，长蛇猛虎盘深谷。张良一烧不可测，顾盼从容得秦鹿。诸葛艰难数出师，大星夜落三军哭。英雄成败且有数，况乃区区一狐兔。黄尘澒洞入秦川，风雪关山劳远戍。铁马回头望陇山，断肠家过秦川路。更有子午与黄金，十里百折伤人心。悬崖峭壁日月黑，使尔战魂招不得。此为窃据者言，见英雄尚难成功，况狐鼠辈耶？警诫乱臣，可补剑阁铭之缺。

章贡舟中作歌六首

空谷号风呼雨入，四山水落千滩急。百丈逶迤不上船，石角飞湍何岌岌。徒御当餐投七箸，榜人憔悴长裳湿。乱世天心不可知，归路迢迢百忧集。

风高白日沈西麓，未到常程不敢宿。残月惨淡落战场，新鬼啾啾为谁哭？孤舟怆恍不得力，远趁前山两三屋。五更豺虎声欲稀，寡妇哀哀叹孤独。

喜却小山留我后，倏在我前若驰骤。千折百折舟子疲，我左须臾还我右。日色归心不相及，坐见羲车坠岩岫。天昏月黑风怒号，猛虎长蛇两相斗。写尽江行陡折，蛇虎纵横，读者亦不寒而栗。

水浅泷高围万岭，五年峰火行人静。孤舟独宿黄茅中，狐狸踯躅豺狼猛。四村盗贼横剽劫，长年三老交相警。儿曹痴小不知愁，鼾睡阑干呼不醒。即“众雏烂漫睡，唤起沾盘餐”意，正以形客子之警畏也。

江窄风移万山石，中天无云炎日赤。百口艰难买两舟，雨汗相挥不能食。南望青峰更千叠，渺渺征途何时息。不见人家寄山窟，我独何为叹于役！

梦里梅关眼中血，今夜分明在秋月。峰峦憔悴兵戈后，惨淡烟霞写离别。去日板舆素輀而返，魂兮归来悄难说。有弟有弟亦夭折，使我肝肠横断绝！六章如读老杜短歌，在遭逢，在性情，不在形模之似。

秋夜长

凄凄者风，胡不自东，不自南，不自北，吹我井上双梧桐。梧桐昨夜飘孤叶，夫婿从军入穷发。两地相思不相见，愁云共掩关山月。飞鸿不我顾，海燕辞巢去。空房蟋蟀鸣，长夜漫漫谁与语？缄情含泪向天诉，苍苍无云复无雨，西有牵牛东织女。起四句本汉乐府法：“古调俗不乐，正声君自知”。

爱妾换马

喷日嘶风红叱拨，目似火齐汗似血。屈膝金屏出美人，邯郸下蔡皆称绝。英雄有事在烽烟，红粉生离未足怜。愿将妾织鸳鸯锦，裁作银鞍满月鞯。

答城中友人见讯之作

不到春城五六年，年来生事有谁传？两株陶氏门前柳，一半颜生郭外田。黄鸟风边行乐酒，桃花浪里钓鱼船。翻嫌扬子无佳兴，独坐空亭草太玄。佳句妙在不加追琢。

征　怨

怯把金钱卜，春残不道归。昨宵看月晕，怅触几重围。古意古音。

吴元龙

吴元龙，字长人，江南华亭人。康熙甲辰进士，官翰林，改工部郎中，己未召试博学鸿词，擢翰林院侍讲。著有问月堂诗钞。

赐缎绢恭纪

为郎冰署客，亦得荷恩私。恐负缁衣好，惭无黄绢词。称身安且吉，出笥卷还披。机杼需民力，艰难二月丝。上六语稳顺写题，一结乃见作手。

九日偕贵阳诸使君东山登高得初字

万里登高日，千峰纵目初。天长迷近远，云合失崎岖。边徼蛮歌起，荒城落木疏。乡心付征雁，可许达音书。起步似出唐人手。

钱芳标

钱芳标，字葆馚，江南华亭人。康熙丙午举人，官中书舍人。〇云间诗派，陈黄门后，以古淡整饬为宗，舍人绮丽而不佻，骀宕而有则，诗格又为一变矣。

击鲜行

吾乡城郭沧溟畔，亲故朝朝击鲜宴。乐事濠梁未足夸，嘉名丙穴无劳羡。沪渎滩平斥卤多，主人结网胜熬波。苍茫直下冯夷窟，烟雨常闻欸乃歌。河豚贩后芦芽出，春潮蹴岸春云热。筐覆吴趋窖里冰，刀飞少妇厨中雪。已道鲥鱼色似银，况兼石首烂金鳞。曲米渍成鲟枕脆，豉羹调出篛腴新。此时鱼税充公府，津市鸣桡复挝鼓。浅筏轻刀弄水儿，高樯巨舶开洋贾。别有泥沙困豫且，脂膏然炬骨专车。牵鬐力费千夫蹶，曝腊家分半载储。堨来岛屿孙卢扰，斥堠传烽接三泖。都护旌旗只戒严，渔郎罿罟空施巧。萧萧戍角满汀洲，丽罶寒星炯不收。无复钓鳌陈水犗，惟看驱马散沙鸥。海错经年不到眼，充牣临渊那供馔。一片才沾食指腥，百锾早破中人产。舍人顑颔滞燕台，比目王馀赋强裁。张掾秋风频怅望，冯生弹铗未归来，挑灯与客论终夕，语罢沧桑感畴昔。下箸谁消易水樽，解钱且换泺河鲫。近喜波臣静不扬，东南早晚撤边防。盘餐饱饫故园味，醉卧溪梅野竹傍。时多市海鲜而破家者，篇中反覆言之，与钝翁鲍鱼篇意同，而各自成格。

长椿寺病马行

招提二马一马病，腕折蹄长气犹劲。伏枥虽虚千里心，脱鞿翻适长林性。人言此马初买时，射堂陈孔蹀躞驰。双瞳夹镜耳批竹，青丝为络黄金羁。孟门坂峻羊肠滑，骏足蹷隤一朝蹶。昔夸金埒云满身，今同洮水冰伤骨。负盐驾鼓力不任，豢养却依支道林。天晴放饮井泉白，春晚卧嘶园草深。君不见长安城中千万骑，飞尘蹴天光照地。长鞭短策无不施，齿老旋随敝帷弃。又不见将军铁驷来渥洼，东行沧海西流沙。苜蓿虽衔不遑食，功成鹊印归虎牙。何如此马辞驂服，纵病还同塞翁福。身闲早得华山归，害去讵劳襄野牧。乃知不材造物怜，豫章见斫樗散全。无用之用世罕识，达哉庄叟何其贤！此舍人自写照也。即“此木以不材全其天年”意，写来不落白窠，总由用笔之妙。

清明偕锺宛兄展墓有感

往事苍凉不可论，伤心絮酒拜松门。三千里外孤儿泪，二十年来国士恩。华表日斜巢鹤返，土花春绣石麟存。殷勤幸接连枝会，漂泊天涯有弟兄。

缪　彤

缪彤，字歌起，江南长洲人。康熙丁未，赐进士第一人，官侍讲。

送医士方际泰归茅山

卖药长安市，超然寄一身。摺驴偏识路，破袜不生尘。入世性情古，还乡面目真。自惭留滞客，对尔叹劳薪。

万族罹氛祲，颙颙待此人。戍兵屯戊己，望雨急庚辛。汤火心徒切，君臣剂有神。能将上池水，尽与济生民。

茅山称最胜，结屋傍嶙峋。白鹄常为伴，黄精得养神。松云凉梦寐，僮仆使麏麢。曾读宋清传，犹嫌未绝尘。医人与医国夹写，何等胸次。

假归南下欲游五台山

排空历历五高台，想像先教眼界开。客路风光随马去，家乡树色渡江来。探奇亦自安禅味，济胜须谁作赋才。莫道上方钟磬杳，此身今已出尘埃。写假归之乐，得见家乡树色也，偏云树色渡江来，工于著句。

渡 江

凉月漾中流，金山隐隐浮。尚馀残醉在，和梦到扬州。只清晓渡江耳，写得浑然无迹，末五字何减唐人声口。

东台望海峰

层层峭石拥高台，就里藤萝百道开。身在云中天水合，更于何处见蓬莱?

张玉裁

张玉裁，字礼存，江南丹徒人。康熙丁未，赐进士第二人，官翰林编修。

七夕立秋

旅榻当筵卧，西风拂小栏。秋从今夕到，月向异乡看。有巧输人乞，因贫得梦安。曝衣问僮仆，预戒早霜寒。结意七夕立秋双到。

忆 橘

朱实垂垂叶尚青，故山千树未凋零。相思不隔长淮水，一夜乡心落洞庭。

董　讷

董讷，字兹重，山东平原人。康熙丁未，赐进士第三人，官至江南总督、兵部尚书。著有柳材集。○康熙二十五年，河臣靳议兴屯，误用屯田丞于宣、骆龙友二人，先屯涸田，次及水田，次及草地，渐及坟墓皆屯矣。无藉之辈，所领牛种为赌博资。新屯日增，民地日削，佃逃田荒，无从诉理。公总督江南，奏请罢之。罪于、骆丞，尽还民田，一时欢呼载道。即此一端，公之生平可知矣。

兴化道中

漭沆连沧海，风吹一叶轻。村从波际出，草逼浪痕生。地阔无山影，天空有雁鸣。最怜釜底处，何日奏平成？

魏麐徵

魏麐徵，字苍石，江南溧阳人。康熙丁未进士，官翰林，出为邵武太守。有石屋诗钞。

短歌行和杜韵自注：戏赠阌乡秦少府。

寒日影黄云半白，天涯莽莽未归客。边隅何日可罢兵，几处转输瘁邦伯。羽林夜发秦关道，共言河陇居民好。甲骑经过悉备餐，喜看蹴踏天山倒。

捕 蝗

捕蝗捕蝗人簇簇，蝗飞蔽天引其族。扬旗击鼓乱敲钲，奔走如狂沸山谷。炎肌雨汗肠雷鸣，取蝗一斗当斗粟。幸不入境驱邻封，彼亦天民忍遭酷。谁云蝗多不食苗？苗食垂尽到草木。复闻修德能弭灾，非止蝗生宜早扑。

蛮子朝拟白。

蛮子朝，澎湖内附平红毛。占城诸国尽输贡，西洋人已联官曹。琉璃泛海七日迅，册使曾颁新敕印。世子就学陪臣从，赐得衣冠供馔盛。复有安南久臣服，黎氏王封莫氏蹙。往来遣使与讲和，分疆各守漓江曲。百蛮接踵梯航趋，奇貌诡饰累译殊。我愿殿绘豳风诗，不绘唐时王会图。归重修德服远，此一章结穴处也。与前一章用意略同。

送儿彪之沅江

我已无亲侍，儿行又远亲。萧疏千里外，去住一家贫。水阔风帆健，霜高候雁新。沅兰芳可佩，极目楚江滨。少陵“令节成我老，他时见汝心”，起十字同此笔墨。

于忠肃祠

当年天子已蒙尘，中外安危寄此身。首建一言存社稷，独鸣孤掌定君臣。丹心纵死还如铁，碧血长埋未化磷。千载湖山留正气，不须涕泪洒松筠。不填故实，不着泛语，是作家手段。

人棠驿叠韵

人到棠阴忆古溪，春烟芳草驿亭西。海滨仙客骑黄鹤，天末孤臣访碧鸡。道路但留残碣在，自注：地多德政碑。风流谁许岘山齐。几看卧辙攀辕处，半是鸠形鹄面啼。

量移曲靖叠韵

闻道滇行过五溪，炎荒万里夜郎西。峰回铁锁沉金马，路入篁林隐竹鸡。青草烟中菰米烂，黄茅瘴里稻花齐。侧身南望愁堪绝，况复猿声万壑啼。

汪懋麟

汪懋麟，字季用，江南江都人。康熙丁未进士，官刑部主事。著有百尺梧桐阁集。〇比部师法韩、苏两家，故才情横溢。归田后，留心经学，皮毛剥落矣，因未见晚年作，故仍取才华绚烂之篇。

元夜禁中观放烟火歌

明月如轮碾金殿，蒙蒙玉露垂深院。万里高天无片云，凤凰城阙分明见。此时禁庭人影稀，但听铜龙下银箭。忽然天乐来九霄，耳边仿佛闻箫韶。步辇从容出复道，华灯的皪明春宵。赭黄盘龙覆御榻，羽林排列皆腾骁。便殿前头竿百丈，彩绳高系青天上。银花火树齐开张，珠斗明星尽奔放。金鹅赤凤无不有，玉女仙人各奇状。云中宝塔何嵯峨！海上蜃楼起烟浪。更有奇花次第悬，千枝堕地生金莲。火山吞吐走日月，急如万弩离箭弦。爆竹声中作霹雳，又如铁马攻战相回旋。夜静笙歌转清彻，两傍侍臣时叫绝。一回花放乐一阕，此曲人间岂能窃？何意书生按拍听，果然妙舞霓裳月。羽骑传呼催返驾，钟鼓楼前已三下。飘若浮云风雨过，万点灯花一时谢。独倚危栏似梦中，月影沉沉转台榭。起从元夜说入，是禁中元夜，龙楼凤阙、玉露金波、分明如见。以下详述烟火，跌荡淋漓，极才人之能事。〇壬申元夜，潜蒙恩赐观御园烟火，尽二鼓始归，目中所见，恰如诗中所述。明晨上命赓和上元灯词八章，才力薄弱，视比部大篇远逊矣。披阅长歌，附记于此。

玉叔观察招陪龚大宗伯西樵阮亭诸先生集寓园泛舟观剧达曙作歌

白日当天春昼遥，落花如雪纷飘飘。蜜峰蝴蝶各上下，鸣鸠乳燕何矜骄！方塘流水绿于染，细草如发沿溪桥。宋侯好奇复好客，一舟新驾双兰桡。中流荡漾发丝竹，琉璃破碎波光摇。北方老不识舟楫，观者夹岸争欢嚣。自客京师少水戏，身轻忽喜乘春潮。夕阳回柁上陂岸，画堂官烛青烟烧。金壶美酝堆碧色，玉盘春鲋生红膘。梨园法部奏新曲，龟年贺老同招邀。酒阑感激党人事，永康阉寺真鸱枭。元礼孟博意气尽，楷模之誉空名标。衰世诛杀总善类，法吏那得逢皋陶。宋侯当日苦蜂螫，悲秋谑浪皆无聊。今复秉节按蛮郡，束马秦栈车连镳。欢乐几时怅离别，磊块直用千杯浇。羽声惨惨曲且止，秦宫急换翻六幺。细拨阮咸唱明月，罗衣醉卧氍毹娇。谁能无情听忘倦，城头银箭催终宵。乐府中应演阉人害正事，故发此慨叹。时观察亦几蹈不测，赖圣明曲宥之也。精神团聚在此。

河水决

黄河冲决淮河荡，白马湖中千尺浪。淮阳城郭云气中，远近田庐水光上。人行九陌皆流水，螺蚌纷纷满城市。筑岸防堤急索夫，里中徭役齐追呼。富家出钱贫出力，触热忍饥不得食。十日筑成五尺土，明日崩开十丈五。

题顾符真画

昭阳顾生画楼观，绛阙瑶房生白云。如蛇宫人三百六，丰神都似李将军。此诗渔洋诗话中赏之。

颜光敏

颜光敏，字修来，山东曲阜人。康熙丁未进士，官吏部考功郎中。著有乐圃集。〇时辇下称诗有十子之目，田公纶霞、宋公牧仲、曹公颂嘉、汪公季用、王公幼华、谢公千仞、曹公升六、丁公澹汝、叶公井叔，考功其一也。诗品端厚正大，不轻佻，不板滞，于十子中为雅音。

白云峰

三峰信灵造，巍巍司寇冠。磊砢不尽泄，蚴蟉复北盘。结空出瑶几，前对香炉寒。大道望如发，豁然见长安。我行采山荪，葱蒨被冈峦。秋色何时来？万里霜林丹。三川富陈迹，八水无停澜。玉女怅不顾，目断双青鸾。磊砢十字，写尽造化之奇，老杜入蜀诗中，每每有此。

青柯坪

我从华阴来，秋怀苦凄怆。一登十八盘，嗒焉如尽丧。手拂岫幌开云关，峰峦变灭无停状。狸狌啸雨猿昼啼，咫尺但愁失归向。苍藤羃历穿危栈，高下冥迷那得辨。石棱涧道仅数寻，渭水秦山几回转。举头忽讶青天开，垣屋鳞鳞缀晴巘。长松挂壁森蓬藋，细雾缘扉袅烟篆。吁嗟青柯坪！壮观真崔巍！三峰高造天，于我何有哉？安得巨灵咆哮重擘裂，二十八潭倾帝台。手挽铁船入天汉，仰攀十丈莲花开。回头却笑羡门子，坐看东海生黄埃。后半放笔为之，苍郁雄快，遂成伟观。

斗鹑行

高堂邃宇人罕过，锦囊高挂珊瑚柯。乍闻人响轩勇气，空中跳踯常傞傞。何来宾从皆秃袖，入门豪气声欢呵。服膺拳拳疑印绶，朝餐废箸犹摩挲。三尺宝床正中设，郑锦齐缕金盘陁。两鹑出囊已脱手，盛怒似欲寻干戈。朱目绀趾岂得辨，疾如激水旋双涡。注目良久三叹息，为官为私理则那。戕伐固皆尔俦类，崇朝百姓何足多？磔毛啄血供一笑，谁当与尔同痒疴。瞥然一败竟菹醢，争如朱鹭传铙歌。田中偃鼠饫草实，自注：月令“田鼠化为鴽”，即鹑也。徐行不避虞人罗。乃知羽翼反为累，呜呼奈比微生何！为同类戕害者戒，后言田鼠无用，虞人置之，见变化之转足累身也，用意微矣。

送宋观察荔裳之蜀

三闾昔日沉沅湘，楚臣憭栗长悲凉。兰台巫岫类谲谏，翻令千载讥淫荒。片言立朝岂易得，何况秉节来天阊。怪君天刑谁与解，倏为霖雨周雍梁。忆昔含香坐藤院，公然白眼轻张汤。一朝受辱处囊槛，狱吏嫚侮如驱羊。拘絷反成好游癖，南穷涨海西河湟。今年被诏按巴蜀，龙墀乍见须眉苍。巴蜀年来成鬼国，蚕丛鱼凫重辟疆。颇闻中丞贡嘉穗，九茎岂得盈千箱。猰貐磨牙近城市，骀虞垂首眠通庄。神禹泣罪只辇下，穷陬无计逃桁杨。使君冠佩望鱼雅，万人祖送纷琳琅。子规昼啼岩谷静，木棉花落旌旗香。万事夷险如转烛，天公好生民寿康。皋陶庙里袭长夜，凄风苦雨君无忘。自注：荔裳有祭皋陶剧。〇巴、蜀几成鬼国，而中丞乃贡九茎嘉穗，猰貐磨牙，骀虞垂首，刑罚不平可知矣。望观察明恕活人，得古人赠言之意。

洛　阳

城阙萧森望洛阳，西来瀍涧水汤汤。千山紫翠朝中岳，万古歌钟对北邙。故国何人凭险阻，皇天有意阅沧桑。可怜贾傅今祠庙，吴楚苍生几战场。

潼　关

连山觅路纵横断，粉堞当空结构牢。万里河流蒲坂动，九天秋色岳莲高。燕齐无计挠秦帝，关陇频闻唱董逃。设险当年隶畿辅，庙谟亲见紫宸劳。

望华山

潼关西上见嵯峨，路入云台佳气多。万壑深松寒白日，三峰积雪照黄河。天鸡晓彻扶桑涌，石马宵鸣翠辇过。拟向青冥销永夏，莲花玉井竟如何？七言近体。俱在北地、信阳之间。

京　口

十里荒烟接岸青，金焦疑对两浮萍。连山北断江楼出，潮水东还海气腥。机杼并愁鲛室尽，鼓鼙空向鹭门停。归舟拟雪苍生泪，只恐君王不忍听。

昭君曲

一辞宫阙出秦关，长得丹青识旧颜。为报君王休爱惜，汉家征戍几人还！悲悯征人，用意忠厚。

送朱锡鬯之济南在抚军署。

携手河桥怅去尘，历山遥望柳条春。讼庭尚有南冠客，自注：时亭林以诏狱在济南。莫向燕台思故人。

乔　莱

乔莱，字石林，江南宝应人。康熙丁未进士，己未召试博学鸿词，官翰林院侍读。○闻先生诗稿极富，曾与赋草并行，兹独得其使粤一集，故所收从略。

确山道中

中州天下腹，厥田异斥卤。如何南汝间，千里馀旷土。道询九十翁，涕出语未吐。流寇昔煽乱，中原竞鼙鼓。杀戮兼流亡，千百存三五。村落略有人，城市屋可数。荒山相经亘，白日仗弓弩。余谓殊不然，汝等逢圣主。赐租吏发粟，修文已偃武。牛种亦易致，旱涝非所苦。休养四十年，胡不治场圃。老翁泪纵横，斯理公未睹。户少徭益繁，民贫吏如虎。居者不可留，缺者讵可补。如欲起疮痍，嗷嗷望卓鲁。闻言三叹息，谁其任州府。设为问答，古乐府体。用意乃次山春陵行之遗。

过高邮

万里渡潇湘，洞庭一苇驾。不图返故乡，苍茫与之亚。崩奔万雷鸣，漭沆一川泻。浩浩无陵谷，汤汤兼冬夏。孩稚饱虺蛇，鹅鸭栖桑柘。舴艋妇子巢，场圃鱼龙舍。买薪须论斤，卖儿不计价。古人贵防川，蚁穴严一罅。如何村落间？众流汇其下。耕凿计已休，畚锸役未罢。死者长已矣，壮者不得暇。哀哉此苍生，谁将奇祸嫁。极形水患，读至“卖儿不计价”，几同声一哭矣。谁司行水，能辞其咎耶？

过应山县吊杨忠烈公

呜呼！有明神宗之季国瓯脆，光宗继之更短折。维时先生官给事，顾命乃与大臣列。防微肩巨定大计，选侍移宫一朝决。再起中丞赴双阙，大柄已被阉人窃。干儿义孙满庙廊，二十四罪愤所切。赤县争高宦者祠，彤庭遍染中丞血。讵有娄赃杨大洪？舍人宁死心如铁。或言汉之厨顾洁其名，唐之牛李营其穴。宋之洛蜀明东林，党祸纷纷蹈覆辙。封疆已被门户误，遂讥先生太激烈。我谓此言殊不然，藉口保身附明哲。假使当年稍婞婀，张禹孔光更何别？君子岂能误国家，目为党人正气绝。呜呼！正气绝，国乃灭。婞婀之徒每持明哲保身之说，以备责直臣，正气所以丧也。此等诗关系名节不小。〇予过忠烈公祠，作诗吊之，中云：“人之云亡邦国瘁，明社沉沦等儿戏，只有孤臣一片心，地下可诉高皇帝。”读乔公诗，偶然节录。

下　滩

湘南三月湘水生，驰波跳沫空江鸣。硿砑乱石亘江面，险如瞿塘滟滪谁能撄？我闻就下水之性，岂乐与石相排争。清流何为辄暴怒，鼎沸势欲苍厓倾。其如滩石太崄巇，横排曲扼真难平。笆竿之船薄如纸，左旋右折中流行。柁师自许识趋避，到此亦觉心魂惊。十里五里在俄顷，回头不见丹峰横。一滩才过一滩至，到耳总作奔雷声。纵然赋命果穷薄，毋乃太视波澜轻。

湘 口

雁叫猿啼不可闻，零陵风雨正纷纷。三岩明灭潇湘合，二水潆洄楚粤分。纵目好看灵岳树，落帆犹带隐山云。探幽更向愚溪去，野性偏宜鸥鹭群。

方象瑛

方象瑛，字渭仁，浙江遂安人。康熙丁未进士，已未召试博学鸿词，官翰林院编修。著有健松斋诗集。

龙洞背

神龙穿石飞，洞壑昼常晦。人乃捷于龙，盘旋出龙背。蹑衣入重云，势与风雨会。危崖千万状，不知始何代。突兀浮图高，纵横屏障大。鳞鬣树千章，泉流吐飞沫。下注不测溪，沉沉气冥昧。倘燃牛渚犀，百灵宛然在。羌山多灵奇，策名此为最。何必御风行，旷然天地外。

七盘关

鸡头关前七盘岭，蚓曲蛇蟠才见顶。氐中又复度七盘，诘屈纡回势相引。层崖邃谷路转通，拾级忽见云霞空。却怪顶触前人趾，不知举膝当心胸。宁心息魄诧奇绝，万里山川风气别。一关中断陇蜀分，羌笛渝歌乍相接。遥望川巴万点明，白云紫雾还纵横。鳞鳞仿佛峨眉雪，不知何处锦官城。北望京华南望越，怀人两地情偏切。今朝身入大荒西，凉风古驿中秋月。昔游平靖关，关顶为荆州、豫州分界处，曾作诗记之，篇中“一关中断”二语，服其辞之能达，羌笛承陇，渝歌承蜀，尤见脉理之细。

望雪山自注：在咸州，距会城二百馀里，晓起登楼望之，九峰皆白。

未是峨眉境，何来入座看。蛮中晴亦雪，徼外暑偏寒。云散千峰白，霜凝万壑丹。鳞鳞望不尽，指点是松潘。

陈玉璂

陈玉璂，字赓明，江南武进人。康熙丁未进士，官中书舍人。〇舍人于天文、地理、礼乐、兵农、河渠诸务，无不讲求，宾客杂集，应酬不倦，暇则成诗，旬日之间，动至盈寸，远近目为才人。

闻董文友已在山东

竟作十年别，何无一纸书。传闻在东鲁，早晚下南徐。客久才逾老，思深梦转疏。灵光遗殿在，问尔赋何如？眉眼最近，而眼不见眉，即思深梦疏之谓。

同友登京口避风馆高阁望江题壁

衮衮登楼兴，披襟坐上头。果知天地大，不尽古今愁。孤塔烟中断，诸峰波面浮。凭栏一长啸，明月夜横秋。

落　叶

木叶惊微脱，相看惜故枝。一秋今古梦，万树别离思。入水飘无定，随风下每迟。始知天地意，摇落总无私。离形写意，便觉超然，一结所见尤大。

兴济寄怀家兄其年

同君击楫大江干，共把离尊未忍乾。一自风涛愁里听，真怜兄弟别时难。云连沧海鸿边度，月落滹沱马上看。尔在家乡定回首，几时书札到长安？

傅昂霄

傅昂霄，字龙翰，江南吴县人。康熙己酉举人。○吴中诗人无道及龙翰者，然即此三篇，非浸淫唐贤者不能。

饮马长城窟

君不见长城之北青海边，平沙直上黄云天，沙中白骨堆何年？阴山九月风怒号，风吹戍火连云高。云中五原军出幕，左贤右贤心胆落，军中大将闻姓霍。鼓声如雷笳声死，冒围脱走天骄子。烽烟一扫万里秋，汉家天子恩未酬，男儿何用言封侯。太白蚀月旄头没，归来饮马长城窟。

凉州词

九月霜高塞草腓，征鸿无数向南飞。深闺莫道秋砧冷，夜夜寒光满铁衣。温柔敦厚，可与唐贤绝句并读。

江　行

白云明月漾微澜，空外秋声落远滩。燕子矶头中夜起，一天星斗大江寒。

徐乾学

徐乾学，字原一，江南昆山人。康熙庚戌，赐进士第三人，官至刑部尚书。著有憺园集。〇昆山顾亭林先生融贯古今，学人非诗人也，而其诗醇雅可传。尚书为亭林外甥，熟于朝章国故之大，盈廷议礼，必折衷焉。及发言为诗，亦复诸体惬当，艺林谓酷似其舅，信然。

感　遇

汲水辨渑淄，染丝别黑白。古人倾盖间，流品先已择。寸心苟相投，薄躯非所惜。宝剑解赠君，出入耀光泽。分手去路衢，万里无间隔。结交不须多，噂沓亦何益。宁闻管鲍家，堂有珠履客？

陇山歌送许天玉之官新安

陇山高高陇水流，陇西六月如清秋。萧关朝那近北地，酒泉张掖连凉州。诸葛战争馀故垒。隗嚣宫殿成荒丘。绣衣按部求名马，都护行营擢锦裘。数声羌笛落梅怨，一曲秦筝边月愁。许侯分符万里去，晓发青门拥驺御。虞羽成名在此时，王尊叱驭看前路。京华故人折杨柳，欲行不行日渐暮。我歌为作陇山词，目极轮台鸟飞处。高、岑风格，步趋者罕，此故在燕歌行、胡笳歌之间。

北　征

置酒旗亭畔，风吹杨白花。愁深同汶水，道远指京华。乍听悲笳起，回看落照斜。庭闱千里梦，怜我滞天涯。

两弟分南北，鸰原心事违。稚圭方夜读，曼倩复朝饥。月向吴宫照，云依蓟坂飞。并怜梁苑客，漂泊未能归。

汴水金堤险，黄沙拨暮云。戈铤终未息，筚篥不堪闻。万井惊狐火，千村散马群。夷门衰草畔，酹酒信陵坟。

金舆帝子去，朱戟故宫存。麋鹿穿陵寝，鱼龙入殿门。连云艮岳迥，落日大河奔。老监曾骖乘，凄凉说旧恩。此指流贼决汴水灌城后事也。帝子已没，朱邸空存，不胜亡国之感。

行指荡阴泽，遥思嵇侍中。一泓水自碧，千载血犹红。玉座春吹雨，寻旗夜起风。英英岳忠武，庙貌对城东。

程婴存祀义，豫让报恩心。此地昔人没，千年沣水深。花明开驿道，苔老积碑阴。我独何为者？天涯寄苦吟。

潋滟金沟溢，青葱玉树寒。几回思碣石，三度向长安。入市碎琴易，依人弹铗难。异乡逢令弟，华发共惊看。怀古思亲，百端交集，每章立意，杜老秦川杂诗之格。

怀汉槎在狱

吴郎才笔胜诸昆，多难方知狱吏尊。谁为解骖存国士，可怜一饭困王孙。蝉吟织室秋声静，剑没丰城夜气昏。闻道龙沙方议谴，圣朝解网有新恩。第五语，用骆丞在狱咏蝉事。

怀友人远戍

边城日日听鸣笳，极目辰韩道路赊。三袭貉裘犹未暖，一生雪窖便为家。晨看军府飞金镝，暮向溪山引犊车。千载管宁传皂帽，难从辽海问生涯。已甘罪谴戍荒溪，又发家人习鼓鼙。孟博暂能随老母，子卿犹得见生妻。鹈鹕原上闻猿啸，鸡鹿山前听马嘶。梦里依稀归故国，千重关隘眼终迷。此怀吴汉槎远戍，"子卿犹得见生妻"，望其生还也。后果如其言。

送万季野南还

霜花醁酒送君还，邸舍相依十载间。惯对卷编常病眼，与谈忠孝即开颜。折衷三礼宗王郑，泚笔千秋续马班。薄笨独驱惊岁暮，冰云寒雪满江关。

请告得旨留别诸公

萧萧白发滞长安，此日都亭拟挂冠。入世艰虞忧履虎，当门芳馥怕锄兰。一官鸡肋中情淡，万卷牛腰远道难。最是君恩如海岳，禁庭回首涕汍澜。时柄政者欲中之以法，圣主许其带书局还山，如司马文正公修资治通鉴之例，受恩感激，乃作是诗。

张鹏翮

张鹏翮，字运青，四川遂宁人。康熙庚戌进士，官至大学士，谥文端。

旅夜书怀

分水驿连古万州，烽烟无际黄云愁。三军不作刀环梦，一夜钲声绕戍楼。

王 掞

王掞，字藻儒，江南太仓人。康熙庚戌进士，官至大学士。著有西田集

虹友兄斋同汉槎夜话

海内争传季子名，相逢执手喜还惊。廿年塞外空归梦，一夕灯前似隔生。铁岭风沙销战骨，金河笳鼓驻雄兵。知君具有凌云笔，得藉陈汤返汉京。此汉槎赦归后事。

望 岱

山色周遭信马蹄，岱宗高峙绝攀跻。宠炃未许儿孙并，崱屴浑疑星汉齐。风定天门悬日月，雨收石角挂虹霓。他年定拟穷游屐，秦观峰头倚醉题。

王士祜

王士祜，字子侧，山东新城人。康熙庚戌进士。著有古钵集。○计甫草云：“子侧为西樵之弟，阮亭之兄，才堪颉颃，而西樵、阮亭早发，声望先布，不必视为峰腰也。”

和李退翁侍郎读水经注兼忆洞庭之作

相思何处折芳馨，望断黄陵旧日亭。自注：水经注：湘水又北径黄陵亭西。秋水依稀闻落叶，楚天仿佛见扬灵。洲边子戍三春绿，楼外君山一带青。太息云中君在否？不堪重问道元经。

渡扬子江

长江不尽来荆蜀，天堑平分控五州。地近沉舟悲战伐，人从击楫想风流。波开云日诸峰出，浪涌鱼龙夹岸浮。况值丹枫摇落尽，三山缥缈欲忘忧。有吞云梦摇五岳之概，如此方许作渡江诗。

孟亮揆

孟亮揆，字绎来，江南长洲人。康熙庚戌进士，官翰林侍讲学士。

渡黄河和大司农韵

秋水轻帆忆此过，故园一卧任蹉跎。江山乱后重为客，蒲柳新时又渡河。茅屋几家晨爨少，桃花三月晚潮多。十年筑舍空民力，忍听劳劳鸿雁歌。

于忠肃墓

曾从青史吊孤忠，今见荒丘岳墓东。冤血九原应化碧，阴磷千载自沉红。有君已定还銮策，不杀难邀复辟功。意欲岂殊三字狱，英雄遗恨总相同。徐、石实忠肃罪，谓其意欲召外藩也。“意欲”二字，与莫须有三字正复相类，一经拈出，旧事顿新。

李振裕

李振裕，字维饶，江西吉水人。康熙庚戌进士，官至户部尚书。有白石山房诗稿。

祠阙里雅有序

皇上文德武烈，震扬域处，海隅宴安，民有礼乐弦诵之习，蒸蒸向风，乃循览徭俗，还过阙里，以太牢祀孔子，礼仪致敬，赉予有加。臣躬逢大典，欢忭踊跃，不揣固陋，窃效唐臣柳宗元雅体，咏歌盛事，为祠阙里雅一篇，谨拜手稽首以献。

太山岩岩，遐迩具瞻。登封受命，上帝是监。钟灵岱岳，笃生尼父。大道昭明，炳然终古。一章于皇时清，继天立极。累洽重熙，与民休息。苞蘖既除，干戈永戢。偃武觌文，风行四国。二章岁维甲子，历起上元。翠华南指，旌轩八屯。秩祀东岳，礼举柴燔。频临日观，旁瞩天门。三章泰山之阳，曲阜之宅。万乘回銮，里门是式。奕奕本支，恭迎清跸。升堂陟降，祀典攸秩。四章轩县镂矣！乐具奏矣！尊罍既陈，飨礼侑矣！俎孔硕矣！天子献之。豆孔庶矣！天子荐之。五章祝史有辞，我皇黼藻。曰万世师，揭此显号。华盖九旃，爰饰于庙。姬公孟子，亦越奠告。六章皇曰噫嘻，相予肆祀。济济臣工，诜诜胄子。布席横经，披陈奥旨。圜桥肃听，睟容有喜。七章陟彼泉林，厥流孔漉。维兹桧文，厥枝孔虬。万年不凋，圣人所树。皇心愉愉，爰记爰赋。八章帝恩优渥，零露瀼瀼。流根润叶，受祉无疆。匪曰赉之，孔氏之光。斯文丕显，邦家之庆。九章泗水汤汤，孔林苍苍。文草灵蓍，辇路之旁。樵苏有禁，旧不逾顷。今也廓之，数兼常等。十章奎画有炜，垂象神宫。取彼琬琰，是琢是砻。丰碑百尺，崒嵂在东。历年亿万，与岱比崇。十一章维山有岱，维天有汉，皇德是峻，帝文是焕。大道彰矣！治化翔矣！日月星辰，庆重光矣！十二章〇祠圣人与奏凯告成功不同，彼取古奥，此取和平也。古奥近韩，和平近柳，作者最得体裁。

赵申乔

赵申乔，字慎旃，江南武进人。康熙庚戌进士，官至户部尚书，谥恭毅。〇恭毅生平清直，具见此诗。

庚辰仲冬内召感赋呈祖道诸君

七载投闲学灌园，君恩未报滞丘樊。忽逢征召来南国，拟谢亲朋赴北辕。差信有生遵正轨，只惭无术救黎元。诸公祖饯箴予阙，黾勉匡时望进言。

许孙荃

许孙荃，字四山，江南合肥人。康熙庚戌进士，官翰林院侍讲、陕西学使。〇激昂悲壮，多燕、秦之声。

出　门

出门必春初，入室必冬暮。岂无儿女情，终岁不暇顾。挥手从此辞，夕阳渺烟树。作客苦况，全在两必字形出。

五丈原次大复韵

荒原淡斜日，古戍黯层阴。五丈空留迹，三分不死心。地随营垒没，星与阵云沉。薄暮秋风急，如闻梁甫吟。

潼　关

百二初经得大观，严关高峙碧云端。两边峡束黄河去，万仞根连太华蟠。天险西来凌绝巘，地形北折巩长安。如今圣德能怀远，犹作当时要处看。与"两戒中分蟠太华，孤城百折走黄河"，几于鲁、卫，一结得设险守国之意。

武功春日谒后稷祠

当时教稼无先圣，万世黎民定阻饥。词客古今瞻庙貌，村农伏腊走轩墀。邰封麦秀垂垂遍，禹甸氓歌处处随。文德配天真不忝，独从含哺有馀思。起手如高峰坠石，循行数墨家，那能办此。

万　里

万里驱车亦壮哉！西征咫尺是轮台。无边晴雪天山出，不断风云北极来。关到玉门中土尽，槎浮博望使星回。犹看定远封侯道，却忆嫖姚佐汉才。

庄浪趋张掖

酒泉张掖近天山，大漠风云指顾间。莫道行边人万里，最西还有玉门关。

卷　十

叶　燮

叶燮，字星期，江南吴江人。康熙庚戌进士，知宝应县。著有已畦集。〇先生论诗，一曰生，一曰新，一曰深，凡一切庸熟陈旧浮浅语须扫而空之。今观其集中诸作，意必钩元，语必独造，宁不谐俗，不肯随俗，戛戛于诸名家中，能拔戟自成一队者。〇先生初寓吴时，吴中称诗者多宗范、陆，究所猎者，范、陆之皮毛，几于千手雷同矣。先生著原诗内外篇四卷，力破其非，吴人士始多訾謷之，先生没，后人转多从其言者。王新城司寇致书，谓其“独立起衰”，应非漫许。

采柳谣

去年采东乡，今年采西乡。东西两乡柳，采之尽斧戕。河堤决无时，需扫如山冈。高柳无遗槎，柳种才成秧。大府昨下檄，催督肩相望。境内柳已空，越境有严防。无已及他木，槐榆枫栎樟。违材式不程，李难代桃僵。百金缚一扫，千夫提其纲。投之沧渊中，厥声瀝沸汤。河伯鼓赫怒，飘如马脱缰。哀哉累膏血，一掷剜肉偿。何虑千百扫，往往归茫洋。吾欲叩九关，好生德之常。缅彼至治世，大海无波扬。

湖天霜

湖天湛然清，盛夏飞严霜。霜严结阴惨，白日沈荒凉。厉鬼啾啾鸣，行路闻心伤。埋冤尔为何，毅魄非国殇。生为蚩蚩民，安分柔且良。真盗失伏辜，渔人罹祸殃。杀人不抵死，袖手反代偿。有耳非不闻，有眼讵失芒。一人爱功名，片语进斧戕。邈矣三宥仁，孰察五过章。一朝四百指，骈首堆荒冈。湖水自终古，流恨徒汤汤。寄语司牧者，杀人宜慎详。杀四十人以全一人官爵，古酷吏中有此毒鸷乎？天道好还，必不使之保首领留种类也。读至后半，炎月中恐亦肌肤起粟。

度大庾岭

千里连峰匝，纡回出万寻。险分南服界，雄见越王心。鸿雁谋何苦，熊罴气转深。高松阴夹路，风过助长吟。三四语沈雄苍郁。

送王阮亭宫詹祭海还朝

使节天边转，韩碑读罢还。挹泉醻主眷，探袖出民艰。帆没依依树，装轻个个山。南枝留不住，高咏过重关。“探袖出民艰，”不以颂而以规。

瘗璧恭成事，祠坛异碧鸡。蛮方留雅乐，玉陛返桓圭。激水从天上，扶桑向使西。圣朝严俎豆，到日拜封题。

寻　山

二月花争发，寻山一径冥。峰回常抱影，云断半衔青。柳露沿溪屋，人归隔岭亭。桑榆留晚照，尚及渡前汀。

京口作

朔风动地大江鸣，犹说南徐北府兵。铁锁几人筹异代，布衣终古悔成名。江山无限渔樵计，木叶频惊关塞情。试上高楼凭四望，不禁泪下愧平生。七言律入手难得龙跳虎卧之笔，得此以下便如破竹。

嘉兴陈用亶招同秋岳先生暨诸同学集尚友堂限微字

酒杯数去此风微，赖有同心款夜扉。上客独存天宝旧，佳辰长叹永和稀。一尊绿影如求友，千里莼丝不厌肥。庭际残红将次尽，碧梧翠竹转芳菲。

中秋后同人集用亶尚友堂忆五年前秋岳先生有此集限微字韵兴怀怆然仍限前韵

风雨从吾款旧扉，也知荃杜采应稀。敦槃衰鬓惊难再，花月欢场渐欲微。晚药侵阶秋得气，倦萤入户冷无依。缘堤衰柳吾怜汝，约略年华两并非。追旧集，感暮年，借倦萤衰柳以写苍凉之况，为之黯然。

括苍道中

萧然倦策度重峦，绝壁摩天傍斗看。游子伤心悲九折，美人遥睇隔千盘。啼鹃花信他乡到，瘦马衫痕落照寒。不断乱云投北去，生憎回首望长干。三四经险地、怀良友也。瘦马衫痕一语，写尽孤客远行之况。

集吴天章传清堂感旧限红字

廿载销沉各老翁，江乡旧馆酹残红。忽惊灰劫馀芳砌，自注：堂为前辈旧居，四十年前，曾随先人集此。重怆山阳拭槁桐。行路真难拚病废，闲情渐遣藉途穷。深秋已过繁霜雪，苦忆茫茫衰草中。

同人夜坐康贻侄斋限人字

意外相逢是故人，衰颜烛影话重新。花残几易罗含宅，燕到重沾杜甫巾。无处避愁应择地，有山送老不嫌贫。吾家二妙欣相慰，懒向沧江再问津。总无一语平直，极眼前事，一经点化，顿使生新。

石门郁曾发游秦归赋赠兼示胡圆表徐导柏

十载惊沙积晓装，龙钟短策倦游梁。饥来惯逐长榆月，老去重沾绝塞霜。登岳何人携谢朓，入门无女问中郎。曾发归时丧女。江波淮浪摧肝日，话比秦川路更长。去去空山学道装，难忘情处在河梁。劳生岁月官桥柳，终古人琴断坂霜。自注：故人徐次璆。水咽陇头留苦调，花然巷口映诸郎。自注：圆表昆弟子侄二十馀人。秦宫汉殿秋原上，饱赠书生一枕长。劳生岁月，以官桥柳况之，终古人琴，以断坂霜拟之，身世友朋之感，几于字字欲泪。

与赵书年话旧追忆其尊人山子

隔世荀陈隔日情，朱颜皓首两心惊。文章涕泪仍声价，冰雪关河竟死生。自注：癸卯冬，予与山子计甫草北行，两见并物故五年矣。重睹风标堪和鹤，自怜衰老续鸣莺。庭梧竹影难忘夕，怕见城西暮色横。自注：山子故居。

叠韵答学山侄

处世应师田子方，马迁货殖计宁长？东西鸿爪皆空点，今古蛾眉不易防。漂泊未归元亮宅，支离合老管宁床。生涯陇畔驱黄犊，焚砚何心赋补亡。

同徐方虎张步青赵湛卿登永嘉江心寺浮图

鹫宫突兀傍银河，界破青冥一雁过。名士登高双泪下，故人回首万峰多。新传蜃海销兵甲，若个鱼矶卧薜萝。尺五去天知不远，凭君才调问如何？登高睇远时，每多身世之感，无情人不知也。五六锋燧已销，薜萝难卧，望有情者出而用世，应为同游者言之。

杨　花

小蛮腰瘦不胜情，断粉飘云殢舞裀。莫使漫天飞不住，楼中尚有未归人。恐其伤思妇心也。视“春日凝妆”之作，更觉微婉。

题平湖沈客子燕京春咏后

残杯忽忆帝城春，曾逐轻蹄十九人。淮上黄芦江上雪，凭君说是赏花辰。

梅花开到九分

亚枝低拂碧窗纱，镂月烘霞日日加。祝汝一分留作伴，可怜处士已无家。从九分著意，不忍卒读。

客发苕溪

客心如水水如愁，容易归帆趁疾流。忽讶船窗送吴语，故山月已挂船头。初归家时，实有此景，比“忽惊乡树出，渐觉熟人多”更妙。

卢道悦

卢道悦，字喜臣，山东德州人。康熙庚戌进士，官两知襄武、缑氏县。著有公馀漫草。○班史称循吏以文章饰吏治，作者以吏治为文章，诗中所云，皆从忧勤廉惠中出也，勿徒于对偶声律间求之。

阻　风

陆行无风波，偶嫌路纡折。中心希所求，水程较直截。鼓棹正中流，陡遇风威捩。日行十馀里，毋乃所望缺。欲速适为累，悔不从迂拙。迎面挂席来，疾行飞鸟灭。帆樯非不同，迟速何殊绝？长年前致词，前程难预决。万事贵顺天，人力徒劳竭。明日风势回，迟速又更迭。乃知天下事，安分自怡悦。寄语山中人，待时养明哲。即阻风一事中，传出乐天安命、遵养时晦之学，诗如此乃不徒作。

寄时斋弟

百孔千疮体，医来尚带瘢。清贫林下稳，迂拙宦途难。有泪洒荒野，无才事上官。感君相念切，聊用报平安。五六语包括任延一传。

偶感再和时斋韵

中夜扪心候，无妨对泬寥。难舒单父肘，耻学楚宫腰。君并陈情李，时斋以母老求终养。予惭归去陶。鷦鷯栖未稳，岂敢慕冲霄？“耻学楚宫腰”，即上一首“无才事上官”也。

迎 春

律转鸿钧佳气同，肩摩毂击乐融融。不须迎向东郊去，春在千门万户中。

顾贞观

顾贞观，字华峰，江南无锡人。康熙壬子举人，官中书。著有积书岩集。○梁汾临没时，自选诗一卷，授门人杜云川太史，云川付梓人以传，不满四十篇，皆味在酸咸外者。前辈嗜古淡不自足如此。

雨止纑塘书舍抵暮无一人过桥上者

山浅雨亦深，烟光暮如积。窅然清池上，暂与尘土隔。倚杖玩浮沤，凭阑数归翼。无生复奚灭，有动随所息。磬响时一来，怀哉岩岫客。愿言依此境，共对香灯夕。一尘不起，语可证禅。

春夜大雪念储汜云宿舟中诗成黯然兼寄应云皆人兄弟

百里非远涉，忽嗟行路难。蓬窗半夜冻，积雪摧樯竿。念子拥衾坐，知余抚枕叹。吴中文翰侣，公宴方极欢。暖响迷玉漏，晶辉莹珠盘。谁持一尊酒，慰此孤舟寒。前路逢二谢，客愁应少宽。平生倦水宿，历历惊风湍。

开先漱玉亭

壁立双芙蓉，正临无底谷。谁挥修月斧，尽削银河曲。倒洒万斛珠，翻飞千寻玉。有龙蟠其下，喧极眠更熟。纵横题石字，但见莓苔绿。洗钵注军持，馀生此焉足。

灌　园

不自量筋力，求为人灌园。意惟营一食，迹若避群喧。谁遗五色芝，服之诧腾骞。奈非尘埃种，移莳安得蕃。还将理菜畦，膏泽资泉源。黾勉试操作，编篱复插援。早韭和露茁，晚菘凌霜翻。但从采掇便，未觉烹饪烦。心形诚苦疲，既饱亦轩轩。向读神农书，近闻老圃言。飞骞未能，安分谋食，陶公心事如见。

夜闻梵音

一灯山牖出，隔竹露光泫。坐听香台人，法华中夜转。清泉漱寒玉，细入吴音软。嚼蜡况横陈，凡襟何时遣。去左司未远。

秋晓登沧浪亭呈宋中丞

初日上东南，林亭空宿翳。草香珠露重，的皪侵衣袂。唱杳曲池菱，吟馀小山桂。犹闻遗翰墨，但惜沉碑碣。望古情已深，怀贤感亦系。由来澹荡人，别作流传计。翕艳贱原尝，虚徐狎庄惠。谁陪飞盖游，属和高文丽。咏沧浪亭者，俱做苏、梅体，此以淡寂行之，春花明媚，忽遇山矾，独殊风格。

赠吴园次太守时侨居吴门

烟月扬州不可住，金阊亭下牵船处。风流海内几知名，却傍江潭惜枯树。壮心无计得消磨，千叠蛮笺十斛螺。鸳鸯翡翠长相守，其奈缠绵旧事何！旧事追趋青琐闼，承恩独给尚书札。玉箱珍重贮填词，梦里西风生白发。武皇仙去已多年，老伴文明绣佛前。第一莫孤琴酒兴，夜分高宴日高眠。

韩 菼

韩菼，字元少，江南长洲人。康熙癸丑赐进士第一人，官至礼部尚书，补谥文懿。著有有怀堂集。〇公于经义有起衰之功，奉敕撰述及一切碑版之文，足以润色鸿业，左右史乘，数韵语者，不及公也。而德人之言自足风雅，读者勿第求之词句之间。

赠江南巡抚汤潜庵先生

于皇启运，惟良应期。云出山川，灵雨乃施。于潜于跃，致身惟时。从容讲幄，道以言资。俾赞大政，谋谟孔嘉。帝瞻四方，念我民依。畴若绥怀，维汝予材。往奠南服，往抚朕师。此言公以道事君，明良一德，命其抚绥南服也。

时惟霜月，戒途惟吉。别殿宠行，大官赐食。何以衣之？温貂重袭。何以乘之？小环金厄。巽命以申，莫匪民极。顿首青蒲，臣职是力。臣学孔孟，羞管商术。罜罜之思，惠此南国。此言陛辞宠行也。学孔孟，羞管、商，表公生平学术。

短车一乘，具少于车。敬谢供张，敢烦薪刍。我马既羸，我仆亦痡。莫或宁处，将此简书。吴侬迟公，自今有家叶。悄悄独营，揽辔踟蹰。此言公简从轻装，敬奉简书。而吴民望之同于望岁也。

螟螽食禾，披根及心。飞鸮食葚，怀我好音。嗟尔司牧，下民是侵。素丝惟染，官阙谁箴？其则不远，公即砭针。无愧生平，敬影与衾。此望属吏化积习，归廉洁，以公为准则也。

稽古扬州，田惟下下。矧我勾吴，文身而裸。有明战争，天降之祸。厥赋未贞，王道为颇。印给四方，日炙其锞。脂膏既竭，下民卒瘅。剜肉流血，敲骨及踝。千秋我公，哀此鳏寡。盍绘流民？盍谒灵琐？公诚动天，庶几报可。此言三吴浮赋，民不能堪，愿公之为民请命也。后屡疏陈请，格于部议，乃止。眷彼嘉谷，实生其莠。爰有止水，当门置韭。宿猾弗除，愿民谁牖？其众可容，其魁宜取。如木斯拔，如雏斯乳。仁者必勇，公维其有。此言除莠民以安愿民也。止水置韭，用庞参访任光事。

烹鱼苦碎，治民苦烦。调急弦绝，汲多水浑。五方殊风，莫返黄轩。去其太甚，不在高论。钩距不设，鼠雀无喧。若其性天，起化之源。此言除弊，去其太甚，无烦苛察也。若其性天，即使自得之之意。

奕世歌思，厥有文襄。端毅宽静，忠介清刚。我公岳岳，为儒者宗。体立用行，攸兼其长。神动渊默，罔不在中。若尝膏之，岂惟我邦。伫公报政，倚公辩章。吴侬敢私，以福万方。此言抚吴大臣，推周文襄忱、王端毅恕、海忠介瑞，而冀公之追步前哲也。此种立言，得吉甫赠人之体，诗亦穆如清风。

抵里门述怀

葵藿倾太阳，杂县避钟鼓。心迹若未并，宜适各有所。嗟余谬朝恩，惭如腹背羽。忧思日以痒，衰欲疾而瘉。陈力敢赖宠，自免幸报可。江湖皆日月，梦寐临君父。惴惴持小心，宁间出与处。归来蓬藋荒，故基馀环堵。点检旧巾箱，静便深稽古。舍傍有数畦，颇能学老圃。名山无卜筑，兴至撷芳杜。未暇谋儿孙，何处谒公府？弱植恐化茅，高鸟不啄腐。市朝我无营，焉敢累乡土？

送砺岩洗马移家石公山次悔庵韵

乍脱朝衫赋遂初，青螺一点卜幽居。菜根咬得当何肉，虫篆窥来半禹书。吞却五湖无蒂芥，联将三益有樵渔。此时风月从吟弄，幸惠新诗并起予。石公近包山，包山，藏禹书处。

挽田间先生诗

跳身党祸出乡关，辛苦书生戎马间。已分妻孥成死别，宁知丧乱复生还。孱王驺骆穷年恨，故土莺花镇日间。一亩荒凉干净地，千秋恐染泪痕斑。先生配死于乱兵，故有第三语。

长揖诸公折角巾，头衔不屈旧词臣。三千上客曾倾坐，百尺高楼好置身。自下羊昙华屋泪，自注：谓立斋师。每安杜甫草堂贫。灵床寂寞琴弦断，絮酒南州只一人。自注：谓健庵师。

被命修一统志先师司寇公完书也感而有作

澹荡江湖玉局随，苦心作者调谁知？户庭直欲包山海，义例频烦托寓卮。穷尽异书多逸事，得来妙解折群疑。最怜乐善通怀处，尝许门人赞一辞。

青螺一点故依然，草舍荒烟客可怜。万里张骞曾凿空，九州邹衍欲谈天。人从生死原轻散，笔到山川不易笺。惟有无情芳草绿，犹铺书带旧堂前。

踏红重到碧山堂，叹息音容未渺茫。佳句壁间枯落墨，小松阶下惨成行。少孙敢附龙门末，后郑常依马帐旁。犹是旧游风月地，孤灯夜雨照凄凉。俱从门人续修用意，缠绵悱恻，令人增师弟之重。

暮春唐解元墓下作

中丞当代振词源，吊古凭将风雅论。自昔唐衢惟解哭，只今宋玉与招魂。人归黄土三生石，时过清明一酒樽。更辟桃花旧兰若，钟声敲月伴黄昏。时宋商丘中丞新葺唐解元墓，故从中丞说入，其实墓在横塘，商丘所葺，在桃花坞，乃解元读书处也。唐衢正说，宋玉借说，不得以不类议之。

王鸿绪

王鸿绪，字季友，江南华亭人。康熙癸丑，赐进士第二人，官至工部尚书。著有横云山人诗稿。〇不及见全稿，所录皆未贵显时作。

归　来

长铗归来日，貂裘欲敝时。吾亲怜久客，扶杖喜相持。款款谈征路，依依问旧知。自朝还至暮，尽室慰离思。

吾母倚闾久，风尘望早归。惊看游子面，为浣去时衣。岩笋经冬出，慈乌向晚飞。白华堪志养，不必羡甘肥。缝衣，送游子也。浣衣，游子归也。旧事翻新，只转换间耳。

赠萧芷崖

小筑幽居碧草扃，云溪淡淡水泠泠。风流雅托梓人传，丘壑应垂处士星。岩菊有情堪独把，江篱无怨为谁醒？高山更入朱弦调，可许巢由洗耳听。芷崖托于梓人，实逸民也。司空赠诗，比于泉明、正则，近日卿大夫无此下士风矣。

夜

霜风瑟瑟动窗纱，故国音书旅雁赊。永夜闻砧难入梦，他乡见月易思家。干戈且喜人无恙，蒲柳应怜鬓有华。独愧圣朝容弃物，未辞簪绂问桑麻。善学少陵，不在形似。

闺 思

抱得朱丝琴，临风弹别鹤。愁如江潮生，不共江潮落。崔国辅小诗，原本子夜读曲，作者近之。

采莲歌

采采江水滨，荷花照脸新。莫愁西日晚，明月解留人。

宫 词

霜净金阶冷，虫吟绮阁秋。嫦娥明镜里，亦自伴人愁。

徐 倬

徐倬，字方虎，浙江德清人。康熙癸丑进士，官翰林院侍读，后家居，加礼部侍郎。著有蘋村集〇蘋村归田已十馀年矣，恭遇圣祖南巡，进呈全唐诗录百卷，特加卿贰。且年跻大耋，子列六卿，真盛世幸人也。诗亦如弹丸脱手，绝异郊、岛寒瘦之习。

咏水碓

睦州晓放船，江流益清浏。水石相抨击，湍雪蛟龙走。居民置风轮，随波转枢纽。沙石广场圃，比栉列杵臼。但看椎声落，不见谁举手。精凿脱糠秕，安闲到子妇。搰搰抱瓮劳，拙哉汉阴叟。机巧厌桔槔，斯言诚然否？圣人前民用，神智皆自有。愚民偶得之，役使河伯久。但苦梁鸿贫，何处觅升斗？一结换意，不脱不胶。

骡车谣

车铎忙，替戾冈。骡转毂，尾秃速。路崎岖，声独漉。嗟尔车中人，何不还家抱黄犊？

宝剑金玉装，少年骏马驮。车中坐老叟，面皱鬓又皤。骡兮骡兮负汝何？

簸之扬之非藜麸，颠之倒之裂裳衣。骡因刍豆辛苦为。劳人草草将安之？人与尔骡计总非。

鸡初喔，乌再啼，北斗阑干月沉西。满地冰霜骡足动，踏破千家万家梦。奇警句，以无意得之。

捶马勿伤面，捶骡勿伤背。伤背乌啄疮，后日难重载。八口安食骡奔波，骡若不行谁能那！为语役夫爱尔骡。爱及物力，仁人之言。

采莲曲

溪女盈盈朝浣纱，单衫玉腕荡舟斜，含情含怨折荷华。折荷华，遗所思，望不来，吹参差。音节声口，宛然齐、梁。

月

木落川原净，霜清乌鹊寒。可怜官舍月，强作故园看。老鹳捎云末，饥鼯走夜阑。朔风偏太苦，吹彻角声残。官舍见月，忽念家园，此云“强作故园看”，前人无道及者。以下推开，不复粘滞，是浣花翁家数。

闻　蛩

乡国三千里，寒蛩总一声。遥知闺阁内，共此别离情。响入秋砧细，愁先朔雁鸣。银灯何太苦，起坐到天明。一气直下，盛唐人有此高格。

舟中杂感

高秋一叶下梧桐，有客扬帆夕照中。多病白年兼恨别，依人千里自途穷。沧江白露鱼龙夜，冷月黄沙草木风。老去休思空冀北，曰归终拟侩墙东。计欲依人，无有不途穷者，此阅历有得之言。

雀啄黄花满眼蒿，雁连云影下空濠。投人自贱隋明月，无褐空思秦复陶。碣石寒砧催玉露，广陵秋树接银涛。应知雨雪前途盛，岁暮谁怜左伯桃。

项王祠

莫问鸿沟事若何，独留祠宇枕黄河。故乡香火情何限，三户英雄气已多。零落绣衣生土藓，欹斜骏马络藤萝。到今吞岸涛声壮，呜咽如闻垓下歌。绣衣骏马，何等豪气，而以生土藓、络藤萝缀之，英灵有知，应亦哑然失笑。

健庵太史招集黑龙潭小楼限龙字

小阁凭阑眺远峰，青天一抹露芙蓉。尘封古殿多栖鸽，木落空潭稳卧龙。玉局自今归大雅，酒枪依旧属吾宗。斜阳宫阙参差近，五色云深闭九重。

禾中赠曾庭闻

庾信飘零似转蓬，江关词赋老逾工。客程半在青山里，壮志全消白社中。尚有匡床分上下，曾无破屋住西东。鸳鸯湖畔轻携手，孤负桃花烂漫红。破屋句，念其弟青藜无家，不能如二陆之同居也。

湖上赠夏卤均

青丝一骑出长安，明圣湖头把钓竿。花柳坐催名士老，湖山约与酒人看。好凭酬唱东西屋，莫妒声名大小冠。昨夜新诗欺白雪，雪儿歌罢不胜寒。

酬章云李寄怀之作

一夜西风朔雁号，故交书札念同袍。短人豪气三条烛，把尔新诗八月涛。过眼浮云随燕雀，多情明月下蓬蒿。凭君宦达还须早，世路由来重佩刀。

李基和

李基和，字协万，江南丹徒人。康熙癸丑进士。著有梅崖诗意。

登代郡城晚眺

西风落日声飕飕，风吹沙起边人愁。黄云片片下溪谷，雁门木叶零清秋。飞狐句注老雕窟，健儿习射来山头。嗟哉紫塞古来险，颇牧为将人安忧。忽然酸风射眸子，回看战骨多荒丘。归鸦几点过城去，夜昏鼓角鸣谯楼。

过鹤汀侍读斋以董文敏画

晓雨初晴烟未收，江云一带引轻舟。模糊认得南徐树，不到家山十六秋。因观画，陡触家山，才并泛然题画。

柳 絮

孤负当年咏雪人，沾泥糁径总成尘。却怜一样风吹去，偏是飞花堕锦茵。

戊寅中秋初度月下作

光寒于水连天接，色白如霜满地铺。谁画雁门今夜里，山川别样贮冰壶。自注：金魏道元中秋诗："桂子知经几寒暑？冰壶别是一山川。"

徐元梦

徐元梦，字善长，辽阳人。康熙癸丑进士，官至大学士，谥文定。

送随羲文出塞

君到居庸北，应怜一雁回。沙平疑地尽，山豁讶天开。落日重关闭，秋风万马来。勉旃从此役，莫上望乡台。闵其劳苦，勉以公忠，四章不脱此意，风骨不肯落开、宝以后。

两出居庸塞，怜君当苦辛。风沙随去马，雨雪滞行人。地阔军民少，天寒部落贫。须知柔远意，率土尽王臣。

登三屯镇城楼寓目

雉堞连山起，登临亦壮哉！一声南雁去，万里北风来。苔没前朝碣，云寒上将台。兴亡无限意，尚想济时才。

送友人出使塞外

许国才年少，胡为绝塞行？一身凭汉节，匹马出长城。月色侵裘冷，霜花拂剑明。燕然何处所？石上自题名。

成　德

成德，字容若，辽阳人。康熙癸丑进士，丙辰殿试，官侍卫。著有通志堂集。〇侍卫生长华阀，淡于荣利，书史友生外，无他好也。诗情飘忽要眇，断肠人远，伤心事多，年之不永，即于韵语中知之。

卢子谅时兴

代谢感时序，迭微叹日月。悫彼鶗鴂鸣，忍此众芳歇。林园无鲜蕊，原野飞陨叶。王孙伤岁暮，志士励穷节。劲莛矗惊飚，贞松翠霜雪。昂昂泽中雉，矫矫鞲上鹰。物性不可渝，人宁不如物？努力崇明义，岂为威武屈。砥砺志节，传出子谅心事。

送荪友

人生何如不相识，君老江南我燕北。何如相逢不相合，更无别恨横胸臆。留君不住我心苦，横门骊歌泪如雨。君行四月草萋萋，柳花桃花半委泥。江流浩渺江月堕，此时君亦应思我。我今落拓何所止，一事无成已如此。平生纵有英雄血，无由一溅荆江水。荆江日落阵云低，横戈跃马今何时？忽忆去年风雨夜，与君展卷论王霸。君今偃仰九龙间，吾欲从兹事耕稼。芙蓉湖上芙蓉花，秋风未落如朝霞。君如载酒须尽醉，醉来不复忧天涯。酣嬉淋漓，一起警绝，深情人转作无情语也。

再送施尊师归穹窿

紫府追随结愿深，曰归行色乍骎骎。秋风落叶吹飞舄，夜月横江照鼓琴。历劫升沈宁有意，孤云去住亦无心。贞元朝士谁相待？桃观重来试一寻。

山海关

雄关阻塞戴灵鳌，控制卢龙胜百牢。山界万重横翠黛，海当三面涌银涛。哀笳带月传声切，早雁迎秋度影高。旧是六师开险处，待陪巡幸扈星旄。

柳枝词

马卿苦忆红泥阁，我亦伤心碧树村。病骨沈绵词客死，更谁攀折与招魂？自注："绿杨天半红泥阁，朱槿风前翠袖人。"亡友马孝廉云翎柳枝词。

池上闲房碧树围，帘纹如縠上斜晖。生憎飞絮吹难定，一出红窗便不归。因柳絮而念征人，人所同也，此妙在未曾说破。

邵璸

邵璸，字柯亭，直隶大兴人。康熙乙卯举人，官昌邑知县。

春日杂兴之一

春风不媚俗，一例到闲门。新树移邻圃，青衫染酒痕。世情浮宦拙，吾道布衣尊。尽日雠书卷，藜床坐觉温。此任广文时作。

九月十五夜中庭闲步作

钟传人定月华明，渐觉新寒夜气清。露重似宜添羽帔，树疏何处著秋声？一灯旧雨乡园梦，残夜西风独客情。身世不从詹尹卜，流行坎止足吾生。

芙蓉

曾从楚客赋兰茳，喜见风翻赤玉幢。欲采名花遗良友，还凭远梦落秋江。盘承雨露珠无算，茎并鸳鸯蒂自双。此日仙城谁作主？凝眸遥望凭红窗。押三江韵中，不著一客气字，便是到家。六语本杜诗，添入鸳鸯二字，倍觉鲜妍。

题　画

青山一角夕阳衔，隔断喧嚣境不凡。有客空亭闲眺远，桃花春水送轻帆。佳景自得佳句。

彭定求

彭定求，字访濂，江南长洲人。康熙丙辰，赐进士第一人，官翰林院侍讲。著有南畇诗稿。〇先生遇忠义事，必表以砺人心风俗，故见于诗者，多觥觥岳岳之言。

故阁部史公开幕维扬城溃殉难相传葬衣冠于梅花岭下过而哀之

极目层城古战场，忠魂飘荡恨茫茫。军中空道临裴度，都下无由仗李纲。碧血久从衰草没，白云遥带古梅香。吾来暗洒三升泪，仿佛灵旗下大荒。开府扬州而无权，异于晋公之奉命视师统率诸军也。任马、阮而疏阁部，与宋高之任汪、黄斥李纲相类，比例典切，乃见本领。

望日谒文山先生祠时于中丞方议重修用杜诗蜀相原韵

信国孤忠汗简寻，荒祠凭吊剧萧森。旌旗曾仕吴疆色，丝竹空埋鲁壁音。自注：祠为长洲旧学。斜谷出师原比烈，睢阳仗节本同心。榱崩栋折劳兴复，瞻拜遗容一振襟。比以忠武、睢阳，恰如分量。

五人墓

偶泛蓬舠绕郭来，摩挲墓碣久徘徊。重看俎豆登乡社，尚想干掫捍党魁。白刃争撄千载烈，青云并附九京哀。萧萧松柏凌秋爽，遗臭生祠安在哉！自注：墓为毛抚建魏逆生祠处。

汤阴谒岳忠武故里庙像

忠武乡闾驻辙过，柏阴森列更摩挲。辞家壮志凭孤剑，报国先声震两河。北窖攀髯魂正远，西泠埋骨泪偏多。天倾宋社殊难问，可奈乾坤澒洞何！

过淇县怀同年高振声给事

给事名遐昌，以参劾大憝系狱，久之得释，被劾者旋伏辜。今给事方村居，余以未及往晤为怅。

杏林追数旧游人，屹立朝阳一直臣。苦节偏能撄虎穴，孤忠肯惮拂龙鳞。藁街授首天刑速，郿坞燃脐国典伸。今日淇西容隐遁，停云冉冉感参辰。

胡会恩

胡会恩，字孟纶，浙江德清人。康熙丙辰，赐进士第二人，官刑部侍郎。著有清芬堂集。〇侍郎不以诗鸣，然含宫咀商，天然明丽，其品自贵。

湖口行

青青石钟山，凛凛湖口关。浔阳汇彭蠡，九派奔潺湲。东南估客度江津，湖口新关愁杀人。乌篷艇子大于叶，朝去昏还两算缗。江边怪石如刀戟，冲涛触船船寸坼。谁能冒险瞬息停，一任当关恣抑勒。正税还兼杂税供，九税何曾入大农。一自新关移使者，棹歌声断月明中。此种诗，观人风者应采之。

书京江先生南苑诗后

御沟杨柳参差碧，夹道宫槐吹绿雪。六飞初幸玉泉回，南苑春芜驻仙跸。帐殿凉飔五月寒，晾鹰台畔簇雕鞍。至尊乙夜开经幄，中使星驰召讲官。曲江学士蓬山彦，著作承明侍清宴。每依石室展牙签，频直彤闱听银箭。当今天子擅圣神，一游一豫行时巡。上林兽簿不足问，石渠典籍时相亲。属车载书三十乘，特简儒士随八骏。先生奉诏有殊恩，郊原寓目多名胜。拳毛蹀躞沙路香，平明珥笔紫荷囊。致君一卷虞书在，卿云复旦赓陶唐。罘罳铜鹤炉烟细，丹陛从容传圣意。天苞地符世莫窥，河洛千秋未宣秘。俄传銮辂下离宫，羽林七萃依苍龙。竞识相如参侍从，千群组练一章缝。归来振笔诗千首，云霞洒翰蛟螭走。鸾尾淋漓进尚方，岐阳石鼓同不朽。休风盛事载瑶编，不数横汾宴镐年。愿将茂草虞箴颂，谱入熏风和舜弦。此纪文端公侍直南苑时事也。表主臣之一德，扬文藻之清华，末语颂箴兼至，悠扬婉转，可诵可弦。

珠江杂咏

我爱珠江好，风光入岭偏。帆飞蝌斗水，杖倚鹧鸪天。穗石仙踪古，花田粉泽妍。扶胥望不极，身在海云边。

我爱珠江好，天南接大洋。山家蠔壁峙，海市蜑帆扬。酒杂槟榔醉，茶匀茉莉香。最宜新雨后，炎暑变清凉。

我爱珠江好，骈罗杂卉多。丛篁迷涩勒，异果熟波罗。火米生黎贡，蕉纨细马驮。木兰新艇子，溪女唱蛮歌。

我爱珠江好，清娱事事幽。名香散东莞，佳砚采端州。水驿梅花晚，山村荔子秋。新来解蛮语，倚树听钩辀。杂入广南风物，鲜妍软顺，不求工而自工。

题张蘧若侍御疏稿

太阿持节甫，酿祸实熹宗。谁使貂珰魄，犹存马鬣封。青山无秽骨，劲柏有霜容。我读西台疏，清威彻九重。侍御名瑗，祁门人。疏请削逆奄魏忠贤墓，时论共快之。〇魏奄死后墓犹几埒陵寝，碑称“完吾公”，干儿义孙列名其末，皆宰臣卿贰也。侍御奏后，得旨发而平之，以木石充永定河工用，详春明梦馀录中。

金　陵

建业曾传半壁安，秦淮呜咽暮涛寒。六朝寂寞青山在，十庙阴沈画壁残。禾黍故墟屯铁马，烟花南部失雕阑。隔江玉树歌声断，更有哀弦向月弹。

吴门值钱饮光惠诗赋答

南国灵光尚巍然，孤云踪迹老龙眠。诗名海内推尊宿，道貌尘中讶散仙。前代清流端礼石，荒江甲子义熙年。他时若问遗民录，桑海苍凉姓字传。前明为党人，本朝为高士，总以遗民概之。

秋 晓

铜街列炬簇鸣驺，倦客中宵揽敝裘。晓柝尚严人语静，寒星欲没露花流。宫鸦影散金门曙，朔雁声传碣石秋。扰扰缁尘惊岁晚，江湖迢递引羁愁。

都中四时歌存秋一首

霜黄草白雁声多，南苑旌旗万乘过。落日秋原飞俊鹘，晾鹰台畔击天鹅。

苏州送春词

画屧苍苔陌上踪，一春心事怨吴侬。晓风欲倩游丝绾，愁杀寒山寺里钟。“未到晓钟犹是春”，故愁听寒山寺钟也。点入寒山，乃切吴地。

翁叔元

翁叔元，字宝林，江南常熟人。康熙丙辰，赐进士第三人，官至刑部尚书。

病中杂述

迩来有微疾，遂得身闲居。隐几发清思，且复亲诗书，夜阑不成寐，落月明前除。渐觉万虑捐，往往见太虚。多恐疾良已，此念又复初。“多病道心生”，亲历其境者能言之，结意自警。

我初亦何为？无端在陶冶。我身既非真，况乃名氏假。因复被虚声，从人置高下。微生属醯鸡，世事付野马。浮云与电光，于我何有者？此意即道心生之验。

下第出都途中偶成

孤踪寂寞与时违，匹马荒郊趁落晖。有影目随还对语，无家可老尚思归。花当寒谷先秋落，雁叫空江带雪飞。弃妇可怜身已去，向人犹整嫁时衣。壬子、丙辰中间只隔一科，而下第诗比“气味如中酒，情怀似别人”更甚，笃于科名，不觉言之流露也。

闻官军收八闽

三年转战苦苍生，禁旅传餐满市城。窦氏已来关右表，令公犹典朔方兵。却看星象书含誉，自注：司天奏含誉星见。应有花名赐太平。自注：宋仁宗时，蜀地贡名卉，赐名太平花。愿得临边诸将帅，许教陇亩事春耕。

陈锡嘏

陈锡嘏，字介眉，浙江鄞县人。康熙丙辰进士，官翰林院编修。著有兼山堂集。

赋得长安一片月

谁领高秋意，当头片月看。碧空云自淡，金掌露初漙。柝起街声静，砧鸣夜色寒。清辉应万里，不独照长安。

送汤西崖归西泠

马蹄经岁踏京华，忽逐征鸿去路赊。何物关心归思急，孤山开遍早梅花。

王项龄

王项龄，字颛士，江南华亭人。康熙丙辰进士，己未召试博学鸿词，官至大学士，谥文恭。有世恩堂诗。

魏忠贤衣冠墓

熹宗之朝阉寺乱，不数弘恭与石显。门下谁非谒者儿，朝中半作貂珰犬。吁嗟气势真回天，茄花委鬼相钩连。杨左诸贤一网尽，镇抚狱底尸骈肩。门生天子差仿佛，张父赵母何懵然！纷纷祠额遍寰宇，赐茔特敕营生前。将作起冢同祈连，罘罳门阀逾董贤。一朝冰山忽倾倒，凶骨不得归三泉。摩挲碧云旧碑碣，忠贤姓氏犹高揭。侯览当时既伏诛，衣冠谁使留空穴？安得雷火一夜仆此碑，更倩龙湫之水洗膻羯，山灵面目还清洁。此诗成于张侍御奏请削平之前，故望水火烧除洗涤之。

读史有感

授钺勤王日夜闻，麒麟高设待殊勋。湘东漫说擒侯景，项羽徒能杀冠军。甲士虫沙麾下变，美人丝竹帐前纷。书生空有忧时泪，洒向东风到夕曛。此责诸将之不尽力也。

喜湖南诸路大捷和学士李容斋前辈韵

降旗千片廪君船，妖妇春澄梦泽天。百粤风烟通马援，八公草木走苻坚。帝心自切平吴后，庙算真成下濑先。从此蛮方歌大定，竹筇　酱贡年年。筹边屹屹建高楼，两岸灰飞赤壁舟。首恶暂稽军鼓衅，遗俘难免槛车幽。早擒孟获趋滇水，急断卢循入广州。万里长江消坼堠，直从楚尾至吴头。

送李天生归养

廿年高隐为承欢，诏趣蒲轮却聘难。圣主爱才非强志，大儒报国岂须官。邹枚词赋清时重，黄绮风流异代看。遥想彩衣归拜舞，朝恩家庆话团栾。以养母急于辞官，尽子职即以报君恩也。立言有体。

张榕端

张榕端，字朴园，河南磁州人。康熙丙辰进士，官至礼部侍郎。

登　岱

寰中群岳震为尊，到此真穷造化根。晓日铜钲升海国，长河衣带挂天门。下方雷雨晴空见，上界星辰静夜扪。九点青烟俱在掌，不须更拟上昆仑。

王吉武

王吉武，字宪尹，江南太仓人。康熙丙辰进士，官绍兴太守。著有冰庵集。○先生莅官，能化民成俗，归里后，依然老诸生，喜引掖后学，有荐之者，奉旨征召，坚辞之，以上寿终。

重修六贤祠成展祭作自注：黄忠端公讳尊素、倪文贞公讳

元璐、施忠介公讳邦曜、周文忠公读凤翔、刘忠正公讳宗周、祁忠敏公讳彪佳，皆越人，明季殉难。

乾坤有倾折，凭谁奠苍黄？成仁取义间，得争日月光。末世务苟话，横流决堤防。不有数君子，何以扶颓纲？明季丁否运，妇寺纷蜩螗。群贤共愤争，杌陧正气扬。暨暨有黄公，请剑击貂珰。糜烂北寺狱，冤血流圜墙。逮乎思陵末，大盗剧披猖。京城竟瓦解，宫阙屯豺狼。倪周并词臣，就义何慨慷！赋诗整冠带，引脰遂绝吭。共志有中丞，仰药裂肺肠。云车驾风马，同日从君王。维时刘与祁，解组各归乡。号呲义旗举，自矢百炼钢。未几沉荒晏，南都复沦亡。两公竟致命，先后归帝旁。一甘绝勺饮，僵饿追首阳。一起赴清波，怀石同沉湘。区区於越地，山川灵气翔。凛凛得数公，劲草卓秋霜。平生所树立，理学兼文章。末路更完节，浩然还旻苍。圣朝重褒忠，祝典载辉煌。守土风教责，表扬分所当。立庙傍黉宫，六贤共烝尝。昨秋大风雨，摧我西庑廊。周垣半倾圮，不能庇堂皇。率先亟修筑，勿使沙砾荒。榱桷新丹雘，木门饰仓琅。登堂荐苹藻，肃然对冠裳。即事有枨触，沾襟涕浪浪。畴无君亲恩，俯仰默感伤。表忠烈诗贵峻整，不尚奇倔，叙述六贤，详略分合，各见笔法，韵语中合传体。

读史杂感

锦不可为冠，稻不可为虀。物虽负美质，适用那得齐。束发事柔翰，怀抱献金闺。溲勃各有长，投之在良医。外吏尚干局，锐者可剸犀。资力天所禀，不在古与稽。清庙鸾铃刀，漫然试割鸡。用才或相违，不如委沟溪。樊笼羁逸翮，盐车困霜蹄。自昔有不遭，何为叹颠脐？冰庵不愿伍刀笔筐箧之徒，故借咏古以自况。

钓台谒严先生祠

钓台突兀千山里，钓竿独拂桐江水。藏名遁迹山水间，为有故人作天子。眼底不知赤伏符，意中安有侯司徒。京华笔札非所惯，自笑故态犹狂奴。銮舆朝临只高卧，伸脚无端惊帝座。中兴将相列宿明，不若江湖客星大。千秋片石何嶙峋，遗庙江边榱桷新。左方右谢同缝掖，自注：方雄飞、谢皋羽。且喜不染簪缨尘。行人系棹孤亭下，瞻拜高风心独写。纷纷名利独何为？堪叹征帆往来者。不着议论，自高。

许由瓢

瓢挂树，一叶轻。风吹濩落夜有声，不若弃之梦亦清。天下非大瓢非细，身外之物总为累。不可以律有天下而不与之心，然巢、许心事，尽此二语中。

刘参军锸

伯伦沉酣，万古转睫。解酲五斗，随身一锸。块然土木，委化从之。杳杳冥冥，天方醉时。末语形出典午之昏，四字抵什伯言。

郭汾阳胄

令公来，敌垒开，免胄直进胸无猜。花门错愕拜马首，遽前谯让执其手。指天为誓酹杯酒，愿击吐蕃赎厥咎。此时神策观军容，方建大议幸河中。回纥入寇时，鱼朝恩操白刃宣言于朝，劝车驾幸河中，刘给事抗言争之，乃止。

李临淮靴中刀

大将不能辱于贼，靴中置刀雪一尺。自拚热血战场倾，不令众死身独生。大旗连飐鼓声陡，前锋小却命取首。突骑陷坚壮士吼，河阳破贼兽散走，幸无监军掣其肘。一掣其肘，九节度败于相州矣，唐时大弊，于此指出。

破龙洞

法雷夜响沧江底，铁井怒裂毒龙尾。空山石破真珠喷，一夜化作莲花水。潺潺万壑听琴声，野花落涧春香生。清寒自是泻石髓，霜液岂染蛟涎腥。火鬐电鬣从天下，至今寒泉尚馀赭。千年松老褪苍鳞，犹似蜿蜒神物化。山僧晚汲风满衣，洗钵贮得真龙归。胆瓶插花佛前供，雷雨还从钵内飞。奇杰矣，却非长吉派。

高层云

高层云，字谡苑，江南华亭人。康熙丙辰进士，官至太常卿。著有改虫斋诗。

送周紫海游华岳

巨灵擘连山，洪河乃东落。崚嶒豁双华，高天擢莲萼。千峰列儿孙，供伏类卑弱。少昊扬金精，元气郁磅礴。古来避世士，长啸此岩壑。济时心孔殷，神化特假托。我观陈图南，壮志小寥廓。苍生本无与，何为堕驴噱。龙蜕邈千祀，继者仍寂寞。青齐得周子，有道耽藜藿。不谓犹龙姿，养晦同屈蠖。长风吹孤云，飘然向京洛。揽秋啸俦侣，携手城南郭。言将寻玉井，侧帽裹芒孱。到日想跻攀，翠栈飞猱玃。箭括通一门，烟霞任挥霍。仰首问寥天，愿偕玉女博。凌空笑退之，尔何有馀愕。济时心事，托之神仙，李邺侯其尤著者，陈图南亦然，邺侯显而图南隐耳，明眼人能见及之。

瞿　唐

连山接巴东，地险势复壮。谁辟鸿濛开，插天列青嶂。滟滪立江门，突兀献奇状。摩挲两铁柱，越历几兴丧。惊涛奔紫崖，鱼龙不敢傍。众山自回合，前行欲何向。初疑水际穷，忽转天心旷。恍如出甑底，沸釜掀层浪。赤甲与白盐，开阖似屏障。丹黄苍翠间，日色相摩荡。割据慨当年，雄长不相让。流览卧龙图，英姿迥堪尚。探奇自兹始，弥觉心神王。

韶阳道中

浈源出大庾，厥势颇奔放。况遭峡石束，郁怒不可状。南流汇武水，有助气益壮。上疑建瓴泻，下乏砥柱障。崖石蹙嶙岏，滩陇斗涛浪。既叹溯流险，复经暑雨涨。湍急工倍劳，风弱帆空扬。更当岩峦削，却苦牵挽妨。翠壁千篙攒，岁久石受创。自注：崖壁间篙痕深三四寸者，不可胜数。前林日欲颓，暮色歘凄怆。圻堠倚荒茅，孤槎庶可傍。极拟杜陵，虽未入神，已能超俗。

故　园

故园渺何处？延眺独伤神。亲老久为客，囊空长傍人。泪兼花作雨，愁似草逢春。何日还桑梓，商歌原宪贫。

叶舒崇

叶舒崇，字元礼，江南吴江人。康熙丙辰进士，官中书舍人。

荷兰国进千里马歌

皇帝御宇之六载，负扆致政归彤墀。大开明堂治六服，万国会同车马驰。海波不扬通远道，纷纷重译来京畿。九州之外荷兰国，人物窈停言兜离。一朝稽颡表忱悃，骅骝作贡称珍奇。雄姿逸态世罕有，奔腾千里犹嫌迟。骄嘶自许邀宠眷，不惮跋涉经险巇。牵来独立玉阶下，遂令凡马皆惊疑。姬王讵必重八骏，汉帝安用遣贰师。那知至尊方偃武，端拱南面垂裳衣。诏谓圉人归厩下，予以衔勒聊羁羁。鸾旗在前属车后，朕乘此马将安之。圣朝岂复畜奇兽？留兹用慰遐方思。留其马而不以服乘，并得柔远人不贵异物之旨，但作应制体者，不解如此立言。

秋日杂感

把酒高歌行路难，每从日下望长安。霜侵黄菊人俱瘦，露下红兰梦亦寒。海内友朋惭命驾，异乡兄弟劝加餐。不堪白眼伤时客，犹是逢人效鼠肝。

北风千里痛离觞，一去长沙自古伤。幸有文章能报主，何妨魑魅喜投荒。惊心白璧三年泪，回首黄金五月霜。闻道吴江佳句在，上书今已赦邹阳。

金陵有感

狂来不减步兵愁，行尽清溪古渡头。极目群山还绕郭，感时双鬓怯登楼。桓伊邀笛人谁在？谢傅围棋墅尚留。俯仰只言天堑险，白鸥红蓼满汀洲。

许承家

许承家，字师六，江南江都人。康熙丙辰进士。

赠杜于皇七十

寂寞台城北，高吟不厌贫。六朝三径草，两代一诗人。天地经时老，关河到处贫。举怀论往事，先世有遗民。“两代一诗人”，倾倒极矣。遗老如于皇，尚恐未副此语。

汪　霦

汪霦，字东川，浙江钱塘人。康熙丙辰进士。后召试博学鸿词，官至户部侍郎。

同陈骠骑携妓西郊射猎

小队出重城，红妆结驷行。英雄偏好色，女子亦知兵。马上琵琶奏，军中铙吹鸣。诸公但驰猎，吾最爱秦声。英爽棱棱，必此诗才称此题。

大梁柬友

星文三尺剑，霜刃十年痕。自是无知己，非关不报恩。风悲朱亥里，日落信陵门。凭尔一相问，今谁古道存？

卷十一

毛奇龄

毛奇龄，字大可，浙江萧山人。康熙己未召试博学鸿词，官翰林院检讨。著有西河诗集。〇西河湛深经学，著述等身，在国朝可称多文为富者，惟攻击朱子，不遗馀力，至镌书若干卷，以示旗鼓，所以不得为醇儒，艺林惜之。〇诗学规模唐人，时专尚宋体，故多起而议之者，然学唐而能自出新意，不同于规孟贲之目，画西施之貌者也，视采剥宋人皮毛者，高下可以道里计耶？

打虎儿行

禹州民朱儿救父打虎，史使君廷桂奖劳之，予识之禹署。

打虎儿，乃在汴梁之禹州，禹州城外朱家楼。小儿十一随父耕，深林有虎斑毛成。飕飕黑风吹草根，乘风攫人谁敢撄？小儿不识虎，疑是狐与狸。陡然见虎衔父肢，咆哮草际风来吹。儿啼向风不得父，把杙打虎截虎路。三尺童子五尺杙，凭空击去著虎臆。虎惊顾儿舍父逸，深林丰草皆无色。禹州太守呼小儿，予之以帛饱以糜。予时在署识儿面，披发跳掷真儿嬉。问儿打虎虎何似？举手张牙作虎势。假虎隐幔恐小儿，小儿惊避力不支。当时见虎得无怖，此事我亦昧其故。禹州太守省得知，是时小儿知有父。男儿七尺纵复横，争名攫利万里行。高堂存没总不问，那肯舍命恋所生？我所思，打虎儿。正说小儿之忘身救父，易于平直，得“假虎隐幔恐小儿”一衬，则小儿之至性愈出，见此时小儿知有父不知有虎也。此诗有关名教，西河集中尤为拔萃之作。〇“深林丰草皆无色”七字，抵他人可数十言。

杨将军美人试马请歌

将军航头载美人，春行晚泊横江滨。斜阳堕地草场阔，酒酣欲试红麒麟。美人常服双袴褶，青锦鸦幱紫丝结。蝉鬓当风卷似云，马毛散汗吹如血。金钱压口玉袜肤，马前细立秦罗敷。见人羞上还将堕，壮士惊前不敢扶。调鞍整辔坐不定，忽见桃花满春径。将军似妒九华鞯，在傍休视双金镫。明霞片片争绕林，红光落处桃花深。回头失却真珠珎，春草苍茫何处寻？“壮士惊前不敢扶”，此时犹未上马也。调鞍整辔以后，华鞯起将军之妒，金镫断旁人之窥，不言美人而美人在焉，可谓入神之笔。

钱编修所藏司马相如玉印歌

汉庭司马梁园客，早岁为郎晚驰驿。因慕邯郸旧相贤，借取高名注属籍。当时原有摹玺书，大者砻石小琢玕。螭首龟腭总衔带，碧文绿籀皆施朱。相传解玉刻小记，四角中央构名字。檄使填将喻蜀文，酒徒印作当垆契。于今相隔几千年，不虞此物留人间。土衣苔绣半斑驳，银钩玉筋还新鲜。截肪径寸覆玦纽，何必黄金大如斗。钱郎得此真罕希，每与秘书通系肘。会当天子好古文，相如已是同时人。尚书给札令缮赋，落笔殿前如有神。遂登著作入金马，名在何须更相假。对策姑令董相先，容才久为廉颇下。长安秋尽寒欲来，驱车一上昭王台。酒间出示争把玩，令我怀古生徘徊。前人意气不长在，况复微文等光怪。何物精灵护此符，历劫千秋不曾坏。龙门遗册懒未收，图书堆垛能生愁。我今欲借文园篆，一惹桃花纸上油。天子好古文以下，俱咏钱编修，却处处与司马双关，巧心浚发。

诏观西洋国所进狮子因获遍阅虎圈诸兽敬制长句纪事和高阳相公

古皇慎德开四译，内被绥侯外蛮貊。贡物区为王会文，共球载在宾庭册。河镠畎翟献上方，兜离僸佅陈明堂。三灵既应百神洽，般般之兽皆翱翔。康熙戊午十七载，神武声名播遥海。五畤从教白泽来，千门真见黄龙采。鸦翎刁刁负矢飞，鸡斯之乘归林支。诸方执贽俨相列，东渐溟渤流沙西。于中有国名古里，曾渡澜沧作海市。鱼眼看波射水红，鲛丝织浪翻云紫。地当申未产兽雄，金精杰出毛群中。衔缘饰组献天子，裁贝作章辞礼恭。从容槛致射熊馆，不为珍禽为怀远。虎落时看接上林，鹰房秋到移南苑。廷臣侍从欲赋诗，皇恩有诏徐观之。圆目昂鼻有筋力，悬星掣电无雄雌。独怜髬发未卷曲，曳尾縰縰若散丝。衣被欲成鞠色见，牙龈不使钩形施。尔时群槛狎诸兽，木垒枪樊列前囿。熊罴避路不敢当，虎豹攀栏有时吼。青鸾赤雀相对栖，豪猪野马争游嬉。张昭见此不动色，朱亥在傍何所思？闻之有熊狩旸谷，获得狻猊比牛畜。汉时安息亦献斯，形似麒麟但无角。从兹郊祀播乐章，射乌格鹿非寻常。铙吹已陈朱鹭曲，征歌还及白狼王。何如储徛未完缉，诏遣求贤共来集。东堂甫布网罗成，西域刚逢旅獒入。招摇乍启禁籞开，白麟有对皆奇才。请看太保卷阿赋，恍见文王灵囿来。依题布置，而遍阅诸兽中，仍以狮子作主，此分宾主识轻重也。一结尤得应制体。

朔 方

天校神兵罢朔方，双键不复挂渔阳。三秋白草缘关断，万里黄河入塞长。铁柱分标滇外戍，金书异姓汉中王。从军久负匡时略，愁见边关到夜郎。

送人之耒阳

湖北湖南水尽浮，杜鹃啼歇过衡州。几重高峡穿天下，万里平江入汉流。念母徐生终去魏，思乡王粲故依刘。少陵古墓依然在，酹酒荒原无限愁。

钱唐逢故人

西泠咫尺是天涯，喜汝从予江上槎。两度陶朱思返越，百年张俭竟无家。乡关恨届钻榆节，里巷羞乘广柳车。壮士不还仍远去，江东兄弟漫咨嗟。应是避祸出亡而不归者，玩四语六语自见。

少 年

少年仗剑出关中，羽卫新招六郡雄。久许报恩逾聂政，平时饮酒笑秦宫。鸡鸣晓日黄河动，雁阵秋阴紫塞空。当日枌榆迁欲尽，愁君驰马过新丰。一结为少年危之，应是负气任侠同于郭解者。

禹 庙

夏王四载告成功，别禅苗山起閟宫。玉帛千秋新祼荐，衣冠万国旧来同。金书瘗井封泥紫，窆石悬花映篆红。一自百川归海后，长留风雨在江东。

谒嵩岳

太室开天表，崇丘奠土中。主名高四域，受秩比三公。日月环区宅，阴阳割浑蒙。歌崧扬峻极，望祀体昭融。华盖标方巚，金壶启上宫。翕河承汉禅，卜洛载周工。别观翔修鹤，层城倚大熊。藏书凭玉女，过涧遇青童。洞闭能围雪，梯长恍御风。群山咸拱岳，万岁自呼嵩。槐弟封峣爵，莒羊采少翁。浮丘闲驾羽，子晋妙吹箫。石酒龙精白，岩花凤首红。烟霏春渺渺，水滴午潀潀。虚壑涵深矿，空梁拔断虹。天关应再辟，帝座俨相通。险塞分河内，灵祇屈岱东。神京怀旧服，终古赖攸同。典重肃穆。

览镜词

渐觉铅华尽，谁怜憔悴新。与余同下泪，只有镜中人。其实无一同心人也，然道来曲而有味。

吊姜贞毅诗

曾披阊阖扣天关，垂死孤臣未赐环。遗命一棺何得葬？宣州城外敬亭山。直书其事，忠义自见。

长门怨

玉殿金缸晚色新，殿前少使绣麒麟。夜来恐索长门锦，要赐平阳歌舞人。自注：汉内职有少使之号。〇别出新意，发露尽矣。若唐人为之，便有多少含蓄。

秦淮老人

秦淮高阁拟临春，中有仙翁鬓似银。话到陪京行乐处，尚疑身是太平人。明处乱离之后，偏云尚疑身际太平，词弥曲意弥悲矣。

赠柳生

流落人间柳敬亭，消除豪气鬓星星。江南多少前朝事，说与人间不忍听。

除夕作

旅馆椒花红欲然，椒盘愁向客中传。如何才听金鸡唱，便唤今宵是客年。人人能道者，却未有人道及，新故之感，凡事类然，不独除夕也。

李因笃

李因笃，字子德，陕西富平人。康熙己未以布衣召试博学鸿词，官翰林院检讨。著有寿祺堂诗。〇子德先生邃于经学，顾宁人先生推重之，以公卿荐召试，当时所称四布衣之一也。授官后，即以母老辞，不许，表三上，乃许，情词恳恻，比李令伯之陈情则又过之。圣主之仁，人子之孝，宇内共称，不止羡其鸿轩凤举也。诗品似李北地之宗杜陵，骨榦有馀，而神韵或未副焉。兹录其兼可采者，著之卷中。

纪别自注：将往雁门。

置酒岁云暮，北堂淡寒晖。饥乌相与鸣，朔风厉重闱。老母闵游子，欲言先歔欷。不问何日行，先问何时归。遥遥计往路，历历询征衣。禔身慎自防，兼量寒与饥。长跪闻母言，铭心毋敢违。病妻勉下床，相视首蓬飞。谓我当行迈，有泪且勿挥。

弟从母侧来，再拜投一斝。征驹鸣前庭，担负已出野。仆夫前致辞，冉冉西日下。要当慷慨去，不觉泪如泻。兄言勤门户，弟言慎车马。

小子复牵衣，岐路含百虑。不知行何方，强欲偕我御。念当远乖离，何忍挥之去。悲哉游子吟！斯须哀乐具。中怀如悬旌，摇摇不得住。依依天属亲，抚事愧童孺。三章不外一真字。

题世胄都指挥使崔公汝明像

高皇养士三百秋，卫帅食恩等通侯。铭钟书帛列上第，金樽玉案罗群羞。一朝河上度欃氛，虎啸峭函不忍闻。赤帜无色鼓声死，婴城惟有崔将军。将军开国世家子，轻裘缓带谈经史。吹篪时过大司农，自注：公兄抑庵尚书。北斗西豪俱在此。昭阳之冬月无阳，野斗豺虎色玄黄。决眦不知有锋刃，疾呼白日生冰霜。臣矢已穷力战久，侧身誓天不相负。已弃先溅侍中血，宁料如生元帅首。纷纷侍卫尽同朝，今何薤萎昔何骄！朝行出攻暮不返，岁寒松柏乃后凋。后来传疑未传信，壶祠蠋墓无人问。长留遗像天地间，勇者成仁懦者奋。崔系婴城战死者，后无人表白，故于遗像中表之，此等诗大有关系。

登代州白人岩因饮孙园

高仞悬孤嶂，双厓划一门。好人多在野，春水自依村。雨走空天角，松藏老石根。危梯攀古洞，仿佛说桃源。为野外人生色，“春水自依村”五字，天然佳景，不在镂刻。

只觉前厓好，何人并结庐。鹫岩光倚薄，香阁静含虚。法境清凉外，人烟战伐馀。因声寄莲社，吾志在山居。

雨

积潦乘秋见，鸣蛩满地生。薄言风有隧，遑恤雨无正。河北多艰食，天南未解兵。十年留滞尽，乡国意纵横。经语作对，流连光景者不解道。

秋兴客长安作此秦中故长安也。

长安四代提封地，指顾中原据上游。乱水遥分飞雪幕，清歌旧识采莲舟。园陵翠柏填薪市，帝子朱门起战楼。转饷江天频告瘁，南方征调几时休？

三川北拱帝城开，古殿阴移万树哀。地老黄蒿通作柱，霜侵白骨半生苔。临城猎骑櫜弓入，带郭渔舟击棹回。近说西羌诸部劲，秋深牧马过边来。

终南太华古林垧，更使长河绕户庭。日落夕曛三辅紫，云开秋色五陵青。门空光禄群游榻，自注：文少卿太青。院冷尚书旧讲经。自注：冯宗伯少墟。何处笛翻杨柳夜，故园风雨忆飘零。

西来宛马络青丝，万炬围城罢猎时。黍逼故宫秋自满，鸿号中泽暮何之？浮云回首悲关塞，返照经心望崦嵫。一滞双洲情不惬，蒹葭摇落好谁思。

曲江池水已成墟，江岸篱花傍客车。采地纵观周召邑，沧波高枕汉唐渠。村春廖落斜阳里，野哭分明旧创馀。咫尺杜陵连郑谷，抚时怀古一踌躇。诸咏作于秦中受创以后，帝子伤残，故家凋谢，羌、戎沓至，野哭时闻，律体中变雅也。杜诗诸将、秋兴是其本原。

边　上

萧关城堞望中分，鹿苑干戈道上闻。野霁卷芦吹白日，霜清驱马下黄云。征西尽撤三千戍，镇朔遥归十万军。谁抱遗弓攀鹤表，赐冠空满鹓鹴群。

得傅征君山信

河汾文献未全空，蛊上乾初有是公。不卜同舟瞻郭泰，徒知中论拟王通。芳期虚讯春来鸟，剧饮犹传雪后鸿。他日荜门相候处，下车应拜采桑翁。以不事王侯重之，中写得信，末订过从，极见篇法次第。

潼　关

云薄关河紫气长，帝枢曾此撼严疆。河经百二开天地，华枕西南销雍梁。戍火忽移函谷月，征车多带灞亭霜。旧京萧索垂千载，飞挽何由接巨航。

望　岳

太华三峰列峻屏，晴霄飞翠下空溟。晓云东抱关河紫，秋色西来天地青。玉女盆中寒落黛，仙人掌上接明星。乱馀林壑饶遗客，缥缈幽栖赋采苓。

尤 侗

尤侗，字展成，江南长洲人。康熙己未召试博学鸿辞，官翰林院检讨。家居后，加侍讲。著有西堂诗集。○先生所著西堂杂组传入禁中，章皇帝称为真才子。后入翰林时，圣祖称为老名士。位虽不尊，天下羡其荣遇，比于李青莲云。○西堂少岁时，专尚才情，诗近温、李。归田以后，仿白乐天，流于太易，虽街谈巷议入韵语中，远近或以游戏视之，比于王凤洲之评唐伯虎。不知四十至六十时诗，开阖动荡，轩昂顿挫，实从盛唐诸公中出也。咏明史乐府一卷，尤为神来之作。今选中所收，皆铮铮有声者，使艺苑人见之，共识西堂面目。

胡蓝狱

去年杀韩信，今年醢彭越。徐常幸前死，诸公宁望活？丞相戮，将军诛，缺望恣肆固有迹，坐以谋反疑有无，罪止及身或收孥。杀胡党，杀蓝党，数十万人保无枉？文武军民打一网。一斗粟，一座城，一条龙，一连鹰，革左塌回何纷纷，得非此辈之冤魂！缺望，恣肆二语，胡、蓝之定案也。罪宜及身，连坐者至万数，毋乃滥刑乎？一斗粟以下，皆流贼名。城鹰，庚蒸通韵，纷魂，文元通韵，四韵各自通不相通也。

歌七章

九灵山人泛东海，麦秀黍离歌慷慨。席帽山人隐吴门，残山剩水声常吞。二子不仕亦不死，惟有子中所为极难耳。江西复，广东破，变姓名，北山卧。弃妻子，浮江湘，足已折，身难藏，使者来，引鸩觞，辞亲友，歌七章。歌七章，悲元亡。呜呼！元亡乃有文天祥。九灵山人戴良、席帽山人王逢皆元遗民。伯颜子中，西域人，曾收复建昌，出使广东。广东已破，乃变姓名，携鸩自随。后有强之出者，子中曰："我死晚矣。"饮鸩而死。读末语，子中至今未死。

南陈北李

南京有一陈，太学无弃人。北京有一李，太学多端士。李先生，讲五经，公侯环坐听鹿鸣。桥门荷校辱非刑，诸生举幢呼阙廷，会昌上奏太后惊。陈先生，考绩至，手书四箴返金币，招之不住守吾志。危哉履虎幸不噬，两贤道同命则异。君不见西市将杀薛夫子，灶下老仆哭不止。通首是合传体，起用军中一韩一范句法。陈名敬宗、李名时勉，皆国子祭酒，为王振所恶者，李至荷校，陈未加刑，故曰道同命异也。末以振欲杀薛文清，因厨下老仆哭泣而止，转出一事作结，便不平直。

王先生

太皇太后女尧舜，宫嫔加刃诛王振。不见高皇竖铁牌，内官不许干朝政？振乎毁牌太纵横，天子亦呼王先生。先生一开口，天子下殿走。蒙尘事可哀，夺门名亦丑。横尸百万谁首戎？天子犹念先生功。诏取沈香雕小像，巍峨寺额称旌忠。英宗复辟后，思王振，复其官，刻木为像，招魂葬之，祀智化寺，赐额旌忠，此事真不可解也。国朝祠像犹存，乾隆七年，御史沈廷芳疏请毁像及其碑文，人共快之。

北　狩

大明天子云端坐，谁人推向沙场堕。窝儿帐外黄龙卧，赤光笼罩望如火。也先耶？伯颜耶？大同赛刊耶？今日宰牛，明日宰马。大妇唱歌，小妻洗斝。风吹草低，橐驼盈野。送君还归，群呼者者。君不见周骊山鲁鸜鹆，青衣行酒怀愍辱，五国城中徽钦哭。全用本事成文，音节极古，“者者”，然词也。

对山救我

刘家老公性烈火，满朝公卿银铛锁。磨刀将杀李崆峒，惟有对山能救我。对山慨应真吾事，骑马上门谒中贵。今日何好风，吹得状元至。老公倒屣小珰跪，焚香把酒劝公醉。醉公酒，我不辞，我一言，公三思。力士肯为太白屈，此事非公谁能之？老公笑请先生坐，当为狂生免其祸。解衣脱帽为公舞，铺糟啜醨无不可，明年天子诛老公，朝里交章荐崆峒。可怜对山罢官去，一身零落污泥中。对山救我李北地，谁救对山康武功？且呼少年共豪饮，手弹琵琶曲未终。琵琶嘈嘈弦何急，声声似诉负情侬。即以当日情事语言组织成诗，得史汉叙事体。

铁夫人

武皇南巡臣拜杖，良人系狱妾心丧。妾家儿女本无知，焚香吁天诚有之。逻骑缚来坐咒诅，夫妇牵连入圜土。妾今有身不任刑，惟拚一死谢夫君。情辞慷慨相决绝，法吏满堂谁忍闻。一旦天恩并放归，都人夹道尽沾衣。还将前日香重爇，长祝君王罢六飞。林大辂谏武宗南巡，下狱，妻黄氏吁天祈免，缇骑以咒诅告，并逮入狱，主者危辞怵黄，黄不承，惟求速死。后得释，夫妇偕出狱，都人曰：“此铁夫人也。”

新都叹

新都才人官玉局，入朝手撼天门哭。相公之子状元郎，杖血淋漓投永昌。永昌市上拥诸妓，簪花涂粉双丫髻。白绫新裓彩毫光，酒酣起舞龙蛇字。蛮童笑杀老颠狂，万里云南作醉乡。相思独有深闺妇，盼断金鸡下夜郎。以黄夫人寄诗语作结，倍觉黯然。

河套冤

严夏两家鸡相斗，曾铣仇鸾袒左右。严鸡方胜夏鸡孤，铣欲劾鸾何为乎？套未复，身先死。朝玺书，暮西市。将军横尸何足言，宰相骈首宁无冤。君莫哭，君不见金牌召后风波狱。京师市语，呼江西人为鸡，故有起句。一结大为桂州、石塘生色。

臣夫表

臣夫在狱十六年，家有老亲八十九。臣妻置妾未相见，旅舍凄凉誓同守。欲归则弃夫，欲留则违舅。弃夫断饘粥，违舅阙箕帚。臣愿代系狱，放夫暂回首。生当还囹圄，死得瘗陇亩。此疏不忍读，读之血盈斗。弥留始解网，覆盆既已久。呜呼！夫忠臣，妻烈妇，可与苏张三不朽。沈鍊劾严嵩，系狱共十六年，妻张上书求代，不许。后一年，始释。夏言妻苏、杨继盛妻张亦俱上书代夫，故并及之。诗中全点染疏言，此种本事，西堂所独。

吊南塘

副将军，在南郡，杀倭全用鸳鸯阵。大将军，在蓟门，阅兵争跳龙虎屯。结发从戎无不可，筹边更重北门锁。万里长城背朔方，伏波只看飞鸢堕。江陵已没二华亡，倚剑悲歌古战场。白袷角巾归第日，路人谁识戚南塘？惟有白头旧部曲，西风落日叹烧荒。张江陵当国，谭纶为总制，戚继光为蓟镇，得以保全。江陵与纶先后没，戚移镇岭南，旋罢官矣。二华，纶字也，部将陈第作烧荒行以悲之。

嘈鸾火

贵妃方辞坤宁去，选侍旋向乾清住。封后封妃许不许，手提哥儿咄咄语。防微杜渐争移宫，专制垂帘事不同。先皇末命犹在耳，嘈鸾一火何匆匆！雉经入井传闻异，保全母子无他意。宫闱骨肉贵调停，难将国事行家事。诸君莫争郑与李，奉圣夫人又至矣。此言李选侍居乾清宫，杨涟争之，乃移宫也。首以郑贵妃引入，末结到客氏之蛊惑，一语言下凛然。

赵高传

委鬼当头坐，茄花满地红。赵娆曹节私相通，老祖太太配公公。月华门前车斗风，涿州道上马游龙。内操挝鼓鸣刀弓，犴狴流血朝班空。祠堂昭德兼崇功，干儿义子多如虫。读史至此惟三叹，殆哉岌岌将作难！满朝弹章君不见，中宫独看赵高传。委鬼，谓魏忠贤，茄花，谓客氏，北音读客为茄。老祖太太，群小称客氏也。熹宗见张后观书，问何书，曰："赵高传。"忠贤闻而恶之，屡欲倾陷。

思陵痛

思陵在位十七载，四海分崩成瓦解。去年失楚今失秦，大梁水决武昌焚。虎豹九关谁与守，三军倒戈百姓走。君王仗剑死煤山，母后宫中殉玉环。桐棺一寸道旁置，故老行人多掩涕。入庙应呼十四皇，儿家何罪致天亡？新鬼号咷旧鬼哭，钟簴惨裂灯无光。高勿哀，文勿怒，自古兴亡有天数，顺处得来顺处去。君不见宋家遗骨瘗冬青，昌平郁郁松楸树。明得天下于元顺帝，李自成僭号，亦曰顺。末归美本朝，得立言之体。○李西涯咏史乐府，王凤洲病其太涉议论，既又称为奇旨创造，名语叠出，而以规模古格者为西子之颦，邯郸之步，是初议之而终许之也。西堂明史乐府虽宗其体格，而音节古奥，别白是非，审断功罪，则又过之，诚天地间别开一种文字也。元本百章，今录十四章尤矫矫者。

民　谣

急丈田，长洲县。田几何？百馀万。奉部文，一年限。朝廷丈田除浮粮，浮粮若除须补亡。下跨河水上山冈，菜畦菱荡都抵当。插旗四角周中央，男奔女走群慞惶。上官督县令，县令责里正，里正不识弓尺寸，转雇狙狯代持筹，长短方圆一手定。一手定，一手更。私田缩，官田盈。移重挪轻无不有，田主瞠眼不敢争。县家覆丈岂能遍，但取溢额可考成。急丈田，限一年。官比票，吏索钱。官田未见增什一，民钱已闻费万千。君不见一县图书七百四十一，日造黄册堆积高于山。用常言俚语入诗，转近古乐府，胸次具有造化炉也。此种笔墨，又在元、白、张、王之外。

蓟州小病

及予回马首，犹尔滞渔阳。病家千里，孤灯泪万行。道途横枳棘，天地日冰霜。苦忆柴门卧，山妻检药囊。

送曾道扶司李汉中

江陵驿路满梅花，计日连云出谷斜。大丙山高环二华，五丁峡远接三巴。蒲鞭宽厚随羌俗，骢马威仪近汉家。更上陈仓怀古迹，武侯残壁起悲笳。音节高亮，七子中近李沧溟。

别长安

只合渔樵老此身，底须辛苦入风尘。一官未许因人热，十口翻成为仕贫。阊阖天高逢鬼谒，江湘地远逐孤臣。非关圣世簪缨短，为有青山待逸民。

竭来吊古望高台，台上黄金真可哀。一代贤良卜式传，千秋流涕贾生才，狺狺多口何为者？衮衮诸公安在哉！燕市遨游今不见，吴门变姓且归来。吊古中直抒怀抱，一肚皮不合时宜。○中有数字系晚年改本手授者。

十年踪迹漫劳劳，风雨周游有敝袍。短棹独临沧海阔，单车直上太行高。穷途恸哭谁哀阮，荒径欣奔自拟陶。且待向平婚嫁毕，指挥五岳属吾曹。

不如归去不如归，归去来兮知昨非。千里壮心天马下，一朝适意野鸥飞。焚书并瘗珊瑚笔，解绂先裁薜荔衣。犹有吴钩抛未得，酒酣常舞钓鱼矶。

葑水城南一草堂，莳花修竹自幽芳。老妻酿秫藏盈斗，儿子摊书读几行。有客日来谈鬼魅，先生夜梦见羲皇。出门莫向长安笑，曾在长安望故乡。先生去官，由任北平司李时擅责强暴旗人，为当路所抑，与渊明之归去来各别也。故诗中忽而恬退，忽而感慨，激壮苍凉，时时流露，读者几于拂袖起舞。

题韩蕲王庙

忠武勋名百战回，西湖跨蹇且衔杯。英雄短气莫须有，明哲保身归去来。夜月灵旗摇铁瓮，秋风石马上琴台。千年遗庙还香火，杜宇冬青正可哀。蕲王末路至托为浮屠以自免，为功臣者亦危矣。莫须有、归去来，一岳一韩，天然队仗。

生日志感

半百年过意不如，自注：倒用杜句。看云藜杖倚荒庐。平生最拙惟谋食，一事差强已废书。萧瑟江关哀庾信，飘摇风树泣皋鱼。何当燕市寻屠狗，洒酒荒天吊望诸。每于结处用力，故通体俱振。

登天宁浮屠绝顶望海

兴至超然到上头，凭虚萧瑟见高秋。诸天冥冥人非想，大地茫茫我亦愁。俯听苍蝇喧万瓦，遥看白马走中流。海神未许探幽窟，倏忽风烟起蜃楼。有此胸襟，有此笔力，才不负此题。视东坡泛海诗，前贤未必不逊后人。

闻鹧鸪

鹧鸪声里夕阳西，陌上征人首尽低。遍地关山行不得，为谁辛苦尽情啼。行不得意，人所同知，此更翻进一层，便觉百端交集。

陈维崧

陈维崧，字其年，江南宜兴人。康熙己未，以诸生召试博学鸿辞，官翰林院检讨。著有湖海集。〇陈检讨四六及词，宇内称许，而诗品古今体皆极擅场，尤在四六与词之上，从前人无品评者，故特表之。〇检讨年四十馀，尚为诸生，有日者谓之曰："君过五十，必入翰林。"梅杓司赠诗有"朝来日者桥边过，为许功名似马周"句，后果然。事见池北偶谈。

早发望亭

水宿弭旅情，挂席愆宾饯。泄云映寒涘，绪风扇轻艑。暝增梁溪深，霁觉胥台缅。棹歌写风波，群动互辗转。沙鸨伫空明，江荚覆清浅。红泉雨后流，白露草间泫。周览虽言烦，幽默亦云阐。远望姑苏城，绮罗若在眼。舞基想馀粉，歌梁痗遗畴。餐霞趣未慰，折麻务堪践。寄谢区中缘，扬舲恣婉娈。谢公风格。

刘逸民隐如

昔余丙申岁，读书长洲县。章华宋大夫，自注：宋右之德宜。相与共笔砚。夹河幽巷绕，入市清溪漩。风物本芳嘉，追随悉英彦。刘恢宋家邻，尤与陈生善，流连说生平，跌宕多顾盼。君也性温慎，十步必缱绻。及其感慨时，焱然闪岩电。酷爱湖海集，搜录日不倦。虿尾与银钩，错落铺黄绢。吴城七月秋，别我赴京甸。同门八九人，联袂临流饯。君时醉起舞，长袖风中卷。赠以珊瑚鞭，饰以黄金钿。莫矜红颜好，宫中妒娇面。莫言白璧完，连城轻自眩。运至慕荣华，愁来忆贫贱。刘生方策名，歘遘贤关变。是时盛苞苴，富人工汲援。铜山砉然开，中有集贤院。乌倮作主司，郑白联翩荐。谁令黔娄生，误厕时流选。昆冈一旦焚，玉石何由见？刘生恬淡人，竟受谗言煽。白月照圜扉，不是昭阳殿。凄凄范蔚宗，恻恻书团扇。戍君玄菟郡，插君白羽箭。君躯绝短小，何以能征战？君身非金石，何以堪忧怨？刘琨绕指柔，夙昔曾百炼。江东西风起，莼鲈可以膳。待君君不来，泪下如流霰。逸民才人，亦中丁酉北闱，与汉槎诸人同戍口外者。后被盗，夫妇皆遇害，尤可伤也。诗中闵其矜才众妒，致白璧受玷，为连城自眩者痛下针砭，岂独为逸民一人。

酬许元锡

嘉隆以后论文笔，天下健者陈华亭。梅村先生住娄上，斟酌元化追精灵。忆昔我生十四五，初生黄犊健如虎。华亭叹我骨格奇，教我歌诗作乐府。二十以外出人愁，飘然竟从梅村游。先生呼我老龙子，半醉披我赤霜裘。此生阑入铜驼路，可怜老作江南赋。头上不畏咸阳王，眼前只认丁都护。晚交许子怀抱开，看尔不合长悲哀。手提一诗来赠我，十幅错落红玫瑰。我年三十馀，清狂爱儿戏。旁人见我笑不休，安知我有填膺事。日间击鼓夜击鲜，行乐安得千万年。何肯龌龊学章句，三日新妇殊可怜。许子赠诗逾一月，念欲报之久不发。昨宵饱看冒家灯，一寸管城老龙渴。掀髯狂作许生歌，食纸春蚕响不歇。明朝归客正扬舲，海色苍茫青更青。嵚嶔历落，写自己怀抱，言下并见许子，一结阙然。

赠李研斋太史

人云蜀道如青天，君家乃在青天上。蚕丛鸟道不得归，一度思归一惆怅。去年石头城，道遇李谪仙。手持白玉麈，囊乏青铜钱。一言称意百不愁，邀我直上秦淮之酒楼。城南杨花白如雪，一一乱扑胡姬裘。笑谓金陵姬，何似巫山女？十年枉作剑阁铭，白盐赤甲奈何许！昔住锦官城，乐事不可当。木棉花发处，斜对碧鸡坊。桃笙赍布居民卖，蒟酱江鱼过客尝。此时二月粉水香，巴僮巴女发浩唱。赕钱夜市成都酒，歈歌春赛武都王。别来旧事心茫茫，传闻李特屠残疆。卧龙跃马竟谁是？天彭井络空苍凉。前者百丈船，牵过钟山郭。忽见三巴人，欻然万金落。诸葛祠堂尽棘榛，谯周子弟俱俘掠。当时婉娈直铜龙，都堂香药掖门松。自从丧乱著芒屩，飘零已复成吴侬。一身虽在不自保，何况盗贼多于蜂。瞿塘恶浪千万重，念之只复愁心胸。安能吹我落天外，蹲鸱饱作西川农。语君且饮勿愀怆，眼前万事太卤莽。故里新年栈道开，官军已缚邛笮长。太史蜀人，逆藩之乱，侨寓金陵不得归，故作诗慰之。中间跌荡飞扬，波平浪起，得青莲逸气。○赕钱，蛮中以钱赎罪也。

钱唐浴马行

杭州八月秋风早，极目江头皆白草。凤山门前铁骑横，花马营中水泉好。阿谁黄须称奚官，白靴毳帐红罽袄。是日牵来一万匹，云锦连天色杲杲。钱塘江渚多菰蒲，晴江空翠微卷舒。嬉游尽向此间去，边儿十岁名花奴。忽闻一声吹觱篥，千群争放桃花驹。红泉骀宕自然丽，丹鬃灭没何其都？一匹娇嘶一匹啮，十匹骄矜汗流血。须臾五花浮满红，万顷寒涛蹴飞雪。龙堂少女神悄绝，雾鬣烟蹄半明灭。少焉不动齐徜徉，江流欲静江云凉。极浦湘娥鼓文瑟，中流江妾拖红裳。此时观者倾城国，中有军人泪沾臆。自言十五隶金吾，滁阳苑马亲承直。犹见先皇校猎时，金风初到万年枝。青骢细食雕胡饭，翠拨轻笼杨柳丝。天育忽逢沧海变，从此麒麟罢欢宴。苜蓿翻栽太液池，骅骝直上昭阳殿。紫台青海日从征，马上琵琶塞上情。温泉十载无消息，忍唱钱塘浴马行。用意全在后半，新故之感，无限悲凉，末一语转合钱塘，如见神龙掉尾。

得桐城方尔止先生书感赋兼怀密之先生

鲤鱼风打江潮利，五月荆州估船至。船载沙门宝月师，附得枞阳故人字。我家垩庐同鸡栖，负薪昼夜孤儿啼。开函伸纸未及半，申胡觱栗声酸嘶。书亦不能读，泪亦不能止。忆昔芳华十五时，与君同作金陵子。金陵九门门九重，白靴校尉如游龙。贱子文名杨德祖，先君风表郭林宗。三千宾客遨游遍，流兔飞英谁不羡。家伎新传张敞眉，游童暗认王珉扇。桐山诸子尽江萧，侨寓家家朱雀桥。风暖侯家春击鼓，月明戚里夜吹箫。樱桃小幄沉香火，杨柳藏乌门不锁。密约呼鹰出每迟，私邀盘马期常左。此日清流气绝尘，此时修竹弹文新。诸王已见愁签帅，郡国还闻捕党人。阿童江上军船动，毳帐连天驰绣鞚。一载昭阳恨已经，两朝太学知何用？怜我袁家一愍孙，拾橡萧萧归墓门。君不见孙郎战没周郎老，自注：孙郎，克咸；周郎，农父。龙眠前辈独君好。君家尚有始兴公，卧看祇园生白草。写两家盛时，极文酒宴游之乐，而小朝廷之荒嬉，马、阮之丑正恶直，至于如此，危亡立见矣。故家零落，前辈尚存，结到密之先生，铿然而止，章法绝佳。

顾尚书家御香歌

猎猎朔风翻毳帐，营门紫马屹相向。陈生醉拗珊瑚鞭，蹀躞闲行朱雀桁。顾家望近尺五天，顾家父子真好贤。开门揖客客竞入，留客不惜青铜钱。玉缸泼酒酒初压，秦筝促柱弹银甲。绿鬟小史意致闲，却爱微红添宝鸭。陈生此时闻妙香，欲言不言神茫茫。心知此香世间少，得非迷迭兼都梁。主人重取兰膏爇，此香旧事还能说。忆昔初赐长安街，金瓯天下犹无缺。至尊桂殿日斋居，千首青词锦不如。绿章夜上龙颜喜，第一勋名顾尚书。嵯峨紫塞榆关道，白雁黄沙风浩浩。万马奔腾夜有声，三关萧瑟春无盗。尚书辛苦镇居延，络绎黄封赐日边。非关小物君恩重，为许名香国史传。镂金小盒宫门出，中涓一骑红尘疾。亲题万颗小金丸，犹是昭阳内人笔。只今沧海已成田，留得天香几百年。拢来绮袖人谁问，熏罢银篝味不全。白杨已老尚书墓，世间万事都非故。主人语罢客亦愁，留客牵衣客不住。君不见客衣零落讵堪论，半渍香痕半泪痕。忍看天宝年间物，我亦东吴少保孙。迤逦而来，转出御香，见尚书当日得君之专。沧桑以后，万事都非，故物犹存，感慨系之。然尚书以青词得幸，亦非正人，中藏有微词在。

寄黄黎洲先生求为先人志墓

熹宗之朝盗窃柄，国事稠浊由诸阉。刊章告密满天下，劫火烈烈昆冈炎。忠端骨鲠置牢户，少保强项遭髡钳。三朝要典乱白黑，尔曹病热徒狂谵。膺滂之后爱名节，翁与吾父均酸醎。忠泉出井流不涸，孝笋拔地天能参。东都坛坫立名字，西园邸阁纷袿襜。怀宁乱赞老逾怒，矫尾直拂钟山岩。我师秋浦魁垒士，便树颐颏张须髯。一呼袒裼暴猛兽，笔阵霍若霜锋铦。妖么得志遑报复，一网尽矣心所甘。王师南下明社屋，人头畜鸣尽夷歼。四十年来市朝换，曜灵急景奔惊帆。崇文门外党碑倒，沙石磨治苔纹嵌。平生先子胶漆友，半作黄叶经秋芟。晨星落落只翁在，开元轶事馀谁谙？先朝钩党有本末，冰玉硌碧秋阳暹。今人往往咎过激，毋乃丑正丛讥谭。呜呼吾父没已久，墓门郁郁愁松杉。累翁一片道旁碣，请放健笔为雕镵。写两家世谊，而两朝朝局一一罗列，此绝有关系之诗。

忆贵池吴师

当代论兵会，谁人可擅场？刘琨归朔北，孙策入丹阳。一诺轻车骑，千言破混茫。灵旗如仿佛，毅魄想飞扬。师即吴次尾也。负党人之魁，怀填海之志，读此诗，想见其人。

将归留别练塘诸子

游子衣边雪，慈亲地下心。都将苴杖泪，并作苦寒吟。此意复谁识？当歌难自禁。劳君霜夜弹，莫打失巢禽。失巢禽，喻己为无母儿也。从至性流出，恻恻动人

捧读石斋黄公所撰先少保神道碑赋此追感

周侯池畔树苍苍，遗碣岧峣屹此乡。哀诔南朝颜特进，碑铭东汉蔡中郎。千秋定论归青史，一夜悲风起白杨。此日踌躇肠欲

断，漳南高冢亦昏黄。时石斋先生已授命，故追忆之。

喜汉槎入关和健庵先生原韵

当时彩笔撼江关，数子声名天地间。讵料文章遭贝锦，偏教冰雪炼朱颜。廿年苦语三更尽，万里流人二月还。不信娥眉真见赎，感恩我亦泪潺湲。

秋日怀幔亭先生

百二山河极望残，一门群从尽南冠。谁怜鹦鹉笼中语，大有琵琶塞上弹。寂寞金鸡双阙迥，飘零石马七陵寒。银铛夜宿昭阳殿，疑作西宫月影看。自注：先生系处，即南国大内。

秋色苍茫上佩刀，故人消息梦魂劳。石城剧报收袁粲，鲁国惊闻捕孔褒。雪窖羝羊双涕泪，锦官杜宇一悲号。好凭万骑平南将，急趁江风挂战袍。首章系狱，次章遣戍，无可奈何，望其平寇以赎罪也。通体警策，无一懈句懈字，那得不传。

送张若水出关自注：若水，稚恭先生子也。

祖母秦州父锦州，卢家少妇又邗沟。百年骨肉抛三地，万死悲哀并九秋。欲赠愧无银络索，将离怕听钿箜篌。汉庭早晚流人赦，望尔归鞭度陇头。白傅一家三处，乃处常之时，此当罹罪出关，剧可悲也。一起直下四语，千钧笔力。

别紫云

二度牵衣送我行，并州才唱泪纵横。生憎一片江南月，不是离筵不肯明。

赠歌者陈郎

天涯踪迹半旗亭，谱遍龟兹不忍听。怜尔少年非失意，逢人也唱雨霖铃。

严绳孙

严绳孙，字荪友，江南无锡人。康熙己未召试博学鸿辞，官翰林院检讨，迁中允。著有秋水集。〇召试日，以目疾，止成省耕八韵诗，已不录，上素重其名，同授官。

发维扬

轻舫春流上，烟光净客衣。岸知缘海阔，山自渡江稀。细路花将尽，空村燕不飞，浮家吾自可，白首共渔矶。写尽渡江后一路风景，不著繁花明丽，诗品故高。

春　后

九春觞咏等闲过，犹染霜毫写永和。困懒莺花经眼失，衰迟风雨不情多。城隅绿水空丝管，天上青云足网罗。不似柳阴溪上去，自横艇子卧渔蓑。

烟雨渡江

京江春树隔芊绵，咫尺神灵意惘然。青壁近迷山寺雨，绿蓑遥入海门烟。江鱼水阔难通市，石燕风多不避船。我欲燃犀照幽渚，梦魂犹自怯潺湲。

吴王井

银床玉甃总成尘，不及军持汲尚频。试看一泓清未已，铅华先老沼吴人。比美人黄土意蕴藉几许。

庞　垲

庞垲，字雪崖，直隶任丘人。康熙己未召试博学鸿辞，官翰林院检讨，后出为建宁太守。

喜闻大军收复川中

天险那能恃，先声斩剑关。投戈填野水，穷寇哭空山。风猎军旗动，云连甲仗殷。将军须努力，直取夜郎还。末望其直取吴逆也。

汪　楫

汪楫，字舟次，江南仪征籍，休宁人。康熙己未召试博学鸿辞，官至福建布政使。有悔斋集。〇悔斋出使琉球，宰臣以下俱有赠言，归撰中山铅华志以备参考。

怀曾庭闻

有客吴江来，传君忽为僧。不信温泉中，一朝结为冰。十年骑蹇马，一气何绕腾！马蹄踏白骨，月照光崚嶒。上书虽不报，谁谓君无能。激昂遂出世，夫岂忧缴矰？呜呼壮士肝，永夜为摧崩。

铁尚书歌自注：东昌城下作。

铁尚书，铁不如。东昌城门朝大开，齐呼万岁声如雷。燕王跃马及门限，霹雳飞空下悬板。不断王头断马头，鼠窜猱惊箭满眼。王怒发炮城摧崩，健儿争把蝥弧登。炼石丸泥难作计，一纸公然出埤垷。万夫辟易不敢前，大书太祖高皇帝。黑夜斫营日坚守，能使英雄还北走。呜呼神器天所与，一木只手能龃龉？铮铮谁比铁尚书，呜呼尚书铁不如！叙东昌战事，毛发欲动，读去凛凛有生气。

刘考功公戭见示夏峰老人书卷属题长歌

夏峰老人双眸空，论交只许刘考功。长安只字不肯入，尺素突出开心胸。上言日读数行书，衰老以此酬苍穹。下言刘君世所望，不为韩富非英雄。虚堂披对正六月，满天赤日来清风。老笔生硬转妩媚，直欲处处藏其锋。良马识途恶荆棘，苍鹰愿击愁樊笼。江河日下事日变，世无鲁叟谁弥缝？我闻刘君昔偕隐，携琴荷锸惊老农。尽散家产别亲串，逝将食力深山中。若使至今不一出，人间安用双赤松？待汝他日济时了，把酒问汝将安从？

赠别澹公

出世翻多事，生平竟若何？批鳞真给谏，托钵是头陀。老骥当风立，冥鸿踏雪过。总无虚岁月，何用补蹉跎。

欢喜亭同玉明上人观云海

山与云俱没，凭高安所望？人初入混沌，天不改青苍。抚掌通樵路，飞棉变客装。松风响何处？涧水下鄱阳。予于庚午春游黄山，雨后亲见此景，故知三四语之妙。

香炉峰

奇峰真拔地，一镂正当门。天近无栖鸟，藤枯有挂猿。白云浮暮霭，紫气隐朝暾。铁屋何年构，风雷万古存。自注：峰顶有铁屋，传闻风雷移上云。

黯淡滩

滩急不闻呼，千军转辘轳。神工较分寸，鬼伯待须臾。曲折凭孤棹，安危仗一夫。会看浮万斛，大海射天吴。传写过滩之险，字字惊心怵魄。

出五虎门同石来次前使萧给事韵

长年捩柁倚高楼，万里潮迎万斛舟。浪打白头都是雪，衣添六月忽如秋。苍茫不觉千山远，混沌真堪一气浮。最爱乘风同快马，漫将喘月笑吴牛。对结是结语，令读者不觉其对，此法从少陵出。

长史郑弘良以王命请余画像留国中口占答之

岂是中朝第一流，偶持龙节拂麟洲。大名那得齐诸葛，遗像何劳比益州。稍喜文章堪报国，谁凭骨相取封侯。灵台一片真难状，多谢传神顾虎头。东坡赠子由出使契丹云：“单于若问君家世，莫道中朝第一人。”起句盖用之也。通体不亢不卑，何等身分。

清诗别裁集（下）

沈德潜◎编

吉林出版集团股份有限公司

卷二十四

汪应铨

汪应铨，字杜林，江南常熟人，康熙戊戌赐进士第一人，官翰林院修撰。著有容安斋诗。〇殿撰才华发露，与时龃龉，罢官后游楚，大吏聘修省志，犹有弹劾之者，纪渻养鸡主于不鸣，有以也夫。

题读书楼

人生何谓富？山水绕吾庐。人生何谓贵？闭户读我书。君构读书楼，楼与山水俱。藏书数千卷，任君畋且渔。山水契动静，读书友轩虞。眺望连近远，梦寐俱恬愉。此身置太古，此心游太虚。回视尘世间，富贵吾土苴。山水读书不能相兼，读书楼在山水间，天下之乐无以加焉，然知其乐者几人？沉溺于土苴者纷纷矣。

清镇县七夕

水上浮萍沙上蓬，牂牁江畔晚凉中。无双今夕羁孤客，第一春桥系短篷。银汉碧天斜易晓，芦帘纸阁怅应同。去年漾水漂流者，已望牵牛向碧空。怀家意写来蕴藉。

雾中花

名花笼雾认难真，道是还非梦里身。仿佛汉家宫殿冷，隔帷遥见李夫人。

张廷璐

张廷璐，字宝臣，江南桐城人。康熙戊戌赐进士第二人，官至礼部侍郎。著有咏花轩诗。〇心躁者多志微噍杀之音，心平者多顺成和动之响，言为心声，不可强也。药斋公不干进，不务华，以介自矢，以诚感人。视学江苏九年，如和风著物，万类萌动，既久，士林犹歌颂之。宜发言为诗，比于水之潆洄，春之和盎，读者心醉气夷而不自知也。注力不在五言，故不备录。

岍山招游云龙山用东坡答吕梁仲屯田韵

黄楼嵯峨古彭门，云龙山下多烟村。暇日招游恣登陟，壶榼不用燔鸡豚。淮泗交流清浪驶，吕梁迅急黄河浑。巉岩似腾北海蜃，巨嶂如起南溟鹍。冈阜萦抱气尤王，洪波襟带势欲吞。振衣绝顶俯平壤，川原环拱云龙尊。古藤倒垂猿狖挂，怪石磥砢熊罴蹲。青畴千顷水方退，高垅往往留潮痕。禾根犹见集雁鹜，屋外直欲浮蛟鼋。今年盛夏苦霪潦，茅檐白雨如翻盆。水田坐看秋税减，寒谷惟待春风温。城中居人尚安枕，万家鳞次炊烟昏。兹山高旷足眺览，巍然放鹤亭孤存。石磴逶迤古苔滑，苍枝诘曲老树髡。黄茅冈头指遗迹，群羊仿佛眠云根。山人已往坡老逝，空嗟岁月如涛奔。残碑寂寞野烟罨，虚廓萧瑟寒云屯。胜游凭吊增慨叹，不辞斗酒倾匏樽。用苏韵便近苏诗。

送魏定野归柏乡

萧斋把臂足清欢，联句论文夜漏残。杨柳旗亭偏送别，杏花村店尚馀寒。莱衣爱日春方永，谢草关情梦未安。无计留君倍惆怅，心随归骑过邯郸。“杨柳旗亭”一联，似人人意中语，然佳处正在自然，一加追琢，恐失天趣。

赋得落日楼台一笛风

馀霞散漫晚烟浮，长笛风前响欲流。几点鸦归远村树，一声人倚夕阳楼。梅花早向江城落，杨柳曾传绝塞愁。何似神仙骑鹤背，凌空吹彻万山秋。

哭梁贡

秋风素旐听虞歌，月落空山叫夜乌。堂上白头翻哭汝，膝前黄口已成孤。魂依姜被霜华冷，肠断苏机血泪枯。寄语闺中髽髻妇，茹哀还慰八旬姑。此哭女夫而作也。白头无子，黄口无父，人生最不堪事，末嘱空闺髽髻，抑哀慰姑，望其节孝两兼，立言真至。

恭和御制秋蒐杂纪元韵

登陟冈峦势磊嵬，经过涧壑水潆洄。骑来天厩三千驷，蹋破秋云几万堆。林外琱戈随豹尾，峰头黄伞傍龙媒。从知蒐猎关戎政，载笔还须付马枚。

南　归

廿载劳人得赐闲，故园风景隔尘寰。萦洄马鬣双溪水，层叠龙眠万笏山。巾屐独寻新藓径，烟云仍护旧柴关。林泉潇洒无拘捡，大似开笼放白鹇。此五章致政归时所作。

天池水击有鲲鹏，蜩鸴榆枋自不胜。腰绶已抛三尺组，头衔犹领一条冰。收将帆橹乘楂客，携去瓶盂退院僧。日上松窗新睡觉，还疑带月望觚棱。忠爱之言，于极闲处传出。

松风萝月送馀年，暮霭朝风别有天。门为看山宁用杜，车还驾鹿不须悬。烹茶泉比中泠水，荷锸秧分下潩田。老我得从耕牧者，萧闲真觉主恩编。杜门悬车，归田后常语也。一经翻用，便觉生新。

由来齿角未容兼，独荷生成意已厌。奉席儿能谢簪绂，扶筇妇尚理齑盐。含饴孩幼甘同剖，高枕林庐梦亦恬。惭愧此生论取与，天公伤惠我伤廉。从"熊蹯鱼腹岂能兼"意化出，极欣喜意，转似以咎出之，妙不可言。

舟泊无锡

九龙山色何媚妩！坐见白云生缕缕。空蒙散作波上烟，篷窗一夜萧萧雨。

送杨升闻归里

节近传柑花映扉，山园且莫恋芳菲。迟君一叶樵风便，流过春江燕子矶。诗中天籁，亦以不雕琢得之。

郑　江

郑江，字玑尺，浙江钱塘人。康熙戊戌进士，官至翰林院侍讲。著有筠谷诗钞。〇筠谷以诗为事业，有指其失及改定其诗者，终身敬礼之。出使广南时，山人黄子云适留其地，为点窜数言，出橐中金赠之，俾还故乡。此风近日已罕见矣。

西溪草堂图

吾乡山水窟，莫如西溪幽。延缘一径通，落落清瑶流。夹岸无杂树，鹿角枝相樛。霏微岚翠间，香雪千林浮。有时略彴横，野竹寒修修。寻幽窈窕入，落英满扁舟。花阴路疑尽，豁然见平畴。四山围滃绿，土俗勤锄耰。此中隐君子，毋乃栗里俦。一茅粗剪葺，六枳纷环周。虚空静生白，恍然物初游。臞鹤唳天半，若与孤情酬。仙源在枌榆，余胡久淹留？西溪在北高峰背，舟行凡十八里，溪窄只容一舟，梅林两岸，风翻落英，沾人衣袂，钱唐幽绝境也。昔曾经其地，兴会未到，难形语言，读此诗，令人神往，可当重游矣。

度翚岭

新安僻一隅，崖谷莽相围。寒雨度翚岭，悄然徒御悲。匪悲道路险，疲氓寒无衣。祗役我之分，劳民毋乃非。既不能重趼，复不奋翅飞。民劳岂得已，王程不可违。酬民以价直，几为吏橐肥。诘问得其情，惩吏乃用威。疲氓感我意，绕座涕洒挥。民情大可见，岂愿咸其腓。劳劳道路间，志在救朝饥。饥寒苟不恤，焉用长吏为？勤劳王事，而不忍以兽役人，仁人之用心也。诗之朴老近元道州。

常山县

风帆沙际落，岚翠碧丛丛。一县江声里，四山云气中。迎人幽鸟语，随意野花红。回首乡心远，沿流直向东。

残　柳

画桥斜去水东流，落日西风泽国秋。树下彩云都散尽，夜来明月尚勾留。碧蹄马老怜荒驿，白发人闲倚酒楼。六代离宫鸦数点，满天疏雨不胜愁。五六取题之神，不粘不脱，一结尤有远韵。

钓　台

高台俯映暮江清，叶叶风帆尽日行。碧水几时停过客，青山终古属先生。可知遁世原持世，始信逃名是爱名。惭愧萍逢无定迹，沧洲暂借濯尘缨。“遁世原持世”，谓东汉节义之风，从羊裘翁开出也。“逃名是爱名”，工于著辞，他手以钓台为钓名，浅而无味矣。

飞来寺

澄江绿瀞洁于苔，群峭摩天一线开。吉贝花中闻梵呗，兜罗绵里现楼台。榕阴浓叠千重翠，松吹晴暄万壑雷。瘦石玲珑霞缥缈，却疑岩岫亦飞来。

邹升恒

邹升恒，字泰和，江南无锡人。康熙戊戌进士，官至侍讲学士。著有借柳轩诗。

分赋得采香径送沈归愚太史暂假归里

吴宫花草今何处？岩畔犹馀采香路。当年越女颜如花，莲舟荡漾双桨斜。后宫罗绮照野水，鸳鸯作队随溪沙。六千君子一朝起，台上佳人委流水。相逐鸥夷泛五湖，羞见荷花守红死。千年遗迹想依稀，过客唯应吊落晖。诗人家傍采香径，不采秾香采紫芝。老入承明亲禁掖，暂辞钿砌还山泽。洗砚池边访旧踪，樵翁溪友还相识。自怜软土滞年年，何时同泛香溪船？“不采秾香采紫芝”，为归人增长声价，然愚实有愧其言也。是日赠行者共十有二人，先生诗尤高雅，录此并识一时良会。

丁香和韵

春空烟锁缀星星，两树琼枝占一庭。交网月穿珠络索，小铃风动玉冬丁。傍檐结密人难拆，拂座香多酒易醒。只恐天花散无迹，拟将湘管写娉婷。羌无故实，自足风流。

宋　照

宋照，字谨涵，江南长洲人。康熙戊戌进士，官翰林院庶吉士。

雾　凇

风寒雾下成银沙，遍糁林木垂鬖。天公知我太岑寂，先遣万树开梨花。梨花一望杳无际，应是碧空惯游戏。东方渐见升阳曦，还怜化作轻云飞。冬月行德州曾见此景，因忆嘉州“千树万树梨花开”句，然未形诸诗也。读此叹作者先得我心。

白云寺阁次壁间张使君韵

白云小阁与云平，开阁莹然眼界清。飞鸟没边孤塔见，乱山缺处夕阳明。僧投远寺烟中去，筏下空江镜里行。林外声声啼布谷，青郊应及试春耕。

王　恪

王恪，字愚千，江南太仓人。康熙戊戌进士，官知县。著有长留诗集。〇愚千为家台臣先生女夫，指授既正，而笔力清刚，一空时下纤秾之习。观诗集命名，知其自信者素矣。

椒山先生祠

风节容城仰，斜阳凭轼时。疏成十罪定，狱借二王辞。大鸟前朝墓，披鳞异代祠。病中虚拜荐，钦挹起馀思。椒山先生疏指嵩之十罪，千秋定案矣。如此著笔，笔有风霜。

水　宿

水宿风餐里，栖栖过此生。米原无帖乞，碑信有雷轰。中土多凋瘵，西陲尚甲兵。休从詹尹卜，归去好躬耕。

寄题陈桥驿

五代干戈苦战争，天心拨乱主潜生。营光久应焚香祝，检点曾传得谶惊。仓卒黄袍酬素志，绸缪金匮负遗盟。最怜永弃幽燕地，当日师名是北征。黄袍加身后，杜太后云“我儿素有大志”，则宋祖之不臣显然矣。金匮之盟，负者太宗，而宋祖主是议亦非中庸之道也。结意燕、云永弃，强名北征，宋之积弱已萌于此。此种诗，可当后世春秋之笔。

送杨文叔北上自注：从洗马川中学幕归，即偕北上。

万里征尘拂袂初，骊歌促别意何如？已看蜀道非难上，谁说长安不易居。作客仍依王俭幕，故交好借惠施书。自注：指仲孺太史。知君负米缘情切，早寄乡音慰倚闾。三四语工于点化。

石　鼓

当日岐阳猎火红，大书深刻配车攻。奇文人嗜三苍并，盈数天亏九鼎同。歌托韩苏参史笔，辞超秦汉系王风。重搜残臼成完璧，千古辉煌太学中。辛鼓流落人间，改作舂臼，故云九鼎同也。后复搜得，同置太学戟门。

王懋竑

王懋竑，字予中，江南宝应人。康熙戊戌进士，雍正中以教授改官翰林，入上书房行走。〇太史精研理学，身体力行，一时有小朱子之目。诗亦言其所得力，不求工于词也。

书座右二章

长堤溃蚁穴，君子慎其微。生平操持力，不敌一念非。波浪浮天阔，漭漭决四围。内省增叹息，已往安可追。

奔马不可驭，盘石不可斡。是非反掌间，铅刀贵一割。我心似寒灰，百念俱刊劙。愿更塞其端，绝之在由柎。此言慎独之功，欲念乍萌，绝之于微，勿使其潜滋暗长也。妙在亲切，不觉其腐。

吴家骐

吴家骐，字晋绮，江南吴江人。康熙戊戌进士，官至礼部侍郎。

圣驾南苑大阅恭纪

鸾旗肃肃驻郊垌，辇道风和霁色明。四海无尘宁弛武，六军有纪尽知兵。雕弓亲试穿云箭，绣罟还巡夹日营。昨夜赐酺恩泽溥。马腾士饱遍欢声。

城南帐殿晓云开，万骑星罗拱日来。虎旅自谙司马法，鹓班齐侍晾鹰台。两行列阵坚于壁，九进闻声动若雷。变化方圆包地轴，君王元裕统天才。

杨忠愍公祠

忠愍千秋总不亡，折奸那惜触锋铓。不须蚺胆当三木，只请龙颜质二王。谳上霜飞章急下，城中风惨锁犹香。平生未了伊谁补？浩气常馀百炼刚。熔化传中语，一归自然。

华希闵

华希闵，字豫原，江南无锡人。康熙庚子举人。著有延绿阁集。〇豫原名节自负，遂宁张公审督抚互揭一案，归罪张清恪公，避制府气焰也。豫原不平，上书斥之，几罹于法，后圣祖直清恪而罪制府，豫原得以无事，即此一节，异于模棱婞婳者矣。

山居月夜

苍翠落虚牖，坐对龙山峰。忽看峰际月，已挂溪头松。月高淡星汉，倒影溪流中。境静尘俗屏，人闲眺所空。泯心欲忘我，如游上皇风。此时何所有，云外闻疏钟。

萬邦荣

萬邦荣，字西田，河南襄城人。康熙庚子举人。

偶　感

世无名与宦，人心皆太古。世无轮与蹄，人皆守乡土。造物凿混沌，驱人投网罟。谁能翔天外，超然黄鹄举。此即老氏之学，欲返三代为太古也。然亦自成名论。诗格老干千寻，尽芟枝叶。

成败何足校，英雄自有真。据迹鼓唇舌，千秋一酸辛。不见屠狗辈，乘时灭强秦。卧龙思复汉，赍志何曾申。不以成败论人，是作豪杰语。

致君复淳风，杜老有夙志。南山石可耕，俟时合高寄。胡为望吹嘘，干人欲涕泗。区区愁饿死，饿死乃常事。叩门随肥马，自反恐含愧。上书光范门，斯亦贤者累。杜、韩志在救时，故急欲见知，与后世之耽利禄者异也。然持此责备，西田之安命俟时，皎然共见。

郑世元

郑世元，字黛参，浙江馀姚人。康熙庚子举人。著有耕馀集。〇耕馀诗无镌本，浙中亦无道及名姓者，兹从令嗣炳也太史处借得，未尝求新立异，而胸次高朗，卓荦可观。会稽诗人中，罕此矫然者。

感怀杂诗

贫贱非所忧，菽水有馀欢。毛义喜形色，意讵荣一官。用愧七尺躯，无由洁晨餐。斗粟不任舂，负米计弥艰。大义在不辱，守身重丘山。安得力耕养，十亩乐闲闲。以不辱身事亲，荣于禄养矣，此义知之者少。

刘勰著雕龙，怀之谒休文。磬折车辐下，有才惧无闻。又闻鲍明远，奏诗义庆门。韬知恐沉没，上书以求伸。无称虽可疾，荣名胡因人？荣名虽可宝，此身亦宜珍。眩玉贤者羞，自媒贞女嗔。崇实宾自至，奚为丧我真？因人成名，屈辱甚焉，此义知之者尤少。

泰山不自高，因丘垤以形。河海不自广，因沟浍以名。他山有砺石，良璧逾晶莹。木槿争朝荣，松柏弥见贞。何妨粟有秕，维箕簸之精。何妨苗有莠，镈赵耕者明。纯用比体，拉杂成文，在诗为鹤鸣，在文为枚乘上吴王书，皆开先也，作者工于用比，最耐人思。

出门别妻子

病身不得安，行役赴南峤。五岭天之末。未知几时到。仰见秋鸿征，嗷嗷背云叫。回首望乡里，魂梦使颠倒。我恨不如月，两处能相照。辘轳挂心头，转辗向谁告？不能如月两照，乐府中每有此种话头。

在家不知好，出门使心悲。娇女绕我膝，小儿挽我衣。似亦解离别，却去还复来。惟此不忍割，令我殊依依。昨日适南市，思买缯骑归。绮要机中织，蚕妇方缫丝。将丝拈作线，成衣知几时。我老待儿养，塌焉摧心脾。

勿用顾旅人，我犹得自强。融融荣卫间，渐觉回三阳。饥已思食粥，渴已思饮浆。前途虽然辽，有弟相扶将。只愁雁鸿少，勿虑岁月长。但看岭梅发，知我思故乡。明年五六月，寄汝荔支尝。

观音岩

粤山山山奇，兹岩益奇绝。嵌空有神功，壁立淬寒铁。晻哼山精藏，灵秀真宰泄。赤日万古阴，江雾昼常结。飞楼骑危驾，石隙透微穴。拾级如盘螺，堂隍忽开列。僧梵响出云，钟乳倒垂雪。南罗罗浮伴，北与大庾别。目谋靓斯奇，殊使羁心悦。

郁郁词二首

年荒，有兄不顾其弟者，作此词以感之。

郁郁紫荆，枝条纷纷。枝条虽分，其本则均。父母生子，惟我弟昆。弟昆分形，血气一源。予手若创，予足不伸。予体不伸，予心烦冤。兄兮不关，谁知予之饥寒。

相彼鸣雁，犹同其群。胡今之人，不知有弟昆。我视之弟，亲视之子。念我父母兮，心热而颡泚。呼父母告之，辞弥朴声弥哀矣。近并有不顾父母之饥寒者，更当作何语以感之！

捉船行

客行在西吴，喧呼闻捉船。云奉宪司票，取数须一千。乌程县堂晓传鼓，县官排衙点船户。东船西舫寂不行，里正如狼吏如虎。行人坐守居人困，百里官塘断商贾。罟师渔父都含愁，城南城北水断流。千艘万橹城中集，苇岸芦港风悠悠。大船竞输线，差役幸暂免。小船无钱只一身，捉住支吾应供遣。自从名隶公家籍，日日河头坐白日。太仓合米聊入腹，谁为饔飧顾家室。可怜有船何处撑，江干万众俱吞声。捉船不行，日坐河干，可发一叹复一笑也，予有民船运一篇，情事正复相类。

官赈谣

黄须大吏骏马肥，朱旗前导来赈饥。饥民腹未饱，城中一月扰。饥民一箪粥，吏胥两石谷。我皇圣德仁苍生，官吏甚勿张虚声。中间四语似儿童谣辞，古今一辙，付之无可奈何而已。

检先大人遗集

清气回天地，丹心在简编。平生千古意，属望后人贤。马服深惭括，周南泣授迁。空嗟不能读，三祝未终篇。叹己之徒读父书，谦辞也。对以司马谈之周南授迁，自任何等，服其队仗之高。

看客舞刀

秋水飞双腕，冰花散满身。柔看绕肢体，纤不动埃尘。闪闪摇银海，团团滚玉轮。声驰惊白帝，光乱失青春。杀气腾幽朔，寒芒泣鬼神。舞馀回紫袖，萧飒满苍旻。

观枪法

闻声驰铁骑，过影走金蛇。进退真神捷，盘旋任屈斜。毫光团白雪，风雨散梨花。一气如相贯，全身总被遮。阴阳回地纽，狐媚遁天涯。仿佛陈安技，真堪任虎牙。上章舞刀，此章舞枪，无一语可以互易，令读者如置身玉轮梨花之间，是何神勇！

厉　鹗

厉鹗，字太鸿，浙江钱塘人。康熙庚子举人。著有樊榭诗集。〇樊榭学问淹洽，尤熟精两宋典实，人无敢难者，而诗品清高，五言在刘昚虚、常建之间。今浙西谈艺家，专以饤饾挦扯为樊榭流派，失樊榭之真矣。

永兴寺二雪堂晓起看绿萼梅是冯具区先生手种

幽人先鸟起，林硐正寂然。是时春空霁，山翠争便娟，的的花间雨，澹澹花上烟。烟雨为合离，花态亦变迁。祭酒昔游此，手种犹生前。傲兀根倚石，欹倒枝映泉。微馨委陈迹，高格同枯禅。儒官罢亦得，不废招隐篇。攀花久延伫，世已无其贤。起句传晓起之神，花态随烟雨变迁，静心游览人，方领得此趣。具区手种梅，只淡淡写之。

西溪巢泉上作

玩溪遂穷源，东峰屡向背。朝日上我衣，春泉净可爱。不知泉落处，潺潺竹篱内。喧闻两叠泻，静见一潭汇。松风飕纤碧，花影蓄深黛。名言犹有相，幻照乃无悔。悠悠巢居心，颇欲终年对。晓起观泉，初阳上衣，写得字字入神。

春阴望西溪人家云山梅竹互为掩映

溪声迤西流，寺桥扼其隘。分馀落麦田，绮秀渺方罫。行人越阡陌，春望怡我辈。皓皓远梅林，映山青晻暧。下有渔樵廛，竹树互襟带。炊烟化山云，云起半明晦。花原色不同，辋口境如在。怅矣怀闲居，悠悠悟天绘。炊烟和山云几合而为一，此云化山云，见炊烟亦神灵物也。笔有化机，无施不可。

西溪晓起

首春溪中寒，偃卧在岩穴。宵分天柱梦，觉来转清切。开门残月在，下见数峰雪。雪际生白云，窅映不可说。登桥水市静，寻径冰泉裂。田翁尚无事，初阳候林缺。怀新意似欣，理旧抱已结。何如岩栖人，然竹饭松屑。

行田至荆山岭下作

大山何连延，细岑若回顾。中有微径通，两村隔松雾。平畴开朝日，宿麦半凝沍。云根脉未泄，涓流但微注。野人篱落小，鸣鸡隐杂树。虽无氾胜书，农话眷幽素。稍营下潩业，更羡上洄住。竹桥滑春霜，往来定非误。状村落景如画。

理安寺

老禅伏虎处，遗迹在涧西。岩翠多冷光，竹禽无惊啼。僧楼满落叶，幽思穷扳跻。穿林日堕规，泉咽风凄凄。寒翠欲滴，野禽无声，非此神来之笔，不能传写。

二月十七日重游洞霄宫探大涤洞天

振衣浴罢体更轻，竹枝投石声彭觥。空山昨夜龙洗窟，雨过万壑泉纵横。山灵知我有默祷，故遣浮云散萦绕。一峰阴见一峰晴，天柱中央翠于埽。元同先生昔隐居，洞天长锁琅函书。前游日夕未曾到，恨身不得乘飚车。穿尽幽篁履苔石，惊见谽谺洞门坼。童子曾为捣药禽，桃花解笑题诗客。此中日月停两丸，想象九夏尤清寒。微明秉炬触暗壁，古灵题字来寻看。玲珑乳窦隔凡处，路接华阳不归去。有人问我洞中来，为说浮云如柳絮。日月停两丸，谓洞壑阴森，羲、娥旋转，其光不到也。通体疑有仙气。

过宋通问副使朱公少章墓

突兀残碑立古阡，行人犹记绍兴年。青衣已见君王辱，白发何期使节旋。老泪冰天他日恨，遗文曲洧至今传。一抔筑并花宫地，夕呗晨钟更惘然。朱公留虏地，值徽宗殂落，哭以文云："叹马角之未生，魂归雪窖；攀龙髯而莫逮，泪洒冰天。"一切御容御画从五国城寄归，宋之苏属国也。放归时，年已老矣。墓在九里松，诗句句稳贴，无一剩语闲字。

方正瑗

方正瑗，字引除，江南桐城人。康熙庚子举人，官至潼商道。著有连理山人诗钞。○引除自高祖廷尉公以下，世传理学，出政当军需络绎时，玉关万里，转饷十年，犹能创建书院，与人讲学，诗其馀事也。然皆古茂纯正，蔚然成一家之言。

述母训

藐孤幸有托，一线书种留。辛苦四十年，泪枯心未休。从政居大夫，国恩亦已优。秦中十五城，一箸兼为筹。万命倚生死，焉可私殖谋？大本贵先立，清风领诸侯。廉泉可以饮，腹满他何求。喜儿赤子心，虑儿骨不遒。引索驭奔马，一蹶缰难收。勿逐骁腾飞，信道从天游。上以酬君恩，下以解亲忧。通体皆母训，称述外不赘一语。

度秦峪岭至商州与王刺史自注：如玫，宛平人。

梯云数千级，忽登秦峪顶。群壑马蹄下，商颜尚延劲。风过虎气腥，山荒草木警。民脂竭土祠，落日丹青冷。射矢黄沙冈，鸣钲药子岭。百里多陶烟，十人九垂瘿。下鞍问疾苦，农樵意自聘。刺史政不苛，安居乐乡井。夜黑月未上，灯火散林影。

关西书院落成示诸生

西岐圣人邦，治化隆终古。粤自汉唐来，功利杂尊俎。今兹礼乐备，文明会当午。未免征战馀，习俗尚黩武。青袍少业儒，铁衣多擒虏。岂知陕右地，原为理学薮叶。读书不讲道，忠信便无主。笥中岁赐金，买得百弓土。筑屋跨山河，聊以蔽风雨。矜式祀二贤，自注：睢阳汤文正公斌、曲阜孔公兴釪，皆前任潼关守道。

诸生聚三辅。学为圣人徒，方圆就规矩。何人非颜曾，何乡非邹鲁。殊途而同归，狂狷各有取，勿谓岐阳遥，流风动钟鼓。以理道化刚武，使士人有邹、鲁之风，仍复还西岐旧俗也。诗品端重，不腐不佻。

嘉峪关登筹边楼时宁远查大将军入觐

金锁严关绝塞开，旅人乘兴上楼台。天山雪影浮空去，瀚海风声卷地来。揽辔平生微有志，筹边万里愧无才。遥闻戍鼓传呼急，内召将军拨马回。

放罗浮蝶

八幅裙开叶叶新，金笼初放翅如轮。神仙自合离尘网，颜色由来误美人。莫向花边迷旧影，好从洞口觅前身。蛮烟蜑雨还家路，飞破江南一片春。颜色固误美人，不知文采亦误才士，借题抒写，于言中言外求之。

古　镜

土花点点上青螺，珠匣尘封委绿莎。绝代应怜颜色少，六宫曾识旧人多。月沈碧海秋无影，云暗沧江水不波。一照尚能愁鬼魅，双盘龙气未消磨。六宫一语，于古字不取貌而取神，彼死煞刻画者，劣得其形似而已。

叶士宽

叶士宽，字映庭，山东籍，江南吴县人。康熙庚子举人，官至宁绍台道。

司马悔山即和司马承祯山居洗心韵

山中云霞古，山外草树腥。出山猿鹤寂，还山梦魂清。流水断复续，空谷幽而明。坐我石榻稳，著我罗衣轻。眼中何所见？太古苔痕青。耳中何所闻？绝顶波涛声。吾心既已洗，谁博浮埃名。无求安有悔，遗身自忘情。岂必三山去，即此凌青冥。有烟霞气，泯斧凿痕，无求安有悔，见有求必有悔也。指示迷途，令人深省。

断桥山用少陵白波沙渡韵

欲断不断桥，万丈临坼岸。有湫起乖龙，破石入云汉。帝怒割左耳，置之悬崖半。老猿此回踪，山鸟隔林唤。涧底云涛翻，陂上雪花漫。奔湍往复回，喷沫迸且散。我来临深渊，下视目光乱。仙境无由登，凡骨自悲叹。刻画断桥，至于猿狖回踪，山禽不度，安问行人。作皮肤语者，不解如此用笔。

上　党

上党天边郡，壶关控扼齐。群推九州险，全压太行低。往恨经貙虎，清时绝鼓鼙。从知秦赵斗，只在故城西。

天下劲兵处，严疆自古凭。虹鳞卷飞旆，兽角断悬绳。三辅真肩脊，河东旧股肱。至今唐使节，犹得义阳称。苍茫浑厚，胎源少陵。

许廷鑅

许廷鑅，字子逊，江南长洲人。康熙庚子举人，官武平知县。著有竹素园诗。〇子逊少英敏，长弓刀马槊，遍历四方，友海内知名士，居官有善政。去官后，人歌思之。诗严于唐、宋之限，五律近李翰林，七绝近杜樊川，诸体中二体为尤工也。高文良公章之对客每吟子逊佳句，而文良有作，子逊每与商略，艺林两贤之。

湘帆图

湘山苍兮湘水流，波平一镜兮轻烟浮。美人自抱香草怨，鹧鸪啼出苍梧秋。渺渺波兮纷几曲，帆转随湘兮何处宿。遥山九面碧参差，暗水浮香流碧玉。羌峭帆兮何人？涉澧浦兮吊灵均。披图笑尔日孤往，故乡不忆秋风莼。櫂潆洄兮意超忽，睇峨眉兮在天末。醉来长啸湘云飞，一笑停帆弄江月。诗与题称，妙在若不用力。

栖霞庵双忠祠

暨阳城边白日昏，悲歌为吊双忠魂。仰瞻庙貌飒以爽，守城遗事追前尘。是时江南传檄定，国已无君奉谁命。区区两尉不顺天，义激中心热血迸。弹丸小邑灾荒馀，敢以螳臂而当车。屹然陈尉首倡义，经营战守心焚如。迎归阎尉善谋断，登坛指挥壁垒变。甲兵十万罗胸中，部勒森严当一面。梯冲火炮百计攻，捍御随机俱猝办。寺僧贩竖荷戟殳，断头掉尾能决战。元戎温言指昊苍，降者名氏书旂常。我亦荒朝四镇一，于今可匹诸侯王。登陴慷慨明人纲，我肯反面为豺狼。嚼铁相持力已竭，援尽何堪粮粒绝。红光起处城忽崩，数穷乃见顽民节。壮哉陈尉气若云，阖门举火以自焚。阎尉受伤战益力，杀人如草犹纷纷。被紥刺伤血出漉，大呼速斫深宵闻。衔须而死死得所，此城岂有降将军！妇女不异田横客，齐赴涛浪无生存。噫吁嗟乎！衮衮高牙与蟒玉，临难乞怜如蚁伏。若非赤手扶天纲，空见颓波沉地轴。项亡汉祖封雍齿，齐破燕人重王蠋。兴朝表忠励臣庶，精卫填海愚亦录。古庵改建双忠祠，凛凛英魂往而复。此时回忆睢阳城，千古英雄共尸祝。本邵子湘阎典史传成诗，守城事本近桀犬吠尧，然周之顽民，殷之义士，不可没也。陈尉名明选，阎尉名应元，时应元已升任出城，迎归共守。元戎即刘良佐。应元杀于栖霞寺中，明选死于巷战。城陷时，合城妇女沉于江潮中，无一辱者，此乾坤正气存于衰乱时也。叙事兼议论以行，又妙在能用全力。

采　石

投窜归来后，惊波弄月圆。江山无太白，寥落几千年，予亦骑鲸客，来乘牛渚船。登楼人不见，春水上青天。全是太白，近代徐昌穀亦有之。

黯淡滩

惊滩来黯淡，行旅奈愁何？山鬼荒啼雨，江鼍怒蹴波。舟从天上落，人似梦中过。岁岁劳于役，危途历已多。

白　菊

正得西方气，来开篱下花。素心常耐冷，晚节本无瑕。质傲清霜色，香含秋露华。白衣何处去，载酒问陶家。晚节五字可传，品高处在绝去镂刻。

中秋大风雨后看月有作

已分沉沧海，清光不上天。乍惊东壁晓，仰见一轮悬。万里人同节，中秋影共怜。何能负良夜，宴赏又经年。一气直下，不以对偶为长。

和顾大嗣宗伤春之作兼送南归

离亭微雪点征衣，惆怅天涯事已非。萍时只随潮信转，杨花争见雨中飞。梦回遥夜惊明烛，人对残春恋落晖。望远思乡两无赖，故山空自寄当归。宾主不偶，俱于伤春中见之。

七夕雨中

不见西南玉镜明，佳期迢递隔层城。频飞千里针楼梦，独听空堂夜雨声。乌鹊桥成头渐白，银河天远水空盈。但令此夕常相会，牛女何劳别恨生。

芜城感旧

雷塘春尽草如烟，落拓江湖又一年。吟遍吹箫桥畔路，无人知有杜樊川。风神绝世，高文良最赏心者。

三千殿脚总如花，断粉零香散暮霞。唯有离宫旧明月，夜深还上玉钩斜。

题画菊

芳菲过眼已成空，寂寞篱边见几丛。颜色只从霜后好，不知人世有春风。晚节自佳，不受春风煦育也。觉老杜“富贵应须致身早”句，犹为浅浅。

重过东园别墅感旧作

午桥庄闭少追游，树色波光带雨愁。今日羊昙头白尽，尚零衰泪过西州。此感娄东王氏而作，与赵蝦过汾阳旧宅一首同一风神。

七夕有感

离多倍觉故情欢，却望针楼欲上难。记得星桥逢两度，玉钗人共凭阑干。自注：去秋闰七夕。○情深矣，以神韵佐之，觉其情愈深，当求之语言之外。

初八夜见月

鹊桥昨夜玉軿回，云散香销尽可哀。寂寂空房正肠断，清光一片为谁来？

田同之

田同之，字彦威，山东德州人。康熙庚子举子，官国子监助教。○彦威为山姜之孙，而笃信谨守，乃在新城王公。有攻新城学术者，几欲拚命与争，论诗一篇其宗旨也，不直赵秋谷宫赞，故大声疾呼论之。

与畹叔编修论诗因属其选裁本朝风雅以挽颓波

畹叔寸心贮千古，说诗沁入诗人脾。殷殷雅意惜同调，停桡三日长河湄。把臂依然忘我丑，我心写兮前致词。风雅颂骚历今古，英灵秀气各含吐。八代三唐两宋间，但有正变无门户。底事有明三百年，分疆别界如秦楚。刘高并革元代风，旋尊台阁归肤庸。李何边徐盛弘正，炳如星日悬天中。讵料公安竟陵起，一则为魔一为俚。魔俚相承溺浊流，赖有黄门追正始。正始未复虞山来，不分雅郑分朋侪。党同伐异恣颠倒，七子前后遭挤排。瑶琴宝瑟置不齿，赏心筝笛琵琶耳。石湖为矩剑南规，五尺之童轻正始。我朝定鼎代右文，宾龙绣虎来纷纷。或如开宝称大手，或如元祐张奇军。名家大家各位置，坛坫巍巍夸并峙。争爇山东一瓣香，远近文人无异议。山姜花谢蚕尾倾，野狐怪鸟齐争鸣。泛泛东流视安德，狺狺众口嗥新城。黄钟毁弃瓦缶重，长夜漫漫竟如梦。陈相便尔嫉陈良，师有屈兮弟无宋。扶轮大雅非君谁，屈直先自海邦讼。愿君挽弓射训狐，置身千仞宜高呼。别裁伪体君之分，勿使此事终模糊。呜呼！勿使此事终模糊。先论明代，后及本朝。牧斋是宾，明言之；新城是主，转隐言之，使览者自得其意。

赵北口感旧

燕南赵北路迢迢，往事何堪问柳条。只此公车风雪里，十年三过十三桥。

黄之隽

黄之隽，字石牧，江南华亭人。康熙辛丑进士，官翰林院编修。著有㢠堂集。〇云间诗，自陈黄门振兴后，俱能不入歧途，累累绳贯，至卢文子后，又日就衰陨，鲜所宗法矣。㢠堂学殖富有，而心思才力又足以驱策之，故能自开生面，仍复不失正轨，谓之诗学中兴可也。

杂　诗

丝布皆可服，本自机上分。布作缟素色，丝成罗绮春。载染红紫艳，花色争鲜新。紫绮裁穷裤，红罗制舞裙。细腰同结束，密与支体亲。回顾衣桁间，缟袂积埃尘。罗绮虽见爱，私亵不可陈。布素虽见弃，拂拭有馀芬。言文采炫于一时，不如太质之可久也。此六义中比体，不用说明正意。

卓文君寄远

灵禽有良匹，邕邕叶和鸣。奈何拚飞去，忽然弃平生。凤鸟不变音，君子不变心。故人恩爱重，夙昔念同衾。明月在天上，流水在地下。秦蜀路非遥，人心自相阻。春风桃李花，绿叶对青枝。愿为岁寒友，偕老何不宜？原辞白头吟，闺阁中颇有英爽之气，此云凤鸟不变音，君子不变心，即谓君子之恒久不已可也。有韵之言，不妨断章取义。

种王瓜篱豆诸蔬

昔逮养亲日，灌园佐击鲜。亲亡事奔走，忽忽二十年。倦游返衡门，老圃聊息肩。修我灌园业，情事恍如前。汲水谅非水，清泪同涓涓。此蔬亲不逮，此圃亲所传。终作抱瓮身，五鼎未列筵。瓜瓠如有知，为我根蔓牵。蔓则蔽苍野，根则入黄泉。以告我父母，贫贱子可怜。瓜瓠莫结子，有子亦徒然。老圃，亲之所遗，因灌园蔬而自伤卑贱，并蔬熟而亲不及待，皆泪痕血点凝结而成者也。予亦有地一区，系先君子向时艺花者，因贫售人，今欲赎归艺植，而亲不及见矣。读此诗，为之泫然。

水　碓

转轮在水稻在屋，糠秕如尘米如玉，谁其为之机与轴。坎臼在地杵在水，横贯轮心轻运瀑，以溪之水代人足。列杵五六杵齿齿，一杵入臼一杵起。圜轮迫杵水迫轮，急急晨昏舂不止。溪女鬓插山花红，列坐臼旁如课功。从容揎袖簸扬毕，劳逸不与吾乡同。我来如听一部之水乐，轮音为商杵音角。细写难状之情，正于琐屑处见笔力，此古文叙事手也。熟精左、史者能之。

海啸歌

壬子七月十八九，羽檄纷驰报郡守。上海南汇两邑人，一旦其鱼几万口。郡守告予往勘灾，华娄两宰同去来。目惨不忍齿颊述，芦蘼掩胔心神哀。馀则入海不可问，田庐荡荡无尘埃。崇明宝山同此难，靖江江阴亦罹患。他邑已发催饷符，老夫读符添浩叹。鸣呼！祸非由海降自天，灵佑百姓胡为然？山左产麟昭圣端，吾乡遭水纪尧年。

登报恩寺塔绝顶

到眼无埃壒，苍茫入素秋。万家斜照外，千古大江流。金碧翔霄表，虬龙压石头。长安称雁塔，此亦旧皇州。三四语登塔时所见略同，而于长干寺塔尤切，以帝王之州，长江环抱也，十字捶之有声。

漂母祠

少年欺带剑，老母念垂竿。恩怨一时有，波涛千古寒。封侯金自易，乞食饭应难。最是穷途感，英雄泪不干。

武昌怀古

碧眼孙郎此建都，凭陵中国控全吴。危矶冒堞犹黄鹄，长锁连江岂赤乌。霸业久随流水去，客愁唯对楚山孤。太平城郭周遭在，战垒荒荒隐绿芜。长锁连江，乃太康元年事，计无所出，聊以御晋，若赤乌时，将相有人，必不为此下策也。孙皓之失，言下显然。

鄱阳湖水大发自木樨湾瑞洪至赵家汇田庐浸没舟过感赋

换眼湖光接杳冥，此中波岸记曾经。浪花自拍无人屋，树杪皆萦有蒂萍。想到避灾闻痛哭，谁为守土告明廷？凫鸥不解行人感，梅雨苹风戏一汀。只是波涛入室，树木粘萍耳。今云无人屋，有蒂萍，加一拍字，萦字、便觉新警异常。

题李草亭画寒江送别图

长江风定水无波，岁晚天寒客又过。一度送行传一画，人生那厌别离多。从“黯然销魂”中传出异样风趣，熟处生新，不落习径。

储大文

储大文，字六雅，江南宜兴人。康熙辛丑会元，官翰林院庶吉士。著有存研楼诗。

秋江词

瑶草湄，琼树杪。海客居，何缥缈？泛长江，楚天晓，木兰舟外烟波绕。江上景，山嵯峨。仙人楼迥径云过，美人帘卷秋色多。鸳鸯队队忽惊散，西风遥送采莲歌。采莲歌，怨迟暮，芙蓉花，坠江露。意言无尽，下不能更添一语。

谢道承

谢道承，字又绍，福建晋安人。康熙辛丑进士，官至内阁学士。著有小兰陔诗集。○阁学高行屡闻于家光禄敬亭，后于令似璥敖处得其遗集读之，仁孝之思，时时流溢，洵为德人之言也。璥系予戊辰所取士，官比部，亦敦本行。

冬 笋

苍岩郁寒姿，先雷蓄孤劲。砾崖冻罊中，气盛萌欲迸。譬诸君子心，虚直含至性。胚胎何坚贞，节目自苞孕。长镵雪外携，劚取雪没胫。清幽兰比德，洁白玉同莹。品格远膏腴，烹饪戒饾饤。莫嫌滋味薄，能使襟怀净。试看山林人，萧然祛俗病。不须故实，自然雅切，从物性中传出君子德性，理足于中，随所感触，所云“惟其有之，是以似之”者也。

承晨昏省侍太夫人必诘问史事或对稍延诃责随之今不复闻矣

儿来前，自尧经今凡几年。儿强记，自尧经今凡几帝。儿时应对稍逡巡，母颜变色旋恚嗔。陈篋孙志学人责，稽古胡不如妇人？吁嗟乎！母言在耳，儿颜犹泚。安得我母常嗔儿常泚，于今劝学无闻矣。

归山后家园萧飒甘旨缺供太夫人见怜每食减啬乙卯十月为二子璥璥析箸怆然几筵永志馀痛

切肉作羹，母呼进菜。侍侧劝餐，母匕不再。獭能报本乌返哺，夕膳晨羞阙供具。母曰汝贫，毋以我故。加豆盈觞，匪行我素。俄焉空庭感风树，为丰为啬总不御。吁嗟乎！儿无母哺哺于儿，抚兹杯棬双泪垂。上章忆母氏之劝学，此章忆母氏之慈爱，字字从至性流出，去三百篇未远，每一披读，令人欲泣，所感同也。

一枝山房见新月

墙角光仍隐，檐牙淡欲流。葛衣凉似水，板屋静于秋。山鬼吊灯暝，林鸦绕树幽。关河同一照，惆怅此淹留。

送友南归口占

亲老偏为客，家贫却在官。百端俄顷集，岂独别离难。

陆奎勋

陆奎勋，字聚侯，浙江平湖人。康熙辛丑进士，官翰林院检讨。著有陆堂诗学。○陆堂穿穴五经，皆有述作，今人中井大春也。诗独风流明丽，广平赋梅花，不碍心似铁，洵然。

江南曲拟梁昭明

江南草长莺乱飞，柳花如雪粘人衣。龙头画舫送将归。送将归，两持楫。妹桃根，姊桃叶。诗至梁、陈，已开词人小令之渐，不始于李太白、温飞卿也。此故得其神似。

移　居

地偏仍在市，具少不须车。将隐文焉用，虽贫乐有馀。故交三径月，历劫半床书。错拟临江宅，空教庾信居。不须车，比少于车更贫矣，古人语须如此活用。

湖上念金心斋

钿车轫辘碾芳尘，湖上重游隔几旬。柳絮忽粘空外雨，犁云不断梦中春。渚藏冶绿浑迷路，佩结幽香别赠人。宁料湘潭憔悴客，仍逢娶女詈申申。

柯　煜

柯煜，字南陔，浙江嘉善人。康熙辛丑进士，官宜都知县。著有石庵樵唱。〇石庵困顿场屋，老而始遇，一官憔悴，以病乞身，至荐举鸿博，而石庵则已没矣。诗私淑牧斋，亲炙钝翁，论者谓得两家之长，予谓不袭两家之貌，斯为善学两家者。

古　诗

小智欲求道，得失常相因。如镜不莹背，如烛不耀晨。镜烛岂不朗，操舍还由人。荡荡至人出，羲阳彻八坤。浮云绝蔽亏，万古光华新。小智自用，不能烛理，所见者偏也。惟性体虚明，不矜私知，则物无不照矣。说理诗以比兴出之，遂不流入于腐。

总总六合间，万物各有我。臆见苟未除，名理动相左。譬彼迎嘉宾，重门反深锁。宕胸生虚明，灼然胜观火。我见未除，何由入道。万物一体，唯圣者能之。

述　怀

仕宦已三世，我岂石隐流。高堂渐斑白，诚怀捧檄谋。三釜计不就，五亩遄归休。长跪谢阿母，阿母屡点头。折腰非尔愿，饮水非吾忧。是母是子。

屋上三重茅，已为风卷去。天教屋漏痕，供我学书具。肯同桀黠奴，三窟窜狡兔。烟尘罨琴樽，荒秽塞畦圃。一笑姑置之，拂拭书中蠹。先祖有风雨绝句，下二语云：“天公助我临池兴，墙角新添屋漏痕。”心思所到，先后印合，古人往往有之，必以“漠漠水田飞白鹭”二语，谓王摩诘袭李嘉祐句，殊轻薄也。况王在李前，岂前人反袭后人语耶？

劝　农

雨足秧针满，翠色迎衣裾。牛背一鸦立，夕阳人力锄。万物自闲暇，三农日勤渠。丰乐今伊始，勉旃事菑畬。往见石田翁画鸦立牛背，今为石庵诗写出，诗中有画，画中有诗，岂独摩诘然耶？

题浔阳送客图为宋兰挥检讨赋

梁园才子瀛洲仙，幕府读书方少年。浔阳楼高试骋望，雕阑一曲横江天。登临怀古意绵邈，生绡染出琵琶篇。当时白傅佐江郡，旷怀日习东林禅。无端送客成邂逅，京都音乐闻江边。青衫红袖两凄恻，千秋歌曲分流传。只今丹粉绚本事，水云仿佛鸣香弦。贞元朝士感沦落，善才弟子馀婵娟。霓裳六么疑可识，檀槽手抚神宛然。古来悲欢事何限，岂必同病才相怜。高歌妙绘恣挥洒，动荡胸臆开心田。乃知贤豪襟韵各有托，非同非异非言诠。奇章赞皇兼将相，岂若香山佳句争流连。还君此画情悁悁，幽斋灯灺耿不眠。疏帘剩有玲珑月，曾照西江诗酒筵

赠沈鲁瞻

男儿踪迹误浮沉，把臂相于快入林。客馆因依同雁序，霜天

酬唱作龙吟。一灯分照还家梦，千里谁明抱璞心？请念退之论驽骥，莫将高价索黄金。

蒋恭棐

蒋恭棐，字维御，江南长洲人。康熙辛丑进士，官翰林院编修。

景州董子故里

嫚秦废学校，坑儒并焚书。师吏辜诵说，六经归榛芜。汉兴虽天授，创业由征诛。典礼命叔孙，绵蕞诚区区。百年生董子，私淑洙泗徒。下帷绝窥园，精心究典谟。从容对三策，致君期唐虞。武皇内多欲，遇之以虚拘。讵能崇正学，诏令相江都。后复相胶西，骄主重谄谀。诚正能感通，两地无齟龉。邪臣怀妒嫉主父偃、公孙弘，谲计何从摅。春秋详灾异，众口訾其迂。弟子昧师说吕步舒，妄谓论大愚。获罪得免死，緘口全其躯。所幸圣道明，邪正分殊途。以待后来者，迭起胥匡扶。有宋五子兴，直溯姬孔初。日月悬中天，蒙翳消云衢。何人启涂径，广川实先驱。而胡昌黎伯，吐辞取敷腴。屈原司马迁，子云与相如。论道遗董子，所见犹偏隅。我过景州里，祠宇丛枌榆。稽拜瞻仪容，和粹缅真儒。王道复谁陈。揽辔空踟蹰。暴秦过后，至董子始昌言圣道，后文中、昌黎递匡扶之，至濂、洛、关、闽而圣道大明，则董子实有守先待后功也。后半透发此旨，有声有光。

马维翰

马维翰，字墨麟，浙江海盐人。康熙辛丑进士，官至四川川东道。著有墨麟诗卷。〇意不肯庸，语不肯弱，莽莽苍苍，纵笔挥霍，虽未神来，已梯峭险。墨麟学杜，可云循墙而走矣。

早发俯浦

寒威凛冬季，木落风凄紧。束装适京国，夜漏短无准。父母送临河。肫复辞难罄。首言慎起居，次言远驰骋。得既勿满盈，失亦戒孤愤。努力崇正轨，缁尘发深警。长年动兰桡，瞻顾两未忍。俯首别泪滋，回汀更引领。细雨櫂横塘，庐舍去隐隐。铭心宝训言，守身日三省。初出门诗，矢志便已正大，后时出政，自能不辱其亲。

九折坂自注：用杜诗木皮岭韵。

盘盘出鸟道，杳杳行人村。斗起邛崃山，仄隘逾剑门。天险溯开凿，未可常理论。阴阳分向背，旦夕殊寒暄。连山走云气，倏忽同追奔。一峰独秀出，颇似岳势尊。其下九折坂，劖绝割厚坤。况复急雨薄，万壑当昼昏。回舆与叱驭，北辙视南辕。所志各有托，忠孝惟其根。踟蹰两不决，心绪蚕丝繁。峭壁落井底，一发青天痕。人生鲜百岁，只有名常存。勒铭匪易事，或用酬惊魂。奇险句似得力老杜发秦州诗，以下诸咏皆然。

泸定桥自注：用杜诗石柜阁韵。

落日岚气阴，斜照峰头赤。泸河卷雪来，激荡河连石。底定定何时，盘马对绝壁。铁索系两岸，缚桥渡行客。人影漾惊波，行空无辙迹。前滩势未平，后浪声转迫。孽龙蟠深渊，长蛇赴大泽。惊魂定无时，王事敢求适。

大喇嘛寺歌

我无摩泥照浊水，偶参上乘心清凉。惠师罗什亦已化，今之行脚惟衣粮。西炉自昔西番地，旧无枝屋皆硐房。不生草树山壁立，茫茫沙碛无稻粱。恭惟先皇赫威命，版图始入开封疆。至今万里乌斯藏，亦来重译瞻冠裳。奈仍夙昔锢不解，俱言此类生空桑。空诸所有有彼法，如何佛寺犹雕梁。缭以垣墙一百丈，甃以文石周四方。横窗侧闼面面辟，旛竿略绰当门张。其上层楼縇金碧，下画神鬼东西厢。寺僧少长凡几众，不语前立纷成行。偏袒右肩事膜拜，双瞳转仄黝有光。宰生割剥了不怖，呼号其侧神扬扬。六时梵呗若功课，渴饮酪乳饥牛羊。宵分聚徒大合乐，互吹骨角声低昂。即论释典尚清净，此宁有意登慈航。或云流传术颇异，播弄造化如寻常。安禅毒龙致时雨，诵咒青女停飞霜。此岂实具定慧力，竟能诡术回穹苍。咄尔世人迷不悟，福田利益萦中肠。乾坤高厚妙运用，岂待尺寸量短长。圣人深意在柔远，顺育万类通要荒。因势利导牖蒙昧，欲使寒谷回春阳。昭昭大道揭日月，异教岂足紊纪纲。矫首夷风倘一变，饮食男女真天堂。或云“流传术颇异”以下六语，远方畏服其教，圣朝容纳之，用以柔顺远人，非尊信异说也。末归到圣人之教，如经天日月，儒者正论，旷若发蒙。

梅　花

疏枝雀啅转春温，正试东风第一番。每自凝神当远驿，为谁孤立向荒村。晴云曳宕春无限，午夜分明月有痕。索解此中浑未易，目成脉脉在忘言。已能脱俗。

南行漫兴

沈黎南下路迢迢，仰面青天欲射雕。何处标名铜作柱，早时转饷铁为桥。王师久驻将无倦，荒服多虞或未骄。正值原田望霖雨，每占箕毕起中宵。将无倦，言必倦也。或未骄，防其骄也。

远书底用问边鸿，得失因缘塞上翁。敢惜金缯当此日，正期锁钥仗群公。夫人堡有和番计，丞相碑传纵虏功。可信降酋无叵测，漫教部曲卧雕弓。无洗夫人之谋，忠武侯之智，而谓降虏贴服，武备废弛，恐生意外之变，劳臣心事，昭然欲揭。

沈懋华

沈懋华，字芝冈，浙江归安人。康熙辛丑进士，官由翰林改侍御。〇侍御诗意主蕴含，不欲说尽，唐、宋之分，断断如也。晚归佛氏教，不复作诗。

泰和道中

行子易时序，但嗟江路难。孤帆转天际，遥出青林端。山影落空翠，涛声生夜寒。乡书犹未达，云海正漫漫。

渡　江

路尽鸟飞外，微茫一叶舟。月斜江岸晓，潮落海门秋。山色南朝寺，钟声北固楼。寄奴城外草，隐隐入边愁。此诗吾友许武平极称道之，谓其调高意远，直接唐人。

秋夜东湖玩月

洞庭木脱渺愁余，倚櫂寒流挹望舒。笛里关山清夜怨，镜中楼阁美人居。天高风转依枝鹊，川静波腾纵壑鱼。直是乘槎度银汉，都看白露下前除。字字清远，妙在意言之馀。

鲁曾煜

鲁曾煜，字启人。浙江会稽人。康熙辛丑进士，官翰林院庶吉士。

商妇篇记汝阳事

问妾何人妇，商家执巾縰。枯杨生其稊，亦自称连理。前年贩洞庭，今岁枲吴市。妾尝处空闺，独宿鲜娣姒。妾貌苕之荣，妾心水之止。东邻何少年，自矜冠玉美。妮词致黄金，新声挑绿绮。为妾谢少年，越礼禽行耳。庭前雪皑皑，江上石齿齿。石坚不可泐，雪净不可滓。付命朱丝绳，妾念君休矣。“男儿爱后妇，妇子重前夫”，“使君自有妇，罗敷自有夫”，以拒狂且，何辞婉而意严也。此云“越礼禽行耳”，死志已决矣。诗亦从汉人中出，而立言各有体裁，扶持名教，赖有此种。

李　铖

李铖，字含奇，直隶卢龙籍，江南吴县人。康熙辛丑进士，官翰林院庶吉士。〇太史馆选，未几旋卒，无有知其能诗者，读其遗集郁伊易感，怆怏难怀，情至文生，咀吟不厌，何吾吴之多诗人也！彼山泽之士，沉沦而不章者，可胜叹哉！

杂　感

烂漫年华烂漫愁，春光春水两悠悠。卷施有叶心先断，杜宇无声血已流。叹逝陆机同阅世，思家王粲独登楼。此乡信美非吾土，冷落胥江一钓舟。此章自叹，下章伤逝，断肠人远，伤心事多，年之不永，已兆于此。

生别吞声已不禁，频为列别更摧心。围棋寂寞虚山墅，清宴依稀忆竹林。自注：叔季两叔相继早世。季子远携留墓剑，自注：密友缪馨，闻墓草已宿。女媭空冷捣衣砧。自注：同怀姊丧。三年伏枕双垂泪，肠断清猿向晓吟。

送友归鉴湖即赴辰阳幕

易别还如商与参，醉歌燕市怅分襟。旅游旧雨联今雨，归客越吟还楚吟。潮落严滩残雪尽，春生湘浦紫兰深。相思一夜江花发，千里月明同此心。越吟楚吟，谓鉴湖、辰阳也。此句虚领，下又分承，格法极细。

甘曰懋

甘曰懋，字实夫，四川大邑人。康熙辛丑进士。

华顶道院见三十六峰老农吴青霞题诗壁间寄赠

袖拂刚风倚天阙，忽见龙蛇气蓬勃。君从三十六峰来，独上莲花揽明月。自是君身有仙骨，放歌长向烟霞窟。回头却笑韩退之，痛哭苍龙岭上时。

王　恕

王恕，字中安，四川安居人。康熙辛丑进士，官至福建巡抚。著有楼山集钞。

牧牛词

童儿长成何所求，农家职守惟牧牛。春风著物百草长，驱牛啮草来沙洲。童知牛性不择草，遇丰茸处俱堪留。乘闲好弄三孔笛，绿杨影里声悠悠。天上日车休轫辘，少待吾牛饱其腹。牛得饱兮安吾心，牛不饱兮愧吾牧。不施鞭朴牛驯扰，顺牛之性无机巧。牛蹄行牛尾摇，背上闲闲立春鸟。高下陂陀任所之，牛日服兮牛不知。呜呼司牧尽如此，人间那受饥寒死！通体说牧牛，牧民之道已曲折详尽，正意一点自足。〇牛肥必使牛知，此小补术也，不使之知，上下两忘气象。

过十八滩

补天乘块截江流，今古惊涛咽暮秋。万石棱棱争出水，千崖叠叠曲行舟。猿啼频下孤臣泪，日落重增旅客愁。惶恐滩头征雁断，几人回首望神州。

邵　泰

邵泰，字峙东，直隶大兴藉，江南吴县人。康熙辛丑进士，官翰林院编修。

壬子正月重赴金陵志馆偶诵陶诗遥遥从羁役一心处两端句怃然有感

春风从何来，所过不留迹。人与物同春，欣欣各自得。而我独何为，当春转萧瑟。亲老不能待，饥驱此行役。纵非出山泉，仰愧入林翮。一心信两端，绎思有馀戚。缅昔负米贤，欢焉供子职。太史以母氏年高，居官未久，即请终循陔之美。诗中暂赴志馆，戚然于中，仁孝之思可风矣。

储雄文

储雄文，字汜云，江南宜兴人。康熙辛丑进士。

有　访

未遇幽人又独还，贪看落日立溪湾。隔溪几处炊烟动，遮断寒林数叠山。

访朝阳道院

竹径阴阴磬韵流，行来便觉此生浮。道人所得惟贪懒，满地松花散不收。两断句，气韵欲流，如读有声之画。

卷二十五

蒋　深

蒋深，字树存，江南长洲人。官山西朔州知州。著有绣谷诗钞。○绣谷以纂修书画谱得官，居官有政声，诗亦时露警句，名场中交重之。

蝇

趋热性能惯，贪饕死亦轻。未容随骥尾，先欲乱鸡鸣。把剑何堪逐，无屏谩点成。秋风萧飒后，怜尔竟何营。嘲趋热客也。语语典切，得少陵咏萤火遗意。

过落花村寄姚水部梓岚

蒲村西十里，隔水澹斜阳。花落在何处，人行觉路香。鸡栖烟箐密，鸦曳暮云长。想见湄潭老，探幽觅句忙。村名韵极矣，三四语传出行者之韵，而水部之韵亦于言外见之。

军　旅

书生事军旅，奉檄楚江游。人度危滩月，猿啼独夜舟。遥闻刁斗静，犹喜甲兵收。不作从征咏，登楼客已愁。

晓　行

闻鸡莫叹客途穷，拂曙星河倚剑雄。马上续完乡国梦，笛中吹起戍楼风。云开泰岱天门白，人渡津关海日红。湛露未晞秋信到，芦烟深处数声鸿。旧语一经点换，顿觉鲜新。

麻阳船口号

逆流好用船头力，下水偏将船尾行。一叶不妨危地过，此心平处水皆平。此心不平，坦道皆危地也。以平心应世，东坡之屡谪南荒，无不自得矣。此作者阅历有得之言。

魏荔彤

魏荔彤，字念庭，直隶柏乡人。官观察使。著有怀舫集。○观察为文毅公子，嗜古学，勤著述，诗歌杂文不下数千章。今镌板俱散轶矣。只存平时记忆二章，见鳞爪，可想象云中龙也。

题沈归愚万峰独立图

峰峰卓立断跻攀，筇屐逍遥鸟道间。试问此翁登眺后，何人更上万重山。向更有七律赠言，末云："他年旌节临吾土，便合扫门迎故人。"后余奉使之楚，适经其地，而观察下世久矣，为之怃然。

马陵道

战垒千秋沙草平，更无残戟碍春耕。荒城夜半喧雷雨，还似当年万弩声。天然映合。

王　涛

王涛，字衡山，江南含山人。拔贡生，官兖州府同知。著有青霓阁集。

赠唐魏公

辕驹苦局促，寒猬多羞缩。市儿眼如豆，群疑偏满腹。欲吐还复茹，嗫嚅私相属。多君挺英姿，天马脱羁束。雄辩惊四筵，高谈折五鹿。闻者舌尽挢，言出人人服。岂惟言服人，石画如剖竹，一官聊摄间，舌敝颖亦秃。愿垂竹帛名，志不在食肉。会当携巨觞，对君洗尘俗。同登光岳楼，齐鲁归洞瞩。岱峰云荡胸，东海日初浴。俯仰天地观，好纵千秋目。读此诗，知衡山志在济时，不随刀笔筐箧徒也。屈于下僚，有愿未遂，惜哉！

李　莲

李莲，字少峰，湖广荆门人。

石　城

晋代衣冠空薜萝，石城埤堄尚娥娥。镇雄江汉山增险，藩撤孙吴水不波。混一方知臣力瘁，忧危孰料女戎多。废兴堪下千秋泪，若问浮名心已磨。晋平吴后，贾后之祸旋起，羊祜所谓平吴之后，当劳圣虑者也。鄢陵之役，晋已胜楚，范文子谓外宁必有内忧，即是此意。

计　默

计默，字希深，江南吴江人。○此甫草先生子也。遨游四方，名满日下。晚岁，余曾评定其诗，今令子维严物故，无从征索矣。于汪尧峰集中录此，附存二章，可以想见其馀。

和汪钝翁姑苏杨柳枝词

红桥绮陌柳阴浓，历乱飞花类转蓬。怪杀前山女贞树，能禁二十四番风。见柔靡不如坚贞也，然以神韵行之，与骂题者迥别。

去年折剩复依依。赢得江头紫燕飞。委属东风与将护，一枝留待藁砧归。

汤　準

汤準，字稚平，河南睢州人。○稚平为文正公季子，幼承家学，以乐天守道自期。诗不求工，而陶冶性灵，自足天趣。诗以人重，人不以诗重也。作序者以孟山人、林处士拟之，恐非其伦。

咏　史

唐伐羌戎盛冉駹，韩公谋略信无双。年来西域劳兵革，愿筑三城署受降。筑受降城自是御戎长策，即先王守在四夷之意。

临漪园

闲园随意采芳荪，兴到常携酒一尊。却笑平泉太多事，苦将木石戒儿孙。达人之言。

桃　源

柴桑便是羲皇世，智慧相忘息众喧。能使此心无魏晋，寰中处处是桃源。靖节含意未申，此申言之。

徐善建

徐善建，字孝标，浙江嘉善人。○此陆清献公高弟也。究心周易及宋五子著述，教人读小学、字义诸书，谓先识体段，方可入精微处，学者多师事之。

观鸟哺儿有感

抱儿嬉树下，新绿遮庭户。忽闻啁啾声，仰见春鸟乳。不辨谁雄雌，四翼共辛苦。一出掠春虫，一居御鹰虎。出忧居力单，居忧出遭罟。瘁羽岂暇梳，娇音不遑吐。黄口快得食，那知翁与姆。感此抚童雏，何如此禽羽。上念父母恩，泪下如注雨。性情浅者，只感触己之哺儿，今上念父母哺己之恩，愀然蔼然，可以教孝。

王汝骧

王汝骧，字云衢，江南金坛人。由选贡生官通江知县。〇云衢文制义宗工，中岁为诗，不落宋、元气习，古体尤上，处人不知为诗人，以文名掩也。有嗜痂癖，每来吴中，酒后背诵作诗至数十章，人多笑而怪之。诗稿未镌，葺诗时，屡访不得，只存其旧时钞誊二章，比之吉光片羽焉。

鸡头关

征马鸣萧萧，涧水流潺潺。水鸣何呜咽，马鸣多哀酸。借问客何之？言上鸡头关。关门开一线，羊肠袅青天。上有千仞壁，下有百丈渊。惊风吹落石，洪流荡奔湍。危途无返辔，微生寄征鞍。靡靡遵木末，遥遥造云端。故乡杳何许，天路安可攀。侧听陇头吟，感我涕汍澜。

黄牛峡

三峡天下奇，黄牛险尤绝。奔腾万里流，磔竖两崖裂。舟从罅隙行，身在古石穴。惊涛殷怒雷，触石歕晴雪。缆牵如蚁进，桡退只一瞥。舟师唤奈何，长篙屡撑折。哀猿数声叫，客子双袖血。到此英雄人，自顾同蠓蠛。生涯抵投荒，轻身计何拙。载咏小旻诗，抚心愧前哲。连上章能造险语，仿佛老杜入蜀诸诗。

陈奕禧

陈奕禧，字谦六，浙江海宁人。官石阡太守。〇石阡以字学鸣，诗亦清稳，王新城尚书尝称赏之。

望中条山有怀吴天章玉溪隐居

雪晴初日照，历历中条岑。下有幽人宅，长邻洞壑深。松门闲倚杖，潭水坐清心。静听风泉落，泠然弹玉琴。

虞帝陵

陵寝古鸣条，平冈入望遥。自注：陵在鸣条冈之尽处。殿庭二女侍，冠珮五臣朝。府事开神禹，文思协帝尧。飨堂合乐处，仿佛奏箫韶。

郭元釪

郭元釪，字于宫，江南江都人。官中书舍人。〇于宫亦江左十五子中之一，尝辑金源诗，无挂漏者，可补元遗山之缺略。

答邵子湘

芙蓉湖上邵髯翁，高行鸿文眼界空。京洛声华怀漫剌，江湖踪迹趁归鸿。南丰不让刘中垒，杜甫平交严郑公。老却少微星下客，梦魂肯踏软尘红。五语高子湘之文，六语高子湘之品。

顾文渊

顾文渊，字文宁，江南常熟人。著有海粟集。〇蒋文肃题其集中云："不作廓庙歌，云是骚人词，写出肝胆语，愿得知己知，不得知己知，甘受他人嗤。”观此赠言，其诗可知矣。其人亦可知矣。

余锦泉席上听众姬琵琶筝

有酒易倾不夜之圆月，有金难铸不谢之名花。秦川公子发大笑，偏与花月争豪奢。左秦筝，右琵琶，九枝蜡烛光如霞。青蛾皓齿两行列，袖拂红牙低按节。初调絚朱丝，峡口春冰裂。再弹捍拨齐，铃声雨淋咽。江妃汉女玦环鸣，相和筝琶同撇捩。俄惊双凤凰，飞上梧桐冈。啁啾屏尽百鸟喧，雍雍和鸣向朝阳。逡巡换宫商，倏忽移角徵，朔风应手卷惊沙，白草茫茫雁声死。饮恨羁臣击剑歌，裹创战士闻笳起。凄断故园心，扰破离人耳。停弦两两寂无声，纤纤怜杀春葱指。天孙织锦作缠头，五色彩云遗彼美。花残月落不忍归，卷下珠帘隔千里。起结神似太白，中间移宫换羽，顿挫激昂，使读者目眩神移，几于应接不暇。

十八滩

荒荒异县经万安，毒雾散影分林峦，暮愁雨宿朝风餐。前途遥数十八滩，一滩一险俱心寒。

青螺层层如抱拥，石插旋涡各森耸，寒流百道喷石孔。七千里外宋孤臣，落日滩头说惶恐。宋孤臣指东坡。

暮帆齐落喧鸣铙，村人堵立林塘坳，利箭在箙弦在弰。不知何山逐獐鹿，亘天野火烧黄茅。

危矶千丈蔽天宇，长年日晚忽停橹，月逆行云吞复吐。虎伥啼过断人声，丛莽中间伏强弩。

烟中捩舵水倒冲，千篙争力怖杀侬，森森石齿排剑锋。人言险滩最天柱，水底白日蟠蛟龙。五章又似少陵短章。

严启煜

严启煜，字玖林，浙江归安人。官永康训导。〇玖林尝言："昌黎、昌谷虽非诗之极至，然针砭庸熟，廓清之功，真乃比于武事。"又言："二昌乃吾死友。"今披其集，皆和平中正，无诘屈奇诡之习，岂善学者不求形似耶？

榆皮行

井庐无烟野无草，万户嗷嗷缺一饱。村南村北总成群，去剥榆皮行及早。何人括尽榆荚钱，枯幹只剩榆皮坚。榆皮可食少官税，悔不种地成榆田。枝头聚雀泣相语，新长嫩芽君莫取。雀乎雀乎慎勿争！我辈舍榆方掘鼠。乾隆乙亥大荒，吴中榆皮剥尽，掘山泥以食，民多死者，此云掘鼠，正复相类。

留别吴门诸子

夕阳衰柳系归桡，离思孤随雁影飘。岂类穆生忘没醴，自伤伍相久吹箫。游云变灭元无定，盘谷宽闲实见招。只惜旧时诸伴侣，春灯花下隔吟瓢。

背花宁待管弦终，归卧云林半亩宫。世外渔樵有真趣，山间鸡犬尽淳风。采松袖染秋岚碧，捣药窗留夜火红。他日皋桥明月里，故人应共念梁鸿。

汪文桂

汪文桂，字周士，江南新安人。

秋日曹秋岳先生过饮桐溪草堂别后有作

谢公屐齿款双扉，点笔翻书对夕晖。径仄秋花迎客座，夜深凉月恋人衣。惊心蕉鹿追宵梦，款语沧桑坐石矶。晓柝更催归棹发，望中帆影思依依。写得凉月有情。

秋日同季弟归里和韵

秋深才得返乡闾，弱弟偕行赋遂初。衣上辛勤慈母线，箧中珍重故人书。白云红树堪移棹，万壑千峰拟结庐。到日松楸亲拜扫，山田犹待把犁锄。

汪文柏

汪文柏，字季青，浙江桐乡人。官指挥使。著有柯庭馀习。竹垞朱先生序其诗，谓“匪仅开宋、元之窔奥，直造唐人之室而跻其堂”。不无溢美，然谓时有佳句，比之孟山人之“微云淡河汉，疏雨滴梧桐”，斯为得之。

盛　湖

矮屋环湫市，洄流界叠塍。夜灯千匹练，秋雨半湖菱。击榜吴娃捷，评珠贾客能。辛勤终岁力，犹未足催征。十字非亲诣其地，不知其妙，即景成诗，羌无故实，应得于有意无意中。

登烟雨楼

十度凭栏九度晴，今朝烟雨一舟横。雁飞难辨空中字，橹过惟闻暗里声。软浪成花侵寺壁，冷云如墨拥轩楹。举觞放眼吟长句，始信高楼不负名。“橹过惟闻暗里声”，自是佳句，然施之此题，弥见其佳。

费锡琮

费锡琮，字厚蕃，四川新繁人。著有白雀楼诗。〇厚蕃为高人此度长子，克传家学，五言亦有“大江流汉水，孤艇接残春”之概，新城王尚书惜未见其诗。

黄　河

灵脉来天上，浑流昼夜奔。纵横穿套口，屈折下龙门。地入荥阴断，山临华岳尊。何须逢汉使，便拟溯昆仑。一气鼓荡，力遒气雄。

登北固山

绝岭横江岸，登楼望渺然。潮来徐福岛，山出寄奴泉。境界分吴楚，波涛混海天。千秋征战地，今喜靖烽烟。

费锡璜

费锡璜，字滋衡，四川新繁人。〇此此度次子，熟古乐府，诗中苍苍莽莽，时有古音，然亦不无粗率处，淘汰之，取其古而近雅者，迥异时流。

儿　语

鹞鹰搏鸡，鸡有母护。离亲出门，心寒行路。连下章竟是古谣。

食鱼去乙，食李去核，治国去贼。

送刘得柔入秦

紫骝卸玉羁，故人来齐安。昂藏河朔气，两鬓萧萧寒。为言三载别，歧路各漫漫。燕秦二千里，浮云会江干。雪堂寂寞秋，倾盖暂盘桓。片言泻黄河，随风生波澜。蛇虺横江湖，噬螫太无端。湛卢不在握，徒手空长叹。明日东西别，征车不可攀。

湖　上

碧澄千顷豁，青立一峰孤。月似悬秋镜，人如坐玉壶。烟光随地尽，水色到天无。肯与渔翁醉，邻舟近可呼。“水色到天无”，言远水接天，合而为一，不见水也，此工于炼句。

海村杂诗

海楼秋易夕，水寺昼长昏。谷贵难成市，时荒早闭门。蛇龙各自媚，礼乐不言尊。寄问西村叟，方饥劚草根。“难成市”、“不言尊”，写荒年景象如见。

出　塞

一度卢龙塞，伤心景物殊。秋风嘶老马，落日聚饥乌。岭上寒云合，闺中明月孤。还闻遣博望，雨雪在长途。

少年行

臂上角弓强，腰间剑似霜。旧从李都尉，新拜汉中郎。爱马黄金埒，调鹰白玉床。平原秋草浅，射猎出长杨。

汴城晚望

落木萧萧汴水清，云沙何处雁飞声。河蟠雍豫千支合，地拓中原万里平。累代废兴难屈指，百年禾黍独关情。梦华空有遗民记，不是宣和旧帝京。

变　歌

东门杨柳枝，早晚遭攀折。今日是相逢，明日是离别。六朝小诗。

相　逢

歧路不相识，一言倾寸心。赠君腰下剑，不在直千金。以千金直重，则义气减矣，此善翻前人句意。

吴姬劝酒

吴姬十五发鬖鬖，玉椀蒲桃劝客酣。但过黄河风色冷，更无春酒似江南。如闻劝酒之声，而渡河以北之风尘，言外可想。

陈玉齐

陈玉齐，字在之，江南常熟人。著有情味集。

秦　皇

离宫环极起周庐，万里沧波候大鱼。入海云迷徐福岛，封山雨湿李斯书。华阴道上逢沉璧，阳武沙中失副车。王翦用兵真老谆，尚留三户未驱除。

徐　兰

徐兰，字芬若，江南常熟人。流寓北通州以终。著有出塞诗。〇芬若亦字芝仙，长白描人物，诗无一语不奇，吾友徐龙友见之，几于下拜，奇人见奇，诗尤契合云。

雨阻黑河

天地有此河，墨流独浼浼。黄河曾为圣人清，浊浪咆哮独不改。迢遥西上势蜿蜒，两旗疆界相钩连。自注：土默忒，两都统分地。受降城头坐飞将，牧马不敢争河边。上有共工触破未补之漏天，下有鲛人痛哭不测之深渊。阳春有脚走不到，那得两岸生人烟。但见奇花塞洲渚，色如人面形如拳。花里见鱼不见水，一网可以盈一船。饥儿阻雨不须哭，朝鱼暮鱼食尚足。雷电光中住过春，脚底莓苔黯然绿。天晴曝衣上古原，白骨堆边检金镞。境奇，诗亦与之俱奇，芬若又有大松山诗，起云："一峰飞入云，云故推之出。一峰飞出云，云故攫之入。”奇警前人未道，因通体用韵夹杂，故去之。

磷　火

土雨空蒙著衣湿，磷火如萤飞熠熠。须臾散作星满天，空际如闻众声泣。有火独明必鬼雄，众鬼吐焰无其红。约束群磷共明灭，无乃昔日为元戎。别有火光黑比漆，埋伏山坳语啾唧。鬼马一嘶风乱旋，千百灯从暗中出。电声闪闪两军接，狐兔草中皆震慑。一泒刀声不见刀，髑髅堕地轻于叶。血过千年色尚新，那知白骨化烟尘。新鬼日添故鬼冷，无复寒衣送远人。写磷火之忽聚忽散，鬼雄鬼马之光怪离奇，纸上几于有形声矣。后又写群鬼之接战，更幻更奇，吴道子善画鬼，亦未到此。

归化城杂咏

祁连呼吸与天通，不与人间节候同。后骑解衣风柳下，前军堕指雪花中。发离汉地根先白，汨过秦山色变红。驺伍漫劳歌况瘁，侯王犹自佩雕弓。奇人总无凡语。

塞下曲

万骑从天下，边人拭目看。长城无限窟，饮马一时干。

关山月

城头一片秦时月，每到更深照黑河。马上万人齐仰首，不知乡思是谁多。

出　关

凭山俯海古边州，旆影风翻见戍楼。马后桃花马前雪，出关争得不回头。眼前语便是奇绝语，几于万口流传。此唐人边塞诗未曾写到者。

沈用济

沈用济，字方舟，浙江钱塘人。国子生。著有方舟集。〇方舟足迹半天下，至广南与屈翁山、梁药亭定交，诗乃大进，游边塞，留右北平久，诗皆燕、赵声，一时名流几莫与抗行。然所成诗一句一字，质之同人，有讥弹辄改定，所由完善无罅漏也。向见重红兰主人，辇下名大著。余留京邸时，知方舟为诗人者寥寥矣，不知向后有能传其人否耶？感慨系之。

燕　山

我行经燕山，凭吊古战场。当时锐头儿。誓死事戎行。功业未得成，金镞遗山冈。皂雕如车轮，飞来立人旁。黄云蔽四野，风沙浩茫茫。驱马行出关，悲歌慨以慷。身著短后衣，剑佩百炼钢。扼吭度飞狐，仰面看天狼。生当为冠军，死当为国殇。慨当以慷，皂雕十字，读者如置身边塞间。

妾受命辞

妾受命兮少孤，师氏教以诗书。阿母爱予早有家，托君子以贱躯。一解。乘华轩兮归德门，曳绮縠兮罗金尊。上事公姥兮无间言，俯蓄五子兮今有孙。二解。何以奉君朝餐？铜盘或炙或燔。何以奉君御寒？裁缝越布吴纨。三解。鼠穿墉兮狼入室，唇干口燥兮不可与说，无褐无衣兮迫冬日。四解。晨鸡咿喔天雨霜，明星煌煌出洞房，为君秣马游四方。五解。丈夫气磊落，朗如日照临。渴莫饮盗泉水，倦莫憩恶木阴。六解。出门常苦远，在家常苦贫。女子当门户，百难萃其身。七解。思我君子兮蔚为国华，富贵勿喜兮贫贱勿嗟，履仁服德兮名乃纷葩。八解。

〇此代其配朱夫人立言也。先言奉公姥，抚诸雏，次言持门户，次言遭家难，次言送远人，末勉以修德行。得雄雉"不忮不求，何用不臧"之意，立意音节，在东西二京之间。

黄河大风行

黄河之水自天落，我舟来向黄河泊。遥看云气如飞龙，知有东南大风作。大风一起天茫茫，排山倒海不可当。浪花卷起高十丈，虚拟沉牛截狂象。危墙大艑撼不停，霎时飘散同流星。高岸倒震鼍鼓裂，怒涛乱卷蛟涎腥。暝来打篷声膈膊，半为雨点半冰雹。夕阳欲下风更狂，吹落孤帆天一角。一舟重有万钧力，风旋入泥沙脱不得。一舟触石摧鹊尾，窥见青天在舱底。水面一舟飞鸟轻，无枝可栖心目惊。其馀溜急难鼓柁，客船十个碎两个。同泊尚馀四五船，船船相触绳相联。长年当风立至晓，我辈安得高枕眠。近见青齐成水府，况闻中州少安堵。皇天降灾良有因，汝曹定触河神怒，不尔风涛何太苦！男儿勿恃胆气粗，要知蹈险非良图。新河安稳路径直，汝何不趋趋畏途。岂惟黄河为畏途，波澜平地无时无。诗亦有云垂海立之势，近七子中李献吉。结意忽然换境，感触者深。

大同道中

千岭朝阴岳，三城控大同。云形随列嶂，山响应琱弓。马踏黄河雪，鹰呼白草风。飞狐那用塞，天险古来通。一路边塞之诗，俱沉雄峭拔，不在李北地下。〇“沙乾奔渴马，风急下饥鹰”，亦边塞中诗，附录于此。

太行山

山作潼关险，艰哉势独雄！千盘拔河内，一折走辽东。大壑云雷伏，阴崖日月通。巍巍天下脊，元气结鸿濛。

登八达岭

策马出居庸，盘回上碧峰。坐窥京邑尽，行绕塞垣重。夕照沉千帐，寒声折万松。回瞻陵寝地，云气总成龙。

行经将军猛虎诸滩

高高滩十丈，直下响成雷。舟掷波心去，人穿石窟来。虹蜺双瀑挂，菡萏小峰开。浊酒酬三老，倾危仗汝才。掷字、穿字，千捶百炼而得。

潼关二首

重关踞天险，三辅重神京。绣岭遥尊岳，黄河曲抱城。一夫今保障，群盗昔纵横。星陨何年事？徒伤父老情。自注：谓孙督师传庭。

窥关如在井，立马一峰高。竟失山河险，徒夸汗血劳。沙虫迷白日，陵谷徙洪涛。翻使黄巾笑，横行遇汝曹。黄巾笑，谓不能力战，叠进降表诸人也。孙督师、周宁武外，有一人忠勇者乎？

登建陵

鼓櫂辞西粤，开帆趁北风。水声飞弩下，山势斗鸡雄。雨歇秦关外，秋深蜀道中。稻粱谋故拙，吾愧信天翁。前所炼在虚，掷字穿字是也。此所炼在实，飞弩斗鸡是也。

昭平道中

滩势奔腾下，舟行次第高。瀑流争一石，人力尽千篙。壁峭奔雷雨，林深聚羽毛。江乡归未得，梦寐亦风涛。此所炼诗眼，又在争字尽字，加捶炼功，则无草率之患。

从彭蠡转九江泊小孤山下

不信滔滔者，洪荒直至今。高帆转湖口，片石奠江心。鹰匝亭台迥，龙蟠窟宅深。迎神歌一曲，弦响下青禽。

花　田

埋玉传南汉，花田今尚存。雪中香不散，烟外月无痕。芳草寻诗路，青旗卖酒村。漫将蝴蝶数，一一美人魂。前一路诗皆英雄气，此首又儿女情，见英雄儿女原不必分也。雪中谓花开如雪，非真指雪言。

登泰山绝顶

丹梯飞磴接天门，杖底风雷万壑奔。四岳共推青帝长，一峰还占丈人尊。汉家云气封中出，秦代松阴石上存。俯仰不知天下小，蓬莱宫闲射朝暾。无懈字，无浮词，胜于鳞、元美作。○方舟诗虽切磋于药亭，然古体或逊药亭，五七言律远过之也。近人用耳不用目，谁能信之。

望西岳

五千仞削势崔巍，西镇坤维玉作台。海日夜从金掌出，莲花春向石盆开。宫临白帝三峰立，城绕黄河九折来。欲跨茅龙问酒母，芝田堪种乏仙才。精神满腹，亦胜元美作。○酒母，酒家妪也。仙人子先与之骑龙上华山，亦成仙，呼为酒母，见列仙传。

思　陵怀宗

锦屏山色隔城来，渴葬千秋事可哀。一剑割将公主爱，九门报道寺人开。凄凉血诏留衣衽，寂寞桐棺付草莱。太息乌号几人抱，红墙日落首重回。独举殉社稷时言之，真觉一字一愤，十三陵诗，以此首为最。○德陵三四云："宦寺九州祠宇遍，爰书三案士林空。"熹宗失德，尽二语中，因附录于此。○九边诗最有名，然方蓂朔诗似更英快，故舍此取彼。

湘江道中

越客归舟向洞庭，心随一雁入空冥。烟开沅水双流合，帆转衡山九面青。魂返江枫哀楚些，曲终瑶瑟怨湘灵。振衣已出尘埃外，渔父何因笑独醒。

由丽江抵北流

频年鞍马历荒陬，唐代羁縻是此州。瑶洞千蟠攀岭怯，鬼门一线入天愁。朝昏吹角呼林鹿，妇女张弓射野牛。却望伏波铜柱在，飞鸢跕跕海西头。鬼门七字，笔下有阴险愁惨之气。

天下大师墓

曾闻遁迹入禅关，身似浮云到处闲。解道龙蛇潜草野，何年弓剑傍桥山。缁衣那有中官识，御马谁迎老佛还。一自樱桃无荐地，肯留封树在人间。曰曾闻，曰解道，曰那有，曰谁迎，曰肯留，见建文之归，皆致身录、从亡随笔等书造作之辞，其实未尝有迎归事也。实录称帝阖宫自焚，中使出其尸于火，七日乃葬，是明明死于火矣。至天下大师墓，朱竹垞谓房山僧塔，或题司徒司空，或题帝师国师，金、元旧制皆然，后人附会为建文墓也。此诗故作疑词，使人言下自得。

海幢寺观大水西下

郁水西来万壑奔，倒翻塔影荡云根。中间一束高腰峡，直放惊涛出海门。

题谢皆人诗后

红桂飘香月露清，玉完天上奏瑶笙。白头弟子秋风里，来听霓裳第一声。

笥沟早发

北风猎猎水茫茫，多谢吴门鼓枻娘。铁鹿长樯四千里，送人夫婿早还乡。载儿夫婿去，刘采春怨之，送人夫婿归，方舟又谢之，舟人受怨乎，受谢乎？各见吐辞之妙。

櫂　歌

风江潮动月茫茫，欸乃声中夜未央。南北东西尽莲叶，不知鱼戏在何方。

毛张健

毛张健，字今培，江南太仓人，贡生，官训导。

寄衣曲

去年寄衣秋月明，络纬索索窗前鸣。今年寄衣风复雨，不识何时到边土。边城八月多早寒，清霜触体愁衣单。千丝万缕妾手制，中有珠泪焉能干。不愿功成垂竹帛，但愿全躯返乡国。学张、王体，难于别开生面。意绪自抽，一归敦厚，如旧谷中春出新粒也。

少年行

千金宝刀红玉靶，绣鞍蹴踏长楸下。扬鞭不避执金吾，横过禁园矜善射。自云生长金张门，意气雄豪那可论。小时便食天家粟，曾向长杨奉至尊。陇西老将七十战，绝域到身空浩叹。羡君不识兜与鍪，襁中骨相当封侯。以飞将军之到身绝域，衬出少年之宠荣，即所云“生年十二有重封”也。寒郊类转蓬，乌乎知之？

贾客乐

布帆满幅高百尺，知是贾人远行役。贾人生小乐风波，不恋家中好田宅。瞿唐滟滪平地过，此行金钱十倍多。更促前程向江口，淮南米贵今如何？春闺少妇空房宿，听罢乌啼泪盈掬。原词极形贾客之乐，此于贾客逐利中，形出闺房之苦，末二语总于换韵换意中翻新。

毛　序

毛序，字东球，江南太仓人。著有静娱集。

偕同人散步

残红委烟水，潭深渌更净。临流弄清泚，须眉淡相映。泠然洗我心，迥绝非人境。鯈鱼从容游，鸥鸟度明镜。物我两俱忘，不减濠梁兴。回首林丘间，闲房一声磬。心和气平，物我皆得，其不著力处，正不易到。

风轮羽扇歌

鹤翎皎洁修而丰，制成团扇虚含风。参差六翮形蒙茸，贯以铁轴轮辐同。下首郁屈如弯弓，风胡何年铸芙蓉，质理苍黑非铅铜。剑首一穴贯轴中，复有无弦焦尾桐。踞坐掣曳呼侍童，辘轳引绠机旋空。柔橹咿轧中徵宫，高堂飒然起蓬蓬。动如橐籥出不穷，四坐森爽心神融。病夫惮暑常怔忡，烛龙火伞交相攻。思驾飞车访赤松，琼楼玉宇无蕴隆。借君吹嘘凌颢穹，下视九万尘溟蒙。叙琐屑事，独见雅切，末幅绘风，神来之候。

輓龚敬五

执友惊沦逝，沾袍涕泫然。卑飞辞捷径，少别即重泉。灯暗匡衡壁，尘淹子敬毡。如君瑚琏器，何可使无年。

天意原难问，龙蛇厄运过。青衫仍落魄，白发意如何？讲诵生徒散，丛残著述多。黄垆感存殁，回首邈山河。

陈培脉

陈培脉，字树滋，江南长洲人。国学生。〇树滋笃于友谊，壮岁与诸才士角逐名场，然众人升云路去，而树滋终老诸生，无几微见色也。诗宗法盛唐，晚游新城尚书之门，所诣益进。

相逢行赠宋六木天

一年相逢在辇下，秋雨槐花对僧舍。同时献策不见收，剧饮淋漓共悲咤。一年相逢在济南，拥炉未尽深宵谈。乌啼晓霜催别绪，送君道上鞭羸骖。一年相逢在淮口，我挂征帆方疾走。君时追送骑马来，隔岸遥遥但挥手。淮口一去岁一更，断蓬落叶愁飘零。讵意今宵灯火里，相逢又在曹丘城。人生聚散本难定，暗中有物持其柄。一年一度一相逢，如我与君良足庆。欢游莫道在异乡，寒梅著花春酒香。日日看花共饮酒，从今且得无参商。只叙聚散，自见交情。

登娑罗坪

绝壁迢迢上，忘危胜可探。百盘穷大壑，千仞度层岚。采药逢毛女，藏书问老聃。白云如可卧，一枕学图南。

南越王墓

天下亡秦日，乘时据粤中。自娱聊窃帝，大长竟称雄。炎海风涛壮，孤坟草木空。千年馀霸气，常绕尉佗宫。一笔写就。不加追琢，比之弹丸脱手。

登慈恩寺浮图

飘然天半御风轻，身在浮图绝顶行。三辅山河掌上尽，五陵云树望中平。絪缊香界从朝暮，高下桑田几变更。故事尚传唐进士，曲江宴罢共题名。五陵、三辅收之指掌间，何等胸次！章八元登此塔，至云“危梯暗踏如穿洞，绝顶初攀似出笼”，几不成语，当时元、白盛称之，何耶？

蓬莱阁观海和观察宋公

杰阁崚嶒倚杳冥，凭高望远极东溟。龙宫潮涌千重白，蜃市烟消万点青。鞭石荒唐怀霸主，浮槎恍忽遇仙灵。蓬莱咫尺非难到，便欲携筇叩紫扃。

徐州怀古

纷纷楚汉当年事，凭吊西风向战场。隆準至今尊帝号，重瞳终古怨天亡。吕梁涛落蛟龙走，芒砀云深虎豹藏。王气彭门消歇尽，孤城一望水茫茫。

恒　山

上应天枢象北辰，众山环拱碧嶙峋。云霞隐见金银阙，昏旦盘旋日月轮。呼吸苍冥通一气，逍遥紫峤会群真。阳终阴始扶元化，朔漠长留太古春。氤氲雾霭拥危峦，象肖灵蛇势郁盘。望去神光凌斗极，飞来秀色落桑乾。龙潭云出千岩雨，虎口风生万壑寒。我欲摩崖登绝顶，扶摇何处觅青鸾。恒山诗罕有佳者，作者以全副本领赴之，遂觉神力俱王。

陈留吊蔡中郎二十四韵

道出陈留郡，车停颍水滨。不胜怀古意，为吊鼓琴人。王粲称前辈，张衡记后身。轶才真旷世，伟貌迥殊伦。淹贯鸿都学，辉皇清庙珍。于时良策蕴，应诏直言陈。鸾凤偏垂翅，骊龙漫触鳞。幽囚北寺狱，远徙朔方尘。祸稔天心酷，忧深国步屯。妖氛缠黑气，贼寇起黄巾。炎祚倾危日，枭雄剥乱辰。徵车怜迫促，解绶悔逡巡。殄灭嗟元恶，弥缝赖大臣。然脐诚已晚，动色亦何因。过细宁难宥，冤奇竟莫伸。踉跄付廷尉，涕泣遍朝绅。已矣儒宗失，悲哉史笔沦。无儿延嗣续，有女历艰辛。忠孝名终在，风流迹未泯。篆书垂一代，碑版照千春。尚论追芳轨，遐思托德邻。茫茫寻故里，寂寂委荒榛。事往浮云散，文传炳日新。虎贲犹得似，想象为伤神。董卓既诛，中郎在王允坐上，言之而叹，有动于色，是其所短。馀如谏三互法、谏市贾、谬为宣陵孝子、谏天降灾异，条列七事，皆原本经术，有裨政治者。即董卓初徵时，因不能逃避始就，既就亦屡次箴规，而王允恐其作史讪之，必欲死之，毋乃已甚乎！诗中逐层排比，得失并陈，工力悉敌，颇得少陵家数。

张锡祚

张锡祚，字永夫，江南吴县人。○永夫野居南园，后迁木渎之下沙，三旬九食，经年卧病，居半以药石为饔飧也。诗初以生新为宗，能盘硬语，后一归平澹，在韦左司、柳柳州之间。年五十馀，穷饿以卒，葬灵岩山麓。碣曰“诗人张永夫墓”，好事者每携酒酹之。

编　篱

林壑有真趣，尘俗难相通。清晨饭藜藿，荷锸春风中。薜荔斸邻园，杞菊采榛丛。枯朽既芟除，柯条尽青葱。日入返茅檐，罗植清溪东。屏藩宛天成，束缚随人工。放诞世所弃，舒散岂尔容。已造自然。

重九后溪南采杞菊

佳节倏复过，寒商激林杪。霜清杜若洲，花发蒹葭岛。空庭无嘉卉，何以慰幽抱？缘源路转迴，穿林人渐少。朱实披榛丛，黄花掇香草。寻异心无厌，适己物逾好。即此俗虑遗，逍遥可忘老。

赠涧上僧

竹庭残雪净，林壑寒流清。经声静夜阑，水月生空明。道人了观化，心止神流行。空斋一相对，澹然离俗情。色香臭味俱净，此种诗几不能品评其佳。

访沈石田故居

抗心希古贤，闲情缅高士。孤舟渡平湖，日落遵枉渚。逶迤入荒村，徘徊觅遗址。人语散凫鹥，草长眠鹿豕。何处有衡门，田中问孙子。

田家诗

硗确土无膏，人弃为原陆。释子云西来，挂笠结茅屋。学空易为悦，机熟遂众欲。妪老苦力田，薄言往种福。日出听谈经，暮归悔碌碌。惟我喜饮酒，醉乡数往复。酒醒春鸠鸣，踏月起浸谷。所愿谷抽芽，生理良已足。学空两言，见空幻易于动人也。然福田之虚无，孰如力田之实获乎？饮酒浸谷，乃见本分。

雨夜怀昙长老

寂寥湛深夜，青灯照空宇。花发岭头梅，人听窗间雨。情虚遗众缘，境清望真侣。释子卧云居，幽襟共谁语？

晨诣南园采蕨

闲居穷篇翰，理生愧无术。隔屋听鸣鸡，启扉看曙色。逶迤板桥西，俯仰清溪侧。薄物世所遗，采掇欣有得。悠然盈倾筐，延咏忘朝食。

题美人岁朝图

和气散林皋，江梅香满屋。佳人爱新节，朝光画眉绿。素琴静清声。翛然倚修竹。不须粉绘，如见美人。觉周昉诸人只传形似。

月蚀诗

庚辰七月夜十五，清光圆圆烛天宇。斜明刮露侵窗扉，蛰虫亥豕眼分数。俄惊蟾蜍入绛津，姮娥孀独含悲辛。气娇力怯不相敌，四分五分挂半轮。九分十分明光息，斗牛气乱浑如墨。望舒镳辔顿金枢，栋倾舟覆迷南北。吾闻皇天无私泰阶平，二纪五纬谁相争。日完其朔不掩望，昌吴融汉惟沧精。胡为氐羌重译称臣妾，阴灵圆夜遭震慴，予欲上天护颓魄，无梯难向青冥蹑。

寒食日龙友于旦招集归愚书屋感旧述怀用昌黎寒食出游韵

一百五日倏复来，群阴尽剥阳气盛。惠风出谷云雾开，霁色花光共辉映。病夫寂寞卧蓬蒿，囊空莫与繁华竞。忽逢朋辈遣长须，招我城南共游咏。林塘历尽入溪湾，到门始觉日影正。满堂豪翰笔不停，猛气纷纭鼓已更。曹郐浅陋真小邦，曷敢与抗惟禀命。忆昔横山有遗老，海内独司骚雅柄。良辰燕赏集嘉宾，泉流风发交相庆。当时岂有文雅飞，但期不失门人敬。诗坛十载沦荒芜，墓门草塞音容敻。荒郊茅屋昼闭门，得句欣欣谓予圣。那堪畏友今盈前，陈刘应徐四座并。怵心刿目岂人工，文章窈渺出天性。洪涛初过澄波鲜，平坡未尽奇峰横。诸公才调皆掞天，如予只合遐荒迸。奈何并辔得联镳，好丑妍媸同一镜。雕虫小技不足豪，正变源流那能政？由来天物忌刻削，万事终须蓄馀劲。日斜投笔酌深杯，束手高斋听号令。中一段感旧述怀，悼横山先生已亡，无人主持风雅也。一气卷舒，略无痕迹。〇连上一章，皆三十岁时作。

冬夜怀天宁昙长老

野塘无暮柝，灯暗识深更。溪尽断人语，月明闻橹声。薄帷尘梦冷，趺坐道心生。遥忆安禅客，龙眠万虑清。

谒韦刺史祠

平生轻吏舍，祠宇傍宫墙。谁载花林酒，来分画戟香。道心栖野寺，诗思冷秋塘。日暮瞻遗像，斜阳正满堂。

牡　丹

深院东风入，开帘香气清。名花愁采摘，独立殿残春。格贵谁求价，庭空欲避人。玉台今寂寞，对尔觉伤神。此因牡丹而悼亡也。五六语独见清新。

杏　花

零落江梅怅别离，小楼人静倦吟诗。孤村花发春当路，十日雨晴红满枝。谷口耕夫歌断后，坛边渔父棹回时。南轩老树谁相赏，日暮凄凉傍酒旗。“数枝艳拂文君酒，半里红歌宋玉墙”，自是凡笔，此则清远过之，论品格不论风藻也。

遣　愁

老屋欹斜挂薜萝，柴门寂寂断经过。拥阶梧叶落无数，带雨黄花开正多。三易龙蛇轻动蛰，二南钟鼓自平和。素心人远谁同调，绨绤凄风独放歌。动蛰则悔吝生焉，平和则崄巇泯焉，二语已见易、诗大旨。

邵曾训

邵曾训，字飚园，江南无锡人。诸生。○飚园书法力追晋人，邑中人士多宗之，自王虚舟吏部移居无锡，人皆舍邵宗王矣。轻道艺，重人爵，不胜慨然。

蚕妇吟

姑采墙下桑，妇采陌上桑。桑叶昨嫩今日老，天气今晴昨日好。一解嗟蚕无粮，妇诅枯桑。邻桑沃若蚕早熟，四月新丝上杼柚。种桑亦爱枝叶多，空抱本根奈尔何？二解守候蚕眠不思卧，麦秋寒觉夜难过。蚕荒舅姑怒，蚕熟新妇苦。三解今年四月少晴时，蚕病家家不出丝。新丝价长旧丝上，旧丝未赎新丝当。四解有丝不上身，有丝不卖人。县官征比已赦租，家主只恐臀无肤。五解古意古声，蚕家之苦之备。

蒋延鋐

蒋延鋐，字律先，江南吴县人。诸生。著有半关诗集。〇半关嗜义山诗，不喜老杜，不知义山诗正从老杜出也。兹录其有神韵三章，得义山之一体者。

落花诗和韵

王孙何事不重游，零落秾华略似秋。燕蹴恰逢沾舞袖，风扶犹欲上歌楼。今生约已东皇判，未了缘从夕照留。色相由来总无著，有生只合住丹丘。第四语写得无情者有情，今生约，未了因，天然对偶。合之感旧二章，知借题以托兴也。徘徊吟诵，辄唤奈何。

感　旧

玉洞桃花也自红，拟将烂漫答春风。岂知狂客归来晚，零落青山碧涧中。

习静长翻般若经，每依月观与风亭。自从环珮无消息，檐马丁冬不忍听。

殷誉庆

殷誉庆，字彦来，江南江都人。〇王渔洋尝称殷彦来之才，怜其屈抑未遇，余未与相识，觅其稿不易得矣。于友人处得近体二章，皆首尾完善有声光者。

玉山亭

万顷澄光倚翠屏，矶头缥缈峙孤亭。窗收吴楚千帆白，座揖金焦两点青。高岸浪交遥似没，危崖木落倒堪听。扁舟待渡依江浒，疑有鱼龙积气腥。

暨阳怀古

此地勾吴战垒开，尚馀重镇楚江隈。城边斥堠连天远，海上鱼龙卷浪来。黄歇冢荒迷蔓草，延陵碑古蚀苍苔。西风入夜鸣哀角，并和砧声彻晓催。

李嶟端

李嶟端，字苍存，江南盱眙人。著有焚馀稿。〇王渔洋称苍存诗文从衡有奇气，江、淮间才士。今读其集，工丽之作居多。

寒日登宝积山与客谈宋南渡事怀古有作自

注：宋与金和，于此山纳岁币，因以得名。

愁云万叠锁层峰，石径犹疑战马踪。南渡衣冠惭小国，北人臣妾视高宗。金缯不惜抛流水，社稷何曾复故封。登眺枉为韩岳恨，夕阳寒寺一声钟。

芳乐苑故址

王气江东势渐倾，纷纷土木壮台城。苑从赵鬼歌中起，花向潘妃步底生。蔓草久依驰道长，清尘无复属车行。山僧莫更谈遗址，落日秋风只雁声。东昏从赵鬼之言，起芳乐苑，凿金为莲花贴地，令潘妃行其上，曰“步步生莲花”也。三四属对已尽芳乐之概，下就故址言之，落句与前宝积山一结相似，唐人许丁卯亦每有此病。

仲春漫兴

午困常贪睡不醒，残书架上任零星。年饥未敢呼庚癸，命贱何烦问丙丁。疏幕婢留飞燕路，小窗童挂护花铃。春来颇说山游好，爱惜芒鞵懒踏青。队仗工稳，不落小家。

张元升

张元升，字时升，江南江阴人。布衣。著有半园诗。〇半园早岁壮游，中年后隐居荒江之滨，不与人接，吾友王子韩起时为余诵其佳句，然欲一见其人无由也。既读其遗诗，韩起所诵之句，俱不入选中，意者自嫌工巧未归高格耶？余尝寄诗赠之，中云：“潮回疑蚀岸，云动欲移山，穴并台佟凿，门同栗里关。”倾倒之者素矣。

坐友人东轩对月

今夕不为乐，明月窃笑之。故人有好怀，招我坐轩墀。凉风飒然至，葛巾吹欲攲。金樽泛清酤，满酌不容辞。萧条人间世，昔人渺难期。作者诗学杜陵，一起又却似太白。

舟　中

一身嗟浪迹，九月更浮舟。宿鹭依颓岸，寒花逐乱流。江云昏对雨，市火细明楼。漂泊孤帆暝，悠悠动旅愁。气味近杜，不在形貌。

眼复明呈诸旧游

不信多愁眼，还堪照古今。皇天终不弃，孤客亦何心。身世宜新哭，山川续旧吟。但能从我好，穷饿自鸣琴。亦突兀，亦肮脏。

赠别云间高日采

兀傲嗟予旧，清狂识汝新。苍天怜骨格，老眼拔风尘。倚剑寒灯夜，题诗异国身。从来嵇性懒，相对独情亲。沉郁苍凉，上章言会合，下章言送别，诗中章法。

乍见真堪乐，将归却可怜。乱山孤客影，斜日欲离天。别泪江亭上，乡心马首前。凄凉分手处，后会在何年？

度陇杂咏

寂寞经荒县，萧条只几家。边云迷古堞，嶂月冷清笳。小市都无米，居民不解茶。破檐门不设，愁杀晓风斜。

高　秋

寂寞高秋晚，微霜下古城。西风吹鬓老，落叶入诗清。天地孤鸿影，关山画角声。只思归去好，闲卧听春莺。“落叶入诗清”五字，苦吟而得。

过　雁

远渡湘江水，来悲海国秋。几重黄叶路，万里晓霜愁。片影迷寒月，孤声落暮楼。西风正萧瑟，对汝泪堪流。

曹叔方以久客夜吟题请予赋诗自注：叔方楚人，时值兵乱，流寓江阴。

清漏迢迢夜正阑，寂寥孤馆剑光寒。半天霜堕杵声急，一院月明人影单。海国燕鸿秋思苦，湘山烽火楚城残。自怜头白不归去，空倚西风泣路难。

晚秋感怀

霜浓日瘦半溪阴，一片西风百感侵。穷海天高寒鬓影，空山木落老秋心。年荒贫病坚辞鹤，灶冷凄凉泣问琴。却叹吟残重岑寂，更谁载酒过花林。五语言无粮放鹤，六语言无柴爨琴也。贫况可想。

夏　弘

夏弘，字任远，江南扬州人。〇殷彦来寄亡友夏任远诗于渔洋，渔洋赏其中有晚唐佳句，并谓彦来友道可风，皆古人谊也。见分甘馀话中，附记于此。

秋夜读九歌

娟娟凉月生虚壁，酒罢摊书读九歌。兴托美人情最切，思深公子怨何多。湘皇泪雨滋丛竹，山鬼悲风带女萝。一夜寒砧催木叶，洞庭今已起微波。末点秋夜，仍关映九歌。

春　寒

门掩苍苔一径中，秋千闲在曲阑东。梨花落地半窗雨，柳絮入帘三日风。斗草懒舒红袖冷，啼莺无奈画屏空。江南二月韶光贱，孤负枝头蛱蝶丛。摇之曳之，风神无限。

孔东塘博士招同人集傍花村

傍花村里花如雪，扑席浮觞二月时。莫向伶人争画壁，双鬟都唱使君诗。死事活用。

廖　燕

廖燕，字人也，广东曲江人。诸生。

饮　酒

万古此一时，天地为我宅。纷纷各有求，何时免忧戚。我心清且闲，顺逆等朝夕。微酣意自佳，兴至境多适。悠悠欲忘言，仰睇寒空碧。是饮酒起法。

刘祖启

刘祖启，字显之，广东东莞人。贡生。

喜锺翀是至

草色满阶除，君来独慰予。人当离乱后，交在死生馀。冒雨沽村酒，冲泥得野蔬。共谈身世事，款款月来初。

王文潜

王文潜，字清淮，广东南海人。布衣。〇清淮流寓吴中，落拓不偶。诗成随手散去，他人袭之，亦不知为己作也。客死，同人葬于虎丘之半塘。诗一首，从友人册子中录出。

丙申岁春留别松萝

驿路梅开春正芳，归心偶动问轻航。经年半醉湖田上，自注：松萝隐居湖田。何日重携虎阜旁。烟水梦魂千里月，乾坤吟啸一头霜。同怀莫讶轻离别，难遣罗浮业尽荒。留别后，仍未得归，卒殁于旅寓，亦可悲其穷矣。

黄河澂

黄河澂，字葵之，广东南海人。著有葵村诗。

归　燕

昔别信空海，今来逐暖风。细微无物役，飘泊有人同。正喜衔花语，仍劳葺垒工。遥怜楚江外，栖止尽林中。写归燕，而己之去来无定，亦在其中。咏物诗须如此作。

送胡长史从军郁林

野烧明虚帐，秋声落战旗。只能闻笛夜，相忘在家时。阮瑀工书札，陈琳解赋诗。知君年少日，曾慕帝王师。

娇　女

娇女如新月，微光欲照人。眼边频顾汝，掌上更无珍。绀发剪齐额，红衫裁过春。岁华看渐老，欢喜入佳辰。比娇女以新月，不类而类，情至者知之。

边　马

暴露风霜早，长嘶傍塞门。殁无文梓榔，身有仆姑痕。暮齿愁相弃，成功不与论。殊方来汗血，玉辇日承恩。三四典雅，结意深远，明皇用蕃将代汉将，言外可思。

南海神祠

神尊南溟靖海妖，开门风浪极天遥。凌虚台榭观初日，排仗鱼龙候早潮。祝版御名皇帝署，祠官仪品太常标。地灵不共桑田变，剩有唐碑历数朝。

翁　诰

翁诰，字元将，江南吴县人。上舍生。

题金亦陶运甓图

清淡坐啸晋祚坼，五马南奔避刘石。长沙励志向中原，朝暮州斋运百甓。樗蒲戏具牧奴事，生既无闻死何益。高论犹堪振懦夫，光阴分寸谁珍惜。金君名字慕古人，昂藏磊落自写真。鸡群独立千里鹤，形貌不与寻常论。八州富贵非所羡，名山大业当精勤。君不见弃官归去彭泽令，祖孙高躅千秋敬。抚松采菊良可师，运甓君偏希士行。吁嗟乎！少年掣电须臾过，努力不早奈老何！及时矻矻休蹉跎。亦陶之考为孝章先生，能抱渊明之节者。亦陶不师渊明而师渊明之祖，意各有取也。然亦陶非用世人，故云“八州富贵非所羡”，而勉以能惜分阴，用意微至。

郁扬勋

郁扬勋，字钦谐，江南吴江人。诸生。

憩徐氏北园池上

秋雨晚初霁，欲送千里目。揽兹一峰翠，秀色淡秋菊。奇石叠崩崖，归云卧岩腹。登顿历易尽，穿林下平麓。霭霭谢公园，闲门枕山足。清晖拂衣袖，历乱森乔木。溪堂杂菱荇，沙屿散凫鹄。围棋曾几时，已动西州哭。因悲平津邸，世事变凉燠。三咏华屋诗，徘徊倚修竹。司寇公北园，余及见其盛衰，作者此诗应在初零落时，故有世事变凉燠之感，今则废为义冢矣。曲池之平，华屋之倾，古今一辙，可胜慨然。〇此诗稿本所无。四十年前友人游徐氏荒园，从壁间录出，爱其闲远含蕴，转存是篇。

吴之骕

吴之骕，字鸣夏，江南歙县人。诸生。〇此友生吴太史瑾含祖也。诗稿甚富，瑾含邮寄，偶然散失，只存记忆二章，比于吉光片羽，惜之益珍重之。

登金山塔

踏尽层梯到半空，洪流一柱镇蛟宫。羲娥近走檐楹际，江海平分指顾中。帝子凤笙吹缥缈，仙人桂馆启鸿蒙。三山采药堪长往，我欲归乘万里风。赋此题者，过于求奇，每流荒幻，若此气足神完，无一闲笔浪墨，洵推高唱。

出宁羌马上漫成

乱鸦散尽晓烟浓，马首青横剑外峰。斥堠东连秦锁钥，雍梁西界汉提封。天边鸟道秋无际，云里猿声树万重。极目黎城何处是，西风寂寂下高春。

先 著

先著，字迁夫，四川泸州人。迁于金陵。著有之溪老生集。○迁夫自云先世泸州，或云托言蜀地，并托言姓先，犹明代之孙一元不知果秦人否也。诗有生趣，不必以正声绳之。

述 怀

劳生百年内，患有人之形。一身归虚无，万念偏营营。虽有贤智人，惟与忧患并。不能弃人纪，焉得辞天刑。绝类废群生，造化难为情。已矣何所逃，安之以无争。老氏之学，归到“不能弃人纪”、“安之以无争”，仍是孔门一脉矣。

堰北水

堰北水，一日高一尺，十日一丈强。秋来淫雨多，千里万里洪流长。报水汎人善泅水，入水不愁沉水底，顺流一日五百里。自注：裹皮毬泅水面，日五百里。

修堤筑堰年复年，安得水势倒行还上天。决口乍塞塞口决，明年再请司农钱。

病起截句之一

移植甘蕉为绿阴，经年长大已成林。天寒霜落休轻剪，恐有秋来未死心。自写逸民身分。

赠海云子

相逢炎月亦萧森，来处家乡是古斟。自注：寿光即古斟国。与论山川几人物，仕秦王猛亦何心。自注：景略，县人。〇苻坚得王猛，几同昭烈、孔明鱼水之合，然责其不仕晋而仕秦，自是正论。

邵　陵

邵陵，字湘南，江南常熟人。著有青门集。〇青门诗以流易为工，不出眼前景、口头语，自能奕奕动人。然一时宗其说者，每流入打油钉铰一派，去风雅远矣。所存一章，殊有生趣。

江天寺

半空蜃气结楼台，沤里须弥亦壮哉！狠石未能超海去，怒涛直欲上山来。云堂暮鼓斋时动，烟渚秋帆雨后回。试向江天亭外望，似萍身世实堪哀。能造奇语，而不入粗浮。

卷二十六

李　崧

李崧，字静山，江南无锡人。布衣。著有芥轩诗集。〇芥轩天真未漓，视天下无不善人，人有讥械者，对芥轩亦无所施，生平在春风和蔼中也。居鹅湖之浣香园，妻子奴婢，萧然自得，晚岁盲于目，诗成，每令童孙书之。

沈庄樗古隶歌

银光横陈泻寒玉，力排龙虎断鳌足。兵甲销磨古战场，折戟沉沙遗锈镞。是谁作此古隶书，庄樗先生出凡俗。先生耆年鬓萧骚，手模碑版情偏豪。苍崖古庙及破冢，每过其处常周遭。一点一画无假借，心摹手追不轻下。青霄纷纷乱粟雨，魍魉呼号鬼神诧。秦有程邈汉蔡邕，锺繇梁鹄称神工。有唐鼎足韩择木蔡有邻李潮，兼擅数子推玄宗。封禅碑直追汉人。国初顾苓与郑簠，大江以南称两雄。苓也谨严笔屈铁，簠也流宕徒横从。先生奋起更超越，网罗今古无遗踪。赠予长笺并短幅，大如盆盎细如粟。玉轴牙签座上陈，周鼎商彝眩人目。海阳程旭吾及门，善写丹青颇得名。一见法书狂叫绝，临摹面壁搜杳冥。苦心经营忘昼夜，形枯神瘁戕其生。呜呼！造物毓才禀元气，君之精力雄健谁能争？此芥轩赠先大夫作，中间品评恰如分量，结意从横恣肆，不得以寻常方幅绳之。

赠戴南枝

热血难消白发新，沧桑阅历几番尘。独书甲子依彭泽，老向乾坤哭富春。画里无人元隐士，井中有史宋遗民。一竿何处堪垂钓，流水桃花护旧津。中二联比以陶渊明、谢皋羽、倪云林、郑所南，连引四人，而不见堆垛，笔妙故也。南枝，山阴人，佣书葬徐昭法高士。读此诗，可以想象其为人。

宴溪亭玩牡丹感旧歌者

去年清宴此花前，一串歌珠粒粒圆。今日花前追往事，空留白发照婵娟。

周龙藻

周龙藻，字汉荀，江南吴江人。〇汉荀为忠毅公后，学使者试士，辄冠其曹，名著大江南北间。以岁贡士终。艺林惋惜之。诗稿甚夥，所镌惟乐府三卷，诸体俱未寓目，故所收亦止在三卷中。

大墙上蒿行

墙上蒿，自夸托根高，根高苦不固，萎落随风飘。墙上蒿，自喜擢秀早，秀早苦不长，离披抱霜槁。蒿生蒿死曾足计，但恨踞盘难得地。明堂选柱少成材，等闲齐把萧艾弃。伏波慕良臣，肯逐井蛙住。亚父好奇策，终被重瞳误。丈夫未遇鱼水知，且办隆中高卧处。眼前富贵轻秋毫，抟扶岂必假羽毛。纷纷依傍何其劳！君不见墙上蒿。见居高位而不能有为，不如栖隐蓬庐，待时而出也。元辞含意未申，此以议论倾吐之。

结袜子

豪门积黄金，欲以求士死。君看士有心，岂在饰珠履。慷慨夷门翁，死生一言耳。言简意足。

陇头水

陇坂遥遥九折长，驱车欲渡心苍茫，忽闻有水喧道傍。人言此水声声别，尽是征夫眼中血，万古千秋共呜咽。呜咽声，流未已，辘轳声，行不止。夜半吹寒笳，边风四面起。悲莫悲，陇头水。

后怨歌行

藕丝断，不再连。铜镜破，不再圆。即看金屋人如旧，昨日恩情今日捐。情多情少安足计，只道色衰恩始替。惊心最早落花风，偏在温存旖旎中。妾恨不为珠娘楼、窈娘井，骨碎君前犹耿耿。求凰曲化白头吟，拨尽红炉灰已冷。当初离乡来，满望登玉阶。玉阶非不登，转瞬沉草莱。乃知苦乐真相倚，才隔衾裯同万里。升沉反覆变须臾，纵有容华难久恃。“雨落不上天，水覆难再收”，只道得色衰爱弛，此即从温存旖旎中见已伏丝断镜破之根，比青莲意翻进一层，令人思梁、孟之合，以德不以色者为可久也。

妾薄命

秋月凄清秋露下，灯花落尽银河泻。举头怅望女牛星，翻羡嫦娥长不嫁。

周在延

周在延，字龙客，河南祥符人。栎园侍郎幼子。

送吴冠五至历城

白云缥缈唱骊歌，朔雁迎帆渡大河。自昔吴公天下少，至今名士济南多。探奇莫负劳山约，观礼应先阙里过。齐鲁当年故友在，烦君问讯近如何？三语送冠五，美其治之第一也。四语至历城，嘉其地之多贤也。诗能典切，便不肤浮。

许世孝

许世孝，字念皇，江南常熟人。副使瑶之子。

二月半

平分花事是今晨，半入深春半早春。杨柳不堪藏燕子，淡黄愁杀翠楼人。

钱良择

钱良择，字玉友，江南常熟人。著有抚云集。○玉友随大吏出使海外，又同朝贵使塞外绝域，为诗感激豪宕，不主故常，而所选唐诗，又兢兢规格，如出二人，议论不可一律拘也。

观小妓娟娟舞剑作

蛾眉有英雄，晚妆脂粉薄。短鬓白衣裳，窄袖锦缠缚。背人紧湘裙，端捧莲花锷。请为当筵舞，佐此良宵乐。取笔渍砚池，授客使分捉。舞急各蘸洒，客漫应曰诺。小立寂无言，左右度展拓。微卓蛮靴尖，撒手忽然作。初如双玉龙，盘空斗拏攫。渐如曳匹练，旋绕纷交错。须臾不见人，一片寒光烁。直上惊猿腾，横来轻燕掠。胆落迂儒愁，倾心壮士怍。嬴童缩而遁，奸人战欲疟。墨洒密雨丛，笔败砚池涸。罢舞视其身，点墨不能著。嫣然泥人怀，腰肢瘦如削。儿时见汤丈式九舞剑，谓矢不能入，众以鸣镝试之，连断三矢，此蘸墨洒之，不能著点，同一神伎也。自初舞及罢舞，如见其人，妙在是美人不是壮夫，此作者极用意处。

关山道中

于役方知行路难，兼程莽莽过重关。乌随落叶下枯树，人带夕阳穿乱山。废耒江淮愁木酪，荷殳秦楚盼刀环。季鹰岂有封侯骨，甘弃莼鲈去不还。

寄　内

六分春色四分过，梦断家山近若何？九陌莺花情绪少，十年夫妇别离多。无方贤俊皆簪笔，有道乾坤渐止戈。只有恨人归未得，镜奁闲杀旧青螺。三四语天然入妙，情到最真，不烦镂琢。

得剑村寄怀诗次韵答之

亦知信美非我土，谁说狂夫不忆家。昨夜客窗风雪里，梦归山馆种梅花。忆家成梦，梦归种梅，于不著紧要处写情，语浅情深，得古风人之旨。

姚飞熊

姚飞熊，字非渔，广东祯州人。

哭亡妇龚孺人

长御瑶琴抚七丝，谁知弦断即今时。文园早死应无憾，尚得文君作诔辞。以先死为无憾，情何深也。然为夫作诔者，先有柳下季妻，此偶及文君云尔。

当年曾共吊朝云，折得花熏蛱蝶裙。不信明春寒食节，为君伐石志新坟。

罾鱼

罾举溪头凤尾鱼名多，瓦盆贮酒试高歌。不愁今夜仍风雨，借得邻船一领蓑。

古易

古易，字之人，贵州都匀人。贡生。

秋夜闻歌

云停碧落桂飘香，竹肉齐声起后堂。壮士尊前惊变徵，美人帐下怨清商。绕梁何处传新谱，擫笛谁家傍短墙。流落江南老词客，还思天上咏霓裳。

顾　彩

顾彩，字天石，江南无锡人。

梅花驿

马迹车尘暗陌头，遥看古驿入南州。渡河芳草王孙去，过岭梅花使者愁。五夜泊船江店火，万山吹角戍人楼。可怜丝管长亭别，欲折垂杨不自由。

陆　蓩

陆蓩，字念尔，江南长洲人。著有湖村诗。〇念尔天才高旷，谓诗专主性灵，以人工累之，犹太虚中著浮云也。此言恐开废学之渐，然冰雪襟怀，略无渣滓，朋侪中无与偶者，三十馀，中菌毒死，倘使之永年，加以学力，所诣可限量耶？

白云洞

我游白云洞，身在白云里。落叶和松风，时闻响山雨。石床不可留，清寒逼衣屦。隔坞暮钟声，云留我归矣。从柳州小记中悟出。

游邓尉山

停桡费家湖，山翠围几重。舍舟事筇屦，渐入香林中。邓山峙湖滨，峰势高宠岗。三万六千顷，湖流浸长空。花外见晴雪，花里闻香风。朝烟而夕月，泠泠沁心胸。不憩上竹阁，恍然睹支公。趺坐鸣蒲牢，啫如吼苍龙。清音应虚谷，馀响入深松。忆昨西溪宿，醒时闻此钟。

山　行

去祖茔数武，循小径入，泉声淙潺可听。梓篱半掩、萝屋一椽，有僧居之。樵者置束薪于门，僧钥扉以去。松风吹衣，苍苔湿屦，独行久之，了无人迹。

一序清绝，似唐人小文字。

独行披荒丛，信步得异境。山色净杉柳，泉声寒藻荇。恍疑石屋中，疏磬烟萝暝。欲问无人家，夕阳照孤影。

次和荃谷寒夜独坐之作

抱膝虚堂上，灯前顾影双。霜林风叶尽，山月正当窗。庭讶翻巢鸟，村疑吠客厖。有怀淞水畔，一苇钓寒江。不著一字，尽得风流。

过石楼赠山僧不群

万峰台下碧山岑，疏竹围窗白日阴。僧古已无烟火气，树枯饶有雪霜心。洒空松吹飞寒雨，卷壑风泉响夜琴。不是樵人偶相识，那知尊宿在祇林。

王天骥

王天骥，字千里，江南长洲人。诸生，后家于江宁。○千里自命才人，纵酒狂呼，直欲压倒一切。年五十馀，归于澹寂，取从前所作尽烧之。身后无子。老年作亦无存者，兹录其邮寄二章。

孤坐斋

岚霭日夕蒸，帘栊气阴晦。此中得孤坐，可以绝世累。竹翠寒不凋，山光静相对。高在意言之外。

自　笑

自笑尘中老倦游，绳枢圭窦对林丘。隐之嫁女真牵犬，康伯逢人莫驾牛。纵使无钱休卖赋，但能有酒不言愁。年来心事知何恋，红蓼青蘋碧水流。

陈　錬

陈錬，道柔，江南武进人。诸生。著有西林诗钞。

野望书怀

霜晨闲踏旧鱼矶，地僻应怜屐齿稀。何处水云孤雁叫，满天风雪一僧归。杜陵广厦蓬茅是，白傅长裘犊鼻非。岂独袁安正僵卧，千村随在足寒饥。书生负如许怀抱，韵语中可以想见生平。

朱　经

朱经，字恭庭，江南宝应人。诸生。著有燕堂诗钞。

寡　言

陇山多飞鸟，翱翔适其生。鹦鹉夸能言，樊笼苦拘萦。钟鼓悬太常，考伐声铿鍧。不叩而自鸣，群谓之妖声。吉人以行重，躁人以舌轻。缅怀磨兜坚，守口心怦怦。

责　己

勿谓寸阴短，既过难再获。勿谓一丝微，既缁难再白。赴善登崇山，寡过扫尘积。一日省一愆，三月未盈百。责人不肯恕，责己每自匿。愿言砥廉隅，此身敢虚掷。

惜　日

江河日流注，难挽东逝波。羲和日奔驰，难回鲁阳戈。终日但饱食，冉冉岁月过。此后悔失时，荒耄无如何。浮游水上萍，奄忽霜馀莎。勉旃复勉旃，慎无悲蹉跎。以上三章，吾辈读之，几欲通身汗下。〇尝论诗贵理趣，不贵理语，然所谓理语者，如明代白沙、枫山诸公每以语录成诗，不无泛腐；若切己箴规，可以省身治心者，又当别论。盖“有觉德行”、“基命宥密”，雅、颂中不废斯言也。

徐　恪

徐恪，字昔民，江南江阴人。贡生。

桃叶曲

春雨木兰舟，春风桃叶渡。娇莺自在啼，双桨横塘去。横塘绕山斜，一径采山花。门前旧湖水，还对莫愁家。三月桃李飞，四月蘼芜歇。五月南风来，溪头长莲叶。莲长过人头，折来寄西洲。西洲望不见，烟雨空江楼。楼前雨如丝，楼上烟凝黛。日暮琐窗寒，风吹双缕带。双带结同心，江深情更深。相思不相见，独自理瑶琴。瑶琴复何许？忆得横塘语。郎从莲叶翻，侬比莲心苦。千里下关山，不将书报还。梦中金错剪，击碎双鸳环。殷勤再三道，西风寒料峭。只恨柳丝轻，莫遣桃花笑。昨夜伫回车，葱昽闻井鸦。那知风雨隔，望断长风沙。全学西洲曲，神行于缠联萦锁之间。

谒方景二公祠墓

苍松吼灵雨，白日摇孤光。宗臣俨像设，肃拜趋祠堂。成王周公辨，大义声雷硠。精诚动星象，袍笏飞秋霜。当时弃朽骨，匿迹埋山冈。后来公是非，何曾怨文皇。年号削建文，瓜蔓屠忠良。一死明大义，万古扶纲常。锺山石马蹲，孝陵寝殿荒。云旓肃奔扈，千载遥相望。成王周公一联，指方公，精诚星象一联，指景公，下合言之。是非长存，不怨文皇，人心所以不死也。此种诗乃不徒作。

张　劭

张劭，博山，浙江嘉兴人。

华　山

青柯坪上即莲华，千尺珠帘云半遮。南跨长空桥一线，西探毛女洞三花。仙人树里鞭银鹿，方士岩中炼赤砂。陡觉天风吹两腋，扶摇如御碧云车。

顾绍敏

顾绍敏，字嗣宗，江南长洲人。廪生。著有陶斋诗钞。〇嗣宗屡试南北闱，终于不遇，晚而著书自娱，亦足悲其志矣。诗自中唐以下，两宋、金源、元、明无不含咀采撷，汇而成家。平昔论诗，以情韵为上，风骨次之。故稿中诗品，亦恰如其议论。

修禊六章

丙戌上巳，集王氏归田园，因仿兰亭四言，集右军叙字。同集者，秀水朱检讨竹垞先生、商丘宋公子微峰、昆山徐参议自强、主人兰圃父子。

幽兰在室，修竹在林。俯视流水，于山之阴。静观万化，情与会临。永怀昔者，有感斯今。

言畅兰抱，时和群集。岂无丝竹，乐此永日。林映幽湍，春生虚室。娱情山水，兴怀作述。

欣此和宇，感怀昔贤。至人无妄，其乐也天。风咏临觞，相与晤言。斯文有作，可以永年。

有水既清，有山既崇。修林映日，兰带随风。娱此暮春，天宇和同。大人观物，万化无终。

有怀长水，其流激清。天诞大老，惠此后生。畅咏弦丝，列坐林亭。观文察幽，静言永听。

左带长林，右临清曲。有亭有舍，有兰有竹。有文有弦，可以娱目。崇情朗抱，畅然自足。观物观我，感时乐天，即准诸永和诸公，并推高唱。兹偏于集字中得之，神来之候，非关人力，作者亦不知其然而然也。

牧牛词

秧针短短湖水白，场头打麦声拍拍。丝杨影里系乌犍，双角弯环卧溪碧。晚来驱向东阡行，蹋角上牛鞭两声。短童腰笛唱歌去，草深扑扑飞牛虻。但愿我牛养黄犊，更筑牛宫伴牛宿。年丰不用多苦辛，陇上一犁春雨足。

澹泊居花下招同惠仲儒郑季雅沈归愚徐龙友王斗文小饮作歌即送季雅入都

清明雨过春蒙蒙，情怀索莫如寒蛩。西河有泪久呜咽，夜半梦魇惊惺忪。古香荒土劚新冢，一杯清醑浇蒿蓬。书斋鱼尾锁寂寞，蛛丝罥席垂帘栊。谁知造物每多事，也复乱发花丛丛。鼠姑两本色欲绝，开轩一笑惊春红。家人怪我少欢绪，依然罗幕张轻风。竹萌如玉脍如雪，好友招集开醅浓。索郎快睹碧碗冻，花光酒色相曈昽清平三调久称绝，元舆一赋谁争雄。诸公才思并清俊，妍雅合度吹笙镛。所疑云龙本一气，愈何轩达郊何穷？饮停郑子语刺促，忽尔言别辞江东。榆钱散打绿阴暗，黄沙扑面飞鬔松。去年作客太无赖，秋南春北随飞鸿。何如束腹卧穷巷，卷书细读听长松。郑子掉头意不尔，令我愁别悲忡忡。一路平平叙去，注意在送郑入都，见出不如处，果能薄身厚志，穷居亦足自乐也。赠人以言，犹见古道交意，得此一段，遂觉通体皆活。○时主人丧子，起手从此叙入。

桐庐道中

三日钱塘路，春游逐钓艌水生严子濑，花发谢公村。沙鸟随潮集，烟螺带雨昏。不闻越女唱，谁遣客中尊。三四何等见成。

汨罗怨

天意难重问，王孙不可留。未能捐楚珮，只自托湘流。有美伤谣诼，无情怨蹇修。夫君终不悟，芳草寄离忧。

菖蒲潭访艳山上人不遇

莓苔铜井绿，西不菖蒲潭。芳草迷行屐，梅花覆小庵。白云疑度涧，香气欲浮岚。不遇文殊老，牵门上竹蓝。

秋夜闻笛有怀

雨过秋堂梦不成，旅人独坐夜凄清。竹梢露下鹤初警，墙角月明蛩有声。旧恨每从灯底得，闲情只向笛边生。谁怜一掬穷途泪，独有陈留阮步兵。“山雨乍来茅溜湿，溪云欲堕竹梢低”，石田句，写微雨入神，此写秋夜入神，觉韦庄、罗隐风趣犹存也。闻笛有怀，只于来路一点。

秋日感怀

霜染林皋木叶催，蒹葭秋水隔重隈。美人有怨收团扇，狂士歌呼托酒杯。映日芙蓉依浅沼，撩寒杨柳下荒台。子山词赋伤摇落，秋老江南亦可哀。

梦醒孤窗细雨斜，剩将薄病对黄花。心情略似窥笼鸟，岁月浑如赴壑蛇。楚国有人怜息妫，蜀笺无信报秦嘉。天涯知己谁相问，好负羊裘上钓槎。息妫，妫音平仄两收。

秋来无事不伤神，风物从教又一新。沙雁隔云将别浦，寒蛩覆业渐依人。中郎应自怜焦尾，巧匠何堪笑斫轮。只有闲情忘未得，柴门还对旧松筠。三咏写景中，便带比兴，当合言中言外求之。○寒蛩一语，状寒士依人，见王粲、马周未遇时，俱不能免，为之慨然。

赠山阳程爽林

无端意气漫峥嵘，知己天涯涕欲倾。骏骨可能招乐毅，狗屠从此识荆卿。论交不忘期终始，有道真堪托死生。与尔苍茫同吊古，黄金台畔暮云平。爽林慷慨好义，能赴友朋之难，“有道真堪托死生”一语，足以见其厓略。

渡　江

驿路长亭复短亭，柳花漠漠昼冥冥。人归冀北衣原素，山到江南眼更青。雨过夕阳看度鸟，风来远浦数扬舲。开尊且酌高邮酒，不共灵均叹独醒。此陶村北闱不遇，渡江而归也。三语反用“素衣化为缁”句，妙于点化。四语倍形南还之乐，亲尝此境者，始知其工。

秋柳和亮直韵

江南何处迥添愁，眉叶腰枝逼杪秋。一带残黄鸦数点，断肠正在水西头。

西风一夜报新霜，衰柳寒烟澹夕阳。愁煞青衫白司马，永丰西角泣秋光。全以韵胜。

徐　夔

徐夔，字龙友，江南长洲人。廪生。著有西堂集。〇龙友负才高俊，读书一二遍，终身不忘也。与予结诗课时，专学昌黎，芒角四露。之广南学幕后，醉心义山，谓以男女会合喻君臣事使，得风骚宗旨，格律又一变矣。年五十，殁于广南，榇归。广南诗散失，兹所收者，皆向年朋旧论文时作。读其诗，犹见其尊酒浇胸气概也。〇注义山诗，与朱长孺注互有异同，与惠定宇栋注王渔洋精华录，已经行世。

移居赠永夫

吾友永夫古狷者，不义予之弗受也。十年卧病时掩关，户外纷纷看野马。当年侧身五坞山，予亦结庐山之下。己畦先生盛生徒，摈斥伪体亲风雅。时予年才十六七，不克升堂听诚夏。韩门磊落多奇才，镠铁银镂尽炉冶。永夫之诗比昌谷，永夫之穷过东野。先生曰吁子来前，有粟可分馆可假。朱门时亦馈梁肉，掉头不应如聋哑。龙蛇道厄先生殂，侯芭有泪时倾泻。几年漂泊东西游，到处逢人皆窃骂。尔我重订云龙交，岁惟作噩月当且。新知落落无几人，略如陶谢结白社。鲟溪沈子笔最奇，手掣神光仡甜閫。葑田吴郎多态度，婀娜欲弄河间姹。永夫出语必惊人，镂胁穿心慎挥洒。自郐以下皆无讥，儿子纷纷鄙纨袴。一日对我频绉眉，邻家老妇颜如赭。惟鹊有巢鸠居之，依旧淹留无片瓦。入门家徒四壁立，短衣往往不掩踝。孺子黑瘦弟冻皴，新诗盈帙欣可把。近来又复学古澹，刻玉作钩改作铐。嘱我试作移居诗，万壑冰壶杂土苴。永夫，永夫！叙君生平有如此，呜呼吾意其谁写！生平诵法昌黎，而此章尤神似寄玉川先生作，盖永夫之怪奇寒饿，原与玉川类也。此种笔墨，吾党中恐无第二手。

苦　热

众星夜出如张罗，更深月黑天无河。梧桐无声竹森立，毒雾著体心烦苛。吾吴自昔称泽国，襟带江海中盘涡。时当朱明司夏政，绿杨匝地清风过。晚凉理榜入浦溆，凫雁飞起穿菱荷。曷来炎官执柄令，赫赫火伞高嵯峨。蝮蛇雄虺醢人骨，磨牙螫尾馀么麿。虾蟆蛙黾固同类，洒灰不禁其如何。日轮当午照下土，操鞭弭节非羲和。雷师无权阿香死，造化谁为司天戈。旧时灵雨不复作，坐见举国来奔波。吾闻尧时十日出，草木焦卷同蓬科。弯弓射乌堕羽翼，此事荒远疑传讹。天心仁爱古所著，茅茨土簋知无佗。方今泰阶四时序，阳侯何事收滂沱。中田无云日杲杲，春可无麦秋无禾。珠帘冰簟正愁绝，何况贱子婴沉疴。安得白雨洒秋令，击壤一和陶唐歌。炎官执柄以下，恣肆言之，轩然起大波，不使人一览易尽。

蔡将军歌有序

将军讳人龙，吴县人，明天启壬戌进士，授浔洲守备。平瑶力战死，子至中，率死士入贼巢，获父尸，执剧贼归，瑶人散走，浔州平。诏赠游击将军。

浔江万重山，门户争一峡。贼兵巢其中，出没猿猱捷。将军慷慨真人雄，南入百粤西擒戎。有子骁勇如奉叔，前身应是周盘龙。均房山断无钩梯，三军前行路欲迷。大星昨夜陨如火，黄云暗暗天为低。豺狼转多路转恶，将军勇气十倍作。左右盘空抝宝刀，头颅满地驰风飚。深林密箐伐鼓急，战马悲鸣军吏泣。仰天拔剑振臂呼，血溅苍穹据鞍立。长君年少忠勇俱，义激诸军驰百夫。背风髑髅血模糊，深入贼巢执其俘。咸阳一炬狐兔尽，大藤险恶今坦途。男儿要自获死所，惨澹阴风足千古。卞壸握爪谁其俦，温序衔须此可数。军前将士手口瘏，陇上歌成血泪枯。矢穷兵尽无时无，如公父子真丈夫，呜呼！如公父子真丈夫！平浔州者，将军子至中，入手先伏“有子骁勇如奉叔”二语，下深入贼巢不嫌突如，此文章家倒插法。中写将军义勇，如“子璋髑髅血模糊”，可以愈疟。

观秦丞相李斯邹峄山碑

碑在邹县治之右，宋元祐间，县令张重摹上石，无识其字者。予为书一通付胥吏。

鱼膏灯灭银雁飞，荒陵火入化宝衣。辒辌骨臭已千载，何况金石埋烟霏。峄山之碑野火燎，枣木传刻形摹肥。谁为伐石矗立此，大书深刻高巍巍。细观似同骑省本，相斯刀笔存依稀。我来下马坐其侧，以指画肚穷是非。蛟鼍斫断口难读，无异石鼓驱骓骓。讼庭清寂了无事，二三老吏闲倚扉。见我口诵窃相语，授以纸笔立周围。为书一通导之读，得所未见惊且欷。当年祖龙踞周鼎，剪除六国如驱豨。井田封建荡灭尽，铲削仁义为不禨。相斯佐之更新法，盭深督责唯刑威。东行郡县上邹峄，镌劖崖石昭日晖。丞相臣斯臣去疾，咸昧死请无从违。其辞直欲迈三五，谗谄面谀紫乱绯。呜呼！夏殷周礼至此极，千古覆辙堪悲谇。方今庙堂慎旌别，登崇俊良绝脂韦。淫朋比德岂宜有，盍不去此玷翠微。请刻豳风之七月，使彼长吏朝夕知民依。暴君虐政，奸相手书，本不足贵，况又宋代翻刻耶？欲铲除之，而更立豳风七月之诗，光明正大，昭如日星。

登北极阁

杰阁高空近玉京，凭栏一望起秋声。龙蟠虎踞兴王地，白石清江过客情。岂有占星周内史，更无绵蕝鲁诸生。由来陵谷随时异，满目寒云下古城。阁系前朝观星处，下为国子监彝伦堂，故五六语及之。

闻笛有忆

江月光盈江水深，江干忽听老龙吟。谁将清夜桓伊笛，吹入山阳向秀心。回乐峰头胡地管，洞庭波上楚人砧。天涯一种秋声急，雪满江南孤客簪。格高音亮，颈联乃推开旁衬，结意一并收拾，粘滞者不解此法。

大云庵访子美旧址

白石岩扉挂薜萝，法云深处郁嵯峨。春风乔木鸟初下，夜月空庭人自过。宾客纵能齐摈斥，文章终不废江河。鹭鸶飞上石枰去，犹听沧浪水上歌。言王拱辰辈能借饮酒细事一网打尽正人，而子美文章不能使之不传也。若闲闲写景，便是寻常笔墨。

江　东

青盖曾传入洛阳，石文天册更荒唐。金椎有日沉江底，木柿何年下建康。已见楼船来蜀国，岂容帝座设南方。江东世业飘零尽，愁杀平原著辨亡。通首咏孙皓事。

秦淮杂诗

半山堂屋草萋迷，介甫声华认旧蹊。欲纪元丰天子圣，天津桥上杜鹃啼。哲宗元（丰）祐纪年，系宣仁太后秉政，其时君子满朝。自宣仁崩，改元绍圣，群小以绍述为辞，而贼虐正士，挑衅金人，至于南渡矣。所绍述者，王安石之新政也。诗中意在显微之间，此种用笔，最近唐人。

郑　钛

郑钛，字季雅，江南长洲人。〇季雅少年诗，以“日籴桃花米五升，秋声只在豆花棚”得名，犹徐昌榖“文章江左家家玉，烟月扬州树树花”也。后一变奇古，骎骎升大雅之堂，朱竹垞先生极推赏之，有“吴人狂，郑生独狷；吴人诗靡，郑生独刚”之语。蒋文肃亦奇其才，然不欲因此求进，其品亦有可观。

月夜宿院中小阁

暝色起平坡，钟声满山户。一禽忽惊聒，凉月已复吐。窗櫺色如水，松叶纷可数。松下坐白猿，须髯极清古。“松月夜窗虚”，浑然月夜景也。徘徊谛视，则松叶纷可数矣。古今人各有其妙。

送族弟瀛洲之官安县七十韵

朝廷设令长，盖为司牧计。远所岂异伦，小大无二例。要令瘠土民，俱受抚字惠，盘错如朝歌，虞诩乃径诣。王（遵）〔尊〕经九折，叱驭不留滞。奈何仕宦者，择地须佳丽。未论县紧赤，首欲系租税。其次问关征，再喜有邮递。意在攫羡馀，那肯顾一切。必得邻近邦，方免怨迢递，苟遇瓯脱乡，辄自长拂戾。岂知远方人，同是版籍隶。既已身许国，安可避劳勚。二者在今时，锢习亦陋弊。畴能力娇之，因以风当世。子本媚学徒，经术固根柢。探囊取甲科，志气莽精锐。区区百里秩，不足当睥睨。要登千仞峰，聊从一丘阶。今年始牵丝，僻在秦陇际。濒去忽量移，重得巴江澨。计程杳五千，封疆挟畛畷。旁观见尔尔，动色为侘傺，子独貌怡然，西望便振袂。曰惟古蜀都，陆海富刀币。汶州在北面，剑阁门户闭。浮山嶂嵘嵲，黑水波溶潏。阴壑集猿猱，广泽潜鲮鳜。虎落带棕桐，人家映笮筀。芋田收每倍，橦布美莫媿。自从崇祯末，豺貙肆狂噬。遂令周馀民，斩刈犹草薙。今虽渐生聚，弥望尚凋敝。所赖贤长官，煦妪流恺悌。颇闻近年来，为政复猛厉。旷土乍耕获，赋有日增势。譬之笃疾后，大虚损荣卫。参术未暇投，反进野葛剂。了去慎针石，苍生命所系。今人席未暖，往往即思替。入贷乞铨除，章绂郎曹缀。不思尔拜爵，恸哭几家毙。劝子勿欲速，精神壮年岁。况此号边方，铨司有新制。循资易腾趠，谁敢逾次第。笑彼事台宪，趋承竭智慧。璀璨黄金盘，磊落堆火齐。伛偻纳阶前，惟恐目不睇。子宁负生平，冰操应砥砺，当今四门辟，贤否难障蔽。果能饮水清，自尔动天帝。我与子同宗，吴越分支系。昔侍寒村翁，授经托深契。群从惟子贤，与我交早缔。论心十载前，游迹满燕蓟。今春又对床，直至鸣蝉嘒。非但外形骸，居然老兄弟。是以倾肺肝，知能恕狂呓。衣襟凉露湿，征路浮云翳。褒斜悬栈险，桔柏共流逝。前旌烟外飘，后骑林梢继。声声杜宇啼，物色凄沙汭。吊古女郎祠，握笔多清制。此邦称漏天，从来少晴霁。地湿岚气重，加饭宜子细。我方厌风尘，拟泛太湖枻。将从绿毛仙，金庭守杉桂。未敢散萍蓬，何时聚鄂棣。僧庐近青门，临别还小憩。杯行莫辞醉，酒尽当再贯。问钱榖、计关征、算邮递、校羡馀，此初得官时也。媚大吏，备贡献，已而毙民命，富家室，乞迁除，此既之官后也。篇中穷形尽相言之，君从何处看得此无人态耶？中望瀛洲励清节、流恺悌，救此远方民，得古人勖勉之意。○寒村翁，金进士穀似，名居敬，纷纶古学，诗见重于渔洋王公，惜身后散佚无存者。

扰龙松歌

昔闻散花坞中片石峰，破石孕出千丈之奇松。今观非松又非石，但见虬枝夭矫向空立。得非窦子明，汶阳放钓来相迎。又疑轩辕帝，扳髯飞腾在云际。上有铁干五鬣长，绝似爪角森森张。下有溜雨霜皮在，鳞甲斑斑色五彩。我欲系之双赤绍，云雾晦冥恐遁逃。凛冽千年遗积雪，惨澹六月闻寒涛。吁嗟乎！秦封大夫宁胜此，何为偃蹇深山里。一朝绝壑雷雨起，看尔东行入海水。松在黄山之始信峰，即所云帝松也。今为邻郡人盗伐，东行入海，其信然耶？

夜光木歌

我闻拘弥之国有变昼之草，岂知兴州直北滦河东，更见夜光之木生蓬葆。野人斸得盘曲形，皮膜剥尽肌珑玲。黄昏扃户置床侧，煜爚幽焰腾寒厅。初疑唐居士，剪纸贴壁弄奇诡。又疑佛图澄，败絮塞孔照耀同明灯。仿佛甓社湖中见，神蚌吐珠映水面。得非放萤苑里游，冷气射骨凉飕飕。短檠墙角真可弃，摊卷还能辨细字。騃童刀削玉琐碎，磷火荧荧忽满地。吁嗟尔木上禀太阴精，烛龙之所不栖，羲和之所不及，乃是万古积雪千年老冰凝结成。是以白日韬晦，宵暗晶明。若非周王八骏张骞槎，谁复遇之震且惊。尔胡不学天禄杖，刘向阁中伴书幌。尔胡不学牛渚犀，驱逐鬼怪清鲸鲵。徒然潜伏穷荒外，丛棘柔藤森翳荟。呜呼！世间万物得地方荣滋，岂独尔木叹息不逢时。腾掷奇恣，凡夜中有光者，无弗胪列，不嫌复，不嫌尽也。结意几令抱材不遇者同然慨息。

题殉节录钱楞，嘉善人，国初任将乐令，山贼攻城，战死。

洛阳相君忠孝家，公生浙西乃再见。国初闽峤烽未息，仗剑从军气掣电。飞书磨盾动大帅，怀印骑驴治山县。谁知贼众卷波来，独据孤城请挑战。呜呼死绥古来有，定鼎之际多观变。公乎挺戈誓杀贼，不顾妻儿况亲串。阵前从死十数人，碧血淋漓湿刀箭。至今庙食延平津，南八将军同醊奠。死者已死侯者侯，公独何人奏金殿。安得史笔昌黎翁，逸事为补睢阳传。

寒　蝉

衰柳古池阴，寒蝉咽复吟。近兼风里叶，远带月中砧。但觉露堪饮，忽惊秋已深。白头潘骑省，为尔不胜簪。句句有寒意，不同泛然咏蝉。

题陈南麓都谏匡山读书图

昔领豫章节，曾看五老峰。今宵直鸾掖，犹梦青芙蓉。丘壑诗中见，云烟画里逢。浔阳数千里，展卷胜携筇。

青莲读书谷，康乐翻经台。松下轩窗坐，岩间卷帙开。玄猿汲涧去，白鹿衔花来。如听银河落，砰訇万壑雷。

刘　震

刘震，字东郊，江南长洲人。〇东郊一布衣，倾动公侯，匪独才分之高，由胸襟洁白，不为名利动也。诗英气逼人，如芙蓉出匣，晚岁惑于欺人者之说，谓诗必不循绳尺，众人共骇乃佳，自后陨然放笔，迥如二手矣。予所录者俱中年作，一存吾友之真。

送罗万峰

佳会不可常，客子心郁陶。他时纵复遇，何以永今朝。严风西北来，辕马鸣萧萧。积雪满天涯，倦鸟思故巢。黯然离别情，泣涕上河桥。

河桥无停波，岁月忽已暮。冰霜自峥嵘，征车莫能驻。人生感意气，念子美无度。长安冠盖场，心独切孺慕。挥手尘埃中，面目喜如故。

皎皎霜前月，寒菊满径芳。光华相照耀，芳馨袭衣裳。奈何一为别，山川阻且长。蓬根在我足，车轮在我肠。衷情苟不渝，千载永相望。

易水歌

田光一死今古难，荆轲入秦发冲冠。仓黄当日绕柱走，踞坐笑语神犹完。残忍惨刻贾人子，以信服物非齐桓。奈何轻欲学曹沫，可怜易水千秋寒。高渐离，矐其目。人击剑，我击筑。报仇更比漆身苦，两人后先得死所。血随易水流不止，荆高至今犹未死。君不见鲍鱼之臭不可闻，戍卒一叫骊山焚。生劫之误，剑术之疏，荆轲固不能辞，而能夺祖龙之魄，与高渐离俱凛凛有生气也。读至末幅，真觉一字一快。

画　鹰

李君知我善苦吟，图画示我开胸襟。芳春烂漫忽如扫，悄然动我三秋心。阴森一树龙夭矫，尺寸行间千尺杳。千尺高柯立鸷鸟，笔洗秋空天色老。霜翎如剑自无敌，集者欲飞飞者击。庭中花木雀倒窥，过眼一飞如箭激。男儿意气敌万人，安能刺促老此身。一起无力，以下霜风满纸，所谓“写此神骏姿，充君眼中物”也。

峄山湖余紫岩太守同作

扁舟北来太行左，拄颊微吟效梁父。岱宗千里蔽浮云，湖波仿佛商羊舞。冥鸿亦似畏惊涛，天半群呼声正苦。春前堤岸今湖心，尚有禾苗碍柔橹。主人诗情最高远，指点苍茫作怀古。秦皇李斯安在哉！峄山碑断苍烟埋。君看湖水乘秋涨，犹带咸阳暴气来。前半极形湖涨，后吊古处，直欲诛凶暴于既死。

固关道中

崎岖天路仄，径绝险摩空。直此盘回上，何难霄汉通。阴晴山向背，苦乐辙西东。百二秦关接，重重控禹功。起四语如生铁铸成，大历后罕遇此等笔力。

甘宁庙

百骑功成后，将军庙貌存。春秋还血食，风雨正黄昏。墓木神鸦拱，江声战马奔。东吴多俊杰，何地有招魂？

祖　龙

六国丘墟九宇恢，更张周典见雄才。驾临东土崇台构，宫压南山复道开。只见壁随山鬼至，那闻药自海船来。阿房转瞬繁华歇。却与诗书共劫灰。诗、书虽焚，终不磨灭，阿房一炬，荡为冷灰矣。作者并论，犹为恕辞。

望　岱

玉检金泥历代传，振衣千仞是何年。风吹一片青冥色，万朵芙蓉落马前。

岘　山

当涂典午事纷纭，西蜀山川付暮云。我到岘山无泪洒，秋风曾拜卧龙坟。无人敢开此口，作者公正，可以想见。

余　京

余京，字文圻，江南丹徒人。布衣。著有江干诗钞。〇予游焦山，见山间有文圻石刻诗，颇有警句，询之寺僧。僧曰："此市人也。"有轻之之意，予访之江干老屋，遂与定交。时柏乡魏念庭观察爱其诗，欲令往见。文圻曰："往役，义也，以诗为羔雁，非礼也。"卒不往。魏公益重之。诗格意俱高，尤长近体。既老，从游日众，然得其一体，无能为替人者。

毕孝子宁古塔负祖父骨归里

混同江畔沙草黄，阴云昼翳天无光。羁囚廿载老为鬼，往往夜哭思家乡。虬山孝子痛父戍，赍志穷荒愿身赴。蕙兰憔悴悲春晖，早向秋风委霜露。铁岭辽河五十秋，旅魂漠漠伤淹留。鸡竿明诏下鳌禁，忽许枯骼还山丘。孝子遗孤年已壮，帝阙奔号请归葬。西曹求檄颁故迟，踯躅京华家破丧。万里穷多事远征，饕风密雪逾长城。呵冰须发晓每冻，闻角区脱宵常惊。幽泉负骨旋乡里，马鬣齐封堂斧似。两世精诚事竟成，不愧一门双孝子。其人可传，诗亦足以传之。

七夕妙高台坐月

今夕天风爽，吹余到十洲。瑶台孤岛夜，银汉半轮秋。潮响龙移窟，江明鹊起楼。凭栏星斗近，指点说牵牛。

白沙王翁百岁

住世凭何术？遥遥到百年。数君强仕日，还在乱离前。地老千头橘，囊存万历钱。儿孙满阡陌，都种白沙田。此种诗品可入中兴间气集中。

中秋月蚀

秋半蟾光彻底清，妖蟆残夜蓦然生。匣开尘土蒙金镜，盘弄泥丸污水晶。自满定知多外侮，处高原忌太分明。广寒宫阙愁昏黑，斟酌姮娥秉烛行。五语有“满招损，谦受益”意。六语有“冕旒蔽明，黈纩塞聪”意，收昌黎、玉川奇肆之作于八句中，是何等本事。

秋杪薄暮登北固木末楼即事

雁背遥翻落照来，楼登木末客徘徊。江山旷劫争棋局，灯火光阴促酒杯。万井人烟秋惨淡，百年戎马地蒿莱。西风归路吹残醉，云掩高城画角哀。起句得势，以下便如剞竹。

八月十三夜焦山坐月同学庵释巨涛

月出双峰敛暮岚，临流久坐借僧庵。澄清银汉露涓滴，浩荡碧波帆两三。龙戏夜珠藏海底，雁随秋气落江南。惠休有句通禅味，金粟香中好共参。

十四夜焦山水晶庵看月

薄暝疏钟隔树闻，海风收尽岭头云。住山梦好经三宿，看月光圆到九分。天浃银河涵水气，江平冰縠织波纹。僧窗不用呼灯火，老眼能书白练裙。

暮春同吴门沈归愚登蒜山憩清宁道院

老去攀跻兴尚存，蹒跚陪客蹑云根。天晴烟树分瓜步，春涨波涛拓海门。野马絪缊频过眼，沙虫变灭几招魂。乱藤荒草山前路，铁骑曾经十万屯。卢循率十万众争蒜山，刘裕以长刀斫敌破之，末句用其事。

藉草峰巅片刻留，旷观身世叹蜉蝣。残年岁月双筇杖，吾党乾坤一钓舟。夜雨苔痕山径滑，夕阳松影石坛幽。劳生多病惟谋药，丹鼎犹存五粒不？

云房杯酒坐闲身，白首相知感慨新。庑下梁鸿谁共语，楼头王粲尚依人。青山有梦常为客，黄鸟无言自送春。归舫吴门樱笋熟，柳花风起石湖滨。庑下梁鸿，文圻自谓，楼头王粲，谓予也。时予授经魏观察署中，故有是语。

焦山山门外坐月

临江席地坐黄昏，入夜微吟冷客魂。皓月出云旋堕水，青山隔岸正当门。金蛇搅浪光难定，巨象乘潮势欲奔。万里碧天沧海阔，何人骑鹤上昆仑？自注：对岸为象山。〇焦山坐月诸作，精华流露，首首可传。

秋杪登清宁道院与漪亭学庵同赋

扶杖登高怆客魂，西风黄叶满前村。林间佳菊能留客，江上名山总到门。饭罢楸枰消白昼，酒阑钟鼓报黄昏。暂离城郭无多路，便觉渔樵地位尊。“江上名山总到门”，金焦、北固、五洲皆在槛前也。结为布衣增价，翁山诗往往有之。〇五日泛舟丁卯桥颔联云：“小桥疏柳唐人宅，落日寒潮楚客魂。”真名句也。因通体未称，故附录于此。

秦应阳

秦应阳，字含真，江南长洲人。官六安州教谕。

飞　蛾

飞蛾性趋炎，见火不见我。愤然自投掷，以我畀炎火。动静自有常，躁急适贾祸。明发天宇空，飞跃无不可。惟趋炎，故躁急，茫茫六宇，见我者有几人哉！一结天空海阔，无适不可。

徐翔鹍

徐翔鹍，字云客，云南昆明人。

普安道中

暮色萧条岁欲阑，长途犹自赴征鞍。横穿峻岭几千丈，直下危峰数十盘。古树夕阳鸦影瘦，乱山残雪马蹄寒。风尘满眼愁无奈，始叹当年蜀道难。

叶肇梓

叶肇梓，字季良，江南和州人。

横江词

人道横江恶，侬道横江好。不是浪如山，郎船去已早。翻太白意，词转似太白。

牧牛词

黑牯力衰行每迟，白犊奔突饮清池。东冈西陇随力去，牛饥只向草多处。深山牧牛岁月长，系牛小树今枯桑。牛食牛眠适牛意，闲来敲石作儿戏。太平牧牛有馀乐，不用将书挂牛角。汉书挂角，借以干杨素，非真读书也。翻去自好。

集归去来辞字为诗追次坡公韵

涉世知无策，还乡路可寻。孤行聊自善，万感复何心。云岫遥扶杖，风泉远入琴。东皋清绝径，容易得登临。

富贵求焉得，耘耔乐有期。归与无不可，行矣欲何之？独酌向庭菊，孤怀寄赋诗。息交聊自远，畴复是心知。

不悟今时是，安知昨日非。泉飞还入壑，云化复成衣。引酒寄情远，抚琴得趣微。晨窗观去鸟，日尽自归飞。无集字迹，与坡公相近。

汪绍焻

汪绍焻，字炽南，浙江秀水人。岁贡生。

项　王

骓马虞兮可奈何，汉军四面楚人歌。乌江耻学鸿门遁，亭长无劳劝渡河。鸿门之遁，为避祸也。推孝惠、鲁元堕地，乞分太公一杯羹，无复人理矣。此诗抑倒沛公，能为项王吐气。

刘伯伦

生死穷通付醁醽，妇言虽好不须听。利名役役真成醉，只有先生是独醒。当涂、典午间，谁非中酒者，以独醒许伯伦，唤醒醉梦人不少。

邵锡荣

邵锡荣，字景桓，浙江钱塘人。

舞剑篇与陆方义

我尝高咏古人古剑篇，我欲起舞追飞仙。古来剑解七十二，惜哉后世无人传。陆生陆生尔且前，我今试舞双龙泉。长兵短接须精练，雌雄炯烁落银霰。万人力敌莫可当，顷刻风云看百变。忽徐忽疾疑旋蛟，忽连忽断惊飞雁。耸跃星流身不见，雨打梨花团雪片。陆生此时睹之惊绝神，且愿执鞭追后尘。慎勿轻携此剑渡江海，只恐双飞出匣归延津。

钱锦城

钱锦城，字镜先，江南常熟人。牧斋宗伯孙。

席上咏物分得橘

丹实离离间碧林，千头声价重南金。逾淮若改平生质，孤负当年作颂心。言坚贞之质，不可变易也。乃祖能守此两言，便为东林完人矣。

安　期

安期，字亦生，江南无锡人。

流萤词

熠熠流光漾水烟，池亭雨歇晚凉天。西风吹堕红蕖里，照见鸳鸯自在眠。池塘中每有此景，却无人写到。

许心扆

许心扆，字丹臣，江南长洲人。竹隐太守子。

松陵道中

寒雨洒孤城，秋声满丛薄。乌啼枫树间，江空闻叶落。

戴　鉴

戴鉴，字冰揆，江南嘉定人。

孙若望谢珙县归过访话旧有感

剑阁连云入梦劳，十年重见意萧骚。破巢似我空三匝，愁鬓看君有二毛。不负家风存旧笏，存笏斋，松坪读书处。得归宦海息惊涛。通门老友无多在，往事闲追首漫搔。

岁晚入都途中杂咏

迢迢古道客栖栖，风卷黄沙落日低。岂是此身同代马，年年只向北风嘶。极见成语，道来自佳。

王　肇

王肇，字建初，江南太仓人。著有鸼鹈集。〇建初隐于市，卖饼易食，暇则以诗自娱，无求于人。王冰庵太守折节定交，诗成每商之建初，建初时有可否，艺林两贤之。

丹阳月夜

辞家未云迈，愁思如春长。谁能见明月，而不念故乡？舟子掩篷卧，露下凝清霜。出我瓮中酒，斟酌此清光。忽闻高楼笛，一曲何悠扬！飞音过水来，缭绕清川旁。仿佛折柳曲，使我中情伤。明发又移棹，回首天苍茫。“谁能见明月，而不念故乡”，千古有情人语，通体自然，不烦些子著力。

王　琛

王琛，字来珍，江南太仓人。〇来珍隐于医，志趣与建初同。遇歉岁，三旬九食，无饥馁容也。冰庵太守重其品，亦与课诗，时偕建初称娄东二王。

闲　居

佳兴在春日，暄风吹敝庐。山妻具粗饭，稚子撷野蔬。欢然适口腹，俭岁如积储。淡泊气乃充，无求养我愚。小庭何所有，花竹交扶疏。闲中送余目，归云与鸟俱。此生苟自适，焉知岁月徂。“淡泊气乃充”，非虚假之气也，隆中人足以当之。作者亦能言之。

萧赵琰

萧赵琰，字揆三，江南宜兴人。诸生。○揆三抱才不遇，年复不永，远近惋惜，所存诗无几，皆近“食荠肠亦苦，强歌声无欢”者，言为心声，信然。

桂之树

桂之树，托根君之墀。大火当昏，郁郁离离。桂之树，结叶叶，交枝枝，中有丹心君不知。君不知，含情直待秋风吹。秋风吹，君知之。即张曲江丹橘一章意，音节古，使人不觉。

溪桥候月

候月荆溪口，初凉桥上生。星辰秋在水，河汉夜无声。农火归残巷，渔家话浅更。兴来忘所待，人影欲同行。星辰十字，在贯长江集中亦为杰句。

过净梵寺吊周瑜城

松涛听不尽，铁马去何之？只有僧归寺，更无人守陴。乱莺公瑾曲，远岫小乔眉。多少徘徊意，春风解缆时。五六语偶然关合，不觉其纤。

汪天与

汪天与，字苍孚，江南歙县人。官刑部郎中。有沐青楼诗。

西海门

鸟道直穿云，不暇盘旋上。有时膝代足，手扪那容杖。目眩怯回头，坐稳时一放。精神犹惚恍，心胸为涤荡。力竭到峰巅，平衍神忽王。亟趋西海门，路转光明藏。千峰划然开，紫翠呈万状。夕阳在东麓，倒射芙蓉嶂。谁为问巨灵，仙窟何年创？石床置碧霄，玉屏列丹嶂。云峦一万重，三神山在望。何须蹑仙踪，且快兹游壮。予登莲花峰有句云："四体失所司，目眩心忡忡"，即篇中"有时膝代足，手扪那容杖"二句意也。未经历者，不知此语之真。

穿鳌鱼洞度莲花沟上文殊顶

巨鳌潜海中，何年此迁播。古洞恒阴森，屏息不敢唾。伛偻穿胁出，延缘扪脊过。眼明一松横，根穿石壁破。风云看飞腾，江海几掀簸。径度莲花沟，心胆寒无那。悬崖如泛虚，股栗神已懦。每涉惧不测，伫足欲相贺。降若探龙渊，陟如转蚁磨。九地升九霄，始达狮子座。莲花入云开，莲蕊日以大。迎送松依然，涧底龙犹卧。至此筋力疲，藉草一少坐。历历忆生平，久惯经坎坷。此间觉平夷，无须咎摧挫。度莲花沟由百步云梯而上，侧足股栗，壮夫亦慑，即所云"九地升九霄，始达狮子座"也。结意翻开，有无穷身世之感。

题雪庄和尚小照

雪庄开士居云舫，三十馀年不下山。何事尘缘消未尽，尚留面目在人间。雪庄入都，见重朝贵，几为尘缘所缚，故作诗以风之。

吴瞻泰

吴瞻泰，字东岩，江南歙县人。诸生。〇东岩为大司成鳞潭先生长子，少留心经术，思为世用，入省闱十五，终不遇，乃遨游齐、鲁、燕、冀及江、汉、吴、楚、闽、越、交，诗品日高，然以诗人名，非其志也。所著有汇注陶诗杜诗提要删补选注等书。

过虎村上芙蓉岭

山深异气候，四月正流澌。冰有夏虫识，花无春鸟知。村寒烟不起，径险杖难支。一线开天窦，芙蓉更擅奇。犹是“即今河畔冰开日，正是长安花落时”意，一经锤炼，更觉遒警。

宿松谷庵听瀑

向晚投松谷，青苍夹洞门。沙流侵客屐，笋迸出云根。冻雀千林静，飞涛万壑奔。一宵疑聚雨，起坐见朝暾。

自题莲花峰顶试泉图

万仞青莲上，梯云为试泉。谁将一勺水，引上九层天。气带流霞色，香无下界烟。茶经曾品未？兴发自吾先。起步与王右丞“万壑树参天”一章同一起法。

送洪去芜入黄山度岁

怪尔冲寒入杳冥，一筇万里破空青。雷奔石底晴看雨，人在空中夜摘星。喜就湿泉除宿垢，懒将仙荚问山灵。鼎湖龙去留丹灶，元日朝参紫玉屏。空中摘星，登黄山时真有此景，度岁只末一点自高。

汪　衡

汪衡，字禹吹，江南吴县人。诸生。〇此钝翁先生长子，负才早殇，二弟但夸门阀，难免柳子铁炉步之诮矣。读禹吹诗，不胜清门零落之感。

七　夕

明河漾金波，令节双星渡。那堪一岁愁，尽向经宵诉。东方色荧荧，离情复如故。犹胜远游人，空闺泣朝暮。

渔　灯

月落空江露气浮，芦花深处宿渔舟。寒灯映水繁星乱，夜半潮回带影流。

计元坊

计元坊，字维严，江南吴江人。〇维严为甫草先生之孙，希深同学之子，硁硁自好，诗有源流。雍正甲辰，访予于莳溪老屋，不值而返。寄诗三章，已臻古淡，今虽散佚，每一追忆，如尘如梦，不胜惘惘也。

励志诗

青青园中林，并望成嘉树。或者干云霄，或者苦颠仆。岂真托根殊，亦异灌溉故。人力不滋培，栋梁安得具，而何蚩蚩氓，荣落委天数！见大有为者，贵以经术培其本根也。通首比体。

士人乏奇才，动辄咎贫贱。岂处贫贱中，抱负遂难见？曲逆方宰肉，一乡已称善。诸葛当躬耕，三分定佐汉。内反无足凭，气馁徒炫乱。不见玉韫山，与石自有辨。贫贱中正，可树立根基，激有志气人不浅。

鸩毒惟晏安，古人戒自适。所以陶士行，运甓日累百。破贼石头下，精勤由素积。奈何卑栖士，嗜懒如有癖。志为气之帅，志锐气自役。原师闻鸡人，无蹈嵇阮迹。南朝八达流弊，足坏士品，足坏国家，标出陶侃、刘琨，最有定识。

述　兴

人方危苦时，薄施辄感德。自昔奸雄辈，持此罗上客。蔡邕依董卓，有才而无识。受恩旋杀身，士贵能挺特。所以孟夫子，馎醊乐克。见因不失亲，不可轻受人惠。

徐志岩

徐志岩，字象求，浙江德清人。历任开封北河郡丞。著有抑斋诗稿。

诸子会课

刘勰论文心，陆机作文赋。何如对圣贤，孔乐颜可铸。谁云制义作，苟且敷章句。精理抉天人，宋儒可沿溯。春风吹衡门，草堂开艺圃。橐笔集生徒，齐侍先生屦。授简复拈题，一一申毫素。周情与孔思，静中许良悟。或疾如涌泉，或迟若窘步。中正期徐臻，狙诈愿屏除。去。述古有馀欢，偭规良足惧。伫闻正始音，云山有韶頀。和平之音，不流于腐。近日割裂盛行，中正少而狙诈多矣。作者独能防弊于未然。

蒙　瀼

滩卷千堆雪，山藏一线天。当秋茅瘴合，亭午旭光偏。怪鸟啼深树，孤猿啸冷烟。平生仗忠信，不怯下泷船。

谒张文献祠

曲江风度远流徽，姚宋同心日并晖。金鉴果能陈黼座，玉环何事系罗衣。贬官荆楚缘持正，遣祭丘坟为见机。自注：早识安禄山有反相，请诛之，上不听。

古庙肃瞻松柏下，蔼然遗象见依俙。唐五行志：术士徐遐周诗曰："若逢山下鬼，环上系罗衣。"即马嵬之谶也。三四见信用曲江，必无六军不发之祸。

闻鹧鸪

游子天涯生计非，遥山如黛日相依。忽听格磔钩辀语，触拨归心泪满衣。

汪　罂

汪罂，字丽天，浙江归安人。候补员外郎。

秦淮秋柳

内桥南去水平芜，处处秋烟似画图。惆怅千丝残照里，不堪重问旧栖乌。

拂地西风起白门，几枝寒碧衬烟痕。不知何处吹横笛，漠漠江南乌夜村。纯以韵胜。

许　玑

许玑，字罕宜，江南吴县人。

静夜吟

霜林月逾白，满径横藻荇。万籁总无声，大地此时静。心迹两寂寞，尘杂不须屏。檐前星已稀，池畔鹤初警。独往亦独回，自顾形神影。清绝。

答友问

友人问我山居乐，第一读书松竹林。世上万缘都不到，时时证入圣贤心。能得此乐，三公不易。

钱嵩期

钱嵩期，字人岳，江南阳湖人。贡生。著有一房山诗钞。

赠友园居时主人六十

风物翛然在竹林，颠毛未许晓霜侵。已忘胜负还看弈，为薄才华欲废吟。说剑碎琴年少气，种松爱菊岁寒心。公孙荐达非吾事，自注：公孙弘六十召对贤良方正策。肯使红尘点素襟。

徙宅还同鸟易柯，闲园望里足烟萝。青藤白袷时还往，张丈殷兄共啸歌。野犹窥人来渐熟，山云湿径扫偏多。期君采药铜官路，曳杖携筐入硐阿。写主人之近道，而作者性情，亦与之俱见。

卷二十七

金志章

金志章，字绘卣，浙江钱塘人。雍正癸卯举人。官口北道。著有江声草堂诗集。〇乾隆壬申，不戒于火，诗俱灰烬，友朋搜罗散佚荟萃贻之，只十之二三也。然豪情盛气，勃勃纸墨，可以想其生平。

因树亭观唐明皇磨崖碑

明皇昔日侈东封，千乘万骑纷云从。超然意象小秦汉，七十二代思兼容。金泥玉检著符瑞，江茅鄗黍昭虔供。礼成大祀颂声作，鸿文典诰铿钟镛。天章神笔纵挥洒，鸾飘凤泊翔游龙。磨崖深刻纪岁月，万古照耀天门东。是时国家正全盛，地大物阜民和丰。庙堂宴安渐鸠毒，玉鱼绣褓酣深宫。侈心一开蠹随入，九庙俄顷飞灰红。淋铃蜀道驰万里，百神不救尘埃蒙。徒存兹碑峙巑岘，雨蚀藓剥云烟中。牧儿野火烧不得，至今椎搨传遗踪。吴郎嗜古得此本，世守什袭装池工。高斋招我共销夏，披襟展玩清宵同。规连珠树矩折玉，墨彩腾上光熊熊。手摹口诵极赞赏，忽忆往事心神忡。中兴反正颂神武，亦有巨刻磨宠岌。盛衰治乱互倚伏，鉴戒实可垂无穷。殷忧启运满致覆，此理自古关昭聋。开天已远代几易，犹留宝刻珍书丛。摩挲掩卷三叹息，人君莫漫夸丰功。为汰侈满盈鉴戒，后以浯溪中兴颂碑作衬，即孟子“生于忧患，死于安乐”意也。末一语，是画龙点睛手。

铃山行

铃山四绕青谽谺，袁江一线盘修蛇。东西峡口两洪束，东为昌山洪，西为钟山洪。县城中裹如莲花。此邦何人昔最著，豪贵屈指推严家。早年登第竞名誉，追逐何李矜浮华。归来筑室此山顶，图史枕胙旁人夸。青词晚岁博金铉，万事横决如抟沙。文章不掩孔雀毒，膝下豺虎兼娄豭。读书不识忠孝字，廿年辛苦何为耶？立身一败愧乡里，至今齿冷千秋哗。清江六月烧晚霞，长桥终古缘城斜。熏天之势竟安在？徒令吊古兴咨嗟。“文章不掩孔雀毒”，奸佞之人，虽有才华，莫能盖也。“读书不识忠孝字，令阅者悚然。

岔道射虎行为李守戎作

北风卷地尘沙黄，杲杲塞日无晶光。山城荦确少行迹，猛虎昼出蹲南冈。双睛睒睒射惊电，耸尻竖尾如竿枪。咆哮踞地地欲裂，百兽走匿山魈藏。血人于口爪牙利，家家闭户群苍黄。陇西飞将勇莫当，家世猿臂能挽强。鬑鬑猬磔气勃发。直视斑子如跛羊。长弓大箭走相搏，瞋目叱咤声雷踉。洞胸贯胁猛竟殪，气焰安在傫然僵。樵苏从此少患害，行李来往仍穰穰。我时驱车出北口，逢君迎谒趋道傍。为余津津谈且喜，英风爽飒神飞扬。须臾健儿舁虎至，馀威尚觉生风霜。羡君除暴真健者，当路岂复忧豺狼。呜呼！当路岂复忧豺狼。死虎馀威尚生风霜，则生时之凶恶可知矣。十四字猛气逼人。末并望除去当道豺狼，咏叹出之，所见尤大。

白沟河吊二忠祠张公叔夜、文公天祥

白沟河上夕阳时，下马荒原吊古祠。北渡中宵悲扼吭，南冠孤愤漫题诗。鬼谋曹社家同破，龙去崖山事不支。太息残碑焚野火，六陵荒草共凄其。分咏二忠，语皆典切。

黑　峪

盘盘鸟道上青云，峻坂危坡路不平。入险横穿豺虎窟，凌虚俯瞰鹗雕群。三关形胜凭高尽，二水波涛出塞闻。极目长城回望处，河边饮马汉家军。

二十四矶

惊涛如雪溅长空，峭石崚嶒讶鬼工。二十四矶帆侧过，不知身坐浪花中。

鹧鸪塘

客情乡思总凄迷，睡起篷窗日欲西。忽听一声行不得，鹧鸪塘外鹧鸪啼。天籁。

姚　湘

姚湘，字行表，江南桐城人。雍正癸卯举人。官常熟教谕。

郭林宗墓

知人荐士缅遗踪，此日经过马鬣封。一木势难支大厦，六屯祸不及潜龙。登仙只合同元礼，表墓宁须藉蔡邕。更有申屠共标格，高风树屋独名佣。桓、灵两朝朝局，党人之标榜丧身，林宗之不为危言覈论，得以免祸，三四语尽之。末引申屠蟠，见因树为屋，同于佣人者为更高也。诗须如此作，方不浮泛。

梅

任尔冰条湿粉痕，何须纸帐护春温。红亭远隔人千里，翠羽初飞月一村。留得寒香清到骨，莫听羌笛暗销魂。几年孤负西园约，冻合孤山独掩门。与“愁在三更挂月村”同妙。

荆州道中

女媭砧响杳冥冥，楚些吟成不忍听。行过渚宫神黯淡，猿啼夜半在空舲。

沈青崖

沈青崖，字艮思，浙江秀水人。雍正癸卯举人，官至开归道。〇家艮思以监司任军储，有掎摭之者，系狱几数年，上知其冤，释之，仍官监司，以议论正直为大吏弹劾，复去官，始终以不善谄曲被祸者也。在狱时，著有五经明辨录、纲目尚论编，多前人未发及正前人缺略者。

钱博士登俊赠西域地图

客从军中来，遗我盈丈纸。展卷列丹青，大荒靡涯涘。嵯峨于阗山，蜿蟺伊丽水。轮台及阳关，如在掌上指。汉唐殊名称，回夷互迁徙。服畔靡有常，古来多战垒。白骨沉沙窝，金刀折涧底。寒暄异中华，幅幁空万里。有壤不可耕，得民不可使。唐虞声教讫，西被流沙止。聚米虽良谋，形势何足恃。素壁张斯图，聊识大亥趾。老成经国之言。

邵锦潮

邵锦潮，字赐笏，直隶宛平籍，吴县人。雍正癸卯举人。

蒹　葭

秋色浮江上，烟波共渺然。苍茫迷远渚，寥落向遥天。折叶惊寒雁，飞花点钓船。伊人不可即，怅望水云边。

喜晚香辞幕府归出示新诗留饮

千尺流泉百尺松，白云丹嶂自从容。偶同麋鹿游城市，终觉鹓鹍厌鼓钟。句就烟霞频出手，醉馀磈垒肆填胸。明朝便蜡寻山屐，到处随君蹑旧踪。一笔挥洒，绝去雕饰，此境正未易到。

闺人赠远

日夕上高楼，云山一望秋。悠悠渡头水，空送往来舟。

曹庭枢

曹庭枢，字古谦，浙江嘉善人。雍正癸卯副榜。○古谦应博学鸿辞，诏入都，日课一赋一诗，同人敛手推让，试后放归，复入都，病殁。此就向所录者存之。

张鸿勋惠读看云吟稿作长歌奉柬即送其南还

病夫高枕掩关卧，晨罢栉沐惟枯坐。有客投我诗一编，急起把读积懑破。砰訇振作钟镛声，错落咳成珠玉唾。十年人海奔堀堁，诗笔不留点尘污。吁嗟乎！山鬼笑人文不灵，素衣化缁衫犹青。小住为佳归亦得，扬舲南指垂虹亭。送君行，饮君酒，顾此身后名，期在勿速朽。台阁诸公自衮衮，富贵岂同金石寿。但令作述高等身，何必黄金印悬肘。君归林屋勤著书，肯学丈人山隐居。“龙威丈人山隐居，西入包山窃禹书”，言其不自著述也。于随手生波中，讽以立言自命，工于措词。

春雨和钱屿沙编修韵

两两溪边水鸟呼，渐看檐际湿模糊。凭栏花重红疑滴，隔座山横翠欲无。吟苦纵愁春冷淡，病多偏稳睡工夫。卷帘自爱虚无景，未要潇湘入画图。

陈祖范

陈祖范，字亦韩，江南常熟人。雍正癸卯会试中式，韩隆壬申举经学，官国子司业。著有见复诗草。○

见复捷春官，未殿试归，著书友教，垂三十年。大臣以经学荐，授少司成。居家受官，生平以天爵自重者也。诗无意求工，自馀道气，不得以词人之诗目之。

恒雨

春末夏之首，恒雨连数旬。吾土异高低，高者下种匀。沟车挂梁壁，妇子纺以纫。但俟水势减，耘耔及良辰。低者沦江湖，波涛浩无垠。鸡犬悉上屋，举家寄河唇。相去数十里，彼此殊越秦。苦乐宜均被，譬如人一身。半体虽独活，偏枯为不仁。所以君子心，溥遍无涯邻。忧喜不以己，四海熙阳春。物我同体，已见此诗。

感秋

人生弦上栝，流光迅于矢。春鸟畅欢情，秋虫感衰耳。万籁乘时鸣，一心异悲喜。中宵不成寐，转辗揽衣起。今人未尝生，古人未尝死。欲求不死方，从师悔晚矣。读末四语，令人内惭面赤，觉可愈头风，可愈痁疾，只是语句奇险耳。

梦述

自从别家来，十夕九梦亲。父念子行役，不因存殁分。存为倚门望，隔形不隔神。殁为空中魂，魂依游子身。危高山之巅，慓深水之漘。悲哉同行子，生独为鲜民。白云处处多，天涯见无因。可补陟岵、蓼莪之缺。

与星旋释

尔我各异趣，青山为之媒。尔心与山静，我心对山开。山意不将迎，能通彼我怀。书声杂梵呗，瓶钵偕尊罍。大道固无碍，何从起嫌猜。推窗月皎皎，梅花点苍苔。结得淡然。

答任翼圣计偕留别

往还多面朋，孰是心所同。乡荐忝伯仲，时论推云龙。一友教四方，一匿影蒿蓬。相见苦不易，终岁欣相从。得窥所学富，饱闻议论雄。冥搜力沉著，集益心虚冲。乌能石攻玉，愧用莛撞钟。圣籍久黯黮，迟子发群蒙。斯行匪干禄，要展经术功。析理戒穿凿，守道无穷通。钓鳌不钓鱼，君家有任公。析理十字，作者一生得力。

咏　史

吾慕江州陈，宗族七百人。每食设广席，长幼列坐俱恂恂。和气感畜犬，百犬共牢食必均。为问此何时？豺虎磨牙噬生民。君如弈棋国传舍，天下不复知尊亲。世上自乱家自理，闭门别有无边春。

送西京训导宣城

老为千里别，何以遣离情。道在官无小，风清宦易成。议参秦博士，诗继谢宣城。遥识青衿子，趋风江畔迎。

寄沈归愚

把酒论文记往年，隐侯格律敢随肩。宫中久识元才子，明主终收孟浩然。鹤怨猿惊怀故地，马迟枚疾斗新篇。嗤予守兔清江曲，燕树参差怅各天。简寄诗篇，亦寓规讽，良友赠言，何时敢忘。

缪曰芑

缪曰芑，字武子，江南吴县人。雍正癸卯进士，官翰林院编修。

书杜少陵诗后

稷契成虚愿，诗篇轶众群。吐辞皆信史，每饭不忘君。汗马怀诸将，龙池望五云。千秋惟白也，可与共论文。平稳写去，已尽老杜生平。

秋　柳

摇落西风里，垂条浪不生。本非攀折候，犹有别离情。凉露成清滴，寒鸦噪晚声。吾生饶短发，愁对淡烟横。前半正写，后半虚写，处处有远神。

潘　果

潘果，字师仲，江南无锡人。雍正癸卯进士，官辰州同知。

观星台

太虚茫茫星吐精，仰观何托观群星。三垣高居列宿拱，七曜以次升天庭。观星之台自此筑，古器森立交峥嵘。吐吞日月孕精气，异采焕发坚光凝。夏官历历亲示我，法象粗得知其名。浑天最古位居右，西洋测景开皇清。自注：铜象凡十三座，皆古物，惟此象为我朝新铸，居中。日躔月次分杪忽，相风高尺晴空横。忆从虞后在玉衡，子来继咏灵台成。狂秦乱纪失遗法，汉更七帝铜仪兴。自注：制自宣帝时。递相精核迄元代，人巧上与天工并。真收万象入指掌，岂比露盘承六茎。缘何末造不能守，往来再徙归燕京。昔闻王孙论九鼎，虽小亦重大或轻。铸金象物尊尚尔，况为於穆图真形。何以守之德是凭，惟皇得一符清宁。用意全在末段，必如此，诗不徒作。

蜈矶孙夫人庙

江神踏浪朝灵宫，灵宫夫人下幽穹。女官掼甲拥前后，宝刀烂若银芙蓉。阿兄虎视霸南国，玉颜小妹饶家风。天教帝子作之偶，明珠斗帐藏真龙。赤壁战后老瞒惧，不敢南下驰艨艟。如何婚姻失前好，忍教与国连兵戎。臣服魏廷亦豚犬，仲谋那足称英雄？蜀帝复仇猇亭败，永安遗诏苍黄中。夫人有家归不得，九嶷梦断寻无踪。蜈矶自沉灵魄在，于今遗庙留江东。庙中传芭女巫舞，报赛神鼓声冬冬。江流有尽恨无尽，疑有泪竹斑斑红。仲谋降曹真不可解，两国连兵，不独蜀之遗恨失吞吴也。借题发出，见权有愧于其妹，一起如见夫人英武，一结想见夫人抱恨，玩其音节，得乐府迎神曲之遗。

项王庙

威望居然压沛公，指挥一误霸图空。纵留子弟八千在，早失关河百二雄。遗庙可堪邻泗上，英灵只合返江东。所嗟锐气真无敌，不出淮阴数语中。项王失策，在王汉王于巴蜀、汉中，使得还定三秦，则大势全在汉矣。诗中指出，具有卓见。

桓宣武墓

笑尔何心蓄不臣，馁魂终此伴青磷，生初枉自呼英物，身后教谁叹可人。自注：温过王敦墓，辄叹曰："可人！可人！"江北柳围空长大，洛阳钟簴竟沉沦。纵然未死膺殊锡，地下如何见太真？

尹会一

尹会一，字元孚，直隶博陵人。雍正癸卯进士，官至吏部侍郎。著有健馀诗草。

居庸关

莽莽关山起暮愁，乱云层叠隐危楼。雕弧控满清宵月，画角吹残紫塞秋。旅梦无端空索莫，归心何事更夷犹。燕南碧草还飞蝶，已见桑乾带雪流。月与雕弧相关，秋与角声相关，此诗律细处。

陶正中

陶正中，字田见，江南无锡人。雍正癸卯进士，官翰林院编修，外转至山西布政使。

读史

商君修耕战，立约于徙木。赏信罚随彰，卒以震巴蜀。枭雄负异能，断制贵专独。民可与乐成，创始每弗欲。君子重违众，持衡妙善俗。握机良所同，用意乃各属。不见褚衣冠，终焉致巷哭。子产、商君同是变革旧政，而用心各别，一是斫丧国脉，一是整齐风俗也。同中见异，于公私义利判之。

徐以升

徐以升，字阶五，浙江德清人。雍正癸卯进士，官翰林院编修，转御史，外转至广东按察使。著有南陔堂集。

炙砚

文思忽飞扬，冰凝砚一方。炙馀资石炭，化处受玄霜。调燮交离坎，中和适燠凉。不须呵彩笔，抒藻有辉光。调燮中和，由于家人之反身。小中见大，咏物诗须如此作。

关山月

大旗霞卷夕阳残，旋见边城涌玉盘。鼓角无声霜气肃，山河流影镜光寒。白头汉将占星立，红泪胡姬倚马看。净扫烟尘天阙迥，清辉多处识长安。神似李北地，以长安月作结，颂扬天朝，前人未到。

金凤纶

金凤纶，字□□，江南嘉定人。雍正甲辰举人。

冰　花自注：元人有题无诗，作此补之。

犁星没后水藏漪，泽畔鳞鳞见异姿。凝艳不教青帝王，斗华休遣夏虫知。凌波神女搴还薄，作雪天工剪并奇。莫讶清英易消歇，杨家山已付流澌。律之细也，字之稳也，人巧尽，天工出，应从偶然得之。

王　峻

王峻，字次山，江南常熟人。雍正甲辰进士，官翰林院编修，转御史。著有艮斋诗集。〇艮斋素行侃侃，弹都御史某，视赵用贤之弹张江陵夺情，则又过之。诗亦英爽如其为人。惟于王新城诗，时加诋諆，赵秋谷诸公闻之，应云将伯助予也。然即此亦是不随众好处。

禹州道中

茫茫四野寒萧骚，朔风动地声怒号。车帷卷破马踯躅，夕阳惨淡横平皋。行人瑟缩帽檐侧，手脚冻冷面如墨。晚来投店满衣尘，童仆相看不相识。

题戴巨川庶子画马自题曰称德图

先生画马如画牛，不著鞍鞯不络头。超遥肯与驽骀伍，放旷还同麋鹿游。先生相马如相士，德合刚柔比君子。神闲气静在平时，电激飚驰日千里。拈毫十日又五日，惨淡经营能事毕。恍疑貌出古纤骊，直压开元卌万匹。君不见黄金之勒锦障泥，多少款段当风嘶。安得壮士驰骏足，层冰蹴裂交河西。少陵题画马云："当时四十万匹马，张公叹其材尽下。"最称杰句。此云"恍疑貌出古纤骊，直压开元卌万匹"，英气直欲追逐少陵。

谒岳忠武庙

强弓手挽雅歌娴，未许韩刘伯仲间。谁使朱仙回玉帐，转愁雪窖有刀环。长城自坏天难问，半壁偏安主厚颜。遗庙近邻嵇绍墓，灵旗风静古碑闲。此汤阴岳庙也。当时三字狱成，固由秦桧之奸，而小朝廷之不欲复仇，其罪更大。"转愁雪窖有刀环"七字，直诛高宗之心。

李重华

李重华，字实君，江南吴江人。雍正甲辰进士，官翰林院编修。著有玉洲诗集。○玉洲天赋俊才，复得匠门指授，生平游历，入巴、蜀，客山左，留秦关，经三楚，登临凭吊，发而为诗，嵚嵚历落，俱得江山之助，宜足继匠门而兴起也。诗话二卷，或引而不发，或金针度人，可希风昌穀谈艺录。

拟魏武帝纪行

元戎肃徒旅，行行越潼关。秦原莽牢落，空舍无炊烟。杀气一以盛，骸骨为丘山。遗黎各疮痍，窜伏何险艰。念我皇汉京，宫殿皆颓垣。大盗觊神器，流毒徒构患。迫主以播迁，剽掠于市阛。群谋踵而起，梗塞弥宇间。吟我破斧诗，悲伤难具言。曹氏一门多才，而苍坚尤在孟德，篇中风骨似之。

道　古

子长愤著书，论或凭胸臆。殷勤表素王，已足称神识。时方贵黄老，经术尚薄蚀。卓然仰高山，先路导其惑。骈罗七十子，附圣为羽翼。遂使弦诵堂，崇祀盛轨则。我嗟卫道人，曾未预配食。盲左既酬功，腐迁何愧色。汉代表章圣道，广川以后，有太史迁世家、列传，羽翼之功，不可没也。配食庙廷，前人未开此口。

剑　阁

我行阅雄关，天剑殆无敌。迢遥来一发，突兀遏重壁。望望嵯岈间，豁罅不盈尺。到关穿雪窦，窥户睇月隙。峨峨二山中，万丈一磐石。都无客土附，而总精铁积。其间郁丛箐，其底乱潨射。乌兔失飞走，蛟螭避堂宅。入门循地隧，双峡亘而窄。左作长鲸掀，右类巨鳌掷。雷轰泯斧凿，云蔚随缕脉。回风骤长驱，雪气砭领脊。洪荒想胚胎，元气更并迫。倘非仙掌排，亦属应龙划。五丁力不逮，渠能万灵役。残山通仄狭，留险藉控搤。谁知徒长奸，据窃逞荷戟。炎汉固殊类，偏安我惋惜。子阳先覆辙，王孟后接迹。称帝旋洞胸，降王递衔璧。何况献贼流，蝮蝎恣毒螫。张牙纵狂啮，擢发终寸磔。伊昔凋敝初，人烟莽萧瑟。生息今百年，垦辟连万陌。文翁兼诘戎，武乡兼教泽。辽绝若番藏，倏瞬达重译。而此枕席安，号涣谁拥隔。地利分险夷，皇图观顺逆。磨崖奋如椽，申命诫梁益。前极形剑门之险，后屡述窃据之败，见有德则可守，恃力则速亡也。末归美本朝，见文教武功远及番、藏，而梁、益内地，安如磐石矣。“地利分险夷”五字，收上半篇，“皇图观顺逆”五字，收下半篇。

望太白

太白群山外，岧岧淡莫分。遥知千岁雪，正杂万峰云。鸟道踪应绝，龙湫吼若闻。帝台三百里，香气接氤氲。

鸡头关

鸡头千仞峻，白道细如丝。怒水盘根迅，雄关立壁危。北来天去握，南望汉为池。咫尺褒城驿，连钱蹀躞驰。“汉为池”对“天去握”是为活对。

五丁峡

绝壑灵奇尽鬼工，停眸便识五丁通。双崖翠影侵天合，万窃云根入地空。杜宇魂生迷鸟道，蜀山蛇拔剩龙宫。金牛纵被秦人误，开辟何曾让禹功。“万窍云根入地空”，他人费作赋才，虽千百言亦写不到。

剑　阁

宋玉狂言亦快哉！果然长剑削天开。泉声独引雷车落，峰影双扶日驭回。壮士枉穷排嶂力，大文终重勒铭才。中原龙虎无消歇，日见关门驷马来。

过居庸

太行东骛正回环，界截烟云是此间。九土横分雄地轴，三边总会扼天关。羽书报捷风雷迅，戍卒承平虎豹闲。此去汉南皆枕席，马蹄思踏贺兰山。

登蓬莱阁

槛底沧溟浸太空，凌乘如到蕊珠宫。波间万怪时嘘气，天外三山日御风。术士妄寻焉得遇，诗翁偶祷竟能通。良宵会约群仙醉，待看重轮彻地红。三语写海市可见，四语写神山难到也。下联分承海市、神山，却用颠倒承之，化板为活。术士指文成、五利，诗翁指东坡。

书周遇吉传

为扰潼关突蓟丘，大同搏战鬼神愁。辞家战士无旋踵，报国将军有断头。致死已摧狂孽势，迎降真恨贼臣谋。十三陵未馀抔土，千古忠魂哭未休。宁武破时，贼兵伤几过半，李自成谓："自此至京，尚有险要四关，倘尽如宁武。我辈休矣。"方欲退兵休息，而大同姜瓖、宣府王承廕降表相次至，贼遂直破京师。诗中三四表周将军，五六恨二贼臣也。如许发挥，不啻披阅史传。

与张支百研江话诗随笔

李杜横驰翰墨场，如椽韩笔颇相当。数篇琴操尤高蹈，束晳何因便补亡。束晳补亡，前人议其去雅音甚远。此借以衬昌黎琴操之高，如拘幽一操，真能道止敬心事，补亡六章中殊未有也。此种论诗，具有确见。

俞 荔

俞荔，字硕卿，福建莆田人。雍正甲辰进士，官长宁知县。〇硕卿居官清正，以失上官意落职，到家后，杜门自守，筑堂曰迂溪，犹柳子自愚，而并愚其溪也。

迂溪草堂初成

何妨环堵即为宫，适趣依稀栗里同。不速到门惟夜月，无私惠我有春风。是非难染溪边石，得失奚关塞上翁。闭户领来清净福，却忘身在万山中。三四有风浴咏归之趣。

吕守曾

吕守曾，字松坪，河南新城人，雍正甲辰进士，官山西布政使。

乌江怀古

荒垒萧萧触目惊，乌江东注恨难平。千金急购英雄首，八载空劳子弟兵。古渡苍茫通利口，乱山合沓隔彭城。鸟啼似识兴亡意，犹自凄凉学楚声。

望嵩山

三十六峰如髻鬟，行人来往舒心颜。白云蓬蓬忽然合，都在虚无缥缈间。高格。倘渔洋见之，必许其把臂入林。

张鹏翀

张鹏翀，字天扉，江南嘉定人。雍正丁未进士，官至詹事府詹事。著有南华诗集。〇南华天才敏捷，赋雁字诗，日未午，成七言律三十章。赓和御制，顷刻数篇，上褒美赏赉之。有经进诗，上时转次其韵，比太白之君为词羹，东坡之金莲烛送归院，遇尤荣也。后更唱韵成诗，捷于击钵，然风格亦少减矣。工画，捷同于诗。生平事事洒落，人目为漆园散仙，窃自喜。中道殂谢，九重惋惜，叹才人之不易得也。卷帙甚富，兹录进呈法戒诗十馀篇，近体略及。

经史法戒诗

夏造衰兮殷道兴，得贤臣兮作股肱。股肱辛勤亲五就，故主荒淫终莫救。岁苦旱兮殚忧心，躬为牺兮祀桑林。苞苴女谒备自责，祷辞未毕倾甘霖。至诚感神信如此，天道只如人道迩。一夫失所真宰愁，莫令君门悬万里。此法保民自责，至诚格天也。

成康既远王道微，昭既南征兮穆又西驰。骋八骏于万里，觞王母之瑶池。事虽荒而难信兮，征祈招之风诗。神仙不可期，远略难为续。至尊居九重，王度式金玉。此戒肆心荒远也。

春秋见至隐，履霜防忽微。人主不早虑，因之致颠危。前有谗不见，后有贼不知。晋献惑嬖妾，优施教骊姬，分明置堇毒，乃谓爱我为。卒至两败伤，智谋亦何施。覆辙示深鉴，足为后事师。此戒信谗人，重内宠也。

天王柄下移，征伐强侯出。霸业亦寖衰，陪臣势无匹。强私家，弱公室，三桓六卿互分析。岂无衣，六与七，不如子衣安且吉。坏法乱纪自王朝，史书特继春秋笔。此戒政柄下移也。周厘王封武公为晋君，威烈王封魏斯、赵籍、韩虔为诸侯，此王朝坏法乱纪之甚者，故表而章之。

国有谋臣邻寝衅，贪人败类乘侥幸。秦穆悔过著圣经，皤皤黄发实邦荣。入朝见嫉入宫妒，殃及黎民终弗瘳。善善不用笑郭公，仁贤虽在国虚空。此法秦穆之悔过任贤，戒郭公之善善不用也。兼法与戒言之。

汉高大度膺神器，弘远规模传世世。恭俭尤称文帝贤，身衣浣濯为民先。年年祷祀祈民福，郑重农功珍五谷。但令闾阎常富足，国家何用储金玉。此法恭俭重民食也。

神仙有无何恍惚，黄帝广成但传说。秦皇汉武慕长生，方士怪迂始百出。安期卢敖去不来，文成五利徒喧豗，神君未下鬼先集。世上乌有神仙哉！蓬莱可望不可即。但愿人人足衣食，升平乐过华胥国。此戒求仙也。

六经烬后罗残缺，博士儒生集群说。欲施仁义法唐虞，及事神仙亟征伐。天马徕时海内虚，穷兵黩武竟何如？当年幸下轮台诏，后世犹传封禅书。此戒黩武也。

近小人，远君子，桓灵之衰只由此。跋扈才诛任宦官，一时钩党尽摧残。俊厨顾及空标榜，白马清流酿祸端。士气衰，国运否，人才与国相终始，千古兴亡鉴青史。此戒亲佞远贤，锄正人，殄邦国也。

治安共说梁天监，南北通和救涂炭。金瓯无缺侈心生，白马青丝轻纳叛。薄心肠，激成变，果致纷纭滋反间。舍身同泰会无遮，血食牲牷改为面。贪嗔至竟未能除，荷荷空悲净居殿。此戒佞佛无益，只速祸也。

阅武堂前种杨柳，至尊屠肉潘妃酒。只爱莲花步步生，曾知国步艰难否？百年南北擅风流，谁信无愁果有愁。才见荒宫馀辱井，又看芳苑起迷楼。阿麽讵惜好头颈，琼花只恋须臾景。解道真仙也自迷，不知狂魄何年醒。此戒色荒也。齐、陈、隋一辙，故合言之。

临淄英武摧群凶，美政开元继太宗。台阁名臣刺州郡，人情和洽多年丰。历年既多心渐侈，国事无端寄杨李。长安一骑荔支红，万姓那知作疮痏。渔阳鼙鼓太无情，入蜀青骡辛苦行。谁将夜雨淋铃曲，更作朝元奏乐声。此戒耄荒以后，任奸邪，宠女谒也。

宋家累叶垂遗泽，求治贤君方侧席。天津桥上听啼鹃，祸乱将兴任安石。相公新法执持坚，祖制讵难胥变易。忠良屏黜奸邪升，朝局如棋互废兴。千古知人诚不易，那论福建误金陵。此戒变祖法，用言利臣也。〇仿西涯乐府而略变音节，自成一格，共五十三章，兹存其尤者。

有所思行

落花纷纷如雪积，明月皎皎如霜铺。揽衣步月蹑花影，悄然孤馆空庭隅。沉思欲寐不能寐，明月烛床花满被。客游花月故园心，庐山高高湘水深，远书欲寄空沉吟。虚写所思，意言不尽。

长　沙

碧湘门外渺寒波，欲采芙蓉奈晚何？今夜黄陵庙前月，茜裙谁唱竹枝歌。神以何信阳。

曹　銮

曹銮，字玉如，广西全州人，雍正丁未进士。

苦水铺今名甜水铺

苦水铺，神仙过，留筒布。古谣。断头掉尾今无人，五尺之童稳行路。载重货，轻身过。苦水铺为甜水铺。“断头掉尾”四字，写尽从前狞恶，竟可作古谣谚读。

刘青芝

刘青芝，字华岳，河南襄城人。雍正丁未进士，官翰林院检讨。

寄李侍御

骢马乘来四载馀，京华处处避旙旟。饱闻圣主求言诏，未见诸臣谏猎书。岂是阳城方简默，不劳永叔代踌躇。老生局外多私计，勿使吾曹望或虚。古道照人，昌黎、庐陵复见矣。李侍御能如亢宗、希文与否？

吴履泰

吴履泰，字茹原，福建晋江人。雍正庚戌进士，官翰林院侍读学士。○我师立言致行，一归诚实，初谒见时，问以持己立朝之道，曰：“端本原，无私心而已。”即此训言，终身行之不尽者也。读韵语二章，可以想见其为人。

读书一章示诸童子

读书无源委，有如断港流。濡润涔蹄间，不能溉田畴。骄阳涸原泽，能有点滴不？苟能探其要，河汉当清秋。倒注屈千里，中有万斛舟。六籍开其源，群史决其沟。精华吸百氏，下逮骚人俦。元元复本本，千载穷冥搜。以此负文雄，气盛言毕浮。奈何末学徒，颠倒不自尤。童丱发未燥，猥以词赋投。讷音复舛韵，彀壳声啾啾。小年资弄舌，学语成咿嚘。问以经史事，茫然张两眸。俗学吁可嗟，举世多谬悠。古人诵亡书，三箧探诸喉。吾歌为此诗，非敢相嘲咻。持告尔小子，庶以鉴前修。词赋惟猎浮华，元元本本，总归经史也。近人只守干禄时文，并置词赋不问，恐叩以骚、选，亦茫然只张两眸矣。前辈为后生言，语语朴实，可以揭之座右。

蚕

八茧称佳种，三眠贵早成。岂因能补衮，不自爱馀生。萦裹真何益，缠绵适见烹。缫丝悲老妇，索索纺车鸣。事君致身，于纤小题传出，得杜陵之遗矣。

曹一士

曹一士，字谔廷，江南上海人。雍正庚戌进士，官兵科给事中。〇谔廷诸生时，名满大江南北，既为黄门，所条封事，皆去积弊培元气，有利国家者，艺林吐气，赖有斯人，奏疏可覆按也。诗亦不肯随俗，时露奇警。

拟　古

旷野张异乐，如在洞庭旁。元气裹六极，太音弥八荒。不顾世上耳，安能主故常。听者惑且骇，充耳神茫茫。焉得万里风，吹送来帝乡。一奏四时理，再奏百族康。未遇时，自命何等，宜立朝风节，岳岳不凡。

咏　古

桃李艳春日，松柏黯无光。贞心结千古，誓不随众芳。风云一朝变，天地为苍苍。有明盛坛坫，七子互腾骧。牛耳执王李，才高气愈扬。仰视高秦汉，府窥藐宋唐。指挥籍湜辈，匍匐邾莒行。震川老举子，茅屋荒江旁。言招故生徒，讲学称先王。势焰固不敌，名声讵相当。云何百世下，中天吐寒芒。古今几作者，身晦道乃昌。祧祔有定论，翕赫安可常。见名位不可恃，而实学积行久而弥光也。道存身晦者，可以自坚。

鹦　鹉

飘零绿羽向秋阴，风雨时能惠好音。老去诗篇多错落，闲来佛语费沉吟。十年庑下高人迹，万里秦山故国心。惆怅云霄空有志，病躯拟共息长林。颈联传出高人踪迹，高人心事，从来咏鹦鹉者，未见及此。

听弹塞上鸿

龙沙漠漠草荒荒，嘹唳冰弦落雁王。作阵阴山呼伴侣，离群葱岭入微茫。欲弹闺阁刀镮泪，可寄关山锦字行。听到一声边月白，受降城上有新霜。

王绳曾

王绳曾，字武沂，江南金匮人。雍正庚戌进士，官江宁教授。

深秋塞外怀于根楚中却寄

征雁嘹唳横高秋，楚天极望云悠悠。君非落帆鹦鹉洲，定应载酒黄鹤楼。楼前江水荡胸臆，天外横岳明双眸。忆昨蓟门雪，数里阻道周。闻子忽南行，惝恍心神愁。短歌遗我告我别，读之涕泗交横流。何事燃灵犀，深渊照潜虬。何用铸古鼎，魍魉穷雕搜。凤凰翔兮足千仞，好凭百鸟鸣喧啾。直道而行总乖隔，惟有江山风月囊中收。策杖重寻苏李迹，高吟怀古遥相酬。以我鹪栖林，又如鱼中钩。霜寒白草折古塞，沙昏牧马嘶荒丘。洞庭始波木叶脱，子境有此凄凉不？如何同心侣，睽阻生离忧。仲宣苦依人，长卿亦倦游。冀骏途穷长坂蹶，湘瑟声杳空江浮。平生志气向谁尽，黄金掷牝将何求？终当与子返归辙，五湖眺览携筇高上龙峰头。仰天相视长啸，万壑欲动见飕飕。楚中、塞外，忽分忽合，凌空灭没，后半如捕蛟蛇。

马朴臣

马朴臣，字相如，江南桐城人。雍正壬子举人，官中书舍人。〇相如以友朋为性命，有过从者，必酌以酒，明日断炊，弗顾也。殁于京师，几无以为殓，闻鬻马于市，始得盖棺。友人作鬻马行以吊之。

渔

自把长竿后，生涯逐水涯。尺鳞堪易酒，一叶便为家。晒网炊烟起，停舟月影斜。不争鱼得失，只爱傍桃花。世上有此渔人耶？我欲随之问津。

七 夕

何关人事说年年，此夕银河分外妍。闲对半湾无主月，痴看一片有情天。别离隔岁仙难免，飘泊经秋客可怜。忙煞邻家小儿女，喁喁乞巧不成眠。句句是客中七夕，别离之感，隐然言外。

秦淮水阁醉题

一杯清酌独婆娑，笑倚朱栏对碧波。月影分明三李白，水光荡漾百东坡。愁来天外雁飞远，秋到人间客占多。我自胸中有忧乐，阿谁吹笛夜深歌。三李白，百东坡，此种对偶，何减元遗山“秋风客”、“春梦婆”句。

张映斗

张映斗，字雪子，浙江乌程人。雍正癸丑进士，官翰林院编修。

咸 阳

河山百二西南抱，终南山色开堂奥。西周丰镐陷戎尘，秦得咸阳廓新造。当时一剑扫六雄，焚弃图书绝搜讨。鞭笞四海震匈奴，皇功帝德弥穹昊。传世从兹亿万年，国祚何烦子孙保。沙丘一夕鲍鱼腥，东海神仙竟杳渺。中原逐鹿莽狐蛇，孺子堪怜出轵道。咸阳宫殿久榛芜，岂待今时迹如扫。千秋龟鉴示兴亡，仁义从来为国宝。准之常理，有暴虐天下而帝王万世者乎？“国祚何烦子孙保”，盖深揶揄之也。末二语本贯生意而正言之。

沈荣简

沈荣简，字振之，浙江归安人。雍正乙卯举人。

五日集孙阮亭孝廉深竹映书堂分韵

楚些哀歌送远声，虚堂列坐午筵清。竹深那许红尘到，暑薄才宜白袷轻。画鹢旌旗悲正则，长堤花木忆端明。西泠两度逢重五，对酒依依隔岁情。自注：己巳五日，亦集饮孙斋。○书堂在西湖，故有“长堤花木忆端明”句。

张一鸣

张一鸣，字凤举，江南长洲人。雍正乙卯举人。著有乐圃诗钞。○凤举受知张清恪公，清恪被诬，几蹈不测，凤举蹑险尾行，士林重之。生平好义多类此。所著条上张抚饬吏议十则、笺注杜樊川集若干卷，诗其馀事云。

过诗人家永夫墓

天意笃之子，使之长贱贫。贱贫满世间，若个称诗人。诗人葬空山，抔土亦有神。山鬼穿幽篁，入夜常相亲。千秋此岩阿，永永栖吟魂。采菊为君荐，聊此同清芬。惟长贱贫故得成诗人，是天之厄之，正所以笃之也。然贱贫满世间，而一人独称诗人，此又永夫之不负天，别于满世间之贱贫者也。立意既高，笔复窈折，不使人一览易尽。

长安秋日

薄云天际浮，旅况不胜愁。空累猪肝饷，谁将马骨收。归家惟付梦，作客最憎秋。十载长安道，栖栖感旧游。

登金山

万顷惊涛孤岫悬，登临身世两茫然。飞楼倒瞰真无地，危磴高盘别有天。白下朱方频战伐，吴头楚尾总云烟。晚来拟放江心棹，欲试中泠第一泉。自注：泉在江心石簰侧，月夜起沫，始可沉铜瓶汲之。〇是登金山诗，移不得大孤、小孤等处。

归　鸦

稻粱计拙海田荒，薄暮哀鸣去路长。欲觅一枝何处所，满天风雪漫回翔。作者留滞长安，欲归无计，比拟归鸦，直觉百端交集。

高不骞

高不骞，字槎客，江南华亭人。官翰林院待诏。

雨馀渡澄照塔院

湖雨过前汀，行舟出杳冥。山含九朵白，塔耸一痕青。风幔苍茫卷，晴钟次第听。城阳归路远，不上水心亭。

王时翔

王时翔，字皋谟，江南太仓人。以诸生荐举，官至成都太守。著有小山诗钞。〇小山初为晋江令，前令尚击断，人皆股栗。小山曰：此吾赤子，敢以盗贼视乎？自是历任守此心，外严内宽，一归仁厚，所谓经术饬吏治者也。诗能从情性中出，往往清绝。

于忠肃公墓

北狩仓皇日，孙申为郑谋。变疑鹳鹆谶，冤起鹭鸶讴。社稷功千载，湖山土一抔。嗟哉徐石辈，青史只遗羞。鹳鹆谶，以昭、定兄弟之变，比英宗、郕王也。于公被祸后，时民谣云："鹭鸶冰上走，何处觅鱼嗛。"鱼嗛音同于谦，盖鸣其冤也。以此属对，工而能切。

赠金东塘

五字随州擅，君家许问津。自逢弹古调，不敢薄今人。枫影寒孤榻，钟声净六尘。隐居兼德耀，酬唱共忘贫。东塘诗长于五言，以清胜人，篇中正赏其清也。配亦能诗，故有末二语。

过戴高士南枝旧寓

短簿祠前路，遗民寄旅魂。谁怜晞髮叟，未葬白云村。南枝尝佣书葬徐俟斋先生，而己之遗棺未葬，宜小山感慨系之。

寄范声佩进士都门

我占湖滨一钓竿，相思有梦到长安。美人何处碧云合，欲赠芙蓉江水寒。远韵远神。

赛音布

赛音布，字九如，辽阳人。

赠吴四师牧

少小负奇气，长为边塞游。合围秋射虎，聚宴夜椎牛。几夺匈奴帜，曾分天汉忧。即今年七十，不肯解吴钩。

杜晓峰出塞

龙庭余旧到，送子泪沾衣。风定树犹怒，日高霜正飞。啸阴山鬼过，叫月野驼归。常使心魂感，还家梦亦稀。边庭诗每多拟作，九如身历其境，故于赠送人出塞，尤能传出沙漠之苦、军中之豪，几欲与崔司勋、岑嘉州比埒。

刘廷玑

刘廷玑，字玉衡，辽阳人。官至江南淮徐道。著有葛庄诗钞。

折杨柳歌辞

含泪送君行，送君到南浦。杨柳最无情，不知离别苦。折取烟中枝，千丝与万丝。人从此时去，却向何时归。有言未尽中心曲，长条难系斑骓足。望中不见远行人，河桥摇曳伤心绿。诗亦以摇曳取神。

晚投村庄

白草荒烟淡，苍山古道斜。雁将天作路，雀以树为家。日暮樵歌返，秋成社鼓挝。村民性淳朴，留客话桑麻。颇能造句。

班竹岭早发

鸡鸣催客起，带梦走江乡。竹似嫌人俗，山应笑我忙。两溪分燕尾，一径转羊肠。不是勤民事，何缘破晓霜?

题韩王故里

钓鱼城下饿王孙，一旦登坛九命尊。进饭不忘犹报德，解衣常念肯孤恩?仰天若掣陈豨臂，相背应听蒯彻言。隆准也同乌喙忌，功臣千古共衔冤。明淮阴之不反，即于本传中辨之。比弇州、牧斋二作较胜。

蒋锡震

蒋锡震，字契潜，江南宜兴人。著有清溪偶存。○契潜少参洞中呼崖和尚，后归儒，师储同人先生学古文，制举业非所好也。喜探奇，尝独经董山下，闻上有孙皓囤碑，日已没，步山椒观之，夜半抵家，其好奇可知矣。诗亦有奇气，惜不多见。

梅　花

竹屋围深雪，林间无路通。暗香留不住，多事是春风。

冬夜宿野人家床无帏幕屋破而多风取积草障之乃戏曰此汝家草屏风也索句遂题

不藉籧篨自作扃，避风应笑肉为屏。似渠雅制谁宜称，合号乾坤一草亭。使俗事能雅，便是能手。

毛锡繁

毛锡繁，字繁弱，江南吴江人。国学生。

沈石田秋林读书图

读书秋树根，我爱杜陵句。风流白石翁，洒翰有同趣。高斋傍疏林，落叶纷无数。天空景物澄，幽人独寐寤。临窗手一编，游目屏繁虑。由浅渐入深，得新讵忘故。所乐难强名，终身无餍饫。据梧吟高风，时与黄炎晤。“由浅渐入深”二句，示人读书自得之妙。结二语，回顾秋林。

施　晦

施晦，字每馀，江南宣城人。〇此愚山先生弟也。诗不宗愚山，恐于雷同，此即其志趣不凡处。

留别聂象铉时象铉亦将行

风雨篝灯一载情，送君翻笑别君行。漫将老泪沾双袖，已被狂名误半生。杜甫秋吟多感慨，坡公春梦太分明。前途亦有谋生策，负郭闲田莫废耕。

顾　易

顾易，字中孚，江南昆山人。贡生。〇中孚遇穷名达，身薄志厚，性情慕陶，故律陶诸咏，风格天然，自在流出，忘其为陶也。外有谱陶一卷，补本传之缺略，读陶一卷，表生平之笃好，并行于时。

律　陶

伊余何为者，误落尘网中。饮酒不得足，赋诗颇能工。百年会有役，一世皆尚同。多谢绮与角，愿言蹑轻风。

养真衡茅下，甘以辞华轩。但道桑麻长，而无车马喧。厌闻世上语，宁效俗中言。高举寻吾契，青松在东园。三四语与戴无忝集陶相同，神到之候，自然遇之。予向亦集此二语揭之蓬门，未尝见二君诗也。

步止荜门里，遥遥望白云。几人得其趣，即事多所欣。虚室绝尘想，闲居离世纷。苗生满阡陌，转欲志长勤。

冷风送馀善，闲雨纷微微。万物各有托，一觞聊可挥。安知物为贵，但使愿无违。盥濯息檐下，固穷夙所归。

露凄暄风息，白日掩荆扉。众鸟欣有托，孤云独无依。四时自成岁，百卉具已腓。冻馁固缠己，泫然沾我衣。

清凉素秋节，丛雁鸣云霄。量力守故辙，高酣发新谣。敝庐何必广，浊酒且自陶。诚愿游昆华，远招王子乔。

钱中枢

钱中枢，字秋水，江南常熟人。

嘉定州

地势九峰合，人烟四望稠。江流清见底，木叶翠无秋。渔户獭为网，山家竹作楼。亦知汉嘉守，真个胜封侯。翠无秋，言地气暖不凋伤也。用东坡诗意。

登白云寺途中即景

日日泥途困客程，穿岩还仗篾兜轻。人间险阻穷今日，眼底山川冠此生。黄蝶趁花纷梦影，飞泉落石走雷声。白云已别吾心在，松柏森森逗晚晴。

吴承泰

吴承泰，字让三，浙江乌程人。

山行柬周炼师

苍峰落日寒，万壑秋声起。白日逐云归，行人犹未已。只二十字，可抵一篇山中晚行游记。

钱之青

钱之青，字凤文，浙江乌程人。太学生。

风阻岳州

帆指潇湘去，其如风雨何？秋声岳阳树，寒色洞庭波。欸乃渔歌起，微茫雁影过。昔贤临望处，触绪感怀多。极自在，苦索恐转不能得。

张安弦

张安弦，字琴父，浙江乌程人。

送　燕

节届秋分社事忙，送君前路入苍茫。年年不作无家别，半在他乡半故乡。言外感己之无家。

徐洪钧

徐洪钧，字双南，江南宜兴人，诸生。〇双南喜钞书，经史子籍诗赋骈语会于心者，必手录出，游必载箱篚以行，年六十。右体患拘挛疾，仍用左手书，弗辍也。诗意以沉著为主，品炙本朝人诗共五十馀章，多平允者。

和昌黎秋怀诗

万灵均有知，露零鹤自警。修士多感秋，日短志弥永。学道已苦迟，精进讵嫌猛。寻源有深浅，修短视我绠。耳目净浮华，宁谧差可幸。会心正非遥，顿使烦虑屏。下一分功力，得一分道趣，百倍千倍，所得因之，所谓“修短视我绠”也。

书　怀

读书贵神解，无事守章句。混茫万古心，每于故纸寓。忆昔就傅时，端受卤莽误。年来发深省，颇领此中趣。中夜每独坐，睒睒灯火聚。到眼初茫然，思力未能赴。朗吟一再过，旨趣或流露。回环三复馀，延缘得津路。此时万籁寂，炯炯一心注。若距且若迎，倏尔忽来悟。顿令千载人，精魄宛相遇。掩书起推窗，皎月挂高树。秦会之谓书快读则无味，奸人能道著读书趣也。篇中写巽入工夫，语语心得，一结超然，妙在结出题外。

过梁溪

东风作意送归艭，舟子吴歌尽短腔。一枕梦回天已曙，九龙峰影落篷窗。

缪 谟

缪谟，字虞皋，江南华亭人。岁贡生。

出 门

四日犹新婚，出门何草草。离别有千名，此别古来少。萧声绝不欢，廧气偏可恼。本是吉时辰，翻为恶怀抱。羞涩红烛枝，仿佛颜色好。焉能识心性，尚未辨手爪。墙下花娟娟，篱边竹袅袅。春光岂别时，况走燕京道。念子嫁已迟，恐我归复老。杜诗“暮婚晨告别”，为出师也，太平无事，四日出门，毋乃太匆忙乎？“妾身未分明，何以拜姑嫜”，是新妇不识堂上，“焉能识心性，尚未辨手爪”，是游子不识新妇，各极其妙。

舟 次

丝雨幂残春，春江一问津。潮生柔橹逸，风转片帆伸。芳草疑无路，垂杨若有人。暂依烟渚宿，未必白鸥驯。

蒋 溥

蒋溥，字苍存，江南吴县人。○苍存不事生产，穷居山郭，于吴门族属，犹北阮南阮之分也。然能守於陵之节，读书自好，至今过其故居，疑有清风拂人。

桐花歌

山窗三见桐著花，先生三载兹为家。老树不知寿几许，穷村偃蹇无精华。刳心竟作蚁乡里，抱花频有蜂干死。先生得毋类二虫，眼前生趣还馀几。桐阴瑟瑟摇微风，桐花垂垂香满空。压檐一枝早开谢，花朵历落庭阶中。疏帘一幅潇湘雨，老莺作歌雏燕舞。朝晖散影何娟娟，山窗寂然人正眠。纯乎天趣，自称先生，宋人每有之。

朱奕恂

朱奕恂，字恭季，江南长洲人。廪生。〇恭季二十馀岁，咏怀诗落句云："男儿意气原无改，哭向穷途笑向天。"抑塞磊落乃尔。后学日进，行日醇，远近称长者。四十后不复吟诗，谓于道未尊者也。兹所录四章，皆壮岁时作。

拟古出塞

束装赴青海，醉里别乡关。少妇识雄心，不复问刀环。笑彼马伏波，犹恋裹尸还。埋身青冢侧，阴云黯天山。极形义勇，翻尽白窠。

荷　珠

小雨林塘净碧罗，田田分得夜光多。江妹唾逐天风落，仙掌晴分曙月过。幸未赠来愁结佩，若为采去误凌波。荡舟耶女休相妒，乐府虚裁一斛歌。刻画已极，却似未尝刻画者然，此诗品也。往时诗社中作，众人传写，今稿中散失矣。予以旧所记忆存之。

秋日杂感

短蒯长歌二十年，不羁天地总翛然。监河赊许供江水，营室虚偿贷聘钱。妇索短绠枯井畔，儿煨半芋败炉边。日高颜巷西风急，傲骨嶙峋万仞巅。

五人墓

花市东头侠骨香，断碑和雨立寒塘。屠沽能碧千年血，松桧犹飞六月霜。翠石夜通金虎气，荒丘晴贯斗牛芒。片帆落处搴清藻，几伴归鸦吊夕阳。不须征实，自无浮响。

王景琦

王景琦，字韩起，江南江阴人。贡生。○韩起名节自负，康熙中，学使者魏以太夫人寿，建水陆道场于古寺，寺僧悬孔子拜释迦像，韩起见之，勃然卷画像归，胥役诉之学使，学使怒，拘韩起至，韩起曰："生恐累公得罪名教，故奉圣像归，此举正为公也，且不独为公，为天下万世道统计，天下有圣人拜异教者乎？"学使诎于义，婉言谢韩起，裂去佛像，拜而焚之。即此一事，知其正直矣。录韩起诗，附记于此。

咏淳化里

浇薄已成俗，淳风世所难。儿童知礼让，父老重衣冠。耕稼惟同井，催科不用官。乡邦能化此，便作上皇看。朴老，得力于杜。

同钱青在夜饮赋此赠别

青灯酒数巡，寒夜独相亲。以我无家客，逢君失路人。吟魂清远道，坚骨炼长贫。又逐征鸿去，轻车少住轮。唐人风度。

侯　铨

侯铨，字秉衡，江南嘉定人。廪生。〇秉衡，太常讳震旸曾孙，国学讳岐曾之孙，修髯长身，谈及忠义，觥觥岳云，从嘉定寓居虞山，与陈见复、汪西京诸君结诗社，予亦与定交，友朋有阙失，必直言箴规，不失先世风。秉衡没，同学中直谅者少矣。录其诗，因追忆其风概如此。

南屏晚钟

声喧百八起西泠，敲彻斜阳近翠屏。闲逐野云停半壑，远随孤棹落前汀。六桥金粉人初散，十里莺花梦乍醒。断续听来何处好，碧烟明月冷泉亭。妙在语语是晚钟，粗心人不解办此。

清明日作自注：时乡试报罢。

连日阴寒乍放晴，愁边不觉是清明。漫从榆柳分新火，枉向莺花忆上京。得失已空蕉鹿梦，浮沈聊结鹭鸥盟。宵来盼断松楸路，有泪无言对短檠。

蹉跎身世苦无悰，开遍来禽兴转慵。璞玉无言宁自炫，蛾眉已老为谁容。馀光犹凿邻家壁，浪迹休嫌庑下舂。安得故园营十亩，一犁烟雨傍吴淞。隔断故园，又伤濩落，怀乡感旧，情见乎词。

送西京再至京师次西涧翁韵

才得言归又欲行，黄梅雨过片帆轻。家庭两月团圞话，客路三千去往情。梁稳香泥怜燕子，花飞柳陌怨莺声。匆匆便作临河别，离绪无端触处生。作客苦况，颔联道尽。

不寐

露滴寒蛩咽，风高枕簟凉。归心凭短梦，一夜几还乡。

题桃花扇传奇

青盖黄旗事可羞，钟山王气水东流。沧桑眼底伤心泪，付与词场鰲部头，赋此题者甚多，未免过于琐屑，著笔沧桑，不粘儿女，故为雅音。

胭脂井畔事如何，扇底桃花溅血多。长板桥头寻旧迹，零香断粉满青莎。

叶舒璐

叶舒璐，字景鸿，江南吴江人。岁贡生。著有分干诗钞。〇己畦先生群从皆能诗，学山、景鸿尤表表者，今景集已采，而学山诗无从访求，甚惋惜之。

孟夏同沈公倚昆季暨家弟侄辈泛舟登斗姥阁宴集剧谈寓都门事带月而还集杜三十六韵

我衰易伤感，甘林。忆昔少壮日。垂老别。脱略小时辈，壮游。人寰可超越。画鹘行。惆怅年半百，立秋。平生心已折。地隅。愁寂意不惬，李公光弼。赖有怀中物。巴西驿亭。但遇新少年，上水。老矣逢迎拙。赠卢丈琚。。通家惟沈氏，沈八丈。。早通交契密。寄张彪。同姓古所敦，示从孙济。嗣宗诸子侄。示侄佐。痛饮情相亲，寄薛郎中。入门高兴发。与李白寻范十。招邀屡有期，陪李司马。交会未断绝。喜雨。今夏草木长，述怀。甘酸齐结实。北征。四月熟黄梅，梅雨。熏风行应律。暮春江陵。云溪花淡淡，次盐亭驿。霁潭鳣发发。题张隐居。景从陪群公，往在。差池上舟楫，白沙渡。滩浅正相依，陪王汉州。一邱藏曲折。早起。随喜给孤园，望兜律寺。野寺江天豁。游西寺。楼角凌风迥，东楼。仰穿龙蛇窟。登慈恩寺塔。筑居仙缥缈，赠陈谏议。得非元圃裂。奉先刘少府。泽国绕回旋，秋日夔府。原野转萧瑟。留花门。恣意同远步，西枝村。力稀经树歇。九月一日。进舟泛回溪，泛溪。水深波浪阔。梦李白。展席俯长流，李公见访。斑白居上列。后出塞二。敕厨倍常羞，郑典设。嘉蔬既不一。暇日。香芹碧涧羹，陪郑广文。经齿冷于雪。槐叶冷淘。嗜酒益疏放，故郑公虔。剧谈怜野逸。寄李白。斜晖转树腰，绝句。凉风起天末。怀李白。馀酣漱晚汀，军中饮酒。飘萧觉素发。义鹘行。时复问京华，溪上。轩冕罗天阙。赠奉常张卿。南宫吾故人，别唐诚。时来知宦达。寄高詹事。文章实致身，赠鲜于京兆。声华当健笔。故李公邕。嗟余竟辘轲，咏怀。江湖漂短褐。寄韦丈。云泥相望悬，送韦书记。不才甘朽质。宴王定。歌长击樽破，屏迹。回首肝肺热。铁堂峡。慷慨有馀悲，水槛。欢乐曾倏忽。七月。此会共能几，送严侍御。旧游易磨灭。赠汝阳王。同人惜解携，水宿。临歧意颇切。送李校书。迟迟归路赊，入乔口。江城带素月。听杨氏歌。〇集杜成古诗，前人未开此体，随题段落屈折迤逦，几如无缝天衣。

读杜白二集

子美千间厦，香山万里裘。迥殊魏晋士，熟醉但身谋。拈出二公大节，知人论世，不当如是耶？

索得学山兄遗稿

忘年群从绝追攀，入梦遗容想象间。秃笔累累犹作冢，可堪埋骨欠青山。南北驰驱客路长，依人空办嫁衣忙。阿连自为文章哭，岂特伤心旧雁行。首篇悲其未葬，次篇表其文章，而昆弟之谊自在言下。

司马相如

挑得琴心正倦游，垆边尚典鹔鹴裘。长门解为他人赋，却惹闺中怨白头。

索人题照

针孔流光露电身，灵台本合净根尘。君能索我形骸外，翻觉庐山面目真。此不取形而取神也。七言断句都能翻空，回视死煞句内者，有床上下之分。

宋　乐

宋乐，字玉才，江南常熟人。廪生。〇玉才少年多才，以呕血卒。陈亦韩司成嘱予定其遗诗，七言绝尤工，向未镌板，已散佚矣。只存其能记忆者四章。

送　别

别路风光早，江南芳草天。人心似春色，千里逐君船。

潇湘曲

枫落早鸿过，洞庭无限波。相望终不见，只是白云多。意不必深，风神绝世。

答扬州乔子

病馀缠缚似春蚕，诗酒风情亦尚堪。日落离心满扬子，知君江北望江南。近刘宾客。

苏台柳枝词

十里珠帘映碧流，丝丝金线拂船头。阊门过去盘门路，一树垂杨一画楼。又有句云："不如飞絮随流水，化作浮萍个个圆。"上言思妇之感别离也。失记全文，附录于此。

郑玉珩

郑玉珩，字荆璞，江南江都人。著有止心楼诗。荆璞大父为名侍御晦中先生，文章谏草，著声于时。荆璞述祖励行，诗特馀事也。采取二章，矫矫拔俗，知留心此艺者久。

铜雀台

露下金凫冷，风来玉座清。美人掩瑶瑟，独对月华明。横槊虚豪气，分香感故情。西陵松柏响，犹似管弦声。微讽高于痛斥，是为诗品。

渡　江

铁瓮城高落日沉，秋涛滚滚起层阴。天教设险分南北，水识朝宗自古今。风急江豚吹白浪，月明乌鹊绕空林。千年销尽英雄气，留与吾侪击楫吟。

卷二十八

萬夔辅

萬夔辅，字伯安，江南宜兴人。贡生。著有鲭馀集。〇先生孤介正直，为宵人构陷系狱，久而得白，然孤介之性终不改也。韵语不尚风格，一归真挚，于伦常日用，三致意焉。今嗣星钟太史，以诗鸣，绍家学也。星钟为画山储太史女夫，画山为余详述之。

孤　雁

凄绝云边雁，高飞忽断行。一声哀夜月，孤影怯秋霜。汾水蒹葭冷，衡阳道路长。客中愁见汝，忆弟泪沾裳。少陵咏物，不取形而取意，此篇得其宗法。

中秋狱中作寄老妻

此生此月狱中看，分照累人不算圆。泣忆牛衣心并瘁，坐当木榻膝俱穿。自注：狱中只一木榻，坐卧其上。明夷曾卜周文易，惜誓还吟屈子篇。生我恩深惭未报，夜深长跪礼金仙。自注：廿二为先慈忌日。〇于极颠沛中，不忘明夷、惜誓，视“梦绕云山心似鹿，魂飞汤火命如鸡”者，较有定守。

故明鲁王废宫

当年赐履尽银潢，禽父山川此启疆。矢到十传知肃慎，宫留千尺识灵光。无端白马屯河朔，曾见青衣泣路旁。甲帐已空遗楔在，自注：有仁孝坊尚存。冷烟残照过莓墙。怀古诗，许浑、刘沧不免落套，此篇胜人，在处处切定鲁地。

九　日

寻诗绕遍一篱花，落叶声中日易斜。忆得高堂临别语，授衣时节望还家。

丘　迥

丘迥，字翼堂，江南山阳人。贡生。〇先生冲和谦抑，接童稚以礼，及读书发论，不受前人束缚。有友人赠以诗，中云：“小心友天下，大论贯古今。”艺林传述，谓足当此二语。

乌鲗行

乌鲗吐沫如玄云，妄冀屏蔽藏其身。渔师却认云生处，以网投之百无误。远害焉知适见招，纷纭小智空心劳。鲲鱼一举渺无极，浩荡江湖随所遭。见任智不如任天也。

岳忠武王墓

明圣湖头宋将茔，神州戮力想精诚。关张义勇原无敌，李郭功名竟未成。沙漠何期归故主，权奸乃敢坏长城。孤忠遗恨千秋在，大树悲风日夜鸣。不填故实，自然不可移易。

乔崇修

乔崇修，字介夫，江南宝应人，贡生。官铜陵县教谕。著有乐玩斋集。〇介夫为石林先生克家子，不矜门阀，自尊良贵，以荐举只就广文，旋复归里，生平志趣可知矣。不欲以诗人自鸣，没世后，搜遗稿数篇，亦足想其大概。

挽方石川

风雨昼如晦，嘤鸣何所求。含凄念君子，逝矣不复留。缅想结谊初，把臂在邗沟。俯仰三十载，于义诚不偷。君昔官京师，良宴间从游。岂伊文酒会，中心结绸缪。迨君入西川，视学三岁周。自兹音尘隔，合并嗟无由。白日不停晷，江河驰急流。君时尚无恙，远念心悠悠。去春奉王事，按节向越州。便道过白田，讯我暂维舟。论旧语未毕，荐祢拟见收。余曰老矣夫，田园方退休。五月杨梅熟，连林叫钩辀。放我湖上棹，酌酒与君酬。汝南高月旦，叹余竟白头。咄嗟事如昨，百年君已遒。昨往视君疾，抚榻心独忧。勿药望有喜，讵意遂弗瘳。路人且怆恻，况我重交游。因哀遂成赋，泣献君知不？平叙交游，哀戚自见，次山箧中集内每有此种。

寄杨千木佥事

二年投老浙江东，强健宁甘万事慵。四海交游重文举，半生豪气迈元龙。嵇山瑶草春应长，镜水寒波绿未浓。此际由来可乘兴，扁舟雪夜许相从。

乔　肃

乔肃，字敬哉，江南宝应人。岁贡生。

八月十五夜侍母宴时大人客上党大兄客夔州即事书情次苏长公中秋见月寄子由韵

积阴一扫冰轮高，洞澈直欲明秋毫。北堂清敞宴初设，栖禽夜惊松间涛。肩随弟妹率稚子，恪立庭除欢菽水。进觞再拜悄无言，孤云带雁西风起。流光迅速奔双丸，父年半百霜毛蟠。书来自言日健饭，太行西去秋多寒。忆从燕蓟游梁汴，岁岁秋风客程变。征车何日毁双轮，课子前经闭庭院。伯兄面壁赤甲山，宝弃不怨志益坚。剑阁每从云际上，阵图时向江边看。宵深气肃月更好，露湛金罍泫阶草。天涯此夕知何如，庭桂香浓秋未老。闲居色养岂辞贫，愿得门无离别人。酒肴既彻启明出，寒芒独照无眠客。如题安放，喜惧交并。

过留云堂书侄邃墨迹后

笔阵走蛟虬，纵横孰汝俦。两行清泪落，一曲广陵休。薄俗无青眼，斯人未白头。空教竹林下，掩卷独淹留。

叶永年

叶永年，字砚孙，江南上海人。贡生。官赣榆训导。著有玉壶诗稿。

虎丘山楼即目

阖闾城南桑满枝，阖闾城西柳丝丝。一百五日雨过候，二十四番春尽时。花妥真娘曾入梦，月明山鬼亦题诗。何妨索取银瓶酒，一醉前山短簿祠。不必奇警，风格自高。

燕

芹泥重葺旧巢新，记取年年及社辰。入幕不惊挥麈客，巡檐如唤卷帘人。鸳鸯楼外春如海，玳瑁梁间月似银。闲向主家谈故事，昭阳台榭已凝尘。五六空写一联，妙仍是不即不离，李樊南时用此法。

方　还

方还，字蓂朔，广东番禺人。贡生。著有灵洲诗集。〇蓂朔为九谷先生长子，所学一本庭训，移家于吴，倡诗教，喜宾客，四方诗人来吴者，每登方氏广歌堂，赋诗宴饮，称一时之盛。知广南屈、梁、陈三家外，别有方氏派衍云。

旧边诗九首

铁岭迢迢接锦川，关城三面绕烽烟。春深秣马蒲河北，秋老连营木叶前。沧海旧闻通运舶，金州谁解议屯田。诸军自失横江险，白草黄沙暗朔天。

右辽东

北平雄镇翼幽燕，千里潮河朔漠连。司马高台闻夜吹，卢龙古塞入秋烟。开疆竞说分三卫，筹国何因弃外边。叹息宁封南徙后，遂令烽火达甘泉。初以大宁为外边，永乐中，宁王内徙，而蓟始重内边，此失策之大者，诗中畅言之。

右蓟州

万全八驿接神京，上谷千年汉将营。地险旌旗藏杀气，山盘鼓角壮军声。边歌竟日来红石，铁骑中宵度赤城。谁识兴宁残废后，漠南无计援开平。弃大宁后，土木之变又弃兴和，则开平亦不能守。

右宣府

马头北去是云中，极目川原处处通。绕镇卫城分十五，沿边都阃辖西东。自注：明初设山西行都司，管辖东西二路一十五卫。颓垣正接葫芦海名月，旷野长吹鹏鹗堡名风。闻道频年还调戍，诸臣何策建奇功？

右大同

三关平列势逶迤，日落连城鼓角多。帐外深烟迷众堡，营前孤月坠长河。赤山寒谷惊烽燧，青冢秋原入骆驼。谁使总戎移逸地，偏头空旷牧人过。自注：嘉靖中，抚臣请移总兵于宁武，而偏头一带地皆空虚。

右山西

榆林四望黄沙际，千里连墩绝塞天。夹道陈兵横套口，长城环堑绕延川。徙边御史筹无缺，自注：旧治绥德，成化间，都御史余子俊建议移镇榆林，内地遂安。折色司农计苟全。自注：弘治中，改延庆等府本镇之税为折色，军用始窘。此地从来多勇敢，莫教枵腹事鸣弦。

右榆林

镇城西倚贺兰开，满目沙飞筚篥哀。冰合黄河朝走马，云迷红寺夜登台。膏腴昔日称蕃庶，蹂践连年尽草莱。欲识金城旧方略，浚渠即是靖边才。自注：自陕西筑为边墙，窪为沟渠，修复秦、汉故迹，边城外固，沟渠内深，以资灌溉，全陕之利也。

右宁夏

秋入平原动鼓鼙，弓鸣风劲塞云低。汉家营垒沿山后，秦郡川原尽陇西。征调频年忧戍士，逃亡何计复蒸黎。徘徊险阻谁为守，花马池边落日迷。固原为八郡咽喉之地，虞诩守阶州，招流亡，开漕道，羌人慑服，即其地也。明代频调临巩、西凤兵防守，刍粮在本军额内支给，乖前人策矣。诗中见及之。

右固原

风急荒原落雁声，西河霜气逼严城。金笳几处秋乘障，铁马连群夜点兵。充国留屯沙际没，嫖姚遗垒月中明。古来无限安边策，哈密徒劳苦战争。丁酉秋，同人集广歌堂，赋旧边诗，时家方舟、刘东郊、李客山、孙丕文及予诸人俱在，或成一二首，多者四五首，蓂朔日才亭午，已成全诗，又皆按切时势，同人叹服，选中因全录之。

右甘肃

镇海楼

独立危城城上楼，层层遥接大荒秋。三条江色来千里，四面山光尽十洲。东海鸡鸣红日拥，南溟鹏徙白云流。试观百粤声名盛，离火文明贯斗牛。

少年行

不解阴符与六韬，似知名姓五陵豪。此身未识为谁用，慷慨长歌看宝刀。传出聂政、荆轲心事，视“不通名姓粗豪甚”及“系马高楼垂柳边”，皆皮肤语耳。

方　朝

方朝，字东华，广东番禺人。国学生。著有勺湖集。〇东华幼岁失明，复明时，年十三四矣。考九谷先生，不令习时艺，文读诸子，诗读汉、魏、盛唐，宋、元以下书均未寓目，故著述无时下一点习气，喜结宾客，与乃兄蓂朔同。二方之名，远近交推之，而弟名尤著。集中尤长五古，故所收诸体从略。

中宿峡

沧海云际来，一泻开地轴。嵚岑双屏转，坱轧森草木。仰窥流光短，益觉日晷速。乃知东南天，于此亦不足。鲛宫倚禅房，鱼梁饮麏鹿。帝子去杳然，清光映江曲。维舟探遗踪，云旗想幽谷。起步突兀，东南天亦不足，此景此意，无人道过。

出　峡

烟横山根青，日落水面赤。孤村牛羊下，出峡景已夕。网罟归澄潭，麏麚恋幽石。苍然前林远，江天月流碧。山水信足佳，其如在于役。

由临川北道抵馀干山行五首

鸡鸣发征夫，驱马万壑黑。仰观参星横，俯怯崖石昃。烽回溪流转，林密寒光逼。空山鸟吟悲，百里无人迹。安知丛莽中，不有猛兽匿。惊风吹客衣，伫立增太息。

寒泉泻崇阿，绝壁开古道。暮投渔樵烟，朝拂溪涧藻。征云遘微风，相随越林表。出门闻雁声，客舍非春草。江湖风波轻，梦寐间关杳。苍茫问前途，下视见飞鸟。

炎晖焦林木，客子朝雨汗。侧见垂萝静，四岭云气断。幽崖响淙潺，竹泉远分灌。行行度谷口，黯淡惊雷电。马头风云兴，涧底蛟龙见。苍黄顾僮仆，中道已失散。

出郭落月辉，涉涧山日昼。客行路纡回，我影忽左右。悬猿啸风枝，飞鸟来烟窦。回瞻寒潭口，潇洒石泉溜。东皋苗尚青，溪南稻多秀。神明何施为，物情自为候。

山行宿常迟，白日忽已坠。美人在天末，明霞倩谁佩。总角事远游，夙昔临东岱。中怀念旧丘，极目炎云外。奈何来豫章，咫尺庾关在。明朝乃回车，转欲向吴会。“老、庄告退，山水方滋”，昔人以品谢公者，请移赠斯人，以品地风格略近前贤也。末章已近庾岭，未返南粤，惓惓有故国之思焉。

开先寺观瀑布

客寻瀑布来，恰到云归处。层峦耸万叠，悬雷空中注。白昼泻银潢，中天昭太素。逝者无终穷，千秋等朝暮。古寺枕寒渊，苍崖喷长雾。蛟龙卜灵窟，形神洽幽趣。洗心视听外，无言发清悟。可参“子在川上”章，不止清言起悟，视东坡作境界又开矣。

三峡涧

宿昔梦龙门，兹晨越三峡。湍雷翻水花，林风坠霜叶。行人与飞鸟，邂逅忽相接。寺门苍崖削，松台紫云叠。我欲穷源泉，于兹将远涉。所恐触潜虬，俯视为气慑。

碧落洞

日暮棹秋水，烟花满江曲。翠壁何嵯峨，幽岩凿山麓。我来纵游观，天风振樛木。其外不可攀，其内可以屋。洞底上回磴，兹山乃空腹。石阁两三层，苍莲根地轴。香烟老苔藓，佛床女萝绿。老僧击晚磬，寂寞共云宿。会稽吼山凿山空腹，人力既尽，转近天工。“洞底”十字，令我如遇旧游。

力　田

躬耕习农时，岂敢称高蹈。侯门不可干，聊以从吾好。方春理耒耜，随时调水潦。布衣足掩形，茅檐频洒扫。日暮耕者还，斗酒相欢劳。四运有常功，吾生复何校。

仓庚鸣桑林，唤我荷钼子。雨泽一以降，耕作从兹始。黄犊分我劳，葛条系我履。行行石梁畔，涧道多新水。草花纷芳菲，山光无表里。乘闲偶流眄，木末春云起。胎原陶公，起四语已到自然地位。

春日自邓尉移櫂支硎山中信宿

川原既逶迤，我游亦无定。甫别湖上峰，旋蹑云中磴。临渊想修鳞，过寺闻清磬。渔樵相引接，水石交绵亘。野风吹春服，低回发清兴。林端敛斜阳，浦上轻云暝。

月下自寒山还至莲花峰下

西阁寒日没，策杖寻松径。归鸟半在巢，山家烟火静。清月流素辉，幽篁生虚听。依然向来路，云影飞无定。欲逐樵人踪，尽识山中胜。行行见柴门，寒潭似清镜。

大江吟

大江曲，山树秋，天寒日暮，野鸟啁啾，中流激荡风浏浏。北兼汉沔，东下扬州，沧波浩瀚谁能收。江上何所有？芙蓉北渚，葭菼中洲。江中何所有？鲸鱼鼓浪，天吴嬉游。峨嵋雪消春水涨，瞿唐巴峡猿啼幽。奔涛瞬息千里泻，雷霆惮赫日月愁。思欲一济无方舟，美人旌旆云外浮。乍去乍来不我求，青鸟欲语意夷犹。天路险阻怀灵修，白日西驰不我留，长歌徙倚增离忧。末段缅云路之阻长，叹蹇修之未遇，正则遗音，耐人吟讽。

藐姑山

一角青天缺，孤峰补白云。洞深泉自出，山险路难分。日月愁关锁，风雷乱见闻。但令栖隐去，何必遇神君。“风雷乱见闻”，深山中疑鬼疑神，真写得出。予游良常山，有“风雷生绝壑”句，然自视觉平近矣。

落

偶尔逢时雨，延生过井栏。托根多在石，为性不知寒。古洞封长满，阴崖湿未干。是谁留屐印，幽处久盘桓。水流湿，水不知湿也。火就燥，火不知燥也。唯其性生也。性本寒，故不如寒，五字可以见道。

江夜有怀

风力卷云霾，孤舟傍翠崖。江星动鱼脊，山果落猿怀。旅梦滩声断，乡心驿路乖。不知莲社客，谁最念天涯。“江星”二语，字字生新，而“山果落猿怀”，尤极自然，却又无人写到。或谓近贾长江，愚意转觉过之。

清　溪

清溪知几曲，深处有楼台。树杪江帆去，门前潮水来。温风丹荔熟，明月素馨开。童稚歌连袂，桥南浴始回。

峡　口

峡口波涛壮，居人不满村。众山风落木，深洞月归猿。水并星河泻，云兼石壁翻。千秋追帝子，如可梦精魂。

听抚洞庭秋思曲

曾放扁舟溯楚天，清猿泪竹思凄然。廿年梦里湘山月，今夜分明在七弦。只末句写听曲，作法最工。

屈　复

屈复，字悔翁，陕西蒲城人。著有弱水集。〇悔翁以布衣遨游公侯间，不屈志节，固有守士也。诗虽未纯，亦时吐露奇气，惟过自矜许，好为大言，而一二标榜之人，至欲以一悔翁抹倒古今诗家，于是学者毛举疵瘢而苛责之，悔翁无完肤矣。余所采数章，皆铓刃不顿，人宜厌心者。

鲁隐公菟裘

菟裘未营，友爱杀身。为我杀人者，即为杀我人。钟巫之祭徒纷纷。羽父之恶，写来可畏。

力士椎

力士误椎人共惜，搜之无迹疑鬼伯。天地且震动，日月亦变色。祖龙不死安可得，辒凉车已先褫魄。

邓通钱

黄头郎君忽有钱，王侯公卿皆比肩。尔钱来何路，乃敢淩豪贤。古无不崩之铜山，日中有钱人所羡，日夕饿死人谁怜。举一邓通，警世之多钱自雄者。

王母庙

七日龙鸾未可凭，终南遗庙白云层。阶前古柏寒无叶，门外瑶池积有冰。秦地山河留落日，汉家宫阙见孤灯。如今应是蟠桃熟，寂寞何人荐茂陵。见求仙之无益，茂陵有知，应亦哑然失笑。○七言律悔翁有书中乾湖蝶诗、水中雁字诗，皆二十馀章，此种最足减损诗品，愚故独取此篇。

偶然作

百金买骏马，千金买美人，万金买高爵，何处买青春？欲觉晨钟，但恐买骏马、买美人、买高爵者俱不闻耳。

黄粱梦卢生祠

梦作公侯醒作仙，人间愿欲那能全。从知秦汉真天子，不及卢生一饷眠。从来作者总言卢生之痴心，此更翻得有味。

题汉乐府后

李陵苏武少陵师，直掩曹家横槊时。更有房中传乐府，汉京开国胜男儿。唐山夫人乐府更在李延年、司马相如之先，特为拈出。

题元遗山论诗后

鸳鸯绣出一生心，野史亭中带泪吟。今古宁无炼石手，补天原不用金针。所见者大。

徐　珽

徐珽，字紫长，江南无锡人。著有香树斋诗。〇香树以诗受知圣祖，修书内廷，常追随属车豹尾间，故其诗多近唐人应制。

大　猎

圣主亲临讲武台，风沙漠漠阵图开。四山旗似晴霞卷，万马蹄如骤雨来。壮士睰鹰森勇气，将军射虎老边才。雅歌沮漆夸从狩，乐胜军前奏凯回。

程　鸣

程鸣，字友声，江南歙县人。

论画答王耕南

杜陵赠画师，五日画一水。意在落墨先，苦心究终始。前贤论惜墨，其意端在此。第云墨如金，只取减省耳。王洽米襄阳，烟云常满纸。

学古希古心，不学古人面。荆关境在胸，挥洒付柔翰。规矩虽具陈，神明取能变。试看造化炉，新机异昏旦。而胡丹青家，刻舟以求剑。为临摹古人者更进一解。

顾我锜

顾我锜，字湘南，江南吴江人。廪生。〇鄂文端任江苏藩使时，古学试士，得五十三人，湘南为冠。后举博学鸿词，文端奏请若为湘南设也。及诏下而湘南殁矣。丰于才，啬于命，文端叹息弥襟。

趵突泉

泰山之水环山来，阴崖汩汩逝不回。自注：源发于岱崖之阴，至渴马崖始伏。陡然一落不复见，渴马立壁空崔嵬。济南城西天下绝，珍珠金线交横发。伏流到此倏复通，平地跳出三白龙。初疑风雨至，万籁翻空波撼地。继若骊宫倾，珠玑瑟瑟腾光晶。雷奔箭激不可以逼视，夭矫势欲升天行。其旁有高楼，缥缈如仙灵。

流丹百仞映涯涘，飞沫万点喷檐楹。挥手倚楼坐，对此可以倾醁醽。吾闻匡庐瀑，天绅倒挂双峰麓。又闻太华顶，绿净红酣池万顷。未若兹水虚可惊，倒行逆出相喧争。乘风我欲破空去，转恐平地洪涛生。写倒出数语，离奇夭矫，有势有声，令读者如置身其间。

海山亭观落日歌

羲和鞭日声隆隆，朱轮丹毂双碾空。涂穷猝入大瀛海，回光倒烛深潭龙。海水忽涌沸，银涛如屋相撞舂。欲吞不吞吐不吐，但见万里熔红铜。阳侯惊诧海若笑，幻出万象真无穷。夭矫一金蛇，独卧洪波中。连蜷袅宛千万丈，小蛇蜿蜿来相从。熠然变火光，倾泻玻璃宫。浮光照曜际穷发，馀光溢出难为容。飘飘海山亭，结构当海冲。我来露顶坐其上，放眼顿觉开心胸。霞收景灭忽不见，皎皎玉镜升天东。正写落照，旁写馀光，真能状难状之象。

九日登缥缈峰

太湖湖水平如油，南临吴兴北常州。云涛澒洞千万顷，天遣峭石支中流。奇峰罗列七十二，意象峗崿穷雕锼。青螺势绵延，支联脉缀相沉浮。就中一峰起天半，孤撑磔卓无朋仇。有如端拱坐清殿，奔走万国朝群侯。置身峰巅断尘土，缥缈云烟袅孤柱。微波一曲辨荆溪，顽石数拳窥顾渚。未知大地竟安穷？但觉长空浩无主。孤舟远泛若停桡，断雁低飞如铩羽。是时秋空方泬寥，丹枫黄叶山之椒。彭泽把盏正采菊，中山摇笔还题糕。我贫无物作重九，凭仗两脚升青霄。指挥云物作几案，呼叱嶆嵲同儿曹。吴山箫鼓真一笑，苦向平地夸登高。峰为七十二峰最高，俯见荆溪道场山等处，然自下而上，无亭台树木，有登无顿，不易造极也。作者浩气孤行，豪情直上，不负登高之目。末言吴山萧鼓，平地登高，真堪一笑。

龚　诚

龚诚，字羽阶，江南常熟人。布衣。〇羽阶，寒士也。王佥宪西涧爱其诗，时遗以粟，后西涧亦处窘迫，无周邮羽阶者矣。某岁除为人草寿序，携所酬值归，溺水死，同人醵金殓之，并刻遗集，至今知有羽阶姓名者。

却　寄

江东才人才厉锐，之子拔戟树一队。用师可进不可退，攻无坚城当者碎。扁舟曾梦浮吴淞，云帆高挂拂九峰，割鲜三泖鲈腮红。入门大笑四壁空，东头老屋陆士龙。

二月望日西涧佥宪招饮

杏花满地春狼藉，獭髓鸾胶医不得。玉兰杨柳锁东风，绝世芳华更谁惜。低头客馆叹无聊，闷过春光五十朝。黄冈先生老好事，高斋置酒欢相招。酒徒嗜酒惭户小，饮未三升迷白皂。许髯汪叟但长吟，醒眼相看应绝倒。遇酒不饮负主人，遇春不醉还负春。酒徒平生愿无负，明朝却叩谁家门？负主人犹可，负春真可惜矣。末同杜老旅食京华心事，妙在不讳。

春日次韩耕云韵

万里休论野鹤心，东来聊复写幽襟。山中故旧苍松老，柳外人家画阁深。渺渺溪烟新雨后，离离春草旧城阴。风波满眼惊头白，破屋青灯一帐吟。

朱鼎鋐

朱鼎鋐，字楚祯，浙江海盐人。贡生。著有丰岩诗钞。〇丰岩性孝友，尝成孝经补注，私淑陆清献公，尝成理学渊源录，不欲以诗名也。而诗亦近唐贤风格，朱竹垞先生于后辈中每推奖之。

拟西北有高楼

高楼矗层云，清夜焚兰熏。素帏先受月，悄然照罗裙。借问月中人，顾我何殷勤。相怜必同病，各自爱清芬。月即不自语，我意转自殷。中心如皎月，清光常为君。天边见月光，千里忆离群。

雨后放舟

小壑连旬雨，轻桡泛绿溪。春寒花信晚，水涨野桥低。漠漠烟中柳，胶胶午后鸡。乱云飞不尽，又过夕阳西。昔人以‘柳塘春水漫，花坞夕阳迟”为中唐神来之笔，此故得其气味。

秋斋杂兴

触景皆堪适，惟秋更洒然。白云飘似絮，空水碧于天。渐觉轻绡爽，浑忘小扇捐。谁怜凭吊客，犹有续骚篇。三四语云是秋云，水是秋水，移三时不得。

倪　濂

倪濂，字公介，浙江仁和人。

客中除夕次结苍韵

驹影难留住，惊看岁又更。星河低远树，霜柝急高城。旅食乡心切，浮踪世累轻。宁知寒漏下，春已逐愁生。

闻　角

银汉淡遥空，边声四野同。高城吹早月，孤枕动秋风。地白驱原鹿，云黄断塞鸿。今宵乡思远，砧杵万家中。

雪霁古直结苍过宿旅斋同赋

贫巷荒斋寂，荆扉昼掩时。冷吟依宿火，软语把深卮。雪净鸦归晚，泥融马到迟。夜寒眠不稳，烧烛共论诗。三咏平易近人，无饾饤挦撦之迹。

王苍璧

王苍璧，字攻玉，江南昆山人。国学生。

咏　古

致身非不荣，而贵辨出处。始进不以正，功业何足语？孔明人中龙，君臣实心膂。三分定（制）〔荆〕益，一德并伊吕。当其未遇时，夷然视圭组。鹿门拜庞公，南阳诛梁父。向非昭烈贤，三顾犹未许。君子慎自藏，守身如处女。当与荀文若对看。

童谣

赈饥民，吏胥饱，饥民泣，吏胥恼。吏胥勿恼尔当喜，官府明朝粜官米。恐官府分多，吏胥分少，不容不恼也。

周远

周远，字少逸，江南吴县人。

京师九日城南黑窑厂登高

愁思天涯九日晴，凭高闲望夕阳明。天清万丈秋潭影，风急三关落木声。双阙参差连御苑，乱山合沓入边城。悬军绝幕思飞将，闻道河西已厌兵。明后七子中最近沧溟。

高炳

高炳，字浒文，江南金坛人。诸生。〇云衢王丈不肯轻许人，而于浒文独下东野之拜，今读其遗集，每负奇气，宁瑕疵，无庸近，故是徐文长一辈人。

天生桥自注：在万县。

两崖临绝涧，微径垂一缕。中间横巨石，足可容百堵。凿空非人力，枝撑自太古。奔泉喷雪下，轰若雷霆怒。长天惨白日，六月失炎暑。平生轻波涛，三峡未足数。中流挥羽扇，啸咏狎飞艣。迨兹翻凛然，顿觉毛发竖。勇怯亦何常，择地自可贾。因思昆阳捷，千载称光武。却笑李将军，徒夸射猛虎。见人无勇怯，气盛则险处皆夷也。写境地中有议论在。

渝州重逢芮文彬赋诗道别

君家濑水湾，我住钱溪侧，两家南北对洮湖，朝夕往来不相识。今年四月朔，我正在荆州，融窗忽听故乡语，招手同上江陵楼。江陵城边酒如乳，笑脱青衫典春酤。为君一饮尽百觞，挂帆西去适渺茫。此去亦何期？风波梦里思，恨我何早发，思君行太迟。昨到渝州屡回首，一见行人君在口。闻君尚住巴江东，不意君来我翻后。相逢一笑酒重倾，樽前且听风雨声。何时归去复携手，明日拂衣还独行。初不相识，既成相知，先发渝州，到偏在后，叙事中有无限波澜。

读昌谷集

帝阙飘飖飖何许，庞眉书客天人语。兴来倒吸海底干，八荒并入秋毫端。瑶姬仙史不能读，留向人间问空谷。风吟雨怨几多年，南山石烂真可怜。不须呜咽陇头水，陇西长吉今未死。读昌谷集，便学昌谷。

朱厚章

朱厚章，字以载，江南昆山人，寓居嘉定。廪生。著有多师集。〇以载长身鹤立，言论侃侃，尝于座间见旁列二人，各操纸墨，以载口授，一成四六序，一改友人长律，而已又誉孝子传，有所得，使二人参错书之，序、长律俱工，已所录无讹字，五官并用人也。徽博学鸿词，病卒。门下士金君昂午刻其集，行心丧礼，乡邦并重之。

拜方正学祠

秋气凛毛发，祠门吊落晖。何人加白帽，大节在麻衣。草乱疑瓜蔓，庭空绝燕飞。景公遗庙近，化鹤并来归。

寄答王千里

留滞通侯邸，真成客里家。高门贺燕雀，华发吐烟霞。逸士方三拜，才人温八叉。知君怀故里，丘陇有梨花。千里客彻侯张氏，廿年不归，作诗讽之，犹古道交也。

题青溪集

黄柳花飞扑醉巾，六朝滚滚马头尘。也知李峤真才子，可但江淹是恨人。淡粉轻烟疑在眼，珠帘甲帐最伤神，倩谁谱入参差玉，诉与无情古月轮。

九日登东城寄南华

苍烟影里独凭高，瑟瑟寒生薜荔袍。我愿满头常插菊，天生左手为持螯。云随暮鸟归村树，风卷秋钟撼海涛。佳节一杯桑落酒，故人何处斗诗豪。

岁暮杂诗

吴氓殚力办租庸，霖潦深秋骇老农。信有橧巢师鸟雀，尽抛穲稏豢鱼龙。漫空水气难为雪，照野阳威未化淞。闻道中丞能入告，便令寒谷转春容。雍正丙午七月，连雨至明春始晴，禾稼不堪问矣。颔联写景纪实，中丞入告而曰闻道，诗人婉讽之词。

秦淮绝句

风花无力扑帘波，佳节偏从客里过。听说儿童挑荠菜，青青只有故宫多。

观柳河东初访半野堂小像

蘼芜脉脉柳疏疏，想见文君放诞初。谁识秋风摇落后，独将一死报尚书。词婉意微，当于言外领取。○蘼芜，河东君小字。

蒋梦兰

蒋梦兰，字香山，江南金坛人，吴县籍。诸生。

鹁鸠啼

晚来鹁鸠鸣不已，鸠妇含愁农妇喜。馌饷才归又出门，仰望乌云何处起。鹁鸠鹁鸠愿尔鸣，明朝可免车河水。儿夫肌肉日炙焦，鸠妇休伤雨濡尾。

方贞观

方贞观，字履安，江南桐城人。〇康熙癸巳岁，履安以负罪者累，诏隶归旗籍。雍正癸卯，奉旨复归江南。十年中别母妻，弃丘陇，行动羁絷，极人世之困穷，然境穷而诗乃工矣。卷中所采，多流离抑郁时作。

平陵公子歌

家世平陵东曲住，生长轻肥耻纨袴。夷门曾访鼓刀人，赵州一拜平原墓。杀身不惜为知己，乡间但道酒人耳。北上边城望大荒，南寻禹穴西衡湘。万里阴相天下士，眼中彼彼止如是。一笑归来更读书，十年折节为名儒。当时心慕要离勇，今笑荆轲徒匹夫。气矜之勇，不如义理之勇为大勇也。妙在写来不腐。

敝　袍

故友绨袍意，今经几岁寒。补多微觉重，老瘦渐嫌宽。色已随年尽，棉因屡洗残。更新吾岂敢，还作赠时看。

送渤海公回吴门

倾盖即成故，因之离恨生。谈空不得力，此别若为情。渚白烟无际，江流月有声。遥知松偃处，童子下山迎。渤海公应是吴僧。“江流月有声”，有窃其句成名者。

出宗阳

回首故山尽，前途直北长。萍蓬自兹去，乡国永相望。短草寒烟白，孤村落日黄。生逢击壤世，不得守耕桑。

抵　家

行衣乍脱喜还悲，仍似桑乾入梦时。亲老幸邀天与健，家倾翻痛妇能持。山田白露登新谷，篱落黄花发故枝。欢捧一尊为母寿，阿奴不道有归期。玩诗集，非赦归抵家，是许抵家省亲，仍隶旗籍也。喜处正是悲处。

题侯家鹧鸪

谁将越鸟到京华，一入侯门闭笼笯。道是珍奇翻累汝，可能流浪便为家。魂依苦竹岭头月，梦落黄陵庙里花。未免输他秦吉了，却安饮啄在天涯。

谢芳连

谢芳连，字皆人，江南宜兴人。国学生。著有香祖诗。○皆人工短篇，品地在色香臭味之外，新月在天，残雪在地，可以想象其诗。

月夜汲中泠泉

新月泉上出，江华照衣冷。扁舟荡秋桨，汲取波中影。昨与山僧期，煮月翻瓦鼎。

孟夏山中晚坐

孟夏变物侯，景仄风光稀。石林湛雨气，山月连阳晖。鸟语遍幽涧，人声隔翠微。弹琴迟渔者，衣上落英飞。

溪村早起即事同邵八丈子湘

早起杏花白，饭牛人出门。野田多傍水，深柳自为村。比屋尽耕稼，服畴皆弟昆。爨烟犹未散，林鸟乱朝暾。妙在绝不用力，惟不用力，人不易到。

宿山园

小雨松径寒，人归夜深火。宿鸟栖未安，惊飞落山果。辋川外又开一境。

密雪望行人

人行犬雪吠，密雪迷村影。欲扣酒家扉，山桥一蓑冷。“山桥”五字入画。

题李百药三十六湖草堂

钓罢归来解钓筒，题诗灯火夜深红。湖村犬吠人眠尽，商女棹歌烟月中。

吴　诩

吴诩，字砥亭，江南太仓人。贡生。

登州蓬莱阁

山连汉武候神处，阁在田横旧砦东。五岛乱浮云气里，双城浑住水声中。遥滩夕涨生空绿，古庙残阳曳断虹。便欲刺舟从此去，七条纮上响天风。

孙　宏

孙宏，字量如，江南桐城人。国学生。

过倪云林祠

玉山池馆已荒烟，清閟祠堂尚俨然。破产放情多难日，无家投老太平年。碧梧修竹骚人节，远岫平林水墨仙。应与所南同俎豆，遗民心事画中传。自注：云林山水不画人，所南画兰不著土，两公宜并祀一堂。三语指元时，四语指易代时，下半人品画品俱见。

黄侍中祠

金川万骑蹴烟尘，叩马难将大义陈。妻女一时同殉节，君臣千古有完人。魂归罗刹江声壮，碑照秦淮血影新。咫尺孝陵松柏路，夜深风雨走青磷。

叶　锦

叶锦，字子美，江南上海人。诸生。

渡　泖

孤舟迎夕照，入望总苍茫。月上潮三尺，天空雁一行。暮山随意远，客思与波长。指点茸城近，村烟满野塘。

晓　渡

隔岸疏钟动，平林宿鸟飞。夜潮随月落，小艇带烟归。

熊良巩

熊良巩，字弼士，江南潜山人。诸生。

客邸思归

静听木叶下西风，灯影昏昏照病容。滴碎愁心秋夜雨，敲残客梦寺楼钟。衡阳雁断三千里，巫峡猿啼十二峰。我久欲归归未得，云山叠叠水重重。大历十子风格。

康　瑄

康瑄，字雅六，陕西泾阳人。岁贡生。

拟将进酒

娇丝脆竹陈高堂，明灯煌煌出洞房。美人罗袖怨清商，一曲哀歌君断肠。博山香炉金络索，上有仙人驾鸾鹤。同心欢乐寿万年，不用三山觅仙药。何如小槽滴沥琥珀浓，浇胸顿使金罍空。醉乡乃在太古世，后辈尧禹轻羲农。酒中之乐人不省，劝君饮酒君自领。

孙阳顾

孙阳顾，字秦邠，浙江□□人。

登　塔

半空身忽住，飞鸟共经过。江海掌中揽，烟云足下多。四围丛苑树，一气接银河。欲向高天问，无言对我何？章八元登塔诗，当时盛称，几同魔道，此作突过前人，全在雅俗之别。

吴学濂

吴学濂，字曦洲，江南休宁人，浙江仁和籍。诸生。著有香雪堂诗。

送梅（藕）〔耦〕长令浙东

廿年卧对敬亭云，名士如君始是真。太白乐章惊贺监，微之辞句诵宫人。素衣不受缁尘化，墨绶偏膺白发新。山水永嘉堪眺览，谢公遗迹未湮沦。

杨椒山公祠

祠宇重新古驿旁，姓名犹觉满城香。五奸已褫权臣魄，一疏堪争烈日光。谢却蚺蛇真有胆，撑将铁骨不随杨。阶前请铸分宜像，斫地行人共激昂。“满城香”，“不随杨”，皆椒山朝审诗中字也，末用岳墓铸秦桧像事。

程　烈

程烈，字伟昭，江南桐城人。

浮　山

缥缈接瀛洲，孤筇海上游。山从波底出，人在镜中浮。古树风疑雨，阴岩夏亦秋。茫茫杳无际，隐约指丹丘。

朱国汉

朱国汉，字为章，福建绥安人。布衣。〇为章隐于贾，尝游金山，有贵人苦吟未就，为章得句云：“烟霞灭没三山外，江海苍茫一气中。”贵人大赏之，对曰：“偶记他人句也。”其厚自晦藏如此。

张中丞祠

绣帐烟沉铁面灰，中丞生气尚峨巍。孤城百战鼠雀尽，长笛一声天地哀。当日江淮资保障，至今号令肃风雷。贺兰未灭英雄死，滚滚波流恨不回。睢阳有军中闻笛诗，对鼠雀恰称。

文丞相祠

丞相荒祠白日寒，直教一死寸心安。崖山激烈原非易，柴市从容更较难。穷海有人埋碧血，普天无地著黄冠。西台恸哭悲风起，剩水残山忍再看。无一浮语，“普天无地著黄冠”句尤警。

岳武穆墓

森森宰木战英风，葛岭高坟夕照中。白马怒涛人共恨，黄龙痛饮事皆空。风波诏狱成三字，朔漠羁魂哭两宫。从此君王无远略，杭州可与汴州同。

刘正谊

刘正谊，字戒谋，浙江山阴人。著有宛委山人诗集。

自　笑

自笑情何僻，谋生竟未能。鬻田买古砚，贷米给诗僧。花月耽成癖，禽鱼狎似朋。室人交谪我，妇语不须膺。想见雅人风趣，僻士襟怀。

访毛西河太史留赠

充栋书成自不刊，频年握椠暑兼寒。鲁鱼舛后多釐正，秦火焚来尽补残。画舫两湖明月共，篮舆十里好山看。感施馀论沾荒帙，白苇黄茅足改观。三四是西河身分，末二句应是西河作序，诗以报之。

曹煜曾

曹煜曾，字麓蒿，江南上海人。贡生。著有道腴堂诗。〇曹丈诗得董苍舒指授，故其品特高。

水仙花

江湍漱云牙，夜濯宓妃魄。一洗罗袜尘，踏霜晓无迹。冰肌归药房，清芬袭巾舄。脉脉契素心，疏梅影横壁。清气逼人。

曹炳曾

曹炳曾，字为章，江南上海人。诸生。著有放言居诗。〇曹氏昆弟，人比之刘孝绰三昆齐名，诗品亦复相当。

九日送人北归

折取茱萸当柳条，送君明日上兰桡。望乡惜别分南北，并作离魂一夕销。望乡，指所送之客；惜别，指送客之人。两层都到。

曹烘曾

曹烘曾，字春浦，江南上海人。贡生。著有长啸轩诗。

病中雨夜

炉烟浓欲篆，夜色淡生阴。病骨秋花瘦，愁怀暮雨深。疏灯孤榻影，衰草乱虫吟。无限关心事，朦胧梦里寻。工于琢句，外此如“残岁斜阳促，轻寒落叶知”、“酒力缘愁薄，诗情到枕工”，语不必奇，耐人吟咀。

陈履平

陈履平，字勉夫，河南商丘人。

花下独酌

花枝娅姹摇春风，纷纷蜂蝶争繁丛。我来提壶饮花下，闲愁如雪皆消融。枝头黄鸟声更好，似惜春光怨春老。少年乐事那复得，只今空忆长安道。救人无术廿载中，归来两鬓已成翁。故交如花渐凋落，欲话衷曲谁人同？且拚烂醉花阴卧，明日呼童扫落红。

秦时昌

秦时昌，字枚谔，江南震泽人。

方　竹

举世尚圆通，尔形独合矩。不同睢园种，亦殊嶰谷侣。直方坤之德，钟秀天特与。虽惊世人眼，实为君子许。棱棱霜气凝，矫矫峻节举。宿土移数竿，岁久森圃墅。坚竹竖为杖，登临借撑拄。毋令柔媚人，一朝削圆女。见君子当终守矩矱，勿慕圆通改节末路也。前半自矢，结意自规。

朱肇璜

朱肇璜，字待宾，福建建宁人。岁贡生。著有槎亭诗钞。〇闽中诗林膳部鸿、高典籍棅以盛唐为归，故正声也。后不善学者，往往得其形似。本朝诗人起而非之，变为清削；清削固佳，然缘此遂疑膳部、典籍之非，则又偏矣。采待宾昆季诗，偶一论之。

寒夜读书

朔风号纸窗，霜气肃檐瓦。耿耿一灯明，虚室意潇洒。简编随意读，寻味我心写。淡泊得膏腴，肤浮付土苴。上下观古今，一一归炉冶。此时天气寒，瀹茗代杯斝。披帏盼高空，星河淡欲泻。邻鸡冻不鸣，应知和者寡。

朱　霞

朱霞，字天锦，福建建宁人。岁贡生。著有曲庐诗钞。

书屋新成示儿子琪瑛犹子珏璠

矫矫松林下，山斋喜落成。积书须善读，隙土可深耕。习礼束筋骨，安弦养性情。更期三益友，开径每相迎。

汪沅

汪沅，字右湘，江南歙县人。○右湘少居歙之潜口，砂泉丹嶂，拱列户庭，有园适当林壑胜处，年少即以诗见重于老苍，敦槃之会，无弗列也。二十九辞世，梅耦长序其遗诗，比唐之李昌谷、明之徐昌毂，不胜叹惋云。

谢皋羽西台

何事西台上，空山恸哭声。风云皆变色，天地竟无情。竹石敲新裂，江流恨不平。客星祠咫尺，万古共澂清。

读南渡野史作

过江名士竞从龙，佐命先邀五等封。阃外新开都护府，师中群噪大司农。文章江令娴歌谱，游宴长星劝酒钟。忽讶双眉愁不展，佳伶稀选未央供。元旦，弘光忽郁郁不乐，臣下问："意先帝仇未复，流寇未殄灭耶？"答曰："无佳优伶耳。"

龙盘虎踞石头城，跋扈亲挥汉水兵。相国临戎防北伐，将军卷甲急南征。华林但问虾蟆语，莫岭惟闻蟋蟀声。燕子春灯韬略在，不须司马更连营。左良玉进兵汉水，以扫清君侧为名，而马、阮不防大兵北下，遣黄得功急御左兵，此诗意也。时给事罗象观疏，有"春灯谜、燕子笺即枕上阴符、袖中黄石"等语。

周　瓒

周瓒，字黄在，云南大姚人。官翰林院孔目。

柳絮曲

点点觉春深，飞飞恨不禁。露沾疑妾泪，风散比郎心。晓月隋堤畔，残阳灞水阴。年年飘荡处，肠断白头吟。

沈廷扬

沈廷扬，字天将。江南吴县人。诸生。

送友人屯田塞上

经国千年计，凭君此日行。官非汉司马，人是赵营平。时雨兼兵洗，边春带雪耕。伫看成沃壤，胜筑受降城。

刘宗霈

刘宗霈，字蔚园，江南兴化人。

看菜花

乍逢红雨点回塘，又见平畦千顷黄。色比散金无异种，香连绣壤不分疆。已娱老眼消春昼，旋引归心立夕阳。自注：予家以园圃为业。燕麦兔葵无感触，不须佳句忆刘郎。通体俱著题，未免近板，得颈联空写，上下六语皆活矣，李义山时有之。○张翰“青条若揔翠，黄花如散金”，指春日黄花也。唐代以黄花句试士，通场皆指菊花，无一合者，故太白云：“张翰黄花句，风流五百年。”诗中第三语本此。

王　道

王道，字圣由，江南吴县人。

过仙霞岭

昔闻仙霞名，今上仙霞岭。攀陟人力穷，贲育敢言猛。危峰插高空，奇壑俯深井。险绝猿鸟踪，阴障羲娥影。历尽廿八盘，始蹑最高顶。史浩昔开凿，闽越通两境。而胡跋扈藩，恃险抗朝请？妖氛应远寇，中原颇传警。妄意蟠蛟龙，终类跳蛙黾。天兵一以加，铁钺膏首领。岩疆讵可恃，天道宜深省。承平今百年，岭畔烽烟静。商旅日登陟，往来道无梗。盛德渐要荒，谁敢作不靖。为语守土臣，设险谨藩屏。先写关岭之险隘，次写逆藩之跋扈，次写王师之荡平，而终归于设险守国，井井整整，不愧方家。○汉书注：“春朝曰朝，冬朝曰请。”请，去声，在敬韵中。近多作造请之请，入梗韵矣，此未免从俗。

沈　源

沈源，字蕴久，浙江归安人。○蕴久工于制笔，立行不苟，犹萧中素之隐于木工也。诗亦静细，士大夫不以艺人目之。

闻　柝

击柝严城凄复清，听来一一触离情。天街夜静霜初落，绣阁灯寒梦未成。宵恨短长随晓箭，韵移高下逐风声。座中有客支孤枕，归思惊催白发生。三四工于取神。

赵关晓

赵关晓，字开夏，浙江归安人。诸生。

踏　雪

踏雪访山樵，山樵踏雪去。一路草鞵痕，寻入松深处。神合唐人“松下问童子”一绝。

赠　友

不向人间留姓名，草衣木食气峥嵘。山深虎出依声急，夜半长歌空手行。

周振采

周振采，字白民，江南山阳人。选拔贡生。〇白民制义比于天半朱霞、云中白鹤。典江南试者，每以不得白民为愧，然终于不遇，天也。诗不多作，亦矫矫拔俗。

晚甘园芍药盛开莼江招饮

君留燕，吾适鲁，去年花时各羁旅。鞭梢两地恰归来，一时花下同宾主。殿春朵朵翻琼英，白头相对千花明。有酒但作长鲸饮，有句肯学寒蛩鸣。物情共艳三公爵，魏国声名兆花萼。我与君家共息机，无须离别怅分飞。朱朱白白皆堪赏，不羡扬州金带围。

老　将

百战沙场功未酬，偏裨年少早封侯。敌人俯首惊无恙，法吏吹毛对若仇。老马蹑云偏伏枥，苍鹰羁鞿欲腾鞲。请看猿臂终强健，射虎南山气尚遒。此白民自写照也。三语暗用郭令公见回鹘事，四语暗用大将军急责李广对簿事。

孙　璜

孙璜，字弥邵，江南长洲人。诸生。

江干月夜

雪夜江干月倍清，推篷遥望正三更。天连玉峤千山白，水漾金波万里明。旅况每依甘露寺，名心遥系石头城。沙寒洲冷渔灯灭，倦听邻舟擫阮声。康熙癸巳二月省试，余与弥邵同泊江干、同赋是题，余诗废弃久矣，披读孙诗，恍如尘梦。

王应奎

王应奎，字东溆，江南常熟人。诸生。著有柳南诗钞。

箬包船纪事

有船锐其首，以箬包裹之。名为箬包船，聚泊疑茅茨。浮家无定所，忽湖忽江湄。居货挟土产，擅技兼卜医。中有无良者，行乞同残黎。讵料豺狼心，所志窃童儿。神咒与饼饵，给儿儿辄迷。牵引至船中，毒手恣所为。或为矐其目，或为捆其肢。或屈曲其体，如籧篨戚施。形骸几变尽，父母居然疑。清晨负之出，索钱号九逵。夕仍负以入，倾倒囊中资。数倘有不充，攒刺加鞭笞。苟延此残喘，性命危如丝。有时更肆恶，视彼躯干肥。入之人鲊瓮，饱啖若铺糜。吸儿脑与髓，嚼儿肝与脾。从此筋骨强，便堪耐刀锥。更闻藏秘器，卖以疗尫羸。一七为神膏，索值恒不訾。淫人祈长生，食之甘如饴。又闻湖海滨，茫洋有神祠。神曰抽筋姆，此辈所皈依。重午暨中秋，庙门搴灵旗。群船竞祭赛，以儿为牲牺。祭罢饮福酒，狼籍骼与胔。年来迭败露，官长胥周知。勿问所从来，立毙陈其尸。谓足抵儿命，此外无穷治。不穷其本根，徒然剪旁枝。官长法深刻，胡独偏仁慈。其毒仍滋蔓，其故难寻窥。谁为采风者，听我歌此诗。此皆一一纪实，〔此〕曹恶败露后，被残肢体女子详述于公堂、详述于父母者也。独是官长只毙所获者命，不穷根株。此意作者不解，吾亦不解。

汤懋统

汤懋统，字建三，江南巢县人。官迁江知县。○兄名懋建，官刑部郎。诗品清高，今家居著述，弟兄均擅清名，此居巢所仅见者。

岁暮得家书

冉冉逢残岁，迢迢隔故庐。一灯游子梦，双泪老亲书。敢怨功名薄，深惭菽水疏。却思诸弟妹，绕膝意何如。情真语，不雕琢而自工。

除夕

残腊辞人逐漏频，寒毡堪笑独吟身。仅支鹤俸能供岁，轻掷鱼竿自取贫。柏酒竟疏婪尾宴，梅花虚拟故园春。遥思伯氏京华久，一样灯前忆老亲。

故衣

检点衣衫敝箧存，十年相与历寒温。香尘惯惹春风陌，寒杵多敲落月村。赠友未堪酬缟带，思亲每为染啼痕。贫居赖酒消岑寂，曾典青钱向市门。四语不离不即，前人所谓取诗之魂也。六语著题中，传出孝思，尤为难事。

金衡

金衡，字平仲，江南吴县人。〇隐居洞庭东山，以诗自娱，不求闻达。徐坛长先生爱其诗，每摘佳句赏之。

自律

托迹从嘉遁，居心合守谦。畋渔凭典籍，餍饫仗齑盐。蛮触毋相斗，熊鱼未可兼。古人吾尚友，高枕到羲炎。

过友人别馆

竹静江喧称隐居，席门久矣断轩车。寒香入座花开半，清影穿窗月上馀。倚枕相忘人化蝶，临流安见我非鱼。耦耕夙约行当践，有伴巢由合荷锄。

赵　虹

赵虹，字饮谷，江南嘉定人。布衣。

戊午七月自大梁东归感喟成诗用以自赠

飘零淮楚逾河朔，转徙幽州更大梁。迢递关河双去雁，古今岐路几亡羊。时无燕赵悲歌士，坐有邯郸挟瑟倡。但得翠娥深劝酒，不辞酩酊罄清觞。

问讯沧浪旧钓矶，樵兄渔弟共相依。眼看西北高楼远，心逐东南孔雀飞。园吏好寻濠上乐，丈人已息汉阴机。浚郊不用弓旌辟，自署中吴老布衣。此饮谷倦游后作，年七十馀，未除芒角，宜壮盛时能以高谈雄辩屈服众人。

汪　洋

汪洋，字万育，东南休宁人，寄籍昆山。国学生。

秋　霖

君不见千村白水沟塍合，阴雨兼旬云百匝。禾沉水底不得收，腐烂只堪饱鹅鸭。书生空有恤民心，无路排云叫阊阖。

阎陈二公祠

阎讳应元，河间人，故江阴典史，迁英德簿，未去任。大兵围城，与新任典史陈明选誓死守城，百战不屈，三阅月城陷，同被戮，两家百口俱尽。今祠在江阴栖鸦寺。

奉职同时尉海滨，微官誓死各捐身。原知苦战违天意，甘守危城识大伦。南国比肩双烈士，自注：宋史忠义传：元伯颜攻常州，知州姚訔与通判陈照率义兵战御，城破，皆死之。睢阳合节两忠臣。百年论定还祠庙，愧尔军前纳款人。邵青门阎典史传生气勃勃，昌黎书张巡传后复见此篇，真奇文也。作者浑括成诗，精力团聚，亦属杰作。

王　泌

王泌，字侪邺，江南元和人。诸生。

越女祠

一曲菱歌韵碧澜，耶溪归櫂日将残。情多自易含惆怅，不为秋深怨路寒。哀怨起骚人，极低徊掩抑之致。

周　焯

周焯，字月东，直隶天津人。布衣。

五　十

人寿罕百年，五十倏焉至。至道了无闻，容鬓日凋瘁。柽老质易朽，松苍色弥翠。令德不克崇，年高反滋累。当及未衰时，晚节早自励。卫武公年九十馀，犹作宾筵抑戒以自警，恐年高反为累也。此种诗，吾辈亦当时时诵之。

陈　伦

陈伦，字逊其，江南无锡人。诸生。

张循王墓

六丁不下驱天骄，宫车碾雪夜渡辽。白头乌啄大家屋，衣锦王孙路傍哭。一马化龙浮渡江，临安王气于斯卜。烽火江淮草木残，中原血战腥风寒。挥戈谁洗靖康耻，屈指英雄岳与韩。区区子英奚为者？片纸赝书背人写。风波万里坏长城，三字翻称廷尉平。北人歌舞南人泣，贺兰铁骑仍纵横。两宫魄冷冰天月，配飨反旌谗谄骨。麒麟墓道枕苍烟，御墨淋漓洒碑碣。墓门高揭对晴湖，松栝深深叫训狐。金陵城外苍茫处，丑缪堂封千载污。张俊承秦桧意，锻炼张宪，至自为狱辞以成岳忠武之狱，盖奸恶之甚者也。高宗赐葬，自制碑文，遗命身后以俊配亭，是诚何心？诗中合全局言之，后以桧之秽冢作结，天然相对，惜无有人平其墓者。

朱　蔚

朱蔚，字霞山，浙江桐乡人。

送王仲山副使重往秦中

匣中宝剑夜有声，萧萧班马门前鸣。天明未明出门去，春风吹度平凉城。平凉城北将军树，旧是使君停骑处。十年摧抑今复来，岁月苍茫感行路。丈夫志愿乐长征，入海真能掣大鲸。自怜苦被儒冠误，不得从君万里行。

沈　炯

沈炯，字逊扬，江南吴江人。诸生。

过惶恐滩

叠叠青山势郁盘，片帆遥泝赣江澜。危滩共指名惶恐，古县空闻号万安。自注：县属吉安府，滩在县南三里许。风撼巅崖崩巨石，雷喧硐壑走惊湍。劳人略与孤臣似，不独东坡泣路难。自注：东坡有“地名惶恐泣孤臣”句。惶恐、万安天然反对，滩本名黄公，东坡有慨于中，故云。

书　怀

七度长江向石头，依然踪迹半沉浮。草玄字字翻成白，刻棘年年未类猴。老我也曾磨铁砚，古人先已敝貂裘。从兹万里堪乘兴，浩荡难驯似野鸥。

李天根

李天根，原名大本，字天根，江南无锡人。○吾友芥轩子也。生平不妄言，不疾行，硁硁自守，人有假其名具呈当事者，知之曰："污我名矣。"遂易之以字，余仍之，恐违其志也。

题听松山人雨蕉书屋图

江南六月时方旱，田中甲坼乾以熯。赤日当空无寸云，四野农夫坐愁叹。听松山人意奇特，腕底大有回天力。泼墨写作雨蕉图，满纸淋漓云墨色。山童携图到茅舍，座客争看尽惊讶。入手如闻风雨声，开缄似见波涛泻。吾闻古人画月但画云，渲染巧妙妙入神。今君画雨不著纸，雨声却在芭蕉里。何须怀素手植千万株，却疑溋川急雨直如矢。卷图烈日忽遮藏，天半萋萋野云起。自注：是晚果大雨。

程　简

程简，字尊一，江南长洲人。

送　春

九十韶光转眼空，怪他青帝去匆匆。都将思妇劳人意，付与啼红怨绿中。有恨催归惟杜宇，无情相送是东风。仙山若果春长在，早觅丹砂访葛洪。颔联不染送春习气，结意唤醒痴人，求仙者应爽然自失。

庭梅迟开诗以志慨

开遍南枝又北枝，小庭蓓蕾未逢时。严寒剥后冰心固，翠羽飞回芳信迟。岂为十年高不字，剧怜终岁苦相思。主人事事居人后，因使幽花亦缓期。

冬夜读书

读书有味聊忘老，自注：放翁句。此意谁云只放翁。今古英雄当末路，消磨岁月短檠中。有老骥伏枥之意。

朱家瑞

朱家瑞，字平津，江南吴县人。

晓　行

晓鸡才唱趣登车，拂被霜寒似月华。还喜梦魂清不减，卧游山阁咏梅花。

石　年

石年，字能高，江南元和人，隐于市。

江　上

春山春水碧迢迢，病起扶筇过野桥。几日不寻江上梦，东风吹长杜蘅苗。以韵胜人，佳处在语言之外。

蔡书升

蔡书升，字廷彦，江南长洲人。官成县知县，改通政司经历。

横塘道中时清明日

东邻愁冷食，稚子叩柴门。旧俗分新火，三家共一村。草深眠鹿子，庄老出鸡孙。细雨看荒冢。梨花开正繁。横塘西名三家村，天然属对。

于　鼇

于鼇，字□□，辽阳人。官河工同知。

友人出示河津龙门图

河山莽苍上合，回抱夏王宫。地拔双峰表，天开一罅中。风云雄气象，笔墨辟鸿蒙。千古文章在，如逢太史公。

源从天上落，一气撼乾坤。高峡千寻险，浑流万里奔。晋秦平可揽，星斗仰堪扪。胸次涵中夏，澄清事讨论。力大于身，无一弱句弱字。

卷二十九

沈荣儁

沈荣儁，字谦之，浙江归安人。乾隆丙辰举人。〇谦之少湛李义山诗，集李成律至二十章，中道自悔，欲归盛唐，然病中示予桃花二章，仍是玉溪生体也。玉溪原本杜陵，须人善学耳。

书　怀

丈夫无雄雌，时运有通塞。一身隔青云，两手满荆棘。马周困长安，行路愁逼侧。卓见非常何，火色人谁识？古今英雄人齐欲下泪，举马周以例其馀。

桃　花

柳暗花城梦不通，谁家姊妹倚东风。凭伊几点清明雨，催出新妆试小红。自注：玉溪生诗“桃叶桃根双姊妹”。

三千红袖总无媒，蕊乱云盘绿水隈。金屋有恩谁保得，故应怕向未央开。咏桃亦咏美人，而臣下承君之恩，言外可思。

枕上闻笛

孤灯黯黯月明明，院冷楼寒梦不成。离恨已无肠可断，谁家犹送断肠声。

陈　份

陈份，字古村，广东顺德人。乾隆丙辰举人。

捉搦歌

瓜皮艇子长二丈，小姑十撑九不上。何如泊岸候潮长，免打江心逆流桨。

露筋祠迎神曲

秋雨兮冥冥，庙门兮水汀。苇叶兮簌簌，茨菇花兮青青。若有人兮美女，珮明珰兮饰翠羽。桂栋兮蕙帏，奠之兮椒醑。嗟行露兮无家，萎玉颜兮如花。甘捐生兮江浒，与白璧兮无瑕。粘著者固近于腐，而但工写景，恐又失之太离，不离不腐，此作得之。

钱之青

钱之青，字恭李，江南震泽人。乾隆丙辰举人，官宁武知县，升保德州牧，旋归里。著有数峰诗钞。○恭李少岁孤露，苦心力学，官宁武时，为前明将军周遇吉祀典，勤政恤民，不媚上官，别于时下所称能员者。归里后，杜门谨守，周恤亲族，常以诗文自娱，远近交重之。

鲜民悲罔极也

鲜民不如死，我生遭不造。父兮生不见，母兮丧何早。茕茕失所依，鞠育赖祖考。涕泣授诗书，嘻笑索梨枣。弱冠未成人，吾祖复终老。因顿里闬间，奔走长安道。薄宦逾中年，牧民谢机巧。恐贻父母羞，中心石皓皓。所伤茕独身，反哺愧禽鸟。虽有牲牢祭，何如菽水好。虽有锡命荣，拱木已枯槁。茫茫夜台灵，漠漠故垄草。哀哉罔极恩，长号呼彼昊。发乎至性，不藉修饰，得风人之遗。

归里后亲朋枉过有作

吾家聚族居，比邻皆亲友。念我远道归，胥来问安否。回首出门初，变迁几八九。门庭半更新，旧存惟榆柳。尊长既凋零，辈行俱老丑。远归非不适，离别苦太久。追往更抚今，恐作穷独叟。重感丈人情，为我治斗酒。连下一章，脱胎杜老羌村之作而情事各别，杜伤乱离，此感盛衰也。

斗酒不复却，丈人前致辞。消长各有数，聚散亦有时。陈迹已往矣，良会喜在兹。尔我不相见，谁为把酒卮？况今逢令节，日永熏风吹。丹华耀榴火，圆叶滋荷池。子其爱景光，烂醉毋推辞。闻言散幽怀，醉乡同赴之。去年当此日，触热方驱驰。

宿村家

入夜投村路，家家列炬迎。长官无善政，父老自多情。敢谢盘中黍，相期垅上耕。夜阑闻笑语，今岁喜丰盈。三四不负心语，今之长民者谁肯言之。

归途作

客久馀蓬鬓，归途负薜萝。儿童皆晋语，舟子自吴歌。茅屋秋风破，原田荒草多。所欣安梦寐，依旧硕人薖。

中秋夜述怀

去年醉月曲江头，绿酒红牙记胜游。今夜中秋形对影，故人还复上南楼。

张若需

张若需，字树彤，江南桐城人。乾隆丁巳进士，官右春坊左赞善。著有见吾轩诗。〇宫赞为药斋公令嗣，孝友笃实，一承前人。诗笔各标面目，而性情温厚，异而仍同，人比之苏瓌有子。

生日太夫人自乍浦寄衣适至

侵晨远人至，寒衣寄江城。珍重一开缄，光采生敝簏。老亲念幼子，称体新裁成。书云御尔寒，著以湖绵轻。寒燠隔异地，犹廑慈母情。忆兹初成时，长短劳经营。襟袖密密缝，十指针线萦。健妇把刀尺，指点熨贴平。感激母意厚，顾我非童婴。二十要自立，俭素敦家声。五陵自轻肥，温饱无令名。今兹茹冰檗，用佐严君清。短褐取蔽体，宁羡罗绮荣。被服矢无斁，敢忘我初生。至性流出，不假雕琢。

望医巫闾山

海门日出扶桑红，朔天万里霜烟空。马前了了列巨嶂，隐然气色雄关东。北镇之山最古，望秩远稽尧典中。路遐径僻到者少，林荒虎豹依榛丛。鞭痕天泐暴秦迹，炼馀尚缅娲皇工。空岩雪霁落飞瀑，寒光簸荡银河风。六山环抱互掩映，绝顶下瞰冯夷宫。我欲从之叫虞舜，苍梧窅霭云蓬蓬。兹山阅历万万古，剑首一吷归鸿蒙。后王德薄乃尚鬼，凿山起殿开谾巃。火龙金简烦传遽，千年火铄香炉铜。祷祈禳禬走氓庶，庙祝伛偻神为聋。又疑兹山怪名字，侏㒧颇类夷与戎。勋华不为易华语，后来累译无由通。职方纪载缺训诂，郭生只解笺鱼虫。辽阳壤地界蒙古，近拱三辅尊土中。内安外攘托保障，功德远配岱华嵩。以兹庙食庶不忝，不然峻极惭穹窿。寒风刺面紧格格，马蹄动地声隆隆。扬鞭大笑入关去，他日来挂天山弓。“叫虞舜”以下，纵笔挥洒，精神全在后半。

徐州河决弥漫百馀里舟行迷渡俟仆马不至宿王庄逆旅

古渡茫茫野水屯，客来无路辨前村。孤舟飘泊朝乘涨，后骑苍黄夜叩门。陆地风涛游子泪，凶年鸡黍主人恩。天涯骨肉寒灯共，浊酒中宵慰旅魂。自注：时家兄澄宇、侄翔羽同行。

陈思王墓

郧水东流势已分，空馀感激诵遗文。五官嬗代羞当璧，七子论才合冠军。白马诗篇悲逐客，惊鸿词赋比湘君。鱼山缥缈留清梵，何处春芜没故坟。洛神赋犹屈子之咏湘君，后人以为感甄，非也，作者故有特识。

五日润州

第一江流荡画桡，虚传竞渡踏风潮。五丝谁续庚寅命，双桨人过丁卯桥。令节只今成寂寂，怀沙终古恨迢迢。何如满泛菖蒲酒，快对金焦破泬寥。三语五日，四语润州，天然典切。〇金山竞渡极盛，康熙某年，沈没几舟，后遂禁止。诗中云“虚传”、云“寂寂”，盖为此也。

包　彬

包彬，字文在，江南江阴人，乾隆戊午举人。

游弘济寺

秋江静无烟，山影恍图画。晨登燕子矶，尘鞅一时卸。径转直复曲，奇峰若相迓。冈峦中断馀，两崖仍可跨。迸石树无皮，疑是白龙化。花宫隐深云，香风逗林罅。娑罗落高阴，傍户枝柯亚。洞穴豁堂皇，神房半相借。上有衔花鸟，下有投岩麝。缘壁陟高阁，山川拓眼界。江明匹练横，天际波涛泻。此境足勾留，俦侣催返驾。徘徊石磴旁，归云拥足下。只“秋江静无烟”五字近六朝人。

钱塘咏古

宋祚将移讶斗星，君臣迹似浪中萍。黄龙出海朝廷小，白雁横江战血腥。南国无家归燕子，西台有泪哭冬青。诸陵麦饭今谁荐，风雨兰亭夜火荧。此咏宋亡国事。

金陵感怀

万峰青拜故宫前，王气收时总黯然。西下戈铤飞画鹢，北来笳鼓骇啼鹃。春风泪洒桃花扇，夜月歌残燕子笺。弹尽凄凉天宝曲，江南愁杀李龟年。此咏前明南渡事，桃花扇、燕子笺，天然点缀。

次韵答薛汇仙

带水难同李郭舟，鷦鷯枝上总勾留。新诗似锦惟缄恨，春梦如云半结愁。马剪焦毛嘶紫陌，鹤盘瘦影叫沧洲。天空地阔容疏放，只有吾曹气味投。

倪承茂

倪承茂，字稼咸，江南吴县人。乾隆戊午举人。著有峒塘诗稿。〇峒塘得名最早，成名甚迟，艺宛方重望之，而倏焉辞世，予哭之以诗，末云："比似方干差足慰，生前乡举已题名。"慰之实悲之也。素长于词，而诗亦工稳妥贴，不落宋人以后。

苦寒行

燕山九月即飞雪，玄冬寒气更栗烈。河西冰胶午不开，山头冻雀眼流血。荒城日暮少人行，茅檐几处炊烟绝。云黯风饕日色黄，槎丫老树重阴结。朱门贵客狐白裘，拥炉酌酒罗珍羞。谁怜路有冻死骨，旬日委弃无人收。况闻淮南罹水患，十家八九趋他县。穷途无食给饔飧，那有兼衣御霜霰。昔年杜老忧民艰，愿得广厦千万间。而今寒士流离转沟渎，虽有万间知不足。杜陵心事，末一转更深一层。

九日道中

一年两度涉淮黄，扰扰缁尘染素裳。衰柳共怜残鬓短，闲云应笑客程忙。南归无分吟风月，北去先愁饱雪霜。孤负故园丛菊好，不知今日是重阳。

钱塘怀古

五代兴亡一梦中，射潮江浒想英雄。锦衣木石沾恩幸，铁券山河誓始终。凤舞龙飞形胜在，虎符玉节霸图空。花开陌上年年好，无复行人指故宫。此独咏吴越王事。

陶善圻

陶善圻，字树声，江南元和人。乾隆戊午副榜。

元日书怀

献岁敞荆扉，欢言起痌瘝。空斋洁琴樽，闲居望亲爱。日出鸟声和，风暄草心快。行将整篮舆，探梅白云外。气体高洁，一“快”字抵过“欣欣向荣”及“甲坼”等字。

钮汝骐

钮汝骐，字稼仙，浙江乌程人。乾隆己未进士，官翰林院编修。著有南雅堂诗。

题黄夫人寄升庵诗后

猜忌君臣际，自注：升庵谏议礼谪戍后，世宗犹有馀憾，每问杨慎云何，侍臣以老病对，乃稍解。升庵闻之，遂佯狂以免。乖离夫妇间。百年悲死别，两地梦生还。市上簪花髻，闺中损玉颜。至今传锦字，流唱满南蛮。此千秋恨事也。四十字中，委曲道尽。〇原本"万里梦生还"句法剧佳，但蜀中距滇，初非万里，故易二字。

辰龙关自注：吴逆作乱时，沅、辰道梗，王师由此入黔、滇。

飞将急前锋，危关实要冲。虚声经亥豕，间道出辰龙。自注：王师声言由五溪入黔，故贼将不备此关。亥豕，溪名。六诏惊天降，群蛮扫地从。皇威清万里，徼外乐耕农。王师入黔、滇意，西崖少宰浑言之，此畅言之。

舒　瞻

舒瞻，字云亭，辽阳人。乾隆己未进士，历任浙江知县。〇云亭亲交卫、霍，在京师屏居委巷，如寒素然，既出仕，而浙东西颂其廉明，传其风雅，古所云文学饰吏治者也。诗品在元、白之间，近情处迥不易及。

别竹田

莫向风前折柳枝，柔条原不绾相思。人生难得惟知己，天下伤心是别离。半载篝灯同听雨，何年把酒更论诗。西泠夜夜添新梦，多在烟江月上时。古之伤心人耶？读竟，辄唤奈何！

留别当湖诸人士

萍絮何须问旧因，离筵开处对残春。谁言琴鹤非家具，自喜溪山似故人。北道应牵归客梦，东风偏上苦吟身。归舟莫笑轻如叶，千卷残书已不贫。不忘知己，不忘溪山，近日仕途中能有几人？

偶　占

芳草青青送马啼，垂杨深处画楼西。流莺自惜春将去，衔住飞花不忍啼。于无情中，写出情来。

为朱蕴千题杏花春雨图

浅深春色几枝含，翠影红香半欲酣。帘外轻阴人未起，卖花声里梦江南。梦江南，本属韵事，梦于卖花声中，又添韵事一重矣。入唐人绝句中，亦称中驷。

为堇浦太史悼亡

工愁善病最怜君，梦里啼鹃不忍闻。仿佛旧时苏玉局，自将诗句哭朝云。

陈景钟

陈景钟，字几山，浙江钱塘人。乾隆辛酉举人。

缫丝曲

三春雨足桑叶肥，家家饲蚕昼掩扉。三眠三起近小满，桑葚垂垂叶已稀。盼得红蚕齐上箔，更喜同功茧不薄。大妇收拾缫丝车，小妇安排汤满镬。银丝抽绎比清霜，虚室堆床生白光。哑哑轧轧声不绝，绿阴低处新丝香。小姑回头笑问嫂，转眼相看织成缟。茜红鸭绿染随心，长剪腰裙短裁袄。嫂云小姑尔未知，阿哥正苦卖丝迟。明朝抱入城中去，已值官粮征比时。亦足备采风者采择，诗不徒作。

张　进

张进，字翼庭，江南吴县人。乾隆壬戌进士，官翰林院庶吉士。著有绿野园诗。〇予与徐子龙友诸人结葑南诗课，翼庭与焉。许其清不染尘。选贡入都后，规模台阁体，不复唱渭城矣。今所录者，皆结诗课时作。

由空谷至中峰

出谷山路转，松深馀落晖。隔林闻语响，始知人采薇。归鸟引前路，磵间花点客衣。倚筇憩梵宇，钟鸣自掩扉。华鸿山学韦左司，可云循墙而走，作者似欲过之。

雪中忆家园池上草堂

客居常苦寒，况复积深雪。夜明山鸟惊，清响寒柯折。遥知池上园，虚白人踪绝。

五人墓

意气偶然激，成名竟杀身。空山馀落日，古木出青燐。地近要离墓，云连胥水滨。匹夫能就义，嗟尔附炎人。恰是五人分量，结意指顾秉谦、魏广微一辈，见缨冠中人不如市中人也。四十字字字老成。

梦　麟

梦麟，字文子，蒙古人。乾隆乙丑进士，官至工部侍郎。〇乐府宗汉人，五古宗三谢，七古宗杜、韩，虽不能至，心向往之，不必议其不醇也。近日台阁中，无逾作者，倘天假以年，乌容量其所到。

雉朝飞

雉朝飞，其羽灼灼。雌前跳，子后跃。丁田丁薄，是饮是啄，我弗如尔行乐。尔乐我哀，朝行出游，日暮独归，独归兮心悲，群嗷嗷兮夜饥。我无术兮哺儿，先我死者知之。借乐府题悼亡，词古情挚，于安仁、子荆外，又辟一门户。

哀歌行

喧者勿喧，歌者勿歌，呜呼我哀，我哀奈何？父知儿寒，母知儿饥，我无父母，饥寒谁知？亲在忆亲，亲没恋坟。魂断难复，草荒更新。夜坐秉烛，兄右弟左。同为孤儿，哀哉生我！抱女置膝，忍涕中悲。儿亦无母，我怀痛之。烛短夜寒，予心之酸。男儿低头，顾影自怜。蓼莪之诗，皆直白语，而千古哀痛，以此为至。此作复相似，然前哀父母，后哀无母之女与幼女之母，人伦缺陷，一身当之，日夕萦怀，宜年命之不永也。

西涧赴山将往云罩憩天香禅刹

天鸡叫海日，晴翠浓诸峰。丹崖媚朝雾，了了青芙蓉。寻溪背初旭，入谷闻惊风。半岭生飞烟，忽没岩边松。仰睇辨莲宇，稍见僧楼红。流云布群壑，清梵生虚空。石径去不极，前路谁能穷。钩索得悬解，妙寄饶归宗。蹁跹憩莲社，叹息怀支公。西涧一路，予曾早发，读此，如置身其间。

由天香行药西盘初入山口

岩秀澄孤怀，趣涂意先往。理策遵回蹊，空林得樵响。幽悰眷岑寂，矧兹秋日爽。霜径稍曲盘，虚翠忽晃朗。渐历纡峦深，未识回涂广。孤晖随趣浓，悬磴披烟上。杳蔼接诸天，振衣发遐想。王裴不可作，丘壑谁心赏？何时饭名僧，松檐税尘鞅。

朝往香山

梦觉钟鱼清，褰裳月在栋。盥濯辞精庐，山僧出林送。苔衣润芒屩，昨宵知露重。乱泉听乍失，溪涧涩馀冻。石骨生清凉，逼人寒欲中。日出照幽谷，山鸟发新哢。微风荡空翠，流云散岩洞。永怀煨芋者，隔岫闻清诵。曰清，曰新，曰生，曰真，四者兼之。此种诗可以涤人尘俗，发端尤警。

夜过青浦

理棹投暮烟，馀晖黯遥巘。轻舸寻归流，空波肆怡衍。野风送香气，浩露滴微泫。重叠林景昏，微茫峰色浅。远火辨孤城，隔岸闻乱犬。稍别林墟移，渐觌雉堞转。华月淡始照，流云蔚初展。一与清景俱，乍喜尘悰遣。惆怅怀前踪，馀风动深缅。

临江楼

亦知非故土，扶杖且登楼。落日万古色，长江千里秋。浮云蔽楚望，朔气老边州。无限关心事，凭栏起暮愁。

孙贻武

孙贻武，字绍衣，浙江归安人。乾隆乙丑进士。

吴越王

凤舞龙飞地脉优，挺生人杰说婆留。潮回龛赭三千弩，地拥金汤十四州。承宠树皆披锦绣，称藩臣自息戈矛。栉风沐雨辛勤甚，圆木惊眠老未休。第六语讥其不讨朱温也。婉讽贤于直斥。

吴　檠

吴檠，字青然，江南全椒人。乾隆乙丑进士，官刑部主事。〇青然举鸿博不遇，放归，后官西曹，决大狱，能不阿大吏意，众论许其守官。

咏　怀

曲径非不捷，由之转穷途。欲速嗟无成，蹇步愧亨衢。徘徊望觚棱，我思郁以纡。致身有本末，朱茀难苟图。突梯性不适，那敢轻贱躯。梦鹿忘覆蕉，伺兔笑守株。得失良偶然，岂必巧有馀。立身居官，可云不苟。

晚次彭城

薄暮荒城首重回，云烟芒砀客愁开。三齐驿路连天阔，万里河流动地来。戏马台前寒日落，斩蛇沟外野风哀。狗屠狱掾皆黄土，感叹当年楚汉才。

蔡寅斗

蔡寅斗，字方三，江南江阴人。乾隆丁卯举人，官国子助教。○方三工古今文及骈丽韵语，闻四方有才人，必远道走访，与之定交，盖以文章友生为性命者也。壬申恩科会试，自经于号舍中，不解其故，人谓之遇祟。文人之厄一至此耶？

坦坦碕

平桥跨曲池，池清波渺㳽。沙沚聚闲鸥，塔影沉寒水。澄碧映琴书，浮光上棐几。日晚坐虚亭，怅然怀彼美。自注：徐高士介白。○此明瑟园景之一，与予同游赋之，注中徐介白，明末遗老，隐居于此。

游盘山

渔阳千里郁宠嵸，第一名山压蓟东。白练粘天飞绝顶，自注：水经注徐无山山上水可高二十馀里，即今之盘山也。苍龙裂石挂遥空松名。茫茫云气长城入，漠漠风烟古塞通。何日相随石门叟，掉头还与问鸿蒙。

雄奇形胜自天开，遥拱神京冠八垓。地势直从沧海尽，山形还向太行回。烟云深处迷盘谷，风雨声中啸剑台。闻道宸章烛霄汉，磨崖百丈破莓苔。颔联写盘山形势，有海涵地负之概，此盘谷非李愿栖息之地，上有李将军舞剑台，谓李靖也。

挽徐澄斋太史

倦飞孤鹤下烟霄，劫外灵光见后凋。海舶云旗归万里，经筵雪鬓侍三朝。老馀秃管论删述，病卜青山卧寂寥。谁为元亭重载酒，满江枫叶荡寒潮。三语谓出使琉球，四语谓三朝讲官。

林明伦

林明伦，字穆安，广东始兴人。乾隆戊辰进士，官翰林院编修、记名御史，出为衢州太守。〇穆安留心正学，严义利之介，方保举御史时，有劝其谒掌院者。答曰："御史以求而得，何以自立耶？"后守衢，洁己恤民，因谒上台稍迟，疑其傲，以才力不及劾之落职，衢人哭而送之。

吊五人墓

西市敏霜日，南蹏贯索中。歌诗忧板荡，占象叹屯蒙。国柄归旁落，刑馀蔽主聪。衣冠婴赤族，屠狗叫苍穹。竟触貂珰怒，谁怜骨鲠忠。捐生片语易，仗义五人同。道直心宁悔，名存死不空。招魂堤水上，葬骨虎丘东。墓草侵阶绿，山鹃带血红。要离三尺土，千古共英风。

张　晼

张晼，字荪九，江南长洲人。布衣。〇荪九穷居郊外，世缘半绝，素交二三人外，车骑造访之，弗接也。论诗必溯源唐人以前，有与争辨者，至面赤不顾，或目为诗癖、为诗愚，乃大喜。身后诗篇零落，只存社中共赋一篇。

移木芙蓉植后圃

吟罢楚客辞，逍遥向园圃。缅彼拒霜花，一枝移带雨。我生同弱植，终当委草莽。况兹摇落辰，孤芳谁搴取。浅土托根荄，松菊聊为侣。借题自寓，品地如见。

张　钍

张钍，字少弋，江南华亭人。布衣。

月夜黄姑滩露坐简山中一二知己

明河争无波，憩息爱幽境。良游值杪秋，佳趣心各领。颓阳匿馀晖，微月扬清景。草中僧独归，烟际钟初静。霜林飒有声，风蟿悄多警。怅与赏心违，长谣一延颈。“僧归”二语，写山寺晚景如画。

闽中九日寄吴中诸兄弟

海天万里独登台，佳节空嗟白发催。愁绝雁声从北至，苍然秋色自西来。霜清乌石蛮烟豁，潮落金崎越艇回。遥忆故园兄弟在，几人同把菊花杯。

金义植

金义植，字立斯，江南吴县人。诸生。〇太白于右军书，日以清真，清则不杂，真则不伪也。惟诗亦然。立斯之诗，清而真矣。与其配倡酬于枫江之滨，晚岁耳聋，不闻世事，尤得安分自适之趣焉。

高函三夜话

五载一相见，江边落木风。那堪多难日，正在别离中。世事茫无定，吾生固有穷。夜吟须尽醉，秋雨一灯红。

怀高武康侍御军台

身讶新擐甲，冠为旧触邪。一言陈白简，万里度黄沙。食禄应持论，投荒肯顾家。从戎堪报国，垂老莫长嗟。起二语，侍御及从军皆见，下表其正直，勉以报国，得古人立言之体。

怀三弟

东粤携家远，南荒作尉难。五旬双白鬓，万里一微官。城郭新教筑，衙斋未得安。遥怜蛮海畔，辛苦百忧攒。自注：陆丰，系新分邑。〇诗品之高，总不外一真字，本乎性情则真。

江　上

江上不来双鲤鱼，堤边空过七香车。结交无力缘金尽，泛宅何之且陆居。紫塞月明千帐外，绿窗人静卌年馀。此时聊得闲中趣，仲蔚蓬蒿亦自如。五句对第一句犹诗之“彼采萧兮”也，六句对第二句，犹诗之“出其东门”也。无力结交，无地泛宅，惟领闲居之趣可已。

尤　怡

尤怡，字在京，江南长洲人。布衣。〇昔皮袭美寓临顿里，陆鲁望自甫里至，与之定交倡和，其地为皮市。在京居其地，周子迂村亦至自甫里，相与赋诗，恰符皮、陆也。在京就韩伯休术，欲晦姓名，诗亦不求人知，而重其诗者，谓得唐贤三昧，远近无异词云。

杂　感

春至阳气动，轻雷殷方鼓。晴川泛朝光，草树沐新雨。农人负耒出，操作及童竖。有生宁不劳，俯仰各有取。曰余本拙懒，逝将事农圃。所急在治生，岂伊慕高古。贫贱惜筋力，忧伤亦何补。陶公心事，正于不讳治生传出。

明月流素影，照我室中帷。清光缺复满，佳人难再期。宝镜不复开，玉琴生网丝。翩翩双黄鸟，巢我庭树枝。雄衔原上草，雌啄泽间泥。辛苦被流沴，一旦伤其雌。身死亦何言，悲此巢中儿。此首悼亡。

驽马策蹇足，驰望昆仑丘。自非千里姿，焉得追骅骝。斥鷃翔数仞，黄鹄四海游。岂不愿高举，羽翼非所俦。慎尔失故步，踬蹶乃贻羞。天分固有定，躁进非良谋。此警躁进。

山居杂兴

晨起草木湿，林霏散清曙。始知东峰云，夜作涧上雨。光风叶上泛，新泉草下注。群鸟林际鸣，游鱼水面聚。万物各有分，劳生转多慕。倖中成虚名，多为来者误。君看区中缘，扰扰曷有数。

刘东郊归自关中述华山之游为作诗纪之

刘君新从华阴归，为我口述华山游。华山巀嶭五千仞，金精白气西作秋。初向云台辨云树，已是希夷栖隐处。足捷如骑酒家龙，眼明未厌公超雾。径回路绝飞鸟还，青壁杳蔼凌云端。停策仰望坐叹息，安得羽翼临风翻。垂垂铁绠一千丈，烈日长风久摩荡。半足入壁出壁间，双手缘云上云上。苍龙当我来，兀奡露半背，我欲踏之势恐坠。不知天际去之几，俯视人间已无地。此时贾勇气转健，矫首三峰忽当面。峰顶玄鹤鸣向人，云中玉女遥相见。仰天长啸天宇空，浩浩万里来罡风，幸不吹堕尘埃中。五陵北原青未已，黄河无声流向东。平生浪迹长游衍，太华峰头足萧散。以兹顿遣胸中忧，却使云泉今尚娩。吾闻此语心茫然，天池仙掌纷眼前。忽忆十年意不乐，魂梦却堕东峰巅。何时拄杖凌紫烟，仙人金液非我意，试看峰头玉井莲。详华山之奇险，然语语是友生所述，别于纪游，结意撇开求仙，正见高旷。

宝　剑

宝剑芙蓉锷，韬光匣里横。星辰秋忽动，风雨夜还惊。边郡今多事，故人方远征。徘徊欲相赠，不独为平生。一气鼓铸，精力尤在后半，神到候自然遇之，人工不与。

秋晚登楼

淡云含雨过城头，独自凭阑豁远眸。万木秋声来大壑，乱山寒色上危楼。登临不为依人感，摇落应添揽镜愁。闻道菊花堪泛酒，共谁来此一消忧。

馆娃宫

峰顶曾闻置别宫，艳歌娇舞欲无穷。美人一去碧云冷，行客独来山殿空。香径落花春度曲，古廊依树夜鸣风。登临漫为勾吴感，旧馆荒台处处同。

白秋海棠

谁将清泪洒幽墀，散作瑶华别有姿。最是玉人肠断后，淡妆无语背人时。只“瑶华”二字点白，馀皆以神韵传写，悠然自远。

江　声

江声，字飞涛，江南常熟人。

病起即事

日暖风恬春正酣，闲听归燕语喃喃。形同陌上三眠柳，心似筐中八茧蚕。洛下有书凭犬附，床头无易任鸡谈。抛荒残卷尘凝榻，裘褐萧然拥一龛。

柳絮次陶庵韵

茫茫如梦复如尘，时逐游丝送暮春。连臂踏歌招不得，就中愁杀倚楼人。“连臂踏歌”，用杨白花事，落句传出远神。

乔　湜

乔湜，字睦州，江南宝应人。岁贡生。

芭　蕉

绿云当窗翻，清音满廊庑。风雨送秋寒，中心不言苦。古意亦复古音。

周天藻

周天藻，字掞之，江南吴江人。

题剑南诗后

归老云门著句多，往年豪气未消磨。杜陵集里收京咏，垂老悬悬望两河。万六千馀首中，标出“北定中原”之志，才是放翁知己。

病中遣兴

量减三蕉众所知，兴来时复一中之。此生颇似灵均醒，也和渊明止酒诗。渊明之醉与灵均之醒，同一心事，诗中颇能见及。

孙　谟

孙谟，字定叔，江南上元人。

辽　东

辽阳形胜接幽燕，关塞中分势极天。渤海东流环一面，浑河西去尽三边。何年互市来良马，此日屯耕有废田。谷间开平旧功业，野狐山北遍荒烟。

陈灿霖

陈灿霖，字雨岩，江南长洲人。诸生。

咏　橘

洞庭朱实饱经霜，信手拈来满座香。有柚愿教兄弟合，自注：淮南子：槐榆与橘柚合而为兄弟。成林休虑子孙忙。厥包锡贡来天府，作诵留名重楚湘。但得贞心能不改，纵令移植亦何妨。兄弟合，子孙忙，如玉合子底遇著盖也。结意翻得独高。

古　怨

独卧绣窗静，月明宿鸟啼。不嫌惊妾梦，羡汝是双栖。妙在不怨之怨。

陆文铭

陆文铭，字书岩，江南吴县人。诸生。〇书岩甘于食贫，舅氏为荆山吴文恪公，居六卿之贵，无一语干渎，品可知矣。诗亦戛戛独异，适如其品。

拟　古

明月在浊流，不改月色清。孤松盘曲径，不改松性贞。君子遇险巇，此心恒荡平。此见德性既贞，不随物变也。诗中兴体。

杂　诗

天地不生成，古今有何事。茫茫万劫中，生民多所嗜。黄金变为土，盗跖亦柳季。造物起争端，无怪人趋利。有酒且斟酌，万事付一醉。庄生之旨，见造物亦为多事，何独圣人。

利器行

干将之刃篆簵箭，斩骑贯革如飞电。不逢挥剑发机人，锋铦未许伤缟练。铅刀蓬矢各逞奇，光芒骇目莫敢携。风胡去兮养由逝，吾安归兮长相思。不逢真识，利钝混淆，感慨无尽。

日入行

昆仑山摧若木枯，虞渊泛滥沉金乌。羲和沉缅不肯醒，后羿奋臂斗雕弧。八龙骨朽呼不起，石马嘶烟寒月里。玉桃溃裂饱青鸾，方朔偷儿今日死。茫茫元气千古浮，劫灰飞尽天地愁。回头长叫广成子，黄帝何为土一抔。全学昌谷。

李　璧

李璧，字云和，江南句容人。

乌栖曲

花影参差覆辘轳，空房泪滴一灯孤。无端金井梧桐月，偏照双栖白项乌。

马长海

马长海，字汇川，辽阳人。著有雷溪草堂诗。汇川遗弃缨绂，意气自豪，尝遇之琛亭都统席间，时琛亭防秋，汇川脱鱼肠剑赠之，悲歌感慨，即生平之诗可知矣。

移居沧州蔡玉躬阁学以诗送行次韵奉酬

仕宦亦人情，沉沦堕其志。徒深山水怀，喜无儿女累。期为尘外游，今鼓沧浪枻。峨峨黄阁老，潇洒饶逸志。送我河之干，赠言有馀味。非不惜离别，孤怀喜能遂。沧州海一隅，可访安期辈。为问天地根，果否生天地。长跪谢微言，我将从此逝。

再赠西山隐者

山路逶迤入杳冥，十年重访枕烟庭。问名揩眼看蓬鬓，留客呼儿挈酒瓶。云似客闲朝出岫，鹤如人立夜听经。先生不与寰中事，长啸一声天地青。

读陶诗

处士胸中别有春，田园寄托写天真。义熙尚有关心事，岂便羲皇以上人。窥见陶公心事，予亦有句云："至今南村诗，可续西山歌。"予诗明言，汇川蕴蓄，觉蕴蓄者耐人寻思。

金　绖

金绖，字丝五，江南吴县人。官宣城训导。著有蕴亭诗稿。〇蕴亭诗负奇气，磊磊明明，不肯一语庸下，比之利剑，宁寸寸折，不为绕指柔也。晚年研究易理，不复成诗。

自三山至牛渚连山盘屈舟出其下

晴日山照耀，林峦规金碧。何年浮屠宫，峙此奇险石。钟磬不可闻，天风荡虚壁。轻舟出其下，牵揽不得力。嶃岩更阴森，使我毛发磔。惊涛喷晴雪，盘屈增险阨。上视飞鸟绝，下瞰鼋鼍逼。寒江静鱼梁，细路隐樵迹。我欲逐孤猿。济胜理轻策。高妙蹑云关，力扶羲御侧。风水趁前途，回首空叹息。熟老杜发秦州杂诗，有此笔力，有此神气。

舟　晓

寒潮月稍落，渔浦烟初起。苍茫钟出林，萧瑟雁飞沚。须臾沉雾迷，不辨天与水。使我神恍惚，置身云海里。日出影渐开，遥山树如荠。翠微半出没，沧波亦流绮。指顾远帆生，一一势千里。清景旷无垠，吾心淡如此。起绘舟晓，令读者如置身其间，雾不生于平旦而生于平旦以后，日高则散矣。老于道涂者始知。

采石矶

扬帆溯江涛，江阔沿叠嶂。诘屈百里间，一一奇鬼状。篙师太卤莽，拨石轻奔放。峥嵘屡萦回，采石屹相向。天风黤惨来，险绝不可仰。昔闻忠武王，挥戈实开创。于此奋神威，力腾千仞上。真宰有驱除，中原气自壮。至今三百年，谈者神犹旺。龙虎一失险，洪波空荡漾。郁郁松柏枝，钟山日相望。

村居答社中诸子

柴桑有处士，襄阳有遗老。尽室入蓬篙，终年颜色好。人生苦不足，吾道无求饱。愿得同心人，浩歌藉芳草。入篷篙而颜色转好，人情已难，况加以尽室终年乎！惟梁鸿、王霸夫妇足以语此。

送刘东郊

木落岭猿愁，江帆开素秋。寸心千里远，孤剑一身留。闽海天垂尽，仙山云半浮。安期方待子，且抱古琴游。律诗最争起手，起手得力，下迎刃而解，餍饫盛唐者能之。

寄芝仙西征幕府

枚生长托乘，王粲始从军。会有平戎策，能开西极云。令严千雪帐，犒士万羊群。指日应降虏，铙鼓奏凯闻。

周　京

周京，字少穆，浙江钱塘人。〇少穆足迹远到，欲结契宇内英杰，召试鸿博，不遇归，时偕一二友生游宴西湖，赋诗写怀，盖自此无四方之志矣。诗体和平中正，不为镵刻艰深之语。

武功县望太白山

百里武功县，明当太白山。雪从何代积，春到几时还？清霁迥晴昊，高寒指翠峦。军行休鼓角，风色正愁颜。

褒斜谷

阁道横空去，连峰叠嶂开。地随秦塞尽，山自汉中来。行蚁缘旋磨，粘蜗上古台。当年转战处，弥望满蒿莱。自注：黄牛铺为吴康卿战金兵处。〇**丨**字包括秦、汉，力大于身。

代　州

青峦万壑锁岩疆，旧绕楼烦古战场。冷碛雨收秋草绿，大荒日落塞云黄。滹沱河去包并冀，句注山横下狄羌。惟有年年关外雁，不妨迢递到衡阳。

燕　来

烟雨疏疏覆绿苔，海棠时节燕重来。不辞故国三千里，还认雕梁十二回。荒草谁家深院落，繁花何处好池台。却怜旧馆曾相识，为把湘帘手自开。

杨　花

南陌风光剧可怜，杨花撩乱扑秋千。一年春事抛流水，半醉心情付别筵。冉冉惯寻芳草岸，蒙蒙欲下夕阳天。残红同尽无消息，又化浮萍上钓船。三四空写一联，离形取神，晚唐时有此格。同友人湖上有句云："野鸥导我有闲意，新柳笑人成老夫。"风趣可挹。

二十六日晓过德州河

即次停骖客梦残，又携残梦上征鞍。小人有母忆尝食，游子离家空复还。沙月渡头斜欲落，野风林外晓生寒。廿年明发天涯泪，到此真成行路难。

方肇夔

方肇夔，字引谐，江南江都人。诸生。

客中送春

记得离家是首春，与春相伴走风尘。而今杜宇频频唤，半饯春归半劝人。感春归而己不能归也，语近情遥，得司空表圣"俯拾即是"，"触手成春"之方。

桃花坞吊唐六如墓

先生胸次海天宽，只爱桃花不爱官。荒土一抔魂魄在，满溪红雨落春寒。唐墓在横塘，桃花坞读书处也，误认者多。此从桃花着笔，而六如襟抱，如或见之。

缪宗俨

缪宗俨，字敬思，江南吴县人。

虎山桥玩月

山白月当空，平波乍摩莹。入云淡欲无，荡水光难定。长松倚层崖，风吹韵笙磬。桥下渔舟归，櫂歌入清听。夜深群动息，一啸众山应。清绝。

洪嘉植

洪嘉植，字去芜，江南歙县人。

蕲州禹庙

罗州之台蕲水东，江声千古环卑宫。盘龙山高风落石，乾明岩断云回空。地平天成岂苍水，九州四载疑玄熊。朝宗于海自江汉，巍巍黻冕思神功。以古诗行律体，胎原少陵，东坡亦尝为之。

邓尉看梅

停舟策杖屡攀跻，石路初消雪后泥。竹径参差逢野寺，人家一半住花溪。寒生夜磬行来远，天压春山望处迷。万树香风偏渡水，莫厘云断两峰西。

朱　瑄

朱瑄，字枢臣，江南吴县人。

钟山拜孝陵并瞻遗像

蒋山山下吊松楸，瞻拜遗容识冕旒。凤目龙瞳存尺幅，珠襦玉匣自千秋。林间片壤依元子，石畔荒原附列侯。更望孤栖埂边路，离离禾黍满平畴。端重有体，依元子，谓懿文太子，“附列侯”，谓中山诸王侯也。

祖龙引

徐市楼船竟不还，祖龙旋已葬骊山。琼田倘致长生草，眼见诸侯尽入关。嘲笑求仙，祖龙有知，亦应齿冷。

汉宫词

阆苑瑶池路邈然，延灵高筑迓群仙。岂知待诏金门客，偷堕尘寰十八年。连上一章，神似义山断句。

周　杭

周杭，字祖望，江南吴江人。诸生。

题倚剑牧马图

百金买一剑，千金买一马。十年磨剑不得试，驱马归来牧岩下。忆昔锦衣狐白裘，身挟两龙万里游，尔时意气轻王侯。吁嗟丈夫有命那可说，紫髯如虬悲白发。雄心难待马生角，袖手应怜剑虚拔。君不见古来穷达变化犹飘云，南山尚有射虎手，无人知是李将军。剑与马或合或分，结出飞将军射虎，大有英气。

俞玉局

俞玉局，字交心，江南无锡人。诸生。

题剑南诗稿

年垂九十恨谁知，肠断偏安恢复迟。高孝光宁身备历，荥河温洛见无期。梦中拜手迁都疏，死后关心家祭诗。个是诗坛老方叔，壮犹弹压几偏裨。写放翁忠心豪气俱见，若第扬其诗，便为凡手。〇荥、河、温、洛，中原所失地也，对高、孝、光、宁四朝，流走不滞。

石　文

石文，字贞石，浙江上虞人。

同丁敬身访张丈应华有赠

静看林景过茅茨，径曲村深步屧迟。南北舍分新竹色，两三客对夕阳时。邻多野老同耽隐，贫有闺人共课诗。长日闭门殊自得，屡空意味许谁知。敬身嗜古，应华食贫，并有得于屡空意味者，贞石臭味相同，自应莫逆于心，相视而笑。

顾嘉誉

顾嘉誉，字来章，江南吴县人。布衣。

雪狮歌

封姨玉戏江天白，万里琼瑶厚盈尺。平林雕鹘偃不飞，大泽蛇龙卧难蛰。街头跳掷嬉儿童，竹帚扫雪冲寒风。爬罗随手试抟弄，物态一一无雷同。蛮奴心孔偏狡狯，装出狻猊露奇怪。爪牙忽作之而形，拉虎吞貔宛然在，蹲伏恍遇沧州城，贡献疑通安息界。鬐耏落落张巨口，仰天欲作河东吼。四围腰鼓声喧阗，灯火荧煌照左右。入山那可抟戲狸，当路直堪走猘狗。寒威消歇阳气回，朝来倏忽扶桑开。狰狞跋扈转瞬耳，流澌消却银皑皑。君不见冰山万丈高崔嵬，压倒泰岱轻徂徕，一朝失势竟安在，区区雪狮何有哉！吁嗟乎！区区雪狮何有哉！冰山难恃，其本意也，借雪狮发挥，纵笔所之，不受束缚，山人亦纵横乃尔。

翁　格

翁格，字去非，江南吴县人。诸生。

暮　春

莫怨春归早，花馀几点红。留将根蒂在，岁岁有东风。安分俟时，意言俱妙。

陆苍培

陆苍培，字学起，江南长洲人。廪生。

咏　怀

燕市相逢处，吟坛与酒垆。云山万里别，天地一身孤。元叟聊称漫，仪曹自号愚。从兹懒求友，耕钓是吾徒。五六承“一身孤”言之，言自此无意求友矣。学起见赏于辇下诸公，故有是云。

闻　雁

梦断空堂家万里，酒醒秋夜漏三更。他乡风雨此时急，独听南飞雁数声。

殷再巡

殷再巡，字二南，江南常熟人。〇二南受知于赵秋谷，曾为点定其诗。

汉武帝

云旗不动射蛟回，宴坐承华月满台。花发碧桃方朔过，窗开青鸟阿环来。灵坛夜静光三烛，仙掌风微露一杯。万里贰师归绝幕，只盘天马赋龙媒。

华龙翔

华龙翔，字丕光，江南无锡人。诸生。〇予未识丕光，杜云川太史为予言，同人赋诗，丕光诗成，众俱敛手，邑中才人也。后华生汉畿授予遗稿，寻味之，果如云川之言。

感　遇

戛戛高冈梧，孤榦修以直。疏阴不自庇，虫蚁争蠹蚀。铿然遭斧斤，谓是中琴瑟。朱弦徽黄金，绮囊护丹漆。知音世所希，俗耳聪若窒。何似摧为薪，犹足供鼎食。言知而不知，不如不知也，此作者有激云然。

翠声阁

云甓架书巢，庭户满空翠。空翠本非色，寻声复何在。渊明无弦琴，音在弦指外。独坐泯见闻，悠然自来会。古云空翠难强名，翠中有声，只可意会，不可注解。

恭寿先生于黄山深谷得杖一枝双茎盘曲节目轮囷首尾仍合并为一极离奇瑰异之观为作短歌

恭寿之杖一而两，夏后双龙落吾掌。恭寿之杖两而一，駏蛩相合几忘匹。骊珠百六节可数，追琢丁丁缺鬼斧。八年刊木遍神州，遗却黄山笑神禹。或言轩辕丹灶多遗薪，自注：黄山有黄帝同浮丘公炼丹处。烬馀裂石蟠灵根。双桠竞茁不相让，欲劈未劈成轮囷。或言扶桑相纠老东溟，孙枝迸出仍骈颖。九乌长喙日夜啄，节目蚴虬堕残梗。我来欲把不敢触，恐是生蛟遭缚束。先生兴至时捉之，不借云軿驾双鹄。世途夔峡从崎嵚，扶携直过三山曲。都从一枝双茎著意，离奇诘屈，排荡纵横，极才人之能事。

示仲孙应和时将北上

牖下嗟吾老，天涯忆汝单。因人知不易，行路敢辞难。有舌囊宜括，无鱼铗莫弹。饥驱为客早，惜别恨千端。

刘瞻榕

刘瞻榕，字于根，江南无锡人。诸生。

春日田家

草庐负高阜，柴扉面清池。村居本安闲，况值春风时。春风果何心，如与丘园私。一夕逢好雨，千顷新绿滋。朝来荷锄出，对此情自怡。时运无或愆，力田复何疑。仓庚先已觉，飞鸣桑树枝。春风之私，正言其公，语妙从杜诗中出。

送须觐予还晋陵

啄粟野田黄口雀，尽日挥之苦难却。翛然老鹤迥出群，连轩矫翼谁能驯。春风楼前梅花白，看花君作西洲客。细雨冥冥梅子肥，鹧鸪声里送将归。何须咎君言别早，客舍虽佳归更好。一帆明日向东去，正是鄙夫心忆处。起四语兴觐予之归，得六义之一。

冯嗣京

冯嗣京，字留士，浙江桐乡人。贡生，官长兴县学训导。

上韩慕庐学士

门分洛蜀路多歧，中立如公总不移。进退每关天下事，襟期独有圣明知。后堂长蓄公田酿，外国争求贺雨诗。莫漫抒辞颂功德，即论风雅亦吾师。一起四语，与匠门先生暗合，时文懿公中立不倚，故诗家以此为赠言。

宋匡业

宋匡业，字鼎来，江南长洲人。贡生，以子宗元贵诰赠中宪大夫。〇生平谦退谨约，无疾言遽色，远近称善人，性爱梅，咏梅诗成帙。兹取其尤高洁者。

庭　梅

屋角冷云破，横空挺一枝。瘦应同鹤立，清似畏人知。写影惟凭月，传神不在诗。空山流水外，脉脉寄相思。以清畏人知品梅，极见成语，从前无人道及。

梅　花

不染纷华别有神，乱山深处吐清新。旷如魏晋之间士，高比羲皇以上人。独立风前惟索笑，能超世外自归真。孤芳合与幽兰配，补入离骚一种春。传梅之品，宋人蹊径一扫而空之。

陆 淹

陆淹，字菁三，江南长洲人。钦取入都，未授官卒。

秋 怀

叶染深秋变早枫，轻云如黛月如弓。闲情毰毸非关酒，倦骨支离不耐风。鱼悔尾赪思溟北，豕夸头白笑辽东。分明袖手看残弈，一角争差劫未终。

江宏文

江宏文，字书城，江南嘉定人。钦取入都，放归卒。

感怀和周铁门韵兼呈汝南公

九重宫阙隔云霓，昔梦曾依浴殿西。青琐几人犹索米，玄都千树莫留题。孤鸿出塞惊衰草，旅燕寻巢识旧栖。遥忆东山桥下路，秋风起处暮烟迷。

单衣短褐话当初，潦倒空悲岁月虚。击鼓谁云丞相怒，扫门自与舍人疏。陆沉渐觉风波老，生死还依骨肉居。三十三年多梦梦，此生犹在黑甜馀。江君九龄能书擘窠大字，未弱冠，以诗受九重知，命入武英殿纂录，将得官矣。缘放浪被劾归，县尉至揶揄詈辱之，文人之厄，无逾于此。今阅感怀二章，抑塞之中，自饶磊落。勿以遇之穷而轻之。

陈叶筠

陈叶筠，字廷望，江南昆山人。诸生。〇廷望论诗，断断唐、宋之分，有近石湖、剑南者，必排斥，时共目为怪人。陈子树滋独推重之。惜中道殂谢，遗稿散佚。采录三章，比之一鳞半爪也。

张睢阳庙

丧乱逢天宝，江淮障一身。死甘为厉鬼，生岂负人伦。卞壶拳还握，苌弘血尚新。灵旗风卷处，犹似扫黄尘。厉鬼、人伦，即用张中丞语，神完气足，居然唐音。

涢阳峡

一径入峡口，盘盘往复回。烟横两岸合，水划万峰开。命托长年手，魂惊乱石堆。前途望不极，何处越王台。

寄许子逊

不见南来双鲤鱼，风尘落拓感何如？偶过燕市悲歌地，曾上长沙痛哭书。芳草天涯分晓梦，暮云江树惜离居。春深何处堪凭吊，为我携尊酹望诸。

张　瑄

张瑄，字紫维，江南太仓人。

吊鹦鹉

雕笼悲越鸟，饮啄岂无情。本为多言误，翻怜一死轻。聪明应再世，文采毕今生。犹记南窗下，春风自唤名。语语是吊。

张嵩龄

张嵩龄，字东屿，江南太仓人。诸生。

流莺词

日暮听流莺，流莺啼不住。上苑春来又几时，深闺梦醒惊何处。初闻仿佛在东墙，又见随风出绿杨。睍睆枝头明似剪，绵蛮树底巧如簧。豪门争拥颜如玉，斗酒黄柑共相逐。宛转疑吹秦女箫，悠扬胜度吴娘曲。独有高楼粉黛人，年年夫婿怨飘零。鸳鸯独宿银屏冷，倚遍栏干不忍听。绰态柔情，初唐风调。

南昌秋夜

秋气频侵袂，空宵独掩扉。愁来心易醉，客久梦难归。灯焰床头短，虫声户外微。起看乌鹊影，三匝向南飞。比"梦里还家不当归"更深一层。

程之鵕

程之鵕，字羽宸，江南歙县人。著有练江诗钞。○练江游踪，几遍大江南北及楚、越、东鲁，而登眺不倦，尤在黄山，故发而为诗，多登临凭吊之作。同郡曹进士震亭与之倡和，震亭多才，不轻许可，独折服练江，则练江之诗可知矣。子笙友、管庭寄遗集乞序，因采而寻之。

芦花被

不并青绫一样看，只从江上借秋寒。覆时应共鸥群梦，卷处浑疑云影残。中夜月侵如有失，半醒霜凛觉无完。可知雪满江南路，借与袁安卧更安。三四正写，五六虚写，结意“旧谷中春出新粒”也。

晓过平望

半夜帆开遇好风，平明平望一湖通。人家水气涵虚白，野树霜华染浅红。舵尾鱼虾吴市早，船头歌唱越吟工。前途烟雨楼边过，身入空鬖画中。五六恰是过莺脰湖诗，移易他处不得。

黄　山

黄山三十六芙蓉，浴罢汤泉曳短筇。仙乐鸟名疑闻缑岭鹤，钵盂峰名欲豢鼎湖龙。迷漫云气皆成海，穿穴峰头半是松。始信到来仍不信，天工理外若为容。自注：黄山有始信峰，又有“说也不信”扁额。〇予尝游黄山，始知此诗布置之稳。“始信”，犹云到此始知也；“不信”，犹言天地间无此幻境也。两层作一层，故妙。

抵金陵

晓风策策柳毵毵，帆影遥天破蔚蓝。一片伤心金粉地，落花时节到江南。六朝旧地，已足伤心，况落花时节乎？全在神韵动人。

席　镐

席镐，字渭南，江南常熟人。著有西墅诗钞。

表弟吴习之赠闽兰数种今兰盛开而习之下世已复逾年追感成咏

幽兰问何自？云是故人赉。故人今云亡，香草依然在。回忆十年来，周旋见情态。信宿娄江程，不阻水如带。芳菲表同臭，辱赠展相爱。一从入洛游，空教悬榻待。子本中林秀，扬扬远埃壒。俯视世俗文，无讥等自郐。凿枘两相违，谁欤加盼睐。人事既锄兰，天意复剪艾。可怜身后事，一一散馀璦。即此是故物，同心如晤对。年年及花期，思君一长慨。习之不遇而殁，将锄兰剪艾点染，倍觉触物伤感。

除夕感怀亡弟湘北

去年当此夕，步屧过子庐。候门肃以入，列坐情怡愉。是时群从集，灯火荧前除。儿童绕我戏，捋髭牵衣裾。流光如转烛，景物与时俱。痛子竟长往，浮云变须臾。弟兄我七人，强半归丘墟。存者与子三，何堪返黄垆。在原爱由性，抚时感如初。百年洵难料，一岁行看徂。强壮子已矣，我衰当何如？直白说去，情事最真。

周孝学

周孝学，字孺仍，江南吴江人。诸生。

登穹窿绝顶望震泽同蒋香山作

吴中富名山，穹窿独称长。郁律耸晴空，凭眺快无两。兹来值秋霁，疏翠揽盈掌。行行跻笠峰，孱颜俯群象。天平遥搢笏，卑犹成覆盎。云从岭下飞，飞鸟不能上。西南临具区，风涛相震荡。烟消螺髻浮，日落新镜晃。混合天水色，分坼吴越壤。呼吸凌青冥，啸歌脱尘鞅。何当寻赤松，相与出世网。

书牧斋集后

铜驼榛棘话酸辛，东涧盘旋剩旧身。碑碣大书杨左传，前朝公论借斯人。明季年，牧斋为党魁，杨、左诸公志传，皆其特笔也，表之不没其实。

归老空门结净因，落花时复饯离人。出魔入佛超然处，欲澣朝衫一斗尘。此言其末路心事，见托佛而逃，悔恨无及也。不加贬斥，婉约可思。

李　果

李果，字客山，江南长洲人。布衣。著有石闾集。〇沧洲陈公鹏管京口时，客山投诗造谒，公遂与定交，后大理李公因其谨慎，欲任以盐筴，力却之。及李公被罪，诸任事者皆罹祸，客山超然，人服其识。诗格苍老，一洗肥腻，有一二字未安，屡改不倦。晚年文誉霭郁，过吴门者争识其面，几以鲁灵光目之。

示两儿

初冬可读书，披帷对月影。困穷亦何常，天意默示警。所期在远大，忘此清夜永。经义纂孟荀，如汲得修绠。摛辞芟缪悠，百家足驰骋。蕴辉珠处渊，含英金在矿。世人竞目睫，欲语还如哽。但求寡悔尤，焉用名炳炳。

马援厪闻过，柳玭重行己。吾家旧遗经，先德盛积累。黾勉无异营，颇识剥复理。中岁偶行游，致汝业渐弛。我无一顷田，经籍足耘耔。义理苟能通，出处有根柢。医药与货殖，困穷亦可倚。吾生少失学，垂老方知悔。展转力就衰，炳烛思晓起。努力爱景光，汝曹从此始。首勉以穷经，次期以述祖，少年子弟，共宜佩服斯言。

王将军剑歌

神物铸成干将手，三尺苍龙半夜吼。七星吐焰烛银潢，魍魉潜藏白猿走。将军匹马来疏勒，手握寒光边塞黑。赠将海内有心人，风吹一片无情色。半行籀文不可认，血花点点荆卿恨。平生慷慨思报恩，尊前睚眦何须问。

哭沈方舟三首

去冬送汝江上行，今年哭汝隔淮城。念汝寥落走四海，白头客死难为情。岂无当路可投足，苦心自许无人告，中夜悲歌恒刺促。

黄河风高波涛恶，雨雪严冬古寺泊。来船去马不敢行，鹫鸽哀叫鱼龙跃。乡国迢遥渺何处，西隔金陵东浙渚，魂招不来奈何许。

平生笔力足拒石，西河药亭争避席。故老诗成海岳篇，诸陵绝塞吟霜白。卅载同袍魂梦劳，相思落月临江皋，雁飞何处求其曹。连下三韵，其声急直，哀挽诗正宜如此。

怀陈处士阳山

老卧天池岭，寒松骨共苍。人如陈仲子，诗是孟襄阳。有女尸蘋藻，无儿受缥缃。风流今已矣，忍更过书堂。三语状其孤介，四语表其清疏。

泛艇木渎

晨光初泛艇，流水枕清酣。风定晴湖渺，云生远岫含。梨花明月寺，芳草牧牛庵。多景灵岩近，乘春取次探。明月寺、牧牛庵，木渎之佛刹也。加以梨花、芳草，遂成名句。

晚　菊

迎冬方吐艳，篱下竟谁看？岂敢伤迟暮，何妨历岁寒。孤怀原淡泊，独立未凋残。迟尔风前落，骚人佐夕餐。可当作者写怀。

从弟至

奔走怜吾弟，归来感慨多。风尘遭白眼，冰雪渡黄河。几作无家客，空为击楫歌。嗟余亦寥落，相对奈愁何?

失喜还疑梦，灯前认未真。流离二十载，惨淡一孤身。思子心如割，伤亲泪满巾。春秋虚祭扫，风木恨难伸。

关山月

重关峻岭郁嵯峨，月色偏临绝塞多。万里寒生玄菟郡，三秋光射白狼河。黄榆风急传吹角，玉帐沙明照枕戈。最是空闺音信断，中宵愁听陇头歌。

范文正公祠

石笋排空山骨清，范公祠庙俨峥嵘。独从天下关忧乐，尚想胸中富甲兵。晚穗迎霜遗断陇，寒乌啼日傍丹楹。先皇银榜龙章在，红树阶前交映明。自注：康熙四十四年圣祖题“济时良相”四字榜其祠，祠前有枫树三十株。○忧乐、甲兵，人人意中语，此嘉其安放之工。

韩　骐

韩骐，字其武，江南吴县人。贡生。著有补瓢集。

赵忠毅公铁如意歌

妖蟆障日天地闭，代州戍卒性薑桂。手中刚铁尺二长，得共朱云剑争利。额图星斗背弓弯，罗纹细蹙银花斑。铭词奇倔篆文古，仿佛铸鼎昭神奸。百馀年来亲手泽，古今义愤通呼吸。想当边城起舞时，魑魅潜形鬼神泣。千秋正气座右存，物因人重珍瑶琨。指挥欲落崔魏胆，把玩许招杨左魂。呜呼明社久已屋，一器森芒夺人目。风前还吊宋遗民，击将如意西台哭。后半写赵忠毅、写铁如意，合并不分，结出西台痛哭，义士忠臣，天然作对。

五人墓

英风飒飒绕回塘，旧冢累累侠骨香。一击自同椎博浪，百身何异痛三良。头颅敢为忠臣惜，贩负能增党籍光。变例春秋墓前碣，先人特笔凛严霜。自注：崇祯初，逆案既定，吴人共毁逆祠，即其地葬五人遗骸。先大父年未及冠，以书名吴下，吴因之先生致书曾大父曰："异事必得异人题碣乃称。"大父承命，大书"五人之墓"四字，勒石墓前。噫，阁部大臣屈膝阉寺，称子称孙，人道灭矣。书曰，人予之也，所以愧天下之不为人者也。○博浪一击，夺祖龙之魄，五人一击，魏阉不复遣缇骑矣。市人虽微，亦复有功正士，诗中不没其实。

题赵承旨画兰

花花叶叶带春风，自出王孙挥洒工。犹有遗民作心史，也将馀墨写幽丛。将画兰不著土者反衬，人品判然。

高日新

高日新，字健明，江南长洲人。诸生。

咏阮步兵

长啸哭途穷，风流怀阮公。胸真多块垒，时定少英雄。白眼相看外，黄垆酣饮中。步兵堪吏隐，谁与测冥鸿？时无英雄，非指高皇时，谓魏、晋间无人也。玩上句胸多块垒，其意自见。

马　位

马位，字思山，陕西武功人。官刑部员外郎。○思山贵公子，喜与寒士接，老苍遇之，谓如飞鸟依人，人自怜之也。诗品追摹李奉礼，时与神合，年方壮卒。岂天上又成白玉楼，又须作记耶？

湘中纮

水宫仙子湘江妃，芙蓉裳兮芰荷衣。张翠盖兮摇云旗，月光荡漾烟霏霏。采芳洲之蘅杜，弄明珠于澧浦，老鼍击鼓群蛟舞。洞庭波兮秋风，若有人兮苍茫中。九疑山青云梦绿，千年血泪啼斑竹。

中秋夜

清风扫云去无迹，碧空高挂银蟾光。鼎焚鸡舌向天拜，祇臣欲乞长生方。彩霞缥缈现金阙，鸾箫凤吹音琅琅。结璘授我两丸药，乃是兔捣千年之玄霜。调以华池漱神浆，金波透入丹田凉。吴刚斧声听不见，桂花压露凝秋香。结意见天路阻修，桂枝难斫，出以隐语，令不遇之士潸然泣下。

鹦　鹉

吴音好鸟来陇西，翠衿红嘴架上栖。金屋花深隔娇女，纱窗如烟传笑语。银绦系胫不得飞，人前饮啄矜毛衣。园中歌舞晓携出，高挂绿杨迷一色。富家买尔巧舌声，那闻布谷催春耕。人每伤其文采被累，此另换意作结，更高一筹。

程　樊

程樊，字是若，江南山阳人。安东诸生。○是若抗心希古，矻矻于学，咏怀次章，其自写襟抱也。乃年命不永，托之空言，惜哉！

咏　怀

兰为王者香，芬馥清风里。从来岩穴姿，不竞繁华美。龟以告犹亡，翟以炫采死。不善保厥初，受患每如此。莘野彼何人，三聘乃一起。如何志士躯，轻用徇知己。此为荀文若辈言，要离、聂政之流又不在此数也。大易慎其随，语当深思。

尘嚣多稠浊，云物俱不灵。所以山水间，往往有馀清。绪风发爽籁，幽谷舒芳英。草木觉生色，泉石俱空明。余怀本贞素，对之神益澄。宁静自致远，何为营浮名。

卷三十

允　禧

允禧，紫琼主人，宗室。左宗正，封慎郡王。著有花间堂诗钞。王勤政之暇，礼贤下士。画宗元人，诗宗唐人。品近河间、东平，而多能游艺，又间、平所未闻也。

灌　花

阶砌罗群芳，宛然如藻缋。照日相鲜新，临风各向背。盱睢忘忧子，淡焉此静对。荣谢寄流转，采色看迭代。休兹造化心，泽物恐不逮。园丁汲井栏，时时自灌溉。题虽灌花，意在泽及庶物，胸次正大，于触物处抒写之。

樵　歌

不闻人声，但闻斧声。寂寂岩响答，丁丁飞鸟惊。得柴换酒，醉归踏月山歌清。友木石，无衰荣。白云流水自朝暮，万山漠漠烟光青。起手八字，写尽空山伐木神理。

月夜台上听友人弹琴

高台夜色深，月下闻清琴。能使座中客，俱生尘外心。石泉泻寒碧，霜竹折孤音。曲罢长天静，忘言一整襟。只写琴理，不形容琴声，与常建江上琴兴同一清绝。

村　夜

旅舍灯犹在，村人语渐稀。山兼寒月静，叶带暗霜飞。厩马啮槽枥，邻鸡唱翠微。烟霞惹残梦，幽思满柴扉。

圆明园召看烟火恭纪

银汉星桥不动尘，斜飞火凤入勾陈。一声雷起地中蛰，万树花开天上春。太乙高楼灯似昼，未央前殿月移轮。君王行乐新年盛，先使恩光遍近臣。

双　径

客去自掩关，林深鸟声静。徘徊夕阳中，秋烟淡孤影。“秋烟”五字如出贾长江手。

邦均野寺

僧罢夕阳钟，客怀正孤绝。山鸟下空林，自啄茅檐雪。五言绝唐人以古淡胜，此又以清瘦见长。

七夕

银河脉脉渡云軿，未拟穿针倚画屏。独向闲阶风露下，夜深无语拜双星。

弘曣

弘曣，字思敬，宗室。官奉恩辅国公。

值宿闻乌夜啼

值宿霜寒夜，蟾光瓦欲流。哑哑听乌语，历历数更筹。已傍龙楼稳，能销砮矢忧。鸡竿应有兆，计日下皇州。乐府解题："闻乌夜啼，明当有赦。"指宋元嘉时事也。末一句本此。

德普

德普，字修庵，宗室。官宗人府左宗正。

中秋无月

谁道秋云薄，中宵掩桂轮。姮娥开镜懒，愁杀倚楼人。于无情处写情，得唐人三昧。

恒仁

恒仁，字月山，觉罗镇国公子。○乾隆甲子岁，月山以韵语来学，授以唐诗正声，造诣日进，吐属皆山水清音，北方之诗人也。丙寅冬，予请假归里，送至江干。明年还朝，月山已没矣。诗卷零落，存此二章，志其大概。

玉泉禅院

道人种松罢，傍水开禅关。春风吹不到，白云相与闲。偶寻林外约，引我过前山。倚杖看奇石，徘徊殊未还。孟山人风格。

南西门外即目

澄潭初月影微微，雨过凉生透葛衣。十里乱蝉风两岸，藕花香送钓船归。

高述明

高述明，字东瞻，奉天人。东轩相国兄，官至凉州总兵。

塞　外

云暗难分骑，沙深欲陷车。炎风初解冻，夏草渐萌芽。义勇心能一，尊严令不哗。楼兰犹未斩，那敢顾身家。

人日塞外马上口占

马蹄犹得蹋黄尘，马上犹吟塞外春。只谓此生常近鬼，岂知今日又逢人。彩花剪细风光旧，沙海云开气象新。便拟题诗寄良友，草堂何处转伤神。写人日，切定塞外，便能作惊人语。

高　斌

高斌，字东轩，奉天人。官至大学士。东轩相公研穷易理，居己廉静，待人以诚，与之交者，必使之得其意而去，所谓休休有容者也。诗多说理而不腐，别于白沙、定山一派。

次韵奉和西林先生

忠信良非易，好学古所难，缅维颜夫子，得善斯拳拳。固守几于化，深造居乃安。哲人亦已远，勉矣士希贤。读书必自期，责己何敢宽。西林有美人，怅望青云端。

塞尔赫

塞尔赫，字晓亭，宗室。官兵部侍郎。○晓亭遇能诗人，虽樵夫、牧竖，必屈己下之，固以诗为性命者也。辨唐、宋之分，如渑、淄然。身后诗为夫己氏所编，不免以中驷为上驷矣。知诗者惜之。有佳句云："一水明残照，孤村入暮烟。""宋朝南渡君称侄，周室东迁帝是侯。"忘其全篇，附录于此。

荆卿墓

身入虎狼国，心空百二州。壮怀生死外，易水古今流。白日淡将夕，行人去不留。墓傍谁击筑？寂寞野花秋。有如此笔，方许作判卿墓诗。

白芍药

珠帘入夜卷琼钩，谢女怀香倚玉楼。风暖月明娇欲堕，依稀残梦在扬州。与“无情有恨何人见，月晓风清欲堕时”同一取题之神。

康弘勋

康弘勋，字仲山，陕西泾阳人。官参议道。

榆林道中

已过皋狼镇，行行秋色中。晓霜明佩剑，残月上雕弓。草带三边雪，雕盘万里风。客心似红日，常傍海云东。

鲍　钤

鲍钤，字冠亭，奉天人。官海塘通判，〇冠亭好客，有负之者，重来待之如初，曰：“我爱其才也。”风趣近吴园次太守，虽沉溺下僚，艺林重之。

雁门太守行

不见雁门高，安知太守骄。雁门高雁不可度，太守骄新不如故。堂堂复堂堂，汉家重循良。几人考上上，承恩奏明光。几人考下下，贬窜之他邦。五马煌煌二千石，河间姹女同朝夕。徒手相将拜路尘，清寒逼人太守嗔。冠亭两为邑宰，受太守斥辱，故有此诗。

范忠贞公祠自注：公赠太子少保、兵部尚书，嗣君亦由闽浙制府历升大司马。

当年闽海见传烽，犀兕空多弃甲重。大节并推颜鲁国，孤忠直继段司农。碑题岘首留残碣，世握兵符踵旧封。应与睢阳同庙食，堂堂授命尽从容。无一字无来历，便是好诗。

李　锴

李锴，字铁君，奉天人。著有豸青山人集。〇豸青系勋臣后，当得大官，乃偕其配隐于盘山。有武攸绪风。既老，岁至京师，然一二日即归，人罕见其面。诗古奥峭削，自辟门径，高者胎源杜陵，次亦近孟东野。

江　南

江水是弱水，久已沉羽毛。江水是江水，我岂无轻舠。中流双鸳鸯，唼波影凌乱。鸳鸯且莫飞，我有好针线。绣在合欢被，与汝日相见。古意古音。

当来日大难

驾青骊，骖驳牛，西上皋兰山，直入昆仑丘。求西王母不可得，归来还作人间游。人间逼仄，来日几何。但见北邙之山，如杨如麻，累累坡冢皆谁何？昨日前日，对酒当歌。只末二语见欢乐之境不可常也。若从欢乐说到丧亡，便直而少味。

项王祠

白蛇断，乌骓穷，海内莫敌隆凖公。百二小儿歌沛中，霸气汩没三户空。眼中成败势即判，大王叱咤终英雄。楚云沉沉压祠宫，千秋伏腊犹鼓钟。鼍龙叫啸宝剑血，草木惨淡云旗风。乾坤失意丈夫泪，大江日落寒涛东。落句妙于写景，含却无限苍茫，即骆宾王易水结法。

闻归雁感赋

毕竟家何处？而云北是归。高城残照下，万里一行飞。风急毋相乱，沙寒定有依。畸人方失序，缘汝泪沾衣。竟似出杜陵人手，所云四十字，字字皆君子也。能事全在起结。

新秋雨中塞晓亭侍郎招饮署斋即席分赋

飞鸟无心惜羽翰，游鱼随处狎波澜。于人岂敢行藏异，好我何妨礼数宽。头白亲知稀握手，酒深风雨一凭阑。年光向晚贪高会，已醉辽东管幼安。

陈景元

陈景元，字石闾，奉天人。布衣。〇石闾甘老布衣，耻言名利，交与惟李豸青几辈，不妄交也。雷副宪贯一视学浙中，成怀五布衣诗，石闾居一，即石闾可知矣。诗亦清矫不凡。

咏　怀

高阁临清池，明月当天心。万有坐消歇，可以鸣幽琴。上弦来别鹤，下弦起龙吟。夜静天地清，指中出正音。不惜操缦苦，持此感人深。“夜静”十字，写琴理最高。

严陵钓台

钓台临绝壁，峦壑抱幽深。一片桐江月，千秋出世心。独寻高士迹，忘却客星沉。予亦怀微尚，徘徊听濑音。不著议论，严陵之品自见。王贞父作后，应推此篇。

古北杂诗

昔者杨无敌，英名代朔闻。我来北平右，人指令公坟。尚勇儿童拜，酬神酒肉分。边庭重死节，不祀李将军。可以教忠。

山　夜

登眺忘疲苶，归来约四更。人依山鬼宿，星代月华明。入寂无昏旦，观心一死生。野溪流不断，风定夜声清。

程嗣立

程嗣立，字风衣，江南安东人。贡生。〇风衣长古歌诗杂文，惜无稿可觅，蔡子方山处偶见此篇，因采录之。

送边秀才入成都

卧龙丞相锦江水，跃马公孙白帝城。往事云烟多变灭，羡君意气自纵横。向西形势参天出，稽古名流爱蜀行。如此丹崖青嶂里，不妨终日有猿声。

高　岑

高岑，字岘亭，河南商丘人。官丰城知县。○岘亭为宋商丘冢宰外孙，故诗有渊源，归田后，学力尤进。

秋日书怀

江城木叶已翻飞，深巷萧萧独掩扉。北雁应知书有泪，西风不管客无衣。他乡岁月秋难遣，故国亲朋日渐稀。坐尽残阳灯火上，满天云影望依依。

暮春送别

飞花万点扑征衣，南浦依依怨落晖。肠断离亭烟柳色，留君不住共春归。送别送春，于一语中兼到。

姚世钰

姚世钰，字玉裁，浙江归安人。诸生。

吴兴太守行

唐公多美政，第一数停征。能令一叶荫，遮遍湖州城。湖州本水国，旱潦频相撄。上司入奏报，皇帝蒙嗟矜。救灾议留漕，赈廪开常平。奈何春夏交，雨点天瓢倾。二麦悉烂死，原蚕又无成。县吏夜催租，打门鸡狗惊。不食三日矣，失限罪所丁。民实畏官府，民岂甘敲搒。可怜饥馑迫，始觉性命轻。是时三伏热，触暑如遭烹。尪羸县门集，县官醉方醒。平头摇羽扇，轻风来清泠。翠瓜切片玉，朱李沉寒冰。巍峨坐堂皇，鞭雷车砯砰。扑抉臀无肤，老耄难逃刑。何来朱书符，传自太守厅。吏胥俱蹙额，颜状失狰狞。逝将焚如死，岂意脱然生。退衙遣归农，闾里欢逢迎。忍饥幸少安，两月宽作程。钼禾分辛苦，补败期秋成。何以报太守，请歌吴兴行。不愿公三公，不愿公九卿。愿得长借公，流泽苕溪清。百姓乐复乐，受福惟王明。写县官之草菅民命，如见其形，如闻其声。

将至扬州与家人病中别

暮齿千行泪，新年百病身。自然憔悴尽，何待别离频。药裹关心劝，衣装倩手纫。平安早相报，江上有春鳞。

哭　女

十岁言诗有性灵，木兰爱说替耶征。黄泉不是黄河水，闻否耶娘唤女声。即从木兰诗中生情，触手生哀，高于微之哭子诸作。

贫家生小俭梳妆，竹笥练裙少盛装。绣得罗襦几回著，送终犹是嫁衣裳。

传业方今羡蔡邕，慰情那更比陶公。明知此恨古人少，哭女偏当无子翁。哭女可哀，无子哭女，倍难为怀矣。句中兼写两层。

姚世钧

姚世钧，字炳衡，浙江归安人。诸生。

饶州舟次独酌醉后放歌

东风吹我来饶州，因循又作两日留。乍晴乍雨天气换，一杯聊复消牢愁。寓形宇内一瞬耳，双丸毂转如浮沤。春来秋去陋鹏蟀，朝生暮死嗤蜉蝣。我今头颅欻老大，蹉跎壮志无一酬。寻章摘句守矩矱，廋辞谜语工雕搜。有时随俗恣谐谑，浩歌一歌商声讴。贾生泪忍但暗下，班超笔在仍空投。芸窗俯首历几稔，幽忧之疾无从瘳。莺花三月辞故国，飘然来作南楚游。冲风踏浪无不可，三千里路望阻修。蒲帆十幅钓台转，轻舠一叶钱塘浮。饶州自古称上郡，土地则广人民稠。鄱阳澒洞恰绕郭，瑞芝峭削才当楼。兹游信宿敢易视，湖山暂向笔底收。远涉思入女儿港，近眺拟泛琵琶洲。左挈偏提右不落，狂呼惊动东西舟。遥汀鱼跳刀泼刺，垂杨风卷丝飕飗。水天下上黑如漆，严城俄报三更筹。醒无人劝醉莫管，两行银烛开双眸。丈夫意气贵卓荦，安用狭隘趋时流。周身会须罗千骑，当车只合拥八驺。七尺之躯三寸舌，不取相印终封侯。吟成自笑还自泣，金尊重举浇诗喉。身行万里从此始，浩荡莫让波间鸥。如潮之汹涌，如风之飘忽，抱才如此，而年命不永，何哉？

邵　岷

邵岷，字百峰，江南元和人。诸生。〇百峰少岁作诗，汩于异说，总以险怪为主，后为刘君东郊女夫，日渐月摩，一归于正。至三十馀，居然作手矣。能者固不可测，不信然耶？闻其七言律诗最工，而遗稿散佚，叹息弥襟。

长歌留别江汉诸同学

吾为若楚歌，若为吾楚舞。刘邦项籍天下雄，一听楚声泪如雨。楚声慷慨闻千载，屈宋风流至今在。山鬼萝衣旧有情，江妃玉佩长相待。我生足迹遍九州，发轫便为荆楚游。沱潜汉沔纵沿溯，澧兰沅芷供采求。廿年四上晴川阁，过眼江山遂成昨。野客依然水上萍，故人半化云中鹤。此度淹留时最久，武昌三见青青柳。一时牧伯多礼贤，惭愧人前呼老友。男儿有才供作使，万丈光芒终已矣。正平文采世无伦，却被曹瞒视作蚁。昨岁鹤书下江左，州司催促驰骇骇。浪游那有上天梯，罡风吹向尘埃堕。岂无知己荆南公，自注：襄郧副使鲁公亮侪。疾呼不管众耳聋。天门迢遥帝座远，浮云况自迷苍穹。郢中白雪和者寡，我胡为是栖栖者？江上有山笑未休，枝头杜宇声将哑。几番弹铗歌归去，泥沙易著因风絮。朝来青鸟促朝天，主人难留客不住。去住因人剧可哀，老马更踏黄金台。未知郭隗更谁是？登临且放心颜开。半生踪迹昭丘畔，酒社诗盟满江汉。别泪应添逝水流，离情忍向当歌断。断续歌声短复长，沙边朔雁去行行。凭将此日临歧曲，遥继灵均哀郢章。此百峰鸿博被荐，忽遭斥逐，既之江、汉，复上金台，因作此歌也。跌宕悲凉，卷舒无迹，“飘风骤雨惊飒飒，落花飞雪何茫茫”，可以移赠。

赵忠愍公得谥诗

滇南侍御人中杰，气如虹霓耿不灭。壮猷早著剪萑苻，正色俄看冠朝列。维时明祚丁末造，劫火烧天百川竭。弄兵剧贼覆神州，食肉谋夫营蚁穴。可怜国事无可为，但见乾坤日流血。阉人夜半开九门，百万黄巾拥丹阙。君王披发殉山河，宰执全躯效臣妾。大臣命重小臣轻，劲草何知疾风烈。一呼巷战千人靡，身首分馀立如铁。但教心与赤日悬，肯惜身随天柱折。腐肉馨香何处归，愍忠寺畔埋冰雪。风雨犹闻啸国殇，沧桑未许磨残碣。易名巨典隆圣代，特采嘉言表奇节。百年幽沕一朝显，六诏山川增皦洁。丈夫七尺即泰山，取义成仁在勇决，不尔芳名何卓绝。君不见同时多少偷生人，一念蹉跎成瓦裂。赵侍御名撰，云南人。当流贼破京师时，巷战而殁。藁葬愍忠寺侧。章皇帝旌表范景文以下诸忠臣，因无人奏请，偶然遗之。乾隆中补谥忠愍，此诗凛凛有生气，令读者如见其衔鬚受刃时。

过鹿角岔

横空断壁疑削成，上有一罅通人行。左旋右折盘空曲，锋棱峨峨欲来触。苍藤古木相结缠，白日不到阴崖前。征马哀鸣仆夫瘁，果然蜀道如登天。忆昔摇鞭过剑阁，逸气飞腾小川岳。那知垂老瘴江游，万里羁魂销鹿角。

送友出塞

离笛作边声，怜君万里行。雪埋光禄塞，云起赫连城。地入龙沙阔，身将马革轻。封侯原素志，去矣莫沾缨。

秋戍

寒信回穷漠，悬军尚朔方。残旗孤垒月，哀角五更霜。榆叶飘金甲，边风裂箭疮。黄花犹未解，七尺委沙场。语语捶炼而出，捶则声响，炼则字道。

将之成都

万里鱼凫国，青春别恨长。行行穿鸟道，寸寸断猿肠。人以风尘贱，诗兼鬓发苍。谋生宜道路，从此问蛮荒。

谢淞洲

谢淞洲，字沧湄，江南长洲人。布衣。○沧湄画师元人，得四家意趣，精于鉴古，世宗皇上出内府所藏，命其鉴别，一一不爽。世宗善之。诗学以天趣为贵，不加镂琢，犹画中之元人也。

支公禅院

鸟道洑鸣雷，古寺转高木。白云淡无人，清风在修竹。爱此山翠光，欲滴幽人屋。野客闻鹤鸣，出僧报茶熟。愿逐支公侣，常傍泉声宿。

田家杂兴

深村犬迎吠，曙色行者稀。归人自城市，负荷返柴扉。耒耜颇整理，蓑笠亦庶几。朝来拨春陇，泉脉流微微。菖蒲亦已生，屋角梨花飞。物候有如此，东作慎无违。

晓色起陇亩，荷耜还西林。悠悠清溪水，自识沮溺心。林际半新月，村静闻远音。何人柴门下，慷慨隆中吟。未知千载事，好风开我襟。忽持一尊酒，苍然白云深。五言古三章，俱归自然，无时下伧气。

寒　夜

含泪别乡人，翩然作游子。枕上听猿啼，家乡五千里。

吴定璋

吴定璋，字友篁，江南吴县人。太学生。〇友篁成七十二峰足徵录，表章具区文献，吾党有心之士也。诗不分唐、宋，以新颖为归，时有名论。与翁君琢山，称东山二家。

漂母祠

乞食亦偶然，一饭何足道。针砭英雄人，为德不望报。王孙师其意，矜伐祸宁召。我来淮阴里，怀古一凭吊。贤母风渺然，荒祠叹欹倒。惟见淮水清，东风长浩浩。持必报漂母之心望汉高，所以蹈钟室之祸也。以不望报为针砭英雄，何等卓识。

见　雁

北雁亦无情，叫月自南去。欲将一行书，托汝遥空寄。远影没横云，怅望银河曙。言短韵长。

读文信国题颜鲁公祠诗碑

丞相征兵汗马驰，鲁公祠下特题诗。不图一旅勤王地，同此空拳冒刃时。慷慨悲歌存正气，淋漓碧血满桓碑。两贤心事真千古，落日西风戈欲挥。生枯俱下之笔，信国、鲁公一齐并见。

补衮图

杏花红锁玉楼人，试拂山龙日正春。愿得圣朝无阙事，不烦纤手号针神。

黄子云

黄子云，字士龙，江南昆山人。布衣。著有野鸿诗稿。○野鸿天赋俊才，少岁诗无一语平庸，无一字轻浮，真堪压倒元、白。中年后成诗的上下卷，龙标、太白、昌黎、东坡概为挥斥，以下更不足言。而已诗颓放，前后如出二手矣。兹所录者，皆旧稿中作，予珍重之，又复惋惜之。

舟行望南韶诸山

出关青不断，天地日逼窄。连峰塞东南，显晦错朝夕。峭摩层穹心，窟压厚坤脉。壁面劈洪荒，狞色向人射。羲阳回六辔，照见灵斧迹。轮囷长鲸鬣，嵌空老龙脊。血埋霓影红，藓蚀铜花碧。女皇补天后，狼藉五色石。哀壑惨光晶，沉漭玄云积。乳窦溅瀑丝，一泓耿幽白。中峰石扇开，直下雷声劃。枯杉皮复苏，卧柏腹全坼。落日风泠泠，山鬼摄人魄。下土径绝踪，邈与人境隔。我行逾千里，丘壑兴转剧。逝将凌紫崖，逍遥炼金液。此意恐未然，一身有驱迫。扁舟转瞬过，回首已夙昔。

卧　钟

台城越西隅，萧飒秋岩清。金镛卧不起，岴嵔如长鲸。岁久厚地裂，半与泥沙平。下压黄泉脉，上腾白虎精。虚中广百围，出入纵横行。不知何代物，漫灭无其名。碧埋鬼血鲜，红蚀土花萦。日月光摩荡，风雷力支撑。对之不敢叩，肃肃栖神明。正始久歇绝，甘同秋草并。大宝关天意，显晦非人争。庙廷奏箫韶，世自求其声。借卧钟以写奇才不遇也。沈郁整肃，得力少陵。〇钟系永乐二年姚广孝监铸，一铸京师，一铸金陵，诗中云“不如何代物”，未之审视耳。

画　鹰自注：元阿尔粺绘。

轩轩摩空翮，忽入堂楹内。四壁黯光晶，萧瑟若野外。委形是何年，画师阿尔粺。苟非大匠手，笔力何超迈。至今天风入，如闻解鏇带。金眸左右动，辉燿练光碎。亦知边秋至，毛骨痒生疥。燕雀声啾啾，惧其转睛快。耸身欲著人，座客悄怀退。猛气莽峥嵘，飒与云霄会。恭惟丹山鸟，大圣自仁爱。绵邈烟雾际，不乏枭獍辈。何由厉霜飚，抟击清草昧。顾眄粉墨姿，陡觉雄心在。敛翮难飞腾，中怀空抑忾。此章如竟出少陵手矣。“至今天风入”以下数言，锋棱神气俱到。

蒋子空水刀歌

金飚飒飒霜天高，高堂白月明秋毫。锦袖掣开宝刀露，蒋侯直立栏前操。此物来自海西国，影落洪波断鳌极。不知何代降元精，使我白帝生颜色。回看天地莽峥嵘，晶光所向无留行。五陵侠客久错莫，床头夜吼声铿鎗。铜花拂拭苍鳞碎，将军战血馀腥在。锋锷摧崩鼓角前，精灵踸踔风雷外。此时起舞月光寒，雪龙掉尾凌空翻。泰山欲倒海水立，二十八宿皆离垣。玉关杀气连穹昊，安得西走咸阳道。天生神物岂沉沦，叹息风前我将老。梁药亭日本刀歌中云："抽出天上星摇摇。"叹为奇杰，篇中"此时起舞"以下四语，怪伟生动，正复不让前人。

山中守岁歌

山扉凄凄烟日暮，瞥眼新年年复故。还欣齿发未尽凋，颇觉村园亦成趣。粘户重书郁垒符，插檐高折冬青树。茅堂洒扫豁心颜，博山一缕沉香烟。厨门之东出新妇，手捧炰脍盈盘餐。大儿随行主家祭，稚女移灯封井泉。中天空光若电扫，知是邻家共迎灶。僮呼如愿未移时，山妻亦媚西南奥。绕室炉添松火温，一枝梅破冰瓶笑。黄昏促席饮屠苏，上座居然属老夫。我家瓦盆尽陈列，兴酣小大相歌呼。遭逢苟非尧舜世，腐儒安得欢妻孥。来朝天子朝元初，谁补豳风守岁图。

度仙霞岭

鸟道纡回上，猿声缥缈闻。峰盘三百级，身入万重云。天地闽中险，阴晴岭半分。出关尽蛮语，端合作参军。

大　洋

不觉舟如叶，随风入窅冥。潮来天宇白，日照海门青。孤屿遥相认，危樯觉有灵。中流抚身世，万里一浮萍。时徐澂斋太史奉命册封琉球，野鸿随行，故有大洋、望海诸篇，境奇，诗安得不奇。

那坝望海

大块更无外，鸿蒙混两间。龙行何处雨，蜃现别洲山。一气涵诸夏，层波走百蛮。茫茫万馀里，仍向此中还。“一气涵诸夏”五字中，包括九有。

孟　庙

歇马馀残照，循墙谒閟宫。冠裳王者并，俎豆圣人同。战国风趋下，斯文日再中。低徊抚松柏，惆怅仰龟蒙。不粘著孟子七篇及孟、荀世家。却一字不可移易，自是作家手段。

毛氏园观牡丹

十亩芳菲宅，名花最后看。乍疑春欲醉，可爱露难乾。倚日自矜宠，回风不受寒。药阑频徙倚，吟望夕阳残。脱去习语，方许作牡丹诗。

题太白楼

文章睥睨世无敌，湖海飘零气转遒。六代诗坛馀此席，一江春色独登楼。为君天特开青嶂，题壁人今亦白头。犹有浣花祠屋在，怀铅直欲锦城游。全在对偶欹侧处见长，题太白楼，却有自己在也。一结即乃所愿则学孔子意。

翁照

翁照，字朗夫，江南江阴人。太学生。著有赐书堂诗文集。〇朗夫小心敬慎，虽仆隶下人，不衣冠不见也。事上接下，以诚以礼。嵇、高二相国先后以鸿博、经学荐，皆不遇，与予相约为耦耕伴侣，结庐有日矣。乃倏焉殂谢，友生为位以哭，多失声者。少年诗专工佳句，后渐臻老境，识力俱高，有虞伯生老吏断狱之目。

咏史

周衰政不纲，征伐强侯擅。霸业复凌夷，私门势强悍。三桓七穆兴，鲁卫势衰惯。六卿专晋权，扬水为之先。争强互相吞，三晋六国半。俱酒为家人，倒置履与弁。如何周威烈，封侯遂其愿。坏法自天朝，史笔昭独断。司马续春秋。岂独重辞翰。分封三晋，坏法乱纪，自王朝始，此司马温公资治通鉴托始于威烈王二十二年也。〇俱酒，晋侯子，赵襄子废为家人。

秦赵会渑池，相如称勇智。秦人诈不行，赵亦严兵备。瑟缶互相击，计实同儿戏。何不讲战守，乃以人国试。沛公赴鸿门，累卵危不啻。项庄剑已拔，亚父玦屡示。如厕间道归，偶值猛虎睡。轻兵蹑其后，釜鱼那能避。不见楚怀王，留秦死秦地。见诡谋虽幸成，不如议战守之正也。以楚怀王入武关客死于秦作证，义尤显然。

嬴秦失其鹿，群雄互吞啮。沛公能任人，左右有三杰。炎威既赩张，西楚遂灰灭。一朝飞鸟尽，良弓自摧折。功人既囚絷，功狗焉望活。而胡丰沛游，歌风起激越。韩彭并葅醢，猛士惧流血。谁愿守四方，保身自明哲。韩、彭葅醢后，而思猛士守四方，谁愿为韩、彭续耶？汉祖歌风，乃无聊之词，非有悔心也。命斩樊哙，更在歌风之后。

武皇重经术，发策策贤良。广川抱硕学，天人语周详。贾茂董更醇，治道通阴阳。而胡命世材，出俾相骄王。守正端轨则，推诚化披猖。留滞终外藩，稍异投沅湘。曲学阿世人，升之在庙廊。汉业不复兴，格心谁周防。叶公空好龙，见龙乃张皇。策贤良，欲得正人辅翼也，而柄用者偏在曲学阿世之公孙，欲望汉业之醇，岂可得乎？

文成五利封，尚主亦不惜。谓世无神仙，佺乔在咫尺。文成五利诛，骈首如羊豕。谓世有神仙，所言皆妄耳！金银宫阙间，可望不可到。清心守环中，无为领众妙。而况至人徒，修短非可校。不配超形骸，千秋光远耀。"清心守环中"，老氏要旨，神仙之说，不足惑之也。末见颜子早夭，千秋不死，议论更高一层。

孔光谮王嘉，浸润致之死。马融排李固，承顺权臣指。两人擅声华，素推经术士。忽焉好恶乖，交口肆诋毁。失己违本心，媚人求贵仕。平生读何书，适佐贪且鄙。一念入奇邪，百世人不齿。愿尔顾修名，慎勿污青史。心术不正，多读书无益也。孔光、马融悬为鉴戒，后王半山亦以经学误国，岂经学果误国耶？

送归愚沈少宗伯予告归里

片帆潞河来，相值在沛水。知公予告归，南云指故里。敬读御赐诗，千丈荣光起。载赓洵一德，眷注情无已。遭逢媲虞唐，进退善终始。公归有程期，我老失準轨。离筵布南池，自注：杜老咏诗处。鸣蝉绿阴里。无计更挽留，去去波如驶。但愿南风狂，维解舟仍舣。

忆昔初识公，其岁当壬午。两地合云龙，侨札通缟纻。吴门与暨阳，来往互宾主。矻矻商古今，硁硁订出处。龙跃终升天，云散难作雨。遥遥两地分，间隔寒与暑。云龙今复合，情深逾昔者叶。齿增易惊惕，道进无违拒。相期同惜阴，晚节师侃禹。

送公归去来，悠悠返荷屋。作社赴鸡豚，约伴同樵牧。弭棹香水溪，采芝砚山麓。谁积衮冕俦，依然抱黄犊。道充轻禄位，天定归淳朴。我将还故林，老去爱云木。三十三山间，结庐卧空谷。公能复来过，江皋路应熟。念旧话前程，草堂夜同宿。无世俗酬应气，以道相与，砺坚晚节，今人中古道交也。

蓑　衣

记得寒江外，曾披上钓舟。烟波双鬓老，风雨一身秋。戴笠偏相称，垂竿亦自幽。严陵如爱此。应不著羊裘。佳句。○帆影云："残月半痕巫峡晓，夕阳一片洞庭秋。"与友人寻山云："友如作画须求淡，山似论文不喜平。"皆鲜新可采。

将之北河留别

织就文禽作对飞，一篝灯火久相依。耦耕当日言犹在，佐读终年计转非。但使我能抛犊裤，肯教君更泣牛衣。料应不学苏家妇，金尽归来也下机。比孺仲夫妇同其清节，兼之风韵，一结表所配之贤。

赠沈侍御椒园

展卷光腾五朵霞，总由忠爱发精华。诗宗杜老能忧国，文溯昌黎属大家。午夜疏灯焚谏草，春风小驿见常花。自注：白傅有常花驿见杨八题梦兄弟诗：时难兄樗庄晤邹平驿中。悬知兄弟联吟处，添得新诗护碧纱。

梅花坞坐月

静坐月明中，孤吟破清冷。隔溪老鹤来，踏碎梅花影。选中五言断句，俱近唐人。

钱源来

钱源来，字清许，浙江嘉善人。诸生。

少陵草堂

飘泊干戈后，为堂傍水涯。三巴五亩宅，千古一诗家。无复临江树，犹存覆地花。危楼当北斗，想象望京华。即于草堂上表其忠爱，何等自然。

马曰琯

马曰琯，字秋玉，江南江都人。著有嶰谷集。〇维扬，肥腻地也，嶰谷嗜好殊俗，富藏书，有希见者，不惜千金购之，玲珑山馆中四部略备，与天一阁、传是楼诸家若相等也。喜宾客，四方有文行者，每加礼焉。结诗文社，韩江雅集诸刻，可续王新城红桥修禊风，嶰谷没，风流渐消歇矣。过其地者，每想见其为人。

冬夜宿南庄

空江欲雪云冥冥，天低月暗吟寒厅。独雁时闻四窗白，双眼未合孤灯青。败芦丛篆环沙尾，几树横斜映清泚。未春先已发幽香，岁晚篱边见冰蕊。城南小筑掩柴荆，袅袅茶烟客思清。夜犬无声人语寂，枯棋坐隐已三更。短童首触屏风卧，檐外一声惊雀堕。萧骚水阁纸衾单，有梦不愁花底涴。

春江渔父词同半查作

五湖三泖烟波宅，燕子来时春水碧。莼丝采罢荇丝牵，隔岸桃花红欲滴。蓑笠由来是水仙。鸬鹚鸂鶒伴闲眠。青山倒影低昂见，潮落潮生不计年。篷窗沽酒空蒙里，一声渔笛沧浪起。纶竿收得寂无人，明月烟江照千里。馀韵徐歇，悠然自远。

过涧上草堂徐昭法先生故居

先生居涧上，生死世相忘。剩有三间屋，而无一瓣香。冰霜堪久耐，薇蕨共谁尝。留得潺潺水，终年护草堂。玩六语以夷、齐与之，圣世遗民，清风常在。

杨 濬

杨濬，字瞻衡，江南昆山人。诸生。()瞻衡处困穷，有客欲招之北往，已卜期矣，缘其配病痼不能往，一二年，夫妇并寒饿死。文人之厄，此为尤甚。

落 叶

秋声一夜撼林柯，极目江潭凄怆多。北雁已辞边塞月，西风初起洞庭波。飘零愁结兰成赋，摇落深悲宋玉歌。忽忆故交征棹远，翻飞如叶度关河。通体旁衬比拟，摇之曳之，视肥腻者有生死之别。

韩忠武王墓

古碑崒嵂倚荒丘，宋室存亡仗运筹。十万敌兵来假道，八千骁骑截中流。为惭南国输金辱，聊向西湖纵酒游。埋骨青山遗恨在，寒风落日战松楸。是韩忠武京口之战，不可移入朱仙镇、顺昌、和尚原等处，洵推能手。

李　进

李进，字亦吾，江南华亭人。诸生。著有西枝诗稿。

暮秋访何雪芳城东读画楼醉后题壁

城上高楼俯碧波，楼头小住病维摩。萧疏红树半溪冷，偃蹇青山两岸多。抱膝目中无管乐，苦心句里有阴何。与君且酌匏樽酒，明月钩帘一放歌。五语高具抱负，六语表其诗格，对仗工整。

追悼友萍次立甫韵

门巷萧条冷若冰，城南一过恨填膺。诔文作自先生妇，遗稿归于后死朋。自注：余近辑其诗文。绝壑穷岩开面目，唐风宋格辨淄渑。那堪池水都成墨，博得生平砚癖称。

过春山

过春山，字湘云，江南长洲人。诸生。

过吴竹屿园居

雨后遥山色如洗，萝径无人暝烟起。露滴荷衣生暮寒，抱琴独宿秋声里。为君一鼓沧浪吟，万壑千岩流水深。何处夜猿啼不断，西风萧飒引离心。

题石湖烟雨图

林风吹雨川光暝，远岸鸬鹚点秋影。小楼人宿水声中，一枕溪云孤梦冷。我本沧洲旧散仙，蘋花零落五湖船。如何对此不归去，七十二峰空暮烟。两诗脱尽尘氛，比之白沙寒流，清彻见底。

周永铨

周永铨，字升逸，浙江钱塘人，苏州籍。诸生。著有东冈诗钞。〇昇逸修己自好如处子，然及发言为诗，逸情云上，直欲希风开、宝以仰窥汉京，友生中不易才也。五十馀不肯见人，惟家方舟与余过之，谈谐不倦。予通籍归里后，并不能一见矣。时或议其为僻、疑其为矫，余益重其为人。

西崦舟夜

疏星缀林端，残月悬峰缺。环岭抱回溪，岩灯远明灭。身落五湖滨，孤舟梦松雪。

义卒行

有客为余述杭州某姓卒代兄戍滇事，余高其义，作义卒行以纪之。时康熙五十八年春二月。

惨惨堂前紫荆，飞飞原上脊令。桓山之鸟，欲去而哀鸣。苦哉远征人，陟山望亲还望兄，嗟嗟行役万古情。一解。彼少年者，色何黯然，娶妇未三月，昨来黄纸到官，行将出戍南滇。归告阿母，阿母叫天，新妇口噤目眵，依依不能前。二解。小弟前致辞，母兄且勿悲，阿母生我二人，兄今有嫂未有儿，何得远去，存没未可知。弟当代兄役，门户兄自主之。三解。阿母兄嫂，闻言泪下如绠縻。大兄前致谢，此事甚非宜。感君区区怀，我心已再思。熟知此别异苦乐，何乃反累吾弟为？切切相劝止，但言兄嫂勿复疑。四解。翻然出门去，意气何慨慷。别我先人墓，办我行子装。佩刀三尺馀，挽弓三石强。弓刀及戎服，罗列东西厢。亲戚走相送，酌酒歌同裳。五解。晨兴拜堂上，骨肉相悲切。临行嘱兄嫂，欲语复呜咽。但得兄嫂一心善事阿母常喜悦，万里羁人慰愁绝。六解。收泪就长道。关山别思重。白日结愁云，至情感苍穹。之子识大义，行当早立功。归报皇帝陛下，无烦远顾蛮中，扬名史册垂无穷。七解。〇义卒为兄嫂言，兄答义卒言，义卒复答兄嫂言，叙述如面语，而卒之义勇孝友一齐俱见，与木兰替耶事，可以并传。

鲟溪吟赠归愚子

鲟溪鲟水清且涟，鲟溪水与吴淞连。吴淞片帆挂云树，直到鲟溪屋边住。君家在溪侧，我家在江边。溪光江色两潇洒，往往相思乘钓船。自从我卜城东宅，送君翻作朱方客。君去几开溪畔花，君归还卧溪边石。我来访君溪上行，溪水迎人如有情。门前问字多俊英，堂上论文皆老成。高斋学士定谁属，被褐先生方自名。只今五十头未白，闭户著书声籍籍。生徒自重沈云祯，时俗那知王彦伯。愧我与子称莫逆，濩落相看感今昔。空怜早岁误儒冠，徒尔穷年抱遗册。君不见鱄鲟门外水绕村，田居蚕室好称尊。与君一咏沧浪曲，世事悠悠何足论！此余五十时赠言也。徘徊曲折，一往情深，佳处全在音节。

关山月

一片关山接塞天，愁看白月迥临边。寒侵古戍秦城远，晕逐连营汉阵圆。少妇楼头鸾镜合，将军帐外玉弓悬。金波尽入征人泪，回照乡园路十千。

京口闻雁

楚雨迷红树，吴霜老白蘋。一声京口雁，愁杀渡江人。二十字抵人千百言，唐人后稀见此种。

拟唐人边庭四时怨

望断阳和到雪山，故园花月梦刀环。汉家雨露提封外，春色遥应度玉关。翻王之涣“黄河远上”篇意，何等温厚。

草生边地夏初回，暑雨刀耕白漠开。愁杀赤亭飞鸟断，行人何事火山来。

昨夜西风入戍楼，前军移帐急防秋。阴山猎火龙沙月，同照征夫出塞愁。

万堡云迷朔气凝，雪深马足失超腾。浑脱驼终岁防飞渡，况复黄河十月冰。见边防之宜急也。视卢弼原辞四章，几欲突过。

捣衣曲

一夕凉生秦女机，砧声不待雁南飞。谁知万里黄云戍，已有新霜上铁衣。总能自出新意。

周 凖

周凖，字钦莱，浙江钱塘人，长洲籍。诸生。著有迂村漫稿。〇迂村以迂自信，亦以迂自安，年二十馀，裹粮携笻屐游武昌、沔、汉等处，兴尽而返，不谒一人。后闻佳山水必往游，既老，之京师，一如游南汉时。昔有人问高僧曰："京师许多人?"僧曰："只两个人，一为名，一为利。"迂村超然名利外，是京师有三个人也。与余同辑本朝诗，皆盖棺论定者。临终，含笑谓所亲曰："我幸甚，我诗可入别裁集中矣。"诗宗法唐代以前，五言古、七言绝尤善。

宿灵隐寺梵香阁晓起眺望

晚从冷泉游，遂止招提境。入门闻清钟，孤阁夜方永。倾耳听泉声，声喧意弥静。朝来小雨过，宿雾散高岭。凭窗见层峰，涧壑殊清迥。不知晓云过，但觉衣裳冷。清飔动林薄，初日照山影。行当访韬光，直上松云顶。"声喧意弥静"，深于山水者得之，比"蝉噪林逾静"较有味。

赋得古别离送郑子

劲羽乏群栖，转蓬靡暂息。伊人贫困士，能无去乡国。辞乡阻长川，旅迹殊可怜。昨别俄六载，斯游定几年。游踪渺无畔，淮水连河岸。回瞻云树深，忽忽兴长叹。云外指京畿，秋风冷客衣。可堪闻塞雁，正值向南飞。结语淡淡，离情于言外遇之。

发朱砂庵径观音岩登石人峰

言探黝山奇，早别朱砂石。升厓得险境，指示深悚惕。熟游尚色变，何况远来客。凌空四无倚，投趾不容隙。壁削缘藤行，崖倾藉人掖。所凭勇往志，不随艰苦易。幽岩既已经，危峰自不隔。振衣造其巅，奇胜在咫尺。俯身入烟萝，欲诣仙人宅。即游山可悟求道，康乐引其绪，此更显言。

缘天都峰趾度云巢洞上升仙梯遂憩文殊院

天都信岧峣，特立若翠屏。取径过其趾，俯仰皆奥境。松石俱象形，岩峦类盘绠。将陟目屡眩，恐坠心更警。行经阴洞中，恍惚陷深井。须臾从井出，冉冉首露顶。瞬盼多创遘，不类人世景。境断缘梯升，气逼毛骨冷。意坚斯有获，出险真自幸。向晚憩禅扉，一灯照孤影。写云巢洞四语，深入险出，殊足骇人。

壮士行

请为壮士行，用识壮士情。壮士重恩轻死生。主人临歧，陈设饮宴，悲歌声彻，客容尽变。酒阑日落云天高，远闻凄风起于旷野，猛虎啸于林皋。风鸣虎啸扬鞭走，去去报仇不回首。如见白衣冠祖送时情事。

明妃曲

中原消息断，胡地风沙寒。经年不逢春，凄恻摧心肝。君王遣妾和戎虏，万里辞家心独苦。早知塞处不胜愁，那怪将军怕边土。君不见百战生降李少卿，羁留绝域一身轻。丈夫失路尚如此，贱妾含悲空复情。备责李少卿，而措词微婉，得风人之旨。

怀　旧

自失鸳湖叟，诗盟三载寒。已知生死断，犹乍别离看。老去悲丘井，情来望逝湍。还闻淮水畔，禅宇托空棺。此怀家方舟作。

行经拂水山庄

扁舟泛泛越南沙，倚杖愁临涧路斜。孝穆荒斋犹竹石，总持故宅尚莺花。名高那许遗缨绂，情重难教弃室家。太息百年同逝水，凄凉还为惜才华。咏此题者不免过于发露，作者婉约出之，不知微言讽谕过于显斥也。此诗品高下之分。

晨自松陵归渡太湖即事

回望垂虹隔杳冥，湖波浩渺快扬舲。半篙日气雾中白，万点浪花烟外青。隐隐榜歌来雁汊，凄凄渔笛出云汀。还怜心切乡闾近，未暇携筇访洞庭。

戍妇吟

凄凄贱妾闭兰堂，渺渺征人戍朔方。漫拟龙城罢行役，空怜燕阁阅年芳。分弓营畔沙如雪，挂镜台前月似霜。绝域荷戈音信杳，几回清泪湿流黄。似“莺啼燕语报新年”之作。

题秦馀女史所画楚辞图

绕堂烟浪洞庭深，芳杜幽兰遍水浔。北渚已传湘女恨，南征更识楚臣心。云中桂棹声疑咽，天际瑶台影乍沉。写尽离骚无限意，竹枝歌罢又猿吟。

江上曲

空江潮落水茫茫，南楚征途万里长。为是曾经分手地，不听离曲亦神伤。

塞下曲

持筹绝域感蹉跎，沙塞年年漫枕戈。翻羡苏卿归国早，白头终向茂陵过。子卿归于昭帝时，时孝武殂落五年矣。诗意见子卿犹得生还也，用笔甚曲。

蝴蝶词

万花谷里逐芳尘，自爱翩跹粉泽新。多少繁华任留恋，不知只是梦中身。邯郸一梦，以二语该之，世人日在梦中，而稍不觉寤何也？

汉　川

汉川城郭枕江堤，黯黯烟波日乍低。我欲停桡访神女，暮山无际楚云西。

盛　锦

盛锦，字庭坚，江南吴县人。诸生。著有青嵝诗钞。〇青嵝诗从大历下入手，后层累而上，风格渐高，至入蜀诗得江山之助，沈雄顿挫，直欲上摩王渔洋之垒，以仰窥少陵。盖渔洋诗以蜀道集为最胜也。游京师，王公以下多折节下之，不耐冗杂归。丙子岁殁。是岁周子迂村、朱子木鸢、汪子山樵相次殁，吴下诗坛黯然无色矣。予归田后，时与青嵝商榷，尤深人琴之感云。

履霜操自注：泸有抚琴渡，相传尹伯奇弹履霜操处，遂拟是作。

霜皑皑兮泸之浒，儿弗履兮，畏我父母叶。儿身载寒兮，儿心载苦。儿心兮父心，儿身兮母身。寒兮苦兮，实伤我亲。儿罪兮莫逭，亲心兮可转。俟日出而回光兮，履霜亦暖。与“臣罪当诛，天王圣明”同一悱恻，可以教孝。

十二碚

群峰束奔流，虎牙怒相向。对峙十二碚，罗列钟鼓状。颠崖矗层霄，旁窦穿激浪。峡泉落九天，汹汹翻海藏。撑舟出井底，篙师气先丧。众工捷如猱，百丈缘壁上。木末纵飞腾，山凹迭升降。一鼓更作气，千篙力谁让。造化何神奇，设此待霸王。颇闻白帝子，于此拒汉将。铁锁贯浮梁，金戈森卫仗。萧铣复何人，屯兵倚叠嶂。群雄电扫空，故垒犹在望。平生历险艰，未若兹游壮。万里投蛮荒，一身堕烟瘴。风餐案倾欹，水宿魂震荡。搜奇命转轻，得句神益旺。讵畏前途修，瞿塘险如象。峡高繂逾百丈，上下不能相顾，故以鼓为节。杜诗所谓“百丈牵江上濑船”，“打鼓发船何处郎”也，经其地者，能亲切言之。

空舲峡

出峡复入峡，两崖插青冥。中流逐狂飚，奔腾万马声。下滩梭一掷，触石危樯倾。逆挽劳百夫，十步九倒行。力尽听所止，刺篙就回汀。爱此民居壮，凌空驾轩楹。宿云出洞户，古木撑岩屏。惊猿或挂树，怪鸟时一鸣。扪萝上绝壁，山风动冠缨。呼童拾锦石，信手扳杂英。兴幽忘涉险，触目多怡情。前途苦逼仄，绝境难久停。过午岩日晦，磊落见数星。厓黑畏突虎，蛮语频丁宁。移舟近湍激，拍枕声铿鍧。骨肉缘久断，中宵梦亦清。狂吟出险句，那顾邻舟惊。前后极形其险，中间忽入拾锦石、扳杂英一段，犹杜老北征杂入“或红如丹砂，或黑如点漆”也。骨肉缘断，而梦亦不接，是远游人呕心语。

过　滩

重峡间百滩，一滩度一厄。江涡众壑趋，厓口乱石积。大石叠鼋鼍，小石攒剑戟。中流若沸川，翻倒蛟龙窟。牵舟逼下流，凛若阻兵革。长篙拄峰腰，远缆走山脊。鸣金策众工，锐进不盈尺。一丝中迸断，百里供一掷。触石无完艘，沈渊有惊魄。是时雨初霁，沙石多滑泽。亡命争上厓，匍匐落冠舄。妇孺互扶携，鸡犬任狼藉。暂脱鱼腹灾，波涛亦衽席。转思断鳌初，四极奠磐石。岂其禹力衰，此境终未辟。吾尤罪巨灵，何惜只手擘。天宰真梦梦，人事日逼窄。波静有潜鳞，林深多敛翮。寄语营利徒，勿作远行客。一丝迸断，百里一掷，前人入蜀诗未曾写到，“波涛亦衽席”，倒衬出鱼腹之险，真十成用力语。

峡　夜

嗷嗷猿啼夜，凄凄鹤唳空。断厓开四壁，深井落孤篷。树漏暂明月，湍惊无定风。万重云水隔，归梦亦途穷。深井五字，惊绝。

虎牙滩

楚蜀分争地，雄关扼怒涛。滩声牛峡转，山势虎牙高。岩树丹青杂，舟樯下上劳。新诗横槊赋，旅兴一时豪。

晓　发

晓发东安道，轻霜净马蹄。乱鸦僧阁外，残月女墙西。春冷花犹敛，沙平路欲迷。东皋待时雨，取次把锄犁。晓行如绘，与“鸡声茅店月，人迹板桥霜”可以并传。

老　将

白发枕戈眠，黄沙带甲穿。风云经百战，筋力尽三边。旧识飞狐路，高谈射虎年。闻笳心未死，尚想勒燕然。诗家老境，可入极玄集中。

登白帝城

万仞墙临滟滪堆，子阳霸业划江开。白盐峰对城头出，巫峡帆从地底来。云起化龙迷故井，风生跃马有高台。汉家陵阙同灰灭，泪尽寒猿日夕哀。“深井落孤篷”，从高处入峡也，“巫峡帆从地底来”，从峡升高处也。

白帝诚谒昭烈武侯庙

永安宫殿峡江头，一体君臣祀武侯。天祖式临传诏夜，风云色变出师秋。鸣銮久绝空山道，筹笔犹悬古驿楼。瞻尚死忠谌死孝，千秋配食重诒谋。颔联劲联分写君臣，结以君臣之后人言，英气凛凛。瞻、尚死忠，愧死谯周，谌死孝，愧死后主。此种诗那得不传。

蜀道写怀

辞家动作经年别，去国真成万里游。泪眼已枯猿啸夜，乡书空望雁来秋。蚕从路险连云栈，鹿角滩惊上峡舟。心折江陵灌园叟，黄柑千树比封侯。一起四语，直书胸臆，人力不与。

舟抵泸州

锦江直下古城壕，地入炎荒近不毛。万里亲朋劳梦寐，十旬餐宿托风涛。征蛮罗甸军声远，谕蜀文园典策高。扫尽瘴烟开郡阁，岷峨天半落挥毫。

任城使院晤翁霁堂有赠

并马长安忆旧游，逢君意气振高秋。酒徒半散荆卿市，词垒孤悬李白楼。握手星辰摇短剑，离心风雨送扁舟。明年醉我南池上，须典千金紫绮裘。

题杜文贞公南池新祠自注：沈萩园侍御建，肖公像，配以许主簿。

浣花游迹寄南池，洗马鸣蝉感昔时。遇主名高三礼赋，怀人心折八哀诗。铸同贾岛应呼佛，绣比平原合买丝。玉貌仰瞻如旧识，忆曾亲拜草堂祠。自注：丁巳余入蜀，至瀼西，曾拜公祠下。

白　莲

玉井分栽到野塘，冰绡翠袖迴生凉。半江残月欲无影，一岸冷云何处香。真相尚留开士社，红衣尽洗美人妆。水仙操罢扁舟去，谁与凌波解珮珰。青嵝中年作也。领联远神远韵，耐人吟咀，所谓不著一字尽得风流者耶？

别兄弟

未斟别酒已伤神，四海终输同气亲。此去白云天万里，望归无复倚闾人。

别家人

伏雌烹罢劝加餐，秉烛喃喃语夜阑。点检箧中裘葛具，预知别后寄衣难。作六千里别，不得不预料寄衣之难，诗之动人，全在一真字。

入蜀怀沈湘皃

双溪对掩古溪边，妇汲儿舂各可怜。浩浩乾坤两萍叶，计程我更远三千。时湘皃客江汉，故云更远三千。

汪 俊

汪俊，字吁三，江南长洲人。官醴泉知县。著有山樵诗。〇圣祖第三次南巡，山樵献诗，命入书局纂修，议叙得官，然敲扑喧嚣，非所长也。醴泉罢归，久之几无立锥地，独能以诗消遣，苦中得甘，而其诗亦不自爱惜，随手散去，身后得其草稿九束，大半温柔乡语，删存五章，皆近元和、长庆诗人者。

芦 花

尔本无情者，缘何亦白头。丹枫同瑟瑟，野水并悠悠。霜冷下宵雁，月明来钓舟。相逢秋雪里，老我不胜愁。

哭少宗伯春晖姊丈

老去身家不两存，俄看霜后萎芳荪。燕巢华屋垂新泪，马鬣空山感旧恩。岂意十年重一面，却来千里与招魂。茑萝虽附潘杨末，未敢同声哭寝门。春晖宗伯为其先人营葬，故有第四语，山樵入京，春晖旋没，故有第六语。

谁知小别竟千年，梦幻韶华逐逝川。我尚拖泥兼带水，君非成佛定生天。从前似历华严劫，向后休参文字禅。昨自黄公垆下过，一声邻笛欲潸然。

袁 墓

香云漠漠雪飘飘，积翠层岚近可招。犹记玉堂春夜梦，短篷斜系虎山桥。因游袁墓而追忆往昔之梦游也。修书在武英殿，故不碍云玉堂。

元宵忆家

大地冰轮原普照，故园想亦共清光。别离人度团圞夜，白发红颜各断肠。与“独眠人起合欢床”同意，眷念家人，不比寻常浮艳。

朱受新

朱受新，字念祖，江南吴县人。诸生。著有木鸢诗稿。○诗体以七言绝句为最难，四句中开阖动荡，语近情遥，不镂琢，不点染，而言中言外神远韵流，方为尽善。宋、元人有心奇巧，往往失之。木鸢诸作颇近唐人，惜无旗亭画壁，能赏“黄河远上”者。

咏　蝉

抱叶隐深林，乘时嘒嘒吟。如何忘远举，饮露已清心。木鸢为诸生，不应乡试。抒写怀抱，已见此诗。

独处怨

月中自顾娉婷影，镜里谁怜憔悴容。永夜制衣金剪冷，秋风万里度卢龙。

流萤词

暗飞几点隔帘栊，影乱繁星度远空。莫入班姬金阁里，恐随团扇落秋风。与“犹带（朝）〔昭〕阳日影来”对看，便知其工。

吴宫词

夜拥笙歌百尺台，太湖月落宴还开。君王自爱倾城色，却忘人从敌国来。眼前语，却无人道破。

春莺曲

千门春静落红香，宛转莺声隐绿杨。任尔楼头啼晓雨，美人梦已到渔阳。亦与“啼时惊妾梦，不得到辽西”对看，善于翻用古人。

明河曲

清秋泻影画楼前，一水盈盈耿碧天。若果此中风浪静，女牛何事别经年。

白秋海棠

清秋湛露浥琼芳，素影风摇玉砌旁。夜静看花人独立，水晶帘外月如霜。写花并写出看花美人，与尤子在京作可云笙磬同音矣。

楼　锜

楼锜，字于湘，浙江钱塘人。

春日归泊阊门

年年踪迹感漂蓬，冷落柴门烟雨中。燕子归来迷旧垒，桃花何处笑春风。于湘寓吴中，几无家矣，自维扬归，感而赋诗，未几病殁。倘所谓忧能伤人者耶？

王大椿

王大椿，字八千，江南常熟人。诸生。○八千为画师石谷曾孙，励志向学，日夕不倦，将有成矣，中道以瘵疾亡。存诗一章，诗意欲从学见复，望其大叩大鸣也。中正端严，体如平原书法。

上陈见复先生

读书不求名位高，饮酒不尽千钟醪。得心每在淡与泊，此中至乐诚陶陶。先生闭户穴坟典，卅年门径丛蓬蒿。三公令仆断梦寐，淡如云影径鸿毛。忽传下诏贲郡邑，水南水北纷喧嚣。公卿合辞拜手荐，汉廷经术千秋遭。申辕年已惫筋力，蒲轮难涉风尘劳。上陈著述达黼座，至尊下遣官胥钞。周情孔思审中正，辨别白黑穷厘毫。少司成职重太学，帝命取式风之浇。先生受官不受禄，几席讲学仍衡茅。走也仰钻希万一，有似蚁垤窥嶕峣。韩门近在许偻入，欲抉精髓弃粕糟。寸莛巨杵叩俱应，试听镄镄天半鸣蒲牢。

李　葂

李葂，字啸村，江南怀宁人。诸生。

上巳忆白下

清明恰是握兰辰，遥卜秦淮景物新。杨柳晚风深巷酒，桃花春水隔帘人。桥边车过香生路，楼外船归月满津。憔悴不堪来旧馆，相逢谁为浣沙尘。秦淮风景，宛然画出，令人追忆旧游。

题雅雨师借书图

旋假旋归未得闲，十行俱下片时间。百城深入便便腹，直抵荆州借不还。巧思。

过废园

谁家亭院自成春，窗有莓苔案有尘。偏是关心邻舍犬，隔墙犹吠折花人。以邻犬之吠人，传出芳园之废，如画家之用烘衬也。

潘廷壎

潘廷壎，字雅奏，江南吴江人。诸生。

徐俟斋祠

羊肠岭畔幽栖处，一水当门泻作渠。薇蕨西山心自印，藻蘋南涧奠还虚。相忘桑海逃名后，不接贤豪俟命馀。自注：汤文正抚吴日，两访之，俟斋避之秦馀山。此日行人罕凭吊，烟云惟护逸民庐。潘次耕太史受业于俟斋先生，次耕子文虎，文虎子雅奏，学术渊源，盖有自也。俟斋祠废，文虎父子重葺之，雅奏没，祠恐复废，读其诗，有望于潘氏之兴也。

卷三十一

徐　燦

徐燦，字明深，浙江杭州人。大学士陈之遴室。

送方太夫人西还

旧游京国久相亲，三载同淹紫塞尘。玉佩忽携春色至，兰灯重映岁华新。多经坎坷增交谊，遂判云龙断夙因。料得鱼轩回首处，沙场犹有未归人。此相国被罪，尽室谴谪塞外，羡方太夫人归，怜己之未能归也。极愁惨中，不失和平气象，是为正声。

方维仪

方维仪，字仲贤，江南桐城人。大理卿大镇女，姚孙棨室。夫亡无子，请大归守志，以苦节闻。

死别离

昔闻生别离，不闻死别离。无论生与死，我独身当之。北风吹枯桑，日夜为我悲。上视沧浪天，下无黄口儿。人生不如死，父母泣相持。黄鸟各东西，秋草亦参差。予生何所为？予死何所为？白日有如此，我心当自知。

旅夜闻寇

蟋蟀吟秋户，凉风起暮山。衰年逢世乱，故国几时还。盗贼侵南甸，军书下北关。生民涂炭尽，积血染刀镮。少陵风格。

纪映淮

纪映淮，字阿男，江南江宁人。诗人映钟妹，杜某室，以苦节旌门。

秦淮竹枝词

栖鸦流水点秋光，爱此萧疏树几行。不与行人绾离别，赋成谢女雪飞香。王渔洋秦淮竹枝有"栖鸦流水空萧瑟，不见题诗纪阿男"，盖赏其风神也。纪咏桃叶渡中云："波摇秦代月，枝带晋时春。"亦称佳句。

钱凤纶

钱凤纶，字云仪，浙江钱塘人。

哭伯兄

在昔皇天倾，覆卵无完理。兄不即殉身，感奋良有以。摩挲双匕首，一夕再三起。千钧重一发，恐复忧天只。荏苒岁月间，隐痛入骨髓。未揕仇人胸，抱疾忽焉死。尸床目不瞑，不继非人子。尚有娥亲在，李寿汝莫喜。因兄报仇之志未遂而死，己以一身任之，字里行间，读去铮铮有声，使人增孝思、增义气也。第未知异日报仇与否？

毕　著

毕著，字韬文，江南歙县人。昆山王圣开室。○著父守蓟丘，与流贼战死，尸为贼掳。众议请兵复仇，著谓请兵则旷日，贼且知备，即于是夜率精锐入贼营，贼正饮酒惊骇，著手刃其渠，众溃，以兵追之，多自相践踏死者，舆父尸还，葬于金陵，时二十岁女子也。后来吴中为昆山王圣开室，裙布荆钗，无往时义勇气矣，白首相庄以没。阅毛太史大可集载沈列女云英为父报仇杀贼事，与相类，岂世乱时，天故生奇女子不一人耶？抑所传闻异辞耶？○韬文诗稿向见于家来远兄处，序中有云："梨花枪万人无敌，铁胎弓五石能开。"又云："入军营而杀贼，虎穴深探；夺父尸以还山，龙潭妥葬。"又云："室中椎髻，何殊孺仲之妻，陇上携锄，可并庞公之偶。"时异其人，钞录五言古、七言绝二章，来远兄没，毕诗遍索不得矣。存此旧录，聊以见其生平。

纪　事

吾父矢报国，战死于蓟丘。父马为贼乘，父尸为贼收。父仇不能报，有愧秦女休。乘贼不及防，夜进千貔貅。杀贼血漉漉，手握仇人头。贼众自相杀，尸横满坑沟。父体舆榇归，薄葬荒山陬。相期智勇士，慨焉赋同仇。蛾贼一扫清，国家固金瓯。机智义勇忠孝，于一诗中见之。

村　居

席门闲傍水之涯，夫婿安贫不作家。明日断炊何暇问，且携鸦嘴种梅花。视前诗如出二人。

章有湘

章有湘，字玉筐，江南华亭人。进士孙中麟室。

晓　思

窗外鸡初唱，花间露未干。欲临明镜照，犹怯翠眉寒。宿鸟翻林树，归鸿振羽翰。不知乡国信，何日报平安。

钱敬淑

钱敬淑，字师令，江南江宁人。谈允谦室。

泊浦子口

残年泊归棹，问酒郭西亭。雪圃芹芽白，江醪竹叶青。夕阳新别路，衰草古离情。隔岸寒山色，含凄望旧京。

吴　琪

吴琪，字蕊仙，江南长洲人。管勋室，后寡居，皈依空门。

送　别

雪意满芳洲，苍山引去舟。霜风醒客梦，笳月起边愁。万里从军急，孤身倚剑游。家园落日里，莫上最高楼。

春晴晚眺

积雨经旬鹤未过，小楼闲眺费吟哦。帘开燕子归来晚，门掩梨花落处多。新水小桥通蕙畹，乱山古寺入烟萝。云开树杪看浮棹，画出春帆送绿波。娟秀。

吴　绡

吴绡，字素公，江南长洲人。常熟进士许瑶室。○冯定远文集中有与高阳夫人论古诗乐府源流，即谓素公也。定远听听持论，少可多否，而推许夫人，则夫人之诗格可知矣。

啸　台

魏晋已如梦，荒台今独存。龙蛇正交斗，鸾凤自高骞。避俗惟长啸，逢人常不言。始知真隐意，何必入桃源。入手高朗沉郁，盛唐风概。

七　夕

星光历历汉悠悠，怅望双星独倚楼。莫谓人间多别恨，便疑天上有离愁。梁清谪去谁相伴，子晋归来合共游。惟有月娥应最妒，一轮风露不胜秋。

杨柳枝词

宫柳初开一抹眉，武昌城下乍逢时。春来树树烟条绿，欲认何枝是旧枝。寒食东风已满城，小枝纤弱拂啼莺。东君不惜离人苦，又向前年折处生。

咏　古

公子翩翩信绝伦，拟将豪举却狂秦。不知宾客成何事？枉向楼头斩美人。信陵之得毛、薛，可云得士。若三千中十九人，皆碌碌也，而斩美人以谢之耶？平原之徒豪举，即于此见之。

侯怀风

侯怀风，字若英，江南嘉定人。通政讳峒曾女。

感　昔

黄河流水响潺潺，当日腥风战血殷。大地尽抛金锁甲，长星乱落玉门关。居延蔓草萦枯骨，太液芙蓉失旧颜。成败百年流电疾，苍梧遗恨不堪攀。此感思陵失国时事，降将倒戈，虎臣战没，而君王因之殉社稷矣。忠臣之女，宜有是诗。

吴　氏

吴氏，江南桐城人。〇未详名字出处，然以女子能组织史事，殊为难得，于诗观中录之。

咏　史

六贵同朝激虎彪，横江勒马下秦州。银枪酒市春双靥，玉糜莲台月半钩。赵鬼西京谙汉赋，阿兄东阁压通侯。谁知讲武旄头入，芳乐笳声碧麝秋。萧衍谓张弘策曰：六贵同朝，乱将作矣，东昏嬖幸之徒，有赵鬼者，能读西京赋，曰：柏梁既灾，建章是营。乃大起芳乐等苑。梅虫儿，齐主呼为阿兄。

右南齐

同泰一人归佛地，寿阳千骑渡江波。盟成自取金瓯缺，蔬绝空陈鸡子多。五月谁勤君父难，七官先反弟兄戈。江淮废后襄阳促，秋草台城放橐驼。临贺王正德引侯景以千兵渡江。"金瓯无缺"，武帝自矜语。围台城时，蔬茹皆绝，邵陵王纶上鸡子百枚。太清三年五月，武帝殂。武陵王自称帝曰：七官文士岂能匡济。湘东王绎行七故云。

右南梁

倪仁吉

倪仁吉，浙江义乌人。〇仁吉工写山水，尝种方竹于庭，以自况也。有同志者，斫一竿与之。

题宫意图

调入苍梧斑竹枝，潇湘渺渺水云思。听来记得华清夜，疏雨梧桐独坐时。

方　琬

方琬，字宛玉，福建莆田人。诸生林树声室。

戊子避乱舟中寄弟

野树鸣蝉咽未休，蓼花蘋叶晚来秋。干戈满眼惊残梦，风雨伤心逐去舟。丧乱相依吾弟在，艰危无奈老亲忧。更怜宿草青青冢，寒食新烟望里愁。

范　姝

范姝，字洛仙，江南如皋人。诸生李延公室。

闻蟋蟀有感

秋声听不得，况尔发哀吟。游子他乡泪，空闺此夜心。已怜装阁静，还虑塞垣深。萧瑟西风紧，行看霜雪侵。此闻蟋蟀而怜远行也。起十字便已高绝。

熊　湄

熊湄，字碧沧，江南长洲人。许烂石室。

寄　远

几回闻雁忆连然，天末遥将锦字传。万里飘流羁远客，十年迢递阻回船。浮云目断苍山外，落月魂消洱海边。何日刀镮遂初约，免教暗卜掷金钱。

柴静仪

柴静仪，字季娴，浙江钱塘人。沈汉嘉室。有凝香室诗钞。〇本乎性情之贞，发乎学术之正，韵语时带箴铭，不可于风云月露中求也。令子方舟能承母教，已详二十五卷中。

与冢妇朱柔则

深闺白日静，熏香垂罗帱。病起罢膏沐，淡若明河秋。自汝入家门，操作苦不休。蘋藻既鲜洁，牖户还绸缪。丈夫志四方，钱刀非所求。惜哉时未遇，林下聊优游。相对理琴瑟，逸响随风流。潜龙慎勿用，牝鸡乃贻羞。寄言闺中子，柔顺其无忧。以褆躬勖子，以淑慎勉妇，闺阁中居然儒者。

子用济有远行诗以贻之

吾子廉吏孙，读书昧生理。三十未成名，徒然还乡里。外侮旋复来，内忧方未已。忽然远行役，披衣中夜起。明星光在天，河流正弥弥。行云有返期，游子靡所止。揽涕下高堂，长途从此始。

野雀从南来，翩翩思择木。感此主人贤，飞鸣集其屋。才地非独优，处卑愿亦足。矧有嘉树林，朝昏托栖宿。鹰鹯过莫窥，罻罗无由触。哀彼黄鸟诗，长谣念邦族。诗中比体，勉其因不失亲，随遇自安也。

勖用济

君不见侯家夜夜朱筵开，残杯冷炙谁怜才。长安三上不得意，蓬头黧面仍归来。呜呼世情日千变，驾车食肉人争羡。读书弹琴聊自娱，古来哲士能贫贱。立身一败，万事瓦裂，皆由不能贫贱之故，贫贱中正可磨炼人品也。能贫贱，他日即能富贵矣。学者宜三复斯言。

长信宫

玉台妆罢无人见，伤心空自悲团扇。秋草偏生长信宫，春风只在昭阳殿。殿里君王酒半醺，娇歌雅舞争纷纷。三千锦帐飘香麝，十二长裙散彩云。众中别有人如玉，新妆艳艳娇红烛。不许寒乌带月啼，恐惊春燕衔花宿。谁怜长夜梦难成，忽度流莺似有情。片月高高挂天汉，千秋应照妾心明。

秋分日忆子用济

遇节思吾子，吟诗对夕曛。燕将明日去，秋向此时分。逆旅空弹铗，生涯只卖文。归帆宜早挂，莫待雪纷纷。

送顾启姬北上

一片桃花水，盈盈送客舟。春来万杨柳，叶叶是离愁。顾我穷途者，逢君意气投。烟虹时染翰，风月几登楼。只合熏香坐，谁堪鼓枻游。燕台一回首，云白古杭州。

王　慧

王慧，字兰韫，江南太仓人。学使王长源女，冰庵太守妹，常熟诸生朱方来室。〇兰韫一门风雅，得所承受，故其诗清疏朗洁，其品最上。王渔洋只赏其“一缕柳花飞不定，和风搭在绣床前”，犹以寻常闺阁待之也。

山阴道中三首

出郭忘远近，十里清阴中。川陆互回没，延缘遂无穷。冈峦去殊势，竹树交成丛。安知蒙密处，下有溪流通。石桥路可寻，一转迷西东。烟空人不见，寂寂山花红。

行行转深迥，所得益幽奇。万壑与千岩，今来始见之。纷纷红复碧，相引呈异姿。心目所应接，人各领其私。烟缕出丛薄，山家住茅茨。人世杳然隔，何殊太古时。“人各领其私”，正以私见公。从少陵“欣欣物自私”化出。

溪流绕巉岩，一苇去不息。沙濑清且浅，水底见竹色。文石无岁年，山根浸历历。谷鸟鸣转幽，溯洄安所极。水花爱明净，绝境杳难即。可有浣纱人，一笑似相识。

冷泉亭

泉声檐槛外，林壑杳然深。人世热何处？我来清到心。松林藏日色，潭底卧峰阴。一自乐天记，山光寒至今。

移居茜里旧宅

新塘一水绕街东，旧是柴桑五亩宫。松菊尚存思祖德，蓬蒿不剪见家风。花深鸡犬疏篱外，潮落鱼虾小市中。却爱常前双燕子，还寻故垒入帘栊。

秋夜梦同先慈赋诗得天上桃花之句觉后因足之

太华峰头见上真，霞衣绰约是前身。海中若木何尝夜，天上桃花不计春。瞬息去来原是幻，片时欢笑亦相亲。钟声已碎昆明劫，好向毗伽问后因。语有仙气，不因镂刻而成。

邻女幼归儒家因婿无藉沦于塞下闻而有感

曾向邻居共绛纱，裁云咏絮斗芳华。香沾绣帙同分线，春暖妆台互送花。漫说罗敷原有婿，可怜蔡琰竟无家。于今辫发垂双耳，紫塞斜阳泣暮笳。极不堪事，写来蕴藉，服其笔墨之工。

芝塘候潮因忆亡女

水浅舟胶日半斜，扣舷闲望似天涯。烟深竹坞鸠呼雨，潮落芦根蟹聚沙。愁绪萦缠同蔓草，年华衰谢感残花。剧怜弱女常同泊，相对蓬窗数晚鸦。

禹　陵

明德弥苍昊，神功迈大庭。怀襄方尽力，胼胝极劳形。草木开蒙昧，龙蛇涤秽腥。铸金九土贡，志怪八方经。苍水先呈简，防风后至刑。相传弓剑弃，此地隧泉扃。三古遗祠庙，千秋共荐馨。璧牲前代典，碑版列朝铭。深殿从群后，空山走百灵。旧闻云罕驻，今见翠华停。心法传河洛，天章焕日星。殊恩沾后裔，异数出明廷。肃穆瞻新象，登临泊小舲。堿垣辞镂琢，户牖炯丹青。莫觅藏书穴，徒看窆石亭。萝长鼯窜迹，松老鹤修翎。众水环襟带，诸峰列嶂屏。桥山同故事，寂寞对秋垌。一起五韵，包括神禹生平，通体整肃，有少陵谒先主庙风格，不意于闺闱中见之。

徐　氏

徐氏，山东新城人，耿侍御鸣世室，都御史庭柏母。

寄子诗

家内平安报尔知，田园岁入有馀资。丝毫不用南中物，好作去声清官答圣时。见王渔洋诗话中。

张　氏

张氏，山东德州人。丽水知县田绪宗室，刑部侍郎雯母，封太恭人。著有茹荼集。

示　儿

一部楞严户昼扃，木鱼竹杖倚围屏。老人自觉修斋好，不为儿曹讲佛经。不讲佛经，讲孝经可也。宜田氏后有令人。

庞　畹

庞畹，字小宛，江南吴江人，诗人吴锵室。○锵字闻玮，尝以诗扇赠先大夫，系其夫人琐窗断句，余儿时即喜诵之，今录于此，每一吟咀，犹忆角丱见宾时也。

琐窗杂事

夫婿长贫老岁华，生憎名字满天涯。席门却有闲车马，自拔金钗付酒家。夫婿身分，即从留宾传出，而己之贤淑，亦从此可见。

春雨春寒过落梅，连宵不禁晚风催。闲园收拾残花片，供得儿曹靧面来。

范淑锺

范淑钟，字秀林，江南休宁人。

送夫子之鸠江

征鞍落叶打离披，忍泪临风饯一卮。夕照渐低人渐远，断鸿声里立多时。

吴永和

吴永和，字文壁，江南武进人，董玉苍室。

虞姬

大王真英雄，姬亦奇女子。惜哉太史公，不纪美人死。虞兮之死，史笔无暇及此，然一经拈出，真见心思。

赠外子玉苍北上

挟策长安去，谁怜行路难。恐伤游子意，别泪不轻弹。

丁瑜

丁瑜，字静娴，浙江长兴人。进士臧眉锡室。著有皆绿轩诗。

家居

木石风花结四邻，寂寥门巷久无人。昔年燕子今重到，始信交情尔独真。

张令仪

张令仪，字柔嘉，江南桐城人。姚湘门室。著有蠹窗诗集。〇此文端公长女也。工古文，不专韵语，端本殖学，比于韦逞母之授经。

西颢

大火既流，凉风荐爽。四时代谢，成功者往。是刈是获，东作乃登。馨香玉粒，神享其烝。率我妇子，中夜鸣机。凉霜戒晨，勿使无衣。

玄 冥

北户乃墐，凝阴冱寒。两仪混一，雨雪漫漫。何以御穷？修其旨蓄。草木既胎，蛰虫咸伏。无视无听，以还纯朴。百尔君子，宜谨嗜欲。于天时为闭藏，于人心为守中，得汉人气息，而又别存理趣。

不 寐

天将降阴雨，病骨必先痛。转辗不能寐，常至霜钟动。老觉近年增，愁自三生种。万虑积此时，疾苦非所重。逝者日以久，忧来谁与共。一岁又将除，五穷复难送。翻羡长眠人，不醒钧天梦。此称未亡后诗，得白太傅神理。

五亩园旧蓄二鹤忽殒其一孤侣哀鸣都忘饮啄诗以吊之

西风一夜返芝田，仙蜕仪形尚宛然。旧过苍苔犹有迹，重来华表是何年。独临池畔悲孤影，唳入秋空泣暮烟。何处惹人情最切？严霜落叶五更天。吊鹤实以自吊，五六语分写孤侣哀鸣，字字凄恻。

病中口占

珍重馀生劫后身，却怜孤负一分春。殷勤好与东风约，留取馀花待病人。

徐昭华

徐昭华，字昭华，浙江会稽人。诸暨骆加采室。○昭华为毛西河太史学诗女弟，诗附毛集中以传，毛极推扬之。然绰约有馀，未尽离铅粉之习。

舟泊垂虹桥重翻吴江闺秀诗有感

吴江之水春泱泱，水边曾蘸青螺香。我寻黛影不得见，对此绿波空断肠。残星点点障轻雾，左妹金闺在何处？雉堞连墙有蔽亏，渔舟荡桨空来去。茭花菰叶满江浮，画烛银缸彻夜游。曲渚流霞漾金钱，碧天清露洒琼楼。一时吟咏出花下，百尺天孙锦云绁。相隔风光知几春，教人宛转怀长夜。十幅蒲帆五两风，长桥犹跨旧城东。美人不在桥边住，盼作春天一段红。

送虞英嫂归诸暨

落尽红衣莲子多，相看绿水木兰过。晓风不解吹愁去，偏送佳人到苎萝。

孙　淑

孙淑，字静谷，江南常熟人。诸生许灏室，孝廉进益母。著有诗集四卷。○集中有达哉行，作于九十岁时，述孙、许两家门户之盛衰，一己终身之阅历，皆乐天安命语也。共五百馀言，一时远近传诵。

五日吊古

田文五日生，屈原五日亡。吉凶同此日，理固难推详。原与国休戚，一死分所当。渔父椎自鼓，詹尹龟宜藏。抱石投湘流，心与日月光。文从狡兔计，高枕乐未央。后合魏秦赵，伐齐何披猖！身死薛随灭，高户仍不详。文生鸡狗雄，原死荃蘅芳。世人何梦梦，悲屈羡孟尝。我心独不然，临风慨以慷。抚时怀往事，聊进菖蒲觞。正则之死，贤于孟尝之生，合两传校之，其论自定。定论出闺闱中，大难！大难！

金　氏

金氏，字法筵，江南吴县人。吴江沈六书室。

偶然作

灼灼庭前花，春风斗红紫。随荣复随谢，盛衰偶然尔。草木岂无情，谁能一生死。我思更如何，欲种菩提子。

彭　氏

彭氏，河南邓州人。广西布政讳而述女，李鸿室。

华　山

三峰崒嵂插青冥，高处平扪井鬼屋。池上莲花开日月，硐边石鼓动雷霆。药篮何日逢毛女，仙掌于今忆巨灵。愿驾鹿锌过雾市，丹炉石榻检遗经。

周志蕙

周志蕙，字解苏，浙江钱塘人。诸生陈仲衡室。

柳

岁岁逢春春可怜，争禁三起又三眠。丝丝愁绪随风乱，濯濯丰姿著雨妍。古渡欲牵游子棹，离亭留赠旅人鞭。一声长笛河桥晚，回首苍茫几树烟。

王　炜

王炜，字功史，江南太仓人。陈纬度室。

乡　思

不禁乡思倚危楼，山色空蒙海气浮。风雨别来花半老，音书隔绝雁惊秋。林间野鹤呼幽梦，天际浮云带远愁。好寄相思与娄水，门前日日有潮头。

王瑶湘

王瑶湘，字瑶湘，广东南海人。诗人王隼女，李孝先室。

独　夜

残灯明灭里，遥夜梦醒时。起立庭前树，孤怀明月知。

拟送别

孤舟暮归去，别路江南树。烟外有钟声，故人在何处？

朱柔则

朱柔则，字道珠，浙江钱塘人。诗人沈用济室。○方舟为红兰主人客，道珠遥寄故乡山水图，主人作诗，有“应怜夫婿无归信，翻画家山远寄来”之句。方舟旋归，当时传为佳话。

寄远曲

恨少垂杨柳，殷勤系玉鞍。夕阳鸦背暖，春雪马蹄寒。入世逢迎拙，依人去住难。痴儿啼向我，昨夜梦长安。

猎猎风初劲，沉沉雨未阑。因怜儿被薄，转忆客衣单。栖燕将雏苦，征鸿失侣寒。居家与行路，同是一艰难。

闻说燕台路，生涯亦可怜。耻弹门下铗，谁乞广文钱。久客非长策，归耕有薄田。一棺痛慈母，急为卜牛眠。讽游子以行路之难，弹铗之耻，犹姑氏季娴以能贫贱、亲正人勖子也。末章望其葬亲急归，游子不容不归矣。性情既挚，诗安得不工。

送外之大梁

前时失意悔游燕，此去中州枉自怜。飘泊君同苏季苦，操持吾愧孟光贤。计程已隔三千里，念别谁堪四五年。自注：方舟云，此行以五年为期。莫向离亭歌折柳，恐催客泪落离筵。

河渚观梅约顾女春山春山，方舟妾。

相期河渚玩春华，一棹迎风路未赊。楼外有梅三百树，美人不到不开花。约看花而云不到不开，望其早到也，不妒可知。讵止工于措语。

方舟庐先姑墓感赋

寝苫枕块空山里，却望松楸泪泫然。纵使慈乌能反哺，可能飞得到重泉。

马士骐

马士骐，字韫雪，四川晋城人。张应垣室。

齐云楼

凭栏天际荡心胸，一片云飞接岱宗。缥缈层檐疑结蜃，等闲高卧笑元龙。自传家学三千众，谁数仙居十二重。为问芙蓉楼上客，何如东海表齐封？

张学典

张学典，字右政，山西太原人。

感亡姊旧居

绣网蛛丝镜满尘，闲花狼藉不知春。添愁怕见梁间燕，犹是呢喃觅主人。

张凌仙

张凌仙，字学舄，江南吴县人。沈某室，以苦节闻。

杂　咏

家住青山侧，青山断尘迹。浮世几兴亡，依旧青山色。明镜如满月，朝朝弄妆靓。一自弃尘埃，不照孤鸾影。夙昔爱鸣琴，流泉指下生。子期今已没，谁听断肠声。

岁暮感怀

灯前课子诵芸编，百事萦心逼岁阑。泉路十年音信断，空山风雪一家寒。四断句中，俱有冰霜之色。

顾　英

顾英，字若宪，江南长洲人。常山知县张之项室。〇孺人萧然四壁，药房萝屋间，时闻诵诗读书声，远近称女学士。

初夏送夫子北上

杜鹃唤春归，和风吹芳芷。何堪对斯景，把酒送吾子。分手即天涯，惜此须臾晷。别绪如茧丝，柔情似潭水。离怀寄孤鸿，相思托双鲤。征途勉加餐，努力拾青紫。上慰高堂亲，下酬贤伯氏。君行既雅醇，君才复俊美。但保金石心，豪门勿投趾。桃李易凋残，松柏岂朝萎。行矣勿悲嗟，风云自此始。不忮不求，何用不臧，勉夫以持身处世之正也。保金石心、断豪门迹，守此两言，可云有所不为矣。此种诗犹存雄雉遗意。

周淑媛

周淑媛，字又洲，江南泰洲人。

元日哭先大人

一夜思亲泪，天明又复收。恐伤慈母意，暗向枕边流。仁孝之言，自在流出。

张　蘩

张蘩，字采于，江南长洲人。吴士安室。

戏为外子拨闷

失意休教苦自煎，为君把卷论前贤。儿顽应笑同王霸，婢钝何须学郑玄。涤器当垆情更洽，操舂举案志犹坚。久藏赖有床头酝，莫负梧桐月正圆。“奴爱才如萧颖士，婢如书似郑康成”，向雅剑南佳句，得其意而翻用之，以高隐重，不以才藻鸣也。家风敦朴，于兹可见。

沈树荣

沈树荣，字素嘉，江南吴江人。叶舒颖室。

送　别

落叶枫林两岸秋，曾于南浦动离愁。只今一片江头月，不照归舟照去舟。

琅琊女子

琅琊女子，浙江桐乡人。

和汪钝翁姑苏杨柳枝词

柳条风静雨初收，更罢罗衣懒上楼。花下欲将新月拜，一钩却到绿梢头。

叶 棫

叶棫，江南昆山人。许心扆室。

孤 雁

一声凄切度河梁，不诉离群也断肠。寂历寒沙眠铩羽，空明霜月照分行。无心避患衔芦荻，肯恋馀生逐稻粱。闻道边庭尚征戍，孤鸣幸勿到辽阳。

侯承恩

侯承恩，江南嘉定人。

丁酉三月葬亲吴郡贞山之麓泪馀赋此

买得吴山土一堆，思亲日夕寸肠催。粗安窀穸封新鬣，可卜神明稳夜台。满目松杉滋涕泪，无情猿鸟亦悲哀。祖先丘陇遥相望，累叶忠魂总不灰。

薛 琼

薛琼，字素仪，江南长洲人。山人李崧继室。

寒 食

一样莺花二月天，饧箫声里兴萧然。三旬九食吾家事，不独今朝是禁烟。想见清士家风。

张 氏

张氏，湖北潜江人。

绝 句

病废机丝老废蚕，牙签缃帙兴犹耽。唐诗汉赋都收卷，日向明窗诵二南。弃辞藻而重修齐，闺中端本之学。

倪瑞璿

倪瑞璿，江南宿迁人，徐起泰继室。○柔顺供职，妇德也，独能发潜阐幽，诛奸斥佞，巾帼中易有其人耶？每一披读，悚然起敬。

过凌城庙谒古戴二公忠义冢

古讳达可，戴讳国柱，同以忠勇见知于可法史公。自注：时史公总督漕运，巡抚淮扬。怀宗十四年，流寇袁时中寇睢，古时驻宿，邀戴往击，战于凌城庙，众寡不敌，俱死焉。史公随遣使致祭，命于所瘗地刻石立忠义冢。呜呼，二公真烈丈夫哉！丁酉秋，予同母氏往过拜其墓，深惜其事之未传于史也，因为诗以俟辒轩之采。

秋风鸣高空，乱峰下斜照。老树枝交天，苍黄覆古庙。入门扪残碑，太息拜遗貌。忆昔明运衰，群盗起聚啸。剿抚两失策，峰虿变虎豹。所过无坚城，苍生任凌暴。二公真人豪，忠贞出天造。金铁冶成心，冰霜厉寒操。贼锋一朝来，矢石躬亲冒。官小誓捐躯，力薄那自料。慷慨互争先，从容共谈笑。燃炮击贼人，天地为震悼。贼用魇魅法，自注：命裸妇人拜炮反震。蚁聚蜂屯到。众寡势不当，头断臂犹掉。成仁并取义，日月争光耀。碧血洒平芜，贼马不敢蹈。至今旷野中，白日常见烧。如何八十年，荐绅少凭吊。姓氏已稀传，父老犹相告。兰台事纂修，幽微须阐耀。谁为秉笔人？搜求不遗奥。"剿抚两失策"二语，断尽熊文灿、杨嗣昌诸人之罪。古、戴二公，明史失载，此诗可补阙略。

四弟恳予易其名字予取文王世子语为更名曰克昕字徵子因诗以勖

人生重贤豪，不在名字美。难以易相方，自注：唐进士黄居难为诗慕白乐天。故名居难字乐地。赤将白自比。自注：李赤自比李白。岂遂足追配，效颦空复尔。四弟性明慧，翩翩致可喜。世业下相城，生来故家子。先人早弃世，沦落来居此。家毁不谋归，侨寓贫如洗。画荻复和丸，提携赖母氏。就傅勤诵读，弱冠终军齿。挺然才气雄，籍甚声华起。尔字与尔名，呼之有年矣。忽然厌旧称，十呼懒一唯。向我索更之，我特不敢诿。文取世子篇。义载大戴礼。宋郊变宋庠，饮香从此始。名氏新改初，譬若居新徙。努力事葺修，栋梁庶不圮。莫若江南橘，逾淮化为枳。酌雅禀经，顾名思义，诗不徒作。

戏赠山人李老自注：山人有足疾，为余舅氏灌园。

李山人，年已翁，可怜白发颜犹红。矮茅屋是尔宫，青藜杖是尔童。烟霞满怀丘壑卧，夜呼骨痛朝呼饿。戚施举步行逡巡，天意厚汝汝真嗔。汝不见孙膑成名无一足，苻坚快意得半人。

樊大舅客金陵有诗吊方正学先生墓予次其韵

金川门入北平军，叔父周公逐嗣君。碧血一区埋十族，青山千古护孤坟。祠依忠烈缘同志，自注：闻先生祠与景公祠相接。藓蚀碑铭认旧文。樵牧那知青史事，经过也复吊斜曛。吊正学诗所见夥矣，词严义正，气足神完，无出斯篇之右。

阅明史马士英传自注：阮大铖附。

王师问罪近江渍，宰相中书醉未闻。复社怨深谋汲汲，扬州表到血纷纷。金墉旧险崇朝弃，郿坞多藏一炬焚。卖国仍将身自卖，奸雄两字惜称君。贵阳、怀宁二贼臣，只修复社之怨，报魏阉之仇，王师南下，阁部告急，掩耳不闻，视贾似道之不救樊城，尤为人头畜鸣也。究之杀身亡家，遗臭终古，末路安可问哉！奸雄二字，曹孟德辈足以当之，予以奸而不予以雄，具有卓识。

金陵怀古

石头天险壮层城，虎踞龙蟠旧有名。峙鼎三分吴大帝，渡江五马晋东京。高台风去荒烟满，废苑萤飞茂草生。往事不堪频想象，夕阳西下看潮平。

忆　母

河广难杭莫我过，未知安否近如何？暗中时滴思亲泪，只恐思儿泪更多。因忆母而转出母之忆女，其情倍深。

袁九嫕

袁九嫕，字君淑，江南通州人。

秋日楼居

高楼一骋望，秋林何冥冥。金飚飒然来，拂拂吹轩楹。严霜凋蕙草，竹根莎鸡鸣。落日凄以黄，照此朱槿荣。房栊郁窈窕，芳树纷葱菁。低枝触锦瑟，泠然激清声。境寂意自惬，虑淡心寡营。因悟静者远，而多遗世情。

林以宁

林以宁，字亚清，浙江钱塘人。钱石臣室。

忆父禹都

晓登百尺楼，遥望中条山。天际有白云，日夕自往还。去来何寥邈，引领难追攀。谁云生女好，少长违亲颜。岂不眷庭闱，安能事间关。问寝久疏阔，视膳良以艰。回步循南陔，踯躅涕汍澜。

陈　珮

陈珮，字怀玉，江南天长人，江宾谷室。

瘦菊为小婢作

瘦菊依阶砌，檐深承露难。莫言根蒂弱，翻足奈秋寒。

哭程夫人

忽驾青鸾返碧虚，琼花吹折痛何如。修文应是才人尽，征到姮娥旧侍书。天上修文，几成套语，一用点化，顿觉鲜妍。

蔡　琬

蔡琬，字季玉，辽阳人。绥远将军毓荣女，高文良公其倬继室，诰封一品夫人。著有蕴真轩小草。〇夫人无书不读，谙于政治，文良奏疏移檄等项，每与商酌定稿，闺中良友也。诗集无可觅，于选本中录取四章，皆掷地有声者。

辰龙关

一径登危独惘然，重关寂寂锁寒烟。遗民老剩头间雪，战地秋闲郭外田。闻道万人随匹马，曾经六月堕飞鸢。残碑洒尽诸军泪，苔蚀尘封四十年。

关锁岭

山从绝域势遥分，天限西南自昔闻。烽静戍楼狐上屋，风喧古木鹤惊群。横盘石磴危通马，深锁雄关冷护云。叱驭升平犹觉险，挥戈谁忆旧将军。

江西坡

西岭千重簇剑铓，曾挥万骑蓦羊肠。鬼灯明灭团青血，野冢荒凉啸白杨。梦断屋霄空漠漠，事随流水去茫茫。只今剩有残兵卒，指点空山说战场。

九峰寺

萝壁松门一径深，题名犹记旧铺金。苔生尘鼎无香火，经蚀僧厨有蠹蟫。赤手屠鲸千载事，白头归佛一生心。征南部曲今谁是，剩有枯禅过故林。绥远将军平吴逆后，随获谴咎，归空门以终。四章皆怀滇南征战地，悲歌感慨，其原出于少陵诸将、咏怀古迹等篇。

方　京

方京，字彩林，广南番禺人。进士讳殿元女，广文金綎室，子祖静贵，诰封恭人。〇恭人承家教，古诗宗汉、魏，近体宗盛唐，故所著无宋、元气味。

薤上露

薤上露，日出晞。朝槿花，日暮萎。微物转瞬间，人生谅如斯。彭祖帝尧民，亦复同所归。服食求神仙，仙成竟何成。守道以待终，令名庶可垂。薤露原词只言人命奄忽，以挽王公贵人，此陈求仙之谬，而以守道令名为不朽，粹然儒者之言。

送孟调大侄南还

相对疑梦寐，言别百愁生。孤飞易为感，使我心魂惊。聚散人生常，此别难为情。尔我本一树，相期共枯荣。尔今折枝条，芽肄何时萌。沾润我本怀，老髦愿难行。尔今返吴中，闭门守硁硁。勉哉崇令德，努力以扬名。取法不在远，祖父有遗型。周亲我老矣，垂涕重丁宁。古意古音，勖之以正。

示长媳杨珊珊

十年为妇蓼莪馀，疏水家风乐自如。宛似举场勤苦士，妆成惟对古人书。姑近儒者，妇近书生，闺中乐事，备于一家矣。

孔传莲

孔传莲，浙江桐乡人。赠翰林院编修宜川丞冯锦继室。

寄夫子宜川

斯立只哦松，君今意气雄。官为七品佐，身落万山中。羽檄驰荒徼，征求感大东。莫嫌劳瘁剧，黾勉救疲癃。此通家生侍御冯浩母也。于羽书旁午财粟殚亡之日，望夫子尽瘁救时，是何等胸次！

吴雯华

吴雯华，字云素，江南吴江人，贡生叶舒璐室。

秋日村居

自爱投闲纵所之，江村林壑漫栖迟。本无喜愠抽身早，须信英雄种菜宜。逸兴耽于黄菊候，幽情诉与白鸥知。绿杨影里三间屋，羡杀渔人理钓丝。

沈蕙玉

沈蕙玉，字畹亭，江南吴江人。贡生倪弁江室。著有聊一轩诗存。〇读四箴可补班氏女诫，惜年命不永，而弁江绩学，旋亦沦亡。评阅时，为欷歔者久之。

自　箴

天生蒸民，有觉其性。阴阳肇判，含元达顺。琴瑟载咏，蘋蘩攸司。夙夜用敬，犹惧或亏。无曰深闺，莫余云觌。淑慝在躬，指视暗室。维椒与兰，植于中田。我思君子，淑慎寒渊。此以慎独自箴。

先民有言，言不出阃。牝鸡之晨，厥家用损。节以应佩，琴以和神。词苟或费，宁默而存。勿尚尔舌，寸心是弛。既悔而追，不胫千里。嗟嗟愚盲，慎其德音。鹦鹉多言，只名文禽。此以谨言自箴。

纻纩在笥，焕乎有烂。凄其以风，滋我永叹。维织与纴，为坊厥心。舍业而嬉，淫慝相寻。野有络纬，振迅其翼。尔安用媮，微羽所疾。虽有孔翠，不如春蚕。之子纂组，不如布缣。此以勤劳自箴。

冀妻如宾，孟光举案。夫岂矫情，偷惰斯远。啼眉折腰，邦国之妖。彼昏罔知，反以用骄。幽闲贞静，曰配君子。载色载笑，若佐之史。敬而能和，穆如清风。修身准此，维以令终。此以和敬自箴。

同声歌

少小属闺闼，感君意缠绵。聘以明月珠，迎以黄金鞯。结褵自今夕，誓好永百年。采兰涉秋水。荐藻奉华筵。合欢裁作被，朱丝操作弦。虽无兰蕙姿，向日呈芳妍。一身皆君有，寸心私自怜。何用答嘉惠，持以弃豆笾。在天莫为云，雨落难上天。在地莫为影，日暮愁弃捐。婉娈保素志，跬步称比肩。于同声中写同心，有和顺，无狎昵，所谓“有道妻子皆得佚乐”，于弁江夫妇见之。

杨珊珊

杨珊珊，字珮声，浙江山阴人。布衣杨宾女，观察金祖静室。

乡思楼

旅寓金阊五十秋，亲年多半老依刘。嗟予未识乡关路，廿载空登乡思楼。浅浅语，自有远神。

姚世鉴

姚世鉴，字金心，浙江归安人。王豫室。

春　感

东风庭院林莺语，斜日帘栊海燕飞。九十春光今已半，行人到此也应归。

卧　病

卧病逾时岁又新，衡门两版绝嚣尘。垂帘怕放东风入，春到贫家不当春。

姚益敬

姚益敬，字元吉，浙江归安人。董暨室。

力疾作书寄外因题纸尾

尺素题初罢，轻罗泪未干。离愁不堪寄，聊复报平安。

周淑履

周淑履，山东莱阳人。高荫栐室。〇妇为相国曾孙女，幼工诗，于归后，夫妇如师友，然荫栐早殁，家尽落，母家亦落，贫无依，借织纴以生。教三子读书成名下士，远近以女师尊之。

述　怀

轧轧机杼声，漠漠空天雪。操作入中宵，十指皆皴裂。积丝匹难成，不忍中道绝。著此缟素裳，怡然矢同穴。积丝十字，为学如是，立节亦如是。

孤儿髫龀年，欲令就外傅。大者陶性情，次亦理章句。宁云致通显，不敢陨故步。尔父有残书，慰母在寒素。

冬日送别表妹

萧萧风雪逼人寒，欲整行装忍泪看。珍重送君无别语，高堂代我问平安。

吴　巽

吴巽，字道娴，浙江嘉兴人。郑联室。

冬日村居读靖节先生日月依辰至句遂演成一律

日月依辰至，村居岁欲残。补衣朝旭暖，织素夜灯寒。节分於陵苦，贫偕孺仲安。囊空忘羞涩，不用一钱看。

奉怀两大人自注：幼弟已亡。

复抱西河痛，遥知泪不干。可怜双白发，谁与劝加餐？

癸丑秋陈妾得举一子时婿年四旬矣志喜

穷薄还凭世泽存，朝来弧矢喜悬门。翻嗟姑舅先朝露，未得生前一弄孙。志喜中转复增悲，微特不妒，弥见孝思，此妇德之纯者。

闻　雁

一字横排筝柱来，声声似拨楚弦哀。愿为羽翼偕飞去，纵遇高峰誓不回。

绿牡丹和韵

平台冉冉黛初匀，不逐邻园斗丽春。金谷荒凉成往事，风前犹想坠楼人。商丘宋公任江左屏藩时，咏绿牡丹二律，和者几于盈千，然皆刻画景状，馀韵无存也。此妙在不即不离。

钱纫惠

钱纫惠，江南吴县人。太史讳中谐女，武平令许廷锳室。〇竹素以诗鸣吴中，今之鲁灵光也。厥配亦高风格，趋步唐音。

新安江行

乘潮渡渔浦，沓嶂夹江渍。下瞰绿波影，能令纤芥分。筏移疑入镜，碓落自春云。听尽潺湲水，滩高易夕曛。佳句。

度梨关

迢递逾梨岭，肩舆胜驽骖。雄关限闽越，幽境极东南。地暖常多雨，云开忽作岚。乡闾望不极，聊复上岩龛。

毛秀惠

毛秀惠，字山辉，江南太仓人。诸生王愫室。○存素娱情画理，不慕荣禄，闺中人亦同素心。读其诗，想见其幽居之乐。

戽水谣

绿杨深沉塘水浅，轲辘车声满疆畎。倒挽河流上陇飞，渴乌衔尾回环转。今夏旱久农心劳，西风刮地黄尘高。原田迸裂龟兆坼，引水灌之如沃焦。男妇足茧更流血，鞭牛日夜牛蹄脱。田中黄秧料难活，村村尽呼力已竭。其声促，恰称此题。读云汉诗可悟。

渔父图

竹竿袅袅微风里，失鱼不忧得不喜。收纶放艇出芦丛，白鹭横空忽飞起。江皋落日江水清，水清无复见鱼行。仙源有路渺何处，云水苍茫无限情。

钱塘怀古

京洛烟尘弃不收，西湖台阁作金瓯。流连秋色还春色，歌咏杭州胜汴州。自愿苟安增币帛，谁抒孤愤报仇。栖霞岭畔将军墓，只有南枝记旧丘。宋高苟安，父仇不报，戊午谠议序极言之，闺闱中亦见及此。

乙卯秋外赴金陵省试不售诗以慰之

新妆竞埽学轻盈，俗艳由来易目成。谁识天寒倚修竹，亭亭日暮最孤清。寒女频年织锦机，深闺寂寂掩重扉。却怜鸩鸟为媒者，空向秋风理嫁衣。重阳风雨滞幽斋，失意人难作遣怀。篱菊已花还觅醉，便须沽酒拔金钗。慰夫不遇，喜无噍杀之音。

许飞云

许飞云，字天衣，江南吴县人。诸生王又溟室。

新　月

远望云山暮霭浮，初生纤魄挂南楼。树头宿鸟惊弓影，水面游鱼怯钓钩。淡淡画眉微有恨，深深学拜便含愁。广寒风动银河浅，罗襪新裁夜出游。此方虚谷所谓著题体也。中二联写景写情。新字于末句借点，布置极工。

许孟昭

许孟昭，字景班，江南元和人。许廷鑅女。

寒夜曲

金剪生寒夜漏长，玉人纤手懒缝裳。素娥偏耐秋光冷，来照鸳鸯瓦上霜。有义山绝句神味。

许楚畹

许楚畹，江南元和人，许廷鑅孙女。

寒夜曲

沉沉夜永漏声添，倚户萧条对彩蟾。青女不如幽院冷，还吹霜气入重檐。

陈奇芳

陈奇芳，字兰佩，江南吴县人。举人时敷五室。

秋　风

乍觉商飚动，园林色渐非。井梧吹欲堕，梁燕送将归。延爽开罗幕，迎凉卷纻衣。汉宫藏扇者，安命掩金扉。

梅　影

东风吹梦入烟村，月地云阶印浅痕。竹外横斜空色相，水边隐约认香魂。一枝欲寄人难折，三匝无依雀自喧。顾我清癯怜共瘦，琐窗徙倚向黄昏。妙在字字是影。

周　巽

周巽，字顺吉，浙江山阴人。仁和诸生沈心室。著有须曼阁小稿。

秋夜闻笛

今夕是何夕，忽听苍龙吟。成连之海上，千载有遗音。窥牖月如水，隔墙风满林。漏深吹忽断，不尽故乡心。通体高格，明人中近徐昌穀。

题海昌女史李是庵水墨牡丹

元舆赋里识芳姿，玉篆牌悬第几枝。想见深闺多逸韵，今毫不用买胭脂。

汪　瑶

汪瑶，字云上，江南新安人。朱昂室。

寒　山自注：赵凡夫栖隐处。

飞雨过群岭，篮舆陟翠微。幽径入松际，轻风吹人衣。高士有遗迹，想见疏凿时。老屋就深树，寒泉泻平池。墓梅双虬龙，屈铁盘高枝。缅怀硕人轴，偕隐赋乐饥。已辞梁栋材，自远太庙牺。一门擅文藻，渊雅良可师。自注：凡夫及子灵均工古篆，配陆卿子工诗，子妇文俶工写花鸟。予亦慕高隐，愿采商山芝。鹿门期可逐，怀古生遐思。吊偕隐人，而已亦愿偕隐，志趣可知。

吴若华

吴若华，浙江嘉兴人。藩司吴嗣爵女，屈恬波室。○若华制艺极工，小题镂刻近隆、万人。王渔洋称士女商畹人能工制举文，此其替人矣。

新磨古镜

古镜朦胧减旧清，一朝磨洗倍晶莹。云开夜月秋毫见，雨过菱花色相明。阅世兴亡疑有眼，辨人好丑总无声。玉台妆罢时时拂，莫使浮尘又暗生。五语写古字巧，六语喻君子知人，不自矜其名也。对偶较胜。

留别淮阴道署

三载依依玉镜前，旧梳妆处最相怜。不知今后红窗里，又是何人点翠钿？

秋　风

满耳萧骚梦不成，残云凉月夜凄清。等闲吹落长林叶，杂入千家捣练声。

宋凌云

宋凌云，字逸仙，江南长洲人。李博室。○昔铨部宋南园先生尝向余言："孙女弱龄即喜涌吾子诗，妆台侧时手一编也。"今将四十年，其言如昨，而逸仙已归泉壤矣。俯仰三世，可胜概然。

偶　成

天外鱼书绝，征人岂念家。可怜小儿女，夜夜看灯花。

忆　父

吴树燕云断尺书，迢迢两地恨何如？梦魂不惮长安远，几度乘风问起居。欲归未得怅空囊，儿女相思泪数行。苦忆寝门双白鬓，朝朝扶杖倚闾望。

许　权

许权，字宜媖，江西江州人。进士崔谟室。

梦　天

招我以神仙之窟，凤麟之墟，乘我以青鸾之辇，赤龙之车。手摩日与月，浩荡经天衢。回首人世真渺茫，齐州九点烟青苍，我欲乘风任翱翔。忽闻空中飘鼓吹，绰约佳人御云气。似曾相识碧落间，共赴瑶池为仙吏。瑶池日敞宴初开，星娥月姊双双来。相携千年乍熟蟠桃实，劝饮百巡不醉流霞杯。顿觉心清体骨轻，梦回漏箭报三更。烟霞已散空庭寂，静听梧桐淅沥声。题同长吉，而诗格却仿青莲，梦意于末路点明，随即换境作结，令读者不能测识。

七　夕

七月七之夕，家家望女牛。神仙不可见，凉风何飕飗。我疑天孙之巧转近拙，东西隔断难飞越。一年一度一分离，千古银河响幽咽。不须乞巧向天孙，若赐巧来愁欲绝。君不见东家力田妇，耕馌常相随。旦暮共苦乐，白首不分离。又不见西邻有才女，夫婿上玉堂。终年不相见，怅望悲河梁。玉露无声夜清悄，盘中盼断蛛丝绕。不知巧思落谁家，只恐巧多人易老。寄语人间痴女儿，宁为其拙毋为巧。

尹琼华

尹琼华，字秉贞，江南吴县人。下培基室。〇秉贞淑慎敦孝行，年二十三殁，培基以有子不再娶，重妇德也。

题姜贞女画自注：纶周女，名桂，字芳华。

空闺工六法，取势入微茫。野渡涨秋水，远山明夕阳。古心无丽藻，淡墨有冰霜。不点双飞鸟，图中断颉颃。三四语正写画，馀俱从守贞著笔，不同泛泛。

韩韫玉

韩韫玉，江南长洲人。宗伯文懿公幼女，西宁知县顾渭熊室。〇前辈韩东篱太史述幼妹少读群书，兼工词翰，年三十时，著述已富，病殁前，尽取焚之，不欲以文采见也。渭熊从书帙中检得十馀首，比于吉光片羽云。

咏　鹤

丹顶玄裳白羽轻，芝田旧日得仙名。生来云水原天性，望里蓬壶是去程。代远每过千岁寿，露寒常向九皋鸣。不随卫国乘轩队，稳卧松巅梦太清。

杨克恭

杨克恭，字德基，江南扬州人。少傅敏庄公孙女，德清徐志岩室，封宜人。

读唐书李白传

汾阳微日无人识，独有青莲赏最真。再造唐家缘救免，可知卓见出诗人。太白识郭汾阳于行伍中，为脱其罪。后白陷永王璘事，汾阳欲解职以赎其罪，新唐书载之，苏子瞻言之，后人翻驳谓无其事者，吹毛索瘢，殊可不必。

金　顺

金顺，字德人，江南吴县人。中书汪曾裕室。夫亡，以节孝称。

题管夫人画竹

墨妙由来数仲姬，闺房静对写风枝。王孙若解凌霜节，合署鸥波老画师。题仲姬画，却从竹上讽谕王孙，用意微婉。

汪　璀

汪璀，字催弟，浙江乌程人。诸生徐以坤室。

从苕返德清

秋思入寒砧，帆飞度远林。溪分前路合，桑密晚烟深。白发慈闱梦，青年昧旦心。孤城遥在望，鸟外见云岑。

怀舍弟都中

上苑栖枝后，春风又一年。雁行悲断续，云路戒腾骞。母老凭余侍，门衰仗汝贤。家庭为政好，早放潞河船。昔人问前辈居官之法，曰："玉阶露滑，须缓缓行。"即戒腾骞意也。得自闺阁中尤难。

袁　机

袁机，字素文，浙江仁和人，太史子才之妹，幼许字如皋高氏子，后高以子有恶疾，愿离婚。素文曰："女从一者也，疾，我侍之，死，我守之。"卒适高。高躁戾佻荡，倾奁具为狎邪费。不足，扑挟外，至以火烧灼之。姑救之，殴母折齿。既欲鬻妻以偿博者。不得已，始归母家，长斋素衣，孝养母氏。高氏子死，哭泣尽哀，血泪尽。越一年，亦死。女子中苦行，无逾此也。检箧笥得手编列女传三卷，诗一卷。

有凤

有凤荒山老，桐花不复春。死还怜弱女，生已作陈人。灯影三更梦，昙花顷刻身。何如蜩与莺，鸣噪得天真。

闻雁

秋深霜气重，孤雁最先鸣。响入空闺静，心怜永夜清。自从成只影，同是感离情。谁许并高节，寒林有女贞。应自归母家后作。自怜只影，静正守贞，言外绝无怨尤，可以哀其志矣。

卷三十二

戒　显

戒显，字晦山，太仓人。以下僧诗。○玩登黄鹤楼诗，应是遗民而为僧者，无诗稿，于卷轴中得之。

登黄鹤楼

谁知地老天荒后，犹得重登黄鹤楼。浮世已随尘劫换，空江仍入大荒流。楚王宫殿铜驼卧，唐代仙真铁笛秋。极目苍茫渺何处，一瓢高挂乱云头。起有撼山岳、吞云梦之概，具此胸次手笔，不管“崔颢题诗在上头”也。通体俱振得起。

正　岩

正岩，字豁堂，浙江仁和人。著有同凡草。○豁堂国变后为僧，尝云：“人非金石，立见消亡，不若逃形全真，自游方外。”诗二卷，王新城尚书目为汤惠休、帛道猷之流。

田 家

田家无他望，所望在平畦。但恐终岁力，不得遂其私。何哉造物者，亦得厚我施。夜来微雨过，使我菜麦滋。登后一以眺，秀色远参差。此时桃与李，岂乏好容姿。顾予朴野性，独与此相宜。及时务耕作，那敢贪天时。近陶公性情，不在面貌。

戏酬友人惠日铸茶

几日春游遍若耶，入城布衲满烟霞。正愁仙福难消受，又吃人间御贡茶。

月下由御教场下投净慈宿朗公房

御教场中月直时，下山全不道归迟。三松影落半湖水，一路沿钟到净慈。

南 潜

南潜，字月函，浙江乌程人。〇月函，董姓，说名。本贡生，中岁出家吴之灵岩寺。诗思路手笔俱不凡，然多偏敧，欠完善，兹录其近情者。

招魂曲

梦魂夜逐青桐叶，飞落秋园作蝴蝶。一星鬼火入筵青，法王院榜招魂帖。灵旛剪纱钱剪纸，月黑松摇古须鬣。高僧咒开枉死城，精灵隐隐啼秋怯。啸声认得故人魂，犹带生前旧豪侠。鬼气近昌谷。

宫人入道和唐人

听断昭阳鼓吹声，道家衣向御前更。已抛团扇三秋怨，却胜琵琶万里行。留锦只谋装秘笈，买丝还拟绣飞琼。天家异日赍香使，白发宫奴记旧名。和平之音。

听　雨

梧桐滴沥客心惊，秋雨能吹白发生。孤馆灯昏惟对影，丽谯鼓湿不知更。前宵松月疑尘梦，明日泥涂听屐声。寻著漏痕当屋角，夜深百匝绕书行。

实　讱

实讱，字可南，江南吴县人。〇诗从黄子若木处钞得，无稿本也。气清语削、涤尽尘俗，见我吴前此大有诗僧。

石公山

湖上山忽起，突兀孤云中。洪涛日相击，飞雪洒晴空。悬崖疑欲堕，怪异由天工。雨晴苍翠湿，水落根玲珑。时有好事者，闲来穷鸿蒙。

虾蟆岭

君不见虾蟆岭，崔嵬横截日无影。特立太湖烟水中，飞鸟何曾至绝顶。崩崖挂倒树，日久生莓苔。飞瀑洒石壁，磴道鸣殷雷。百步几盘曲，去矣如复回。虾蟆岭，何年开？日见行人天上来。

伤范东生

苕水清，湖水浑，东西相望愁人魂。君今长别故山去，春光寂寂梅花村。湛园月下池光冷，冷浸芙蓉夜正永。于今何处问风骚，空向草堂吊清影。

江楼望月

江村犹不夜，月已到高楼。碧瓦光相射，虚檐影自流。山山皆在水，树树尽成秋。天迥空无著，西风一钓舟。起与“残夜水明楼”同妙，“山山皆在水”，写得残夜山水出。

烂溪访周公美不值

晚风吹乱苇，簌簌鸣荒畴。山月白如晓，溪云凉似秋。蝉声在高树，水气生空舟。问主不相见，门前闲片鸥。

夜同凝父宿元朗斋头有怀秋潭

帘外丝丝雨，因风亦易晴。孤灯照清话，一钵了浮生。野鸟不依树，闲云偶入城。悬知溪上意，流水是经声。生新之句，时近贾长江。

答董然明

木落水容淡，寥寥独鸟还。小楼明月上，照见隔溪山。贻我句何逸，想君心倍闲。前期倘不弃，扫石梅花间。所选八首中，五首写月，得月之神，并传月下人性情，前身岂谢希逸耶？

月夜过元弘山房

忽动幽人思，昏黄过草堂。江明初月上，地白已凝霜。相见更何事？岁寒心不忘。石床终夕语，松隙又晨光。

显　谟

显谟，字言成，江南吴县人。

山房同端白迟兰公不至

林中掩荆扉，白日忽已暝。松风阴壑生，淅沥寒秋听。相对淡忘言，诗成禅侣定。期子不我来，寂寂孤云径。

柬陆长卿

为别亦何易，山山尽是秋。曾期过一夜，不见到孤舟。风劲叶离树，月寒人在楼。所思湖水阔，清梦得同游。

海 遐

海遐，字介旭，江南宜兴人。

送友之吴门

东风吹柳拭烟轻，折赠柔条空复情。一望吴山千万叠，知君只在此中行。

同 揆

同揆，字轮庵，江南吴县人。著有寒溪诗。〇轮庵，文中翰启美之子，文肃公犹子也。沧桑后逃于禅。所为诗皆人伦日用盛衰兴废之感，墨名儒行，斯人有焉。

鼎湖篇赠尹紫芝内翰

丁丑、戊寅间，先公受知于烈皇帝，遵旨改撰琴谱，宣定五音正声，被诸郊祀。上自制五建皇极、百僚师师诸曲，命先公付尹紫芝内翰，翻谱钩剔。时司其事者，内监琴张，张奉命出宫嫔褚贞娥等，礼内翰为师，指授琴学，颁赐紫花御书、酒果缣葛之属，极一时宠遇。迨闯贼肆逆，烈皇帝殉社稷，诸善琴者，偕投内池。内翰恐御制新谱失传，忍死抱琴而逃。南归，谒先公于香草垞，言亡国时事甚悉。从此三十九年，不复闻音耗矣。癸亥秋，余在寒溪，内翰忽来，相见如梦寐，意欲剃染，事余学佛。余伤之，为赋鼎湖篇以赠。

鼎湖龙去秋溟溟，惊风吹雨秋山青。白头中翰泪凝霰，叫霜断雁栖寒汀。烈皇御宇十七载，身在深宫心四海。一朝地老与天荒，城郭依稀人事改。当年删定南薰曲，内殿填词徵召促。琴张好学直乾清，先公屡赐金莲烛。雅乐推君独擅场，望春楼下拜君王。高山一奏天颜喜，奉敕新翻旧典章。昭仪传谕何谆切，予赉先颁女儿葛。上林避暑抚丝桐，温语贞娥遵秘诀。流泉石上坐相邀，薇省风清玉珮摇。神武门前轻执戟，永和宫里薄吹箫。如意初殇泪沾臆，自注：皇五子悼灵王。那堪又报河南失。钿蝉零落葬田妃，池水苍茫尚凝碧。寒食花飞不见春，冬青冢树斫为薪。煤山一片凄凉月，犹照疆场血化磷。世间万境须臾梦，老臣剩有西台恸。四十年来寄食艰，何人再听高山弄。鉴湖南去云门外，古寺松篁景晻霭。维舟无意忽相逢，恍惚梦魂同晤对。夕阳影里话前朝，天寿诸陵王气消。留得闲身师白足，满头白发影飘萧。吴梅村祭酒诗道胜朝亡国事，凄凄切切，可被管弦，令读者愀然伤怀，此篇竟似出梅村手。梅村道本身事，轮庵道先人事，其感一也。神来尤在后半。

过五经岭

绝壑松杉合，悬岩冒雨登。云中人种麦，天际我攀藤。路尽峰能转，巢危石欲崩。寒烟满萝屋，应有未归僧。阻风登采石矶云：“去帆疑峡走，卷浪骇江飞。”亦能作奇语。

雪霁后晓行过龙舒

冲寒初放棹，侵晓度溪湾。残月霜中角，长江雪后山。铎清知塔近，波定识鸥闲。载笔频年梦，潇湘一衲还。

吴翼生归自塞上话旧

七载风霜雪满鞯，曾骑款段独行边。之官恰值初裁俸，作吏惟知不爱钱。薄宦暂归仍是客，残僧久别已忘年。地炉芋火深宵共，破院相依有夙缘。清空如话。吴洪雅之清味自见。吴后为冢宰。

大　灯

大灯，字同岑，浙江秀水人。○以下五僧诗皆得自选本中。

游毛公坛

千古仙坛在，丹书孰更闻。藤萝春覆雪，洞壑晚连云。药灶花间出，人家谷口分。何时移草阁，向此卧斜曛。

秋夜宿八峰山房

黄花篱下乱蛩鸣，古寺秋高岭月明。夜半石床清睡去，不知枕上落泉声。

大　瓠

大瓠，字笻在，江南宣城人。

浒墅留赠周玉凫仪部

瓢笠飘然特讯君，连朝风雨惜离群。青杨花覆山桥路，白石溪连竹屋云。却怪鸱鸮嘲凤德，敢将骒褭应龙文。荒凉一径空延伫，回首江关已夕曛。时仪部罢官家居，故有五六语。

函　可

函可，字祖心，广东南海人。

丁亥春将归罗浮留别黄仙裳

春尽雨声里，扬帆趁晓晴。路经三笑寺，归向五羊城。末世石交重，馀生瓦钵轻。悲凉无限意，江月为谁明。

本　源

本源，字兀庵，浙江湖州人。

过王皓庵旧居却寄郡城

菰城摩诘在，久不住岩阿。白日携筇到，青山送客多。林空一片月，涧落万重波。知我无如子，秋深几度过。

大　宁

大宁，字石湖，浙江钱塘人。

寄胡柏庵

时有渡江梦，孤怀历岁深。淡云归鸟意，春树野人心。岸草青连屋，山花红满林。好知千古事，明日几回寻。

成鹫

成鹫，字迹删，广东番禺人。著有咸陟堂诗集。○上人姓方氏，本名诸生，九谷先生弟也。中年削发，不解其故，然既为僧，所著述皆古歌诗杂文，无语录偈颂等项，本朝僧人鲜出其右者，拟之于古，其惟俨、秘演之俦欤？

祝发呈本师

男儿爱身及肤发，平生一毛不敢拔。蹉跎四十一回春，负此遗骸等株橛。蒙师为我操慧刀，头上不与留纤毫。一朝四大轻鸿毛，昔日缝掖今方袍。缝掖翁，方袍子，本来面目应相似。镜中见影不见形，莫道昨非今乃是。请辞大众入山去，山月松风供稳睡。“莫道昨非今乃是”，见为儒未必非，为僧未必是也。知其未必是而为之，此何故耶？

屈翁山归自金陵予将入泷水赋赠

君不见至人有身无四大，乘风稳踞溟鹏背。下览九州如历块，朝发越裳莫燕代。君不见至人善行不任足，驰驱直入蜗牛角。纵横游说蛮与触，三军解甲舆脱辐。斯人人耳无大奇，致虚守静如伏雌。中间真宰微乎微，神出鬼没不可知。去年尽室吴江去，江边欲与鸥夷住。高堂有母生喜惧，自刺扁舟出烟雾。归来重理漉酒巾，黄花彩服参差新。炙鸡秉烛招比邻，黑貂贯过墙头春。兴来起舞醉无力，举觞遍告座中客。此身有母难许国，自作散儒深可惜。深可惜，未忍闻，长歌短曲聊和君。明朝我向泷西隐，世事悠悠勿复云。角韵叶。〇郁郁律律，欲灭欲没，如相马者，应索之牝牡骊黄之外。

罗浮采药歌

朱明老仙能辟谷，日饭胡麻茹黄独。轻身直上铁桥行，踏破飞云云在足。四百峰头种紫芝，千寻涧底菖蒲绿。药名药品皆离奇，神农本草那得知。相逢一一为予说，予心半信还半疑。老仙大笑导予去，指点深山最深处。随取随有却随无，杀人活人不知数。倾筐不盈盈更归，归时忘却来时路。缥缈欲仙。

秋　钟

寂寞秋原寺，霜钟韵最幽。数声生殿角，一夜白人头。皛皛月当枕，萧萧风满楼。何能此时节，还起景阳愁。

镜

爱尔本无我，虚明识故人。滞形还偶影，顾笑复怜颦。虚室自生白，太虚谁写真。所嗟承弁髦，一见一回新。惟太空所以无物不照，写镜写心，是一是二。

问　天

我有千古恨，高高将听卑。亦知曾补后，不似未分时。得气清何少，流光照或私。可能空阔外，容我管中窥。既补后天，杂以人矣，所以清中有浊，公中有私也。补灵均未问意。

问　影

不辨谁宾主，何因有往还。怜君时一顾，笑我未能闲。世态胶难合，前尘迹可删。终当事韬晦，相待掩重关。

登大科峰顶

爱山登陟不辞劳，直上嵚岑振敝袍。老去始知行脚稳，年来惟恐置身高。青天有路随孤鹤，沧海无根仗六鳌。闲倚西峰发清啸，下方谁识是吾曹。出世人何必作此语耶？

读宋史偶笔

从来吾道本虚公，洛蜀何因有异同。端礼门前书姓氏，原来都在党人中。洛、蜀同异，总在党籍碑中，一以见相争之多事，一以见程、苏之均不碍为君子也。此种诗可当史论。

大　成

大成，字竺庵，湖南醴陵人。

山　居

一株两株老松青，松下结个小茅亭。三日五日来一次，肩荷榔栗手持经。读经读到山月出，听松听罢天落星。适然抛卷松间卧，梦与松根乞茯苓。有生趣，另备一格。

海　岳

海岳，字中州，江南镇江人。

访友不值

寻君复不见，寂寞出林间。落叶溪边路，浮云海外山。午烟桑柘隐，秋色户庭闲。爱尔幽栖好，归来亦闭关。

天　定

天定，字双溪，湖北武昌人。

涵师峨嵋游归因赠

峨嵋西去似登天，见说亲行到顶边。古木千年都化石，衲衣六月总装棉。阴风昼洒岩端雪，急雨宵闻洞口泉。袖得图归夸示我，芒鞋踏破意忻然。奇语，却是真境，故人黄尊古住峨嵋半载，为予言之。

大　健

大健，字蒲庵，江南和州人。

登锺山

锺山常在望，惆怅有谁登。蹑履过灵谷，披云拜孝陵。荒途迷乱草，深涧咽寒冰。香火馀宫监，悲凉向野僧。

僧　残

僧残，字石溪，湖南湘潭人。

古　意

瘗琴峨嵋巅，知音何寥寥！埋骨易水旁，侠士魂难招。物性不可违，岂必漆与胶。尝恨士不遇，白首空萧骚。齐己能作雄壮语，如“拔剑绕残尊，歌终便出门”是也。此更过之。

超　远

超远，字心壁，云南人。〇心壁出家西江之庐山，商丘宋公巡抚西江，与酬接唱和，后移节江苏，心壁复来吴中，又有唱和诗，时人以东坡得佛印比之。

竹　湛

数家烟树里，竹湛最佳名。茅屋经秋补，山田隔岁耕。残阳归牧笛，零露咽虫声。更遇村翁说，生平未入城。

铁锁桥

万山谁划断，一水界东西。地旷风逾急，天低云易迷。半空横铁索，千尺跨虹霓。我欲桥边宿，江猿休夜啼。

晓　音

晓音，字碓庵。著有高云堂诗集。○碓庵主华山方丈，圣祖御制有欲游华山未往七绝，碓庵和至百首进呈，大约以多为贵者。兹只录清真一章，重性情也。

过东寺晤天逸兄别来已二十六年白头相对慨然有作

吴天楚地两茫茫，尺素难凭雁寄将。隔绝五千馀道路，俄经二十六星霜。只疑相对还成梦，敢定重逢在此方。顾我青年悲失恃，羡君白发奉高堂。自注：兄有母年逾九十。

性　休

性休，字尺木，前朝宗室后，未详省县。

渔父图

东西南北任遨游，万里长江一叶舟。梦里不知身是客，醒来大地忽新秋。从渔洋诗话采入。

德　元

德元，字讷园，江南长洲人，著有来鹤庵诗。

玄墓看梅

谢却兰桡信杖藜，千峰盘磴入花畦。晴云度影迷三径，暗水流香冷一溪。僧寺多藏深树里，人家半在夕阳西。登临更上朝元阁，满壁苔痕没旧题。石墙茅屋老梅丛，仄径危崖处处通。半岭人烟香雪里，下方鸡犬白云中。溪边杨柳萌新绿，谷口樱桃缀小红。还拟放舟明月夜，虎山桥北太湖东。

通　岸

通岸，字智海，广东人。

采石谒李祠题峨嵋亭

江南雨过群峰青，沙边兰桨时一停。青莲居士不可见，千秋空有峨嵋亭。峨嵋山月还依旧，昔年曾照杯中酒。为问骑鲸飞上天，不知更落人间否？

古　奘

古奘，字愿来，广东人。

山　行

出门无定所，一路乔松阴。流水道人意，青山太古心。偶然乘兴往，不觉入云深。独立发长啸，萧萧风满林。

智　朴

智朴，字拙庵，江南徐州人。○拙庵主蓟州之盘山，作山志，与新城、商丘诸公往还，其诗不多见。

盘 山

苍松乱插连云石，石上苔痕虎行迹。拄杖来从飞鸟边，下视苍茫远烟碧。

宗 渭

宗渭，字绀池，江南华亭人。〇绀池少学诗于宋荔裳观察，中年后游西堂尤侍讲之门，得所传授。尝谓门弟子曰：“诗贵有禅理，勿入禅语。弘秀集虽唐人诗，实诗中野狐禅也。”即其议论，可以觇其品格。

横塘夜泊

偶为看山出，孤舟向暝停。野梅涵水白，渔火逗烟青。寒屿融残雪，春潭浴乱星。何人吹铁笛，清响破空冥。“春潭”五字，每于夜泊时遇之。

怀余广霞处士

才气真飞将，东南壁垒分。长镵皋庑月，短褐孝陵云。金尽还交客，诗成最让君。深秋烟水阔，何处倚斜曛。

次韵酬九来

风急树萧萧，思君梦易销。鸟啼黄叶寺，僧语夕阳桥。得句霜钟度，安禅佛火烧。十年诗律苦，珍重贮山瓢。

钱塘观潮

落日海门下，钱塘潮正来。半江堆响雪，两岸起惊雷。倾刻银山合，奔腾白马回。夫差遗恨处，终乏霸王才。

织帘先生书斋晚望时顾伊人属和

隐几淡无虑，日斜偶启关。鸟声寒过竹，树色静疑山。世藉六经重，天留一老闲。落霞江岸远，如为映苍颜。

浦城下水

隔宵戒语过清晨，细雨枯篷出剑津。舟子下滩常斗水，估人遇险只呼神。空门无我休言命，逝者如斯任此身。两岸鸟啼行不得，遍山红染杜鹃新。

重过海印庵

三年重向虎溪游，石路依然碧水流。鸟背斜阳微带雨，寺门衰柳渐迎秋。弟兄谊重难为别，师友情深竟莫酬。叹息此身闲未得，天涯明日又孤舟。鸟背一层，斜阳在鸟背一层，微带雨又一层，七字中写出三层，浑然无迹。

中秋同鹿洲圯授天行紫英业师坐月

银河潋滟碧云鲜，徙倚柴门月正圆。影泻苍松清带露，光摇秋水淡无烟。钟残自爱添衣坐，香烬何妨后客眠。皎洁一年惟此夜，莫教容易负婵娟。

早　起

宿雨散凉色，竹林烟未醒。流莺三四语，啼破半窗青。

愿　光

愿光，字心月。

送陈少庵之楚谒所知

粤国千山外，言扬楚水舲。送君出江口，黄叶满津亭。树色寒云梦，秋声落洞庭。故人一相见，吟眺九疑青。

溥　畹

溥畹，字兰谷，广西人。

剑　阁

险绝惟双剑，迢遥一线通。水分巴字峡，山接汉王宫。梯石来天上，穿云入地中。无知怜李特，漫欲守蚕丛。五六极形其险，结意见窍据必败，犹少陵叙公孙述割据后云，“恐此复偶然，临风默惆怅”也。

虎丘访卖花老人

缓携榔栗访山家，一路斜阳五色霞。不是闲园是花国，可留馀地种桑麻？此正论也。勿谓方外人作杀风景语。

元　龙

元龙，字牧堂，江南华亭人。〇牧堂兴化李氏，祖父迁华亭，名家子也。圣祖南巡献诗，命赋“山色有无中”，称旨，赐紫。初成诗取捷，晚岁自悔苦吟，存诗寥寥，故所收从略。

秋胡行

养蚕胜养儿，养蚕犹吐丝。养儿防亲老，而乃离庭闱。君怜采桑妇，不念桑榆人。桑榆景苦短，桑妇时悲辛。还君相赠金，请君断诸妄。君意在桑间，妾情非濮上。攀条谢郎君，倚门人久望。颜延年此题诗，详叙列女传，叙毕而止，秋胡之不孝自见；此浑括大意，明责其不能养亲，而秋胡之不孝弥见。颜诗妙在详，此诗又妙在简。

乞　食

林间才定起，洗钵出门行。童子亦知善，设斋非爱名。说经酬饭价，回施合凡情。果腹便归去，寒山万木平。

楚　琛

楚琛，字青璧，江南松江人。

西湖感旧

支筇两过采兰辰，十锦塘边已暮春。飘絮沾为苔面雪，落红踏作马蹄尘。当年白社惊惟在，此日青山似故人。遥望南屏峰顶路，绿萝庵畔绝无邻。

大　宁

大宁，字石湖，江南桐城人。

杂　韵

峰顶屋三间，松边石一片。早晚云飞来，只有樵夫见。

元　璟

元璟，字借山，浙江平湖人。○借山以诗受圣祖知，居京师久，后放归。丙午岁，与予遇于天宫佛寺，名流咸在。时炎月，借山裸裎指予曰：“此即长洲沈生耶？”既出诗藁相质，为点出败阙几处，辄心服。别时整衣送半里外，知非一例傲岸者也。惠天牧学士不轻许人，向人每称借山，即诗品可知矣。

题屈翁山诗集

三闾有苗裔，流落海南滨。奇服纫香草，狂歌托美人。杜鹃心事苦，斑竹泪痕新。欲与重华语，青辞何处陈？

三忠祠自注：陆秀夫、张世杰、文天祥。

播越无全业，艰危不顾身。厓山倾一旅，柴市接三仁。棋到残难算，金从炼后真。崇祠妥海角，岁岁荐香蘋。

一览楼

未放九峰舟，先登一览楼。天清鹤孤唳，地尽海东流。佛土由来净，神仙不易求。松风和梵籁，涤荡客中愁。

十月朔入会稽山平阳寺参寒泉老人

双眼平生隘八垓，江东法社半蒿莱。波光清泛耶溪曲，山色奇争委宛开。钟自万松阴里出，人随一雁影边来。须知水乳相投合，缒石磨砖挽不回。

蛟　门

十丈帆张五两风，笑谈间已出蛟宫。两拳石束波争立，一隙门开天忽东。云压鳌头蓬岛黑，日翻鱼眼柁楼红。平生夷险经曾惯，要吐胸襟浩荡中。与东坡泛海诗同一襟怀，乃偏出自学佛人，知不以禅寂自缚者也。

答徐文虎

伟长诗骨玉森森，顾我城南柢树林。入梦几人飞白凤，登台终古吊黄金。尘中岁月愁将老，霞外心期话自深。若得把茅灵谷近，瘦梅花底共清吟。

斥　堠

五里与十里，一双复一只。送尽往来人，转似无情客。

卢沟桥

日色才分万众嚣，黄尘漠漠马蹄骄。题诗笑问桑乾水，曾有闲人过此桥。十四字中，写尽往来名利之客，不啻当头棒喝。

马家山

山脚山腰尽白云，晴香蒸处昼氤氲。天公领略诗人意，不遣花开到十分。花取半开，诗意亦取不尽，此作者有得之言。

过杨铁崖故里

玉削群峰抱一村，甘泉如乳出云根。负薪伐木扶犁叟，多是杨家十叶孙。此诗渔洋采入诗话。

大　汕

大汕，字石濂，浙江嘉兴人。

访梅谷和尚不值宿南涧寺有怀

入门不见鼓瑶琴，冷落苍萝满地阴。古树寒云孤客梦，空潭明月故人心。猿飞绝壁窥孙礶，鹤立高枝忆道林。一夜泉声来枕上，不知何处更追寻。

九日前一夕泊韶州逢陆丽京

十年重泛曲江舟，客路逢君感旧游。壮志不因谈剑得，馀生当为著书留。天涯细雨黄花夕，野岸疏灯白露秋。明发孤帆仍远别，南天凄绝旅鸿愁。

吴江访顾茂伦不值因寄

松陵寂寂草芊芊，云掩茅堂一径偏。隔岸桃花开里渡，到门春水缆鱼船。黄冠应避秦时客，白眼空怀晋代贤。久立还思问童子，笛声吹散五湖烟。读颔联，令人神往三高祠畔。

睿

睿，字目存，江南吴县人。〇目存工画，山水花卉人物俱师法古人，南宗北宗兼善。当路荐入京师，旋以疾告归，方外中淡于荣利者。无诗稿，兹从画卷中采入。

题簪花图

莫摘秾香压鬓鸦，懒将时势斗铅华。他年得入维摩室，不许簪花许散花。图写张忆娘簪花，卷中题咏几及百人，独此首甚超。

然　修

然修，字桐皋，江南长洲人。〇桐皋诗笔清倩，蔡大将军延之京口，欲其渐次主讲席也。年三十馀殁，故诗稿不传。录其勒石金山一首。

金　山

苍茫落日下藤萝，身在荆关画里过。飞去断云双白鸟，浴残寒浪一青螺。蕲王有庙疏烟冷，郭璞无坟乱石多。千古寂寥俱莫问，且听江月送渔歌。

岑　霁

岑霁，字樾亭，江南长洲人。著有柏堂诗。〇上人将母柏堂，尽子道，喜读儒书，敦友生谊，盖隐于禅者也。诗品清澈无尘，远近名流争欲识其面。樾亭殁。吴中无诗僧矣。

贯华阁晚眺

轻飔起长林，疏钟应岩谷。一径度修篁，高阁散远目。江平帆去迟，树暗云归速。春江淡容与，寒花正芬馥。物情爱和煦，人意耽幽独。悠然酌山泉，夕阳下乔木。

柏堂对月和周昇逸

柏堂今夜月，云物不能侵。对此碧空净，闻君白雪吟。入帘明鹤发，绕树见禽心。坐觉清言久，疏钟报隔林。

韬光寺

磴道盘纡上化城，松篁影里乱泉鸣。径堆黄叶行偏滑，钟过白云声更清。带雨秋潮归海静，盘空山势到江平。道人尚有烧丹处，认得当年旧鼎铛。自注：有吕仙炼丹处。

西山道中

扶携笻竹上空亭，夹路长松不断青。千尽涧泉飞洞壑，百盘螺髻入高冥。人行乱叶云迷屐，雁下寒芦雪满汀。空谷谁能继遗逸，移文应辱草堂灵。诗思清入骨。

自龙泉关过岭宿白云寺

万丈雄关到始谙，空中斗插五浮岚。白云僧下山头寺，黑雨龙飞石上潭。冰雪百层寒代北，波光一线认江南。闲身随处堪投宿，直上诸天是蔚蓝。

寻涧上先生故居

先民隐迹付寒烟，策杖相过一怆然。谷鸟飞鸣竹林外，山花开落草堂前。凿坏而遁名难晦，采蕨为粮世共贤。一曲山泉上沙出，何人溉灌种瓜田。是逸民，是遗老，伯夷、邵平一身兼之，诗品清绝。

露筋祠

沙草凄迷烟树昏，荒祠寂寞托贞魂。灵旗高卷秋风晚，惟有清淮照墓门。赋此题者多粘腻近腐，王渔洋以写景别行一路，为避俗也。作者同一写景，而意言之外，仍表其幽贞，故自耐人寻味。

蘋　花

翠叶金花杂杜蘅，湘湖千里最知名。秋风飒飒过南浦，乡思无端一夕生。

德　亮

德亮，字雪床，江南长洲人。〇此吾友树滋陈上舍弟也。出家后，豪气未除，能面斥人过，人以正理责之，亦拜而受。诗不多作，出语必欲胜人。

龙泉关

绝域龙泉限，横关鸟道开。塞云昏客路，虎气伏山隈。风土犹三晋，人烟自五台。当年频设险，因忆出群材。沉雄无蔬笋气。

孤　花

一点出尘绿，春情仍自深。香微怜土薄，开晚少人寻。雨渍犹堪赏，风吹略不禁。翛然苔石畔，谁为表孤心。极写孤字，形神俱有。

佛　旸

佛旸，字旭昙，江南江都人。

月夜过雷塘道中

谁唱吴歌古渡头，一声清怨过迷楼。凄凉满地芦花月，撩乱连天鸿雁秋。寒树著霜犹是绮，废塘埋玉尚名钩。道人不为繁花感，午夜行吟别有愁。

德　晖

德晖，字潜谷，江南吴县人。

探　梅

老恋绳床懒出村，偶携筇杖破苔痕。到来晴雪学岩谷，卧入寒云冷梦魂。目既成馀唯有笑，心当醉处欲忘言。一瓢此际真堪挂，拟剪茅茨覆荜门。王渔洋以苍雪僧"十日花开湖上路，半春家在雪中山"句采入诗话中，潜谷"卧入寒云冷梦魂"，名隽正复不让。五六尤觉脱尽窠臼。

超　源

超源，字莲峰，浙江钱塘人。○莲峰见知于世宗皇上，召入内廷，敕主吴中怡贤禅寺，一时尊宿也。而其诗揣摩王、孟，举释典玄妙融化出之，殊有空山冰雪气象。

题　画

溪口有亭，岩边有屋，不见人归，空留云宿。向度滕公岭有句云："石屋不见人，惟留白云住。"不意莲峰先得我心。

梦故友程风衣

春雨何淅淅，春云更沉沉。程君已隔世，宵梦来相寻。自言身朽心不朽，象外风月皆吾友。从前胶扰海天空，只是泉台无美酒。斜阳烟柳门前溪，欲别不别重牵衣。寄语淮阴小儿女，我今野鹤同翻飞。

友人枉过开化寺

青眼多情客，携朋问暮秋。人同山共瘦，时与水俱流。黄叶迷村路，清风满寺楼。荒凉郊外景，肯向锦囊收。

题　画

春浦风生柳岸斜，好山何处著人家。白云遮断桥西路，不许渔郎问落花。渔郎问落花，韵事也。今云不许问，尤见其韵。

妙　复

妙复，字天钧，江南无锡人。有石林吟稿。〇天钧与荣道士洞泉、杜太史云川结诗社，称九龙三逸。

两　鹤

昔年两白鹤，巢我青松林。夜寒时警露，众壑流清音。一鹤恋故栖，孑焉守云岑。一鹤忽遐举，天路探幽深。神山境恍惚，浩浩谁能寻。惊飚吹未息，素羽愁难任。故林遥待汝，贞此岩阿心。作招隐诗读。

访山中禅友

晓爱山气清，晚爱山烟苍。日夕常在山，遂与山相忘。相忘忽相忆，忆我山中客。松扉轻叩声，或恐惊栖翼。

律　然

律然，字素风，江南常熟人。著有息影斋诗。○素风于诗友三五人外，不慕贵游，不储钵资，坐石经室几六十年，人品高，故诗亦不落禅门偈颂体也。柏太史蕴高许以“穆如清风，静若止水”，人共信之。

落　梅

和风和雨点苔纹，漠漠残香静里闻。林下积来全似雪，岭头飞去半为云。不须横管吹江郭，最惜空枝冷夕曛。回首孤山山下路，霜禽粉蝶任纷纷。

西斋小葺初成西涧露湑两先生见过赠诗次韵

锱庐不厌如蜗小，喜是轩窗两面开。种竹叶沾新雨露，移松根带旧莓苔。偏多白发携筇过，尽放青山入座来。点检阶除忙未了，幽花野草按时栽。佳句。

悼鹤次蒋迪甫太史韵

病久胎禽剩瘦形，朝来羽化竟冥冥。孤情望断林间影，秃笔书残石上铭。苔径忽空新印迹，松巢忍见旧遗翎。高人从此添离索，哀怨还如失一丁。语语是悼。

元　祚

元祚，字木文，湖广云梦人。西洞庭山寺住持。著有鹤舟诗草。

从安节宓草昆仲乞写鹤舟图

我家住近黄鹤楼，门对青青鹦鹉洲。一朝巢破防倾卵，独鹤扁舟任远游。飘零奄忽三十载，几见桑田变沧海。细柳新蒲失旧观，惟有青山常不改。去年览古凤凰台，台上白云难扫开。凤皇黄鹤遥相望，彼此茫茫招不来。浮生一梦真草草，秋月春花人易老。早知飘瓦本无情，何事从前愁不了。水田茅屋莫愁村，别有遗风古道存。采薇烹蕨从先志，头白相逢两弟昆。生性烟霞入骨髓，人爵之荣糠秕耳。胸中同有造化炉，写出真山与真水。夙世辞人兼画师，何须粉本求成规。意在笔先才落笔，坌涌元气向淋漓！我生爱画世无对，逢人索画如索债。凭君合写鹤舟图，渺渺胎仙水云外。胸中堆阜，尽露纸墨，不得以枯禅目之。

独树堂散怀

得失吾何有？荣枯事尽删。神常游物外，名恐落人间。流水一声磬，夕阳数点山。闲身倚枯树，伫看鸟飞还。

棕竹新添杖，扶来步步安。浑如得老友，从此共盘桓。天地孤身在，冰霜白发寒。一编写情性，只可自家看。

寄高澹游

卖尽青山说买山，高年正好学偷闲。洞庭尽有梅花屋，何不携家住此间。澹游工六法，故有起句。

明　印

明印，字九方，江南常熟人。吴中怡贤寺住持。

秋日过王冈龄山斋次韵赋答

良辰赴幽期，名园散清步。黄菊未辞秋，霜鸿正横曙。逍遥玩泉石，参差数药树。主人出卷轴，精力所凝注。六法韵俱流，五字神或助。把玩愧不如，爱极翻成妒。“我见犹怜，何况老奴”，妒极翻成爱也。此对面言之，一系佳人，一系释子，不禁粲然。

陟级已梯空，登兹江畔楼。取适那在高，聊足恣冥搜。虚檐仰晴穹，疏槛临平畴。西山送遥青，风前上帘钩。趣以淡为赏，情以忘转投。寒城送暝钟，一笑还淹留。

尤　埰

尤埰，字玉田，江南长洲人。著有担云集。以下道流。○下田以道术擅名，后主康亲王邸，与诸大老唱酬，烟霞之气渐少矣。兹取芜城一章，系未之日下时所作。

芜城怀古

零落杨花帝业消，龙舟东下泛春潮。长堤帆影三千女，明月箫声廿四桥。金井寒泉无绠汲，玉钩香土有魂招。游人莫笑江都梦，赢得风流胜六朝。

俞桐

俞桐，字秋亭，江南长洲人。〇秋亭以病入道，隐于画，馀事成诗，取自然，不求工也。赵秋谷每赏之。

渔父

身为渔父，志不在鱼。投竿直钓，悠悠江湖。钓不必得，得不求沽。烟霞为餐，天地为庐。弗愿独醒，颓然一壶。忘我忘天，浩歌可夫！视渔父答孙缅歌，所见尤高。

舟行

遥望炊烟处，桥阴断玉环。淡霞明到水，丛树远疑山。寂寞二春过，夷犹百里间。晚来随意泊，鸥鸟共溪湾。三四眼前语，雕镂者转或失之。〇绀池僧“树色静疑山”，妙在静字，此“丛树远疑山”，妙在丛字。

图书在版编目（CIP）数据

清诗别裁集 / 沈德潜编．—长春：吉林出版集团股份有限公司，2017.6（2021.5 重印）
ISBN 978-7-5581-2736-6

Ⅰ．①清… Ⅱ．①沈… Ⅲ．①古典诗歌—诗集—中国—清代 Ⅳ．① I222.749

中国版本图书馆 CIP 数据核字（2017）第 130452 号

清诗别裁集（上中下）

编　　者　沈德潜
策划编辑　杜贞霞
责任编辑　齐　琳　史俊南
封面设计　老　刀
开　　本　650mm × 960mm　1/16
字　　数　976 千字
印　　张　76.5
版　　次　2017 年 10 月第 1 版
印　　次　2021 年 5 月第 2 次印刷

出　　版　吉林出版集团股份有限公司
电　　话　总编办：010-63109269
　　　　　发行部：010-69584388
印　　刷　三河市京兰印务有限公司

ISBN 978-7-5581-2736-6　　　定价：180.00 元（全三册）

清诗别裁集（中）

沈德潜◎编

吉林出版集团股份有限公司

卷十二

朱彝尊

朱彝尊，字锡鬯，浙江秀水人。明太傅讳国祚曾孙。康熙己未，以布衣召试博学鸿辞，官翰林院检讨。著有曝书亭集。〇竹垞先生生平好古，自经史子集及金石碑版，下至竹木虫鱼诸类，无不一一考索，纂述如经义考、日下旧闻、诗综、词综其最著者，又尝集唐诗为填词，名蕃锦，疑出鬼工，几于人力不与。顾宁人先生不肯多让人，亦以博雅称许之。〇初官翰林时，召入南书房，有用上官大夫术谮之者，旋落职，然竹垞初不以官位重也。〇集中诗不分唐、宋界限，故各体具备，然予所录者，仍以唐体为归。

雁门关

白登雁门道，骋望勾注巅。山冈郁参错，石栈纷钩连。度岭风渐生，入关寒凛然。层冰如玉龙，万丈悬蜿蜒。飞光一相射，我马忽不前。抗迹怀古人，千载多豪贤。郅都守长城，烽火静居延。刘琨发广莫，吟啸扶风篇。时来英雄奋，事去陵谷迁。古人不可期，劳歌为谁宣？嗷嗷中泽鸿，聆我慷慨言。“时来英雄奋”顶郅都，“事去陵谷迁”顶刘琨，有此二语，方见结束。

大孤山

两孤去百里，宛在中流半。匪独形胜殊，气亦变昏旦。天梯鬼斧开，庙火神鸦散。昭昭云月辉，历历明星烂。空水既澄鲜，浮光亦陵乱。飘飘御冷风，恍惚度银汉。未有归与情，空深逝者叹。

罗浮屈五过访

春风蝴蝶飞，绿草南园遍。知是麻姑五色裙，罗浮山下曾相见。开门一笑逢故人，远来问我桃花津。若非绿玉杖，定跨黄麒麟。不然出入京洛一万里，何为布素无缁尘。相知乐莫乐，不用金箱图五岳。况今天地多战争，赤城华顶风烟惊。山阴道士不得见，四明狂客谁相迎。由拳城南春可惜，竹石如山水千尺。从此扁舟范蠡湖，长歌来往裴休宅。罗浮蝶云是麻姑裙所化，屈子南粤人，故借景引入，见诗人托兴之妙。素衣不化缁，状其立品之高。

送林佳玑还莆田

高楼置酒觞今夕，愁听骊歌送行客。摇落深知羁旅情，飘零况是云山隔。林生磊落无等伦，凤雏骥子谁能驯？一朝慷慨辞乡里，几载饥寒傍路人。平生崔嵬好奇服，流离耻作穷途哭。往往诗歌泣鬼神，时时谈笑惊流俗。林生林生骨相奇，昂藏不异并州儿。看君富贵当自有，不合憔悴留天涯。高秋别我闽中去，行李萧条惨徒御。客舍清江万里船，乡心红叶千山树。九里湖边倚翠屏，谷城山下俯清泠。寒风江路兼山路，落日长亭更短亭。嗟予分手天南远，惆怅河桥送君返。远客休辞行路难，高堂应念还家晚。

将之永嘉曹侍郎饯予江上吴客韦二丈为弹长亭之曲并吹笛送行歌以赠韦即送其出塞

韦郎旧隶羽林籍，曾向营门教吹笛。不听吴中白雪音，定呼邺下黄须客。平原相见转相亲，置酒夸君座上宾。下若尊罍朝未罄，东山丝竹夜还陈。闲来坐我花间奏，玉洞飞泉响岩溜。古调多传关马词，新声似出康王授。问我东行到海壖，日斜江上惨离筵。还将北雁南飞曲，催送钱塘楚客船。船人擂鼓津头泊，红叶千山富春郭。忽作边秋出塞声，江枫岸柳纷纷落。哀弦促管不堪听，宾御闻之亦涕零。挂席远移严子濑，看山直上谢公亭。闻君欲问云中戍，雪消饮马长城去。广武营中折柳时，黄瓜阜上题书处。司农旧是出群才，此日征西幕府开。试向尊前歌一曲，梅花飞遍李陵台。平调中忽作变徵之声，此高、岑体，与李、杜之鱼龙百变者又自各别。○侍郎送行，是主，韦二在席，是客，篇中客多于主，而结处转送韦二，又以客为主矣。作法甚变。

逢姜给事埰。

黄门先生官左掖，力欲拔山气辟易。虎豹天关闭九重，孤臣血肉徒狼籍。东莱蜃市易沉沦，南国相逢泪满巾。青鞋布袜江湖外，谁念当时折槛人？叙长篇于八句中，犹书家之缩本也。少陵短歌如“娄公不语宋公语，尚忆先皇容直臣”之类，往往有之。

玉带生歌

玉带生，文信国所遗砚也，予见之吴下，既摹其铭而装池之，且为之歌曰：

玉带生，吾语汝。汝产自端州，汝来自横浦。幸免事降表佥名谢道清，亦不识大都承旨赵孟頫。能令信公喜，辟汝置幕府。当年文墨宾，代汝一一数。参军谁？谢皋羽。寮佐谁？邓中甫。弟子谁？王炎午。独汝形躯短小，风貌朴古，步不能趋，口不能语。既无鸜之鹆之活眼睛，兼少犀纹彪纹好眉妩。赖有忠信存，波涛孰敢侮。是时丞相气尚豪，可怜一舟之外无尺土，共汝草檄飞书意良苦。四十四字铭厥背，爱汝心坚刚不吐。自从转战屡丧师，天之所坏不可支。惊心柴市日，慷慨且诵临终诗，疾风蓬勃扬沙时。传有十义士，表以石塔藏公尸，生也亡命何所之。或云西台上，唏发一叟涕涟洏。手击竹如意，生时亦相随。冬青成阴陵骨朽，百年踪迹人莫知。会稽张思廉，逢生赋长句。抱遗老人阁笔看，七客寮中敢嗔怒。吾今遇汝沧浪亭，漆匣初开紫衣露。海桑陵谷又经三百秋，以手摩挱尚如故。洗汝池上之寒泉，漂汝林端之霏雾。俾汝留传天地间，忠魂墨气常凝聚。小小一砚，传出信国之忠，皋羽之义，其实相随皋羽，乃想象语也。一结砚与信国双收，是何神勇。

旱

水潦江淮久，今年夏旱荒。翻风无石燕，蔽野有飞蝗。桎梏惩屠钓，橧巢迫死亡。虚烦乘传使，曾发海陵仓。

送曹侍郎溶备兵大同

榆关萧瑟二庭空，堠火平安九塞通。往日连师惊朔漠，只今市马互西东。黄河天上三城戍，画角霜前万里风。知有冯唐论将略，不令魏尚久云中。此章以下俱近李北地，应是中年之作。晚岁俱归流易矣。愚取先生七律中年者居多。

宣府镇

高城西北控燕都，吹角清秋落日孤。尚忆武皇巡玉塞，亲从镇国剖金符。宫槐御柳今萧瑟，虎槛鹰坊旧有无。边事百年虚想像，谁夸天险塞飞狐。

南　镇

稽山形胜郁岧峣，南镇封坛世代遥。绝壁暗愁风雨至，阴崖深护鬼神朝。云雷古洞藏金简，灯火春祠奏玉箫。千载六陵馀剑舄，帝乡魂断不堪招。

题南昌铁柱观

丹甍缥缈丽层城，铁柱纵横炼紫清。阴洞蛟龙晴有气，虚堂神鬼昼无声。游人自爱登高赋，仙吏仍兼济物情。雷雨忽愁天外至，江湖元在地中行。

云中至日

去岁山川缙云岭，今年雨雪白登台。可怜日至长为客，何意天涯数举杯。城晚角声通雁塞，关寒马色上龙堆。故园望断江村里，愁说梅花细细开。学北地高入杜陵，通首一气，能以大力负之而趋。

土木堡

平芜一篑狼山下，九月驱车白雾昏。到眼关河成故迹，伤心土木但空屯。元戎苦战翻回跸，诸将论功首夺门。倘遣金缯和社稷，祠官谁奉裕陵园？裕陵反国由于不主和议，而群奸以夺门论功，忠臣受戮，真千古不平事也。怀古诗须还出正论。

谒大禹陵

夏后巡游地，茅峰会计时。双圭开日月，四载集輴欙。国有防风戮，书仍宛委披。贡金三品入，执帛万方随。相古洪流割，钦承帝曰咨。寸阴轻尺璧，昆命有元龟。自授庚辰籥，宁论癸甲期。清都留玉女，恶浪镖支祁。荒度功攸赖，平成理自宜。神奸魑魅屏，典则子孙贻。明德由来远，升遐亦在兹。丘林无改列，弓剑只同悲。回首辞群后，伤心隔九疑。鸟耘千亩遍，龙负一舟移。断草山阿井，空亭岳麓碑。芒芒怀旧迹，肃肃礼荒祠。黄屋神如在，桐棺记有之。筵谁包橘柚，隧或守熊罴。共讶梅梁失，因探窆石遗。朅来凭吊处，拜手独陈辞。长律四章，议论正大，格律工整，俱能步武少陵。

岳忠武王墓

宋室偏安日，真忘帝业艰。但愁诸将在，不计两宫还。鄂国英雄士，淮阴伯仲间。策名先部曲，薄伐自江关。赤县期全复，黄河渡几湾。龙庭生马角，雪窖视刀镮。城下盟何急？师中诏已颁。盈庭尊狱吏，囊木谢朝班。相狡妻兼煽，和成主愈孱。长城隳道济，大勇丧成覵。旧井银瓶失，高坟石虎闲。铭功存版碣，铸像列顽奸。旷世心犹感，经过泪独潸。传闻从父老，流恨满湖山。朔骑频来牧，南枝尚可攀。墓门人寂寞，江树鸟绵蛮。宿草经时绿，秋花满目斑。依然潭水月，终古照潺湲。“生马角”、“视刀镮”，见二帝归国有日，而甘为城下之盟，自坏长城，小朝廷可胜耻耶？前路明云“但愁诸将在，不计两宫还”，见杀戮忠臣，固由秦桧，而主之者实高宗也。春秋之意必诛首罪，信夫！

谒刘文成公祠

草昧经纶日，英雄战斗年。真人淮泗起，王气斗牛躔。命世生良弼，卑栖役大贤。一官曾簿尉，千里正戈铤。记室依袁绍，飞书谢鲁连。神鹰思饱掣，威凤必高骞。汉祖除秦法，周王卜渭畋。庙堂才不易，束帛礼宜先。遂有君臣契，能令帷幄专。南征频克敌，北伐旋摧坚。王会收三统，军谋出万全。河山分带砺，冠盖俨神仙。未辟留侯谷，长辞范蠡船。麒麟当日画，竹帛后时编。一自丘陵改，重愁岁月迁。隆中犹故宅，绵上少封田。旧俗还祠庙，清歌入管弦。黄金遗像蚀，铁券几人传。古瓦鼯鼪落，荒庭桧柏圆。蛛丝虚寝罥，鸟迹断碑眠。想像阴符策，沉吟宝剑篇。前贤馀事业，后死尚迍邅。去去辞枌梓，栖栖到海壖。空林多雨雪，哀角满山川。玉帐无遗术，苍生久倒悬。凭留一黄石，相待谷城边。起与“当代麒麟阁，何人第一功”同一气概，必如此才能镇压通体。中间叙完题意，抚躬自伤，隐然有圯下自命之想。

于忠肃公祠

昔在狼山下，军书犯近垌。六师轻朔漠，万骑失雷霆。土木尘常满，龙蛇岁不宁。豆田沙浩浩，黍谷路冥冥。济世须元老，长材总四溟。从容持国计，指顾悉兵形。瑕吕安群议，刘琨表外廷。嗣王仍历数，高庙有神灵。既罢金缯款，无烦白马刑。北辕旋翠辇，南内启朱扃。命已甘刀镬，功真溢鼎铭。春秋隆代祀，俎豆肃维馨。一自轺车至，难期堠火停。遗墟愁战伐，大树日飘零。碧草空祠长，黄鹂过客听。霜钟沉晓月，风牖绕明星。卞壶谁修墓？巫阳数降庭。谶还思雨帝，碑或堕江亭。远水澄湖碧，流云暗壑青。千年华表鹤，哀怨此重经。四章末路，俱叙自己凭吊，各能用意，略不犯复。

潘　耒

潘耒，字次耕，江南吴江人。康熙己未，以布衣召试博学鸿辞，官翰林院检讨。著有遂初堂集。○稼堂先生笃于师门，少师徐俟斋、顾亭林两先生，俟斋没，周恤及其孤孙，务俾得所。刻亭林日知录及诗文集，又以未及刻肇域志为憾，盖此书关天下利病，卷帙繁富，非大有力不能刻也。此谊犹近古人。

诗笔直达所见，浩气空行，韵语可作古文读，而登临怀古诸作，尤为光焰腾上，一时名流，几罕与俪者。

卦　山

卦山交山阳，孤峰独崔嵬。下眺一气中，棱棱露岩崖。森如六爻列，错若诸卦排。我来正雪霁，寒空无纤埃。群峰皎练明，万柏攒疑苔。远见介山巅，干霄白皑皑。近瞩交城城，微茫辨楼台。文峪下西溪，汾川自往来。连山走黄河，屏扆却抱回。谁言万家县，形势亦壮哉！守险在良牧，济世须雄才。利铁锢穷岩，健马嘶风哀。刘渊亦可人，石匣为之开。苍天不可问，浩歌舒远怀。偶然登临，兴怀守险，安得仅以词人目之。

河　堤

良医视病人，察脉审其证。悉病所从来，治之药乃应。浊河本北流，清淮自南亘。河徙忽夺淮，淮弱而河盛。一石八斗泥，壅碍入海径。倒灌淮上流，湖淤可涉胫。埂堰始冲决，淮南受其病。塞决固治标，要须遂其性。下流无路行，东遏必西迸。疮平毒未消，堡闭盗犹横。旁观方忧危，当局莫予圣。

治河近称善，吾宗老司空。讳季驯。河徙时未久，淮流尚争雄。海口虽停沙，可以水力冲。淮主河乃客，主壮客不攻。用清以刷浊，当年策诚工。淮今仅一线，河涨犹难容。淤沙积成土，不浚焉得通？古方治今病，和缓技亦穷。疏瀹费虽多，尺寸皆有功。堤成倘蚁漏，金钱掷波中。治河要领，二诗已见大意，总贵通海口以淮刷黄也。今两者皆偾，而望安澜奏绩，必不可得矣。河堤使者宜书此诗于座右。

天都峰

黄山百千峰，兹何独称长。大巧不炫奇，尊严故无两。中天开帝廷，万灵此朝飨。肃穆垂冕旒，森严排甲仗。梯空一万重，拔地九千丈。烟云升及腰，日月行在掌。群山自言尊，对之失气象。譬如见真人，群雄自头抢。苍苍百里外，孤标已瞻仰。即之如可亲，攀之莫能上。石阙望峩峩，天桥瞩朗朗。载肉无由升，徒然结遐想。天都为群峰之尊，以其最高，且直上无欹斜也。予尝有句云："四面总换形，不改性正直，无心拔众上，众自莫敢敌"，自谓得山之性情，读先生诗，更觉笼罩一切。

碧云寺自注：寺旁有魏忠贤祠甚宏壮。

香台俯鸿蒙，群山四环卫。龙宫豁然开，楼观涌空际。丹霞夹飞甍，珠树荫密砌。峥嵘神鬼工，照耀金碧气。壮观何能尔？创此自中贵。坡陀山头冢，规模更闳丽。黄肠隧道封，玉鱼便房闭。丹青俨祠宇，特敕蒙葬祭。丰碑刻鸿文，历历元宰制。行人不能读，识者发叹忾。中官古来有，扫除职微细。念其犬马勤，帷盖斯可瘗。奈何滥恩私，王章亵奴隶。官号借台司，封土同带砺。所以蓄神奸，毒焰流海澨。燃脐未快心，谁令此埋瘗。苍凉金粟堆，寝殿非昔制。兹何尚巍然，石门锁松桂。谁能手斧柯，千春扫氛翳。刑馀之人，假以事权，未有不偾国事者。痛切言之，而有望于扫氛翳之人，后果有如其言者。详见于瑁湖相公诗后。

韶州至清远道中杂诗

浈阳峡百里，两崖状如门。江流日漱啮，崩剥露危根。空中颐霤削，骨立龙虎蹲。孤舟出其下，凛然凄心魂。石戴万篙眼，壁萦千牵痕。溯流行良难，下峡如星奔。滩急波易驶，林深景常昏。奇峰递迎送，百千互卑尊。或肖天榜挂，或疑铁骑屯。心赏不暇接，目眩难具论。古来投荒人，郁结声长吞。壮观有如此，何必非君恩？末为投荒者慰，即"九死南荒吾不恨"意。

韩蕲王墓碑歌

灵岩山前冢累累，荒烟野蔓不足悲。巨石崚嶒戛松际，旁人云是韩王碑。韩王蜕去五百载，当年英名至今在。弯弓夜月射奔鲸，拔剑寒沙清瀚海。一朝雄姿为枯骨，麒麟高冢营山窟。黄肠便房天府出，守冢万家拜百笏。岁久但见蒿与藜，豺狼入穴狐兔啼。惟留一片石，千古灵岩西。灵岩峰高入云霓，韩王勋名与之齐。惟王勋名震千古，手奠坤维揭天柱。挥日之戈射潮弩，半壁江山留宋土。可怜后此竟何人，忍使铜仙泪如雨。梅花落尽梨花开，游人络绎灵岩来。但上琴台寻响屧，何人山麓披蒿莱？碑高三丈字如掌，帝制鸿文盛褒奖。纵使碑刓墓尽平，盖世功名在天壤。君不见钱塘饮马江不流，凤山宫阙为荒丘。张王秦相墓何在？六陵萧飒冬青愁。"纵使碑刓墓尽平"二语，搜之有棱，便觉平调皆振。

汴河行为方中丞欧馀作

汴河之上河如弓，汴河之下河如龙。弓行千里正一曲，龙性变化无常踪。神禹凿九河，放著渤海中。千五百年尚一决，大伾不北而趋东。遂令梁泗间，至今朝陆暮壑无终穷。杀湍捧土谅非策，排沙漉海难施功。河渠之书一寸纸，蜩螗万喙听者聋。提纲挈目示要领，客邸幸见中丞公。中丞勋绩高当代，保障之功汴河最。汴城万里初为鱼，河北金堤又横溃。公也捧节来治河，赤手与塞滔天波。指挥人徒三十万，北河柳尽南河柯。大帚如山小如堞，一浪不敌冲风过。晨餐掬泥土，夕眠枕盘涡。以身为石发为草，乃感帝力鞭鼋鼍。荆隆口闭神马塞，汴河南北重蚕麻。岂知功高定遭忌，讴吟翻促弹章至。旋闻东郡罢王尊，那得通侯赏延世。自尔长揖还东山，角巾啸傲江湖间。弈秋敛手向棋局，坐看黑白纷斑斓。昨闻清口决，又报漕河干。高堰塞复漏，归仁筑未完。胸中热血不可呕，相逢当路只缄口。丁宁翻向芒鞵客，画笏川原尽纡直。淮泗之间皆土山，眼前此意无人识。自注：方云：一石水而八斗泥，河日南徙，南中地亦日高，淮、徐间遍地皆水，实遍地皆山也。养痈裹创愁内蚀，不病河南病河北。负薪沉璧徒区区，疏不成疏塞非塞。吁嗟天意难可知，劝君且尽金屈卮。淮黄清浊乱已久，南土岂合偏疮痍。复禹旧迹理亦得，灾黎白万将安之？吁嗟天意难可知！且为公歌汴河诗，洗眼坐待河清时。下流不泄，上流日高，宜汴、泗、淮、徐间民常为鱼也。绩劳者斥，而任事者比于养痈流毒，何时已耶？惟听之天意而已。

赠杜于皇

男儿无家复无国，六合飘然一孤客。客行落落云出岑，其去无迹来无心。山水佳处便淹泊，偶然相逢不可寻。黄冈豪士世无偶，胸吞云梦者八九。神鹰铩翮不能飞，丹霄碧海将安归？三十年来泛江舸，大块无尘能著我。商山须眉大泽裘，游戏人间无不可。往年访友扬州城，州人喧呼看岁星。如云冠盖趋门庭，先生酣眠醉不醒，醒来洗眼焦山青，金焦如螺意不快，一叶翩然下江濑。青丘方壶不可期，白龙赤鲤遥相待。我亦汗漫之遐方，束发结交多老苍。惟翁差池未识面，江云关树空相望。锡山叶脱蠡湖朗，散步禅房见筇杖。怪来避地已经年，笑我劳劳逐尘鞅。昆明劫火方洞然，老鳌抃山波接天。土偶桃人莫相笑，久客会有还山年。先生无事但宴眠，大瓢满酌清泠泉。君不见君家杜陵丧家者，茅屋秋风泪盈把，挥泪高歌洗兵马。是畸人，是豪士，是诗老，而归于遗民，奔放顿挫，有千金战马注波蓦涧之奇，一结尤见神勇。

烈士行赠赵义庵

义庵，汴宋裔孙也，为人精悍勤敏，京口顾侍御奇重之，侍御以事见法，义庵独身入都，经纪其丧，脱两孤于厄，有古烈士风，余与侍御弟交旧，因识义庵，今秋重遇之金阊，悲其老大运蹇，而高节罕有闻于世，遂为歌以叙之：

宝刀削葵马守户，当今烈士贱如土。举头不识赵王孙，空向陈编吊婴杵。王孙二十逢乱离，才高胆盛无人知。江东顾荣目如电，一豹贱却千羊皮。玳簪珠履正杂沓，王孙落落无他奇。邛崃坂上高车覆，御史门前乌夜哭。三千上客散如星，义故儿郎抱头伏。可怜端正骑羊子，鞭笞蹴踢奚官里。白楸三寸无人收，骨肉苍黄窜荆杞。王孙此时气拂云，赤手真入磨牙群。陈容甘共藏洪死，习脂不畏曹瞒嗔。精诚贯日智略凑，抱还孤儿如有神。潜藏抚护麟种存，丁宁莫遣家人闻。沉吟此事廿寒暑，中郎坟土蒿如柱。王孙落魄尚关河，失路骅骝老无主。昔年遇君清淮流，今春遇君燕市头。苦言奔驰不称意，一官束体如赘旒。苏台何意仍相值，短鬓尊前泪双滴。瓠瓜在地根在天，黄杨一闰一回厄。吁嗟万事如惊波，翻云覆雨何其多！褚渊封侯袁粲死，如君岂得辞辘轲？萧萧凉雨胥江暮，题诗别有伤神处。江头不见酒家佣，瀚海瓶羊何日乳？起用兴体，见眼前义士不能识别，而徒凭吊古人为可慨也。中叙其秉心之诚，赴义之勇，机智之密，而终于落魄不遇，将归泯没，能毋抑郁于中耶？此种诗当羽声慷慨歌之。

登五老峰最高顶

我浮鄱湖望五老，万仞秀出天中间。云气蒙笼乍开合，恍疑蓬阆难跻攀。岂意今朝策藤杖，逍遥遍踏五峰上。寒空啸裂碧玻璃，大地山河收寸掌。南康军城一叶浮，扬澜左蠡横天流。白沙赤岸错如绮，烟林点点天南州。天公妒我尽远景，故遣飞云夺峰顶。如轮如席掠面来，万象斯须不留影。乘云我欲之帝廷，稍为匡君鸣不平。兹山何者让衡霍，不岳不镇谁使令？一笑颠仙扶我住，世上空名了无据。餐霞吸露快即休，多口无遭帝阍怒。先生为多口所憎，故尔落职，末路随所感触，借以抒写，空灵变幻，实处皆虚。

华峰顶

昆仑之脉从天来，散作岳镇千琼瑰。帝怒东南势倾削，特耸一柱名天台。天台环周五百里，金翅擘翼龙分胎。峰峦一一插霄汉，涧瀑处处奔虹雷。华顶最高透天顶，万八千丈青崔嵬。乘云御风或可上，我忽到之亦神哉！游氛豁尽日当午，洞视八表无纤埃。南溟东海白一杯，括苍雁宕青数堆。千峰簇簇莲花开，中峰端严一莲台。华藏世界宛如此，醯鸡不识良可哀。渺茫夸阆苑，荒忽求蓬莱。何如天台灵异在人境，劫火不到无三灾。神泉自流，琪树不栽，弥山药草，满谷丹材，应真隐显混樵牧，飞仙游戏同婴孩。羲之乏灵骨，太白非仙才。已住神山却归去，空馀石屋寒苍苔。我已梦觉墙根槐，安能更逐鱼龙豗。径须习定栖峰顶，饱看沧桑三百回。文章最重起手，如张说作姚崇碑，起手八柱擎天数语也。题得昆仑之脉从天来二语，下便纵横说去，无不中节。中一段眺望山海，状出天台如莲华之形，而华顶又如莲台，真是兴酣落笔。予尝登其顶，愈知此诗之佳。

荔支盆

荔支盆，来三山，枝头壅土生根难。荔支盆，上建浦，冲波峻滩挽舟苦，短篷愁日复愁雨。荔支盆，过仙霞，千夫肩荷百吏遮，汗流骨出愁鞭挞。从此浮江溯河去，严程昼夜不停住。焦枯颠顿十存五，寥落猩红缀孤树。蓬莱宫中掩露尝，冰丸入口流琼浆。宁知一丸数金值，百旬劳扰千村忙。大臣事君自有礼，忠孝不在养口体。争新作俑彼何人，绎骚烦费无穷已。不贵异物惟吾皇，勤求民隐恒如伤。谁能上书罢贡献，令人千载思唐羌。东坡“洛阳相公忠孝家，可怜亦进姚黄花”，犹属婉讽，此正襟而谈，归美君上，而望臣下之陈书，尤为得体。

金山

万古标形胜，中江一柱尊。水分天作堑，地坼海为门。钟磬来波面，蛟龙聚塔根。蕲王血战处，坠马有惊魂。张祜金山诗一结不振极矣，此真神完气足。

峡江

峡江山对锁，不觉有江来。船向羊肠出，城临虎穴开。烧畲穿岭急，水碓拨云回。客鬓先秋白，何烦一叶催。一起峡中形势写尽，此下直如破竹。

赠钱饮光

蹀血生还万里天，土床树屋尚依然。笺馀易象研朱细，踏遍云山著屐便。久矣泥涂书亥字，凄其衰白感丁年。谁怜灵武麻鞋叟，老向空山拜杜鹃。钱先生一生学问志节，悉为传出，“亥字”、“丁年”，脱胎飞卿，而工力亦可相敌。

经姜给谏墓作

青峰一曲抱愁云，中有先朝谏议坟。往日儿童识邹浩，到今野老哭刘蕡。山头树屋称残卒，地下戎衣见故君。埋骨便为干净土，丰碑华表漫纷纷。给谏临没曰：“我奉先帝命，遣戍来此，殓我当以戎衣。”其子从之。

二姜先生祠自注：给谏埰、行人垓。

轼辙齐名世早知，百年忠义系人思。忠传折槛排奸日，义想衔刀伏阙时。两地青磷埋宿草，一山红树妥新祠。吴门野老多相识，雪涕争看幼妇碑。

白雪楼

百尺高眠四海空，沧溟文坫夙称雄。生平娄水埙篪应，死耐虞山玉石攻。盛世才华容傲睨，达人官爵谢牢笼。清严标格依稀在，华鹊苍寒落水中。四语耐攻，攻而不尽破也，犹刘随州“五言长城，秦系攻之”之意，若二袁、钟、谭竟不耐攻矣。于此见下字之妙。

登嵩山绝顶

不辞触热上嵩巅，欲遣双眸尽八埏。翠岭千重包楚塞，黄河一线下秦川。长安远隔浮云外，乡国微分匹练边。清啸一声鸾鹤应，随风飘去落何天。声彻层霄，高于王、李登岱诸作。

吴圣玉归自辽左志喜

梦想流人紫塞边，每依雁候祝南旋。不图真有珠还日，始信非无羝乳年。人痛嵇康罹横夭，天哀李燮予生全。乡音无改容颜肖，破涕应知慰九泉。

数行墨牒只身归，叹息家园事总非。门巷雕残馀燕垒，亲朋零落半鹑衣。难寻手泽书千卷，且拜荒阡树十围。野老村童争拥看，乌头能白世间稀。

赠屈翁山

燕山晋塞早凭陵，老去丘园自枕肱。奉母安期蒲九节，著书弘景阁三层。琴心久歇辞谣诼，龙性初驯避弋矰。终竟才人须学道，才华减处道缘增。果能敛才学道，则无身后之浮言矣。赠人以言，正应尔尔。

浴日亭

孤亭临望尽重溟，天水相摩不断青。日跃半洋皆紫电，潮来大地一浮萍。鹏游世界原空阔，蜃吐楼台自杳冥。何必褰裳慕蓬岛？当知此地即珠庭。

羊城杂咏录一

历山尚住宋遗民，文陆当年事苦辛。穷海不春犹正朔，孤航无主自君臣。忠魂郁作潮头怒，浩气蒸成蜃阙新。异代流风多感激，草间时有纳肝人。吊文、陆而并及明末诸忠，捶字结响，掷地当作金石声。

广 武

盖世英雄项与刘，曹奸马谲实堪羞。阮生一掬西风泪，不为前朝楚汉流。嗣宗含蕴意为作者道出，知人论世，正须如此。

天柱峰僧饷黄独

黄独分来瓦铫边，香于紫芋大于拳。笑他懒瓒浑闲事，误却长源三十年。借煨芋事比例，巧于立言，诗人之心，比似春蚕作茧。

徐 釚

徐釚，字电发，江南吴江人。康熙己未召试博学鸿辞，授翰林院检讨。著有南州草堂诗。〇虹亭先生为龚端毅赏识。端毅临没，谓梁真定曰："负才如徐君，可使之不成名耶?" 于此见前辈之爱才，而虹亭之见重于端毅，实有使之心折者也。生平填词极工，晚岁成本事诗，远地购求，比于洛阳纸贵。

送方尔止还金陵

尔从霅水来，片帆不肯住。乘风夜过洞庭西，芦花瑟瑟满寒渚。渚清沙白今送君，朔风旅雁高入云。官司捉船船户避，津吏前头不敢行。问君归思一何切，笑指征衣已百结。旅馆朝来花正繁，客愁今去柳堪折。双桨随君送君去，莫忘江城离别处。遥指金陵宫阙旁，蒋山夜火乌栖树。住意尽而不尽。

落花篇

洛阳城外花如绮，洛阳城内歌钟起。一夜东风吹满枝，片片花飞逐江水。江水春流暮转深，江干日暖生紫蘋。参差碧树波光里，荡漾红潮愁杀人。忆昔郊原全盛日，芳菲千里春如织。香车翠幰掩红妆，宝勒金羁跨紫陌。陌上游丝争绕树，娇莺乳燕纷相度。桃李蹊成白日斜，棠梨院锁黄昏暮。谁料繁华类转蓬，纷纷堕紫又飘红。杜鹃血染胭脂里，蛱蝶魂迷芳草中。叹息年光空自好，玉颜零落凭谁保？花谢花开无尽期，委地飘阶不须扫。别有佳人敛翠眉，翩翩衫袖泪双垂。明年依旧花争发，开落庭前知为谁？春花开谢，岁以为常，而芳华一去不复返矣。比唐人意转觉婉约可思。

晚发京口

溯回泱漭忽闻鸡，风饱江帆叶叶齐。瓜步晓钟寒雨歇，楚天浓树湿烟迷。已从击楫悲荒垒，更想沉舟听鼓鼙。回首瓮城山色远，惊涛犹在海门西。

古　意

欢从京口来，侬向秦淮住。一夜暮潮生，分离不知处。与“君家住何处”一章，同一声口。

十八滩

万壑千峰送客舟，槎牙怪石水交流。岭猿莫更啼深树，只听滩声已白头。极写滩声之可畏，中夹入岭猿一语，则险恶愈出，此加一倍法也。

李澄中

李澄中，字渭清，山东诸城人。康熙己未召试博学鸿辞，官至侍读。著有渔村集。

题丁野鹤先生鱼龙卷

何人怀此跋浪情，下笔快写沧洲鲸。世间万事难自料，为龙为蝼须臾成。荇藻交戛细如缕，小鱼琐屑何足数。中流忽断烟波开，乾坤冥冥杂风雨。此时海裂天吴愁，沧江倒立昆仑浮。中有赤鲤闪光彩，金鳞逆水声飕飕。仿佛疑听洪涛风，细观又似蓬莱宫。星海下注积石远，黄河上溯龙门通。鳣鲔昂藏不知量，鼓鬣摇鬐亦争上。可怜鱼服苦束缚，拨刺泥沙色惆怅。赤鲤力猛陡一穿，双角突出雷火缠。半身未化露鱼尾，半身已入天门烟。呜呼龙变不可测！画工具有神明力。云行雨施遍八极，涸鲋蹄涔泪沾臆。通体精采，一结如读感士不遇赋。

涿　州

闻说蚩尤雾，轩辕此地过。德衰开战伐，功定纪山河。锁钥孤城壮，风沙落日多。太平畿辅近，深夜有笙歌。

晚抵襄阳

樯上一乌啼，灯明两岸齐。星垂古岘口，月照大江西。地险分南北，时平罢鼓鼙。儿童清夜里，还唱白铜鞮。

登太华寺大悲阁望滇池作

香台高拥万山平，无数烟云绕涧生。杯底岚光浮太华，檐前秋色挂昆明。空馀战垒悲戎马，似有霜风动石鲸。我醉欲留归路晚，满湖鸥鹭棹歌声。三语是登，四语是望。

沅州山中闻鹧鸪

空山雨气散新秋，匹马王程不少留。怪尔声声行不得，七千里外过沅州。

徐嘉炎

徐嘉炎，字胜力，浙江嘉兴人。康熙己未召试博学鸿辞，官至内阁学士。著有抱经斋集。

丁巳新秋宴集李客部园亭送李南枝分符之武林

水精帘卷夜光浮，莲叶田田梧叶愁。燕市离筵南浦月，吴山归路驿亭秋。客星已见双辞阙，乡梦还惊独倚楼。醉踏轩辕台畔草，丁香可解结绸缪？

陆　菜

陆菜，字义山，浙江平湖人。康熙己未召试博学鸿辞，官至内阁学士。著有雅坪集。

都门人日送高念祖南归

燕市同为客，君归我尚留。凄凉鹦鹉赋，憔悴鹔鹴裘。春酒销微禄，乡园托远愁。寄言同学者，心事愧林丘。

自丰城抵万安江水大涨

春江灌潦水，百堵没沧洲。釜已游鱼鳖，涯难辨马牛。橹声来木杪，帆影度城楼。双剑沉何处，清宵起暮愁。杜诗写江涨未曾及此。

丘象随

丘象随，字季贞，江南山阳人。康熙己未召试博学鸿辞，官洗马。

怀张虞山琼州

何处望琼州，中原地尽头。蛮烟山万点，海雾蜃千楼。身世乾坤失，生涯日夜浮。更堪烽火急，消息断高秋。

赠程穆倩

病后相逢邗水涯，岁寒雪压客庐斜。纵然淡尽人间事，又写青山过酒家。以画易酒，韵事也，得上句一衬，则倍形其韵矣。诗须如此用笔。

钱金甫

钱金甫，字越江，江南上海人。康熙己未进士，召试博学鸿辞，官翰林院编修。

赠魏惟度

梦断春明号隐沦，闽江清浅好垂纶。偶停司马游梁骑，暂作嵩山采药人。种树书成闲课仆，卖文钱到便留宾。侧身天地蘧庐似，卜筑何须问四邻。人间乐事，无过于此，何必沉溺于春明梦中耶？

倪　粲

倪粲，字闇公，江南江宁人。康熙己未召试博学鸿辞，官翰林院检讨。

送乔文衣之剑州

渝峡远通涪万水，嘉陵险接阆中山。分符刺史初行部，旧语参军正解蛮。橦布芋田征税薄，青松白鹤讼庭闲。他年更奏殊方绩，应在文翁伯仲间。

袁　佑

袁佑，字杜少，直隶东明人。康熙己未召试博学鸿辞，官翰林院编修。

月夜游秋水桥岸

藉花短短苇花齐，渔艇秋烟草阁西。出寺溪云随意远，过桥山月趁人低。与谁相对惟孤鹤，何处寻僧信杖藜。砧杵不闻千户静，萧萧城阙夜乌啼。

玉阶怨

玉阶无人行，徘徊玉阶侧。皎皎明月辉，照见妾颜色。未尝言怨，令人言外思之。

高　咏

高咏，字阮怀，江南宣城人。康熙己未召试博学鸿辞，官翰林院检讨。著有遗山堂诗。

临江中秋同诸公慧力寺泛舟回遂集愚楼玩月分体各赋

丁丁莲漏秋宵短，银屏华烛明高馆。瑶席清尊坐不迟，芳洲画楫归何缓。入窗花雾香翁蒙，珠帘四角垂玲珑。桂花扶疏玉除冷，菡萏披折金塘空。千家罗幕兰灯淡，明月正过寒江东。群山寂寂锁苍翠，碧汉金波光泻地。挥杯夜醉使君楼，题诗晚出城南寺。美人接座气堂堂，麒麟腰袤争腾骧。雄剑制钟烁紫电，北斗挂户森长芒。二十五声何太早？胡床坐啸重倾倒。朱栋华榱倚半空，凤丝雁柱愁清晓。霓裳仙子归海宫，沾衣凉露回天风。桃笙醉卧不知处，东方叠浪朝霞红。结处得“东方渐高奈乐何”意。

宿青溪

青溪独宿处，远火出江波。醒酒思残梦，归渔闻夜歌。月斜人语定，舟晓棹声多。九子烟霄外，劳生只暂过。三四传出孤舟夜宿之神。

游青原山寺

青原山半寺，积雨长苔痕。路转遥闻水，峰回直到门。云林清磬落，岩屋影堂存。欲问无生偈，孤云起石根。

过谢皋羽墓

许剑曾传此地游，丰碑遗墓尚荒丘。龙髯堕海三宫泪，马鬣封山万古愁。处士宅边寒雨夜，严陵滩下暮江流。当年恸哭声如在，听罢西台桧柏秋。西台恸哭，为文丞相也。故有第三句，墓在钓台旁，近方干故宅，故颈联及之。

归舟作

江上群山拥髻螺，楚王台畔榜人歌。白蘋风里暮愁重，红藕香中秋梦多。渔火夜残收别浦，水禽月出叫寒莎。频年踯躅孤舟客，回首平生空逝波。

范必英

范必英，初名云威，字秋涛，江南长洲人。顺治丁酉举人，康熙己未召试博学鸿辞，官翰林院检讨。

诸将

无诸台上英风起，千载重来顾盼雄。父子河山兼两越，弟兄花烛盛中宫。雕旗铁阵参云黑，龙马珠江浴日红。回首伏波铜柱远，军威更在挹娄东。此耿氏未谋逆以前诗也。宠荣至此，而遥应吴逆以为声援，其不旋踵而扑灭也，宜哉！

十年羁旅田横客，仗仗剑功成茅土分。环海尽为新属国，归朝即拜后将军。御刀龙雀光如水，宫锦葡萄色似云。金殿谢恩旋出镇，雅歌还得奉南薰。

冯勖

冯勖，字方寅，江南长洲人。康熙己未召试博学鸿辞，官翰林院检讨。

十二辰诗赠昆山支逸人

小儿磔鼠称老吏，贱士食牛成国器。虎头书生亦不羁，浪把兔毫轻掷地。支公种松鳞作龙，冥心浑忘蛇与风。马鞍山前钓秋水，无人知是羊裘翁。眼见猕猴画麟阁，又闻群鸡戏孤鹤。蝇营狗苟一笑中，廿年稳卧野猪峰。题近于纤，然古人已创为之，点入十二辰，一归自然，若有神助。

沈庄樗幽居

杨柳塘东更向东，绿蒲红蓼各成丛。三家村口少人过，独木桥边有路通。老屋短垣披薜荔，主人长日注鱼虫。客来仿佛桃源内，鸡黍为欢话古风。此太史赠先大夫者，写景属辞，如读缶鸣集中长句。诗成四十年矣。每一披读，情事宛然。

王　昊

王昊，字惟夏，江南太仓人。康熙己未召试博学鸿辞，以年老授官正字回籍。著有硕园集。〇硕园系凤洲司寇之后，娄东十子中，尤铮铮有声。

兵船行

阵云压城日光白，羽檄纷驰骑充斥。飓风昨夜起鲛宫，斗舰千群复何益？忆昔军兴催造船，吴民髓竭无金钱。刺史流汗县令哭，老农含血遭笞鞭。一朝连烽迷海道，帆樯如山倏然倒。旗鼓虚张杨仆营，艨艟已入田横岛。沙溪十里飞黄埃，人家门户昼不开。横刀跃马满街市，海船方去官军来。君不见军中健儿不羞走，尽是幽并好身手。十村九村无人烟，不扫鲸鲵扫鸡狗。造船累民，为清海氛也。乃遇寇退避，复扫村民，兵船之祸烈于寇矣。吴野人有造船匠一篇，应纪一时之事。

日本双刀歌为子存叔赋

鹏鹈之膏双干将，灯下拂试生神光。青蛇赤蛟欲隐跃，忽令四座惊寒霜。雀环色黄犀靶黑，积铁传来海东国。风胡欧冶知何人？却带千年战场色。娄城斗气非模糊，雄者不飞雌不呼。床头夜夜肯相守，吾家大阮频摩挲。男儿意气自奇突，试脱儒衫舞回鹘。莫借他人去报仇，尊前且伴封侯骨。

久　客

久客长如梦，危魂辄易惊。关河全杀气，鸿雁自秋声。愁病兼人鬼，亲朋隔死生。何堪寒夜雨，独坐忆围城。

黄州杜于皇兵阻客娄赋此慰之

满眼黄尘厌甲兵，更怜楚国滞归程。凉窗雨歇鸿初急，古寺钟残月倍明。作客岂宜逢乱世，离家谁道又危城。莫将庾信江南泪，一夜平添白发生。连前久客一首，系明社初屋时作。

杂　感

直北长河日夜流，宣房遗迹总堪愁。黄旗万舸喧淮口，白马千家哭汴州。筑岸已迁都水使，转筹谁是富民侯？可怜璧马虚沉处，不救南方赤地忧。此言汴河冲决，而江以南转忧旱也。

云旗金甲驻沙滩，横海楼船旧筑坛。王濬举帆风正急，孙恩归岛水犹寒。由来北府屯原重，自古长江守独难。浮玉山头兵十万，帐中好把阵图看。此为海寇郑氏破朱方趋金陵而作。

极天烽火倦登楼，兵甲遥传控上游。绝徼赵佗新属国，雄藩刘表旧封侯。湘潭浴马千营晓，彭蠡吹笳万帐秋。回首古来龙战地，不堪江左望荆州。此为逆藩连兵，荆、襄未靖而作。〇事非一时，岂诗固随时而作，后以杂感名之者耶？

邓汉仪

邓汉仪，字孝威，江南泰州人。康熙己未召试博学鸿辞，以年老授官正字回籍。〇孝威与国初诸前哲游，洽闻广见，所选诗观共四集，虽未脱酬应，然亦足备后人采择，尝度大庾岭有句云：“人马盘空细，烟岚返照浓。”新城王公赏之。

平淮西碑

雪夜功成罢鼓鼙，昌黎碑版照淮西。文章何意开谗妒，妇女偏能混品题。易代磨崖争日月，当年奋笔扫鲸鲵。只今苍碣斜阳外，频见游人驻马蹄。李愬妻唐安公主谓碑文归功裴度，诉于帝，命仆其碑，诏段文昌重撰立碑。其实段叙愬功，转不如昌藜之明也。后宋代陈晌毁段碑，仍立韩碑，千古快事。

枕烟亭听白三琵琶

寒日林园尊酒陈，琵琶急响似西秦。赤眉铜马千秋恨，谱入鹍弦最感人。北极诸陵黯落晖，南朝流水照青衣。都将写入霓裳里，弹向空园雪乱飞。自注：时正雨雪。白狼山下白三郎，酒后偏能说战场。飒飒悲风飘瓦砾，座间人似到昆阳。天宝传头竟属谁？四条弦子断肠时。蛮靴窄袖当垆女，今日公然识段师。盗贼纵横，沧桑变易，俱于琵琶中弹出，与落花时逢李龟年相似，所感深矣。

题息夫人庙

楚宫慵扫黛眉新，只自无言对暮春。千古艰难惟一死，伤心岂独息夫人。其用意处，须于言外领取。

孙枝蔚

孙枝蔚，字豹人，陕西三原人。康熙己未召试博学鸿辞，以年老授官正字回籍。著有溉堂集。○溉堂诗辞气近粗，然自有真意，称其人品之高。近有秦人，胸无典籍，好为大言，至云作诗先洗去李、杜俗调，庸妄如此，而人群然信之，云远胜豹人，不可解也。录溉堂诗附记于此。

览　古

房琯隐陆浑，矫矫负令誉。天下为己任，高谈颇有馀。一朝将重兵，车战竟何如？所恃楫与秩，岂知皆竖儒。哀哉四万人，流血成沟渠。名士苦无用，万古成欷歔。有愧诸葛公，不轻出茅庐。

田家杂兴次储光羲韵

娶妻非齐姜，置田非膏腴。结交非平原，或牧或樵渔。亲戚不我嗤，还复羡幽居。厨中办鸡黍，前溪漉虾鱼。相期风雨候，早更过吾庐。得巢雀相贺，得食鹿相呼。与尔共乡县，时来倾此壶。得巢二语，比而兼兴。

野人常在野，鸟兽颇相关。嗷嗷叹众雀，求食何时闲。慨然念羲农，不生此世间。鼙鼓声不休，群盗满南山。衣食起干戈，世路多险艰。仁义那可恃？清净良难攀。莫言庄与老，不如孔与颜。人心险艰，圣贤亦难化之，转念及老、庄之清净，作者无可如何之辞也。因众雀求食中有感触，此赋而兼兴。

猎骑过青山，追逐良自乐。朝出长安城，晚投咸阳郭。笑谓田家儿，止如夸收获。乾坤方用武，人命轻鸟雀。养贼二十年，无人收河洛。空有长弓箭，不射欃枪落。大言竟何益，此辈真轻薄。用储韵而自抒寄托。储诗村朴，此诗感慨，储作于乱离以前，此作于乱离以后也。

马食禾代田家

禾黍正油油，何人放马上陇头。碧眼虬须使我愁，向前长跪泪双流。租吏坐我堂，声高气正扬。县官早纳粟，不待禾登场。愿约马客至舍下，今朝为吏办酒浆。马客来，租吏去。早知马客能逐吏，马食禾尽不须虑。恐马客去而吏又至矣，奈何！

同友陪吴园次登多景楼时园次赴湖州任

出城送客共跻攀，万里烟云杳霭间。天下江山如此少，古来冠盖几人闲。潮头日午添帆影，楼角风微散酒颜。五马临行重回首，知君鱼鸟最相关。

游焦山

风起中流浪打船，秦人失色海云边。也知赋命原穷薄，尚欲西归太华眠。翻用东坡“性命穷薄轻江潭”句，各有其妙。

傅　山

傅山，字青主，山西阳曲人，康熙己未召试博学鸿辞，未应试授职，不就归。〇征君归后，变姓名为公之佗，诗卷零落，只存一篇，以志梗概。

送友之秦中

尔去褒斜道，秦关兵尚多。难堪儿女意，其奈鼓鼙何？战地惊鸿雁，秋闺怨骆驼。愿闻边火息，归计莫蹉跎。

盛　枫

盛枫，字丹山，浙江秀水人。康熙辛酉举人，官吉州学正。

盆 花

木性本条达，山翁乃多事。三春截附枝，屈作回蟠势。蜿蜒蛟龙形，扶疏岩壑意。小萼试嫣红，清阴播苍翠。携出白云来，朱门特珍异。售之以兼金，闲庭巧位置。叠石增磊砢，铺苔蔚鳞次。嘉招来上客，宴赏共嬉戏。讵知萎干薄，未久倏憔悴。始信矫揉力，托根非其地。供人耳目玩，终惭栋梁器。芸生各因依，长养视所寄。赋质谅亦齐，岂乏干霄志。遭逢既错误，培覆从其类。试看千寻松，直干无柔媚。屈折求媚，岂栋梁之材乎？通幅比体，使人言外思之，主意在一结。

白洋河阻风

大河流日夜，噫气北风号。雾影霾鱼市，寒威缩马毛。客程千里倦，酒价一时高。欲作艚腾计，终宵聒怒涛。刻写风寒，不留馀力。

黔 阳

云压万峰低，秋江晚树迷。篮舆凌木杪，驿路挂城西。有客停孤馆，无鸾下五溪。萧萧楼外雨，愁绝听寒鸡。

咏 燕

落日亭亭向夕低，画梁不见一双栖。侍儿今夜搴珠箔，归路红楼莫遣迷。

陈王猷

陈王猷，字良可，广东海阳人。康熙辛酉举人，官连州学正。

由方丈右转上海山门自注：海山门，丹霞山最高处，缘铁索乃可上。

飞楼倚嵚岑，环回觉路塞。四望穷跻攀，斗绝石痕辟。窥天刚半线，拔地乃千尺。鬼斧凿何年，俨有巨灵跖。雕鹗息羽翰，猱玃罕踪迹。当兹敛形神，直上缓登陟。铁絙右钩梯，手腕参足力。左顾窅然深，澒洞曛以黑。纳趾踵外垂，高尻面内迫。神人御风行，中道尚栖息。自注：崖中有御风亭。况在尘世间，宁有次仲翮。我幸及其巅，置身高峕峉。出险凭虚无，茫然荡心魄。苍茫似杜，镂刻近韩。

卷十三

赵执信

赵执信，字伸符，山东益都人。康熙己未进士，官左春坊左赞善。〇赞善以宴饮观剧去官，时年尚未壮也。高才被放，纵情于酒，酣嬉淋漓，嫚骂四座，借以发其抑郁不平之概，君子可以谅其志焉。〇生平服虞山冯氏定远，称私淑弟子，而于渔洋王氏，著谈龙录以贬之，然责人斯无难，未必服渔洋之心也。诗品奔放有馀，不取蕴酿，兹所录者半属观海集中之作，馀略见云。

弃妇词

两姓无端合，亦复无故分。昔时鸳鸯翼，今日东西云。浮云本随风，妾心自不同。君心剧无定，见弃如枯蓬。出门拜姑嫜，十走一回顾。心伤双履迹，一一来时路。留妾明月珠，新人为耳珰。不恨夺妍宠，犹得依君旁。宝镜守故奁，上有君家尘。持将不忍拂，旧意托相亲。此生一以毕，中怀何日宣？愿得金光草，与君驻长年。得贞臣去国心事，令人徘徊赏之。

彭蠡湖

颢气中流转，烟光四周遭。层波碧离离，秋色寒滔滔。泠然乘风游，托身任毫毛。仰观天垂象，旁见林露梢。山移舟向背，目荡心飘摇。北望千帆走，灿若组纠交。五老云外笑，人世心魂劳。明当接匡君，举手为我招。“山移舟向背”五字足抵一篇游记，觉“帆随湘转，望衡九面”，语犹繁也。

泛海言怀

忽登万斛舟，如蹑长鲸背。寄身入无涯，旷览乾坤态。潮动风色遒，棹急云光碎。潜通元气游，迥出人境外。千山相簸荡，六合欲横溃。顿觉丧我吾。何知齐小大。幼安漂泊久，谢傅襟情在。谁发小海讴，回帆引雄概。“潜随元气游”十字，应补木玄虚之缺。

无风泝江崇朝十里忽得午风快然成咏

欲知舟上泷，譬若鱼升木。因循日高舂，跌宕水一曲。欹岸黄叶林，时露参差屋。遥数天末山，苦恋篷际目。何来快哉风，径为鼓帆腹。有如绝尘马，或是避弦鹿。奔云乱鹅鹳，碎浪喧琴筑。列堠争送迎，顾揖不暇瞩。榜人啸闲逸，余亦谢拘束。通塞自有时，结念毋欲速。主意在末二句，能息人躁进之心。

行十八滩中

滩行日百转，转转山四围。寒流中屈曲，郁怒不自持。秋凛肃杀气，陆发龙蛇机。回风地底来，雹雨皆倒飞。乱石势腾攫，狞恶各异姿。似嗔舟船逼，列阵前相追。篙师工避就，色授颐指挥。蓄力争毫发，险途生坦夷。游子阅奔峭，惊定翻耽奇。秋云摇水壁，杉木森下窥。弄波情无极，棹月愿犹违。夕阳驻西岭，为我延清辉。极险后写出清夷景象。

平度州道中望东北诸山

秋风吹倦客，缥缈凌紫霞。赤松仙人要我去，为驾白鹿青龙车。羽轮飘飞不自制，始计已失秦琅邪。大劳小劳远相待，云外如鸟遭笼筱。明霞碧落杳梦寐，玉女有爪羞搔爬。北行度胶水，惟见尘与沙。晴岚百里豁心目，高望一点青于鸦。众山肩随出，戢戢木末争槎丫。天柱孤标倚萧爽，下笑两髻鲁始髽。东莱泰岱列，首屈不敢加。譬人名既成，无事相矜夸。大泽东来独雄杰，森然列仗排高牙。云峰飞瀑落千尺，烟光蜃气无由遮。台阁嵯峨布空曲，浮金炫碧生谽谺我今矫首意惝恍，况于抗策穷幽遐。人生能几何？引领白日斜。海山有约易错迕，此中便可终来家。形容东莱、泰岱，累幅难尽，此以撇为点，工于避就。

雪晴过海上适海市见之罘下自亭午至晡快睹有述时十月十日

今晨雪乍晴，寒日升扶桑。出门邀河伯，东向同茫洋。昨日之罘山，紫翠点水如鸳鸯。未至二三里，见人欲飞翔。坐来忽复不相识，回峰叠嶂皆摧藏。赫然烟霭中，城郭连帆樯。疑是秦楼船，归来阅千霜。又疑瑶宫与贝阙，神山倒影沧流长。飞仙骖虎豹，晃漾凌波光。招招不得语，目极天苍黄。同游竞指是海市，对之使我神扬扬。岁序闭冰雪，鱼龙走颠僵。非时出瑰丽，此遇超寻常。当年苏夫子，雄姿自炫惊海王。渐予本凡才，未敢纵笔相颉颃。不请亦得睹，失喜欲发狂。巨川细流两无拒，信知大海真难量。准拟还家诧乡党，讵肯此地辞杯觞。天穷人阨总莫问，微尘大地俱荒唐。客散境变灭，半山还夕阳。醉归却听暮潮上，浩浩天风吹面凉。中空写海市，后以一语点出，作法甚变，末翻用苏公语，见大地如尘，天穷人弃俱勿问也，可以想其胸次。

人日韩江归兴

春寒晴压空江水，山翠云光荡船尾。篙师挝鼓作回帆，万里还家从此始。人日他乡人别离，郊原新绿已参差。遥怜沙渚多阳雁，肯向东风更退飞。

中秋与南村泛舟石湖望月

王郎与我能无愁，客中放棹寻清秋。清秋了知在何许？且远城市辞歌讴。胥江水洗天宇净，片帆轻驶如星流。横塘西去见山影，苍翠豁露霜烟收。楞伽灵岩两迎揖，此中安得无夷犹？湖光一曲萦我舟，与子呼酒相劝酬，以湖为酒恣拍浮。须臾湖月忽晃漾，照映天上白玉楼。须眉萧飒风飕飕，飘然疑坠海外洲，却视人世真蜉蝣。我已一身随落叶，子亦一官成赘疣，不见吴越俱荒丘。鱼城酒城何处求？伍胥种蠡同浮沤。惟有石湖湖上月，曾照石湖居士游。西施溪畔馀温柔，座中微笑寒花羞。子既醉矣我未休，回帆挝急不可留。夙昔中秋有此不？令我却忆西湖头。一涌而出，服其气盛。

中秋夜与泾阳刘西谷编修吴山对月

东见千里江，西见十里湖。寒光歘合离，荡此秋月孤。吴山秀接天，月出当其前。登高莽四顾，清辉满人间。远心忽飞扬，南北同一圆。我乘白鼋越沧海，君亦赤鲤辞秦川。忆昔燕市别，九十度盈缺。宁知来此地，复共今夜月。雄城百万家，歌吹方阗咽。邈然山颠客，一笑两幽绝。明日扁舟江上风，思君独在湖山中。

赴登州留别康海

微雨牵行色，离觞且对君。预愁见何日，不惜手轻分。远海高于岸，空烟聚作云。来朝倚仙阁，吟望背斜曛。五六境奇语奇，空烟五字，尤入微妙。

寄朱竹垞检讨村居

江村水树澹秋烟，不见幽人思悄然。往接簪裾三殿侧，近联踪迹五湖前。老为莺脰渔翁长，闲上鸱夷估客船。各有弹文留日下，他时谁作旧闻传。自注：竹垞昔著日下旧闻。○七言律少首尾完善者，传其佳句云："客舍三千两鸡狗，岛人五百一头颅。"刻意求新，终非雅音也，故宁取和平之作。

村　舍

乱峰重叠水横斜，村舍依稀在若耶。垂老渐能分菽麦，全家合得住烟霞。扶衰地有君臣药，劝酒庭馀姊妹花。雨玩山姿晴对月，莫辞闲淡送生涯。此寓居吴中南园时作。

寄洪昉思

垂堂高坐本难安，身外鸿毛掷一官。独抱焦桐俯流水，哀音还为董庭兰。昉思成长生殿传奇，于国卹时演之，宫赞在座，御史弹劾去官，事后以诗寄之，但比之董庭兰，未免视为门下士也。

咏江岸拒霜花

霜裹风翻袅袅枝，可怜闲淡与霜宜。江妃无语空含睇，妒杀天寒独倚时。

李孚青

李孚青，字丹壑，江南合肥人。文定公天馥子。康熙己未进士，官翰林院编修。著有野香亭集。〇丹壑十六岁馆选，人以黑头公目之，惜未四十辞世，故流传诗篇绝少。

雍丘晚行

亭亭落日马蹄忙，两岸荆榛过外黄。岚气渐逢迷草木，烟村又见下牛羊。郑当时去谁留驿，范史云贫尚有乡。惆怅昔贤遗迹杳，青山无尽路茫茫。

秋日自遣

金风萧瑟满怀春，篱豆花开逐番新。旧业已荒犹嗜酒，秋阳虽热不侵人。郑家婢妾如师弟，梁氏夫妻似主宾。我是海边息机者，任他门外急蹄轮。家庭之乐无逾于此，陆剑南每有此种名句。

稻孙楼

拜石人何在？孤城气逼秋。郊原禾黍尽，愁上稻孙楼。此米元章楼也。无禾黍岁，偏上稻孙楼，触目生愁矣。

早秋送宋又宜由太原归里

酒场吟地五年同，忽饯青门往事空。三叠歌残人不见，秋风吹泪古云中。自是唐人神韵。

王材任

王材任，字子重，湖广黄冈人。康熙己未进士，官佥都御史。著有西涧诗钞。〇西涧早负盛名，去官后，自楚入吴，买钱牧斋拂水山庄居之，以诗自娱。晚岁困甚，晏如也。诗品杂唐、宋间，时有警句。

和李梅谷选君赠别韵

去岁乘轺出井陉，今朝策蹇返江宁。须沾巴雪添新白，鬓点吴霜失旧青。旅梦都迷南北路，归程细数短长亭。从今不复看除目，手把神农耒耜经。

鲁港夜泊

沙岸维舟近柳条，坐看浅水忽生潮。江湖夜静逾空阔，星斗风来欲动摇。月下望乡双泪落，天涯多病一身遥。鸡豚社饮应难与，独倚船窗尽酒瓢。“星随平野阔，月涌大江流”，写尽江夜景象，此故工于脱胎，而星斗风摇，则又杜陵未道者。

追忆梁益旧游

梁州秋叶落纷纷，沮水西来沔水分。斜去遥知南郑路，道傍曾拜武侯坟。长藤婉婉缠秦树，寒雨昏昏湿栈云。邻近墓门谁勒石？征西尚有马将军。

黄　河

黄河万里来天上，积石龙门道路赊。已是秋风回瓠子，更怜春雨涨桃花。怒涛高压千金堰，急溜初回八月槎。三策至今思贾让，金钱那可委泥沙？

南昌即事

章江依旧抱城流，枫叶芦花瑟瑟秋。南浦闲云迎故客，西山暮雨送孤舟。一千里外新蓬鬓，四十年前旧酒楼。自注：予十五即有南昌之游。莫上滕王高阁望，不堪楚尾与吴头。

沈朝初

沈朝初，字洪生，江南长洲人。康熙己未进士，官至翰林院侍讲学士。著有不遮山阁诗钞。

过塘西

苏堤踏遍上吴航，萍末风生暮色黄。帆影带归湖墅月，衣裾留得芰荷香。采菱船过波纹碎，脱网鱼跳水气凉。行到小桥深柳处，人家烟火似横塘。三四语顶苏堤踏遍归，造意造句在韦庄罗隐之间。

春　兴

归来安稳卧烟萝，花信风柔春渐过。满径白云人迹少，一帘红雨鸟声多。闲来垂钓常忘饵，病后慵书不换鹅。除却浮家更无事，办装先去买青蓑。垂钓忘饵，书不换鹅，可以想其高品。

收复汉中恭纪

鱼贯悬崖邓艾军，衔枚一夜度连云。巴渝从此俱安席，莫待相如谕蜀文。司隶章临市不惊，铙歌声里庆升平。只今蒟酱仍通贡，合挽银河洗甲兵。

梅　庚

梅庚，字耦长，江南宣城人。康熙辛酉举人。

同愚山少参维饶孝廉即席送位白归皖

倚棹数归程，亲交次第行。独怜江月苦，偏向别筵明。背郭鱼龙气，先秋蟋蟀鸣。还家仍客路，更傍石头城。

洛　梅

背城花坞得春迟，冻雀衔残尚未知。闻说绿珠殊绝世，我来偏见坠楼时。不写题面，专写题意，自是绝世风神。

彭宁求

彭宁求，字文洽，江南长洲人。康熙壬戌赐进士第三人，官翰林院侍讲。

拟　古

静躁殊轨途，人性安可矫。天既赋吾拙，何用逐机巧。始进苟不正，晚节何由保。所以达人心，立身忌草草。受恩惟恐多，入仕亦戒早。俯仰怀古人，守贞以为宝。此即瞻庭先生言志之诗，生平进退。允符斯语，年命不永，未展素抱，朝野共惋惜之。

送大兄南还

重到承明半载馀，匆匆襆被返衡庐。营巢每笑逢秋燕，纵壑真同避钓鱼。三径春风侍童冠，一帘花雨润琴书。故乡自足林泉趣，最荷君恩许遂初。

金德嘉

金德嘉，字会公，湖广广济人。康熙壬戌进士第一，官翰林院检讨。

得张师石书却寄

杜门久与故人违，忽有音书到竹扉。过眼物华双鸟翼，惊心风雨一牛衣。春云江树黄泥坂，秋水渔灯赤鼻矶。日暮狂歌当浊酒，不禁西望思依依。

许汝霖

许汝霖，字时庵，浙江海宁人。康熙壬戌进士，官至礼部尚书。著有德星堂集。

赠汤宗伯潜菴先生

豫州天中央，文星木躔角。灵山拔嵩少，德水交伊洛。郁为人文区，名贤代有作。煌煌二程子，千载振绝学。后来渐榛芜，斯道孰开拓？先生出旷世，日朗萤火爝。蕴蓄富渊源，发挥启橐籥。本根秋实茂，藻采春华落。图报只辞章，中怀谅已薄。初登蕊珠榜，遂入石渠阁。朝廷爱人才，破例展猷略。分藩试皦历，江右专锁钥。蔚州老司寇，许予必斟酌。谓公真清廉，才品并卓荦。荐扬大臣事，彼此两不怍。适当时右文，设科召鸿博。公仍归禁院，献赋卑五柞。衡文来两浙，悉剖荆山璞。还朝品弥高，比岱长群岳。东南资重镇，宵旰切民瘼。简在抚吴中，民望胥踊跃。吴俗久奢靡，正气日以剥。大端示镇静，积习还淳朴。新图郑侠绘，淫祀怀英削。百事具规模，群情奉绳约。久困渐以苏，病夫遇良药。九重念旧臣，内召藉启沃。衮衣行有日，里巷惊以愕。畊樵出山野，商旅阗城郭。卧辙肩相摩，攀辕趾交错。公去国本端，公留一方乐。计大无曲狥，眷隆有深托。天子建文华，东宫开讲幄。岩岩师傅席，醇儒孰公若。礼仪视举止，恭谨愈盘躩。崇阶领秩宗，三礼兼典乐。生平稽古力，蒙此雨露渥。忆余旧识公，回首事犹昨。初从魏公坐，相见获酬酢。公貌谦而和，公怀端且恪。始知贤达意，宁静必淡泊。仪型俨在兹，小鸟随鸑鷟。拜献忝后尘，发蒙仰先觉。近闻�辈，丑正忌磊落。蝇营玉可点，火燎金欲烁。明良既相遇，众女任谣诼。愿公笃忠贞，襟怀等寥廓。他时明农归，悠然卧岩壑。叙公之生平，杜老八哀诗体也。末述众小之丑正恶直，而以他日明农望之，公之不容其身已先见矣。久而论定，白黑昭然，彼谮人者，亦何益哉！

送杨自西少司马终养归里

铜柱留名纪壮猷，翩然綵服放扁舟。两朝养望储黄发，八座辞荣奉白头。客久谁无归里梦，官高偏忘倚门忧。先生爱日情何限，手笔陔兰进膳羞。官高不能养亲，恋职有之，畏惧亦有之，然能哀切陈情，圣朝无有不谅其孝思者。王介甫云："古人一日养，不以三公换。"

居官者盍思其言。

送张侍御归里

孤忠原不问升沉，正气棱棱自古今。已见黄扉传谏草，何妨青海解朝簪。一鸣终落凭城胆，三黜宁忘报国心。从此归田把锄耒，涂泥终荷主恩深。上章教孝，此章劝忠，立言自应尔尔。

史　夔

史夔，字胄司，江南溧阳人。康熙壬戌进士，官至詹事府詹事。〇宫詹公诗当时不必有赫赫名，然迄今读之，意足韵流，无一闲句闲字，得唐贤之三昧者也。台阁而不涉应酬，山林而不入寒瘦，足觇诗品。

长干曲

妾家长干住，嫁与里中儿。愿同比翼鸟，生死恒相随。岂知别离苦，郎作襄阳贾。昨夜邻船开，寄书与郎去。大堤花正飞，歌舞醉芳菲。但言估客乐，谁劝不如归。郎如白石郎，妾似青溪女。花落板桥南，年年长独处。何日下江潮，相迎皂荚桥。还忧风浪苦，中道滞归桡。怨而不怒，是为雅音。

合涧桥步月

门闭乱山高，月出万象杳。揽衣步岩际，俯视群木杪。霜黄树色暗，地白人影小。湖光远蒙蒙，巢鹤近了了。猿啼晚更急，虎迹寒觉少。还归冷泉亭，坐待山月晓。诗思清入骨。

飞来峰

众壑递隐现，一峰独亭亭。怪石炼五色，神功开六丁。秀骨琢天巧，孤根辟地灵。花萼破空翠，剑戟攒高青。气若逼星斗，势欲凌沧溟。三竺共偃仰，两高斗珑玲。木生不假土，泉出还无形。倒垂万菡萏，侧走千雷霆。鸟径不崱屴，鬼工太峥嵘。万象归窈窕，百灵入晶荧。洞门閟雨色，石扇罗秋屏。松雪夜了了，阳光昼冥冥。花坞乱枫木，水泉鸣茯苓。自注：山有枫木坞、茯苓泉。代虎卫佛法，老猿守丹经。我欲问宝诀，归来炼黄宁。极意刻画，读者如置身灵鹫峰间。

发京邑

靡靡即长道，承命发华辀。寒风吹易水，凉月渡芦沟。河梁霁暮色，驱车登古丘。西望九折坂，南顾江河流。江河多风涛，道路阻且修。欲济川无梁，引领心怀忧。厉揭古有训，慷慨怀前修。慎风波，履正轨，言中言外均有之。

陶靖节故里

渊明居柴桑，日与庐山对。云何诗百篇，未尝道只字。乃知作诗者，适然与兴会。譬如日陶然，饮酒非本意。又如日鼓琴，无弦更高致。想见胸次间，纤尘无障碍。门柳故萧疏，篱菊亦蕉萃。徘徊墟里烟，慨焉发长喟。诗以兴会成，道尽诗人意趣，而以意不在酒、意不在琴证之，陶诗须如此读，陶公人品须如此观。

无锡望惠山

九峰天半落，一棹夕阳过。客为游山盛，船因载水多。溪边高士宅，月下榜人歌。好趁樵风便，轻船采芰荷。船因载水多，眼前语，却人不解道。

弘济寺

戍削寒侵袂，谽谺树隐门。石头依法座，佛足上江痕。山浅容舟入，潮平汲水浑。鸡鹊如有意，飞近水边村。佛足五字奇警，似岑嘉州。

高　邮

三十六陂秋，孤城水上浮。鱼龙尊窟宅，鸿雁叫汀洲。苔没高沙馆，潮平甲仗楼。片帆何处泊，身世一轻鸥。

淮　安

西风下淮泗，潮落见三洲。台没空垂钓，诗成独倚楼。带刀馀旧俗，闻笛感新秋。寂寞山中桂，谁怜景物幽。赵嘏，山阳人，故有倚楼闻笛之语，带刀用淮阴侯传。

凤凰山吊宋故宫

天目千年王气摧，海门三日打潮回。繁华欲尽红羊换，歌舞方酣白雁来。山鬼夕阳迷古路，铜驼阴雨泣苍苔。当时不悟兴亡理，错怨西湖是祸胎。“红羊换劫年”，见张翥诗，“白雁来”，当时童谣，兆伯颜来也。

涿鹿道中望西山

红尘雨洗净秋烟，黛色嶙峋夕照前。七月早归彭蠡雁，一山横断太行天。乘槎兴已江湖外，捧日心犹霄汉边。策马高原频怅望，蓟门云树尚依然。

赠李解元鹗君

领袖词场二十年，姓名还向榜头传。高才不肯居人下，畏路休教占福先。一瓮白云邀月醉，半床黄叶拥秋眠。把君诗卷巡檐读，转觉飞腾让后贤。求占福先，必入畏路，老成勗后生之语，高才者正宜书绅。

横江词

落日临沧观，西风扬子津。峭帆何处泊，愁杀渡江人。

采莲曲

拨棹里湖去，连堤种芰荷。折来与郎嗅，香比外湖多。

林处士墓

四壁垣衣绝点尘，茶经酒谱各横陈。茂陵封禅无遗稿，始信文章到老醇。自注：范文正公赠林君复诗："风俗因君厚，文章到老醇。"

塞下曲

明月中天秋气清，令严刁斗最分明。前山夜半雕翎响，知是官军射虎行。易落唐人白科，此能生新。

冯廷櫆

冯廷櫆，字大木，山东德州人。康熙壬戌进士，官中书舍人。〇舍人性孤介，不入大僚之门，官闲无事，惟枕藉书卷，所为诗清警绝俗，咏古尤佳，山左中尤矫矫者。

论　史

赫赫四公子，贤豪胥笼盖。宾客久寂寞，馀烈犹未艾。匹夫尚轻侠，气焰通中外。遂使法网张，豪杰蒙系逮。关东郭解亡，济南瞷间氏败。庶姓甘屏息，富民徙关塞。大狱急频兴，奸人弄机械。浇风炽一时，遗祸流异代。伤哉王迹熄！版藉久破坏。世族业摧残，细民究何赖。根本终动摇，有国当深戒。尚侠之风起于四公子，而流为朱家、郭解之徒，以至迁徙关塞，非生民之福，亦非国家之福也。归本于王迹之熄，见四民安业，必无此弊，真拔本塞源之论。

铁犀行

武都怒特西入水，空舲野牛蹑空起。逆潮蹴踏沔江滨，夜吼霜天犹掉尾。惊涛下撼鼋鼍宫，腥风促浪打沙觥。群鱼跳波鲛人避，一见凛然慑生气。乖龙恃势不受降，鳞间出火光射地。老牛斗酣两角折，兀然不动化为铁。风剥雨蚀三千年，垂胡犹带战时血。即今江水白于银，潮平岸稳沙无痕。渔舠一叶飞夏口，龙骧千斛奔荆门。篙工舵师坐收值，岂知铁犀与有力。事往功成那可说，倒卧寒江千尺雪。只是控驭水势，近于压胜者，前路故作奇崛，使人目眩心骇，少陵石犀行以正出之，此以奇出之，故应各擅其胜。

黄鹄矶

沔江骇浪流淙淙，夹岸屹立双芙蓉。黄鹄高峙郡城角，倒插石壁当其冲。上戴万古神仙宅，下蹋千尺蛟龙宫。我客江郊百无事，独著双屐携长筇。斜日惨淡山径黑，穷秋萧瑟枫林红。缘崖历磴到绝顶，危楼突兀临三重。森然魄动当槛立，参旗斗柄摇虚空。俯看长江一带耳，翻疑天堑难为功。回身欲倚江阁坐，四窗白雾寒蒙蒙。神仙有无堕荒邈，英雄割据空遗踪。冠古才人零落尽，感时五岳排胸中。山雨初来楼角暗，蹑级欲下心忡忡。凭高放眼一长望，茫茫八极云而风。此登矶上黄鹤楼作也。予典湖北试，尝登此楼，时八窗洞开，大风翻江，江水起立，楼空似欲飞去，曾作诗记之。读此诗，如重经其地，但诗中未说到风耳。

荆卿故里

一卷舆图计巳粗，单车竟入虎狼都。纵然意气倾燕市，岂有功名到酒徒。空向夫人求匕首，谁令竖子把头颅。南来曾过邯郸道，试问人知剑术无？不独剑术之疏，直咎行刺之失策，此是正论。

岁暮书怀

我生渐与老为邻，虚负须眉著此身。范叔漫言天下士，杜陵空望眼中人。萧条白发鸡豚社，辛苦金门虮虱臣。自分支离本无用，不须弹铗怨沉沦。想见作者胸中无事，目中无人。

谒诸葛公祠

坏垣畝径野花幽，肃肃灵祠祀武侯。红饭一盂村赛晚，黄桑千树庙门秋。壁间画妓遗巾帼，山下征人役马牛。太息高麾游渭上，谁教天末大星流。点染本事，极见自然。

张华宅

水没方城蔓草肥，司空旧第满斜晖。人亡劫火群书散，屋老秋风一剑飞。广武勋名怜寂寞，式乾谏事记依稀。如何少日鷦鷯赋，却到封侯不解归。怜其不能退休，所以受祸。

周金然

周金然，字广庵，江南华亭人。康熙壬戌进士，官左春坊左中允。著有娱辉、东观、奚囊诸集。

咏　史

今年拜少翁，明岁封栾大，孰谓无神仙？有时见海外。文成食马肝，五利亦诛死，孰谓有神仙？禁方举妄耳。殢骨非仙才，仙才安在哉？大钧布群物，修短一胚胎。至人独不朽，不朽非形骸。世上岂有仙人耶？汉武亦有梦醒时也，但至人之不朽者安在？试寻求之。

和陶饮酒

种苗荒东皋，种豆芜南山。勤勤苦终岁，篝车乃空言。安得休粮方，借以保馀年。不如营一醉，此方竟谁传？“我思醉乡人，乃在天地外”，此林子羽语也。倘遇其人，可以往求此方。

东方仕代农，柴桑农代仕。饥冻非不切，矫厉重违己。食粟以养肥，食薇以养耻。章绶亦何荣？徒取辉闾里。学道三十年，奄忽逼暮纪。穷达洵有命，消息随坎止。万变了不疑，大钧吾所恃。陶公乐天知命，而工夫自忧勤惕厉始，作者能体会之。

度九龙山

已辞潭柘山，更问他山路。山僧知我僻好奇，导入山中险绝处。阴壑埋云虎豹愁，披榛觅径如有求。侧身牵攀不可上，上者股栗神惝恍。一峰历尽喘未苏，前峰又复摧忧虞。我生筋力能几多，诸艰历试胡为乎？樵子寻常不肯至，矧乃倦客冥搜强好事。磴危路滑行恐坠，徒旅微闻杂嗟喟。忽来片岫平如掌，相呼藉草狂歌赏。斯时四望觉身高，下视群山离立皆儿曹。白云冉冉腾山坳，便欲乘向阊阖随逍遥。恨不携将惊人句，搔首问天天亦怖。却望居庸鸟道回，茫茫绝寒风烟开。燕昭遗烈安在哉！渔阳豪杰多蒿莱。古今代谢复何有，惟有兹山突兀无衰朽。呼取驴背酒一瓢，酹我山神劝我友。须臾雨过卷衣凉，薄醉都忘山路长。前于后喁满空谷，山下人疑啸凤凰。

王九龄

王九龄，字子武，江南华亭人。康熙壬戌进士，官至都御史。著有萆香诗稿。

窃　禄

窃禄成何补，经年柏府居。无声惭仗马，有泪对刑书。救世人难跂，携锄愿复虚。白头滥朱绂，中夜独踌躇。不负心语，为佥宪法司者，谁肯言之。

忆沈乐存侍御

万乘昔临边，千军骋玉鞭。抗章亲伏地，叩马欲回天。难挽穷荒驾，终蒙圣主怜。索居追鲠节，好语汗青传。

题旅店

晓觉茅檐片月低，依稀乡国梦中迷。世间何物催人老，半是鸡声半马蹄。余年老后，转尝此境，读是诗为之惘然。

尤　珍

尤珍，字谨庸，江南长洲人。康熙壬戌进士，官右春坊右赞善。著有沧湄诗钞。〇沧湄先生心平气和，每作一诗，字字求安，有讥弹之者，应时改定，近人中无此谦抑矣。少宗唐人，归田后，改弦，尝有句云："宗唐祧宋吾何敢，前有东坡后放翁。"晚岁自悔，仍归于唐，如出游者之反故乡也。所作沧湄札记中道作诗甘苦极详。

遣　兴

春风吹庭树，渐见绿叶生。众鸟引雏出。翩翩飞且鸣。鹍鹏及雀蛤，物类善变更。惟人独不化，感叹谁能平。万事天所命，达观息群营。思游五岳遍，入海登蓬瀛。浩荡乘天风，吾将从此行。渐近自然，去陶公不远。

东轩遣兴

顾此明月下，慨然思古人。古人不得见，世远久失真。独留诗书在，千载如有神。诵读思尚友，风期遥可亲。毋为守章句，兀兀徒苦辛。

简郑山启

闭关屏人事，悠然习琴书。春色从天来，梅花发庭除。眷言同心友，音尘一何疏。道里岂云远，咫尺东西居。日暮方停云，好风吹敝庐。中庭望明月，伫立空踟蹰。张籍学古淡，作者近之。

题磨崖碑

有客示我磨崖碑，一幅之广径丈围。观者动色共叹赏，高文大字何瑰奇。忆昔天宝禄山叛，长驱铁骑蹂京畿。至尊仓皇出奔蜀，太子灵武誓六师。祸乱方殷以权济，苟不帝制众志离。乃践大位命诸将，收东西京不逾时。奉迎还宫就尊养，尧禅舜让两得之。漫叟夙推老文学，濡毫撰述中兴碑。鲁公笔力有神助，大书深刻青山陲。其后上皇在西内，张李交煽思倾危。奠定社稷诚大孝，何乃晚节晨昏亏？碑铭当日纪盛事，惟有扬颂无微词。题碑后者为涪翁，其诗未免多刺讥。读书论世志未逮，摩挲古迹空嗟咨。灵武即位为逆，将弃天下于安、史为正耶？肃宗之失在西内不朝，不在即位也。涪翁议论深刻，而牧斋钱氏比之杨广之篡逆，深文太甚矣。篇中表禅让之两得，讥末节之有污，最为平允，而笔力亦复矫然。

采石矶

李白昔醉酒，曾游采石矶。矶流一何急，弄月不知归。山树色犹古，江涛声未稀。我来怀胜迹，怊怅对清晖。一笔挥洒，人力不与。

寄家信

落日苍然远，浮云天际翔。潮声何处发，今夜宿江乡。有客归吴会，封题寄八行。明朝渡江去，烟水正茫茫。笔力与前一首同，此种风格本于青莲，明人中徐昌穀亦时有之。

邺都怀古

风流佳丽魏王都，忆昔雄豪创霸图。邺苑人空花自落，铜台伎散鸟争呼。五官事业埋荒陇，七子才名付酒垆。惟有漳河东浙水，年年春涨浴飞凫。

夜　坐

花影忽移知月上，树梢微动觉风吹。不看北斗天边近，只道家园夜坐时。

吴　苑

吴苑，字鳞潭，江南歙县人。康熙壬戌进士，官至国子祭酒。著有北黟山人诗。〇司成性仁孝，读阳城责诸生归养语曰："吾人师也，身教之谓何？"即日陈情归，弟兄侍养，天伦之乐可知矣。读到家一章，令人神往，馀亦皆和平啴缓之音。

自观音岩过老人峰至天门

奇峰渐延瞩，策杖穷登顿。独怪夏已深，亭午露犹泫。悬崖若广厦，少憩慰劳倦。情为艰险移，目因应接眩。琪花不知名，古苔讵忍践。高磴穿林顶，坠石横涧面。移徙雷雨夕，云有蛟龙战。再上老人峰，伛偻青松畔。独居宾师位，不与群峰乱。豁然天门开，云端双阙见。阊阖通呼吸，象纬可攀援。衣裾尽飘扬，御风泠然善。何必生羽翰，始遂游仙愿。原本谢公，写老人峰二语，能为山灵生色。

望后海诸峰

寻山兴难已，理策出烟寺。晴岚漾朝光，薄雾散空吹。荒涂没人径，一石一大地。环海千万峰，劫初作儿戏。盼左兴难尽，睐右赏不置。坠岸千仞青，嵌空一天翠。平生见名山，履险身忘悸。独此奇无穷，瞠目不敢视。时造奇语，令人惊绝。

到　家

巷竹猗猗垂，山桂亭亭覆。入门拜慈亲，白发颜微瘦。薄宦十馀年，欢爱类稚幼。款款问中朝，不私及堂构。娇儿发垂额，及归尽婚媾。闖门孙暗窥，兹客曾未觏。忆昔少年时，老屋埙篪奏。树下共嬉游，史先弟随后。树今已成围，山石还如旧。拟采南陔兰，相偕饰容臭。匪敢赋闲居，献母南山寿。可参我徂东山第三章、老杜羌村第一章，而情事各别，读者忠孝之心，油然兴起。

峨眉山月歌送许时庵使蜀

我闻峨眉山，插天青嶙峋。上有太古雪未化，不知天地冬与春。高悬更有秋空月，雪上清辉尤皎洁。光耀磊落之奇人，西汉马卿宋轼辙。况君秋水点双瞳，九天衔命下蚕丛。清无遗照同山月，毕献珠光锦水中。

宋　荦

宋荦，字牧仲，河南商丘人。官至吏部尚书。著有绵津诗钞。〇商丘公官部曹时，列十子诗选中，抚吴时，有渔洋绵津合刻。又尝选江左十五子诗，以提唱后学，固风雅之总持也。所作诗，古体主奔放，近体主生新，意在规仿东坡，时宗之者，非苏不学矣。兹所录者，俱近唐贤诸作，公晚年订定，意或转在是与！

苏门征君孙钟元先生

吾道有攸属，征君儒者宗。椒山共里闬，少多烈士风。孝廉举弱冠，怀抱凌苍穹。倾身救杨左，高义等华嵩。更入贤相幕，谈笑筹兵戎。晚值沧桑变，俯首简册中。苏门山水窟，诛茅寄遐踪。生徒环讲席，一代开群蒙。百泉阐妙旨，濂洛渊源同。岂学鸾凤啸，聊以卧云峰。屡征不一起，鲁斋有愧容。伊余景行切，千里思扶筇。虽托弟子列，恨未接犹龙。云霄拜短札，薄劣荷陶熔。迄今二十载，太行仰宠灵。朱弦失遗调，叹息抚焦桐。作诗明向往，滔滔水流东。前为义人，后归理学，身亲实践之士，非空谈道术者也。汤文正师事之，诗亦列传体制。

和子湘春雪后夜坐效韦左司

梅花半将开，媚此雪后月。空亭耐春寒，坐到昏钟歇。池光明檐楹，鹤唳激林樾。幽人默相对，诗思清到骨。清到骨三字，自评其诗。公集中以此种为上。

莲花洞

嵯峨莲花峰，中有莲花洞。扑人蝙蝠飞，沾袂烟岚重。斜阳倚洞门，清啸山猿共。

赠太仆卿高公挽诗高名天爵，以建昌守殉难闽中。

乌石峰高穴貙虎，赤狐跳踉黄狨舞。血牙裔灸气益粗，红帕抹首锦缠股。妖氛一夜连汀漳，盱黎城边波沸汤。太守弓刀夜乘障，不识真卿作何状。七尺誓与孤城俱，变生肘腋谁周防。去声。呜呼南八真男儿，壮士隐忍欲有为。不成死耳肯作贼，衔须茹刃甘如饴。玺书褒忠主恩厚，汗青焯焯行不朽。颜古段笏今有无？杏山铁汉建昌守。

吴汉槎归自塞外邀同王阮亭祭酒毛会侯大令钱介维小集作歌以赠用东坡海市诗韵

塞外长白横长空，吴君廿载冰霜中。岂意玉关得生入，云霄重望蓬莱宫。哀笳听罢鬓毛改，纵横老笔偏能工。鱼皮之衣捕貂鼠，曾披榛莽寻黄龙。甫草计东。寓书感生别，题诗惨绝梅村翁。归来两公已宿草，惟君怀抱犹豪雄。时平好献大礼赋，少陵遇合无终穷。相逢一笑快今日，俯仰况复当春融。谈诗命酒皆老辈，何惜倾倒玻璃钟。楛苦矢石砮夸创见，君之所得亦已丰。夜阑醉眼望天汉，恍惚鸭绿磨青铜。世间万事一海市，且看梅萼开春风。

数月来闻汪钝翁王勤中恽正叔刘山尉相继谢世洒泪赋比

远道频传薤露歌，人琴此日奈愁何？宋中耆旧伤心尽，吴下风流逝水多。尘箧只怜馀翰墨，荒坟欲拜阻关河。黄昏铃阁题诗处，忍见空梁夜月过。

读高念东先生琼花观诗因怀广陵旧游即席联句

同念东先生、施愚山、王阮亭、谢方山。

琼花何意也愁人，念东。且遣当杯酒入唇。万事扬州成旧梦，愚山。三生杜牧失前身。念东。雷塘萤火犹侵夜，牧仲。官阁寒梅待放春。阮亭。吟罢新诗转惆怅，愚山。二分明月竹西尘。方山。

乌　江

落日乌江系小船，拔山气势想当年。一间古庙荒烟外，野鼠衔髭上几筵。即“一间茅屋祭昭王”意。

邯郸道上

邯郸道上起秋声，古木荒祠野潦清。多少往来名利客，满身尘土拜卢生。

访叶已畦不值

别浦幽幽境愈奇，春风篮轝尔何之？小山丛桂清阴下，想见苍茫独立时。神韵自远。

高士奇

高士奇，字澹人，浙江钱塘人。钦赐翰林，官至詹事府詹事。著有扈驾、归田等集。○宫詹长于应制，故还山后诗，亦以应制体行之。卷中采录，特近于疏散者。

题卢征君嵩山草堂图

神鬐在水不入潠，仙禽在野不受笼。达人泥土视轩冕，林峦刬迹偕洪蒙。嵩山征君巢许踪，高柯百尺龙门桐。召拜谏官卧不起，草堂僻径临茏岦。岩姿壑籁有神会，自写不假丹青工。墨痕逈出浓淡外，绝境直与虚无通。手书十志字健劲，藤枝薤叶纷相蒙。在昔右丞妙诗画，輞川旧本留清风。征君绝艺亦兼擅，蓝田少室将无同。弘农好古惬真赏，跋尾小印蟠丝红。笔法独启元祐派，胚浑坡老兼涪翁。开运下迄淳熙代，五阅丁未云流空。神物不随陵谷变，浩叹者谁周益公。庆元到今夏几世，暗中呵护烦苍穹。自注：五代杨少师凝式跋中止书丁未岁前七月，宋周益公必大跋，以为丁未乃石晋开运四年。是岁汉祖起于太原，复称天福七年，又闰七月，故曰前七月。自开运丁未至宋淳熙已历五丁未，周益公跋于庆元己未，盖宁宗五年也。黯然之光久愈发，何啻宝玉摇晴虹。我在修门昔曾见，爱此叠巘藏玲珑。归田五载亲抱瓮，柘湖拓地芟嵩蓬。石廊洞户颇幽雅，十指愧未娴皴烘。重来那免猿鹤怨，故园青碧孤芳丛。云烟一卷快入手，槐根欹枕游高嵩。因披画而作梦游也。

大马行

蒲梢天马本无种，渥洼小落神龙涌。旋风八尺雪花飞，玉削双蹄高耳竦。千里万里才须臾，津津细汗流红珠。天生此马岂无意，要与皇路供驰驱。瀚海遥遥难自致，绝域荒沙身暂寄。骄嘶圆月蹴层冰，阊阖门前思一试。我皇神武古绝伦，犁庭扫穴来西巡。旄头迸落狐鼠窜，阵前夺得生麒麟。太仆牵来当帐殿，将士尽惊光若练。宝鞍金勒绣障泥，猛气骁腾掣飞电。横行到处势莫当，塞门面缚看来王。功成偃武海宇泰，会须归放华山阳。

送孙恺似孝廉

沁园词客旧知名，曾在杨花渡口行。佳句已传箕子国，归心又向阖闾城。白蘋风细扁舟稳，青桂香浓小苑清。吾亦有庐江上好，秋来鲈脍不胜情。恺似曾使高丽采诗，故有第三句。

吴兴祚

吴兴祚，字伯成，辽东清河籍，旧本浙江山阴人。官至大司马。著有留村诗稿。

电白县观海

扬帆同纵辔，咫尺辨沧溟。沙向日边暖，春从岛外青。鲸鲵今不见，楼橹昔曾经。海若知王化，年年效百灵。

舟次浔州

行尽粤东路，粤西又一天。是山皆瘴气，无树不蛮烟。幻语闻獠洞，歌声出蜑船。遐荒风景异，化俗倚前贤。连上章总制两广时作。

谢重辉

谢重辉，字方山，山东德州人。官刑部郎中。著有杏村诗。〇比部学陶公，未极自然，而旨趣已高，摆脱尘坌，真朴处殊近储太祝。渔洋谓“去肤存骨，去枝叶，存老干，真赏甚稀，存之箧中，以待元次山、杜清碧其人，定相赏于弦指之外”，倾倒至矣。

觇　土

洛居三十载，田事久生疏。今日值农祥，荷锸出吾庐。阳回散馀沍，土膏脉发初。活活野泉响，暖暖林光舒。缅维少壮时，终坺力有馀。于今双鬓改，未垦先踌躇。欲省躬耕劳，又虑廪空虚。先王省风土，布施遍里闾。此政久已息，周览多荒芜。安得还古昔，家家恒裕如。玩末段，志在家给人足，岂徒老于农事者。

东　皋

投种须及时，大率谷雨前。良农知时节，夙驾来中田。仓庚鸣向我，翔集立南阡。似谓耕耨苦，劝我暂息肩。浮云从北来，细雨润前川。富足虽未期，饱食庶终年。

桑

我昔闻诸葛，园林遍种桑。吾宅才五亩，墙下亦成行。不爱椹子垂，爱此远枝扬。浓阴日夕住，常在吾庐旁。五岳老难游，对此可倘徉。鸣鸠忽高飞，三嗅入斜阳。

萱　草

老去恒内省，不惧兼不忧。闲种萱草花，时得览芳柔。晓看迎露放，暮看逐风收。才兹旦暮间，已如四运周。孰云忘忧草，遇目转添愁。不如忘形骸，任彼岁月流。四运犹旦暮，即百年犹四运也。感伤实多。末又付修短于大造，而任天以游，则又进于达观之识矣。

适　野

适野听鸣禽，轻装冒朝旭。怡然接春晖，遂纵千里目。迢迢东皋田，葱葱北林木。黄鸟忽中出，交交相追逐。侧耳慰好音，轻风吹初服。回顾田舍人，农书老犹读。无怪沮溺辈，经年事耕牧。我欲叩其端，白云掩茅屋。

春　来

春来何所事？依然耽琴书。亲昵稀来往，人事欣无馀。我身既暇懒，我性日益疏。时从池上酌，往往临清渠。春山到眼前，好风遍庭除。碧柳渐覆井，苍松郁不舒。时鸟解人怜，相向各自如。因之坐松下，日暮倾一壶。淡然无意，自足品流，此境最是难到。

过大木宅有感

风掩蓬门旧宅荒，就中何处最凄凉？停车不见吟红药，驻马惟看种白杨。栋宇雕残嗟向秀，图书零落感文昌。可怜满箧雕龙赋，未得生前动汉皇。大木终于舍人，故才名虽高，无由达之当宁，去相如、子云远矣，所感在此。

孔传铎

孔传铎，字振路，袭封衍圣公。著有申椒集。

半塘吊五人墓

直是歼凶阉，千秋气共伸。由来殉义客，何必读书人。胜国山河改，巍坟俎豆新。三良空惴惴，殊让尔精神。只十字，已为五人吐气。

秋日杂咏

玉露萧森万壑幽，凄清天气独登楼。三更鹤唳惊回梦，万户砧声送到愁。但使诗书充腹笥，莫悲身世似传邮。浮生几个成闲坐，且向花间判酒筹。

山　中

山居尽日无膏沐，侍女牵萝补茅屋。芳草春时深闭门，月明自伴梅花宿。

孔尚任

孔尚任，字季重，山东曲阜县人。官户部郎中。

红　桥

红桥垂柳袅烟村，隋代风流今尚存。酒旆时遮看竹路，画船多系种花门。曾逢粉黛当筵舞，未许笙歌避吏尊。可惜同游无小杜，扑襟丝雨总销魂。名句可采。

忆　昔

忆昔春宵傍父兄，故园风景乍承平。城门吏放深更钥，楼下人听上界笙。珠履贪游从雪滉，花灯不息任天明。谁知此夜来为客，渔火江村照独行。东塘风流自赏，即演桃花扇剧者。读此二诗，想象其人于酒旗歌扇之间。

丁　炜

丁炜，字雁水，福建德化人。官按察使。

卧病酬林澹亭

轻寒腰带减，窗竹渐离披。未得高眠早，常愁退食迟。青山秋后梦，黄叶雨中诗。酒熟东篱下，君闲可预期。

贾岛峪

青山名傍古人存，贾岛穷居有故村。客舍无烟成独叹，秋风落叶向谁论？十霜几堕并州泪，万里空归蜀道魂。烟月石楼寒寂寂，夜深疑叩老僧门。通体点化长江诗，便不浮泛。

新淦舟行

城下空江向北流，虔州西上正悠悠。柳边过雨鹭窥网，花外夕阳人倚楼。渔笛数声愁欲剧，篷窗孤枕梦偏幽。一川烟景频来往，每对青山忆旧游。人倚楼一层，夕阳一层，花外又一层，层折而略无痕迹，所以可贵。

吴秉谦

吴秉谦，字鸣贞，辽东清河人。

过庐陵观战场有感

庐陵昔日建和门，风鹤惊心故垒存。白骨未销春战血，青磷空聚夜归魂。断烟匹马迷荒寺，落日寒鸦返暮村。回首赣江三楚外，十年往事总难论。

孙元恒

孙元恒，字子常，福建永春人。官汉州知州。

瞿塘

白帝荒城带雨昏，瞿塘高浪挟雷奔。双崖积铁封三峡，众水排山争一门。鱼腹浦悬鱼鸟阵，虎须滩变虎狼村。卧龙跃马空回首，壮士当关几并吞。状险峻之势，补少陵所未言。

江闿

江闿，字辰六，江南歙县人。官解州知州。著有河汾集。

喜吴天章至自蒲坂

相违冰雪后，相对两萧然。有榻留徐穉，无钱与郑虔。更深重话旧，烛剪欲忘眠。不识千秋后，诗篇若个传。

哭外舅吴兴公先生三首之一。

解组归来日下帷，拈毫辄与古人期。诗方范陆差相亚，词拟周秦更勿疑。乏食耻炊同舍釜，罢官孰寄草堂赀。侍儿也为先生惜，满腹牢骚不合时。梅村形其好客轻官，就初去官时言之。此形其甘贫厉节，不合时宜，就已去官后言之。

戴　梓

戴梓，字文开，浙江仁和人。佐康亲王平三逆有功，王假以监军道职。后因能诗，圣祖命直南书房。刚直不阿，受其挫者共掎摭之，诏徙沈阳。诗挺劲有力，谪戍后尤佳。

烽台晚眺

独立俯荒丘，清笳殷戍楼。万山环塞险，一海抱天流。白骨何年战，黄云终古愁。凭高无限感，霜月满征裘。

出狱口占

已解桁杨困，旋增离别伤。遥凭南去雁，不死慰高堂。

逢子先上人

乡语忽惊闻，相看是故人。龙庭二十载，不识故园春。三诗风骨，皆不落贞元以下。

孙宝侗

孙宝侗，字仲愚，山东益都人。官都察院经历。著有惇裕堂集。

移　寓

萧然襆被澥江头，高馆移居更上楼。宅是谢公开宛上，人如王粲在荆州。西陵松柏三春树，南部烟花五夜游。但使群公能爱客，凭阑看尽越山秋。

卷十四

周　篔

周篔，字青士，浙江秀水人。著有采山堂诗。○青士隐于市，然能穿穴古今，尤工韵语。朱竹垞太史极推许之，尝纪其轶事。有郡丞行署，与周为邻。周吟诵彻夜，丞闻其声，亦达旦不寐，恚甚，遣吏勾捉，将扑挟，有士夫救援，得不辱。至今秀水人犹津津道之。

七歌集句

长吟遣愁，悲歌当哭，我思古人，实获我心。集七歌。

十年失路谁知己，扰扰尘中犹未已。恒饥稚子色凄凉，病仆呻吟呼不起。当年意气不肯平，昨日论交竟谁是？呜呼一歌兮歌已哀，石田茅屋荒苍苔。

园中有枣行人食，忍能对面为盗贼。有时长叹独移时，安知我有不平色。秋风落叶闭重门，白发如丝叹何益。呜呼二歌兮歌始放，江客不堪频北望。

意中索莫与先异，春草青青新覆地。年年岁岁一床书，不忍见之益愁思。愁心反覆梦难成，天寒雁度堪垂泪。呜呼三歌兮歌三发，中天夜久高明月。

北风微雨虚堂秋，昨日之日不可留。四时不得一日乐，朝夕催人自白头。仰天大笑出门去，安得行叹复坐愁。呜呼四歌兮歌四奏，伤心不忍问耆旧。

世情付与东流水，穷巷苍苔绝知己。岩扉松径长寂寥，东园几树桃花死。愧尔东西南北人，欲向何门跋珠履？呜呼五歌兮歌正长，雌龙怨吟寒水光。

世人结交须黄金，郢中白雪且莫吟。桃花欲开不自觉，千里春色伤人心。眼前好恶那能定，隔叶黄鹂空好音。呜呼六歌兮歌思迟，一沉一浮会有时。

天寒野阴风景暮，落日疏钟小槐雨。寂寂寥寥扬子居，惟有幽人自来去。何用年年空读书，井底看星梦中语。呜呼七歌兮悄终曲，空庭细雨莓苔绿。以己意驱遣成语，故无凑集之痕。第七句仍用杜陵原本，因无可集也。存此以备诗中一格。

怀张考夫

契阔张夫子，平生实典型。立言惟布粟，为政在家庭。上下论千古，东西有二铭。闲阶带草色，几日又青青。老杜“吾宗老孙子”一章，熔入十字中，犹书家之有缩本。

送查三容携家入楚便往滇中

念尔携妻子，图书共一船。此行将万里，为别动经年。春草迷江渚，秋风落瘴烟。故人崔李在，相望碧鸡前。

俞　玚

俞玚，字犀月，江南吴江人。○犀月精心猎古。秀野顾太史选元诗初集两人共商榷者也。评点文选、杜诗，流传吴下。诗稿无从寻觅，故所收止此。

田　居

仕宦非吾分，力农恒苦饥。闭门多感怀，出门又何之。散虑南林下，徘徊傍清池。芳春二三月，草木含华滋。泽兰被幽渚，桑柘低柔枝。轻风扬微熏，坐久不知疲。遥见荷锄者，行行向东菑。良时既云尔，人事亦有宜。会须各努力，勤惰当自知。行思耦耕计，无令悔失时。归来陌头路，草露方沾衣。

顾有孝

顾有孝，字茂伦，江南吴江人。县学生。〇茂伦居钓雪滩，以选诗为事，唐律及本朝近体，皆有选本。诗稿亦未及见。

寄赠沈留侯偕小阮北上

春风杨柳拂行舟，有美联翩共远游。入洛陆机新作赋，依刘王粲故多愁。旧京珠履三千客，荒冢冬青一十秋。湖上好山无恙在，独持卮酒对群鸥。

顾　樵

顾樵，字樵水，江南吴江人。〇樵水工画，亦有诗名。

秋夜柬顾茂伦

秋声无深浅，深浅在人心。但使闻者悲，不辨鸣者音。月落林影翻，夜半惊栖禽。入秋畏梦短，起坐还披襟。遇物悲在昔，事往情更深。安知来日愁，追念不及今。我有万种恨，并入秋风吟。哀乐境所遇，岂必雍门琴。境无哀乐，惟在所感，起十字道尽。

周　肇

周肇，字子俶，江南太仓人。著有东冈集。〇梅村选娄东十子诗，十子为周肇子俶、顾湄伊人、王揆端士、许旭九日、黄与坚庭表、王撰异公、王摅虹友、王昊惟夏、王忭怿民、王曜升次谷。一时风流文采，称极盛焉。

赠陆翼王

君是左徒门下士，竭来相对哭途穷。遗孤袁粲累囚日，亡命王成赁保中。书馆三馀淹夜雨，客颜一瘦怯秋风。结交世上黄金满，四海何曾识此公。翼王为黄陶庵高弟，当日有保全遗孤事，故专及之。

病中元夕有感

梦入京华怪独醒，孤舟病客鬓星星。逢年漫愧天人策，涉世宁谙长短经。秃笔卖文差可活，庸医乞药总无灵。上元灯火萧条甚，才说宣和已泪零。

顾　湄

顾湄，字伊人，江南太仓人。著有水乡集。○伊人系麟士长子，克承经学。梅村称为麟士有子。

感　怀

石城笳鼓不堪听，烈士天涯散晓星。伏阙陈东还痛哭，登楼王粲独飘零。奔涛夜立鱼龙怒，战血春回草木腥。莫说长江限南北，建康原是小朝廷。福王时，马、阮秉政，诛戮名流，长江不守。作者感慨言之，知小朝廷之必亡也。

阅江楼

万里长江一望收，高皇亲建阅江楼。云开蓬岛星河曙，月出卢龙天地秋。碧草自生宫寝路，青山仍绕帝王州。凭君莫问当年事，禾黍同归六代愁。楼在师子山，又名卢龙山。明高皇有诗，又命宋濂作记。

许　旭

许旭，字九日，江南太仓人。著有秋水集。

淮云寺

石径斜开路几层，扶筇携屐共攀登。花逢九日思兄弟，病阻文园念友朋。南渡白云悲古寺，西风黄叶哭昭陵。三年遥触伤心泪，欲讯沧洲愧未能。

过废园有感

落日苍茫满客心，无端兴废愧登临。到公死后空存石，谢傅亡来久废琴。一代词人归蔓草，百年名苑化祇林。芙蓉金粟知何处，野水瀰瀰自古今。

过弘济寺

中流遥见雁飞斜，一水苍苍起暮鸦。崖罅插江悬栈阁，洞门凿石走平沙。几年北望成荒戍，忆昔南巡待翠华。乘兴独来寻薜壁，空阶开遍海棠花。悬栈阁一言，能状难写之景。

王 撰

王撰，字异公，江南太仓人。著有三馀集。

哭外舅鹿城顾大宗伯自注：丙戌死难温州江心寺。

闽岭衣冠拥殿墀，偏安犹见汉威仪。驱车海峤看传檄，拜表江关始出师。万里弓刀空报主，一船棺椁仅从儿。灵旗夜雨归何处，指点文山异代祠。自注：寺有文丞相祠，宗伯致命，恰在其地。

赠杜于皇

忆自分携历变更，访君曾过石头城。人惊夔府贫来句，世重樊川乱后名。此地溪山千里梦，今宵尊酒廿年情。西陵放棹乘秋涨，好待荒郊泛月明。

王　抃

王抃，字怿民，江南太仓人。

送友还蜀中

山塘绿酒浮芳菲，杨花作团如雪飞。花前沽酒送君别，别泪簌簌沾我衣。兰桡欲发鼍鼓急，感君握手须臾立。把盏长歌曲未终，月光如水须眉湿。君今掉头万里行，萦纡蜀道多不平。石镜铜梁连剑阁，况复江山阻甲兵。愿君努力长途去，旧住岷江发源处。岷山雪消岷水清，望见锦官城里树。锦城花落更愁人，杜宇啼残滟滪春。武侯庙下苔如绣，先主祠前草似茵。君不见辽东华表归来鹤，城郭人民尽非昨。回首江南千万重，梦里寒鸡村月落。应是乱后还蜀，流贼虽平，人民未靖，送者多悲歌感慨之音。

扬州次梅村师韵

牙门置酒宴公卿，锦纛雕鞍命北征。缚袴健儿谁转战，借筹策士总虚名。百年洛蜀关时运，六代烟花兆甲兵。击楫中流无限恨，夜阑欹枕听江声。福王南渡时事，阁部分镇，庙堂水火，四镇交争，丧亡之兆显然，而彼昏不知，诗人所以叹也。

王　摅

王摅，字虹友，江南太仓人。著有芦中集。〇太原王氏昆季多才，不啻过江王、谢，而芦中一集尤为矫矫。

谒睢阳庙

禄山陷两京，唐室势如沸。玄元庙一哭，义声震天地。誓死守孤城，非云事必济。自覆潼关师，乘舆久奔避。贼议图江淮，凭兹一旅制。不然鼓而南，谁断其右臂。惜乎四百战，食尽终颠踬。城陷逾三日，援师镐始至。杀贼虽无成，藉以卫神器。从此朔方兵，收京功乃遂。赫赫精忠祠，允宜祀百世。黄巾遍郊垌，明季遭倾毁。吕侯还旧观，匪曰穷奇丽。偶客梁宋间，抠衣拜阶陀。冕旒坐中央，左右南雷侍。动我忠义心，一消疲茶气。剔藓读残碑，岘山同堕泪。力表其蔽遮江、淮之功，发挥昌黎意，尤为透切。

黄海歌

我所居兮在海滨，未登高丘望远海。行入深山尽是山，银台金阙瞻安在？昨投汤院雨翻盆，电激雷轰众壑奔。兹山雨后当铺海，旋因观海登天门。天门削成去天尺，历尽危梯上绝壁。弥勒龛中一宿留，晓起白云千里积。非烟非雾铺虚空，时为车盖时为龙。诸峰没趾渐及顶，初由肤寸弥寰中。天吴仿佛舞其下，万里无际连苍穹。是时罡风吹蓬蓬，听如击鼓冯夷宫。更疑射蛟海水赤，一轮照曜扶桑东。须臾解驳浪纹静，玉池开放千芙蓉。人间万事皆桑田，惟斯亘古无变迁。尘寰踢躇真可怜，胡弗蹈海如鲁连。三山驱走置眼前，对之欲往心悠然。长愿采药山中眠，朝朝来往蓬莱巅。帝乡未遂平生志，从此浮槎天汉边。庚午岁，予游黄山，亲见其景，吐词未能工也。读此实获我心，如重观云海一次。

谒伍相国祠

萧条古堞树栖乌，载拜祠门落日孤。报父有心终覆楚，杀身无计可存吴。英雄忠孝留天壤，山水苍凉失霸图。回首荒台麋鹿地，属镂遗恨满姑苏。作手，无一泛语，亦无一剩语。

闻汉槎谪戍宁古塔

欲叩君门万里赊，惊闻远戍度龙沙。文章只道金难铄，谣诼翻成玉有瑕。减死蔡邕方出塞，哀时庾信未还家。可怜交橐归来日，岂有明珠载一车。

喜吴弘人闻夏南还

相逢只道此生休，解网归来话昔游。幸免无家投朔漠，那堪有弟作累囚。云山渐慰思乡梦，风雪仍含出塞愁。不觉喜深悲转集，潺湲双泪为君流。“有弟作累囚”，时汉槎未还，故有是语。

怀许九日

闻君才上摘星楼，又到濡须坞口游。胜地山川曾百战，故人烟雨只孤舟。苍苍楚水蒹葭晚，漠漠江田秔稻秋。应有陈蕃悬榻待，免悲王粲滞荆州。自注：九日与杨仲延、家阮亭二公倡和最合。

吕城病归

挂席西风桂桨轻，扁舟又次吕蒙城。身如枯叶方愁落，心似残潮未肯平。宿雨河桥横酒旆，晚烟村店聚鸡声。故园归去无多路，每念劳劳重怆情。

重阳前一日登镇海楼

无端来作五羊游，节近登高上此楼。海气溟蒙山绕郭，天风浩荡客悲秋。飘逢且喜云生屐，簪菊应羞雪满头。乡国茫茫何处是？珠江一片夕阳愁。

张文献公祠

祠堂突兀倚江开，瞻拜空馀海燕哀。只道主由金镜致，岂知兵为玉环来。文章自昔传徐碣，香火常新傍舜台。风度依然凭想像，停舟一荐渚蘋回。元人咏太白有“承恩金马诏，失意玉环词”句，人以为工，此更说得关系。

王曜升

王曜升，字次谷，江南太仓人。

登北固山

雄峰高枕瓮城斜，有客登临送晚霞。水气暗吞山顶寺，江云遥护海门沙。天低雁鹜来千里，地迥星河落万家。指点旧朝形胜在，吹愁何处起悲笳？

端午先忌

馀生十载恨蹉跎，令节闲门掩薜萝。剩有蛟龙蟠大泽，空闻箫鼓发层波。三闾怨在馀香草，九地恩深废蓼莪。惭愧王修能罢社，葛衣检点泪痕多。端午与先忌并列，而主意尤重先忌。

王曾斌

王曾斌，字弘导，江南太仓人。

钱王祠

钱塘亦是兴龙地，王气依然据上游。铁箭旧传唐岁月，玺书曾拜宋春秋。江潮出没三千里，风雨凄凉十四州。剩有湖山供庙貌，坐看锦绣欲生愁。无一语一字轻下，自是到家。

袁启旭

袁启旭，字士旦，江南宣城人。著有中江纪年诗。

循烟霞洞下岭至石屋洞

晨兴涉乱山，亭午憩修畛。岩高哀狖吟，树密春禽隐。交藤路渐披，独鹤径徐引。石窦閟玄冥，巨灵豁真境。开凿自何年，潜虬遁虚牝。海气通平远，寒烟锢深迥。雕镂非一壑，险仄有孤岭。仙室越阴凉，人世异朝冥。渴欲漱乳泉，饥将摘松菌。于此托赏心，无劳慕张邴。游山之诗，允宜步武二谢，未造幽微，已合矩度。

李良年

李良年，字武曾，浙江秀水人。太学生。康熙己未，应博学鸿辞，放归。著有秋锦山房集。〇徐尚书健庵开史局于洞庭西山，武曾任分修，应亦邃于古者。

九　岭

昨者暑气清，岚瘴喜初散。幕府有程期，鸣钬戒宵半。残月不到地，松梢耿河汉。冥冥列炬移，灼灼萤火乱。空山悟无始，静里阅昏旦。九岭争一隅，径窄中每断。我行尚层冈，仆夫复深涧。浮生付飘忽，肩腋楚人惯。不坠良偶然，履危岂无叹。转苦东日迟，坐待火云烂。稍稍荆扉开，人语出沙畔。前途方迢遥，平明且须饭。残月山行，自夜及旦，历历如绘。

宣府人日

烽台石戍晓烟平，人日逢人载酒行。客久渐多新岁感，边方倍起故园情。围炉小伎兼筝笛，出郭诸山半雨晴。骑马不愁归路晚，江乡犹及听啼莺。

栗子关十六韵

峻极重关势，艰难独客经。梯航原梗绝，中外划郊坰。天作西南障，山开大小屏。路应庄跻始，地自伏波宁。遗庙崇新祀，残碑失旧铭。土田纷犬俗，樵采怯鸠形。往事闻开国，殊方久不庭。王师频越岁，使节几衔星。鬼斧横飞栈，神功直建瓴。虚无云汉逼，缥缈渌江渟。鸟道层巅接，猿声下界听。半肩攲绝壁，一发上空冥。石到诸蛮黑，枫过二酉青。炎风高瘴疠，晴日俯雷霆。岂有神明护，真疑虎豹扃。杖藜无恙在，珍重别山灵。

闻鹧鸪

花间飞上竹枝啼，才过黄丝又冷溪。蛮鸟亦知行不得，行人那向夜郎西。

忆方虎客宛温

牂牁秋绿晚萋萋，五十邮亭到越溪。不敢更嗟乡国远，有人还在万峰西。因己游历之远，而念更有远者，怀人之情自深。

黄　始

黄始，字静御，江南吴县人。举鸿博，不遇归。

溪　西

溪西人家秋水生，孤舟常自三更行。一声啼鸟半江月，才到两山天欲明。

叶世佺

叶世佺，字云期，江南吴江人。郡诸生。

谒刘公祠

世运陵夷日，中流荷大贤。反经斯起敝，往蹇自来连。濂洛开新绪，河汾具薄田。悬弓忘巧拙，食蜜自中边。帝简征文在，薪存续火传。人心方复古，天意不扶颠。远塞唯迎盗，长江谁著鞭？鼎湖上龙驭，赤县遍狼烟。涕泪包胥血，饥寒苏武毡。偏逢苟安主，虚忆中兴年。精卫劳填海，娲皇莫补天。去留关庙社，生死合经权。此道荒千古，何人障百川？祠堂拜遗像，风雨暗灵筵。传写念台先生，兼思宗朝及南渡言之，凛凛有生气。

恽　格

恽格，初字寿平，后以字行，更字正叔，江南武进人。著有南田集。〇南田工画，山水花卉兼擅，比之天仙化人，诗亦超逸。毘陵六逸中，以南田为上。

月夜从愚庵大师陈际叔徐世臣湖干闲步

披衣揽夜色，遂适湖干趾。喧籁息近听，林峦敛遥视。千峰寒月中，万壑疏钟里。三潭弄浮烟，因风荡为水。浮汀渔唱入，过浦箫声起。佳游领支公，雅调及高士。霜月满归途，宵深情未已。三潭十字，微妙可思。

赠莫十三

君家西湖滨，厌看湖上山。身依海鸥宿，心与天云闲。口吟五噫西出关，脱帽自挂苍梧间。偶然登燕台，洗足御沟水。缊袍蒙茸一草履，金貂紫骝君勿喜。倒诵虫书三万言，侏儒笑掷番王玺。重译曾惊外国使，诸侯尽倒兰台屣。既铩上林羽，又转桑乾路。囊破惟留五岳云，鹤飞还想三珠树。满腹皆象纬，缠衣悉烟雾。握尺量舜管，执杓考天步。流霞未肯酌，熊蹯亦不茹。聊将槲叶补秋云，椰栗横空万山去。莫君嗜古，精于天文，能惊外国使，能考璇玑玉衡，而终于不遇，故作诗赠之。

送滕子还闽

滕子闽人。自闽入燕，沉身绝域者九年。后其姊致书蓟门，物色得之。知老母尚在，遂以计脱，间关南还。

别后春风染杜鹃，骊歌声断绿杨烟。身沉绝塞思千里，心死穹庐客九年。吴苑离觞寒食后，梨关归梦落花前。闽南别去能相忆，倘有双鱼海上传。春城战血冷悲笳。废垒伤心旧炮车。雪窖生还犹有母，玉门归去已无家。同骑塞马眠燕月，独向河源上汉槎。我有离魂招未得，劫灰天畔哭黄华。南田与兄相失于黄华山，故感及之。

赠笪在辛侍御

墨苑风流属老成，白云旧秘待先生。正平无地容疏放，北海犹惭问姓名。自辨银钩收虿尾，尚留瑶草付龙耕。东来蜡屐窥松子，自注：侍御有松子阁。如向青霞望五城。

晓　起

连夜深山雨，春光应未多。晓看洲上草，绿到洞庭波。

远　眺

暮云千里乱吴峰，落叶微闻远寺钟。目尽长江秋草外，美人何处采芙蓉？

寄虞山王石谷

东望停云结暮愁，千林黄叶剑门秋。最怜霜月怀人夜，鸿雁声中独倚楼。虞山亦有剑门。

佟世临

佟世临，字醒园，江南上元人。诸生。

戊寅秋拜先王父墓下自注：奸珰以熊廷弼事及难。

郁郁松楸荫墓田，怆怀往事泪潸然。请缨慷慨终童志，赋鹏沉沦贾傅年。钩党竟成三字狱，招魂欲叩九重天。孤忠未返辽东鹤，俎豆聊分江夏贤。

陈维岳

陈维岳，字纬云，江南宜兴人。

赠阎古古

相逢一笑看吴钩，燕市悲歌上酒楼。地有大风连沛泽，人馀奇气动幽州。大低古戍金笳冷，月坠严城玉笛愁。此处旧传多侠客，荆高去后水悠悠。

钟映渊

钟映渊，字广汉，浙江嘉兴人。〇广汉援据古昔，元元本本，遇虚声之士，相对不交一言，有胜己者，执礼甚恭，因是好恶之者各半。惜中年摧折，未底老成。

送罗比部暂归西川

白帝孤城落照悬，乡愁迢递武功天。将归故国无鸿雁，行过空山有杜鹃。剑阁风云开五丈，筇关烽火隔三川。明年巫峡生春水，好上东吴万里船。

马世杰

马世杰，字万长，江南溧阳人。贡生。

秦 宫

阿房周阁百重环，美女充庭尽日闲。频望翠华终杳渺，亦如天子望三山。即“有不得见者三十六年”意，印合秦皇求仙，便觉词意俱新。

金 侃

金侃，字亦陶，江南吴县人。

雨泛湖上观梅

细雨春波远浸天，梅花烂漫满溪湾。烟中人语前村树，雪里鸡声隔岸山。画桨每侵疏影瘦，芳尊浑带冷香还。绝胜雪夜寻安道，归路渔灯照醉颜。

寄家祖生大兄郡中

谁道湖山尚近家，出门回首即天涯。寒深笠泽愁中雨，春老吴宫梦里花。客久艰难悲世路，病馀憔悴感年华。不堪孤馆怀人处，归雁萧萧度远沙。

徐　夜

徐夜，字东痴，山东新城人。县学生。〇池北偶谈云："东痴年二十九，即弃诸生，掘门土室，绝迹城市，有朱桃椎、杜子春之风。"举博学鸿辞，以老病辞。〇诗格清瘦自然者，近韦左司，刻削者近孟东野。

初夏田园

朱夏辄复变，深绿日以肥。感彼生物勤，节候曾不违。清晨荷锄出，田间人尚稀。观物适自然，时见朝雉飞。不惜筋力疲，但恐坐食非。作劳有时息，高春行来归。端坐抚素琴，可以理朝饥。

咏　意

凡骨难遽化，仙药不可求。一身为物役，未可轻王侯。旷士洞达心，无为生远游。远游亦有方，九州非一州。常恐血气躯，车马生坟丘。试听蟪蛄声，语默成春秋。山岳自终古，江海日夜流。渔洋云："'车马生坟丘'与大梁土中所得古石刻'日月逝酒浆'五字相类，似仙灵语。"

九日得顾宁人书

故国千年恨，他乡九日心。山陵馀涕泪，风雨罢登临。异县传书远，经时怨别深。陶潜篱下意，谁复继高吟。宁人先生远辞故国，常拜山陵。起四语一气铸成，杜陵遗法。

和秋柳

摇落江天倍黯然，隋堤鸦噪夕阳边。谁家楼角当霜杵，几处关程送晚蝉。为计使人西去日，不堪流涕北征年。孤生蕉萃应相似，怕见残枝带暮烟。萧瑟之音，不粘不脱，远胜渔洋名作。

经严陵钓台

突兀高台入望平，下临百尺大江清。足消文叔真人气，直得狂奴故态名。天位几移仍旧祚，客星千载属先生。不从七里滩头过，谁信巢由无世情。太史公于许由犹作疑词，有严陵，始信巢、由真有洗耳牵牛之事矣。

富春山中吊谢皋羽

晞发吟成未了身，可怜无地著斯人。生为信国流离客，死结严陵寂莫邻。疑向西台犹恸哭，思当南宋合酸辛。我来凭吊荒山曲，朱鸟魂归若有神。落句即用皋羽所歌。

坐放鹤亭

巍然一屿水回环，想见高风物外闲。墓上梅开春又老，亭边鹤去客空还。书无禅草逢当世，祠有名贤擅此山。占断西湖皆宋土，羡他生死太平间。三四用梅鹤，未能避熟。结意言外见南渡之西湖，不堪栖隐也。

丁耀亢

丁耀亢，字西生，山东诸城人。由贡生官惠安知县。

老　将

老将愁衰落，幽燕气尚雄。虬须犹挂剑，猿臂已伤弓。帝宠嫖姚少，人知颇牧忠。低头怜战马，落日大江东。结尤悲壮。

再答山阴王玉映并宗弟睿子

海上仙人挽鹿车，五噫歌就出关初。黔娄偕隐称良友，班女工文续汉书。玉笈家藏空粉黛，青箱世业伴樵渔。又闻宫壶征闺范，不去翻来问索居。玉映，山阴王季仲女，工著述，故以班大家为比。

久客浦城台使屡檄不放夜坐达旦

山城风雨夜寒侵，敧枕灯残耐苦吟。故国青山万里梦，老亲白发五更心。微官求劾身仍系，薄俗依人病转深。自拥孤衾愁达旦，卧听童仆有哀音。

张实居

张实居，字宾公，山东邹平人。著有萧亭集。○萧亭为渔洋内兄，尝序其诗，谓生席华膴，鸣钟列鼎，其所固有，一旦弃之如屣，甘就隐约，岂时命使然与！抑有托而逃焉者与！

巫山高

巫山高，不可步。湘水深，不可渡。水有汹涌澎湃之波，山有屈曲崎岖之路。我欲攀缘狼虎来，我欲徒涉蛟龙怒。相思不相见，沾裳泪如雨。巫山高，空自高。湘水深，空自深。舟车非所愿，但愿人一心。

雨　后

雨歇山欲暝，夕阳在鸟背。孤亭淡清秋，花木有馀态。凉风四面吹，长空荡残霭。更望西南峰，窈窕秀如黛。山树互幽映，流泉舂云碓。独坐酌芳卮，明月来相对。起写晚晴入神，与高廷礼“夕阳雁边下”同妙。

赠宜雨

闻道衡门下，洋洋可乐饥。今兹历贫贱，斯言若我欺。兰菊虽可餐，不如藿与藜。芰荷虽可服，不如绤与絺。湘江无快语，监河有哀辞。人生苟困穷，自谋策难奇。北望望北斗，南望望南箕。只有空仓雀，与我同所悲。苟非其时，圣贤低眉，即“自谋策难奇”之谓。

又赠宜雨

世人片言合，杯酒盟新欢。生死轻相许，酒寒盟亦寒。所以古君子，与人愧醴甘。虽言淡如水，水尚生波澜。末语翻进一层，勉人敦古道交。

九日王秀才携酒至

缤纷篱下菊，几枝带霜妍。物苟有至性，造化亦无权。故人携酒过，斟酌坐花前。狂歌无宫商，破琴不必弦。粗语桑麻事，稍稍及诗篇。爱兹重九名，不觉已陶然。志节之士与造物争，为夷、齐一辈人写照。

落　叶

西风吹落叶，解作凄凉声。一朝辞故枝，飘飘难为情。坐观此雕丧，我心亦不平。转盼阳春至，落者又复生。叶叶还如旧，妍绿映日明。始知天下事，待时贵无争。得失如循环，消长无定形。穷冬时生机将转，贞下复起元也。示人待时，正宜少安毋躁。

山中即景

两髻鬖髿曳葛裙，闲身许入野樵群。众禽见惯皆相识，五谷生成半不分。肌骨春来癯似鹤，心情病后懒如云。琴残弈罢先生醉，一枕高眠到日曛。与物无忤，机智不生，山中犹有太古之风。

大游仙

姑射仙人绰约形，初承帝命入天庭。霜清玉斧催修月，水冷银河看种星。汉女骖鸾云作旆，湘妃媵鲤雾为軿。金泥秘箓新雠罢，诏锡长生亿万龄。修月、种星，工绝。

王秀才将卜居象山问风土因答

休将风土问山翁，欲习山翁莫惮穷。有径皆穿红树里，无人不在白云中。花香鸟语随时变，水色岚光到处同。夜半柴门常不闭，南村颇有太平风。

寄怀王秀才

如君莫叹少知音，万古文章一寸心。贱至侏儒犹有粟，人能澼絖亦多金。魂销别路梅初发，眼看闲窗草渐深。冀水燕山何处是？蘧蘧好向梦中寻。见庸下之材，偏遇合也。

桃花谷

小径穿深树，临崖四五家。泉声天半落，满涧溅桃花。

初秋偶题

飒飒西风吹薜萝，炎天伏枕一时过。山中事事秋来好，只恐浮云变态多。

夜　雪

斗室香添小篆烟，一灯静对似枯禅。忽惊夜半寒侵骨，流水无声山皓然。不明点雪，读末句，神于赋雪矣。左司“门对寒流”之后，复见此诗。

张笃庆

张笃庆，字历友，山东淄川人。拔贡生。著有昆仑山房集。〇历友学殖淹博，挥洒千言，同时诸前辈称为冠世之才，不虚也。试辄冠曹，时宫定山中丞为学使，以明经荐山左第一人，就京兆试不遇，归而处昆仑山，不复出矣。杜门著书，有八代诗选、班范肪截、五代史肪截、两汉高士赞等书，卓然可传，岂以名位之有无为轻重耶？诗古今体兼善，宋、元习气不能染其笔端。

鹦鹉洲哀辞

炎精灭，龙为鼠。群雄嚣，烈士忤。怀刺独行遍九州，谁其识者孔文举。荐士既不成，翻与死为伍。邺下小儿竞学语，许昌庸奴安足数，监厨借面良堪侮。祢生祢生气如虎，渔阳按节三挝鼓，岑牟单绞目无睹，睥睨阿瞒相尔汝。借刀杀人向荆浦，江夏豺狼曰黄祖，当筵落笔赋鹦鹉，生平谩骂膺碪俎。不可一世横千古，乾坤踯躅归黄土。芳洲何苍苍！衰草何茫茫！为君一招魂，魂兮归故乡。楚国山川兰蕙芳，江声浩宕风悲凉。风悲凉，芳洲涸，乘白云兮驾黄鹤。嗟嗟百鸷鸟，不如一雕鹗。衰世举足妖氛恶，至今血照晴川阁。邺下七子，人艳称之，此目以许昌庸奴，真蚁观曹氏也，为才人吐气中，仍见其以才贾祸，两层并到。

杖头钱

富莫富于杖头钱，贫莫贫于严道之铜山。铜山铸钱万万千，到头不得名一钱。杖头百钱真我有，取自杖头且沽酒。今日百钱今日醉，得钱沽酒常酣睡。君不见何曾一日食万钱，便欲下箸心茫然。洛阳离乱救不得，纵饶沽酒无颜色。眼看荆棘埋铜驼，钱乎钱乎奈若何！为守财虏棒喝也。后半所见尤大。

宋赵千里海天落照图千里名伯驹，画为北宋中高品。

南渡以后推丹青，入妙首数天水生。光尧皇帝重毫素，集英殿里挥御屏。赏赐一时颁内府，珊瑚碧玉黄金缯。云麾将军有遗响，夏圭马远同驰声。怪石盘绘世所贵，浮峦暖翠千人惊。零纨断素久磨灭，譬如孤鹤遗修翎。今兹之图何处得？海天落照临蓬瀛。苍茫岛屿在云际，居然蜃市纷纵横。贝阙琼楼互隐现，溟渤浩荡朝玉京。金芝瑶草安可数，时有仙侣飘华缨。方壶员峤生笔底，又如霞起连赤城。鲸涛赑屃走寸腕，依稀喷沫蛟龙腥。手招徐福呼不起，三山缥缈开金庭。海堧洲渚势迢递，芥舟叶叶飞蜻蜓。碧岚翠霭千万叠，画工得勿劳经营。一峰忽起冠云杪，遥睇众岭犹列星。空斋卧游到悬圃，便欲击汰还扬舲。琉璃万顷海烟灭，濯锦锦江如练明。枕碧亭边启缃箧，枕碧亭，焦简庵亭名。耳畔但觉天风鸣庭。隅落日杳无际，搔首海天何限情。浩气凌空，近信阳、北地一派。

大梁城东南吊信陵君墓

邯郸应与赋同袍，公子翩翩气自豪。不少衣冠归赵胜，谁将戈甲走蒙骜。大梁上客挥孤剑，卧内兵符胜六韬。今日九京良可作，愧无杯酒奠蓬蒿。平原直豪举耳，借作陪笔，乃见魏公子之高。

悼　亡

当时和泪织璇玑，零落惟馀旧锦机。明月妆楼人寂寂，海棠庭院雨霏霏。葳蕤不闭黄金锁，刀尺空裁白苎衣。恨杀春来双燕子，画梁同宿不同归。

泠泠锦瑟向谁弹？曲里潇湘雁影寒。一任繁花自开落，从教明月下阑干。云封贝带香犹在，雨湿胭脂露未干。寂寂空庭孤坐处，何人对案劝加餐。纯用空写，其情自深，安仁、子荆外，另标一格。

忆 旧

广寒宫里盼飞仙，月色溶溶玉有烟。半臂偏怜宋学士，晓风争唱柳屯田。落花无语归春水，弱絮多情上酒船。听罢筵前囉唝曲，不须更忆想夫怜。

述 怀

天外层城近日边，芙蓉为苑玉为田。梦回琼岛三千里，心逐云和廿五弦。薜荔风高悲楚客，蒹葭霜落对秦川。生憎绿鬓人将老，犹抱遗经亦可怜。悲己之不遇也，托以比兴，令人思弦外之音。

碧 城

王母西来晓露浓，碧城隐隐月溶溶。云中悬圃三千里，天畔琼楼十二重。手种桃花多岁月，自寻瑶草饲鸾龙。双成已到人间否？海水枯时定一逢。冀赏音之终遇也。悬圃琼楼虽有三千里十二重之远，而能手种桃花，自寻瑶草，则海枯石烂，自逢知己矣。与述怀一章两两相对。

秋 叶

摇落怀人万木丹，何堪青女怨雕残。碧梧院落银床静，红柏桥头玉露寒。南浦半林随逝水，西风一夜满长安。汉宫莫听哀蝉曲，阵阵清霜下井栏。无一凡近语，五六尤赏其萧疏。

明季咏史

倦勤当日说神宗，高卧深严秘九重。玉辇经时登汉阙，鸾章隔岁下尧封。千官补缺虚龙衮，四海军储废大农。纵使养痈终必溃，乾坤无恙且从容。神宗晚岁，臣下奏章有二年不批答，军储有经年不发者，目以养痈，信然。

盈庭谠议积封章，宗嗣常深未雨防。鹤禁无人瞻少海，龙漦有衅在昭阳。汉高终不私如意，窦后由来爱孝王。辛苦江南王相国，重来北阙定储皇。为建储不决而言，祸水始于郑氏，后三案皆胎于此。

蜀洛当年党议多，分曹日日竞风波。顾厨品藻矜名字，牛李升沉密网罗。私忿漫劳登白简，浊流真欲弃黄河。堪嗟此辈争门户，国是调停奈若何！为党祸而言，沈一贯之陷郭正域，尤显然者。

敕使当年出未央，纷纷矿税采诸方。山川绝少金银气，诛敛何殊花石纲。一任竖貂盘社鼠，谁将盐铁议弘羊。可怜国脉从兹丧，浪说朱提入太仓。此极言矿税四出之害。

遗诏何曾立九嫔，汉家倾国李夫人。龙髯此日方长痛，鹤籥经时未即真。长信宫中犹却辇，朝元殿上已批鳞。深心终是资元老，免使垂帘溷紫宸。此言李选侍移宫始末。

雕镂嘻戏擅熹皇，妇寺相连说赵张。北寺狱成倾俊乂，西园例在鬻冠裳。清流白马空朝右，墨绶青衫去庙廊。郭泰当时忧殄瘁，汉家十叶已沦亡。时魏忠贤、客氏连结炀主，假子义孙竞进，构东林之狱，戕虐士类，至台山去国，而正士无噍类矣。人之云亡，邦国殄瘁，古今有同慨焉。

同文黑狱少完肤，妖焰熏天万事诬。酷吏凭添沉命法，奇刑尽隶执金吾。勾陈天远浮云蔽，贯索星明正气孤。翻借封疆成铁案，谁怜道济血模糊。时田尔耕、许显纯为镇抚司，特设极刑，谓杨、左诸公受熊廷弼金，因锻炼成狱，杀廷弼以杀诸公也，视同文馆狱祸尤烈矣。

思陵苛察误宸聪，国计周章践祚中。高栋已看倾大厦，神奸转复认孤忠。论兵轇轕终无定，驭将宽严失至公。独有俭勤关睿虑，年年水旱瘁深宫。思陵苛察与忧劳国计，一一见之，而温体仁之大奸，倚为腹心，尤其所短也。温死，谥以文忠，真不可解。

赤眉分道乱中原，海内征输怨正繁。天子常虚大盈库，军储折入小黄门。伤心陵墓樵苏尽，回首乾坤战气昏。赖有范倪诸节烈，犹能一死答君恩。流寇四起，府库空虚，而利权归于宦寺，此亡国之征也。范、倪诸公一死报国，自尽臣节而已。

潼关不守竟仓皇，遗恨中涓促丧亡。骁贼直闻趋洛下，行营又见溃河阳。将军力战捐躯脰，竖子迎降类犬羊。从此三关似刳竹，谁人决策守金汤。孙传庭之败，由于中人促战，潼关破而大势去矣。五语言周遇吉之死战，六语言姜瓖、王承荫之迎降。

铜蹄谁见下襄阳，坐致鲸鲵入未央。秘殿遗音怜赤子，大荒披发诉高皇。九原龙剑沉王气，三月乌号哭国殇。死难纷纭酬养士，由来义烈重纲常。此言思陵不辱社稷，而殉难众多，由三百年养士之报，从来史书所未有者。

坐使神州竟陆沉，秋江百丈莫言深。南迁不少黄潜善，留守空为宗汝霖。下濑将军窥故国，太行忠义感雄心。望仙阁里千回醉，只是难忘玉树音。黄潜善指马士英、阮大铖言，宗汝霖指史可法言，见史之必不能胜马、阮，犹宗之必不能胜黄、汪也。

羽书百道起黄尘，一马临江入紫宸。国耻不言教战士，时危亟欲选才人。空馀跋扈桓宣武，岂有勤王温太真。燕雀巢堂朝夕计，延秋门外走踆踆。此见左良玉之起兵，并无勤王之志，比之桓温，极合。〇以韵语纪实事，所谓诗史也。只从神宗起，由国家颓堕剧于神宗，故不及穆宗以上。

邓艾庙

奇兵未阸一丸泥，绵竹悬军万仞梯。奄忽当涂更典午，翻嫌多事邓征西。

钱柏龄

钱柏龄，字介维，江南华亭人。

游通天岩阳行先隐处

兰棹乱奔流，笋舆出幽徼。涧路凌高寒，晴空恣雄眺。越彼停云冈，石势愈嶙峭。仙源湛水木，万古藏僻奥。鬼斧亦何工，玲珑凿一窃。硕人此盘礴，千秋俨遗庙。仰瞻愧后尘，冥搜托前导。更穷邃洞纡，忽讶悬崖倒。群山青蒙蒙，惟闻猿狖叫。既异少文游，良慰康乐好。缅想开辟初，矫首发长啸。待缉薜荔裳，来卧芙蓉峤。为问岩栖僧，荒萝几人扫？

吴　麐

吴麐，字仁趾，江南新安人。〇仁趾与宾贤有二吴之目，而宾贤以性灵见，此以情韵见，几于莫能相尚。

和宋秀才咏折花

今朝蝴蝶多，南园花发遍。佳人竞攀折，新妆何婉娈。叶低防罥钗，枝高羞露钏。宁辞纤指劳，但恐墙东见。传出美人折花之神，六朝风韵犹在。

旧　游

旧游最忆三茅峰，往来采药多仙踪。菖蒲潭上花紫茸，勾漏井内丹砂红。朱颜好驻不肯驻，是时只贪山水趣。谁知一别年向衰，几日浮生悔虚度。逝将重访炼金人，昨梦华阳洞中去。

哭汪三韩

送我南游日，传杯颇尽欢。那知成永别，犹记劝加餐。落木秋城暗，归舟暮雨寒。依稀追饯处，到眼剧悲酸。

阿　玉

阿玉殊堪忆，春来见面稀。去年方解语，临别一牵衣。卤井黄沙路，潮滩白板扉。昨逢邻曲道，日日望予归。诗之至者，不外一真，此直字字真矣。

酬朱穆公天台见怀四韵

远愧遗荣客，深居桐柏山。有时驾鸾鹤，游戏九峰间。见我题名处，岩花几度斑。因风发高唱，千里慰离颜。八语一气，风格自高。

怀吴野人先生

伯鸾居庑下，元亮老篱边。隐矣吴夫子，高风齐二贤。凭春常作客，采菊始归田。想见行吟处，溪流绕数椽。五六仍用分顶，气疏法密。

悼亡姬成去艳

春归无复见峨眉，漠漠流尘昼掩帷。斗草尚怜扶病日，看花长记返魂时。自注：没一夕复苏，索桃花数枝，插枕畔，少顷而逝。香消翠袖箧犹在，影暗红窗镜未移。从此针楼愁独上，去年同制鹊桥诗。

送陈射文出关省亲

北望云山气早秋，烦将一语慰边愁。时清屡见生还客，会有恩波到白头。射文之亲，应是遣戍关外者，故以生还望之。

展园次兄遗札

草绿池塘梦已残，西堂无复共盘桓。空馀怀袖三年字，零落银钩忍泪看。

吴　雯

吴雯，字天章，山西蒲州人。应博学鸿辞不遇。著有莲洋集。〇征君诗清挺生新，赵秋谷宫赞谓“千顷之陂，不可清浊，天姿国色，粗服乱头亦佳”，恰称其诗之分量。〇征君诗名因新城尚书揄扬而重，然新城之诗牢笼众有，熔铸群言，而征君不使才，不逞博，不尚声华，不求娟好，固各行其是者。而新城赏之，不啻口出，意所合者在神理意味，而不在轨辙之同途者耶？

遥题王咸中石坞山房

积水浮九州，东南益荡潏。人家半洲岛，萝篆互蒙密。具区我旧游，石坞君栖逸。至今尧峰上，犹上尧时日。窗外一湖明，阶前众山出。春风散岩花，细雨溜崖蜜。仙灵每来往，真儒间俦匹。表圣具生圹，维摩得丈室。泉声四回抱，岭势百崒嵂。何日复籯粮，为君访衡泌。尧峰十字，新城尚书以此赏识。

黄湄先生游太华山遂得结屋地赋赠

车箱谷口云，白照松间路。谁能访叔卿，岩窦一身度。黄门具奇情，振策御风步。万仞入洪蒙，理胜境无怖。壑转晦明错，树老丹青误。俯见苍苍原，明河正东注。骤雨忽翻瀑，肘腋蛟螭怒。须臾亘长虹，关陕半呈露。径侧修竹倒，石迸垂藤护。相逢紫烟客，目击道皆寓。斋房肉芝香，石囷松花聚。卜居志已得，探幽坐成趣。嗟我生劳劳，入世每多惧。梦系毛女坛，身远将军树。日月对晴莲，尘容自生妒。何年便结邻，同住云生处。十字奇警，写长虹从未到此。

羊　山

落日山风吹，长松乱清影。白云逗残雪，忽见前峰暝。野鸟下寒竹，孤僧汲修绠。聊欲遂幽寻，理策度西岭。左司。

杂　咏

楼居有何好？仙人苦留恋。金银杂玉阶，终是世俗见。王头与土垄，达者两不羡。富贵不可求，况复贫与贱。嗟我果何从，一愚了千万。即韩子“归愚识夷途”意，写来生辣。

次青县题壁

去年九月长安来，鲤鱼风起船旗开。本年三月旧山去，马上绿杨掠飞絮。旧山风景复何如？昨日家人有报书。当门万里昆仑水，千点桃花尺半鱼。

东方曼倩

避世依金马，浮沉豹尾中。借车心自壮，割肉气何雄！学岂干时富，财因取妇空。堂堂责董偃，真有大臣风。结有特识，彼以神仙诙谐目之者，真肉眼也。

忆栖岩寺

最忆栖岩寺，招凉有旧亭。河流周郡白，山势入关青。崖断蜂留蜜，松高鹤坠翎。卢师吾有约，许共一函经。新城欲以“山入百蛮青”句敌之。

望华山

莲花五千仞，灵孕自洪蒙。每变风云色，能参造化功。阴将连太白，气自满关中。欲问真源在，仙人住蕊宫。“气自满关中”，五字千古。

云中寺

天半云中寺，四山皆白云。我来云际宿，却忆云中君。塔影当晴出，涛声入夜闻。此中有猿鹤，莫勒北山文。起四语，盛唐人有此风骨。

寄向书友

曾闻向始平，能注南华经。之子真苗裔，江山发性灵。寒蛟终谢饵，老鹤不梳翎。载酒莺花节，长吟入洞庭。

古意柬徐胜力

美人艳南国，颜色如朝霞。昨来耶溪上，妒杀芙蓉花。秦珠随月满，越练逐风斜。独慕孤高义，今年尚浣纱。太白。

宿吴山寺楼简严灏亭先生

萧萧暮雨争寒榛，独倚高楼少四邻。江上鼋鼍悲鼓角，下方灯火散星辰。梅花何处三更笛，寒食无家万里人。不是相逢严仆射，天涯谁念草堂贫。一句含三层意，从“万里悲秋长作客”一联悟出。

明妃

不把黄金买画工，进身羞与自媒同。始知绝代佳人意，即有千秋国士风。环珮几曾归夜月，琵琶惟许托宾鸿。天心特为留青冢，春草年年似汉宫。吊明妃并写怀抱，方脱前人束缚。

吴门初春

闻道江干冰渐消，眼看芳草坐无聊。酒杯总使愁中得，春色终难客里销。山鸟漫吟泥滑滑，吴娘偏唱雨潇潇。归时借问金陵路，桃叶新添几尺潮？秀绝。

斋居

瓠落何须虑大樽，萧然无客款柴门。春秋未习严彭祖，纪传常轻褚少孙。下泽几曾驱款段，长河终拟溯昆仑。雷声太白连朝急，次第墙东过雨痕。

文中子旧居

汾水汤汤绕旧居，白牛溪畔雁飞初。早知道不关穷达，应悔金门轻上书。上书于隋文，非其时也。如此持论，文中亦应首肯。

题云林秋山图为查德尹

经营惨澹意如何？渺渺秋山远远波。岂但秾华谢桃李，空林黄叶亦无多。石田翁仿云林画，其师杜琼从旁观之，曰："又过矣，又过矣。"解得此意，方得此诗之妙。

赠少年

二十少年望麟阁，盘马弯弓气磅礴。眼前都尉知是谁？云中但看双雕落。

戏赠李武曾

沉醉东风卢女弦，泥人佳句满题笺。预愁长夜无春色，遍种桃花作墓田。犹有未忘生死者在。

冯　樾

冯樾，字个臣，江南松江人。

过陈留

天边鹄影客心伤，落日驱车过外黄。谁具草蔬邀郭泰，自惭名姓赏中郎。巴河风起荒烟黑，博浪云开远树苍。明发梁园旧游地，十年潦倒愧行藏。典切处有自己身分。

杨　岱

杨岱，字东子，四川彭县人。

栈　道

鸟道与天齐，盘云万壑低。层峦飞瀑下，空木乱猿猿。山势危巴郡，边声隔陇西。可怜存辇路，烟雨草萋萋。起步有声有势。

夜　泊

夜船将泊棹歌齐，芳草萋萋野路迷。只有断猿无宿处，最高枝上彻明啼。

刘淑颐

刘淑颐，字百年，湖广麻城人。

四时词

云母空窗晓烟薄，温庭筠。池边雨过飘帷幕。许浑。日长风暖柳青青，贾至，银钱千条度虚阁。韩偓。卷帘巢燕羡双飞，罗隐。

芳草王孙归不归？韦庄。曾寄锦书无限意，刘兼。箧香消尽别时衣。钱珝。

午睡醒来愁未醒，张子野。烦襟乍触冰台冷。韩偓。白莲池畔送清香，皮日休。楼角渐移当路影。白居易。临风兴叹落花频，鱼玄机。又喜幽亭蕙草新。杜牧。永日迢迢无一事，韦庄。双双斗雀动阶尘。元稹。

水映轻苔犹隐绿，马怀素。夜窗飒飒摇寒竹。刘惠。井边疏影落高梧，罗隐。鸟啄风筝碎珠玉。元稹。觉来红树背银屏，韦庄。露湿丛兰月满庭。孙氏。扃闭朱门人不到，鱼玄机。轻罗小扇扑流萤。杜牧。

城上暮云凝鼓角，许浑。狐裘不暖锦衾薄。岑参。楼寒院冷接平明，李商隐。檐外霜花染罗幕。陆龟蒙。烟生密竹早归鸦，郎士元。向镜轻匀衬脸霞。韩偓。迟日未能消野雪，皇甫冉。故穿庭树作飞花。韩愈。○音节悠扬，无集句痕迹，与周青士七歌集句，可云异曲同工。

赠宋牧仲方伯

曾入甘泉侍武皇，李郢。暂随红旆佐藩方。韦庄。长承密旨归家少，王建。出使星轺满路光。钱起。谋略久参花府盛，韦渠牟。风流三接令公香。李颀。共言东阁招贤地，孙逖。肯为诗篇问楚狂。周贺。

卷十五

邵长蘅

邵长蘅，字子湘，江南武进人。十岁补弟子员，后为奏销案𫝼误，以山人终其身。著有青门集。〇山人古文与侯朝宗、魏叔子称鼎足。诗浏漓顿挫。力追唐人。尝选有明何信阳、李北地、王弇州、李沧溟四家之诗，矫钱牧斋持论偏驳，而以程孟阳诗为纤佻，识者韪之。晚岁入宋商丘中丞幕府，乃变苏、黄、范、陆之派，亦宋诗中矫矫者。然视从前如二手矣。兹所存者，皆青门簏稿、旅稿中作，剩稿中只略采云。

经彭蠡湖口望庐山

晨帆发马当，景昃停湖汇。北渚摇清阴，南湾走苍霭。迥眺极芊绵，群山争琐碎。苍然云雾中，拔起匡岳大。绛气天阙萦，白云山腰会。远岑抱积雪，近岩屯霮䨴。倒景澄湖光，飞瀑湿天外。延伫情弥结，攀跻阻莫遂。五老空烟霞，九叠竟茫昧。惭愧夙心乖，临风一长慨。连下浔阳舟中作，胎源小谢。

浔阳舟中作

羁心零雨悲，水宿风潮倦。兹晨廓澄霁，沿流惬佳玩。绿英媚芳洲，杂花覆春岸。青天镜中流，浴凫沙际乱。落日碎江光，林峦采馀绚。靡霏远烟生，霏靡夕晖眩。苍然望庐山，山霭旦暮变。绛霞晨干霄，岚气夕幂巘。近峦或浮黛，远瀑如萦练。赏奇得新欢，览物有馀恋。山水憺娱人，客怀为一遣。

杂　诗

抚剑忽不怿，去上歌风台。河流日夕迅，莽莽寒云隤。帐殿下牛羊，赑屃空蒿莱。极目见芒砀，古人骨已灰。萧曹自刀笔，樊灌奋驽骀。欻起附龙凤，英风被八垓。途穷蹶骏足，运适伸庸材。扰扰路旁子，畴知衷所哀？起势慨慷，途穷二语，括尽扬子解嘲中后一段意。

渔　父

东湖有渔父，艇倚清溪濑。垂竿秋雨中，棹歌夕阳外。九月芦花白，西风鲤鱼大。钓亦未必得，得亦未必卖。扣之默无言，鼓枻悠然迈。觉非夷非惠，聊以忘忧，犹不免自道身分，此更超然。

熊经略

经略用，辽沈完。经略罢，辽沈残。再起田间赐剑印，经持日战玄黄分。六万荡平竟何有？抚臣主战经主守。一夜广宁风鹤惊，抚臣先走经亦走。抚臣庸愚何足齿，奈何经略也惜死？若使慷慨提孤军，撑拄残疆报天子。纵然马革裹尸还，九尺昂藏一男子。奈何经略也惜死，不死西曹死西市。九边传首魂有知，目炯电光血裂眦。经略之误，在广宁之走，其实经理辽、沈，具有将略，不应与王化贞同罪也。传首九边，群奸借经略以杀杨、左诸公耳，天下冤之。一结凛凛有生气。

周将军

欃枪狂驱万猰貐，横嚼九州无完土。丘成血骨盂成池，所过坚城孰抗拒。宁武一城如弹丸，谁与守者周将军。将军票鹞健绝伦，生驹搅阵刀截云。见贼如猬身逾轻，手挈髑髅茜袍腥。力竭骂贼血啮龈，旗竿矢集怒益震。闺中红颜能杀贼，十发十殪无虚镝。昆山火焰红玉爇，天壤寥寥两全节。大同宣府真奴侪，两镇降书同日来。长驱京阙疾于矢，贼谈宁武犹咋指。列镇尽如周将军，我辈那能飞至此？贼逼宁武，将军血战七昼夜，巷战死。夫人刘善射，发一矢辄毙一贼，城陷，阖门自焚。末即用流贼语作结，健悍有力。〇大同、宣府谓姜瓖、王承荫之迎降也。详见后李玉洲太史诗中。

城根妇

彼何者妇？椎髻蒙茸。朝拾马通，暮拾马通，衣单腹饿，拾不满笼。路逢故乡女伴，对泣诉苦音语同。夫婿官二千石，得罪长流口外，生死不得消息通。身籍王侯门，娇儿略卖安知西与东。今日跣脚垢面城根妇，当年侍女如花红。

守城行纪时事也，事在己亥六月。

明星烂烂高十丈，城楼雉堞屹相向。吏持府帖呼点丁，十家九家驱上城。黄昏丽谯鼓角鸣，城头灯火争繁星。紫髯太守雄且豪，屩靴绛缨跨两刀。马蹄踏踏何其劳？贯三鞭七声嗷嘈。昨日传闻羽书至，长江六月无行估。战舰还防扬子渡，游兵已围太平府。纵令消息未必真，杞人忧天独苦辛。即防此辈易激变，盗贼往往皆良民。星沉鸡唱太守至，慎莫偶语行弃市。可逼少陵新乐府。

解仲长画十八学士图歌

秦王虬髯一尺铁，提槊亲掴中原血。昼开天策群龙趋，诸公衮衮皆英杰。当时立本传画图，千载想像犹能识。我家此障解翁笔，宣和院体工设色。台榭渲染辉丹青，宫殿玲珑丽金碧。颇工人物良苦思，旧本摹拓开须眉。宫袍绯紫杂青绿，腰带挞尾纷帨垂。仿佛铜龙散讲后，昼迟行乐分曹偶。房公微笑杜公坐，投壶散帙无不有。就中一人落笔酣，细看恐是虞世南。其馀学士貌各异，峨峨列坐影华襜。即论画马亦殊绝，奚驹十八森成列。银鞍金镂音晚。高缠镂，三匹翘足五匹齧。太液淡淡春风波，黄须奚官白屦靴。牵来十四池上浴，丹鬃剪刷喷桃花。可怜人马争辉宠，凭轩坐久神逾竦。忆昔风尘际会初，君臣契合水与鱼。功成开府追清暇，春容翰墨非荒娱。只今朝野仍艰虞，时危整顿英雄需。抚图怀古心郁纡，书生岂有封侯颅。慷慨击碎玉唾壶，高吟梁父浮云徂。十八人岂能悉数，点房、杜、虞三人，其馀以虚笔该之，可悟繁简虚实之法。

五人墓行

春光淡淹山塘路，游丝晴絮娇芳树。路旁剥落三尺碑，云是前朝五人墓。借问五人谁？中间突兀颜佩韦，东西四家排累累，墓门昼锁松风回。书生曾读前朝史，依稀能说前朝事。天启年间岁在寅，缇骑四出惊狂猘。此时一舸飞吴阊，屦靴绣袄来昂藏。吏部短衣出就逮，自注：周忠介顺昌。观者拥塞如堵墙。轰薨万口那可辨，哭声震天日色黄。五人大呼奋臂起，形势歘忽愿螳螂。

谁何一校先横尸，中丞却避御史忙。诏收弃市罪激变，至今死骨传芬芳。忆昔逆阉恣涂炭，锲斧铜瓮衣冠殃。诸公骈首填牢户，东林首指左与杨。篑舆就考备五毒，尸虫啮肌不得葬。叶兹郎切。委鬼更灼爇天焰，穹祠金榜蛟龙翔。凤阙敢儗至尊埒，龟趺忍立成均旁。往往嵩呼九千岁，冕旒衮玉争辉煌。宁知势歘顿翻覆，阜城自绝阉奴吭。生祠处处毁斥尽，木石估值充边防。岂惟阉祠旋毁撤，廿年变故那能说。鼎湖凫雁飞满天，钟山天寿狐狸穴。玉匣珠襦夜不扃，皇陵白骨愁冬青。眼前寂寞一抔土，参天桧柏苍虬鳞。年年寒食山桥畔，指点飞花说五人。顺叙魏奄之流毒，势便平直，此从击缇骑后，用忆昔二字追叙，自得顺逆相生之法。末幅苍凉激壮，一往神来。

沛县官舍留别杨简庵表兄

我骑白鼋浮江来，连涛倒蹴群山开。黄河咆哮黑浪恶，一月始及歌风台。骨肉五年不相见，风尘歘睹吾兄面。我昔弱龄今有须，君亦蹉跎四十馀。薄宦千里不快意，一官仍拥青毡居。感君意气与君好，流连累月开怀抱。夜饮酣呼玉屈卮，昼游连骑金腰褭。高秋九月天气凉，吕母冢上尘沙黄。出骑快马风比捷，从少年辈逐两麞。弓弦拓作霹雳响，饿鸱飞去噭空桑。割鲜野饮气益壮，肯作新妇车中藏。归去欢宴不知夕，羌乐琵琶鼓筝笛。明河欲没斗西斜，主人称寿客离席。吁嗟游子如转蓬，作客未几行穷冬。忽忆故乡行乐好，黄鸡正肥新篘红。明日骊驹更东首，马上别君但挥手。北风鬅发短后衣，萧条中野行人稀。广陵驿前暮潮落，京岘山头雪片飞。河水遥遥接江水，别泪与之谁是非。超然而入中射猎一段，排宕飞扬，神似太白。

雪后登滕王阁放歌

我携铁笛罗浮回，豫章城头吹落梅。罗浮仙人太狡狯，蜚廉滕六供呵扐。乱洒梅花遍原隰，千峰一夜争皑皑。晓披白鹤氅，独上滕王阁。九叠屏风失青翠，琼楼十二垂珠箔。长江淴渺迷孤篷，渔舟藏浦高桅泊。团团万顷水晶盘，一片寒光羃寥廓。初疑海上浮神山，蓬壶缥缈不可攀。其物禽兽皆白色，自注：用封禅书语。银为宫阙虚无间。又疑误跨玉虹入月府，玉兔抱杵冻不举。霓裳对对舞仙姝，清虚高处寒如许。回头雉堞堆璨瑳，檐冰拄地铎铃语。鳞鳞万瓦湿烟浮，旋觉此身尚尘土。忽忆滕阁今千年，滕王蛱蝶随荒烟。子安退之骨已朽，何况珠帘歌舞当时妍。惟有西山只如旧，此中栖隐多神仙。洪崖丹灶流银汞，萧史茅龙耕石田。我欲左携葛勾漏，右挽梅子真，径呼玉虬骑上天，云中缟鹤纷翩跹。或言神仙之说竟茫昧，且饮美酒酡朱颜。向晚江山转清绝，逸兴拏云坐超忽。夜深蹋雪还上来，挥手寒窗招海月。茫洋浑涵，千变万状，极才人之能事。

江　急

江急雨冥冥，江豚吹浪腥。涛奔远岸白，峰逐去帆青。野戍春低树，滩舟火聚星。长年趁风便，向晚更扬舲。

九　江

吴楚一江共，波涛九派分。湖光寒自白，庐岳晓常云。虎斗荒村迹，猿啼落日闻。琵琶亭废久，枫叶正纷纷。

哭亡儿士騄

遗编繙不忍，转忆课经时。过爱翻成薄，求全屡受笞。一灯寒夜影，十载膝前儿。辛苦成何事，酸心我不慈。即“鞭扑过多怜较少”意，一经烹炼，便觉不凡。

盥栉经旬懒，衣衫渍泪痕。伶俜馀此日，门户且谁论。痛我无兄弟，怜渠是冢孙。昨朝寒食奠，隻立黯销魂。直白语，悲痛弥深，一结即柳州寄许孟容书中“顾盼无后继者”意。

登歌风台怀古

芒砀真人乘赤龙，故乡行幸有遗宫。壁埋蝌蚪荒碑在，木落牛羊寝殿空。汤沐百年欢父老，衣冠十日拥儿童。淮阴已族黥彭醢，慷慨何须悲大风？歌风时，韩、彭、黥俱已族矣，思猛士何心耶？

望钟山

陪京雉堞迥苍然，重忆高皇逐鹿年。汗马北腾穿碣石，长虹南倚划吴天。鼎湖龙去离宫锁，复道花繁紫禁偏。怅望寝园今寂寞，牧人秋卧孝陵烟。

和杨陶云感怀时左迁新建少府

汝从移疾卧烟萝，几载麻衣废蓼莪。海内君亲馀痛哭，天南魑魅答悲歌。潮吞章贡江声急，翠削匡庐郡阁多。想见元婴遗迹在，珠帘画栋近如何？诗成于世祖初宾天时，故有第三语。

登吴城望湖亭

鄱湖湖合赣江流，倚槛江湖望转幽。湖势北摇匡岳动，江声西拥豫章浮。鱼龙昼啸千艘雨，日月晴悬一镜秋。回首战争曾此地，荻花萧瑟隐渔舟。

题冀渭公所藏杨忠愍梅花诗卷

渭公大父梅轩，故官比部郎，忠愍颂系时，先生倾身櫜饘，忠愍高其谊，为作此卷。同时周旋诏狱，霸州王继津、太仓王元美及应生最著，先生事世鲜知者。康熙丙辰，渭公来吴阊，出卷示余，盖百二十馀年物矣。展卷肃然，敬题其后。

黯淡缃绨墨影寒，那能展卷不汍澜？当关虎豹麋躯易，畏路风波仗友难。溅血九原仍化碧，批鳞一疏独留丹。文山诗句眉山笔，古瘦清香再拜看。自注：忠愍有"古瘦清香原太始"之句。○重忠愍及周旋诏狱画梅意，只用一点已足。

登太湖西峰

山色苍苍积翠回，沿缘仄径入莓苔。岭边风叶藏僧寺，树杪飞泉洒客杯。清磬一声松子落，白云万顷太湖来。三高惆怅俱陈迹，落日山空樵唱回。

张　宫

张宫，字处中，江南华亭人。

饮沈惊生池馆

嘉树俯城阴，居然爽气深。非秋常落叶，不夜有归禽。丘壑容芝草，冰霜耐竹林。主人山水志，谁与共清音。

送李素心之岳阳

画舫中流芳草齐，临风张乐洞庭西。从官谕蜀通三峡，大将平蛮下五溪。衡岳云开鸿雁度，巴陵月落鹧鸪啼。好凭羽扇成雄镇，荒服于今靖鼓鼙。初平三楚之后，故有颔联。

陆次云

陆次云，字云士，浙江钱塘人。官江阴知县。著有澄江集。〇云士诗本真性情出之，故语多沈着，而所选诗转在宋、元，以之怡情，不以之为宗法也。

杂　感

雷霆能击人，独畏操莽威。鬼神能福人，独于孔孟遗。今古无鉴戒，祸乱相乘除。问天天不言，屈平空著书。四十字中，可抵一篇天问。

北地每苦寒，狐貉出天山。南地每苦热，絺葛生於越。人之所欲须，天意预为设。大哉造化功，于世何所阙。天道自然，君子亦因其自然而已。

芝兰出秽壤，芙蕖生淤泥。赋性自芳洁，于此征神奇。君子处浊世，师惠以全夷。何必登首阳，高歌怀采薇。见皦皦易汙，哓哓易缺也。师惠、全夷，指出持身处世之道。

出　门

堂上有慈亲，身外无昆季。承欢赖妻贤，委之以为弟。弱女方四龄，初知离别意。恐其牵袂啼，深伤游子绪。乘彼睡未醒，温存加絮被。拜母不能言，揖妻交重寄。此际心若摧，出门方陨涕。字字真至，"出门方陨涕"，前人未经道过。

回首望家山，渐远山渐低。侧听岸旁语，乡音已渐移。放舟入大河，烟水无端倪。偶逢相识人，遥呼心依依。无如交行舟，倏忽已远离。

泛洞庭湖

大浸数五湖，莫大于洞庭。时当春夏交，雪融水气蒸。仰视但有天，与波同一青。茫茫六合中，不见大块形。三老弄洪涛，澎湃意所轻。至此乃敬慎，风正始扬舲。同舟色俱静，半帆容与行。此中有楠木，千载成英灵。出没每不时，异响令人惊。舟妇散纸钱，徐徐乃就平。死生呼吸间，宴坐犹兢兢。吁嗟缥缈中，难测鬼神情。或问传书事，心知不敢应。是赋洞庭别于赋海，楠木数言，写来恍忽变幻，疑鬼疑神。

君马黄

君马黄，臣马白。君执珪，臣执璧。君意皇皇臣翼翼，四海会同来有绎。和在镳，鸾在轼，骄骄八骏不齐色。驰驱不向昆仑陟，马之良，良以德。

志　感

人生当贵显，每淡布衣交。谁肯居台阁，犹能念草茅。朱轮来北阙，土室访西郊。古道今还在，淳风近有巢。

登　岱

得过三观下，因上岱宗巅。海吸长河远，天包大地圆。五更先见日，九点半升烟。孰谓方隅广，回环睥睨前。“天包大地圆”，形天地之全也。五字极写岱宗之高。

白沟河

道出白沟河，沈吟唤奈何？古今陵谷变，高下战场多。厉鬼依残骨，耕人拾断戈。烽烟嗟又甚，搔首一悲歌。

五溪杂咏

崎岖幽谷里，尽是碧云阿。祖每尊盘瓠，祠皆祀伏波。峒民参汉俗，溪女唱苗歌。溉种渔樵暇，悠然卧薜萝。

挂帆将匝月，犹在乱流中。野豕能飞箭，江豚善拜风。安危凭激浪，行止信孤蓬。影落南天外，飘零望断鸿。

天下大师墓

水关西出隐浮屠，燕子飞来半月孤。病虎无心看北固，潜龙有恨逊南都。十三陵外馀抔土，二百年来失鼎湖。一自桑田成海后，总啼鹃血洒平芜。天下大师，系元僧人墓。建文无出亡之事，前人辨之详矣。此仍旧说而赋之。〇病虎谓道衍也，道衍有“北固青青眼倦看”句。

疑　冢

疑冢累累漳水头，如山七十二高丘。正平只有坟三尺，千古安眠鹦鹉洲。大为文人吐气。

咏　史

儒冠儒服委丘墟，文采风流化土苴。尚有陆生坑不尽，留他马上说诗书。

题荆山石壁

寄语山灵听啸歌，连城再刖叹如何？人间碧眼应难遇，莫产琼瑶误卞和。七言绝每能用意，不减缶鸣。

章静宜

章静宜，字湘御，江南长洲人。诸生。〇湘御为素文、鹤书之弟，九仪之兄，四先生并擅才华，名满大江南北间。湘御尤工于诗，近人鲜有知者。

拟刘太尉伤乱

宗社覯厄运，夷夏乱皇纲。神州尽纠纷，腥膻逼晋阳。余本炎精裔，投职事危疆。思将南山石，一补天柱荒。妖氛煽四野，中道罹昆冈。上惭楚包胥，请师救国殃。下愧汉窦融，保境拒强梁。遗轨宁不仰，微志竟莫偿。身同南冠囚，抚膺涕泗滂。心如高悬旌，因风尚飞扬。吹篪凄我怀，鸣笳断我肠。孝行既已亏，忠名徒自伤。功勋付逝水，意气亦何常。写出越石心事，诗格亦几如唐临晋帖。

汴梁行

汴州城内风鹤惊，汴州城外连军营。一夜金堤雷电起，千年玉殿波涛声。大梁自古繁华地，三市风光最明丽。西连伊阙作屏藩，北控成皋如带砺。高帝当年辟草莱，分封万骑自天来。兰窗仍起飞云殿，树寝还通造字台。子孙奕祀承青社，议亲常得君王赦。传来乐府胜河间，制就新声夸邺下。东风十里覆长堤，万树千条各向西。珠履尽知公子客，宝钗时见舍人妻。金梁明月空中度，玉津芳草迷归路。园内双双蛱蝶飞，桥边队队骅骝驻。双双队队更如何？紫陌朱城拂逝波。自言百岁来歌舞，自谓三时竞绮罗。绮罗歌舞无穷极，炎天烽火嗟何及！北地谁知青犊鸣，东门忽见黄虬入。飘零雉堞少人行，牙旗大纛自纵横。波翻夏后前朝庙，潮打梁王旧日城。故侯冷落悲徒步，新鬼荒荒泣烟雾。鹳雀高栖敖氏仓，鸳鸯虚抱相思树。至今榛棘尚成行，落日寒沙古战场。无忌已知新去魏，相如不复远游梁。游人对此空嗟悼，胡笳芦管声中老。牧马常过屠肆旁，射雕每向彝山道。凄凉今古不须哀，极目秋风万里开。试向东都更长眺，铜驼金谷半荒垓。此感流寇决河灌城而作也。前写汴梁之盛，后形汴梁之衰，婉转悠扬，初唐风调。

晚泊京口

舟行易日暮，旅泊背孤城。酒力当秋胜，乡心逐夜生。人烟都会地，风雨大江声。明发空南望，苍然北固横。

夏日杂感

芜城柳色绿成阴，诏遣贤王羽骑临。风急双雕辞塞口，天清万马浴江心。虚传此地繁华久，谁念当年战伐深。歌吹竹西如尚在，休教笳管漫相侵。

金　陵

鸡鸣山上满青莎，玄武湖边空碧波。草满故陵埋石马，月明荒径泣铜驼。六宫夜雨棠梨落，万里秋江苇荻多。犹有南朝城堞在，景阳遗恨独悲歌。圣祖南巡后，修葺孝陵，御书“治隆唐宋”碑额，非复向时园寝矣。诗成于未巡幸时，故有第三语。

京口作

铁瓮城西鼓角催，扁舟遥自秣陵回。天清瓜步中流见，风起长江动地来。楚蜀帆樯千里集，金银山寺两峰开。秋光潦倒南游客，落日鱼龙夜夜哀。七律沈雄苍老，信阳、北地之间。〇银山俗名，对金山而言，实即蒜山也。

顾景星

顾景星，字黄公，湖广蕲州人。著有白茅堂集。

题内府所藏唐人百马卷子

开元厩马四十万，天宝从龙谁最健。夜宴火鼓延秋门，昼争豆茎咸阳店。万里桥头百存一，骑去东宫还几匹。当时刍秣尽凡才，急难何曾见腾逸。此图蒲稍仅百马，毋乃乐坊教成者？细看不是临阵姿，可惜登床汗流赭。黄衫奚官三五人，镂花玉带绣抹巾。羁前宝络坠金铎，覆以罗帕承锦茵。可怜贼破西京后，此马全为承嗣有。鼓声应节反见妖，血碎桃花死犹吼。图藏内府已千年，相传画手南唐前。画师有意惜奇骏，不遣驱驰供舞筵。君看老骥还遭放，尽有骅骝气凋丧。苜蓿难逢大宛种，苁蓉屡湿边庭瘴。俶傥何须四百蹄，壮观争多真画师。转思骒裹不世出，天子独乘何所之？“刍秣尽凡才”二语，比当时豢养庸流，临难退避，如陈希烈、张垍之辈，而颜真卿之忠直，不识为何如人也。借题发挥，乃见作手。

汪徵远

汪徵远，字扶晨，江南徽州人。

天平矼入师子林

深松寒白石，僻路到人稀。仰见高峰顶，孤僧采药归。云多从杖起，鸟不上山飞。薄暮一声磬，猿公来款扉。向游师子林，云满几席，半山即无鸟声，读此诗，知真写得景出。

上莲花庵

秋山钟梵寂，萝径上崔嵬。意想不到处，峰峦忽尽开。石床平落叶，古壁满荒苔。更羡孤云逸，松颠自往来。顶有到者，方知“岂有此理”题额，三四语即是此意。

坐狎浪阁

高阁临溪水，薄暮轩窗开。不见庵中僧，微雨潭上来。“不见庵中僧”二语，王渔洋谓其不愧古人。

汪洪度

汪洪度，字于鼎，江南歙县人。诸生。著有馀事集。〇于鼎诗，渔洋定其全集，歌行中赏其建文钟篇，云中有史笔，非苟作者，今集中不见此诗，可惜也。

次街口

万山落飞瀑，竞向清溪会。潆洄穿松杉，葱蒨纷映带。积石竦剑铓，百里无静濑。篙师惯歌啸，险绝了不碍。攒霄排岩峦，幽异此中最。转惜崄巇中，苍黄出烟霭。渔火半明灭，海月上山背。家乡送别人，已隔青峰外。遇险而惊，出险转惜，无情人不知是语之妙。

七里濑

日照丹霞西，雨来青嶂东。船头气澄碧，船尾阴溟蒙。峰交路疑尽，溪回趣无穷。渚清水禽悦，径碧岩花秾。束发志沈冥，思蹑客星踪。曩游已十载，老大仍飘蓬。山顶石乳滴，服食使颜红。丹梯不可上，神仙杳难逢。何日谢尘缘，烟波从钓翁。起四语，即所谓“朝跻齐于西，崇朝其雨”也。吊严陵意，只于隐跃见之。

蘖庵大师自注：侍御熊公，讳开元。

九尺老比丘，骨立石崖松。楞伽把一卷，兀坐西南峰。举头近帝座，低头睨寰中。批鳞丹陛前，驱鳄沧海东。昔怀宁易平，托钵降毒龙。阳灵大地匿，雨雪春山空。樵径白云迷，何处寻孤踪？

芦中老人自注：礼部郎王公讳泰徵。

芦中人易老，不复刺渔船。悲歌采薇蕨，归卧西山巅。山路幸崄巇，足音少人传。气衰筑难击，不如弄云烟。骨瘦薪难卧，不如枕清泉。清泉涤尘襟，云烟幻眼前。忧思能伤人，谁禁迟暮年。

鼠渡江

江北鼠，口衔尾，结伴成群满沙觤。飞尘满野，烈日在天，江北农人，忧心如煎。江南稻秧齐，沃土不须雨。同类渡江，适此乐土。楚豫稻粱！堪足天下。今年不雨春复夏，估不开仓谷添价。鼠乎鼠乎！勿食禾黍。禾黍食尽，及尔同死。由江北而及江南，两地之禾同尽也。鼠俱饿死，其人可知矣。此种诗从变雅中来。

翁履冰

翁挈稚孙暮归，履冰上，中流值冰裂，落水死。

东家粟红，西家粲白。借贷空归，羞见河伯。河伯羞尚可，一家待我举烟火。河水生骨胶渡船，携孙伛偻行难前，谁知河心冰不坚。狐狸隔岸看堕水，枯桑槭槭酸风起，绥绥欲渡愁其尾。狐愁濡尾，翁与孙尚能履耶？愁惨之音，几不忍读。

纪岁珠

乡邻某，娶妇甫一月，即行贾。妇刺绣易食，以其馀积，岁置一珠，用彩丝系焉，曰纪岁珠。夫归，妇没已三载。启箧得珠，已积二十馀颗矣。

鸳鸯鸂鶒凫雁鹄，柔荑惯绣双双逐，几度抛针背人哭。一岁眼泪成一珠，莫爱珠多眼易枯。小时绣得合欢被，线断重缘结未解。珠累累，天涯归未归？老杜新婚别，为王家守河阳也。此为行贾而别，倘所云重利轻别离者耶？结意不用说尽，婉约可悲。

怀黄扶孟

从来经易水，谁不念荆轲。有客自驱马，秋风正流河。回头山色远，直北角声多。日暮思乡井，踟蹰发浩歌。凭空而下，千钧笔力。

汪洋度

汪洋度，字文治，江南歙县人。

臂痛

那能扛笔气如虹，自笑千钧一握中。乍可偏枯犹半士，谁堪全折到三公。斜骞却似垂翎鹤，孑立还疑欲瘁桐。天意佚吾吾正懒，纸窗晏卧罢书空。大雅之音，可配曹倦圃赠徐子能跛足诗。

吴江舟夜

水驿迢遥望不分，愁心落叶共纷纷。扁舟一夜摇江月，入梦吴歌断续闻。吴歌，以吴江为最；用来独切。〇予留日下六年，归过望亭，半夜闻吴歌声，知家乡已近。读此觉情景逼真。

彭始奋

彭始奋，字中郎，河南邓州人。

滇南

久客愁攀废苑松，举家天末尽相从。蛮儿乘象同牛马，僰道看花无夏冬。近接漏天常作雨，倒流滇水不朝宗。独期揽胜遐荒外，恨未曾登鸡足峰。

寄陇西观察赵韫退先生

新分采邑陕西偏，上奏仍屯塞下田。部傍先零毡作帐，道通西域雪为泉。阴山控驭六千里，河套因循三百年。会见殊勋陵海外，那烦班固勒燕然？

陶 窳

陶窳，字苦子，广东顺德人。○陶氏世袭锦衣，至苦子刻苦如寒素，肆力于诗，誓不袭牙慧语，亦南粤铮铮士也。诗无镌本，被其戚窃为己作，恐久而混真，故特表而明之。

古 镜

先秦遗篆在，想象出深宫。明月不生处，清光时与同。有形随自应，无相本来空。白尽人间发，全归一照中。赋镜者未曾道及，第六句可以证禅，亦以明虚灵之体，仍儒家语也。

冬 草

三径经冬掩，飘零对汝时。未充君子珮，徒结美人思。世态看蓬转，孤心感鬓丝。平生抱微尚，不与众芳期。借以自况，非寻常著题体。

送张超然

闽粤无多路，思君见面难。高文朋辈重，落叶客程寒。残腊惠相访，素丝劳共弹。重华不可作，幽思更无端。

望零丁洋寄怀友人

两年九月此经过，极目沧茫感逝波。穷岛汉槎无限路，秋风禾黍自成歌。忠臣泪带寒潮长，楚客悲逢落叶多。欲寄相思凭去雁，故人归梦杳星河。因信国孤忠，怀及友人，不抛掷零丁洋意。

喜屈翁山远归

传书闻汝滞边城，此日归来感慨增。数冒严霜行万里，独寻荒草拜诸陵。相逢客舍难为泪，自叹河山不共凭。欲把离忧付流水，高楼同醉酒三升。

秋　望

数声离雁下寒汀，世事相看散野萍。入水苦匏思共济，望秋蒲柳感先零。忧心满似将圆月，旅鬓疏同避晓星。独洁糈粻候槎影，美人空自隔沧溟。有志济时，而抚躬已老，岂寻常栖隐士耶？老杜有感于“圣朝无弃物，老病已成翁”也。

查　容

查容，字韬荒，浙江海宁人。

送武曾之宣府

由拳城头月华白，张灯置酒宴征客。由拳城外柳条青，平明相送出津亭。羡君意气真无比，此去幽州几千里。揽辔遥看冀北云，挂帆径渡淮南水。太行山高日欲斜，边风飒飒飞尘沙。候骑千屯吹觱篥，明驼一队奏琵琶。上谷使者与君厚，辕门揖客论故旧。伐鼓鸣笳部曲前，锦筵红烛军麾后。觥筹交错坐忘疲，玉缸泻酒醉难辞。壮士横刀看草檄，美人挟瑟请题诗。丈夫三十犹未遇，走马穷边那复顾。野狐岭下白草枯，卧龙冈上黄云暮。客中行乐不知年，但看月出几回圆。沙场忽听思归曲，应使乡关望眼穿。得力于岑嘉州。

赠别少典

鸣榔伐鼓不曾停，月落津楼见晓星。芳草自分南北路，垂杨相送短长亭。歌残银烛愁难别，劝尽金壶醉未醒。岂为燕台师郭隗，一时客去感飘零。

潘　镠

潘镠，字双南，江南吴江人。

金　山

孤屿中流峙，横空势欲吞。天清江作带，地阔海为门。塔影鱼龙静，潮声日月奔。茫茫千古意，酾酒共谁论。造句奇警。

扬州秋感

光岳英灵河洛分，尚馀寒焰射青冥。将军阃外空专钺，丞相营前竟坠星。鬼哭郊原凄晓角，鹤归华表泣新亭。秋风万里荒林下，手折黄花当荐馨。拜史阁部墓而作，见四镇跋扈无功，而阁部惟鞠躬尽瘁，死而后已也。比以忠武，许之者深。

寄顾茂伦先生

十载江城久未过，美人幽梦近如何？著书岁月穷愁老，对酒湖山感慨多。谊重延陵贻缟带，节高元亮卧烟萝。还期鼓楫成良会，听取尊前白石歌。

彭　桂

彭桂，字爰琴，江南溧阳人。○陈子山学士携爰琴诗见示，系钞本，属予选定，删存四卷，催取甚促，因节录九章，终以不能多取为憾也。

出宣州过箬岭入歙州界遇雨

游子倦行役，攀折畏险阻。宣歙尽山城，峰峦互撑拄。从箐裹郡县，仄涧跨垣堵。兹岭何岧峣，悬道通一缕。峭壁插天门，裂石界地户。泉奔脚下雷，风啸空中虎。朗日眩神魂，旅人怯亭午。况乎我独行，缥缈入云雨。

扬州鹾署为董江都故居 署后有祠遗井尚在丁巳秋瞻谒感赋

邹鲁儒风湮，嬴秦强力逞。苏张舌肆矛，申韩智设阱。典籍付劫灰，仁义弃荒梗。亭长马上来，功成亦侥幸。苟且由萧曹，因循及文景。卓哉江都相，晁贾非可并。三策本春秋，反覆诫修省。正谊与明道，功利所亟屏。至今两庑祀，千秋日星炳。管子霸者佐，思以富强骋。官海始熬波，国用因不窘。后世桑孔辈，锱铢收几尽。淮南百万租，设使俾专领。趋膻如蚁蝇，处浊同蛙黾。谁令先生居，一朝作金矿。我兹瞻荒祠，三叹中耿耿。幸有遗井存，悠然自清冷。独来斟寒泉，对之涤心影。前以苏、张、申、韩诸人引起，见道术久裂，得董子而始正也。后又从管子之熬波，说到桑、孔尽利，淮、扬之间，蝇屯蚁聚，而董子之居，竟为堆积金钱所矣。幸有遗井存，可以洗心鉴影，犹极炎热时服清凉散也。此种诗不同风云月露之作，而又不入于腐，所以为高。

夜饮阎再彭席上听孙良侯挝鼓歌

空堂昨暮闻疏雨，飒飒秋声满庭户。可怜今夜露华中，明河碧汉还如许。堂中烧烛夜宴客，有客酒阑起离席。自言挝鼓声最豪，奋袖操槌将欲击。欲击未击手徐低，坐上先教众乐齐。众声杂作一声下，倏如蛰雷动春溪。鼓声如雷手如电，须臾迸激飘飞霰。管音何亮磬何幽，忽卷诸音联作串。初听缓，檗裂一声回抱腕。乍闻急，百万军中单骑入。急复散，芦荻萧萧遍鸣雁。散终促，悬崖万点乱喷瀑。有时宫，海涛汹涌红日中。有时商，凤皇九子鸣锵锵。有时角，掷地兜鍪起舞槊。有时徵，有时羽，徵如呜咽滩流水，羽如间关莺滑语。五声都会鼓声中，低时能辨高能融。直教上拂星斗乱，直教下彻井泉空。仰看缺月银墙上，边风露草吹相向。鼓声阑出画堂中，只觉天清与野旷。于中能识鼓中神，扬桴击节旁无人。渊渊沈沈有妙理，能动高云不动尘。听君击鼓悲无那，好歇鼓槌来入坐。自从惊起渔阳鼙，多少江山都入破。二十年前日夜闻，野花沙草吊残军。到今凝碧池头问，只有雷生曾报君。客闻此言神欲夺，两手忽落双槌歇。鼓声一止截众声，空里馀音犹恍惚。耳边尚觉来阗阗，与君尽醉酒怀前。开颜但为主人饮，今年欢会知何年。劝君打鼓莫轻下，世无曹瞒安足骂？主人纵有岑牟衣，不遇祢生未许借。迤逦而来，备极音节，后半借渔阳鼙鼓写流寇之乱，悲壮淋漓。末又结到不轻击鼓，真觉四座无人，目空一世。

建初弟来都省视喜极有感

相持莫下拜，拭泪认分明。讶尔颜何瘦，令余痛失声。饥寒留剩骨，患难得馀生。乍见浑无语，那堪悲喜并。

为致慈亲语，殷勤劝早归。叹余违井邑，况汝别庭闱。每念尸饔苦，深惭弹铗非。向来多少泪，都染手缝衣。弟传亲语劝归而已。与弟转并滞客途，倚闾之思愈切矣。此种是真杜诗。

更传儿女意，尽解忆长安。索饭啼堪念，牵衣别自难。两人今旅次，八口在江干。此际愁何似，秋风暮更寒。比“未解忆长安”，更觉可悲，不解，悯其无知，尽解，又怜其聪慧也。

同苍符过王勤中怡老堂自注：堂为文恪公归沐之所，勤中，其七世孙。

宰相当年怡老堂，云仍七叶守青缃。成弘盛世思元老，晋宋新亭满夕阳。蕉叶雨斜侵砚几，藤花风细落书床。推君逸少兼摩诘，文藻东吴独擅场。

和楚人李子鹄寄阎古古先生

千秋身在固非轻，肯任他年青史评。空想大风歌沛邑，只馀落日吊彭城。巢由岂尚高人节，楚汉徒成孺子名。寄谢北山猿鹤侣，不烦泉畔涤尘缨。都从沛县起意，音节高亮，琅琅有声。

答怀阎再彭

记别淮阴掷钓竿，楚天云树竟漫漫。徒劳问答皆宾戏，始信文章果说难。肥马尘中孤客贱，严霜梦里故乡寒。自惭未得酬知己，腰下吴钩怕解看。

彭　极

彭极，字则駩，江南溧阳人。

得爰琴兄都门信

床头宝剑泣鱼肠，赋就三都价未偿。绝不待人惟岁月，最难为客是风霜。春山自洒啼鹃泪，慈母曾缝游子裳。今夜挑灯应独寐，好将归梦绕高堂。

吴之振

吴之振，字孟举，浙江石门人。〇宋代诗，前此无选本。孟举刻宋诗钞，共百数十家。己所成诗，亦俱近宋人。

叠韵送叶星期岁暮还山

空山鸾啸激清音，壑断云连咫尺寻。老去贫交难聚首，眼前生客怕输心。长镵劚处霜苗短，柔橹声中落叶深。万顷菰芦堆碧海，星星渔火入香林。中有佳句。

李　载

李载，字子谷，湖广黄州人。

遥赠阎古古先辈

涪水澜空剑影残，睢阳日落马烽寒。鞠躬讵肯输诸葛，断指终期报贺兰。笑我从军红抹额，怜君送客白衣冠。生平慷慨无人识，醉后高歌行路难。壮其义勇，亦当羽声慷慨歌之。

崔岱齐

崔岱齐，字青峙，江南江都人。诸生。

燕来巢为李秋水作

去国怀乡莽自哀，旧时庭院锁莓苔。尘凝风幔人初至，梁落春泥燕又来。紫海路深音信断，红颜年远雪霜催。营巢哺子依君屋，也自逢秋未忍回。

岁暮送戴衣闻还苕溪

荒郊晴雪映行装，送客江亭恨渺茫。鸟近黄昏皆绕树，人当岁暮定思乡。经年文酒情相似，异地云山梦不忘。最爱苕溪好风月，明年我欲棹轻航。高青丘“清明无客不思家”，推天然名句，此亦不让前人。

庞　鸣

庞鸣，字逵公，江南嘉定人。

吴宫词

屧廊移得苎萝春，沉醉君王夜宴频。台畔卧薪台上舞，可知同是不眠人。吴宫之女采香，越王夫人采葛，犹此意也，一用并说，垂戒悚然。

周稚廉

周稚廉，字冰持，江南娄县人。○冰持为宿来之孙，鹰垂之子，少以钱唐观潮赋得名，因不永年，故诗传绝少。

送冯宝初

木末花开柿叶稀，旗亭分手泪沾衣。怜君身似江南燕，又逐秋风望北飞。不落送人窠臼。

洪　昇

洪昇，字昉思，浙江钱塘人。上舍生。著有稗村集。〇昉思名满京洛，因演所著长生殿传奇，至于斥革受辱。又遭家难，坎壈终身。五十馀，堕水而没。天之厄之，为已极矣。而其诗疏澹成家。渔洋及门中，在吴天章下，馀子之上，应以可传许之。

石　门

先贤逝已久，予亦宿石门。天寒鸟自归，林表斜阳昏。吏隐计难得，讵知忧世屯。栖栖终短褐，此意向谁言。玩诗意，乃鲁地之石门也。凭吊晨门，亦自抒怀抱。

征途晓发

夜发蓟丘道，马蹄踏霜华。月照千里白，不辨冰与沙。行行三十里，始闻啼曙鸦。朔风起何处，隐隐鸣悲笳。徒侣惨不乐，从者咸咨嗟。扬鞭强笑语，前村有酒家。

送吴位三归宣城

宋家丞相后，乔木到如今。之子独古处，对人无俗心。偶来京洛道，旋反敬亭阴。芳草白云外，春山深复深。

雪　望

寒色孤村暮，悲风四野闻。溪深难受雪，山冻不流云。鸥鹭飞难辨，汀沙望莫分。野桥梅几树，并是白纷纷。“山冻不流云”五字，写尽雪望。

蒙山道中

乱石绕东蒙，崎岖古道通。一身千里外，匹马万山中。密树遥遮日，轻花细逐风。望云双泪落，岂是为途穷。

寒食

七度逢寒食，何曾扫墓田。他乡长儿女，故国隔山川。明月飞乌鹊，空山叫杜鹃。高堂添白发，朝夕泪如泉。

柬李东琪

闻君昨日到长安，驿路风尘乍解鞍。古寺楼台高避暑，晴天松柏昼生寒。亲知把臂他乡少，贫贱论交此地难。我自飘零归未得，秋江劝尔弄渔竿。贫贱论交，到处皆难，长安尤甚。此身亲阅历之言。

衢州杂感

嶎岏岭势矗仙霞，阻遏妖氛建虎牙。障日丛篁宁容骑，连云列戟不通鸦。居人乱后惟荒垒，巢燕归来止数家。一片夕阳横白骨，江枫红作战场花。鸟飞者伏也，此为下有伏兵而言。若连云列戟，则鸟不敢飞矣。体贴入微。下半写乱后景象，如置身古战场间。

将游大梁

匹马嘶荒野，群山拥乱云。迢迢二千里，去哭信陵君。

公子行

春明门外酒楼高，称体新裁蜀锦袍。花里一声歌子夜，当筵脱与郑樱桃。

钓台

逃却高名远俗尘，披裘泽畔独垂纶。千秋一个刘文叔，记得微时有故人。非表光武，正慨在贵忘贱者之古今皆然也。

答友人

君问西泠陆讲山，飘然一钵竟忘还。乘云或化孤飞鹤，来往天台雁宕间。陆讲山，谓丽京也。丽京或传仙去，或传为僧，或传相遇于天台石梁，故有此诗。

毛师柱

毛师柱，字亦史，江南太仓人。

兵　过

宁夏三边要，防秋万里屯。营移千帐白，马饮一河浑。但觉旌麾静，真看节钺尊。军容同细柳，知不负君恩。沉雄。

舟中两梦亡妇诗以志感

落月逢窗照水滨，音容疑假又疑真。境分生死伤心切，愁绕关河入梦频。酒醒乍惊身在客，泪残犹道汝为人。廿年旧事从头记，荆布相依最苦辛。切舟中，切梦，并切两梦，别于寻常悼亡。

喜云间徐合素至自甘州幕府话旧有赠

挟策携琴绝塞行，将军长揖重书生。题诗好遍云中戍，射猎应过雪外城。绿酒黄羊晨草檄，黑貂红烛夜谈兵。归来万里雄心在，莫惜离怀醉后倾。

二鹦鹉

绿襟缃翼赤栏东，双立双栖入画中。纵炫羽毛休见妒，为能言语却争工。堂前报客声相应，陇首思乡梦不同。枉自含愁频对舞，何须玉粒恋雕笼。语语从双意著笔，妙能浑然无痕。第六语用同床各梦意，真匪夷所思矣。

朱仙镇拜岳武穆王庙

破竹真能复两京，十年功绩痛垂成。但知金币坚和议，忍使香盆聚哭声。手挽山河心未死，身骑箕尾气犹生。经过当日班师地，千古令人涕泪横。

追感杜茶村先生

一生心事向谁陈，道路皇皇老更贫。白发几人怀故苑，青山何地葬遗民。狂来自合歌衰凤，绝处犹堪纪获麟。名并少陵身客死，自注：先生没于维扬旅寓。空馀书卷照千春。陈北溟守江宁时，始葬茶村于聚宝门外，此时犹未葬也。或云，纪获麟，措语太重，此言诚然。然太白古风云："希圣时有作，绝笔于获麟"，诗人之辞，不必过于执著。

方山阻风

征帆早喜到江东，凝望乡关咫尺通。岂谓三朝又三暮，依然愁水复愁风。空馀山色烟波外，枉却秋光道路中。但得快哉旗脚转，更何分别问雌雄。

无名氏

题　壁

横笛何人夜倚楼？小庭月色近中秋。凉风吹堕双梧影，满地碧云如水流。渺渺孤城白水环，舳舻人语夕霏间。林梢一抹青如画，应是淮流转处山。此商丘宋冢宰于邮亭壁间录出者，诗近中唐，传其诗不必传其人。

卷十六

陈学洙

陈学洙，字左原，江南长洲人。康熙甲子举人。○左原先生与弟右原为孪生兄弟，形体性情，学问志节，无不相同，不止如双丁二到已也。诗品雅洁，并追唐人，尤悔庵太史谓陈氏兄弟，昔称二难，今日二难，复见陈氏，其言洵然。

君子行

君子畏幽独，大廷乃敢言。小人詟稠众，衾影不可扪。绳尺君子心，之死靡所夺。脂韦小人态，临难思苟活。譬如丹山凤，煌煌世之仪。蛇蝎藏阴房，白日难逞威。又如青松枝，经霜不渝色。厌彼荆棘繁，剪伐何足恤。缁素既异染，碱瑜仅同形。泻水一器中，当辨渭与泾。汉乐府只说君子避嫌，此则君子小人之分，判如冰炭白黑矣。末归到人君之能辨，尤为得要。

阅省试录见璋儿名喜而作此

羁人百忧集，烦乱不能理。观空息群妄，淡泊对流水。檐端噪干鹊，何事聒吾耳。南国贤书来，邮骑持片纸。解额六十三，有汝名在裹。大江亘南北，锁闱万余士。高才动沦落，老至常拊髀。流年烁筋骨，饮恨积块垒。汝年弱冠馀，腹未饱经史。不遇何足叹，得之亦偶尔。忆汝周岁时，呱呱而索乳。汝母躬抚育，一夜常数起。抱置大母前，呼名辄唯唯。姑妇相视笑，吾宗有孙子。安得若长成，读书取青紫。斯言宛昨日，逝者已如彼。伤哉泉下人，不及亲见此。吾衰久于役，蹙蹙靡所止。膝下无他儿，举目惟在汝。幸汝名稍成，使我心窃喜。会须览皇都，贻书趣行李。前见遇合之偶然，失不足悲，得不足喜。后见大母与母氏之属望，而冀其成名，不及亲见，深足感也。诗到布帛菽粟，才是真诗。

忧旱谣

去年夏雨，淫淫不息。今年无雨，赤日如炙。日如炙，旦至晡。土既裂，苗皆枯。去年食米，今年食麦。麦贱米贵，五斗换石。食麦犹可，无麦则那。东田西田戽水归，筋酸骨痛腹更饥。天不雨，田无水。禾不生。侬亦死。

别　弟

不敢垂双泪，孤怀自黯然。恐添慈母念，那免病妻怜。书札从人寄，家庭赖汝贤。归心倘可遂，应得在春前。少陵与诸弟诗，字字从心坎流出，所以独绝。作者直如面语，忘乎其为韵语矣。

行次滕县

望里烟生雉堞低，滕阳城外草萋迷。井田旧业安征税，淳朴遗风厌鼓鼙。青杏园林禽上下，绿杨村舍水东西。此中乡土殊堪乐，莫惜从容驻马蹄。井田淳朴，能举滕县之大，前辈“滕县花开色似银”，举其琐细而已。

燕京杂咏

万里风烟古北平，萧萧牧马遍龙城。旌旗晓接长杨苑，刁斗宵催细柳营。辇下公卿多结客，市中屠狗亦成名。儒冠拓落知何事，自笑江东一步兵。

帝城高接太微垣，龙虎蟠回势欲骞。关镇居庸当北面，河流沧海抱中原。葡萄翠色来安邑，騄駬花鬃出大宛。正是金舆巡幸后，九重无事只临轩。

一从丹诏下明光，封事朝朝献未央。圣世保衡商左相，金门待诏汉东方。碧鸡久说通邛僰，白雉初闻贡越裳。自此万方归有道，扶馀海外不称王。时三藩海氛俱靖，故有是篇。

与缪天自夜话

牢落萧斋病后身，灯前款款话相亲。寒暄世态吾偏拙，贫贱交情尔最真。纵酒莫辞今夜月，悲秋俱是异乡人。明朝便作河梁别，天末凉风起白苹。惟贫贱交，故其情乃真，感慨系之。

茉　莉

玉骨冰肌耐暑天，移根远自过江船。山塘日日花成市，园客家家雪满田。新浴最宜纤手摘，半开偏得美人怜。银床梦醒香何处，只在钗横髻鬌边。花取半开，留余韵也，于此花尤宜。西樵考功后，又添名作矣。

哭外舅刘西翰先生

西台恸哭血沾巾，百结麻衣剩一身。地北天南抛骨肉，魂来梦往傍君亲。孔融收系无完卵，张俭流亡少故人。支遁峰前聊寄迹，此生长作宋遗民。尊人公旦公全首阳高节，西翰先生读书砥行，年九十馀终，故以宋遗民况之。

独行巍然老布衣，耄期不特古来稀。立锥无地能安道，抱瓮何心但息机。爱女早归泉壤去，遗孤尚作断蓬飞。山颓木坏人嗟叹，星象于今暗少微。

送倬云南还

满地风尘急暮笳，归程好觅渡江槎。故园兄弟如相问，只道征夫不忆家。征夫忆家，人人能道语耳，此转云不忆家，以忆家之语不能尽传也。

纸窗矮屋似僧龛，春去春来总不堪。忽见桃花红映面，一时回首望江南。

悼　内

簇蝶金泥杳不存，空箱颠倒月黄昏。牛衣一挂浑无恙，犹有当时对泣痕。牛衣对泣，寻常引用，此以追忆出之，其情便深。

纱窗曾弄管斑斑，剩粉残脂次第删。略记红笺留片语，一钩新月照愁颜。自注：内子幼好吟咏，继以非妇事，尽毁之。顷检废簏，于纸尾得此句，为之一恸。

李国宋

李国宋，字汤孙，江南兴化人。康熙甲子举人。著有螺隐居诗。

牛首山

独上藏龙窟，遥瞻踞虎邦。四天围碧嶂，一气滚寒江。净贝安禅悦，香灯冷法幢。顿令尘思尽，高倚白云窗。浑然而来，大气大力。

朝天宫感怀

冶城山色带残晖，绛节中天渺翠微。自昔鼎成龙已去，只今松老鹤还飞。斋宫寂寞闻金磬，泉海苍茫想玉衣。唯有步虚诸羽士，秋风时礼白云归。

望国山

岳麓铜峰面面分，雨中遥望国山云。紫宫秘记金函册，青嶂残碑石鼓文。虎踞几年瞻王气，龙骧他日驻新军。九岑环绕荆溪水，留得司徒半亩坟。国山有皇象篆碑，此孙皓封禅文也。国运将殄，犹侈对天鸿休之词，颈联殊见讥刺。

李　馥

李馥，字汝嘉，福建闽县人。康熙甲子举人，官至浙江巡抚。著有鹿山诗钞。〇鹿山公虚己受益，有指其诗瑕纇者，应时改定。诗多见道语，因未寄镌本，只录其曩时记诵一章。

过司空表圣墓

古道瞻遗墓，丰碑纪有唐。荣华辞黻冕，泉石殉君王。诗品卑元相，清风慕首阳。如何长乐老，黄发耐兴亡。表圣评元相诗，比之都市豪估。〇表圣处危乱之朝，无宗社之寄，隐居王官谷，被召，阳为衰耄，丐归，后闻哀帝被弑而卒，迹近隐沦，心实忠良也。“泉石殉君王”，移入他人不得。结以冯道反衬，倍觉有力。

史骐生

史骐生，字千里，江南溧阳人。康熙甲子举人。

写　怀

览镜何颜面，江东一腐儒。父书空满箧，母线尚萦襦。穷巷惭南阮，骚坛厕小邾。世人憎爱错，不卖椟中珠。胸中有物，目中无人。

蓝启肃

蓝启肃，字恭元，山东即墨人。康熙甲子举人。

送郭华野总制湖广

中旨才传出汉宫，直教欢喜到儿童。如闻元祐征司马，未许东山卧谢公。列郡应多投墨绶，当朝谁不避青骢。澄清岂但荆襄路，伫见讦谟沃圣衷。华野名琇，弹劾要人，直声震朝野，后以报复摧折。圣祖南巡，问吴江士民谁为廉吏，众以琇对，圣祖命总制湖广。华野旧令吴江，汤文正公斌存为侍御者也。

马之鹏

马之鹏，字文渊，湖广蒲圻人。康熙乙丑进士，历官户科给事中。

别毛姬黄陈相宜

薄游至西江，东南逢二妙。本是同门友，同心复同调。乐奏金玉声，情深知仁乐。去。清风披素襟，明月朗馀照。已见投胶漆，无庸判纻缟。胡然忽分张，殊方理征棹。越俗敛文华，楚风戒轻剽。安驱赴中和，研精归道要。江湖暂分流，终焉合廊庙。矢心展大猷，毋为恋蓬藋。毛与陈皆越人，己为楚人，勖以化风气之偏而归于中和，措词何温厚也！末望其策名清时，所见尤大。

除夕得庐字

腊雪初消岁又除，炉灰徐拨定更馀。亲闱此夜思游子，客路经冬阻尺书。卷轴随身成故友，乾坤何处是吾庐？添年便惜年华减，饮罢屠苏转叹歔。

徐元正

徐元正，字静园，浙江德清人。康熙乙丑进士，官至工部尚书。

广陵怀古

闲追旧迹检残编，绣柱珠帘尽惘然。东阁诗成何水部，扬州梦觉杜樊川。寻春易过佳风月，送老难忘好墓田。莫怪无人能跨鹤，谁赍十万作腰缠。

汪　灏

汪灏，字文漪，山东临清人。康熙乙丑进士，由翰林官至河南巡抚。著有倚云阁集。

拜杨伯起墓

蟠龙关塞近，大鸟墓门深。万古长河水，千秋暮夜心。衣冠朝岳麓，苹藻荐桃林。夫子应知己，囊无陆贾金。无剩语，便是作家。

送谢方山郎中告归

孤心霜月迥秋清，三十年来玩世情。真得意时惟啸咏，不如人处是功名。三台后辈多回席，五字偏师尽却兵。舒卷从心难系縶，白云天际任纵横。五六承三四言之，唐人中每有此格。

施何牧

施何牧，字赞虞，江南崇明人。康熙乙丑进士，官吏部稽勋司员外。著有一山诗钞。○一山先生中岁归田，守正履道。诗学龂龂唐宋之分，不肯随时趋向，今没世三十余年，诗卷零落几尽矣。兹录其向日所钞五篇，聊志风概云尔。

效诸将三首

万叠云山山外城，登陴一望气峥嵘。渠搜西去新传箭，弱水东来尽列营。有俟弦歌工化俗，且将鞴帕学论兵。鬼方亲见高宗伐，奇绩无须三载成。

关河日夕羽书传，亿万刍茭悉帑钱。不为陈师来紫塞，何缘转粟上青天。至尊减膳龙庭外，诸将忘身虎旅先。自古足兵谋足食，四方愿祝屡丰年。

天山八月朔风吹，两道飞符并出师。突骑全凭白马将，弯弓已毙射雕儿。金城旧日屯充国，瀚海今朝斩郅支。蠢尔西戎稽颡后，还祈干羽格诸夷。味诗意应是圣祖讨噶尔丹时事。时出师既远，转粟甚艰，故圣祖因其服罪而赦之。今国有弑逆，皇上声罪致讨，部落投诚，罪人斯得，兵不血刃而已奏荡平，从古王师所未有也。录考功诗，因恭纪圣人神武，俾后之览者有所考云。

九日放舟山塘

老去登临兴未删，便乘小艇放溪湾。高原水浅苗初出，密树霜浓叶渐斑。半世功名随旅雁，百年心迹对秋山。黄花此日何岑寂，一笑层台懒更攀。

赠焦山人

泠泠秋阁大江临，中有幽人禚玉琴。一自霓裳檀板歇，几回铁瓮戟枝沈。孤钟断续迷寒雨，冷焰高低起暮阴。此日孝然如可作，白头肯负紫芝心。此赠焦山冷秋江作，嘉其高隐，勉其不负初心，得古人赠言之意。

黄　庭

黄庭，字葳山，江南长洲人。康熙丁卯举人。

延川道中

水似瞿塘险，山如剑阁雄。奔涛时啮岸，盘磴半临空。马踏云头上，人行石腹中。那知巫峡雨，翻作塞门风。能作奇语。

宁夏渡河

峡口回波绕塞流，自注：峡口，山名，两山相夹，河流其中。黄河利独擅边州。千屯得水成膏壤，两坝分渠据上游，自注：汉渠、唐渠今名大坝、小坝，蓄水溉田，独受河利。鸡犬人家红稻岸，鱼盐贾舶白苹洲。那知泽国堤防急，百万金钱掷浪头。

正月既望自钱塘进艇新安江行十日达紫阳门即事写怀得船字

吴榜停时櫂越船，溯原浙水出山泉。一千里近新安路，三百滩齐天目巅。自注：新安平地与天目山齐。轩后台前神独往，羲皇卦外岁初迁。自注：予今年六十一。衰年兴待名山助，拟向云端采石莲。予游黄山，年七十有八，视作者多十有七年，“兴待名山助”，其言果然。

送陆翼王征君南归

天际冥鸿不可求，高飞岂为稻粱谋。山中大隐征弘景，海内奇书问邺侯。风雪五年留上谷，莺花三月下长洲。吴宫春色应如旧，眺望先登开府楼。

马嵬

方士钿钗何处得？农夫罗袜此间收。蒙尘莫漫尤倾国，犹剩唐家土半丘。本祸水也，偏说为唐家生色，见文人笔舌之巧。

梁佩兰

梁佩兰，字芝五，广东南海人。康熙戊辰进士，官翰林院庶吉士。著有六莹堂集。〇药亭中顺治丁酉乡试第一，至成进士时，年六十余矣。未一岁，即乞假归，同榜中俱以前辈事之。岭南三家，翁山以五言律擅场，元孝以七言律擅场，而七言古体独推药亭，集中如养马行、日本刀歌诸作，光怪陆离中，律令极细，措辞极妥，真可作万人敌也。间亦多英雄欺人及过于恢张处，而木瓜上人打鼓歌，为欺人之尤者。阅者勿因其名高，一概追逐，斯善学药亭者矣。近体略存，志其大概。

养马行

庚寅冬，耿、尚两王入粤，广州城居民，流离窜徙于乡，城内外三十里，所有庐舍坟墓，悉令官军筑厩养马，梁子见而哀焉，作养马行。

贤王爱马如爱人，人与马并分王仁。王乐养马忘苦辛，供给王马王之民。马日龁水草百斤，大麦小麦十斗匀。小豆大豆驿递频，马夜龁豆仍数巡。马肥王喜王不嗔，马瘦工怒王扑人。东山教场地广阔，筑厩养马凡千群。北城马厩先鬼坟，马厩养马王官军。城南马厩近大海，马爱饮水海水清。西关马厩在城下，城下放马马散行。城下空地多草生，马头食草马尾横。王谕养马要得马性情，马来自边塞马不轻。人有齿马，服以上刑。白马王络以珠勒，黑马王络以紫缨，紫骝马以桃花名，斑马缀玉锁，红马缀金铃。王日数马，点养马丁，一马不见，王心不宁。百姓乞为王马王不应。以赞颂之笔，写风刺之旨，贵畜贱人如此，其败亡也必然矣。此种诗前无所承，后无所继，应是独开生面之作。〇“城南马厩近大海”以上用真、文通韵，以下用庚、青、蒸、通韵，莫认作一韵到底看。

日本刀歌

市中宝刀五尺许，市中贾人向予语。红毛鬼子来大洋，此刀得自日本王。王使红毛预斋戒，三日授刀向刀拜。龙形虎视生气骄，抽出天上星摇摇。黄蛇之珠嵌刀首，百宝刀环未曾有。有时黑夜白照人，杀人血渍紫绣新。阴晴不定刀气色，风雷闪怪吼墙壁。相传国王初铸时，金生火克合日期。铸成魑魅魍魉伏，通国髑髅作人哭。人头落地飞纸轻，水光在水铺欲平。国王恃刀好战伐，把刀一指震一国。红毛得刀来广州，大船经过海若愁。携出市中人不识，价取千金售不得。我闻此语空叹呼，兵者凶器胡为乎！中国之宝不在刀，请以此刀归红毛。字字锋芒逼人，骇胆栗魄，末见中国所宝在明德不在武事，尤得尊崇之体。

易水行

易水悲歌动天地，荆卿入秦为燕使。秦王尊礼设九宾，殿间顾笑旁无人。於期之头奉上殿，血光直射秦王面。取持督亢色仓皇，咄哉年少秦舞阳！图穷不觉见匕首，秦王睨之环柱走。荆卿不得刺秦王，无且在殿提药囊。为谋不成实天意，祖龙胆落荆卿死。一死可以报太子，君不见沙丘之椎亦如此。荆轲刺秦王，一系生劫之谬，一系剑术之疏，然秦王之魄已为之夺矣。以沙丘狙击作结，倒衬有力。

惠州王紫诠太守筑罗浮子日亭落成作歌寄之

登山不到罗浮巅，举足万里真徒然。瑶房璇室七十二，群真笙鹤长喧阗。况支蓬莱一左股，金陵地肺遥相连。风云雷雨出其下，上界漭沆涵澄鲜。夜来星宿照分野，有若榆树垂金钱。齐州九点尽可数，中原一缕摇轻烟。就中飞云更奇绝，天门詄荡云联绵。银河屈注倒在背，帝座豁落平当前。神霄斧凿施不下，鸟道岂有藤萝牵。何人筑亭在其下，循州太守今豪贤。为亭命名曰子日，意象直探鸿蒙先。世间万事起根本，黄钟子气无不全。静为动本太极理，循环迭运非言诠。阴阳旋转推昼夜，阳明玉烛光回天。紫微垣中日杲杲，太阴蝃蝀安能缠。此山三更坐见日，高与泰岱齐比肩。天鸡大叫海水动，海中涌出金盘圆。羲和整辔升若木，神人枉用回秦鞭。太守名亭复为记，二楼伐石为碑镌。大书年月人某某，千秋万世名山传。附书仙人海琼子，倡和共掣云霞笺。平生济胜仗筋力，匡庐白岳随攀缘。罗浮家山望咫尺，反似往昔游幽燕。山灵待我谢招手，不久黄鹄来高骞。洞门借骑蝴蝶入，峰顶或就桂父眠。烦君劚取龙葱七尺遗赠我，相酬先寄飞龙篇。波澜层叠，中就子日二字阐明动静互根全理，而仍不入于腐，笔故超、气故达也。仙人海琼子，作者自谓。

秋夜宿陈元孝独漉堂读其先大司马遗集感赋

至今亡国泪，洒作粤江流。黑夜时闻哭，悲风不待秋。海填精卫恨，天坠杞人忧。一片厓山月，空来照白头。以中间语作起步。倍见其超，此秘唐人后罕寻得者。

次京口

绕郭尽江水，长虹跨不来。地形山势截，天堑海门开。白昼鼋鼍出，中宵鼓角哀。往时征战处，临泛重徘徊。

沛　中

黄河西出南徐路，马首经过识沛中。一代帝王还故里，几家鸡犬入新丰。天垂芒砀云疑在，山拥彭城气已空。汤沐昔时诸父老，相逢谁为述歌风？

阁　夜

百寻古阁郡城东，帘卷前山一角风。哀壑有光星在底，明河无影月临空。群生静息鸿蒙里，秋气森归耳目中。不是夜深能独醒，海门谁见日初红？

汤右曾

汤右曾，字西厓，浙江仁和人。康熙戊辰进士，官至吏部侍郎。著有怀清堂集。〇浙中诗派，前推竹垞，后推西厓。竹垞学博，每能变化，西厓才大，每能恢张，变化者较耐寻味也。后有作者，几莫越两家之外。

相见坡

清风生山巅，微雨在山脚。后山路始穷，前山壁又削。飞龙中忽断，奔马势旋却。两山郁嵬峨，一水相互络。泄云天光漏，仄壁石气错。俯逐饮涧猿，仰睇投林雀。高低总瓟䡇，下上殊苦乐。彼途俄复经，此路邈如昨。相见难相从，青冥倚寥廓。极形两山之险。而末以“相见难相从”五字括之，可云经营心苦。

澄海楼

大海东回水波恶，如山浪打长城脚。千年万年鬼夜哭，冶铁销沉石崩落。王公设险古制存，屹立重关严锁钥。干戈相寻远不数，六十年前事如昨。大盗移国明社墟，澒洞烟尘昏六幕。是时关门临贼垒，白日旌竿莽萧索。奸凶满盈人鬼怒，世运艰屯神圣作。飞龙首出在九天，熊虎戎衣只一着。石河西南破贼处，父老犹言战时乐。后汉书：“今见其战，乐可言耶？”不闻人声闻刃声，霹雳摧枯风扫箨。只今车书通万里，天下一家无厚薄。名都货贝街喧阗，属国賨琛驿交错。承平暇日展游眺，宾客闲情寄觞酌。兹楼我到亦偶尔，万古心胸忽开拓。更喜天容海色清，侧身东望蓬莱阁。自注：土人言天气晴明，往往见登、莱也。○蚁贼毒乱，兴朝战功，于登楼时挥洒出之，岂同苟然之作。

登云麓峰望南岳歌

我闻三神山，远在东海东。神仙恍惚路难到，世上五岳蟠胸中。忆临沧溟倚日观，九万曾踏扶摇风。昨辞蓬莱建羽节，阳景一翳迷高嵩。西南万里入罗鬼，似堕幽井窥圆穹。东还云梦吞八九，张乐已在轩辕宫。七十二峰青联属，苍梧天外云蒙蒙。清湘水流环九面，南岳神镇齐三公。灵妖物怪薮藏纳，丹蕤赤幕光曈昽。峰峰低昂宛相次，独有紫盖争祝融。雷泓风穴互开阖，玉书金简留穹窿。岣嵝山尖蝌蚪字，人迹欲到路已穷。使者虚亭花药绕，山人仙骨云霞通。似闻绿发有毛女，不少翠羽来青童。离宫福地入缥缈，目所眺瞩攀跻同。衡阳县前昔骋望，压阵巉嵯云排空。仙山咫尺俗缘误，况今百病中交讧。升高视远腰脚软，左右扶掖如衰翁。道人铁瓦缅遗构，拜岳之石高宠岌。九疑清猿怨遥夜，洞庭落日浮孤篷。汉女幽兰冉冉翠，楚妃泪竹斑斑红。振衣周览穷上下，忽与意思增清雄。人间扰扰等蠛蠓，慎勿变化随沙虫。君不见回雁峰来八百里，挥手欲驾冥飞鸿。前从使滇回说入，便有波折。次写望衡岳外，淋漓饱满言之。后忆往日经衡阳而未登，益见今兹将老不能更登也。于望字更添一倍衬托，作长篇，须解此法。

放舟至下钟山

空蒙一片云满湖，西南风起吹樯乌。渊渊且止发船鼓，秀绝下钟山色无。褰裳直上捷猿狖，乐哉一幅寒林图！绝顶飘飖目四豁，左右江湖渺空阔。烟波尽处洲渚微，仿佛扶桑见穷发。天旋地转不少留，回看星气忽已周。扁舟岁晚梦吴越，匡庐五老空船头。衔舻如山万商集，使者缨旌骑吹入。行人扰扰竞锥刀，落日悠悠下城邑。前临巨石纷盘陀，仰看绝壁青嵯峨。玲珑窈窕万窍出，安得滮汩生流波。风声水声奈尔何？只今埋没尘沙多。无弦之琴张素壁，岁久抑郁恐不和。一歌如扣镡，再歌哀知音。洞庭木脱水深深，天高月白风入林。或鼓或考声钦钦，岭猿江雁同夜吟。潜蛟出听老龙泣，渔父沧浪知此心。石钟山记，坡公透畅言之，游下钟者，不必更从钟声落想矣。作者别行一路，故语无雷同。

黑石渡

昨从邙山来，今从邙山去。邙山朽骨万万古，惟有行人朝复暮。黄金蚀尽白石烂，蝼蚁三泉尚知处。我来欲酹酒一杯，落日荒荒下前渡。朝暮行人，即是邙山中人，末语欲尽不尽，黯然神伤。

山海关

东西谁界绝，封此一泥丸。地接长城险，天浮渤海宽。连山趋碣石，积水见辰韩。吹角关门出，边风马首寒。连下章，盛唐音节。

辰龙关

束马悬崖险，关门郁不开。居然横戟地，曾此挂弓回。浩荡妖星落，苍茫角吹哀。兵家争间道，为语勒铭才。

上玉峰徐公

海岳英华盖代人，由来绝业迥殊伦。六经屡折群儒角，九服齐扶大雅轮。无事心常爱丘索，有才谁不仰陶钧。每看元老虚怀处，吐握风流一旦亲。

春官玉尺手亲持，科目光华此一时。尝惜文辞伤篆刻，独将经术作宗师。士当失意犹无恨，才苟怀奇定见知。只有公门惭小草，也滋化雨伴仙芝。健庵誓欲搜罗天下英奇，“才苟怀奇定见知”一语，非虚誉也。少宰为司寇特赏识人，故言之亲切

登岘山亭至甘泉寺

篮舆呕轧傍城隈，积雾霾阴黯不开。一磴自穿云气入，万峰争送雨声来。山川浩荡今如此，裘带风流安在哉！千载牛山共挥涕，古苔秋井易心哀。

云藏岩谷昼冥冥，忽听天风响佛铃。草际老僧迎客至，烟中修竹入门青。坐来瀛海茫茫地，尽失山川漠漠形。休问葡萄拨醅后，甘泉一酌自清泠。次章承“万峰争送雨声来”言之。

荆　州

剩础遗隍问旧疆，龙门马牧总茫茫。接天波浪三江口，横地风云百战场。尚有帆樯下巴蜀，无多户口在耕桑。不堪原野萧条地，吹角重城倚夕阳。

戎马壬申逮甲申，万家烟火几家存。人如　豕屠羊惨，事异黄巾青犊论。妖树祸生天北极，怪风寒卷郡南门，龙陂桥外坡陀血，谁洗忠臣九地魂？流寇之乱，于荆襄尤甚。篇中凭吊往事，故极形乱后萧飒，今则为天下重镇矣。重熙累洽，歌咏者可忘所自耶！

黄尊古上都秋色图

落日牛羊下远村，平沙万马别开屯。君看鹘没鹏盘处，莽莽青山是塞垣。

唐孙华

唐孙华，字实君，江南太仓人。康熙戊辰进士，官吏部主事。著有东江诗钞。〇东江勤于学殖，不重绂冕。归田后，与二三老友登临宴饮，有香山洛下之风，至九十余乃辞世，生平故天爵自尊者也。论诗谓诗必有为作，每与史事相表里，故其诗不趋高超，专崇质实，皆其言有物者。咏门神诗偶然戏笔，而外间传诵，和者纷纷，毋乃探骊龙而专取鳞爪耶！

述　古

谗口成铄金，沉舟由积羽。苍蝇正群飞，白璧无完素。臧仓沮孟轲，伯寮诉子路。正直枉者非，妍好丑者妒。芳兰每见锄，实以当门故。道义苟无愆，特立何足惧。由贪而跖廉，毁誉每错互。孔光诋王嘉，马融排李固。孔马皆大儒，物情常向慕。一朝势利夺，颠倒迷好恶。嗟尔名教人，毋令青史汙。孔光何足惜，以马融之儒学而排挤正人，则名节尽丧矣。时有名人而谗汤文正者，意作者借古以况今人耶！

赠赵松一赵曾著读史质疑一书。

尼父著春秋，大义揭星汉。功罪无匿情，是非有定案。作史与论史，宜以经为断。后儒恣穿凿，如丝各棼乱。收夸尔朱功，寿訾武侯短。蜀魏争正闰，岛索互诋谰，冯道善变通，武媚宜郊禖。邪说既纷纭，大道日离畔。矫矫赵夫子，朱墨久研钻。家贫出负米，宾席弄柔翰。六经贮巾箱，三史供点窜。上下数千年，一一如珠贯。笔挟董狐直，书过袁豹半。辩如悬河注，目如岩电烂。论准过秦覈，语陋美新谩。示我两卷书，明窗得吟玩。潜德有必彰，奸谀死无逭。南山岂可移，先零何足按。霍若雺雾披，涣若春冰泮。明史今未成，授简多疑惮。白头虽有期，青竹何由汗？如君著作才，固宜参史馆。说经常硁硁，陈史亦侃侃。形诸直如笔，千秋事可判。庶禀鲁史程，得随游夏赞。惜哉擅三长，无从置一算。抱书菰芦中，慨然发永叹。概举论事不平者，逐一披驳，而以"以经为断"一语该之，何等光明正大。

闲居写怀

屈伸固有命，秋毫非人功。三世不徙官，执戟老扬雄。荀爽起布衣，百日至三公。猿臂终数奇，李蔡本下中。方壮既悼颜，皓首仍悲冯。世有巧而踬，亦或拙而通。忧喜塞翁马，得失楚人弓。时命苟不谐，不如安固穷。巧拙踬通俱可不问，而一归于安命固穷，君子褆躬，莫逾于此。

夏重谈金陵旧事

金陵昔丧乱，炎运值摽季。忽从大梁城，仓皇走一骑。偶窃藩邸璋，自言某王嗣。贵阳一奸人，乘时思射利。奇货此可居，何暇论真伪。卜者本王郎，矫诬据神器。遂修代来功，超逾登相位。权门辇金帛，掖庭陈秘戏。江表张黄旗，王气销赤帜。愉息仅一年，传闻有二异。北来黄犊车，天表自英粹。杂问聚朝官，瞠目各相视。遥识讲臣面，备言宫壶事。诸臣媚新君，谁肯辨储贰。争效隽不疑，竞指成方遂。枭鸠无主人，束缚乃就吏。复有故宫妃，飞蓬乱双鬓。自云丧乱时，仳离中道弃。生子已胜衣，壮发犹可数。不望昭阳恩，不望金屋置。愿一见大家，瞑目甘入地。上书欲自通，沉沉九阍閟。诏付掖庭狱，见者为垂泪。不如厉王母，衔愤早自刺。只缘当璧假，翻招故剑忌。诚恐相见非，泄此踪迹秘。灭口计未忍，对面谅馀愧。鸟兽有伉俪，豺虎知乳孳。岂独非人情，捐弃恩与义。嬴吕及马牛，秦晋潜改置。皆从胎孕中，长养祟非类。未闻妄男子，僭盗出不意。龙种乞为奴，狐假得暂恣。兹实众口传，曾见遗老记。疑事终阙如，庶听来者议。北来黄犊犹或可疑，若童氏故妃断无无端冒认之理，此而不许入宫，加之以刑，恐泄其伪也。少时即闻此言，今以东江诗证之，益为凿凿，存此诗以俟论定。

同宋药州太史登滕王阁

平生想慕滕王阁，未能千里驱轮蹄。岂意云山落吾手，飘然直上凌飞梯。天风浩荡入怀袖，倾刻尘眼开金篦。画栋朱栏照城郭，丹楼碧瓦缨虹霓。吐纳江流九派小，平压雉堞群峰低。落日倒射澄潭影，金波千顷浮玻璃。上扪星辰若有路，下临洞壑疑无蹊。贾客帆樯自来往，风涛出没如凫鹥。跕鸢飞鹘不敢到，长空杳杳鸣天鸡。忆昔骄王盛意气，临风歌舞飘华袿。不惜金钱构飞阁，巀嶪上与烟霄齐。子安文字当时体，纵横万象谁端倪。如何俳语笑仓猝，颍滨一老犹相诋。自注：子由滕王阁诗云："俳语笑仓猝。"江河万古终不废，少陵不敢轻排挤。人生游迹过如扫，鸿爪一瞥飞东西。洪都胜地独数此，偶然匹马随双奚。阎公宾客今寂寞，幸有胜友能招携。凭栏徙倚三叹息，山云乱起烟悽迷。一代繁华有衰歇，三王文藻谁攀跻？我行自哂真孟浪，此游聊可骄昌黎。落窠臼题，须出以新意，中间子由之诋一段是也。昌黎作记，始终未到此阁，末以己之游览，骄昌黎之未游，亦是别寻蹊径。

鹰坊歌与夏重恺功同赋

水磨自注：地名。园亭清且幽，碧柳阴浓古木稠。偶然携客避炎暑，腥风忽觉来飕飕。云作闲坊为养鹰，名材不惜千金收。板屋羃栖拳铁爪，浮云仰视张金眸。就中海青独称最，传闻出目青海头。锐头猛脑特神俊，自矜耻与群鹯俦。杉鸡竹兔不足取，气吞乳虎欺犛牛。白山黑水出异产，在昔辽代曾穷搜。诛求因结女真怨，无端两国兴戈矛。爱鹤爱鹰皆速祸，羽物何事常招尤。头鹅盛宴付逝水，晾鹰高台成古丘。冰天朔漠馀杀气，江山不改奇毛留。从来异物聚所好，携笼走马来荒陬。人间养鹰如养士，一时效用三时休。多畜驯鸽供喂饲，流血渗漉沾衿喉。填肠满嗉意未已，一饱欲傲梁边鹙。乃知惠养多幸窃，肉食未必皆能谋。虞人悬衡揣斤两，躯骨轻重须相侔。自注：鹰必称斤两，以十八两为准。肥苦钝迟瘦无力，上臂能辨劣与优。空仓饥雀日叫噪，一出往往逢罝罦。尔曹攫肉偏远患，得食那敢辞笼囚。譬若猛士飨牛酒，投石奋欲偿恩仇。觜距久闲求自试，常思一举翻高秋。鹰乎鹰乎盍努力！霜天风紧将离韝。鸟中恶物正不少，早拉训狐擒鸺鹠。功成山薮得清廓，愿汝仍化林间鸠。勿戕胎卵惊鸾凤，阿阁万一重来游。先说金、辽争鹰，以致两国起衅，次说养鹰不用，同于肉食谋国，后说搏击恶鸟，分别枭鸾，而归于仍化为鸠，仁厚不杀，此通篇结穴处。

读梅村先生鹿樵纪闻有感题长句

一旅谁知扼紫荆，蜩螗聒耳正纷争。腹书竞伏狐鸣火，手庶频惊鹤唳兵。直待临危思蒴牧，可应先事戮韩彭。石头袁粲真堪惜，自坏边关万里城。自注：指东莞督师袁公崇焕。〇诛袁崇焕，此我朝用间，而前明为间所愚也。事后追悔，何益哉！

东山即事

湖风尽日响松杉，接席连床共一岩。文到无情真悔作，口除饮酒只宜缄。晚凉欲试蒲葵扇，暑汗频嫌葛越衫。破砚生涯今更拙，谋身端合托长镵。

永嘉令马公死寇难令嗣观察公请于朝赐谥忠勤索诗

青袍白马塞瓯闽，一命官卑大义均。岂有兵符麾士卒，要将全节感臣邻。君王未识真卿面，战阵甘捐先轸身。尚念天恩未酬答，生儿留作报恩人。

诸葛武侯祠

卧龙潜下国，逐鹿走群雄。慷慨吟梁父，㧑谦拜德公。管萧才岂匹，伊吕望应同。汉庙灵犹在，刘天姓未终。一犁耕陇畔，三顾出隆中。旒缀千年玺，丝悬九鼎铜。黄图分社稷，赤壁扫艨艟。入蜀神基固，分荆陋路通。一嘘火井焰，自注：蜀有火井，汉盛时火炽，汉末渐微，孔明一窥之，火乃复盛。再起沛乡风。操懿真如鬼，关张并是熊。自注：周瑜谓关、张，熊虎之将。崎岖箕谷路，流涕永安宫。定计收关陇，深期卜镐丰。杂耕屯渭曲，筹笔洗荒戎。吞狢曾无芥，鞭狐欲折凶。自注：石勒谓操为狐媚。风云开绝业，日月照孤忠。委寄寻前诺，艰危誓鞠躬。三分非素志，八阵渐成功。炎景终移祚，流星忽陨空。宅桑仍索寞，庙柏自菁葱。异地留祠宇，灵旗卷暮虹。综忠武平生而言，工整苍郁，胎原出于少陵。

田从典

田从典，字克五，山西阳城人。康熙戊辰进士，官至大学士。

拟七德九功舞歌效乐天体

七德舞，九功舞，武纬文经耀千古。朝廷干羽在两阶，天下车书尽九土。我皇御极垂衣裳，四方万国来享王。自朝乃至日中昃，尧兢舜业不敢康。为念斯民亦劳止，丹诏夕封驰万里。咨尔强藩且载戈，释甲归来见天子。苞有三蘖方凭陵，一朝敢弄潢池兵。荡摇滇黔连楚蜀，虔刘闽越驱鲵鲸。驿闻天子赫斯怒，皇言一宣天日午。誓将灭此后朝食，取彼凶残畀豺虎。临轩命将亲推毂，中有天潢建牙纛。日射春旗万马鸣，云开晓帐千官肃。一从荆鄂向三湘，一自江州下豫章。西指秦川临剑阁，南经吴越度钱塘。王师所至如风电，合围掩群开一面。狼奔鼠窜皆倒戈，市肆不惊芸不变。王师所至多谣颂，行者愿赍居者送。天语殷勤再四宣，无令南亩妨春种。一年转战雍梁间，二年克敌威荆蛮。三年扫清瓯与越，一鼓遂进仙霞关。四年官军收闽地，逆臣稽首归藩位。五年贼渠死岳阳，六年百粤置胥吏。七年一举入成都，夹击东西疾度泸。八年荡扫昆明穴，普天率地归皇图。羽骑宵驰传露布，从此江山复如故。侍臣拜手贺升平，武士鸣铙歌大濩。我皇恭己开明堂，木风衔书下八方。嘉与吾民共休息，欲偕斯世为陶唐。思齐太任及太姒，翼子贻孙既受祉。恭上徽音万国欢，再沛恩纶与更始。昔时民间苦被兵，鸟乌声乐多荒城。今日言旋复邦族，闾里不闻愁叹声。昔时民间苦征役，男子辍耕妇休织。今日公家免践更，鼓腹行歌仍作息。欃枪灭迹三阶平，我皇宵旰犹未宁。手披目览厘庶绩，早朝晏罢勤苍生。天纵聪明兼圣学，研精书史穷丘索。著述开天冠百王，四海文明生礼乐。舞七德，舞九功。五弦之琴歌南风。愿令世世陈王业，王业艰难万古同。康熙二十年十月，官军收滇南，颁诏中外，示天下荡平，允群臣请上太皇太后、皇太后徽号，恩逮臣庶。阳城因仿唐代七德九功之舞，作为歌诗。中间三藩之畔，三藩之平，一一可考，当以诗史目之。诗之曲折顿挫，迤逦往复，得昌黎平淮西碑之体，不专学白乐天也。诗亦见翁司寇集中，岂翁为大司成时，田为太学生，代师长拟成稿本耶？唐人诗中两见者有之。

赵　俞

赵俞，字文饶，江南嘉定人。康熙戊辰进士，官定陶知县。〇定陶以他人累，牵引对狱吏者再，后虽昭雪，然亦濒于危矣。诗体灵敏之中，冲和自在，是为正声。

古　风

弧矢用威敌，还为奸宄利。苍姬六典书，莽新实阶厉。国息既数慝，况乃肉刑议。后圣师前古，专在行仁义。本同末则殊，沿革随时世。孟轲今复起，亦不讲井地。未闻书契作，仍可结绳治。圣人大法天，亦行所无事。介甫行周礼，适为厉阶，师法古人，在意不在迹也，安得此通达治体之言。

鸿纤列万品，一一自禀赋，削觚使就规，涅缟忽失素。变本乃为奇，矜新众所骛。人于大块中，果蓏一虫蠹。吾欲追淳朴，各各安其故。因物付物间，斯理则已具。

斯螽夏切股，翰音晨引吭。彼岂能自主，时至乃翕张。测天凭仪器，俄已易躔次。测晷以刻漏，时亦乖启闭。夫岂圣人作，而顾谢物智。任人斯有为，任天故不二。任天而行，人力不与，欲还淳朴，而不流入老、庄，斯在有为无为之别。

踏车曲

杉槠作筒檀作轴，乌鸦衔尾声历鹿。赤露两肘腹无粥，踏车辛苦歌如哭。前年井底泉脉枯，去年瓯窭长茭芦。旱年掘窝转水入，潦年筑堤翻水出。水入水出车欲裂，农夫那不筋骨折。无奈今年又苦旱，塘水少于衣上汗。往年车完人尽力，今年车破人无食。人无食，不足恤。努力踏车声太息。伍伯催租秋赋迫，连年未报灾伤册。歌声如哭，水少于汗，皆十成奇警语。圣朝恤民，不啻父母之于赤子，而连年水旱，犹有未报灾伤者，何知有官而不知有百姓耶？

射虎行

居人传言郭有虎，白昼咆哮出林莽。将军猬毛须倒竖，遣使发卒悉所部。白羽长箭大黄弩，皮作车茵肉治脯。虎见千人若无睹，千人惊顾色如土，箭未脱弦弩折弣。虎起攫人如捕鼠，突出围场公然去。当今四海乐升平，军士逍遥无什伍。将军锦裘玉带醉氍毹，胡为轻捋虎须撄虎怒。从今军府耀威武，只射兔獐莫射虎。

侣台弟以悼妻哭子诗索和憔悴婉笃情有不能已者余欲发乎情而裁之以义也辄有是作

至痛君难割，前型我所师。延陵于礼合，奉倩太情痴。尚有君亲重，休为儿女悲。节哀宜引义，不敢再题诗。以义节情，情归于义，若助之悲悼，不犹醉人扶醉耶？只一制题，便得儒者立言之体。

舟行晚过青浦

孤蓬秋气入，此夕客心惊。露白浩无际，虫吟并一声。塔随帆影走，潮涌月轮行。磔磔城乌起，谯楼已二更。浩字并字，锤炼而得，并字尤佳。

和查夏仲敝裘诗

无复如膏耀日辉，关河难御雪霜威。配宜东郭先生履，暖胜西华公子衣。纶绒犹馀清节在，蒙戎转觉旅情非。只应五月能忘暑，披上江乡旧钓矶。典而雅。

岳忠武祠

桧树枝生宋祚微，将军那许总戎机。出师累捷身应死，与敌同仇事已非。脱帻收时光焰动，属镂赐后怒涛飞。孤忠愿抱千秋恨，不共蕲王早见几。以道济、伍胥比之，冤抑相同，而关系尤大，此空际着题一法。

彭无山给谏自河工召复原官喜而有作

三年薄宦卧江干，鸣凤今朝刷羽翰。暂屈郧侯参幕佐，忽宣唐介拜原官。重来寰海皆倾听，一入朝廷便改观。汉室淮阳终不召，须知纳谏古今难。使事典切，结意反衬出圣朝纳谏，工于立言。

督亢陂

提剑荆卿勇绝伦，浪将七尺殉强秦。燕仇未报韩仇复，状貌原来似妇人。见重智而不重勇也。

王　导

本无勋德济艰危，儒雅风流事又亏。臣族早知三窟就，风尘休障庾元规。江左夷吾，何处生活。

溪　声

结庐何日住深山，竹月松风相对闲。却笑溪声忙底事，奔流偏欲到人间。

闻鹧鸪

月照霜华石磴危，钩辀苦怨客归迟。故乡亦是惊魂地，只恐山禽尚未知。此作者惊弓之言，不觉愁苦乃尔。

陶元淳

陶元淳，字子师，江南常熟人。康熙戊辰进士，官昌化知县。

暮归僧寺和潘九仪韵

暝色城先到，人声野更稀。山深难得月，水暗欲溅衣。魑魅憎人过，虫沙得地飞，迷途知未远，钟起唤君归。

臬司刘公枉书惠存诗以志感

一官万里尹蒿莱，几个生前归去来。况复劳心阳子拙，敢云流涕贾生才。晛消瘴雾千山净，春到蛮花满地开。从此不愁风土异，生还终望我公哀。子师先生负旷世才，作吏蛮荒，视新、恩二州犹为福地，则义同窜谪矣。可与东坡表并读。

和唐张谓韵

道路非难作吏难，一洲鳌背立郊坛。人言琼管曾开府，我道囚山合挂冠。万里亲知春梦断，一生事业暮潮寒。新恩已是投荒处，却望新恩福地看。

如此途穷欲进难，朝天漫上越王坛。跼高不合伸强项，逐裸何须岸大冠。徼外山河逢帝醉，心头铁石向人寒。长安日下犹言远，穷海孤臣那得看。二章与遗臬使刘公诗同意。

史申义

史申义，字蕉饮，江南江都人。康熙戊辰进士，官翰林院编修。著有芜城集。

由富阳至龙游

沙禽亦无数，格格野塘秋。孤棹有时泊，远山相向愁。月明乌桕树，人散白苹洲。何处津楼上，无眠听棹讴。

南海杂诗

石壁猩猩语，惊心百粤东。四时山叶绿，五夜海霞红。日月摇溟渤，星河浸祝融。鹧鸪飞不断，只在荔支丛。三语言地气之暖，四语言东土日出早也，即“海日生残夜”意。

晓上越王台，扶胥海色开。山连鳌阙近，潮射虎门回。洒座荔奴雨，吹香椰子杯。崎岖未朝汉，割据亦雄哉！此吊尉佗之霸。

海雨花阴候，春泥屐响声。鸦鬟簪抹丽，纨扇过清明。瑇瑁潮通市，芭蕉绿上城。昌华鼓舞院，销尽美人情。此状风物之明丽。

南　昌

吴楚中流势未平，章江雄阔客心惊。芒寒牛斗雌雄气，风偃鱼龙日夜声。党锢人高徐稺宅，封侯事往灌婴城。豫章楼阁犹堪赋，宾主东南异代情。

朝云墓

散尽泥金蛱蝶裙，云蓝小袖剧怜君。伤心白鹤峰前路，一树榕阴盖古坟。一女子而死于万里之外，亦可伤矣。一树榕阴，其人如在，浅浅语自有远神。

吴　暻

吴暻，字元朗，江南太仓人。康熙戊辰进士，官兵科给谏。有西斋集。〇西斋为梅村令嗣，工于诗笔，近体清稳，尤称雅音。

和振西赠王将军紫厓

九尺须眉七十身，眼中遗老更何人？将军竞病诗无敌，弟子丹青笔有神。谈笑尚能开霹雳，太平不复画麒麟。酒酣拔剑听君语，为感穷途意自亲。

玉殿风流讲席重，故山归去拂尘容。门生为致荒厨菜，禅客同寻旧院松。梦后庄周从笑鷃，书成扬子解嘲龙。欧阳筋力犹强健，不羡扶携手一筇。扬子解嘲中云："执蝘蜓而嘲龟龙。"去一龟字，古人每如此用。

著书不复为穷愁，独乐园林散百忧。人乍抛残尘海梦，天教管领太湖秋。槎形东第奇章石，钓具南江鲁望舟。从此终身巢许稳，风光真拟洛滨游。将军能诗，复能著书，管领名园，偕游禅客，比少陵所咏"将军不好武，稚子总能文"，尤得幽居之乐矣。太平盛事，于诗中遇之。

题徐太仆遗像

金珰祸国叹荆榛，只为须眉不计身。四海清流真直节，五朝旧德老遗民。独先元礼弹常侍，共幸林宗免党人。画像吴中前事在，团溪好写白纱巾。自注：世传吴中先贤画像一卷。〇此劾魏奄而未被祸者，惜未详其名。吴中先贤画像，系张蟾笔，共三百馀人，今大半归余家。

题顾亭林遗集和汪安公编修

野哭东风学采薇，槼臣白首尚单衣。江山有恨忧天醉，草木无情长地肥。避吏赵岐谁共语，离家王粲不思归。只馀帷盖兰台旧，万卷凄凉辨是非。

奉和座主东海公山居存一首

东观西垣按部居，牙签万轴载牛车。集贤手笔词头重，元祐文章丛目初。白发乞湖狂道士，青山思颍老尚书。闭门碧草闲秋色，独把遗编恣猎渔。时健庵尚书众欲致之重辟，而圣祖许其书局自随，保全旧臣者至也。拟以贺监、欧阳公，不言君恩，而君恩在言外矣，得立言之体。

赠张穉昭

相府莲歌乐府春，清尊檀板话穷尘。谁传天宝凄凉曲，柳市当年旧玉人。花前月底奏新声，梦断昭华玉殿尘。记得云间歌第一，贞元朝士已无人。此赠旧歌者，与刘梦得赠歌者何戡、听旧宫人穆氏唱歌二绝句，一种风神。

徐　宾

徐宾，字虞门，江南华亭人。康熙戊辰进士，官给事中。

游梁诗

雄都形胜古梁州，匹马冲寒访上游。地控燕秦开阃域，天分南北锁咽喉。平铺白草千原旷，忽折黄河一线流。试上高台还极目，城边睥睨夕阳秋。

董思凝

董思凝，字养斋，山东平原人。康熙戊辰进士，官观察使。

拟　古

楚人重菉葹，椒兰为荆杞。宋人宝燕石，安知球琳美。真伪讵难分，奈何徒贵耳。触热趋炎翕，浮名取青紫。岂不羡时荣，愿言敦素履。黾勉以为期，毋为识者鄙。

听周紫海先生话海外三山之胜

尘世难向蓬莱游，空怀三山缥缈之银楼。年光弹指如飞电，安能一室兀坐生烦忧。懒云先生负奇气，青瞳绿发仙人俦。与余素心授宝诀，人间何处无丹丘。更言曾厕仙人里，天风飒飒云雾起。左携东王公，右携赤松子。仙山迢迢高入云，方壶员峤气氤氲。侧身俯视小天地，鸾嘻凤嗷空中闻。忽然驾岱舆，羽盖斑麟车。琪花杂瑶草，六甲备行厨。于是振衣长啸，蹑足云巅，沧海一掬，万山如拳。白鹤翔兮凌厉，神龙下兮蟠旋。双童醉舞兮婉转，素女含笑兮翩跹。螺书薤篆人不识，赤文绿字谁与传。我不知方丈之峰几万里？扶桑之木几万年？白眼悠悠诚下士，欲往从之道如咫。古来慧业多能仙，何必丹砂与玉髓？秦皇汉武非仙才，鞭山驱石何为尔？诗成笑傲俯人寰，天惊石破开心颜。朱草纷披谁处所，白云苍莽何时还。识得“人间何处无丹丘”，则篇中所云俱作梦游天姥观可矣。诗境超逸，亦仿青莲。

石为崧

石为崧，字五中，江南如皋人。康熙戊辰进士。

秋日坐秦淮水榭闻故老谈金陵遗事

木落江南秋暮天，开元诉罢转茫然。荆榛曾记从龙日，鼙鼓还传失鹿年。夜月照残楼十二，金风吹冷殿三千。凭谁坐说长江险，玉树歌终亦可怜。

卷十七

孙致弥

孙致弥，字恺似，江南嘉定人。康熙戊辰进士，官侍读学士。有秋左堂诗。〇松坪未第时尝为副使，采诗朝鲜等国，极韵事也。馆选后，与赵文饶同罹岸狱，几濒于危矣，卒以非辜得雪。后圣祖巡幸时，以献赋复官翰林，至学士。诗筋力于唐人，无绮靡习，当时推为作家。戊辰诸公并推重之。

江行杂诗

一舸淹晨夕，平沙舣落曛。江潮晴涌月，山火夜烧云。黑想蛟涎出，腥愁虎气闻。明朝牵百丈，回首白鸥群。炼句近岑补阙，宋人便一直写去。

鹭鸶村下路，停策吊沉沦。大义存晞髪，高风缅补唇。明时甘浪迹，乱世得全身。搔首严陵濑，南阳有故人。晞髪、补唇一联，过谢翱墓、方干宅也。五六分承，结到严陵钓台，乃见宗主。

城迥浮云外，舟移乱石间。波光能夺月，滩势欲驱山。过险心犹悸，思乡鬓欲斑。君看松顶鹤，云暝亦知还。

福州道中

指点三山近，轻云护翠微。晓烟榕叶暗，春雨蔗田肥。野女修棕笠，溪人浣氍衣。啼鹃苦竹里，争道不如归。

秋　感

辽海关门百二雄，长城万里忆先公。储胥自有风云护，部曲空成带砺功。一战龙旗劳汗马，廿年贝锦怨藏弓。不堪蔓草祈连冢，况复铜驼恨未穷。自注：先中丞赞辽十载，尝搴龙文大纛，鼎革四王及黄镇南辈皆出麾下。○郭令公部曲皆封公侯，李义山咏浑瑊诗，“咸阳原上英雄骨，半向君家养马来”，诗中亦同此感也。

咏史次王玠右先生韵

南都歌舞动云霄，回首燕台王气遥。燕领何年驰铁马，羊头此日总金貂。霓旌小苑明秋月，锦缆长江泛暮潮。龙虎亲军三十万，登坛空想霍嫖姚。此见四镇不能周防，而金貂皆归铜臭，虽长江天堑不能守也。下章兼选优伶言之。

六朝遗恨水潺潺，金殿繁华闭翠烟。但听临春歌玉树，不闻清庙奏朱弦。铜驼泣露飞鸣镝，铁锁沉江渡战船。虎踞山前明月在，秋风怨绝李龟年。

同晙思大年记华天御先生

蒲帆片片带斜晖，路转蒹葭兴不违。白露为霜枫欲脱，澄江如练雁初飞。沧桑廿载衣冠在，猿鹤三军事业非。回首悲笳惊日暮，新亭风景一沾衣。

感旧示魏禹平

寒灯无焰醉瞢腾，独对遗编感慨增。复壁人曾藏北海，墓门剑许挂延陵。全家大节存忠孝，三世深交历废兴。郭隗台荒荆棘里，茫茫枨触恨难胜。自注：魏忠节公被逮，子敬先生从行。先中丞独匿之邸舍。及忠节卒，先公尽斥衣物，佐其归装。延陵许剑，乃与子敬札中语也。〇忠节公父子忠孝，中丞公子身仗义，三世交情合并写来，遂觉生气满纸。

至江宁再叠前韵

蔽日浮云已暂开，先称偏觉气悲哉。燕归知入谁家巷，凤去愁看旧日台。胥靡敢期通帝梦，槛车羞比霸齐才。炎歊苦忆凉飔好，凭仗悲笳及早催。此学士脱罪后，重至金陵作也。胥靡之梦虚期，槛车之征无望，词近退藏，而用世之怀勃然言下矣。后之遇合，已兆于此。

同介修孟游集元夫园居即事抒怀

朱弦寥落赏音微，尊酒论心静掩扉。遮莫文章供齿颊，底须愁病减腰围。駃騠七日堪千里，大鸟三年始一飞。醉拂吴钩谈转剧，主人忘送客忘归。

张尚瑗

张尚瑗，字弘蘧，江南吴江人。康熙戊辰进士，官翰林院庶吉士。改江西兴国县知县。〇损持太史诗，风神未足，沉著有馀，犹书家之颜平原、柳诚悬也。生平宗法昌黎，故尤工古体，诗稿止镌游闽、粤作，今全稿散失矣，深为惋惜。〇去官后，笺疏诸经甚富，已镌者有三传折诸。

上　滩

顺流船似箭，逆流船似绊。衢睦地势殊，牵挽程难算。江底清无泥，齿齿白石粲。船石相磨治，荦确冰初泮。深者四五尺，浅或未及半。牵船蹋冰行，挽衣不掩骭。胶浅篙难施，肩舁杂呼唤。已前而复却，欲迎或还扞。一滩抵数里，一里或数滩。滩滩行相续，侵晓到日旰。惶恐黯黮名，熟闻心已惮。岂识瀫纹江，惊湍尔许悍。长歌行路难，击楫发三叹。起二语谣谚，已领一篇之意。后形容上滩险艰，不遗馀力，令读者目眩心悸。滩亦音叹，收十五翰中。

九鲤湖

艰哉观澜亭，所历皆悬度。过此鸟道绝，从游慄相顾。途危景益佳，兴发情无怖。身非郰侯骨，暂作壁间步。强半蛇蟥曳，有时猱玃骛。磴断体欲縋，根蟠足梢驻。琮琤丝竹涧，烂漫琪玕树。擘水石双门，挂岭玉三柱。却望珠帘垂，银潢屑烟雾。直下去无几，邅回劳予溯。湍驶何潺潺，褰裳不可渡。长啸向白云，茫茫苍霭互。径路断绝，缘壁而行，蛇蟥同曳，猱玃并腾，服其真写得出。曩游黄山莲花沟、百步云梯，曾亲历此境。

谒韩文公祠

总角诵公文，不啻编三绝。半世味公道，无能剑一吷。维公不朽姿，薄云贯虹蜺。谤伤与夸眩，两者均蠓蠛。氛氲一瓣香，万古应同爇。举举何末生，敢云景行切。潮阳谪宦区，偶然鸿爪雪。借此涤炎飏，海滨斗杓揭。湖流漾清派，峰势环飞岊。江山衔明德，临眺心神澈。白云飘檐楹，恍忆灵旗掣。公之行道，只在伦常日用，不特谤伤者可嗤，即夸眩者亦见之未真也。读原道篇自得。次章并其弟子表之，明其熔冶人才，有功后学。

史公识尊圣，世家表弟子。后虽未敢例，义在可窃比。济济伊洛徒，游扬复罗李。韩门数入室，若籍湜服喜。唐宋两朝史，附传共编记。匹夫百世师，坡言得之矣。配禹尚非夸，传轲又何訾。荒荒海水南，明珠孕天水。过化遂成材，庙食芳蘋芷。虬枝侍郎木，桧楷同薿薿。

观音岩

巨灵施昆刀，劈破青玉笋。千里插江面，削平如概准。群冈互起伏，离立车连轸。独此琨瑶屏，截肪无粟疹。顶矗日黯黯，趾沉波泯泯。一线裂石罅，虚中驾阑楯。香华鬘陀像，澒洞栖谷牝。凄风飒然来，猱玃度必霣。安得立三分，言从伯昏瞀。王渔洋赋此题，中云"骑危蹑虚空，险绝缘钩梯"。此云"一线裂石罅，虚中驾阑楯"，可以互证，想见左右石壁，危阑驾壑，此岩未易登也。

弹子矶

竞秀英州山，临江多俯瞰。观音与弹矶，巉绝奇尤占。划然千仞壁，削出长天堑。鸿蒙开辟时，鬼斧安施錾。虬柯缕络之，蒙茸纷碧绀。乳窦小于拳，累然不容甔。相传广明贼，弹落金丸陷。雄非天山矢，险异蜀门剑。但见滩流驶，湍急不可缆。怀古夫如何，寒风江湛湛。渔洋南来志云："弹子矶悬崖千仞，如洞如厂，斧凿镌镵，拟于鬼神。"诗中亦可互证。广明贼，未详。

仙霞关

七闽路与中原通，怪事咄咄惊天公。冈连岭复云树匼，飞鸟不度猿猱穷。微茫一线走绝壁，谁凿溟涬开鸿蒙。二十八盘尤斗绝，路难直似摩苍穹。王公守国天设险，崤函轘辕自古崇。兹岂小巫怯百二，偏隅冷落箐篁中。正恐五丁力不到，无诸倔强凭䛕䛛。尔来文物盛唐宋，舟车衢信当要冲。蛇形蟠曲甃磴道，史浩于此开榛丛。宋明王孙两遗种，哀哀望帝啼鹃红。日者井蛙跳涔水，高拥黄屋弯朱弓。阴平夜缒渠帅缚，昆仑电扫巢穴空。虽云负固不可恃，车箱箭筈名益隆。热行五步一回首，仆夫告瘁心神忡。残旗折戟渺何许？故垒瓦砾馀蒿蓬。淙淙飞泉下幽壑，镧冲百道鸣丰霳。回溪互证前路失，恍惚七圣迷崆峒。南风不竞自天道，嗟哉竖子时无雄！欲呼真宰铲叠嶂，永俾灌莽无伏戎。左鼓右旗列几案，挖舟舁轿从西东。怀古登危重兴叹，溟茫襟袖侵霿雺。仙霞关为闽、越扼要界，高二十里，为级三百六十，曲二十二，宋史浩所开辟也。康熙中，逆藩耿精忠谋越此关，制府李之芳以兵遏之，卒以就擒。中一段正指其事，纵横排奡，一气蜿蜒，得昌黎之气骨。

查　升

查升，字仲韦，浙江海宁人。康熙戊辰进士，官至少詹事。著有淡远堂集。〇宫詹书法得董文敏之神，入直南书房时圣祖屡称赏之。

访吴采山不值

秋水乘孤艇，沿缘乱苇间。时看黄叶落，境共白鸥闲。林影溪边屋，钟声云外山。故人令不见，月出棹歌还。

过浦口和清字

公路浦口浦水清，甘罗城外征人行。大河直下千万里，哀雁差池三两声。南国浮云天际满，异乡秋草梦中生。侧身四望浑无尽，新月江关一片明。风格亦从杜出。

陈丈朴庵招赏牡丹同人即席分赋得明字

金谷何如蜀锦城，放翁旧谱阅天彭。置身富贵何须早，到眼云霞觉倍明。丁字帘前围蝶翅，午时画里验猫睛。风流共忆清平调，合座春光醉玉罂。牡丹用富贵字，最易近俗，此翻用之，转觉其雅，死活之别也。〇埤雅载人得画牡丹与猫一幅，莫辨精粗，识者谓花枝哆而色燥，此正午时花也。猫眼黑睛如线，此正午时猫也，猫旦暮目睛圆，日午渐狭长，正午则一线矣。用来恰好，上一句以绣球作陪衬也。

八里庄

断井冰胶汲水痕，炊烟三两不成村。客嫌南语呼难应，门对西风火不温。白月荒途深夜柝，黄沙野菜杂蔬盆。耳边俄觉秋涛卷。卧听驽骀龁草根。

陈大章

陈大章，字雨山，湖广黄冈人。康熙戊辰进士。著有玉照亭诗钞。〇楚风旧沾钟、谭馀习，后又变为凌厉，芒角多而性情隐矣。作者矜平躁释，一归恬和，可以觇其所养。

九江夜泊

解帆及夕阳，系舟傍枯柳。天低九派流，浪抱孤城走。奇峰插斗南，雄势压江右。云中五老人，见我时招手。静夜冷鱼龙，古戍沉刁斗。欹枕不成眠，且饮浔阳酒。舟中望见五老，转云五老招人，如此用笔，便觉灵活。

瓮山拜耶律文正公墓

林转河阴长，遥峰粲可数。迤逦得瓮山，嵚嵌若覆釜。劫火土一抔，英灵耿万古。元祖昔龙兴，戎马日旁午。微公济世心，斯人尽豺虎。荒祠香火微，断碣聚鼯鼠。漠漠望秋云，含情空激楚。耶律楚材，辽之裔也。辅元祖有济世功，予游西山，曾拜其墓。

王文成纪功碑

碑略云：正德己卯，宸濠叛，称兵向阙，破南康、九江，攻安庆。臣以列郡兵复南昌，宸濠擒，馀党悉定。天子闻变赫怒，亲统六师临讨，遂俘以归。末云：式昭皇灵，嘉靖我邦国，时庚辰正月也。明年，嘉靖入继大统，果符其谶。先是公将献俘阙下，江彬等檄令纵之鄱湖，俟上亲战而后奏凯。公不得已，间道入杭，以濠授张永，遁入九华山。随补奏，序彬、永等功上之。然公卒无赏。嘉靖初，下其议，乃起为南京兵部尚书，封新建伯。

武皇巡游不知疲，朝御豹房暮京西。群狐跳梁嗥且舞，摇摇九鼎一髮危。宸濠衅踵寘鐇起，盘结肘腋成穷奇。堂堂孙许孙中丞燧、许按察逵。仗节死，东南倾刻翻潢池。虔州中丞屹柱石，忠义愤发非人为。同时幕府盛才杰，太守伍、邢诸公。戮力共竖天王旗。黄石矶前一再战，扫除凶焰无孑遗。事不浃旬功再造，只手半壁扶坤维。当时庙谋亦痴绝，露布已上重誓师。天子自将佩将印，六军雷动江淮湄。谤书何止盈一箧，当关虎豹皆狐狸。深谋豁达格神鬼，苦心退托随髡缁。开先寺前七佛碣，旁有大字镌崔嵬。雅颂严正揭日月，蝌蚪错落拏蛟螭。改元兆谶实天启，酬庸锡爵开祯期。平原之书次山笔，千载以后非公谁？昔从流传看拓本，顷来石壁瞻丰碑。公之英烈传万古，求之翰墨盖已卑。区区群儿肆口舌，剑首一吷终何施。呜呼！奇人奇功不世出，使我摩挲再拜兴嗟咨。寘鐇，安化王也。先宸濠反，杨一清、仇钺讨平之。○王守仁禽宸濠只三十六日，时安边伯许泰、太监张忠等皆受辰濠贿，恐守仁见上声其罪，转言守仁先与宸濠连，后乃变计。武宗知其忠，不信，复言其必反，多方沮抑之。守仁先以宸濠付张永，既乃入九华山僧寺待罪，得免。诗中直陈始末，作传读可也。

登小孤山

蜀江万里浮鸿蒙，洞庭势挟彭蠡雄。小孤突起插天半，百川砥柱为之东。磴道虚无动寒色，渔舟一叶傍绝壁。蛟鼍正昼吼风霾，泱漭孤云天地白。参差楼观丽朝霞，绣鞶珠箔颜如花。阴岩咫尺蓄雷雨，怪树千岁盘龙蛇。吴楚雄关此第一，折戟沉沙莽萧瑟。凭阑决眦倚半酣，尽卷乾坤入诗笔。隔江清霭有彭郎，银河带水遥相望。舟师招手闻绝叫，急趁南风过马当。小姑嫁彭郎，东坡偶然戏笔，后人辄以此相谑，殊可笑也。此出以端重之笔，能脱窠臼。

送胡卜子南归

春光叫彻栗留音，赠别何堪折柳吟。空说高台收骏骨，只应敝帚享千金。五更风雨穷交泪，驿路莺花故国心。白雉冈头荒圃在，未妨述作老云林。

次韵姜西溟秋日杂感

珥笔频年在石渠，一囊官粟百无馀。自注：君久与史局，食俸而未得官。伯鸾本不因人热，中散从知与世疏。尺蠖屈伸存我法，蜗牛负戴亦吾庐。短檠取次新凉入，珍重穷愁且著书。

戊子生日书怀

少日凌兢履畏途，抽身云水补桑榆。负薪未便惭翁子，学句犹能傲达夫。勋业尽抛青琐客，形容尚类列仙癯。萧条四壁空无有，新挂庐山瀑布图。自注：时有游庐山之意。

观化久师齐物叟，忘机甘作灌园人。熊鱼自古难兼味，木雁中间可置身。野艇笼烟催放鹤，断槎欹石坐垂纶。一编最爱襄阳传，聊为清时备隐沦。

陆　寅

陆寅，字冠周，浙江钱唐人。康熙戊辰进士。〇冠周，高士丽京之子。丽京出亡不归，冠周访父，几遍宇内，终不得，幽忧毕生。少岁即有豫章拔地之势，遭困厄，诗品愈高，刊文集时，名未成也。戊辰后，诗无刊本，故未得见。

歧路行

出门竟何之？东西南北皆路歧。仆夫执辔马踯躅，骊歌一声声最悲。道傍桃李似惜别，飞花故扑金屈卮。人生目前贵适意，不如还逐屠沽儿。兄袁盎，弟灌夫，相逢自负高阳徒，樗蒱百万能呼卢。朝金张，暮许史，拔剑欲为知己死，眼前谁是严仲子？

宣德箭歌

丁巳夏，余客长安。市有鬻爬背麻姑爪者，视其杆，有“宣德八年馀干县所贡竹箭”字，后无所用，散落民间，改为爬背之具。余乃作歌。

长安城东鬻废箭，故老欷嘘万人看。金镞敲残鼓铸锋，鸦翎落尽丹黄变。弃掷风尘未尝试，老杆分明宣德字。珍惜曾教武库藏，标题尚识良工制。高皇昔日戎衣著，剑埽妖氛定雄略。已见蒲稍入大宛，更闻蒟酱开邛筰。茫茫九服初通贡，竹箭东南待弦控。包茅常例豫章来，司空檄取官胥送。贻谋孙子但垂衣，夜夜黄星护紫微。三殿日高香不散，上林花暖燕群飞。夕烽并罢平安火，服御深宫无一可。青磁烧出碧鸡成，熏炉制就黄金裹。内家擎献龙颜动，流落人间至今重。金马铜驼倏已非，石砮楛矢成何用？只今新制逾工巧，故物休言旧时好。猛将难调神臂弓，仙人且代麻姑爪。君不见银泉山下草萧萧，狐兔秋原正寂寥。仰天大笑羽毛落，一箭穿云看射雕。明自宣德后，武备渐弛，至正统而有土木之变矣。从废箭中发露此意，点入宣窑、宣炉，不同闲笔。

秋日忆家大人粤游

又见秋风动，芦花江渚飞。忍看时序变，犹与老亲违。远信无他语，深情只望归。应怜挥手日，儿女共牵衣。真挚近杜。

自 笑

自笑桑弧志，天涯只布衣。到家翻是客，逆旅岂如归。白日从愁尽，青山入梦非。缄书与僮仆，为扫钓鱼矶。五六写尽作客人心事，“青山入梦非”，即“梦里还家不当时”意，此觉更简。

钱塘怀古

祠庙吴山草木凋，芦中穷士旧吹箫。眼看吴市东门甲，怒卷钱塘八月潮。乌喙竟能亡敌国，鱼肠应悔刺王僚。锦帆一片风流尽，白马红旗浪里招。东门，史记正义谓鳝门，即鲟乎门，后改葑门。子胥云：“悬我目于东门之上，以观越寇之入也。”悔刺王僚，见位传僚之子孙，越未必灭吴也，前此无人道及。

秋日杂感

翘首天涯那可凭，丹枫一望泪初凝。郤羞轵里逢严遂，曾否夷门辱信陵。揽镜未应头似雪，埋忧不办酒如渑。棹歌且逐中流去，荡桨操舟我亦能。颔联见不逢知己意。

沈名荪

沈名荪，字磵房，浙江钱塘人。康熙庚午举人，选攸县知县，未赴。著有梵夹集。〇渔洋香祖笔记中载门人沈磵芳诗话三则，本字磵房，笔记中应误书。

题画册

篷开猎猎风脚，舵曳涨涨浪痕。杜宇飞边蜀道，哀猿啼处荆门。远红夕照千里，浓绿垂杨几村。已到落帆亭下，客心还怕黄昏。六言律诗，偶备一格。

去京师

望望南天云树迷，沧浪仍卧钓鱼矶。谁言京洛缁尘满，我独还家是素衣。予咏白燕末二语云：“京洛何妨共栖宿，素衣未必化为缁。”有同心也。第碉房写怀，予则托兴。

丙戌榜前梦罗昭谏见过

鹄袍乌帻一先生，刺写江东给事名。八百年来成把臂，可能同访旧云英？自注：昭谏有赠旧妓云英诗：“我未成名君未嫁，可怜俱是不如人。”

湖矶归理钓鱼蓑，收拾从前泪点多。笑煞江南村使者，有名金榜便如何？自注：“泪拟何门落玉盘”。昭谏句，江南有使来聘越，不知有罗给事，问何以故，曰：“只为金榜无名，所以不知。”

惠周惕

惠周惕，字元龙，江南吴县人。康熙辛未进士，由翰林院庶吉士改授密云知县。著有研溪诗集。〇研溪先生受业于尧峰汪氏，故诗格每兼唐、宋，然皆自出新意，风神转佳，不似他人摭拾宋人字面以为能事也。生平邃于经学，贯穿融洪，亦不第以诗家品目之。

出　门

饥寒逼腐儒，颠倒作奇想。长安远于日，无故思一往。曾闻丈夫雄，咫尺视天壤。岂知适千里，三月费劳攘。为装迫旦暮，无乃太卤莽。萧然一室中，何物是行帑。念此壮心摧，低佪转悒快。出门心事，为起手十字道尽，然能抱道守拙，饥寒亦不能逼也。

浮云翳清晨，孤帆雨初注。结束上高堂，回迟更千虑。苦心发欢颜，但道舟楫具。小儿不知愁，牵衣乞同去。不忍与明言，多方使之误。送行杂亲朋，剌剌语及暮。风争雨渐稠，篙师发微怒。郎今何多谈，明日谁与诉?

·夜坐有怀

青天如澄江，片月初洗出。草光露离离，树影风瑟瑟。寒更夜点疏，惊羽孤飞疾。惆怅不成眠，怀人坐终夕。简极，高极。

从赤城至国清寺

千山万山渺何处，塔影层层国清路。斜阳林外送微风，布袜萧然蹋云去。寺外澄潭一镜圆，连漪倒浸青苍山。长松蜿蟺落潭底，白日疑有蛟龙眠。泉声曲折引我入，菩提一树高摩天。庞眉老僧可人意，为我扫石开禅关。匏樽酌茗荐瓜果，野味足洗官庖羶。坐来庭径转岑寂，修竹杳篠闻清猿。北窗跂脚许高卧，冰簟荫借青琅玕。始知物外即幽旷，化城何必离人间。念昔平生俱道长，行骖劫劫无停鞭。三年席帽客京国，口识甘苦难为言。今岁崎岖浙东道，水浮陆走行三千。自注：自钱塘、太末、永嘉至台州，将出绍兴，计三千里矣。人生如此竟何为？空使惨戚凋朱颜。誓从今日抉尘网，山深林密行盘桓。桃花流水跣足渡，嵬峨半醉来参禅。但写国清之幽旷，易于平直，得平生道长一段，以往日之艰辛衬目前之游衍，弥觉翛然物外，趣味无穷矣。七言古须于平直中寻出曲折。

赠维扬顾书宣

维扬顾子文章雄，渡江问我清溪东。入门一见便惊绝，袖底诗卷光熊熊。造次手揽读未遍，齿牙陡觉生清风。君言学诗二十载，前后正变差能穷。人生眉眼不自见，愿以妍丑烦青铜。余时怵惕未敢荷，君才何健词何恭！吾身贫贱困荆棘，窃弄笔墨吟三冬。一言落纸与俗忤，口排吻击轰儿童。迩来读书但自省，得失岂暇争鸡虫。闻君议论复感发，如瞽得相行有筇。君才趫捷实倍我，何以属我相磨砻。乃知贤者不自伐，虚襟苦抑由中充。从今尊酒托未契，女萝袅袅缘长松。中得闻君善我必劝，若遇我过须君攻。昌黎韩子昔有语，终始相合如駏蛩。君今别去正秋暮，得句幸寄南飞鸿。眉眼不自见二语，妙喻不减东坡。

同诸君兴圣寺看杏花

谁剪明霞散山曲，千枝万枝红簌簌。五家合队丽人行，杜老瞢腾看不足。聊凭杯酒添春酣，乌帽欹斜尚可簪。客路心情似春雨，晚来和我梦江南。必征引杏花典实，便是笨伯，妙处正在离即间也。然得此解者甚难，若竟以不切为能，则又误会其旨矣。

再赋一首示耑木及同游诸子

西勾之西花为国，晕碧裁红斗颜色。杏花今岁开独迟，不共棠梨作寒食。嫣然一笑破寺中，恰似诗人在迁谪。嬉春宝马空当当，尽是看红不看白。看红看白，遗山语。

杨朗爱惜携酒过，花栏日底相婆娑。清香泥人著裀席，酒鳞泻影摇红波。花如有情解留客，到手莫负金叵罗。春风去矣绿阴合，明日花老君如何？正值改官县尹时，随所感触，俱成妙语，按其诗稿中知之。

夏日写怀

自从飞鞚到人寰，最忆城南香水湾。旅舍一凉来好雨，竹床昨夜梦青山。藕花风绕湖三面，红豆阴输屋半间。更有西邻垂白叟，来言玉桂待同攀。

重九潘长公恬庵昆仲招同魏苍石饮太白楼分韵

天围睥睨拥南楼，画棁飞甍俯济州。千载尚馀高士迹，一尊今续酒人游。碧云淡日黄花节，红树西风白雁秋。客里放怀须酩酊，莫教枨触故乡愁。

敝裘和查夏重

一番凄风促暮砧，漫倾残笥付缝纴。丝纹断续难容线，毛理稀疏不受针。犹有馀温胜短褐，还将独夜抵重衾。岁寒惟尔堪相倚，忍为丰貂易素心。一结见用意之厚，待物待人俱如此矣。推而广之，诏求故剑，亦是此意。

再用衣字韵悼亡妾赵氏

春时初嫁秋来病，九月东游我未归。独拥寒衾压针线，辛勤还为寄冬衣。年来无梦到彤扉，卧听三商玉漏稀。记得去春风雪夜，添香唤我著朝衣。

棹　歌

秋光瑟瑟半江红，花事阑珊到水潆。昨日芙蓉今日老，一年生怕鲤鱼风。

杨中讷

杨中讷，字颛木，浙江海宁人。康熙辛未进士，官春坊中允。

高邮道中书事

秦邮几带尽荒芜，清水潭连甓社湖。草舍寒烟何处在？贫家斗粟料应无。空怀忧国长沙泪，难绘流民郑侠图。闻道今年秋正熟，官租想已半追呼。

陈鹏年

陈鹏年，字北溟，湖广湘潭人。康熙辛未进士，官至河道总督，谥恪勤。著有沧洲诗集。

述愤次李崆峒韵

揽镜叹畴昔，我生良不辰。遭逢承平世，罪戾盖有因。束躬待斧钺，奄忽弥十旬。天怒谅可回，恩波浩无津。巽命重迟回，已足感臣邻。永念衰病母，江湖隔昏晨。恐惧心胆碎，雨泣鼻酸辛。上有圣明君，下有垂白亲。此为制府弹劾后作于狱中，不忘君亲，可以想其胸次。○崆峒为刘瑾所陷，有述愤作，故恪勤追和之。

新春杂感次韵和中山

铁瓮城边路，金焦江上山。蛟螭蟠地轴，豺虎踞天关。皎日群阴散，春风十亩闲。烟云俨图画，蜡屐好跻攀。恪勤两次为制府参劾，待罪京江，故稿中京江诗独多。

京江杂诗

杰阁俯城阴，阑干每一临。曲阿秦郡县，北府宋园林。山色分吴楚，江流自古今。春风满天地，无限望乡心。

送静庵僧之五台结夏

五月正炎热，山寒不可胜，好将双赤脚，去踏万年冰。虎石阶前伏，龙云钵底兴。欲随飞锡住，松雪路层层。

江　干

愁云毒雾锁江干，院落沉沉昼景寒。貔虎千重森铁瓮，穹霄何日下金竿。迢遥胇石呼难彻，寂寞丹心泪已干。虮虱一身天万里，仍依北极望长安。忠爱之忱，时时流露，故终免于难。

与许谨斋都谏夜话

琪树琳宫锁寂寥，逢君烧烛坐寒宵。三春华髮栖江表，五夜丹心恋圣朝。禁闼似闻怜说直，湖山自合老渔樵。鲤鱼风里桃花水，共听南徐早晚潮。时公诗有“鸥盟”字，噶制府奏其连结海寇，必欲致之于死，犹东坡诗之咏桧也。赖天子仁圣，明其无辜，而公亦濒于危矣。诗中“似闻怜说直”，应指此也。

移寓城南草堂纪兴

北堂遥隔楚云西，远近浮槎理亦齐。岂有园官供菜把，仍催稚子树鸡栖。寄奴井在泉堪汲，丁卯桥荒路不迷。比似成都留杜老，居人指是浣花溪。此在京江时移寓，玩其诗意，若欲终老于此者然。

冬日感怀

河淮重寄宠旌旄，方略频传霄汉高。中夜扁舟偕畚锸，经年匹马狎波涛。庙堂正切宣防计，簿领仍悬抚字劳。渐看海疆今沃壤，桑田儿女献春醪。此为从事河工而作，乃当日事也。下二章追念前事。

清时稽古独优崇，诏许诸儒集禁中。花发上林春窈窕，雪晴阿阁日曈昽。直庐夜检青藜照，讲幄朝呈白虎通。痛定湘累惭报国，皂囊无补但雕虫。此怀武英殿修书而作。

平生梦落五湖边，竹马重来事黯然。蠲赐欢声方动地，滞淫秋水又浮天。东南财赋无筹策，士女嬉游有岁年。春树万家烟雾里，白公堤上每流连。此怀治吴旧事而作，公先为郡守，后署分藩，故有竹马重来之语。

黄叔琳

黄叔琳，字昆圃，直隶宛平人。康熙辛未赐进士第三人，官至吏部侍郎。〇昆圃先生爱才如渴，闻人一长，必称扬之，使之成名，盖宰相心事也。年十九登第，后庚午、辛未诸举人、进士两诣其第，称后同年宴会，诚熙朝盛事云。

柏林寺观李晋王画像歌

沙陀怀古趋僧舍，驻马柏林还看画。素绡拂试生辉光，神威凛凛须眉张。红袍玉带结束好，唐季英雄一目眇。当时角立有朱三，百战干戈人易老。国仇未复留遗恨，破碎山河安足问？庄明带剑左右立，锦囊盛矢受遗训。谁欤写照妙入神，李家父子俱天人。鹰扬虎视空一世，经营惨淡传其真。千载留贻归净域，世无别本须珍惜。卷图四壁起英风，想象沙场万人敌。写出晋王英气勃勃，锦囊三箭宛然在目，非此诗不称此题。

送孙文博之云南省觐

此去行歌陟岵诗，短长亭外柳如丝。雨过山驿鸡啼竹，风送江程狖挂枝。花下迎亲依晓署，尊前忆弟梦春池。可能裁得相思锦，六六红鳞寄莫迟。

高孝本

高孝本，字大立，浙江嘉兴人。康熙辛未进士，知泾县、绩溪。著有固哉叟诗。〇固哉作令，锄强梁，平冤狱，振兴文教，以不善事大吏去官，后遍游名山以终，两邑人春秋祀之。

没字碑

山巅树石表，雷雨终不歒。扪读了无字，传是秦皇碑。东封铭功伐，曷诏丞相斯。或云藏金策，石函外覆之。亭亭霄汉间，观者徒然疑。祖龙昔多诈，兹意谅可知。六籍既已燔，焉用文辞为？将以愚黔首，徒令万古嗤。没字碑向无实指，此以焚书愚黔首意实之，应为定论。

登华山

万古神灵岳，三峰镇雍州。首阳曾北裂，星宿此东流。台驻轩皇跸，天垂白帝旒。行携九节杖，长啸访丹丘。

谁开千尺峡，断处若相连。岂有丹梯接，惟凭铁绠悬。猿攀岩倒上，鼠伏穴傍穿。自度车箱谷，飞升傲列仙。刘君东郊述登华之险，全凭铁索，铁索以上，复用倒攀旁穿，诗中两联，真写得尽。

直到神仙窟，阴阴紫翠浓。希夷云际卧，毛女树边逢。二十八潭水，五千馀仞峰。烟霞都踏遍，欲跨两茅龙。

赠王山史先生

紫气行看近，重重岭上云。山尊秦二华，名重汉三君。独鹤亭初到。如鸾啸乍闻。欲依张楷市，可许一廛分。

鹿忠节公祠鹿太常善继

自是胸藏十万兵，提戈出塞事无成。庙堂不惜封疆坏，门户惟知水火争。辛苦四年随相国，仓皇一死殉危城，白杨风急祠前树，犹作金戈铁马声。

姚弘绪

姚弘绪，字起陶，江南华亭人。康熙辛未进士，官翰林院编修。著有招隐庐诗。

送阎荆州终养归中州

骊歌听罢惜离群，折柳春城倚晚曛。日下重君能爱日，云间愧我尚瞻云。霞觞味并金茎赐，彩袖香从玉殿分。圣主恩深亲未老，好承庭训答明君。三四自然雅切，不入于佻。

程文正

程文正，字范村，江南江都人。康熙辛未进士，官工部主事。

采石李翰林墓

苍苍松柏绕层岑，谢朓青山葬翰林。天子呼来犹得谤，世人欲杀亦知音。烟迷墓杳渔樵路，月照楼空江海心。鹦鹉鸬鹚杯杓好，死生有约酒星沉。若世人不欲杀，是以寻常待之矣。语极警极快，若黄九烟见之，必采入惊天集中。

钱王庙

霸业分星占斗牛，当年气盖海山秋。三千客自知罗隐，四十州空问贯休。铁箭尚藏遗庙在，锦衣谁似故乡游？残碑有字还堪读，玉局鸿文笔力遒。三四本事作对，天然名警。

姚士陛

姚士陛，字别峰，江南桐城人。康熙癸酉举人，著有空明阁集。

月夜泊慈水

舟泊闻宵柝，乡心正郁陶。岸虫秋老急，江月夜深高。儿女悬双泪，年华送二毛。嗟余悲失所，踪迹独劳劳。

送五弟自注：时欲游萧山

宦游记汝悬弧日，一瞬沧桑十八年。早岁负薪廉吏后，重来衣葛故人前。出门含泪离慈母，长路冲寒值雪天。好认荒祠拜先子，江郎桥畔古坛边。别峰考作令萧山，其弟生长署中，故有重来衣葛之语。

有　怀

但分离处即天涯，若个离家不忆家。自笑欲归归未得，也将归信卜灯花。

顾图河

顾图河，字书宣，江南江都人。康熙甲戌赐进士第二人，官翰林院编修。著有雄雉斋集。〇太史韵语都从性灵流出，无一言依傍，鄙意深喜，但所得诗只二卷，未见全帙。从前与令嗣善，不及一借，今令嗣已成古人，可惜也。

摄　生

保国释外惧，摄生留小疾。朽索驭羸马，徐行百无失。中疏固其卫，获少靳其出。割欲如守疆，谨身如缚律。不读黄老书，渊冰宜战栗。自恃强健，每易伤生，留小疾正以摄生也。固其卫，靳其出，得老氏精蕴。

任运

善走须得途，邪径不可行。善博须得卢，不关人力成。达人期任运，世路夸趋营。百虑输一忘，百巧输一诚。不见信天翁，亦得全其生。虑输于忘，任运也。巧输于诚，任运中有工夫在，更说得密。

息交

君子如春风，可爱不可竭。小人如酒颜，但得暂时热。急弦莫浪弹，一弹弦一绝。市交莫浪交，中路难固结。惟当同心人，可与论金铁。状小人之交，喻新而确，连上二章，皆阅历有实得语。

诸葛铜鼓

武侯未筑祁山垒，先出偏师渡泸水。人言孟获不足擒，股掌玩之徒戏耳。岂知北伐用南夷，正欲中原扫仇耻。僰人笮马供鞭驱，罗鬼乌蛮皆效死。至今铜鼓散山谷，峒户流传尚夸侈。精铜其质革其音，想见援枹兵四起。鸟蛇龙虎倏离合，戎机万变人难拟。曾传八阵有遗碛，更说旗台馀故址。此鼓千年尚宛存，血战消磨土花紫。君不闻定军山阴雨中，山鸣雷动声隆隆。埋鼓镇蛮功未毕，反旗走敌恨无穷。公之平南夷，正为北伐计也。议论正大，写铜鼓处，亦有色有声。

断砚歌为姜西溟先辈赋砚为家梁汾舍人击碎

姜侯砚小才如掌，玉腻金清世无两。隃麋发采宣毫爽，酒半传观各夸赏。舍人怒起夺之急，嫚骂何堪一钱直。奋捶顿似玻璃拆，满座失声留不得。物之成毁有由然，舍人辩口方便便。君不见姜侯醉作草圣狂而颠，怒猊跐踂龙蜿蜒。又不见姜侯著书卷几千，抵突彪固追谈迁。脱手便有风雷缠，庙堂颇复急此贤。诸公百僚压其巅，禄米不救饥窘煎。焉用此石空钻研，羁穷白首默自怜。呜呼！胡琴摔破不复弦，唾壶口缺那更全。姜侯乃煎麟角凤觜之胶重缀联，玉蜍吐水调松烟。摩挲自谓石可田，石乡可游吾老焉。借舍人口中极抒愤懑不平，归到姜侯恬然自安，尤见身分，若无此结，易流于粗。

天平山

山游穷日返，绝胜数天平。伟石皆人立，攲崖忽鸟惊。僧龛云共住，樵路鹿兼行。耳畔犹虚响，淙淙落涧声。

吕履恒

吕履恒，字元素，河南新安人。康熙甲戌进士，官至户部侍郎。著有梦月岩集。〇少司农时，言诗者多欲尊宋祧唐，而作者志趣，不但不落唐以下，并蕲追六代以上而从之，可云特立独行者矣。今后人之诗，尚能笃信家学。

斫榆谣

天谓我民何？夏不雨，秋不雨，春无麦无禾。取彼斧斨，榆则有皮叶。

长吏见之，怒形于颜。趋伐其树，尽其根于田。将报上官，曰维丰年。意古词古，但如此长吏，今之所谓良臣也。

言 诗

诗至唐，菁华竭矣，后人取其糟粕酾而漉之，知不复醇也，乃更杂以醯醢，气索味变矣。今之有志者，盍力为防焉。

唐虞有赓歌，言志始为诗。浑噩元化里，包匭理无遗。饮食以为质，采色安所施。有娀既以衰，文质将析离。周雅启其钥，楚骚荡其涯。役精实有物，云表发高思。苏李缀遗响，齐梁多芜辞。卓哉栗里子，清真乃得之。杜陵忠厚人，情深文亦奇。奈何李供奉，独赏谢玄晖？风、骚以后，独标陶、杜，此卓识也。小谢非不佳，然谓之名家则可耳。〇一序极佳，近人久不敢开此口。

祖越寺至罗汉洞

空山寂无声，钟磬自生响。宛转松石间，忽来云鸟上。筋骨未遑安，耳目已豁朗。岩腹正中穿，出入随俯仰。混沌谁开凿，玲珑非意想。仰视缥缈峰，天表撑一掌。其上有飞观，安能度袤广。自非餐霞人，邈然不可往。“出入随俯仰”五字，写尽穿洞神理。

牛口谷

虎头岩，牛口谷，山农斤斧入林木。取材为炭充官屋，命与豺虎争反覆。里胥坐门催军粟，箕敛斗会麦千斛。鸠声未已索食肉。终岁许许，不宁邦族，入门手足成皲瘃。皲瘃不足惜，担负入县，诘旦归来庤刍菽。老者谷死少者哭。为问哭者何所欲？愿地勿生山，山勿生木，不然宁葬豺虎腹。羡彼鳏寡与孤独，一身委壑，心无系属。愿地勿生山，山勿生木，想奇矣，末并羡无告之四民，痛楚何似。倘有观人风者，尚其采之。

长歌行送友人游大梁

君不见秦川客子旷世之逸才，吟诗百篇酒百杯。但见饮尽市中酒，不知诗似黄河天上来。瀚海鹏飞蔽日月，龙门鳣起随风雷。华岳三峰在脚底，蹴踏万里昆仑摧。三光不舒神鬼怒，帝命文鬼施禁锢。极之所往吾道穷，东西南北游何处？洛阳古都会，才子如星布。贾谊长沙死，苏秦燕国去。后来者谁可与言？东里之颦邯郸步。我生在穷谷，白首事章句。与君相逢松石陬，感君却扇一回顾。婕妤羞见邢夫人，低头下泣不敢妒。我织流黄，君织纨素，五色为章，不如衣故。思公子兮未敢言，怨美人兮恐迟暮。浮沉谁许青云交，莫问悠悠彼行路。以兹倾倒忘饥渴，欢娱过景参商阔。千里相思共秋月，明明在天何可掇。惟有春风知我心，一夕吹君来颍阴。颍阴西望乡关远，白云无际山沉沉。箕山之巅，大嵬之岑，芳草清和，夏木萧森，可以与君握手而登临。胡为杖策大梁去，别恨还同河水深。况复今日人间世，朱亥侯嬴不得意。但饮千锺酴醁酒，莫问十年不平事。解我囊，治君装，薜荔衣，芰荷裳。浩然气吐青天上，下视俗物都茫茫。朽腐神奇亦何常，绵绣文章皆粃糠，水云山木生光芒。长歌歇，天苍苍。

友人先游西北万里之外，后相与会合，极服其才思之高，旋又往游大梁，恐今日之大梁，虽朱亥、侯嬴莫能遇合也。苍茫飘忽，泯承接段落之痕，近人无能为役。

天门行自注：新安，一名铁门

哀陈公也。公讳显元，楚之蕲州人。崇祯壬午令新安，以息民为治。时洛郡失守，属城邑皆隳，公率民登铁门寨，日夜守陴，不为动。贼檄公，公碎其檄大骂。贼怒，并力攻之。寨启，无少长皆屠。公走且呼曰，纠民守死者，县令也，宜杀某，勿苦我民！贼不顾，公持其刃呼益急，遂歼焉。其子某亦遇难。遗民三十六人，为负土筑坟。予闻诸父老云。

涧水奔山啮石根，逆流百折趋铁门。铁门山上垒培在，居民曰是陈公屯。瓦砾崩翻烧黔黑，荒冢草白天黄昏。犹传壬午世反侧，函谷关溃无完邑。我公陟巘辟巉石，率民坚守勿降贼。贼移檄文谓公语：弹丸区区何自苦？公挥炮石击贼军，双眦俱裂詈狗鼠。黄巾万众并牛力，飞镞满眼天地黑。累卵难支巢树倾，苍颠黄口遭刲磔。更张空拳无所惧，龂龈血颈僵不仆。同时哲嗣亦罹殃，遗民负土营双墓。吁嗟乎！天柱地维昔崩摧，金城铁瓮空崔嵬。北门锁钥堕燕蓟，上东门亦军延开。迎降倒戈满眼是，公独守死何雄哉！春来杜宇犹啼血，瓦棺不朽常山舌。落落青松三尺堆，常照嵩峰万古月。

早发褒城

旅客闻鸡早，征车发驿亭。江城摇落月，石栈出寒星。林启前村白，天回远岫青。七盘关下水，幽咽不堪听。

梁　州

蜀道天难上，梁州路已遥。岷岷蟠北戒，江汉导南条。落日七盘岭，晴天万里桥。独留怀古意，歌哭未能销。

留别汉南诸子

白起城边草，年年怨别离。汉王台上月，夜夜照相思。歧路自兹去，故人何处期？涔淫数行泪，东尽汉江湄。兹取其格，不在语言之工。

栈　中

九折征鞍一敝裘，壮游心曲在梁州。山当子午纵横处，水落褒斜日夜流。秦氏馀威碑字灭，汉家残烧石痕留。昔年义舍劳寻问，衰草寒烟见旅愁。前七子中，近李北地。

潼关用崆峒原韵吊孙司马

汉京形胜枕雄关，指顾山川一掌间。地险半开函谷月，天青唯见首阳山。中官催战来何疾，司马挥戈去不还。万古黄河流血泪，春风惨淡旅人颜。吊孙传庭也。传庭几灭寇，因天雨催战而败，传庭死而明亡矣。一结深惋痛之。

金川门咏史

金川北望日黄昏，闻道燕师入此门。不见古公传季历，只知太甲是汤孙。风雷岂为鸱鸮变，江汉难招杜宇魂。南渡降旗何面目，西山省恨旧乾坤。议论正，音响高，此种诗用全力而成。

孙大帝庙

仲谋才志拟难兄，江左开基事竟成。仇国称臣缘底急，同盟归妹却相倾。南邦文武材何在，东鄂江山迹已更。惟有遗宫传避暑，古苔荒草对孤城。降曹丕而谋西蜀，何颜见桓王于地下耶？愚尝有句云："彼亦豚犬流，乌足称英雄。"

荆州怀古

尝思痛饮读离骚，万古伤心在二毛。风雅以还兼正变，怀襄之独忧劳。同官已妒能文宠，弟子犹传和曲高。此日九原难可作，东门隐隐见蓬蒿。领联写尽屈子生平。

严子陵祠自注：祠在巩县。

霜落秋城木叶丹，客星祠畔肃衣冠。故人无意骄同卧，天子何能屈一官。严濑江山空浩渺，原陵松柏自高寒。东都多少知名士，不及冥鸿一羽翰。

山海关

天际重关虎豹扃，前瞻云树尚冥冥。山馀落日千峰紫，海泻遥空一气青。汉塞烽烟亭鼙坏，秦城膏血土花腥。漫吟碣石东临句，绝代雄才敢乞灵。

许由冢

青山顶上一孤丘，俯视陶唐十二州。偶使人间知姓字，遂教颍水涴清流。

荆山自注：怀远即卞和采玉处，有抱璞岩。

玉蕴山辉自有期，匹夫眩璧罪何辞。那知太璞元来贵，不在连城互易时。见玉之贵不在既剖后也，为比德于玉者增长声价。今之抱璞者，急欲眩奇于人，何哉？

陈　璋

陈璋，字钟庭，江南长洲人。康熙甲戌进士，官至翰林学士。著有东冶集。〇学士系左之先生令嗣，韵语克承家学，即应制诗亦不肤浮，其本领可知矣。

闽山杂咏

初识南瓯路，滩船匝月程。江留螺女迹，台记越王名。地气三春冷，天时半日晴。谁呼行不得，江上鹧鸪声。

属国沧溟外，雄图压巨鳌，城隅防鼠雀，市上卖弓刀。旗鼓双峰雨，楼船八月涛。将军今坐镇，冠盖路相高。

万井山环抱，南图亦壮哉！槎从天汉上，门傍海云开。乌石藏幽寺，青榕荫古台。到今传擘荔，坛坫愿追陪。

七月己未恭接诰命

少作贫家妇，归宁更不归。九京加翟茀，六月感牛衣。自注：前室王氏归余才半载，旋有历下之行，遂成永诀。故镜照颜惨，宵灯入梦稀。此生同穴誓，何日重相依。

过张桓侯故居

汉鼎三分日，桓侯战伐高。心犹轻马赵，气已夺孙曹。卤莽生何惜，精灵死亦豪。英风留涿鹿，不剪旧蓬蒿。不填故实，自是桓侯，移壮缪不得。

送高鹤洲范舒山家訒叔诸侍御西征

日下闻天遣。荒寒万国西。非关驱獬廌，直欲掣鲸鲵。倍道旌麾远，先锋铠仗齐。书生能慷慨，临别不含凄。结意见诸臣忠爱，不作儿女态也。余前亦有句云：“食禄自应持正论，至尊终是重良才。”见主臣交得。

揽辔平生志，防身一剑依。行间回斗气，马上带霜威。出塞诗应壮，从军事亦稀。王师定神速，好唱凯歌归。

秋猎应制

羽林按部下天闾，大漠风高两翼张。猎火烧原秋草黑，阵云围碛暮山黄。太平不废三驱盛，神武能调七萃良。应有非熊占吉梦，游畋自古陋长杨。

沧洲兄席上咏冰

客醉宜供醒酒冰，水晶盘内露寒棱。直疑夏月常堆雪，不待秋风始扫蝇。裁作花纹看顷刻，削成山势笑凭陵。多君心地清如许，好为人间散郁蒸。两联俱耦句，胜予前奉敕和御制咏冰原韵中云“蚕种应知幻，山容未许凭”，遥遥印合。

西出居庸关

西出雄关路屈盘，风云重接旧征鞍。山如屏合窥天小，水作虹流入耳寒。万里女墙连雁塞，百年兵甲洗桑乾。太平气象无中外，镇朔台高立马看。

闽滩竹枝词

船如纸薄不经风，三扇低遮箬叶篷。万丈龙潭千尺浪，也堪愁煞铁梢公。闽谚有“纸船铁梢公”之语。

虎踞龙蟠似此无，风雷怒挟一舟孤。千堆乱石排刀剑，直作南阳八阵图。

张逸少

张逸少，字天门，江南丹徒人。康熙甲戌进士，官至侍讲学士。

北征凯旋诗

独断行天讨，亲征下诏书。六师谁敢敌，万里总长驱。列缺轰雷炮，横参耀隼旟。钩陈环紫极，肃肃护储胥。

变化鸟蛇阵，横纵虎豹韬。风生群马啸，日落大旗高。御仗森金甲，军锋淬宝刀。胜兵严壁垒，谁敢卸征袍。

圣泽如时雨，军中尽感恩。犀衣颁七校，骏骑给千屯。令自秋霜肃，纶同春日温。众心连指臂，饮马黑河源。

神兵天上落，迅疾下兰皋。螳臂当车辙，洪炉燎羽毛。妻孥俱自尽，丑类敢潜逃。已奏犁庭绩，应将弓矢櫜。地中鸣鼓角，天上落将军，已为胜兵，况天子自将，从天而下乎？一气相生，无一懈笔，六章中尤推神勇。

俘谍邀宽典，恩先赦胁从。军门齐欵缚，圣度自包容。日逐诚难赦，昆邪亦可封。因知沙漠外，俯首望颙颙。

扫穴传方略，丰碑勒武功。亦曾资众策，只自断宸衷。战伐夷头曼，威名俪有熊。归来颁赏赉，燕飨赋彤弓。亲征至凯旋六章，已备章法、句法、字法，无弗老成，应推能手。

卷十八

高其倬

高其倬，字章之，奉天铁岭人。康熙甲戌进士，官至户部尚书，谥文良。著有味和堂集。〇文良馆选后，乞假读书数年，然后就职。生平学术政治，俱有根本。所为诗其言有物，匪求工于队仗声律之末也。古体尤卓然，而外间所称，转在近体。

行役晓发

飞鸟翔遥林，衔哺恋故枝。人生重离别，况我亲衰时。升堂告行役，暗泪肠中垂。未言向何处，先说还家期。慈亲起送我，语好颜色凄。爱我不便哭，愿我平安归。家贫万事乏，供馈倚病妻。嫁衣典已尽，不复馀襜帏。男儿羞低颜，舍子将语谁。在家同一愁，出门成两悲。伤心最何物，双轮八马蹄。今日行门前，明日行天涯。塞水呜咽流，木叶高下飞。天晴尚愁人，风雨秋凄凄。舍至情无以成诗，先写慈亲之慈，次写闺中之贤，万事倚托，字字从心坎流出，与东野游子吟可以并读。

古北口

九边雄寰中，古北乃其一。北顾阚居庸，南境抵辽碣。屹然介其间，长垣兀积铁。高冒峰峦巅，低竟蛟龙窟。晴空展虹霓，海势现城阙。千里不可穷，随山远曲折。城头一抔土，黎庶九州血。作俑越赵与秦，流弊及明末。貂珰秉国成，书生总戎律。志拟封狼胥，兵不逾房闼。飒沓西风来，万骑射南月。腾凌在俄顷，若蹴蚍蜉堞。深源竟丧师，无忌空抱节。可怜边沙中，青磷照白骨。城同夏鼎倾，事与秋烟灭。龃龉何足论，阶厉病前哲。不见张韩公，筑城门不设。从来守边术，能战守可说。更有必胜方，千古同一辙。赤子付龚韩，白麻命萧葛。奄人秉成，竖儒总戎，猰㺄狒狒，驱赤子为白骨矣。末见能战方许能守，而要归于循吏之爱民，贤臣之执政，诚拔本塞源之见也。此种正论，可以勒诸金石。

晓　行

早行无定时，愁客苦夜永。出门望明河，月在西峰顶。木叶落衣上，马蹄踏人影。荒鸡树上啼，秋星露中冷。情惬耳目幽，身倦道途迥。荦确闻车声，更上东南岭。“四更山吐月，残夜水明楼”，读者如亲见其景，“出门望明河”二语亦然。

蓟州新城

于役季冬月，东入渔阳城。城圮五十载，奉诏新经营。墉堞一云具，筑作工遂停。胡不事宏丽，役物劳皇情。此州实险要，世界方升平。长驭控八极，内地固所轻。昔当明之季，置镇藩神京。高起两重郭，遍征九州丁。城中贮刍粟，城上罗旗旌。蓟门大帅任，郑重属老成。高议百僚会，推毂千人英。且复命丙魏，不啻求韩彭。陛辞涕泱澜，密诏言丁宁。志鸣伊吾剑，意洗鱼海兵。长计一蹉失，塞马仍纵横。连营一日溃，列嶂同时崩。尘来白日匿，烧猛苍天赪。九门戒楼橹，六府严关扃。平安一星火，重比千金琼。传呼达禁闼，夜寝始不惊。外召勤王师，内办迁都行。下诏责专阃，幕府空抢攘。拥兵不敢救，闭壁如聋盲。侦敌已出境，追骑甫及坰。杀人取其元，受赏都堂厅。累累鞍上极，一一田间氓。更奏塞外勋，肯耻城下盟。懦帅肆欺谩，勍敌生门庭。既以杀其躯，患亦贻朝廷。呜呼厉有阶，夫谁滋乱萌。或云右文士，误国由书生。或云吝边饷，饥卒难力争。南史与董狐，百喙同一声。敢独曰不然，奄寺实彗荧。监军专将柄，司礼为阿衡。众贿水输海，百度禾生螟。搒笞杀壮士，罗织戕名卿。刚鲠靡孑遗，嫔婀忌忠诚。肯效鸷鸟击，转畏走狗烹。潢池弄兵者，竟射承天闳。缅维开创初，明祖垂家型。内官止四品，洒扫供使令。外事付卿贰，著戒在扆屏。孰畀铁牌毁，坐见九鼎倾。惜哉兴戎首，未正司寇刑。我皇法殷鉴，典制原六经。寺人无官阶，置员有定程。衣冠带履外，越者诛窜并。皇皇一王法，万世其勿更。愿献五百字，勒作城隅铭。军政之坏，至杀百姓以献级，大帅猛于盗贼矣，而其实原于司礼监监军克兵饷，戕名卿，冒战功，至于蚁贼蜂起，而宗社随以陨焉。明祖初制，谁实毁之至于此极也。末归美本朝典制，禁辑寺人，真可垂法万世。〇攘，音狞，前汉贾谊传“国制抢攘”，师古读为伧狞，乱貌也。

碧云寺

崔巍碧云寺，寿安山南陬。前貌众龙象，后植千松楸。于经首作俑，魏竖复效尤。规制骇心目，宏丽无匹俦。近屏罗翠嶂，远势交回洲。石室窈中空，缭垣屹外周。镂阶凤褵褷，琢壁龙蚴蟉。僭侈陋陵阙，岂止逾王侯。当其缮构际，乾坤困征搜。攻石千仞冈，輓材万里舟。苍生莽奔窜，四海输琛赇。卿相称义儿，秽名丰碑留。刑馀胡敢然，童昏寄垂旒。缕臂夺之柄，蛊腹心舌喉。钳锁杀乔固，轩墀延共兜。上擅天赏罚，下快私恩仇。敌张寇盗炽，木蠹禾生蟊。罪虽沦一族，祸乃延九州。高庙血祀斩，泗风戕松楸。思陵葬无所，麦饭矧可求。昌平寒食日，春惨风飕飗。民家败纸钱，吹挂陵树头。穷奇旧衣冠，乃得归岩幽。百年有馀恨，烈士涕横流。伟哉张侍御，一洗异代羞！仆碑划名字，伐冢为平畴。兹事良义举，我更借箸筹。圣贤律既往，褒罚语不浮。善固揭百世，恶亦昭千秋。诛奸赖直笔，不系冢去留。上世戮鲸鲵，封骨高崷崷。请肆彼遗骼，存此招魂丘。用之作京观，事异理亦侔。覆辙留眼前，后车庶回辀。殷墟歌离黍，鉴之者有周。作诗述胸臆，以俟采风辅。张祁门请削魏阉墓事，诸名家诗多有之，详尽无如此篇，竟可作魏阉传读。○徐善泠然志谓忠贤戮尸后，未闻墓葬，或甲申国破后，其党为之。王敬哉又谓天启三年，忠贤拓于经墓立冢于后，二说不同。岂营墓于天启中，而葬于甲申后耶？

望雪山

蜀山崷屼皆参天，雪山高压群山巅。剑岭巫峡总培塿，青城峨岫差随肩。禹迹不到失搜纪，遂使岳镇居崇班。五丁有力不敢凿，胚浑元气无雕镌。到今尚存太始雪，盛夏早似初冬寒。我来成都苦卑湿，每遇高爽心安便。入秋十日九阴雨，侧身西望空长叹。忽然金风扫霾翳，半空横转兜罗绵。素云一段落天外，白头卓立罗烟鬟。天门玉龙露寒鬣，海风吹水排银澜。数百里外一举首，爽气已到须眉间。竖指数峰插霄汉，如坐井底窥星躔。压覆常忧坤轴折，回旋怕触曦车翻。高鸟之翔不敢度，往来或似飞空仙。此外茫茫复何有，蜂屯蚁聚丛生番。乃知造物有深意，区界夷夏分中边。刀州刺史真好事，欲通天险招呼韩。橐驼载布马载粟，罗致火罽收冰蚕。去年行台留陆贾，今年绝塞归张骞。似闻西方诸部落，稽首请事天可汗。蜀人弱脆蛮顽奸，畏之不啻雀见鷃。况复此曹不耕织，毳衣肉食劳县官。安得天生巨灵手，擘山为塞邛崃关。雪山以外，人近于兽，好事者招之使通，骛服远之名，滋扰民之累，不啻以雀予鹯也。老成深识，预能烛照数计，恶得第以诗人目之。

与熊敏思登蟠龙山顶望都城值大风有感呈敏思

城中拄颊看西山，千峰历历横眉端。山头倚杖望城市，万雉鳞鳞在足底。左有潞水右太行，桑乾流合东南方。王气中开千万禩，上应北斗兴明堂。琼楼十二门九阍，王侯甲第丽青春。大风忽起白昼昏，俯视一气不可分。唯见参天苍苍之绿树，蔽空翳翳之浮云。浮云绿树朝复暮，英雄竖子俱成尘。君不见石瓮山中耶律墓，碧云寺后于经坟。连云楼观已倾圮，满山松柏摧为薪。天边红日不肯回，头上白发仍相催。攀龙附凤有时辈，餐腥啄腐非吾侪。与君无何日饮酒，买山著书归去来。登高望远，每畅高情，况于帝王之都耶？凭吊古人，抒写怀抱，以凌空飞动之气行之，此章又近太白。

秋　宵

离抱何时释，秋宵特地长。梦回仍远塞，月好是殊方。蜡泪红垂地，蛩声寒近床。遥怜多病后，吟罢正回肠。

寄　内

湿云低似幕，永日坐如年。风雨方如此，归期愈渺然。深愁通日夕，远梦共山川。无计怜贫病，亲衰赖汝贤。

和许子逊中秋风雨后看月原韵

风雨初更歇，凉蟾已在天。涔涔终不湿，炯炯只孤悬。发映千茎白，秋逢两度圆。三吴烽堠静，弦管自年年。点题后，就题寄托，见寸心炯炯，物不能累也，深得少陵家法。

过长平驿感坑卒事有作

丹水桥边落日明，头颅山畔晚烟生。十年碧血无遗磷，几簇黄沙有废城。阴密复冤酬上党，亲安坑卒祖长平。纷纷竖子真儿戏，齿冷西来阮步兵。

剑　门

两崖对起削云根，邸阁全倾佛寺存。千古衰兴几蛮触，一龛钟鼓自朝昏。无人战鬼啼清昼，不夜于菟到驿门。蜀道荒凉身万里，不闻铃雨亦消魂。

佟法海

佟法海，字渊若，辽阳人。康熙甲戌进士，官至兵部侍郎。著有悔翁集。〇司马秉心刚直，立朝侃侃，督学江左，外严内和，衡文一宗先正，伪体不能眩惑也。诗未得全稿，然所录四章，皆卓然可传者。

咏　鹤

丹顶由来异，玄裳自少文。生成云水性，偶与凤鸾群。翘足怜孤影，乘轩耻俗氛。长鸣因警露，岂为九天闻。通体自写怀抱，风骨独高。

送查悔馀还乡兼寄贾蕙坤

生平文字友，引疾得休官。老去身须惜，归来梦亦安。江风吹浪急，山雨逐人寒。惟有怜同调，长嗟离别难。

忆昨青云侣，偏承恩渥殊。出同陪羽猎，入共侍蓬壶。老境怜分散，天涯各一隅。秦邮如过棹，为我问珠湖。

浔阳楼

琵琶一曲断肠声，触拨当筵谪宦情。为语江州白司马，留将眼泪哭苍生。大臣心事，借题发挥，令人肃然起敬。

周起渭

周起渭，字渔璜，贵州贵阳人。康熙甲戌进士，官詹事府詹事。〇贵州向日未闻诗人，又因天远，无从搜罗，故只采渔璜前辈，又未得全稿，所收从略，俟异日更征求之。

武陵为人写北窗高卧图

陶公卧北窗，梦寐无今人。岂惟无今人，颓然非此身。何处无北窗，卧者少真淳。胸中失佳趣，几榻俱埃尘。吾子虽今人，宛然葛天民。携枕入华胥，遂卜紫桑邻。萧条掩三径，松菊相与春。可知梦醒间，庄蝶孰为真。偶然南风来，吹堕漉酒巾。

避风赤壁登苏公亭放歌

今日江头风势苦，黑云从风散为雨。波声撼塌邾子城，涛头径射白龟渚。犹似周郎万骑横江来，千艘撇擗闻惊雷。咫尺南北不可辨，际天烟焰纷成堆，舟人系缆垂杨陌，忽见峭壁镵天地崩坼。髯苏一去青山闲，老子今朝散轻策。崔嵬亭子江之滨，壁上二赋犹鲜新。人间风月不可驻，天上来此闲仙人。秀骨疏髯脱图圄，诗不能茹酒不吐。吹唇沸地群狐狂，遣作江山文字主。东坡黄桑手自种，废垒蓬蒿耜亲举。平生食饱爱闲行，涴壁污墙到氓户。武昌樊口丹枫稠，载酒还作凌云游。清波白月在人世，素心孤鹤横天浮。忽忆美人思魏阙，自惊流落天南州。我拜遗像空山陬，岩桂惨澹枝相樛。悲风入座髯飕飗，大江茫茫东注愁。二惇二蔡俱蜉蝣，唯公大节今古留。当年咳吐惊龙虬，洞箫呜咽闻中流，长啸一声烟潦收。如此江山如此客，纵无词赋堪千秋。思公不见余空返，楚塞风和白石晚。柳外人家竹篱短，明月正照黄泥坂。二惇二蔡群狐跳踉，适使坡公为江山风月主人，小人之谋，无往不福君子也。中段浑括赤壁二赋，笔笔凌空。

南堤踏青因留观音寺小饮

选胜虽无独乐园，出城半里即山樊。雨馀朝麓岚光别，人比春禽笑语温。花雾阴时迷远浦，柳烟开处见渔村。凭君莫话金山约，玉带因缘恐断魂。

山阴舟中

越山岩壑锁烟霞，此日轻舟泛若耶。红雨棹边迷远近，绿萝阴里见桑麻。啼莺过水仍栖树，乳燕衔泥半带花。试访剡中幽绝地，不知何处戴逵家。“柳烟开处见渔村”、“乳燕衔泥半带花”，宋子虚集中时有此种佳句。

焦袁熹

焦袁熹，字广期，江南华亭人。康熙丙子举人。著有此木轩诗。〇广期先辈乡举后，不入春闱，意自知非用世人，故愿以不材终其天年也。穿穴经学，工制义，诗亦孑孑独造，不侪流俗。

杂　诗

四气自潜运，阴阳互来往。春风何必多，碧草日夜长。一树生空庭，婆娑不堪赏。旧业靡遗馀，生意久夭枉。天心非不仁，物性固难强。睇彼桃李颜，徒倚增怅惘。嘉树之蕉萃，不如碧草之荣兹，岂天心有厚薄于其间耶？安命俟时可矣。此章比体。

经生歌

蹄涔之水，不生沦涟。覆篑之山，那有云烟？章句微细，必无豪贤。可哀哉！说经铿铿，乃毕吾之馀生。见死守章句之不能有为也。此章兴体。

蒺　藜

爰有蒺藜，树之中庭。日月几何？维叶青青。青青之叶，不可采撷。凌彼嘉卉，自以为杰。念汝非种，亦天所生。怜而勿锄，乃伤我于行。呜呼！畴昔之日，有一溉之德，不以为德，肆为残贼。蒺藜蒺藜，谁其树之？于汝勿尤，怛焉自思。加惠小人，而小人反欲伤之，乃绝无怨尤，而咎己无知人之明，究之过于仁，不失为君子之过也。此章比体。

秋　虫

切切诉何事，无人知汝心。正繁灯欲死，乍断月应沉。申旦谁能那，悲秋自不禁。痴人偷向壁，侧耳一相寻。他人用在中间者，此用作起手，便觉突兀，此法得之少陵。

谢方琦

谢方琦，字应云，江南宜兴人。康熙丙子举人。著有东墅集。

雨中送客

北风驱寒云，萧萧乱松雨。前山忽杳冥，不辨溪头树。渔父村外归，牧人烟中语。翩翩东来鸟，悲鸣寻故侣。惆怅别情人，挂帆何处所？

雪后送殷介持归瞾城

朔风萧萧林竹折，晓来门外千山雪。有客淹留阳羡城，愁听旅馆鸡声咽。仲文儒雅旧知名，漂泊江湖百感生。故园东归岁云暮，断冰寒月他乡路。村桥早发行人稀，冻浦舟横不敢渡。朱门重裘被僮仆，文章不救穷途哭。短衣冲雪君毋悲，寒士何当谢荒谷。君不见少陵广厦空高歌，江上秋风卷茅屋。雪后所送客，自是不得志人，于其归也，以杜老之秋风茅屋比之，村桥早发一联，写雪后如画。

送友人之楚

残雪梅花月满庭，送君移棹访湘灵。几行归雁云边断，无数寒山江上青。罨画一尊虚载酒，武昌孤剑又侵星。平生漫说无同调，好向三闾吊独醒。

春闺词

林外子规啼，数声窗欲曙。怜妾最伤春，语语催春去。子规似解人意，其实春去之感，过于伤春，仍是败人意也。最近崔颢、崔国辅小诗。

何 梅

何梅，字雪芳，福建建宁人。康熙丙子举人。官建阳教谕。

望接笋峰不得上

入洞疑无路，虚无接笋梢。钩梯仙鬼半，铁索死生交。人影猱升木，僧寮鹤架巢。那能乘羽化，绝顶共诛茅。险语破鬼胆。

三山归舟杂咏之一

闽溪不可上，上若上青天。缆向峰头系，舟从石罅穿。晴空排虎刺，急濑吐蛟涎。赋命真穷薄，频年往复旋。

沈 育

沈育，字配苍，浙江嘉善人。康熙丙子举人，官永宁知县。

皋陶祠

虞廷推执法，才子产高阳。主德宽三宥，臣心慎五章。讦谟同禹益，奸宄服蛮荒。遗庙杨侯国，青松近北邙。“慎五章”，较东坡“杀之三”为得体。

郭有道墓

东汉多贤达，人伦君最优。士林争折角，仙侣羡同舟。品在君宗上，名超清浊流。中郎碑不见，论定足千秋。郭有道人品在南北部诸君之上，五六语品评惬当。

鸡头关

鸡头山势迴，人马半空旋。风御千盘磴，云遮一握天。猿声深树外，鸟道夕阳边。渐喜关南去，悠悠入汉川。

谒董江都祠墓

兴庆池南下马陵，广川魂魄古祠凭。旁搜典籍秦灰后，首应贤良汉诏兴。一代师儒崇道义，诸王子弟敛骄矜。可怜年少长沙傅，太息徒劳泪满膺。崇道义，即所云“正谊不谋利，明道不计功”也。下以能服骄王言二语，已该广川生平。

王　焜

王焜，字大生，江南嘉定人，长洲籍。康熙丙子举人，官丹徒教谕。著有考槃集。

短歌行

亲交莫绝，秉烛莫灭。来日孔怀，如何易别。营营百年，万虑难捐。在乐滋忧，当歌慨然。人生如蚕，食桑于野。桑少防饥，桑多防泻。茧成自殉，竟何为者？我欲终此曲，挥泪不能长。白头莫照镜，照镜悲流光。在乐滋忧，忧中有乐，乐中有忧，孟子“充虞路问”章可证也。茧成自殉，蚕犹有功于世，人之饱利而死者，并远不如蚕矣。警劝世人不少。

赠蜀使

尊酒此时别，猿声他夜同。江连白帝郭，月照汉王宫。蜀栈孤貂外，彭门积雾中。使旌随雁尽，留梦绕蚕丛。

客有谈海上已亥之变诗以纪之

往事茫茫话劫灰，屡经兵燹使人哀。但夸南北凭天险，不信孙卢截海来。白骨青磷愁向暮，茧丝保障究谁才？自从庙算添戎旅，铁瓮吹笳万马回。此言郑成功入寇之事。

虎丘二姜先生祠

掖垣抗疏触天威，拜杖淋漓血染衣。远戍孤臣终守节，罢官难弟竟无归。宣州藁葬依灵爽，茂苑荒祠隐翠微。下马行人奠椒醑，千秋孤竹并光辉。他人吊二姜祠者，但表给谏，而行人阙焉，此兼及行人之去官避难，乃见周密。

许　遂

许遂，字扬云，广东番禺人。康熙丙子举人，官清河知县。

山　月

不知谁抱镜，挂在白云岑。万壑照成雪，梅花寒一林。美人此遥夜，千里结愁心。解带松风下，霜华流素琴。格高气清，如出屈翁山手。向阅扬云稿，独赏此篇，近见广南选本亦然。诗取可传，不在多也。

李永祺

李永祺，字鹤君，浙江嘉善人。康熙丙子解元。

病　起

崚嶒未怕骨如柴，排闷时时强散怀。叔夜养生终是癖，伯伦醉死便须埋。枕边唤梦劳黄鸟，陌上行游让玉騧。莫负阳春好烟景，且教办取踏青鞋。

周士彬

周士彬，字介文，江南娄县人。康熙丙子副榜。著有山舟诗。

虫灾艰食赋以遣意

力稼冀有秋，螟蟊害糜芑。非无负郭田，突烟寒不起。携镵斸土芋，矻矻云山里。盈筐遂忘疲，持归饷妻子。杜陵劳拾橡，柴桑欣采苡。身悴神常怡，先民安素履。喈喈林杪禽，饱葚声欢喜。何人抱穷愁，戚戚成愚鄙。抚琴写素怀，松月明窗几。天怜乐饥人，丰年行转矣。于艰食时，传出乐境，胸中本有乐也。

营巢燕

双燕衔泥葺巢垒，飞去飞来掠烟水。巢成抱卵意苦辛，忍饥终日伏巢里。哺养新雏四五子，冲风冒雨寻鱼蚁。燕雏羽弱飞难起，母燕呢喃翔复止。一朝相引向天飞，子去母归谁顾视。独有前林慈乳乌，衔恩反哺情无已。此等诗可以教孝。

扬州

青楼歌舞胜杭苏，花月神仙总一途。骑鹤腰缠争艳羡，无人解道董江都。咏扬州诗者，多及陈、隋遗事，独拈出董江都，令人耳目一醒。

严虞惇

严虞惇，字宝成，江南常熟人。康熙丁丑赐进士第二人，官至太仆少卿。著有严太仆集〇太仆六经皆有述作，而读诗质疑二十卷，尤有功诗学。古今体诗略为寄兴，然亦不苟同于人。

咸阳怀古

六王毕后霸图空，三百离宫一炬中。八水凄清秋色早，九嵕巀嵲夕阳红。车回博浪沙中客，舟引蓬莱海上风。自料骊山万年计，岂知遗恨在樵童。博浪一击雄威尽夺，神山难到，妄想空存，祖龙自思，亦有黯然色沮、哑然失笑者也。遗恨樵童，用牧羊儿失火之事。

奉和东山对月有怀之作

十年一梦鬓垂丝，禅榻茶烟事最宜。正是空江明月夜，相逢尊酒落花时。伤心暮雨还朝雨，瞥眼桃枝更柳枝。身似荷珠原不著，从今学道未嫌迟。三四忘乎对偶之迹，神到时有之。

秋宵宴集酒阑漫兴得娘字

客里经秋只自伤，况逢明月倍凄凉。悲歌燕市寻屠狗，寥落江潭解佩纕。天上已归秦弄玉，人间重见杜韦娘。酒阑曲罢浑无寐，疑是维摩证道场。

姜宸英

姜宸英，字西溟，浙江慈谿人。康熙丁丑赐进士第三人，官翰林院编修。著有苇间诗集。〇苇间根柢经史，以古文名，年将老，因大臣荐，食七品俸，与修明史，然仍艰于遇合也。至入词馆时，已七十馀矣。己卯典北闱试，因正主考李殿撰累及下狱，旋殒其生，天下共悲叹之。

徐健庵编修筵上观洗象

长安六月三伏始，主人门对御河水。御河流水声潺潺，玉泉奔赴城西湾。是日都人看洗象，立马万骑车千辆。曼延蹴踘罗岸旁，吹角鸣钲沸川上。满堂宾客何从容，棋局未了酒不空。日中报道象奴出，至尊朝罢明光宫。魋形诡貌三十六，一一骑就深潭浴。云起乍疑龙蜿蜒，湍回更与人翻覆。须臾小吏前推排，将军拔营群象回，就中一象行踯躅，齿毛脱落颜摧颓。长者谓余岂解事，此物经今不知岁。闻说先朝万历初，贡车远自扶南至。中更四帝时太平，一朝闯贼残神京。忍死不食三品料，俯首泪下声哀鸣。沧桑变换忽尘梦，勉强逐队留残生。茫茫旧事君莫说，劝君且饮杯中物。流寇破京师，过象房，群象哀鸣泪下，比于唐之舞马，此日所存者，其一也。沧桑之变迁，物类之忠爱，全于后半传出。予在京时，见象有齿毛脱落蹒跚缓行者。象奴谓是万历时贡物，阅健庵为编修时，又将八十年矣。读苇间集并记之。

哭魏叔子二首

鸾江哀挽一时闻，惜别他年怅离群。天末无因能致酹，夜台谁与共论文？江山寂寂归魂断，葭菼凄凄去路分。尚有蔡邕书籍在，独随秋草伴孤坟。

苦节谁云不可贞，翠微山共首山清。更无安道能求死，只有韩康解避名。远愧文章当纻缟，不教官爵累铭旌。临风一恸江天豁，未觉前贤畏后生。己未鸿博，叔子徵召不至，故有韩康避名句。

惜　花

一春强半是春愁，浅白长红付乱流。剩有垂杨吹不断，丝丝绾恨上高楼。

汪士鋐

汪士鋐，字文升，江南吴县人，康熙丁丑会元，官右春坊中允。著有秋泉居士集。

陈沧洲太守出瘗鹤铭于江中以拓本见示作歌记之

焦山山崖瘗鹤铭。雷击坠江江冥冥。一旦水底出至宝，神物焜耀舍精灵。此碑书家最珍惜，欲拓恐犯蛟龙腥。致令赝本遍天下，刻画嫫母夸娉婷。或传此是右军迹，逸少二字疑足徵。或云弘景或顾况，未睹真迹凭图经。沧洲使君好古士，搜奇抉怪心无宁。朅来江边问遗碣，太息墨宝存空亭。时当穷冬江水涸，巉岩洗刮平沙汀。或侧或仆露奇字，磊落散布如天星。命工舁石置江岸，残笔剩画稀留形。重依旧石定方位，安排字迹还仪型。屹如阴崖立华屋，恍然峭壁开新硎。字体宽绰近古隶，锋棱虽刓光晶荧。睇视山中宰相笔，齐梁风格我所凭。何年埋没忽露泄，水府倏忽仍丘陵。吾吴太守素神异，驱使直可到六丁。狼贪虎噬且弗避，挥斥水怪如蝘蜓。世间宝物久必显，云日肯被烟尘暝。扶倾固待巨人手，此举便已喧惊霆。远道寄我喜创见，从今摹画希精能。此石此铭不再得，毋使日夜椎拓无留停。狼贪虎噬，谓噶制军也，借题发挥及之。○起瘗鹤铭于江滨，固恪勤之盛举也。但砌入祠壁时，遭工人搜抉，苔藓虽除，风神不存矣。摹古者当以江滨水落时拓本为长。

插秧图

车轧轧，水活活，谁家田翁勤种田，插秧田中量疏密。呼童课仆运秧马，俯首泥行股无胈。今日车水满，明日祝秧活，不知何日秀且颖，筑场刈禾赋秷秸。大儿读书如养苗，勿忘勿助不敢揠。小儿读书心孔开，惟恐卤莽与灭裂。主人有田复有儿，书味酒香满一室。呼童留客和田歌，田家之乐乐如何！写田家乐事，令人神往，但恐儿子读书，不免渐失真朴，奈何！

徐　发

徐发，字衮侯，江南长洲人。康熙丁丑进士，官户部主事。

早　春

新月如钩挂碧空，六街游眺兴无穷。隔墙歌管娱残夜，出窨名花媚好风。珍惜飞鸣怜病鹤，消除矜躁仗枯桐。盍簪招取同心友，把酒应多酌次公。出窨花，所谓唐花也。三春花一时并开，夏季花则不能矣。

春分日和韵

一半春光付柳条，可怜天气是今朝。寻芳每踏苍苔路，梦别重经红板桥。零落梅花人共老，凄其灯火酒全消。遥知乡国清明近，水涨横塘隐画桡。

陈　苌

陈苌，字玉文，江南吴江人。康熙丁丑进士，官桐庐知县。著有雪川诗稿。〇清如镜，净如拭，意味稍薄，而真气独存，贤于饾饤为博、纤佻为工者。

临终诗二首留别诸同志辛卯中秋后二日

两曜无停机，委运固其理。修短良不齐，谁复能逃此。俗士恋其生，涕泣对妻子。达士轻其生，鸢蚁均一视。二者皆弃天，有识所深鄙。君子则不然，奉之以终始。生有所以生，死有所以死。吾闻诸曾子，至死而后已。俗士贪生，人知其非，老、庄达生，共推为高矣。此见两者均非，一归于存顺没宁，才是吾儒正学。

我有同心人，道义相友师。频年丧逝多，存者复别离。即今将去客，欲别无由辞。丈夫会有志，岂为儿女私。所恨在世日，孤负箴与规。临风一长叹，愿为诸君期。百里半九十，一篑功莫亏。鉴戒不在远，请君视此诗。前章自矢，此章规友，见一息尚存，不可忘临深履薄之功也。说理不腐，况得于临终时，足征平日敬身之功。

发南陵

一路寒泉送客程，离亭回首隔山城。秋从黄叶声中老，人向青山缺处行。几片闲云供画本，一林落日待诗成。来时记得留题处，尚有残尊慰客情。

挽姜西溟

晚入承明数未奇，那知铸错不堪追。文章旧价欣方慰，辛苦初心悔已迟。遗恨一时头腹尾，空传三绝画书诗。生刍一束无从唁，独向西风泪暗垂。头腹尾，暗用管宁、华歆事，西溟被罪，由于同年中一二人也。挽诗特为表之，犹见公道在人。

梦　中

东流无复水重回，欲断危肠暗自摧。见燕引雏还堕泪，听鸠呼妇不胜哀。春风陇上新寒食，夜雨堂前旧镜台。子母重泉相见否？梦中还望寄声来。先赋悼亡，后痛丧明，触绪兴悲，令读者弥增伉俪嗣续之重。

读相如传

移病文园卧岁馀，同时真恨失相如。所忠枉遣求遗稿，不记当年谏猎书。相如可重，特在谏猎一书，词赋其末也。作者不肯埋没古人。

山　行

山行风暖落花轻，雨过田间野水鸣。自笑微官如布谷，年年三月劝春耕。

宋聚业

宋聚业，字嘉升，江南长洲人。康熙丁丑进士，官吏部文选司郎中。著有南园诗稿。〇南园以刚直触忤年制军，致身亡家破，其人足重可知矣。诗虽不多，亦自矫矫。

宿沅江驿楼时秋分夕

沅水三更月，燕山万里云。梦随天共远，人与序俱分。风景殊蛮落，音书断雁群。可堪秋节半，兰畹正清芬。

题南阳旅壁

真人白水生文叔，名士青山卧武侯。水自奔腾趋汉口，山犹层叠枕城头。时来一夕收铜马，事去经年运木牛。叹息兴亡千载上，荒村野庙总悠悠。三四承山水言之，五六又承文叔、武侯言之，格律一新。

同吕侍御元素过新郑侍御有妹随婿在宫予兄弟五人天各一方感而赋此

怜余兄弟各西东，一处离情五处同。音问久疏云树外，笑言暂接梦魂中。根浮春水漂萍叶，影乱秋风叫雁鸿。今日停骖新郑道，羡君兄妹乐融融。通首皆感弟兄分散，而侍御兄妹相聚，只于结处一点，作法甚变。

鄂尔泰

鄂尔泰，字毅庵，奉天人。康熙己卯举人，官至大学士，谥文端。〇文端开藩吴中，以古学造士，今南邦黎献集，彬彬如也。掌翰院时，亦以立品董率后进，生平不欲以诗自鸣，而意格自高，熔冶骚、选者转未能或先。

听姜客弹琴

初春多佳日，旭影照高林。晓烟敛木末，暖意浮衣襟。檐前有嘉树，枝上有鸣禽。道人太古士，幽旨寄瑶琴。元声随指下，和气散轻阴。无须泛瀛海，已见成连心。听者各有得，岂必求知音？

赠方望溪

六经治世非土苴，相期津逮阙垠涯。抉经之心不易得，词林文苑徒纷拏。博物但解辨鼮鼠，搜神或诧名驺牙。心井逼塞航断港，银海掉眩生狂花。此曹正坐读书误，遗弃根本搜枿芽。桐城望溪我老友，学崇中正防奇邪。说经铿铿究终始，尤于三礼咀其华。曲台增删繁就简，正义参订蓬扶麻。群书穿穴寻圣奥，下帘每听鼓三挝。方今重轮陛下圣，五纬顺序曜帝车。致君尧舜诚有术，许身稷契非矜夸。天地人祀各适职，往谐秩宗帝女嘉。惟寅惟清恭朝夕，诏兼书局穷罗爬。吾衰旧闻苦荒落，妄冀邃密商量加。间送一难辄许可，琼琚乃报投木瓜。姚姒上溯下闽洛，青镜恐蚀妖虾蟆。岂邀名誉嗣圣德，宁望荒远登羲娲。所贵经学适时用，瞑坐曜若翻金鸦。委蛇退食时过我，剧谈恒瀹头纲茶。翛閒依然两学士，相视一笑无喧哗。张苍伏胜暨辕固，经儒往往臻耆遐。朝廷会行乞言礼，洗爵君且斟流霞。望溪说经，简而能当。诗中称扬无溢分语，轩昂磊落，音节极高。

昭陵石马歌恭和御制元韵

行天维龙御飞霞，行地维马周天涯。开张卓立须驾驭，岂独巡游西海腾渥洼。千金市骏世希有，美名徒挂涓人口。自来房驷无虚生，六辔乘时应乾九。圣朝启运战与农，秉耒调马弯雕弓。文皇双马特超绝，騊駼騄駬堪齐踪。艰难马上得天下，累洽重熙集纯嘏叶。至今斫石傍昭陵，始信人间有神马。云台烟阁铭功宗，策勋此马将毋同。在天之灵凭陟降，嘶随列缺追丰隆。吾皇鼓车方记里，万仞塞垣销壁垒。金鳌长见巩如山，石马何由汗如水。留都展礼朝翰屏，鸾旗照影辽河清。待翻乐府歌天马，伫看马负图出龙祥徵。太宗文皇有神马二，皆乘之破敌建功者，后斫石像于昭陵，御制作歌，文端敬和。

恭和御制永定河元韵

无定河名古，南流自北京。恍疑天上落，不肯地中行。无事智方大，穷源委可并。禹谟原可继，永永庆功成。不肯地中行，故名无定，师神禹行所无事之知以治之，则无定者定矣。末句点题，通体俱醒。

谒杨忠愍公祠

司马分曹日，批鳞再见时。求仁原自主，得死更何辞。十罪弹文在，千秋正气垂。只今瞻庙貌，顽懦有馀悲。

九日海天阁

秋气郁佳哉，秋鸿归去来。百年元是客，万里独登台。黄叶寺前雨，茱萸江上杯。海天寥阔际，何处是蓬莱。

赠学使中丞法渊若

已教干莫息锋铦，辙遍江南众所瞻。除却诗篇何有癖，独于山水不能廉。瘴烟蛮树棠阴在，绛帐春风画戟兼。今日相逢共尊酒，形骸脱略两无嫌。

滇中回宿易隆诗示送行者

踏雪飞鸿任此身，戟辕回首已前因。从知三万六千日，半是东西南北人。怅别群僚纷涕泣，遄归一老念尊亲。平蛮坊底休烦思，记取天涯若比邻。三万六千对东西南北，本老杜“寻常、七十”而变化之，彼板对者不能解此。

闱中述怀柬同事诸君子

寂静春闱春意深，模糊老眼怯春阴。四千四百有奇卷，二十二人同此心。屏绝丕休求正士，别裁茁轧得无音。三条烛烬前尘梦，坐对奎堂思不禁。丕休哉，宋杨亿事。茁轧，宋杨刘体。

将出都赴滇却寄吴中王子重吴漪堂夏晓堂徐学人诸老友

尺书裁罢又重拈，细字旁添手自缄。此去滇阳真万里，梦魂不易到江南。

经略北军吊战殁诸将佐

虫沙猿鹤总堪哀，持节筹边嘉峪关楼名塞上来。闻道将军期马革，几人真个裹尸回。"可怜无定河边骨，犹是春闺梦里人"，为从军者言之，此为将帅言之，弥可悲也。议开边者尚敬而听之。

张　远

张远，字超然，福建人。康熙己卯解元。著有无闷堂集。〇超然旅寓常熟，久困举场，发解时，其年已老，以老名士终，贤于方干身后成名矣。诗格大段疏朗，异于局束如辕下驹者。

下建溪诸滩

无诸拓闽疆，山川贾馀霸。乱石斗雷霆，终古不可罢。轻航一鸟疾，砰湃千转下。前舟欻然没，初见各惊诧。须臾出白浪，回旋去如射。生命寄柁师，与石争一罅。在险魂屡飞，过后舌频咋。造物产湖海，至此穷变化。若匪众盘涡，闽溪高可泻。仙霞插霄汉，天险此其亚。所有纵横徒，一丸每频借。吾闻天下雄，以德不以诈。闽中如井底，未足供叱咤。安得常治平，弦歌出桑柘。极形诸滩之险，若可凭藉，而归于以德不以诈，煌煌正论，足以不刊。○予前观罗刹江潮，迎潮者逆流而上，远望如舟没浪中，忽然复出，三入三出，倏达海门矣。篇中“前舟欻然没”数语，真工于形容。

开笼行

秦景天自连江笼鹧鸪寄曹秋岳先生，先生作开笼行，予嗣响焉。

鳌江之山削苍玉，鳌江之水浮深绿。石榴花发春茫茫，鹧鸪无数啼山麓。一声两声纷如泣，落日衔山声渐急。其中有客思江南，怪尔曾云行不得。罗入笼中寄远人，不伤其羽伤其神。深林丛草那可问，却看燕雀心酸辛。聪明文采古所戒，生人生物同至仁。开笼放入青霄去，还尔悠悠自在身。“聪明文采古所戒”句，一篇主意，季汉之祢生，唐初之四杰，皆以文采累也。鸿飞冥冥，安得不令人羡慕！

题黄山山人墨竹

结体欲密势欲舒，节圆叶老如草书。吴兴已往不可作，此君顾影空扶疏。黄山山人澹于菊，胸有千竿万竿竹。倏然落笔电与雷，纵横幻诞何奇哉！墨汁三升酒一斗，飒飒晴空风雨来。蛰蛇出蝮剑出匣，夭矫老龙卸龙甲。共道一日不可无，颇恨古人无我法。禨材挥尽世莫知，撑肠拄肚徒尔为。伯时画马入马腹，但恐山人变竹枝。笔下有兔起鹘落之势，神肖东坡。

鹊巢为童子所破

十载风尘客，栖栖旅食难。以予摇落意，羡尔一枝安。力尽哓哓语，巢成呴呴欢。岂期轻薄子，偷眼已相看。

病起怜双鹊，依依向我悲。巢倾宁问卵，身在竟安之？天地饶鹰隼，江湖足鼓鼙。羁栖随饮啄，且莫怨群儿。第二首放笔推开，见举世危机，自是杜陵家数。

岁暮寄怀故园亲友

一年一万一千里，马足车轮舴艋舟。自笑此身浑似叶，不知于世复何求。磨牛处处循陈迹，笼鸟依依忆故丘。正是羊城梅放日，瘴云霾雨独登楼。何等起法！开、宝以后，罕见此笔墨。

闽中杂感

奕叶承恩异姓王，宠炊宫殿拟汾阳。三年鼙鼓惊天地，当日清箫引凤皇。蓝水一丸争鼠穴，仙霞千骑失羊肠。莲花峰下荒坟月，惭愧他家白马郎。清箫引凤，指联婚天室言。

还至延平遥望先墓有作

登楼遥望墓门秋，辛苦经年尚剑州。岂有弟兄依陇亩，只凭风雨护松楸。来从豺虎行边路，去逐鲸鲵腹里舟。四十无成还浪迹，云山何处可回头？

送沙子羽之日本

寿安山迥敞云烟，邪马台高四面天。缥缈似游星汉外，依稀直到日轮边。乘桴昔日伤尼父，蹈海今谁是仲连。见说遗经在兹土，却将吾道问东偏。相传徐福求仙不返，挟未焚书时诸经去，故日本国至今犹存古本尚书。欧阳公“令严不许传中国，举世何曾识古文”，即指此也。

魏坤

魏坤，字禹平，浙江嘉善人。康熙己卯举人。著有倚晴阁集。○禹平系忠节公后人，少负才名，交满宇内，而遇合独艰。诗体研摩宋人，各从所好也。所录五章，皆才情发越之作。

寄居虫

人生如瓜牛，长负躯壳累。何况外缘假，妄思得久寄。兹物生海壖，乃具周身智。常共水族游，爱此一螺翠。延缘遂迁入，宛转据其内。腥涎吐清波，微风纳凉吹。扬鬐遇钓师，触急辄惊避。两两收霜钳，虚中得静閟。晏然称寓公，久亦渐忘伪。如以物附物，是一即非二。而我辞乡国，岁岁困旅次。结屋少定踪，对之发深喟。暇或笺虫鱼，为汝别种类。状难状琐事，居然尔雅，末叹息己之无家，随所感触，诗人往往有之。

登黄鹤楼

江声已吞大别口，束之不住复东走。怒涛万顷天风号，沙岸日斜鼍欲吼。一叶剪过烟波湾，登楼凭遍十二栏。忽飞凉雨溅衣湿，白浪高于黄鹄山。山川满眼来萧索，吟鬓互垂且孤酌。青莲毕竟非仙才，崔颢题诗不敢作。醉拟横将铁笛吹，归向仙人借黄鹤。何等自负。

送少司马杨以斋先生予告终养归里次悔馀韵

行诣谁从末俗论，陈情今见衮衣人。喜当海宇销兵日，许乞林泉将母身。得失不须分出处，去留总是恋君亲。马蹄笃速行何亟，肯待河流泮早春。

慈仁寺有粥孤雁者四明万季野购畜于庭作羁雁诗邀予赋之

不趁凉云结阵飞，羁孤似尔欲何依。弥天矰缴虽知避，满地江湖却暂违。空守殊乡惊岁晚，难招旧侣待春归。临风无限回翔意，独立闲庭对落晖。

田横岛

蹈海谁能帝汉高，同时一死等鸿毛。只怜五百忠魂散，不及鸱夷有怒涛。五百人同死，而精灵泯没，殊恨事也。熟题须寻出新意，庶免雷同。

沈天宝

沈天宝，字竹西，江南吴江人。康熙己卯举人。

公无渡河歌

公无渡河，公竟渡河，渡河而死悲洪波。渡河尚不可，何况溟海恶浪山嵯峨。黑云压天日无色，阴风惨淡百怪多。君何为而来此地，粤东行省老从事。王事有程不敢稽，疾驱海滨意难迟。珠崖孤悬绝岛中，遥指百里舟航通。怪云一缕起天末，舟人为语嘘长风。君诧狂言决长往，扬帆鼓柁驰空蒙。中流飓母果为祟，狂飚拉杂翻艨艟。一时官吏相抱死，百二十口无遗踪，呜呼！君非同姓屈原愿灭顶，又非求仙徐福来自沧瀛东，何为竟学披发狂痴之老叟，捐躯沉魄蛟龙宫。君有田园吴越间，华堂窈窕临晴川。美酒清歌娱旦暮，曲房尽贮如花颜。何为求荣自束缚，一家飘散如飞烟。庾岭岭头妇哭死，两子连殒浔阳船。妾生两雏在襁褓，呱呱扶榇归荒阡。君不见长安大道平如砥，朝入金门暮朱邸。一朝失足蹈危机，卵覆巢倾亦如此。吁嗟乎！宦海风波随处多，岂独人间公渡河。借乐府题以书近事，元微之将进酒篇已开此体。

汪　绎

汪绎，字东山，江南常熟人。康熙庚辰赐进士第一人，官翰林院修撰。著有秋影楼诗。〇殿撰于胪唱日，马上得句云："归计未谋千亩竹，浮生只办十年官。"癸未假归，未十年卒，知诗谶之早成矣，诗切磋于邵陵，然邵陵真而近俚，殿撰则骨秀天成，禀诸性生，友朋莫易。

新　草

原上离离草，春来一雨生。寸心烧不死，万里碧无情。油壁轻轻度，花骢款款行。六朝佳丽地，愁煞夕阳明。

秋　砧

万户清飚动，疏砧特地哀，杵随凉叶下，响带早鸿来。长信秋偏早，渔阳猎未回。无衣应不少，刀尺漫相催。用意全在一结。

梅花楼访月溪上人

撼屋西风起白苹，纸窗木榻静无尘。斜阳影里看归鸟，落叶声中著病身。丈室只容清净侣，禅门今日读书人。惭予又作长安客，梦断山塘二月春。予方外友樾亭，能读儒书盈箧，樾亭没而所接皆俗僧矣。读第六语，不禁有触，第月溪未知果能读书否也！

望 岱

矫首原从万仞论，千年汉畤上公尊。峥嵘直上疑无路，呼吸通天尚有门。独立岩岩真气象，满前叠叠尽儿孙。闲云莫恋山头住，四海苍生正望恩。此殿撰计偕时望岱而作，隐然以第一人自命。结意欲霖雨苍生，原非忘世也。后假归不出，旋至奄忽，岂登第时或有征兆耶！

秋柳次韵

短长亭畔暗销魂，无复丝丝映绿门。千缕冷风馀倦态，满梢清露尚啼痕。萧萧去马斜阳路，点点归鸦落叶村。独立寒潭倍惆怅，婆娑生意不堪论。颈联取题之神，咏物诗须得此事外远致。

寄庭仙

五年心事共谁论，惜别胥江日色昏。水底须眉终有相，雪中指爪已无痕。秋风鲈脍江南味，春雨梅花处士魂。毕意家山贫亦好，知君亦厌孟尝门。初看似讽庭仙归老，实则全写自己襟抱也。玩末句爽然，东山之不出，已决于此。

首夏同青门雪航以宁允恭叔度宴集秋水阁即事限韵

凭高风物欲凌秋，门外平湖碧似油。暝色已归鸦背外，斜阳犹峦柳梢头。疏疏远岫屏间画，点点轻帆镜里鸥。不尽萧条东涧水，至今呜咽为谁流？

秦始皇

方丈瀛洲杳莫攀，金银宫阙涌烟鬟。桃源自是人间世，却遣童男问海山。总说求仙之妄，却道来自别。

项　羽

一炬咸阳火未残，楚人真是沐猴冠。英雄岂学书生算，也作还乡昼锦看。书生见解，一笔扫尽。

老聃天宝中尊为玄元皇帝

仙李蟠根天上栽，玄元皇帝庙崔嵬。神仙不作儿孙计，一任张巡恸哭来。巡恸哭玄元皇帝庙起兵，而竟不一救，笑唐代附会神仙之妄也。

柳枝词

一种风流得自持，水村天与好腰支。月残风晓无穷意，说与桃花总不知。

田家乐

短篱矮屋板桥西，十亩桑阴接稻畦。满眼儿孙满檐日，饭香时节午鸡啼。田家至乐，早朝时节候鸡啼者，焉能识此？

张廷玉

张廷玉，字衡臣，江南桐城人。康熙庚辰进士，官至大学士，谥文和。

杂　兴

月亏方就盈，阳尽斯来复。静观天地机，回旋似轮轴。盛满易为灾，谦冲恒受福。所以贤哲流，秉心若虚谷。名高气益卑，位显心弥肃。大智询刍荛，殊勋谢舆服。常思重载车，不为再实木。以兹保初终，何忧易倾覆。吾愿读书人，休同晏子仆。高而不危，亲切言之，此公生平持守处。

我闻昔人言，苛政猛如虎。又诵魏风篇，硕鼠况贪取。嗟哉牧民人，煌煌绾珪组。乃以父母称，而为众所苦。驺虞有仁心，麟趾中规矩。蔼然太和气，千载如可睹。君子慎所择，休与毒兽伍。此为墨吏酷吏勖也。有父母称而不愧父母实者，吾愿真见其人。

飘风不终朝，骤雨不终日。三复老子言，可知立身术。譬彼草木微，春华秋始实。气候苟不完，累累安可必。寄语功名人，进取休太疾。早荣亦早枯，易得还易失。默识乘除机，处满须防溢。此戒进取之速，早发还先萎，古人所以贱春花而贵苍松也。

题渔乐图

秋江渺渺无津涯，江边渔父船为家。往返何知路远近，一帆明月依芦花。清晨举网西风里，网得长鱼满船喜。儿能炊火妇烹鲜，邻叟还贻新酝美。陆鲁望，张志和，朝朝诗思在烟波。吾曹不解工吟咏，醉唱羲皇网罟歌。羲皇网罟歌不传，元次山补之，渔人能唱，犹谓不解工吟咏耶？

山中暮归

林端鸦阵横，烟外樵歌起。疲驴缓缓行，斜阳在溪水。妙在添不得一语。

卷十九

杨汝穀

杨汝穀，字石湖，江南怀宁人。康熙庚辰进士，官至左都御史。〇石湖公不动声色，为时名臣，朝野以德人推之。诗亦和平乐易，不愧雅音。

杂　诗

神龙蛰深渊，杳冥人莫测。玄豹隐南山，泽肤甘不食。造化本无端，归藏始生息。气盛物所尤，名高德之贼。卓哉先民言，士必先器识！

北行偶述

皑皑村树白，暧暧朝阳昇。瘦马立犹僵，西风警如箭。飞尘染素衣，严霜改颜面。村酒浊如泔，沙土和羹饭。向北物价增，去乡身命贱。回首故山遥，但见南飞雁。

舟中怀长孙超恒时新任藁城令

汝始分符去，吾才买棹归。纵然违祖膝，犹喜近亲闱。法立奸胥畏，心清案牍稀。此方经巨浸，轸恤念民依。近来作吏者以奸胥为耳目，法不立也。案牍累积日纷，心不清也。颈联二语可作官箴。

闻钱彭源卒于苍溪诗以哭之

烛暗窗昏夜黯然，惊闻巴蜀讣音传。一官薄俸蚕丛外，万里全家鸟道边。但有清名堪寿世，更无灵药可延年。伤心堂北孀亲老，哭向秋风暮雨天。

陆　师

陆师，字麟度，浙江归安人。康熙庚辰进士，官至兖宁道。著有玉屏山樵吟。〇玉屏观察，人第知其长于制义，不知其历任政绩，不啻古循吏也。而充矿使一节，以真苗难得，未裕国课，徒累官民，奏请停止，东土人至今感而祀之，诗其馀事也。然观其自序云："情取其真，不务绮丽，义归于正，专绝浮蛙。"可以见品格之尊矣。

杂　感

朝听衙鼓挝，暮听枥马嘶。夜长不成寐，忧来无端倪。老亲迟暮景，荒庭守蒿藜。雪鬌添几茎，麦饭进几匙。白云天东南，可望不可跻。入夏苦霪雨，两河岁少登。吾邦冈阜多，颇以丰稔称。皇天怜瘠土，长官曾何能。哀彼中泽鸿，嘹呖号寒冰。子母各翻飞，何乡可依凭。此任河南新安县时作。

之官真州述怀

昨归自东垣，结庐屏山住。书史寻夙好，长日尽可度。亲亡焉用禄，涕泗誓诸墓。此意愧未坚，又被微名误。绮罗纷五色，鸣机自织素。纵然违时趋，努力守故步。

物生号有万，心性冰炭异。蝉蜩吸露华，蜣螂甘秽腻。若使易地谋，却走两不嗜。扰扰歧路间，东西各行意。儒者重敬官，市估乃竞利。

邗沟自隋唐，昔称繁庶地。宴享穷珍羞，吉凶逾典制。巷有衣锦人，家无终岁备。权衡奢俭间，张弛有治义。采风美唐魏，古人岂无意。庶几去其甚，聊洒俗吏愧。至今人第夸扬州富饶，不知业盐筴几家外，贫困犹他处也。权衡奢俭而欲去其太甚，即此见良吏用心。

为士不学道，所得皆支流。为民不服耕，逐末非良谋。彼都中声利，迷罔何当瘳。一发挽千钧，力薄知未周。我舌敢辞敝，我行敢告休。力田与孝弟，勗哉景前修！

杂　咏

独坐空堂中，时隐南郭几。悠然万虑消，止水清见底。无端一物交，倏尔两念起。因两遂生万，棼纭不可纪。静定动亦定，乌用著些子。鉴空而衡平，君当会斯理。周子云：“主静立极。”不独静时当静，即万感杂投时，心中有主不乱纷也。诗中所云，岂拘守声律者所能？

祷雨自劾

祝融乘权号令酷，赤日黄埃助炎熇。稚禾枯焦似束薪，涧溪涸竭行成陆，哀哉斯民瓶罍空，妇叹儿号盈白屋。已走群望荐牲璧，未见天公鞭蛰伏。天降灾祲非偶然，毋乃感召由司牧。一官衣食寄闾阎，何忍鞭箠等犬犊。本心未丧戒摧戕，于民无恩仅无毒。黄昏纵谢四知金，白日虚糜五斗粟。我今自分无寸长，官方久矣宜褫逐。安得旸雨时若民无饥，挂冠高隐弁山麓。此诚不负本心之言。乾隆乙亥岁大荒，丙子岁大疫，官吏有戒摧戕不流毒者乎？读此诗，为之浩叹而已。

骑牛曲

牛背儿童自放歌，头头注涧复逾坡。问渠何法牛驯扰，鞭挞无惊刍牧多。牧民之道，尽末一语。

许迎年

许迎年，字毅士，江南江都人。康熙庚辰进士，官中书舍人。著有槐墅诗钞。〇诗品如灵和杨柳，初日芙蓉，晚唐中最近温岐，情韵胜也。配徐淑则互相酬唱，风格略同，艺林比之秦嘉夫妇，因并及之。

新　竹

乍与僧参玉版禅，旋看解箨袅新烟。斑龙惊蛰多争地，翠凤修翎欲上天。鸟坐丛枝歌晛睆，月摇虚幌影连娟。此君相对殊潇洒，不厌秋声搅夜眠。

莱阳二姜先生祠

黄门高节著莱阳，伯仲风裁在抗章。请剑尚方思斩佞，荷戈南国竞投荒。危言足破狐狸胆，浩气堪增史册光。海涌峰头祠庙在，溪毛特为荐馨香。风裁裁字，平仄二音，唐贤并用。

和淑则园居病起作

一病经春瘦可怜，几时不到曲阑前。花残幽砌堆红雪，莺坐垂杨破绿烟。轻暖未成连日雨，薄寒犹怯晚春天。方池新涨游鱼乐，兴寄濠梁秋水篇。

杨守知

杨守知，字次也，浙江海盐人。康熙庚辰进士，官榆林知府。

咂嘛酒歌

杨花吹雪满地铺，杏花一片红模糊。榆钱簸风风力软，芳林处处闻啼鸪。青旗斜漾茅屋底，天然好景谁临摹？我留此地一事无，太平之世为羁孤，东邻西舍相招呼。殷兄张丈兴俱动，醵钱买醉黄公垆。麦缸鹅黄新酿熟，味醇气郁过醍醐。彭亨翠甒如鹁觚，细管尺五裁霜芦。低头吸同渴羌饮，一口欲尽鸳鸯湖。榆林水名。白波倒卷东海沸，渴虹下注西江枯。碧筒不用弯象鼻，龙头屡泻蛟盘珠。须臾瓶罄罍亦耻，春意盎盎浮肌肤。刘伶大笑阮籍哭，直欲跃入壶公壶。吾皇圣德蠲逋租，吏胥不扰民欢娱。今年更觉酒味好，百钱一斗应须酤。盲娼丑似东家嫫，琵琶筝阮声调粗。有时呼来弹一曲，和汝拊缶歌乌乌。青天作幕地为席，醉倒不用旁人扶。乐哉边氓生计足，白羊孳乳驴将驹。卖刀买犊劝耕锄，女无远嫁男不奴。含哺鼓腹忘帝力，岁岁里社如赐酺。安得龙眠白描手，画作击壤尧民图。风土诗传出太平无事景象，乃不徒作。

徐昂发

徐昂发，字大临，江南昆山人，长洲籍。康熙庚辰进士，官翰林院编修。著有畏垒山人诗集。〇畏垒文酒自豪，常倾四座，所著骈体，追仿六朝，笔记亦见博洽，倘能本此出政，便为艺林完人。〇五言古从杜陵出，近体得力樊南，而能自出面目，同时谈艺名士无与俪者。

下田雨叹

古者制田亩，其要维沟防。崇方与广䆗，秩秩悬宪章。厥田虽沮洳，堤岸峻且强。水淫不能灾，歉岁成丰穰。汉时贤守令，此义尚肃将。奈何千载下，朘剥为循良。养人乃食人，田事岂所详。遂使三尺雨，下隰波沧浪。呜呼匠人职，古法未渺茫。沟防废不修，万姓罹凶荒。一言俟采风，吏责非天殃。围田之制，既以治水，亦以治田，今废久矣。养人者但知食人，谁能为下田计耳？惜采风之使不行，作诗者存其议而已。

夏　寒

天地张阴机，日夕风雨横。雷霆暗不吐，萧条万象静。枕席霾雾宿，窗牖波涛泳。缊絮复启箧，绤衣尽除屏。凉入肌骨酸，气中藏府病。乘时妖厉作，钱镈无人竞。借问此何时，指牛看斗柄。温风不应候，其国少缓政。况复阴沴结，懔懔如冬孟。方今国用宽，陛下甚明圣。比岁膏泽降，凶札悯万姓。奈何厥罚寒，凭陵当火正。毋乃群有司，下意慢上令。大祲大痢馀，征求恣考搒。刑峻伤天和，敛急剿民命。国家制廪禄，岂曰饲谀佞。愁云塞八荒，终夜心怲怲。“毋乃群有司，下意慢上令”，自昔已然，慷慨陈辞，声色俱厉。少陵和春陵行、次山示官吏作后，此篇几欲希风。

雁门关

昨升系舟山，试望雁门塞。巀嶪云黑，势与玄岳配。及兹赴谷口，局步入烟霭。曲曲山根盘，层层苍壁对。岚光自摩荡，岩壑递明晦。古雪滋阴崖，新泉下奔濑。猿猱一线路，迴出飞鸟背。侧磴上空曲，攀危凌地籁。始知经陟高，足底群峰会。玄冥操斗柄，制此天北戒。插汉立雄关，蕃畿隔内外。东掠凤皇城，西极菖蒲海。呼吸万里通，形胜兵家最。信乃天下蔽，讵惟三晋隘。时清关门开，耕田铸矛镦。不见沙土中，箭镞馀腥在。

铁岭关

铁岭负青天，岩崿耸岭背。峰连削壁险，路入倾崖晦。兵家矜却笠，地势雄守隘。束马贯层峦，贾勇陟危塞。山盘鸟道纡，磴转硖角对。沓石堕仍倚，飞泉散复汇。鸣蝉响清越，树密昼阴暧。力前忽斗下，猛进眩反退。折趾谅不辞，我仆嗟已殆。三关信雄杰，乘鄣此亦最。山形接北荒，边琐通恒代。缅昔豺虎斗，百战争要害。设险殃万民，茫茫咎真宰。状奇险处，字字矜炼而得，结意见在德不在险也。

过彭蠡湖

水落晴沙高，鹳鸣霜野冷。我来越彭蠡，及此秋光迥。林岫远参错，洲溆互陵亘。鱼龙气不骄，鸨鹢散游泳。川涂玩回转，欹疾孤帆影。洪流既归壑，巨薮失溟涬。乃知造化根，终焉返虚静。沿溯过连圻，苍然见西岭。暧暧斜阳中，悠悠动渔艇。异人不可求，松门企清景。天下万动归根于静，不过借湖指出。

漱玉亭

合沓岩厓窄，风雨松颠声。双瀑从西来，飞出九叠屏。群峰忽摇荡，右界银河倾。孤亭揽要妙，恍惚光怪呈。天清霹雳斗，日抱虹霓生。飞瀑溅积素，上散为云英。奔漱涧壑间，万玉相铿鍧。违山已十里，馀响腾空青。惜哉古球石，独向山中鸣。坡公作以自得胜，此作以矜炼胜，惟不相袭，故相逼。

凤尾冈望海

侧磴缘秋毫，连岩眩明晦。踡局逾积阻，旷望霄宇大。凤翥振华尾，下视九州隘。我来蹑其颠，若陟灵羽背。一身与云轻，迥出天地外。峦岭何隐轸，草树纷映暧。仿佛鱼龙沸，万里沧溟汇。神山恍可接，灏气吞南戒。飒沓风雨来，萧萧鸣众籁。鞺鞳重潮奔，铿鍧群壑会。长啸顾向途，邈然阅人代。“一身与云轻”二句，极状凭高眺远，下写望海，不必尽力形容，别于观海也。若出时下才人手，浪费笔墨矣。

经广武城

驱马出广武，杳渺长坂横。冲风击山鼓，白日收光晶。羝羊衔髑髅，散乱落沟坑。阴气万里结，青草不肯生。四极失所制，关塞起龙争。圣皇内外 ，介上彯长缨。夜眠朝射猎，边柝寝不惊。不见白登台，西连苏武城。此非中州之广武也。羝羊四语，写尽古战场气色，后归本圣朝，见武备修饬，得立言之体。

观打鱼戏为鸬鹚歌

鸬鹚鸬鹚巢高木，张口吐雏连五六。睊睊碧眼玻璃明，棱棱长喙钩铤曲。野人椓网横覆车，鮨沙两翮不得舒。鹿角腥涎养驯熟，朱绳系颈来捕鱼。潮波吞天一叶舞，野人指挥若部伍。鸬鹚穿浪疾如风，水面回篙棹飞艫。戏鲤游鲂惊失次，拏鬐磔尾万鱼逝。翻身入水追亡逋，擂鼓船头助声势。大鱼鳞脱红肌摧，小鱼半死盈舱堆。鸬鹚鼓翼鸣得意，贪残嗜杀神所猜。野人捩柁斜阳坠，论斟卖鱼谋一醉。鲜鲙遥看藿叶香，轻刀细剁春葱脆。鸬鹚鸬鹚，垂头敛翅上横木，一寸鳞鬐不入腹。入水出水，追逋磔鬣，尽贪残之力，只为渔翁利，而己毫未入腹，鸬鹚亦何取耶？此诗妙在全不说破正意。

相见湾词自注：在赣州南二十里章江中。

人厌溪湾迟，我爱溪湾漩。三暮三朝见百回，相思那及长相见。

扬　州

木鹅沉处锦帆斜，隋氏离宫接暮霞。辱井有魂悲玉树，仙都无梦饷金蛇。裙缫禹穴千年茧，镜拥迷楼万朵花。莫向吴公台上望，江南江北总无家。从义山“地下若逢陈后主”二语而申言之，一加点染，遂若别开面目。

淮阴侯钓台

木落荒原水气昏，英雄渔钓迹犹存。蒯通不售三分策，漂母长留一饭恩。人叹老臣知国士，天哀女子杀王孙。藏弓烹狗由来事，只合终身淮上村。蒯通之策不售，而漂母之饭常怀，淮阴无反志明矣。咏钓台者甚多，此作独为完善。

城南二首次宋五嘉升韵

汉室曹瞒是獍枭，猘儿年少欲横挑。刀围玉帐觞公瑾，花簇珠屏舞大乔。水上神书才息焰，床头明镜旋生妖。蟠龙门外牛羊墓，荞麦粘天似雪飘。此咏吴桓王也。英气勃勃，千载如生。

东风倚棹木兰舠，旧事淮张剩野蒿。人吊夕阳花作雨，鸟啼初月水平篙。江陵故老怜萧铣，陇首荒宫记隗嚣。亡国有魂归不得，驱狼填海漫呼号。此咏张士诚也，比以萧铣、隗嚣，恰如分量。

集秀野草堂醉后作

飞扬意气未磨砻，五岳峻嶒方寸中。草木尚生无患子，男儿那作可怜虫。逢花茗艼为愁饮。结柳逡巡叹学穷。至竟文章成底事，莫临辽海哭秋风。无患子见本草古今注，谓此树可以杀鬼辟疫，即菩提子也。企喻歌辞曰："男儿可怜虫，出门怀死忧。"此种对法，全学秋风客、春梦婆之类。

查嗣瑮

查嗣瑮，字德尹，浙江海宁人。康熙庚辰进士，官翰林院侍讲。著有查浦诗钞。

贾太傅祠

陈书痛比秦庭哭，作赋情同楚奏哀。已遣长沙忧不返，如何宣室召空回。身逢明主犹嗟命，天夺中年亦忌才。此日题诗还下拜，也如君吊屈原来。逢明主而不用，前人屡言之矣。"天夺中年亦忌才"，人人意中事而未及言也，一经属对，便成名作。

过白沙岭寄同年张砚斋

积翠浮空不见峰，群峰俱拥万株松。怪来小驿重关路，忽与千岩万壑逢。丹壁斜飞千尺练，白云遥送一声钟。龙眠居士如相识，画我山庄第几重。

徐永宣

徐永宣，字学人，江南武进人。康熙庚辰进士。著有茶坪诗稿。〇茶坪天爵自贵，不就选人，诗全得力于东坡，王墙东耘劬极称道之，谓其晚唐风韵，各有会心也。

缫丝行

柳花村巷晴窗南，蚕神祀罢事春蚕。一箔三眠日卓午，食叶声中作风雨。妇姑饷蚕不得闲，双眉不暇描春山。戴胜飞鸣茧成早，缫车索索丝皓皓。卖丝抵税输县官，入冬子妇仍号寒。

润　州

江山谁第一？最是润州城。山上南朝寺，江头北府兵。三春添黛色，万古一涛声。阅尽东西客，劳劳役利名。“万古涛声”中间，添入“一”字，见人事日变迁而涛声自终古也。下接结二语，天然无缝。

舟行即事用香山韵

秋深酷爱水云空，兴到五湖东复东。船泊荻花全白处，酒沽枫叶半红中。贵人翁仲埋荒草，浮世宾鸿逐断蓬。何似素心晨夕共，诗签茗碗得相同。三四语令穰画卷中每有之，予泊船时，往往遇此而不能言，弥用自愧。

竹垞先生留宿枫桥慧庆寺夜话追悼陆文孙自注：陆与先生同里，善音律，流寓常州，卒于粤东。

朔风号怒纸窗前，忆旧僧房感逝川。乡曲公怜杨狗监，天涯吾悼李龟年。雪深院落妻无絮，叶拥阶除突少烟。此夜枫青灯影黑，鼓寒霜重不成眠。通体意在文孙，故于竹垞从略。第三语伤竹垞之濩落，下俱言文孙之贫而没也。结意黯然伤神。

宋建中靖国辛巳七月二十八日为东波先生骑箕之辰先生乞居常州卒于孙氏寓馆其地去余家不数十武旧迹犹存岁值辛巳去先生六百年矣感今追昔邀同学诸子于是日肇祀先生用眉山二字成诗二章致敬恭思慕之意云

铩羽难迁月下枝，文殊问疾倍支离。梦萦竹层风前树，心绕觚棱雨后葵。已分孤臣伤骨鲠，可禁众女嫉蛾眉。怜才只有宣仁语，千载追寻五夜悲。东坡先生生平轗轲，惟宣仁太后能知其才，并谅其忠爱。宣仁殂落，东坡连窜，以至于死矣。此诗特为表出。

白云深处碧波环，诗谶无端落此间。回首古桥衰柳断，伤心小院野花殷。魂归月黑疑儋耳，鹃没天低忆故山。直接岷江溪水是，瓣香袅袅泪潺潺。六百年后辛巳，此意亦宜一见。

秋日访朱锡鬯先生

沈尤村僻绝尘寰，千个筼筜水一湾。学道著书无个事，满庭黄叶对秋山。先生清节，一语写景中传出，令读者如或遇之，此种微妙，难为外人道也。

蔡　望

蔡望，字甘泉，江南江宁人。康熙庚辰进士，官瓯宁知县。

蜾矶孙夫人庙

魂伤巴蜀雪消时，岁岁东风哭子规。近水芳春花易落，沉沙终古石难移。悲衔白帝生睽隔，恨切苍梧死别离。环珮不归清夜杳，月明无主照荒祠。如此英女，而所遭不辰，家国两有遗恨，视乃兄之降曹，真可愧也。渔洋断句后，应推是篇。

送卓子任之大梁

中原天接大河长，驻马夷门又夕阳。客路半生心似雪，风人未老鬓先霜。屠沽事业传公子，词赋声名重孝王。此去梁园千里处，不因怀古自悲凉。

陈沂震

陈沂震，字起雷，江南吴江人。康熙庚辰进士，官给事中。

云　安

水折山纡路欲穷，何曾破浪驾长风。高峰猿啸重云里，绝壑舟行乱石中。宦迹羁愁川上下，诗翁遗事瀼西东。云安曲米今何有，寂寞谁怜酒盏空。此川中作令时诗，下一首同。

巴　东

征人日夜逐征鸿，乍过川中入楚中。版籍已知邦国异，人民仍觉语音同。五年三峡风波路，万里孤舟老病翁。谁信书生遇天幸，平安八口出巴东。

白雪楼

自古衣冠笑楚优，文章声价付悠悠。人间岂解阳春曲，此城犹存白雪楼。山色千寻常耸翠，泉源万斛自飞流。乾坤清气依然在，更向何人笔底收？吊李沧溟，见后世有攻伐之无继续之者，连下首皆学使时诗。

试院即事

画戟森严昼漏迟，凝香燕寝日斜时。柝声绕院人声寂，满箔春蚕正吐丝。

途　中

白云如絮拥苍山，肤寸能弥六合间。却怪纷纷频出岫，不曾行雨竟空还。行雨泽物者有几人耶！出岫后安然而还，足矣。

许　湄

许湄，字浚洲，浙江嘉善人。康熙庚辰进士，官湖南石门知县。〇此予座主竹君师考也。勤恤荒政，民受其赐，石门至今俎豆之。

拟　古

斑竹生楚岸，檀栾映沧波。天寒倚翠袖，日暮愁湘娥。春雨抽新丛，森森郁中阿。而何阶前篆，攒出如蒿莪。托根一失所，过者寻斧柯。贞坚不自保，咫尺婴祸罗。嗟彼当门兰，芳馥将如何？哀君子之罹祸也。通首比体。

双溪坪勘灾

策蹇来投止，荒庐绕棘丛。看人惟野彘，撼壁有狂风。痁鬼村村聚，牂羊户户同。救灾长吏职，无术起哀鸿。写灾荒景象如绘，结意自道无术，蔼然仁者之言。

费洪学

费洪学，字巽来，江南吴江人。康熙庚辰进士，官博野知县。

登滕王阁

岧峣杰构势凌空，凭眺山川气象雄。彭蠡潮声转天外，豫章山色落杯中。才人逸唱秋烟渺，帝子遗墟夕照红。一阁堪怜几兴废，江头为问钓鱼翁。

刘师恕

刘师恕，字秘书，江南宝应人。康熙庚辰进士，官至直隶总督。

护　花

花开笑春风，却被风吹落。自无坚贞性，但怨风轻薄。赖有护花幡，众芳得所托。恐此亦偶然，莫使矜灼灼。见秉性贵贞，不藉拥护也。

卧龙冈武侯祠

祠堂旧是栖迟地，门外曾停三顾车。自信君臣并鱼水，不教莘渭擅耕渔。大星堕地终炎祚，古柏参天傍草庐。魏殿吴宫俱泯灭，荒冈犹峙劫灰馀。从杜诗化出，而泯其痕。

秦文超

秦文超，字伟士，湖南长沙人。康熙壬午举人。著有涵村诗集。

过漂母祠

清淮水涨岸添痕，望里长堤古庙存。一饭偶然怜饿者，千金何必重王孙？母能忘报真高谊，汉不酬功实寡恩。我亦江湖垂钓客，经过聊为荐芳荪。

黄　任

黄任，字莘田，福建永福人。康熙壬午举人，官四会知县。

暑雨后坐月

雨洗月逾洁，气寒光转幽。露萤不自夜，风树已先秋。烹茗籁遥起，拂琴泉暗流。清宵形对影，身世两虚舟。学温、李诗者，偏得此清绝之作，从温、李入，不从温、李出也。

读楚辞作

无端哀怨入秋多，读罢离骚唤奈何！明月竹枝湘浦夕，西风木落洞庭波。美人环珮惟兰杜，公子衣裳在芰荷。千古灵均有高弟，江潭能唱大招歌。

题　画

桃花灼灼水潺潺，隔断千山与万山。生怕渔郎漏消息，不流一片到人间。

西湖杂书

珍重游人入画图，亭台绣错似茵铺。宋家万里中原土，换得钱塘十顷湖。即胡澹庵所云小朝廷意，高宗不复父仇，隐然言下。

珠襦玉匣出昭陵，杜宇斜阳不可听。千树桃花万条柳，六桥无地种冬青。感杨琏真伽发六陵事，西湖诗流连光景者多，此较有关系。

彭城道中

天子依然归故乡，大风歌罢转苍茫。当时何不怜功狗，留取韩彭守四方。泗上亭长何词以答？

陈睿思

陈睿思，字匡九，江南长洲人。康熙壬午举人。○予前结葑南诗课，招匡九入，每诗成，众人屈服，谓文庄公有后。兹选中三朝要典、丁将军故剑二篇，皆课题也。才命相妨，中道徂谢，士林咸为惋惜。

赠张永夫

卢仝家贫无长物，一婢一奴屋数间。先生之贫异于是，破灶颓堕寒无烟。途穷厌见俗眼白，饿死不食嗟来食。骄儿不袜脚冻皴，老妻无食面黧黑。一间茅屋四壁空，雨淋日炙号长风。蟏蛸入户苍鼠立，夜寒僵卧牛衣中。屯蹶否塞贫且病，忧思感愤明其衷。险语突兀泣神鬼，奇气磊落撑苍穹。豪家婢仆何昌丰，睢盱俳笑老秃翁。白日晦昧吾道穷，此辈何足填心胸。喘月之牛负涂豕，纷纷轻薄应如此。君不见季次原宪留清名，斯人今日常不死。极形其穷，而以险语奇气表其必传，永夫可慰于地下。

阅三朝要典

明熹宗时朋党盛，君子小人互争竞。小人道长君子消，宦官乘时盗国柄。委鬼茄花互连结，旸睒跳踉意气横。朝拜假父夕拜官，山鬼昼出白日暝。顾命元臣愤不平，群贤交章以死诤。宫中府中羽翼成，涕泣青蒲血空迸。深居九关啄天下，收缚清流纳诸阱。狂澜已将砥柱摧，疾风那怕秋草劲。红丸梃击连移宫，三案手翻乱廷平去。公然摆刻示天下，正者曰邪邪曰正。吁嗟朝士蒙恶声，杨左诸臣一网尽。转瞬烈帝登明堂，黑白分明是非定。小人束手空怨嗟，君子弹冠更相庆。所怜奸慝暂退藏，天下纷纷终不靖。譬如痈疽生腹心，毒气烁体亡身命。药石虽能溃腐肉，瞑眩不救膏肓病。我思其殃谁所致，终之者魏始者郑。谋危太子心计深，挟狡矜凶口语佞。光宗即位不永年。太平天子生难更。后来邦国日殄瘁，蛾贼纵横遍枭獍。要典虽焚事已迟，庙堂空见忧心怲。九州龙战血玄黄，其先履霜阴始凝。后世人君其戒之，莫使女子奄人与国政！从三案始终备言之，诗笔即史笔也。此种七言古，直欲追步孟县。

观丁将军故剑

丁公小永孙子菜，崎嵚历落非庸人。兴酣对客拔剑舞，飞电睒睒风轩轩。坐客观者喜且愕，丁生材武超人群。生云小子何足算，公等未见先将军。将军自少性敢决，翘关负米空千钧。生平武事略可数，钩戟剑稍刀枪弴。就中剑舞尤第一，上马下马皆如神。白猿遁逃不敢进，青龙仿佛缠其身。余闻自恨生已晚，不得身与将军亲。将军更有遗事否，余为倾耳君具陈。生云昔时有草窃，啸聚海岛如云屯。醢人之骨食人肉，元戎束手徒逡巡。吾祖仗剑往杀贼，髑髅带血枭辕门。贼中岂少强健者，直前捕斩犹孤独。后来贼平受上赏，皆由一剑成功勋。只今吾祖已没世，英风猛气犹生存。此剑时时吐光怪，匣里龙啸清宵闻。同人拔鞘决眼觑，殷红战血痕疑新。昔闻陇西世受射，将军之后应生君。君今好文不好武，性嗜奇古师皇坟。自言今者特偶耳，儿戏恐使他人嗔。劝君只合绳祖武，毋徒健笔扛龙文。古来武人画麟阁，文士老死荒江滨。君不见贱子学书不学剑，途穷恸哭空酸辛。只写入先将军一语，便已出众，以下罄控纵送，无不如志，末一语转合文士之困穷，不胜哽咽。〇前人论七言古，必时露奇警句，乃不薄弱，篇中“髑髅带血枭辕门”、“殷红战血痕疑新”，皆奇警句也。得此通篇振起。

王式丹

王式丹，字方若，江南宝应人。康熙癸未赐进士第一人，官翰林院修撰。著有楼村集。〇楼村壬午乡举，年已六旬，明年会试、殿试皆第一。乡举时已定元矣，后得吴楚琦卷，改置第六，其实吴卷远不逮王，知本朝三元应有待也。归里后，以同年友累，至于对簿。辨雪未几，遂成古人。艺林重其才，因悲其遇云。

题徐昭法先生涧上草堂画兼贻西照头陀

头陀姓戴，名易，字南枝，越之遗民也。寄迹于僧，卖字葬昭法先生于珍珠坞，著虎丘表忠补一篇，载文靖公及涧上遗迹甚悉，又有钓台诗五百首。

鼎湖昼曀龙无所，席藁孤臣泪如雨。香草庵前魂夜飞，臣报其君子肖父。一树冬青半欲枯，枝上灵禽自俦伍。铁函荒井抱遗编，时有风流照毫楮。翛然落墨仿倪迂。寂寂空岩带平楚。当年思肖画兰花，只画根茎不画土。涧上襟情亦似之，自与草堂心独苦。我今读画缅遗风，江南鬼哭珍珠坞。埋骨凭将卖字人，更与流传表忠补。好把严陵五百篇，留伴此图共千古。文靖父子，吴之王蠋、夷、齐也。诗详叙其死难守节，末并及戴南枝之为人，得史家附传体。

萧尺木凌歊台图

高堂素壁云气生，莽苍一嶝秋山明。矗空巀嶭势千丈，飞流树顶如闻声。借问此景从何得？凌歊台畔青峥嵘。大江东去抱姑孰，天门竦立牛渚横。崇台拔地接星络，湘云巴雪相逢迎。寄奴卖屦作天子，目营八极凭江城。燕秦电扫自豪喜，三千歌舞随霓旌。至今英雄久灰灭，漠然山高而水清。钟山有客癖模仿，坐挥墨渖升斗倾。不为永初绘巡幸，卧游自欲酬生平。桥头策杖者谁子？幅巾潇洒携秋英。毋乃义熙老处士，独依松菊歌闲情。谢宅已荒桓井废，断碑苔蚀留空名。何当野立下幽听，慈姥夜戛琅玕鸣。我来读画三叹息，万年之计徒屏营。凉宵对此且痛饮，西风飒飒灯荧荧。

睢阳庙二首

曾披唐史传遗烈，百战孤城迹不磨。犄角力堪歼寇盗，殒身功已障山河。名先李郭悬青简，血并南雷染碧莎。此日楹间修一拜，阵云边月想悲歌。睢阳一城，若非张、许死守，则睢阳早破，而江、淮力不支矣。使李、郭得成恢复功者，张、许力也，"殒身功已障山河"一语，具有论史之识。

绣幔烟沉铁面寒，冲冠馀怒尚桓桓。戴天定不偕阿荦，斫地还应灭贺兰。自注：铁铸贺兰进明跪阶下，为观者捶击，止存半躯。万古岁时尊俎豆，九幽灵爽托筳篿。即今灯火倾城市，彩绘旌旗彻夜看。

于忠肃公墓

自拼热血洒高穹，只手扶天日月中。旁位安危操上策，外藩影响戮孤忠。苔封石马三春雨，烟暝巢乌万木风。相望鄂王精爽在，灵旗萧飒暮山空。咏古贵于简要，土木、夺门，二语中俱已写尽，见作者锻炼之功。

南中书事

禹甸埴坟殊广大，蛮方节钺漫纷纭。欲披角鲤池边草，旋搅都鹅洞里云。孔僅算缗原始祸，卢循入海岂能军？诏书一纸烽烟静，重见侏离拜圣君。

钱名世

钱名世，字亮功，江南武进人。康熙癸未赐进士第三人，官翰林院侍讲。○因未见稿本，故所收独略。

春霁山行

孟春值阴雨，经旬闭柴荆。晨兴理短策，试向前山行。始霁群卉坼，稍暄百鸟鸣。攀跻纡石磴，迢递延葱菁。谷幽岚正合，路转湖偏明。松风有时歇，悠然闻水声。即此惬百虑，绵邈生遥情。

题延陵季子庙碑后

避位曾传泰伯风，那言高义子臧同。史书未改仍公子，人物无凭只上中。地僻似村烟月白，庙闲如社野花红。伤心窟室铍交后，断送亡王泣甬东。班史列季子为上中人物。

刘　岩

刘岩，字大山，江南江浦人。康熙癸未进士，官翰林院编修。著有大山诗集。○大山富学殖，笃友生谊，因草南山集序文隶籍旗下。世宗御极，同被累者胥还本籍，服官有迁至阁学者，而大山已前卒矣。诗品发乎至情，不尚词华，世罕称述，予独珍重之。

杂诗

抛金似泥涂，不如富购书。有书堆数仞，不如读盈寸。读书虽可喜，何如躬践履。积金不积书，守财一何鄙！书多弗能读，贾肆浪奢侈。能读弗能行，蠹枯成敝纸。前人已道及，此畅言之。下半首即申前半首意，不添一闲语，是为创格。

杂感

凶器古有兵，高品古有名。兵凶不可黩，名美不可争。赫赫鬼神心，恶杀兼恶盈。穷兵祸自毙，矜名身自倾，二者同一机，盈乃与杀并。惟寂与惟寞，所以全厥生。矜名之敝，与穷兵同祸，而以寂寞为全生之方，真至言也。后作者文字之祸，几濒于危，此意外之变，又非满盈之谓。〇一路兵与名并说，读末二句，知名乃主，兵乃宾也。

哭家西谷侍御

我本江东产，君乃渭北人。二纪聚京国，情若同胞亲。两家有娇儿，盈盈掌中珍。齿发过半百，得嗣皆艰辛。惓言双稚子，永好为弟昆。君魂游泰岱，辆而车返西秦。我儿泣呱呱，君儿泪沄沄。婴孩离且痛，何况我与君。生别且不忍，何况死生分？后西谷有后，而大山乏嗣，视西谷之亡倍惨矣。

与履安夜话

空墀雪未消，寒酌人初醒。穷冬岁欲徂，不觉增酸耿。离逖十年心，凄清一灯影。泥途子在屯，羁絷余蒙眚。日月悬高天，波澜起智井。良朋翳岂无，古义夙所秉。破胆倚平生，掉臂咤俄倾。袖短展莫长，灰残嘘亦冷。非子谁慰怀，使我日延颈。患来悔近名，老至忆幽并。宿诺焉可孤，相期问清颍。此作者罹患后作，已悔近名之非矣。

赠　人

邹阳休上书，缧绁非所耻。祸虽如风飚，义命有根柢，次公从长公，讲经狴犴底。闻道在崇朝，夕死亦可矣。刑以惩小人，怀之在君子。匕鬯苟不隳，何妨惊百里。委运与思訾，并行正相倚。古人大业成，皆自忧患始。

病中杂诗

兔魄晦乃光，尺蠖屈乃伸。众顺死之辖，诸逆生之门。聋者目善视，瞽者耳善闻。缺一得专一，用志斯不分。困尔以疢痗，加之以艰辛。谁悟天地意，无恩乃殊恩。能如所言，则无入不自得矣。末俗但望天地之恩，而不知无恩之恩，终身皆戚戚时也。

挽徐泰初

病中决归计，预以书报家。妻儿怀征人，夜夜占灯花。不望印悬肘，不希金满车。妻愿见阿夫，儿愿见阿耶。骨肉苟得完，长饥又何嗟。宁知忽弃捐，旅魂栖天涯。

忆与汝偕游，爰自白门始。驱驴来幽燕，卧我空斋里。阶前木叶声，秋雨打窗纸。坐上无车公，饮酒不欢喜。当时意气豪，尔我俱壮齿。弹指廿馀年，蹉跎嗟我子。余见子盛衰，余亦将老矣。惆怅平生心，悲风飒然起。

造物使子穷，穷且至于死。死且在道途，何为命如此。孱孱浮薄躯，船木薄如纸。潞水深复深，蛟鼍弄牙齿。一榇波上轻，归去三千里。篷窗夜哭声，如在枫林里。三章俱直白语，而情至文生，至今读之，犹觉悲风四起。

天台万年藤杖歌

金庭洞天高冥冥，悬崖峭壁垂苍藤。风饕雪啮雨淋沥，孕藏夔魍遭雷霆。九峰一万八千丈。兜络石骨撑天青。天台仙人挥玉斧，斫断一枝手中拄。出洞入洞拨痴云，上山下山鞭馁虎。我昨五岳恣游遨，扶持两脚欺猿猱。东坡铁君已绣涩，少陵桃竹难坚牢。可怜形质癯然瘦，经历千年始成就。五百为春五百秋，应与大椿禀同厚。只今九节八尺长，模状依稀老耆旧。一生耻傍博山侯，伛偻省中笑灵寿。此种七古，可追退之山石。一结换境，见张禹虽有赐杖之荣，不足多也。万年、灵寿，两两相映。

采桑秦氏女

倭髻明珠缃绮裙，钩将沃若叶纷纷。千人坐上夸夫婿，五马车边笑使君。洛水但闻歌闭月，巫山惟见赋行云。罗敷本是邯郸女，能遣桑中似汝坟？邯郸有此女，可以化淫为贞，如此立言，才别于风云月露。

蒋廷锡

蒋廷锡，字扬孙，江南常熟人。康熙癸未进士，官至大学士，谥文肃。著有青桐轩、秋风、片云诸集。○文肃工绘花卉，品与恽南田敌。成进士后宫中极贵重之，流传世间者，真本绝少，马扶曦父子代作者，即可乱真也。少岁豪于诗，感时伤事，放情纵酒，一一寄诸永言，青桐轩诗皆未遇时作也。后此黼黻文明、敷扬大业诸篇未见镌本，故所录只有青桐轩稿中。

续古诗

松萝良有托，葛蔓亦有依。丘中一贫士，四海无所归。日饮涧中水，朝采山上薇。天寒水结冰，年深薇渐稀。浩吟悲哉行，君子其庶几。游鱼跃池乐，苑马腾枥肥。岂知鸿鹄志，不逐燕雀飞。

豆　荒

西北多高田，种花亦种豆。夏至二十日，播植唯其候。刈草复治秽，深耕还浅耨。疏根欲其干，粪土欲其厚。望荚成二七，不先亦不后。吕览："得时之豆，其荚二七为族。"

谁知入五月，雨下大且骤。豆苗未盈寸，披靡倒若蹂。水浸及湿蒸，空败不可救。绵连势更甚，长草如长寇。戽水倏复盈，筑岸旋已仆。浩歌南山诗，酌酒聊自酹。出白傅手，不过如此。意取其真，辞取其达。

柴　荒

庭中多草莱，阶下多松竹。朝取炊晨餐，夜拾煮夜粥。松竹易以尽，草莱生不足。朝持百钱去。暮还易一束。湿重不可烧，漉米不能熟。八口望曲突，嗷嗷叹枵腹。前月山中行，山木犹簇簇。今从山下过，遥望山尖秃。农民无以爨，焚却水车轴。田事更无望，拆屋入城鬻，鬻之富贵家，可以烂鱼肉。尤神似秦中吟，为诸生时，留心艰苦如此，他日相业，宜出诸大臣上。

题小颠墨竹

画竹不如真竹真，枝叶易似难得神。风晴雨露皆有意，子瞻与可无其人。去岁辟地栽新竹，枝叶离披覆茅屋。竹梢枯劲竿清瘦，久久可以医吾俗。昨夜雨过月上时，壁上掩映青青枝。张子对之无一语，淋漓泼墨发异思。淡烟轻雾笔底生，枝枝尽带风雨声。移向乾明寺中挂，壁石好撰张颠名。

表忠观

流离五季遍干戈，草窃英雄幸遇多。一角国分唐土地，百年庙共宋山河。凌烟阁上功臣像，衣锦营中驷马歌。为问贩盐为盗日，仲谋曾许较如何？颔联已举其大。

送陶子师任昌化

崖门图画便凄然，况复穷荒在日边。道险不如山水趣，法宽犹用宋元钱。自注：高、廉、琼三处皆用古钱，丁卯岁，制督吴公请行钱法，而古钱尽废，然琼州海外，至今未格也。月明黄木湾头驿，人语红蕉花畔船。只有一端廉吏计，木棉花发省装绵。

看　梅

横列春山翠帐开，几株相映白皑皑。轻烟未散月未上，放鹤亭边雪欲来。高格。

张自超

张自超，字彝叹，江南高淳人。康熙癸未进士。〇彝叹知己非用世人，不就选谒，生平邃于经学，诗亦从经学中出。

咏　怀

阮生何鄙固，往往泣途穷。途岂有穷时，毋乃太热中。学道无独识，举足迷西东。太虚亦寥阔，顾弗容其躬。能贵不能贱，遂为物所攻。时论于儒者，谓贫为素风。摇落感剩蒂，飘漾如飞蓬。愿为达观者，与世开鸿蒙。途岂有穷时，唤醒急躁人多少。贫贱能移之人，即富贵能淫之人也，达观者尚未足以知之。

秋　怀

大道自坦夷，于中生荆棘。扩清有古人，所贵无遗力。尧舜至今存，孔孟教不熄。世运或迁移，日月亦食昃。遁非圣贤心，剥犹天地德。霜风洗长林，群木涵新色。廓清异端，正以章明圣教，尧、舜至今存，由孔、孟之教不熄也，谁谓诗不足以载道耶？

桑

老桑古怪大成围，秋风落叶著地飞。腹空皮裂榦拳曲，霜雪历尽生意微。左边柔条犹自好，解向东方弄晴晖。我生骨瘦常苦寒，茧丝赖汝成冬衣，愿汝百年不戕贼。春日二眠蚕可食，半荣半枯生亦得。即作者自状其生平。

扫尘行

扫尘练日腊三七，细竹长竿风卷疾。岁岁荒村守敝庐，家家净扫迎新吉。扫遍瓦椽及四围，甑中之尘凝不飞。朝来坐曝茅檐下，垢面相逢仍苦饥。“甑中生尘”，旧语也，加“凝不飞”三字，便觉贫况可掬，即此想见彝叹清风。

何　焯

何焯，字屺瞻，江南长洲人。康熙癸未特赐进士，官翰林院庶吉士，卒后赐侍讲学士。〇义门先生负正气，汤文正为某所劾，义门时为选贡生，诣劾者门骂詈，人共高之。屡试不中，圣祖赐举人，连赐进士，身后进爵赐金，君恩厚矣。生平勤于猎古，自十三经注疏、二十一史、诸子、离骚、文选俱一一订讹钩贯，天下共想望之。时文选本，其馀事也，今散亡零落尽矣。艺林得其一二，奉若珙璧然。

金陵怀古

寥落寒云蔽旧京，歌残玉树听凄清。并无铁锁沉天堑，遽见金舆出石城。一马尚能龙变化，千门谁使草纵横？乌衣巷陌寻常在，可是夷吾浪得名？颔联见不能如孙皓之防敌也，颈联见并不能如晋元之偏安也，结意见王导犹下新亭之泪，此则并无其人矣。

吴廷桢

吴廷桢，字山抡，江南长洲人。康熙癸未特赐进士，官翰林院学士。著有南村诗。○南村以北籍被斥，圣祖南巡献诗，召试御舟，成江字韵绝句诗，中上意，复还举人，明年成进士，自是恩遇日隆，方欲大用之，而南村卒矣。诗稿未及见，此从江左十五字选中录出。

试儿行为天标令子赋

璇源照夜凝冰壶，老蚌就掌生明珠。翠眉玉颊瞳点漆，人间又见徐卿雏。去年汤饼会众客，郁葱佳气方充闾。走邀温峤辨英物，耳畔仿佛闻啼呼。今来周晬露头角，矫矫自与群儿殊。豪鹰崱屴毛骨异，敢以凡鸟题门枢。云屏翠幕好遮护，抱持保姆颜敷腴。图史百物罗左右，满堂坐展红氍毹。排窗穴壁竞觇宥，亲戚笑问儿何须。径前握管随手抹，似寻字画摹之无。诸馀玩好不挂眼，岂羡取印提戈殳。乃翁雅素耽词翰，吮毫舐墨勤咿唔。儿生堕地有同嗜，端能读父盈车书。草牍方当等曼倩，临书且为留官奴。儿人有儿得宁馨，万金之产良非诬。我归责子坐叹息，提孩便已趋殊途。朋来帛有四男子，森如立竹僵墙隅。懒惰总不好纸笔，召令吐记常含糊。正应坐我老伏枥，顾后驹齿皆顽驽。韩子不免简教示，陶公终是分贤愚。诗成聊复使之写，得不愧汗沾肌肤。生儿当如李亚子，尔曹碌碌何为乎？逐层引出，正如春蚕吐丝，七古所忌平直，得此层次曲折，自无平衍直致之患。○提戈取印，试儿诗中所必用也。此以撇为用，便不觉其陈陈。

石田画庐山高

石田老人笔有神，匡庐面目为写真，荦确高峰駈驼卧，蜿蜒悬瀑蛟龙蹲。更叱巨灵运神斧，削出坡陀似悬乳。哀猿下饮难攀条，寒鸟归飞愁堕羽。万古盘涡转轮毂，三叠水帘珠万斛。游人总向画图看，依稀认得康王谷。何年来游支短筇，笋舆芒屩相过从。会当洗耳万山顶，高揖五老看炉峰。

观　潮

阊阖长风吹海立，冯夷怒挟天吴入。层层驾浪薄秋旻，凉波如沸鱼龙泣。海门匹练遥飞来，龛山赭山青崔嵬。罔象横冲两崖束，巨灵直擘中流开。划然分奔吼馀怒，霆击雷轰碎天鼓。日车倾昃羲和愁，疾掩阳乌避吞吐。是日阴晦。倏忽奔腾万马狞，鸱夷蹴踏来窈冥。雪山摧翻鳌脊瘦，冰柱迸裂蛟涎腥。俄闻舂岸喧云碓，旋见跳波散珠珮。惊涛荡潏天低昂，乱石訇訇山破碎。潮头一落百丈强，迎潮之子凌苍茫。千桅乍隐鸥起没，一时忽浮凫拍张。目精眩转毛洒淅，我生江乡懵未识。吁嗟向若恤然惊，倒泻长江荡胸臆。水犀强弩千雕翎，欲寻断镞扬遗灵。钓台西峙滩涨急，海天澒洞孤烟青。此咏广陵潮也。一路排山倒海而来，末幅烟波无际，盖潮至富阳而怒平矣。

天妃闸

断堰锁崔嵬，奔流下石隈。势吞淮甸尽，声撼海门开。水气晴吹雨，天风夕送雷。扣舷惊险绝，谁是济川才。

淮浦夏日杂感

浊浪南奔万马雄，清淮如线失春容。天连碧海盘霜鹘，水拍金堤转雪龙。四载禹功今未远，一丸蚁穴古难封。杞忧却怕天饶笑，且与平治磊块胸。

晓望华岳

曙爽西来岳势尊，削成天外射初暾。寒松翠滴仙人掌，晴雪光浮玉女盆。气肃金晶横地轴，路寻箭筈倚云根。悬知绝顶通呼吸，直欲排空谒帝阍。

函谷关

丸泥塞险恃崇墉，表里山河百二重。城晚角声通晋塞，关寒树色锁秦封。惊心逋客听鸡度，矫首真人跨犊逢。西去岳莲迎面起，云开立马许从容。连前一篇雄整称题，犹见王、李遗格。

吴瞻淇

吴瞻淇，字漪堂，江南歙县人。康熙癸未进士，官翰林院庶吉士。〇漪堂先生不以诗鸣，而天然温厚，如其为人，所养醇也。

发富阳夜次严濑

忽见桐江树，回头失富春。中天一片月，千古两高人。自注：严子陵祠对谢皋羽墓。世乱宜晞发，时平亦洁身。清风迎客棹，欲为涤征尘。五六语分承皋羽、子陵，洁身每在危乱之邦，时平洁身，前惟巢、许，后惟子陵也，语不刻削而自切。

三答家兄

留滞周南客，相思春草馀。梦来乘夜月，诗好代家书。父有千秋业，儿惭两地居。何时耦耕罢，商略注虫鱼。

章藻功

章藻功，字岂绩，浙江钱塘人。康熙癸未进士。

晚游西湖

云漏晴光一缕斜，纷纷归逐七香车。山中影散樵薪客，堤处帘收卖酒家。乍卷村烟横远岫，暗移篝火点平沙。可容烂醉湖头宿，梦转三更玩物华。通体不脱一晚字。

卷二十

查慎行

查慎行，字夏重，浙江海宁人。康熙癸未进士，官翰林院编修。著有敬业堂集。〇敬业会试出汪东山殿撰之门，东山向日执后辈礼相见者也，至是敬业居弟子列甚恭，而东山仍事以前辈，时论两贤之。生平敬慎笃实，见重内廷，同时班、扬之列，无一人疑忌之者。〇施注苏诗行世久矣，敬业补所未及，兼多驳正，缘无力未及镌行。所为诗得力于苏，意无弗申，辞无弗达，或以少蕴藉议之，然视外强中干，袭面目而失神理者，固孰得而孰失也。惟学之者，勿更扬其波，斯为善学者耳。

秋　感

渡淮橘成枳，一变性终失。不闻返故土，枳又化为橘。人生百年中，孰是保初质。就衰水赴壑，驻景戈挽日。几见白头翁，鬓霜复如漆？见变善为恶，不能复返为善，即未有小人而仁者意，所以防失足也。下又推广言之。若果于回车，仍可返跖为舜，此又当活看。

闸口观罾鱼者

闸河一线才如沟，戢戢鱼聚针千头。其中巨者长二寸，领队已足称豪酋。尔生亦觉太局促，漂沤散沫沉复浮。不知世有海江阔，长养何异蒙拘囚。居民活计乃在此，劳不撒网逸不钩。竹竿绷罾密作眼，驾以一叶无篷舟。朝来暮去寻丈内，细细粘取银花稠。庖厨却缘琐碎弃，曝向风日乾初收。微腥但供饲狸用，性命肯为纤毫留。吾闻王政虽无泽梁禁，鲲鲕尚有洿池游。人穷微物必尽取，此事隐系苍生忧。一钱亦征入市税，末世往往多穷搜。主意在贪残尽取，末路一点，知通体全注于此。

洪武御碑歌

升仙台前白玉碑，柱石拏攫龙之而。鸿文载在御制集，初不假手词臣为。我来摩挲一再读，颠者踪迹大可疑。忆昔元人失其鹿，群雄角逐争驱驰。濠州布衣人未识，芒砀云气常随之。金陵一朝定九鼎，六合不足烦鞭笞。是时楚兵最剽悍，不自量力来交绥。国家将兴有先兆，天遣来告贞元期。明明天眼识王气，故以险怪惊愚蚩。英君往往谋略秘，计大不许寻常窥。亦如田单破燕骑，神道设教尊军师，不然兹事乃近诞，小数何足夸权奇。白旄一麾江汉靖，军前长揖从此辞。留侯自伴赤松去，穀城空立黄石祠。天池之山高巍巍，竹林仙驭杳莫追。鹤归倘记石华表，世代已逐沧桑移。百年雨露在山泽，惟有松柏参天枝。张三丰事，本近诡谲，明祖制碑文以表之，即断白蛇、赤伏符等意也。篇中点破神道设教，正论不磨。

王文成纪功碑

明朝制科号得士，吾乡前辈尤绝伦。于公王公后先出，往往艰大投其身。朝廷坐收养士报，仓卒定变皆儒臣。正德己卯夏六月，逆濠犯顺江湖滨。公然举兵思向阙，三郡一哄生袄尘。皖口骎骎势将下，留都岌岌恐震邻。是时海宇正清晏，武备缺略久不振。公方持节抚南赣，似可观变徐邅迍。同仇大义愤所切，守土敢限越与秦。出师必待九重诏，是谓以贼遗君亲。飞书插羽声罪讨，攻所不备真如神。自从捣巢及执丑，通计时日才兼旬。军门戎首已面缚，天子鞅軩方南巡。石头城南献馘罢，待命行及明年春。周公东征尚跋疐，形迹讵可拘忠纯。盈廷宵小古亦有，忌者愈众节愈伸。初心祇期济国事，岂必画像图麒麟。兹山勒铭盖有故，深刻岁月题庚辰。纪功非夸乃纪实，书法遒劲辞温醇。首从伐叛叙始末，继举神武归丹宸。天方嘉靖我邦国，谁其纪者臣守仁。随征官属例得列，惜哉名姓今俱湮。读书台傍一片石，百四十字磨崖新。逸事吾闻长老说，弘治一榜凡三人。后来立朝适共事，数本前定非无因。胡发其奸孙殉难，公乃一手回千钧。自注：弘治五年，吾浙乡榜，公与胡公世宁、孙公燧同举，其年场中见三巨人，传为异事。及宸濠之变，胡首发其奸，孙以巡抚死难，三人共此事，亦一奇也。煌煌勋业本德性，出遇世会开经纶。质语百世可无惑，似此理学宁非真？后来轻薄好诋毁，撼树不过欺愚民。如公表见犹未免，此外何以加冠巾。手磨碑碣发长啸，白日皎皎悬秋旻。就擒宸濠始末详言之，表出一榜三异人事，见事属前定，非偶然也。末以纷纭底毁，比之蚍蜉撼树，用以间执小儒之口。

中秋夜洞庭湖对月

长风驱云几千里，云气蓬蓬天冒水。风收云散波忽平，倒转青天作湖底。初看落日沈波红，素月欲升天敛容。舟人回首尽东望，吞吐故在冯夷宫。须臾忽自波心上，镜面横开十馀丈。月光射水水射天，一派空明互回荡。此时骊龙潜已深，目眩不敢衔珠吟。巨鱼无知作腾踔，鳞甲闪烁翻黄金。人间此境知难必，快意翻从偶然得。遥闻渔父唱歌来，始觉中秋是今夕。

高斯亿为余画竹以诗报之

画竹原从草书出，眼中孰是张芝笔？高生善书久绝伦，馀技兼为竹写真。自言亦用狂草法，颇觉游戏能通神。无诸城中少修竹，客舍连旬苦炎毒。赖君妙手补化工，为我一挥终十幅。幅终掷笔风雨来，野人疏爽心颜开。须臾雨止墨光湿，润入纸背生苍苔。老龙蜕骨瘦崛强，翠凤掉尾纷毶毶。魄雄气大腕力壮，尽扫篆簜皆凡材。忽然幻作铁钩锁，自注：江南李主作竹，自根至梢，极小者，一一钩勒成，谓之铁钩锁。自云惟柳公权有此笔法。世有诚悬应识我。谓川千亩胸郁蟠，放纵精微无不可。文湖州脉继者难，后来独推王孟端。人间多画风中柳。自注：东坡题文与可墨竹诗："那将春蚓笔，画作风中柳。"珍重萧郎十五竿。前后以草书作关锁，章法不懈。

谒南海神庙

姚侯送我游黄湾，澄江一道晴无澜。黄昏到岸天色变，彻夜震撼号惊湍。平明谒海神，云气解驳光斑斓。殿中击铜鼓，声落海外迎潮还。巡檐绕廓看古碣，手剔碧藓青苔斑。或欹或仆或屹立，节角刓杀形模残。煌煌御书碑，迥出唐宋元明间。浴日孤亭表其右，七十二级直上穷跻攀。不知榑桑出地几千丈，顿觉万象晃朗穷豪端。骊龙吐珠蛟喷涎，阳乌击水鳌移山。祝融分位当炎躔，紫霞红浪上下两摩荡，中有万点风樯竿。星流电掣到庙下，一一椎髻垂花鬘。吾皇膏泽被百蛮，远人毕至迩者安。自从计臣握算变新法，盐筴纤悉多归官。广川大泽禁渔猎，网漏鱼鳖群生悭。问神受封今几代，蒿目岂不知时艰？国家大事必祭告，谓是正直无欺谩。幽明肸蚃一气旋，忧乐当与民相关。曷不草绿章？

为民请命恩宜颁。但使方隅获沾山海利，神亦坐享血食无惭颜。计臣析利，至于川泽无渔猎、鱼鳖无漏网，而望神之为民请命，此无可奈何之辞。

与顾梁汾舍人次阁学韩公韵

不是微之定牧之，紫薇亭擅舍人辞。十年未就归田赋，众口犹传赴洛诗。往事相关棋已散，秋风才到鬓先知。怪来东阁留宾地，难遣深情是酒卮。

拂水山庄

松圆为友河东妇，集里多编倡和诗。生不并时怜我晚，死无他恨惜公迟。峥嵘怪石苔封洞，曲折虚廊水泻池。惆怅柳围今合抱，攀条人去几何时。重其积学，惜其失身，讽刺以和婉出之，得风人之旨矣。

汴梁杂诗

梁朱宋赵遗墟指汴京，纷纷代禅事何轻。也知光义难为弟，不及朱三尚有兄。将帅权倾皆易姓，英雄时至适成名。千秋疑案陈桥驿，一著黄袍遂罢兵。陈桥之变，太宗实与其谋，而主之者宋祖也，贬光义而难兄之失自见矣。文人之笔，严于铁钺，信然。

秦邮道中即目

不知淫潦啮城根，但看泥沙记水痕。去郭几家犹傍柳，过淮一带已无村。长堤冻裂功难就，浊浪横侵势易奔。贱买河鱼还废箸，此中多少未招魂。借河鱼以形漂没之多，笔下疑有冤魂屯聚。

景州董子祠

西风残照广川城，董相祠边感慨生。官秩稍增秦博士，文章独辟汉西京。醇儒岂以科名重，英主无如经术轻。却笑武皇亲制策，牧羊牧豕尽公卿。牧豕牧羊即烂羊头、灶下养之先声也，转自崇经术者开之，故奇。〇牧豕犹伪经术，此因牧羊而连及之。

度仙霞关题天雨庵壁

虎啸猿啼万壑哀，北风吹雨过山来。人从井底盘旋上，天向关门豁达开。地险昔曾资剧贼，时平谁敢说雄才。煎茶好领闲僧意，知是芒鞋到几回。

黔阳杂诗

玉斧铜标界有无，苴兰城外亟储胥。田横客已辞穷岛，乐毅功难敌谤书。官滥羊头争献镜，谋新鼠穴可乘车。英雄稚子论谁是？广武登临叹有馀。

送陆蓬叟之井陉

不道西游尔许难，万峰高下渡桑乾。乱鸦雪紧荒城暮，丛雁天低断角寒。燕市莫寻当日伴，并州且作故乡看。到时尺素烦驰寄，及与梅花报岁阑。

拟玉泉山大阅二十韵

地辟丹棱沜，天开裂帛湖。连冈环北极，列曜拱中枢。鞮驿销氛气，风云蓄睿谟。不忘神武略，独握帝王符。吉日将差马，先期已祭狉。桓桓齐步伐，肃肃选车徒。野旷金钲转，沙平玉帐铺。一人躬鞣軨，九校勇驰驱。鹅鹳知兵法，龙蛇入阵图。雪光明组练，寒律劲雕弧。忆昨三犁候，亲征万里逾。行间走英卫，麾下拔孙吴。挞伐声灵在，韬钤将相俱。诗人赓虎拜，士气动山呼。振旅时方暇，回銮日未晡，殊威宣逖土，同轨坦经途。典礼因时举，欃枪埽迹无。武功虽再缵，文德久覃敷。用遏昭无外，周防戒不虞。煌煌太平业，磐石巩皇都。叙明大阅，下将万里三犁振起，顿觉神骨俱道，作长律解得此法，自无平直之患。

登芜湖浮图

落帽家山记几巡，弟兄南北各伤神，茱萸明日重阳酒，五处登高各一人。自注：时家次谷在粤，荆州在燕，德尹在黔，惟韬荒家居，故云。

曹操疑冢

分香卖履独伤神，歌吹声中繐帐陈。到底不知埋骨地，却教台上望何人？或云：发尽七十二冢，或云，埋骨更在七十二冢之外，奸雄心事，未易窥测也，此即以望西陵语调笑之，曹瞒应亦齿冷。

题蔡方麓修撰早朝图

水晶帘卷月如钩，侍史妆成尽下楼。比似早朝还较早，不教君起看梳头。

陈至言

陈至言，字青厓，浙江萧山人。康熙癸未进士，官翰林院□□。著有青菀堂集。

感 怀

白石何齿齿！清泉何浥浥！中有穷巷人，风尘寡颜色。驱马发大河，碎琴金台侧。风尘肉眼多，慷慨竟何益。羽以翠得称，玉以韫鲜识。谁曰托微波，终使形骸隔。姱修求匪亏，吾道在夷白。任运可逍遥，何须计通塞。以术干人，何如守素；夷白，守素之实也。碎琴长安者，当废然自返。美人城南隅，婉娈发清扬。翳彼金玉姿，翠裾垂明珰。容与耀殊质，芗泽助晨妆。蛾眉众谣诼，罹忧处空房。弃捐无是非，庭户鲜辉光。众口如浮云，君心如曦阳。凋枝抽荣条，春来自芬芳。守素以俟时，毋为自摧伤。不疾浮云之掩，而望曦阳之照，春至抽荣，忧伤自息，此为诗之正声。

春游同吴六应辰张四星陈金大以宾韩十三涣文暨家魏公兄登摩乌山兰若醉中慈上人索赋

湖光如练山如拳，青天倒削波心莲。何年飞下小蓬岛，驱山不用秦王鞭。山前山后桃花路，不上湖船那能渡。满船载得踏春人，荇带荷钱春欲暮。茅庵谁结山之阿，青竹江篱古薜萝。径穿曲磴飞红雨，门对平湖卷白波。白波卷不开，红雨飞不定。湖风忽起乱鸦啼，白云流水泻成镜。座中韩生忽大叫，对花无酒花亦笑。阿菱十二能操舟，隔湖买得射洪到。射洪春酒醉百壶，壁上新诗值一扫。慈山山人知不知，人生行乐须及时。自注：白香山歌童名阿菱。

北平送友人南归

哀角严城起，悲秋泪满衣。如何游子恨，偏自送人归。霜落孤鞍急，天高独雁飞。赏心零落尽，朋旧日应稀。

江上阻兵

闻道胥江口，黄巾未解兵。春沙晴洗马，烽火夜连营。羽信惊帆影，乡心乱角声。请缨系南越，无路痛书生。

白杜鹃花

蜀魄何因冷不飞，空山一片影霏微。那须带血依芳树，自可梳翎弄雪衣。细雨春波愁素女，轻风明月泣湘妃。江南寒食催花候，肠断无声莫唤归。

咏白丁香花

几树瑶花小院东，分明素女傍帘栊。冷垂串串玲珑雪，香送丝丝麗罻风。稳称轻奁匀粉后，细添薄鬓洗妆中。最怜千结朝来坼，十二阑干玉一丛。咏花二诗，不徵典实，不著色相，而杜鹃、丁香自然分别，于遗形取神处求之。

岳　端

岳端，字兼山，安和亲王子。著有玉池生稿。〇红兰主人礼贤下士，邹、枚之列时来座下，尝选郊、岛诗以示不弃寒瘦之意，其志趣可知矣。

春郊晚眺次韵

长堤一望夕晖斜，芳树枝枝待暮鸦。西岭生云将作雨，东风无力不飞花。娇莺细啭留清昼，孤鹭徐飞带晚霞。野客独扶藜杖远，柳阴深处觅渔家。清扬圆转，元人中在萨照磨、宋子虚之间。

题闺秀朱柔则寄外沈用济画卷

柳下柴门傍水隈，夭桃树树又花开。应怜夫婿无归信，翻画家山远寄来。远人不归，而图家山景以动之，用意曲折，即此可见幽闲贞静之风。

博尔都

博尔都，字问亭，宗室镇国将军。著有问亭诗稿。

送友之粤东

相送粤东去，深怜客舍寒。秋风摧木叶，忆尔下南安。马首五千里，猿声十八滩。扶胥海口过，眼界倍教宽。

雁

零零冷汀洲，归鸿度小楼。秋心齐唤起，不止动边愁。意不必深而韵远，自为唐音。

喻成龙

喻成龙，字武功，奉天人。官至刑部侍郎。著有塞上集。〇尝有句云：“丈夫既捐躯，岂能依骨肉。”又云：“立马望黄河，天青塞云紫。”颇学少陵。

闻 笛

梦里悠扬横笛声，高天露下共凄清。愁来江汉人何处，望里关山月倍明。万里孤云随绝漠，十年羸马更长征。谁知一曲终宵怨，霜雪无端两鬓生。

曹 寅

曹寅，字子清，奉天人。官江宁织造。著有楝亭诗稿。

岁暮远为客

晓灯寒无光，驱马别亲故。残月堕枫林，荒烟白山路。十年游子怀，惜此岁华暮。载咏无衣诗，何以蒙霜露。起手十字，写尽辞家之苦，可与别赋并读。

读洪昉思稗畦行卷感赠一首兼寄赵秋谷宫赞

惆怅江关白发生，断云零雁各凄清。称心岁月荒唐过，垂老文章忧患成。礼法世难拘阮籍，穷愁天欲厚虞卿。纵横捭阖人间世，只此能消万古情。

揆 叙

揆叙，字恺功，奉天人。官至都御史。

鹰坊歌

西郊天阔沙茫茫，高槐古柳溪风凉。地偏寂寞少人住，但作瓯脱供鹰坊。中有海青最神俊，竦立毛骨森昂藏。金眸玉爪异凡品，下视狡兔如跛牂。侧眼似觉天地窄，常思一举摩穹苍。忆昔辽代最珍贵，女真贡献交相望。搜求无厌旋致祸，两国转眼悲兴亡。至今黑水留异种，雕笼竞致来遐方。五陵年少颇好事，爱玩岂惜千金偿。嗟汝生性特趫捷，隼鹗未许随肩行。长绦羁绁岂初意，岁月浸久成驯良。关山秋暮盛羽猎，商飚倒卷尘沙狂。翻身向空入霄汉，快若骏马初脱缰。驾鹅潜飞雊雉避，云罗万里无遮防。老拳劲翮奋搏击，风毛雨血齐飞扬。天生羽族亦有命，饥雀叫噪悲空仓。林边野鹤骨立瘦，度腹仅得分馀粮。尔形褵褷亦安用，终朝肉食恒充肠。人间生计总愧汝，翻笑溪獭衔鱼忙。侏儒方朔异饥饱，万物荣悴真何常。况今飞啄本同类，强弱吞啖堪嗟伤。食虾原不乏鱼鲔，捕蝉亦复惊螳螂。何当忘机效海客，驱逐猛挚延奇祥。群飞众动各适所，丹山鸾凤常游翔。桐花摇落期不至，老鸦攫肉纷路旁。且随韩嫣逐金弹，排风毛质看腾骧。议论正大，不及唐东江作，而笔力亦自矫健。

钮　琇

钮琇，字玉樵，江南吴江人。官邑宰。著有临野堂集。〇玉樵博雅多闻，著觚賸一书，能举见闻异词者折衷之，可以补正史之阙，诗亦变风之遗。

修塘谣

朝闻官兵至，暮下修塘檄。官塘不修误军机，官塘修时民罹厄。泥一斗，砖一箕，负之担之向水涯，尽是塘夫膏与脂。皇天不识塘夫苦，淫雨增波啮塘土，官吏督修猛于虎。杵声薨薨筑且坚，急禀私例时加鞭。泣言官人勿加鞭，囊中尚馀卖儿钱。末语冀官人之动心也。只恐官人闻之，转增其怒，尚嫌其少耳。

秋雨叹和杜少陵韵

羲和投鞭白日死，满堂水衣苍色鲜。滩声潺湲入秋耳，更惊斛麦须千钱。东风萧萧吹雨急，茅茨数点波间立。菽沉禾烂不可收，舟居嫠妇中宵泣。

市人喧语何纷纷？防河府帖来如云。三日河夫点行急，惨淡骨肉须臾分。阴霾迷天白昼黑，荷锸河干不暂息。寄言家人已无食。卖儿街头莫论值。

积阴六旬指可数，城中十室九无堵。去年年丰时亦和，何事今秋独淫雨。雨狂声撼草堂寒，行厨薪湿晨炊难。闻道长安久赤地，弘羊拜爵河流干。视少陵作尤为变声。

春　草

不信繁华事已空，伤心南浦复蒙蒙。何年陵寝斜阳外，几处亭台暮霭中。历乱影连流水碧，萋迷香衬落花红。多情陌上双蝴蝶，犹是飞飞失故丛。

题方石居赠忍公用吴愧庵先生韵

方庭修竹绿如围，琴榻书床识静机。紫术夜舂供客饭，白云秋制入山衣。落花径曲呼童埽，斜日林空放鹤归。最喜远公宽酒戒，虎溪乘月叩禅扉。

感 事

赭服南冠两髻华，却携妻子系天涯。春风客泪河桥柳，夜月乡心驿路笳。恸哭范滂犹有母，飘零张俭已无家。只今知己多豪侠，空忆当时广柳车。拟以范滂、张俭，必负才而被累者。末责以豪侠之不能脱人于难，谈何容易耶？取其辞句之工可也。

于养志

于养志，字涵一，奉天人。官四川巡抚。著有读易草、西征集。

不 寐

秋风吹白帝，枕上落江声。小苑烟光薄，疏帘月影清。三更羁客梦，万里故乡情。渐听荒鸡动，驱车按部行。起手杜陵家数。

管 抡

管抡，字青村，江南武进人。官师宗州知州。著有吹万集。

匡庐歌

平明迎日上庐岳，春山涤翠清如濯。攀萝直上三万级，侧身蟠走如飞鹤。云鳞鳞，花冥冥，划然巨灵劈千丈，泻出万派洪涛声。耳目荡漾不能主，恍如坐我于沧瀛。沧瀛风雨不可测，中有一人不相识。回头笑指游空蒙，导余绛节双玉童。呼吸帝座随清风，俯视一一金芙蓉。白云如绵满空谷，乘比欲与天庭通。拍肩笑问洪崖生，口吹玉笛银河倾。山中木叶萧萧响，下界疑为鸾凤鸣。襞笺授萧史，供饮白玉醴。长觥倾倒慎莫辞，醉眠石上呼不起。白猿苍鸟莫相猜，前五百年曾住此。空灵缥缈之气，凝结而成，自是君身有仙骨。

蛮中作

破驿悲风雨暗春，草堂无恙得吾真。从来圣世要荒外，儋耳龙场自有人。自负不浅。

陶孚尹

陶孚尹，字诞仙，江南江阴人。贡生，官教谕。

早春闲兴

东郊雨后景逾新，蜡屐寻芳踏软尘。桥畔杏花村店酒，水边红袖画楼人。鹧鸪觅垒频穿幕，鹦鹉偷言巧弄春。陌上王孙可处去，青青草色送征轮，韦庄、韦縠，风流斯在。

怀　友

又见灵光劫后存，金陀遗事共谁论。年时记得同游处，衰柳西风白下门。自注：莆田余曼翁。

舟　中

乌衣剪剪柳毵毵，陌上谁家赋采蓝？我在木兰船里住，梦魂依约到江南。

水仙花

澧兰沅芷若为邻，澹荡疑生罗袜尘。昨夜月明川上立，不知解珮赠何人？同是凌波微步之义，而风神闲远，在欲离欲即之间。

张养重

张养重，字虞山，江南山阳人。〇张尝有句云：“南楼楚雨三更远，春水吴江一夜生。”王渔洋尚书赏之。初谒渔洋时，即问此等好句，生平有几？张退谓人曰：“生平快意句，不意王公一见道出。”

自囦溪历延平抵建宁杂咏

风吹博望槎，白浪滚江沙。缆走悬崖险，舟穿乱石斜。龙钟垂涧竹，踯躅映山花。野泊无人境，前林起暮鸦。“缆走悬崖险”，即所云“百丈牵江上濑船”也。“舟穿乱石斜”，即所云“船落危滩无正行”也。经过险境，吐语自然暗合。

不寐数严更，危崖戍火明。闻鹃春泪滴，防虎夜心惊。枕落高滩响，篷悬密雨声。山川凄绝处，魂断剑州城。

汀州道中

左顾朝阳右赣州，新罗高据万山头。番瑶接地蟠关隘，烽火连天起戍楼。日夜乡心皆北向，古今汀水独南流。可怜满眼崎岖路，惟有清猿伴客愁。

陈学泗

陈学泗，字右原，江南长洲人。诸生。

望　岳

闻道仙都白玉坛，东来灵气郁巑岏。天回青眼三千里，路上云霄五十盘。终古儿孙朝岱帝，当年碑版肃祠官。浮踪误我登临约，苍翠何时得饱看。

天孙列岳翠为屏，共说天门走百灵。沧海一杯高顶白，齐州九点暮烟青。芝童不信来尘壒，羽盖虚疑出杳冥。安得身轻似黄鹄，洗头池畔摘寒星。三四语似乎登岱矣，然以共说二字领起，则实处皆虚，末更醒出望字意。

纪　事

巨浸东南力未苏，万家饥鹄不胜呼。中丞欲请敖仓粟，司谏先陈郑侠图。渥议补苴停转运，最怜剜肉赐全租。春来县吏敲门早，试问三农一饱无。自注：去岁吴地水灾，柯黄门力请蠲赈，得免丁徭之二，漕米亦从折色。〇此康熙乙亥年事也。减丁徭，折漕米，君恩高矣。又尝分省轮捐，百姓有终年不入县门者。升遐之日，深山穷谷如丧考妣，视宋仁宗有同符云。

衮龙新幸柏梁台，供奉传呼走马来。共荐长卿能作赋，可知汉武最怜才。银鱼学士绯袍夺，紫袖昭容绣幞裁。多少兔园词客老，空依北斗望蓬莱。自注：上喜诗赋，高少司寇、沈太史并以应制诗邀赏。

鹦鹉洲吊古

侧身天地竟何之？记室才高数独奇。愤到渔阳聊骂坐，狂来北海任呼儿。一抔已没蛟龙窟，千古谁怜鹦鹉词。欲采江蓠迷处所，暮烟洲渚水弥弥。至今鹦鹉洲已没于江，余经其地，酾酒凭空吊之，无复芳草萋萋矣。五语盖纪其实。

沈受宏

沈受宏，字台臣，江南太仓人。岁贡生。著有白溇集。〇白溇先生孝友诚悫，在名场五十年，终老不遇，而中心坦如，所养可知也。诗学亲承梅村祭酒指授，故吐辞渊雅，无志微噍杀之音。

赠吴事衍

先生延陵老子孙，娄江科第推高门。名流冠盖世虽换，豪士风流今尚存。忆昔从兄宦锦水，芒鞋茧足荆棘里。百口长悲殉乱离，一身何幸还乡里。草堂丝管秋风寒，谱出新声行路难。自注：有蜀鹃啼新剧。共传顾曲周公瑾，谁识哀时庾子山。三十年来头已白，萧然放散江湖客。博场酒社共追欢，画笔棋枰兼负癖。西南近日羽书传，重见公孙跃马年。人间多少沧桑事，付与先生一醉眠。

九龙滩

我从建溪走千里，胆落魂销百滩水。舟人更说九龙滩，绝险诸滩安足齿。嗟予漂泊何为哉？今日亲到龙滩来。恰闻昨日七舟下，两舟却破寻尸骸。上滩犹比下滩好，人登崖岸且自保。长索条分众挽舟，独把操篙付三老。一滩水悬一丈高，奔雷卷雪春怒涛。舟尾向天舟倒立，还防巨石訇相遭。欲上不上力再著，号呼互应愁一错。我傍山根行行，峻嶒石罅难移脚。九龙九龙路折盘，尽日劳劳上几滩。最有墓龙势尤险，过此相庆方平安。呜呼上滩人自苦，下滩水急谁能主！轻舟逐浪转如飞，纵有贲获勇何补？清流之人水中生，自注：闽中舟子俱清流人。弄舟惯与洪流争。商旅乘舟漫侥幸，性命直比鸿毛轻。我意欲将山路辟，下属安沙上铁石。自注：安沙镇、铁石矶为九龙上下地名。闭却九龙不复行，往来免误天涯客。史、汉叙事全在生动，使千载下如亲其事，如见其人，六代下俱平坦矣。中写上滩数语，犹存史、汉遗法。

舟　暮

不知所宿处，暮色正氤氲。路远随行贾，村稀傍戍军。江清波浸月，山赤火烧云。同客如鸿雁，天边自作群。

忆　母

贫是儒家事，难安为老亲。遥怜负米客，长作倚闾人。夜绩孤灯暗，朝梳白发新。生男亦何益？只是累艰辛。从忆母中传出母之忆子，其言蔼如。

渡　海

一观沧海失江河，捩柁扬帆发浩歌。地到尽时天不断，人能来处鸟难过。风如黑雾奔腾急，浪比银山簸荡多。却叹田横心力苦，此中曾复弄兵戈。颔联十四字，能尽力赋海矣，及读周贺“岛间知有国，波外更无天”，更觉多少自在。

许九日闽归

万里归家白发新，秋风重得饱鲈莼。脱身戎马怜今日，回首关山哭故人。跌宕七言才更健，萧条八口业长贫。一杯同把松窗酒，坐看天边战伐尘。

衢州书事

尚书昔日驻旌旄，烽火危疆保障劳。已见降王归斧钺，徒闻战鬼逐弓刀。山围四野寒云没，水拍孤城夜雨高。回首可怜离乱处，至今闾井半蓬蒿。此咏李文襄事，神气完足，绝似梅村。

客　晓

千里作远客，五更思故乡。寒鸦数声起，窗外月如霜。如出李青莲手，此种神妙，何必界限古今。

武林杂感

宝石峰头语塔铃，夜深鬼火映沙汀。春山遍作祁连冢，芳草年年不肯青。篴篥高城夜月明，军中少妇忆南征。可怜七里滩头水，流到钱塘是哭声。

示　内

莫叹贫家卒岁难，北风曾过几番寒。明年桃柳堂前树，还汝春光满眼看。如此处贫，终身可泯怨尤，视牛衣对泣者，身分远过。

送毛亦史入都

三月莺花紫陌春，曳裾何处逐风尘。毛生初作平原客，莫使轻他十九人。

苏堤口号

六桥遥带两峰孤，烟水茫茫旧宋都。一向鄂王坟上拜，回头不忍见西湖。责高宗之溺于偏安，不欲复仇也。余旧有句云：“却怜一片临安月，同照龙沙五国城。”亦是此意。

同钱太史泛舟东湖座有女郎湘烟戏题

酒绿灯青夜语中，家乡同隔海云东。伤心一种天涯客，卿是飞花我断蓬。“我未成名君未嫁”，感旧也。此则暂时相遇，而飞花断蓬同伤漂泣，于无关合处生出关合，一往情深。

送　春

客舍长安十丈尘，闭门终日苦吟身。一花一草何曾见，却道今朝是送春。极陈因题偏得此新色。

陆　韬

陆韬，字亦岸，浙江山阴人。

白　云

白云缕缕青山出，云自忙时山自闲。唯有野人忙不了，朝朝洗砚写云山。以忙写闲，如许措辞，纯乎天籁。

方登峄

方登峄，字凫宗，江南桐城人。官工部主事。著述古堂诗。〇水曹以朋友负罪牵连谪戍，处极危苦之境，而能种花赋诗以寻乐意，所养定也。迨奉诏赦归，已殂谢塞外矣。以孙问亭宫保贵赠如其官。

秦女休行自注：女报仇也，女秦人，名休。

一尺髻，三尺刀。仇人头，在女腰。渭水深，华山高。血风腥，天冥冥，手提髑髅气峥嵘。法吏执之付以理，女欲报仇，先办一死。后来又有庞娥亲，千古英雄在女子。两女子能复父仇，惟志坚而气定也。宋高宗辈能毋愧死？

盘中诗

木刻鸠，纸剪马，飞山头，走山下。露贯殊，纫为襦。云裁衣，烂光辉，是耶非，孰辨之。六月桑，吐蚕丝，冬之蕙，茁新枝，尔所思，非其时。素者发，丹者泪，心恻恻，老已至，骨肉残，风雨驶。寸有长，尺有短，双轮驰，不可挽，我所急，天所缓。击瓦鼓，声乌乌。白云满天歌且呼，歌周四角旋中区。初言似者之不能为真，次言过时者之归于无用，末言年命之速，时不可挽，而一付之悲歌也。中间隐分五解。

老枪来

俄罗斯国，即古大食，善用火枪，故又以其技名之。相传元世祖得其地，立弟为可汗镇之，至今国主，犹元裔也。边界泥扑处城，与艾浑接，水陆道皆通，岁一至卜魁互市。人性好斗，至则弁兵监之。作新乐府纪事。

老枪来，江边滚滚飞尘埃。七月维秋。鬻彼马牛。马牛泽泽，易我布帛。大车是将，爰集于疆。来莫入城，俟天子命以行。天子曰都，远人适馆饩以糈。高颧眢目卷髭须，狐冠草履游中衢。观者鼓掌相轩渠，岁以为期兮日月徂。归去，归去，豢尔牛马驹。言外有防其扰乱意。

古 诗

勿效步兵哭，应比士龙笑。有时笑亦哭，不在音与貌。钟鼓可以哀，长歌可以吊。寸心无营求，流泉净泥淖。味淡声亦希，渊然涵众妙。笑哭两不关，天半发清啸。孙登之品自高于步兵、士龙。哭与笑俱胸中不能平也。笑亦是哭，无人见到。

村 北

野旷朝霭清，峰高日半规。远风吹水气，澹林结幽姿。策蹇访故人，村北路逶迤。碧阴漾千亩，凉露沁心脾。刈麦走田父，妇子相追随。老翁欣得食，回头顾其儿。大儿束麦把，小儿抱豆枝，歌笑偕邻叟，饮濯清湍湄。留连缓去路，寓目心情怡。田间有真乐，朝市知者谁？

出西郊道过摩诃庵经前明宦寺葬地

易代一抔土，累累葬宦官。馀威剩碑碣，流毒在衣冠。树接宫云密，钟敲佛火残。东京乔固冢，鬼哭北邙寒。姝奸宦，悲忠直，侃侃棱棱，诗不徒作。

望南信不到

不见儿书至，应知下笔难。有心慰衰老，无计说平安。关塞寒云早，门庭落叶残。倘逢南雁过，便当室家完。

霜迟乐

七月不落霜，卜魁城边穈子黄。八月霜不落，千夫下田总欢乐。官田刈谷载满车，官兵急公先完租。毳帐牛车十日路，驱向城中易茶布。和茶煮谷布裁衣，卒岁不忧寒与饥。人人尽乐霜迟好，荞麦沙田收更早。但愿年年不出兵，官兵皆作农夫老。

七兄以诗慰病和答

形骸百炼后，心事五更中。苦海终无岸，愁城岂易攻。道危迷老马，边远失归鸿。谁谓青天阔，浮云亦碍空。

纪　事

争看金甲健儿装，玉辇云移下凤皇。城名。都尉鱼丽开细柳，将军猿臂射长杨。蠡孤露冷摇秋月，鞬韐风高带晓霜。大阅至尊非好武，良弓不为太平藏。

与毛会侯

耆英洛社旧登坛，四十归来早罢官。赴召有谁谗贾谊，输租今已累兒宽。休嫌华发功名薄，毕竟青山岁月难。诗酒柴桑堪闭户，文章千古不凋残。会侯以邑宰罢官，应鸿博之召，而又不遇，故惋惜之，而复叹其隐居之高，立言之不朽，见人之所重，在此不在彼。

蒋 楷

蒋楷，字荆名，江南长洲人。

河堤曲

走河堤，风凄凄，黄云黯黯落日低。沙边丛树半枯死，荒村无人鸦乱啼。走河堤，风凄凄。

走河曲，风簌簌，填柴作岸芦作屋。西风一夜钜野流，鱼头赤子千家哭。走河曲，风簌簌。似谣似谚，胚胎变风。

濮 淙

濮淙，字澹轩，浙江桐乡人。

闻梁蘧玉已寓京口

容易相逢尚未逢，老年亲故喜相从。已辞野店中山酒，望断烟江北固峰。一夜梦游千里月，五更霜落万家钟。莫言人远天涯近，书到楼头第几封。中有名句。

赠方望子入黄山修炼

诗成当代说方干，何事辞家久不还。梦里汤泉非故国，眼前云海是名山。花深古灶凭烧药，月冷啼猿为守关。只是白头慈母在，不教容易别人间。入山修炼，非儒者事，况有慈亲在耶？送之即以招之，得赠人以言之体。

杨　宾

杨宾，字可师，浙江山阴人。〇考安城为友人累，戍宁古塔，可师赴阙讼冤，得旨之柳条边迎亲，归作柳边纪略，塞外人称杨夫子。书法不染宋、元习气，诗体考主沉著，身后散如云烟矣。惟于其门人处得塞外诗一册，故所录皆辛苦愁惨之音。

纳木窝稽

跋涉过混同，所历已奇峭。结束入窝稽，一望更深奥。阴霾不可开，白石安能照？古雪塞危途，哀湍喧坏道。更无人迹过，惟闻山鬼啸。车驱苦艰涩，换马欲前导。霜蹄偶一蹶，流血沾乌帽。魂魄已莫收，童仆徒慰劳。死亦分所当，生岂人所料。但苦历穷荒，庭闱终未到。

至宁古塔二首

望望古林峰，白云绕其下。登顿及今朝，亦得依亲舍。父母骤相逢，注视还相讶。别时发覆眉，故乃成老大。邻舍争慰劳，应接苦不暇。姓氏未及知，空言聊慰藉。日暮细挑灯，恍若梦中夜。喜极乃更悲，不觉泪如泻。“父母骤相逢”二句，与“妻孥怪我在，惊定还拭泪”同一真至，而父子至情则又过之。“姓氏未及知，空言聊慰藉”，非身亲其地者不能道也。此种诗岂在语言声律之工。

上书不得达，生男亦胡为？四十始省亲，问心良可悲。戏綵愧老子，挽须同小儿。西山日已薄，乡国归何时？叹息谓季弟，尔独无分离。承欢廿八载，此乐人谁知？季弟随侍戍所，故羡其承欢之乐。然不有行者，谁奉晨昏？不有居者，谁陈冤抑？杨氏可云有子。

换车行

冰冻马蹄行不止，历尽千山复千水。边门未出已难堪，况出边门二千里。沈阳城外换柴车，柴车换得无人使。坡陀木石相枝撑，谷口泥淖多呀坑。日日辕摧与毂折，翻云覆雨如人情。人情翻覆乌可识，出门步步行荆棘。涕泪沾巾向北风，但见庭闱死亦得。直白语，从少陵出，不从白傅出。

出威远边门

黄沙漠漠暗乾坤，威远城头欲断魂。芦管一声催过客，柳条三尺认边门。乱山雪积人烟绝，老树风回虎豹蹲。从此征鞍随猎马，东行夜夜宿云根。

王　戬

王戬，字孟穀，湖广汉阳人。著有突星阁诗集。○王渔洋谓孟穀池阳山行长句，过欧公庐山高远甚，而其诗却平直，故不及录。

秋日游白茅寺次少陵韵

天空灵籁发，入耳心逾静。何许微风过，月林摇客影。人生五浊世，为欢苦不永。争如瓶触藩，有如瓶堕井。及兹清夜游，无辞烛共秉。佛香一院深，僧梵四山迥。身尚依迦叶，足真践箕颍。禅灯照宵梦，妄念未能屏。金篦开倦眼，慧目陟东岭。他时礼白云，应上最高顶。

读放翁集

南流四杰俱惊才，醉心尤在渭南伯。江翻海立富篇章，跃马弯弓老梁益。一寸丹心常炯然，归来垂钓镜湖边。却怜老死空家祭，不见王师北定年。略其诗集，表其忠义，立言识轻重处。

顾希喆

顾希喆，字有典，江南长洲人。太学生。○先生与惠研溪太史为汪钝翁入室弟子，五经纷纶，有井大春之目，诗其偶然作也。然吉光片羽，弥用宝贵。

姑苏杨柳枝词

行春桥下午风和，画舫楼船次第过。一面青山三面水，不知何处柳阴多？越国佳人旧有名，吴中娇舞不胜情。柳腰合是芳魂化，长向胥台一路生。原唱系钝翁先生，时和者甚多。几同济南秋柳，然风神摇曳，无逾二作。

许　润

许润，字俭农，福建闽县人，以子松佶官江苏布政使司，赠如其官。

己巳六月拜别家慈之楚

荒鸡断续天将曙，游子辞亲寸心悸。霜鬓携灯立槛前，频语加餐暗垂涕。舟子招招促行李，残书数卷裹破被。解维咫尺是天涯，回首空閶人独倚。发乎至情，可使妪解，东野游子吟后，乃有嗣音。

闽溪舟行即事

天设南闽多险阻，古今劳役几时休。下滩疑泛银河水，上濑如牵陆地舟。响应风湍歌欸乃，身藏云木叫钩辀。笔床茶灶延缘好，准拟浮生托白鸥。

戊子春自岭南奉老母挈家旋闽

行囊带得岭头春，荔浦珠江过眼频。半世总为天外客。一家今是故乡人。回看东粤名山远，好补南陔乐事真。莫问田庐在何处？洛阳季子本清贫。远客旋归，人生乐事，况一家全归，尤天伦至乐也。此种真诗，读者亦为色喜。

舟泊剑津怀亡友刘复庵

分手齐安隔数春，何缘龙剑合延津。可堪风雨孤舟夜，白发盈头哭故人。哭故人一层，白发盈头一层，孤舟一层，夜一层，风雨一层，合并写来，如听猿鸣三峡。

毛世楷

毛世楷，字古愚，江南吴县人。官光禄寺典簿。

武　昌

百战江山一水萍，武昌宫阙旧亭亭。枝梧蜀汉争持角，控制东南欲建瓴。未定中原安枕席，底思建业厌鱼鲭。只今铁锁销沉后，浪打寒潮入穴青。自注：锁穴尚在。〇此合吴大帝后三嗣主言之，盛衰之感，浑括无遗。

秋日感怀

秋夜焚香醮玉真，秋河靥靥动星辰。人间何处投金濑，天上徒闻析木津。同学少年悲杜甫，美人迟暮感灵均。青天碧海吾无悔，且泛南溪采白蘋。此感士不遇赋意也。三四虚含，五六正写，最得浅深次叙。

杨 模

杨模，字子式，浙江仁和人。以孝闻。生平不惑二氏，布衣中有卓识者。

汉阳旅中送蔡子汇征游湘潭

相送斜阳外，相逢更几时。共来荆楚地，还赋别离诗。祖席杯堪把，河桥柳挂丝。洞庭他夜月，千里系遐思。

闰六月初七夜月

南讹莫认火西流，顾兔高悬略似钩。四日魄生方入夜，七回弦上未成秋。先期乞巧穿针线，后月舒光照女牛。半露姮娥能却暑，广寒深处玉为楼。字字雅切，第四语疑有鬼工。

沈 畯

沈畯，字田子，江南吴县人。廪生。

荒　亭

荒亭古墓南，远见车尘灭。墓前双石人，送尽人离别。

九　日

有酒赏重阳，无烦白衣至。恐惊邻舍翁，谓是催租吏。催租吏，搅潘邠老不成诗者也，此云惊邻舍翁，用意又别。

吴启元

吴启元，字青霞，江南歙县人。○青霞不妄交人，与傅雪堂友善，雪堂显达，位至大中丞，青霞落落，目中如无其人也。后雪堂以事戍辽左，青霞不远五千里走塞外慰问羁客，胸襟磊落，视世之翻云覆雨者为何如哉？

山海关

地临辽蓟中分界，天限华夷第一关。直绕长城东到海，凌空高障北依山。当年士马何曾战，此日梯航尚未闲。闻道乘槎通绝域，可能身入斗牛间。沈雄悲壮，此即慰问傅雪堂时作。

广宁望医巫闾山雪吊汉管处士

巫闾山上雪漫漫，何处峰头著幼安。木榻跪穿心久定，黄金锄去眼谁看。沧江水涸蛟龙徙，大漠风高鹙鹭寒。我亦子陵台畔客，绿蓑青笠一渔竿。三四吊幼安，五六写望雪，神理浑厚之中，格律仍复深细。

沈锺彦

沈锺彦，字美初，江南长洲人，诰赠内阁学士，兼礼部侍郎。〇后学周准填讳。〇先君子喜成断句诗，馆于画师汤式九家，汤写一花卉，先君子辄题一诗，年五十馀，专工分隶书，诗偶然作矣。身后稿为人窃去。初刻国朝诗时，未能得也。兹于汪氏学徒册子中，得此三诗，皆汤氏馆中作，潜儿时所及见云。

题　画

春林如画罨朝曦，燕立秾阴湿不飞。柳外有楼帘半卷，掠花双剪莫忘归。

罂粟花

炊烟时或断贫家，晓起俄看五色霞。任尔侏儒夸独饱，篱头已放米囊花。

金钱花

邓氏铜山虚设想，沈郎榆荚许为邻。清宵风露频频掷，似向空庭卜远人。花晓开夜落，故有三四语。

卷二十一

沈绍姬

沈绍姬，字香岩，浙江钱塘人。○香岩羁迹淮右，垂老不归，浙中诗坛，亦罕数其人者。偶于清江于氏，得手钞一册，亟采入之。其生平出处，未遑详悉。

钱塘怀古

城上黄云锁戍楼，城头古木叫钩辀。地从江底分吴越，天向栏前挂女牛。尚有荒祠题伍员，曾无杯酒祀钱镠。可怜人事今萧索，花草依然发故丘。吴、越之分，以江为界，用江底字，句便不平，此可识捶字之法。

寄怀查伊璜先辈

亭亭绝巘结萧斋，高峙龙门百尺阶。苏晋堂前宜绣佛，马融帐后有金钗。凄凉歌板怜君僻，磊落文章与世乖。爱我巴歌长击节，汝南月旦愧齐谐。

杜　鹃

年年啼遍欲残春，午夜枝头血满唇。不尽羁魂悲蜀道，何来处士感天津。声中似怨无家别，地下应怜再拜人。纵使欲归归便得，故宫何处更容身。中二联俱以对句见灵活。

寄家人

归来偕隐计犹虚，垂老他乡叹索居。别久乍疑前劫事，路歧才得去年书。梦如柳絮飞无定，愁似芭蕉卷未舒。记得小园亲手植，一栏红药近何如？有敦瓜苦，烝在栗薪，到家喜极，无可措辞，故指瓜苦栗薪以志岁月也。此寄家书，千头万绪，难于著语，故忆一栏红药，讯其荣悴也。此种诗风人之遗。

司马懿故居

王业偏安蜀道难，奸雄宁独数曹瞒。中原回首移神鼎，竖子成名建禅坛。城上风幡新塔宇，墓中巾帼旧衣冠。掀髯西指蚕丛路，丞相祠堂尚锦官。

题前监军闻启详传后

嚼齿穿龈死不辞，千秋名教得操持。门生谁续招魂赋，狱吏亲闻绝命诗。总为人门留正气，不求马革裹全尸。盛朝若举褒忠典，应敕盱江好建祠。

淮阴侯

鼎足才堪角两雄，当年应悔灭重瞳。分羹父子恩犹薄，推食君臣谊岂终。独有千金酬漂母，曾无一语感滕公。名成自古身当退，没齿休论战伐功。报一饭之漂母，而不报救死之滕公，英雄举动不可解也。汉祖不封纪信亦书然，此意无人道及。

题韩蕲王湖上策蹇图

南渡何人主庙谟，清凉居士老西湖。两朝和议分棋墅，百战雄心付酒垆。策蹇山前逢故吏，参禅花底坐浮屠。只今犹恨丹青手，不画麒麟阁上图。

蚊

斗室何来豹脚蚊，殷如雷鼓聚如云。无多一点英雄血，闲到衰年忍付君。一生肮脏，借妖幺题发出，与“自脱貂裘数箭瘢”，同一慨当以慷。

咏　古

脱颖人成公子名，不然碌碌竟何称。夷门虚己真知己，莫绣平原绣信陵。为报韩仇奋一椎，副车虽误亦雄哉！淮阴也是韩王后，何用当时蹑足来。从无人开此口，欲报韩者几于语塞。

张衍懿

张衍懿，字庆馀，江南太仓人。

进　峡

峡自夷陵束，江从白帝悬。两崖如剑立，百丈入云牵。石出疑无路，云开别有天。往来频陟险，千里正茫然。三四即“入天犹石色”注脚。

瞿唐峡

历数西南险，瞿唐自古闻。水从天上落，路向石中分。如马惊秋涨，哀猿叫夕曛。乘流千里疾，回首万重云。此下瞿唐也。玩“如马”字样，及“回首万重云”句，峡之在上可知。

过马伏波墓

溱水东流绕墓田，伏波埋土几千年。西风但见吹残鬣，南海犹闻畏跕鸢。岂有明珠来戚里，空留铜柱在炎天。功成未得云台画，回首荒原一惘然。谤来宵小，功在南天，二语为伏波定论。

度梅岭

拔起危峰万仞雄，势临百粤控南中。人从丹壁千盘上，路入青天一箭通。古碣尚留唐相迹，荒祠谁祀越王功。只今四海梯航日，早见征车度晓风。

孙中岳

孙中岳，字枫麓，江南桐城人。

大侄书金陵回即走西安怅然念之

才解征鞍又远行，相看意气转纵横。故宫荒草埋金狄，客路秋风动石鲸。词笔已从梁苑秃，诗情又向灞桥生。陇头流水声幽咽，似我频年送别情。随题转折中，有全力法，本之初、盛唐人。

王誉昌

王誉昌，字露湑，江南常熟人。诸生。○露湑有崇祯宫词百首，人共称之。然十七年中，忧勤尽瘁之意，未能传出，故从舍旃。

舟泊武林城外因忆新安会稽之胜赋呈确庵夫子志别

四月河桥绿酎浓，篷窗歌咏自从容。人间草木馀春梦，劫后湖山又晚钟。学溯考亭开雾障，书探禹穴破云封。重期此后追随处，知在烟萝第几峰？五语新安，六语会稽，结呈确庵，亦如题安放之作。

过东郊故园追和家大人韵

昔年亭馆筑城闉，此日重游自怆神。十亩仅传三世业，一身已作两朝人。门前碧草埋荒径，楼上青山认旧邻。记得趋庭分彩笔，也教题咏药栏春。

鹦鹉词

翻为多情损性灵，断魂还认陇山青。何因得证摩尼塔，一卷笼中般若经。

谢志发

谢志发，字云逸，江南长洲人。著有一角山楼稿。

春日送张梅庄之维扬

春郊烟景浓于酒，万缕千丝堤畔柳。当杯惜别暂流连，长条能绾离情否？挂帆暮霭指维扬，渡口分飞各一方。一苇不从张仲去，思随飞絮绕雷塘。

过褚渔黄山居

数峰深曲径，返朴遂栖迟。虚室云为牖，成邻鹤在枝。漱甘临涧石，遁迹称茅茨。客至青精饭，长镵共采芝。颇见作意。

过旧送别处

忆昔亭前柳，分携曾系船。至今攀折处，犹是锁愁烟。言浅韵深。〇此诗社题也。同赋是题者，皆极力铺张，然只是送别处诗。作者二十言中，一一注意旧字，尤西堂先生定为压卷，众无异辞。

姜实节

姜实节，字学在，山东莱阳人。流寓吴中。〇此贞毅先生仲子也，好古畏荣，布衣终老。诗工七言断句，每于若不用力处遇之。

绣谷堂中牡丹今岁惟开一枝杨子鹤马扶羲徐采若暨目存上人各为作图王石谷补一石余为题句

四人分写一花枝，写出传看朵朵奇。恰似兰亭摹拓本，浅深肥瘦各相宜。比拟恰好，若但著意牡丹，便是笨伯。

白头公鸟

霜鬓逢春可自由，老人端的为多愁。不知小鸟缘何事，也向花前白了头。

雕

天山白草路横分，日暮悲笳不忍闻。想得玉关方转战，皂雕风起欲盘云。忽然变调。

题黄鹤山樵听雨楼卷

湖天过雨水冥冥，吹绿东风草一汀。绝似铜阬桥上望，远山如发向人青。

题簪花图

六年前见倾城色，犹是云英未嫁身。今日相逢重问姓，座中愁杀白头人。引歌者张乙娘照，蒋绣谷属杨子鹤图之，同时赋诗者多浓纤肥腻，独作者盛衰之感尽倾一座，外此目存上人，亦复超然。“黄四嫁家花满蹊”，姓名因杜老传也。

吴祖修

吴祖修，字慎思，江南吴江人。贡生。著有柳塘诗。〇柳塘为高才生，友教远近，张损持、陈起雷、周汉萏诸公皆门下士也。诗尚才情，议论不主蕴含，能成一家言者。

古　诗

兀坐一室中，澄观若止水。群动既已息，万籁不到耳。方寸涵灵台，光明畴与比。此中无将迎，安用起磈磊，蒙庄旷达人，亦未解斯旨。如何逃虚空，跫然足音喜。此古贤静坐观心之法，宜达观者未喻。

少陵薄文章，谓非道所尊。不读破万卷，何由闻斯论。经史足驱使，今古堪胚浑。寂若万象灭，灿若众星繁。根柢有至理，刊落皆陈言。以此为诗史，孰能穷其源。

侍家君渡江时有风涛之恐

日斜问渡汉阳门，双桨中流浪欲翻。人世那能容李白，风波何必系章惇。惊心频洒途穷泪，剪纸难招定后魂。还是故乡风景好，鲈鱼莼莱足江村。

书牧斋诗后

红豆山庄拂岫青，客来犹见子云亭。当年党论推尊宿，近日骚坛尚典型。不死似将成汉史，孤生忍独守玄经。延登旧恨君休诧，目断台阶两两星。牧斋不死，一以明史自任，一以受温体仁讦，未得相位为恨，佐命兴朝，庶展抱负也。此意为柳塘指出。

书梅村诗后

梦回龙尾醒犹残，重入春明兴转阑。宣去可能如老铁，放归未便戴黄冠。悲歌自觉高官误，读史应知名士难。今日九泉逢故友，西台涕泪几时干。自注：先世父扶九送司成北上诗，有“若使啼鹃真带血，西台一曲故人情”之句。〇梅村为盛名所累，未能知铁崖之放归，由未能如铁崖之陈诗也。言下无穷惋惜。

读司马相如传

绮靡文传是子虚，曲终雅奏竟何如？后人嗤点凌云赋，曾读当时谏猎书。

读王褒传

金马祠神事已遥，子渊才擅汉宣朝。非无圣主贤臣颂，只教宫人记洞箫。连上章俱用议论，义山咏贾谊诗其初祖也。高青丘咏史亦多此种。

寄示赵书年陈起雷

千里歌骊竟不闻，尚思尊酒数论文。过门不入能无憾，未敢人前薄待君。千里远别不闻于师，故以诗责之，然不即比之乡愿，言中犹有馀情。

陈　炳

陈炳，字虎文，江南长洲人。〇虎文居阳山之阳，性狷介，几至三旬九食，有馈以粟者，苟非义不受，与黄震生中坚友，论诗文不合，至拍案面赤，过此仍欢好也。工篆刻，得顾苓正传，俗士求镌名氏，虽多金谢之不顾。诗宗孟山人，或少变化，然尘块尽涤，亦如其性情之孤孑焉。

杂　诗

斧柯不到处，恶木易成林。君子抱渴疾，偶然息其阴。端人贵洁己，宁使霜露侵。事往悔何及，喟焉伤我心。

汉　上

楚国江山古，维舟望渺然。山盘青入蜀，江合白吞天。樊口上寒月，汉阳生暝烟。欲寻抱瓮者，小别夕阳边。此首如孟山人之咏洞庭湖，独为变调。

寻马山人不遇

一壑冷云白，山家何处寻？忽逢采樵者，遥指梅花林。曲径吠寒犬，短篱鸣野禽。柴门闭幽寂，独立听泉音。

文　掞

文掞，字宾日，江南长洲人。著有十二研斋集。○待诏五世孙，能述祖德，敦士行，诗品亦近清真。

病中杂诗

十日发不梳，五日面不靧。久病卧荒村，秋深积阴晦。体弱殊畏冷，破衲已可爱。晚晴秋更佳，山色遥如黛。我当拭几尘，推窗坐相对。

吾爱陆渭南，一生常善病。谓非酒色来，虽病元气正。双眼涩如棘，揞颐犹高咏。省事兼寡言，能使心无竞。病亦不迎医，书卷养性命。

冷士嵋

冷士嵋，字又嵋，江南丹徒人。

寄刘令言

关河霜冷雁南游，云物凄凉属暮秋。万里飘蓬犹作客，三年戎马更登楼。艰难阮籍穷途哭，憔悴江淹去国愁。为报他山摇落尽，风尘惟有敝貂裘。

李必恒

李必恒，字百药，江南高邮人。邑廪生。〇宋漫堂中丞选江左十五子诗，厥后十五人中，殿撰一人，位大宗伯者一人，大学士者一人，馀仕宦詹入翰林者，指不胜屈，而李丈以诸生终，且耳聋多病，年止中寿，何其厄也！然诗格之高，才力之大，可久者应让此人，事久论定，所得果孰多孰少耶？惜未见全稿，只从选本中录出，不无遗憾云。

咏　史

方朔仕汉廷，事道非玩世。时时一讽谏，彼自敬其事，叩头诛董偃，凛凛直臣义。岂得以诙谐，目之曰游戏。

文成甫伏诛，五利夏亲属。爵禄尚可捐。何至弃骨肉。天子而神仙，人苦不知足。汲黯言诚戆，陛下内多欲。千古英明之人，即千古大愚之人，一言道破，不觉哑然失笑。

悼亡诗

一室何啾啾，人语杂鬼哭。那得少踟蹰，黄泉路迫促。飞来白项鸟，哑哑上我屋。心知不吉祥，其时六月六。病妇晨起坐，清水自膏沐。再拜辞舅姑，双足不能缩。洒泣眼无泪，酸苦只在腹。回头语小姑，语咽气复蹙。可怜我生儿，艰苦赖鞠育。勿以生死异，饥饱时在目。开我嫁时箱，布衣未堪鬻。指日秋风来，改作我儿服。

徽音久如何？日月忽已积。枯坐惨不欢，出门昧所历。空房起昼阴，冷气出枕席。窗多蛛结网，案尽鼠行迹。亦有筐中麻，灯火手自绩。亦有所对镜，花钿恣狼藉。徘徊思言笑，仿佛面如觌。回头遽欲语，抚心一摽擗。前夜梦见之，色惨体更瘠。恍惚絮语间，问儿何所食。暂时魂魄聚，觉后泉壤隔。忘情愧太上，庄缶讵忍击？渔洋悼亡诗，风雅之中，纯乎富贵气象，此则元相所云"贫贱夫妻百事哀"也。越琐屑，越见真至，即他人读之，亦为感伤。

谒浮山禹庙次昌黎石鼓韵作歌

粤若稽古帝舜世，光华复旦卿云歌。滔天独恣河伯怒，帝曰四岳咨如何。九载隳绩羽山殛，黄熊碧血膏霜戈。惟鲧有子子曰禹，负罪饮泣争濯磨。行山表木敷五土，大地棋置如星罗。首疏济漯定冀域，导南条水先岷峨。舟车绎络纷水陆，撬檋杂沓周陵阿。支祁夜锁缚奇相，百灵炯炯谁敢诃。九河既道九原涤，支分派析无舛讹。浊水绿字著神怪，穴中金简书蝌蝌。鼎涂百物御魑魅，驱使蛟鳄驯鼋鼍。蠙珠璆琳贡银镂，铅松篆簜浮青柯。土功荒度错昏昼，跛乌八载同掷梭。东渐西被朔南暨，手胼足胝难委蛇。呱呱门内弗暇子，涂山洒泣同湘娥。玄圭载锡干厥蛊，黄龙呈端江之沱。烝民乃粒玉帛会，万国辐辏车书和。厥田惟上中下错，总铚秸粟开输科。淮海淮扬古泽国，昏垫实维东南多。旧传浮山此作镇，崱屴贔屭神鳌驼。或云一拳实中系，其下滚滚洪涛过。或云娲皇炼馀石，巨灵斧劈同切磋。又云蛟龙性险怪，制以镔铁沉诸波。顶露一丈其色黑，平砥如掌无偏颇。由来神物历年久，溯源那复知其他。楚俗纷纷竞淫祀，蛇神牛鬼争婞婀。数掾冷落傍阛阓，空馀盛迹谁摩挲。我来再拜瞻巇峞，俯仰四瞩生悲哦。坏廊风吹舞鸭脚，丽牲有石谁刑鹅。山根斑驳苔藓蚀，清泉朝汲唯禅那。吁嗟下土抱微尚，利济无术心某轲。负薪沉璧戴君相，会见注海行江河。缅思禹功缵明德，分阴用惜毋蹉跎。用韵诗须胸有成竹，以意为主，而以韵从之，则无趁韵之病矣。看此篇叙事议论一气呵成，若自己用韵者然，中有大力量在。

饶　歌

从军乐

牵马出里门，扈跸边城去。西陲有遗孽，狡脱甚投兔。誓灭此朝食，家室非所顾。附书与六亲，不必念苦辛。天子是主帅，拊循如家人。天子是主帅，士气为之扬。天子是主帅，甲胄生辉光。早夜五十里，有道无兼程。军中米粟多，到处泉流清。昔怨从军苦，今歌从军乐。功成受上赏，图形在麟阁。歌成于圣祖亲征噶尔丹时，一片铿锵，汉、魏音节。

役者讴

辇粟陟砠，山石龃龉。岂不惮行？念我圣主。念我圣主，在军中，亲鞍跗。旰乃食，早夜不得休息。小人戢戢，敢告劳苦。驱驼千匹牛万头，峙乃糗粻负乃糇。馀粟累累弃道周，野鸟争啄声啾啾。起句至"敢告劳苦"用七麌韵，中夹入十三职中三句，汉乐府尝有此体。

归化城

归化城，徕群生。日入之部，就我日出主。闻风者，施施来。来施施，帝念之。作室家，相地宜。俾尔父母兄弟妻子无寒饥。出作入息，以遨以嬉。驻者歌，行者思。归化城，乐不可支。

破阵乐

炮车轰天白日烧，阚如虓虎军声鏖。天威所到心胆堕，霜刃未交敌垒破。尘漫漫，大风起。鼓不绝，马逸不能止。穷寇解甲降，巨憝抱鞍死。皇帝曰嘻！武不可究。罪人斯得，矧敢多又。旦日将军来，幕府上功簿。峨峨甲仗高于山，孳畜谷量不知数。天子受贺军门开，山呼万岁声如雷。

释累俘

临高原，漠北墟其无人。但见风驰霆击，沙石的砾争飞奔。歼渠魁，丧厥元。自馀跂行喙息百一存，寡妻弱子俘军门。皇帝德大，盖载远迩。曰予不孥戮尔。多赐缯帛，美酒甘食，与之更始。传告众人，赦女胁从贷女死，盍归来乎圣天子。乐府之妙全在音节短长，错综变化，使人不可测识，此篇略备。

大　恺

奏恺乐，歌彤弓。纵鼍鼓，铿鲸钟。酒再行，乐三终。群臣拜手上帝功。帝不自功谓女庸，尔诸臣来。大者公，小者侯，厘尔圭瓒。秬鬯一卣，维兹山川田土弗敢爱。分土三，列爵五。及苗裔，永终誉。

月　上

月上微风起，飘飘吹素材。草虫浮夕响，木叶识秋心。凉气湖中水，砧声空外音。不知孤馆客，此际感何深。

乙丑纪灾诗序

邮自鼎革后，水患之大，淮为最。考淮水发源于桐柏，释名曰：淮，韦也，韦绕扬州北界，东至于海。水经注曰：淮水径义阳，东过钟离县北、夏丘县南，又东至徐县，又东盱眙县，东至广陵淮浦县，会黄河而入海，此其故道也。前明废海运，复会通河以漕东南之粟，乃修归仁堤，大葺高堰，障全淮使出清口，与河流会，藉淮刷黄，从云梯关入海。以故运道不梗而淮水亦不至为害。鼎革以来，堤防废坏不修，顺治十六年己亥，归仁堤决，康熙元年壬寅，又决。洎自周桥开而淮水尽东注矣。淮水既东，清口之力遂弱，不足汰黄流之淤。久之，云梯关故道为积沙壅阻，于是黄水逆入清口，奔注洪泽湖，淮复挟黄为害，合二水，悉停蓄汇萃于高、宝诸湖。而下流范公堤诸闸久废，其入海诸港口又皆湮塞，其受无涯，其归无所，二十年来，七邑乃为之壑矣。乙丑夏，淮、黄交涨，邮城不没者三版，予宅在城外，水深丈馀，坐卧小楼者匝月，洫洫乎抱为鱼之恐。愁苦中辄赋一诗，得八首，非只纪事，实以告哀。夫治其源，宜修归仁、固高堰；杀其流，宜开支河、浚海口。今河臣于沿堤一带，设立减水诸坝，又令每岁增堤土三尺，噫！于保堤则得矣，如水患何？留心民瘼者，宜思所变计焉。

一序中河臣之失与治河方略，如烛照数计而龟卜，乃事外者知之，而任事者惟守增土保堤故辙，杞人之忧何时可已耶？

何年湮息壤，千里发胎簪。洪泽陂难障，淮南害独深。尾闾原地势，降割岂天心。十万生人命，经旬突不黔。

报道归仁决，须臾涌浪高。羊头何滚滚，釜底自滔滔。草木先秋萎，鱼龙竟日号。不堪容膝地，霪雨又萧骚。

即以城为岸，惊涛直撼城。长湖无鸟过，六月已凉生。野哭何人急，讹言半夜惊。全家风浪里，秉烛坐深更。

泛宅知无计，危楼且共存。半间连榻灶，八口杂鸡豚。呕泄情怀恶，燔烧泪眼昏。皇天吾不怨，幸免作鱼鼋。丙寅冬，予所触目，见商阜所栖如鹅鸭鬼魅者几人，不止如诗中所云。癸酉、乙亥秋更不堪矣。

藻荇牵高树，荒村八九墟。人情争纲罟，劫运到诗书。大厦何当庇，他乡好卜居。可怜空际雁，无处觅沮洳。

眼见污邪尽，高原卷亦空。疗饥思圣米，自注：唐宣宗大中六年，高邮大旱，民于官河中漉得异米，号“圣米”。御湿觅山芎。不没城三版，难租地一弓。奇灾经几见，骇绝白头翁。

司空奉帝命，曷以拯灾黎。上策惟通漕，仄声。奇勋在护堤。归墟迷海口，沙路塞云梯。财赋维扬地，何堪竟作溪。河之为患，五六语尽之，疏通海口，治河者倘急宜筹及。

五行多错迕，谁与问京房。毂洛将无斗，淮黄久失常。禹功真不再，天变故难详。激荡悲风起，哀音彻大荒。

方正学先生祠

烽烟一夕逼南畿，痛绝孤臣泪血挥。十族可堪同蔓草，自注：时戮建文诸臣，谓之瓜蔓抄。九重亦自愧麻衣。金川燕子飞还出，玉垒龙孙去不归。祠宇高皇幸邻近，一坏钟阜共斜晖。

吴门徐昭法先生画芝

垒坷轮囷态最工，披图谡谡起清风。定知崖畔丛三秀，不在祥符万本中。

沈曾成

沈曾成，字韶九，江南吴县人。官知县。

闻吴中旱

南国惊传云汉歌，空闻阙下颂嘉禾。粒馀鹦鹉三秋少，草尽飞蝗八月多。栗里已无田种秫，春陵难遣吏催科。长河天上谁能挽，一泻乡关润绿莎。

孙元衡

孙元衡，字湘南，江南桐城人。官台湾郡丞。有赤嵌集。

渡　海

捩柁扬帆似发机，茫洋自顾此生微。乱山断处天应尽，一发穷时鸟不飞。鱼眼光边波闪烁，龙涎影外国依稀。壮游奇绝平生冠，斯语东坡未必非。

蒋景祁

蒋景祁，字京少，江南武进人。官府同知。著有东舍集。

伏波庙

云台图功臣，椒房独未许。示公转见私，远嫌亦何取？龙蛇方斗争，几先择真主。回翔竟不归，风云会轩举。五溪阻且深，一鼓气如虎。顾眄惜壮年，矍铄勇堪贾。薏苡蜚语腾，宫侧起谗蛊。公匪一将荣，犀贝何足数。松固乳臭子，无乃累建武。薄游沅江滨，灵祠立江浒。遗事徵故老，英风尚千古。慨然怀昔贤，功名想铜柱。“松囿乳臭子，无乃累建武”，儒者之言，不必竟尽语竭。

朱载震

朱载震，字悔人，湖广潜江人。选贡，官石泉知县。著有东浦诗钞。

建兰

从兰生幽谷，莓莓遍林薄。不纫亦何伤，已胜当门托。辇至逾关山，滋培珍几阁。掉头忘闽海，倾心向京洛。轻飔昼回芳，清泉晚宜瀹。玉轸一再弹，天际如可作。此为王新城尚书题花木六咏之一也。新城谓王筠为沈约赋郊居十咏，约曰：此诗指物呈形，无假题署。今之视昔，殆为过之。诗意古淡无迹，不同漫许。

雪中呈黄湄先生

钟动明光接曙晖，雪花片片点朝衣。玉珂积素趋仙杖，金勒凝寒出琐闱。北极楼台天上迥，西山云树望中微。闭门有客还僵卧，岁暮羁愁未得归。

陈于王

陈于王，字健夫，顺天宛平人。

游文殊院历天都峰逢采药者

夜宿疑积雨，晓知松风鸣。日出雾霭消，紫气群峰生。十月山叶绿，境僻草木荣。策杖穿萝径，宛转随昏明。路滑悬溜滴，桥欹崩石横。苍茫众岫接，络绎飞泉迎。矫矫霜髯叟，负锸岩边行。息肩趺盘石，细说农皇经。谓我有夙缘，相顾若有情。令我坐其侧，翠筐压上倾。双术赤白色，二苓龟蛇形。柏叶含贞性，葠花至阳精。服食屏嗜欲，堪与元化并。金丹饵轩辕，误人始容成。言讫超然去，白云空冥冥。起十字山中夜宿真境，后写采药者蓦然而来，超然而去，妙在尽而不尽。

朱砂庵一名慈光寺

古寺开岩腹，层层云气流。溪声过竹院，山影落僧楼。施食玄猿接，斋钟远客投。奇峰三十六，一一画中游。

王丹林

王丹林，字赤抒，浙江钱塘人。官中书舍人。著有野航诗集。〇诗品在牧之、飞卿间，羁留口下，诸巨公交口推重，方欲荐扬明廷，而中道摧折。诗之镌刻者亦少，艺林至今想望之。

银塘曲

宜春小苑楼倚空，绿杨晴扫千丝风。湘帘翠卷暮山色，断霞散作鱼尾红。美人旧事平阳主，十五盈盈学歌舞。罗袜还凌洛水波，锦衾只梦巫山雨。团扇承恩夏日长，晚装闹扫追微凉。玻璃一顷剪空碧，白玉勾阑银作塘。姊妹相怜复相妒，私语凭肩一回顾。文鸳双宿乍惊飞，贴水尙盘泻珠露。

白桃花次乾斋侍读韵

相逢不信武陵村，合是孤峰旧托根。流水有情空蘸影，春风无色最销魂。开当玉洞难知路，吹落银墙不见痕。多恐赚他双舞燕，误猜梨院绕重门。无剪刻痕，有天然趣，一时和者皆出其下，辇下诗人钞写几遍。

乾斋再赋白楼花重和

亚水仍宜晓涨时，似无姿处最多姿。融融和露逢三月，皎皎临风见一枝。缟袖未依秦隐士，蕊宫休遇汉偷儿。红尘拂面何曾染，枉赋刘郎紫陌诗。

寒　食

鸣鸠谷谷画楼边，欲雨还晴百五天。香荠乱堆梁苑雪，绿榆小铸沈郎钱。催花雨起无多日，衔纸鸢飞又一年。赖得近时无火禁，茶床吹袅竹炉烟。

题桃叶渡江图

细雨横塘记昔过，画图开处奈愁何？桃花一簇红无主，春水三篙绿始波。解珮清狂馀仿佛，溅裙宿约竟蹉跎。由来兰桨无情物，锦瑟华年送已多。

悼亡妹

十年兄妹怅离居，恶问惊传涕泪馀。急雪罢吟檐外絮，大雷空寄袖中书。塞鸿影断乡关远，墓草痕生奠馈虚。宝瑟凝尘长簟冷，潘郎憔悴欲何如？昔人论诗，实事贵虚用，死事贵活用，道韫咏雪，明远寄书，实事死事也，用“罢吟空寄”四字，则虚且活矣。悲悼之语，出以悃款，其情自深。

顾嗣协

顾嗣协，字迂客，江南长洲人。官新会知县。〇迂客诗才不在令弟秀野太史下，未见稿本，不及多收。

杂　兴

骏马能历险，力田不如牛。坚车能载重，渡河不如舟。舍长以就短，智者难为谋。生材贵适用，慎勿多苛求。言用贵适乎其材也。此种诗，刘继庄时有之，缘情绮靡之家，未能办此。

出居庸关

巉岩形势好跻攀，粉堞高楼一望间。自有天威临绝塞，不因地险恃雄关。冲云涧雪悬千丈，扑马尘沙失万山。哀角悲笳听渐近，何堪落日照征颜。

题宋宫赞药州北征图

刁斗声中起塞氛，词臣亦复张吾军。王师神武原无敌，儒将风流更不群。铁马夜嘶千里月，雕旗秋倦万重云。画工自具凌烟手，图出沙场纪旧勋。铁马雕旗一联，写塞外景象，有声有色，可匹“令严钟鼓三更月，野宿貔貅万灶烟”之句。

李　寅

李寅，字东崖，江南吴江人。恩贡生。崇祀乡贤。

书武侯传

寤想宗臣握帝图，盟心无地不艰虞。运移京国方扶汉，力竭西南更托孤。纵使河山分鼎足，忍教正朔委当涂。可知空谷龙蟠日，莘野躬耕道自符。初决策时，已知三分鼎足，而既受重托，志在死而后已，三代下出处之正，惟卧龙一人也。诗中无意不到，如读武侯列传。

书邺侯传

衣白山人现宰官，每参帷幄系危安。但清河朔风尘易，欲扫宫庭枳棘难。战伐有功身屡退，副储无恙魄犹寒。平生漫托神仙术，绝胜华阳早挂冠。平定河、朔，保全储副，功几不在汾阳下。托言神仙，犹从赤松子游意也。而旧唐书以鬼道少之，真乃不成议论。

王　锡

王锡，字百朋，浙江仁和人。邑诸生。著有啸竹堂集。〇作者古今体诗俱有家数，即入西泠诸子中，亦为上驷，而名不出里巷。予往来浙西，历访辞人，无道及百朋姓氏者，偶于仁和柴侍御案头得之，录入卷中，因知名家而湮沦者正有其人也。为之怃然。

法相寺

释氏贵无生，不在形骸久。性真既已离，色相复何有。寺僧惑愚民，丹漆饰木偶。谓是肉身存，双耳长齐口。斯言或信然，结习终多狃。四大了不空，六根反尘垢。何如任归全，清净还高厚。吾闻孔子云，死者欲速朽。破释氏之说，表出归全正理，是为儒者立言。

题朱氏山庄

才过合涧桥，便到云林寺。泉石奇以秀，疑非人间地。不知万木中，亭榭更幽邃。溪声隔竹喧，松色当楼翠。鹤识岭云归，僧乘萝月至。嗒然吾丧吾，安问形与器。溪声四语，如晤对左司。

冬晓登韬光禅院后山望晴雪

天地气严凝，出郭游人少。踏雪登山巅，凌虚纵远眺。万户炊烟迟，奇景湛清晓。竹折枝蒙密，松危势夭矫。足底多寒云，眼前绝飞鸟。风惊碧落间，日出扶桑表。千得越岫明，一带钱江小，百里纷皑皑，万象争皦皦。积素射晴霞，异光互回绕。目眩下高峰，冥蒙林壑杳。举首望精蓝，楼台俱缥缈。

长平庄歌

怀宗御极临中夏，薄海纵横尽戎马。旰食宵衣理万几，励精志在安宗社。刑于化久洽彤闱，周后端庄擅母仪。樛木任教萦葛藟，关雎自合咏螽斯。龙飞三载生元主，帨设九重光绣户。吉梦虺蛇信有徵，盈盈蕙质含芳杜。当年胄子本同怀，总角随肩戏玉阶。扑蝶催开文绮扇，簪花学戴火珠钗。天生慧性耽书卷，早沐殊荣封大县。燕至高禖祀屡从，茧成副袆分亲见。琼筵酌醴水犀杯，玉几挥毫铜雀砚。春风秋月几推移，忽是蛾眉三五时。梅额偏能村雅韵，桃夭正好赋佳期。官家特敕大宗伯，更命司仪精选择。选得良家才地高，周郎真是乘龙客。金钱已卜凤凰鸣，银汉将填乌鹊行。未及洞房传蜡炬，可怜峰火照燕京。九门狐鼠方延敌，百万豺狼顿入城。天子仓皇鸾禁里，后妃相继君前死。藐孤暗遣出宫门，深望少康参雪耻，御剑亲将贵主挥，莫教玉叶污泥滓。已同小妹逝泉途，帝上煤山赴鼎湖。宝带珠襦遗道路，五侯七贵丧妻孥。长平气绝贼惊愕，戚里载归徐进药。臂血犹红宛转生，终悲骨肉俱零落。季芈原因人负全，孤身已分葬冰天。国亡不辱复不死，缺月何堪望又圆。边将乞师秦殿哭，六军南下共鸣弦。赤眉败死黄巾灭，忽睹兴朝定鼎年。明年上书愿祝发，罔极深思庶仰答。温纶不许奉空王，令与周郎重会合。金钉宝扇七香车，备物盈庭礼有加。馆筑平阳金作榜，园开沁水綵为花。不从鹤市埋芳草，更上凤楼誓偕老。帝女观刑屋社秋，罗裳无意薰龙脑。繁华虽与旧时同，岂若身居柘馆中。故国金人辞汉阙，来朝玉马祼周宫。秾李降嫔方一载，广寒深处应相待。鸳鸯分散不同池，只影高空归碧海。死后还邀湛露恩，赐钱营葬广宁门。石马悲鸣风惨淡，金蚕出没雨黄昏。韦氏里中香渐散，荀侯巾上泪多痕。名标彤史垂终古，身入黄泉觐至尊。空陇年年寒食节，白杨青草最销魂。纪怀宗长公主始末也。随事叙述，婉转悠扬，而怀宗之忧勤，公主之贞淑，亡国之悲凉，兴朝之忠厚，一一传写于可弦可诵之中，视梅村长律转有馀韵，谁谓前有名作，后人不必握管耶？〇公主名徽娖，都尉姓周名世显，详春明梦馀录中。

春江花月夜

春江两岸百花深，皓月飞空雪满林。为爱良宵清似昼，独来江畔试幽寻。东风送冷春衫薄，花月堪怜难掷却。孤月何能夜夜圆，繁花易遣纷纷落。搔首踟蹰江水滨，月明忽遇弄珠人。红妆笑入花丛去，并作江南肠断春。月转江亭花影动，数声娇鸟枝头弄。侵晓分途踏月归，连宵应作春江梦。题中五字安放稳贴，风神去原辞未远。

观 潮

风激沧溟立，惊涛拍翠峦。朝昏存大信，天地涌奇观。皎日雷频作，秋江雪早寒。贾帆收欲尽，千里水洂漫。三四笼盖一切，觉摹拟形似者，但得其琐屑耳。

丁卯中秋

去岁中秋节，灯前病剧身。黄昏正风雨，白首独酸辛。此日全微命，高堂失老亲。不如垂死处，尚见倚闾人。两中秋前后分写，仍是一气深沧，见今兹全躯而丧母，不如前此垂死之身，犹依母氏也。律诗之变至少陵已极，此又在少陵变体之外，发乎至情，格律不足以拘之也。

冷泉亭

小憩空亭恋翠微，上方日暮客过稀。春秋阅尽水长冷，风雨到来山欲飞。岭半树高猿每挂，林间云瞑鹤知归。炎天坐久寒生骨，思向僧家借衲衣。三语正写冷泉，得山之欲飞作衬，字字皆活矣，极生动，又极见成。

李 白

谁道谪仙狂，豪情托举觞。目无高力士，心识郭汾阳。青莲大节已尽二十字中。

咏 雪

朔雪舞回风，华凝香阁晚。绣幕尚生寒，人在龙沙远。

俞 槑

俞槑，日丝，浙江秀水人。

灰七姑辞自注：禾俗尝以二月祀灰七姑，即紫姑之遗也。

红缯张筲箕，斜插海棠杏，灶前舁来灶下请。小妇荐清茶，中妇陈白饼，大妇拜致辞，烛花弄鬟影。种秔种秫须多收，养蚕新丝十倍抽。不愿生儿近王侯，但愿蕃息滋羊牛。小姑灵感识人意，鬃箸重重书作字。筲箕频动小姑回，瓦炉香烬柏子灰。稚男收拾枣栗去，门前箫鼓喧春雷。村落间琐事，写来最真。

马草行

沧洲烽火彻夜红，援师奉调来南中。援师五千马万匹，所过军营吹筚篥。县官索草修经临，朱票纷纭远所出。家家并日办马槽，办豆事办莝草刀。草船满满连百艘，马草积如山岳高，援师驱马江干过，馀草零星弃道左。老农束取负担归，然草煮豆聊充饿，吏胥首告盗官货，哀哉愚民家顿破。一经吏胥，破家者不知几许，长民者何由知之，抑或知而不知？

刘石龄

刘石龄，介于，江南长洲人。著有瓠空草堂集。○国初孝子刘蓼萧于鼎革后，艰苦省亲，父前没，遇母于见娘村，盖前定也。介于为孝子之子，读有用书，奔地走四方，韩文懿公重其人，欲荐于朝，未及荐而韩公卒矣。诗滂濞闳肆，得力昌黎，近体浸淫宋人。因未见全集，故只录古体二章以志厓略。

登祝融峰顶宿上封寺

梯空蹑晴霓，振衣祝融顶。俯视七十峰，茫然堕烟井。湘流失湾澴，洞庭馀溟涬。目穷日月乡，袖拂天汉影。回首苍梧云，飘飖度前岭。太阳汲新泉，石鼎瀹苦茗，肺腑添清凉，丹元溢光景。麾斥隘八区，幽灵惬孤秉。徘徊会仙桥，晴崖发娟靓。绝壁有行迹，仙路细如绠。虬松生古岩，翠叶光炯炯。灵秀天所钟，应与兹山永。倒景回明霞，大地总澄莹。归来宿上封，一枕山云冷。生平学韩，此章又近谢公。

恒　山

宝符玄玉奠兹麓，有神上下扶乾坤。曲阳飞石就禋祀，虞舜不到恒山边。兹语荒怪谁所纪，翠砥赑屃空磨镌。磁窑两岸尺绝壁，南有细径缘秋烟。崖回水立三百丈，巨石怒落随奔泉。几年于此垒云栈，排空石窦鬼手穿。馀材蠹啮插山腹，欲落藤蔓相钩牵。平生未尝识剑阁，或谓蜀道险亦然。崱屶万仞试初步，飞仙岩阁中霄悬。虎风一噫土囊口，犍牛飘坠轻乌鸢。浑浑云雾起林际，乖龙鳞尾方蜿蜒。紫芝翳翳隐幽峪，黄榆飒飒飞晴天。中有仙人系驴树，下根离析枝相连。寒涛万壑起松杪，翠雪散落山亭前。夕阳晚霞足幽眺，丹灶夜光然通玄。野人颇有济胜具，度越峻岭如登仙。俯视群山尽臣庶，太白巨丽差随肩。茫茫一气辨龙塞，橐驼万队成蚁旋。丈夫宁能死章句，有名须勒狼胥巅。此心未遂身老大，投足岩岫差安便。遍游五岳自兹始，俟昏嫁毕当何年。天地奇境，须得此惊人句写之，蜿蜒如龙，几于不可控驭。

黄中坚

黄中坚，字震生，江南吴县人。岁贡生。著有蓄斋集。〇蓄斋以古文鸣，诗其馀事，然即此二章已见其情至文生，不同饤饾。

闻陆既藩柩归吊之

昨得传来信，灵恩輀赐返故居。悲深翻作喜，望切转疑虚。一棹风烟外，孤魂忧患馀。生还当此日，欢笑定何如？传来凶信故悲，闻其柩归翻喜，及望而未至，又恐消息之虚也。十字中无限曲折，结用反衬，以生还之乐，衬丧归之戚，倍难为怀矣。

题马云逵像

故国苍凉天地秋，谁将肝胆托清流。狂澜已向东南倒，正气偏于草莽留。愤似安民悲刻石，自注：官为魏阉立碑，命镌石，君先期远避去。厚同齐相赎孤囚。自注：魏忠愍公子濂以诬赃追比，君劝募入金，得免。画工只貌须眉古，一片丹心未易求。官命镌魏阉功德碑，云逵曰："安民乞免镌名固善，然已污吾手矣。"遁之浙西以免，又魏忠愍被逮，至胥江，周忠介欲以女妻其孙，无人为媒，云逵独任之，此又诗中未及详者。

沈　廉

沈廉，字补隅，浙江嘉兴人。〇补隅方壮入秦，有"去题百二关中壁，要看三千里外山"之句，闻者壮之，后足迹几遍天下。而蜀游一集，沉郁中复极纵横，颇得杜陵气骨，一时鲜摩其垒者。

出连云栈抵宿褒城

蜿蜒云栈萦空回，划然半壁秦天开。烟峦高下势排宕，兴元形胜何雄哉！放眼褒中树如荠，一片孤城落井底。纷纷飞鸟堕苍烟，落日无光沙泥泥。我马瘏隤不复骄，解鞍止宿心摇摇。孤云两角天一握，侧身西望惊魂销。眼前险阻无时无，区区百里成坦途。且复开襟浇浊酒，放歌一醉花间垆。前路崎岖君勿虑，扬鞭更上青天去。

江口行并序

江口者，岷江口也。明末孽贼张献忠据成都三载，诛求民物殆尽。鼎革后，献孽运其辎重赴楚，巨舟数百号，连樯衔尾，东至嘉州，直抵江口。先是有武举杨展者，豪勇冠西川，愤贼蹂躏，练集乡兵备贼，至是截之。献孽怒，举火悉焚其舟，金物并沉于江。献孽复集贼党还成都。会王师至，尽歼灭之。西蜀既定，颇有觊觎江中遗物者，竭人力取之，终莫能得，半溺于水，到今七十年矣。呜呼！由此观之，彼献贼之暴，愚民之贪，皆归乌有也。乙未秋，成都杨鸣冈孝廉述其事，爰作江口行以志慨云。

岷峨江水清有深，黄金那识行人心。岷峨之水清且浅，黄金偏著行人眼。为问黄金何处来？客谈往事真荒哉！献贼当年荡蜀土，生民甲第成飞灰。一朝束装贼东走，连樯直下岷江口。岷江杨展豪勇者，痛愤呼天忍束手。义旗一举群飞扬，弓刀直掩日月光。一时天地为震怒，横江截杀势莫当。旌旗遍野风飕飕，嘉州三日江不流。烟云黯淡日无色，山川撼动蛟龙愁。孽贼此时无一可，突怒鼻端欲出火。狂呼一炬燎群艘，黄金百万归洪涛。贼众奔忙还锦水，王师歼尽獍与枭。妖氛靖后七十载，可怜犹见民脂膏。江流滔滔走如驶，黄金曜日清见底。贪夫从此智力穷，无冬无夏驱人工。摸金半入江鱼腹，十无一得空贪欲。冯夷冷眼笑人忙，孽贼猖狂有馀毒。不贪为宝古所云，世人攘取徒纷纷。窃国窃钩分大小，斩刈沦溺同亡身。我闻客言三太息，可备野史传其真。君不见古来让以天下惟恐浼，世间尚有洗耳沉渊人。献贼之虐，愚民之贪，同归于尽，中写杨展义勇，能以乡兵截杀群贼，大是快人。

自彝陵州发棹至黄牛峡

江月欲落晨鸡鸣，客船未发官船行。晓风飕飕舟子喜，蒲帆吹出彝陵城。鼓声坎坎日方吐，船头渐听滩声怒。棹转俄惊又一天，桃花鸡犬回头误。入峡愈深山愈奇，半云半雨崖倾欹。疾风卷水水欲立，纷红骇绿相离披。尽日冥搜思缥缈，空里无声绝飞鸟。斜照西南一角天，数峰青入微云表。初疑前山无路通，划然一线开鸿蒙。乃叹伟哉神禹迹，人力疏凿天无功。危滩更转势欲压，路断云根疑倒插。喷珠跳雪从空来，不知此是黄牛峡。我闻昔日有黄牛，助禹开导疏江流。至今风云相隐见，惝恍如有神人游。百丈高牵不可越，行人到此真愁绝。一舟簸荡波涛中，却与鱼龙争出没。吁嗟乎！黄牛峡水无时停，黄牛峡石无时平。人言虽险君勿怖，那得人间有平路。“斜照西南”二语，先用虚写，“危滩更转”以下，乃用实写，崒嵂淙潺，声势俱壮，一结转说开去，意境莫测。

锦江观涨

桃花落尽春水生，锦江忽作辊雷鸣。奔流欲转草堂去，大声撼动芙蓉城。两岸回旋如走马，飞腾上下驰流星。浪花排空百丈立，银河倒泻天为倾。一气浑噩渺无尽，乾坤不觉如浮萍。忆昔长江破巨浪，风帆乘我空中行。身如沧海渺一粟，性命直与蛟龙争。今日江城看春涨，披襟想像神犹王。安得呼起浣花翁，相与乘舟坐天上

苦雨有感

萧瑟三秋序，沉冥万里天。吴侬愁送日，蜀国雨为年。时去名何与，诗穷老或传。黄花应有恨，不肯放尊前。“雨为年”三字，新绝，警绝。

入连云栈

飞栈盘空鸟路分，烟岚雾树合氤氲。人缘蚁垤纷相引，风递猿声断更闻。百道争飞天外瀑，千峰乱插马头云。身当绝境浑忘险，不觉频穿虎豹群。

剑　门

乱山回抱蜀天昏，双剑为峰辟一门。怨鸟三春悲望帝，井蛙当日笑公孙。幽花怪木随高下，冷雾荒云自吐吞。千载漫多凭吊客，摩崖诗遍绿苔痕。自注：石壁多镌前人题咏。

翁　荃

翁荃，字止园，江南江宁人。○止园究心三礼学，与方望溪、张彝叹诸先生说经砼砼，不以诗人自命也。即诗中寄托，亦复抱负不凡，读其诗，可以观其旨趣矣。

读武侯靖节合集

士生三代下，著书日纷坛。武侯与靖节，述作称完人。三聘出草庐，治国兼治军。灭贼志未遂，鞠躬竟忘身。彭泽归去来，耻为二姓臣。甘守西山节，荆轲愿空存。二公重志行，岂惟尚华文。隆中倘未出，悠然乐天真。柴桑苟任事，述祖抒忠纯。易地则皆然，孟子曾有云。吾生千载后，展卷如相亲。梦寤接古贤，心期共探论。还祈志颜尹，望古情弥敦。三代下，汉以武侯为完人，晋以靖节为完人，显晦不同，志节一也。篇中善于推论，结意尤高。

田家诗拟陶

穷经一生事，老至强荷锄。先师鄙樊子，农圃谢不如。我胡忽改业，甘为小人徒。珪组岂不荣，日与倾危俱。黾勉食其力，一饱安有馀。魂梦无萦扰，日高起徐徐。床头清酒熟，聊以解辛劬。

盛　远

盛远，字宜山，浙江嘉兴人。

自题寿域

窣堵波成傍佛寮，钟鱼香火伴昏朝。不知一盏花前酒，谁向刘伶墓上浇？

沈自东

沈自东，字君山，江南吴江人。诸生。〇君山少岁，有客诗中称木为卉，人或非之，君山曰：诗云："山有嘉卉，侯栗侯梅。"然则诗亦非耶！众服其英敏。

孙供奉

欃枪凭魏阙，魑魅紊乾纲。举世皆披靡，孙君独感伤。昔曾蒙绛服，今肯戴银珰。殿上人为兽，床前弱敌强。奋身惊逆贼，断首谢先皇。有靦苏循辈，居然鹓鹭行。唐昭宗时，有猴善随班起居，因赐以绯袍，名"孙供奉"，朱温篡位，亦欲其供奉起居，猴见温跳跃奋击，遂被杀。〇"殿上人为兽"五字警绝。

卜　焕

卜焕，字彤文，山东日照人。诸生。

爱　菊

我非柴桑翁，素性亦爱菊。地不满数弓，所栽备种族。泥沾洗馀滓，天暑障素幅。插援聊扶倾，除蠹恐滋毒。爱护同家儿，日夕劳顾复。花时绕畦看，相于淡无欲。迟暮亦何妨，霜馀惬幽独。自号菊花农，头衔珍令仆。花品人品并见，不学陶，自足陶趣。

卷二十二

康乃心

康乃心，字孟谋，陕西郃阳人。康熙乙酉举人。○王新城南书登慈恩寺塔，见康孟谋题庄襄王墓诗于壁云：“原庙衣冠此内藏，野花岁岁上陵香。邯郸鼓瑟应如旧，赢得佳儿毕六王。”大加称赏。入都为众公卿道之，一时名满辇下。此新诚欲扬其名，诗恐未副实也。兹特取送人作令一律，而前辈爱才之意，仍表而出之。

送李虞臣任宝昌令

华岳仙人地，函关柱史家。铜章分海国，驿路指天涯。众望真如岁，官评匪种花。东南民力竭，抚字在桑麻。赠人以言，得古人遗意。

吴斯洺

吴斯洺，字琳岩，浙江归安人。康熙乙酉举人。著有补阁诗钞。

忆旧游

偶随骐骥过幽州，蹴踏尘中赋倦游。不惯扫门称上客，只堪长揖谢通侯。一年羁旅生离恨，千里风烟上敝裘。幸有故山茅屋在，萧然长啸海天秋。孤踪兀奡，不合时宜。

吴资生

吴资生，字天培，江南吴县人。康熙乙酉举人，官宝应教谕。

就道录别

西风吹我鬓，寒日照我冠。亲朋各拏舟，送我芦花滩。怜我年半百，得官仍酸寒。官卑禄自薄，苜蓿馀空盘。何时抒壮怀，云际飏飞翰。款言谢亲朋，我心匪求安。虽无民社责，抚时每长叹。方今值灾荒，苍藜半凋残。哀哀满路哭，谁恤骨髓乾。活人惭未能，敢博妻孥欢。淡泊以明志，守我瓢与箪。居职无大小，要归免瘝官。解缆从此辞，浩浩江天宽。无理民之责，怀救民之心，冷官中易得此人乎？设为问答，古乐府时有之。

刘青藜

刘青藜，字太乙，江南襄城人。康熙丙戌进士，官翰林院庶吉士，著有高阳山人集。〇太史既通籍，弥刻苦自励，乞假后补官旋卒，故发言为诗，多食荞肠苦之意。

赠车同

痴云压长空，荒郊风栗冽。敝裘毛已秃，疲驴骨欲折。问君何所之？语次气哽咽。子妇往归宁，一病遂永诀。淮西有书来，返榇资囊竭。况有小儿女，呱呱须提挈。灯昏漏且残，为君中肠结。麦舟愧古人，惆怅明朝别。车同，仝轨字也。中河南解元，王渔洋称许之，惜无从觅其诗稿。

友朋何寥寥，人事兼聚散。一饭别君庐，时日不可算。子嗟丧频仍，余苦病居半。酸辛勿重陈，倒箧烦点窜。但愧岭头泷，波澜怯河汉。佳恶吾自知，洪炉休辞锻。后会总茫茫，莫负灯花灿。太乙、车同皆悉苦之士，故以丧与病对言，后属点窜诗稿，望其攻瑕，诚古道交也。词意清真，何从著得藻采。

稗子行

妇子纷纷携筥篚，齐向荒郊收稗子。晨出暮归收几何？一斗才舂二升米。莫嫌此物太艰难，犹胜田间把耒耜。今年五月月离毕，沧海倒翻泻不止。拍天巨浪浸层城，平原洼地可知矣。小麦湿蠹秋禾空，辛苦何曾咽糠秕。天生稗子惠孑遗，残喘暂延全仗此。只愁采掇会当尽，鸿雁嗷嗷饥欲死。

杜少陵墓

万里清明节，回头忆北邙。可怜出巫峡，曾未到襄阳。故国三千里，羁魂二十霜。蹉跎稷契志，终古恨茫茫。此吊少陵墓，故只就出巫峡没耒阳言之。末二语志其生平之大者。

宿友人宅有赠

小巷城根僻，空庭月影寒。家贫偏好客，身健早休官。绿剪霜畦短，黄分湖蟹团。他年鸡黍约，争敢忘馀欢。家贫好客，身健休官，人生乐事，世偏多家富而不能好客，年耄而犹恋一官者，读此得毋粲然。

将赴都门

十载长安道，风尘鬓欲皤。天宁哀志气，人尽笑蹉跎。日落汾丘垒，冰胶乾勒河。又驱羸马去，惆怅意如何？

孟德疑冢

铜雀凋零鸳瓦残，西陵遗冢遍河干。不知歌吹层台妓，冷魄还从何处看？奸雄用心，不值诗人一哂。

王　苹

王苹，字秋史，山东历城人。康熙丙戌进士。著有二十四泉草堂集。○秋史所居近望水泉，元于钦所编七十二泉之第二十四也，少岁多否少可，人以狂士目之。王渔洋、田山薑二公赏其诗，并奇其人，渔洋许其不以贫贱终，后果如其言。

南　园

何处簃簃有敝庐，空存老树与清渠。乱泉声里谁通屐，黄叶林间自著书。草色又新秋去后，菊花争放雁来初。菘畦舍北馀多少，取次呼童一荷锄。三四语，王渔洋剧赏之，称之于张南溟巡抚，南溟与定布衣交者也。时尚未为诸生。

春日述怀

泉头十九年前住，试看垂杨大几围。犹是只鸡招近局，依然山鸟怪儒衣。诗如上水船难进，身似沾泥絮不飞。屈指年华竟虚掷，从前悔未买渔矶。

读吴野人集

海上吟诗到白头，菱花满地一沙鸥。一生不出东淘路，自有才名十五州。

吊张布衣

拜杖谯楼血肉飞，少年帕首奋重围。惜君生后陈同甫，独使丹阳有布衣。布衣名秦运，明末上书开府，陈战守之策不用，杖四十，推堕城下几死。秋史另有张布衣传载其事。

吴士玉

吴士玉，字荆山，江南吴县人。康熙丙戌进士，官至礼部尚书，谥文恪。著有吹剑集。

玉带生歌奉和漫堂先生

先生原本云：杨铁崖有七客者之寮，以贮所藏笛、琴、管、胡琴、古瓮与研，并己为七。六客名锡以嘉名，而砚旧宝于文丞相，紫质玉纹，所谓玉带生也。丞相殉国，砚归谢皋羽，转归铁崖。铁崖作志，命门生张宪作玉带生歌。余幸觏奇宝，亦赠以歌。

中丞好古摅幽情，示我宝研光晶莹。紫衣通身腰横白，云是景炎故物玉带生。曾游铁门翻白雪，向陪皋羽号冬青。其先文山早结契，挥洒神笔凌霄峥。铭锡贯珠四十四，至今的烁光日星。棐几摩挲追往事，感慨郁律何能平。或云信国当年初射策，生也即随顾盼趋承明。万言一扫尽龟鉴，铁肝石胆生风棱。转瞬烟尘昏澒洞，生同颠阶齐哀零丁。丹心磨砺句不灭，正气磅礴歌吞声。天崩地塌壮士死，但闻西台击竹声悲鸣。可怜宋社沦海水，片石乃有神灵凭。鼎迁者三载五百，贞质不毁堪嗟矜。英英紫玉晕痕透，有如白虹贯日昭精诚。仰止孔石自注：孔子遗研。陋桑铁，笛管之族非其朋。焦琴况出自奸相，自注：琴为贾似道故物。苏粪那混申椒馨。彼哉客寮并数七，嘈杂非偶徒虚名。岂如我公位置肃，左图右史笺遗经。濡翰端可斡玄化。作歌雅欲亲典型。公歌突过玉笥作，为生写真垂千龄。万言一扫四语，见砚与文丞相一生关切，后将贾似道之琴作一反衬，忠奸判别，波澜不穷矣。作七言古须得此法。

嵇曾筠

嵇曾筠，字松友，江南无锡人。康熙丙戌进士，谥文敏。

五台山

昔人一览五台胜，谓可不须五岳游。把诗令我神辄往，襆被欲发仍勾留。那知山灵有深眷，衔命太原偿此愿。见山已自开心颜，况复驱车到天半。摩霄跨汉何岿嶐，呼吸直与精灵通。疑是娲皇此炼石，化作五杂青芙蓉。闻说东台特奇妙，拾级先登纵遐眺，夜半涌出朱砂丸，海外天鸡犹未叫。山僧复导过西台，举头正喜鸿蒙开。阴晴凉暖变俄顷，飒然万里边风来。遥指南台高几许，蹈虚蹑险如霞举。上方历历见星辰，下界冥冥自风雨。欲往北台更飘瞥，分明引入水晶窟。阴崖高叠万古冰，幽涧长流千岁雪。中台宛在山中央，云是文殊旧道场。驯虎何曾避行客，伏龙犹自依空王。飞泉宛转当檐落，注入清池长不涸。镜中大可印禅心，惟见一泓开滄漠。小憩刚逢梵课馀，妙香冉冉飘衣裾。到此能令众缘息，只有夙好犹难除。摄衣馀勇更一鼓，直上莲花岭头坐。两丸日月足底生，百道烟霞腰下裹。一峰万状难具论，诸山环侍犹儿孙。置身合在最高顶，俯瞰一气浑无垠。登高倘使心不猛，奇胜何由得全领。从知万事须造巅，赖得兹游发深省。朅来幸得公务闲，闲情暂寄水石间。幽吟颇得清净理，遐赏适在清凉山。却为王程难久住，摇鞭又入红尘去。回看一片出山云，不识为霖向何处？明点五台，移形换步，登高造巅，悟及立行。结到出山之云，雨泽天下，宰臣心事如见矣。

寄天津范自牧观察

有母常教独倚闾，显扬无计愧何如？南溟鹤唳归华表，吴地冰霜逼岁除。傥忆通门重启事，定教伏阙上遗书。忠魂已化苌弘碧，雪涕君恩浩荡初。哀赠公怀节母也。阅诗意，应是未通籍时作。

登披云山眺海

披云更上一层台，睥睨乾坤独举杯。海势欲浮台宕去，涛声直撼斗牛回。三秋笳鼓当风竞，千里艨艟蔽日来。为诏奸雄齐解甲，圣朝悬爵待招徕。

宫鸿历

宫鸿历，字友鹿，江南泰州人。康熙丙戌进士，官翰林院编修。

李木庵先生壁上观李松岚画松歌

松岚画松谁与匹，毕宏以来推劲敌。数尺根株一百盘，惯将拗笔摹高格。学士壁间画五松，高枝樛结如苍龙。苍龙夜挟雷雨至，五松岳立争豪雄。瘦蛟蟠纸多棱节，虎脊熊腰姿态绝。老干常捎三峡云，新枝已屈千钧铁。风条露叶故依然，化工入手天无权。水墨经营极意匠，晴烟不断青蜷蜷。噫嘻艳蕊浓花世所尚，吾徒冷落知谁向？无用霜皮四十围，有时白发三千丈。愿君宝此后凋心，桃李春风莫惆怅。

长安午日

生事都如缚粽菰，千缠万裹滞长途。高门敢望齐丞相，醒眼真怜屈大夫。彩结灵符聊辟鬼，盘堆昌歜故愁吾。南州五月鲥鱼美，未买烟蓑棹五湖。长安逢午日，意不止吊灵均也。处处双关，诗律剧细。

俞兆晟

俞兆晟，字叔颍，浙江海盐人。康熙丙戌进士，官内阁学士。〇公视学江左时，诸生进谒，相接如先生弟子，论文行外，兼及诗品画理，以二者皆公所长也。清风和气，至今犹想慕之。

吴宫曲

馆娃春深昼寂寂，美人列坐弹瑶瑟。自裁白纻六铢衣，回雪流风侍君侧。清歌珠串袅入云，梁尘不动花缤纷。繁弦急管停复作，当筵催进泥金裙。军声殷殷来檇李，犀甲晶莹照秋水，破楚门东铁骑围，君王夜醉扶不起。白纻歌残事已非，洞庭渔唱雨霏霏。至今城上乌啼急，犹听吴娘夜捣衣。悠扬婉转，结处一声中有无限馀声。

蒋　纲

蒋纲，字有条，广西全州人。康熙丙戌进士。

舟次书感

蒲帆一幅挂秋槎，渺渺烟波去路赊，不及茂陵归有壁，翻同杜老别无家。橐中长物馀诗草，道上重阳负菊花。他日萦怀有何处，知予依斗望京华。妙能活用。

郑任钥

郑任钥，字鱼门，福建侯官人。康熙丙戌进士，官至湖北巡抚。〇江左多名学使，公其一也。生平不以诗重，而诗亦可传。

春蚕词

蚕月人家爱晴旭，纸筐分叶声满屋。三眠过后桑树稀，称来银茧缫为丝。山村日午纬车响，榆柳阴阴烟火迟。忆昔民间累苛派，新丝二月长先卖。近年儿女有完襦，急公更足偿私债。艰难衣食在农桑，年年拜祭马头娘。不辞小妇闺中苦，愿作山龙藻火裳。他手每说饲蚕之苦，此用翻案法，见闺中女子忠爱有馀。先生补衮之心，言中流露矣。

徐俟斋画芝

采蕨归来日已移，写将三秀寄遥思。秋风满眼嗟零落，岩谷何人和紫芝。见前民凋谢，同志无人也，如此才是俟斋身分。

乔崇烈

乔崇烈，字无功，江南宝应人。康熙丙戌进士，官翰林院庶吉士。著有学斋集。

悼　亡

惨目复惨目，掩涕入汝房。揽镜泣孤影，抚枕悲残芳。嫁衣亦已敝，绣幕无时张。筌篌遗素壁，刀尺缄空箱。种种感故物，脉脉想容光。忆汝初归时，盛饰拜姑嫜。锱铢今何有，毁弃坐我穷叶。往余客京师，心念第三郎。料知需玩弄，买来小银铛。封题托鸿羽，更著书数行。嗟我寄未到，此子先夭殇。汝每持以泣，因之汝亦亡。那更复见此，能不摧肝肠。末买银铛寄归一段，愈琐屑愈见情真。

立秋日枕上

新凉涤残暑，细雨作秋声。笛簟初宜夜，鳏鱼自怆情。草荒原上冢，梦断驿前更。来日怜儿女，单衣补未成。

徐用锡

徐用锡，字坛长，江南宿迁人。康熙己丑进士，官翰林院侍讲。

得何义门太史凶信

汉代诸经师，一一得传授。君学谨派别，原本初讲究。一目下十行，毫发悉穿透。微言洞窾会，善发昔人覆。楮墨鉴古刻，灭烛能辨臭。偶逢谑浪虐，终得芳润漱。爱憎不入时，针石起颠踣。大节尤过人，五十终哀疚。门庭绝纤埃，廉介无苟就。听嫌直如弦，险道屡颠仆。颠仆不肯回，仍纠俗纰缪。欲杀皆庸流，吾敢同众诟。他日念斯人，文林应俎豆。义门先生之以直受祸，及受祸后，仍不改其直，道尽生平，须眉毕见矣。如此哀挽，可云古道照人。

关峡早行

柝响知关峡，东方尚未明。蛇纡危壁路，雷走大河声。星落寒灯见，沙崩疲马惊。一夫须设险，塞下尚连营。三语炼在危字，四语炼在走字。

张麟书

张麟书，字玉函，江南华亭人。康熙己丑进士，官翰林院编修。

早　梅

梦寐难忘姑射姿，春山无伴每相思。谁将暖律翻三弄，却遣芳魂逗一枝。浅濑影疏人小立，曲帘香动鸟先知。赏疏不待花如雪，好在寒冰未解时。

缪　沅

缪沅，字湘芷，江南泰州人。康熙己丑，赐进士第三人，官至刑部侍郎。著有馀园诗钞。〇司寇视学楚中，延四方名流校阅，所得人文，极一时之盛，楚人为予称道之。诗旧入江左十五子选中，予曾评点，后披全稿，见半属朱墨改易，所云“老去渐于诗律细”者耶？

王孝子诗

丁徭日繁重，闾户多逃亡。文安王氏子，飘泊辞故乡。弃我旧井灶，舍我旧耕桑。甘心杂匹耦，各自东西翔。故乡不能归，涕泣泪如雨。一灯何荧荧，健妇撑门户。生儿在襁褓，日夜尚须乳。儿生未十期，儿志如成人。上堂见阿母，儿有平生亲。儿生不知父，儿不如鲜民。阿母为儿言，汝父久埃尘。上天与入地，欲见愁无因。孝子闻母言，含泪声酸辛。团圞复团圞，为儿授家室。登堂见花烛，吞声哭不得。儿生未识爷，何以安枕席。誓辞连理枝，永远事行役。再拜阿母旁，泣血涴颜色。出门何所之？惘惘别里门。长号感行路，天地为之昏。日则望云驰，夜则戴星奔。飞篷罥天末，何处寻本根。行行大壑旁，僵卧荒祠外。精诚动木石，魂魄交冥昧。开门撮老叟，梦中与神会。午食见指南，莎虆未粗粝。当归乃隐语，不闻附子脍。迤逦入东南，山泽形神枯。黄沙蚀颜面，疮痍生肌肤。果然带山下，梦觉逢精庐。佛香飘院落，有客苍髯须。询知旧乡里，惊喜立坐偶。寻声犹识得，精神相感孚。父子抱持哭，泪落千僧徒。殷勤劝还乡，缁林戒行李。入门见老妻，毁颜已暮齿。新妇洁盘餐，为翁具甘旨。至行格天地，和气浃乡里。高曾遗矩矱，子孙遍朱紫。至今道旁人，齐歌王孝子。胎源于孔雀东南飞一章，中间梦与神会一段，妙在若可解，若不可解。

房中诗

娇儿衮师绕案长，文如翻水声琅琅。夜堂篝火摊书读，吹落灯花红簌簌。小者玉颊好眉宇，手持梨栗能尔汝。中男依兄坐短檠，毛诗新读一半生。山妻椎髻夜操作，手弄诸雏共笑乐。频年踪迹随天涯，赖汝黾勉能持家。不为楚相君勿哂，与君相偕鹿门隐。孺仲一家，可云有道，妻子皆得佚乐。司寇非隐人。而家庭之乐与孺仲同也。语语用韵，两韵一转，格调得自嘉州。

袁　术

公路浦前白日昏，千重骇浪犹奔腾。袁曹昔时争战地，秋原尚作黄云屯。兄弟阋墙事堪叹，术也仇绍翻结瓒，谬算适足羞先公，强云图谶天所赞。里谣谁记当涂高，僭号不闻阎象谏。符命之说诚荒唐，当车有臂疑螳螂。江淮冻饥士卒死，宫中日夜为荒亡。蛾眉皓齿竞害宠，冯家小女悲悬梁。灊山之败所自致，江亭奔窜如亡羊。堆床十斛仅麦屑，一勺入口无蜜浆。当时割据意何取，离离满目悲禾黍。我来袁浦为吊古，老龙昼眠蛟夜舞，鲸波蚀尽战场土。众尊为帝，而欲奔匈奴以自绝者，刘虞也。因当涂高谶语，而欲自称为帝者，袁术也。汉末群雄，惟术为至愚至妄，身死后妻孥不保，亦惟术为至惨。篇中综本传始终言之，不漏不支，自然中节。

送顾嗣宗返吴门次留别韵

韩孟云龙日夕依，故山猿鹤久相违。人如诸葛真名士，品是江东大布衣。吴地烟岚应入梦，楚天鸥鹭渐忘机。步兵日有莼鲈思，隐语当归且缓归。

访汪钝翁先生故居

山光塔影尚嶙峋，遗筑丘南野水滨。草没垣衣何限感，乞花场上吊诗人。乞花场，钝翁先生所居。

张大受

张大受，字日容，江南嘉定人。康熙己丑进士，官翰林院检讨。著有匠门诗文集。〇先生未第进士时，即已陶成士类。既入馆选，汲引尤众。后有负之者，弗与校，且若不知也。吴中宏奖风流，继推匠门，今没世已久，过其故居者，犹想望馀风焉。骈语韵语皆清新独出，披其集如遇其人。

鲁肃庙

阔达谋吴策，几微保汉心。才输公瑾捷，道契武侯深。夏口帆初上，龟山庙至今。灵风吹赤壁，城北雨沉沉。肃始迎先主于长阪，继劝吴主召周瑜还，与武侯共破曹操，后又劝借荆州于刘，则肃匪独忠于吴，兼能保汉也。十字中包括无限史事，二四中言之。

送顾禄百外孙

博识虫鱼晰，闲吟花草工。长康三绝擅，东野一身穷。老我离思外，慈亲望眼中，荣名真不朽，云树隔还东。

慕庐先生还朝

交无洛蜀本和衷，雅量分明司马同。常以文章推后辈，久将政事托群公。委蛇晏退裘应敝，狼藉髡留盏莫空。出处古来云变化，芳馨谁播史书中。韩公得诗，答以断句云："扁舟不怯囊装薄，好语穿来一一殊。吟到交无洛蜀句，千秋牙旷赏音孤。"以公中朝孑立，不随党同，诗能得其素心也。三四亦推公足当斯语。

题大临故宫词后

旧顿荒凉锁绿茵，宝钗双燕只生尘。眉痕不照长门月，臂点曾销永巷春。百首宫词王司马，一声河满孟才人。阿谁尚记华清恨，听谱霓裳泪湿巾。此泛咏故宫也。百首宫词，一声河满，黯然神伤，王司马"司"字，可作去声读。

睢州谒汤公祠

过宋频登夫子堂，传经应比郑公乡。曾游霁月光风里，早叹浮云白日旁。众母至今歌子产，伏龙畴昔起南阳。音容似昨人千载，赢得吴民泪溢眶。茂叔襟怀，伏龙出处，国侨遗爱，而不免浮云之蔽日，君子叹息痛恨于方正不容也。事久论定，曲直显然，彼谮人者，亦何益而为此哉？

送沈子大赴江西

才子秋风泪点多，远行霜晓唱骊歌。三年皮骨空人役，千载文章奈命何？紫气豫章龙变化，青峰彭蠡雁经过。旧是慷慨南征赋，送客都门发已皤。

答袁虎文

重游梁宋访心知，一揖尊前感赠诗。射虎旧夸从李广，斗鸡今喜逐袁丝。文章白璧元无垢，意气青萍两不疑。归到江南最相忆，小园风雨对床时。

呈竹垞先生四十韵

日月悬鸿笔，江湖伴钓翁。斯文如一发，此老不三公。世潮韦贤相，生称江夏童。异书都默识，疑义若披曚。瑚琏珍初待，金刀数正终。兰成终窜谷，王粲早飘蓬。寄兴沧溟外，悲歌燕赵中。挥笺回雪白，拍板落花红。剑拔看天小，觞浮觉海空。但随游野豕，未卜渐逵鸿。当代旁求说，盈朝并荐雄。对扬钦学邃，拔擢荷恩隆。太白官供奉，龙门史折衷。抡才弘铁网，校艺试青铜。书卷装归橐，神仙近法宫。骑将天厩骏，捧出御书虹。自此期调鼎，无端怨失弓。归来操翰墨，吟笑脱樊笼。酝舫波还泛，书亭日久烘。圣经罗象纬，物理析鱼虫。注地郦元似，论诗萧统同。采飞神每助，斤运帝无功。凤小能翔汉，兰摧莫叫穹。暮年馀痛哭，笃志益明聪。鹿引晨穿屐，龙听夕倚篷。门生舆请异，朝士刺求通。斯画珊瑚缺，邕文金帛充。共知占蔚豹，仍望载非熊。小子劳钻仰，先生发覆蒙。逢人怜抱璞，知己抚炊桐。再谒鸳湖曲，高淡桂树丛。森森开武库，蔼蔼挹春风。世路谁轻薄，耆儒只困穷。养心欣事简，糊口幸年丰。角里芝徒采，春卿爵可崇。人情留朴拙，天气值和融。三岁依门下，千秋叹道东。经营惭小技，雕斫冀良工。广乐陈鼗鼓，凡民警聩聋。升堂私有愿，陶冶及纤洪。先叙门第，次叙学术，次叙荣遇，次叙被谗放归，次叙膝前夭折，次叙成就后学，而以己之就正有道终焉。队仗工整，琢句清新，视杜陵较薄，元、白较厚，长律中推高格矣。

题徐大临湖乡小景

鸟背岚光过夕汀，碎萍鱼唼水花腥。青山一角湖三面，记是塘西乙未亭。七言绝句，唐人以神韵胜，宋人以清新胜，此宋体中最高者。

山　居

爱看支硎一角山，何妨身卧薜萝间。峰头片片秋云白，不碍虚亭鹤往还。

清流道中梅花

驻马清流香气吹，东风渐近落花时。可怜踯躅关山路，才见江南第一枝。

惠士奇

惠士奇，字仲孺，江南吴县人。康熙己丑进士，官至翰林院侍读学士。著有半农人诗。〇半农少即笃志经史，而于经学尤深，著有易说、春秋说、礼说、大学说等书，皆晚年论定者。视学广南，以通经术为先务，空疏旧习，为之一变。操行之洁，比于白圭、振鹭，广南前此未尝有也。身后祀于韩山，配食昌黎韩子，至今尸祝之。诗近唐人，以自然为宗，视研溪先生家学，各有所得。

除夕写怀

持门赖健妇，颇忆盆孟光。今夕复何夕，洗手调羹汤。辛盘与椒酒，一一亲排当。夜半理梳裹，灯前事晨妆。君姑尚未起，鸡鸣候高堂。鮨鮨偕先后，杂珮鸣珩璜。我亦梦到家，身侍阿母旁。乌啼忽警觉，仍在天一方。梦回思往事，石阙空衔悲。缅惟遭丧日，事远尚可追。先君昔迁谪，家细不得随。二载密云尹，溘然遂长违。时余行未至，伯兄适南归。饭含未及视，安用有子为？一棺尚寄旅，僻在城南陲。遥忆今夜奠，纸钱风吹灰。吾闻古丧礼，未葬不释缞。念此痛欲绝，有如刺心锥。哀歌不成曲，我唱和者谁。二章发乎至性，不以辞句为工。

坐月酬郑鈇见怀之作

明月上西轩，流光照积雪。开轩一长望，皎皎千里洁。佳人怨遥夜，起坐弹金屑。为我操孤鸾，怅然感离别。相思报瑶华，无使音尘绝。

牧童词

溪水碧，溪上牧童青箬笠。乌犍斜系柳阴中，藉草卧吹三孔笛。横鞭还过饮牛亭，亭边扑扑飞牛虻。雀儿鼓翅虾蟆跳，陂塘水满齐牛腰。归来仍放青山郭，远树仟仟烟漠漠。日暮闻歌不见人，隔林月下敲牛角。连下三章，皆张、王体中最雅洁者。

簇蚕词

麦风细，蚕眠地。桑叶残，蚕上山。蚕房渐觉侵微暑，乍暄还暖愁煞汝。朝热熏笼夜点灯，窃脂驱雀猫捕鼠。一日茸茸粉絮结，两日堆堆白于雪。三日团团论斗盛，小妇量来大妇称。缫出新丝付机杼，织成十样花纹绫。君不见茧税年年充国课，浴蚕娘子常衣布。

樵客行

春山暮，山花吹满樵人路。平原浅草连天远，樵风初起樵云卷。数声樵唱出林间，夜夜归来担头满。晓上阴崖逢月黑，前溪虎去犹留迹。昨宵山水漂人家，失却涧边磨斧石。伐木当伐檀，刈薪当刈兰。刈兰为佩檀为辐，免使年年老空谷。

田家行

二月青虫初化蝶，三月红蚕欲断叶。桑榆门巷绿阴成，四月家家缫白雪。屋边豆苗垂宛宛，雁齿丛长雀梅短。道中历乱虾蟆衣。昨夜风来牛迹满。竹鸡啼罢楚鸠语，十日田家九日雨。平旦开门看天色，声声老扈催收麦。日出腰镰向陇头，桑间惊起黄离留。

送蒋树存之官馀庆

忆昔识君年弱冠，风流文酒长耽玩。无事频过交翠堂，觥筹往往行无算。二月山塘柳色青，玉箫金管醉中听。可怜明月初三夜，最忆春风第一亭。沉沉玉漏鸣街鼓，寂寂春阴月停午。灯前一曲柘枝新，小玉傞傞踏筵舞。云散花残事已空，秦淮水榭又相逢。三条共剪深更烛，五夜同听锁院钟。数载飘零不相见，去年忽睹云卿面。待诏吾留金马门，修书君上南熏殿。只今天子急循良，莫恨天涯道路长。乌撒白苗生似鹿，畲丁溪子狠如羊。边氓正欲烦君抚，况有君家理县谱。九溪斜绕葛蛮司，十洞遥连金竹府。不知握手在何年，离别今朝倍黯然。待尔归来寻旧约，月明重泛虎丘船。写离合聚散情事，可入管弦。〇理县谱，系傅琰父子作令事，事见南史，此应借用。

送陈秋田先生之官长宁

善卷洞里咀丹客，玉液朝朝炼精魄。偶然作吏山水邦，衣裳犹带云霞色。昔年曾到瘴江滨，布袜青鞋万里身。邑里时逢乌蜑户，居民半是马留人。今年仍往西南徼，路远健鹰飞不到。剑阁回看北向云，石门遥指南征道。知君才似寇巴东，莫叹生涯类转蓬。登栈人行红树杪，隔溪猿啸白云中。平林芳草萋萋绿，从此连绵到西蜀。月上峨嵋一片秋，烟销巴水三回曲。泸川渺渺夕阳低，更在泸川西复西。遥想讼庭春寂寂，海棠花发杜鹃啼。

张文献公庙

海燕辞巢日，何曾峦旧痕。南州一麾去，北阙几人存。蕃将频蒙宠，胡雏竟负恩。凄凉谪仙怨，空向曲中论。自注：剧谈录："玄宗幸蜀次骆谷，下马望长安，鸣咽流涕，谓高力士曰：吾用九龄之言，不至此。因上马索长笛吹之。有司旋录成谱，名谪仙怨。"〇即少陵所云"受谏无今日，临危忆古人"也。公归南州而李林甫、牛仙客用事矣。北阙尚得有人乎？"几人存"婉言之也。

广州十二月书怀

风物娱游子，孤怀强自宽。鹧鸪知岁暮，鹦鹉诉冬寒。山上飞鸣好，樊中饮啄安。可怜珠树鸟，无地避金丸。自注：酉阳杂俎：鹧鸪正月一飞，至十二月十二起。新唐书：林邑献鹦鹉，数诉寒，诏还之。〇写飞鸟即自抒怀抱。

姑胥台怀古

五道通诸郡，三江绕故都。白猿终霸越，黑犬竟亡吴。人去空芳草，春来长绿芜。萧萧杨柳岸，愁杀夜啼乌。黑犬及下章公孙圣事，俱见越绝书。

好上三台望，还从九曲行。可怜文种水，犹抱伍胥城。风雨松际暗，烟波笠泽清。公孙今在否，寂寞久无声。自注：公孙圣曰："我死，当使后世有声响。"及吴亡，三呼三应。

题座主安溪相国纪伯父葆甫先生破贼诗后

孤城鼓角四山闻，刁斗声中五夜分。独领数人探虎穴，何如一鹘入鸦群。青袍不改儒生服，白马偏成上将勋。万丈峰头馀故垒，千秋犹说李摩云。李罕之攻破摩云山，树栅其上，时人呼为李摩云，见五代史。

送徐亮直编修奉使琉球

海神擎日映波红，此去扶桑直向东。鲸眼常明无月夜，鲎身能使不帆风。天书捧到恩应渥，唐帕传来语尽通。自注：唐帕，译者之名。想见中山迎使节，踏歌齐拥紫髯翁。"烟开鳌背千寻黑，日射鲸波万顷金”，三四语足与相敌。

张　照

张照，字得天，江南华亭人。康熙己丑进士，官至刑部尚书，谥文敏。〇文敏性地高明，通释氏教，所作左磕右触，皆禅语也。予未谙禅理，仍取主性情、叶风雅者。

观　海

境界真无两，聊为物外观。乾坤浮一气，今古浸双丸。野鸟飞难过，真仙望亦寒。人间白少傅，高咏海漫漫。乾坤十字，本魏武、东坡句意熔而成诗，可以压倒一切。

蓬　莱

蓬莱山下水横波，流入银湾隔翠蛾。天上星辰欢会少，壶中日月别离多。鸾惊香梦红兰笑，花带愁痕青鸟歌。昨日子登传敕去，一时齐羡下天河。此即悼亡之作，以李义山体行之，不使人一览而得。

悼　亡

边关暑夕冷于秋，孤鹊惊飞别树头。此夜万家明月里，几家思妇独登楼。

秦道然

秦道然，字洛生，江南无锡人。康熙己丑进士，官翰林院编修。著有泉南山人存稿。○前明高忠宪、归季思二公诗理足于中，不假修饰，得陶公一脉。泉南先生亦然，无理语，有理趣，别乎白沙、定山流派。彼求工词句与说理入腐者，均不知其品之高也。能读陶诗者，欣然遇之。

山居诗

山斋寂寂，玄鸟初来。春风融融，林花乍开。共二三子，抚景衔杯。从容咏歌，吾师点哉！自写天机，人力不与。

静坐吟

我爱山中坐，白云来无时，垂天自霭霭，归山亦徐徐。青松千岁姿，夭矫干霄枝。舍此下栖鸟，营营竟安之？超然无怀世，日夕心神怡。

我爱水边坐，照我遗世情。周流虽不居，莹澈全其真。蒲芦依渚碧，杜若方春荣。波间双白鸥，游泳不复惊。高天云影净，相对同涵清。

夏日闲居

何以娱永日？对景常忘言。栖迟讵非计，造物与我闲。碧草长庭除，珍禽息树间。微风生秋意，雨气在远山。良友欣然来，小酌俱陶然。柴门月色里，相送溪桥边。

春日月坡初成

湖干月无际，月坡先得之。山人倚杖间，坡上月到时。逝者不可留，明月常如兹。田夫荷锄归，渔舟亦来斯。笑言堤柳畔，谁云不相知？仰观天宇空，不碍浮云驰。千川同一月，耽寂亦成私。抚景时有得，古人吾所思。千川同一月，化机之大公也。若寂守一川，渭惟此川有月，则私矣。此吾儒与释之别。

湖上闲居友人适至

昔人感离群，吾亦念吾友。片帆湖上来，扁舟系堤柳。呼童扫三径，欣欣竞奔走。清言味道腴，庶慰别来久。相期在千载，聚散亦何有。结契不同方，合并亦非偶。载歌伐木章，真气满户牖。

弢光静坐

一涉山水趣，所得常有馀。况兹禅境寂，更值三春初。岚光照几榻，花气盈庭除。忽聆清馨音，顿觉尘迹疏，先圣言渊渊，瞿昙说如如。门庭别疑似，当别静与虚。欲识道味腴，莫厌山中居。从释教引入吾儒，儒教主静，释教主虚，静能生动，虚不能生实也。静与虚判然，即公与私判然。

咏　史

六籍委秦焰，圣学弃榛丛。董子乃崛兴，遗经究始终。不沿纵横流，不将枝叶穷。精心契先圣，高文发群蒙。譬如剥复间，微阳生穷冬。譬如百世系，一线传其宗。孟氏醇乎醇，继之则有公。何为昌黎书，乃称轲与雄。昌黎亦指扬氏之疵而辄称之者，溺于辞章之学也，此能明道脉之正。

偶　作

文章从何生，其道本自然。中天列象纬，川岳蒸云烟。风来水生波，春至花自鲜。人心何所有，出之则绵绵。悟此无文意，至文乃生焉。嗤嗤夸毗子，绮丽徒争妍。

老　境

天运日推迁，人生有大分。隆冬百虫蛰，分耳非为困。老年精力衰，聪明安所骋。冥心了无作，无作乃无闷。

李　绂

李绂，字巨来，江西临川人。康熙己丑进士，官至户部尚书。著有穆堂初集。○穆堂来吴，问字于匠门，而学问各有所得，匠门主温雅，穆堂主阔大也。诗品不加修饰，亦复自见风标。

夏至日荥泽渡黄河

日车方北至，我马独南行。广武风犹壮，黄河浪不平。澄清谁揽辔，凭吊漫沾缨。前路雄关近，平靖关。当年驻重兵。

秋山学圃为张韦斋明府题

庄舄经春只越吟，菜根滋味忆山林。夕阳千树鸟声寂，凉月一庭花影深。窣堵波原难作宅，磨兜坚已自题箴。惟馀结习残书在，窥见羲皇以上心。韦斋，匠门弟也。识穆堂于未遇时，去官后，暂留江右佛寺，穆堂作诗赠之。

驿南铺不寐

草舍摧颓早戒更，旅人静夜倍凄清。沉沉戍鼓楼头动，宛宛参旗天半横。短堞一空鸡绝唱，败槽百啮马多声。十年梦想公车路，支枕连宵白发生。荒驿情事，身亲其境者能言之。

方式济

方式济，字沃园，江南桐城人。康熙己丑进士，官中书舍人。〇中翰随考凫宗水部居塞上，服勤左右，以慰晨昏，著五经一得，书未成而卒。诗格清真，乐府尤矫然拔俗。漳浦蔡文勤谓其秀骨独异，清音自远，诚定评也。后以子问亭宫保贵，赠如其官。

远行曲

结束语童仆，鸡鸣看天曙。辞我乡里亲，曳屣出门去。出门口无言，寸心煎百虑。请取囊中琴，暂坐理弦柱。一弹示知音，音新知者故。人情恋乡井，冰霜况岁暮。此身值贱贫，焉能乐完聚？岭高猿狖坠，水急蛟龙怒。行行将何之，白日沙飞路。此即省亲出门，别邻里亲交而作。

铁五送至蒲河赋别

劳骨不遑席，脂车迫东驰。晴日照大野，去去从此辞。相送蒲河阴，感激潜酸嘶。恋景重须臾，念当生别离。我有数行泪，欲堕还自持。死化桑下蚕，吐君衣上丝。生同比翼鸟，夜夜长相思。生死如浮云，素交山不移。

八月十七日霜

土床入夜气，骨冷火不湿。起视手种花，委仆墙篱根。早霜才一夕，不缓须臾恩。穷边无林柯，后凋谁与言。柔条爱戕伐，悼惜同兰荪。回忆故乡暖，万里伤征魂。穷边十字，见投窜荒远，虽抱后凋之节，人谁知者，可以悲其志矣。

护　菊

盆菊瘦亦花，尺茎缀钱小。荒地苦栽培，强说颜色好。种从邻圃移，南阶溉昏晓。八月藏户牖，扶护费探讨。而胡傲霜姿，翻畏寒霜早。人实累此花，使汝随边草。人实累花，怨而不怒。

扫　地

抱帚倚户立，寒风吹衣巾。凌晨汲土井，洒扫庭陔尘。扫尘不扫雪，留取寒意真。弃帚出门望，边尘浩无垠。俯视秽草积，仰见黄云昏，放废敢晏安，劳力清心神。强炼未死骨，涸水潜穷鳞。家破散如雨，一仆随征轮。偶效胼胝力，赪颜诩辛勤。万里亲童奴，傲惰谁能嗔。

采　萱

晓起望术阡，萱花盈古道。采萱欲忘忧，佩之转纷扰。岂有壮士怀，听命寸茎草！勿谓百年短，计日不为少。忧更多于日，忽忽忧中老。蕙茝化为茅，勿叹秋风早。人能自立，虽处忧患不伤品节，倘荃蕙化茅，即日受和风，亦何益之有哉？

蜀锦曲

蜀锦机长越罗短，绣出鸳鸯春水暖。姊妹绮年俱遣嫁，空闺寂处兰膏卸。女贞择对师孟光，依然操作纫兰佩。藏有天孙五色线，鲜明巧夺云锦章，愿缝尧衣与舜裳。借贞女缝纫传出山甫补衮意，忠爱之思，蔼然言下。

城上乌

扬州城上乌，傍晚城楼歇。蔽日飞哑哑，天光乍明灭。扬州极盛推前朝，珠帘画阁闻吹箫。香尘细碾朝复暮，平山迤逦连红桥。一夜神兵渡淮水，炮声震动无坚垒。血溅孤臣旧战衣，降旗不见城头起，雨湿沙青鬼昼哭，至少丰草埋遗镞。饥乌不识太平年，犹想城头啄人肉。因神兵之速，显阁部之忠，血溅孤臣一联，真觉撫之有棱，鞭之见血。

陇头水

河水浊，江水清。妾似陇头水，清浊自分明。昔为田家女，择婿嫁边吏。田夫入城不隔宿，边吏年年在边地。闻道梁州新破虏，燉煌已入中朝土。戍卒受赏官封侯，血裹冰霜凝绣斧。主将笑拥双婵娟，筝琶夜醉穹庐眠。横塘水接陇头去，送妾双泪流君前。“田夫入城不隔宿”，俚俗语，转与古乐府近。

题遂安邹广文效忠图

遂安城，大如斗。贼兵来，县官走。儒官骂贼贼缚肘，乘机遁出豺狼口。集众击贼梃在手，妖星一扫宁鸡狗。贼伏莽，去还来。城门火，栖乌哀。登碑矢石驱风雷，狂氛恶雾层层开。释重围，士民喜。归我绛纱帷，理我旧书史。孤忠未显微官死，当年佐阵儿折齿，儿今抱图献天子。音节详明，忘其为酬应之作。

送朱鹿田之任蜀中

天入万峰攒，羊肠路屈盘。黄巾追往事，朱邑幸之官。复业民无几，催科政待宽。从今行蜀道，歌唱不知难。

法塔哈门自注：奉天以北第二关，过稽林百八十里。

山口严扃月照营，等闲客过待鸡鸣。此身已在重边外，不怕阳关第四声。

吕谦恒

吕谦恒，字天益，河南新安人。康熙己丑进士，官至光禄卿。〇光禄诗烹炼，兄元素司农诗古雅，新安二吕并重于时。

望　岳

马首三峰近，林端万壑封。青天回落雁，赤日抱苍龙。玉女时吹笛，仙人此种松。罡风何处断，忽听九霄钟。起二十字雄浑苍坚，华岳已落我手，通体只是望，不是登，此作家本事。

西乡对月

纤月照阑干，愁心夜独看。光流千嶂动，影入万松寒。银汉何清浅，金波自渺漫。临风旋起舞，乌鹊过林端。

宁乡道中

奔峭时相引，盘回势屡迁。雪峰藏白日，云谷束青天。路转啼猿里，人行飞鸟边。悬车频度险。回首失三泉。自注：三泉，地名。〇藏字、束字，极捶炼之功。

望吴岳呈王使君拟山

吴岳高寒蔽蜀门，巡檐跂望肃心魂。地形近接关山脉，礼秩遥同太华尊。众壑云雷生白昼，中峰星宿落黄昏。凌风欲蹑王乔舄，玉粒丹砂信可扪。五六语总经捶炼而出，故能字字奇警。

送泽州相国予告归里

元老承恩帝里回，奏书三上曰俞哉。丹心宁恝苍生望，白发方看绿野开。纶阁有章光日月，岩城无地起楼台。他时天语还存问，沁水遥瞻佳气来。五语表其奏疏光明，贤于孔光削草之媚，六语表其持躬洁白，同于寇莱公行己之清，“有官居鼎鼐，无地起楼台”，魏野呈莱公语也。

登　岱

烟岚雪瀑见鸿蒙，阊阖平分一气中。身倚青苍岩壑迥，目穷云水海天空。鸡鸣半夜腾潮日，钟落层霄响涧风。七十二君劳想象，盘回辇路望宠灵。

方　觐

方觐，字近雯，江南江都人。康熙己丑进士，官陕西布政使。

定兴县谒杨忠愍祠

倔强杨员外，乡闾尚有光。何须冠獬豸，直欲问豺狼。伏锧差无补，当车肯自量。荒祠临野水，肃拜奠椒浆。忠愍本无言责，而欲为国除奸，置死生于度外也。三四掷地有声。

送正观

三年不见故山秋，一枕西风万里愁。已识关中迁大姓，谁知天际有归舟。飘零节候惊黄叶，浩荡烟波想白鸥。行到江南堪下泪，暮云衰草满汀洲。正观戍塞外，间岁归里省亲，方伯于北地送之，送其暂归也。玩诗意自明。

七　夕

佳时卧病更添愁，枕簟凉生觉早秋。莣篋尽教尘网遍，三年不上曝衣楼。佳节悼亡，倍难为怀。予作七夕辞亦有句云：“只有生离无死别，果然天上胜人间。”同此感也。

子规啼

平羌江口江水清，峨嵋山头山月明。江楼望月人未寝，肠断子规啼一声。

吴翊

吴翊，字振西，江南太仓人，康熙己丑进士，著有乐园集。〇振西系梅村族孙，为诸生时，学使者试必第一，试牍传播，几于纸贵，未尝以诗鸣也。今搜览遗集，不必刻求胜人，而古今体安和妥适，才人学人两者兼之，梅村之流风远矣

西山探梅

虎山桥头太湖曲，花为银海山为玉。湖乡岁判梅花租，花开便抵湖田熟。我来系艇南溪边，晴空无雨山无烟。只有白云三十里，模糊隔断山中天。笋舆侧入似无路，矮篱窄径相回旋。粘衣不嫌花雾重，压帽更爱花枝偏。前迎后送来远所，豁眼倏上山之巅。慰斗岩边路幽仄，长旗岭外连西碛。十家五家无别种，千树万树同一色。微分螺黛嶂横青，遥夺琉璃波涌白。出林更上莲花台，枝枝玉叶当门开。一掷凡躯众香国，十年面目惭尘埃。使君仙尉如可唤，芳魂古魄何悠哉！梅花不老青山在，姓名清绝留苍崖。吴侬爱花乏花趣，但贪狂赏悭清句。寒花谢客似有言，好劝幽人为少驻。举西山全胜言之，诵其诗，可当卧游矣。使君，晋青州刺史郁泰玄葬于此山。仙尉，但传邓姓，不详其名。

洞庭山馆呈司寇东海公二首

廿载鸿文典集贤，还乡仍续石渠编。暂伸谢傅登山志，较胜温公在洛年。岳读遗经搜禹穴，金銮旧记录吴船。须知玉局闲居士，元是蓬瀛第一仙。健庵司寇去官后，奉诏开书局于洞庭东山，准司马相公修资治通鉴之例，盖异数也。书系一统志，故有岳渎遗经、金銮旧记

云云。

锦堂恩诏许归休，妙选宾僚佐校雠。江左文章分史局，山中宰相起经楼。诗豪酒敌皆登座，野老溪僧亦伴游。笑引韩门穷贾岛，放吟同上碧峰头。

新　燕

归飞已逼柳毵毵，卢女金堂到自谙。故国无心抛海外，春风有主忆江南。花融泥软新相得，隼忌鹰猜旧不堪。近识朝元消息否，珠帘零落几回探。语语注意新字，却又泯然无迹。

谒范文正公祠

庆历推英杰，龙图景大贤。少思天下任，老至四夷传。熏德吴风外，徽文洛学前。人师真百世，社祀迁千年。缅昔孤如绠，登朝直似弦。垂帘诫宫阃，专柄斥枢铨。奋舌天心正，噆肤党议偏。赐环仍待制，筦钥又从边。地辟横山垒，师承好水川。灵胸罗甲盾，蕃落靖戈鋋。卒践三台重，终持十事坚。志伸恢旧典，遇短谢时权。育士开黉序，收宗设义阡。一庄风自古，五世泽犹延。祠额咸淳创，碑铭至正镌。蒸尝歆格远，榱桷塈涂鲜。舍菜羞苹藻，翻经谒几筵。衣冠标正大，钟鼓震愚颛。长白书堂录，天章馆阁编。万言何慷慨，六籍本搜研。要识为梁栋，须从忍粥饘。名高迁谪里，忧极治平先。忠孝还诒子，精诚俨在天。苏胡开礼乐，自注：公延胡安定教授古学。夔契咏诗篇。自注：见庆历圣德诗。旧宅寒松偃，亭园老杏妍。披图一回首，古色照苍然。不遗本传，而于被谤夏竦、镇靖西夏著意言之，末归到断齑划粥，先天下忧，见士当励志穷居，不求温饱也。篇法、句法，皆苦心营构而成。

张景崧

张景崧，字岳维，江南吴县人。康熙己丑进士，官乐亭知县。著有锻亭诗稿，〇锻亭学诗于叶横山先生，称入室弟子，论诗以鲜新明丽为主，谓与其为假王、孟，不如为浅温、李，以王、孟可伪为，温、李不易伪为。尝以诗呈王新城尚书，新城比之韩门张籍，人服其允。

弄潮儿歌

钱塘江上弄潮儿，放船拉桨乘流澌。短布单衫不盖膝，科头跣足暄朝曦。自言大父官蓝田，堆金不计万与千。阿侯年少邯郸侠，貂衣骏马珊瑚鞭。儿年七八掌上珠，逢人称是千里驹，双鬟左右列屏障，不教风著千金躯。大僚特疏上天子，克剥脂膏饰罗绮。坐辞华屋入囹圄，一家夜哭长安市。当时珠履客三千，至今漂泊谁堪倚。洪涛江上高于天，性命换得青铜钱。豪华如电不可恃，东升红日西山巅。豪华子弟读之，恐面热内惭，汗出而食不下咽也。或恐子弟并不能读，奈何？〇子孙性命换钱，由祖父克剥脂膏所致，居官者盍一思之。

京口

身外茫无际，横江老雁秋。芙蓉皆别思，风雨独归舟。断岸随烟合，奇峦破浪浮。自从南北限，万古逐东流。

和途中即事韵限高字

愁起疲驴背，吟声入楚骚。江湖萦别梦，风雨恋征袍。驿草秋先歇，边云晚更高。时平多设险，旅夜看龙韬。“边云”五字高浑。

饯 雁

数声哀怨客楼闻，九月相逢三月分。缯缴伺多难避地，关山历尽怅孤群。离肠曲曲湘潭水，行色重重楚峡云。此去岂无留别字，一行空际自成文。

晚渡平望湖同舟话旧

稻粱谋已拙耕耘，越水吴山逐雁群。细雨残钟荒驿梦，斜阳衰草故人坟。空江鸦散遥冲雾，绝巘樵归尽蹑云。吟得小诗留蠹箧，也当麟阁记殊勋。晚唐神韵。○锻亭尝戏咏甘蔗丞相有句云：“是长乐老焉知苦，非读书人终欠酸。”可云工巧，因题纤小，故不录全诗。

蒋仁锡

蒋仁锡，字静山，顺天大兴人。康熙己丑进士。

唐谏议刘蕡

只手思扶皇运倾，春秋三传论纵横。生前不售锄奸志，地下何惭谏议名。恶稔北司威正煽，冤衔南国恨难平。自注：蕡为宦者所恶，贬柳州司户参军，卒于贬所。玉溪为写招魂句，湓浦书来怆客情。蕡身后，对策之言皆验，因赠谏议大夫，故有地下何惭之句，所谓他日请念者此也。

王时宪

王时宪，字若千，江南太仓人。康熙己丑进士。官翰林院庶吉士。著有性影集。〇萧山毛氏诗序极夸其拟十九首、拟陶、拟杜、拟元、白、苏、陆等作，然摹其体而未传其真也。愚所取者，转在自出新意之篇。

寄赠麓台用杜戏题王宰画山水图歌韵

泼墨生寒云，落笔成奇石。人间藏弆求之迫，天家亦欲观真迹。遥知奉敕写幽林，风雨惊飞殿廷壁。旧传家学娄江东，丹青妙手神明通，兴到笔健如游龙。岳岳给谏素鲠直，大有古之诤臣风。闾阎疾苦莫可比，远隔君门万千里。应诏定绘豳风图，不徒皴染闲山水。题山水图，讽其绘画豳风，上陈闾阎疾苦，得因事立言之体。

舟中遣兴

四十日来谁地主，二千里外客天涯。青山两岸寻诗路，黄叶孤村卖酒家。鼓枻有声过蟹舍，使帆无际失鸥沙。前途遥指苍茫处，黄鹄矶边正晚霞。

旅舍感怀

侯门纵可曳长裾，懒癖偏安水竹居。台畔空传收骏骨，肆间敢望活枯鱼。鬓将如鹤频看镜，松欲成龙尚著书。百尺楼头且高卧，陈登豪气未全除。太史为颛庵相国从父行，成名时，年已老矣。玩五六语，见其老而勤学。

黎志远

黎志远，字宁先，福建长汀人，康熙己丑进士，官至京兆尹。

礼执客鄂城用和巨来韵见贻事牵未报汉阳舟次次韵寄答

离群剧调饥，晤言暂濡沫。方快鄂城游，倏有潇湘别。论文期摘瑕，求友惟攻阙。古风不可回，时颇笑迂阔。长江撼坤浮，舲窗敞天豁。晚月升虚无，夕霞烂披列。低昂渔子舟，参差渡人筏。顾我自夷犹，啸歌为谁发？征夫出王城，九玩团团月。人事俄是非，宦途遽得失。夙怀经世心，讵可违前辙。飞鸿向长沙，沙渚何当歇。吾爱武昌山，迟君理布袜。载收玉与珉，慧珠照澄澈。运旋转于无痕之中，善学选体。

泊陈家湾睹山石奇秀迟客舟同登不至日暝独游未穷其胜

殷殷红树村，漫漫白沙堰，深丛切秋禽，修竹翳长阪。奇境在幽遐，神工启关楗。泛滟鲸波摇，跳跃龙游宛。玲珑变绳墨，叠皱若违反。兰舟不即来，临渊奚缱绻。薄暮迟客心，篷窗聊息偃。侵宵杖策行，焉得穷其阃。云寒月色深，渔静江光远。嗟予事行役，徒尔登眺晚。玲珑就一处言，合众玲珑言之，则变绳墨矣，粗心游山者，不知其妙。

卷二十三

王世琛

王世琛，字宝传，江南长洲人。康熙壬辰赐进士第一人，官至侍读学士。

登　楼

万里辞吴会，经年滞越舟。两行乡国泪，独上海山楼。飓母威难近，蛮云瘴不收。炎荒非我土，何事爱南游？

英州道中寄大兄

江岸草萋萋，愁悬落日低。天涯两兄弟，客路各东西。眠食知何似，音书莫懒题。遥怜端水上，惟听子规啼。

灵山峡

瘴锁双峰合，江穿一线通。崩崖飞飓母，落日啸猿公。林暗苍梧雨，波翻厓海风。朝朝啼杜宇，萧琴似巴东。连上二首稳顺清朗，似极玄、又玄风格。

题昼三照

边草初枯猎马肥，甲光照日散金微。健儿羌笛三声晚，射虎归来雪满衣。

沈树本

沈树本，字厚馀，浙江归安人。康熙壬辰赐进士第二人，官翰林院编修。著有艅翁诗集。〇从来学苏诗者，只得其随手征引，波澜不穷，其弊往往流于纵肆，此独于用意正大处求之，即质之元遗山，必无沧海横流之目。

大水叹五首

戊子春徂夏，时若雨旸风。种苗行方遍，铺田渐芃芃。农夫顾之喜，谓今岁其丰。如何歘遘患，霪雨无终穷。西吴百万亩，化作鼋鼍宫。灾殃其数然，讵敢怨苍穹。所嗟民无食，何以及岁终。作诗维告哀，声比寒号虫。

溪水日夜长，莫辨芦荻洲。桥面撑巨筏，门内维行舟。邻家有破灶，来往纷游鯈。望中见屋脊，簸荡如浮沤。下田不可救，沉没无一留。高田筑版牐，全力保瓯窭。须臾仍溃决，一概成洪流。谁绘洚洞图，为民陈凤楼？帝尧方咨儆，应切怀襄忧。

米船隔江左，米价腾浙西。五斗逾千钱，长饥痛蒸黎。囷空突无烟，食尽秕与稊。秋成望更绝，四顾维荒畦。东家投水死，西家弃其妻。归来仰屋叹，儿饿牵衣啼。儿慎勿再啼，今夜犹同栖。明当入城市，鬻汝如犬鸡。回顾堕血泪，寸肠若刀刲。徘徊出门看，旷野愁云低。

去年旱魃虐，焦卷苗无根。今岁商羊舞，沉浸连千村。水旱适洊至，何策苏元元。吾闻上古时，备患有本原。三年则馀一，仓廪常高屯。纵遇天灾至，民力堪自存。救荒于既荒，所济何足论，而况并无策，蒿目空忧烦。近日行社仓，似救荒于未荒矣，然徒饱吏胥，日滋民害，遇荒岁不发一粟，殊不可解也。渎艣翁诗，附记于此。

吾皇仁如天，湛恩垂涣汗。旧税与新租，全蠲岂惟半。小民一岁间，县门踪迹断。奈何奉行者，天语敢轻玩。公然肆追呼，不顾人愁叹。况此遭凶荒，岂能免逋窜。长歌舂陵行，千载思浪漫。元结称浪叟，亦称漫叟，舂陵行，元结忧民诗也。〇详写被灾，同于呼吁矣。值圣朝爱民如子，而民尚不被泽，是谁之咎欤？乾隆二十年，水灾之后，继以虫灾、风霜灾，为祸更甚，使艣翁见之，不知如何痛哭也。

五显岭

高峰入闽奇，飞路盘空幻。硖角隐堂皇，壁面压溪涧。泄云生嵌窦，飘雨来转盼。䠆䟒滑难行，攀缘苦未惯。进虞一步艰，坠有千丈患。战兢腰脚疲，牵挽衣裳绽。前望怖啼狖，俯视羡归雁。险疑过秦关，危或逾蜀栈。积阴何时开，叠嶂谁能铲？人无恋舟车，我将老葭亂。

浴象行

瑶光之精照九真，奇兽天生好躯干。贡入虞廷受封号，朝仪熟习无拘㤩。神威礧硊过熊罴，异状嵚崟陋貙豻。随时澣濯顺阳气，勾引倾城哄奇玩。故人僦屋宣武门，邀我来观玉河畔。一笑登楼快倚栏，楼下千人万人看。传呼都尉出西城，指点蛮奴踞南岸。羯鼓喧阗群象来，锦鞍结队红云烂，鼓声初歇人语寂，并立沙汀卸羁绊。一人裸体骑一象，徐徐踏浪排鱼贯。细刷四蹄及两牙，洗净尘污一身遍。水面浮来自在行，瀺灂盘涡才没骭。翻身一跃入波底，疑堕蛟宫杳难唤。隔浦俄惊浪拍天，波心突出银涛乱。蛮奴依旧跨肩头，观者魂摇共嗟叹。也似吴儿石作肠，潮头出入全无惮。往来盘舞复几回，扬沫飞涎绕云汉。连蜷修鼻吼长风，老鱼瘦蛟皆远窜。浴罢依然上锦塘，赤罽重装日将旰。成群归锁御房深，明日宫门须待旦。油壁花骢影渐稀，风吹十里香尘散。濛濛楼角翠浪流，西山扫黛横天半。状象奴入水出水，如见其人，结处蒙蒙楼角翠浪流，谓长鼻喷水，溅及楼角也。姜西溟太史作，感旧缠绵；此篇叙事详尽，各擅其胜。

磨盘山

回顾不见入山处，此身已似盘中住。百千旋折眼生花，三五回环神失据。才思左往复右行，正欲仰登先俯注。坡平幸获寻丈宽，径仄只留分寸度。鞭丝帽影蚁缘窗，马足车轮蛇绕树。乍阴乍阳日向背，在前在后风来去。山远不逾三十里，山高不越万馀步。从卯到酉历未穷，自壮至老陟犹误。燕齐大贾有深愁，并代健儿俱却顾。人间不省行路难，请过磨盘山上路。起六语写尽山行屈折，已尽磨盘之义，以下蓦涧注坡，直如行所无事。

游汴城宋宫故址

帝阙崔巍逼敌营，乘舆仓卒赴青城。力穷巷战悲何枭，计决亲行误范琼。此后难逢回日驭，有人空唤渡河声。杜家留守真鸡狗，草草南归失四京。徽、钦北狩始误于不用李纲，继误于不用宗泽，至用杜充为留守，而国事万不可支矣。此种诗可作史读。

赠王载扬

唱遍杨枝又橘枝，洞庭林屋有新词。谁知枫落吴江冷，未是崔郎压卷诗。载扬少工诗，人无知者，觞翁见而赏之，遍告诗坛，名遂著。载扬，吴江人，故以枫落吴江冷为比。

李白填词

花前承旨笔如飞，三阕新词万古稀。被酒不忘规讽意，故将燕瘦比环肥。从前作者但羡其才思之敏，知遇之荣，此能道其规讽微意，所见者大。

徐葆光

徐葆光，字亮直，江南吴县人。康熙壬辰赐进士第三人，官翰林院编修。○曩见太史怀旧诗七章，胎源于少陵八哀，今已散佚矣。兹从奉使琉球册中录出，得其大概。

康熙戊戌六月朔奉命册封琉球述怀三首

我生寡行役，敦敦守书案。少长太湖旁，临涯渺无岸。埸来京国游，涉江已三叹。浊流益奔驶，疑向银河乱。今将事瀣东，宠命贲冗散。皇灵旸九垓，当险敢云惮。衔纶出区夏，邮签浩难算。八千闽越路，未及溟程半。涉川守忠信，古人宁我谩。兹游纵目初，奇绝平生冠。

去家逾一纪，有母嗟尸饔。微名虽获忝，禄薄仍固穷。侍养曰有季，顾我如飘蓬。玄发恐日霜，倚门望屡安。七十古云稀，兹秋欣已逢。膝下阙亲拜，颂况徒为恭。闻命蹶焉起，问驿江之东。我家官河壖，水邮当此从。省觐始一遂，长跽献泥封。自注：癸巳覃恩诰封始赍回。王程幸非迫，且复乐融融。

家贫如屋败，榱桷强撑拄。大者既就挠，薄弱成何补。瘦妻岂云健，乃委持门户。二女皆获归，纫缉良辛苦。相见且欢喜，谪怨茹不吐。佳儿得嘉耦，此日来归祖。新妇前致辞，阶前彩双舞。不觉爰怜生，拭泪成姁语。水清石累累，此事自前古。至家不成归，离绪还缕缕。首章奉命，次章拜母，三章辞家，章法井然，词亦朴茂。

自口外回至密云道中车折轴遇雨

出山复入山，颠顿不知几。瘦马怯孱颜，两毂斗石齿。脱险就夷旷，泥行钝亦喜。中轴忽摧折，轮转不逾咫。劳薪不能言，事败悔方始。解轭就牛车，落日照行李，驶雨截山来，坏云翻墨起。桥阻断虹边，路辨掣电里。风吹只裯单，沾湿行未已。将经沧海身。平地已如此。

枫岭山行至梨岭

风泉聒旅枕，壁灯照客起。云木滉初阳，蒙茸犹谷底。笳鸣惊宿禽，旌影照溪水。虹桥接枫岭，闽程从此起。仰见梨山巅，雾行犹十里。阴崖竹梢空，寒碧光薿薿。山僧延客坐，孤亭翠微里。亭边方竹枝，乍见心尤喜。棱棱节目匀，端正比君子。我行既在险，所恃非圆美。从僧乞杖材，中矩皆如砥。行行步亦步，扶我历蒙汜。人生陟险，惟中正自守，可以免祸，古来聪敏人每以圆美得咎，不止捷径窘步已也。从方竹杖悟及持身有素，言下遇之。

上滩行

衹命走闽服，崎岖敢易安。纸船托微命，上滩复下滩。上滩逆水怒，求进尺寸难。片石扼我崄，力费千篙攒。下滩得水利，双楫如轻翰。穿针与走马，自注：皆滩师语。一泻百里宽。顺流虽云乐，触激无坚完。滩师头易白，斗捷摧心肝。上水既失利，小心事惊湍。救堕愁脱手，引汲心胆寒。釜悬船挂壁，溜急鱼升竿。步步自牵挽，力尽终跻攀。于此互乘除，得失如循环。上滩与下滩，请君择其间。处顺恣肆，处逆周防，恣肆者败，周防者安，行路褆身，其义一也。

顾嗣立

顾嗣立，字侠君，江南长洲人。康熙壬辰进士，官翰林院庶吉士。著有秀野诗集。〇秀野选元人诗集，搜罗殆遍，使百年文献不致沦没，皆其功也。素以文酒友朋为性命，有名人过吴下者，惟恐不诣其宅。至家道中落，犹以不能酬赠为愧。与前明葛震甫之爱客正复相类。今三十年馀，此风歇绝矣。诗品初仿金、元，继跻昌黎，后臻王、孟、韦、柳，垂老以未能步趋李、杜为憾。盖其诗得江山之助，游历愈广，风格愈上，桂林、嵩岱二集，尤为生平之冠云。

读元史

中原皇纲失，宗社如山崩。读书遭兵燹，灭没无一存。伟哉姚公茂！绝学能相承。军中来江汉，窦许号得朋。读书鸣琴下，圣贤接寝兴。宝剑抉浮云，手扶日月升。经学唱西北，文物得未曾。茫茫六合内，独让斯人能。姚公茂，名枢；窦、许，窦默、许衡也。

周室悯黍离，蜀臣悲杜宇。吁嗟彼王孙，甘心事仇虏。死愧文丞相，生惭谢皋羽。书画虽绝伦，大节吾不取。贤域彝斋翁，高风邈千古。遇弟辄生嗔，到门必见侮。吾爱水仙图，宝为翰墨祖。彝斋，名孟坚，字子固，以梅竹水仙擅名。

文章开鲁姚，元气尚团结。万历置奎章，作者首虞揭。金华接踵兴，儒林推四杰。为学务根柢，行文净冰雪。古藻扬清光，煌煌照碑碣。一代制作手，小儒尽咋舌。同时惟欧阳，瓣香乃祖烈。后来宋太史，犹承黄柳诀。斯文如江河，源远流不韵。猗欤百年间，生才竟殊绝。传道脉，厉清节，人道所重，表章前哲，别于风云月露之词。

自钱唐江口至常山舟中杂诗

积雨湿江云，林深白一片。春风忽吹开，青峰递隐见。晴旭散旅愁，鼓枻聊自遣。昨宿西安城，今到常山县。故人松桂林，葱茏眼中见。自注：张常山天农有读书松桂林图。西北有浮云，别来几番变。阮籍醉不醒，司马游已倦。弭节暂淹留，孤踪愧深眷。画笔所不能到者，以韵语补之，此化工也。起四语，予尝于舟行晓望时一遇目。

望郎回自注：在大安驿，有石形如妇人，携一稚子立山上，名“望郎回”

望郎回，望郎回，朝朝望郎郎不回。孤儿三尺，形单影只。冬愁风酸，夏愁日赤。南山云连北山雨，一样人间两样土。望郎回，几时来。东海会有西归水，妾作石人甘烂死。为男子作诗，风其忠爱，为妇人作诗，风其贞烈，此立言体也。杜陵得三百篇之遗，作者犹得此意。

日观峰

群山向背东南缺，一声鸡鸣海波裂。黄云下坠黑云浮，金轮三丈鲜如血。当时李白平明来，风扫六合无纤埃。精神飞扬出天地，口吟奇句招蓬莱。我今黯黮失昏晓，双石凌虚自悄悄。安得快剑开烟云，直指扶桑穷杳缈。尝于五更登天台华顶，见浮云卷尽，海面俱红，须臾金轮上升，天地忽开，万象呈露，前之赤海尽浮金光矣。读黄云十四字，服其简而能该。

万　安

城仄群峰压，江纡乱石通。滩声从地北，瘴气自天东。采竹童乘筏，捞鱼家置笼。滩师喜风利，拨棹入黄公。自注：土人识水性者，呼为滩师。黄公滩即惶恐滩。

贾傅故宅

治安策上众狺狺，谪向长沙卑湿滨。生遇汉文犹痛哭，放同屈子竟亡身。洪炉久已为铜炭，宣室何劳问鬼神。绛灌不知才子贵，漫轻年少洛阳人。

宿迁西楚霸王故里

拨山扛鼎力难支，有勇无谋败固宜。王霸业成破釜日，英雄泪尽别骓时。重瞳每小江东土，残魄犹依鲁国祠。只有野花纷五色，春风省识帐中姬。项王霸业成于救赵，败于弑主，至垓下而气已尽矣，三四语已举其概。

黄陵庙

翠帷玉佩问湘娥，夕张佳期忆九歌。寂寞荒祠丛竹泪，西风吹作洞庭波。

杜　诏

杜诏，字紫纶，江南无锡人。康熙壬辰进士，官翰林院庶吉士。著有云川阁集。〇云川以诗受知于圣祖，会试不第，赐进士，入词馆，士林荣之。而云川以养亲归，不复出矣。晚与道士荣涟、僧天钧结九龙三逸社，有庐山东林之风焉。中岁尝选唐诗叩弹集行世，皆中、晚名作，故平生得力亦在大历以后云。

隋堤曲

隋堤一带官河口，不种桑麻种杨柳。锦帆帝子数巡游，厌住东京乐奔走。将兵西域再征辽，呼韩稽颡诸蕃朝。江都宫监伺颜色，翡翠玻璃恣雕饰。水晶殿揭珠帘开，香风吹送飞仙来。凭肩笑语能几回，梦游恍惚吴公台。吴公台下雷塘路，野土茫茫乱烟树。伤心为吊玉钩斜，柳色黄昏不知处。柔肌令仪，按节起舞。

周处读书台

台废尚遗址，荒荒宿草中。在朝能独立，致命见孤忠。始信读书效，因高力战功。斩蛟与射虎，未足号英雄。见力战致命，缘读书有得，而斩蛟射虎，未足言也。一气鼓铸，结倍有力。

黄金台

霸业销沉等劫灰，黄金照耀独名台。兵连五国收燕地，力借群豪始郭隗。岂独一时能雪耻，直令千载感怜才。于今濩落风尘客，犹是纷纷向北来。隗韵平仄俱收。

戏马台

戏马元来楚故乡，鸿沟还记各分疆。尽教率土归刘氏，剩有斯台与项王。一战快心惟巨鹿，三分失策在咸阳，如何盖英雄气，独为虞兮泣数行。王汉王巴蜀、汉中，使得还定三秦，此项王最失策也。特为拈出，具见论古之识。

雨泊吴阊送春同顾梁汾先生作

吴宫花老泪胭脂，点点残红堕晚枝。自是东风无著处，本来西子有归时。锦帆冷落青帘舫，玉管阑珊白苧词。双桨绿波留不住，半塘烟雨柳如丝。以西子泛湖比春光徂谢，又恰关合金阊送春，天然波折。

次泰和韵送同年于元士入都因简刘喻旃杨若游诸同馆

春明分手两经春，吴舫欣同夜语亲。欹枕却怜听雨细，入山还喜试泉新。饱尝世味初归客，寒到征衣又送人。为语玉皇香案吏，秋风且莫忆鲈莼。不无玉堂天上之感。

花朝宴集

旧游零落复新知，不放伤春到牧之。一笑岂云无觅处，百花多在未开时。金铃小系香仍浅，羯鼓高催信较迟。共是软红尘里客，薄寒消得酒盈卮。

罗浮蝶

海南飞梦渺无涯，小洞朱明自有家。仙种固应呼凤子，香魂只合伴梅花。别来风雨迷烟嶂，扑向樊笼泣露华。回首此身空羽化，满身狼藉葛洪砂。第四语天然名隽，雕琢转或失之。

王图炳

王图炳，字麟照，江南华亭人。康熙壬辰进士，官至詹事府詹事，著有授香书屋诗。

咏　史

洙泗无暖席，齐梁无停轨。吾道大可为，斯人讵可避。闭户与缨冠，出处须易地。贞元有韩公，读书尚其志。唐士太披猖，淫靡沿六季。独自抱遗经，卓哉不朽事！抵排二氏言，周情兼孔思。凤跃钧韶鸣，气象庶几似。当其未遇时，皇皇出载贽。拂骨尚欲烧，鳄鱼尚欲制。岂其百炼刚，绕指顿柔脆。三上宰相书，谁识艰难意。汝曹不自量，嗤点何容易。撼树在蚍蜉，当辙笑螳臂。韩公三上书，共谓宜少安毋躁，此独表其皇皇济时之心，与席不暇暖同意，知人论世，不当如是耶？

鹦　鹉

文采擅江东，陇山短梦通。有时寻稻粒，无计脱絛笼。侵晓梳翎惯，当窗学语工。聪明真误汝，天际看冥鸿。

游　仙

青雀西飞绕集灵，麻姑仙诀悟熊经。玉杯日暖黄云动，金掌风微白露零。望气方壶犹寂寞，祈年太乙尚丁宁。君王欲乞长生术，不道郎官是岁星。

平原村

年少惊人入洛名，云津龙跃是平生。八王兵甲无臣主，两晋文章有弟兄。晚节不堪愁鹤唳，旧交闻已赋莼羹。春蒲细柳平原路，长使行人泪满缨。累世将家子，而甘受仇邦恩遇，又处浊乱之朝，而不思潜身远害，宜其及于难也，以季鹰之归作对面衬托，其义弥显。

白燕庵

鲲菜飘零范蠡船，幅巾短杖自悠然。柴桑归及元兴日，同谷歌成天宝年。流水桃花何处问，春风燕子至今怜。隔村隐隐精蓝结，知是当时已解禅。海叟以遗民终，不罹于祸，诗中独高清节，略其文辞，是识解高处。

渡　江

云自孤飞月自明，蒲帆十幅翦江行。君听浊浪金焦外，淘尽英雄是此声。无限悲壮。

程梦星

程梦星，字伍乔，江南江都人。康熙壬辰进士，官翰林院庶吉士。○太史好友朋，喜著述，注李义山诗，成平山堂志，名流过维扬者，每定缟纻交。原字伍乔，取南唐书伍乔居庐山，僧梦大星旁一星，曰伍乔星也。后易曰午桥。

读　史

公孙举贤良，先弃后乃收。魏然置第一，晚封平津侯。陆贽举韩愈，亦以再举售叶。其论不贰过，即以前文投。一君与一相，取舍岂自由。得失故有命，际会良悠悠。见遇合有命亦有时，君相不能主也，从前无人道及。

老人峰歌

山烟作雾朝濛濛，模糊烟外疑远峰。风开日出始破笑，一峰背俯兼头童。何年南极下霄汉，无事僵立空山中。诸峰儿孙并胪列，形体虽具难相同。平生侪辈恐无几，匡庐五老齐高风。世人少壮几时好，等闲倏作鸡皮翁。何如此峰既老常不老，前古后今无始终。浮丘容成每来往，俯视尘世扰扰同鸡虫。

归画行

恽南田著色山水一册，余向以古书易自王大篛林者，藏之十年，忽为谁何窃去。越二年，马二橋堂招游红桥，因景象如画册，为述前事。马云购得之市肆，复以归余。感其谊，系之以诗。

百事过眼如云烟，山林钟鼎皆随缘。一生爱画入骨髓，得丧未免情萦牵。南田草衣赵昌笔，变格忽复穷山川。公孙大娘舞剑器，出自纤手尤轻妍。我初得之我好友，换马但恨无婵娟。牙签付与那顾惜，一时好事人争传。归来几案共晨夕，炉香茗椀相周旋。从来怀宝动遭忌，鼠辈讵肯留青毡。贯休吝未舍莲花，长康痴乃空桓玄。今年令节值首夏，马君招我城西偏。苇间延缘逐渔钓，沽酒不惜青铜钱。晚朝过雨鸭头绿，夕阳挂岫胭脂鲜。抚景忆画忽太息，南田故物来当前。马君闻之叩始末，事有缺陷犹能全。为言前年适买得，归我并不烦陈编。亡羊失马情顿异，喜跃几落红桥船。秦庭忍弃连城璧，齐人竟返龟阴田。物情别后见更好，况复友谊同缠绵。丈夫一饭亦有报，我穷报德惟诗篇。缅怀寓意不留意，珊瑚铁网终弃捐。宣和之谱空想象，古今一吷浮云然。忘情太上不可到，去来无往参枯禅。贯休、长康一联，比画之失也。秦庭、齐木一联，比画之得也。结到太上忘情，去来无著，可云更上一层楼矣。

云　栖

灵山结想十年前，一路穿云许问禅。人绿须眉全是竹，晴暄风雨总因泉。地高偏觉江声近，峰远犹将梵呗传。吟尽夕阳归较晚，清池应爱远公莲。

舒大成

舒大成，字子展，直隶宛平人。康熙壬辰进士，官翰林院编修。

自城子山还宿白家滩赠主人

到山日亭午，鸡鸣桃花村。畇畇原隰广，蔼蔼桑麻繁。展眺兴方永，即事情弥敦。盘餐古时俗，作息平生言。际夜转清阒，明月来南轩。抚时宁不惜，劳生焉可论。当须遂夙愿，与君采芳荪。

山　行

杳杳云外钟，原陆飒已晦。宁知沙际月，复与前峰对。墟落有归人，烟萝闻犬吠。作者五言应得力于唐贤三昧，风味近刘昚虚，不能用多能用少也。近人能用少者，惟吾友乔亿慕韩。

柬灵皋先生

伐木废千载，劳者方载歌。印须良有系，观善匪在他。大道无隐晦，斯文流江河。先民重迈征，所戒惟蹉跎。春风回岁律，芳色滋庭柯。喟然惭所钦，去日何其多？古淡。

当　时

玉箸严催金叵罗，当时欢会总如何？燕辞华馆无回信，叶落横塘有去波。晓日轩窗闲梦少，晚凉庭院别怀多。露桃花下三年客，肠断秋来一曲歌。

林 佶

林佶，字吉人，福建闽县人。康熙壬辰进士，官中书舍人。著有朴学斋诗

甘泉宫瓦歌自注：文曰“长生未央”。

甘泉汉宫遗古瓦，何年弃掷荒陇下。泥沙埋没风雨剥，谁人物色求诸野。阿兄游宦西入秦，嗜奇好古搜沉沦。西京文字传绝少，何意长生四字完形神。周围一尺有二寸，水清翡翠光鲜新。非篆非隶含古意，不雕不琢归元淳。欧阳集古见未到，刘敞博雅谁探真。二千馀年复宝重，转忆飞廉太乙俱成尘。当涂铜雀非侪偶，历十四朝真可久。宝器逾晦逾光明，肯让漳河片瓦传不朽。

吉人兄同人游秦，得瓦于田畔瓦砾中，径五寸强，厚一寸弱，围一尺二寸弱，吉人另有记。宝器逾晦逾光明，才人沉沦久而光显者，何独不然。

游武夷登一览亭

吾闻武夷山，乃是升真元化之洞天。中间溪流有九曲，三十六峰陗折相排联。我家去山七百里，攸然神往已十年。虽未扶藜临涧谷，早有清梦来腾骞。今冬适经双溪口，舟子西指思回船。兴高踊跃决探胜，四日径到仙宫前。凌晨登筏溯霜濑，山容面面堪沿缘。幔亭巍峨耸云际，玉女秀出清而妍。虹桥千载驾陡削，接笋一线梯钩连。嫣然花竹藏别坞，小九曲内宜安禅。隐屏精舍昔讲学，窅且奥处罗群贤。雍雍弦诵倡棹曲，会心微妙超言诠。盘游六曲望不极，有亭天半凭空悬。虚无缥缈径欲断，猿鸟绝迹惟云烟。舍舟轻身陟危磴，听彻水乐鸣溅溅。仙船天路落不落，谁弄狡狯疑彭籛，险艰历尽到奇绝，天游古观山之巅。亭称一览小闽越，抉眦远睇无涯边。此时不知此身在何处，便思脱遗人世

同飞仙。丹山碧水如此胜，恨不早拍洪厓肩。会当买山傍云壑，尽载群籍来摩编。山灵爱山亦爱我，定应招我弃官赋就归来篇。可作武夷有韵游记读，不嫌其详。

黄师琼

黄师琼，字愿弘，江南长洲人。康熙壬辰进士，官广通知县。

题谢梅庄侍御军中学易图

河洛理数窥胸中，觥觥岳岳前贤风。折五鹿角敢言事，龙荒漠漠来从戎。陀罗海畔今和煦，二月柳条青亦吐。一编玩味最高峰，仰见天心在子午。姤之金柅复之初，静吉动凶遇有馀。愿君进退持以正，消息盈虚任卷舒。六十四卦，而独取义于姤之初六，见君子刚正，而一阴始生，静正则吉，往进则凶，必含晦章美，静以守之，庶可以回造化也。时梅庄弹劾贵臣，谪戍塞外，故以进退持正相勗，后仍以刚取戾，岂学易而不能神明于易耶？

虞景星

虞景星，字东皋，江南金坛人。康熙壬辰进士，两任知县，改授吴县教谕。工诗画，书学米襄阳，雅负郑虔三绝之望。

班婕妤

翻因弃置久，转念宠恩偏。灯暗增成夜，花飞长信年。秋风有时歇，团扇岂常捐。独惜罗衣色，尘生不再鲜。悻悻小丈夫，不能作是语。

湘中曲

风起黄陵庙下秋，断猿声里系孤舟。云鬟雾鬓知何处，竹色娟娟月影流。

任兰枝

任兰枝，字香谷，江南溧阳人。康熙癸巳赐进士第二人，官至礼部尚书。著有见南诗集。○公出使安南宣谕国王，使王知天朝恩重，拜舞感泣，此生平大节，诗亦典重有体。

武侯祠

丞相祠堂沔阳浒，桧柏森森铁榦古。行人指点定军山，月黑天阴闻战鼓。三分炎祚鼎终存，万马中原气已吞。五丈原头将星落，此间终古藏忠魂。泱漭寒流向东去，霜郊豁见平芜路。南通剑阁北褒斜，想见当年运筹处。我来下马拜荒丘，三代而还第一流。绵竹战馀瞻尚死，一门忠烈壮千秋。凭吊武侯，写出风云动色，忠魂如在，末并传出绵竹之战，一门死烈，此前人未说到者，应与王新城定军山下作并传。

大相岭

肩舆历峻坂，力尽得跻攀。冰雪明孤岭，风云暗百蛮。地应雄剑阁，天已近阳关。旧说南征相，兵戈驻此间。

宿剑关

斜日下荒原，驱车宿剑门。寒山风落石，残夜虎窥村。断续京华梦，凄清独客魂。古来设险地，兴败共谁论？五言律多从杜出，咏蜀中诗尤宜近杜。

巴　州

深院严扃尽日闲，一年花事已全删。情同笼鸟难舒翼，行似枯僧正闭关。万里烟波通峡水，连朝云雾失涂山。故园遥在春江畔，那得扁舟纵往还。

杨绳武

杨绳武，字文叔，江南吴县人。康熙癸巳进士，官翰林院编修。〇太史为忠文公孙，秉志节，通经术，不以诗人鸣也。

孝　陵

鼎湖龙去上升天，弓剑埋藏四百年。金碗玉龟无恙在，不须清泪滴铜仙。

竖儒瞻拜旧山陵，落日平芜百感生。欲奏通天台下表，只怜才谢沈初明。不必有黍离麦秀之感，而情韵自深，以沈初明比拟，恰是异代子臣，措词得体。

吴　襄

吴襄，字七云，江南青阳人。康熙癸巳进士，官至礼部尚书，谥文简。〇文简老年遇合，位至六卿，出处进退，如凤皇芝草、贤愚共称美瑞者。诗品亦高，不肯流入三唐以下。

柏乡雨花庵口占

雨花亭子上，坐饮赵州茶。古寺木初落，疏林日已斜。黄花应笑客，白发未还家。老衲若南去，乡山问九华。自注：僧楚泽云，将行脚南中。〇黄花一联十字成句，此文简出使楚中过而留题也。名流过者，俱有和作，总未及其自然，予见而录之。

送徐澂斋先辈奏使琉球

浩渺沧波隶九州，贡航不绝大琉球。嗣王册命今三锡，自注：国朝册封琉球，今为第三次。使者才名第一流。龙节高擎天北极，星槎直泛海东头。书生报国宣威德，敢诧乘风万里游。时送行诗汇成卷轴，剧多名作，然颂扬得体，无逾此章。

秋　吟

落叶满秋山，征人久不还。一声何处雁，应向玉门关。神完气足，语稳调高，征戍离情，自在言外。

题黄山蒲团石

小心坡上得心安，鹘落猿飞路不难。百步云梯谁撒手，九年空坐石蒲团。

唐建中

唐建中，字赤子，湖广竟陵人。康熙癸巳进士，官翰林院编修。

临高台

临高望秋水，寒镜出尘函。碧藓净孤渚，苍云阴半岩。风传隔院笛，叶送下江帆。正有南来雁，离情孰寄缄。

张　梁

张梁，字大木，江南华亭人。康熙癸巳进士。著有澹吟楼诗。○张氏门风鼎盛，声华赫奕，而澹吟不乐仕进，户庭萧寂，如游方外人。喜鼓琴，兴到时，弄一二曲。晚迁居青浦之珠溪，无疾而逝，人谓同禅家之解脱者。

弹　琴

偶坐藤萝下，挥手弄素琴。我琴不悦耳，能作澹泊音。本非求人知，我自写我心。钟期既已亡，成连谁能寻？岂徒桑与濮，六代趋荒淫。时世有升降，性情无古今。抚兹枯桐枝，欲辨口若喑。罢琴人寂然，明月窥疏阴。古人五言如“人心尽如此，天下自和平”，“能使江月白，又令江水深”，七言如“空山秋满霜烟平”，写琴理琴韵，非琴声也。作者此篇已得古人三昧。

弹琴杂诗

孤桐独为奏，不假金石谐。微矣园客丝，能写旷士怀。中散已云逝，千载罕见侪。奈何大雅音，委之优与俳。抚弦传窅渺，希声正复佳。岂难悦人耳，所耻在淫哇。听者虽或疏，宫徵安可乖。

束发好鼓琴，自谓甚易工。初得一声似，旷若意已通。学之既十年，兹理弥无穷。吾未忘吾手，焉令诸有空。乳泉滴幽洞，箐木含远风。至音非可求，只在天然中。诸有皆空，只在天然，滞于手不能空也，末句点明。

梅花三弄

梅花随东风，淡淡入我弦。冻云残雪春乍破，一枝两枝篱落边。暄啾野雀噪深竹，溪水无波照空渌。阳和暗觉指下来，遥峰泼翠岚阴开，五色凤子双徘徊。小弦急，大弦缓，冷香拂袖东风软。嫋嫋冰魂吹不断。忽然孤鹤唳一声，罗浮山远春梦惊，霜天欲晓寒更清。平生茅屋心，松篁共萧寂。山家闭户悄无人，绿满青苔落英积。瑶琴愔愔醉横膝，一片孤月当窗白。梅花与琴，浑融无迹。

无名氏

明怀宗御容歌

帝丰颐隆准，冠金兜鍪，衣锦袍银铠，天威凛然，藏于先朝指挥卓焕家。癸未冬，道经维扬，过指挥从子尔堪，得拜觐焉。

甲申三月国大变，贼骑横行满京甸。百官狂走内竖降，九门洞开人不战。烈皇平明起太息，独自击钟向前殿。左右顾视无一人，公主饮剑情割断。身殉社稷在煤山，血诏留衣发掩面。后来渴葬向玄宫，六十年间市朝换。宁知遗像今尚存，天人眉宇臣民见。黄袍白铠玉几陈，端然帝座赫百神。龙髯一尺怒欲拂，似愤当日无忠臣。况值万方苦兵革，郁陶犹疑见颜色。直是忧勤一片心，纵有丹青画不得。史相可法涕泣绘此图，军前跪拜激顽夫。

翠华金根走姑孰，琱戈铁骑围江都。惜哉孤城卒难守，空将报国心肝剖。敕印亲文贺总戎应昌，指挥卓焕捧御容。真州欲往飞梁断，完节自赴波涛中。指挥平生节自矢，因奉御容不敢死。至今从子藏宝函，挂出天颜真尺咫。忆昨路经思陵东，松桧飒飒来阴风。鼎湖龙驭去不返，金盘谁荐樱桃红。呜呼！国家养士三百载，杀身成仁几人在？羡君忠孝聚一门，永与此图垂勿坏。自注：尔堪为明户部侍郎忠贞公敬十世孙。○“龙髯一尺怒欲拂，似愤当日无忠臣”十四字，几于模之有棱。末幅归本一门忠孝，与少陵赠曹将军霸诗同一苍凉激壮，是为神来。

谢遵王

谢遵王，字前羲，江南江都人。康熙癸巳副榜。

吴中感兴

两月金阊住，听残白纻歌。山惟洞庭好，春是虎丘多。良觌故人远，乡心寒食过。舵楼闲倚望，渺渺奈愁何？三四已括吴中之胜，“春是虎丘多”，眼前语，道来转觉其新。

枕　上

帘幕微风入，轻寒枕簟侵。梦多通夜恶，病觉隔年深。簌簌灯花坠，寥寥戍鼓沉。寒蛩偏恋我，床下和哀吟。前羲没于早岁，此即病中作也。读去哀音动人。

顾陈垿

顾陈垿，字玉停，江南太仓人。康熙甲午举人，官行人。○娄东诗人虽各自成家，大约宗仰梅村祭酒，玉停晚出，欲自辟町畦，而能不离正轨，亦后辈中矫矫者。

饯敬亭上江西观察分题得盆桧

一尺万丈势，郁此升仙姿。托根几案间，抉石出怒猊。黛枝云盖结，铁榦霜痕披。圣植既劫火，犹睹具体微。风霆起春蛰，应有飞龙知。愿为祖生楫，送君中流时。借题发义，见得圣传一脉，正可乘时有为也。后敬亭居官，克副此语，可云不负友朋矣。敬亭，字子大，名起元。

分拟鲍参军白头吟

持妾怀中月，照君弦上心。琴声逐流水，月向波心寻。体双珍合璧。心一利断金。如何乖宿昔，貌昵情辰参。破璧成带玦，挫金置毡针。昔为比目鱼，今作分飞离。分飞日以远，反目望转深。言念结好初，忍垢共泥沉。钱刀焉足贵，信义乃可任。不见黔娄妻，相看雪盈簪。温厚缠绵，忆泥沉之共艰，责信义之足守，怨而不怒，可与谷风并读。

豹留皮

豹留皮，人留名，死无所留，不如无生。大丈夫，得死所，光奕奕，照千古。王铁枪，不识字，但好武。郓州失，铁枪出，破强敌，斯三日。妻子羁唐勿复言，男儿誓不私家室。辕门置酒出舟师，座客未散连锁摧。亚子胆落守殷窜，威名播耳如春雷。青蝇营，贝锦成。保銮溃，中都倾。吾枪可折，吾膝胜铁，谁能向斗鸡小儿屈。惜哉豹，为鼠死，豹皮文独存，鼠腐臭未已。彦章事朱温固为不能择主，然既已事之，则君臣之义不能乱也。欧阳公力为称扬，明儒又过贬抑，篇中于忠勇则显言之，于失身则微风之，两者兼，而王铁枪之论定矣。

十阿父

为天子父，孰如其尊。阿父过多，难为儿孙。杀人于市，如屠犬豕。皋陶袖手，虞舜充耳。一父披猖，九父涛张。愿言筑宫，奉以上皇。脂车秣马，归之汴京。后周太祖后柴氏无子，以后兄守礼之子为子，是为世宗。守礼杀人于市，有司以闻，不问。时王溥、汪晏、王彦超、赵令坤等同为将相，皆有父在洛阳，与守礼往来，惟意所为，洛人畏之，号“十阿父”。

古北口

地险雄关旧，秋临独客惊。马头悬汉月，山背络秦城。草带烽烟色，蝉为朔吹声。舆图正无外，大漠亦神京。捶炼而成，言无浮响。

偕王树先观察渡钱塘舟中对弈

问渡携棋局，忘言到夕曛。星辰两手握，吴越一江分。小劫壶中隐，馀音橹外闻，机心浑不用，仍可狎鸥群。吴、越以江为界，人能言之，以手握星辰引为对偶，两语皆警拔矣。作律诗须得此意。

瓜州晓渡

征鞍才卸客身轻，指点金焦双眼明。宿雨渐收遥岸出，海云初落怒潮平。人归春晚犹馀兴，风入江南亦有情。正值百花新酿足，一杯先为破愁城。第六语，久羁北地者始知其工。

寅鉴堂后灯筵即事自注：各以已字为韵

珠明玉艳簇芳庭，细腻风光锁曲屏。歌板欲残馀白雪，月轮初上淡春星。坐忘宾主宵嫌短，思入乡关酒易亭。不奈峭寒归客枕，半垂纸帐一灯荧。

砚

端溪谁割紫云腴，万古文心向此摅。小心墨池成巨浪，就中飞出北溟鱼。小中见大。

尤秉元

尤秉元，字昭嗣，江南长洲人。康熙甲午举人，官乐至知县。○昭嗣年五十馀，呴呴嚅嚅，依然童稚。及乎莅官，民安政肃，去后犹思，贤者洵不可测也。诗承西堂、沧湄两先生后，不入轻浮之习，是为唐音。

孤雁篇

玉关万里秋风远，南归雁渡芦洲晚。数行中断忽分飞，零落寒空谁作伴。可怜孤雁不胜情，常伴寒星夜夜鸣。客舍凄凉魂欲断，深闺辗转梦难成。客舍深闺听凄恻，绝弦更有伤心客。十载同栖连理枝，一朝忽拆双飞翼。空馆经秋冷繐帷，黄昏微雨画帘垂。当时漫作求凤引，此日翻成别鹤悲。悲来常向西风恸，重纩难温谁与共？一似孤鸿失侣飞，湘江不作鸳鸯梦。天上人间两渺茫，年年岁岁恨难忘。尺书肯寄重泉去，为道萧郎正断肠。昭嗣三十馀悼亡，不娶，旁无姬侍，人高其清净，不知其情深也。篇中连绵不断，如春蚕引丝，失偶人几不能读。

芙蓉映水曲

秋江潋滟开明镜，湘女窥帘晓妆靓。遗佩飘香散作花，一枝艳质临江映。江水盈盈未易求，相思空望夕阳楼。西风一夜生南浦，零落红衣人暮愁。

牡 丹

洛阳花谱几番新，烂漫欣看谷雨辰。晚出遂超群品上，才开便足十分春。倚栏妆重愁无力，绕幕香浓欲醉人。千载沉香遗迹在，谁将绝调写风神。李山甫“数苞仙艳火中出，一片异香天上来”，罗隐“公子醉归灯下见，美人朝插镜中看”，皆粘腻语，而薛逢之“买栽池馆恐无地，看到子孙能几家”，则又过于衰飒矣。颔联尔雅典切，古今人何必不相及耶？

张弘敏

张弘敏，字讷夫，江南丹徒人。康熙甲午举人，官孝感知县。

咏 史

剑术莫论疏，荆卿一何愚。生劫万乘主，此事大难图。惟彼虎狼秦，变诈实多虞。诳楚绝齐交，终不致商於。焉能反侵地，信义申匹夫。急剸嬴政胸，群愤亦少舒。如何披督亢，犹事久踟蹰。嗟哉报丹心，空与日月俱。荆卿不止剑术之疏，欲生劫以反侵地，是以齐桓望虎狼之秦，其势必不能也。末不没其报丹之心，咎之之中，实深惜之。

放榜明日知落副车有作

琼楼高迥绝跻攀，大药功成第八还。行到半天仙骨少，罡风复遣落人间。

吴廷华

吴廷华，中林，浙江仁和人。康熙甲午举人，官福建海防同知。著有东壁诗钞。〇东壁穿穴经学，尤究心三礼，所为诗征引典实，虽风雅不足，不碍为方家也。

沈孝子行自注：为艮思观察子庠生敩慜作。

我友有子称小凤，少岁六经熟磨砻。忘身竟以死孝传，千古人伦作桴栋。孝子陈情救乃翁，乃翁得旨还天中。自注：时寓居河南辉县。昨岁母殡值邻火，扑灭不觉麻衣红。麻衣红，不可褫，宁死肯任母殡毁。头焦额烂肤不完，殡宫获全孝子死。孝子曾补两笙诗，南陔白华有新词。居身洁白守庭训，循陔乃厄南宫离。我闻客位之殡涂且肂，攒至西序预火备。此礼废坠千百年，致令孝子蹈炎炽。我友哭子几丧明，邦人请旌留孝名。登危临深古所戒，成仁取义非过情。读书要在持大节，至行煌煌如火烈。旌庐令典金石光，精神不逐劫灰灭。始而陈情救父，继恐火焚母棺，衰绖扑火，自焚其身，固死于孝者也。得此诗表之，孝子可以死。然孝子于是乎不死。〇士丧礼："掘肂见衽。"肂，埋棺坎下也。颜延之哀册文："戒凉在肂，杪秋即穸。"注："三日而肂，三月而葬。"

题杜文贞公小像

长乐坡前白讥甫，自注：饭颗山，唐摭言作长乐坡。太瘦生缘作诗苦。我闻斯言不谓然，是亦群儿谤伤语。三人各瘦公有云，诸弟岂尽能诗人。唐书文苑传可考，丧乱饥饿丛公身。自公莅官天宝季，渔阳鼓鼙势何炽！陷贼归来惊所亲，老瘦当知从此始。乾坤疮痍劳至尊，苍茫家室空柴门。三年奔走益潦倒，一身皮骨嗟空存。我读公诗见大略，浩气纵横非束缚。况闻下笔如有神，豪吟安得身如削。披图恍遇山泽癯，聊存诗案明其诬。闻说李侯亦憔悴，千首敏捷终何如。太白戏少陵语，本出杂说，不足凭也。以“三年奔走空皮骨”句为语，见少陵之瘦，由于丧乱，而旁喻曲引，以破所戏之语，无微不到。

徐陶璋

徐陶璋，字端揆，江南长洲人，昆山籍。康熙乙未赐进士第一人，官翰林院修撰。〇殿撰中岁成诗，流于性情，温厚之馀，故动皆有则。

桐　庐

轻帆漾微风，到郭及亭午。晷影落清波，衔云映吞吐。沙渚集渔舠，鹭鸶晒毛羽。参错缀人家，临水开牖户。楼阁见层叠，罅隙松篁补。愧无荆关笔，好景渺难谱。微体幸萧散，得未羁簪组。心胸湛虚明，俯仰忆往古。近欲访玄英，俯首拜抔土。远攀汉客星，高风邈天宇。拟将谢浮名，烟波狎柔橹。何时携双柑，春莺听花坞。上半写景，下半怀古，“心胸湛虚明”二语，作上下转关，篇法整肃乃尔。

洪忠宣祠

不愁鼎镬一心坚，辩折金廷气凛然。举目动惊风黯惨，攀髯空想泪潺湲。放还北地辞羁绁，沦滴南朝被弃捐。寂寞钱塘孤庙冷，千秋有恨听啼鹃。忠宣羁北地十五年，金人鉴其忠放归，高宗亦谓其同于苏武，而秦桧恶其刚直，后至安置英州，桧之恶可擢发数耶？同时朱弁亦十七年放归，事与相类。

凌如焕

凌如焕，字榆山，江南上海人。康熙乙未进士，官至兵部侍郎。

题隆中草庐

摄衣岘山巅，停舟鹿门涘。凭吊草庐人，抱膝山之趾。烛照天下事，未尝一挂齿。一朝感知遇，卧龙挟云起。攘外遏强寇，安内辅孺子。伊吕良可追，管乐讵足拟。二表泣鬼神，耿耿光青史。命毕五丈原，恨流江汉水。当年有庞公，陇上秉良耜。足己外无求，民物捐敝屣。惟公立谈时，决策扶炎纪。闭户不失人，救世不枉己。缅怀三代下，谁许齐一揆。用行而舍藏，庶乎子渊氏。忠武自比管、乐，少陵比以伊、吕，而此以子渊氏拟之，行藏合宜，所谓易地则皆然也。尚论古人，正须独放眼力。

新滩拽滩歌

风瑟瑟，树萧萧，拽滩水落新滩高。蜀道青天不可上，横飞白练三千丈。居人欢喜旅人愁，千盘万折过陇头。

北雪消，南风作，新滩水平拽滩恶。中流伏石如蛟龙，纸船全赖铁梢公。旅人色沮居人利，石米百钱取如寄。自注：货米船下滩经水者，值取百钱一石。○可作古谣谚读。

余敏绅

余敏绅，字张佩，福建建宁人。康熙乙未进士。

传胪日作

初日曈昽刻漏传，鹓班肃立静鸣鞭。一声胪唱才过耳，五色云高或在天。幸藉朴诚逢圣世，肯图温饱愧前贤。粗才未奏凌云赋，也向螭头惹御烟。胪唱日想到或有韩魏公其人，心事光明磊落，谓他人，非矜一己也，朴诚自矢，不图温饱，可以觇其为人。

杨士凝

杨士凝，字笠乘，江南武进人。康熙丁酉举人。

饥民谣

村村屋头鸦乱飞，尘封爨火炊烟微。邻人乞食县门去，羡杀鼠食官仓肥。江南今年星在罶，青钱二百米一斗。诏令减价更赈荒，里老奉行开户口。县令踏勘初入村，万户尽望天家恩。饥民无钱吏胥怒，有名不上官家簿。斗米二百钱，民已艰食，乾隆乙亥、丙子，又增二分之一矣。勘灾之弊，自昔已然，可胜慨叹。

不如归去

不如归去，省我坟墓。十年万里白头亲，肠断缝衣无寄处。归来五鼎列墓前，有泪不达重泉路。警远游子，视东野游子吟尤不忍读。

吴　江

丹枫飒飒下寒塘，财赋江东第一乡。谁唱吴歌醒客睡，半湖残月半船霜。

雨霖铃曲

天子犹难活妇人，梨园枉唱雨霖铃。万层剑岭千条峡，忍使官家掩泪听。

潘其燦

潘其燦，字景瞻，江南吴江人。康熙丁酉举人，太史稼堂次子。

春风和李玉洲韵

韶华可是隔年期，转眼春风似旧时。远客楼高愁独觉，深闺帐暖梦偏知。分番芳信园中报，一片晴光陌上吹。回首几多离恨积，凭栏好与诉相思。深闺一语，尤为著题无迹。

登河防口边城

山海居庸千里长，前朝于此重边防。藩篱属国亡三卫，屏蔽中原恃一墙。保塞规模传魏国，筑台形制说南塘。而今中外为家日，直北舆图接大荒。

癸卯岁暮感怀

敝裘燕市又经寒，岁晚冰霜闭户看。梦断梅花乡国远，愁凭竹叶酒樽宽。郢歌白雪谁怜寡，蜀道青天始信难。寂寞黎床高卧处，碧霄依旧路漫漫。

翁志琦

翁志琦，字式金，江南吴县人。康熙丁酉副傍。○式金向曾属草诗序，因远行未果。今披览遗稿，多原本性灵之作，采入选中，略补未能应命之咎，故人应亦谅我也。

反班婕妤怨歌行

团扇复团扇，皎皎白于雪。永昼引清飔，良宵延素月。秋来置箱奁，寻常不轻发。薄俗区故新，君子秉贞节。炎曦会有时，谁云恩义绝。元辞可以怨矣，此更秉心贞正，立言有则。

外孙信儿至

七年依我住，晨夕不暂离。三月不相见，惓惓系我思。吹呼入门来，一笑舒双眉。登我所坐榻，弄我所吟诗。我吟三十载，苦心实在兹。名山传绝业，回首当付谁？数篇乞记诵，授之复何私。他时晓人事，应识此言悲。见无人承柏匮诗也。授之外孙，旋付剞劂，今诗坛转有琢山姓氏，可慰九原。

答女口号

左家娇女禀夙慧，把卷问耶欲学吟。耶穷正缘苦吟误，尔何学吟费苦心。不闻郝钟礼法重大义，妇德何尝在识字。正论不磨，如李易安转受识字之累。

连夜梦归故乡醒后偶成

梦境原虚幻，情真幻亦真。身尝为客苦，心恋在家贫。衣食怜娇女，忧劳慰老亲。不知闺阁梦，曾否见归人？

白　发

朝来揽明镜，白发感蹉跎。毕竟无公道，愁人鬓畔多。

田氏紫荆里

田氏遗墟没草莱，春风犹见紫荆开。愿携当日连枝种，分与人间处处栽。

沈元沧

沈元沧，字麟洲，浙江仁和人。康熙乙酉、丁酉两中副榜，以教习官文昌知县，后以子廷芳贵，赠通议大夫。著有滋兰诗稿。○家麟洲以诸生受圣天子知，命入武英殿纂修，与诸词臣齿，真异教也。之官后，亦多善政，因亲属被罪，牵连及祸，人并冤之。诗与查他山先生唱和，品兼唐、宋人之长。

外舅查声山先生挽辞

夙有莼鲈志，秋风忆钓竿。地高投足险，恩重乞身难。诗酒尘边废，林泉画里看。自注：公图花溪水竹，以寓归思。诵诗时叹羡，每在硕人宽。宫詹受恩深重，几埒江村，而小心谨慎，则又过之，所以难于乞身也。晚年心事，馆甥婉曲传出。

夜雨与友人感赋

江村归去见闲田，屡遇尧汤水旱年。秋气萧条连井邑，烟光惨澹自山川。虚疑世有桃源路，共笑人忧杞国天。多事刘琨空起舞，鸡声误却半宵眠。频遇灾荒，救人无术，抚时感叹，有心人每怀此念，而泄泄者以杞人之忧笑之。此种情事，古今一辙。

杂　咏

秘殿从容召对频，庙堂气象若为新？难逢沙汰江河手，合有招延羽翼人。种漆樊侯知备预，忧葵鲁妇枉悲辛。今朝听说朝阳凤，一纸封章新进臣。

避世金门不厌深，华颠短褐岁侵寻。相逢北阙青云客，谁和南山白石吟。数著能谈天下事，千秋须识古人心。贾生已去王通逝，独立苍茫感不禁。

甲寅闽变永嘉令马公琾与温处道陈公丹赤同时殉难今春马公子观察君陈情行在特锡恩谥忠勤敬赋一章以纪其盛

一官迢递到岩疆，闽海烽烟正扰攘。此日陈豨终负汉，同时南八自忠唐。三年乱定闻家祭，两字名尊慰国殇。庙社灵旗应俨在，清魂千古恋桐乡。南八忠唐又有雷万春在，此因马公而兼及陈公，犹因南而兼及雷也。举一人而中藏一人，句法甚巧。

过黄公滩自东坡改为惶恐文信国仍之后相沿为故实矣

雨馀乘晓狎危澜，来过黄公第一滩。帆饱长风争马驶，溪添新涨抵江宽。篙师欲作摊钱戏，客子休歌行路难。天意似怜山水癖，要令南海纵奇观。

白云簃杂咏之一

临风双鬓影飘萧，手把残编慰寂寥。贤母自能知陆续，直臣幸免祭皋陶。谤深谁为珠犀雪，路远拼将髀肉消。闻道恢恢天网阔，那囚鸾凤放鸱枭。自注：用后汉陈耽语。○此被累以后，重至广南而作。

涿　州

百雉重城势不孤，居然绾毂拥皇都。风云气概楼桑里，土壤膏腴督亢图。事去英雄遗恨在，时平草泽弃才无。独怜老作西征客，鞍马劳劳走道途。

题屈子诗外二首

匹马三边听鼓鼙，吴钩笑拂月初低。英雄末路怜红粉，消得香东与墨西。自注：香东、墨西，二姬名。○寓情红粉，乃英豪末路，犹信陵饮醇酒、近妇人也。

笑他馀子竞风骚，未许陈梁声价高。一代才名兼意气，海南沛上两诗豪。沛上，谓阎孝廉古古，诗格不同而意气则同，故并论之。